乡关何处 上

书 石　刘乃艺

著

河南文艺出版社
·郑州·

图书在版编目(CIP)数据

两都赋:乡关何处 / 书石,刘乃艺著. -- 郑州:河南文艺
出版社,2025.7. -- ISBN 978-7-5559-1804-2

Ⅰ. I247.5

中国国家版本馆 CIP 数据核字第 2025SF2201 号

选题策划	许华伟 党 华
责任编辑	党 华
责任校对	殷现堂
美术编辑	吴 月
封面设计	天外天 / 王慧欣
封面题字	戴克诚

出版发行	河南文艺出版社
社 址	郑州市郑东新区祥盛街 27 号 C 座 5 楼
承印单位	河南瑞之光印刷股份有限公司
经销单位	新华书店
开 本	700 毫米 × 1000 毫米 1/16
总 印 张	68.25
总 字 数	970 000
版 次	2025 年 7 月第 1 版
印 次	2025 年 7 月第 1 次印刷
定 价	188.00 元(全三册)

印厂地址 河南省武陟县产业集聚区东区(詹店镇)泰安路

邮政编码 454950 电话 0371-63956290

目录

一 绝户无嗣

人活着就像几十年一茬的草,冬去春来,叶枯根在,死生交替着,就是生命的传续。

民国九年冬。

这是值得记在历史上的一年,河南省张省长和赵督军发出了一道对全国影响深远的政令:预征民国十年的钱粮赋税。

这道政令后来被各地军阀竞相效法,乃至后来,竟有预征三年钱粮者,搜刮百姓之酷烈,闻所未闻。

军阀混战本已祸乱深重,河南遍地赤贫,民不聊生,穷者无立锥之地,无隔夜之粮,如何经得起这般掘地三尺的盘剥? 因此衣不蔽体食不果腹的逃荒者不计其数,更有一部分干脆落草为寇:大清皇帝也退位了,天下无人当家作主,索性就反了他又如何?

民国初年的河南一地,绿林盗匪颇多,啸聚山林者比比皆是,一些大的匪帮往往聚合千人之众,横行豫西南各地,地方官员招团练勇也不能禁绝土匪袭扰,每每头疼不已,却也无可奈何。有民谣形容当时的匪患之盛:

　　一等人,当老大(土匪头目),银圆尽花;

二等人,挎盒子,紧贴老大;

三等人,扛步枪,南战北杀;

四等人,当说客,两边都花……

如此一来,土匪竟成了独立于省政府和军阀之外的力量,因其行踪不定,劫掠频繁,既无法剿灭,又难以防范,以致豫西南各城镇村落的百姓惶惶不可终日,越是富庶之地,越怕土匪突袭骚扰。

周记药行的大掌柜周培祥每年几次乘火车往来于湖北、四川、河南之间,总要路过这片匪窝,十几年下来,日日耳闻目睹,竟对这一带的匪路颇有了解,甚至每一路的匪首字号都能叫得上来。这些匪人也都与本地百姓有着千丝万缕的关系,田地里的寻常农民,集市上摆摊的小贩,可能家中便有一两人落草做了"杆子"。

今年年景尤为惨淡,一道"预征钱粮"的政令,彻底断了许多百姓的生计,弱者为丐,强者为匪,竟把更多的人逼到了土匪窝里,尤其是豫西南一带,匪盗横行如入无人之境,各村庄皆筑了数米高的寨墙,生生把村子建成了易守难攻的城池,甚至有开挖绕村"护城河"者,以防土匪侵犯。

匪患虽重,但多年来搭乘火车的客商早已不甚畏惧。一则京汉铁路沿途皆有军警护卫;二则火车开起来极快,便是匪帮追击也难以阻挡,因此拦截火车的土匪几乎未见过。

年下将近,周培祥大掌柜安顿好川地和湖北的生意,便赶在腊月十五之前回乡,透过车窗沿途看去,尽是民不聊生之状。连年的军阀混战,不堪其扰的土匪劫掠,再加之赋税沉重,天灾不断,百姓生计断绝者比比皆是。

他叹了口气,把目光收回车厢内。这是一列自武汉开往郑县的火车,周掌柜乘坐的是二等车厢,有茶房随时供应热水,亦有餐食供应,虽不及一等车厢的奢华包厢,也算得上颇为舒适了。乘客多是衣冠楚楚之辈,士商官宦基本都乘这趟列车往来于南北之间,周掌柜身边就坐了一位富家少爷,一眼便能看出是商家之子,保养精细得当,脸庞圆润清秀,眉梢一颗痣平添了几分风情,细皮嫩肉的手上戴着洋表、戒指,言谈举止极为柔和,性情很是温雅。

说起此番行程,富少爷满眼俱是神往之色,说他将要前往北平,与一位品格卓然的女子结亲。周掌柜笑了笑,心下了然:他必是看中了一个风尘女子,且早已情根深种,大有非卿不娶之态。旅途漫长,乘车近一天的时间,周掌柜与这位富少爷相处颇为融洽,言定了日后再回武汉,彼此多加往来。

正午时分,火车将到信阳,车厢里众人纷纷开始用饭。富少爷点了车上的餐食,优雅娴熟地吃着。周掌柜跟茶房要了热水,吃些自带的油馍、熟肉。两人一言一语地聊着,缓解了旅途许多疲惫。信阳是个大站,停车久些,旅客们往往要下车活动几下筋骨,周掌柜亦是久坐之后腰背酸疼,期待着到站后可稍作放松。

火车开进站台时,已经有人站起身来,迫不及待地等停车后下去呼吸几口新鲜空气,然而车未停稳,便见站台上军警呼啦一片围上来。司机对这样的例行搜查早已司空见惯,兀自驾驶着火车正常停靠,打开车门让乘客上下——然而几声啪啪脆响骤然炸开,随即车门处传来惊恐的喧哗声。

众人顿时惊骇,向车外看时,却见那些"军警"分列在站台上,朝天鸣枪,将准备下车的旅客向车内驱赶,直到此刻所有人才意识到:这不是军警,是匪人!

火车被土匪架枪挟持了!

车厢里顿时惊慌尖叫一片,无数人拥挤着想要下车逃命,但尚未冲出车门,便有人倒在血泊里。剩下的人又疯狂撤回车厢中,如同越挤越紧的羊群一般,竟有毙命于踩踏者。

这群假扮作军警的土匪冲上火车,强令司机闭了车门,便持枪冲进了旅客车厢里,逐个搜检,逼迫乘客交出钱财。一等车厢里的骚动喧嚣越来越近,哭号怒骂呵斥惨叫之声不绝于耳,不时有人被土匪砸晕,家属呼天抢地,亦不得不交出身上的资财。

很快,他们便冲进了周掌柜所在的二等车厢,两人持枪,一人端着大管箩,向两边吼着:"银圆!手表!金项链金镏子!镯子首饰!全都交出来,乖乖交出来不伤你命,敢有不识相的,老子就是一枪!"

男人一个个垂头丧气摘下手表掏出大洋,女人们则哭叫着被威逼摘掉首饰耳环,不一时筥箩里就敛了许多钱财珠宝。

周掌柜五内早已慌作一团,心狠狠提着,手里满是冷汗,自知一着不慎就要命丧此地。这些年来经历了无数战乱,但被匪人持枪如此逼近却是首次,他知道,此时作任何打算都是徒劳,唯有交出钱财保命一途,只是无论如何不能让匪人知道自己是经商富户,不然一旦劫财之后再绑票,纵然家财万贯也要被勒索罄尽,最后依旧落个性命不保的结局。

旁边的富少爷却似吓傻了一般,一个痴心为风尘女子赎身的纨绔大少能有何胆量?他呆呆地看着土匪步步向自己逼近,一时忍不住趴下身子钻到了座位下,不知所措。随着土匪越来越近,抖成筛糠的富少爷竟向车门爬去,妄图下车逃出生天。车厢内混乱不堪呼声震天,这样一个人悄悄爬向车门,收获颇丰的土匪也不曾注意,依旧凶神恶煞地逐人搜检。

还有十几个人就要搜检到周掌柜面前,枪口在车厢里乱晃着,随时指向每一个不肯就范的乘客,他的脚也已经踩在了座位下的皮箱上,里面除了几件衣物,还装了上千大洋——如果这些钱财被土匪发现,他极可能被绑,毕竟干一票危险的劫车生意,不如绑几个值钱的肉票。

周掌柜紧张得几乎牙齿打战,待到土匪端着枪走到他面前时,他非常顺从地摘下手表,打开公文包取出两卷现洋,交到他们的筥箩里,却始终不曾表现出脚下还有箱子的姿态。土匪满脸横气地点了点头,依旧居高临下地狠狠盯着他,随即脚下一钩,立刻将座位下的小皮箱拖了出来:"谁的? 谁的?!"周掌柜一惊,心跳得险些要蹦出嗓子眼,然而定睛看时,发现眼前这个箱子,分明不是自己的。

土匪已经把枪指到了他头上:"是不是你的?!"周掌柜连连摇头:"老总,这不是我的,我的已经全交了……"说着再次打开公文包让土匪检查。土匪一枪托将他的包甩开,喝令:"打开!"

周掌柜哆嗦着说:"这不是我的东西,不知道谁的……"土匪喝道:"你管他谁的！打开！"周掌柜只得起身，把那个箱子打开，竟有足足二十条"大黄鱼"。

持枪土匪哈哈大笑："果然是大货！"忽然又将枪指在了周掌柜头上："真不是你的箱子？你一个人坐在这里，箱子就在你脚底下，你敢说不是你的东西?!"

周掌柜顿时两股战战，牙齿都在打战："真不是我的箱子，真不是……"

土匪咔的一下拉动枪栓："不说实话?!"

枪指在脑袋上，周掌柜几乎看到了他即将扣动扳机的手指开始用力，命悬一线的恐惧彻底湮没了他，额头汗如豆大，血红的眼睛激出泪来，近乎崩溃般："这不是我的，不是我的，真不是我的……"土匪见他吓成如此模样，凶残的目光带出了嘲弄，一抬手，枪管挑住了他的下巴："到底是谁的？再不说实话……"

周掌柜的心骤然提到了嗓子眼儿，说话都失了声："刚才，一个人坐在这里，去了门口……"他哆嗦着，回手指了指车门的方向。

持枪土匪："什么样的人?!"

周掌柜："戴着礼帽，穿着西装，一个富家少爷……"

持枪土匪朝另一个土匪仰了一下头，那人立即跑了过去。周掌柜似乎隐约听到车门方向小小地喧闹了几句，随即一声清脆的枪响炸开，惊恐的尖叫声再次乱作一片。

周掌柜一下子瘫软在座位上，双腿颤抖得根本停不下来，全身汗出如浆，那富家少爷竟被土匪杀了！自己那随手一指，竟成了他的催命符，害他枉送了一条性命！

方才还坐在自己身边斯斯文文谈笑风生的人，就这样转瞬即逝，若不是这位富家少爷横生出这一场变故，眼下被土匪逼迫为难的便是自己，究竟能不能逃出生天，谁敢料想？越想到此处，越觉心虚恐怖，冷汗几起几落，神志都有些恍惚不明，眼前满是富家少爷那和软的笑意，竟笑得他毛骨悚然……

半个时辰后，土匪将整列火车劫掠一空，呼啸而去，只余吓破了胆的乘客在座位上瑟瑟发抖,车厢里处处有被打伤之人留下的血迹,站台上更是遗落了十几具尸体,鲜血顺着铁轨流淌着,蔓延了一片片触目惊心的红色。

又不知过了多少时间,人们才意识到土匪已经离去,一片悲号之声响起,有些人陆陆续续下了车,大部分人却只能焦急地等在车上,不知这命运难测的列车还能否将他们带到目的地。

周掌柜依旧呆呆地看着车窗外,听到人声悲号,才恍然意识到自己逃过一劫,此刻性命犹在,而身边的富家少爷……他不及细想,便抢身几步蹿到了车厢门口。

那富家少爷果然躺在血泊里,一只脚还挂在车门台阶上,两眼惊恐地望着天空,依然保持着不敢置信和死不瞑目的眼神。火车同行大半日,周掌柜与他虽然相谈甚欢,却始终未曾仔细看过他的面目,然而此刻,只一眼,周掌柜就将他的脸死死记在了心里,尤其眉梢那颗痦子,竟似一根针一样扎到自己心里,再也拔不出来。

随着几声哨响,车站里又有了一丝生气,真正的军警来到站台,将尸体搬运走,上车登记伤亡,安抚旅客,打扫血迹,不久之后,列车重新启动,缓缓驶出了信阳站。

直到此时,周掌柜才猛地想起:自己的皮箱呢?为何劫匪没发现自己的皮箱?!

思及此处,他伸脚向下探了探,却发现皮箱不见了!他心头一惊,立即起身向座位下看去,依旧毫无踪迹。

土匪将到他面前时,皮箱明明就踩在脚下,而被钩出的是富少爷的箱子,自己的箱子去了哪里?难道冥冥之中,真有鬼神之事?刚刚消下去的汗再次湿透后背,他弓着身子向座位下摸索,依旧一无所获。

箱子呢?真的会不翼而飞?

起身的时候,他已经站立不稳,直接踉跄了一脚,摔倒在地。

然而就在他倒下去的一瞬间,伸向前排座位的右脚突然碰到了什么。他不顾一切地爬起来摸向那个东西,拖出来一看,赫然是自己的皮箱。那个位置藏得极为巧妙,位于座位和车厢夹缝之中,卡得很是牢靠,若非刻意检查,几乎很难发现。

土匪只为快速求财,断不至于检查得如此仔细,自己的箱子就这样阴差阳错地躲了过去。这究竟是何时发生的?

仔细思索了半晌,才终于想起富少爷曾惊恐地躲到了座位下,周掌柜于慌乱中还看了他一眼,只看到一个拱起的背影在眼前瑟瑟发抖。自己并未藏过箱子,眼下这般情况只有一种可能,就是他躲在下面的时候,手忙脚乱,错把周掌柜的箱子当自己的藏了起来,直到死前,他依旧惦记着那风尘女子的赎身钱。

可他既有这样细腻的心思,又何至于悄悄逃向车门?这真的只是一次幸运,还是冥冥之中,他注定要替自己送了这条命?

一切仿佛被安排好了一样,这分明是来给自己做替死鬼的!

想到此处,周掌柜心中更加紧张起来,平白无故,一个陌生人做了自己的替死鬼,若是身上背了这样的怨气……只觉一股森冷自脚底升到颅顶,全身都被笼罩在莫名的恐惧之中。

随着列车前行,车上不再有哭号的声音,劫后余生的恐惧感,将车厢内的气氛压抑到了极点。

第二日暮色时分,周掌柜才失魂落魄地回到偃师伊河镇家中。

伊河是洛水的一条支流,伊河镇便是临河而建的一个狭长小镇,街道曲曲折折,伊河就在镇子背面蜿蜒流过。周宅位于镇子街口,是一座朴实的三进宅院,青砖灰瓦,门楼低调,前庭后院总不过二十几间房子,虽算不得华丽轩敞,却也是伊河镇一等一的深宅大院了。十几年前周掌柜刚刚发迹时起了这所宅子,如今早已不匹配周家富甲乡里的身份,但周掌柜本着不露富、不张扬的原则,依旧安分守己地住在这里,从未动过大兴土木的心思。

下了马车走进宅门,家里长工帮他拎着沉重的箱子,到门口交给婆子,周掌柜径自向后院主屋走去。一进门,他好似整个人都失了主心骨,一言不发便瘫软着躺在了炕上。

周太太原本惊喜于丈夫归来，特意穿了鲜亮的衣裳，甚至仔细施粉描了眉眼，显出几分风韵犹存的情致，却见他如此慌乱失神，惊了一跳，急忙问道："培祥，你这是怎么了？来电报说昨儿到家，怎么拖到了今天？路上耽搁了？"

周掌柜摆了摆手："不要说话，让我缓一缓……"

周太太忙不迭地点着头，紧着去给他拿了一套干净衣裳，又吩咐人去烧水，然后亲自去厨下做面，又炒了几个菜，烫了一壶酒，齐齐整整摆在桌上，才轻声细语地叫丈夫吃饭。

回到家歇息了这一阵子，又见相守二十余年的结发妻子为自己忙前忙后，家的安定和温暖渐渐驱散了周掌柜的惊慌，心里有了几分安定，于是起身换洗过，便与妻子共桌而食。

偃师地处河南之中，又近古都洛阳，因此颇有些皇室权贵、文人墨客留下来的佳肴美馔烹制之法，虽经历史磨难战乱风云消散了许多，但富裕之家依旧重饮食。周太太便颇擅厨下之事，寻常亲自整治几桌席面亦不在话下，而且尤擅面食，亲手擀的面筋道有力，切成细细的面条，浇上精心炒制的卤子，热汤细面，滋味浓厚。

周掌柜的喜好是无冬历夏，每晚必要吃一大碗热气腾腾的汤面。年轻时挑着担子走生意，不管多晚回到家，一碗热汤面就能驱散满身的疲惫。许多年过去，他的生意越做越大，这个习惯却一直保留下来，哪怕是酷暑逼人的三伏天，这一大碗热汤面也是雷打不动。他呼噜噜喝着面条，周太太陪在一旁百般照应，殷勤布菜伺候，周掌柜亦觉这片刻的安宁难得，因此并不提火车遇劫之事，一餐饭倒也吃得清净和美。

周太太将碗碟撤下去，又将周掌柜的皮箱和行李归拢在一旁，便站在丈夫身后给他揉捏肩膀。周掌柜心神渐渐缓下来，任由妻子伺候着，闭了眼睛养神，听着妻子问他在外面的情形，有一句没一句地应和着。周太太看他心绪放松下来，便弯腰凑到他耳边道："培祥，你这大半年没回来，我一个人在家,日子虽说不差,却总是冷冷清清的,只记挂着……"

周掌柜随口嗯了一声:"知道你记挂。"

周太太:"也不知道你在外面想不想着家里,给娘来电报的时候,都只问一句家里好不好,从来也不多提我。"

周掌柜:"家里好,你自然也就好。"

虽是老夫老妻,周太太脸上也飞起了一抹淡淡的红,搀起周掌柜让他坐在炕上,伸手去解他的衣扣,周掌柜闭了眼,任由她一件件帮自己去了外衣。拖过一条蜜合色棉被,周太太伏在周掌柜肩上,轻轻咬着他的耳朵,牙齿咬上来的触感带着一丝麻麻的疼,迅速让他脸上热了起来。

周掌柜是个勤谨度日的性子,在外从不花天酒地,如今回到家里,面对风韵犹存的周太太,尤其是惊魂未定的恐慌之后,回到了温暖安心的地方,于是翻身将妻子按在棉被里,狠狠地拥住了她。

周太太一边回应着丈夫的热情,一边喘息着喃喃道:"我们总该留个后的……"

周掌柜迷离的眼神忽然清醒起来,他停了动作,翻身躺在炕上,静静地望着屋顶。周太太并未察觉他的情绪变化,依旧沉浸在久别胜新婚的喜悦里,以为他只是乏累瘫软了,直到发现丈夫似乎对自己失去了兴致,始终一动不动地躺着,才意识到他的异常:"培祥?……"

周掌柜叹了口气,掩了衣裳坐起身:"这半年来,你和娘在家里一切都好?"

听了这句话,周太太眼圈红了:"都好。"

周掌柜:"今天回来晚了,明天再去给娘请安,看看她。"

周太太更是眼泪落了下来:"娘她……"

周掌柜:"哭什么?娘这些年也没为难过你,家里一切都是你掌管,还有什么不知足?"

周太太眼泪落得更急:"还不是为着我们没儿子?他们逼上门要让老太太过继个孙子,老太太不肯,只能排揎我不生养……"

周掌柜说不出话来。

这是他十几年的心病，老太太更是时常念叨着，若能抱上孙子，哪怕只看一眼，也就死能瞑目了。

富而无子，对一个家庭来说，是不祥，甚至是命途悲惨的事。

周家是伊河镇首屈一指的富户，周培祥从挑着担子贩卖药材做起，既吃得辛苦，又经营有道，不过十余年间，积下丰厚家底，半条街都是周家的产业。大清皇帝退位以后，各地军阀大帅混战，伤兵遍地，疫病横行，周家的药材生意更是行遍河南、安徽、两湖、四川一带，不说伊河镇，便是整个偃师县，也算得一等一的大商之家。

能在偃师做到尽人皆知的大商，并非易事。这片土地经历的历史风云太多，便是最贫苦的老农，也是有大眼界的。人说，中原历史看洛阳，洛阳后劲在偃师，偃师自夏商时期就是中原文明的正根，夏、商、周、东汉、曹魏、西晋、北魏等先后七个朝代在此建都，有"洛阳九朝古都半在偃"之誉，历朝历代更是名人辈出，李弘太子冢、玄奘故里、商汤陵、西晋皇陵、苌弘墓、吕不韦冢、田横墓、杜甫墓、颜真卿墓等都在偃师。

周培祥虽家财巨富，在乡邻间却始终为人谦和有礼，丝毫不敢张扬，便是伊河镇最贫苦的人，周掌柜见面也必以辈分相称，但凡有度日艰难者求到家门，也都会周济帮衬，因此颇有人缘，也极受敬重。

周家的生意风生水起，唯一的烦恼却是膝下无子，偌大家业无人承继，生意做得越大就越不安。周太太不能生养，周掌柜又无亲兄弟，连个侄儿都不能过继，这是周家的心病，也成了整个偃师县乡亲们的谈资。

不唯周老太太日日夜夜盼孙子，周掌柜更是心知"家有财而无子"的后果，族中各支早已虎视眈眈，若没个儿子顶门立户，将来自己和妻子年老多病，等待吃绝户的族人们并不会送他们善终，甚至谋财害命都有可能。

吃绝户这等事，在各地都是屡见不鲜的。家中没有儿子，一旦男人染病或去世，只留下妻子，族人便会想方设法欺上门，或强行逼迫过继某子，或直接霸占田地家产，能抢的抢能卖的卖，直到把家里吃穷吃尽，才肯罢手，被欺负逼迫致死者并不在少数。

周掌柜更是常常因梦魇惊醒，不是一群人气势汹汹抄家一般冲进门，把所有值钱之物抢掠一空，便是自己和妻子横遭暗害，家产尽归别人，死后孤坟凄凉。久而久之，这样的梦竟成了驱不散的心魔，只要一想到老而无子，便觉脊背一阵阵冰凉。

思及此番自己若死在火车上，家里只剩老母寡妻……他不由得心里一紧，冬日里竟渗出冷汗，恰好一眼看到屋子里的皮箱，起身拎过打开。一千余大洋用红纸整整齐齐卷着，五十块一卷，足足二十多卷，红得像血一样，刺痛了他的眼睛。

周太太见了红纸卷，方才被冷落的心思才略缓了些："家里还有现钱用，怎么又带回来这么多？"

周掌柜："也就一千多，过年用着方便，还有一些存了银行，随用随取。"

周太太："今年咱家药行有多少收成？生意好不好做？"

周掌柜看着这一千多大洋满腹隐忧，自己为这份家业犯难涉险，几乎丢了性命，却连个后继守坟之人都没有，顿觉无趣起来，伸手将箱子啪地扣上："挣钱有什么用？生意做得大又有什么用？没个儿子继承家业，还不是一场空！"

周太太顿时愣住，怔怔地看着他，随即回身掩面，抽泣起来。

周太太的父亲魏老先生本是前清地方耆老，在乡间颇有些人望，她自幼养在内院，全然按照妇容妇德那一套老规矩教养，平日里大门不出二门不迈，谨遵着在家从父、出嫁从夫的祖训，十六七岁上遵从父亲之命，嫁与挑担子做小生意的周掌柜为妻，说起来算是周家高攀了魏家。周太太虽有几分骄矜，但依旧把传宗接代视为天大的事，然而如今年届四十，身边同龄的妇人大都抱上了孙子，自己却还没能为周家留后，多年来便觉在丈夫和婆母面前抬不起头，只是硬撑着面子罢了。

第二日一早，周掌柜去向老母亲请安，却见老太太端端正正跪在佛堂里，堂上供着送子观音娘娘,口中念念有声:"观音娘娘在上,民妇只求培祥膝下得子,继承家业,民妇愿长跪茹素,为娘娘重塑金身……"

念了几遍,忽然回头看到了周掌柜,却并不理会,依旧跪拜念诵,足足一刻之后才拿起蒲团旁的拐杖摇摇起身。周掌柜急忙上前扶住她:"娘,慢些起。"

周老太太看着他:"回来了?在外头这半年多,过得还顺当?"

周掌柜:"一切都还顺当,儿子不在跟前,让娘惦念了。"

周老太太以拐拄地:"你是让我惦念了!一年倒有十个月不在家,你媳妇怎么生养?"

周掌柜赔笑:"是,儿子这不是回来了?"

周老太太:"你心里也要有个成算,媳妇如果实在不能生,你已经四十的人了,纳个妾也是应当的,不能一直没儿子,由着那帮子人吃绝户!"

周掌柜:"娘说的是,听媳妇说,族里那些人又来搅扰您了,都是您能担待主事,家里才得安宁。"

周老太太:"不要跟我打马虎眼,纳妾生儿子才是要紧!你媳妇那里,我去说。"

周掌柜心里一紧,越发憋闷。他们原先也曾有过一个孩子,不足岁便染上瘟疫夭折了,后来周太太又怀过一次胎,不想到了七个月上,肚子也不见隆起,甚至摸不到胎息,及至强行延医打下来,竟是个死胎。周太太因此受了不小的损伤,险些搭进一条命去,调养许久才恢复了元气,然而大夫暗中告诉周掌柜,她已经不能生育了。周掌柜心中不忍,便始终不曾把这事告诉她,她只道自己不过小产一次,身子已经调养好了,日后自然能再怀胎,因此丈夫一回家,她便惦念着要留个后,殊不知自己早已不能奢望此事了。这几年,他也几次动过纳妾的心思,但想着妻子跟了自己二十多年,总觉开不了口,也就一直耽延下来。

如今母亲要亲自去与她说,周掌柜生怕委屈了她,连忙敷衍道:"娘!这事我记下了,您就放宽心跟那老佛爷似的,从今以后只管颐养天年,我会上心的。"

周老太太哼了一声："我倒想颐养天年,可惜没那个福分!"

周掌柜小心翼翼把母亲送了回去,才终于松下一口气,回到主屋歇息。

第二日,周掌柜看到了火车遭劫的报纸:《惊天命案! 土匪买通军警劫持火车,信阳数百旅客惨遭抢掠》,公布了被劫持致死的旅客照片,等待亲属见报后前往认领,其中便有那位富家少爷,照片虽极为模糊,但周掌柜依旧一眼认出了他,又是一阵心惊肉跳。

当夜,周掌柜睡得极不安稳,似乎总有什么东西萦在头上,翻来覆去不得解脱,许久才昏沉沉眯了过去,却是立即走进了一片红色雨幕中——

天降红雨,吉凶祸福难料。

那连了天地的一片红雨丝,夹着四散弥漫的烟尘,将商队的马车都笼罩在一片浓云红雾之中,他几乎看不清马车上伙计的脸。人和马车都静悄悄的,一丝声音也无,只是一辆又一辆地从眼前慢慢闪过,仿佛过阴兵一般。

周掌柜不由得生出几分恐惧,想要出声催促车队快些前行,却哑了嗓子,一个字都说不出来,车队也依然无声无息,不光听不到车驾声,连伙计也好像聋哑目盲一样,丝毫不理会自己。

他更加悬起心来,发根都竖了几竖,只得默默跟在车队旁继续走着。然而行不多远,竟看见一个红色襁褓浸在泥水里,襁褓中有个婴儿,闭着眼睛一动不动,不知又是哪家生了孩儿无力抚养,就扔在这荒山无人过往的路上,此刻也不知是死是活。

周掌柜心生不忍,弯腰把襁褓抱起来,却见那孩子五官周正,小脸浑圆,这么凄冷的雨天,竟然面色白嫩红润,泡过雨的襁褓也依旧温暖干爽。就在这时,孩子忽然睁开眼睛,朝周掌柜笑了一下,顿时天地间浓云尽消,红雨散去,阳光朗照起来。周掌柜看着孩子,只觉这一下就笑到了心坎上,抱在怀里爱不释手,心里想着,我若有这样一个儿子便好了。

他四下望了望,不见有人,不由得出声问道:"这是谁的孩子? 怎么扔在这里?"

那孩子笑咯咯看着他,也学舌道:"谁的? 谁的? ……"

听得这稚嫩的一声声"谁的",再看那孩子,眉梢竟慢慢地生出了一颗浅红色的痦子……

周掌柜立即从梦中惊醒,凛冬天气,全身激出了一层汗:

火车上那个持枪劫匪,也问过同样的话!

而当时他的回应:这不是我的! ……

不是我的,我为何要抱在怀里? 不是我的,我为何又希望他是我儿子?

难道真就注定命中无子? 只是梦中这孩子,竟如此真切,他抱在怀里喜欢得紧。

正想着,眼前再次出现了那颗痦子,他忽地一激灵,全身汗毛都竖了起来:这孩子,分明是他欠下的债! 那个替自己枉死的富家少爷,真的找来了!

他看了看身边的周太太,沉沉叹了口气,无尽悲凉漫上心来。

二 孺子可期

转年便是民国十年,刚过完正月,河南省城开封就传开了伤寒时疫,每日都要抬出二十几具染疫病死的尸首,进而向周边蔓延,渐渐波及全省。伤寒、霍乱、传头子病,皆是老百姓最怕的疫病,因此听说此次时疫是伤寒,一旦染病,死者十之二三,一时人人自危起来。

偏偏又赶上河南参议员改选,省长忙于操纵选举事务,也顾不得这小小时疫。省民政厅卫生处下发了政令,要求开封周边各地设立防疫站,隔离伤寒染病者,同时吁令各地名医和药行"明察细微,谨防时疫伤及民众,广舍医药,多行仁爱济世之举"。

此时的河南,吴大帅和北京政府派来的赵督军龃龉正多,省政府都一团乱麻,卫生处更是人微言轻,区区几道政令,根本救不得全省百姓。幸而河南自古出名医,民间多有杏林高手,汉代就有神医张仲景留下了《伤寒杂病论》,因此各地大锅熬煮防治汤剂,有染疫者便照方施药。

时疫渐渐传开,各地已开始有病死者,为防疫病扩散,垂死病患往往被隔离等死,尸身一概焚烧掩埋,亲人亦不得见最后一面,悲声诀别者,惨闻数里。

周掌柜作为药行生意的翘楚,自然是大义当前,亲自调集药材,电报郑县、洛阳、开封的周记药行设了施药站,各站配好三千服防治伤寒的汤剂药包,附近县镇村子的人皆可到周记药行登记领取,百姓们纷纷将周掌柜视作救灾义商。

民国以来,河南无年不疫,周掌柜亲眼见过的大疫就有五六次,哪次都要收几千几万条人命,因此他深知,仅仅施药,并不能完全阻止时疫扩散,还需对民众进行卫生教育。

河南地方征战不断,灾祸连年,寻常百姓能有两间房,几斗粮,不受饥馑之苦,便是天大的福气,何来预防时疫的意识?至于卫生条件,更是极其恶劣,如何能阻得住疫情扩散?

年后,周掌柜本当去许昌等地给老主顾送几车药材,如今时疫迫切,他便多带了两车防疫药包,沿途舍药救济百姓,又亲手写了《防疫歌》,诸如"饭菜要煮熟,冷水不入口;瓜菜要洗净,吃饭先洗手;茅厕勤清理,便后要洗手;人人讲卫生,伤寒自然走"之类,都是易懂易记的,印了上万份,以备途经村落散发。

周太太见丈夫又要出门,一面帮他打点行装,一面嘱咐:"你自己在外面,可千万要小心,时疫是不认人的,管你是谁,染上就能要命……"周掌柜翻看着账本,随口应着:"我晓得,你不用担心。"

周太太叹了口气说:"你又要走……自打你回来,娘都问我多少回了,她老人家盼个孙子呢。"

周掌柜自那次梦后,心中早已有些淡了,只是随口应付道:"难道我不盼儿子?你要同意,我就纳妾生一个。"

周太太立即停了手:"你刚满四十,就想着纳妾?爹是县上的参议员,如今你要纳妾,他老人家颜面怎么过得去?"

周掌柜摊手:"那你说怎么办?你要是能生养,我何至于至今无后?"

周太太:"我哥哥家小三子,今年两岁了,聪明伶俐,我看着那孩子很喜欢,要能抱过来,也算是自家血脉……"

周掌柜立即打断了她:"他不姓周!"

这些年来,周太太偶尔提过几次抱养娘家族中的孩子来延续香火,无非是觉着魏家的孩子与自己血脉相亲,将来这份家业也是落在娘家人手里,然而周掌柜都是当即拒绝:周家本族的孩子尚且不敢收养,何况魏家的? 自己半生打拼的生意岂能被外姓人占了去?

周太太低了头,不敢再说,依旧默默地收拾行装。周掌柜抬脚出了房,去向老太太磕头辞行。

日头刚上来,周记药行七八辆装满药材麻包的骡车已经准备停当,药材上苫着雨布,周掌柜亲自赶着头车,带着几个伙计出发了。周太太站在门口,垂了几滴泪,叹气看丈夫远行而去。

车队行不多远,刚过正午,天忽然阴了起来,厚厚的浓云仿佛压到了头顶,眼见就是一场大雨。周掌柜和伙计们纷纷诧异:刚进农历二月,往年都是春旱滴雨难求,麦苗干得打卷,怎么忽然要下雨了?

周掌柜急急催着车队赶往遮雨之处,这条路他非常熟识,知道三四里外就有一处土地庙,刚赶到土地庙前解了牲口,雨便倾盆下了起来。众人躲在庙里,将骡子拴在廊下,大家倚在门口柱子上,看着外面连天的雨幕,惊异不已,有人说多少年没见过二月下如此大雨,许是龙王真的抬头了;有人说痛痛快快下一场透雨,今年麦收就看见希望了。

原本和大家说说笑笑的周掌柜,忽然停下来,眼睛直直地盯着远处的一道山梁:那道山梁高不过十几丈,满是贫瘠的红土,瓢泼大雨浇上去,一道道红泥水顺着山梁流下来,竟像掺了朱砂一般,汩汩奔涌,与他那次梦中的红雨,如出一辙! 他清晰地记得,自己就是在这样的红泥水里捡了那个婴儿!

一念及此,他立即披上蓑衣,出门直向山梁而去。几个伙计急忙喊着:"东家,你去做什么?"周掌柜边走边喊:"你们在这里避雨等我,我去那边山上看看!"

急雨来得快,去得也快,周掌柜还未走到山梁,雨就停了下来,前后不过一盏茶时间。晴朗的大日头晒下来,很快驱散了雨后的寒气,周掌柜竟觉得鼻头微微冒汗,全身都热了起来。

此时太阳已开始偏西，山梁下并不见人，只是一片杂草荒滩而已，周掌柜想着梦中的情形，不觉有几分失望，正要下山回去，却见荒滩上的芦苇荡在晃动，似乎有人在分开芦苇前行。他循着晃动的方向走下去，终于看到几个人：一个满面皱纹衣衫褴褛的女人，带着两个枯瘦如柴衣不蔽体的十几岁少年，拼力拉着一领草席，草席上躺着一个死去的男人。草席后面，跟着三个更小的孩子，最小的那个，看起来只有五六岁。

显然，顶梁柱倒下，这个家已是毁了。

一个死了丈夫的女人，带着五个尚未成年的孩子，在这样的乱世里，根本活不下去，纵然卖儿卖女，也未必能化解一家人的厄运。

周掌柜叹了口气，河南大地上灾乱不断，插标卖儿女者比比皆是，当童养媳，进戏班，卖苦力，就算牛马不如，还勉强算得一条活路，若遇上大灾年景，易子而食也是寻常事。此等悲惨情形，周掌柜已经见得太多，许多贫苦百姓家的孩子，从出生就注定了一世不幸的命运。

女人抬头看到周掌柜，麻木的脸上有了一丝神色，却只是哆嗦着嘴："老爷，您行行好……"

周掌柜看着这母子六人，一时竟说不出话来，愣了一下才说道："你们这是……"最小的那个孩子忽然脆生生开口了："这是我爹，死了三四天，没钱买棺材，我娘说随便挖个坑埋了他。"

他一说话，立时吸引了周掌柜的注意：这孩子看起来十分瘦小，但一双眼睛却乌溜溜发亮，说话干脆利索，毫不怯生，一点不像五六岁年纪。更让周掌柜震惊的是，那双眼睛，竟与梦中见到的婴儿别无二致，而且眉梢不知何故，竟真的有一点淡淡的红色印记！

周掌柜心里如被炸雷轰过一般，眼前金灿灿闪着二十根"大黄鱼"，还有那躺在车厢门口的富家少爷，只一眼，他便认定了眼前的孩子，脑海里只剩一个念头：我要把这孩子带回去，无论如何都要带回去！

然而他面上却不带任何异常，随意打量了一下其他几个孩子，看起来都怯怯懦懦，低着头一句话不敢说，更显得这孩子精明伶俐，倒像个小小人物一般。于是点头问道:"你爹……是怎么走的?"

孩子:"病死的,痨病了好几年,他这一死,就解脱了!"

女人连忙呵斥他:"小五,怎么这样说你爹?"

小五:"娘,你经常说他多活一天多遭一天罪,现在他死了,只顾自己解脱,我们娘儿几个早晚也是死,不如一起跟着去。"

孩童无知,说的却是实情,这般直言不讳地说出来,更添了几分凄凉:久病床前,就算家人再尽心,也是无力照应,若能不再拖累,于己于家都是解脱。

周掌柜唯有叹息而已:"这位大嫂,您家小五郎说的是实情,我虽是个过路的,既然遇上了,也不忍心看着您和孩子们作难,给您留三块大洋,把大哥安葬了,一家人再想其他办法吧。"

那女人听着,忽然流下泪来,乡下穷苦地方,一块大洋便是了不得的数目,足能让一大家人吃饱一月。三块大洋,安葬自己的男人已是绰绰有余,甚至还能给孩子们各添件衣裳,过几天好日子。

她却没有伸手,而是扑通跪到周掌柜面前:"老爷,您是大善人,肯帮我们母子一把,就是救命的恩情……大洋总有花完的时候,您要真肯帮我,几个孩子您挑一个带去,三丫头十岁了,能当童养媳,老大十三了,一两年就能扛苦力,您只要给口饭,别让孩子饿死……"

说着,一边痛哭一边连连叩头,满脸都是泥水和泪水,几个孩子也都跟着哭起来,只有小五,依旧转着乌溜溜的眼睛,一直望着周掌柜。

周掌柜慌得摆手:"大嫂,这可受不起受不起……"一面说着,一面心下计较已定:"大嫂,您带着五个孩子确实艰难,要是我把小五带走,您也少个拖累,不知道您舍不舍得?"

女人连连点头:"怎么不舍得,只要您不嫌弃孩子小派不上用场,能跟您去,是他的福气……"说着就把小五拉到面前:"快给老爷磕头!"

小五像模像样地跪下磕头:"老爷,您给我一口饭吃,我一定好好伺候您!"

周掌柜蹲下身来,平视着小五的眼睛,更觉他眼神清朗,毫无瑟缩之态:

"你跟我走了，不想你娘？不想你哥哥姐姐？"

小五脸上带了几分与年纪不相称的沉郁神色，忽而一吸鼻涕抬头看着周掌柜："想有什么用？我们穷人命贱，活着就行！"

周掌柜竟被这句话惊了一下，随即敛了神色："好孩子，想得很明白，今年几岁了？"

小五昂然挺胸："虚岁八岁了！我已经不小了。"

周掌柜暗自叹息，七八岁的孩子，竟瘦小得看起来只有四五岁，但他并未表露什么，只是点点头："好，你都懂，以后就跟着我。"

小五低垂着头，浮起满满委屈："我现在还不能跟您走，得先把爹埋了。"他咬了咬嘴唇："这是我最后的孝顺了。"

周掌柜去了足有一个时辰未归，几个伙计在庙里等得焦灼不安，太阳已经西沉，依然不见东家回来，这年月兵荒马乱的，莫不是出事了？大家正准备分头去找他时，他却忽然出现在山梁上，遥遥地向大家招手。

留下一人照看大车和牲口，其余人等急急奔上山梁，却发现是要帮人安葬，不免觉得有些晦气，却也不得不搭一把手。周掌柜出钱买了一块义地，大家又分头去买了棺材、孝衣、白幡、纸牛马等物，停灵一天，第二日便帮衬着将男人安葬了，起了一座新坟，算是送他上路了。

这一日间，周掌柜渐渐了解了小五一家的状况。

小五本姓姜，他父亲姜伯礼自外乡流落至此，因识得些文墨，为人又精明练达，被一家杂货商行聘为掌柜，颇受器重，不几年间便攒了些家底，置几亩田产，娶妻生子，在本地扎下根来。可是因为军阀混战，那商行竟被抢劫罄尽，一把火烧了，姜伯礼失了差事，只得带着一家人耕作度日。

若能长久如此，日子虽苦些，倒也过得下去，可他偏偏又害了痨病，一病就是好几年。痨病最是耗人，一时不妨碍性命，却日日离不了药，几年下来，不仅将此前的积蓄全部填了进去，连田产也陆陆续续卖了。姜伯礼的妻子勤劳耐苦十分刚强，一人带着五个孩子，照应病弱的丈夫，再苦再难从不说一句求人的话,日常把一句"冻死迎风站,饿死不低头"挂在嘴上,生生挺过了这些年。

姜伯礼这一去世,她的刚强信念竟在一瞬间倒塌了,丈夫没了,家残破了,五个孩子嗷嗷待哺,而她,却连葬夫的钱都没有,至于将来带着孩子们如何活下去,更是想都不敢想。身为母亲,她唯一的选择,便是放弃自己全部的尊严,给孩子们求一条活路。

所以,周掌柜看中了小五时,她立刻便同意了。她看得出,眼前这人的气度和派头,非富即贵,小五能去这样的人家,是他的造化。

祭奠已毕,女人将小五拉到眼前,双手捧着他的脸不住地摩挲,两眼泪落如雨:"小五,以后就跟着人家去了,娘不能照顾你了,你要听老爷的话,手里眼里勤快些,千万不敢淘气,不要顶嘴……"

小五伸出小手替娘擦泪,点着头说:"娘,我记住了。"

女人狠了狠心,将小五推到周掌柜面前:"老爷,以后这孩子跟着您,打也打得骂也骂得,求您看在他没了爹的份儿上,多垂怜几分。孩子跟了您,就跟我再没关系了,姜家人穷死饿死,绝不麻烦老爷一分。将来,万一这孩子有个三长两短,那是他命运不济,我也不敢怨谁,但求您能给个回信儿……"

周掌柜拉着小五的手:"大嫂放心,我一定好好照顾孩子,不会让他吃苦受难。"说着,又解下褡裢,给了她十块大洋,当作小五的身钱。

女人把钱接在手里,眼泪更加簌簌而下:"这钱,让我这当娘的怎么拿啊……他跟着我没吃没穿,连像样的衣裳都没有一件,就这么破破烂烂地交给您了……他是甲寅年属虎的,生在七月初七……"说着,猛地转过身去,双肩抽搐声音哽咽:"老爷,您带他走吧,我不送了……"

几个孩子都哭了起来,悲声一片,兄弟姐妹五人拉着手难舍难离,最后还是小五先停了哭声,伸手推了推周掌柜:"老爷,该走了。"就这样跟着周掌柜和伙计们离开家,向土地庙走去,听着他娘和哥哥姐姐越来越远的哭声,竟一次都没有回头。

当夜,周掌柜就带着小五和伙计们宿在土地庙里,地上铺些干草,盖上油布,摊开铺盖,听着外面呼号的风睡去。

夜半时分,那个缠身多年的噩梦再次来临。

他眼睁睁看着无数人冲进家里,每个人都似红了眼一般,满面俱是贪婪的神色,如狼似虎地扑向那些钱财细软,撕扯着,争夺着,衣裳被褥满地狼藉,砸烂的瓷器碎片纷飞,老母亲和妻子不停地哭号哀求,却被推搡在地,无人关心她们的死活。心念一转,各地药行的掌柜伙计也纷纷卷着铺面上的银钱货物,四散离去,他一时焦灼忧惧地看着家里,一时又紧急万分地盯着药行,大声嘶吼着求他们停下,却无一人听他的劝阻……

周掌柜猛地惊醒,左右看了看,周围的人睡得正沉,唯有姜小五略带忧色地看着自己,暗夜里依旧觉得那双眼睛亮得像深邃的星星一样。那一瞬间,他心里竟涌起一股柔软的情愫,伸手将孩子揽在怀里:"小五,怎么不睡? 想你娘了?"

小五摇摇头,说:"我刚才听老爷喘得很重,怕您生病。"

周掌柜愣了一下,才意识到自己方才做噩梦时呼吸沉重,而这个刚认识不过一日的孩子,竟然会殷切地担心自己。那是一种他从没有过的体会,仿佛眼前这个孩子与自己有了奇异的牵连,心里有一个强烈的声音响起:就是这个孩子! 把他带回去,绝了那些人吃绝户的念想!

这个念头一冒出来,他的心竟跳得擂鼓一般,两眼直勾勾地盯着小五,直把小五盯得心里有些慌张,连叫了两声"老爷",他才缓过神来,强压下心思翻滚轰鸣如潮的激动,伸手把小五揽在怀里,故作镇定地问道:"是不是因为你爹的病,才担心我?"

小五点点头,说:"我爹是痨病,总是憋得厉害,夜里喘气声太大,我就会醒。"

周掌柜恍然,心里却更加珍惜他这份细腻的心思,说:"不用担心,我没病。"

小五望着他,目光清澈,随即又低头叹了口气:"爹死了,娘把我卖了,以后都要靠着老爷,可我还小,也不知道干什么活儿,才能让老爷给我一口饭吃。"

周掌柜暗自叹了口气,这孩子小小年纪便已饱经艰难,他并不知道自己将迎来命运的改变,依旧在为活下去忧愁。但周掌柜依旧神色如常:"你觉得,你能做些什么呢?"

小五:"我不想当牛做马报答您,您家里牛马多的是,我想跟您学生意,长本事,才算真的对您有用。"

周掌柜一下子搂紧了他,欣慰和惊喜溢满了心头:"好孩子,有志气! 我最大的心愿便是你能争气上进,将来给我当个好帮手!"

小五慢慢地睡了过去,周掌柜给他掖好被子,才发现天边已有了一丝麻麻的亮色。又过了一阵子,伙计们起来,割来干草,拌了麸料喂牲口,又支起灶煮粥烳馍,几个人就着咸菜吃早饭。

小五好似从没吃过馍一样,在众人惊诧的目光中,狼吞虎咽地吃了两个。两个碗口大的馍,便是成人也吃不下,然而他却似依旧饥饿难忍,伸手拿向第三个,周掌柜见状不好,立即伸手止住他:"小五,不许吃了,再吃怕要撑坏。"小五愣怔了一下,慢慢缩回了手,不再说什么。周掌柜知道,饿久了的人容易不知饥饱,一旦饱餐过甚,撑死的事时有发生。所以,此后每到饭时,周掌柜必要盯着他,直到几天之后,他饭量渐渐正常了,才放下心来。

车队继续南下,向许昌方向出发。周掌柜赶着头车,给小五披了件自己的棉袄,揽着他坐在车辕上,一路走一路闲看风景,偶尔和后面几辆车的伙计信马由缰地聊几句,大部分时候都是静静前行,听犍骡哒哒的蹄声,车轮辚辚的行进声,太阳慢慢在头顶移着,一天的时间变得格外漫长。

忽然,有个伙计捏着嗓子唱了起来:"遭陷害囚冷宫星移斗转,日复日冬夏春屈指十年。冷宫内虽不见冰刀霜剑,阴森森却好似离开人间。黑沉沉凄惨惨天日不见,风萧萧铁马声捶击心弦。夜茫茫望穿眼何时彼岸,孤单单冷清清身影相怜。天蒙蒙何日里睁开慧眼,盼只盼除奸党昭雪沉冤。……见此情不由我泪如雨下,心中好似钢刀扎。我哭啊,哭了声幼主啊,我再叫,叫了声幼主啊。"

周掌柜边听边和着板腔敲着车辕,四野无人,这一声声粗糙的唱腔竟带了荒凉的凄楚之音,直听得人心里一阵酸楚冲上颅顶,不由得沉沉叹气。等到他唱完这一段,周掌柜才笑道:"铁顺儿,自打开封听了李剑云,就这么迷上了?"

铁顺儿恢复了本声:"可不迷上了? 那李剑云台上一站,身段架势就跟别的角儿不一样,真叫一个漂亮! 开口又清脆又甜润,听得人魂儿都要跟他飞了,满开封城,谁不喜欢他?"

周掌柜:"报上说,李剑云登台,不只男人爱看他,夫人小姐们更是疯魔,一场戏下来,台上扔满了戒指帕子,他每天下了戏都是悄悄从后门溜走,还是经常被人堵在路上只求见他一面。"

铁顺儿叹了口气:"下次再见李剑云,我就把这双耳朵送给他,天天跟着他听!"

众人闻言,皆是哈哈大笑,周掌柜故作认真道:"可是你说的,下次去开封见张班主,带你一起去,就让李剑云亲自削下你这双耳朵。"

铁顺儿笑得前仰后合:"那自然好,多少人想给李剑云送耳朵,人家未必肯收呢。"

小五坐在车辕上,披着周掌柜的棉袄,侧耳听了那一段唱词,只觉如闻仙乐,世上怎会有这般好听的戏腔? 细细品味了许久,方才回味过来,于是向后车喊道:"铁顺儿叔,刚才唱的什么? 这么好听!"

铁顺儿:"《狸猫换太子》,听过吗?"

小五:"我以前也看过高台戏,从没听过这么好听的。"

铁顺儿:"梆子戏好也能唱,赖也能唱。乡下小窝班的戏,跟省城大戏园的名角儿,那是能比的?"

小五似懂非懂地"哦"了一声,忽然又说:"铁顺儿叔,能教我唱吗?"

铁顺儿连连摆手:"可不敢教,我自己瞎唱几句,荒腔走板的,教你是误了你呢。"

周掌柜笑道:"路上也是无聊,他想学,就教他几句,又不登台,学好学坏有什么关系。"

铁顺儿于是吆喝着犍骡紧赶几步,与周掌柜的车并行,伸手将小五抱到自己车上,一句一句给他讲戏词,连哼带唱地教他。不想小五天资聪明,一教就会,不过半个多时辰,就把整段唱腔顺了下来,还因童音细嫩,嗓子脆亮,唱起来比铁顺儿的唱腔竟要入耳很多。

一路上走走停停,施医舍药,散发《防疫歌》,走了三四天,到了禹县地界。这一路上,小五不时缠着铁顺儿,又学了七八段唱词,直到将进县城,才安安分分坐在周掌柜的车上。

禹县是个大县,城里繁华自不必说,沿街商铺林立,行人如织,各种小吃叫卖,撂摊杂耍,热闹非凡。周掌柜带着车队进了一家熟识的客栈,将车赶进后院,客栈伙计帮着卸车喂牲口,又安排了一间上房、一间大炕房,安顿众人住下。

看着天还未晚,周掌柜带着小五出门,去布匹店选了几套衣裳,又吃了两碗热汤面,才回到客栈,打发伙计烧了热水来,亲自看着小五全身上下洗了两遍,又给他剪了头发,细细篦了一通,确信没有虱子,才让他换上新衣裳。

再看小五,小脸洗得白白净净,身上衣物也不再破烂邋遢,竟是一个清秀好看的孩子,五官齐整,眉毛浓密,眼睛乌亮,十分惹人喜爱,看得周掌柜连连点头。然而看了几眼,周掌柜忽然抽了一口冷气:小五眉梢的那一点红印,竟然不见了!那瘊子,难道凭空消失了?

小五略带几分腼腆地站在周掌柜面前,穿着新衣,一时还有些手足无措,脸上却是满满的欢喜神色,毕竟穷苦人家的孩子,自出生以来,从未穿过这么好的衣裳。

周掌柜抹了抹他的眉眼:"小五,我记得你这眉毛上有个红瘊子。"

小五疑惑了一瞬,才忽然回过神来:"那不是瘊子,是前些天被树枝扎破了,结了个痂,刚才洗脸的时候脱下去了。"

周掌柜不可置信地看着他，片刻后才猛地醒悟，这只是一个巧合，而非宿命追索。想通的一瞬间，他顿时松下神来，心口跳得咚咚乱响，萦绕心头的阴影终于散去：幸好不是他，幸好不是他找来了……

本以为这孩子是自己命里的债，如今一下子放了心，只觉天朗地宽，再无惊慌疑虑。他长长松了一口气，无论姜小五是否与那富家少爷有命数牵连，他都要将这孩子好好养在身边，只当偿了富少爷因自己枉死这桩冤债，也带个孩子回去破一破周家无子的气数。他暗自盘算着，这孩子生在七月初七，命格极硬，周太太连怀两胎都养不住，必得这样一个孩子才镇得住煞气。

小五惊疑地看着周掌柜："老爷，您怎么了？"

周掌柜回过神来，打量眼前的孩子，越看越觉得他机敏灵秀，于是含笑问他："小五，这几天跟着我，觉得好不好？"

小五使劲点头："好，从没有过这么好的日子，天天吃得饱，还有新衣穿。"

周掌柜沉吟着，说："既然跟着我好，你愿不愿意改个姓，重新取个名字？"

小五全不在意，随口道："我是您买来的，您让我姓什么，我就姓什么。"

周掌柜："我要是让你跟我姓周，从此以后认我当爹呢？"

小五一时有些茫然："认你当爹？"

周掌柜："我自己没有孩子，想把你认成儿子，你愿不愿意？"

小五惊得张大了嘴巴："老爷的意思是，让我做您家的少爷？"

周掌柜："正是这个意思，你愿不愿意？"

小五愣了好一阵子才回过神来，忽然如晨星落入双眼般焕发出惊喜的神采，扑通跪倒在地："爹！"

周掌柜伸手拉起小五赞叹道："好孩子，聪明，果断，识时务，将来必成大器！"

说着，以指蘸水，在桌上写下给他取的名字：周钧儒。然而小五只是愣怔怔地看着，并不认得这几个字。

周掌柜耐心教他:"这几个字念周——钧——儒,意思是希望你将来为人行事品格贵重,学识渊博文气儒雅,记下了吗?"然后又拉着他的手,把这几个字写了一遍又一遍,直到他能一笔一笔画出自己的名字为止。

第二天一早,伙计们才知道小五一夜之间竟成了周家的少爷,人人惊诧不已,原来周掌柜早已有了心算,那日让大家安葬的就是少爷的亲生父亲。诧异之余,又都做出替周掌柜高兴的样子,纷纷道喜,赞叹少爷聪明机敏,相貌俊秀,周掌柜给每人发了一块大洋赏钱,并叮嘱返回偃师之前不要说出此事。

周钧儒自此安下心来:虽说娘卖了自己,却是卖到富贵人家做少爷,算得天大的福气。他年纪虽小,却很识时务,又颇会看人脸色,讨人欢心,一路上不叫爹爹不开口,哄得周掌柜简直要把他捧在手里含在嘴里,对几个伙计也是叔叔伯伯喊得亲热,如此懂事明礼的小少爷,大家如何不爱?

两日之后抵达许昌,交割了药材,伙计们便返回偃师,周掌柜却赶着一辆车继续南下前往汝平县。汝平县有一位世家名医,姓杜,乃是杏林国手,尤其好脉息,手一搭脉就知症结所在,儿科妇科一概精通,尤擅各类疑难杂症,几十年来悬壶济世救死扶伤,神医之名闻达数百里。

杜家年年都向周记药行定一大车药材,周掌柜此次亲自押着药材前往汝平,便是想借机求得几个方子。药行历来与名医交往密切,积攒些寻常疾病的方子,再有几个秘方,有时便能生意独揽,一家做大。

少了几个伙计随行,路上便无趣了很多,尤其是铁顺儿也回了偃师,周钧儒更觉兴味索然,坐在车上,只是把那七八段唱词轻轻哼着。

周掌柜见他无趣,便一路上教他认几个字,学些演算,没想到周钧儒却是个天生的奇才,一教便会,过目不忘。许昌到汝平县城,路上不过两三天时间,竟认得了许多字,演算学得更快,百以内的账目随口即来,令周掌柜惊喜不已,自谓有如此聪慧的儿子,此生知足了。

到得汝平县城杜家,杜老先生亲自迎了出来。这位声闻百里的名医,精神矍铄，须发皆白，穿着一件青布棉袄，手里端着长长的水烟袋，脸色晒得黧黑，看起来与一般农人无二，只是眼睛格外锐利明亮，全然不像一位老者的眼神。一见周掌柜，他便呵呵笑道："培祥老弟，听说你这两年生意做得越来越大，都到湖北、四川一带了，能把咱河南的医术名声带到外地，老弟是个成大事的人啊。"

周掌柜："不敢当不敢当，还是仰仗各地的主顾照应，无非就是药真价实四个字。"

杜老先生："就是这四个字最要紧！只要守住了，生意做到天边都能站住脚。快进来进来，我让人把药材抬进来。"

周钧儒跟在周掌柜身后，进了杜家的院子，这院子看上去和寻常地主家的房舍相差无多，只是更有些书香气息。两个长工陆续把药材搬进院子，杜老先生背着手一袋一袋地验看，不时捏起一点闻闻，或在嘴里嚼一嚼细细品味，满是褶子的脸上带出了笑容，连连点头："好，好，培祥老弟送来的是上好药材，都是济世救命的良药。"

周掌柜："那是自然，百姓患病，名医开方，全靠这些药材治病，一味药性不好，就可能误人性命，我是万万不敢做的。"

杜老先生点头赞叹着，便留他们歇宿一晚明日再回。

周掌柜本就想找个缘由与杜老先生多聊几句，如今见他挽留，自是正中下怀，便跟着进了会客厅堂。杜老先生招呼周掌柜坐下喝茶，又特意照顾周钧儒，抓了桌上的果子给他吃。

正说着话，忽听院里响起一个哼着京戏的圆亮声音，快到门口时喊了一声："爷爷，我回来了！"音未落，一个青年进了屋子，看到周掌柜和周钧儒时，微微有些愣怔，杜老先生咳嗽一声："已经念大学了，还是一点都不知道稳重，快见过你周叔父。"

那青年个子不高，眉清目秀，一身书卷气，性情却极为活跃，仿佛清风吹着阳光直到眼前，让人一见便生亲切之感，他大大方方地向周掌柜拱手施礼："晚辈见过周叔父。"

杜老先生笑道:"这是我的大孙儿杜衡,现在开封念大学,说是毕业了就能出洋留学,可刚过完年就闹起了时疫,也不敢放他过去了。"

寒暄了几句,杜衡便退了出去,周掌柜和杜老先生继续攀谈,周钧儒的心思却随着杜衡那一句唱腔飞了,不承想世上竟有这般华丽的腔调,如在九霄云端一般。

当夜,周钧儒早早被送回房睡了,周掌柜和杜老先生饮酒长谈。杜老先生虽在乡野,但能把儿子和孙儿都培养成大学生,视野格局自不是一般人。周掌柜幼年也读过些书,行商又走遍各省各地,亦是见闻广博。二人越聊越投缘,直到三更时分,困意难当,才各自回房休息。

第二日天刚亮,尚在睡梦中的周钧儒就被推醒,周掌柜催促他起床洗脸,去向杜老先生辞行。周钧儒睡眼惺忪,嘴里嘟囔着:"爹爹,药方得了吗?"

周掌柜哑然失笑:"你还知道惦记这事?杜老先生给了三个好方子,尤其是疟疾秘方,单这一个方子,不知道能活多少人命呢。"

周钧儒手脚利索地穿好衣裳,又跑去洗了脸,问道:"爹爹,咱今天回家?"

周掌柜:"对,回家,回去先见奶奶和你娘,过了明路,就是名正言顺的周家少爷了。"

周钧儒有些紧张起来:"奶奶和娘,会喜欢我吗?听人家说,后娘的心,独蒜的根……"

周掌柜打断了他:"哪儿听来的?胡说八道。从此以后,那不是后娘,是亲娘!"

话未说完,忽然远处传来一片枪声,周掌柜神色剧变,一把抱起周钧儒躲在窗边桌子下。周钧儒心下纳罕:"爹爹,有人放鞭炮?"周掌柜神色紧张:"是打枪!不许出声!"

三　围城险归

　　周钧儒第一次听到如此密集的枪声,但他知道枪响就是打仗,打仗便会死人,心里不由得怕起来,缩在周掌柜怀里有些哆嗦:"爹,是不是又打仗了?"周掌柜:"不用怕,大帅们打仗,有时候放一阵枪就走,也许不会真打起来。"

　　父子二人躲在桌下,只觉枪声一直在远处,似乎并未进城来,约莫一刻钟后,才渐渐稀疏了。二人起身赶到院子里,却见杜老先生和家人也都各自从屋内走出来,大家望着枪响的方向议论纷纷,不知发生了何事。

　　过了片刻,只见杜衡从街上飞跑回来:"围城了,外面好像是冯将军的兵,要与北京政府派来的赵督军见个分晓。"

　　杜老先生急得跺脚骂道:"外面放着枪你就跑出去,也不怕吃了枪子儿!一天天的不学好,不是学戏就是跟黄狗皮鬼混!"

　　杜衡:"还不用怕呢,只是围了城,听守军说也就来了五六百人,一时半会儿打不进来。"

　　听他这样说,大家才都松了一口气,继续追问战事究竟如何,杜衡懊恼道:"这些兵是夜里突然来的,守军也是毫无防备,目前只交了一次火,接下来怎么打谁知道呢。"

杜老先生无奈地摇了摇头:"生在这乱世道,人真是不如犬马……"转身看到周掌柜:"老弟,你受委屈了,亲自来送一趟药材,还把你困住了,早知道有这事,真不如不留你。"

　　周掌柜:"老先生可不敢这么说,生有地死有命,既然已经困在这里,就该一起过难关,或许三两天就退兵了,没什么好怕的。"

　　杜老先生叹了口气:"多说无益,这几天都不要上街,全都在家闭门不出,只盼着别打进来吧。"说着又特意盯着杜衡:"尤其是你,不许再往外乱跑,枪炮无眼,你要有个分寸!"

　　说来也奇,此次兵围汝平,除了第一天清晨放了一阵枪,一连数日,很少有交火声,城里一切如常,城外驻兵也只是围而不打,只是任何人都不能出入而已。城中百姓都以为这是一股流兵,只要坚守不出,他们抢不到粮食财物,过段时日自然会撤往他处。

　　周掌柜整日闭门,闲暇时便教周钧儒读书认字,或与杜老先生闲话家常,有时杜衡也在旁边陪着,说一些学校课业之事。

　　杜衡去年刚刚被中州大学录取,是县里唯一的大学生,人人都赞叹他年轻有为,将来定是个官宦之身。然而杜老先生却颇为烦恼:这一表人才的大孙儿,竟是不爱学习只爱戏,高中时候就到处学戏票戏,跟一众戏班名角儿打得火热,去年险些拿着钱跟京戏班子跑了,亏得他爹亲自去学校交了学费,以死立逼,才答应了去念大学。

　　如今,既有时疫又有乱兵围城,这大学眼看着就不能好好念了,杜老先生很是焦心,却又无可奈何。

　　这一日,杜衡正在院里拿一根木棍做花枪演练,刚走了一趟,就见周钧儒不知何时从客房里出来,坐在台阶上正看得入迷。杜衡于是问:"周小少爷,你也喜欢看戏?"

　　周钧儒点点头:"杜少爷,你这枪耍得好,比高台戏好看多了,他们只会唱,不会耍枪。"

　　杜衡停下来笑道:"那些唱梆子的怎么可能会耍枪,我这是学的京戏,教我的那些角儿，以前可是宫里供奉的，一身都是真本事。"

周钧儒瞪大了眼睛："宫里？给皇上演戏的？"

杜衡："可不是，那会儿大清朝皇帝还没逊位，人家都在宫里大戏楼开戏，寻常百姓想看这些角儿的戏，那可是没机会，如今皇帝倒了，他们也就流落到民间来了。"

周钧儒："我以前只远远地看过戏，从没见过角儿。"

杜衡叹了口气："我本来也是想去学戏当角儿的，可是家里不让，逼着我念大学，不然早就搭班子去北京了。"

周钧儒带出了羡慕的神色："我只知道看戏，想都没想过去演戏，你要能成了角儿，那该多好。"

杜衡："你还小，不懂这个，将来你也是要读书上学的，咱们这样人家的孩子，是不让干那些下九流行当的。"

周钧儒呆呆地望着杜衡，他幼小而艰苦的童年意识里，并不觉下九流如何不好，全然不懂杜衡的苦恼。

杜衡笑了笑，分明带着一丝苦涩，说："我该去读书了，在家里不能唱，只能偷着练练功解闷儿，等到流兵撤走，回到学校，就自由了。"

周钧儒诧异："自由？家里不自由吗？"

杜衡："自由就像天上的鸟，想飞到哪里就飞到哪里，想做什么就做什么，天空不会阻挡你，大地也不会牵绊你，等你懂得了自由，就会知道，现在的生活是何等无味。"说完，他转身向后院走去。

此后几十年的时间里，周钧儒都忘不了杜衡转身离去的那个背影，等他读了书，经历了人生的无奈和艰难，才渐渐懂了那背影里的落寞和决绝。

围城之初，城中百姓确实慌乱了一阵子，以为流兵要破城而入，必有一场烧杀之乱，然而坚守多日，双方依旧未发生大的冲突，人心渐渐平了下来。但兵围城下二十九天之后，他们发现了一个更急迫的问题：城中粮食渐渐不敷，价格一日一涨。原本一块大洋能买两袋面，短短十几日之间，涨到了三块甚至五块大洋一袋面,且粮行往往无面可售。

寻常城外有土地者,家里还有些余粮;无地无存粮者,就渐渐断了炊,亲友借遍,也无力填饱一家人的辘辘饥肠;行乞者更是饿倒街头,无人问津。随着围城日久,野菜、树皮、草根也开始成为百姓的口粮,甚至有人结队偷盗劫掠,城中人心惶惶。守军和警察几次弹压不住,有时竟会招致饥民投石,骂他们不敢出战,缩头龟孙,让一城百姓遭此劫难。

围城到两个月上,汝平城中已是山穷水尽,全面的饥饿和恐慌蔓延开来,不时有为一口吃食伤人之事,富户闭门不出,贫者难寻粒粮,百姓不敢独行于路,骚乱一触即发。城内守军既不能战胜敌军于外,又不能弹压饥民动乱于内,左支右绌,渐渐军心不稳起来。

杜家本是富庶之家,凭着杜老先生的克尽勤俭,积攒下百余亩田产,但粮仓都在城外庄子上,城中存粮并无许多,此时就算拿着现洋也难求米面,偏偏又添了两口人,家中粮食也渐渐紧张起来,每日两顿饭多以红薯苞谷为主,白面馍几乎不太看得到了。即便如此,也要谨防着饥民抢粮,家中甚至不敢多起炊烟。

杜老先生治家甚严,自城中开始出现不安迹象,就已严令全家闭门不出,不许一人到街上招惹闲人闲事,对杜衡管得更严,唯恐他与军政中人往来,给家中带来祸患。

周钧儒也只得闷在屋里,每天跟着周掌柜继续学习认字算术,闲暇时就到院子里跑上几圈,看看树上飞过的鸟,天上飘过的云,盼着有时能与杜衡见上一面,缠着他哼几句戏词,摆几个身段,自己暗中悄悄模仿。

周掌柜却并不似周钧儒这般轻松,眼见城中情势紧张,也有些不安起来,忍耐了几日,恐妻子老母担忧,便打算向家中发电报暂报平安,及至到了电报局,却发现线路早已中断,小小的汝平县城已成孤岛,内外全然断了音讯。

此时周太太在家更为焦灼不安,偃师到汝平,往返不过半月二十天,这次却两个多月未归,便觉心里惴惴不安,又不敢向婆母禀报,只得忍耐等待着。偏在此时,周老太太又病倒了,老人家年事已高,病势来得凶猛,眼看着就严重起来,周太太更加慌张,几次发电报都如石沉大海,联系不上周掌柜,只得让铁顺儿骑了快马,到汝平打听消息,让周掌柜速速回家。

周老太太这次发病极为凶险,纵然周家经营着药材生意,又有名医诊治,到底是命数将尽,周太太日夜焦急地守着,只祈祷老人家能挺到周掌柜回来,然而依旧没能撑住,铁顺儿离家不过五六天,老太太竟昏沉着溘然归西了。

周家无人主事,周太太一个妇道人家又不便抛头露面,家中骤然发生如此重大变故,几个族老便做主操持起了丧事,起灵棚,唱大戏,白灯笼白布绵延半里,又令族中近支的子侄都来灵前守孝,伊河镇人人皆知周家老太太出殡发丧,唯一的儿子周培祥却身在外地不能归来尽孝。

偃师自古重孝道,老人发丧一般是七天出殡,子女不在灵前已是大不孝,若下葬之前不能赶回来亲送入土,就意味着人人都能戳他脊梁骨。那些代周掌柜扶灵守丧的子侄,便可以临丧尽孝的名义成为入嗣人选,周掌柜必须择其一认养在膝下,以全孝道。

这意味着,如果周掌柜在老太太入土之前赶不回来,偌大的家业便不得不分与这些虎视眈眈的"孝子贤孙"。

因此,周太太虽然每日临丧哀哭,恪尽丧仪,但心中早已急得热油滚煎一般,她只得盼着铁顺儿能尽快找到周掌柜,让他七日之内必须赶回来,才能化解这场生死攸关的危机。

然而铁顺儿赶到汝平县城时,看到的却是兵临城下的局面。

他骑着马匆匆赶路,遥遥便看见城外连绵的军营,当兵的扛着枪走来走去,整个汝平县城被围得如铁桶一般。他心下顿时惊骇:难怪联系不到东家,若是城内外开战,东家和小少爷此时只怕吉凶难料了。

然而他又不敢贸然靠近军营,稍有不慎便可能被兵痞一枪毙命。可是家中情形万分紧急,东家被困城中不通音讯,铁顺儿望着远处的城墙一筹莫展,狠狠一拳砸在地下:东家怎就这么多灾多难!

他向附近的村民打听,才知道汝平县已经被围困两月之久,禁绝出入,城内是何情形无人能知。铁顺儿不由得痛悔不已涕泪横流,当时若不是自己先回偃师,而是跟着东家一起去汝平,如今也不会是他一人被围在城里束手无策。如今进城无望,他只能眼睁睁守在城外,既不能离去,又无可奈何,竟陷入了进退两难之地:若不能接回东家,自己有何面目回家见周太太?

然而城中的日子依旧静寂且绝望,杜家一家上下与周掌柜父子闭门不出,守着仅存的苞谷面和红薯谨慎度日,不知这场围城之困何时能解。

这一日,周钧儒见杜衡满面无奈地坐在院中台阶上低垂着头,长吁短叹。正诧异间,杜老先生和周掌柜走出了堂屋,杜衡立刻站起身,规规矩矩站在杜老先生面前。杜老先生郑重说道:"孙儿,这劝降书,自古以来就是骗开城门的攻心之术,他们撒了那么多劝降安民告示,谁能保证一旦投降,不会大开杀戒?再退一万步,就算他们不大开杀戒,你去跟守城军劝降,会不会把你当奸细枪毙?做事要想清楚后果,你这一腔热血去了,万一出什么事,不光你丢了性命,杜家也要被你拖进火坑!"

周掌柜也劝说道:"景箴,你还年轻,不知道这些诡计,人心不可测,万一他们真的骗开城门再开杀戒,这全城百姓的生死,谁担待得起?"

杜衡愤然道:"难道这一城的百姓都饿死了,就有人担待得起了吗?现在守城的军人都吃不饱饭了,饥民每天都有饿死的,真要等到人吃人那一天吗?"

杜老先生怒道:"人吃人,也吃不到你身上,你怕什么?"

杜衡:"我怕那些死掉的人冤魂不散!凭什么那些军阀大帅们打仗,永远都是百姓遭殃!爷爷,您一辈子悬壶济世治病救人,就是为了救活这些人,再眼睁睁看他们去死吗?"

杜老先生怒极,重重一耳光扇在杜衡脸上:"你!放肆!……"

周掌柜连忙劝解,杜衡转身头也不回地走了,杜老先生依旧气得浑身颤抖,哆嗦着说不出话来。

周钧儒呆呆地看着杜老先生和父亲,忽然发现屋檐投了一段影子在他们脸上,阳光和阴影各占一半,阴阳两半的神色将他仿佛分成了两个人,衬得他们有些不真实起来。

天渐渐暗下来,围城的日子里,时间依旧在一个时辰一个时辰地过去,丝毫不怜悯那些挣扎在饥饿恐慌边缘的百姓。

第二日,杜衡不见了。

杜家上下坐立不安,杜老先生更是愁眉不展连声叹气:"他哪里去了? 难不成真去找守军了? 我这把老骨头,早晚葬送在他手里……"一家人找遍了前后院,丝毫不见杜衡踪影。

此等情势,杜衡若真的去了军部,就算他遭遇什么,也没人能救了,焦躁了半个多时辰,杜老先生一跺脚,决意豁出老命去军部寻找孙儿。周掌柜眼见杜家无人可以出门应承,只得亲自陪同前往,又回屋将一条沉甸甸的腰带系在衣服里,内中装满了大洋,以备不时之需。

二人出门,嘱咐家里关紧门户,然后向军部走去。

街上一个人都没有,静悄悄的仿佛一座空城,明明已经入夏,却似有一股寒气沁透衣裳,让人感觉脊背生凉。

还未走多远,忽然听见远处传来几声守城军士的吆喝:"退后! 退后! 杜少爷来了!"二人听得这话,赶快向声音传来的方向走去,没到城墙边,就见几十个人围在那里,大家小声议论着:"杜家少爷到城墙上去了!""听说要给两边说和,说和成了,这仗就不用打了!""到底是大学生,读过洋学堂的,有胆识!""他要真能一席话退百万兵,那可是了不得!"

听着这些议论,杜老先生险些没晕过去,偌大年纪,竟一路小跑着向城墙奔去。远远地,就见一个身影站在城墙垛子上,似乎在向下喊话,看那背影,赫然正是杜衡。

没到城墙边,就被守军警戒拦住:"不许过去! 重大军情,闲杂人等一律远离!"

杜老先生急道:"那是我孙儿!"

守军:"杜老先生,就因为是你孙儿,我们才对你客气,他现在是城里的大英雄,你过去一来太危险,二来也分他的心,万一城外放冷枪,你孙儿就回不来了!"

杜老先生瞬间瘫坐在地,老泪几乎流下来。

又过了一会儿,杜衡似乎是与城下谈妥,守军放了个筐子,沿城墙把杜衡吊了下去。城上的人都悬着一口气,静静地等待消息,杜老先生更是急得连力气都泄了,两眼无神地望着天空,一句话都不说。

过了半个多时辰,守军又把绳子放下去,片刻间,杜衡被升上城墙,健步跳出筐子,一眼就看到杜老先生瘫坐在地,立即跑了过来:"爷爷!"

杜老先生挣扎着站起来,一把拉住杜衡,老泪纵横:"杜衡,你是想要爷爷的命啊……"说着将他搂在怀里,痛哭不已。然而杜衡却顾不上回应,宽慰了爷爷几句,便随着守军急匆匆去往军部了。

当天夜间,守军宣布全城宵禁,天黑以后,任何人不得出门上街。

翌日一早,百姓们惊异地发现,城门大开,李团长的守军已经撤得干干净净,城外冯将军的兵正在列队进驻,一概秋毫无犯,接管了汝平县城。

被困俩月之久的汝平终于解围,饥饿的百姓纷纷拥出城去,到了城门下,却见那些军人已经准备了几大车杠子馍,所有逃难出城者,每人一个馍。这一赈济灾民的法子,立刻让汝平县民心稳了下来,很快城里便恢复了秩序,当日午后,临街的铺面就陆续开张,粮食也被运了进来,一切渐渐恢复了往日的平静。

杜家大院里,众人围坐一起,听杜衡神采飞扬地讲着他的壮举:"李团长根本不想打,冯将军也就是为了争一口气,两边没什么深仇大恨,为什么会打起来呢? 李团长是赵督军的人,冯将军是吴大帅的人,这吴大帅气不过北京政府派来的督军,无论如何也要把他赶出河南,听说前阵子赵督军已经跑了,李团长还能替他守城吗? 想投降,又怕城外有诈,恰好我这般一说和,两边就解开了疑心,你看现在,不是万事大吉吗? 正所谓冤家宜解不宜结,各自回头看后头……"

正说着,杜老先生走了出来,一烟袋敲在他头上:"小兔崽子,又在这里逞英雄! 幸亏老天庇佑,你没死在城墙上,还能留一条命胡吹乱侃!"

杜衡被打得一缩头:"爷爷,孙儿就算不是英雄好汉,也不能做个缩头乌龟,若能救得这一城百姓,我又何惧向死而行?"最后两句,竟是京戏道白腔,婉转说来,众人哈哈大笑。

周掌柜父子已在西平困了俩月之久,急于返乡,眼下城门将要关闭,于是言定了明日上路,杜家又准备了些干粮礼物,以备路途之需。

然而第二日天色刚亮,杜家上下就被一阵急促的敲门声惊醒,打开院门,一个人牵着马,急切喊道:"敢问是杜府吗? 我有急事找周培祥掌柜!"

听得喊声,周掌柜立即跑了出来,只一眼就看清了来人:铁顺儿。

他在城外守了两天,本已渐渐绝望,却发现汝平县城一夜之间竟解了围,成群结队的饥民拥出县城,城墙下一片纷乱,他不敢贸然行动,直到第二日看到城门正常开放,才急不可待地进了城来寻东家。

一见周掌柜,铁顺儿几乎落下泪来:"东家,怎么耽搁了这么久? 老太太病重了,太太让我来接您快些回去!"

只这一句话,周掌柜脑中嗡的一声响,只觉天旋地转:"病重? 怎么就病重了? 什么病? 现在怎么样?"

铁顺儿:"我也说不清,太太急得不得了,您一出来就是两个多月,也不知道出了什么事,家里老太太又病得沉,怕是有些不好,您得赶紧回去。"

听到"怕是有些不好"这句话,周掌柜瞬间汗出如浆,全然失了神,险些一个跟跄瘫坐在地,嘴巴翕张着哆嗦,半晌说不出一个字来。铁顺儿和杜老先生连忙上前来看,周钧儒恰好走出屋子,一见周掌柜如此情形,惊慌失措地扑在他身上连声呼唤"爹爹"。

许久之后,周掌柜才终于缓过一口气来,转身向杜老先生辞别时,早已是眼中血丝布满,强忍了又忍,还是有一滴泪落了下来。

杜老先生见状,也唯有好言劝抚,又让人从牲口棚里拉来两匹马给周掌柜和铁顺儿,周掌柜索性骡车也不要了,带着周钧儒和铁顺儿辞别。杜老先生和杜衡送他们出了院门,目送三人上马离去,周钧儒回头,看到杜衡的身影在黎明的雾气里越来越远,渐渐看不清了。

快马加鞭，汝平到偃师不过两三日时间。一路之上，周掌柜心急如焚，白天都在赶路，夜晚不拘客栈还是破庙，睡上一觉，天刚亮就立即出发。从没骑过马的周钧儒被周掌柜和铁顺儿揽着，整日下来全身都颠散了架，无一处不疼。

周掌柜心疼他，晚间到了宿头尽量给他打些热水泡澡，捏一捏筋骨，周钧儒忍着疼，龇牙咧嘴，却没有一句哼声。周掌柜叹气道："儒儿，你奶奶病重，不知道能不能好，我长年累月在外经商，在家孝顺她的时候少，她也没抱怨过什么。老人家最大的愿望就是抱个孙子，我们要不能在她闭眼之前赶回去，让她看一看你，她便是走了也不能安生……"说着，就滴下泪来，这一番话，也不知是说给儿子，还是说给自己。

周钧儒仰脸看着他："爹爹，我不疼，只要能早点回去看奶奶，我不怕疼。"

周掌柜把儿子揽在怀里："等到家见了奶奶和娘，千万不能认生，就当是亲奶奶和亲娘，让她们高兴……"

周钧儒："我知道，我不是娘亲生的，但无论怎样都要孝顺她，一定不让爹爹操心。"

周掌柜将他搂得更紧："好孩子，难为你小小年纪，这么懂事……"

周钧儒"嗯"了一声，眼里却带着一丝隐隐担忧的神色：买来的儿子，就算爹爹疼自己，养母又怎会对自己好呢？

三人赶回偃师伊河镇，未到家门，就见周家笼罩在一片惨白之中，挂满了白布白幡，外墙是一眼看不到头的白灯笼，门前列着两排穿孝服的族人，这一切，都在无声地向周掌柜传递着一个冰冷的信息：

回来迟了，自己的老母亲，已经亡故了。

他终究没能把儿子带到老母亲面前，让她见上一见。

这位盼了二十年孙子的老人家，就这样带着遗憾离开了，她临终前的那一瞬间，也许心里只剩了一个念头：周家，绝嗣了。

周掌柜腿下一软，从马上滑跌下来，扑通跪倒在地，一路哭着跪行向家门而去。

周家上下一见他回来，立即有人飞奔着向内院通报周太太，门口迎孝的族人将早已备好的孝子丧服给周掌柜换上，偏偏周钧儒也在身边，众人一时不知这孩子什么来路，有些迟疑起来。

进了院子，是一座挽着巨大白花、竖着八杆白幡的灵棚，龙头高耸的雕花寿材前，供着一层层高高摆起的花馍，灵前齐整整两排族内子侄，周掌柜只看了一眼主事台前坐着的几位族老，立时便明白了眼前的情形，不由得炸出一身冷汗，心中后怕不已：幸亏自己及时赶了回来，若是等老太太下了葬，后果不堪设想！

他抬袖子拭了一把泪，沉声吩咐道："给大少爷换孝服。"

众人立时震惊，周家何时有了大少爷？但此时没人敢多问，立即扯了白布先给周钧儒披上。周掌柜拉着他直向灵棚走去，走到朱漆寿字的大棺材前，周掌柜放声哭号在地，许久不能起身，劝也劝不住。周钧儒跟在他身旁跪着，眼泪竟也扑簌簌地掉，自己也不知道何以哭得这般伤心。

后来，总有人说起，周钧儒一个买来的穷家子，进门第一天能占稳大少爷名分，就因为这一场哭。一个从没见过老太太的孩子，居然能在灵前哭成泪人，必是老人家在天之灵见到他心生欢喜，认定了这个孙子，才感化得他痛哭不止。

周掌柜哭了许久，才在众人劝解下站起来，移开棺盖看老母最后一面。一见母亲面容，眼泪更加止不住地涌落下来，母亲原本圆润的脸盘，福气的体态，俱被这场大病摧毁了，只剩一个枯瘦干黑的小老太太躺在里面，身形竟缩成了孩童般大小。周掌柜抚着棺材，伸手给老太太整理了一番寿衣，哭诉道："娘，不孝儿回来了，来见您最后一面了！"

又哭了一阵，才回身把周钧儒抱起来，与他说道："儒儿，叫奶奶，奶奶盼你二十年了。"周钧儒懵懵懂懂地被抱到棺材上方，看着躺在里面的陌生老太太，倒也不觉害怕，反而忍不住多看了两眼，这就是自己的"奶奶"？然而他来不及细想，听着周掌柜吩咐，便脆生生叫了声"奶奶"，依旧双眼含泪。

周掌柜泣声不止："娘，您一直盼孙子，如今孙子来了，您却走了，都没能在临走之前看他一眼……"

众人原本对这突如其来的"大少爷"摸不清来路，如今周掌柜又在老太太灵前直接让他叫了奶奶，分明是公开宣布了这孩子的身份：他就是周家未来的当家大少爷，继承周掌柜香火和家产的第一人！

这俩月之间发生了什么？何时有了这来路不明的少爷？那么多支系族人，周掌柜没挑任何一个孩子过继，怎么突然领回个野孩子，在老太太灵前正式认下了？

所有人都震骇地看着周掌柜和周钧儒，今日恰是周老太太丧期第六天，周掌柜及时赶了回来，"不孝"的罪名便不好扣在他头上，可他竟带回来个孩子，当众在灵前认下，前些日子守灵的族人子侄如何自处？摆明是把他们入嗣周家的希望断绝了！

周掌柜哭奠之后，吩咐正式对外报丧，然后领着周钧儒来到二进院。周钧儒披了一身重孝，并不敢四处张望，只低头跟着走路，偶尔飞瞟一眼，两侧均是一排整整齐齐青砖灰瓦的房子，地面也都铺着青砖，扫得干干净净，走了十几丈远才到第二进院子，暗自惊叹周家竟如此气派。

周太太亦是一身重孝，忙着操持丧事。一见周掌柜，红红的眼圈立即滚下泪来，悬了半个多月的心终于放下："你可回来了！外面那些人哪有好心思？"

周掌柜叹了口气："我不急着回来吗？汝平县被流兵围了，围了两个多月，草根、树皮都被吃净了，能活着回来，就是托天之福。"

周太太震惊失色："被围城了？你也不来电报说一声……"

周掌柜："电报早就发不出了，只能听天由命了。"说着便吩咐周钧儒给周太太磕头。周钧儒立即上前，利利索索跪倒在地："给娘请安！"

周太太瞬间惊住："这是，哪里来的……儿子？"

周掌柜："路上偶然遇见的，合该这孩子跟我有父子缘分。"

周太太讶异："你突然领回个儿子,不清不楚来历不明,让我怎么认? 要听多少闲话?"

周掌柜："那又怎么样? 灵前跪着的那些人,哪个不想着把孩子过继在我名下,霸占我们的家业? 真要让他们进了门,那些孩子有爹有娘的,哪能与我们一条心? 哪能像亲儿子一样孝顺你,给你养老送终?"

周太太皱了眉头,思索起来。

周掌柜："只有这孩子,离了周家哪儿也去不了,我就是他亲爹,你就是他亲娘,这是我们唯一的依靠! 刚才我在老太太灵前已经让他叫了奶奶了,只要认下这个儿子,那些不怀好心的人就别想打算盘了!"他凑近周太太的耳朵:"今天要不是这孩子,眼下的坎儿就过不去。"

周太太恍然大悟,一把拉起周钧儒,说:"好孩子,快起来,让娘看看。"

四　外姓入宗

周老太太发丧,周家写了三天大戏,两个梆子戏班打擂台,方圆几十里的人都来看戏,人人都道周家富贵,周老太太走得体面。

然而戏刚唱到第二天,就出了乱子。

几十号周家族人来到戏台前,一顿吆喝将两台戏停了下来,台上唱戏的和台下观众一时都有些无措,不知发生了什么事。四面的人围上来,都伸直了脖子,心中纳罕,不明所以地看着这群人。

为首之人喊道:"培祥,培祥在哪里?叫他出来!"

周掌柜听得外面有变,急急出来时,却见一群人上前围住了他。为首之人却是周培祥的叔祖父周纪耕,年纪虽不足七十,辈分却是家族里最高的一个,颇有话语权,平日连族长也不大放在眼里。

他上前以拐杖指着周掌柜道:"培祥,你且说说,你这儿子哪里来的?"

周掌柜自然知道这些人的来意,他们的如意算盘落空,岂能不急?他无奈叹了口气:"七叔爷,怎么就惊动您亲自过来了?"

周纪耕:"我不来,侄媳妇是不是就得认下这不明不白的孙子?她走得闭不了眼,我这做长辈的怎么安心?"

周掌柜:"七叔爷关心我母亲,我做小辈的非常感激,只是这事和孩子有什么关系?"

　　周纪耕:"这孩子来历不明,怎么能做侄媳的孙子,传承周家的香火?"

　　一群人立即喧哗起来,纷纷指向周掌柜:"不是周家的血脉,怎么继承香火?""凭什么做周家的少爷?""一个野孩子继承周家的家产!"……

　　此时,一身重孝的周钧儒也追了出来,将这一幕恰好看了个正着,瞬间愣了神,手足无措地站在原地,眼里满是惊恐不安,直到此刻他才第一次意识到:大户人家的少爷并不好当,自己这个"大少爷",不过是人人质疑的野种罢了!

　　周掌柜一把将周钧儒掩在身后,脸上带出几许愤疾之色,提高了声音:"七叔爷,您是认为我不该有个儿子?"

　　周纪耕气势益发咄咄逼人,敲着拐杖直视周掌柜:"你想要儿子,五服内哪个孩子不行? 灵前跪着的那些都是周家血脉,谁家不同意,七叔爷就能给你做主! 这孩子来路不正,不能进周家门!"

　　周钧儒紧紧偎在周掌柜身上,单薄的身子不自主地打战,似是怕极了这样的场面。周掌柜回身吩咐铁顺儿将周钧儒抱进去,等众人的声音低下来,才一字一句问道:"大家担心的是周家血脉,还是我这几分薄产?"

　　众人瞬间静了下去,再无一人多嘴多舌,人人都知道这才是症结所在。

　　周纪耕气势不减:"侄孙,你这话,是说七叔爷呢,还是说这些周家子孙? 我们都姓周,自然不能眼看周家的财产落到外姓人手里!"

　　周掌柜:"周钧儒也姓周! 是我明明白白收在眼前的儿子,老太太灵前磕头的孙子,七叔爷就算不顾及我,难道也不顾尚未入土的老太太?!"

　　周纪耕:"培祥,你母亲尸骨未寒,你就敢这么说话,不敬逝者、不敬长辈!"

　　周掌柜咬了咬牙,回身向院内灵堂磕了孝子头,又转向周纪耕:"七叔爷,如今丧事还没办完,您就急着带一群人来声讨孩子,您要真对我的母亲、您的侄媳还有几分照顾,就让她安安生生地去吧。"

　　周纪耕顿时哽住,眼睁睁看着周掌柜跪在眼前,竟是再也说不出一句话,过了片刻,恨恨地一敲拐杖:"培祥,你!不懂事啊……"说着转身离去,愤愤不平地叨念着:"儿子不亲孙子亲,这野儿子将来再生个孙子,还真就霸了这份家业……"

众人眼见周纪耕离开,也不得不陆陆续续跟着散去。

戏再次唱了起来,然而经历了方才那一场风波,似乎一切都有些寡淡了。

周掌柜回到院内,只见周太太紧紧抓着周钧儒的手,站在门后听着外面的喧哗,脸色煞白,抖得几乎站立不稳。周掌柜重重叹了口气:"你都见了吧,哪个是省油的灯!要真没儿子,将来不知道怎样呢。"

周太太依旧不肯松开周钧儒的手,扑簌簌落下泪来:"你还在呢,他们就急着要吃绝户,我们怎么能保住这份家业……"

周钧儒依旧是两眼惊恐地扒住门框,看着外面的情形,似乎全然不知发生了什么,又似乎看懂了这族中的一切。

过了头七,周掌柜便开始张罗给周钧儒上族谱,此事已不能再拖,族中各家虎视眈眈,若不尽快给周钧儒正了名分,日后类似的麻烦依旧不少,自己常年在外经商,天长日久,母子二人想在周家立足都难。

为此,他事先去拜望了老族长,将一应事体都说了个明白。

老族长已经七十多岁,须发花白,却是个和气明理的,自然知道族中那些人什么样,周纪耕一把年纪做出这等事,无疑是当众撕破了颜面。他叹了口气:"你这事也是办得急了些,明知这些人盯着,还悄不声儿带回个孩子当众认了,他们没了指望,怎能不闹?"

周掌柜:"这事急与不急,他们总要闹一场,索性趁着这次给孩子上了族谱,以后也就没顾虑了。"

老族长叹了口气:"也罢,过两天就办这事,你认了这孩子,心里就有个指靠了,就算以后自己再生养了,分他些生意铺面,也不算亏着他。"

周掌柜自是点头,又将些上好的糖、酒、茶送了老族长,以示感激。

不几日,周家族长将各支长房叫到了一起,先料理了族中几件琐事,便提到了要给周钧儒上族谱。周家家祠自然是周掌柜出钱最多,因此他与老族长坐了上座,其他人都在下面凳子上围坐。老族长刚提出要给周钧儒上族谱之事,便立即有人站起来反对,老族长只是捋着胡子听着那些人吵嚷成一片。

正纷乱间,却见周纪耕走进了祠堂,众人见他进来,知道必有一番争执,因此立即提起了精神。周纪耕先给祖宗上了香,回身对周掌柜道:"培祥,周家在伊河镇是个大族,虽然你膝下单薄,但族中子孙还是繁盛的,同族才能同根,只有血脉血缘是打不散的,别的都靠不住。你想要个孩子继承香火,只管在族里挑,那是正根正宗,一个根上多子多孙,家族才能兴旺,你如今从外面带个孩子回来,与周家不同根不同源,一点血脉关系没有,他怎么能让香火旺盛?"

周掌柜沉着脸色:"七叔爷的意思,我必须在族里挑一个孩子继承香火?"

周纪耕气昂昂道:"无论如何,这个孩子必须是周家的血脉,不能是外头来的野孩子,乱了周家的根!"

他拍了拍手,一阵窸窸窣窣的脚步声响起,十几个孩子走进家祠,从三四岁到八九岁都有,甚至还有两个刚过周岁走路不稳的,被父亲抱着送了进来。周纪耕道:"孩子你随便挑,我已经做主,把族里愿意过继给你的孩子都带来了,他们的爹都给侄媳妇守过灵,各个都是尽心孝顺的,选哪个都是正根儿!"

变故陡生!

此前不过是有人悄悄摸上周家的门,带着孩子请求过继在名下,如今竟是在祠堂里聚集了十几个孩子,公然逼着周掌柜做出选择!

族长坐在上座,更是目瞪口呆,他从未想过,周纪耕竟然来了这么一手!而且他几乎没有理由反对,身为族长,让一个不是周家血脉的孩子上族谱,本就占不住理。

周掌柜顿时脸色铁青:"七叔爷,您这是要替我做主吗?"

周纪耕:"我不替你做主。这些孩子都是年龄合适,爹娘也愿意过继给你的,无论你选谁,七叔爷都支持。"

周培祥："七叔爷真是糊涂了，不是我选谁，是老太太亲自选的孙子，难道她刚走没几天，为她披麻戴孝的孙儿就要被赶出家门吗?!"

周纪耕："侄媳妇选的孙子? 这孩子进门的时候，她已经走了，凭什么说是她亲自选的?"

周培祥终于咬牙道："我可以让老太太再选一次!"

所有人面色皆惊，周家老太太已经去世了，如何让她再选一次? 难道周培祥真有通鬼之能? 周纪耕昂然道："你要是能让侄媳妇再选一次，她选谁就是谁，我绝无二话!"

话到此处，已成死局，周掌柜知道，自己绝无可能再退了，若是真让周纪耕等人得逞，吃绝户这等事就要血淋淋地发生在自家头上!

什么血脉亲缘，无非是财帛动人心罢了，为了争夺他辛苦半辈子攒下的家业，这些人什么事都做得出来，莫说自己只是薄有资财，便是百年望族，为争家产闹到你死我活的，又何曾少见了?

周掌柜慢慢点了点头，眼光从众人身上扫过："今天族长在此，就做个见证，请大家陪我到老太太坟前走一趟，这些孩子，也都得去!"

周纪耕："你要做什么?"

周掌柜："到了老太太坟前，自然能请她老人家亲自选个孙子!"众人将信将疑，有几分担忧，但又不知周掌柜是何打算，也只能同意。

一群人带着孩子，周掌柜牵着周钧儒的手，浩浩荡荡来到周老太太坟前。刚刚落土的新坟，才过头七，泥土尚且湿润，纸钱白幡车轿人马烧过的灰残存在泥土中，已经变成了焦黑色，更显出几分清冷肃杀。

周培祥跪在坟前，磕了三个头，祝祷道："母亲，今日七叔爷带了十几个孩子，还有钧儒，要让您亲自选一个孙子，儿子不孝，只能来打扰您了!"话刚说完，便起了一阵风，明明将入夏的时节，众人竟觉得这风有几分寒凉。

他站起身来，面向着众人："老太太选孙子，最重要的是有孝心。这些孩子都没给老太太守过灵，不过也无妨，老太太刚过头七，魂灵不远，哪个孩子能安安稳稳在这里守一夜坟，不受惊，不害怕，没被阴气侵身，就说明是老太太在天之灵护佑着,那就是她老人家亲自选的孙子!"

周纪耕等人顿时震惊,人人失色,周掌柜竟要这么小的孩子为周老太太守一夜坟!

周掌柜:"而且要一个一个地轮流守坟,每人一夜,不能有大人陪着,只要能守下来,有一个我周培祥认一个,有两个我认一双,都是我周培祥的子嗣,继承我周培祥的家产!"

这话一出,所有人都知道,周掌柜是拼了最后的底线了。

周纪耕更是急怒交加,涨红了脸说不出一个字来。

周培祥走到孩子们的面前,语声温和却神色沉沉道:"孩子们,这坟里埋的是你们的五奶奶,她活着的时候,最喜欢小孩了;现在她走了,就在这坟里躺着,你们敢不敢自己在这里陪她一晚上?"

他这一番神色,本就有几个孩子惊恐退缩了,再说出这些话,五六个孩子更吓得哭出声来,连声喊着:"五奶奶是鬼,我不要陪五奶奶!"哭喊着就疯狂向远处跑,家里的大人连忙追了上去。剩下几个孩子也瑟缩着,向大人怀里钻:"爹,我怕鬼……"他们的爹只能把孩子搂在怀里,低着头一句话说不出来。

及至最后,竟无一个孩子敢站出来为周老太太守坟,更何况,也没人舍得自家孩子在这荒坟岗待一夜,万一受惊吓或撞见不干净的东西,从此吓傻了也不是稀罕事,如何敢拿孩子来赌这种事?

周纪耕眼睁睁看着这般景象,直气得脸色铁青,咬牙恨恨道:"培祥,就算你这样做有道理,你带来的那个孩子就敢守一夜吗?"

周培祥昂然自信道:"当然!老太太亲自认下的孙子,怎么会不敢给老太太守坟!"说着,他拉了周钧儒过来:"钧儒,敢不敢陪你奶奶一晚上?"

方才的变故已经让周钧儒恐慌不已,拉着父亲的手都在微微发颤,然而他知道此刻必须站在父亲一边,何况他本也胆大无畏,当场便鼓起胆气扬声说道:"怎么不敢?奶奶盼了我这么多年,一定喜欢我陪着她!"

众人顿时再次惊住,没想到这孩子小小年纪,竟有如此胆识!这一局,到底是周掌柜赢了！所有人都知道,从此以后,再没人敢要求把孩子过继给他了。

周纪耕用拐杖敲着地,胡须乱颤道:"周培祥,你办的好事！周家有你这样离谱出格的子孙,不祥之兆!"说着,径自拄着拐杖离开了。

经此一番,再无人反对周钧儒入嗣,周家族人大部分已经散去,只剩下稀稀疏疏十几人回到祠堂,见证周钧儒上族谱。

周掌柜将周钧儒拉到祖宗灵位前跪下:"周培祥长子周钧儒,丙辰年二月十七生,属龙,今年五岁,生辰好,日子也好。"老族长点头,逐一登记在族谱上,又令周钧儒给祖宗磕头上香,如此,周钧儒便被族里正式承认为周掌柜家的大少爷了。

回家路上,周掌柜牵着周钧儒的小手,慢慢走着,周钧儒不解地问道:"爹爹,我是属虎七月初七生的,怎么改成属龙了?"周掌柜拊掌笑道:"你那个属相和生日不大好,爹给你改个好的,属龙多贵气。"

上过族谱之后,周钧儒终于确信,自己名正言顺成了周家的儿子。

半个月来,那么多人反对自己进入周家,他无数次以为自己将要被扫地出门,然而周掌柜坚定地护住了他,这些时日竟似做梦一般,命运几经变故起落,终究让他得到了这份不敢奢望的"福分"。

心念落定之后,他又不免有些雀跃,昔日只见那些地主少爷衣食无忧,连家里的狗也仗势欺人几分,如今自己也当上了富家少爷,眼前这座青砖瓦房大院里,有一间属于他的屋子,屋内的陈设许多是见所未见之物,与姜家四壁漏风的简陋草棚比起来,这样的宅院便是梦中也不曾想过。

这里,从此以后,就是他周钧儒的家。

他在自己的屋里左看右看,不时摸摸各色家具陈设,炕上摆着绣花的被子,摆着雕花柜子,柔软的棉被摞了几层,地上有大大的衣柜,木架子上是铜脸盆,旁边还有一面玻璃镜子,外间是书房桌椅,一派整肃大气。

然而兴奋了不过片刻,他便伤感起来:这样的好日子,娘一天也不曾见过,依旧要带着兄弟姐妹们忍饥挨饿地煎熬……自己虽然过上了想都不敢想的日子,却从此再也见不到亲娘了。

自他记事以来,爹的痨病便拖累着娘和全家,初时是走几步路便喘得厉害,渐渐地便躺在了破床上,每日叨念着"别治了,不能拖累你们娘儿几个了,我死了就用这张床停灵"。一边说,一边沉重地喘着粗气,嗓子里发出呼噜噜的声音。娘整日以泪洗面,却又不得不典卖房产田地为他买药治病,短短几年时间,房子变成了四面漏风的破草棚,十几亩良田也变卖得干干净净,却依旧没能挽回爹的性命,他们饥寒交迫地煎熬了两年,爹在彻底拖垮了这个家之后,还是离开了。爹死的那一刻,所有人都松了一口气,仿佛压在头上的大山终于垮塌,再也不用背负这份沉重的苦难。

那两年间,周钧儒最深刻的记忆,便是毫无尊严的饥饿。村里的孩子经常会围着他喊"痨病家的儿子",推搡他,骂他,嘲笑他。五六岁的男孩子已经懂得脸面,但他从不敢与人发生争执,因为这个支离破碎的家,已经经不起任何麻烦。

日子虽艰难,娘却严厉禁止他们兄弟姐妹几人接受别人给的吃食,在她看来,一次伸手,便会永远伸手,一辈子都是讨饭的命了。有一次他饿得急了,看到有人吃着白馍从家门前路过,便眼巴巴跟了几步,恰好被娘看见,竟狠狠打了他一耳光:"不争气的东西,饿死也不能没骨气!"从那以后,只要见到别人吃东西,他都会强忍着饥饿低头避过,不敢多看一眼。

如此想着,眼泪便吧嗒吧嗒地往下掉,竟哭得抽噎不止,喘不上气来。

正哭到伤心处,却见周太太带了婆子抱着几套衣裳进来,一见周钧儒抹泪,立即开口道:"这孩子是怎么了? 好好的家里刚过了丧事,怎么又哭上了?"

周钧儒立即紧张地站了起来:"娘……我,没哭。"

婆子在一旁打着圆场,说:"少爷兴许想家了。"不想这话顿时惹恼了周太太,立起眉眼怒斥道:"胡说什么?! 什么少爷想家? 以后谁再嚼舌根,就别想着在周家做事了!"婆子吓得立刻噤声,打开衣柜把周钧儒的新衣裳放进去。

周太太这才拉着周钧儒："你现在是周家的少爷了，短不了你的吃穿，不许再想以前的事，也不许带出那些穷相，要什么东西只管跟我说，有事就让下人们去做……"一边说着，一边把他前后检查了一遍，觉得满意，才叫了铁顺儿进来吩咐道："少爷身边每天都要有人跟着，一点都不能出差错，防着那些忌恨的人使坏。"

周钧儒看她声色俱厉地训斥下人，目若无人好似对待物件般安排自己，只敢低头站着任她摆布，他总觉这位十几天前刚成为"娘"的周太太，话里话外对他颇有几分冷淡、嫌弃，嗓子更加堵得难受，却再也不敢掉一滴泪，更不敢带出想家的神色。

自此之后，周钧儒身边每日都有人跟着伺候，旁边时时有人叮嘱他"小心""别乱跑""不要喝冷水"等等，似乎一朝成了周家少爷，他连走路吃饭都做不好了。走在街上，乡邻们也都称他一声"少爷"，他自出生以来从未受到过如此多的关注，只觉处处不习惯，仿佛自己只换了身衣裳，便成了另一个人，昔日的姜小五完全被抹灭了。

周钧儒实年已七岁，到了入学读书的年纪，伊河镇上有一处私塾，偃师县城里还有一所公立小学，如今时兴新式教育，略有些钱的人家都愿意把孩子送去文明小学里。然而周掌柜思量了一番，觉得依旧送孩子读私塾的好。一则现在虽是民国了，但那些前清老秀才依然是学问最到家、最受乡邻敬重的；二则到偃师县城小学念书离家十几里路，每日往返太过奔波，因此，便送他去了张夫子的私塾学馆。

张夫子是前清秀才出身，大清朝还在的时候，他的学馆里颇有几个学生，教些四书五经八股文章，在乡邻间很有威望。如今皇帝早已逊位，开科取士已是完全无望，读私塾的学生也就少了许多，他不得不一边教书，一边代写文书、代算账目等等，勉强维持生计。

周钧儒一进私塾，便见一个身穿长衫马褂的老者，发辫已经剪了，却依然蓄着山羊胡,戴了一副水晶片的眼镜,虽不是遗老遗少做派,整个人看起来却与周围的环境格格不入。他好奇地四处打量,此前艳羡别的孩子背着书包去学堂,自己只敢在外面偷听,还要受人嘲笑,如今终于可以堂堂正正地上学读书了。

周掌柜郑重其事地带着周钧儒拜师拜孔,送了十条干肉,又交了一年的学费,才正式定了孩子就在这里读书。

张夫子见这孩子聪慧伶俐,相貌周正,赞他将来必能成正材,于是给周钧儒取了字:卓先,意为“天资卓越,追慕先贤”。

第一天入学,周钧儒才发现班里竟只有自己,连同窗都没有一个。夫子却毫无失落之色,进门咳嗽了一声,不紧不慢神色威严地坐在桌前。周钧儒连忙起身问“夫子好”,夫子点头令他坐下,开始讲书。

第一堂课,照例讲的是《大学》,讲了一小时书,又教习字。周钧儒在西平县的时候,原本跟着周掌柜学了几百字,如今在私塾里,自然是深得夫子之心,暗道这孩子一教就会,天降奇才,将来要继承自己的学问衣钵,于是教得更加尽心。

课后本当放学回家,张夫子却将周钧儒留下来在私塾里用饭,亲自煮了汤面,又卧了两枚荷包蛋。周钧儒跟着周掌柜已经三四个月,学了不少礼仪规矩,加之在夫子面前有些拘谨,因此一餐饭吃得斯斯文文。

饭毕,张夫子喝了一盏茶,才与周钧儒说:“卓先,知道我为何第一天上课就留堂吗?”周钧儒摇摇头,恭恭敬敬回答:“不知道。”夫子叹了口气:“你一个外来子,在周家想必过得不轻松吧?”周钧儒愣了一下,渐渐眼圈有了几分红。夫子:“你若遇到什么难处,都不妨与夫子说,我们师徒一场,希望你读书上进,也希望你正心立身。”

周钧儒含着泪,将自己的出身来历诉说了一遍:“夫子,我一直觉得,在周家我就是个外人,虽然我是少爷,但大家都知道我是买来的,任何人都看不起我……”

张夫子:“你小小年纪,有这些心事实属正常,只是你要记住一点儿,姜小五也好,周钧儒也罢,不管是买来的孩子,还是周家的少爷,无论身份怎么变,你就是你,只要读书上进,做周家少爷自然能挑起门户,不做周家少爷也能自谋出路,不必介意别人如何看你,也不必指望周家财产,自己有安身立命之本,才是正道。"周钧儒听了这些,只觉夫子所言句句在理,因此与夫子分外亲近,事有不明,皆问之于夫子。

自此,上午讲书习字,下午学些诗词艺文,晚间还有窗课,周钧儒忙得日日埋头书房,连出去戏耍的时间都没有。周掌柜却是百般满意,认为孩子就当苦读上进,将来才能继承家业,若能由商入仕,到县里省里谋个官宦之身,更是光耀门楣。

夫子对周钧儒的课业虽严厉,却也关怀备至,寻常自己有些新鲜吃食,都省给他吃,对他的生活也极为尽心,每日下学,必然把孩子打理得齐齐整整再让他回家,若遇上阴雨下雪,更是亲自背着他送回去,真有"一日为师,终身为父"之风。

时日久了,周钧儒对张夫子更加亲昵,不敢与父母说的话,往往都告诉夫子,夫子也时常晓以古人之道,告诫他绝不可轻贱自身,当立丈夫之志,心存高远。因此,别人规劝不了的事,张夫子来说,周钧儒必能听得进去。

然而他毕竟是伊河镇尽人皆知的"买来的少爷",哪个从心底里真正敬服他?尤其那些虎视眈眈的周家族人,更是个个瞧他不上,连带着同族小孩子们听多了大人们的背后非议,也时常以"野种""狗泥腿子""充什么少爷""外来的野种凭什么姓周"之类的话当面骂他。周钧儒又不敢与人起冲突,跟着他的下人们除了喝退那些恶意谩骂的孩童,也阻止不了这般事体时常发生。

这一日,他不过到街上自家的铺面里取件东西,好巧不巧赶上几个周姓的孩子在一处戏耍,见了他便故意高声喊道:"野种少爷出来了!不知道又去哪儿装人呐……"周钧儒顿时涨得脸面通红,又不敢争执,只得低着头继续走路。

奈何带头的孩子竟是周纪耕的孙子,他早已对周钧儒恨之极深,因家里总是说起周钧儒是外来子霸占周家家产,平日更加视周钧儒如敌,因此上前故意挡住周钧儒的路,他年纪大上两三岁,比周钧儒高出一头,居高临下地奚落道:"按辈分,我跟你爹论兄弟,你这野种少爷还得叫我一声叔呢!"他故意揪着周钧儒的肩膀:"野种侄儿,叫一声叔来听听!"几个孩子顿时围着起哄,周钧儒直恼得涨红了脸,可周掌柜一向教导他注重辈分礼数,他又不敢真的冲撞惹麻烦,只得甩开他的手,一句话不说低头离去。

几个孩子更是得了意般嘘声嘲笑,口口声声喊着"野种侄儿",把周钧儒臊得不敢抬头,只得快步往前走。然而那几个孩子并不肯放过戏弄他的机会,一路围堵着,不时推搡两把,看着他气急脸红却又不敢反抗的样子,越发起哄笑个不停,后来竟将他逼到伊河岸边,再要多退两步,便要落到水里去了。

河边长大的孩子们自然水性娴熟,周钧儒却不会水,河水又深又急,自己若跌下去,很可能再也爬不上来。他终于彻底慌乱害怕起来:他们真要把自己推到河里活活淹死吗?!

骤然意识到自己面临的危险,再看眼前这几个孩子,竟觉他们面目狰狞可怖,此刻他已经退无可退,若他们继续威逼……侵入骨髓的恐惧和愤怒湮没了他,只能抓救命稻草般伸手抓住周纪耕孙子的胳膊。然而那孩子却全然不顾他的恐惧,猛地推开了他。周钧儒顿时脚下一个趔趄,半截身子跌进河里,瞬间淹没了大腿。那几个孩子顿时起哄起来,继续将他往河里驱赶,又往他身上泼水扬泥巴,不许他上岸,逼着他一点点往水里退。

周钧儒已经怕到极点,又不能逃脱,颤抖着嗓音声嘶力竭地呼喊:"救命,救命……"

正危急时候,忽然一双有力的大手将他抓住,一把拉上了岸,又向另外几个孩子呵斥道:"你们怎么能把他推到河里去? 万一出事怎么办?!"

周钧儒上了岸,劫后余生般地大喘着粗气,全身哆嗦个不停,他甚至不敢想,若不是被人拉上来,自己会不会真的被淹死在河里。

那人一边拉着他往岸边路上走,一边继续训导那些孩子:"打闹归打闹,怎么能做这么危险的事？你们也太过分了！"

到了路边，眼见脱离了危险，周钧儒的心思才渐渐安定下来，终于抬头去看救了自己一命的人，却是一个身着洋学生服、面容清朗、眉距开阔的十六七岁青年，正关切地看着自己，眼神清澈和暖，仿佛一抹阳光洒在身上。他正要开口，却听周纪耕的孙子恶人先告状："不怨我们，是他自己摔到水里去的！"几个孩子立即随声附和起来。

青年皱了皱眉："是吗？"他看向周钧儒，"他们说的是真的？"

周钧儒立刻摇头："不是！……是他们要淹死我……"

青年自然看出那几个孩子是一伙儿，责问道："你们为什么把他堵到河边往水里推？谁叫你们欺负人的？"

那孩子依旧狡辩："我们没有堵他！是这个野种要把我拽到水里去！"

青年越发脸色严肃："那为什么是你们在岸上，他在水里？"

那孩子并不以为意，反问："你是谁？关你什么事？"

他耐着性子与那孩子讲道理："你欺负了人，就关我的事，你刚才差点把他淹死，出了人命怎么办？"

那孩子依旧不服气，说："他是周家的野种，就该给他点教训，要你多管闲事？"

青年终于有了些怒气，问："他是不是野种，关你什么事？你凭什么把他推到河里去？看我告诉你家里，你爹娘打不打你！"

那孩子眼见有大人为周钧儒出头，还要告诉家里，顿时蔫儿了，不敢再多说，转身就要跑。青年却一把拉住他："欺负了人不该道歉吗？去跟人家道歉。"那孩子被他抓住脱不开身，心里更加害怕，不得已远远向周钧儒喊道："少爷，我错了，以后不欺负你了。行了吧？"青年这才一松手，放他飞跑去了远处。

周钧儒忽然愣怔在当场，眼泪混着满头满脸的河水淌下来，一种从未有过的酸楚滋味涌上心头：原来别人欺负了自己，是需要道歉的。

他自幼不敢与人起争执，几乎是打不敢还手骂不敢还口，哪怕到了周家做了少爷,依然要避着这些心怀敌意的孩子,如今竟有人出面主持公道,不光救了自己的性命,还让自己听到了平生的第一次道歉!

眼前这个十六七岁的青年,仿佛脚下踩着阳光一样庄严明澈,照亮了他心中那谨小慎微的自卑角落,让他感受到了公平的温暖和力量。他怔怔地望着那青年,眼里不禁溢出些湿润,那青年却半蹲下身子看着周钧儒:"这位小少爷姓周?那些孩子比你大,你打不过他们的,受了委屈,要跟家里大人说,不能由着他们欺负,知道吗?今天要不是我路过,可能真就出事了。"

周钧儒却忽然委屈起来。今日这样的事,他并不敢告诉家里,鞋子和裤子上满是泥水,身上必然也是狼狈不堪,全无少爷形象,若再被家里知道跟别的孩子起了争执,只怕又要面临周太太的责骂,所以他只能怔怔地点头,却一句话都说不出来。青年笑了笑:"我还有事要办,你快回家去吧。"说着转身要走,周钧儒忽然叫住他:"大哥哥,您怎么称呼?"青年回头:"我叫祁书瀚,缑氏小祁庄的。"

祁书瀚。

这个名字立刻就印在了周钧儒心里,在七八岁孩子的眼中,他的当众解救,竟似英雄一般的存在。

然而祁书瀚并不知道,他不经意间的一个善举,竟在周钧儒心里深深埋下了颗感恩的种子。

他原是小祁庄乡绅祁家的长子,祁老先生是前朝的生员,也在县府中做过几年官吏,及至民国便退闲在家,守着数十亩上等良田,以读书耕种、研究周易为乐事,对两个儿子亦是教养甚严。如今祁书瀚已在开封念了大学,是远近少有的大学生,更兼之行事大方,举止有礼,为人又热情温厚,古道热肠,乡邻间对他赞誉颇多。

那日到伊河镇办事,偶然遇到了周钧儒被孩子们欺负,便将他从河里拉上来解了围,却并未把这等小事放在心上,他放假回家时日不多,过不几天便要回开封念书去了。

大学里的开阔世界吸引着他,有西式派头的中国教授,也有讲着英语、法语的洋人教师，各种思潮和主义在学生和教师间传播，激荡着年轻人的青春热血，大家常常为了国家大事和国际时局争得面红耳赤……同学们大多出身旧式家庭，那些在家里需要遵守的礼教规矩，到了大学里一概不必拘泥，只觉到处是可以自由呼吸的空气，他们鞭挞旧思想，迎接新文明，每个人都在热切地研究德先生、赛先生，唯恐被同学们嘲笑"旧派人士"。

祁书瀚在各种思潮洗礼中，一边刻苦攻读学业，一边研究各种主义和学说，他正是血气方刚的年纪，心中自有振臂一呼为国请命的壮志，然而真的想要投身报国，却是报效无门，只得日日看着同学们空谈主义，总也寻不到一条可行之路。

时日久了，他便不再参与那些空谈之事，一门心思都在学业上，每日按部就班上课、温书，入学两年间，竟是各项课业都名列前茅。在大家都急于发表壁报、公开演讲、参与游行的时候，这样安心读书的学生便显得有些沉闷了，同学们甚至故意评他"只知低头走路，不知抬头看天"，祁书瀚也不甚介意，依旧扎扎实实做着自己认定的"当为之事"。

然而这样的性情却很受教授们称道，各方思潮纷涌，能沉下心钻研功课便是难能可贵，也正因此，他渐渐引起一位教授俄文的年轻老师的注意，相处日久，便互相引为知己同道。此时，他还不知道这份机缘巧合，将会彻底改变他的人生走向。

时光如水，日复一日地轮转着，私塾读书的日子平淡而乏味，周钧儒读了两三年书，心性稳重了许多，也渐渐有了几分少爷的举止气象，然而他毕竟年少，天性贪玩，日日被拘束着，也就心猿意马起来。尤其是临近麦收时节，年年都要办庙会，由镇上和周边乡村的富户出资，从外地请名角班子来唱戏，更有杂耍、说书、百戏、把式，以及远近各方的小摊贩，挑着担子卖衣帽鞋袜、针头线脑、农具日用、零嘴儿小吃等，还有一片专门的空地交易牛马牲口，整个伊河镇要连续热闹十几天，比过年的大庙会也不差什么。

如此盛事，一个孩子如何忍得住？尤其是听得戏台上的锣鼓点儿声，心思早已飞上天去了。奈何夫子盯得紧，课业多，又不敢告假，只能每天下学路过庙会，边走边看两眼热闹，买点零嘴儿，便急匆匆回家。

说来也巧，大戏在伊河镇唱了几天，便要到周边村子里演出，恰好就到了张集营，正是夫子的老家，更巧的是，高台就在夫子家麦田旁的土梁上，因此夫子回乡探亲，便放了他一天假。

周钧儒知道夫子离家有三十几里路，便向周掌柜禀告，派一辆车送夫子回去。周掌柜深感儿子尊师重道，高兴非常，于是让铁顺儿亲自带着周钧儒，一同陪着夫子回乡，并备了几样礼物，给夫子带回去。

对于周家的礼遇，张夫子自是感动不已，一路盛赞周掌柜有吐哺之贤，给周钧儒细细讲了当年周公礼贤下士的故事，慨叹当今乱世，再无盛德君主。

到了张集营，天尚未午，周钧儒远远看到随风起伏的麦地里，一道土梁高台上竖起柱子，挽着长长的大红绸，随风飘舞，在阳光麦浪映衬下，鲜艳非常，仿佛广袤的大地上平添一份红尘喜色，昭示着夜间这里将有一场人间盛景。

随着夫子回了家，他的老妻正忙着收拾大锅、水桶等物，周钧儒规规矩矩上前行礼，口称"师母"。张师母不像夫子那般严肃，亲亲热热将周钧儒拉进屋里，拿了瓜子花生给他吃，问他路上累不累，要不要洗脸，又张罗着做了一锅汤面让他们用饭。听了张夫子有意让周钧儒继承学问衣钵，张师母更是高兴，对着他看了又看，夸赞不已。

吃饭之时，张师母亲切地把周钧儒拉到身边坐下，不时给他夹菜，照顾得非常勤谨，又说道："儒儿这样的好孩子，生在谁家都是人人爱的。"

周钧儒对上张师母温暖的眼神："师母，怎么不见家里有师哥师姐？"

张师母愣了一下，苦笑道："原来你也是有个师哥的，可惜后来……"

周钧儒："后来怎样？"

张师母："不提这事，师母看见你呀，就高兴得把什么都忘了。"

周钧儒有些不解，铁顺儿却给他使了个眼色，他立即领会，不再多问。

眼见老妻如此，张夫子忍不住叹了口气，放下碗筷，一言不发地进了小书房。后来周钧儒才知道，张夫子原本也有儿子，只是七八岁上染天花天折了，妻子承受不住打击一病不起,自此以后再没生育过,这一双老人,竟是膝下无子,晚景凄凉。

当日傍晚时分,张夫子让铁顺儿帮忙抬着大锅、水桶、水瓢、碗等物到了山梁上,支起锅开始烧水。原来乡下有个规矩:在谁家房前或田地旁唱戏,这一户人家便要负责给戏班烧水,以便伶人们饮茶、卸妆洗脸等。虽说辛苦些,但不用跟乌泱泱的人群拥挤着,可以就近看戏,还能与角儿说上几句话,因此是个家家羡慕的差事。若是家中日子宽裕,还可以接受指定派饭,接几位唱戏的回家吃饭,更是风光。

天色尚未全黑,周围村子的百姓便赶了过来,高台下挤满了人,几乎一眼望不到边际,众人拿着马扎搬着凳子,或站或坐,孩童骑在大人脖子上,喧闹着,议论着,等待开戏。后台的锣鼓声不时响几下,高台上一人正在给汽灯打气,不一会儿,汽灯亮起耀眼的白光,两盏灯挂在柱子上,将高台照得通亮。随着锣鼓点儿越来越急,台下的人们精神一振,知道戏要开场了。

当晚上演的是《洛阳桥甩大辫》,周钧儒第一次如此近距离看大戏,只见台上的伶人们行头一应俱全,衣衫艳丽,尤其是耶律含嫣那一身彩衣,在汽灯明亮的照耀下,竟似升起了一层光晕,晃得他几乎睁不开眼。更不要说台上角色走马灯一样轮转,还有跑龙套的打小幡的,热闹非凡。整个故事更是紧张得他时时手里捏把汗,一时怕猎户花云相思病重,一时又怕他与含嫣在耶律府会面被人撞破,直到全本演完,伶人们集体登上高台深谢父老乡亲照应,他才终于意识到,大戏,结束了。

这一夜,周钧儒完全沉浸在了戏里,眼睛一刻也不能移开,仿佛天地为他打开了一幅不可思议的奇景画卷,得以窥见人间最辉煌壮丽的景象:远处是光影里起起伏伏的麦浪,近处是闪光灼目的戏台,伶人们在台上唱着做着,锣鼓长杆弦铿锵又婉转地衬着,天地为幕,四野星垂,既开阔辽远得四极皆虚,又悲喜交集着近在眼前,一切都如梦似幻,不似人间,竟如仙境般令人心驰神往。

直到夜深时分,大戏完全散场,乡亲们也都陆续走了,周钧儒才恍然回过神来,跟着夫子和铁顺儿到后台给伶人们打水,招呼。耶律含嫣那一身彩衣已经脱下,直到此时,周钧儒才发现他是个男旦,戏台上那样风流妖媚的一个人,下台卸了妆,竟是个五官端正的男子汉,丝毫不带女气。

周钧儒两眼乌溜溜地望着他:"你的耶律含嫣真好看,你一定是个角儿吧?"那男旦听后笑道:"你知道什么是角儿?"周钧儒:"我当然知道,就是戏台上最要紧的那个人,没有角儿是开不了戏的。"男旦呵呵笑了起来,连声赞他聪慧。

此时已是深夜,一场戏将近两个时辰,众人早已饥饿乏累,后台开始放饭,伶人们一人一大碗芝麻叶热汤面,主演另有两枚鸡蛋,众人风卷残云吃着,连声夸赞:"偃师地界儿的芝麻叶面做得好! 多少日子没吃过这样舒坦的饭食了!"

张夫子和铁顺儿将将忙碌结束,一转身,却发现周钧儒不见了,正要找他时,只见他从后台走出来,整个人都有些愣怔怔的。铁顺儿连忙一把拉住问他去了哪里,周钧儒心思却依旧飘着,认真问道:"铁顺儿叔,你之前跟我说过的李剑云,比今天这个耶律含嫣,哪个唱得好?"

铁顺儿听了,不由笑了起来,压低声音告诉他:"你要是听过李剑云,再听这些人的戏,根本入不了耳朵,真正的好角儿,扮相、身段、做功、唱腔,不是这些乡野小班子能比的。"

周钧儒惊诧不已:"他已经唱得很好了,李剑云比他还要好很多?"

铁顺儿:"那是自然,李剑云是省城里头一号名角儿,轻易不会到乡下唱高台戏的,等以后东家带你去开封,你就能见到他。"周钧儒回头看向吃饭的伶人们,尤其是那五官清秀的男旦,无从想象天下还有什么人扮得比他漂亮,唱得比他好听,而且好上很多倍,这李剑云,该是何等样的人物?

当天夜里,周钧儒和铁顺儿就宿在张夫子家,第二天三人依旧坐车回伊河镇。张师母倚门望了许久,直到马车成了一个小黑点,依旧不停地挥手,直到完全看不见了为止。

一路上，周钧儒不言不语，只回味着昨夜的《洛阳桥甩大辫》，心里耳里都是锣鼓点儿声和唱腔，眼里时时闪过戏台上的片段，仿佛魔怔了一般，始终呆呆的，连夫子叫他都恍若未闻。

铁顺儿见他这副模样，伸手在他眼前晃了晃，他却依然两眼直勾勾的，全然没了往日的灵气。铁顺儿不由得笑了起来："夫子您看，少爷这是魔怔了，小孩子家，没见过这么热闹的大戏。"张夫子："卓先还小，很容易被这些光怪陆离的景象迷惑，过几天便把这事忘了。"

周钧儒不知为何独独听见了这句话，赶忙回答："忘不了，忘不了，我昨天来的路上还心里默背那一段书呢。"张夫子和铁顺儿瞬间大笑不已，周钧儒愣了一时，才觉面上窘迫起来，原来二人与自己说的并非一件事。

转眼便是夏收，田间处处皆是割麦的人，用镰刀把金黄的熟麦割下来，再用麦秸秆拧绳捆束，以牲口或者人力拉着板车运到场院上，然后是碌碡碾轧脱粒，木锨迎风扬场，直到最后把金灿灿的麦粒装进袋里，交过租子，剩下的便是一家人的口粮，若能多收几斗，这一年便能多吃几次白面馍。

今年是个丰收年，春天突如其来的一场大雨，下透了方圆百里的麦田，一亩能收四五斗麦，苦了一年的人们脸上带了难得的笑容。周掌柜家也有几十亩麦田，全家人带着伙计一起下地收割，周钧儒虽是大少爷，也发了一把镰刀，让他跟着割麦，懂得"粒粒皆辛苦"的道理。

周钧儒本就穷苦出身，割麦倒也难不住他，只是眼看着一层层的麦浪倒下，地面只剩半拃高的麦茬，心里却慢慢地空了起来，仿佛那一场梦幻奇景的高台戏，也渐空渐远。

五　死生寥落

民国十五年。

此时的河南,早已被吴佩孚三十万大军拖进了无尽的苦难深渊,每年将近一亿银洋的军饷都落在了河南人民头上,而且吴大帅军中不止乡民和壮丁,更招募了许多匪帮加入,兵匪不分家的劫掠骚扰之下,老百姓的日子竟是空前赤贫艰难起来。

寻常城镇村落,最怕穿着军装的人,他们穿上军装是兵,脱下军装是匪,横行乡里,防不胜防,尤其是那些故意投靠了大军阀的山匪,上千人自成一团,匪首成了团长,平日里干的依旧是鱼肉百姓的勾当,却有了军阀背景作靠山,所谓"剿匪",往往是匪喊捉匪,地方政府也奈何他们不得,百姓又能怎样?

洛阳、开封一线更是军匪横行之地,吴佩孚的驻地便在开封,沿铁路一线尽是重兵,越发方便了这些匪人四处劫掠。开封、郑县、洛阳城里多有兵痞打砸抢事件,没几分人脉关系背景的,莫说遇事只能忍气吞声,就算逼出人命也无处申告。

偃师地处郑县和洛阳之间,地处冲要,又有车站,虽只有不到千人的驻兵,却时有兵力补给运输列车路过,因此城中穿着"黄狗皮"的大兵随处可见,百姓们都是低头躲着走,唯恐一个不慎就招惹了他们。

伊河镇离偃师约莫二十里之遥,但也早已不是安宁之地,周掌柜每次发电报回来,都是叮嘱家中谨慎门户,勿多外出。周钧儒本是好热闹爱交游的性子,这年余间竟鲜少离开伊河镇,几乎每日只往返于私塾和家中,周太太依旧不放心,派了伙计天天跟着。

这几年生活富足安定,周钧儒渐渐适应了在周家的身份,身量也长了起来,腹中读了些诗书,便显出几分书香隽秀的模样,与昔日黑瘦如柴的穷小子迥然不同,全然换了个人一般,叫他"野种"的声音也渐渐销匿了,所有人都默认了他就是周家大少爷。

周钧儒在人前的言谈举止亦是循规蹈矩,走在伊河镇街上,所遇之人无论贫富,必都按辈分称呼问好,乡邻们都夸赞周家少爷知书达理,稳重得体,将来定是个状元之才官宦之身,然而他们全然想不到,这个看似文质彬彬的少爷,早已不是当初那个谨小慎微的外来子了。

他脱去了刚入周家时的惶恐瑟缩,凭着手里的零嘴儿吃食和机敏缜密的心思,身边聚集了十几个"跟班儿",每日上下学路上都闹哄哄跟着一群孩子,反倒是昔日追着他喊"野种"的周家子孙们,早已被打压得失了神气,见了他无不远远绕行,仿佛躲避瘟神一般。一些族人甚至带了孩子上门质问,几次三番告到铁顺儿面前,然而细问起来,周钧儒却从不曾与他们起过争执,更不曾欺辱他们分毫。

然而隔不几日,上门质问的族人便会遇到些急不得恼不得的麻烦,诸如炕上忽然爬满了蚂蚁,灶里猛地蹿出只耗子,出门踩了一脚马粪,衣裳被蹭了污秽等等,几乎隔三岔五便出一些小乱子,气得他们在街上叫骂不止,却又寻不出任何证据。

时日久了,连铁顺儿和周太太也知道是周钧儒暗中捣鬼,然而周太太想要训责他时,却又说不出个所以然,这孩子竟然心思缜密到做事滴水不漏,明知是他主谋指使,就是咬定了不肯承认,令人无可奈何。

眼见族人抓不住他把柄,周钧儒颇有几分得意,自觉做事天衣无缝,十来岁的孩子本就顽劣，又有一群孩子助长着，于是更加淘气起来。一日下学回家，恰好与一位被他捉弄过的本家族叔走了个对面，那人不过四十来岁，平时见了他必要骂一句"野种、臭要饭的"，今日看周钧儒落了单，想想此前被他捉弄得狼狈，恨得一把捞住他要打几下出气，幸而周钧儒身手机敏，没吃大亏便逃出了控制。然而他如何肯受这般欺负？知道这族叔最怕神鬼之事，于是用黑线做了假头发挂在脸上，又贴了长长的红纸舌头，披了一条白布单子，趁天黑藏在他回家的树林边，一见他出现，叫着魂儿慢悠悠飘了出来，那族叔顿时吓得魂不附体，哪里还顾得上分辨，鬼哭狼嚎地逃回家去了，当天夜里就发起了高烧，满口说胡话，足闹了两三天才好，此后再不敢走夜路。

周钧儒暗中笑了许久，引为得意之作。然而此事动静太大，竟被张夫子听闻了风声，当即把他叫到学里狠狠申斥了一顿："卓先，别以为无人发现，你就可以任性淘气，肆意妄为。我不跟你论什么证据，君子不欺暗室的道理，也无需再跟你讲，这种暗处的小手段，人不知，天知，人前道德君子，人后行止偏颇，依然是立身不正！"周钧儒最是敬畏夫子，听了这番申斥，立时羞愧得抬不起头，自此以后果然收了心思，不敢再有荒唐之举。

此后两年间，私塾里课业越来越繁重，张夫子似乎意识到自己已经年迈，寿数无多，急于传授他一身学问，因此督导极为严格。周掌柜虽常在川、鄂两地，对他的教育也抓得很紧，每月必要他亲自写信禀报课业，而且特意吩咐铁顺儿出门办事时带着他广见生意世面，习学人情事理。因此，周钧儒年纪虽小，生活却是忙碌非常，也正因张夫子和周掌柜的严厉督责，短短几年间，他近乎竹笋拔节般快速成长起来，日常行止进退有度，辞令得宜，慢慢有了待人接物的从容姿态。

年末之时，周掌柜自川地回家，盘点了一年的生意，腊月十五照例请了班子来开一天戏，摆了十几桌洛阳水席官场席面，宴请本县仕宦乡绅、军政首脑、新派人物等，亦是周掌柜多方结交、寻求保护少生是非之意。

洛阳水席名闻天下，因其全部热菜皆有汤，故名"水席"，寻常是吃完一道，撤下后再上一道，荤素俱全，酸甜咸辣口味各异。官场席面则丰厚得多，十几道热菜一起上,温着火以备随时替换,更显大气排场。周家能同时摆出十几桌官场席面,一则彰显家世财力,二则也是对政商各界同乡的尊崇。

当日家中自是宾来客往,热闹非凡,那戏班是特地从洛阳请来的梆子戏,行头鲜亮,唱念俱佳。台上唱到佳境,台下众人也早已酒菜餍足,周掌柜便派人去后院把周钧儒带来,向众人介绍。

大家见这孩子眉目清秀,双眼有神,仪态落落大方,口齿清朗利索,不过十二岁年纪却是言辞谦恭,行止有礼,甫一露面便令人眼前一亮。身为周记药行的大少爷,座中不少人早已见过他,但今日再看,更觉他全身透着灵气,更兼衣装整齐,一身大家族的气派,一时人人刮目相看,夸赞不已。

十二岁是个整年,寻常人家生七八个,能活四五个便是幸运,所以孩子平安活到十二岁,基本便不会早夭了。周掌柜此时把孩子带出来,与众人正式相见,乃是公开宣布继承人,日后周记药行的生意,周家偌大的家业,都寄望在这孩子身上。周家数年苦心养育,等的便是这一日:只要孩子平安长成,便有了名正言顺继承家业的理由,族中那些人再动任何心思,都是徒劳了。

周钧儒确也不负周掌柜所望,言谈举止无一不妥,虽只是个十二岁的孩子,却在人前沉稳自若,圆融练达,竟似见惯了世故的样子。

周掌柜心下有几分得意,向众人道:"偃师是我的根,祖祖辈辈都在这里,我想着日后就让钧儒先跟着学习照看偃师的生意,都是乡里乡亲,又有前辈们看护,想来是不会出什么差错的,只是他年少学着做事,难免稚气,请诸位日后多担待些,能指点之处不要吝啬,周某这里先谢过大家对犬子的爱护之意了。"

众人一片应和之声,纷纷赞他天资过人,周掌柜后继有人云云,溢美之词不绝于耳。

介绍过周钧儒之后,戏班重又开演,台上台下再次热闹起来,周掌柜带着他周旋于人群之中,轮番敬酒。周钧儒谨记着父亲的叮嘱,今日是带他熟识生意事务及人事往来,因此着力用心将这些人一一记下,以备日后行事之用。

一番敬酒下来,足足半个多时辰,周钧儒虽未喝酒,却吃了些凉菜冷风,一时觉得腹中不适难忍，于是就近去了大门侧的茅房。

出来之时，忽然听得墙外有打牛胯骨之声，走到门口便听两人边打边唱："掌柜是个好人家，银圆堆得白花花，生意兴隆做得大，家里米面放不下……大发财，多行善，门头祥云也打站，打发我花子一口饭，保佑您能寿万年，打发我花子一个钱，金满库来银满山……"

周钧儒一听，便知是听见院内唱戏而上门乞讨之人，因此让二人稍等片刻，自去拿了几个馍，又掏了三五个铜板递与二人，二人千恩万谢着离开。

他站在门口，看两个花子出了巷子，正要关门，却猛觉脑后重重挨了一棒，连一声闷哼都没发出，就无声无息失去了意识。

戏台上依旧唱得热闹，众人也到了酒酣耳热之际，周掌柜喝得面上泛起红光，更觉高兴，直过了小半个时辰，才忽然意识到：周钧儒一直不曾回来。

他连忙悄悄叫了伙计去看，不一时回报：少爷既不在茅房，也没回后院，太太也不曾见到他。周掌柜心里一惊，酒也醒了几分，立即吩咐不许声张，让带几个人仔细寻找，今日这样大的场面，不能失了体统。

然而伙计们几乎不动声色地把家里翻遍，甚至连街上也找了，周钧儒却丝毫不见人影。

周掌柜有些坐立难安起来，腊月天额头上甚至冒出了汗。宾客们也都看出了异常，县上的参议员贺扶光便忍不住问道："培兄，你这是何故？身体不适？"周掌柜刚要开口，便见周太太挪着小脚，竟一路小跑着来到前堂，急切问道："培祥，孩子不是跟你在这里吗？怎么说不见了？"

众人一听，也有些吃惊："方才少爷还在这里，怎么会不见了？"

周掌柜才擦了一把汗，向众人说出周钧儒失踪之事，眉头狠狠拧成一簇，满面无措，稳了一下情绪，才强撑着礼送宾客。大家眼见出了如此变故，只能劝慰几句，陆续开始告辞。

然而宾客尚未全部散去，有人突然在门口发现了一封信，上面写着"周培祥亲启"。

周掌柜一见那信，脑中便是嗡的一声，整个人哆嗦了起来，上前两步将信抢在手中，拆开看时，果然是绑票。其上写着："欲救少爷，五万银圆，腊月十八戌时正送至指定处，逾一日割耳，两日断指，三日撕票。"

看完此信，周掌柜只觉眼前一黑，跟跄着坐在地下，周太太更是吓得两眼一翻，一声不吭当场晕倒，院中早已乱作一团。

余下的贺扶光等几位宾客是周掌柜亲近故交，见周家出了如此大变故，留下来协助料理，先让人将周太太送回后宅，又纷纷解劝周掌柜："培兄，此时万不可乱了阵脚，找中人说和要紧，先得知道是谁绑了孩子。"

周掌柜急得摇头叹气，眼泪几乎落下来："只这没来由没头绪的一封信，找谁去做中人？"

贺扶光如今是县里的议员，有几分门路，便问道："培兄可曾与什么人有过过节？"

周掌柜："我这样的性子，能跟什么人有过节？何至于到绑走孩子的地步。"

贺扶光："如此看来，那就只能是土匪绑票了，看这残暴言辞，只怕是年下缺钱，要狠狠敲你一笔。"

周掌柜："怕就怕在，他们既要求财，还要害命……"

贺扶光思索着，忽然回头看着孙团长："团座，这周边的匪帮，你都熟悉吗？"

孙团长一见问自己，立时摇头："我是剿匪安民的，怎么会跟匪帮熟悉？"

贺扶光凑近低声道："团座，此时培兄的儿子就在他们手里，何必说这些虚词？救孩子要紧！"

孙团长嘬牙叹了口气，二人相识多年，自己部下有收编土匪之事，贺扶光是心知肚明的，只得说道："罢了，我先打听打听，只是你告诉周掌柜，五万银圆是大开口，但一两万总是要备的，要不肯出钱，是万万救不回孩子的。"

贺扶光点点头，心里有了几分成算，起身走到周掌柜身边："培兄，我已经托人去打探了，看看是哪家杆子绑了孩子，我们再找说客和对方谈条件，首要之事是保证孩子平安回来，所以钱还是要备一些的。"

周掌柜猛地握住贺扶光双手，感激不已："贺兄，要是孩子能平安回来，我就让他拜在你膝下，给你做个送老儿子！钱我去准备，无论如何都要把孩子赎回来！"说着，热泪纵横。

夜幕时分，所有人都散去了，戏台早已静寂，前堂满室狼藉，周掌柜呆呆地坐在廊下，望着天空一轮满月，竟觉人生皆是虚妄，大难之时，一无所助。

不知为何，他忽然又想起了那个"吃绝户"的噩梦。

近些年来，他已经很少再做噩梦，将自己曾经满心的彻夜不安都转移到了周钧儒身上，也习惯了周钧儒跟在自己身边叫爹，自己也胜似亲生地养育他。如今这等事故一出，他的心又陡然悬了起来，惶恐不安的气息再次湮没了他：若是这孩子没了，族中那些人绝不会再给他机会，他已年近五旬，很可能落个横遭暗害、被谋财害命的血淋淋结局！

所以他下定决心，这一次，绝不再让自己陷入膝下无子的困境，慢说一两万大洋，便是三万五万，他也要把儿子赎回来！

摇摇晃晃走回后院，就见周太太坐在炕上，只是两眼出神，整个人都麻木了一般。周掌柜坐在她身边，她却似忽然受了极大的惊吓，噌一下缩到了墙角，待到看清是周掌柜，才松下心神。

周掌柜更觉悲哀，叹了口气说道："别怕，我们只要在期限内筹够了钱，钧儒就没事了。"

周太太呜呜道："绑匪都到家门口来了，今天能绑走孩子，明天就能绑走你我……这可怎么办……"

周掌柜心里堵得犹如塞了坠石一般，更加窒息难忍，儿子被绑本就心绪大乱，如今周太太又吓得失了魂，不仅不能商议如何处置，反倒再添许多烦恼，然而他却不得不打起精神安抚她："不会的，绑匪只是求财，知道我们就这一个儿子，不得不赎，才有这番劫难。"

周太太苦恼愁闷："可是五万大洋，一时间哪能拿出这么多钱……"

周掌柜拢着手指盘算:"家里的钱凑一凑,把洛阳、开封柜上的钱都收一收,再把黄金卖一卖,约莫也就凑齐了,那绑匪是衡量过的,应该知道我们的家底。"

周太太诧异:"咱家里,真能拿得出这么多钱?"

周掌柜:"我这些年攒了些黄金,没敢放在家里,卖了的话应该有三万左右,如果有说客能居间谈判,也许两万就能把孩子赎回来……"

周太太忽然道:"培祥,你真要拿这么多钱去赎他? 又不是我们的亲儿子……"

周掌柜猛地抬头看着她,目光犀利起来:"你说什么?!"

周太太被吓得一哆嗦,嗫嚅道:"我是说,何必为一个外来子把家底都掏空了?"

周掌柜:"糊涂! 什么外来子? 他是上了族谱的周家大少爷!"他狠狠盯着周太太:"你知不知道,那些人等的就是这个机会,要是孩子没了,他们恨不得立刻生吞活剥了我们! 就算倾家荡产,我们也必须赎回自己的儿子!"

第二日,伊河镇所有人都知道了周钧儒被绑之事。人们在街头巷尾议论纷纷,五万大洋的赎金,是普通老百姓想都不敢想的数,大家都在猜测周家能否拿出这么多现钱,会不会为一个外来子付出如此多的赎金。

周掌柜已经筹措了几箱银圆,正在清点之时,周家几个族人却忽然登门造访。他叹了口气,不得已来到堂前,果然族中几个辈分高的人坐在那里,其中自然也有周纪耕。一见周掌柜,大家便纷纷问周钧儒的消息。

周掌柜沉着脸:"没有消息,只是给了三天时间,筹措五万大洋,若是交不出这些钱,便要割耳朵,剁手指,甚至撕票。"

周纪耕惊道:"五万大洋,哪是三天就能筹措来的?"

周掌柜:"筹措不来也得筹,难道眼睁睁看着孩子被撕票? 七叔爷和几位叔叔伯伯,能不能帮我筹措些?"

周纪耕顿时被噎住:"可是,五万大洋,赎这么一个孩子……"

周掌柜:"七叔爷什么意思？难道我周培祥不能赎自己的儿子？"

周纪耕和几个老人连声说道:"孩子当然要赎，但也得跟绑匪谈一谈，这五万大洋，实在是强人所难，何况这孩子又不是嫡亲血脉，周家又不是没有别的孩子……"

周掌柜心中满是悲凉之意，人命关天，他们依旧想着谋算自己这几分家产，全然不顾自家儿子的死活。

周家几个长辈正争议不休时，却有一个人，迎着初升的太阳走到周家门口，抬手坚定而沉稳地叩了叩门。

正是周钧儒的私塾先生——张夫子。

张夫子进门之后，径直到前堂见了周掌柜，丝毫没在意其他几人在座，只是解开褡裢，放下一百零三块大洋:"周掌柜，这是老朽一生积蓄，只要能救回卓先，拼了我这把老骨头也在所不辞。"

周掌柜立时错愕震惊，看着桌上的大洋，久久之后一躬到地:"夫子待儒儿，真如师如父。您放心，我周培祥馨尽家财，也必定救回孩子！"

张夫子点点头，一句不再多言，转身离去。

周家几个长辈顿时愣怔当场。一个外人在倾尽一生积蓄要救周家的孩子，而他们身为周氏族人，却在劝周掌柜放弃救人，光风霁月与龌龊暗藏，就这样被抖在桌面上，直羞得几人坐立不安，起身告辞而去。

周钧儒醒来的时候，头沉得仿佛灌了铅一般，整个人都浑浑噩噩的，一时竟不知自己身在何处。

挣扎了半天，总算勉强看清了眼前的处境。这是一间漆黑的屋子，只有几个小小的缝隙，勉强进来几丝极弱的光线。他能感觉到这间屋子很小，打算起身去找门窗时，却发现自己被绳子绑得牢牢的，丝毫动弹不得，而且冻得浑身僵硬，骨头散了架一般，酸疼得厉害。

直到此时，他才终于明白自己是被人绑了。他分明记得自己只是打发了两个讨饭的，然后就被人打了闷棍……

这究竟是什么地方？

什么人把自己绑来了这里？

他们要做什么？

会不会杀了自己？

……………

一连串问题浮现在脑中，周钧儒竟忍不住打了个寒战，全身哆嗦起来。近几年土匪闹得厉害，绑票的事颇多，他听过一些被绑了肉票的故事，家里有钱赎回去的，还算运气好；有些凑不够钱被撕票，或者凑够了钱依然被杀害弃尸的，也不在少数。

而自己，会是哪一种结局？

正胡思乱想着，门忽然被推开了，突然的光亮刺得周钧儒睁不开眼，等适应之后，他才看见眼前的人，顿时震惊道："你不是那个打牛胯的？"

那人哈哈一笑："正是我！为了把少爷请到我们这小寨子，不知道花费了多少心思，没承想唱段落子，就把少爷你给引出来了。"

周钧儒往后缩着身子："你到底要做什么？"

那人凑到周钧儒面前："自然是让你家里出钱，赎你回去啊。"

周钧儒惊恐地盯着他："你们，要多少钱？"

那人伸出巴掌："五万现大洋，就看你爹舍不舍得花这些钱赎你了。"

周钧儒只觉天旋地转，神色虽然绝望，眼神里满是落寞："不可能，不可能……爹不可能花这么多钱赎我……"

那人冷笑道："怎么不可能？我们查过了，周掌柜只有你一个儿子！"

周钧儒失魂落魄地看着他："我根本不是我爹的亲生儿子，他怎么可能花五万大洋赎我？"说着，越发伤心起来，眼泪簌簌而下："你们，会不会撕票？没有人赎我的……"

那人看着周钧儒如此神色，忽然有些犹疑起来："小子，不要妄想着骗我，你真不是周家亲生的？"

周钧儒依旧不停落泪："我是周家十块大洋买来的……"

那人一脚跺在地下："真他妈的晦气!"说着,抬腿给了周钧儒一脚:"别号丧了,闭嘴!"说着,转身走出屋子。

门被关上后,屋子重新陷入了黑暗。

周钧儒不知哭了多久,又发呆了许久,直到饿得肚皮贴了后背,才忽然意识到一件事:过了这么久,竟再不见一个人来看过自己,估算着足足有将近一天了,难道,他们觉得赎金无望,就将自己扔这里自生自灭?

一念及此,他心里更加害怕,忍不住出声喊道:"有人吗? 有人吗?"

喊了几遍,门又一次被打开:"喊什么喊?"

周钧儒:"我饿了。"

那人啐了一口,很快拿来两个冷馒头,看他已被绑的双手有些血脉不通颜色发紫,狠狠剜了他一眼,顺手解了绳子:"吃吃吃,就知道吃,要不上价的野货色,死了更不值了!"

周钧儒艰难地活动开了手脚,伸手拿过冷馍,眼里的泪珠连成线地落下来:这两个冷馍,就是自己的断头饭了。

一瞬间,这几年做少爷的时日竟似做梦一般,恍惚自己依旧是那个饥饿穷苦的姜小五,依旧是贱命一条。所以,他不能放弃这顿断头饭:左右都是一死,总要做个饱死鬼! 冷馒头干硬噎人,他狠狠咬了一大口,和着泪水用力吞了下去。

周掌柜正通过说客与绑匪谈判。

这说客,便是昨日在周家赴宴的孙团长找来的。孙团长部下也有收编的土匪,各方勾连着,因此很快与绑匪取得了联系。这原是其他县过来的一小股流匪,只有五六十人,被团练剿匪赶了出来,年末之时落草在偃师周边,听说周家巨富,才动了绑票的心思。

周家广有生意钱财,膝下却只有一子,只要绑了周钧儒,以周家的资财,定然会立刻交钱赎人。因此,这些日子每天派十几个人在伊河镇盯梢,只要周钧儒落单便立刻绑走。然而周家大少爷无论进出皆有下人跟着,很是不容易寻到机会动手，因此派两个人扮作打牛胯的上门试探，没承想，竟轻而易举得手了。

可是千算万算，却漏算了一件事：这孩子竟是买来的，并非周家亲生。

如此一来，绑匪反倒有些拿捏不准了。

按理说，这样一个外来子，周家便是不出钱赎人，也是说得过去的，可周掌柜明确表态，对这孩子决不放弃，但是五万的赎金，也万万不能。一个外来子能勒索多少钱财，绑匪心里完全没底，多了要不到，少了不甘心，赎金数目很是令他们头疼。

说客开口道："掌柜，那边也知道了大少爷不是周家血脉，只是毕竟自小养大的孩子，吃准了您舍不得这份父子情，钱虽然可以少些，但也要斟酌着回复他们。"

周掌柜："他们想要多少？"

说客："那边的说法，可以降到三万，不能太少了，不然，免不得孩子吃苦。"

周掌柜皱了眉头，但依然强撑着镇静："这孩子，是十块大洋买来的，这几年豁出去穿衣吃饭，养育读书，破天也不过一千大洋，如今要三万来赎，您觉得划得来吗？"

说客面露难色："这是那边带过来的话，我不能不如实跟您说，您对赎金有什么想法，也要给我个准信儿，我好去那边回话，成与不成，还得看两边的诚意。"

贺扶光应和道："若是那边真有诚意，就该好好说个数，谁曾见有人为个外来子花三万的？若是周掌柜自己再得个亲生子，这孩子都万万继承不到三万家产！"

说客连连点头："贺先生说的是，只是如今孩子在人家手里，赌的就是掌柜舍不得儿子，听说这孩子灵气得很，将来挑门立户一把好手呢，如今花几个钱，也是为了周家的前程。"

周掌柜心里早已翻江倒海一般，对于周钧儒，他是绝不可能舍弃的，就算真的掏五万大洋也必要赎回来。但如今有了这个"外来子"的由头，绑匪倒主动降了条件，他便心知对方已拿捏不准分寸，因此自己又有了几分筹码。

故作沉吟了片刻，等到说客有些神色不安的时候，他咳嗽了一声，说道："罢了，这孩子确实是深得我心，虽然是买来的，也想着当亲儿子一样疼，但是我最多出到五千，如果那边不同意，我就当父子缘浅，再挑个别的孩子过继，也是一样的。"

说客脸色瞬间变了："多少？五千?!"

周掌柜点点头："对，五千。"

说客："孩子您是不想要了吗？五千，万一那边撕票怎么办？"

周掌柜心中紧张得暗暗咬牙，只是脸上依旧强忍着装出平静之色："这五千大洋，就买我们父子间的缘分天命吧，要是那边一定要对孩子不利，我也只能说，是伤是残，我这当爹的，养他一辈子就是了。"

说客带着不敢置信的神色，悻悻而去。

绑匪听得周掌柜此言，几乎各个当场骂娘，直道越有钱越没人性，竟眼睁睁看着自己的儿子被绑无动于衷，费尽心思绑到手的大少爷，此时竟成了烫手山芋。

其中一人怒道："他既这样说，就撕了票，把尸首扔回去，看他周家怎么办！"

为首之人呵斥道："冲动误事！如今只有这么个肉票，自然是能要多少钱便要多少钱，难道还白干了一票买卖不成？"

另一人道："可是只有五千大洋，这姓周的也太抠了！"

为首之人："无商不奸！这姓周的是拿孩子的命在算账，你再狠也不过是玩玩刀枪，商人可是能把人命标了价钱的！"他阴狠地笑了笑："依我看，他说五千也不过是个试探，不如再激他一把，看他到底是不是真不在乎这孩子！"

此时，周钧儒就在隔壁黑屋子关着，绑匪们的话，一句不漏全听在耳朵里，心里陡然冰凉紧缩成一团：原来父亲真的只是把自己当作买来的孩子，甚至给自己这条命估了价，五万大洋还价五千，这生意如何谈得拢？分明是断送了自己的生路!

他似乎彻底陷入了绝望,一颗心如坠悬崖般狠狠跌落下去,连自己也不知这条命究竟悬在何处。失落了一阵子,他却忽然哭丧般笑了起来:我一个快饿死的孩子,如今居然能要到身价五千了! 要是娘听说了,肯定不敢相信我值这么多钱……

一只耳朵。

周掌柜盯着匣子里的耳朵,眼里几乎滴下血来。

耳朵下面,是一张纸,其上按着一只血手印,其中之意,不言自明。

绑匪显然是被激怒了,竟不顾三日之期未到,割了一只耳朵让说客带过来。说客站在旁边,看着周掌柜的神色,一句话都不敢说。

周掌柜一动不动地盯着这只耳朵,心中却早已血泪横流,只觉五味杂陈,胸口窒息,险些呕出酸水来,但他依然死死地盯着这只耳朵,一言不发。

足足半刻之后,他回过身来,径自向内门走去。

一离开说客的视野,他立即蹲在地下呕吐起来,两眼泪如雨下,重重一拳捶在墙上,懊悔着自己激怒了绑匪,竟给儿子带来如此劫难。

然而方才他盯着那只耳朵看的时候,一直仔细回忆着周钧儒的样子,总觉哪儿有些不对。于是强自镇静了情绪之后,来到周钧儒的书房,将一张照片摘下来仔细看。

看了很久,忽然下定了决心般,又回到前堂,平静地坐在了桌前。

他甚至轻轻把匣子合上,让那只紫黑了的耳朵消失在眼前,才又开口道:"先生,我曾说过,孩子无论是伤是残,我周培祥养他一辈子,请您无论如何给那边带话,我可以立即把五千大洋奉上,请他们不要再难为孩子了。"

说客再次震惊失色:一只耳朵,竟没能让周掌柜多掏一块大洋!

闻听此讯的绑匪,群情激愤,纷纷嚷着要撕票,天下竟有如此冷血无情之辈,定要给他个教训! 为首之人叹了口气:"算了,这回遇上狠角色了,五千大洋虽不多,但我们流落至此,又到了年关,勉强也够过年了。在偃师地界上,若是一定激怒本县大户,只怕也不明智。"

仅仅三天,一场轰动偃师的周家绑票案就此了结,周掌柜交了五千银圆赎金,第二日,周钧儒便被丢在荒地里,说客前来报信儿通知周家去接人。

周掌柜骑马急急冲到交接处,见了周钧儒,一把抱住他的脑袋,见两耳俱在,瞬间松了一口气,浑身瘫软着倒在了地上。这劫后余生的感觉,竟比在火车上被土匪以枪指头时还紧张,心跳得擂鼓一般,不停地喘着粗气,一时竟难以站起身来,口里嘀咕着:"我就知道,不是儒儿的耳朵。"

周钧儒似乎吓傻了一般,呆呆地看着父亲,却一个字不说,一滴泪不流,任由周掌柜将自己带回了家。

周太太看到周钧儒那一刻,终于松了一口气,嘱咐他好生休养。周钧儒依旧不声不响,转身回了自己的房间,紧闭房门,任谁叫门都不开,整整一日未出,连送过去的饭菜都不曾动过。

第二日一早,周太太看着依旧紧闭的门窗,脸色有些不悦:"他还要怎样?花了五千大洋赎回来,还在家里耍气性?"周掌柜赶快拉着她劝道:"总得给孩子几天时间适应,经历了这种事,没吓破胆已经不容易了。"

周钧儒此刻躺在床上,依旧一动不动,他不知自己该如何面对父亲。

这些年来,父亲对自己确实爱如亲生,给他少爷身份,让他入学读书,教他生意之道,甚至将周家的未来全部寄托在他身上。他也已经完全将周掌柜视作亲生父亲,全心全意地依赖他、信任他,可父亲却在自己被绑时,将自己的性命,将这份父子情分,标明了价钱,甚至是弃自己于不顾,任凭土匪撕票也在所不惜。

昨日他被扔在荒地时,那人一脚将他从车上踹落在地,毫不停留便离去了,但是他分明听到了那人怒骂的一句话:"姓周的就不是人,割了他儿子耳朵,也不肯多出一块大洋!"

割耳朵这事,他是深知原委的。

那一日绑匪不知自何处拿了一只耳朵,一碗鸡血,开门将他拖了起来,把他整只手都在鸡血里浸了,结结实实在纸上按了个手印。当时他被吓得几乎断了魂,但是那绑匪依旧残酷而轻松地笑着:"小少爷,这耳朵呢,是从一个死孩子身上割来的,又没割你的,只是按个手印,至于这么怕?"

那时他便知道,这耳朵是用来威胁父亲的手段,然而他无论如何都没想到,父亲竟能如此坚决,依旧只出五千大洋,丝毫不为所动。

如此看来,自己在父亲心中的地位,也仅止于此了。

自己一个外来子,本不该贪恋这份父子情的,哪怕是周家不肯赎人,自己也不该有抱怨的心思,如今得以完完整整地回来,还有何奢求呢?

只是在心里,他始终有些不甘:难道父亲以往待自己所有的好,都是假的?

但是他又觉得不可能,父亲在将自己狠狠抱在怀里的时候,勒得骨头都疼了,心跳擂鼓般清晰地砸在自己脸上,那样的紧张害怕和担心,绝不会有假。

他只是这样躺着,又过了一日一夜,依旧不曾站起身来,更不曾动过眼前的饮食。

第三天的时候,门忽然被踹开了。

进来的是周掌柜。周钧儒从未见过父亲发怒的样子,他重重地沉着脸,直接走到床前,一把将周钧儒拉了起来:"起来吃饭!"

周钧儒脚下一软,浑身无力地瘫倒在地。

周掌柜伸手将他托住,依然是不容置疑地将他带到桌前,指着桌上的饭菜:"吃饭!"

周钧儒摇头挣扎着,却无论如何拧不过周掌柜强健的大手。

他被按在桌前坐下,周掌柜依旧是一句话:"无论发生了什么,起来吃饭,活着就要吃饭,吃饭才能活着!"

周钧儒的手里被塞了筷子,一碗蛋羹摆在眼前,还有些稀粥、烙馍、小菜。他空了两三天的肚腹早已拒绝饮食,只是看着这些饭菜,举箸艰难。

周掌柜依旧严厉地命令道:"吃饭!"

周钧儒哆嗦着,吃下了第一口蛋羹,却立即干呕了起来,扶着椅子跪在地下呕吐,空无一物的胃里根本吐不出任何东西,只带出了几口苦得让他落泪的胆汁。

周掌柜递给他水,他急急地漱了口,全然不顾狼狈地站起来,依旧坐在了桌前。

父亲命令他吃,他就吃,他仿佛全然不在意自己爱不爱吃,能吃下多少,只是麻木地将眼前的东西全部吃了下去。一碗蛋羹,一碗粥,一个馍,两个小菜,一口不剩。

周掌柜似乎知道他在与自己赌气,却浑不介意般,将碗筷收好,掩门离去。刚出门,就听到屋里再次传来呕吐声,他只是吩咐人:"去,把少爷的屋子打扫干净。"

此后的每一餐饭,都是周掌柜亲自端到周钧儒屋里,也不多言,只是命令一句话:"吃饭。"周钧儒也不再挣扎,如此这般,连吃连吐了三日,他的饮食终于正常了起来。

直到此时,周掌柜才郑重地坐了下来,吩咐道:"我有话问你。"

周钧儒木然地点头。

周掌柜:"那些绑匪对你做了什么?"

周钧儒摇头:"没有。"

周掌柜:"打你了?"

周钧儒:"没有。"

周掌柜:"折磨你,让你受苦了?"

周钧儒摇头:"也没有。"

周掌柜:"那便是怨我没有立刻出钱赎你?"

周钧儒心里一阵钝痛,却依旧摇头:"爹肯把我赎回来,已经是天大的恩赐了。"

周掌柜一把拉住他,急切问道:"你实话告诉我,那些绑匪跟你说了什么?"

面对周掌柜的追问，周钧儒心里有些苦涩，也许，父亲并不知道自己知晓了他和绑匪谈判的过程。然而他如此问起，自己又能如何回答？难道定要揭开这伤疤，让自己在家中的处境更加尴尬？

他只能摇摇头："他们确实没说什么。"

周掌柜只能深深地叹了口气："罢了，终究是我没保护好儿子。"说完，转身离开，忽然又回过头来："张夫子对你很关切，把积蓄的一百大洋都给了我，让我赎你回来，你该去看看他，让他放心。"

周钧儒听完此话，顿觉心里狠狠一紧，愣了片刻，起身飞奔出了门。

张夫子看到他的那一刻，几乎是立即起身离座，张开了双臂，待到周钧儒冲到他怀里，一把紧紧地将其搂住。

在张夫子面前，周钧儒全部的委屈仿佛泄闸般倾泻而出，无声地抽噎着，足足哭了小半个时辰才渐渐止住。张夫子也不多言，只是默默地由着他哭，轻抚着他的背，微微叹气。

直到周钧儒哭够了，张夫子才拉起他："卓先，你已经年满十二岁，日后便不是蒙稚童子了，哭过这一次，就该长大了。"

周钧儒依旧抽噎着，点了点头："夫子说的是，可是我……我爹……"说到这里，他狠狠哽住，一个字也说不下去。

张夫子："你爹怎样了？我去的时候，他亲自跟我说过，罄尽家财也要救你回来。"

周钧儒诧异："父亲真这样说？"

张夫子："当真这样说过，周家几个族老都反对赎你，但你父亲已经在筹钱了，哪怕真的花五万大洋，他也一定会救你的。"

周钧儒更不解："可是绑匪送了一只耳朵到家里，我爹都没有改口，坚持只出五千。"

张夫子："这事我也听说了，虽不知道你爹如何考虑的，但乱世经商能做到这般成就，必有他的独到之处，所以你若在这件事上质疑你爹，也枉费他对你的看重之心了。"

周钧儒睁大了眼睛："夫子,我真的,误解了爹?"

张夫子:"自古兵商都行险道,你爹是大风大浪里过来的,他能在险中判断局势,最终只花五千大洋就把你完好无损地赎回来,你若有他三分本事,也足以成事了。所以,不仅不能误解他,还要学他这份遇险不乱的定力。"

周钧儒懵懂地点了点头,又从怀里掏出一个帕子,中间整整齐齐两卷银圆:"我爹让我把这个带给您,说危难之时您对学生不遗不弃……"说着,将银圆放在桌上,郑重跪在地上:"夫子待学生之心天地可鉴,自今而后,夫子就是学生的再生之父。"

张夫子将周钧儒紧紧搂在怀里,老泪纵横而下。

六 血脉隔阂

年后过了初五，周掌柜又带着周钧儒去见了贺扶光，依前所言，让周钧儒拜在贺扶光跟前做义子，大摆了一日水席。

贺扶光也是多年盼子无望，膝下只有一女，还不足两岁，如今竟忽然多了个聪明灵秀的儿子，自是意想不到的喜事一桩，连忙找银匠打了长命锁，又赶制了一年四季八套衣裳，夫妻俩高高兴兴受了周钧儒的头，给了见面礼，爱得不知如何是好，自此周钧儒便改口叫贺扶光"义父"。

宴席间，贺扶光悄悄将周掌柜拉到一边，言说如今河南局势纷乱，为官者又以搜刮地皮为能事，自己一个小小议员，苦心为百姓做事，却难以左右形势，因此谋之于周掌柜。

周掌柜一听此言，心下立刻明了，贺扶光欲谋升迁，却苦于无门路和无人支持，而自己的岳父魏老先生正是县上议员，且颇有几分人望，因此便应了他请岳父率众举荐，自己再出些钱财为之通融，贺扶光谢了许多客套之词。

自此，两家不仅结了干亲，且更多了政商之谊，自是亲上加亲。

办完此事，还不到初十，周掌柜忽然接到了一封急电。

然而他看完之后即刻把那电文就着火盆烧了，急匆匆要去川地，只说那边生意上出了大事，连过完正月十五也等不得，第二日一早便要起程。

周太太心下疑惑,也不知何事,只是看他如此焦急,便连夜收拾行装,第二日周掌柜便踏上了南去的火车。

这次周掌柜去了川地之后,一年之中回家的时间更少,往往只到年下才返回一趟,每次都是待不到十五便匆匆离去,大部分时间是周太太带着周钧儒度日,年复一年,周钧儒也已长成了十六七岁的少年。

这几年间,周钧儒已经渐渐能顶起家里许多事,既要帮周太太写信、家务记账,又要照看伊河镇的铺面租赁和偃师县周记药行柜上的生意,不时还要帮人写写书信,俨然成了乡邻们眼中的"小先生"。

周掌柜这几年在家时间极少,每年腊月宴请生意往来、仕宦乡绅的宴席,也都由周钧儒操办。他虽年轻稚嫩,却也尽力照顾得周全,几乎没出过什么岔子。本县政商各界都知道周家少爷办事稳妥,再过些年必然是要接班做周家主事人的,因此也鲜少有人再质疑他的身份。

然而周钧儒并不似外人看来那般自如从容,自前些年遭遇绑匪,一个心结便死死困住了他:若自己真是周家的亲生儿子,父亲还会与劫匪这般从容斡旋吗?纵然父亲待自己如亲生,到底隔了一层血脉,真到危难之时,自己这个外来子在他心里的分量,永远是可以被权衡掂量的;自己这条命,自始至终,都是标了价钱的。

数年来,这个念头起起伏伏,百般折磨着他的心神,可他既不敢直面这份父子"本质",又要在人前撑起周家大少爷的骄傲。每次想起,便觉心思七上八下,似乎总有一个声音在提醒他不是周家的亲生儿子,梦魇魔咒般挥之不去。

在家里心念杂乱,他便总是忍不住要跑出去。周家宅院的高墙之外,就是烟熏火燎的破旧房子,衣衫褴褛的贫苦百姓,这些是他自幼就熟悉的,他知道饿肚子的滋味儿,经历过身上只有单衣的寒冬,也懂得衣不蔽体的羞耻,更体味过穷困煎熬中失去亲人的无奈。许是天性里的善良,抑或是对自己曾经苦难生活的补偿,他几乎见不得那些饥饿乞求的眼神,总是忍不住悄悄周济邻里一些粮食、几块散洋,才觉心中能有几分安然。因此,凡有人求到周家门上,周钧儒无有不帮的,累年下来,舍出去的钱粮不知几多。

然而这样的施舍往往让他的心绪越来越沉重。

有次在街上遇到一对饿得走不动路的祖孙,老太太的眼神犹如浑浊的鱼眼,跟在她身后的小孙女更是枯瘦如柴衣不蔽体,只剩了一个大大的脑袋和皮薄如纸的肚子,祖孙二人向他伸出手时,他留下一句"等我去拿吃的"便匆匆往家赶去。

然而当他带了几个馍赶回来时,老太太已经咽下最后一口气,小孙女却丝毫顾不得奶奶的尸身就在旁边,擦了一把泪抱着馍疯狂撕咬吞咽,眨眼间便将两个馍吃得精光。

原来,饿到极致的人是没有悲伤的,哪怕至亲之人离世,也不及眼前的一口食物重要。

周钧儒的心被狠狠地刺痛了,几乎是逃一般地离开了那个场面,明知道那老人已经走到了生命尽头,他却依旧陷入了深深的自责:若自己早回来片刻,她是不是就不会死,那个年幼的孩子是不是就不会失去亲人。

满腹愧疚慌张地回到家时,周太太正在院子里看着两个长工把大车上几十袋白面搬运去伙房,一见周钧儒回来,立即沉了脸色:"又拿家里的东西去填那些穷鬼了?"

周太太是个勤俭持家之人,一粒麦半块馍也舍不得丢弃,平日家里的大小财产都要亲自掌管,一一过目,除了不过问外当家生意上的事宜,家中一切都精细算计得严密,乃是个极为传统的当家主母,寻常莫说接济穷苦乡邻,便是见也不肯见上一眼的。

然而周钧儒看着满满一大车的白面,心里却莫名地一阵酸楚,周家宅院里温饱丰足,一墙之隔,便是饿死骨。但他不敢流露出不满神色,只是故作轻松:"两个馍而已……"

周太太冷笑:"两个馍?你且自己说,这几个月,麦、面、钱,你拿了多少去送人?周家未来都在你身上,多大的产业,经得起你这样散财败家?"

周钧儒无奈道:"娘,不过几斤粮几块钱,难道真就看着老乡邻挨饿?"

周太太："他们挨饿关我们什么事？周家的产业，都是你爹一点点积攒下来的。"

两个长工看向周太太和大少爷的神色有些尴尬，赶快各自低头搬一袋面躲去了伙房，这样的口舌龃龉隔一阵子便要发生一次，众人早已看习惯了的。这位大少爷总是背着周太太私拿家里的东西去给外人，甚至变着花样把钱粮藏在衣服里、水桶里偷偷运出去，虽然在乡邻间落了个好名声，在家里却是时常吃瘪受训斥，慢说周太太极为不满，在下人们看来，终究也是吃里爬外的行径。

周钧儒强撑着解释："娘，我爹一生积德行善，是为什么？周家若要在伊河镇立足，就得和乡邻们一条心，你看邻县的康百万家富不富？不也大把地舍钱舍粮，遇动乱时，乡党们才会尽力保全他们家。"

周太太不依不饶："还敢狡辩？如果只是几斤粮食几块钱倒也罢了，可是年后这几个月，仅仅是麦和面，你偷着散出去上千斤不止，在柜上支了多少钱，更是没个数儿，你如今是周家的少爷，不能再跟那些穷鬼搅在一处！"

周钧儒只得脸色红一阵白一阵地站在那里听训斥，他甚至能感受到角落里下人们异样的眼光和窃窃私语，而他就这样站在院子中央，被斥责，被窥视，颜面尽失，连带他的出身也再一次被人暗中拿出来翻检、打量，成了他上不得台面的佐证和谈资。

所以，他只能越来越多地逃避周家宅院里的审视，逃避那些饥饿的眼神悲惨的命运，转而到戏里去寻求一片平静之地，戏中那些人情温暖的故事，皆大欢喜的结局，都让他痴迷其中，乐不思归。

这几年他在偃师药行柜上管事，兜里又随时拿得出几个银圆，看戏便成了他最大的消遣。每有戏班来伊河镇开戏，他也都会送些汤菜馍饭到后台，闲暇时更是忍不住结交名角儿，四处拜师学艺，帮人抄本子，间或改改戏词，新写几出折子戏，时日久了，人人都知伊河镇周家大少爷好戏，但凡来到偃师的戏班子，无有不邀他的。

近年洛阳一带兴起了一种时新的唱调儿，叫作洛阳曲子，声腔之细腻别致、婉转动人，竟比梆子戏好听许多。周钧儒一下便爱上了这曲子戏，一面跟人学唱，一面收集曲牌唱腔，短短三两年间，竟集了七八十种，且每种曲牌都信手拈来，唱念功夫不输高台上的角儿。

周太太对此自是百般不满，私拿家里的东西给外人诚然有些吃里扒外，平日看紧了多敲打些便是，但唱戏却是彻底丢尽了周家的脸面。戏子行当算是下九流，到官宦大户人家唱堂会时，妓女都能上桌陪主家坐着，戏子却只能站着伺候，一旦做了戏子，比之讨饭都不如，不仅好人家的姑娘绝不下嫁，死后连祖坟也不能入，自家儿子如此迷恋唱戏，将她气了个倒仰，几次三番要动家法狠狠责打。

眼见周太太不容，周钧儒便索性流连戏班，甚至整日不肯还家，私下里人人都传周家少爷不务正业，放着好好的家业和生意，偏要去戏班子里鬼混，将来只怕周家的基业要在他手上败落了。然而坊间越是传这些闲话，周钧儒便越做出一副浑不介意的样子，更加与戏班打得火热，偏要拧着性子去对抗那些明里暗里的眼光。

开春时节，李坤和的曲子班来到伊河镇，周钧儒自然要去见他，看着后台伶人上妆，勒头，换彩衣彩鞋，不疾不徐忙碌着，准备当晚的戏。然而扮演小丫鬟的人却迟了，眼看着太阳将要下山，依旧没能到场。李坤和虽有些急躁，却不便发作，只说还有些时间，等他一等。

谁知左等右等，这人就是不到，直到第一通锣响，还是不见人影，大伙儿就渐渐急了起来：丫鬟角色虽不重要，但没了他如何开戏？周钧儒就看着李坤和额头开始冒汗，坐立不安。二通锣响，依然等不来人，大家全都焦躁起来，有人开始骂骂咧咧，临演误场，等于要了戏班的命，今晚这戏若是演不成，他李坤和就再也别想进偃师讨开口饭了。

眼见李坤和与众人急得团团转，周钧儒于是说道："李老板，实在等不到他，我把这角色顶上如何？"

李坤和连连摆手："不可不可，你又没登过台，怎么能顶个角色？"

周钧儒："虽没登过台，但这小丫鬟戏词不多，我都能唱；那些身段台步，也都看得熟了,只要不出差错,今晚这场戏不就成了?"

李坤和:"万一出了差错,岂不是更砸场子?少爷,知道你是一片好心,可这登台的事,怎么能让你一个生人上?"

周钧儒:"李老板,你只管放心,我一定不会出差错,把角色稳稳当当顶下来。"

周围的人也都开始活络了心思:"就让周少爷试试何妨?有大伙儿把着场子,他又是个爱票戏的,能出多大差错?总比开不了戏好。"

正说着,第三通锣响,前面垫场戏已开始清唱,李坤和看着周钧儒,眼前的少年刚刚长成,五官分外秀气好看,双眼又透着灵气,扮起来必然是个妙人儿,于是一咬牙:"少爷,你就当救我的命了,今晚能不能成,全托付在您身上了!"说着,众人七手八脚帮周钧儒打扮起来,化开官粉给他脸上拍匀了,又勾了眉眼,点了朱唇,再把勒头一上,彩衣彩鞋一穿,竟比当家男旦还漂亮几分。李坤和都惊叹:"少爷要是正经去唱戏,不知多少太太小姐要追着捧角儿呢!"

及至锣鼓弦子催着丫鬟登台,周钧儒袅袅娜娜出了上场门,水灵灵的眼睛四下一转,早有一群人被摄了心魂,更兼他开口清脆利落,柔腻妖媚,身段轻软灵活,一段戏唱下来不仅毫无差错,还连得了七八个彩,台下观众看他竟如痴如醉,倒把当家男旦演的小姐风头都抢了几分。

退场时,观众连连叫彩,周钧儒本已到了下场门,偏又退回了七八步,眼神娇俏大胆地向台下飞转了几圈,才又在连成片的鼓掌叫好声中走下去。

下场之后,李坤和连连作揖打躬,挑大拇指赞叹:"少爷,您这戏演得真是,到了精髓了,怎么就这样好?这不仅是救了我的命,简直能让我们李家班在偃师红火起来!"周钧儒一面卸装一面回道:"这也没什么,只是个小角色,要不是家里管着不让我票戏,我早就想组个班子了,自己登台自己演,那才叫顺心如意呢……可跟你说好了,不能说是我帮你顶的角色,要是被我母亲知道了,不定又怎么骂我。"

当晚的戏演完,伊河镇都震动了,没人知晓李坤和从何处找来这么一位角儿,却只配个小丫鬟,纷纷向他提出明晚便要这位角儿登场挑大梁。李坤和一边作揖答谢,一边委婉解释今日来唱的乃是个票友,身份贵重,只是偶尔兴致来了才串一场。

虽说刻意瞒了身份,但伊河镇人人对他熟识,到底有人看出了是周钧儒在串戏,消息一下子就传开了,走在街上,也总有人围着他喊:"少爷,来一段儿? 您比那戏班里的角儿唱得可是好多了!"周钧儒笑笑:"你来写我三天戏,一定给你唱。"被人们追得躲不过了,就找个僻静处清唱一折,并再三叮嘱大家不要告诉家里。

然而这事终究瞒不过周太太,不多时日之后,到底让她知道了,气得指着周钧儒又是一通怒骂:"不知身份,去跟讨饭班子鬼混! 你一个堂堂少爷,竟去给戏班子串戏,说你多少次,还是与那些下九流混在一起,将来是要指着你顶起周家门户的,你这个样子,怎么放心把周家的家业交给你!"

周钧儒既不顶撞也不恼火,赔着笑脸:"娘,我只是去看戏,又没做什么。"

周太太:"我不知道你? 来偃师的哪个班子不找你? 你不和人家鬼混,请客掏钱地应酬人家,人家能理会你? 婊子无情戏子无义,你倒把他们当人看了!"

周钧儒依旧软着声气:"娘想到哪里去了,哪里就戏子无义,这些人不过跑江湖讨口饭吃,最是讲义气重规矩,不把他们当人看,当什么?"

周太太见他油嘴,越发脾气往上撞:"记住你是周家的少爷,不是野泥腿子! 就算你生在泥腿子家里,卖到我周家来,也要有周家的气度!"

周钧儒终于有些恼了。这些年来,周太太私下总把"卖到周家"挂在嘴边,令人厌烦,但他依旧尽量压着:"娘,我便是野泥腿子,卖身到这里,也是来周家做顶门立户的少爷,您老提这些陈年旧事,爹知道了又要生气,邻居们也会笑话。"

周太太一听此话,顿时不依不饶起来,也不管说话轻重,只一味数落道:"你也不用拿你爹搪塞我,他由着你胡闹,我却要给你好好立规矩! 我买得你,就也卖得你!"

周钧儒到底年轻气盛血气方刚,如何受得住这等奚落?忍不住出口顶撞:"我姓周,不姓魏。"

周太太娘家本姓魏,寻常都称呼她周魏氏,周钧儒此话自是把她做了外姓人,因此更把周太太激上了火气:"你个忤逆子!眼里还有没有我这个娘!别当我是你那穷家野户没教养的亲娘,教你那些贫贱门户的野见识!"

周钧儒听到此话,只觉气血上涌,火气再也压不住,发根都涨得竖了起来,上前一步逼到周太太跟前问道:"你凭什么说我娘!"

周太太一见他眼睛都红了,知道自己方才说话太过,顿时有些气软下来,说:"你现在是我周家的孩子,就只能有我一个娘,你亲娘卖了你,你就不该记得她!"

周钧儒:"我记不记得,用不着娘费心!"

说着气哼哼转身就往门外走,周太太依旧在身后喊着:"真当我不知道你这些年一直贴补他们?我才是你娘,你却惦记着外人!"

周钧儒已经出了门,头也不回地去了。

周太太只当他负气,并未十分放在心上,他一个十来岁的孩子,能跑去哪里?然而整整两日,周钧儒依旧不见踪影,问了柜上伙计,也都说不曾见过,周太太顿时慌张起来,急得几乎掉眼泪,连忙叫了铁顺儿来问。

铁顺儿顿时震惊失色,万一少爷再次失踪被绑,如何向东家交代?然而听得周太太提了少爷的亲娘他才负气出走,急得直跺脚:"太太你糊涂啊,提这个做什么!要是少爷出点什么事,可不是要了东家的命!我去找他!"说着一阵风般奔去马厩,牵了匹马就冲出门去。

周太太怔怔地站在原地,心头平添几分懊恼,更觉焦躁起来,满心后悔:何苦争这两句嘴,若是儿子真有个什么闪失,可如何是好?越想越担心,越想越害怕,最后竟不由自主地满屋打转,不时拿着帕子拭泪,焦灼地等着铁顺儿的消息。

周钧儒就站在当年遇到周掌柜的那道山梁上。

　　自卖身到周家，他从没回过这里，哪怕是梦里想到了家，也只是一个人回味，从不曾跟人提起过。在周家立稳脚跟后，他一直尽力让人往回捎几个钱，贴补家用，但回家看看的心思却是从来没动过。

　　卖了便是卖了，他自然知道周家不希望他与姜家再有什么牵连。

　　然而周太太这一提及他的亲娘，周钧儒心里却似一头扎进了迷障，偏要冲到最深处看个明白，娘在他心里的位置空前膨胀起来，也不知是思念还是不甘，抑或是对自己在周家处境的逆反，他骑了一匹马就冲到这道山梁上。

　　山梁下有一片迎风起伏的芦苇荡，不远处是他出生、长大的村子，村子里有一处破旧的草棚，娘和哥哥姐姐们就住在那里。他印象深刻地记得，每次从外面回到草棚里，眼睛都要适应一阵黑暗，才能看清娘坐在破床旁边纺线，织补，做针线活计。

　　他捎回家的钱并不多，但这些年积累下来，他们应该已经整修了新房子，过上温饱的日子了吧？他知道，只要走下山梁，回到村子里，就能见到他们，就能知道他们日子过得怎样。然而到了这里，他却忽然发现，自己并不能直接去见亲娘和兄弟姐妹。

　　境遇的不同，身份的悬殊，他和自己的血亲家人已经渐行渐远，见了又能如何？无非多流几滴泪罢了，并不能改变什么。

　　因此，他就在这山梁上坐了大半天，望着不远处的村子，知道他们生活在那里，不至于忍饥挨饿衣不蔽体，比之当年自己离开的时候还能有一条生路，就够了，至于自己这个被卖了的儿子，就不要再去打扰他们的生活了。

　　站起身的时候，他忽然苦笑了起来：不能再见的亲娘，再也回不去的家，还想那些做什么？至于周家，能给自己一个少爷名分，便是天大的福分，何必奢望父亲真的对自己待若亲生？

　　他无奈地摇了摇头，撅了几根草棍咬在嘴里，骑了马慢慢往回走，不过走出十几里路，就看到铁顺儿打马而来，一见了他立即停住："少爷，你这是去了哪里？怎么一声不吭就离家？"

周钧儒却似什么都不曾发生过:"我就是出来走走,急什么?"

铁顺儿:"太太是说了几句不合适的话……"

周钧儒:"娘也没说什么,千万不要跟爹提起这事。"

铁顺儿反倒怔住了:"这孩子,怎么还……你不是去找你娘了?"

周钧儒:"铁顺儿叔,我娘就在家里,上哪儿去找我娘?"

铁顺儿越发不明所以起来,只得说道:"这样也好,少爷,快跟我回家吧,太太要急死了。"

周钧儒无事人一样应着:"好,回家。"

一路无话,二人回了家,周钧儒见了周太太,只例行公事地叫了一声"娘",就自回书房去了。

周太太有些气噎,明知自己说话太重,因此也不计较他说话的语气,让厨房做了饭食,亲自端着送去书房给他。周钧儒知道,这分明是周太太在向自己示好道歉了,因此也就谢过母亲,拿了筷子吃饭。两日奔波,周钧儒确也饿了,热热的一顿饭吃下去,整个人都舒坦起来。周太太一直看着他吃饱了,又嘱咐了几句,才推门离开。

这般母慈子孝地过了几天,二人都刻意略过前几日的事,渐渐地这一番风波也就淡却了。只是周钧儒回家的时候越来越少,母子间的相处也愈发冷淡疏离。

他渐渐年长,张夫子已经老病还乡,自不必再去塾里念书,因此便遵照周掌柜的意思开始接触柜上的生意,借机时常留宿偃师县城的周记药行,周太太也就寻不到他的事由。

这几年来,他跟在偃师柜上学着处理生意,举凡药材、账目、方剂都跟着习学经手,他自幼跟着父亲和铁顺儿听的都是药行的事,如今每日在库房、药柜、账房之间周旋,渐渐地便熟练起来,俨然有了"小掌柜"的气度,寻常柜上的事务都能应付自如了。

一日,他正拿了方子看伙计们抓药,用戥子把药材按分量称出来,单手纷飞起落抖上几抖,便均匀地分到十几张纸上,不过片刻将药抓好,用麻绳穿起纸包交给病人,又细细叮嘱了煎煮之法,刚要送出门去,却见一个人急匆匆冲进门来:"大夫!快去学校看看,十几个学生上吐下泻,吐得走不了路了!"

坐诊大夫闻言,顿时站起身来:"他们吃了什么东西?"

那人急道:"白果!孩子们不知道厉害,一人尝了一把!"

大夫急叹了一声,立即道:"快点走,带上盐、甘草!"

周钧儒也跟着赶了过去,是偃师县公立小学的孩子们。到了学里,大夫忙着让人烧开水给他们喂淡盐水,又煎了甘草灌下去,几位老师忙忙碌碌跟着烧水灌药照顾,小半个时辰才终于安静下来,孩子们的情况渐渐稳住了。

大家终于安下心来,几位老师擦着额头的汗,向周记药行的大夫致谢。周钧儒忽觉一位老师颇为眼熟,思索了片刻,忽然脑中一闪念:"小祁庄祁大哥?"

那人一愣,果然是祁书瀚,他有些诧异地看着周钧儒,好一阵子才终于想起:"伊河镇周小少爷?"周钧儒立即点头,一隔五六年,他身量长大许多,早已变了模样,祁书瀚竟还能认出他,心中更觉惊喜。

略攀谈了几句,周钧儒才知祁书瀚已经大学毕业,回到本县公立小学教书,算得上人人尊敬的先生了。他幼年时心目中的英雄,如今已是二十出头的稳重教书先生,偃师自古重师道,对于学里的先生几乎是敬若贤明的,尤其在乡下地方,学校老师是比父亲还威严的存在,送孩子进学念书,必然要对先生说上一句"孩子交给您,只管严加管教,打也打得骂也骂得",以示尊重之意。

因此,周钧儒也不敢贸然再喊"祁大哥",而是恭恭敬敬称一声"祁先生"。祁书瀚忙着照料学生,不及细谈,便约了他改日再叙。小学与周记药行同在一条街上,相隔不过几十丈远,二人交往自然也就方便了许多。

此后时日,祁书瀚果然隔一段时日便约周钧儒到学校闲聊几句,他好似已经忘记了周钧儒被嘲笑"野种"的尴尬场面,亦不把他当作十四五岁的孩子,只与他平等论交,与他讲些外面的世界。周钧儒也渐渐在他面前从容自信起来,不时说出自己的见解和主张,年龄相差七八岁的两个人,竟有了惺惺相惜之意。

祁书瀚刚到学校不过半年,邀请他回来任教的是恩师杨勉斋先生之子,并且有意让他做下一任校长,因此压在肩头的办学责任很是沉重。然而短短一年时间,他的教学成绩便卓越突出,又招了许多学生入学就读,因此学校老师人人敬服,及至旧历年底,便正式接任了校长之职。

偃师县公立小学与杨勉斋先生渊源颇深,亦是偃师办学条件最好的小学之一,在教育界极有影响力,因此新任校长的就职典礼备受瞩目。祁书瀚就职之日,本县的官商士绅及文化名流尽数受邀到场,一则弘扬教育风气,二则也为学校日后争取捐助预先筹谋。

当天,学校的三层小楼上挂了亮眼的红色横幅,全校师生将各处教室打扫干净,在院子里列了齐整的队伍,前排摆了桌椅凳子,受邀宾客依次落座,场面虽简,却也颇显整肃庄严。

祁书瀚自回到家乡学校任教,便不再穿着大学里的西洋衣裳,依旧换回棉布长袍,一身儒雅端庄之气,站在临时搭起的小台子上发表就职演讲。人们从未见过如此年轻的校长,只见他不过二十出头,站在那里颇沉稳,丝毫没有飞扬轻佻之态,做过自我介绍后,便从容说道:"在座诸位都是偃师县的仕商名流,自然深知教育的重要性,圣先师孔子兴办教育'有教无类',至今已经两千余年,但是本县的文盲率依然奇高,一个村子里能认字的不过两三人,孩子能够上学读书的也是少数。因此,我们要兴办学校,招收学生,也希望诸位和我一道,劝说乡邻们把孩子送进学校,有条件的可以一直攻读上进,念到中学、大学。若不能一直求学,读两三年书,也能识字算账操持生计……"

周钧儒坐在下面,静静地望着祁书瀚,只觉他的言辞并不似官样文章般冠冕堂皇,字字句句殷切真实,鞭辟入里,令人心生信服。

就职典礼结束之后,祁家便开始张罗着为祁书瀚定一门亲事。

他如今既是大学生,又有公职,而且是县公立小学的校长,在乡邻间自然是一等一的人物,这样的家世、相貌、人品,必然要选个匹配的女子为良聘。

在他读书期间，父母便已多方物色，只等他一毕业便相看定亲。

筛来选去，祁老先生觉得首阳山康家寨康先生的女儿最合适。康家虽非大富大贵之家，却与巩县康百万是同宗，早年间康家先祖搬到首阳山选了片有山有水的宝地，起了庄子住下来，由于处事仁厚，乐善好施，远近不能谋生的百姓到首阳山一带皆能得到周济扶持，因此许多人家前来垦荒依附，久之以康家的庄子为中心，渐渐形成了村落，也唯有这般仁德忠厚的家族，才能生息数百年之久，贤名远播。康家对子女教育亦是严格遵循传统旧礼，这样人家出来的女子必然是贤惠持家、相夫教子、孝敬公婆的，如今这事事维新的世道，哪里还能寻到传统守礼的大家闺秀？

康老先生雅好书画、瓷器收藏，本是个风雅人物，因此给子女取名也不落俗套。他膝下两女三子，皆是妾室所生，但他并不重男轻女，女孩取名也和男孩一样刚气硬朗：长女康宜俭，次女康含章，二子三子五子分别取名康审之、康思之、康行之，且对五个孩子教养极为严谨，两个女儿自不必提，腹有诗书端庄雅秀，三个儿子也都读书上进，审之已经念了大学，思之和行之在中学也都颇有进益。祁老先生为儿子求娶的，便是康家的长女康宜俭，为示礼敬之意，他亲自带了祁书瀚，郑重到康家寨上门提亲。

祁老先生携子亲自登门，康老先生亦觉礼数隆重。然而康家是祖训严谨、恪守旧礼的传统旧式家庭，康老先生在前院厅堂接待祁家父子，女眷却一概在二进院里不许见外客，尤其是大小姐康宜俭，更不能出面任人相看。倒是康家的几个男孩子，跟着父亲应酬进退，谦和有礼，谨言慎行，很得祁老先生赞赏。

康老先生在校长就职典礼上已经见过祁书瀚，当时看他仪表堂堂，从容挥洒，便有欣赏之意。如今跟着他父亲上门提亲，言谈举止儒雅谦和，执礼甚恭，更觉他人品贵重，又是人人敬重的公职之身，心中自是满意，于是爽快地同意了这门亲事，言定半年之后成婚。祁书瀚连康家大小姐的面都没见到，便被两个长辈安排了终身大事。

他并不知道，彼时康大小姐就在康老先生的书房里，与他们不过一帘之隔，她听得父亲与祁老先生来往对答，许久也听不到祁书瀚说话，便忍不住掀开帘缝偷觑了一眼。只一眼，就觉得这个年轻人眉目清朗，举止温和，当下就相中了他，后来听得父亲同意了亲事，更是心头欢喜，如此英年才俊，又是左近几十里唯一的大学生，这样的婚事，她自然是满意的。

祁书瀚是受过新式文明教育的洋学生，向来反对旧式家庭的盲婚哑嫁，然而此番父亲包办他的婚事，他并未反对，而是规规矩矩地听了家里安排。连祁老先生也诧异于儿子竟如此敬顺父母之命，连连感叹儿子自从毕业有了差事，行事稳重了许多。

然而他的心里却是另一番踌躇之志：革命未成，何以家为？

在开封上大学这几年，他看了许多北京辗转运输过来的《新青年》杂志，也研究过陈独秀、李大钊、胡适、鲁迅等人在杂志上和报上辩论的各种"主义"，渐渐地便倾向了共产主义。那位与他相熟的俄文老师，便带着他读了《共产党宣言》等文章，益发坚定了他的信仰：唯有共产主义，才是最适合当下中国的道路。彼时正值国共合作，在"联俄、联共、扶助农工"的倡导下，校内共产党人积极活动其间，祁书瀚很快就与他们接触密切起来。

然而短短两年之后，国共合作宣告破裂，白色恐怖骤然降临。民国十六年，祁书瀚将要毕业之时，南京政府的蒋介石竟大肆屠杀共产党员和革命群众，白色恐怖之下，开封的党组织立即停止了一切活动，就地遣散隐入地下。

面对如此情势，祁书瀚意识到：革命工作的开展，绝非空凭一腔热血和大谈救国主义，这份信仰，是要靠鲜血和生命去捍卫。因此，在许多人退却的严峻时期，他毅然递交了入党申请书。

当这份入党申请书辗转送到上海中央时，其不畏牺牲的革命大义精神，令中央大为震惊，这样意志坚定的青年革命者，正是党组织最可宝贵的力量。因此，祁书瀚此次受组织安排回乡任教，身上便背负了一个重要使命：回到偃师家乡任教，担任开封到洛阳的地下交通员，发展革命有生力量。

从那一刻起，祁书瀚便下定了决心，自己这条性命不属于小家小我，而是要为遍地饥饿苦难的百姓而战斗。此时，偃师并无党组织，与上线省委的联系也时断时续,祁书瀚便肩负了筹备工作,一面与上线联络,一面积极发展小组成员,并深入田间地头,在农民间渗透革命意识,引导农民觉醒,工作极为隐蔽。

他知道自己走上的是一条危险重重、荆棘坎坷的路,所以家中为他定亲,他便一切听从了安排:成家立业不过是一个地下工作者的正常生活"掩护色",至于娶哪家小姐,他并未放在心上。

婚礼当日,他的心思亦不曾在自己的"终身大事"上,那一日的宾客中,有位潜伏了许久的同志送来紧急密信:组织内有人被捕叛变,必须马上通知所有人撤离。

作为河南省中原腹地开封到洛阳的地下交通员,他几乎掌握着党组织在这一区域内的全部人员名单和机密信息,对每一位地下工作者的上下线关系都了如指掌,也正因此,几乎所有的绝密情报和任务都交由他来执行。

成婚,是他一生一次最重要的日子,可任务来临的时候,他丝毫不曾犹豫,立即以不胜酒力为托词,迅速梳理了那个叛变者能接触的关键组织成员,并急电示警。

然而完成任务,送走宾客,带着一身酒气进入洞房,看到康宜俭的时候,他立刻意识到这个素未谋面的妻子在他生命里的重量:因为这个女人,把他视作自己的天。

这也是她一生中最重要的时刻,成婚之日,嫁得良人,是每个女子最大的期待,而自己却几乎从未想过她的感受,让这样一个大喜的日子危机四伏。

那是祁书瀚第一次见到他的妻子。

康大小姐看起来端庄温柔,清丽俊美,半低着头,眼神小心低垂着只看地面。她安安静静地坐在喜房的炕上,大红吉服将她映衬得满面通红,丈夫进来也不敢主动说话,只是呼吸声紧张沉重了许多。

他从未想过自己娶的竟是这样一位品貌出众、恪守闺训的女子,一时有些愣怔,心中更觉愧疚难安,呆呆地看了她片刻才开口道:"外头宾客太多,我回来迟了,让你一直等着,委屈你了。"

康大小姐微微摇了摇头,轻声道:"不迟。"说着站起身帮他将身上沉重的大红外袍脱下来,挂在架子上,不过片刻的肢体触碰,她便羞得头也不敢抬,却依旧倒了一杯茶奉给他。

她的这番举动,让祁书瀚升起了更深的愧疚,一个出身传统礼教家庭的女子,嫁进祁家依然谨守着"在家从父出嫁从夫"的规训,自己在喜房中等了这么久,终于等到他回房,可她做的第一件事不是抱怨辛苦,而是毫无怨言地伺候丈夫。

他的心一下子被触痛了,接过茶碗放下,伸手拉住她的小臂:"宜俭,你不用这样照顾我,你我夫妻,本该平等相对,你不需要伺候丈夫。"

然而康宜俭的脸色却倏然变了:"你,看不上我?"

祁书瀚猛然意识到自己这样说话并不能令她理解,连忙解释道:"不不,你这样温柔端庄,能娶到你,是我的福气……我只是希望你能多想想自己,女人并不是生来就要伺候丈夫的。"

康宜俭更加迷惘:"女人不就应该侍奉公婆,相夫教子? 我不伺候你还能做什么?"

祁书瀚深知一时半刻改变不了她的想法,于是笑了笑,说:"以后你就会知道,不伺候丈夫也有很多事可以做。"说着,帮她去了头上的簪子首饰,脱下喜服,柔声安慰:"你也累了一天,早些休息吧,你我还有很多话,以后可以慢慢说,来日方长。"

自那日之后,他开始意识到,自己不仅是开封到洛阳的地下交通员,还是一个女人的丈夫,是未来他们孩子的父亲,他的身前是山河破碎家国飘零,他的身后,却是要尽力守护的一室安然。

偃师,伊河镇。

乡间岁月平淡。十六岁的周钧儒已经长出胡楂儿,说话也开始变得粗沉,俨然有了青年人的模样,冲撞了数年的心思沉稳了许多,他已经学会了不再刻意执拗,与周太太的相处也多了几分安然。

这一日，他正在柜上料理生意，忽然有人冲进来："周少爷！周少爷在吗？"一见了周钧儒，便急急说道："快去张集营，张夫子不好了，要见你一面！"周钧儒只觉脑袋嗡的一声响，连声问："张夫子现在怎么样？请大夫看过了吗？"来人回道："像是不行了，你快些去，还能见上最后一面！"听了这话，周钧儒早已急得汗出如浆，立时让人套了马车，带上自家药行的大夫，取了些救命的珍贵药材，直奔张集营而去。

赶到张夫子家时，夫子已近弥留。周钧儒一把拉住夫子的手，道："夫子！学生来了！"张夫子见了他，眼神里有了几分神采："卓先……我等你许久了……"周钧儒强忍着悲伤笑道："夫子，我这不是来了，还带了大夫和药材，您身体一向硬朗，一定没事的。"

张夫子摇了摇头："人老了，要走的时候，自己知道，我也就一时半刻的事了，所以才打发人去叫你。"

周钧儒："夫子，先让大夫把把脉，先别往坏处想……"

张夫子："也罢，你带了大夫来，总得让你尽一份心。"说着，大夫进来，只一看脸色，就知道人已是不好了，又把了脉，更是暗中对周钧儒摇了摇手指。

周钧儒脸上希冀的神色弱了下来。

张夫子："孩子，不要伤感，人总有一死，你是读过圣贤书的人，圣人都不讳言生死，何况你我寻常百姓。"

周钧儒终于忍不住眼圈红了："夫子，您教了我这些年，这点学识都是您给的，除了父亲，就是您和师母最疼我，如今您病得厉害，为什么不叫我来侍奉……"

张夫子摇了摇头，挣扎着一边喘气一边郑重道："卓先，你已经十六岁了，也算成人了，侍奉夫子固然是你的心意，但你要有自己的志向和人生。我听说，你这两年沉迷戏文，这倒也没什么，只是不该荒废正业，误了前程。入了那戏子欢场之地，便是走了下流，读书学礼，最怕立身不正，染一身脏浊之气……"

周钧儒只觉当头棒喝，脸面红到耳后，知道自己流连戏班纨绔败家的名声已传到夫子耳朵里，羞愧得头也不敢抬，只能点头称是。

张夫子知他心有愧意，便继续道："偃师不是你久居之地，周家也未必能富贵百年，就算你一个外来子继承了家业，焉能根基稳固？倒不如趁着将要成年，到外面去走一走，见见世面。你生在这个乱世道，将来如何变谁能知道，只有你自己看清了天下事，学会了灵活变通，才能在乱世里蹚出一条路来……"

周钧儒听得这一番话，顿觉醍醐灌顶头脑清明："夫子，您说的，学生都记下了！"

张夫子微微颔首，继续说："我早就知道，你不是池中物，记住，只要你心志坚如铁，这世上就没有能难住你的，把读过的书用上十之一二，就能在乱世里保命，不可做个迂腐的书虫，更不要失了读书人的立身之本……"说着，张夫子剧烈咳嗽，竟呕出一大口血，眼见呼吸滞塞，竟有些顺不过气来。

周钧儒连忙把救命的丸药用水化开，给夫子喂下去，过了半刻，张夫子才又恢复清明："卓先，不必强违天命，我该走了，薄皮棺材我早就备好了，你把我和你师母合葬，不要大办，就安安静静地送我走……家里这些书，我已经分别整理装箱了，你都带走，这是我藏了一辈子，最看重的东西……"说着，夫子的脸色开始渐渐发灰，出气越来越少，只剩一双眼睛努力睁着看向周钧儒，片刻之后，神色一松，溘然归去。

周钧儒静静地看着张夫子，却一滴泪都流不下来。这位满腹经纶的前清秀才，经历了屡试不第、取消科举、前程彻底无望后，转而教授学生，却又赶上了民国新时代的小学兴起，他这一生都在追着时代跑，却终究是被时代抛在了后头。

可在临终之际，他依然能对周钧儒说出这样格局高远的话，周钧儒的一生中，永远谨记着这一句话：

只要你心志坚如铁，这世上就没有能难住你的。

不可做个迂腐的书虫，更不要失了读书人的立身之本。

七　干戈四起

葬了张夫子,守了三日墓,周钧儒失魂落魄地回到家,迎面却是周太太焦急地追上来:"钧儒,你这一声不吭,三四天不回家,又到哪里去了?"周太太虽看不上他,却又总是盯他极紧,若有个三两日不回家便会慌张起来,恨不得派人四处寻找,总怕这唯一继承香火的儿子有什么差错。

周钧儒叹了口气,告知了张夫子的丧讯。周太太一愣,便要吩咐人去协助办理丧事,毕竟,周家尊师重道的名声不能丢。周钧儒摇摇头:"不必了,我已经送了夫子,他不爱热闹,一切就简办了。"

周太太叹息道:"你们师生一场,你去送送他是应该的,一个老人家,又没了老伴照应,确实过得可怜。"

周钧儒回到书房后,伙计们把一箱箱书搬了进来,尽是张夫子一生的珍本遗存。张夫子虽度日清贫,中年丧子晚年丧妻,一生寂寞,却总有士人君子的正身气度,唯一所好便是藏书,收集善本更是行家高手,数十年来藏书不下千卷,说是汗牛充栋,亦不为过。

如今,这些珍贵的遗存,尽数留在了周钧儒手中。

每个箱子上都贴了门类,经部、史部、子部、集部,总计有三十几箱,他一箱箱地打开,最上面都有一本薄薄的册页,用蝇头小楷誊录着箱内的藏书目录,想来,夫子是自觉身体衰微,大限将近,提前几个月就开始整理的。

周钧儒抚着箱子,泪流满面。

夫子从一开始就知道,他是周家的外来子。买来的儿子,在偃师这样的地方并非好名声,身边从未断过闲言碎语,有很多人嫉妒他,也有很多人巴结他,唯有夫子一直在教导他,不以物喜不以己悲,身世、财产,都是身外之物,别人的指指点点也不必当真,唯有自己读书上进,有立身之道,才能超脱庸人俗事,成为真正的从容君子。

夫子入葬的那一刻,让他第一次真正体会到,一个至亲之人的离世,带给自己的锥心之痛。那不是生父去世时被贫穷压垮了的麻木无奈,也不是"奶奶"去世时不得不故作痛哭的狡黠之道,而是一个自己成长路上最重要的人,一个灵魂里最重要的引路者,就这样倒下了。此后的路,此后的人生,若遇到困惑不解,还能再向何人述说?

十六岁的周钧儒,仿佛一夜之间就长大了。没有人替他挡在前面,他一下子看清了远方的路,外来子也好,大少爷也罢,这一切都不是他既定的人生,摆脱了这些身份之后,他只是个"一无所系"的人,唯一拥有的,不过这腹中经纶和几十箱书罢了。

然而身在周家,他自当担起"周大少爷"的责任,学会为家事和生意奔波。这些年,周掌柜待他始终如亲子,周太太虽行事刻薄,却也不曾虐待他,他甚至已经决定听从夫子的告诫,从此以后不再流连戏班,收敛心思好好打理药行生意,以求将来能真正把周家的担子挑起来。

周掌柜本就让他跟着铁顺儿看顾洛阳和偃师的药行生意,此后他更是加倍用心,每隔旬日便往返洛阳偃师一趟,跟着掌柜打理各项事务,下乡收购药材,核查仓库存储,向各地分号运输货物……铁顺儿原本担心大少爷沉迷票戏养成纨绔品性,如今见他忽然转了性似的勤恳努力,亦是欣喜不已,暗自庆幸少爷总算成人懂事了,因此更加尽心尽力,事事都带他参与,一一拆解管家管生意的道理。短短半年有余,周钧儒竟是进益颇多,寻常能独立决断许多事项了。

这年余间,他与祁书瀚的交往也密切起来,学里很多孩子家境艰难,往往连学费和衣食都备不齐,周钧儒思及自己年幼时眼巴巴望着别家孩子上学的情形,倍觉不忍,时常捐助一二,学里所需的药材和看诊,也都尽力相助。时日久了,偃师县公立小学的师生们很是感激周记药行这位少爷,祁书瀚与他更是交情日深,引为同道。

自张夫子去世之后,周钧儒有一阵子颇觉人生迷惘。夫子与他讲修心立身、家国天下的大道,让他知道了这天下并非眼前的方寸之地,更有邦畿千里,世界万国。然而夫子骤然离去,他再也无处听到这些修齐治平的道理。如今与祁书瀚的交往,打开了他眼前的另一扇大门。与张夫子所讲的天下大道不同,祁书瀚对当今时局的了解更深,讲些南北政府势力之争,军阀大帅盘根错节,外国列强对华分歧等。周钧儒从未听闻过这些新鲜时政,只觉自己竟是坐井观天,对天下事茫然无觉,因此对祁书瀚更加敬佩,他的博闻广识,开阔见解,如同一束光照进了自己平静如死水的生活,让周钧儒再次感受到天地四维辽远无极,人生渺小沧海一粟,唯有立志自强,才能如祁先生一般,走出这狭小之地,开阔格局,了知天下。

祁书瀚自接任了小学校长之后,日常事务越发忙碌起来,即便如此,为开启民智,让更多的百姓脱盲识字,学校在教学之余,又开办了夜校识字班。第一期收了五十多名学员,基本都是铁路上的工人、附近村子的农民。虽然大部分是年轻人,但也有一些四五十岁的人低着头坐在教室里,甚至还有几位妇女也来报了名,羞赧地坐在角落里,拿着学校发的薄薄的识字本,头也不敢抬。

开课第一天,没人注意到,坐在最后面角落里的一位衣着素朴的少妇始终低垂着头,紧紧盯着眼前的识字本,害羞的面庞比晚霞还要红上几分,只是偶尔偷瞄一眼讲台上的祁书瀚,随后便把头垂得更低。

第一堂课,祁书瀚亲自主讲,先向所有人宣明读书识字的好处:“各位同学,我叫祁书瀚,是我们学校的校长。今天看到大家愿意走进教室读书认字,这就是一个巨大的进步。只要能认字，会写字，就不是睁眼瞎了，能看懂官方的文书，也能自己写信记账，家里有急事写信发电报，就不用求人了。"人群里掀起一阵低语声，毕竟很多村子基本全数文盲，记账回信甚至往往要去隔壁村求人，因此很多人对祁书瀚的话深有感触。

祁书瀚又说道："今天最高兴的是，有几位大姐也来到了课堂上，这在此前是没有过的。从来都说女子无才便是德，依我说，女子有才才是德，以前女子不能读书识字，每天围着孩子和灶台转，一辈子连自己的名字都不会写。女子占天下一半的人口，每天下地劳作，操持家务，劳苦程度一点不少于男人，这么多的女人不识字，我们的社会怎么进步？现在政府倡导男女平等，女人读书认字了，才能不受男人的欺负，才能知道家里的财产、田地自己也有一半，男人打老婆是不能允许的事！"

听完这番话，那几位妇女早已激动得满面兴奋。那位始终低垂着头的少妇也忍不住略抬起了眼睛，诧异地盯着祁书瀚，一脸不敢置信的神色。而课堂上有些男人悄悄不忿起来——

"男女平等？这不是乱了阴阳了，什么时候见过天在下地在上？"

"女人还想分家产？她们不就是娶回来传宗接代伺候丈夫公婆的吗？三从四德的规矩不守了？"

"男人回家还不能打老婆了？哪家的婆娘没挨过揍？她们要都这样想，那不得翻了天？"

祁书瀚看着他们议论纷纷，自然知道这些人的想法，于是敲了敲讲桌："大家肃静！课堂上不要喧哗，我知道在座的男人们一时不理解，大家日后读书明理，就会渐渐明白这个道理，今天先讲第一课，学写自己的名字，每一个人，都要从认识自己开始。哪位同学愿意上来，学学自己的名字怎么写？"

很多人立即举起手来，祁书瀚点了几位同学，将他们的名字写在黑板上，又一笔一画地教他们练习。

等到放学时，每个人的识字本上都被祁书瀚亲手写了名字，人人如获至宝：这是他们人生中第一次真切地看清了自己的姓名，这几个汉字，代表着他们是一个个独立的人。

识字班所有学生离开后，祁书瀚走到教室最后面，含笑看着坐在角落里的那位少妇，说："宜俭，放学了，我们该回家了。"原来，这始终不敢抬头的少妇，竟是被祁书瀚带到夜校里来的妻子——康宜俭。

祁书瀚提出带她走出家门，随他到夜校上课时，康宜俭心里是有些慌乱的。

她从未进过校门，虽然对丈夫担任校长和教书的地方充满好奇，然而在人群中抛头露面，又让她有些望而却步。她习惯了大门不出二门不迈的生活，纵然在娘家时也很少接触外界，嫁给祁书瀚之后，更是以操持家务、侍奉公婆为任。可祁书瀚却始终鼓励她"抛头露面"，告诉她不能把自己困在家中，女人也并非生来就要相夫教子侍奉公婆，要勇于出门看到外面的世界，如今新时代男女平等，女子也可以有自己的一番天地。

当她终于在丈夫的鼓励下，换了素朴的衣裳，随他离开小祁庄，穿过学校大门，走进那幢三层小楼，在众人的目光中走进教室，坐在最后排一个角落时，她的心是怦怦乱跳的，几乎连头都不敢抬起。

然而当祁书瀚开始上课时，她立刻便被丈夫的风采吸引了：那是她从未见过的一面，他在讲台上从容有度，言辞易懂，一开口便吸引了所有人的注意力，他讲的内容也让学生们耳目一新，甚至自己在家里都没听他讲过这些道理。放学的时候，她明显感受到每个人都真诚地敬重自己的丈夫，那种由心底升起的自豪和喜悦，让她几乎忘记了羞怯，跟着祁书瀚走出教室时，她甚至骄傲地抬起了头，恨不得让天上的星星月亮都知道，这是她的丈夫。

婚后这年余时间，康宜俭越来越觉丈夫与寻常男人不同，不只因他的文化学识、温厚品性，更在于他发自内心地敬重体谅自己，他会随手帮自己涮洗衣裳，亲自下厨烧火做菜，会拉着自己对饮赏月，读书长谈，更会带她驾着马车郊游，到河边林下感受春夏秋冬。她渐渐融入了丈夫的世界，跟着他到了一个与现实世界迥然不同的地方。

最令她感动的是，祁书瀚提议她若是想念父母和兄弟姐妹，随时可以回娘家看望。依着旧礼，出嫁的女子便是外人，从此只能以夫家为家，无大事不能轻易回娘家。丈夫这般体谅自己，是她意想不到的惊喜，因此每次回康家寨，她面上总是带着幸福的笑意，人人都知康家大小姐嫁了顶好的如意郎君。当她向父母和兄弟姐妹讲起祁书瀚时，家里人也都颇觉欣慰，虽然祁书瀚的做法太过新派，但他确实把康大小姐真真切切放在心上，这便足矣。

然而这样平静的日子并不长久，河南再次陷入了兵灾战乱之中，南方国民政府的蒋介石和阎大帅冯大帅吴大帅打了起来，百万大军打了一个多月，报上把这次打仗叫"中原大战"。

开战俩月之后，洛阳周边的乡野之间开始看到有军队路过，铁路早已不通，铺天盖地的陆军扛着枪行进，所过之处，将熟的夏麦被悉数踏毁，或者被后勤补给军强行收割，更有甚者进村入户抢走余粮耕牛。

春荒本就难以度日，再加之夏麦被毁被抢，百姓何以为生？因此，乱军所过之处，哭号之声不绝于途，这一场战乱，不知多少人绝望而死，家破人亡。

再过些时日，枪炮之声隆隆响起，洛阳周边已全面开战，不知是哪方军队在打仗，只知夜半也时常听到远处的炮声，一旦听得轰隆隆声逼近，人们便纷纷扶老携幼，牵着牲口拉着粮食逃出家门，到荒野之中躲避，往往几日不敢归家。

河南每有战乱，都在郑州洛阳一带决战，偃师地处两市之间，又有铁路经过，因此必然受到战火波及。连年战乱军匪横行，很多村子不堪侵扰寨墙高筑，小祁庄亦是如此，不仅村子四周筑起了防匪防盗的寨墙，墙外也有十几米宽的护寨河，仅有一座桥可供出入，几乎就是个易守难攻的堡垒。这样的寨子应对匪乱或者流兵尚有几分防守之力，一旦遭遇炮火连天的大战，便难以支撑了。

走进寨子，第一户便是祁家的院子，青砖灰瓦，雕花门楼，正房五间，东西厢房各三间，后院则是粮仓、牲口棚和长工居住的两间土坯房，整体并不怎么开阔，只是门楼比寻常人家高出许多，两扇大门对开，可驾马车进入。祁家祖上几代官身，祁老先生也在前清做过十几年官吏，高耸的门楼彰显着祁家的

"门第",院前是一口全村取水的井,水井旁边是一个小小菜园,若无兵荒战乱,这原本是一处世外桃源之地,素简,安逸,田园如画。

如今,这个与世隔绝的平静之地,也被中原大战打乱了。

小祁庄的百姓已有不少开始外逃,祁母也有了几分慌乱,每日忙碌着准备逃难的粮食衣物:蒸几大锅的馒头窝头,切了厚片在太阳下晒得干透,装进拉绳布袋子,将各色腌好的咸菜切丝,也都晒干了装袋,又炒了几斗黄豆黑豆装在油布袋里防潮,家中院子的几个角落里挖了洞,各自藏进一些粮食埋好,又备了每人两套换洗衣裳,足可支撑全家在外躲避半月二十天之久,一旦战火逼近,便立即舍家逃难。

看着祁母如此慌张忙乱,祁老先生却稳如泰山一般:"生死有命,富贵在天,若是该着死,躲再远都一样送了命,若是不该死,炮弹见了你都绕路,跑什么?"祁母听了这话,忍不住讥讽地哼了一声:"你活了一把年岁,算是够本儿了,孩子们还年轻呢!"老太太一向性格强悍,奚落了几句,祁老先生便不再多言,拿起《易经》自去看了。

康宜俭看二老如此,忍俊不禁,又不敢笑,于是劝说道:"娘,不用慌张,如果真的乱起来了,我们可以回康家寨,山上总归要安生许多。"祁母叹了口气:"孩子,还是你懂事,祁家的男人,就没一个上心家务事的,你看看最近都乱成什么样子了,书瀚还是一出去就好几天不回家。"

这话说完,婆媳二人忽然意识到,祁书瀚又已经四五天没回来了。康宜俭心中有几分失落,却又不敢显在脸上,只得笑道:"他当校长这一年多忙得厉害,经常就住在学校了,如果每天回来,路上就要走大半个时辰,太辛苦了。"

然而这一等又是七八天,始终没等到祁书瀚回家,炮火的声音越来越近,想到学校里去找他,又怕遭遇两军交战被流弹所伤,一家人渐渐紧张起来,连一向言辞极少的二弟泽约也忍不住问道:"大哥怎么还不回来?我去学校看看。"

康宜俭也整日悬着心,每有炮火声响起更是心惊胆战,听得泽约如此说,强压着焦急劝道:"去不得,县城里有驻兵,不定什么时候就开战,现在只是你大哥不回来,你要再遇上什么,不得把人急死?"

祁老先生也放下《易经》:"泽约,你就别跟着胡闹了,家里有一个不让人安生的就够了,你能踏踏实实守在家里,就是福气。"

泽约低了头,不再说话。虽是一母同胞,但泽约完全不像哥哥书瀚,他性情沉默平和,不善言辞,也不爱结交朋友,甚至读书一途也是平平,还是在哥哥的勉励下才上了中学,成绩不过中等。然而祁老先生并不以小儿子平庸为憾,祁书瀚固然是天之骄子,为祁家门楣争光,但泽约却是个老成守家之才,将来正好接手家里的几十亩良田,在学里读上几年,能写写文书算清账目便够了,他原本资质寻常,出人头地显然无望,在家耕种务农,安安稳稳过日子才是最好的归宿。

康宜俭不让他出门去寻祁书瀚,也是怕他遇到危险疏于应对,反而让人担心。然而话虽如此,康宜俭心中也早已忐忑不安,白天尚且能强装镇定,晚上回到自己的卧房,却是彻夜难眠,总是忍不住去揣测书瀚遇到了什么危险,偶尔浅睡,也总是一夕数惊,被接连不断的噩梦吓醒。

伊河镇。周家也已经乱了阵脚。

周家是偃师首屈一指的大户,如今战乱逼近,周太太便失了主心骨,丈夫不在家,儿子未成年,偌大的家业很容易被乱军盯上,一旦有军队在伊河镇路过,周家必然是最大的劫掠对象,战火越来越近,这一家人的性命和财产如何保全?她本就守财,如今不时听说某镇某家的财产被"劳军",更是吓得寝食难安,因此一边收拾金银细软藏入地库,一边张罗着要做逃难准备。周钧儒也忙着将一些应急之物放到乡下庄子里去,万一真打过来,总有个藏身之地,至于房子和笨重的家具,便只能听天由命了。

周钧儒心知父亲不在,自己不得不与母亲相依为命,于是每日打地铺睡在周太太炕边,彻夜枕着一个梆子,每当有枪炮声从远处传来,哪怕声音极轻微,他都能一跃而起,拉着周太太躲进地窖。

这一日半夜时分,外面忽然响起一声惊天动地的巨响,炮弹落地的爆炸声几乎就在耳边,周钧儒枕着梆子躺在地下,这一声巨响几乎把他震晕过去,显见战争已经到了不足十里之处。周太太也被震得一阵哆嗦,勉强爬起身来,周钧儒立即拉着她跑了出去。

周太太本就吓得走不稳路,眼看周钧儒竟是拉着她跑向大门,更加慌张:"我们不去地窖吗?你这是带我哪里去?"话音刚落,就听又一声炮响,火光照亮了半边天,分明就在不远处了。

周钧儒等着炮响过后才说:"去乡下庄子上,已经打到这里了,镇上肯定要遭炮火,藏在家里就是等死!"

周太太焦急道:"家里的东西怎么办?"

周钧儒:"还管什么东西,能活着逃一条命就不错了!"一边说,一边拽着她向街上跑去。

周太太原是小脚,此刻慌了心神,越发一步都跑不动,偏偏此时不能坐马车,毕竟枪炮声惊了牲口更危险。周钧儒叹了口气,奔向房内拿了一床被子,铺在架子车上:"娘,您上车,我拉着您跑!"

周太太慌张着坐上车,周钧儒拉起架子车就冲到了街上。年轻人一股血勇,脚下又快,不一会儿就跑出了伊河镇,向镇外的庄子奔去。

一路之上,枪炮不断,照得天空一时亮如白昼,一时又陷入漆黑,周钧儒深一脚浅一脚地跑着,完全顾不得道路崎岖坑坑洼洼。周太太在车上颠得一刻也坐不稳,紧张得双手抓着扶手:"孩子,你慢些跑,这么一直跑下去会受不住的。"

周钧儒大口喘着气:"再受不住,也比吃枪子儿好,能跑多远是多远吧,跑到庄上藏起来,等彻底打完仗了再回家。"

终于跑出了七八里路,眼见着炮火稍微远了些,面前却是一条河,河宽足有十几丈,而河上的桥,早被唯恐乱军过河的百姓拆毁了。周钧儒站在河边左右为难,若要绕路,很难说其他桥没被拆,若不绕路,带着周太太和架子车如何过河?

母子二人站在河边,周太太几乎哭出来:河道很宽,又没有浮桥,母子二人如何过去? 周钧儒眼见她急得眼泪欲落,只得安抚道:"你先别急,让我想想办法……"然而他只思索了片刻,便把架子车卸下来,又将两个木轮也拆了,将被面扯成了布条,把轮子绑在架子车下面,很快就成了一个可坐人的简单木筏。

　　他把架子车拖下水,又拧了结结实实的一根布条绑在腰上,试了试浮力和平衡,才招呼周太太上去试试。周太太忧虑道:"你怎么办?"周钧儒:"这河我能游过去,再带上您应该也可以,到了这一步,没别的办法了。"

　　周太太焦急无奈,只能听他安排,坐上了木筏。周钧儒拉着木筏一步步向河里走去,待到水深处,他开始凫水,腰里的绳子牵着木筏一点点向对岸移动。

　　时节已经入夏,河水并不凉,但夜半漆黑一片,只能看到影影绰绰一点对岸的影子,水流又湍急,周钧儒游得就极为艰难。周太太坐在木筏上,眼见他如此费力,更加六神无主,只是一声声叫着让他当心。

　　游到河心时,周钧儒已经上气不接下气,一手扶着木筏,打算休息片刻,偏偏此时一个旋涡过来,连人带筏子瞬间被冲出去几丈远。周太太一阵惊呼,险些落水。周钧儒死死拽住车轮,拼尽全力才算稳住木筏。这一番惊险,让周钧儒放弃了在河心休息的打算,奋力向对岸游去。

　　好在有惊无险地到了对岸,周钧儒一下子就瘫在地上,剧烈地喘息着,整个人脱力了一般,手脚都哆嗦着抬不起来。周太太同样哆嗦着坐在他身边,也早已没了力气。

　　周钧儒不知自己为何会拼了性命地带着周太太出逃,虽有母子之名,但他与周太太的关系并不融洽,周太太对他亦是百般挑剔,但真到了生死攸关之际,他唯一的念头竟是一定要带着她活下去,也许在心里,他早已把周家当做了唯一的依靠。当他们母子二人渡过河,劫后余生般地在岸边休息时,彼此忽然感觉到,他们是性命相依的一家人,是大难临头时难以割舍的牵挂。

　　周太太伸手摸向了周钧儒的脸:"孩子,这兵荒马乱的,你爹又不在家,我们母子二人的命,全靠你了……"然而就在此时,他们忽然听到河对岸又一声剧烈的炮响,漫天的火光下映出成片房屋的影子。

那一刻,二人心中只剩了一个劫后余生的念头:家,没了。

周掌柜虽然远在川地,却是消息灵通,中原大战一起,他便早已知情,洛阳自古就是兵家必争之地,偃师距洛阳不足百里,怕是难以保全,因此越发提心吊胆,整日关注报纸上的军情,打听战场局势。

得知洛阳开战之后,急急要给家中发电报时,却发现线路已经中断了,他不知道家中是否遭遇了战火,更无从知道周太太和周钧儒的安危。

他这一生都在社会变乱中度过,从洋鬼子打进大清朝,到皇帝逊位变成民国,再到南北方各有一位大总统,再后来就是这个国家彻底没了坐天下的人,大帅们相互打得天昏地暗。但就在这个乱得史书都写不清的时代,他从一个挑担贩卖药材的小生意人,一步步做到了周记药行的大老板,铺面生意遍及各地。扪心自问,周掌柜觉得自己算得上乱世里的英雄汉,不管天下如何大乱,他都能找到安身立命之本。

然而这一次,他真的慌了。

若是自己在家,不过是藏匿资财带家人避难就是,仗总有打完的时候,留得青山在,不愁没柴烧。然而现在家中只有一个没见过世面的女人和一个刚刚十六岁的儿子,百万大军拉锯中原,炮火不长眼,这两个人,能不能逃出一条命来?

那一刻,他意识到自己必须马上回乡,哪怕需要穿越战区,哪怕遭遇生命危险,他也要赶回家去,他的家在偃师,根在偃师,无论生死,他都要回到那个地方。

然而重庆到偃师几千里之遥,若要转火车,再遇上兵乱,怕是路上便要耽误半月二十天,周掌柜如何经得起这般焦心煎熬?想快些回到家乡,便只有一个办法:飞机。

1927 年南京国民政府成立后,1929 年中国便与美国和德国分别组建了航空公司,不仅南京与上海之间往来飞行频繁,还有了北平飞广州、南京飞兰州等长途航线,阎锡山、张学良、李宗仁等也在各自势力范围内发展航空业,又开通了许多短途航线,用于载货载人。

但飞机并不是普通人可以乘坐的,一则高昂的票价令一般人难以企及,按照航空公司的定价,北京飞天津的机票要一百八十块大洋,天津飞青岛要四百六十块大洋,如果直接买北京到上海的机票则要两千大洋,堪称天价;二则航空公司的飞机数量极少,每家只有几架飞机,能坐上飞机的人虽然非富即贵,但即便是财力充足,也往往求票无门。所以,飞机几乎都是军阀大帅和上层名流才能乘坐的,普通人根本不可能有此机会。

周掌柜选择坐飞机回河南,无疑是一个极为大胆而冒险的想法,不仅票价昂贵,而且极为危险,若在以往,这是他想都不敢想的东西:一只巨大的铁鸟在天上飞,还要把人装在铁鸟肚里,万一掉下来,岂能活命?

然而此刻周掌柜已顾不得许多,他恰好认识一位常常往来于重庆和北平的大藏家,于是以藏家私人朋友的身份,花一千二百大洋的价钱,得到了登上飞机的票证。飞机中途要加几次油才能抵达北平,其中一站便是在郑州张马机场,他可趁机离开,另想办法再回偃师。

这架飞机是美国的道格拉斯客机,有三四十个座位,周掌柜走进机舱时,乘客已将将坐满,皆是衣冠楚楚的政商人士。飞机起飞时,脚下猛地腾空,剧烈晃动着,耳边传来隆隆的轰鸣声,第一次坐飞机的周掌柜不免有些紧张,他仰靠着座椅靠背闭上眼睛,极力压抑着胸口的不适,片刻之后,飞机进入了平稳上升阶段,令人紧张的不适感才终于散去。

周掌柜看着云层下方的山川土地在缓缓远去,飞抵河南上空时,他心里早已突突地跳成一团,自上空俯瞰,地面上到处都有炮火烧焦了庄稼的痕迹,还有些地方冒着黑色的浓烟,不知这满目疮痍的地面上,有多少人死于战火,又有多少家园被毁,人们举家逃亡。

所幸,这一路还算顺利,飞机落地郑州后,由于大藏家的面子,驻守军队竟派了一辆车专程把他送往火车站。

这对于周掌柜来说几乎是意外惊喜,不承想短短一日就到了郑州,若是火车顺利,明日便可到偃师县了。然而这一段路途却是最凶险:铁路早已被大帅们控制,用来运输兵力和粮草,哪里还有客车通行?

从郑州到偃师,无论搭火车、包洋轿车,或者是马车、徒步,都有可能遭遇乱军,稍有不慎就是生死之险,区区不足二百里路,竟比重庆到郑州都难。周掌柜在火车站附近盘桓了一日,才终于买通一个火车上的锅炉工,混在烧锅炉的工人中上了车。

路过偃师时,车并没有停,锅炉工告诉周掌柜,前方有一段铁路被水淹了,火车路过时会减速,若是身手敏捷,可以跳车下去。周掌柜咬了咬牙,看准了火车行进渐渐缓慢,狠心咬牙在涉水路段纵身跳了下去,跌落在一片水坑里,浑身乌黑泥泞,几乎如野人一般,好在身上并未受伤,只是擦破些皮肉,已属万幸。

跳下火车时正值凌晨,周掌柜沿着铁路踉踉跄跄向偃师方向走去,远处不时有炮火的亮光,遥遥地能听到爆炸声,不知何处正在交火。

他一面走,一面警觉地观察着周边的环境,稍有动静,便立即躲进树林或草丛里,就这样一路躲躲闪闪,终于在天亮时分远远看到了偃师县城。他藏在一片茅草丛中啃了口干硬的馍,喝了几口池塘水,沉沉睡了两个时辰,才又继续出发。白天的路比夜间更危险,一旦遇到交战双方的小股部队,形迹可疑的人很可能被当作奸细枪毙,他只能避开大路,在小路或者荒地里穿行,直到太阳斜斜西沉,才终于赶到伊河镇。

只一眼,周掌柜就觉双目眩晕站立不稳:眼前的伊河镇,显然已遭了炮火蹂躏,地面的弹坑,坍塌的屋角,触目惊心地昭示着战争的伤痕。

街上一个人都没有,显然,大家已经弃家逃难去了,只有他一人孤零零地走在昔日的街道上。映着血色的夕阳,伊河镇静得仿佛一座死城,虽是酷热的夏季,周掌柜却越来越觉寒气砭骨,甚至吹过的风都是阴恻恻的。

他的心越跳越快,脚下也不由得越来越急,最后竟一路跑着到了自家门前。

门开着。

高耸的门楼塌了半边，墙也毁了长长的一段。

院里围墙坍塌的地方，是巨大的深三四尺的炮弹坑。

丝毫没有人的气息，直到走进最后一重院子，也没有发现一个人影。

周掌柜倚着墙瘫坐在地上，全身虚脱般长长地出了一口气，没有人，却也没有尸体和血迹：他们，应该已经逃了吧？

他不知坐了多久，直到天色完全黑下来，才摇摇晃晃起身，在院子四处喊着寻找，依然听不到任何回应。家里显然是遭过劫掠的样子，除了坍塌了一些围墙和屋角，地面有些震落的屋瓦之外，一应值钱的陈设都被抢光了，地下满是瓷器玻璃碎片，衣裳被褥也被洗劫一空，只有一些沉重的家具什物尚在。

他起身离开后院，慢慢走到街上，忽听黑暗中有窸窸窣窣的脚步声，伴随着窃窃的私语，打开手电筒，却见几个人猛地捂住头窜进了阴暗处。

他咳嗽了一声："是我，周培祥。"那几个人小心翼翼探出头来，确认了是周掌柜，才围上前来，相对叹息垂泪不已。每日战火不断，乡邻们都是白天躲在野地里，夜晚才敢回家，既不知道大炮什么时候轰过来，更不知道隔三岔五飞过头顶的飞机会不会丢炸弹，大家只要听到飞机和枪炮声，无论做着什么，都会立即逃出家门，唯恐死于轰炸之下。

周掌柜询问起家里的情况，众人皆说这阵子并未见到过少爷和周太太。周掌柜心下略安，想来母子二人已经逃出了伊河镇，于是继续问道："你们，家里还有吃的吗？"

众人纷纷摇头，几个女人已经落下泪来，说："能留得一条命就是万幸了，哪里还敢想着吃什么，今年的麦全毁了……"周掌柜知道此时一斤粮就能活一条命，因此向众人道："我家窖里还有些麦，今天夜里招呼大家分一分，先渡过这几天难关，再想以后吧。"

当夜，约莫一百人悄悄聚在周家门前，周掌柜调度，几个青壮年出力，均算下来，每人分得一斗麦，周家的粮窖也几乎一空了。人人感念周掌柜的义举，言定第二日四处打听周太太和少爷的下落，务必将这母子二人平安找回。

然而众人无不诧异:战火之下,一个十几岁的孩子带着小脚母亲,能逃到哪里去?

焦虑难眠的一夜之后,天麻麻亮周掌柜就急着去柜上看他们是否藏在铺面里,然而连看了几个铺子,都是大门紧锁,哪里有一个人影。好在当天始终无枪炮声响起,乡邻们陆续回来许多,街上渐渐有了人声,但沿街所见之人,莫不是愁容满面,随处有坐在倒塌的屋下痛哭哀号者,更添了许多愁惨景象。

正自一筹莫展时,忽见远远地一个人骑着脚踏车向伊河镇而来。

这个时代,脚踏车是难得一见的时髦物件,听说前些年宫里的小皇帝得了一辆,连銮驾都不坐了,定要骑车,在这远离京师的偏远乡下,大部分人更是一辈子都没见过这样新奇的东西。

是谁如此招摇?

不等周掌柜回过神来,却听那人惊喜地喊道:"爹!"一边连声喊,一边脚下蹬得飞快,片刻工夫就到了眼前,正是周钧儒。

周掌柜大喜过望,一把揽住儿子:"钧儒!你这是从哪里来?你娘呢?"

周钧儒:"我把娘送去了乡下庄子,这两天都没听到枪炮声,就回来看看家里怎样了。您怎么也回来了?"

周掌柜竟忍不住喜极而泣:"你们母子平安就好,平安就好,我这些时日急得不知如何是好……"

周钧儒仔细打量着父亲,只见他浑身泥污,满面焦色,头发都灰白了一层,也忍不住落下泪来:"前些日子太乱,电报也发不出去,让爹担心了……我和娘都好,一点儿没受伤,您千里迢迢地赶回来,路上一定吃了很多苦……"

周掌柜摇摇头:"我不苦,不苦,知道你们一切都好,我这心思一下就稳住了,家还在,人还在,比什么都重要……"

父子二人回到家中,家里毫无生气,院墙房舍倒塌了不少,东西也被抢劫了许多,已然不能居住了。周掌柜叹了口气:"年年战,年年乱,今年这场仗不知道打到什么时候了。"

周钧儒:"夫子说,中原是天下必争之地,天下有乱,河南必乱,生在这个地方的百姓，一到乱世就苦不堪言。"

周掌柜："家里只能如此了，打仗怕是几个月都不会结束，我们到乡下避一避吧。"

周钧儒叹了口气："如今乡下也不太平，庄稼、粮食、牲口、车辆，几乎全都被乱军抢走了，村里的青壮男子都被抓了丁，剩下的死的死逃的逃，哪里还有活人待的地方？"

周掌柜在满地狼藉中，翻到一件长袍，又在井中提了一桶水，草草洗了一番。周钧儒骑着脚踏车载着父亲前往庄子。

路途中，周掌柜忽然意识到，这兵荒马乱的时候，儿子何处来的脚踏车？周钧儒一笑："一个朋友送的。"

周掌柜一惊："你什么时候有这样的朋友了？平白无故就送你脚踏车？"

周钧儒只是笑，并不多言。

那一日，天几乎黑透了，却见一个军官模样的人推着脚踏车孤身进了庄子，整个人都靠在车上，看起来全无力气，像是负了很重的伤，身上染了大片的血。

有兵丁进院，周钧儒自然有些恐惧，抄起一根木棍就对准了他。谁知那人竟毫不畏惧，开口说道："小兄弟，不要害怕，我不是歹人，是落难到这里的，不知道你愿不愿意帮我个忙？"

周钧儒并不肯放下木棍，警觉地后退了几步："帮什么忙？"

军官脸色惨白地笑了笑："我这个样子，走不出多远就会死在路上，如果你能把我送到河边，那边会有人接应我。"

周钧儒："我怎么知道你是不是骗我？"

军官："将死之人，还有什么可骗的。"

周钧儒："那好，我只把你送到河边，其余的一概不管。"

军官："多谢小兄弟，把我送过去之后，这辆脚踏车就送你做个纪念。"

周钧儒拉了架子车，趁着夜色将那军官送至河边，谁知并无任何接应，那军官只是看着他笑了，那一笑竟仿佛暗夜里的一抹阳光，让他整个人都神采飞扬起来:"小兄弟,我这一去,必死无疑,却也死得有意义。记住,不要跟任何人提起你见过我。"说完,竟直直地一头扎进河里,转瞬就被河水冲走了。

那一刻,周钧儒骤然被震撼到了,他第一次知道:原来,人真的可以笑着从容赴死。

只是,他为何要这样做呢?

到了河边,周钧儒再次想起那个军官,他一边拉过河里的木筏子,和父亲坐上去,一边问道:"爹,张夫子跟我讲过舍生取义的大道,当今这世道,还有如此大道吗?"

周掌柜愣了一下:"越是乱世,越有人想要解救天下百姓,怎么会没有大道呢?"

周钧儒:"可是那些大帅各个都发通电说自己是吊民伐罪,却搞得越来越民不聊生,说什么解救百姓,他们不祸害百姓就算得上是仁义之师了。"

周掌柜苦笑起来:"从我记事以来,就没见过什么仁义之师,从大清朝到各国洋鬼子的兵,再到如今遍地大帅们的兵,我什么没见过? 哪一个是真想着老百姓的?"

周钧儒眼里的光暗了下去:"爹说的是,要真有想解救百姓的人,怎么会乱成这样,这次中原大战,洛阳一带最惨,我们偃师县,据说已经十室九空了……"

八　炬火微光

说话间,二人已经到了庄子门前,只是几间简陋草房,看起来与一般穷困的农户别无二致,而且房屋半倒,屋顶杂草丛生,院子里能征用的东西早被抢掠一空,但周掌柜知道,这庄子的地下,别有洞天。

屋后一处杂乱的柴垛下,掩藏着一个地下入口,其下足有两丈方圆的一处地下室,用坚固的梁木砖石支撑着,分作两三间,并做了极好的排水道、通气孔,储存了充足的粮食和生活用具,足可供一家人躲在底下数月之需,若他始终不曾返乡,此处足以让母子二人度过这一段战乱。

拍了拍入口门,周太太立即从内里打开,一见周掌柜回来,立即扑在他身上放声痛哭,积攒了多少时日的担惊受怕,都在等着这样一场宣泄。周太太哭了许久,终于安静下来,与周掌柜互诉近来忧惧辛酸,在这大乱之世,一家人还能守在一起,便是最大的幸事,至于倒塌房舍,丢些浮财,都已不足为道。

周太太又将母子二人逃出来的过程讲了一遍,周掌柜吃惊道:"钧儒竟这样能干了? 炮弹炸到眼前,你就不害怕?"

周钧儒:"怎么不怕? 就因为怕得厉害,才带着娘跑了。"

周掌柜:"能跑出来,就是天大的能耐了。"

周钧儒:"当时也没想那么多,就想着能跑到哪儿算哪儿,活着就是白捡一条命。"

周掌柜点点头，万万没想到，危难时刻，这个外来的孩子竟真的将家撑了起来！他不曾选择孤身逃跑，而是一心一意顾着周家，带着母亲拼死逃亡，简直比亲儿子更有担当！

他不由得越发赞叹，拍着周钧儒的肩膀："孩子，这些年你真是历练成熟了。偃师的生意你也照料得不错，每月账本我都看过，没什么大的疏漏，这次兵灾过去，也该带你去看看各地的生意了，周家的大少爷，总得慢慢把担子挑起来。"

周钧儒心里忽地被巨大的惊喜淹没，这话显然是父亲对自己寄予厚望，这些年自己也曾纨绔票戏放浪不羁，没想到父亲依旧把他当做家业继承人。他小心翼翼问道："爹真要带我出去学习生意？"

周掌柜："怎么，不想去？"

周钧儒急切点头："想，想！我一定跟着爹好好历练。"

正说着话，忽听头顶上一阵地面震颤的脚步声经过，几乎一炷香的工夫才走完，不知是哪个方面的军队，想来又有一场恶仗。

战乱一时不会停息，来不及逃走的百姓不是被抢掠便是被抓丁，各处村庄里连青壮年都见不到几个，可是地窖又非久居之处，一家人总不能耗子似的长久躲在地下，周掌柜便有些犯难起来。

周钧儒眼见父亲愁眉不展，于是提议道："不如进嵩山躲一躲？"

周掌柜摇头诧异："我们在山里又没有庄子，躲去哪儿？"

周钧儒："我跟嵩山里的一位隐士交好，此前也给他送过几回柴米，我想他会给我们行个方便的。"

周掌柜再次惊住："你竟然结交了嵩山里的隐士？"

嵩山自古多名士，尧舜时代的许由，就避居于嵩山之中，此后历朝历代皆有名人高士隐居于此，这些隐士或闻达天听诸侯，或流传诗文画作，皆非常人百姓所及，便是当代的军阀大帅，为附庸风雅，也往往与隐士相交以自抬身份。两年前石友三火烧少林寺，都未曾殃及这些隐士一丝一毫，如今周钧儒能与嵩山隐士结交，自然是有过人之处。

周钧儒笑了笑："也都是巧合，单凭我，哪儿能入人家法眼。"

周掌柜欣喜叹道："不愧是我周培祥的儿子！从商之道，一是广结善缘，二是险中不乱，三是自开新路，看你这几年大有长进，我也就放心了。"

周钧儒眼里溢出神采："爹当真觉得我做得不错？"

周掌柜面带赞许："自然当真！可惜了这个乱时节，要是平时在家，知道我儿这么有本事，一定要开一坛老酒，也准许你喝上几杯！"

周钧儒被父亲赞得有些红了脸，却依旧是掩不住的雀跃之色。

第二日天不亮，周钧儒便不顾危险，径自骑车出去了，直到夜间才返回，带回一个消息：那位隐士可以安排两间房给周家三人落脚，只是山上粮食所余不多，需要自备些干粮。此地距嵩山不过十几里路，父子二人拉着架子车，载着周太太和一些米面干粮，连夜赶到了嵩山，果然一所别院内预留了两间房，房子虽破旧些，三人住下倒也不显十分拥挤。

一切安排好之后，别院的主人前来探望，直至此时，周掌柜才意识到，那位与周钧儒相识的隐士，竟是嵩山里一位赫赫有名的大画家：韩履霜。

两年前，石友三纵火焚烧少林寺，大火四十日夜不熄，千年古刹几乎毁于一旦。韩履霜恰与少林寺为邻，竟以文弱书生之勇，与石友三当面对峙，痛陈大义，虽被石友三强行"礼送"，却与少林寺结下了一段缘分。

此后，韩履霜捐出十幅毕生力作，义卖为少林寺谋修缮之资。彼时，尚在少年的周钧儒竟豪气干云，拿出了自己全部的压岁金锞子，出手买下一幅画，却只付钱，原画依旧送归，让韩履霜对这孩子另眼相看，自此引为忘年之友。

一家三人住在韩履霜的别院，周钧儒寻常便随着韩履霜学些古画鉴赏，法帖临摹，偶尔也学几笔画。韩履霜与这小友分外投缘，平日虽躲在书斋里闭门不见人，但隔几日便邀周钧儒畅谈一番。

闲来无事，周氏父子二人便去伐些木柴，挑些泉水，倒也过得清闲自在。这一日，正在山中砍柴时，却见几个人一路匆匆向山下走去，周钧儒一抬眼，就认出了其中一人正是偃师公立小学的校长祁书瀚,因此遥遥招呼道:"祁先生!"

那人转身看到他们:"周掌柜,卓先,你们怎么也在这里?"一面说着,一面走到近前来。周掌柜自然是知道祁书瀚的,看他年纪约莫二十岁,面容清朗,眉距开阔,显出宽宏通透的气量,身穿灰布长袍,一副斯文书生模样,却极为持重端庄,即便山间道路崎岖,依旧脚下沉稳,不愧是出身书香门第之家。

周掌柜苦笑道:"家中遭了炮火,只得上山避难来了,你们怎么也在这里?"

祁书瀚微微叹了口气:"兵荒马乱的,学校里开不成课,教室也被炸了,不少孩子都跟着父母逃难去了,我和几位老师也只能效仿古人,道不行,寄情山水间了。"

周钧儒故意揶揄道:"祁先生不是一向要求学生们踔厉奋发吗? 怎么也有世外情怀了?"

祁书瀚:"踔厉奋发,也要有大道之行,如今战火连绵,书本是挡不住枪炮的,不如团结些正道有志之士,想想如何能让这战乱世道停下来,让老百姓过上正常日子。"

周掌柜听他这话,心里猛地升起几分戒备:"祁先生果然是有胸怀的,只是我们小小平民百姓,哪儿能管得了大帅们的事?"

祁书瀚:"周掌柜听说过鲁迅先生吗?"

周掌柜点头:"似乎是有这么个人。"

祁书瀚:"鲁迅先生说过一句话,让人记忆深刻,此后如竟没有炬火,我便是唯一的光。因此,我想,哪怕是小老百姓,心里存了光明的念头,也是能做些事的。"

周掌柜依旧客气点头,称赞鲁迅先生的胸怀宏阔。而周钧儒闻听此句,却如一记重锤击破心中混沌块垒般,顿觉热血潮涌,天地开阔,少年的心一下子澎湃起来,上前便向祁书瀚问道:"祁先生,我也听说过这位鲁迅先生,您那里有他写的书吗?"

祁书瀚:"恰好有几本,我们也在这山里住着,没事的时候,可以去我那里取。"

周钧儒心头雀跃,连声道谢,言定第二天一早就去借书。

祁书瀚等人离去后,周掌柜便也带着周钧儒返回,一路思索着祁书瀚的话,忽然对周钧儒道:"你和这位祁校长,很熟?"

周钧儒正想着鲁迅先生那句话,忽听父亲问话,愣怔了一下才回应:"只是认识,县上国立小学的校长,人人都很尊敬他。"

周掌柜叹了口气:"看他的学问见识,应该能有一番作为的,可惜,还是年轻啊。"

周钧儒诧异:"年轻有什么可惜的?"

周掌柜:"年轻就容易一腔热血,受人煽动……你想去和他借鲁迅的书?"

周钧儒茫然地摇了摇头:"爹这话我听不懂。"

周掌柜:"人这辈子,见得多了就容易想得多,但愿是我多心揣测了。那些新书,看看也没什么,但是记住,不要被任何人的言论影响了心思,自己心里拿得准主意,才是正理。"

周钧儒点头称是,父子二人挑着柴担回了别院。

第二天,周钧儒一早便循着山路到了祁书瀚等人的住处,却只是几间简陋的泥墙茅草屋,用木栅栏草草围了个院子,条件比之韩履霜的别院差距甚大。但那几人看起来却毫无颓色,衣衫整肃,精神昂扬,院子里也被冲刷得干干净净,两人在院中树下看书,一人在茅草屋窗内桌上写着什么,那画面情形,竟比韩履霜笔下的《山居图》还要清新几分。

一见周钧儒进来,写字的人扣上钢笔,抬头叫道:"卓先来了,快进来坐!"说着起身迎出门来,依旧是从容洒脱的性情,如清风朗日一般令人愉快。

周钧儒与另外两位老师打过招呼,便随着祁书瀚进了屋子。屋内光线有些暗淡,祁书瀚索性把门窗都打开,阳光照进来,便看清了室内的三张木板床,两张书桌,以及一些简单的日用品,其余竟一概没有。

祁书瀚自书桌下取出个箱子,打开,就是满满的一箱书。与周钧儒所留的几十箱书不同,这些书里并无经史子集等部,多是一些白话文新书,还有些洋文册子,看不懂写的什么。随手拿起一本,只觉读来行文流畅,言语通俗,倒也别有一番意趣,让周钧儒颇感好奇。

周钧儒问道:"写这些白话文新书的,都是些什么人?"

祁书瀚:"都是一些学富五车的大学教授,还有很多是欧洲留洋回来的高才生,白话文通俗,只要粗识一些字就能看懂,让老百姓们也启蒙新思想,知道时局变化,不做睁眼瞎了。"

周钧儒:"那位鲁迅先生,就是写白话文的文坛大家?"

祁书瀚:"他可算得上白话文里的一杆枪了,鲁迅先生的文章,哪一篇出来不是大快人心?北平政府那些人都怕他抨击时弊,每每一针见血,丝毫不留情面。"

说着,他翻出几册书,《呐喊》《彷徨》《热风》,递给周钧儒:"这是鲁迅先生的几册集子,有小说,也有些杂文,你可以拿回去看,真是笔如刀锋,字字见血,看得人酣畅淋漓。"

周钧儒接下这几册书,认真包起来,才又问道:"偃师到嵩山四五十里路,你们怎么到这里来避难了?"

祁书瀚叹了口气:"偃师就在铁路线上,大帅们反反复复拉锯作战,我们的一位老师就被乱兵杀了,学生也逃的逃散的散……等到仗打完了,还要再回去重整学校,继续招生。"

他自任校长后,几乎是一家一户地上门招生,学生从之前的几十人,发展到一百余人,其中将近一半的孩子念到了高小,虽然学费每年只有两三银圆,但很多孩子依然读不起书。他就一边申请政府的栽培津贴,一边到处募捐,勉力维持着学校局面。如今眼看着已具规模的学校遭了炮火之灾,甚至有老师被杀,学生逃散,对祁书瀚来说,可谓心血覆灭之痛了,而他依然有重振学校的决心,心中依然有热血和光明,令周钧儒深感敬服。

周钧儒忽然郑重起身一躬,说道:"昨日我打趣先生有了世外情怀,今天郑重致歉,先生确是乱世良骥,实为我辈楷模。"

祁书瀚愣了一下,转而笑了起来:"卓先,何必这么郑重,打趣就打趣了,做人总得有些闲趣才不会憋闷。"

周钧儒携了书回到别院,斜倚在树下览读,竟觉前所未有的畅快,原来人间竟有这等旷世文章!那文字虽是新白话,却字字犀利如箭镞,所向披靡,一时竟想到快剑之刃,冰雪之锥,眼前一切迷障都被破除,决然看清了世间混沌的真相。难怪新白话文如此受人追崇,原来竟有这样的力量和锋芒!

短短一日之内,周钧儒竟将三册书全部看完,兀自意犹未尽,反复咀摸回味,仿佛沉重的暗门被打开,炽烈的阳光轰然涌入,将自己周身所在之地照耀得熠熠生辉,他从未觉得自己这样向往光明,这样充满了战斗的勇气和力量。他甚至想把这些故事改成曲子戏,让戏班唱遍整个洛阳,让所有人都感受到此时他心里沸腾激越的情状。

天色已经暗了下来,周太太将粥和馍放在他眼前时,他依然回不过心神,口里只是默默念诵着书中的句子,痴迷不已。

周掌柜一见便知他何故如此,常年行走南北各地,外面的情势自然是了解的,那些新文化、新思想自然也是有所见闻的,于是饭后便将周钧儒叫到院中树下,只说闲散坐上一刻,与他听风看月。他伸手拿了那三册书,翻了几页问道:"哦,新白话文。这是从祁校长那里借来的书?好看吗?"

周钧儒亢奋得脸色发红:"好看,字字如刀,真旷世文章!"

周掌柜笑了笑:"看着很是痛快解气吧?"

周钧儒思索了片刻,认真点了点头。

周掌柜:"新白话书我也看过几本,确实鼓动人心,但是我们生在这个乱世,最要紧的是忍辱负重活下去,这些太过激进的东西,不适合我们老百姓,我们还是要跟着世道一点点地变通,一步步地慢慢往前走,你明白我的话吗?"

周钧儒再次陷入深深的思索之中,似乎在努力揣摩这几句话的意思。

周掌柜:"等你真正走出去看一看这个世界,就会发现,书上写的,终究只是书,生活和书是完全不同的。如果你看了这些东西,就稳不住心神了,只能说明还太年轻,还需要修身养性。"

周钧儒忽然想起了张夫子的话:不可做个迂腐的书虫,更不要失了读书人的立身之本。

这句话,竟然与父亲所说有异曲同工之意。

祁书瀚送走周钧儒后,又将书箱整理了一遍,打开下面夹层看了看最要紧的几本还在,才又重新放在书桌下。这些书属实来之不易,尽是几经辗转才秘密送到他手里的,诸如《共产党宣言》《马克思经济学说》《社会问题总览》《中央政治通讯》《红旗日报》《中州评论》等,都是他时时研读的书籍刊物,也是他在偃师传播革命思想的理论武器。

前些时日,偃师国民公立小学也遭遇了炮击,偃师地处郑州、洛阳之间,又有铁路途经,早已成了两军必争之地,炮火连绵,整个县城处处皆是战火烧过的痕迹。然而若只如此,祁书瀚也不至于直接逃出偃师避难嵩山,真正的原因是,他们见到了一具自上游漂流而下的尸体。

这具尸体以自己之死,向他们传递了一个消息:上线已经暴露,必须逃走。

公立小学就在河边不远处,那一日,有人早起在河里发现了一具浮尸,立即喊了起来,祁书瀚赶过去一看,便立即确认了他的身份:他虽然穿的是蒋军的"黄狗皮",袖口却缝了一粒小小的红色扣子。

这位革命同志显然是在逃避追捕时受了重伤,已经无力将消息送到偃师。他不去寻求医治,而是牺牲自己也要将讯息送出来,以保全祁书瀚和几位小组成员,必是已到危急存亡之秋。

偃师党小组的上线是河南省委,郑州到偃师相距约两百里,无从得知,他是如何躲过这么远的追捕,在身负重伤的情况下,依旧能将消息送到此处。

祁书瀚面对这位同志的遗体时，面上虽不动声色，心中却强抑悲痛感喟了许久。他甚至不敢主动上前敛尸，忍看几位百姓将他打捞上岸，草草埋葬在野地荒滩。

党内很多同志，随时都准备为革命牺牲，更是坚持用自己的生命保护志士同仁。但这位随河水漂流而至的报信者，却连名字都不曾留下，这一次断了线，就再也没人知道他的身份来历，更不会有人知道他的妻子儿女究竟如何了。

舍身，舍家，生前一腔热血为理想；无碑，无冢，身后青史无名寄后人，这是很多革命同志的最终归宿，也是他们无悔的选择。

祁书瀚叹了口气：自己也已经一个月没回家了。

虽托人送了些钱回去，却不敢留只言片语的书信。当时情形紧急，在有限的时间内，他必须将这些珍贵的书籍带出来，若是被搜查发现，必然是一场惨烈的清洗，至于家人……他用力地摇了摇头，几乎不敢多想。

他不知道自己此次能否安然解脱，因此托人将一部分钱带了回去，这是组织上为他预留的"抚恤"，虽不多，却也能置办几间房舍数亩田产，万一家里遭遇战乱或自己罹难牺牲，这些钱能让他们继续维持生活。至于书信，却是只言片语都不敢留，想来这一个多月时间，家里是极为担心的。

但他的身份让他越来越顾不上家人：回偃师任教这两年的时间里，他已成为河南地下党组织最核心的成员之一。

这两年间，他在开封和洛阳之间建立起了完整的秘密联络线，几乎掌握着全省的党组织联络网和成员机密，若是他秘密活动的范围遭遇清洗，必将对组织造成巨大的牺牲和破坏。因此，他宁可离开家人，躲进深山，也不能留下任何蛛丝马迹。

如今，他们三人已与组织断了联系，只有等待中原大战结束，才能再次回到偃师开展工作。然而无论哪一方获胜，对他们而言都依旧危险重重，蒋冯双方都在清洗"红色分子"，他们只能转入更隐秘的地下，在黑暗中继续摸索，发展新的组织成员更要慎之又慎。

可是昨日与周氏父子的偶遇，让祁书瀚在周钧儒身上看到了一线希望。

这位十几岁的少年,同情百姓疾苦,生性仗义疏财,为人豪阔,广好交游,又有很深的文化造诣,身上燃着如火的热情,若是这样的人加入革命队伍,必然能成就一番事业。因此,他便将一些进步书籍借与他看,正可趁此机会与他多多交流,试探他的倾向。

果然,周钧儒隔日便来还书,还不曾走进院子,祁书瀚远远便见他神色振奋,身影脚步都如生了风一般,想来是鲁迅的书深深打动了他,此刻正自心绪澎湃。

七月,山下正是酷暑,山中却林风清凉,祁书瀚站在门前迎着周钧儒的时候,周钧儒甚至觉得如逢同道知己,如遇甘霖洒落。

那一日,他在和祁书瀚的漫谈里,了解到了天下大势,南方政府和北方政府的对立根源,军阀大帅之间的犬牙交错,才知道这看似说打便打的战争,都是有利益勾连在其中的。世事之大,不过一盘乱棋,若是看清了棋局根本,便能判断未来情势走向。

然而这样的战争中,最苦的还是老百姓。仅以河南为例,虽然年年不是旱灾、水患就是蝗灾、瘟疫,但所有这一切天灾,都不及军阀混战、税负盘剥、土地兼并带给百姓的伤害大,耕田者十有四五沦为佃农,辛劳一年的收获除去缴租外根本不足糊口。军阀征税更是残酷,甚至有时预征赋税已到三年之后,若其倒台败走,继任军阀必然再次加税,加之抓壮丁、强征民夫民力、兵痞劫掠、物价飞涨,百姓如何能维持生计?

周钧儒第一次听闻这些,只觉感慨极深,以前单知道百姓生活困苦,他只能在家里取些麦面钱财周济他们,原来这民不聊生的背后,竟是这些令人愤而拍案的强大势力。

那一刻,他几乎后背发凉,恨得咬牙切齿:他的亲生父亲,就是贫病交加,死于这无尽的盘剥和压迫之下的!他也被迫离了亲娘和兄弟姐妹,卖身到周家为子,纵然身份贵为少爷,但那卖掉他的亲娘,毕竟骨血连心,如何能割舍得下?

他激愤地在屋内走来走去,心里一股沉闷的郁结之气,憋闷到仿佛窒息:

"祁先生,难道就任由他们欺压百姓毫无办法?"

祁书瀚沉默了一阵,坚定地摇了摇头:"不是毫无办法,只要天下百姓都站出来反对他们,一定能改变这混乱的世道,然而这条路,何其艰难……"

周钧儒焦躁道:"天下百姓都站出来? 怎么可能? 他们哪有这样的胆量?"

祁书瀚:"所以,我说这条路太艰难,也许十年二十年,也许三十年五十年,但总要有人站出来,才可能等到那一天,不然这个国家的灾难和疾苦就会一直持续下去。"

周钧儒目光灼灼地盯着祁书瀚:"三十年五十年,一代人都没了,要等那么久?"

祁书瀚:"卓先,改变世道,不是一朝一夕可以做成的,你的心思也太急切了些。"

周钧儒愣了一下,才慨叹道:"与先生一番长谈,大开眼界,以前只知道洛阳偃师这方寸之地,如今天下格局都在眼前了。"

祁书瀚:"'读万卷书,行万里路,胸中脱去尘浊,自然丘壑内营。'卓先年纪尚轻,以后有机会到外面去走一走看一看,便知道这天下虽大,理则相同……"

正说着,韩履霜竟也来到了小院中,打过招呼后,他便淡淡向祁书瀚道:"书瀚,令岳一向可好?"

周钧儒有些恍然,这两人又怎么如此相熟?

却见祁书瀚恭敬道:"家岳一向都好,前些时日还与我说起韩先生的画作,画中超然物外之气,当世鲜少有人能及。"

韩履霜:"康老先生算是一方闲云野鹤了,庄子三面环水,带着乡邻们耕织稼穑,外面兵灾动乱极少波及,说是世外桃源也不为过。"

祁书瀚:"在这乱世之中,能躲得一方清净,已是最大的幸运。"

韩履霜将一个卷轴递与祁书瀚:"我也有一年多没去见他,这两年琐事繁多,无心作画,就这一幅勉强可入眼,你下山时替我带去送他,也算聊胜于无。"

祁书瀚接了画，口中连说着"家岳岂敢受先生如此厚赠"，随即将画轴展开，却见画上并非世外山水，只是一片浓云墨雾，其间几只孤雁，或仰天而唳，或折翼坠云，或委地雌伏，竟无端令人愁郁哀伤，却又震痛心神。

三人见了此画，一时默默无语，良久之后祁书瀚才说道："韩先生这画，真画尽了心中块垒，孤雁悲鸣，物伤其类。"

韩履霜面上却依旧是孤冷的神色："这也算不得一幅画，只是心中所想，挥之笔墨罢了。康老先生最是我的画中知己，送给他是不会错的。"说着，不待几人相送，转身便走了。

周钧儒也连忙辞了祁书瀚，随着韩履霜踽踽而行的脚步，向他的别院而去。

回到别院时，周太太已经备好了晚饭，山中采的野菜，她便蒸了包子，拌了两碟嫩菜芽，又特意给周掌柜煮了一大碗热汤面。韩履霜先生依旧是在画斋一人独食，周家三人在院中，月下吃饭。

周掌柜边吃边问周钧儒："那位祁校长，跟你聊了些什么？"

周钧儒："他给我讲了些时局时事。"

周掌柜忽然目光灼灼地盯着周钧儒："年轻人，关心时局是正常的，他是不是还跟你讲了些造反的事？"

周钧儒心头一凛，不由得诧异道："造反？造谁的反？北平政府还是南京政府？"

周掌柜瞬间愣住，苦笑着摇了摇头："这话也是，如今就算有人想造反，都不知道造谁的了。"随即又郑重告诫周钧儒道："你还小，很容易被人一番话就冲昏了头脑，要是不慎结识了革命党人，那就危险了，还是安安分分做个生意人为上。我们是商人，结交政客能保生意平安，结交文人能给我们多些传扬，唯独这革命党人万万碰不得，一不小心就是杀头的罪过，你看那些大帅，哪个不抓革命党？万一惹上这些人，怎么敢让你接手生意？"

周钧儒恭谨垂手听完父亲训示，低头称是。

周太太自添了一碗粥，听周掌柜说要带他接手生意，开口便说："阿弥陀佛，总算是开窍了，要是一直在家里浪荡着学唱戏，可真羞先人了。"

周掌柜神情一滞，随即无谓道："你喜欢看戏？倒无伤大雅，经商做生意，这些场面总是要经历的，陪着长官客商看戏捧角儿，也要懂几分门道才行。"

周太太哼声道："哪里是看戏，如今周少爷爱唱戏的名声可是全偃师都知道的。戏班子到伊河镇第一件事就是拜会周少爷，又能登台又能做戏，还能上旦角儿扮女人呢。"

周掌柜的脸色立时沉了下来："钧儒，你当真登台唱戏扮女人?!"

周钧儒吓得心里一哆嗦，连忙道："只是认识了几个角儿，偶尔票一出，平日里街上赶会、年节唱戏，咱家都要写些钱粮，我就跟着凑个热闹，哪儿能认真呢?"

周掌柜声色俱厉："你看戏捧戏都算不得什么，但是公开登台唱戏，就是丢了自己的身份体面！将来你是要继承家业接管生意的，被人知道做这下九流的勾当，谁还看得起你!"劈头盖脸一顿训斥，周钧儒气也不敢吭一声，再三保证以后绝不再犯。

久在山中，几乎断了外面的消息，周钧儒年轻心盛，如何耐得住寂寞，总想着到外面去看上一眼，却又迫于父亲严令，不敢擅自下山，兜兜转转了些日子，终究还是走到了祁书瀚的小院前。

前些时日，因着父亲疑心祁书瀚有革命党嫌疑，周钧儒并不敢去见他。今日信步走到这里，才发现祁书瀚三人不知何时已经离去，院门用根草绳简单拴住，人去屋空。这么多时日，他们既不曾与韩履霜和周家有过来往，也不曾在离去时打声招呼，就这样悄无声息地消失了。

周钧儒纳罕不已，闷闷地往回走，心里一时是鲁迅先生的书，一时是祁书瀚慷慨讲述天下时局大事，一时又是那个投河而死的负伤军官，仿佛这一切之间有着冥冥的联系，却又找不到丝线从何牵起。

山下的炮火声依旧在持续，听起来似乎在遥远的地方，但他们知道，开封、郑州、洛阳一线，已经完全笼罩在硝烟之中了，百姓们的家园田地，几乎全部被毁，伊河镇的周宅，只怕也是一片废墟了。逃难离家，卖儿卖女，甚至家毁人亡的事,周掌柜这些年见了太多,周钧儒自己更是深知其苦,如今要等的,就是这场战争何时能够结束了。

生活在中原土地上的百姓,几乎年年有灾,年年有患,但他们总能在年复一年的灾难摧毁中,不断地重建家园,竭力生存下去。只要灾情稍有缓解,舍家逃难的人便会重新归来,糊一两间泥草房,耕耘着荒芜的田地,播种着下一季的希望,将生活的极度紧张和生命的极限顽强烙印在每一个河南人身上。

此时,祁书瀚已经潜入郑州。

民国十九年夏末,蒋介石和冯玉祥、阎锡山正处于激战之中,红一方面军也已经发展了两千余人,上线认为,劳苦大众已到生死边缘,三方军阀混战也无暇他顾,若此时趁机举事,必然一呼百应,势如破竹,拿下中原核心要冲。

祁书瀚正是接到筹备起事讯息,才迅速离开嵩山,秘密潜入郑州。此时的郑州已成为蒋、冯两军的激烈交锋之地,冯玉祥陈兵三万,蒋介石兵分三路进逼开封到洛阳一线,地处中间位置的郑州,瞬间成为悬兵之地。

他抵达郑州的时候,城门已不能进出,河道也被下了铁栏,禁止一切船只和人员通行,私自潜入者一旦被发现,均视为敌方奸细即刻枪毙。

然而祁书瀚并无丝毫慌张,军装和当日的哨兵口令均已准备妥当,他只消换上冯玉祥部的军装,在换防时对上口令,即可顺利进城。与他年龄相仿的省委书记佟尚荣心思颇为缜密,早已将一切安排妥当。

提起这位佟尚荣,祁书瀚早有耳闻。他本是留日高才生,只是当时中日关系已极为对立,前两年日本在济南枪杀中国军民五千多人,佟尚荣对日情绪已达愤慨极限,于是联合中国留学生和华侨,组织了"中国留日各界反日出兵大同盟",在东京游行示威,因此惹恼了日本当局,被驱逐出境。回国之后,年仅二十一岁的佟尚荣担任了中央首脑机关所在地的上海区委书记,然而如此铁血烈性的爱国志士,竟还是一位青年文学家,发表过小说、散文、诗歌等,与鲁迅先生等人过从甚密,可谓天降奇才般的人物。

今年初,祁书瀚听说他隐藏了真实身份,亲自来河南担任书记,如同拨云见日般心情畅快。纵然河南已是白色恐怖，但有如此优秀的同志合力而谋，何愁大事不成，局势不定？他们虽未曾谋面，却早已惺惺相惜，此次相见，二人都盼了半年之久。

会面之地是一处普普通通的民宅小院。佟尚荣对外的身份，是铁路局的一个书记职员，化名"黄孟辉"，工作时间不固定，白班夜班轮番倒，尤其近期战事吃紧，铁路上的工作就更加繁忙且杂乱，他的行动时间却也因此更加自由。

祁书瀚看到佟尚荣的第一眼，很难将他与"铁血勇武"的形象联系在一起，那分明是一个戴着眼镜、文质彬彬的读书人，身材并不魁梧，相貌也秀气，完全一副大学生的模样。他全然未曾想到，河南千钧重担，竟落在这样一位书生意气的人肩膀上。

佟尚荣却笑道："这肩膀怎的？又不是亮膀子打擂台，非得力能扛鼎的孔武身躯，要的是这一腔热血，志如钢铁。"

祁书瀚也笑了起来："人说铁肩担道义，道义二字，最是沉重，何况是国之大道，民之大义，尚荣兄真是一肩挑起了。"

二人哈哈大笑着进屋落座，屋内陈设甚是简单，窄窄两间房，除了基本生活所需再无其他，架子上挂着铁路制服，一应用具也多是铁路局所发，全然就是普通铁路职员的生活状态，毫无破绽。

佟尚荣一边倒凉开水，一边说道："书瀚兄，我来河南虽只有半年，但对河南百姓的遭遇深有感触，所谓年年有灾年年有战，几乎无一家不遭受颠沛流离，如此灾难深重，令人痛心唏嘘。"

祁书瀚愤然道："身为河南人，我就生活在这样的灾难里，本以为皇帝退位了，民国了，这个国家就该好起来了，没想到天下反而越来越乱，越来越民不聊生，吴佩孚为了养他的三十万大军，甚至预征了三年赋税。本就灾荒连年，还要预征赋税，简直闻所未闻！这种世道，百姓怎么能活得下去！"

佟尚荣："我主动请缨来河南，一是因为这里是天下之中，核心要冲，更重要的是，河南堪称全国最苦难的省份之一，我们革命为的什么？不就是为了这些最苦最穷、连活命都是奢望的百姓吗?"

祁书瀚:"今年这一场大战,不知又有多少百姓流离失所,偃师的很多村子已经十室九空了。有时我都会感到迷茫和绝望,别的地方总能感觉到世道在变,多多少少看到一线希望,但在河南,灾难好像从来没停止过,不管皇帝来了还是大帅来了,人们永远都苦难深重。"

佟尚荣拍了拍祁书瀚肩膀:"不会的,我们都知道,天灾是压不垮河南百姓的,真正让他们活不下去的,是人祸。我此次请你冒险过来,就是要解决这中原大地上的人祸!"

祁书瀚目光灼灼:"唯有举事!"

佟尚荣神色坚定:"就是举事! 红一军已经做好了起义的准备,今天晚上几位同志也会赶过来,我们共商大事!"

当日夜里十二点,其他几位同志也陆续赶了过来。房内完全没有灯光,几个人在黑暗中小声互相介绍,祁书瀚才知道来的有杨先武、刘志瑾、邹越之三人,除了杨先武,其余二人分别来自开封、洛阳。

杨先武与祁书瀚有过几次会面,二人颇为熟悉。然而此次他一见祁书瀚便叹了口气:"书瀚兄,想来你已经见过泥鳅同志了。"

祁书瀚:"泥鳅?"

杨先武:"就是送信让你们撤出偃师的那位同志,他的代号是泥鳅。"

祁书瀚愣住。原来那位顺河而下牺牲了的同志,只留下了一个代号,他用生命换来了偃师同志们的撤离,自己却连个姓名都没留下。

佟尚荣叹息道:"做我们这样的事情,大家其实早有随时牺牲的准备,泥鳅同志不在了,我们更要将他的理想背在肩上,带着他的在天之灵一起走到国家新生的那一天。这期间还会有万万千千的同志牺牲,也许是我,也许是你们,但活着的人,也一定会把我们的理想背在肩上……"

几个人的手紧紧握在一起,眼里含着热泪,生命也许随时会终止,但理想不会磨灭,会有无数的后继者肩负着这份信念,坚定地走下去,思及此,便觉死亦无畏。

此刻,正是夜最黑的时候,但天空中的北极星却亮得惊人,佟尚荣推窗望着星空道:"同志们,为了河南大地上灾难深重的百姓,为了全国深陷战火和压迫的人民,为了建立一个没有压迫、没有剥削、人人平等的理想中国,我希望我们能够同志一心,为一场武装起义做准备,今日到场的五人,就是这次起义的行动委员会成员。此刻,郑州正处于最紧要的关头,蒋、冯大战无论胜负如何,都会大大削弱他们的实力,而这,就是我们武装起义的最佳时机!"

四个人点点头,眼里充满了希冀和热烈的光芒。

近一年的时间,红一方面军已有两千余人,郑州、开封、洛阳三地也有两千多人的红色义军,并发展了近六万人的农协会员,且筹备了上千支枪,加上上级协助筹备的一些武器,再里应外合占领军械库,便可以形成强大的军事力量。只要起义成功发动,就有很大的把握拿下郑州,随后立即向开封和洛阳挺进,控制住此三座城市,河南省基本就在掌控之中了。

祁书瀚震惊于他们竟秘密积累了如此强大的力量,而自己竟是一人一枪也无,何以也能加入行动委员会?

杨先武却郑重道:"我们几人之中,唯有你在学校工作,能吸引更多的热血青年加入我们的队伍,这份工作对你来说更重要。更重要的是,你的身份是公开的,一旦暗中组织起义力量,很容易暴露。"

佟尚荣也点点头:"你能在那么多次起义失败,同志被捕,党组织遭到破坏,甚至河南省委都被迫取消了的时候,毅然加入革命队伍,且在白色恐怖最凶险的时候坚守在洛阳、开封一线,中央几位同志非常重视你的作用,一直告诉我绝不能暴露书瀚同志。"说着,他向衣襟内探手取出一支钢笔,郑重站起身来,双手捧着递到祁书瀚面前:"这是中央伍同志托我带给你的礼物,希望你能为我们的信念,继续坚持下去。"

祁书瀚缓缓起身,双手接过钢笔,眼中有热泪闪出:"感谢党组织和你们几位对我的信任,我祁书瀚生死不移,必不辱使命! 唯愿我们此次起义成功!"

五个人的手再次紧紧搭在了一起:"唯愿我们此次起义成功!"

当下几人计议已定：十月三日发动起义，郑州城内外同时举事，里应外合打开城门，攻占军械库，开封、洛阳的兵力外围增援，将被中原大战拖到极度疲惫的蒋、冯大军赶出陇海铁路沿线，进一步控制全省，建立河南红色根据地。

趁着夜色，几人悄悄离开，心中燃起熊熊的烈焰，只待一场伟大的起义爆发在中原大地上。

民国十九年九月，中原大战终于迎来转折点。蒋介石军已渐渐占了上风，战争局势即将明朗之际，原本在交战双方间摇摆不定的张学良于东北公开发布"巧电"，电请蒋、冯、阎罢兵息战，并接受了南京国民政府"全国海陆空副总司令"的任命，派十万奉军入关支持蒋介石。本就罅隙重重的阎、冯联军顿时瓦解，阎锡山当即撤军回了山西，蒋介石趁势对洛阳、郑州、开封一线发起急攻，冯军处处被动起来。

军阀上层的幕后交易自然是纵横捭阖，但这些交易落到百姓头上，却是令人心悸的灾难。无论是哪一方得了胜利，百姓的日子都依然贫困潦倒。夏麦已经绝收，战事又绵延到了入秋，田中再种秋收作物也早已错过节气，一年两季颗粒不收，等到入冬和春荒，便唯有饿死一途了。

佟尚荣和祁书瀚等五人认为，起义时机已完全成熟，若再任由战火荼毒百姓，河南大地上便是空前的灾难。饿殍遍地，千里无人烟，将成为入冬之后唯一的景象。因此，"起义行动委员会"决定，起义时间提前至本月二十五日，张学良的"巧电"刚刚发出，定然是蒋胜冯走的局面，必须于蒋介石在河南站稳脚跟之前拿下郑州及开封、洛阳，若待其成势，以蒋之"围剿"红军抓捕共产党的决心，河南起事必会更加艰难。

当日，佟尚荣接上海中央密电，九月二十五日夜，一批枪械弹药将随着蒋军的列车秘密运抵郑州，车上的同志会提前制动列车，起义军同步设伏炸毁铁轨，于郑州西十公里处截取军火，两小时后郑州城内起义军同步发动，占领冯军军火库，里应外合拿下郑州。

筹备工作瞬间紧张起来，此时行动委员会五人小组已不能会面，完全通过秘密电台联络,为防消息泄露,电台密码本两日一换,做好了起义前的周密筹备。

深夜,洛河边。

祁书瀚带着苏子竞、薛铭两位同志,将秘密油印好的起义传单装载上船,分头运往郑州、开封和洛阳。

非常时期,三城之中所有印刷作坊和油印材料都已经被查封,买卖皆属违禁品,私人更是不允许印制任何字纸流传到街面,因此起义所需传单,只能由祁书瀚在偃师秘密制作,再运输出去。

如今局势,不仅铁路和重要官道路口已全面被封锁,河道也被蒋介石的国军卡死,行船极为危险。若是被查出船上的传单,不唯起义消息暴露,更可能引发对革命同志和起义军的疯狂逮捕屠杀,甚至导致重建不久的河南省委及各地组织全面覆灭。

船运,是祁书瀚几番权衡之后做出的决定,这是唯一在暴露后可以立刻毁掉传单的运输方案。传单印制采用的是本地手工制作的土纸,纸张很薄,质地也差,甚至有些在印刷中就有了轻微的破洞,透墨也比较厉害,但有一个极大的好处:吸水性极强,一旦暴露,立即浸水,即便当场打捞起来,吸饱了水的纸张也早已糟腐朽烂,字迹模糊,成为一坨纸浆了。

祁书瀚看着一捆捆的传单被装进船舱夹层,夹层下各有四五个进水口,用木板堵住,一旦暴露,立刻向船舱放水沉没。三艘船都伪装成灾民乘坐的逃难船只,艄公皆是组织内的同志,衣着破破烂烂,皮肤也是常年撑船晒得黝黑的模样,看不出任何破绽。为防沿途盘查的国军起疑,行船只在白天,夜间一律泊岸休息,和正常来往船只毫无差别。

传单装好之后,将船只系在河边芦苇荡中,三人便各自离去。天明时分,这些带着革命火花的船就会行往三地,只待义军一起,便发动生路断绝的百姓云集加入,成就强大的红色力量。

一切都已准备就绪,祁书瀚和苏子竞、薛铭回到偃师县公立小学。苏子竟和薛铭是偃师县工委的核心成员,此前三人在嵩山里躲了将近两个月,此刻因着起义之事,才冒险潜回县城。

学校早已满目疮痍,院墙上布满弹孔,大部分校舍都已坍塌,唯有一座三层主楼还在那里,墙壁门窗皆是破洞,但梁架结构尚在,带着几许残破的孤傲和遍体鳞伤。昔日为国培养人才的读书之地,如今毁于炮火硝烟,中原之地,竟容不下孩子们的一张课桌了。

农历刚进八月,天上无月,只能借着几颗暗淡的星子勉强看路,三人唏嘘着在废墟之中走过,不敢多作停留,而是去了学校附近的一处农舍。这所同样残破的农舍里,还有两间未倒的房屋,是他们的临时联络点,秘密电台也暂时藏在这里。

黑暗中,一个人迎了出来,正是偃中地下组织的骨干学生——徐健君。徐健君年纪虽小,却是个通讯奇才,钻研电波颇为沉迷,密码本几乎过目不忘,因此负责了小组内的秘密电台工作。一见祁书瀚等人,徐健君立即问道:"老师,一切都顺利?"

祁书瀚点点头:"顺利,若无意外,二十四日当能同时送达开封、郑州和洛阳。"

徐健君立即通过秘密电台发出了消息:"顺风行船廿四里。"

四人看着电报发出,并未松气,反而心里更悬了起来:这几艘船能否顺利抵达?起义能否如期发动?

半小时之后,电台收到了消息,徐健君立即译了出来:"悉,正巧午夜,五行缺火。"

祁书瀚激动地一拍桌子:"二十五日夜武器可送达郑州!"

他来回走了几圈,摩拳擦掌道:"还有三日,就是约定的起义时间,如果此次起义成功,中原大地上将建立第一个红色革命根据地,得中原者得天下!"

这个信念鼓舞着大家,苏子竞、薛铭和徐健君甚至竭力压着呐喊的冲动,热烈地拥抱在了一起:"对,得中原者得天下!"

九　血荐中华

郑州,民国十九年九月二十四日夜。

这一夜看起来分外安静,蒋军停止了进攻,冯军也安静下来,一夜都没听到枪炮之声。习惯了炮声隆隆的百姓,反觉得这样寂静的夜分外可怕,像是心里悬着什么一般。

然而佟尚荣却正期待这样的机会。

红一方面军的队伍已经开到了郑州城外五十里处,秘密潜伏在三皇山里,只待起义时间一到,便可下山与农协会员会合,自城外攻入郑州;而潜伏郑州城内的一千余人,也早已枕戈待旦,一旦起义命令下达,立即攻占军火库和冯军司令部,同时打开城门,迎接红一方面军进城。

双方里应外合攻城,冯军和蒋军必然陷入大乱,遭遇双重夹击的冯军必然守不住郑州,弃城逃走,红军便可趁机占领郑州,以逸待劳,与蒋军形成对抗之势。到时洛阳与开封的起义队伍再次与郑州城内的红军里应外合,夹击围城的蒋军,逼迫蒋军撤退,则大势可定。

如此安排,可谓严谨,几乎全是借力打力的战法,希望以最小的牺牲换来占领郑州的巨大胜利。

作战任务已经送达各起义军队伍,按照计划,他们应该已经到了集结待命的位置。此次起义,也得到了中央的全面肯定和支持,只要起义军拿下郑州,大别山鄂豫皖根据地的苏维埃政府也会全面行动,南北配合作战,粉碎敌军剿灭起义的企图。届时,开封、郑州、洛阳一线的红色根据地,与鄂豫皖根据地互为犄角,南下北进连成一片,即可建立地跨河南、安徽、湖北的强大苏维埃政府,真正拥有与南京政府抗衡的实力。

想到此处,佟尚荣不禁扬起了满心的壮志,如果拿下郑州,将是扭转革命时局的一次重要起义,如何不让人充满期待?

此时的郑州街头空无一人,守城的冯军早已人困马乏睡死了过去,天又阴得很重,几乎一丝光也无,他趁着漆黑夜色的掩护,来到了金水河边。

船夫早已等在那里,佟尚荣走到河边,学了一声喜鹊叫,立即便听到了同样的回应。

佟尚荣:"船家,能不能借个火?"

船夫:"我这船上有纸,最怕火了。"

暗号对上,佟尚荣立即跳上船,在船舱里看到了整整齐齐的一万份起义传单。

他拎起两提传单跳下甲板,刚要登上码头,却见几只手电筒瞬间将码头照得雪亮,其中一只手电筒直射在他的脸上,眼睛都晃得睁不开,然后就听一人喊道:"就是他!书记员黄孟辉!"

佟尚荣顿时心中一凛:起义事败了!

行事如此机密,什么人泄露了消息?

然而他来不及多想,只是仿佛被吓得失了魂一般,手一滑,两提传单落到了水里,抱着头蹲在地下:"老总,老总,别抓我……"

来人只看了他一眼:"抓不抓你,不是我说了算,是上头要抓人,你这共党嫌疑,是洗不脱了。"说着跟后面的人吩咐:"他刚才扔水里的东西,快捞,那是罪证!"

佟尚荣声音都哆嗦了:"共党? 我怎么可能是共党! 老总你一定抓错人了,我就是个书记员,你放了我,放了我……"

来人毫不客气:"是不是共党,上面审了才知道,我只负责抓人,少废话!铐起来!"

说着两人上前,直接把佟尚荣铐了拖到岸边。佟尚荣依旧吓得哆嗦成一团,似乎一个字都说不出来。

另外两个人捞了半晌,却只捞上来一些湿透了的纸絮,来人恨恨道:"废物!"他捏了纸絮走到佟尚荣面前:"老实交代,这是什么?!"

佟尚荣不敢抬头,低声嗫嚅着:"城里紧缺,我只是想走私点便宜的纸烟……"

那人气急,抬手就扇了佟尚荣一巴掌:"死到临头还嘴硬!带回去!"

几个人带了佟尚荣,一路推推搡搡离开了。

此时,水中忽然伸出一个脑袋,看着佟尚荣被带走的方向,满眼都是悲怆激愤之色。

宪兵押走了佟尚荣,又很快秘密埋伏在了他租住的民宅之外,但这些人并没有注意到院门把手上系的那根红布条。这样的布条本就常见,为了关门方便,或者出于某种辟邪目的,甚至是家里有小孩子彻夜啼哭等,都可能系一根红布条,但在地下党人手里,这便成了传递某种讯息的工具。

因此,这些宪兵等了一夜,并未抓捕到任何前来接头的"共党分子"。

但是佟尚荣在被扔进牢房的那一刻,却看到了另一个人,赫然正是这次行动委员会的成员之一:刘志瑾。

二十五日晨,天未亮,浅眠了不到一个时辰的祁书瀚已经醒来。

此刻,他们藏身于偃师城外一个废弃的砖窑里,窑中杂草丛生,蚊虫极多,待上片刻便被叮咬一身包,平日根本不会有人来这样的地方,他们潜藏在这座窑口里,行踪极为安全。

这座窑口最大的好处是临近铁路,视线开阔,他们能从这里看到每一列路过的火车,而这里,也恰是为此次起义运输武器的列车的必经之路。只要武器顺利运抵郑州,起义便有一半把握可以成功了。

然而他们还没等来火车,就听到了电台急促的声音。按原本的保密计划,只有通知起义准备就绪时才会再进行一次联络,而此刻,并不是约定的联络时间。

除非,生了变故。

徐健君很快将电文译了出来:鱼落浅水,诸事不宜。

祁书瀚脑中嗡的一声巨响,整个人都定在了原地,死死握住了拳头。足足深呼吸了几次,他才沉痛地向三人说道:"同志们,我们的行动取消了,有同志被捕,计划泄露了。"

苏子竞和薛铭错愕地看着电文,震惊失色:"失败了?"

祁书瀚面色悲怆地点了点头。

几人悲愤难抑地盯着祁书瀚,仿佛一桶冰水兜头浇下,满腔热血猛地涌起又落下,心头冰冷空洞得无着无落,一句话都说不出来。

良久之后,苏子竞才艰难地开口道:"书瀚兄,我们筹备了这么久的计划,六七万大军逼近郑州,就这样失败了?"

祁书瀚再次点点头,眼含热泪:"就这样,失败了。"

薛铭:"这六七万起义军怎么办? 我们的红军同志怎么办?"

祁书瀚:"他们,都来不及行动了,只要没有暴露,能够安全返回驻地,就算是保住革命火种了。"

苏子竞忽然痛哭起来:"我不相信我们就这样失败了!"

祁书瀚看着失声的苏子竞,无力叹道:"这些年,我们失败的行动有过很多次,可这是距离成功最近的一次,却在行动当天遭到破坏,这条路何其艰难……"

薛铭急切道:"被捕的同志是谁?"

祁书瀚沉默了一阵,才慢慢说道:"希望,不是他。"

薛铭:"书瀚兄,你说的是谁?"

祁书瀚摇了摇头,并未回答,只是立即安排众人疏散撤离。那些传单和证据,不知有多少落在敌人手里,亦不知是否有人变节,当此局势复杂之时,唯有隐蔽身份,各自散去,能保全一人是一人。从原本可能在中原大地上开辟一片红色根据地,到如今同志被捕,起义军撤退,大家不得不疏散避险,每个人心里都沉似千钧。

苏子竞与薛铭思索了片刻,知道此时疏散是唯一可行之事,二人含泪与祁书瀚紧紧握手拥抱,片刻之后,离开窑口,各自孤身而去。唯有徐健君,静静地看着他们离去,才说道:"老师,我不离开,我要留下来和你一起战斗,哪怕前路凶险,路途黑暗,我也绝不离开。"

祁书瀚看着眼前这个学生,不由感喟不已。他自幼家中贫困,终年未曾吃过一餐饱饭,却又酷爱读书,每日站在学校教室窗下偷听,久之竟能认识文字,尤擅数学,心算过人,及至自己回乡任教,便把十三四岁的徐健君招入学校上课,食宿学费全免,不想这孩子竟对密码通讯一学便会,竟是个通讯天才。也缘于这段特殊的缘分,徐健君对年齿相差仅七八岁的祁书瀚敬若父兄,这几年来跟着他积极进步,加入革命组织,不过十六七岁的少年,已是偃师工委的重要成员。

这样年少聪慧的孩子,自然不该因为革命失败受到牵连,因此他叹了口气:"健君,你还年轻,走上我们这条路,就是提心吊胆朝不保夕的日子,现在组织遭遇了大失败,你应该暂时隐蔽,好好求学,等待时机成熟再回归行动。"

徐健君却坚决不肯:"老师教过我们,越是黑暗,越要在心中留一束光明,老师前进的方向,就是学生心中的光明,不管面临多大危险,我绝不会后退一步。"

祁书瀚叹了口气,拍拍徐健君的肩膀:"好孩子,正因为你这样的年轻人,我们在这个最糟糕的时代,还能看到未来。"

刘志瑾无论如何也不曾想到,黄孟辉也在同一天被捕了。

特别行动委员会总计五人,而今被捕其二,不唯起义计划完全失败,也许其他同志,甚至参与起义的力量和农协会也都一定程度上暴露了。

他不知道这次究竟暴露了多少,哪怕只是一支起义力量遭到破坏,也将有几百名义军性命不保,血流成河。

他是和五位同志起运藏匿的武器时被捕的。

那几百支枪就藏在一个废弃的旧宅里,院里长着密密的杂草,完全是荒废十几年无人居住的样子,可就在他们打开院门时,突然冲出十几个宪兵,将他们团团围了起来,刺目的手电光晃着他们的眼睛,黑黢黢的枪口对准了他们的头,六人全部束手被擒。

他不知自己何时泄露了行踪,竟招来如此精确的抓捕,仿佛有人始终盯着他们,只待他们行动,便一举抓捕。他甚至开始怀疑,杨先武、邹越之、祁书瀚等人也一起被捕,这次的行动委员会也许已经全军覆灭了。

然而未等他想明白,已有两个宪兵粗暴地将他拖了出去,不由分说便是一顿警棍。刘志瑾心知必死,只是咬牙死死挺着,自始至终未吭一声。

很快,来了一个军官模样的人,第一句话就问道:"老实招认! 你是共党分子,还是蒋介石的奸细?"

只这一句话,刘志瑾忽然心中一动,这意味着他的组织身份没有暴露!虽然共党也是死,蒋军潜入郑州内的奸细也是死,意义却大为不同。

刘志瑾的沉默不言,被那军官看作是拒不招认,立即又是一番磨牙吮血的酷刑折磨,直至刘志瑾大口吐出鲜血,几乎昏迷过去,才又继续逼问道:"说,你到底是谁的人? 你的同伙是谁?"

正在此时,忽然一个人急匆匆走了过来,低声说道:"团座,军座叫您过去一趟。"那军官立即起身,并回头吩咐道:"你留下,继续审,无论如何一小时内要得到口供!"他似乎是急于结束这段审讯,只要一个可以向上峰交代的结果,并未打算仔细调查刘志瑾的身份背景。

刘志瑾虽已有些神志昏迷,却在听到这句话时心中骤然雪亮:无论自己招认什么样的口供,他们都会杀害自己和几位同志,这些人要的不是真相,只是一个理由罢了。如此,自己只需招认为蒋军奸细,便与组织脱离了嫌疑,纵然是死,也保全了同志们的线索,至于究竟谁是叛徒,导致自己和黄孟辉被捕,就留待幸存的同志去追查吧。

革命前路尚远，不知何时能迎来光明，但自己这一生的使命和道路，只能走到这一刻了，便以自己的牺牲，为这条路铺一寸土吧。

心念至此，他忽然怒吼道："东北军入关了，阎锡山也退回山西了，你们已经被大军围困，还能顽抗到几时?!"

那军官听了，立刻停住脚步："我猜得不错，果然是南京方面的奸细! 姓蒋的手段太卑鄙，拉拢张学良进关，逼走了阎大帅，如今又在冯大帅部下四处煽风点火，收买拉拢威逼利诱，你们这种狗奸细，我见一个杀一个!"

说着吩咐道："把这六个人，拉出去，毙了!"说着，头也不回地走了。

刘志瑾长长地松了一口气，眼里带出释然的坦荡。

他挣扎着站起来，看着另外五个人也被绑着推了出来，几人对目而视的那一瞬间，都在彼此的眼里看到了从容赴死的坚定信念。

他们被带到空地上，一字排开，刽子手举起了枪，刘志瑾扭头看着几位同志，压低了声音坦然笑道："几位兄弟，此去同路为伴，血荐中华，至死无悔!"

五人几乎同声应道："血荐中华，至死无悔!"

枪响。

从被捕到草草被杀，短短不足十小时，甚至临刑之际，都没有人知道他们是为何捐躯赴难。

那军官来到梁军长家里时，却见他正在墙上看城防图，敬礼之后便汇报道："军座，属下昨晚连夜审讯，他们果然是蒋军的奸细，足足起出了几百支枪，若是真的里应外合赚开城门，郑州危矣!"

梁军长点点头："他们人呢?"

军官："已经毙了，奸细万万留不得。"

梁军长顿时震惊失色，当场叱骂道："你怎可如此心浮气躁!"随即，他忽然重重地叹了口气，狠狠一掌就要拍在桌上，却又生生停住："罢了，既然已经毙了，就不必多说了，对外只说是毙了六个叛乱分子，下去吧。"

那军官不知所以，茫然地看着梁军长，不知长官究竟何意，一头雾水地离开了。

梁军长从抽屉里取出刚刚收到的一封密信,陷入了深深的沉思,信上赫然两行字:"公能早日投诚,天下幸甚,百姓幸甚,蒋公决意大赦诸将,昔日两军对阵,来日肝胆相依。"

郑州失守已成必然之势,张学良倒向蒋介石插手中原大战的那一刻,胜负就成了定局,自己再做徒劳的坚守已没有意义。何况城外的刘峙所部作战极为英勇,杀了个几进几出,将冯军打得溃不成军。

今天,已到了必须下决心的时候了。

他将烧焦了一角的密信取出,端详良久,终于卷了起来,凑到火苗上,看着它卷曲燃烧,成了一团灰烬。

方才那军官刚刚回到军部,下属便追了上来:"团座,六个人已经毙了,还有个黄孟辉也提出来了,要不要接着审?""审个屁!"他恨恨地啐道,"带回去押着,不要烦我!"

此时,冯军已完全陷入后路切断、重兵包围之中,蒋介石又四处活动多方分化,军心早已涣散,不少将领都在秘密筹备倒戈。郑州上空日日有飞机盘旋,投掷炸弹,每次投弹必摧毁一片房屋,炸死百姓若干,冯军司令部也几次险些被炸,城中军民早已惶惶不安。

周掌柜一家三口虽在山上,却也能看到飞机盘旋而过,远处的夜空下不时有一团团火光亮起,那是被投弹轰炸的地方。

躲在山中已近两个月,战火依旧绵延,周钧儒不免有些心焦。他曾数次去过祁书瀚的小院,却始终未见他归来,也就慢慢放下了那份期待的心思。

这一日,他在林中行走时,忽然看到韩履霜静静地面树而坐,一动不动,仿佛白须白发的雕塑一般。

他的眼前,是一座小小的土冢,显然是刚刚培土堆起来的。

周钧儒走上前去:"韩先生,您怎么坐在这里?"

韩履霜头也不回,声音苍凉:"我在这里,与我的画笔,作个别。"

周钧儒诧异:"与画笔作别?"

韩履霜:"正是,我将所有的画笔都葬在了这里,从此以后,再不作画。"

周钧儒瞬时震惊:"韩先生这是为什么?"

韩履霜:"世事纷乱,战火频仍,民不聊生,天地不悯,我画了一辈子的天地山水,如今天不是天,地不是地,我这手里的画笔还有何用?"

周钧儒细细琢磨着这番话:"韩先生,您的画超然物外,是多少人求不来的名品,如果从此不画了,不是太可惜了吗?"

韩履霜:"画虽超然物外,人却在尘世之中,等你长大了就会明白,人这一生若是无力抗拒时,唯一的志气便是毁了自己最珍贵的东西,如此,你便觉死而无畏。"

周钧儒:"可是,最珍贵的东西为什么要毁掉? 难道不应该传承下去吗? 大道之不行也久矣,先生难道不希望以画载道?"

韩履霜:"乱世之道,有为玉碎者,有为瓦全者,两者皆不可缺,而我已是老朽,不过一片不能为世人遮风挡雨的碎瓦罢了。"

周钧儒:"韩先生,我还是有些……不太懂。"

韩履霜回头,站起身来。周钧儒一眼就看到,他的脸上忽然垂满了皱纹,仿佛一夜之间从矍铄老人变成了垂暮之年,整个人看起来几乎没了生气,只剩一具空空如也的皮囊。

他淡淡地笑了一下,说:"你不太懂,也没关系,若是小小年纪就懂了这些心境,漫漫前途,你怎么走得下去。"说着,他摆了摆手,衣袖跟着飘起来:"我回去了,这笔冢的事,不必向人说起,你知道便罢了。"

看着韩履霜步履蹒跚的背影,周钧儒忽然落下泪来,他不知道自己为什么哭,也并不完全理解韩履霜的绝望惆怅,但这样一个风骨如铁的老者,竟被迫葬了自己的画笔,从此再不作画,该是何等的苍凉和悲哀。

他在树下坐了很久,才怔怔地回到别院,将韩履霜"葬笔"之事说与了父亲。周掌柜听完只觉一阵心惊:"不好! 韩先生这是消沉弃世的念头! 快去看看他!"

父子二人立即跑去韩履霜的画室门前,敲了敲门,却发现门根本没锁,自己开了。画室内空无一人,日常所用的纸张颜料也都依然留在那里,仿佛主人只是临时出门了,但笔筒中却一支画笔都不再有。

画室里面的一间屋子,便是韩履霜的寝居室,依旧不曾锁门,室内整洁利索,只有一张床,两个柜子,一张小桌,也都保持着往日的样子,一物不缺。

越是这般,父子二人越是焦虑,此刻天色已经黑了下来,他能到哪里去?忧心之下,二人不顾天黑路暗,提了灯笼便进山寻找,唯恐他年迈体衰遇到危险。他们很快来到葬笔的树下,然而韩履霜并不在那里,他们在林中一递一声地喊着,直找到月上中天,却丝毫不见他的踪迹。

此后,他们连续三天每日在山中寻找,甚至连少林寺的僧人都问过了,却始终没有韩履霜的任何消息。

这位超然一世的山水大画家,竟离奇地消失了。

没有人知道他去了哪里,只留下了那个小小的笔冢,还有那句"人这一生若是无力抗拒时,唯一的志气便是毁了自己最珍贵的东西,如此,你便觉死而无畏"。

死而无畏。难道,韩先生真的因为这世道无望,远离尘寰了吗?

周钧儒忽然觉得,韩履霜这样的人,明明老迈之躯已经不起任何风霜,却偏偏又骨硬如铁,用全副的精神和力量与这烂透了的世道对抗。

甚至没有人知道,他曾用这样的方式,以卵击石。

但他确然用这种脆弱而又高贵的力量,以最决绝的姿态,抗争过了。

二十四日晚,杨先武在水里泡了一夜。

那种滋味简直比水牢还可怕,因为他要不停地注意河面的动静,一旦有船只或兵士路过,就必须潜入水下,仅仅靠着一根芦苇秆呼吸。

那一日的夜间,他本要潜行到城外接应秘密搭载武器的列车的,却不慎被宪兵发现了踪影,迫不得已跳进了金水河里。

十几个宪兵站在河岸上,似乎感应到了有人入水,几乎寸步不移地盯着。

杨先武只能潜在水下始终不露头,那些人足足在水边站了十几分钟,确信河面平静无波才离去。

但若想再离开河道,却是千难万难,每隔一段就有哨兵把守,略有水声便会吆喝甚至开枪。杨先武几乎大部分时间都潜在水下,缓慢地沿着河道爬行,若非自幼便有的"水鬼"天赋,他在水下万万潜行不了如此漫长的时间。

他全身皮肤都在水下泡得生疼,轻微的水流也能带来巨大的痛楚,然而当他终于行到码头时,却看到了黄孟辉被捕的场景。

那一刻,万念俱灰,关于起义后的所有热血理想,都在这一刻戛然而止。

他想过牺牲,想过自己的血挥洒在这片土地上,想过只要起义成功,捐躯赴难也能坦然含笑赴死,但最大的遗憾却是,笋折岩下,蝉死蜕中,都未来得及看一眼光明,出一声鸣叫,便一切都结束了。

究竟是谁泄露了这次起义计划?

为什么他刚刚有所行动便被追踪,黄孟辉刚到河边便被抓捕?

难道真有同志变节背叛了组织?

这个人,是谁?

然而他什么都做不了,只能眼睁睁看着黄孟辉被捕,在河面归于平静时,趁着夜色离开,黯然回到了自己的秘密藏身之处。

然后,他打开电台,发出了一条讯息:鱼落浅水,诸事不宜。

这条讯息发出后,他知道,这次起义彻底宣告失败了,所有筹备已久的起义力量,所有蓄势待发的农协会员,所有的武器弹药,都会随着这条讯息的传出,就地终止。六七万人的热切等待,也完全化为了泡影。

他赤膊躺在床上,看着外面的天色越来越亮,看正午的太阳暴晒进窗子,也暴晒在他的身上,秋后的天气依旧炎热,他已被晒得全身汗出如浆,却依旧一动不动地躺在那里。

然而他还不能就此消沉,黄孟辉尚在狱中,不知还有哪些同志也一起被捕,下一步最重要的任务是:营救。

黄孟辉的上线是上海中央,且始终与他单线联系,他根本无从与上面取得联络。如今的郑州纷乱如麻，蒋军不断渗透进来，冯军也不断分化倒戈，一旦局势变幻，很可能来不及准备营救计划，黄孟辉就被草草杀害了。

所以，营救必须快速展开，迟一分，黄孟辉的危险就多一分。

他细细思索着，祁书瀚在河南是最有基础的，也是此次行动取消后，五人行动委员会唯一回电的人，也就是说，黄孟辉、刘志瑾、邹越之可能都已经落入危险之中了，那么此时可以联系的最后一个人，便只能是祁书瀚。

何况，他是党中央都看重的人，又在河南战斗多年，一定能借由他争取到更多的营救援助。思及此，他立即起身，给祁书瀚发了电讯：

"捕得大黄鱼一尾，急就食才鲜。"

听到连续枪响的时候，佟尚荣就知道，刘志瑾牺牲了。

他本以为下一个就是自己，也已做好了牺牲的准备，宪兵却忽然又把他带回监室，而且扔进去之后再没有理会他。

被捕当夜，他没有叫任何人，只是一个人去了金水河边，祁书瀚与他完全是单线联系，便是那个船夫，也不知道前来提传单的人究竟是谁。出门之前，他将家里的电台隐秘藏起，便是最有经验的搜索者，也绝不会找得到，门环上的红绳更是系得很醒目。除非，有同志变节，他们的动向才可能步步落入监视之中。

他的心思转了一遍又一遍，把每一种可能性都猜到了，也做好了酷刑加身、流血死难的准备，然而始终没人来审讯他。难道，他们还在实施别的秘密抓捕，待到一网打尽，再作处置？祁书瀚和杨先武，此时是否安全？

祁书瀚握着电文，几乎站立不稳。

他无论如何没想到，竟是佟尚荣遭到了逮捕。这次起义计划筹备之完善，数年未有，而失败之惨烈，更是数年未有，中央派驻河南的书记遭遇逮捕，而且是党中央最重要的同志之一，这对河南党组织来说，可谓是前所未有的灾难和损失。

何况,佟尚荣是那样优秀的一位革命者,若他不幸罹难,何处再寻此等照夜良驹?

杨先武的来电,分明是与他协商营救事宜,祁书瀚却不敢贸然采取行动。直到此刻,他依然不知道郑州城内发生了什么,究竟有多少同志被捕,计划到底泄露到了何种程度,一着不慎,不唯自己,甚至可能连累更多的同志暴露。

首要之策,是了解被捕者的情况。思及此,他立即向徐健君说道:"健君,呼号 HWZ,频率 722KHZ,讯息:昨夜鱼获如何?有黄鱼否?"

不过半小时,就接到了回电:"黄鱼一,草鱼六,草鱼俱已就烹,黄鱼未定。"

徐健君译出电文,祁书瀚一眼便愣在当场:短短几小时内,竟已有六位同志死难!

唯一稍可缓解的,是佟尚荣尚且无事。

他沉沉地叹了口气,说道:"回电:黄鱼珍贵,须留待贵客。"

这是潜伏在郑州多年的一位同志,藏匿在宪兵狱卒队伍中,日日与肮脏为伍,见惯了严刑酷烈,冤案牺牲,却始终坚持在那里,为的便是若有同志被捕,能施救一二。除了祁书瀚,他不曾与任何人联系过,甚至连个党内的代号都没有,祁书瀚往往叫他的外号:老乌。

老乌是祁书瀚在开封念大学时的同学挚友,他生就脸面黧黑,透着油亮,长得更是满脸横肉,凶相惊人。二人在大学时候就加入了革命党,毕业之后,祁书瀚被派回老家偃师做了中学老师,老乌却因为面相凶恶,连个正经公职都谋不到,只好去了宪兵队,终日不是游荡街头,就是狱中饮酒,时日久了,竟成了个人人不放在眼里的酒鬼醉汉。

但这酒鬼醉汉身份的背后,却是老乌屡屡惊心动魄的营救,这几年来,经他手营救的革命同志,有五六位之多。如今,佟尚荣被捕,祁书瀚唯一能托付的,便是老乌了。

刘志瑾等人被杀害时,老乌就在宪兵队。

他没有资格参与这样的秘密审讯,却在看到他们坦然赴死,说出"血荐中华"的时候,便知道了他们的身份。

但他毫无办法,只能眼睁睁看着几个人被仓促杀害,连作出丝毫异动都不能。周围的人只看到宿醉方醒的老乌像往日一样,毫无反应地走了过去,根本不曾注意他眼里一闪而过的悲哀和愤慨。

所有宪兵都知道,这六个人是"蒋介石的奸细",但上峰传下来的命令却是:杀了六个叛乱分子。只有老乌心中了然,他们是真正的共产党。

他并不知道为何二十四日夜共产党会有行动,却知道当夜整个郑州城都在连夜秘密搜捕南京政府的奸细。任何夜间行动者,都会被冠以奸细的罪名抓捕,至于中间有多少共产党员,就不得而知了。

祁书瀚的电讯,让他知道了另一个人的身份:黄孟辉也是革命同志,而且是很重要的人物,无论如何都要保他。

好在此时黄孟辉已被扔在那里无人问津,他还有时间,有机会。

酒醉之余,他一直在悄悄听着宪兵队里的谈资,越是兵临城下,谣言和消息越会满天飞,而且真假虚实杂糅在一起。

那日执行枪决的人被坐了冷板凳,经常会悄悄咒骂:"老子接到的命令是枪毙奸细,团座亲口下的令,怎么反怪到老子头上了?"

其他宪兵也往往迎合他:"大哥,您是奉命行事,上面的事,咱哪儿能懂?团座和军座的命令就是道理,您按道理做的,就一定不会错。"

但背后议论的却完全是另一番说辞:"张团长做主杀的奸细,怕是在军座那里热脸贴了冷屁股,马屁拍在马蹄上,往日牛气哄哄,如今不也倒了架了?"

老乌根据这些时日的消息,再加上宪兵们的纷纷议论,慢慢推测出,郑州城里与南京政府勾结的,应该是梁军长,张团长是梁军长的心腹,他见了一趟梁军长,回来便立即改了口,足可为证。

然而下令抓捕蒋军奸细的,也是梁军长,其间虚虚实实,老乌也有些不明就里。但是他知道,此时宪兵队掌控在梁军长手中,因为误杀了几个"蒋介石的奸细",一时半刻不会再开杀戒了。

破城也就在这几日之间,他需要做的,就是在郑州城破之前,将黄孟辉秘密转移。

要在狱中秘密转移一位同志,难度不可谓不大。

老乌非常熟悉狱中的轮班时间,几乎毫无漏洞可钻,而且基本每隔一个钟头就会巡视一遍,其间走脱一个人都会立即被发现。

他在狱中足足转了两天,都没有找到可以下手的机会。然而城中的局势却越来越不稳了,因为开封方面已经传来将要破城的消息,一旦开封被攻破,郑州必是危在旦夕。

而城破之前必然要做的一件事就是:杀政治犯,杀奸细,杀俘虏。

直到此时,他才意识到必须让黄孟辉知道自己的处境了,也必须让他相信自己,配合营救行动。

二十七日夜,本不该是他的夜班,他却吊儿郎当走进了监狱,手里叮当着几枚银圆,向着看守的人而来。

四个看守正自无聊,一见他手中的银圆,立即围了上来:"老乌,这是手里又有钱了?"

老乌故意乜斜着眼嘿嘿笑:"光棍汉一条,存了几个饷银,不喝了它,对不起这叮当响儿。"说着,拈起一块银圆在嘴边一吹,发出呜呜声。

这一声更是把几个人的心思都吹动了,纷纷说道:"跟谁不是喝,不如买了酒肉来,照顾哥儿几个!"

老乌:"凭什么照顾你们?我的银圆认得你们?"

看守更加起哄:"银圆不认得我们,老乌哥认得啊,您是咱宪兵队里唯一的大学生,一边喝酒,一边多跟我们讲讲学问,让我们也开开见识,就像你往常说的,要博古通今,增广见闻,对不对?"

一听这话,老乌高兴起来:"看你们几个,确实是知道上进的,我告诉你们,人读等身书,如将兵十万!谁去买酒肉,今晚上我就跟你们说说这古今之事!"立即有人去接了银圆,前去打酒买菜,老乌就坐了上座,高谈阔论,云山雾罩地吹嘘起来。

及至夜深时分,几人均已有些醉意,老乌更是醉得走路歪斜,涎水直流,起身说道:"不行,我要去放个水……"说着,竟往狱中走了过去。

其中一人拉住他:"老乌哥,茅房在外面,里面不是放水的地儿!"

老乌脚步歪斜:"你懂什么?这些犯人,大刑一过,让他睡在屎里尿里都求之不得,我放点水怎么了?"

另外几个人摇了摇头,交耳道:"喝醉了,由他去吧,反正丢人也不是一两天了。"

老乌踉踉跄跄走了进去,走到一处监室门外,自顾方便起来。

这扇门,恰好就是黄孟辉的监室。

他正觉得恶心难堪,抬头却对上了老乌的眼睛。此时老乌的眼里毫无醉意,而是目光炯炯地对他点了一下头,用唇语说了三个字:祁书瀚。

黄孟辉立即意识到,这人是潜伏在狱中的革命同志!

然而他丝毫未作出反应,只是以目示意点了点头,随即开始故作呕吐起来。

几个看守露出了鄙夷的眼神,面带嘲笑,老乌却好似醉得完全看不清了他人的脸色,一路摇晃着与几人作别:"今晚聊得高兴!明天再来,接着跟你们讲裴行俭大破东西突厥,这中国啊,自古以来都是天朝上邦,只有我们打别人,没有别人打我们的,不知道如今怎么就沦落到了洋人当道,政府无能,无能啊!"

一听这话,几个看守顿时紧张起来:"老乌哥,你喝醉了,不要满嘴胡吣!"说着连推带搡将他赶了出去。

老乌离开监狱,本想这两日徐徐图之,偷梁换柱将黄孟辉换出去,然而第二天就完全变了天:梁军长带着两位将军倒戈了。

布防在城外的冯军,一夕之间竟加入了蒋军阵营,开始猛攻郑州城。冯军立即陷入完全被动,毫无反击之力,甚至守城兵力都不足。城中驻军司令顿时大怒,下令枪决狱中所有南京政府奸细:凡有嫌疑,无需过审,就地处决。

得到消息后,老乌脑中嗡的一声巨响,知道此时再做任何事都来不及了,这种无差别的枪决,没有人能逃出生路,必须不顾一切抢出黄孟辉。

赶到狱中时,枪决已经开始。

狱中的犯人根本来不及被带到刑场,只是从监室中拖出来,就地射杀,大部分人还未发出嘶鸣,就倒在血泊里,整个狱中已成了一片屠杀场。

眼见着刽子手将要走到黄孟辉监室前,老乌忽然喊了一声:"这人藏了黄鱼!"

听到这句话,四个刽子手立即停了手中的枪:"黄鱼在哪里?"

老乌俯身捡起一件东西,一抬手,果然是一条金灿灿的黄鱼。

刽子手顿时乱了起来:"搜!好小子,竟在我们眼皮子底下藏东西,活得不耐烦了!"说着,几个人冲进去,开始翻检那具尸身所在的监室,果然在几个地方都搜到了小黄鱼。

趁此时机,老乌冲向黄孟辉的监室,一把将他拉出来,扔进了一片被枪杀的尸身之中。黄孟辉会意,趴在尸堆里一动不动,仿若死人一般。

很快,几个刽子手搜完了黄鱼,继续射杀剩下的犯人,凡是登记过共党或奸细罪名的,不问情由,一律拖出来枪毙,不到半个钟头,竟杀了数十人之多。

很快,一辆卡车停在监狱门外,几人笑呵呵对老乌说道:"老乌哥,你这眼力果真不错,兄弟几个该怎么谢你?"

老乌:"怎么谢? 先把这些东西清理了,请我喝顿好酒!"

刽子手:"当然,今天杀的这些人,不知道有没有屈死鬼,也得喝顿酒镇镇邪,去去晦气!"说着几人开始将尸身往卡车上搬运,一边搬一边念叨:"冤有头债有主,哥儿几个都是奉命行事,你们若是有冤屈之事,认准了仇家再现身……"

及至黄孟辉时,自是老乌抬着头,另一个刽子手抬着脚,上车之时,那被血浸透了的"尸身"不知何故抽动了一下,刽子手吓得立即一甩手将他扔了:"不好,诈尸!"

老乌也被他抽搐得惊了一身汗,却见刽子手竟被吓住了,开口道:"罢了兄弟,你身上怕是沾了东西,不能碰这些了,我和其他几个兄弟搬吧。"

那刽子手脸色都白了,连声道谢:"老乌哥关照,我出去压压惊……"

及至所有的尸身都上了车,卡车启动之后,老乌提议道:"兄弟们都先回去洗洗晦气,然后再去喝酒,我来跟车。"

几人正求之不得,于是任由老乌跟着卡车和满车的尸体离开了监狱。

卡车一路颠簸前行,到了城西乱葬岗,那里本有一处万人坑,乃是穷苦人家遗弃死婴,掩埋恶病死者、凶死者的地方。

卡车开到坑边,司机早已躲得远远的,看着老乌将一具具尸体推了下去,直到黄孟辉,他才低声道:"同志,后会无期。"说着,看好一个位置,将黄孟辉也推进了万人坑中。

然而就在此时,那几个刽子手却跟另一辆军车赶了过来,老乌一见,顿时心中有几分紧张:"你们怎么也来了?"

一个刽子手骂骂咧咧道:"上峰几时体恤过下情? 就看不得我们闲着,让我们来看着把尸体扔进去,确认没有活口了,再汇报。"

老乌:"这也太过了,已经吃了枪子儿的尸首,难道还能活过来?"

刽子手:"正是呢,上面吹口气,到了下面就是暴雨狂风!"

说着,有两个人跳上车,和老乌一起把剩下的尸首向坑内扔,然而老乌一转身,衣袋里却发出了叮当的声响,似乎有几分重量。

二人对视了一眼,一把抓住了老乌的衣袋,两个人按住他,就地将衣袋翻了过来:足足八条小黄鱼。

几个刽子手顿时恼怒起来:"老乌,我说你这么积极,不是你的任务也要来监狱,不该你跟车也要跟车,原来贪了这么多东西!"

老乌一惊:"我……"

一句话没说完,枪已经顶在了脑袋上:"公然抢兄弟的生意,老乌,你可是越界了!"

老乌急道:"这些黄鱼本是要给……"

话未说完,四个刽子手已经对了眼神,枪声响起。

老乌的尸身应声倒下,滚进了万人坑中,恰恰就落在黄孟辉旁边。

上面的事,黄孟辉清清楚楚听在了耳朵里,然而他甚至来不及想发生了什么,老乌就已经倒在了自己身旁。

没人想到,这个看起来粗糙酒腻令人生厌的人,竟是潜伏在狱中的同志,昨日夜里的第一次相见,黄孟辉只觉那双眼睛亮得像夜空里的寒星,带着坚定的信念。

他在最危急的时刻,用一个漏洞百出的计划,冒着生命危险将自己救了出来,却因为几条黄鱼,死于粗鄙贪财者之手。

搜捕结束后的两天,杨先武才敢潜行出门。他第一件事便去了监狱附近打听消息,然而一眼就看到墙上贴着的巨大的告示:

查刘志瑾等六人有通敌叛逆嫌疑,经律例审判,招认不讳,就地正法。

民国十九年九月二十五日。

杨先武瞬间眼前一黑,原来刘志瑾也已被捕牺牲了。

黄孟辉暂时还没有消息,但当此动乱时局,谁会认真审判一个"走私纸烟"的?说你是共党便是共党,毫无理由可讲。

然而第二天情势就变了,竟然不问情由一律枪毙,分明是破城之前的屠杀!他顿时惊得站立不稳,祁书瀚就算有办法,也要徐徐筹划,如今这格杀勿论的局面,如何还能救人?

他远远地听着一声声枪响,眼睁睁看着军用卡车将满车尸体运向万人坑方向,而且他知道,这尸体之中,必有一人是黄孟辉。

入夜时分,四下无人,杨先武来到了万人坑边。那里蚊蝇横飞,恶臭逼人,更有食腐类鸟兽盘旋其间,他决不能让黄孟辉牺牲在这样的地方。然而刚走下去,就朦朦胧胧看到一个人影正努力地想要爬起来,他心里一惊:还有人活着?

那人看到有人走下来,也愣怔住了,仔细分辨了一下,才低声道:"杨先武?"

杨先武顿时惊喜过望:黄孟辉还活着!

他冲上前去,把黄孟辉搀扶起来,连声说道:"你还活着,你还活着,太好了……"说着,竟落下泪来。他仔细检查了一番,却发现黄孟辉断了一条腿,老乌把他推下坑的时候虽已尽量小心,但从那么高的地方滚落下去,只断一条腿已是万幸。

然而黄孟辉却顾不得自己的断腿,急切地指着旁边的一具尸体:"快看看这位同志! 是他冒死救了我,他在宪兵队潜伏了多年,没想到却因救我而死。"

杨先武震惊:"宪兵队的人?"

黄孟辉点头:"是的,他叫老乌。"

杨先武愣怔片刻,默默地给老乌鞠了一躬:"我先送你上去,再来把他送去安葬,我们的革命同志,不能无声无息地牺牲在这种地方。"杨先武先将黄孟辉背出去,放在架子车上,送去一家诊所正骨接腿。这家诊所是他们信得过的地方,黄孟辉被安置在这里是安全的,然后杨先武又去了万人坑,把老乌拉上来,在河边寻一处芦苇荡,将他安葬了。

没有墓碑,没有姓名,甚至没有坟头,一场雨后,就再也看不出泥土翻动过的痕迹,也永远不会有人知道一个潜伏地下的英雄男儿就埋身在这里。

一〇　战后家园

民国十九年十月,持续了半年之久的中原大战终于停战了,以蒋介石胜利、张学良就任全国海陆空军副总司令、冯玉祥和阎锡山通电下野出国告终。

被战火摧残过的河南大地,早已不堪重负,无尽的搜刮掠夺和强征民力,已将开封、郑州、洛阳沿线榨到了绝境。洛阳地区受灾尤其严重,举家逃亡者比比皆是,满目皆是炸毁烧毁的房屋,往往行走三四个村落,也不见几处炊烟,仿佛这片土地已经被战火彻底烧焦,再也没了生机。

周掌柜一家下山的时候,看到的便是这般景象。入山时是盛夏,出山时已是深秋,但这四野寂寂的乡间,却比战争时更令人心头不安。

幸好,他们身上没带什么东西,若是手中有食物,或者身上有银圆,很可能会遭到抢劫和伏击。为了一口食物,饥民们早已红了眼,人相食已算不得稀罕,便是活生生的孩子独自出了门,都可能再也回不来了。"人市"上的包子,大家都心知肚明是何物,他们甚至看到一个讨饭老妇提着的篮子里,分明盖着一截孩童的胳膊。

周钧儒眼睁睁看着这番惨状,只觉这些年的河南百姓,比自己幼时的生活更凄惨了几倍,他们这一路走来,几乎很少遇到人,想来,偃师一带已经剩不下多少人口了。

周太太一生居于深宅大户之内，几乎很少出大门，也不了解外面的世事民生，只一门心思守着家产而已，如今坐在架子车上，看着这赤地千里、鸡犬不闻的惨烈人间，心里也开始有几分发瘆。

然而她更担心家里的事。这几个月不曾回家，想来家中已是房舍倒塌，遍地废墟了。思及此处，周太太忍不住低声抽泣起来。

周钧儒："娘不要哭，修房子打家具都容易，兵荒马乱的，我们一家人都活着就是万幸。"

周太太心疼道："修房子打家具，衣帽鞋袜，被褥，日常家什，哪一样不是钱……"

正说话间，忽见一个四十余岁的女人插着草标走在路上，看起来行为气质规矩得很，完全不是乡野粗妇的形象。然而插标卖身者往往是年轻女子、青年男子，或者小孩，谁曾见过四十余岁还要卖身的？这却买去作什么？

周掌柜却动心了，上前便问道："这位大姐，您是要……？"

那女人看了一眼周掌柜，又看了周太太狠狠剜过来的眼神，立即规矩地低了头，回："正是，我主家没了，既没娘家也没婆家，就剩我一个人了，不得已才卖身。"

周掌柜："那您主家是？"

女人："颍阳崔家，宅子炸没了，我是死人堆里爬出来的。"

周掌柜立即了然，崔家在颍阳是大户，难怪这女人看起来行事如此规矩。他于是开口道："我如果想请你做事，怎么说？"

女人惊喜抬头："老爷这话当真？"

周掌柜："自然当真，只是你要去川地待几年，在那边替我照料生活琐事。"

女人："一切都好说，我做事是干净利索的，只要老爷给口饭吃，工钱随意。"

周太太在车上跺了两次脚，周掌柜都只做没听见，直到此时才说道："我在川地这些年，饭食一直不太习惯，有了这位大姐，缝缝补补，做做饭菜，照料一下，不是很好？"

听了这话，周太太才安下心来，说："说的也是，虽然有伙计，毕竟不如女人细心，有个婆子跟着你伺候也好。"

周掌柜故意逗趣："那什么时候能再有个丫鬟？"

周太太："放屁！想得倒美！"

回到伊河镇，才发现一切与所想不差，周家宅院大部分房舍已经垮塌，方寸之地上，炮弹坑足有四五处，勉强站立的墙壁上枪眼密布，曾经的三进大宅子，如今已基本沦为废墟。周太太坐地就哭了起来，那买来的女人吕氏陪在周太太身边，小心宽慰着。周掌柜和周钧儒却并不焦虑，而是寻到了密道入口，下去一看，基业尚在，顿时安下心来。

房子只是外显之财，总有个兵荒马乱，水火无情，唯有地下藏着的，才是周家真正看重的东西。这仓库修建得极为隐蔽，在地下三丈深处，四壁上下皆做了钢铁支架，浇筑了厚厚的洋灰，既防水火，又防轰炸。

周掌柜看了一眼，一切完好无损，只是新存进来两批箱子：一批是周钧儒自张夫子那里继承来的书籍，另一批三四十个大箱子，一看便是周太太逃走之前收拾出来的金银细软等物。父子二人都觉诧异：宅子里有如此多金银细软吗？打开粗略一看，那些箱子里竟是几十匹绸缎，一些官窑瓷器，甚至还有他们父子二人的一些门面衣裳。

父子二人哑然愣住：周太太果然是精打细算的当家主母！

且不说周家宅院，伊河镇半条街的店铺皆是周家产业，如今大部分被炸毁，也要重建才行。于是周掌柜便想着请营建大师傅来设计图纸，再召集工匠重新建房。

周钧儒却道："爹，古代有个说法叫以工代赈，我们现在不正该做做善事？"

周掌柜一听，立即抚掌叫好："对，就该以工代赈！我去请你义父来，商议张罗着办！"

此时建房，确实是最省钱之机，甚至除了一些木雕画工，连砖瓦料钱都可省下大半,给窑厂工人日日饱饭,自然勤于挖土拉坯,赶工烧制。如此一来,既能博名,又可省钱,半条街的房舍营建所需,不过寻常三分之一而已。

贺扶光对"以工代赈"自然是大力支持的,伊河镇乡亲大部分逃亡外地,若能以工代赈让他们重返故里,这是保境安民的事,也最收名望,于是事事亲力亲为,不过旬日间,便有大批百姓返回,加入清理废墟的队伍之中。

又过了些时日,周家新的宅院在一阵鞭炮声中破土动工,而这一次的宅院规划,比之从前更加壮丽,足足五进院子带花园,格局开阔,大气恢弘。

重建家宅这般大事,正是处处用人的时候,然而周掌柜却先买了火车票,安顿那买来的吕氏去了重庆,说是重庆的伙计都是河南本地带去的,吃不惯川地饮食,急需能做家乡饭的人。

周太太也并未多想,便由着周掌柜把她送走了。周钧儒却觉父亲此举似乎有些异常,却又想不出个所以然,便也丢开了心思不去理会。

郑州城一破,杨先武立即带着黄孟辉乘乱离开,第一站便到了偃师会合祁书瀚,黄孟辉的身份已不能再在河南出现,他必须尽快转移。几乎同一天,洛阳的邹越之也赶了过来,小小偃师,竟成了他们临时的栖身之地。

此时,四人就在嵩山祁书瀚的小院里,杨先武述说了刘志瑾等六人及老乌牺牲的事,大家无不沉默叹息。失败与牺牲,祁书瀚已经历过数次,内心虽悲愤,却也神色如常,但闻听老乌牺牲时,顿时站了起来:"老乌死了?怎么死的?"

黄孟辉拄着单拐站起来,细细说了一遍老乌营救自己及被刽子手反目杀害的过程。祁书瀚竟忍不住紧紧抱着头,肩膀抽搐起来。

他掩面良久,才说道:"老乌跟我是同学,那时候我们一起接触了革命思想,大学毕业后,凭他的家世背景,完全可以进政府做个闲职,他却冒险去了宪兵队,他跟我说,你们都去前线闹革命,总有被捕的同志,我就在监狱里等着救你们……"拭了一把泪,他接着说道:"监狱是什么地方?磨牙吮血,杀人不眨眼的,各种酷刑恶法,世道不公,社会黑暗,人性肮脏,都能在监狱里看到,那些宪兵狱卒,哪里还有人性?老乌就是在这样肮脏的地方潜伏着,还救过五六位同志,最终他自己却死于肮脏龌龊之手……"

几个人从未见祁书瀚这样痛哭过,都默默地看着他,直到他停下来,杨先武才说:"老乌同志是我亲手安葬的,就在金水河边,如果有朝一日迎来光明,一定给他一个光明正大的身份!"

几个人都陷入了沉默,片刻之后,他深深叹了口气,继续说道:"还有一个更难过的消息。我仔细盘查过,这次行动失败,是因为农协会里被安插了人,我们的行动计划早就泄露了。"

众人顿时震惊失色:"农协会被安插了人?"

杨先武点点头:"对,也许你们听说过这个人,他也在开封念过书,叫李知余。"

祁书瀚顿时一愣,这个人,他是听说过的。

李知余出身乡下大地主之家,在开封念大学时,听了几次救国演讲便觉慷慨激昂起来,随即便申请加入组织,杨先武正是第一见证人。但是考察数月之后发现,这青年虽热血澎湃,却只是一时兴起,又是个随性散漫的少爷脾气,并没有坚定的革命意志,因此便没有签字。不想李知余平生以来第一次遭遇申请驳回,顿觉颜面大伤,便与党组织结了怨气,而且气量狭窄越结越深,后来竟加入了冯军宪兵队,丧心病狂地破坏革命行动,他甚至出钱让一个亲戚入了农协会,年余就成了骨干力量。

几个人冷汗都炸了出来:原来敌对势力就这样轻而易举渗透了农协会!

一场很可能成功的武装起义,便失败在这一个小小的疏漏上,造成严重的失败和牺牲,实令人痛悔万分。而且李知余只是其中一个破坏分子,数万人的农协会到底被渗透到了何等地步,不敢细想。

良久之后,黄孟辉才开口道:"我们这次行动失败,还是在于太过草率,革命经验不足。想要攻取大城市,需要做的准备工作太多太烦琐,一处失误就可能导致整个计划失败,让我们付出巨大的牺牲。因此,我觉得,放弃大城市,从农村发展革命,也许更可行一些。"

杨先武："可是发展了农村,也未必守得住啊。"

黄孟辉："农村不用守,只要建立了好的制度和机构,让老百姓感受到生活的变化,他们会自动守住,而且村镇相连,很容易连成片,那时就是一片新的根据地。"

邹越之思索着："从农村做起确实更轻松也更有成果,攻打大城市需要的军队太多,而且打下来也要时刻防范着敌人反扑,倒不如真的去农村干革命。"

祁书瀚："这些年我一直在农村和农民交流,之前上学时候一直以为工人阶级最受压迫,其实不然,广大农民才是最苦难的被压迫者,要想救中国,首先要救农民,因此,我非常赞成革命从农村干起。"

黄孟辉："看来,我有必要把大家的意见向上级汇报一下。"

几个人异口同声："有必要!"

短暂的聚集之后,杨先武要送黄孟辉离开河南,祁书瀚与他紧紧拥抱在一起,黄孟辉用仅能二人听到的声音说道："书瀚兄,万务保重,此去一别,再见遥遥无期,我佟尚荣用性命发誓,老乌不会白白牺牲,他救下的是一条为国捐躯的汉子!"祁书瀚也低语道："尚荣兄,无论遇到何种境地,坚持下去,替老乌活着,替他看看世界变好的那一天。"

二人松开后,互相抵住了拳头,以目示意。随后黄孟辉转身离开,挂着单拐和杨先武走出小院。

邹越之也告辞离开,重新回到了洛阳。

似乎一切都回到了最初的样子,只是战争留给土地和百姓的伤害,那些死去不再醒来的人们,都在提示着,一切都已经变了。

近两个月来,祁书瀚第一次回家。

他急匆匆走到家门前,却忽然停住了脚步,他怕面对不敢设想的局面。

院门开着,太阳已经西沉,他一眼便看到年轻的妻子康宜俭正在院里捶洗衣裳,老父亲躺在摇椅上用一卷《易书》盖脸而眠,十来岁的二弟祁泽约正在窗前复习课业,厨下传来锅铲翻炒之声,显然是母亲正在做饭。

这样的场景,在夕阳下一时竟美得如诗如画,关于人间生活的所有美好,有这样一幅画面,便觉足矣。

这两个月来,他几乎不敢想家里的事,战火连天的日子,只要一颗炮弹落下,就会让这个小小的院子彻底消失,他甚至想过自己回来时面对的可能是家园无存、亲人皆亡的惨状……每当有这样的念头浮起,他便把自己的心狠狠压下去,直到此刻看到他们都还好端端地活着,他的热泪终于忍不住落了下来。

看到丈夫回来,康宜俭几乎是不敢置信地看着他,片刻之后才垂下泪来:"你这两个月去哪儿了?!"

祁书瀚连忙上前拉住她的手,安慰道:"偃师遭了炮击,又遇到兵乱,我和几个老师就躲到山里去了,让你们担心了,家里都还好?"

康宜俭泪眼模糊:"家里都还好,你这一走就是两个月,怎么不捎个信回来?"

祁书瀚诧异:"我托人往回带了些钱,你们没收到?"

康宜俭点点头,随即又摇头:"收到了……可是你一句话也没留,我们还以为你……"她低下头去,再也说不出口。

说话间,祁老先生已经惊醒,祁母也走了出来,见了祁书瀚俱是老泪纵横,一面惊喜于儿子的平安归来,一面又将他狠狠斥骂了一顿,一家人相对唏嘘不已,又互诉这些时日的遭遇。祁书瀚不在家的这两个月,每次听到枪炮声,全家就带了干粮和水到野树林子里暂避,往往一躲就是两三天,提心吊胆地过着日子,又日夜忧心祁书瀚,度日如年般苦挨着,简直不知这段兵荒马乱的日子是怎么过来的。好一阵子,一家人才止了泪,让祁书瀚回西厢房自己的屋子休息片刻,等候吃饭。

康宜俭陪他进了屋,帮他换了家常的衣裳,又递了毛巾给他擦脸:"书瀚,一个人在外面,都好吗?"

祁书瀚笑着把书箱放下,伸手将妻子揽住:"都好,看到你们也都好,我就心里踏实了。"

康宜俭面色绯红,佯作愠怒地甩开他的胳膊:"刚回来就不正经,什么样子!"

她生性娴雅内敛,言谈举止更是闺门严谨,几乎从不抬头与人正眼对视,总是低眉顺眼的温和神色,然而秉性却不柔弱,成婚这两年来,当家做事刚毅果断,乃是个外柔内刚的女子。如今这略带愠怒的羞恼,看在祁书瀚眼里,反觉她添了几分娇俏温柔。

换了衣裳回到院子里,祁书瀚便随手帮妻子浣洗衣裳。康宜俭看了他一眼,眉眼间慢慢叠起一些笑意,也就把捶打过的衣裳递给他,看他一件件淘洗干净,晾在绳子上。

很快,衣裳洗完了,饭菜也上了桌,祁母因着儿子回来,喜不自胜,又去加了两个菜,炒了嫩嫩的鸡子,才叫一家人吃饭。祁老先生也放下手里的《易书》,背着手走到桌边来,全家五口围坐,菜色虽只简简单单五六样,却精致,配着细细的手擀面,便是温暖家常的一餐。

饭间,祁老先生问道:"书瀚,你最近这两个多月都不曾回来,学里怎么样了?"

祁书瀚立即放下筷子,恭谨回话:"爹,这几个月战事激烈,学校也被炸毁,很多学生跟着家长逃难去了,我是做校长的,总不能眼看着学校没了,学生流失了,却什么都不做。"

祁老先生点点头:"说的是,当职任事,首要就是称得了职,担得起事,小学是一县教育的开端,书瀚,你身上责任重大,忙碌些也能理解。"

祁书瀚:"是。"

祁母反手一筷子敲在祁老先生手上:"就你事儿多!儿子好不容易回来,你就审问上了,还让不让孩子吃饭!"

老太太一向家风强悍,祁老先生不满地"哼"了一声,便不再说话,默默吃起饭来。祁书瀚的小兄弟今日也格外乖巧,一言不发地快速吃完,便去继续温书。祁母不顾他们,给祁书瀚和康宜俭的碗里布满了菜:"你们多吃,吃罢了饭我来收拾,你们小夫妻分开这么久,该好好说说话的。"

终于等到一切安静下来,祁书瀚斜躺在床上,康宜俭拿了绣花绷子,坐在他身边一针一线绣起来。康宜俭极擅女红,寻常丈夫穿的衣衫鞋袜,一概是她亲手做成,甚至连染布也是亲力亲为,做成衣裳后,先过几遍水洗净了浮色才让祁书瀚上身。因此,他的衣裳总是一派稳妥贴合的样子,处处透着舒适和家常。

祁书瀚支起身子去看她的绣片,描着喜鹊登枝的花样子,已经绣了大半,鲜红的梅花,遒劲的枝干,一只喜鹊站在枝上,另一只绕梅翻飞,看起来格外鲜艳喜庆,便随口问道:"这是绣给哪里用的?"

康宜俭只微微抬了抬眼,手上不停,慢言慢语道:"眼下入秋了,很快就到冬天,各个房间都要换了棉门帘子才暖和,去年帘子上的花样子已经旧了,现在战事总算停了,换这个喜鹊登枝,盼着能过几天好日子。"

祁书瀚叹道:"兵荒马乱的日子,你还惦记着料理这些琐碎做什么?"

康宜俭微微摇了摇头:"过日子可不就是这样,兵荒马乱也总有个停的时候,日子可不会停,事事都料理在前头,临到用时才不会手忙脚乱。"

祁书瀚自然知道她的意思,这样担惊受怕的日子,自己又不在家,只得做一些绣工针线打发时日,心中更觉不忍,一把握住她的手:"我经常一出门就是好些天不回来,陪你的时间太少,尤其这次在外面被困了两个月,家里遇到这么大的危险都不能在你身边,想想很有些对不住你。"

康宜俭低了头:"我知道你的心意,哪怕你回来得少,我也知道。"

祁书瀚:"你知我,我亦知你。"

康宜俭依旧不紧不慢:"打仗结束了,接下来你要做什么?"

祁书瀚:"打了半年仗,连门也出不去,外面依旧乱得很,所以还要委屈你一阵子……"

康宜俭:"谈什么委屈,跟那些舍家逃难的人比起来,我们家算是幸运了。"

祁书瀚:"你能这样想,我心里就宽慰了很多。"沉吟了一会儿,他又说:

"这两天我陪你回趟娘家,这么大的战争,不知道岳父大人有没有受到惊扰,我们该去看看他老人家的,还有岳母和婶娘。"

康宜俭终于停下了手里的绣活儿,把绣花绷子放在床上:"我也是想他们很久了,原先为着打仗,你又不在家,我不敢出门。如今战争停了,很应该去看看他们,尤其是婶娘,生了我们姐弟五个,如今年纪大了,身子又不好……"她低了头:"书瀚,多谢你为我想得周到。"

祁书瀚:"你我夫妻一体,你的事就是我的事,自然要想得周到……天色晚了,就不要做绣活儿了,这些东西最伤眼睛,你要是熬坏了眼,将来老了,看不清我了可如何是好?"

康宜俭被他逗得扑哧一笑:"等你老了,满脸皱纹,我看不清了才最好。"

祁书瀚忽然扮了个鬼脸,扑在康宜俭身上:"你一定是嫌我将来老了丑了,不想看见我!"康宜俭回手反抗:"书瀚! 你好没个正经!"二人笑闹了几个来回,便滚到了帐子最里面,本是年轻夫妻,两个多月未见,久别胜新婚,自是一夜良宵无言。

又过了两日,祁书瀚便套了轿子马车,带着康宜俭回娘家。车上备了许多礼物,不只岳父母和婶娘各有孝敬,几个弟弟妹妹也都有一份。康家重孝悌之义,五个子女不仅孝顺父母,彼此之间也处得极为亲厚,长幼有序,互敬互爱,甚至从未红过脸,并不像其他人家,孩子多了便纷扰不止。

康家寨所在的首阳山是北邙一座山头,北邙是洛阳的一片宝地,民间有"生在苏杭,葬在北邙"之说,这小小一座北邙山,竟葬了二十四代帝王,名人将相达官显贵不计其数,加上富户百姓,山上竟有大大小小的古墓数十万座之多。

沿着曲曲弯弯的山路行到康家寨,一道河水蜿蜒,三面环绕着寨子,竟有几分靠山面水、易守难攻的架势。过了浮桥,进得寨子,便看到三三五五的农民在收拾剩余的庄稼,秋收已近尾声,田里也无多少活计了。看惯了炮火摧残下的焦毁村庄和土地,偶尔见到一处未受战火影响的地方,竟如梦境一般美好,原本最为寻常的农家耕织生活,老百姓也早已不敢奢望。

见了康宜俭回娘家的马车,路人便纷纷打招呼:"大小姐回来了!""可是半年没回娘家了!""这次回来一定多住几天!"康宜俭掀开帘子,一一回应着,也有人偶尔打趣两句姑爷,祁书瀚都笑呵呵以礼相答。

康家最小的两个兄弟早已飞跑出来,迎了半个村子来接他们的大姐,一见了两兄弟,康宜俭心中欢喜,便下了车,一手牵一个往家里走去,不住地问着家里的情况,满面皆是欣喜之色。

经历了一场战乱,女儿和女婿依旧平安,康老先生和康夫人迎他们进门的时候,不免一番唏嘘感慨,尤其是听说他们一家进山躲避了数次,祁书瀚被困在外面两个多月未能还家,更是相对落泪不已。

絮叨了许久,大家才终于止住泪,有说有笑起来,康宜俭和祁书瀚又把带来的礼物一一分派给众人,一家人亲亲热热,又礼数周全,全然书香门第的大家族气象。

康宜俭眼睛四下张望了一圈,便问道:"娘,我婶娘呢?"

康夫人:"你婶娘听说你回来,高兴得不行,正带人在后面准备席面呢。"

康宜俭:"我去看看她,一会儿再来陪娘说话。"

说着就去了厨下,却见婶娘和帮佣的婆子正在忙碌着,案上罗列着十几个盘子,显见是要摆一桌盛宴。

见了康宜俭进来,康婶娘脸上带了笑意:"大小姐怎么亲自到厨房来了?"康宜俭一把抱住她:"我想婶娘啊。"康婶娘便有些紧张无措起来:"大小姐,我刚择着菜,衣裳脏……"

康宜俭放开她,说:"婶娘,我在前面看不见你,就到这里来找你了,给你带了两匹缎子,裁新衣裳。"

康婶娘低着头连连摆手:"不用的不用的,家里什么都不缺,我有衣裳穿,大小姐惦记着我,我就很知足了。"

康宜俭凑到她耳边:"缎子已经放到你房里去了,你有时间了自己做,婶娘的女红那么好,做的衣裳一定好看。"

康婶娘依旧是小心翼翼地笑着,只是认真地点了点头。

从厨下回来,康宜俭便和康夫人以及小妹康含章几个人到内室说体己话。康含章已经在读女高,却因中原大战之故滞留在家里。大姐成婚之后,这是她第一次见到祁书瀚,看到大姐与姐夫在一起的神色,满脸都是幸福的模样,心中很为大姐欢喜,一进内室,便立刻拉着康宜俭的手坐在炕上,叽叽喳喳细问大姐在婆家有无受委屈,姐夫对她好不好之类。

康夫人忍不住笑道:"你们姐妹两个,怎么就是完全不一样的性子? 你是从不肯多说一句话,老四却恨不得多长一张嘴,满天下的话都不够她说了。"

康含章在母亲和大姐面前最会撒娇,因此故意噘嘴道:"我是关心大姐,多问问不行吗?"

康宜俭:"你问这么多,我都不知道回答哪一句好了。"

康含章瞪大了眼睛:"他真的带你去夜校? 听说他还帮你洗衣裳,亲自下厨做菜,这些女人家的事他也会做?"

康宜俭点了点头,脸上却飞起一片红云。

康含章更觉不可思议:"天下怎么会有这样的男人? 难道念过大学的男人都是这样吗?"

康宜俭笑了起来:"念大学的男人什么样,等你去大学的时候不就知道了?"

康含章顿时红了脸色,康夫人也笑了起来,随即叹气道:"她一个女儿家,念个女中也就够了,还非要去考什么大学,出门在外抛头露面,成什么体统? 可是你爹偏就同意了,我是真放心不下呢。"

康宜俭宽慰道:"听书瀚说,现在大学里女学生也多得很,小妹去念书,将来当个教书的女先生,也是受人尊敬的。"

康夫人摇了摇头,无奈道:"你们哪里知道我的担心? 万一她孤身在外,被人传出闲话,以后可怎么许人家?"

康含章当即脸上带了几分不悦,低声嘟囔道:"娘,您这样的话说了多少遍了,难道为了怕人说闲话,我就一辈子关在屋里不见人了吗? 大姐可以跟着姐夫去夜校,我怎么就不可以去念大学?"

康夫人:"你大姐已经嫁人了!出嫁从夫,你姐夫愿意带她去哪里就去哪里,只要你姐夫不介意,那就不怕人说闲话。女孩子家,名声最重要,知不知道?"康含章不敢与母亲争辩,索性低了头自己生闷气。康宜俭只得把话题岔开,又说些在婆家的事,娘和四妹才又渐渐高兴起来。

堂屋之中,康老先生与祁书瀚翁婿二人正喝茶闲聊,无非是聊些时局之事,慨叹了一番,祁书瀚又说了学校被炸毁,需要重新修建之类,此后便将韩履霜赠的那幅画拿了出来。

康老先生一见这画,立时便惊得站了起来:"韩先生这画,孤雁暗云,这是有遗世之意!你什么时候得到的?"

祁书瀚也有些吃惊:"两个月之前……"

康老先生急得跺脚:"怕是现在再去找他,已经找不到了!"

祁书瀚:"岳父大人这话怎么说?"

康老先生:"你看这画上之雁,每一只都是哀鸣之状,韩履霜性情耿介,世道如此,他必生哀鸣,然则便是哀鸣泣血,也于事无补,他只能选择放逐自己,离开这浊世恶地……"

祁书瀚急道:"我这就进山去找他!"

康老先生掩了画卷闭目长叹:"不必了,现在再去,他早已人迹不见了。"

祁书瀚:"我没想到,他竟是这样一个刚烈的人。"

康老先生:"罢了,无论如何,都要派人到山里去看一眼,我让人快马加鞭赶过去。"说着,出门叫了个人,嘱咐了几句,那人很快离开寨子,直奔嵩山而去。

到了午饭时分,招待女婿的席面自是丰盛,康夫人带着康婶娘和两个女儿依旧要去小桌,不敢上主桌用餐,康老先生便说道:"都是一家人,讲那些规矩做什么,热热闹闹坐在一起才团圆。"他如此说了,四人才坐上桌来。

一家九口人,其乐融融地用过了饭,祁书瀚辞了岳父,急匆匆骑马赶往周家打听韩先生的消息。

赶到伊河镇的时候，却见周家正轰轰烈烈地营建新宅和沿街店铺，一眼望去，竟有数百民夫在工地上劳作，一片热火朝天的气象，尤其是工地旁支起的四口大锅，每一口直径都足有五六尺，摞着一层层的笼屉，呼呼冒着白气，隔着几十米都能闻到粮食馍的香气。

在工地上绕了一圈，很快就看到了周掌柜，便上前招呼道："周掌柜，盖房子呢？这么多民夫，这么浩大的工程，您这是要把宅院建成宫殿？"

周掌柜笑着摇头道："哪里是我要用这么多民夫，县上贺议员说，百姓逃难的太多，希望用我这小小工程以工代赈，招百姓早些回家，重建家园呢。"

祁书瀚："看到了，那四口大锅，就是以工代赈的最大号召力了，只要有馍吃，百姓怎么会不来！等我筹够了款子重建学校时，也要学学你这以工代赈。"

周掌柜呵呵大笑："那敢情好，到时候这四口大锅，就交给祁先生了！"寒暄已毕，祁书瀚便问起韩履霜。周掌柜闻听此言，重重叹了口气，将韩履霜葬笔及失踪之事说了一遍。

祁书瀚不由得失神起来，说："如此说来，确实再也没人能找到韩先生了，看来他不愿与这混乱世道为伍，彻底归隐了。"

周掌柜点了点头："韩先生令人钦敬，只是这性情也未免太偏执了些，让人难以捉摸。"

正说着，周钧儒也出现在工地上，一见祁书瀚立即跑过来问长问短，极为担忧关切。

祁书瀚又笑着夸赞周钧儒的以工代赈之策，周钧儒兴奋道："这法子也是我在书上看来的，父亲和义父都赞同，就操持起来了，你看，这几百人都有饭吃了。"

说话间，天已近晚，随着几声锣响，民夫们纷纷停了手中的活儿，在四口大锅前排起了队，巨大的笼屉抬下来，蒸的玉米白面两掺馍，碗口大的馍看着分外扎实。馍是按人发放，男人三个，女人两个，每人再一大碗稀饭，旁边案子上摆着两大盆咸腌菜,随吃随取,对普通百姓来说,粮食管饱,已经是了不得的富足享受。

周钧儒道:"祁先生,如何? 也尝尝这以工代赈的馍?"

祁书瀚:"正想尝尝呢,刚才我看着这大锅呼呼冒着白气,闻着面香,早就觉着饿了,这样大气派的吃饭,才有劲头!"说着,三人就着一个临时小桌子,自在酣畅吃起来。

吃过饭后,祁书瀚告辞,周钧儒趁父亲不注意,悄悄向他问道:"我再想借书,到哪里去找你?"祁书瀚:"近些天怕是不行,学校也全都炸毁了,整个都得重建,我还要到处跑着筹款子。"

周钧儒有些失落地"哦"了一声,忽然又道:"你要筹款,我跟着你一起!"

祁书瀚:"那自然好! 你交游广泛,只要筹来这四口锅每天冒白气的钱,学校就好办了!"

虽然到处都是废墟,但因为战争结束,人们又看到了活下去的希望,哪怕是以工代赈的短暂温饱,也让流浪四方的乡亲们开始陆续归来,将一些废旧的砖瓦重新垒砌起来,渐渐成为新的蜗居延续之所。

中原大战尚未完全结束,开封刚刚破城之时,南京政府委任的河南省主席和民政厅长便已经到任了,然而省主席发布的安民告示和政令,却足足一个月后才传达到乡野之间,老百姓才相信:终于不打仗了。

返乡之民越来越多,农民们在已经被摧毁的庄稼地里刨挖着任何一点可食之物,以备即将到来的冬天,一冬一春半年断粮,便是几斤草根,两捆树皮,也是珍贵的。

随着安民告示和新政令到来的,还有新鲜的玩意儿:一种不用活人登台表演,在一块白布上就能看的影子戏,叫作电影。

伊河镇百姓第一次看到电影的时候,都轰动了。傍晚时分,那些人选了一大片空地,将巨大的白布挂在两根杆子上,两三个人操作着一台不知什么机器,过了一会儿,那机器发出刺眼的光,白布上居然出现了会动的人影儿!一时间好些人以为是鬼影子,吓了一跳,解释再三,才知道这叫作"电影"。

电影并无声音，一男一女站在旁边，用喇叭配合着白布上人物的言行，配上说话的声音，大家才能看懂上面的人在说什么做什么。只是那些人长的都是洋鬼子模样，衣着行止极为放浪，只看了不到一半，便有很多年轻媳妇羞得离了场；一些上了年纪的老人家则是摇头叹气，连连低骂着"有伤风化"，也拄着拐杖离开了；剩下来的人看到最后，竟是各个双眼泛红，只觉比高台戏还要生动许多。

放完电影之后，几人正在收工，忽然有个人跑了过来："杜大哥！我等你好久了！怎么放起洋片儿了？"

杜景箴盯着面前的青年，看了好一阵子才忽然想起来："钧儒！周家小少爷！"

周钧儒高兴道："才认出来？你们一来放洋片儿我就来了，看着你们在这里捣鼓机器，我也不敢打扰，这东西新鲜，有趣得很。"

杜景箴："我知道周家就在伊河镇，还想着放完了洋电影，就去你们家拜访呢，后来一说你家房子毁得严重，正在重盖新房，就觉着不好麻烦你了。"

周钧儒："什么打扰不打扰的，你要不嫌弃，晚上就挤一挤，这么多年不见，我也正想跟你多聊聊呢。"

杜景箴笑道："那自然好！还喜欢唱戏吗？"

周钧儒："怎么不喜欢？做梦都想唱戏，只是家里不许，我要跟着父亲学着打理生意。"

杜景箴："喜欢就好，谁说喜欢就一定要登台了？我这几年走了许多地方，也想通了，我自己不是当角儿的材料，但我可以让别人成角儿啊。"

周钧儒："让别人成角儿？怎么说？"

杜景箴悄悄道："我想组个戏班，改革梆子戏，让我们河南的梆子戏摆脱土俗唱法，跟京戏似的好好唱起来，到那时，看谁还瞧不起梆子戏！"

周钧儒诧异："谁瞧不起梆子戏了？"

杜景箴："开封城里那些文化名流，达官贵人，从来是只看京戏不看梆子戏的，谁要是进了梆子戏园，都要被人耻笑。其实也不怪人家，梆子戏园里唱得粗俗,看客也粗俗,台上台下乱哄哄,别说人家,就是我自己看了也觉得粗鄙不堪。"

周钧儒若有所思:"原来城里人是这样看梆子戏的,我一点儿也不知道。"

杜景箴:"所以,我才想着要好好改革梆子戏,无论是京戏还是地方戏的优点,我都要学,都要用在梆子戏里,就不信梆子戏登不上大雅之堂!"

周钧儒:"杜大哥这话让人听着心里畅快!可你现在是放洋电影的,跟组戏班没什么关联啊。"

杜景箴:"我如今在教育厅任职,做了个'社会教育推广部主任',其中一条,就是管这些唱戏的、放电影的。可笑的是,我带着几个人给各个县城镇子放洋电影,老百姓没见过这新鲜事物,很多人一看见白幕上出人影就吓跑了。"说罢哈哈大笑起来,随后又认真道:"每走到一个地方,我都要考察和收集地方戏,看看老百姓喜欢什么样的戏曲形式,我要博采众长,将来都用在梆子戏里。"

周钧儒羡慕不已,当年那个热爱京戏的青年,如今真的要走戏曲这条路了。他又说起自己这几年对洛阳曲子戏很是下功夫,收集了七八十种曲牌,几十个戏本子。杜景箴惊喜过望,便决定在伊河镇多停两天,好好了解曲子戏。

当晚,杜景箴就住在了周家临时栖身的店铺里。周掌柜一见杜家大公子到来,自是亲厚异常,当年这孤勇解围城的青年,如今已成熟稳重了许多,但是性情依旧爽朗奔放,谈笑间总能令人神色鼓舞,心情大悦。

周家建房子正在赶工,杜景箴在此放电影,自然是锦上添花的盛事,因此周掌柜便与他约定,连放五天电影,周家管待食宿,再给些路费盘缠。杜景箴正中下怀,自此每日白天与周钧儒凑在一起研究曲子戏,晚上便放电影,周边村子的百姓纷纷赶来看新鲜,连带着小摊贩们也都聚集在此,颇为热闹。

杜景箴每日放电影之余,还时常借了周钧儒的脚踏车四处走访,哪里有唱戏的便赶过去看上一番,打听得谁家有老戏本子也去求购借阅,日子过得异常忙碌。人人皆知政府上下来的杜主任很热衷地方戏,正在收集老本子,又加之他为人热情豪爽,时常蹲在巷子口或田埂上就与人闲话起来,连走街串巷卖针头线脑的小商贩都得拉着聊几句，丝毫没有官架子，因此深得周边一带乡民们的喜欢。

他们全然不理解一个大学高才生，当下又在政府任职，前途不可限量的年轻人，为何会如此喜好这些乡间俚俗的高台戏。更没想到这位平易近人、热情爽朗、极为擅长人情世故的杜主任，已经为唱戏舍弃了家里的房舍田产和几代传承的医馆，彻底与这些下里巴人戏子混在一处了。

大学毕业后，杜景篯依旧热衷戏曲，原想着终于完成学业可得自由了，便打算跟京戏班子到北京城里见识一番，不料却接到家里的紧急电报，祖父杜老先生急症病危。杜景篯慌得不顾一切往回赶，然而赶到家的时候却发现，等待他的是一场早已安排好的婚事。

杜景篯生性风流潇洒，读书期间与戏子坤伶打得火热，时常登台票戏，平日里爱看些西洋电影，也时常参加男男女女的交际舞会，这在杜老先生眼里是辱没门楣，有伤风化，这等韵事若传出去，岂非令杜氏蒙羞？因此便亲自做主为他定了一门亲事。

在杜老先生看来，男人只要娶妻成家，便会收了心思，安安稳稳守着祖产勤恳经营，传宗接代。杜景篯从未想过，这样荒唐的事竟会发生在自己身上，一个从未见过面的女子，一场设计好的成婚圈套，祖父和父亲就这样将他的人生包办了。若是听从他们的安排，这一生就要在压抑和平庸中度过，娶妻，生子，继承家里的田宅医馆，顶多在县城里谋一份皇粮差事，所有关于戏曲的理想和抱负，也将在日复一日的消磨中烟消云散。

然而他既被骗回了家，就不得不遵从祖父和父亲的意愿完婚，这个素未谋面的女子，就是他明媒正娶的妻子。他若不肯完婚，就意味着这个即将与杜家大少爷成婚的女子遭遇了"退婚"，从此成为人人嫌弃的笑柄，甚至会被人谣传婚前不洁品行不端，名声会一夕尽毁，几乎等于送了她的命。

成婚当夜，杜景篯在新婚妻子面前喝得烂醉，他几乎没看清妻子的样貌，只记得那是一个懦弱得话都不敢说的女人，毫无主见地被抬进了杜家大门，还不知道自己将面临怎样悲苦煎熬的命运。

—— 捐学启智

第二日天将亮的时候,杜景箴终于酒醒了几分,抬头就看到身上穿着厚重婚服的女人依旧坐在炕上,整整一天一夜,她没有吃喝过,她的新婚丈夫也未理会她,然而她却逆来顺受地忍耐着,如木偶一样坐在那里,没人触碰就不会动,不会发出声音。

杜景箴终于不忍心了,自己完全沉溺在被骗回来成婚的无奈和悲伤里,全然没想到这个女人面临的是比自己还悲惨的命运。他站起身,走到妻子面前,挣扎了半天,说出的第一句话却是:"你真的愿意留在杜家吗?"

那女人没想到他问出这样一句话来,惊慌失措地点着头,眼泪却流了下来。

杜景箴叹了口气:"我是被骗回来成婚的,如果你愿意留在杜家,我就承认你是我的妻子,但是你我之间……"他停顿思索了一下,才又继续道:"我走之后,杜家应该不会亏待你。"

女人猛地抬头:"你要走? 什么时候回来?"

杜景箴不敢直视她的眼神:"走了,就不打算回来了,这个家,已经容不下我了……"

女人顿时惊恐失色:"你要让我守活寡?"

杜景箴痛苦地背转身去："我会跟父亲说，将来分到我名下的土地家产，都留给你。"

女人的眼泪落得更急，懦弱哀求地望着他："我嫁进来就守寡，没有一儿半女，就算有了土地家产，能守得住吗？"

杜景箴不敢回头："你放心，只要有我一天，就会按月给你寄钱……但是我不能留下来，我……"他忽然觉得在这个女人面前，自己所有追求理想和自由的解释都说不出口，甚至满腔的愧疚和道歉都软弱无力。他可以一走了之，这个女人却要付出一生寡居的代价，从嫁进门的那一刻起，她的生命和希望就一并熄灭了。

然而他又不能留下，他不能让自己的生命沉沦在看不见未来的黑暗里，他只能选择辜负这个苦命的女人，成为一个追求理想的"罪人"。

三天后，他将自己能凑到的所有钱财留给了那个苦命的女人，在暗夜里逃出家门，从此以后，他与自己的家庭彻底决裂，放弃了所有家产，背负着忤逆不孝的罪名，成为一个自由到一无所有的人。更令他痛心疾首的是，他离家之后，祖父杜老先生急怒攻心忧愤成疾，不久之后便辞世，而他作为家里的忤逆子，却不被允许临丧尽孝，就算他想回家，也无颜面对祖父的坟茔了。

回到开封后，他通过人际关系，在政府教育厅里谋了一个社会教育处的职位，薪水虽不十分丰厚，却可以分管全省的戏曲和电影行业，这几年间借着工作之便，走遍了河南大地，寻访各地的地方剧种，整理本子，记录戏曲特点，完全投入了自己最热爱的戏曲行业中。

这次来到伊河镇，见到当年的周钧儒，已经长成十六七岁的少年，且于戏曲依旧保持着如此热情，尤其当他拿出收集的曲牌和本子时，杜景箴更是惊喜异常，将他引为知己，把自己寻访收集的各种地方戏与他讲解，直把周钧儒说得心潮澎湃，恨不得也跟着他去采风票戏。然而他并没有杜景箴那样的勇气，他是周家的继承人，身上背负着继承家业接管生意的责任，如何能不务正业地去唱戏？

这一日近晚时分，杜景箴正带着人调试机器，周钧儒跟在一旁看些热闹，全然不曾注意有人跟铁顺儿悄悄递了几句话便匆匆离开了。

周掌柜听完铁顺儿之言,有些沉吟:"你是说,钧儒的亲娘没了?"

铁顺儿:"对,来人说今天刚走的。"

周掌柜:"姜家不知道孩子在我们家吧?"

铁顺儿:"应该是不知道,这么多年,除了少爷不时捎几块银洋回去,姜家从没主动来这里找过,如果知道了少爷在咱家,哪有不来打秋风的?"

周掌柜点了点头,说:"孩子的亲娘没了,该让他去送一送的。"

铁顺儿:"是不是也该与太太商量一下?"

周掌柜:"要是跟她商量,钧儒就没机会送他亲娘最后一程了。"

铁顺儿:"这事儿,该怎么办? 少爷还年轻,猛地听到这消息,怕是要受不住。"

周掌柜:"放心,这孩子心性坚得很,他的心都在周家呢。要不让他去,以后知道了,反倒心里有疙瘩。"

当晚周钧儒又与杜景簌畅谈了一夜,直到鸡叫二遍才在临时栖身的窝棚草草睡下,不承想刚眯了一会儿,就被周掌柜叫了起来,指着桌上一套孝服:"把这衣裳换了,你得回趟姜家。"

周钧儒顿时惊得心中如炸雷轰过,又如雪亮的一道闪电击中了他的预想:"是我娘?!"

周掌柜点了点头。

周钧儒扑通跪倒在地,死死地忍了又忍,眼泪还是落了下来,过了足足半刻时间,才站起身来,拿起孝服。

周掌柜:"孩子,我知道你心里难受,但有些事,该你去了结的,总得亲自去了结,这是你和姜家最后的缘分了。"

周钧儒点了点头。

周掌柜:"你这次去,是要送你娘最后一程,但你不再是姜小五了,姜家也跟你再没有关系,所以你的身份,不能让他们知道。"

周钧儒将白布腰带系上,再次点了点头。

周掌柜："我会让铁顺儿跟着你去，凡事有他帮衬着，你娘入土的事不会为难，你也不能在姜家久留，今天去，明天必须回来。"

周钧儒依旧是点了点头。

周掌柜叹了口气，带着他出了门。铁顺儿已经套好了车在门口等着，周掌柜送他上了车，又嘱咐了铁顺儿几句，才让二人驾车离开。

马车很快出了伊河镇，天色只略蒙蒙亮，隔着车窗，依然能看到天际的星星在闪烁着，周围一片寂静无声，初冬的寒气扑到车里来，周钧儒竟连打了几个寒战。

他坐在车里，忽然意识到：姜小五再也没有亲娘了，从此以后，自己就是真正的孤儿了。

此前纵然再觉得自己是外来子，内心深处却是有几分小小希冀的：自己并非无根之子，家中也有亲娘牵挂着，虽不能相见，却总是存了那么一丝念头。如今，猝然之间，他与这世间最后一脉血缘牵挂彻底断了，就像断线的风筝，再也没有了根，天大地大，只有他一人与影子为伴了。

听着车里传来压抑的呜呜之声，铁顺儿只是默默赶着车前行，并没有去劝解宽慰。他知道，这位少东家不是寻常孩子，他的行事性格，很难有人摸得透，这些年来，他见过少爷混迹于戏班杂耍，与下九流们打成一片，也见过少爷周旋于官场显贵，与士绅名流侃侃而谈，却从未见过他在任何场合失了体统和分寸。

如今他在车里哭得再伤心难过，到了姜家之后，他必然又是那个举止得体、进退有度的少爷了——毕竟，他现在不是姜家人，此番回来是送姜母最后一程，并非孝子回乡哭丧来了。

姜家的破草棚前已是白纸遍地，门前摆着化纸盆，姜家的几个孩子跪在那里，最大的已经二十来岁，最小的不过十几岁，大儿子不时向空中抛撒着纸钱，哀哀有声。

这是十年来周钧儒第一次回家，然而家里的境况竟丝毫未变，依旧是当年的破草棚，只是多了一圈篱笆墙，看起来日子并无起色。

他心中惊诧不已，进了院子叫声"大哥"，便在门外跪下来，磕了三个头。

几人一见，立即惊道："小五，你怎么回来了？"

周钧儒："听说娘走了，我来送娘最后一程。"说着，泪如珠落。

姜家老大抹了把泪："这些年，娘最牵挂的就是你，如今你能来送她，娘也该闭得上眼了……小五，你到里面来看看娘，她一直盼着能再见你一面……"

周钧儒跟着大哥进了屋，却见娘停灵在一张破旧的木板上，身上盖着一块白布，尚未入殓。他揭开白布，只一眼，心就狠狠地抽疼了：娘必然受尽了操劳病痛折磨，两腮已经凹陷得不成人形。

这么多年，自己不是一直在想方设法往回捎钱吗？虽不多，却总能让一家人吃上饱饭，娘怎么依旧过得如此艰苦？

周钧儒盖上白布，仰头忍了又忍，才把心中的苦楚压下去，低身问道："大哥，准备棺材了吗？"

姜家老大低了头，过了片刻，才无奈地摇了摇头。

周钧儒叹了口气，出来向铁顺儿说道："铁顺儿叔，当年，陪着父亲安葬我爹的就是你，如今看来，又要麻烦你操持着安葬我娘了。"说着，竟弯腰跪倒在铁顺儿面前："铁顺儿叔，我……真不知道该怎么跟你说……"

铁顺儿慌得把他扶了起来，深深叹了口气："孩子，什么都别说，东家已经安排了，你不用为难，我替你操持。"

下午时分，铁顺儿去买了一口棺材，兄弟几人将娘的尸身入了殓，又守了一夜灵，第二日雇了牛车将棺材拉去义地，与当年早亡的姜父合葬，这场丧事便结束了。虽然操办得极为简陋，但与那些薄皮棺材都没有、一领草席埋在荒滩的穷人相比，已经算是体面了。

回程之时，周钧儒并未坐进车厢，而是一言不发，默默地坐在了另一侧车辕上。娘那深深凹陷的两腮，始终浮现在眼前，令他百思难得其解。

铁顺儿出声道："看清你娘了？"

周钧儒不回应，也不说话，过了很久才说道："我给过钱，她不应该过那么苦的。"

马车行进着，车轮辚辚，发出有节奏的声响，衬得周围一切分外寂静。足足走出了几里路，铁顺儿才下定决心似的回了一句："你三哥，染了烟瘾。"

周钧儒心中蓦地一惊，似乎一切都有了答案，让他的心更沉痛起来。然而他好似没有任何反应，只是静静地答了一声"哦"。

过了很久，周钧儒才又说了一句话："我不该一直不见她。"

若是早些见了娘，早些知道了三哥的事，娘就不至于如此受苦了。只是这样的念头，他只能藏在心里，绝不能说出来。

然后，一路再也无话，就这样回到了周家。

到家之后，周太太早已知道了他回姜家之事。买来的孩子，按理是不能再回本家的，而且还是奔丧这样的晦气事，无论如何都会令主家忌讳。如今周掌柜却允许孩子回本家奔丧，还安排人跟着操持，周太太自然不能接受。

此刻周太太一见了周钧儒，更加不悦起来："培祥，你怎么能这样办事？周家的人去了姜家奔丧，把穷病晦气都带回来了！"

周钧儒正自难受，一听这话顿时气得脸面涨红，刚要发作起来，却见周掌柜以目示意，强行把一腔怨气压了下去。他若此时发作，只会令父亲为难，因此只得转身离开，回了自己房间。

周掌柜开口对周太太道："你就是这些论道太多，谁见过穷病长什么样？"

周太太："你总是偏着他，什么事都由着他闹！"

周掌柜："他回去奔丧是我安排的，这孩子心思深，想得远，你得顺着他，他才能和你一条心。要真不让他去，日后知道他娘没了，心里生了疙瘩，一定是要埋怨我的。"

周太太脸色更加难看："这些年周家待他不薄，他要敢埋怨，就是不识好歹！"

周掌柜："你想想前阵子打仗的时候，他怎么带着你逃出去的？又怎么给我们一家人找了嵩山里的房子？多少人家亲生的儿子也没这本事，你还不知足？他已经跟周家一条心了，你可不能再让他难堪。"

周太太思及前事,才有些软了下来,不再多说。劝解罢了周太太,周掌柜又来到周钧儒房里,然而他未及开口,周钧儒便道:"爹不用担心,我不会跟娘生气的,她说得对,按理我是不能回去奔丧的。"

周掌柜:"事是人办的,理是人定的,哪有那么多说法? 你娘没读过书,也没出过门,见识浅,你长大了,能多担待就多担待些。"

周钧儒点了点头:"爹说的是。"

周掌柜起身拍了拍周钧儒的肩膀:"你能这样明白事理,我就放心了。"转身离开时,又回头说道:"孩子,你娘的事,打今儿起就算过去了,该吃饭吃饭,该做事做事,不能沉到里头,知道吗?"

第二日,周钧儒便如常出现在了工地上,和周掌柜一起指挥民夫,安排砖瓦泥石,一切都恢复了往日的样子,仿佛那两日的插曲,从不曾发生过。

眼见着周家新宅有了几分气象,约莫再有月余即可完工,周掌柜便提前写了戏,只待"上梁"那日热热闹闹唱上一天。

这次写的依然是李坤和的曲子班,如今李家班在洛阳一带各县城和村镇颇叫得响,乃是二十多人的大戏班了,场面师傅足有五六位,各行当角色也齐全,能唱十几场齐齐整整的大戏。

一见是周家送来的帖子,李坤和便与戏班众人道:"伊河镇周家,是咱戏班的恩主,周家少爷一向对我们亲厚,这次他们家新宅上梁,大伙儿都要铆足了劲儿,好好壮一壮威风!"

众人都笑起来,有人便起哄道:"周家写戏,自然是要给他家唱足了精神,就是不知道还能不能请动少爷再给我们配一回戏,少要几个包银都行!"

李坤和笑骂道:"你还真把自己当个人物了,怎么给阎大帅唱戏的时候,姨太太咳嗽一声,你就吓得跪在地下了?"

那人也不着恼,依旧嬉笑道:"谁知道那姨太太是不是苏妲己,万一阎大帅是个商纣王,听她说一句什么,我这小命就交待了。"

大伙儿哄然笑了起来,李坤和也忍不住笑了一阵才说道:"这些天还有几个场口要走,大家累得很,都早歇着,走完场口就停演两天,好好养足精神,再去周家唱戏。"

待到开演前一天,李坤和早早地就带着戏班到了伊河镇,周家临时将伊河镇的高台修整了一番,搭了彩棚,扎了红花,热热闹闹地筹备起来。

因打仗之故,老百姓已是半年之久不曾看过戏了,听说周家开大戏,不仅周边村镇的人蜂拥而至,甚至许多人步行几十里路赶来,背着马扎干粮,早早就在高台下占位置。最前排自然是摆了几张大桌,备了茶水干果,留待本地仕宦名流、社会贤达等人物,周家新宅上梁,这些人是必然要出面剪彩祭梁的。

上午辰时,一切俱已收拾停当,只待正午上梁,吃罢水席,晚间开戏。周钧儒忽然想起祁书瀚所说的筹措钱款重建小学之事,于是立即骑了脚踏车亲自跑了一趟偃师县城,前去与祁书瀚商议。

一到县公立小学,便见祁书瀚正带着几位师生清运废墟,当即兴冲冲约他去吃上梁水席,看大戏。祁书瀚笑道:"恭贺新宅上梁之喜! 只是水席和看戏,就免了吧,你看这学校里废墟遍地,我心里焦躁,恨不得早一天清理出来。"

周钧儒:"谁没吃过水席,我来请你不是为这个!"

祁书瀚:"那是为何?"

周钧儒:"今天那些在本地有名望的人,都会到我们家,省政府新派来的栾易钦县长也会到,听说这新县长重视教育,不如把小学重建的事提一提,申请些财政款,再趁便发起善捐,学校可不就有着落了?"

祁书瀚又惊又叹,应了他上梁之前一定赶到。说话间,他忽然看了一眼周钧儒的脚踏车,故作惊异:"卓先,你何处买来的脚踏车?"

周钧儒一笑:"不是买的,一个朋友送的。"

祁书瀚盯着脚踏车褡裢上那枚小小的红扣子:"什么朋友,送你这样金贵的东西?"

周钧儒:"不可说不可说,那朋友叮嘱我千万不能说的。"

祁书瀚诧异："什么神秘的朋友，还不能说？他把脚踏车送给你，自己出门怎么办？"

周钧儒想了想，沉郁了片刻，垂头叹道："他再也不需要脚踏车了……他是我见过的最勇敢的人，本不该那样……"说着，他动身离开："不提这事了，你一会儿来我家。"

祁书瀚看着他离去的背影，眼前不由再次出现了泥鳅的尸身，原来，他牺牲之前，最后见到的人，竟是周钧儒。

一根长约两丈的黑沉沉巨大木梁已经架在工地上，中间披着红缎子，两侧贴的大红纸上写着"上梁大吉"等吉祥语，在阳光下格外鲜亮。梁前设了供桌，供着鲜花果品、墨斗曲尺等物，以为祭梁之用。

木梁虽气派，"上梁"却也因此变得极为不易，十几位师傅在墙头上反复调整位置和角度，力求一把吊梁成功。

天快正午时，人已慢慢聚齐，周掌柜便请众人到了工地上，开始行"祭梁"之礼。

他先向众人开口道："今日陋宅上梁，不想惊动了县长大驾，还有诸位长官、老友，培祥深感惶恐，愧不敢当，这是周家上下的荣幸，培祥在这里深谢诸位！"说罢，深深一躬。

栾县长上前一步，开口道："我初到偃师县，与本地社会贤达和乡贤士绅都不太熟悉，今日正是一个认识大家的机会，当然更重要的是，周先生'以工代赈'的法子，给我们提供了一个好的思路，若是多兴建几个工程，便能少许多流民失所，让更多百姓吃得上饭！等我回去之后，便召集建设科开会，把当前紧要的工程实务，都以这种方式做起来，让百姓度过冬春饥荒。"说罢，众人热烈鼓掌，纷纷赞叹栾县长"堪为民之父母"。

随后，周掌柜便焚香跪拜。祭梁之后，县长亲率众人为巨梁剪彩，两边墙上各有六位师傅将梁柱拉起来，缓缓上升。

梁柱巨大，十二位师傅站在墙上，并不容易着力，片刻间几个人额头便冒了汗。上梁是一件极为危险的事，也是建新宅最重要的一个环节，有些人家纵然选了良辰吉日，诚心祭拜，也总会有坠梁伤人事件。

何况，今日要上的是这样巨大的木梁。

寻常上梁，只要八位师傅便足矣，周掌柜为确保安全，特意请了十二个人，然而心中依旧有些忐忑。

所有人都紧张地盯着，生恐一个不慎，出了差错。凛冬的天气，十二位师傅额头上冒着白气，胳膊上青筋暴起，汗水渐渐湿透了衣裳，显见已是吃力之极，拉着梁柱的绳子也不时有些颤抖，众人早已看得眼睛都不敢眨一下。

终于，巨梁稳稳地架在屋顶上。

人群中爆发出掌声，周掌柜连连向周边拱手道谢，又向栾县长道："县长果然洪福齐天，您在此坐镇，才能上梁如此顺利。"工地上放了一阵鞭炮，李坤和又带着场面师傅打起热热闹闹的锣鼓点儿，众人说笑着，去吃水席。

祁书瀚在人群中看着这位栾县长，只觉他举止间隐隐有几分军武气息，并非读书之仕的来路，便知此人定然是个狠厉角色。

偃师地近洛阳，又邻郑州，且刚刚经历了一场大战，南京政府必然要派镇压得住的干将前来接手。据说那新来的河南省主席刘峙，就是蒋介石的心腹爱将"八大金刚"之一，在中原大战中率部与冯、阎联军大战数十回合，杀得天地变色，立下汗马功劳，靠着打下来的军功，得了省主席之位。眼下这位新县长，只怕也是同样的路数，甚至很可能就是刘峙的嫡系。

更值得警惕的是，那刘峙乃是个不折不扣执行蒋介石命令、铁腕镇压共产党的人，日后在河南开展工作只怕更是危险艰难了。

但是他面上并未有任何变化，只是满脸笑意真诚地恭贺周家新宅上梁大吉，待到吃水席时，才在众人纷纷恭维栾县长的间隙，站起身来，招呼道："县长先生，诸位同仁，我叫祁书瀚，是县公立小学的校长。"

公立小学校长，在一县之中还是有些声望的，因此众人的眼光立即被他吸引了，栾县长也摘帽示意："祁校长，你有什么话，但说无妨。"

祁书瀚点点头："国之根本在于育人，但是如今打仗刚刚结束，小学校舍都已经被炸毁了，墙倒屋塌，孩子们不能上学复课，在下心中百般焦虑，因此希望向县长申请划拨一些经费，也希望诸位同仁能施以援手，给孩子们一个容得下课桌的读书之地。我祁书瀚在此，替所有读书求学的孩子，谢过诸位！"说罢，深深一躬。

栾县长认真听完，忽然呵呵笑了起来："果然是一心办教育的好校长，今天第一次见面，又不在政府办公室里，就找我要经费来了！这个经费，要得好啊！我们就缺这样办实事的人，不钻营，不绕弯子，心里只想着如何为民做事。"

众人听着栾县长的话，似乎划拨经费大有可谈，然而他话锋一转："只是我初到偃师，才看了财政，不得不感慨民生之艰啊，军阀纷争不断，百般盘剥百姓，地方赋税竟已预征到几年之后，县里更是财政空虚，赤字惊人。"

这一番话说下来，听着却也合情合理，一时竟不知他是否要拨款重建小学校舍。众人正疑惑时，却听他又开口道："可是教育又是当务之急，孩子们读书是一刻也不能耽误的，祁校长，依你的预算，重建小学校舍，需要多少经费？"

祁书瀚略一思索，便道："重建校舍，还要给老师们建几间宿舍，再有购置课桌、书本、教具等，再建一操场，民夫也用以工代赈的法子，大体算下来，至少要三百多银圆的。"

栾县长闻言，点了点头："这已经是极为节约的算法了，三百银圆，并不算多，若是这点经费都不能筹措到位，便愧对偃师这几千年的文脉了。孩子们的学业，总不能断送在我等手中，虽然财政空虚，但我这个做县长的不能亏了教育，我个人先认捐五十银圆，诸位同仁有力出力，都为我县的教育尽一份心，如何？"

县长既已带头认捐，众人哪里还敢怠慢？周掌柜立即让人拿了捐款簿子来，先誊写了栾县长的五十银圆，又跟捐了三十银圆，其余仕宦乡绅无不解囊，最后统算下来，竟得款项四百有余。

祁书瀚惊喜过望，焦虑了多日的事，竟一日之间便成了。他拿着捐款簿子连连道谢："诸位都是功德无量之举，小学落成之日，一定刻碑纪念，诸位的善举都将被永远铭记！"说着，他又向栾县长道："县长先生如此高风亮节，小学能够重建，全赖您一力支持，还望您能亲自为学校题名，并撰写序文以记此番盛事！"

周钧儒凑到祁书瀚眼前，看着捐款簿子上的名单，笑道："祁先生，如何？新县长来给我们家上梁捧场，日后少不得要打点他，不如趁着这个时机敲些钱出来，只要他松了口，这些人哪敢不捐？"

祁书瀚："你觉得这个县长也是……？"说着，他捻了捻手指，示意贪财。

周钧儒："哪有不爱钱的官？说得都冠冕堂皇，你看着吧，以后他敛财的法子多着呢。"

祁书瀚笑着拍了拍他的肩膀："卓先果然是越来越看得明白了，所以我说，不管什么张大帅李大帅，北平政府南京政府，只要是这些人当政，老百姓永远没有好日子过。"

周钧儒："我们小老百姓又能如何？不过是张家来了姓张，李家来了姓李，还真指望着能变天不成？自古到今，可是从来没听说过天能变了的。"

祁书瀚淡淡一笑："也许，有朝一日就变了呢？"

周钧儒哈哈笑道："那我等着你说的这一天，不定这辈子能不能赶上呢。"

当晚，李坤和的戏班上演了新编曲子戏《风雪配》，故事讲的是丑公子颜俊相中了高员外之女高秋芳，恐自己颜面丑陋，对方不同意，遂央求其表弟钱青代为提亲。高家一见钱青仪表堂堂，自是欣喜应许。及至成亲时，颜俊又恳请钱青前去迎娶，钱青只好再次代往。不料，船到高家，天气突变，风雪交加，无法返程，高员外夫妇便留钱青与秋芳拜堂入了洞房。三日后钱青还家，颜俊怒不可遏，硬拉他上公堂，状告他骗婚占妻之罪。县官问明情况，决然将高秋芳判予钱青，并判颜俊拿出一半家财给钱青，颜俊落了个人财两空。

这一场戏，故事起起伏伏牵人心肠，观者心思如被悬丝吊在空中般，悠悠荡荡没个着落,每每替高小姐和钱青焦虑不已,直到县官判了案子,皆大欢喜,众人才掌声如雷,轰动叫好。

周钧儒亦是第一次看这出戏,只觉与以往的故事迥异,格外地欢快婉转,尤其是高秋芳出阁前夜,更是令人目不能移地盯着她,只听她唱道:"今日是我出闺的前一晚上,还缺少上轿的绣鞋一双,急慌忙我只把银灯剔亮,独坐在灯光下来绣鸳鸯……俺不图贵官人他的银钱多广,只图他的才貌好品学端方,吴江县有一个颜公子,大厅外我也曾偷把他相,我观他相貌好才学又广……他的名叫颜俊字是伯雅……"

这场戏讲究的便是做功,身上功夫不到便粗糙不堪入目,太过又矫揉造作令人生厌,偏巧那男旦身段唱腔无一不恰到好处,边唱边满场脚下不停地转,一时拿针线绣鞋,一时又坐立不安,竟把女子选得如意郎的心思演了个淋漓尽致,或窃喜娇羞,或思慕难抑,一颦一笑,一举一动,简直令人目眩神摇,世上怎会有如此妩媚动人的待嫁姑娘?

待到戏终,周钧儒立即就进了后台,喊道:"李老板,李老板,快把这《风雪配》的本子抄给我!"

李坤和一见他进来,便笑道:"我早知道你肯定要来抄本子,这是今年新出的本子,说是一位大学问家在古书里找来的故事,现编的曲子戏,我们也才演了两三场。只是我这里没有抱本子先生,都是跟人一句句学来的,你要抄,也只能我一句句念给你听。"

周钧儒:"我带了纸笔了,新戏好,就是要不断地出新戏,老百姓才爱看。"

他一边催着李坤和卸妆,一边问道:"这大半年一直打仗,别的戏班都没了生路,你怎么越唱越红了?"

李坤和叹了口气:"这有什么说的,不过是各家大帅底下人也要听戏,我不像别的班子,一说行伍大老粗下条子来请,就吓得连夜跑了,不过是阎家来了给阎唱,刘家来了给刘唱,虽然遇到不少难处,整日担惊受怕的,倒也挣了些包银。"

周钧儒震惊："你竟然给那些军阀唱戏？"

李坤和："不唱能怎么办？经常是扛着枪来接，不去就是不识抬举。"

周钧儒："万一那些军阀发起狠来，不是连命都没了？"

李坤和叹了口气："我们这些下九流的戏子，敢说个不字？枪杆子下哪有讲理的地方？"

周钧儒也觉得沉重起来："原来，你们受了这么多苦。"

李坤和："苦不苦的，都过来了，就希望以后再也不要打仗，我们也能安安稳稳唱几年戏，攒点家当，不再过这跑高台的流浪日子。"

周钧儒默然，原来，他所热衷的风流婉转故事，辉煌炫目行头，还有那花样繁多的唱念做功，不过是别人迫于无奈的生计而已。

他忽然又想到了杜景箴，一个医道世家出身的大学生，又在政府里供着轻松的职位，为何却逃婚离家放弃家产，一心想着组个戏班，要改革梆子戏登上大雅之堂？杜景箴并不是迫于生计，他这般热衷唱戏，是为了什么？

及至旧历年底，周家新宅完全落成，准备乔迁之礼。

之前周家是三进院落，如今的规模几乎大了一倍，青砖灰瓦垂檐雕花的五进大宅院，足足占了五六亩土地。门楼巍峨高耸，换了气派的朱漆铜钉大门，足可容纳四驾马车出入。宴请待客、生意往来都在前面两进院子，厅堂开阔，廊柱俨然，颇有累世富贵之家的气象。后面三进院子便是主家所居，屋舍素朴紧凑了许多，每进院子各带一处厢房偏院，不事奢华，务求舒适实用，新添置了时兴式样的家具，还有些西洋的钟表、玻璃镜等，比之此前的宅院，算得上富丽堂皇的大户府邸了。

如此规模的宅子，整个偃师都不多见，在伊河镇更是轰动一时，街坊乡邻们路过门前，犹如见了皇宫大殿一般啧啧称叹。周掌柜一生行事简朴，此番大兴土木兴建府宅，便是彰显财力光耀门楣之意，周家后继有人，这所宅院便是传承百年的基业。

由于"上梁"办得太过轰动，乔迁就格外低调，只是放了些鞭炮，祭祀了天地祖宗，便入住新居了。周掌柜和周太太自然是最后一层院落，二进院便是少爷周钧儒的住处，以备将来娶妻生子之用，还有一层院子，周掌柜吩咐暂且空着，周太太与周钧儒皆不知何故，周掌柜亦不明说，索性也无人居住，就闲置了下来。

周太太在院子里一处处地看下去，眼中竟溢出了泪花："我嫁进周家门里三十年，做梦也没想过能住上这样的大宅子，总听人说康百万家如何气派，我看着咱家也够了，知足了。"周培祥忍不住笑了起来："咱家顶多算个小康之家，哪能跟人家真正的富商大户比？"

周钧儒这几个月跟着父亲营建宅院，定做采买家具陈设，一应诸事都亲手经办，如此一座大宅在自己手上渐渐落成，颇有成就感：这是他亲自参与建起来的周家宅院，在这个全新的家里，他不再是外来子，而是堂堂正正的主人，是周家真正的少爷，积压心头多年的不安一扫而空，只觉走在院子里泰然自若，步步生风。

他"巡视"着自己的院子，一砖一瓦，一桌一椅，都带着温暖的熟悉感，这里是他的家，是他终于可以安下心来生活一辈子的地方。

周家新宅乔迁之际，偃师县公立小学也将要完工了。

祁书瀚每日在工地上忙碌不已，昔日毁为废墟的小学校址上，一片热火朝天的气象。

眼见着一切步入正轨，祁书瀚也得以日日回家。他与康宜俭成亲以来，每月多不过十来日宿在家中，往往是忙到深夜，就在校舍里草草住下。因此，这样的每日厮守，康宜俭颇为惊喜，每日必然准备好热汤面和几个小菜等他，偶尔也陪他小酌几杯，只觉从未如此琴瑟和谐、岁月静好过。

这一日晚间，祁书瀚归来时已是后半夜，悄悄进了西厢房，却见康宜俭房里的灯依旧亮着，进门见她手里缝着一件棉布长袍，心思却不知飞到何处去了，只是两眼困得发红，怔怔地出神。

祁书瀚轻声道："宜俭，这么晚了，怎么还在等？"

康宜俭看他进来,立即说道:"饭还在灶上热着,我给你端过来。"

祁书瀚一把拉住她的手:"不是跟你说过,我回来得晚就不要等了,早些休息。"

康宜俭低头:"不等你,也是没事做。"

祁书瀚:"你总是这样等,我会心疼。"

康宜俭:"你在外边很辛苦,我就想着你回家能有口顺意的茶饭。"

祁书瀚:"我已经在工地吃过了,但是你的心意也不能辜负,我们把灶上的饭菜端来,作个宵夜如何?"

康宜俭眼里有了神采:"这个时辰了,宵夜自然是要吃的。"

二人轻手轻脚来到灶上,端了碗碟回房,一人一碗汤面,四个小菜,祁书瀚又烫了一壶老酒,夫妻二人斟上,吃喝起来。

此刻窗外正是空云朗月,月光透过窗纸照进来,颇有几分朦胧意味。祁书瀚低头凝思了片刻,忽然拖过被子披在妻子身上,将油灯吹熄了,伸手推开窗户,半轮明月高悬,天空一丝云也没有,将屋里照得皎洁雪亮,虽然寒气逼人,却自有一番清冽气息,头脑一片清明透彻。

及至酒足饭饱,祁书瀚便有了几分醉意,康宜俭脸上也微微泛了红晕,二人眼神迷离地相对笑着。祁书瀚低头忽然起身披了棉衣,又给妻子裹得严严的,拉着她就往外走。

康宜俭一惊:"你要做什么?"

祁书瀚:"不要问,跟我走。"

他拉着妻子蹑手蹑脚离开家门,一路向外走,直走到寨子高墙上,明月当空,清辉满地,站在寨墙上向远处望去,一片辽远无极,隐约可见远处村庄的影子,天地静谧得仿佛时间都停了下来,只可听到二人轻微的呼吸声。祁书瀚把康宜俭搂在怀里:"如此赏月,才算尽兴,若不到此地,怎能想到月光也能这般凛冽逼人,美得惊心动魄。"

康宜俭口里哈着白气:"这么冷的天气,站在寨墙上赏月,亏你想得出来。"

祁书瀚:"等到日后闲了,我带你去西省,到西安的城墙上赏月,听说那城墙高大巍峨无比,月亮就像挂在角楼上一样,在那样开阔的天地里赏月,才叫不辜负美景。"

康宜俭眼里带出神往:"我们什么时候能有时间到西安去?"

祁书瀚忽然想起自己的身份,略带歉意地笑了笑:"我也不知道什么候能有时间,但是……以后我不在家的时候,你只要抬头看天上的月亮,知道我们在同一片月光下,就是我陪在你身边了。"

康宜俭看着丈夫兴奋的神色,心里忽然升起淡淡的喜悦,她早已习惯了祁书瀚不同寻常的浪漫,只觉丈夫带她所做之事,处处与众不同,却又别有情致。这样的生活虽然时有出格,却是她真心喜欢和向往的,若非嫁了这样的男人,自己的一生就要像母亲和姊娘一样,在琐碎的家务和相夫教子中度过了。

在康宜俭此后七十余年的岁月里,她总是回忆起那一晚的月色,那是她此生见过的最美的风景。祁书瀚离开后,她无数次坐在月光里,甚至站在西安的城墙上望着挂在角楼的明月,却再也找不回当年的赏月心境了。

第二日醒来时,已是日上三竿,祁书瀚急急穿衣洗漱,康宜俭也起身帮他收拾,一面说道:"昨夜那么晚才回,今天晚一点儿也不行吗?"

祁书瀚:"不是不行,是校舍正在重建,我心里急,想要去看着。"

康宜俭:"你就一门心思扑在学校,从来都不肯多想想家里,我们都成婚快两年了,我的肚子还是没个动静……"

祁书瀚恍然:"你说这事? 我们还年轻,急什么? 而且生儿育女就是鬼门关上走一趟,我舍不得你受那样的苦。"

康宜俭:"世世代代的女人都是这样过来的,我也听说过很多难产而死的,只是,我很喜欢孩子,看着孩子,就像看着生命在延续。"

祁书瀚看着她满是憧憬和期待的神色,便笑道:"既然你喜欢,我们就生一个,父亲母亲也希望早日抱上孙儿呢。"说完,他戴上帽子:"我得走了,晚上再回来得晚了,你可千万不要等我了。"

转身走出家门的时候，祁书瀚内心有了一声叹息：身为革命者，随时随地有身死的危险，尤其是当前局势混乱，组织工作极不稳定，他如何敢奢望子女绕膝的天伦之乐？

只是康宜俭的心意也是坚决的，自己这位贤妻，看似温柔贤惠，话也不曾高声说过一句，但是祁书瀚知道，她的内心是极为刚烈且有主见的，若是她憧憬着一个孩子，那就一定要生——何况，祁家总不能在他这里断了后。

他微微叹了口气，还是在妻子期盼不舍的眼神中出门去了，学校要重建，夜校也要恢复起来，向农民和学生传播革命思想的工作也要继续，既做了以身许国的事，又何能兼顾小家私情？

新春开学之前，偃师县公立小学的校舍终于竣工，新建的校舍依旧是三层小楼，教室里都装了玻璃、电灯，新的课桌干干净净，老师们也有了亮堂堂的办公室和宿舍，整个学校气象焕然一新。

落成之日，栾县长果然来参加了竣工典礼，亲自送来了题词牌匾，为捐献功德碑剪了彩，全县的政府要员和仕宦乡绅无不到场庆贺，几乎成为战争结束以来偃师县最瞩目的一桩盛事。

参观校舍时，栾县长连连赞叹："这才是学生读书该有的气象！国家最缺的就是人才，教育一定要大力发展，等到将来有朝一日，人人都读书识字，哪怕是田间地头的农民，也能看懂政府训令，这个国家就容易领导，一心向前了！"然而他话题一转，继续说道："祁校长，听说此前你还辛苦办了夜校，教农民识字，这固然是好事，但你得防着共党分子，他们经常趁着夜校煽动农民和工人，让百姓不肯安分守己地过日子，不是罢工就是闹事，给政府添了多少麻烦，你可要防着这些人混进来。"

祁书瀚故作惊诧："还有这等事？"

栾县长："你一心只顾着教书，哪里知道这些人的险恶，他们伪装得极好，但是很善于蛊惑人心。"

祁书瀚诚惶诚恐："县长先生说的是，我一定仔细盯着，不让这些人混进来。"

栾县长："你也不用太过紧张，我只是提个醒，你们读书人最好不要参与政治，传道授业解惑，才是教书育人的本分。"

祁书瀚连连点头："是是是，我们一定谨遵县长的教诲。"

栾县长视察过校舍就离开了，众人也纷纷告辞。祁书瀚看着安静下来的学校，叫了苏子竞和薛铭两位老师回到办公室。

郑州起义失利之后，苏子竞和薛铭便潜藏了起来，等到时局风平浪静，祁书瀚以校长的身份，将他们聘到学校任教，如今已是偃师县公立小学的骨干教师。上课之余，他们积极在学校师生和农民间渗透反抗剥削的思想，已经重新积累了一些进步力量。

苏子竞性格暴烈，眼见栾县长故意敲打，气愤不平道："学校刚刚落成，就这样没来由的一顿警示，栾县长是不是知道些什么？"

祁书瀚："我打听过了，这栾县长是新任河南省主席刘峙手下的一个团长，据说能文能武，才派到偃师来的。那刘峙就是蒋介石的一条恶犬，中山舰事件，四一二政变，全都是他冲在最前面，不知道残害了我们多少同志。"

这样一位县长，必然会制造白色恐怖，这些年来，他们始终潜伏在地下秘密从事革命工作，不曾有一日放松过，如今情势却是越来越紧张，开展革命将愈发艰难。

祁书瀚叹了口气："越是黑暗的地方，越要心向光明，蒋介石已经成势，南京政府基本上要控制全国了，他只要站稳了脚跟，一定会全力对付我们，未来只会越来越艰难。"

偃师县公立小学的夜校已经停了半年多，如今重新开课，祁书瀚便带着老师们亲自到各个村落招生，拿着喇叭，在每一个村子喊着"县公立小学免费教读书识字"，聚集了人群之后，他们就开始宣讲读书识字不做睁眼瞎的好处，句句切中百姓的心理，尤其是一些地契买卖、文书协议类，往往有百姓因不认字而被欺压得家破人亡，几乎村村可见这样的惨剧。

讲到群情激奋处，他们便趁机讲些军阀、地主、官府对老百姓的盘剥之苦，每日辛苦劳作却总是吃不饱饭穿不上衣，地里收获的粮食永远不够交租，借了的高利贷永远还不清,随处可见卖房卖地卖儿女,最后沦为没有土地的佃户,为什么自家的田地就这样成了别人的? 凭什么一年到头面朝黄土背朝天还要忍饥挨饿?

渐渐地,偃师县公立小学在百姓中的影响力越来越大,不断有新的学员进入夜校学习,师生和农民们的意识也渐渐觉醒,在这片苦难深重的土地上,被压迫的力量正在暗中汇合,积聚着一场新的风暴。

一二　初入商海

过罢旧历年,周钧儒已经十七岁。

周家子息单薄,周掌柜与周太太又年已五十,想着早日抱上孙子,因此周太太便开始张罗着给周钧儒定亲。

周家大少爷定亲,就意味着定下了周家未来的少奶奶,她若生下儿子,便是这份家业的真正继承人。周钧儒固然是外来子,但他在周家生的孩子,却是名正言顺的嫡亲血脉,所谓"儿子不亲孙子亲",周家有了嫡亲的孙子,偌大的家产才算安定,周家才能真正摆脱吃绝户的危机。

而周太太心中合适的人选只有一个:自己娘家妹妹的小女儿,她的亲外甥女。

周钧儒与她名为母子,实际并不亲近,若是自己的外甥女来做周家少奶奶,将来生下的孙子必然与自己一条心,也就不必担心儿孙不孝,家产旁落了。

因此,她很快就让妹妹以看望自己的名义,将那个年仅十四岁的女孩子带到了周家做客。周钧儒以为只是寻常的亲戚来往,礼数周全地招呼照应,然而那女孩子叫了一声"表哥"之后,便很少说话,偶尔与他对视一眼,就慌张地低下头去,好似从未见过外人般怯懦,加之面容身量尚有几分童稚气息,更显得缩手缩脚,局促不安。

寒暄过后,周太太便拉着魏家姨母聊天,吩咐周钧儒带表妹在家里四处看一看。周钧儒天性热诚,又见那女孩子腼腆怯懦,以为她胆小怕生,因此特意陪着她在周太太的院子和花园里慢慢散步。一路之上,无论周钧儒说什么问什么,她都只是低着头"嗯"一声,偶尔开口说话至多不过三五字。更令周钧儒诧异的是,她家里依然守着旧规矩,不许女子读书,因此这位表妹长到十四岁,竟是一字不识,也很少出门,被一双小脚拘束在院门之内,连偃师县城都不曾去过。

周钧儒更觉她可悲可怜,却又无可奈何,只得尽心照应她,待她走得累了,便自去搬一张椅子,让两个婆子抬着,送到周太太和魏家姨母面前。周太太见他如此周到,便忍不住笑道:"钧儒对他表妹很关心呢,怕她走路累,这样的法子都想出来了。"魏家姨母也笑着夸赞了一番,言辞间俱是一表人才前程无量可堪托付之语,听得周钧儒很不自在。

直到魏家姨母带着女儿辞别,周钧儒依然未曾想到这个裹着小脚的"表妹"就是周太太为自己选的妻子。所以,当周掌柜和周太太问他觉得表妹怎么样时,他不假思索地应承了几句客套话,然而周太太却高兴了起来:"培祥,我就说他们两个合适,钧儒也喜欢他表妹呢。"

此话一出,周钧儒顿时震惊不已,此刻他才猛然意识到:自己将要与那个看起来还没长大的孩子定亲了!他立刻摇头道:"我没有……我只是觉得表妹很懂事……"

周太太的神色立刻变了:"钧儒,你这话说出去,让我和你姨母的面子往哪儿搁?你表妹的名声怎么办?难道让人传出话去,周家的少爷看不上她?"

周钧儒几乎急得冒出汗来,连忙求助地看向父亲。可周掌柜看起来却丝毫不以为意,依旧气定神闲地喝着茶,直等周太太训斥了一阵,才开口道:"他才多大的人,还不懂人事呢,知道什么叫看上看不上?只是亲戚来家里坐一坐,能传出什么话,我是觉得两个孩子年岁都还小,也不急在这一两年,等他们长大些再提也不迟。"

周太太脸色才缓下来，说："确实不急在这一两年，等他们大一点儿，就把这事办了。"

周钧儒只觉心中一阵冰凉，听父亲的口气，似乎也同意这桩婚事，难道真就听从父母安排，娶了这个与自己毫不相干的"表妹"？一想到周太太对自己的百般挑剔和不满，这个表妹就算嫁进来，也必然事事遵从她的意愿，以后的日子还怎么过？

然而周掌柜似乎并未把这件事放在心上，只由着周太太去安排，周钧儒纵然百般不情愿，却也拧不过周太太的意思。两家便暂且把事说定了，只待外甥女过了十五岁就正式提亲。

议罢亲事，便到了开春时分，周掌柜开始筹划今年的生意。

首先他预测着天下停战，伤兵必会大大减少，一些军方药材采购自然是随之大幅度缩减。另一方面，西医如今在国中颇有影响力，一些西医诊所能做外科手术，还有些特效药，诸如痨病、疟疾等要命的病症，往往吃几粒药或者打几针就能治好，真比仙丹妙药还灵验几分。

因此，周掌柜谋算着开几间西医诊所，他认定了这事大有前景，西医早晚要占据一席之地的，不如此时及早做起来。

另一件事，便是周钧儒已经十七岁，要带他去了解各地的生意，为少东家接班预为筹划了。在周掌柜心里，周钧儒虽是外来子，他却始终坚定地待如亲生，从不曾有过外道心思，尤其是这孩子极为聪明，在偃师历练了几年，越发看出他生意上颇有天赋，胆大心细，敢作敢为，加之广好交游，逢人便笑，还有些能屈能伸的性情，天然就是经商的好苗子。

一场战事下来，郑州、开封、洛阳的药行都受了很大冲击，不唯药材早已被军中征收一空，店铺也损毁严重，伙计们更是早已逃散。去年战乱结束后，他便安排人修葺店铺，招募走散的伙计重新开张，如今家里的事都已安排妥当，周掌柜与洛阳和偃师的掌柜交代了柜上事宜，便准备带着周钧儒前去开封。

将出行之日，周太太颇有几分失神："培祥，你走了，把钧儒也带走，这家里就没个男人了,要是七叔爷他们再欺负上门来,我可怎么办?"

周掌柜随口道:"你也不用慌,周家又不是真的断了后,只要注意谨守门户,不跟他们起冲突,真遇到什么事儿,让铁顺儿给我发电报,我会安排处理。"

周太太忧虑道:"可我心里还是不踏实……"

周掌柜:"往日孩子在家里,你总挑他的不是,现在他要跟我走,又舍不得了?"

周太太:"你是不知道,那孩子不软不硬地有多讨人厌,可他到底是个男丁,有他在,家里就安定些。"

周掌柜:"就因为他是男丁,才要带他去学着打理各地的生意。他已经十七岁,不能再养在家里了,只有他撑起家里的顶梁柱,周家才能真正过上踏实日子。"

周太太:"唉,想不到我们过了大半辈子,还是得指靠个外来子……"

周掌柜沉了脸色:"不要总说外来子,他就是我周家的孩子,亲生不如亲养!"说着再次郑重叮嘱道:"你也必须把他当作亲生儿子,不光自己不能说,也不能让外人嚼舌根!不然将来钧儒顶门立户,被人说三道四,怎么能守得住家业?"

周太太不再说话,替周掌柜收拾着箱笼行装。

周钧儒的房间里,却是铁顺儿在帮他收拾。自前几日周太太安排他与表妹相见之后,周钧儒便一心想着逃出去,此次父亲带他出远门正中下怀,恨不得把日用之物全部带上,一时拿起这个放进箱子,一时又拿起那个包裹起来,尤其是那几卷戏本子,更是割舍不下。

铁顺儿笑道:"少爷,你这是出门,不是搬家,路上要一切从简,你带那么多东西做什么?出门在外,只要备齐了四季长行的衣裳,再带些急用的药品,其他的都无关紧要。"

周钧儒有些失落:"那我想带上几本书呢?"

铁顺儿:"少爷可别吓唬我,你想带上那些戏本子,我做不了主,只要东家不说什么,我也就无话可说。"

周钧儒堆了笑:"铁顺儿叔,我少带两件大毛衣裳,悄悄把这些本子放进去,好不好?"

铁顺儿:"现在正是倒春寒时节,你不怕冷,我还怕东家说我给你收拾衣裳不尽心呢。"

周钧儒:"都开春了,还能冷到哪里去?"

铁顺儿坚持要把两个大箱笼装满,周钧儒好说歹说,才终于让他同意少带两件衣裳,把戏本子将将塞了进去,满当当两个大箱子,竟比周掌柜的行装还要沉重不少。

然而刚装好行李,周太太又赶了过来,拎着一个大包袱,进门就放在炕上:"你如今长大了,又是第一趟出门,不能穿得太土气,让各地柜上那些伙计看不起咱周家的少东家,所以我赶着让裁缝给你做了两套洋西服,还有几件长衫……"一边说着,一边把包袱打开,拿着衣裳在周钧儒身上比量:"尺寸都对,看着就合身,你也差不多长够个子了,这些衣裳还能多穿两年……"

周钧儒知道,这是母亲舍不得自己走。她并不是个温柔的人,也不会说什么好听的话,往日里总叨叨自己是外来子,对自己挑剔训斥,但他不在家的时候,周太太总是有些慌张,派人日日追着问,定要每天看到儿子才能安心。如今自己跟着父亲去外地,一走就是一年半载,她如何能放得下?

看着周太太把洋西服贴在自己后背上看肩宽尺寸,他忽然回身,隔着西服把她抱住:"娘,我会给你来信。"

周太太听了这话,竟一下子红了眼圈,说:"还知道来信就好!"

周钧儒笑道:"当然知道,怕娘记挂。"

周太太抹了一把泪,笑着说:"没白养这么多年,还算有点良心。"

第二日一早,周掌柜便带着周钧儒坐上火车,前往开封去了。

这是周钧儒第一次离开家,坐在火车上,看着窗外不断后退的树影,他知道,自己即将走出自幼生长的地方,进入一个全新的天地。

对这个全新的天地,他的内心只有憧憬,没有恐惧,他知道自己不属于偃师这小小的地方,更广阔的世界在等待着他去领略,祁书瀚为他讲解的那些"天下时局",此刻便要亲眼去见证。

抵达开封后,周钧儒才知道,周记药行就在大相国寺那条街上,周边就是中山市场、永乐戏院,最是人烟聚集、繁华辐辏之地。周掌柜颇有生意眼光,十几年前买下这两进大院子的产业,临街门面足有七八间,如今已是开封最大的药行之一,全城无人不知无人不晓。

两间门面是坐诊的老先生,医术精湛,其余几间则是病人抓药,药材生意调度,日日来客盈门。但周掌柜有个规矩,用药一律从简,若非急症或先天不足者,尽量少用药,能五七味药可治的病,一概不许开十几味药材。若是开了二十几味药材的大方子,一定要几位坐诊先生共同看过了,才可照方抓药。如是一来,周记药行的医者仁心便盛名在外,有些病人甚至不远百里来开封寻周记药行的大夫治病。

当周掌柜把这些规矩讲给周钧儒听时,周钧儒诧异道:"咱们家在偃师如此规矩,是为了家乡根基,靠药材生意盈余便罢了。在开封也这样做,这么大的铺面,又有许多先生伙计,怎么支撑?"

周掌柜笑道:"这你就不懂了。药行生意,永远挣的不是穷苦百姓的钱,略有薄利就行。真正利大的,是有钱人的生意,名贵药材,几十味药的大方子只管上,就算他们不生病,名贵滋补药材送礼也是大宗,至于南北药材流转的生意,更是咱家的根基了。"

周钧儒恍然:"原来如此,在外行商的道理,和偃师老家的生意,竟然有这么大差别。"

周掌柜:"老家的生意只是守家待地罢了,真正要打开生意挣大钱,都是往外走的,行商坐贾,我们既是商,又是贾,两头的利都不能丢。但你必须记住一点儿,我们是偃师人,在外地做生意只能以义取利,见利忘义的事一件都不许有,不然不仅自家的声誉毁了,连家乡的名誉也败坏了。"

周钧儒听得连连点头,只第一天出门,便跟着父亲长了许多见识。

二人自后门进了院子,在客房收拾已毕,周掌柜便带着周钧儒来到铺面上,请了大掌柜来见。周记药行在每一地都有一位大掌柜,管理全城的铺面和生意。开封的大掌柜姓李,是位和气的长者,年纪将近六十,身形瘦削,头发花白了大半,戴着水晶片的近视镜,却是精神矍铄,目带精明。

李大掌柜一见周掌柜,立即迎上来寒暄。周掌柜也感慨不已:"这一年多兵荒马乱的,家里又遭了炮火,所以一直没来看看,知道有你坐镇,开封的生意乱不了方寸。"

李大掌柜自是谦逊着不肯应承:"东家客气了,还是您掌舵有方,开封总行和下面几间小药行,生意都还过得去,我这便把账本取来给您过目。"

周掌柜:"不急这一会儿,这次在开封要留些日子,一则是来看看你们,二则也把少爷介绍给大家认识,以后少不得让他跟着你学些本事。"说着便让周钧儒行礼。

周钧儒立即拱手躬身施礼。李大掌柜连忙站起身来:"少东家,这可使不得,你是主,我是仆,我可受不得你的礼。"

周掌柜笑道:"如今都民国了,人人平等,哪里还有什么主仆,你我搭档十几年,我一向把你当作最信得过的老哥哥,钧儒这孩子,你只管带着学,就当自己的后辈一样。"

李大掌柜:"既然东家吩咐了,我一定尽心尽力把生意上的事都禀报给少东家。"

周掌柜还有些人际应酬,便起身离开。李大掌柜则带着周钧儒在铺面里一间一间地看过去,指点给他何处看诊,何处抓药,何处煎药等,又带着他看了堆满药材的库房,边走边拢着开封周记药行的开销和盈余,诸如坐诊大夫四五人,伙计二十余,账房一人,马匹大车若干,一年生意流水有三四万大洋,除去铺面成本和人员开销,盈利万余,再除去吃请送礼,喂饱一些人的肚子,最后能有六七千就不错了。那几间小药行不济事,加起来一年也就两千左右……

周钧儒一面听着,一面暗暗记下。心中稍一盘拢,便有了计较:周家在各地的药行约有六七处,一年下来,至少应有五万大洋以上的收益,确有大商行气象。

他此前单知道周记药行的生意遍及河南、湖北、四川，却不知生意竟做得如此之大，莫说自己，只怕周太太也不知自己丈夫有如此丰厚的资财。思及此处，他心中忽然一动：难怪当年绑匪要五万大洋，也未见父亲如何为难，周家确实能拿出这些钱来！

不及多想，李大掌柜又带着他来到账房，把近一年的账册拿与他看。账册分三类：一类是日常出诊抓药，一类是名贵药材买卖，一类是药材生意流转，一笔一笔记得分明，清清楚楚毫无差错。

只是一些大额诊金药费和名贵药材买卖的账目，却有些看不明所以然，于是问道："李大掌柜，这几笔账目，为何两本账册记了两遍，却数额不等？比如这一户郑家老太太心悸绞痛，明明药金三十大洋，实收却是二十四？还有这里，收了一支百年老参，记账是十五大洋，为何却付了二十？"

李大掌柜笑道："这里面确实有些门道，好些大户人家抓药、走些名贵药材，都是打发下人来做，他们自然要捞点油水的，所以就出了这两层账，面上的账是开了条子让下人交差的，实际的账目，我们也要留个底。"

周钧儒愕然："真有如此钻营的下人？"

李大掌柜："无君子不养小人，这些人就是靠这个营生的，既不能断了他们的财路，也不能跟他们走得太近，两厢无碍就好。"说着他笑了笑："少东家以为只有那些大户人家有钻营的下人？柜上的伙计偷点儿摸点儿，交药材的药农掺点次货水分，都是常有的事，我们也是睁一眼闭一眼，只要不越了线就行。"

周钧儒听得连连点头："原来生意上的门道这么多。"

李大掌柜："不只如此，药材生意往来，也有许多见不得光的事。诸如一些官府的采购，就有不少门道在里头，账面要做得好看，他们要拿到好处，我们还要有些薄利，其中的谈判算计，着实让人头疼。"

周钧儒："这些吃拿卡要的本领，他们最是擅长。"

李大掌柜："从上到下都烂透了的，想开门做生意，就不得不应付这些人这些事,如今可不是本本分分生意人能活下去的年头,没点儿后台倚仗,生意是万万做不下去的。"

周钧儒:"那我们的倚仗是谁?"

李大掌柜:"这我可不知道,都是东家在打点关系,但凡有滋事的,打招呼给警察司,都是直接来拿人,哪怕旁边的永乐戏院打翻了天,周记药行也都平安无事的。"

周钧儒心里一惊,他没想到父亲竟是这般善于周旋的人物,如今河南省刚刚换了省主席,父亲便攀附到了关系,依旧能保周记药行平安无事。

周掌柜回来时,二人依旧聊得入港,他便提了今日去民政厅之事。张厅长说起过几日便是二月二,趁着战火平息,天下太平,永乐戏院要演一场《二龙山》,把开封有名的角儿都叫上,要好好唱一唱当今这盛世流芳。周掌柜自然要带人去捧场,知道李大掌柜最爱看戏,这次角儿齐全,因此便请他同去。

李大掌柜自然高兴非常。周钧儒也不曾想到有这般意外之喜,刚到开封就赶上如此盛事,随口便问道:"那李剑云也来吗?"

周掌柜怔了一下,才回想起来:"当年四大云之首的李剑云?有几年没他的消息了。"

李大掌柜叹了口气:"少东家说的是他呀,可惜了一代名角儿,听说他吸老海毁了嗓子,又落了一身病,如今早不知流落哪里去了,是死是活也没人知道呢。"

周钧儒顿觉心被掏空了般的遗憾,原来心心念念想了这么多年的李剑云,已不能再唱了,且死生未卜,铁顺儿叔曾说过他在台上的绝世风华,不想会落到如此下场。他愣怔怔道:"他为什么要吸老海?这不是把自己葬送了?"

李大掌柜:"谁说不是?当年李剑云一登台,没人不痴迷的。也不知道戏班子里什么风气,但凡名角儿,有几个不吸老海的?多半是红上几年,包银多了就染了烟瘾,等到身子掏空了不能唱了,就下落不知了。"

周掌柜叹道:"都知道老海害人,他们偏偏要吸,贪一时痛快,又讲究个排场,过不了几年人就不行了。"李大掌柜:"你看着吧,明天登台的那些角儿,多一半是吸老海的,不知道还能红几年呢。"

周钧儒不曾见过谁吸老海,但他却是无比痛恨大烟的。娘走的时候,两颊凹陷得不成人形,定是为三哥染烟瘾的事困苦多年,才受尽贫忧折磨而死的。如今,听得那些名角儿多一半吸老海,他心中更是堵了块垒般,一时连《双龙山》也不期待了,难怪杜景篦说要改革梆子戏,原来这些戏班和名角儿竟已如此自甘下流了。

回后院的路上,周掌柜随口问道:"钧儒,怎么一说李剑云的事,你就有些失态? 在外做事,可容不得有些心思便形之于色。"

周钧儒叹了口气:"我虽然遗憾不能见到李剑云,但是他的下场……我三哥只怕也差不多,我亲娘便是被三哥活活拖累死了。"

周掌柜愣了一下:"铁顺儿告诉你了?"

周钧儒点头。

周掌柜叹了口气:"你已经尽己所能地去照顾他们了,管得了一时,管不了一世,人不能总回头,还是要向前看的。"

周钧儒点头:"爹说的是,我都懂。"

周掌柜拍了拍他的肩膀:"你如今长大了,眼前该走的路也看得清楚,余下的,我就不多说了。"

周钧儒:"爹放心,接下来的路,我知道该怎么走。"

接下来几日,周钧儒跟着周掌柜又看了开封的其余几间药行铺面,将近年来的生意和账目都过了一遍,心中渐渐有了几分成算。忙碌中不觉时日,便到了《二龙山》开戏的日子。

当晚,周掌柜带着周钧儒和李大掌柜三人来到永乐戏院,却见戏园早已打扫一新,棚子重新修葺过,舞台和廊柱也都新油了一遍漆,前排一大片的长木板桌凳都换了八仙桌,摆了茶水干果之物,等候大人物们入场落座。

寻常说来,政府官员和文化名流是不看河南梆子戏的,大多嫌弃它庸俗粗陋,既无文雅的戏词,又无夺人的表演,莫说京戏、昆曲,便是河北梆子、山西梆子,甚至连秦腔也比不了,向来被上流社会认为是最差的地方戏种。

但要唱出河南息战以来的太平盛世,自然还用本地戏,梆子戏一些唱念俱佳的名角儿,在河南百姓中也是极有影响力的,尤其这出《二龙山》,乃是二龙山造反的大王李怀珠不敌唐军征讨,率众归唐的故事,正合眼下局势。且这一出戏唱打并重,角色众多,陈玉亭的唐王李世民,赵顺公的程咬金,王金玉的李怀玉,彭海豹的李怀珠,四女将分别是金玉美、李门搭、刘荣心、盖洛阳,就连把子龙套都选身高一致身材相仿的,一场戏下来,算是把河南梆子戏的风头拔尽了。

因此,当晚不仅有政府和文化界的人到场,戏园里更是挤得人山人海,连墙上树上都骑满了人,现场几十个警察维持秩序,才勉强弹压得住,不然非有踩踏伤亡不可。

周钧儒跟着父亲和李大掌柜坐在八仙桌旁,又有几个商界人士并坐,开戏前少不得向各处拱手招呼。难得的是民政厅张厅长也到场了,落座以后频频起身向周边人群还礼。嘈杂了好一阵子,台上锣响了两遍,才正式开戏。

这是周钧儒第一次看到如此排场的大戏,台上的角儿一招一式皆能夺人双目,开口更是珠玉落地,声声入心,更兼戏台上电灯雪亮,照得角儿们行头熠熠生辉,把子龙套穿梭如云,一眼望去恍若天宫璀璨,只觉目不足用,耳不尽听,整个人如在云端一般不真实,相比之下,此前所看的高台戏竟是尘泥也不如了。

这一场戏下来,自是红火已极,观众的喝彩声掌声几乎不曾停过,多少人嗓子喊哑双手拍肿也全无知觉,人人都道一辈子能看这样一场戏,便是值了。

然而《二龙山》唱罢,竟还有一出折子戏,名为《打砂锅》,是一个名丑角儿李德奎来压轴。如此大戏之后,众多名角儿争辉,台下早已乱哄哄开了锅,谁还能压得住这场面?然而那李德奎只在后台一声咳嗽,台下便爆出了掌声,待到他出场登台,戏园立时安静下来。只一出小折子,李德奎的念白是干脆利索,清晰真切,抑扬顿挫,节奏鲜明,且越念越快越念越好,竟如爆豆一般噼啪作响粒粒分明,观众听得人人愣了神,紧张得连喝彩鼓掌都忘了,直到一折唱完,才恍然回神,掌声雷鸣轰动。李德奎足足谢了四次场,才得以回到后台。

这一夜,李德奎一人抢了所有名角儿的风头,凡当晚到场之人,无不津津乐道这段轶事,久之便成了一段奇闻,李德奎的名声也随之响彻了整个河南。

看罢了戏,周钧儒跟着周掌柜走出戏园,却在人群中看到一个熟悉的身影,站在那里恭送大人物们离场,他立即挤了过去大声喊着:"杜大哥!景篯大哥!"那人闻声回头,一见是周掌柜和周钧儒,惊喜道:"周叔父,卓先,你们也在这里?"

聊了几句,周钧儒才知道,今晚这场《二龙山》,是杜景篯一手操办起来的。在开封省城组织大戏,必然要社会教育处来协调安排,因此这些差事便落在他头上。十余载过去,当年那个在家里唱几句戏都要被训斥,一心向往自由的杜景篯,如今已经能安排这样的大戏,与梨园行交往深厚了。

周钧儒心里涌起由衷的敬佩:"杜大哥现在是'奉旨看戏'的人,台上这些名角儿,你都很熟吧?"

杜景篯:"倒是跟很多人熟,只是他们的表演还是老套,跳不出窠臼,将来我要把电影里的很多东西用到戏里去,那才有意思呢。"

周钧儒:"这表演还老套? 我可是从没见过这种大场面呢。"

周掌柜看他二人相谈甚欢,自回了药行,由着两个年轻人去逛中山市场。

夜间的中山市场最是热闹,各种小吃摊贩杂耍把一条街挤得满满的,街上行人如织,摩肩接踵。好些卖小吃的挑着担子,就着路边支起锅来,人们围着担子吃上一碗馄饨或是两个炸糕,不过一两文钱,却能带着饱足的温暖回家。

二人找了一个有铺面的小馆子,进门坐下来,叫了两碗汤面、几个卤菜,边吃边聊。杜景篯是个爽利性子,风卷残云般吃尽碗里的面,放下筷子看着周钧儒慢慢吃,开口道:"你觉得永乐戏院如何?"

周钧儒点头:"很好,戏园里有电灯,比我们乡下可是好太多了。"

杜景篯:"你是没见过京戏和昆曲的戏园,那才叫精致华美,我们梆子戏跟人家一比,简直就是粗陋不堪。"

周钧儒:"我也没去过京戏和昆曲戏园,不知道他们是怎么个气象。"

杜景箴:"等你有空了,我带你去看看就知道了。如今且不说这个,还记得我跟你说过想组个戏班的事吗?"

周钧儒:"记得,你还说要改革梆子戏。"

杜景箴回身指着永乐戏院的方向:"有朝一日,我要把这永乐戏院接了手,组我自己的班子,唱我写的戏!"

杜景箴性情直爽,说话也无所顾忌,这般豪兴遄飞地高声说出此话,不唯周钧儒有些震惊,旁边的食客们也纷纷回头看着他,有人便起哄道:"年轻人,好大的口气,等你真接手了永乐戏院,我一定要好好看看你写的戏!"

其他人见有人接声,也纷纷笑道:"这一看就是富家票戏的少爷,敢问这位少爷,你准备几时接手?""你写的戏呢? 梆子戏秦汉八百唐宋三千,你还能写出什么花样?"

杜景箴看着这些人起哄和嘲讽,倒也丝毫不气:"我都不急,你们急什么? 到时候自然给你们好戏看,比《二龙山》还要好的戏。"

众人更加哄堂大笑起来,杜景箴也不介意,依旧向周钧儒说道:"年前我在你们家放的电影,还记得吗?"

周钧儒:"记得,那些洋片儿和我们的戏完全不一样,一点儿不做行头装扮,也没有唱念做打,都是日常说话做事一样。"

杜景箴:"他们虽是日常说话做事,但是比唱戏看起来生动许多,是吗?"

周钧儒哑摸道:"确实是这样,寻常做事说话也能这样引人入胜,很有些功夫。"

杜景箴:"人家这些人叫作'演员',艺术家,不像我们把唱戏的叫作'戏子伶人',处处带着轻贱,所以以后,我的戏班里,唱戏的一概都叫演员,那才显得尊重。"

周钧儒:"照你这么说,下九流的戏子也能叫演员,也和他们洋人一样的了?"

杜景箴认真点头："当然是一样的，都是表演者，唱戏的怎么不能叫演员？而且这电影里还有一种手法，叫蒙太奇，我要把这种如梦似幻的手法，用到戏里去，岂不是好看得多？"

周钧儒迷惑道："蒙什么？你要把这蒙人的手法用到戏里去？"

杜景箴笑得喷了茶水："不是蒙人的手法，是拍电影的一种艺术手法，叫蒙太奇。"

周钧儒依然不懂："我还是不明白你说的这个蒙太奇。"

杜景箴："一时也说不明白，等将来你看了我的戏就懂了。"

周钧儒："好啊，我等着看杜大哥的新戏！"说着低头怅然道："我也想跟杜大哥去做戏呢，可惜要跟着父亲学习生意，开封生意上的事处理完了，他还要带我去郑州、洛阳看一看，然后就往湖北、四川那边去了。"

杜景箴有些失落："没想到你这么快就要走……曲子戏虽然是近些年才时兴起来，但是婉转流畅，曲调新鲜，和京戏、梆子戏这些板腔戏全然不同，这样一个新生的戏种，真该有个人去弘扬呢。"

周钧儒叹了口气："我何尝不想细细整理曲子戏？为了爱看戏，母亲不知和我生了多少气，父亲也狠狠训斥过，哪里还敢再提这事？"

杜景箴："罢了，你也是家里管着，身不由己。"

分别的时候，周钧儒看着杜景箴远去的身影，忽然觉着他坚持地追求所爱之事，哪怕是下九流的贱业，也毫不介意热诚若此，何等快意自由？但他为了这份理想，不得不离家，抛妻，忤逆，这样沉重的代价，值得吗？

他既向往着如杜大哥一样痛痛快快地去组戏班改良曲子戏，又觉着自己应遵从父亲的期望习学经商为周家顶起门户，一时间颇有几分迷惘。然而他知道，自己不是杜景箴，没有那样的勇气和决然，他是周家的少爷，周家的责任在他肩上，再过一两年他就要听从家里的安排与"表妹"成婚生子，他的人生早已被定了方向，与杜景箴要走的路截然不同。

第二日，周掌柜在周记药行摆了一桌席面，邀了杜景箴来做客，席间不过聊些家中事务和生意往来之事。杜老先生已经辞世，如今是杜景箴的父亲接了家里的医馆，只是请来坐堂的大夫毕竟没有杜老先生那般医术，渐渐也就落入寻常了。

周掌柜说起要开西医诊所之事，杜景箴极为赞同："周叔父正该走出这一步，如今西医西药很能治病，多少中医治不了的急症绝症，西医打上两针，几颗药下去，就痊愈了，真真是神奇。"

周钧儒："这么说，西医比中医要强得多了？"

杜景箴："也不能说孰优孰劣，中医治未病，西医治急症，只是寻常人哪里有未病先治的念头？这个时候西医治病快就显得格外灵验了。当然，西医也确实有很多中医不能及的药和治疗手段，洋人的过人之处，我们也要学的。"

周掌柜："中医几千年，底蕴深厚，哪里是西医能比的，只是确实像你说的，西医治病快是个优势，能治很多中医治不了的病，对百姓来说，不管中医西医，能治病才是根本。"

杜景箴笑道："我倒是听了些笑话，有的病人进了西医诊所，医生戴了听诊器要听心跳，病人死活不肯掀衣裳，还反说那医生不正经。至于褪了裤子打针，更是了不得的事，宁肯病死也不能受这折辱呢。"

周掌柜也笑了起来："我也听过这些事，西医的一些诊病和治疗方式，很多老百姓确实不能接受。"

周钧儒跟着诧异道："他们怎会这样想？到底是命重要，还是衣裳重要？"

杜景箴："命和衣裳都不重要，脑袋里的思想放不开，才是最要命的。"

周掌柜："不说玩笑了，我想开西医诊所，已经联络了西药和器械的门路，就是到哪里能请到好医生，有些犯难。"

杜景箴："这我来帮叔父打听一下，念大学的时候，学校里有些洋人，他们病了都要去教会里看西医，我跟他们问一问，看能不能从教会里请两位医生过来。"

过了几日，杜景箴果然荐了两位西医医生，周掌柜亲自去见了他们，乃是一个洋人带着一个中国学生助手，那洋人说得极好的中国话，很是便于沟通。

看了周记药行,洋医生很满意,要了一间独立的铺面,又在后院设了三间病房。周掌柜一概按他的要求添置了器械、药品、病床等,择日挂了牌匾"周记西医诊所",便正式对外收治病人了。

正当周掌柜志得意满之际,却万不承想,挂匾当日李大掌柜竟递了辞呈。

这辞呈来得甚是蹊跷,几天前他们还一起看了戏,相谈甚欢,如何今日便要请辞?

周掌柜立即请了李大掌柜来问,他却说道:"我已经年近六十,老朽不中用了,如今东家要做这西医诊所,中医药材生意必然是慢慢减缩的,东家就算看重这十几年的交情,还肯留着我,但是这西医,我是无论如何跟不上了。"

一听此言,周掌柜便知李大掌柜是对西医诊所心下不满。西医诊所里是洋医生主管,李大掌柜掌管开封生意多年,如何能容忍突然来个洋人不在他的管辖之下?尤其西医诊所就是在周记药行里分出去的一间铺面,这般面对面打擂台,一旦西医真抢了风头,十几年的脸面如何挂得住?

周掌柜心中明白,面上却不动声色,笑着把辞呈推了回去:"老哥哥是觉得我不重视中医药材生意了?这是周记药行的根本,我怎么能舍本逐末?西医诊所究竟如何,其实我心里也没底,都说西医治病快,那些官商名流也都信奉西医,尤其是西洋留过学的,更是认定了西医才能治病,既然有病人信西医,我们暂且试一试罢了。"

李大掌柜:"这么说,东家只是试一试,我们的根本还是中药材?"

周掌柜郑重点头:"这是我们一辈子的根本,西医到底行不行,要看一阵子再说,咱们中国老百姓,还是只信中医治病的。"

李大掌柜松了一口气:"我也听过不少西医治病灵验的事,只是他们那里治起病来,脱衣露肉的,成何体统!"

周掌柜:"老哥哥,这西医诊所,就交给那洋医生去施展,开封的生意还得你亲自坐镇我才放心,万一哪天西医诊所不行了,还得你出马收拾局面。中原大战那么大的风浪,你都安安稳稳地掌着舵没乱了阵脚,周记药行离不了你的。"

李大掌柜收了辞呈，站起身来："东家放心，我这把老骨头，是要跟周记药行共进退的，我无儿无女，这么多年，早把这里当成自己的家了。"

一番安抚，李大掌柜定下心来。周掌柜送了他出门，回身向侍立身后的周钧儒道："你看见了？这些大掌柜坐镇一方，哪个没有自己的心思算计？"

周钧儒："李大掌柜是觉得西医诊所威胁了他的位置？"

周掌柜："不只是威胁了位置，他是有些怕了。"

周钧儒："怕了？为什么会怕？"

周掌柜："开封周记药行一年净剩的利也不过七八千左右，但是西医诊所药品金贵，还能手术，听说上海那边的西医院，一年赚个十几万大洋呢。"

周钧儒震惊："西医诊所这么赚钱？"

周掌柜："这步棋我看得准，只要立稳了脚跟，西医诊所就算不能大赚，至少也能与中药打个平手。"

周钧儒："如果这西医诊所真比中药生意利大，李大掌柜又要请辞，怎么办？"

周掌柜一笑："生意要往大了做，就不能由着这些老掌柜拿捏，换一个能干的掌柜，还是一样。"

周钧儒："可是，就这样辞掉他，人不说我们周家留不住老人儿？"

周掌柜："我什么时候说过辞了他？是请他回乡养老，每月照样给工钱。只是生意上的事，就不能再让这样的人插手了。"

周钧儒忽然想起一件事，便问道："爹，你来开封这些日子，账目也不看，心里就这么有底？就这么信得过李大掌柜？"

周掌柜："用人，要信，也要不信，比如这开封城里的政界人脉，就不能让掌柜接触，账房和掌柜也要互相制衡，这是说的不信。但是生意上的大小事务处理，就一定要信得过他们，他们才能放开手脚办事。"

周钧儒唯有点头而已。来开封之后，他才真正意识到自己与父亲的巨大差距，父亲的生意眼光之精准，做事之雷厉风行，人脉关系之盘根错节，远远超出他的想象，若想接班周记药行，他要学的东西还有太多，在父亲面前，他只是个初出茅庐的毛头小子罢了。

周记西医诊所开张不过旬日,便引了一些洋人和政商文化界的名人来看病。那洋医生也确实尽职尽责,医术精湛,不止一些头疼脑热之类的小病,便是有些急病如急性阑尾炎等,腹痛到满地打滚,也能当即手术,三两日便可痊愈,因此短短时日内,周记西医诊所在大相国寺一带就有了声名。

如此一来,中西医虽当面打擂,但也相得益彰,一些心态保守不能接受西医诊治手段的,自可选择中医,中医不能施救的急症病人,也能立即送进西医诊所,周记药行因此左右逢源起来。

一见西医诊所势头如此之盛,李大掌柜果然面色难看起来,虽不曾再提请辞之事,却日日对西医诊所冷眼而视。

周掌柜见此情形,倒也不动声色,只是将久在李大掌柜之下的二掌柜悄悄叫了出来,带着周钧儒与他吃了一顿饭,此人便满面红光神采飞扬地回药行了。周掌柜回头看向周钧儒:"他是李大掌柜一手提拔起来的,可这七八年久居人下,再大的恩情也经不起这么久的消耗,这个人办事能力不错,也有野心,一旦李大掌柜撂挑子,他能立即把开封的生意挑起来。"

周钧儒皱眉:"可是,这种连提携自己的人都能反……"

周掌柜气定神闲:"不用担心,他就算有再大的反心,也反不了我周记药行。我们要去四川,开封的生意不能没有后手,只要这几年他勤勤恳恳做事,我不会亏待他。"

一三　妾室有子

　　眼见开封生意安稳下来,周掌柜心下安定了不少,于是带着周钧儒启程前往郑州,两地相距不足二百里,火车半日便可抵达,路途倒也方便。

　　郑州是个大商埠,人烟密集,商路通达,本该一派繁华气象,奈何战乱期间,郑州上方时有飞机轰炸,更兼几十回合的攻防争夺,这座城市早已被毁得废墟遍地,面目全非,逃难者十有五六,留下来的也度日艰难。如今战事已停息了四五个月,郑州并没有恢复元气,一进城依然是满目萧条的景象。

　　郑州城里的周记药行亦是损失惨重,药材早已被征用,铺面也在巷战中布满了枪弹痕迹,伙计们走的走逃的逃,唯有杨大掌柜带着三四个伙计支撑局面,年前带人将铺面修葺了一番,药材生意勉强重新周转起来,只是请不到名医坐诊,始终不见起色。

　　他们一到药行,只觉门面虽然簇新气派,但药行里却一片沉寂,门可罗雀,连个病人也看不见。柜上的几个伙计无精打采,竟连有人进来都反应迟缓,揉了揉眼睛才惊喜道:"东家!"随即,伙计们踉踉跄跄飞奔向后院高声喊道:"大掌柜,东家来了! 东家来了!"嗓音竟带了几分哭腔。

　　话音刚落,就见杨大掌柜老泪纵横地迎了出来:"东家,你可算回来了,药行生意,我没能守好……"

周钧儒第一次见到这位杨大掌柜，只见他须发皆白，面色黝黑，竟看不出一丝血色，仿若垂暮老人一般，此刻老泪纵横、双目赤肿的样子，更令人心酸难忍。杨大掌柜依旧含泪哭诉道："留下我这把老骨头有什么用，伙计们都散了，逃命去了，如今就回来这几个人，其他人是死是活，我都不敢想。"

周掌柜看着眼前的几个人，也忍不住落下泪来："我知道，这一场战争，苦了你们了，可是战乱一起，都没人敢保证自己能活下来，哪儿还顾得上生意。"

杨大掌柜："东家，这一场大战，把我的心劲儿全磨没了，你看看我不到五十的人，头发胡子全白了，我是强提着一口气，要把这生意守住，守到你回来的这一天，现在，我可是不行了……"说着，竟哇地呕出一口血来，随即委地瘫倒，整个人似被抽光了精气般，瞬间瘦削了下去。

周掌柜大惊失色，几个伙计也冲了上来，周钧儒愣愣地看着这一切，手足无措地看着众人围在杨大掌柜身边，竟不知如何自处。

杨大掌柜撑着气力，说："东家，周记药行，我守到头了，账册已经理好了，再请两位名医坐诊，生意就能继续做下去，只是我没这份心力了……"

周掌柜急道："什么都不要说，生意的事更不要多想，只管好好养身子，哪怕你从此再也不能管理药行了，我周培祥养你一辈子……"

杨大掌柜："我就算不死，也已经是个废人了，不能再麻烦东家。"

周掌柜："你是拿命在守着周记药行，我周培祥要不管你，何以为人！"说着回身道："钧儒，你带伙计去库房看看，有没有人参，马上炖了参汤！"

伙计应声道："有！有！还有几支几十年的五两参！"人参很快取了出来，一边炖着，几个人便将杨大掌柜抬到后院安置在床上，等了半个多时辰，参汤炖好立即与他服下去，看他脸上有了几许血色，精神也稳住了些，沉沉睡过去，众人才安下心来。

留下一个伙计守着杨大掌柜，周掌柜带着周钧儒在药行巡视了一番，才更加深切地意识到，杨大掌柜为守住药行付出了多大的心血和代价。

兵，匪，抢劫，飞机轰炸，枪炮混战，跑警报，钻防空洞，伙计们四散逃命，他始终不曾离开过，就这样一直坚守着，直到战乱结束，直到把周记药行完完整整交回东家手中。如今,在他的整顿之下,被炸毁的铺面修缮过了,金字牌匾也干干净净地挂着,库房里药材基本齐备,甚至账房里还余有几百大洋,无论如何,这都是一个奇迹。

周掌柜看着钱箱里的几卷大洋,竟落下泪来:"老弟,你何苦如此,就算你丢下生意逃命去了,我也绝不怪你,可是你做到这一步⋯⋯周家亏欠你一辈子啊⋯⋯"

周钧儒也不由得泪眼模糊,读书之时,曾有一句话在他心中印象极深:义之至也,忠之节也。如今亲见杨大掌柜之举,这句话竟分外鲜明起来,原来这短短八个字,是要用生命来践诺的。

周掌柜行商多年,最重用的便是偃师同乡,每到一地打开生意局面,主事掌柜和得力的伙计都是从偃师带过去,偃师人守根基,重信义,忠诚坚韧,这些年周记药行能做大,离不开同乡们不辞辛苦地开拓和追随。他叹了口气,回身向周钧儒道:"古话说,慈不掌兵,义不养财,说我们经商之人不能太重义气,但是你看杨大掌柜,如此忠义之人,你见过几个? 小义只是意气行事,大义才能真的养财,这样的人,绝不能辜负。"

周钧儒点头,只觉一句话都不能言,只是默默跟在周掌柜身后,看着这小小的账房斗室,叹息不已。

周掌柜叹了口气:"等杨大掌柜身体好些,就送他回偃师老家,每月在柜上支取二十大洋,直到他儿子成年。"

周钧儒点头应了。

周掌柜:"现在最当紧的,是再请一位大掌柜,两位坐诊大夫,还要把走散的伙计们再招回来⋯⋯"他忍不住摇了摇头:"你见见这样的局面也好,知道生意不是一帆风顺的,想要做起一个药行,不知多少磨难,但凡心志有些退缩,在这乱世里就走不下去了。"说着,叹了口气,把那口钱箱盖上,锁进了柜子。

处理完账目,父子二人刚到柜台,便听门外隐隐有哭声,他们急急来到铺面门口,却见一个衣衫褴褛的妇人跪在门前,身边还带着个十来岁的丫头:"求求你们,行行好,买了这孩子吧,再不给她一条活路,她就要被那狼心狗肺的舅舅卖到脏地方去了……"

脏地方,就是窑子。

女人最悲惨之命运,莫过于沦落为妓。

周钧儒惊出了一身汗,眼前这个丫头,看起来有几分眉清目秀,却是干瘦如柴,只剩几根骨棒支着晃晃荡荡的衣裳,本已受尽了饥饿折磨,不承想还有更悲惨的命运等着她。

周掌柜脸色也有些变了,说:"你快起来,这话是怎么说的?"

伙计却走上前来,向周掌柜低语:"东家,这样的事太多了,每天光讨饭的就得打发十几起,咱管不过来。"

那妇人见伙计向周掌柜嘀咕,便知是阻拦他,更加连连磕头,求告:"我男人死了,只能带着丫头回娘家,不承想她那舅舅动了这样的歪心思……"

周掌柜立时明白了,一个没有田地没有丈夫的女人,带着孩子住回娘家,仰人鼻息讨一口饭吃,而她身边唯一能值两个钱的,便是这十来岁的女儿。

他不由得叹了口气:生活悲惨,在女人身上尤甚。然而他又不能买了这丫头,救不了她们母女于水火之中,哪怕打发一两个银圆,也改变不了她们的命运。

周掌柜沉吟了半晌,叹口气道:"这位大姐,我不能买下这丫头,但是我指一条能让你们离开娘家,吃上一口饭的路,你们愿不愿意?"

妇人连连点头:"愿意,愿意!"

周掌柜:"下九流的路也愿意?"

周钧儒诧异道:"爹,你是说送她去戏班子?"

周掌柜点点头,那妇人却有些犹疑起来。毕竟,进戏班是下九流的贱业,而且很少听说有女子唱戏的,就算有一口饭吃,又如何受得了那"打死勿论"的学戏苦楚?

然而那女孩子却说话了:"我愿意去戏班唱戏!就算让人打死,也不去那脏地方！"

她这一开口，却是字字清晰分明，清脆圆亮无比，与她那枯瘦如柴的身形完全不相称。周掌柜是听多了戏的，只听她一句话，便知这孩子是吃开口饭的坯子。

既然孩子自己愿意，妇人便也不再犹疑了，毕竟再苦再难的路，也比现在的命运要好一些。周掌柜让母女二人进了铺面，给了两个馍让她们吃着，提笔给永乐戏院的单经理写了封信，又拿了两块大洋，安排她们母女二人坐火车去开封，才算将此事了结下来。

那妇人执意问了周掌柜和周钧儒的名姓，说是日后若能谋一条活路，定要给他们父子供长生牌位，才带着女儿千恩万谢地离去了。

省城开封唱着太平盛世的大戏，但大战之后的河南，插草标卖身者屡见不鲜，郑州惨状尤甚，他们就算能救得了一人，又如何应付门前众多的饥寒濒死者？周掌柜叹了口气："官府都不管的事，我们怎么能管得过来？以后再有这样的事，也只能忍着心打发他们走了。"

周钧儒："戏里都知道当官要为民做主，如今这官府竟一点儿都不管百姓疾苦？"周掌柜："你也说了，那是戏，戏里那些清官爱民的故事，能当真吗？"

周钧儒再次说不出话来。

周掌柜回头跟伙计吩咐道："日后有讨饭的、急病的，能打发就尽量打发，我们是开药行救人命的地方，不能看着人死在我们门前，其他的，就听天由命罢。"

过了七八日，杨大掌柜的身体有了些起色，渐渐能起身到柜上来坐片刻，众人都颇为欣慰，暗道他熬过了一劫。

周掌柜托人在本地寻访到两位名医，已经答应了来周记药行坐诊，逃散的伙计也陆续回来了四五个，又雇了几个学徒，调了川地的徐二掌柜回来坐镇，整顿了几日，立时有了振作一新的气象。

周掌柜对徐掌柜自是放心，歇息了几日，便正式离开河南，带着周钧儒前往川地去了。

自郑州到重庆，车船周转，路途要五六日之久，这是周钧儒人生第一次长行，离开他所熟悉的中原，到遥远的川蜀之地。他虽未到过川地，却听父亲讲了许多四川见闻，据说那里气候潮湿，饮食嗜辣，人也生得矮小，平日里女子下田做事，辛苦劳作，男子却游手好闲，与中原风气颇为不同。

他们选择的路线是乘火车自郑州一路向南，走武汉，再乘船入川，火车票买的是二等车厢，座位较为宽大柔软，不像三等车厢那般拥挤不堪，且经常熏得一身煤灰，算得上舒服的旅程了。

周钧儒看着沿途景致的变化，始知中国地广千里，风物处处不同。待到进入湖北、四川，便觉山川万物都秀丽了许多，气候也截然不同，河道纵横，水脉相连，农民们赤着脚在水田里插秧，全然一副不曾受过战争惊扰的静谧生活景象。

周钧儒未曾出过远门，因此一路贪看着窗外的风景。周掌柜却累得全身骨节都在疼，虽然中间在武汉稍作休息，但长达五六日坐车坐船，他又是五十来岁的人，便有些不堪旅途劳顿之苦。

这些年来，周掌柜走南闯北，到一处便要适应一处的饮食气候，兼之行商途中常有露宿风餐之事，经年奔波，便有些风湿和肠胃旧疾在身上。这次他接连料理了开封和郑州的生意，免不得日日饮酒应酬，本已疲惫之身，再受长途坐车之苦，因此在路上便有些身体不适起来，精神很是委顿。

周钧儒眼见父亲精神不济，颇为焦虑，给了茶房一些小费，不断地续着开水，片刻不离地照料着。即便如此，到达重庆时，周掌柜也有些病势沉重起来，发着高热，呕吐腹泻不已。

幸好药行的人早已接到电报，知道他们将到，早早在码头接应着，一出码头，便上了人力洋车，及至崎岖路段，再换山轿，如此倒换了两三次，才终于到了重庆的周记药行。

周记药行坐落在一处半山坡上，依旧前面是生意铺面，后院是仓库和掌柜伙计的住处，自药行向上看去，房屋鳞次栉比，向下看去亦是如此。奇异的是无论向上向下，都各通地面道路，看得周钧儒几乎有些眼晕，只觉房子都是歪歪斜斜，无一处端正之地。

然而他来不及看这些，进药行便与伙计扶着周掌柜到了后院房里躺下，大夫也紧着跟了上来，待周掌柜躺下便立即诊脉。不过是路途感染了风寒，又兼饮食草率脾胃不和，于是连忙开了方子让人去抓药煎煮。

周钧儒听大夫如此说，才略略放下心来，陪在父亲床前小心照应，等药煎好了，服侍父亲喝下去，看他沉沉睡了，便也歪在一旁眯了一会儿。

然而他刚刚睡着，便听得院中有孩童声音传来："妈妈，老汉儿回来了！"随即便有另一个女子的声音："不得吵，老汉儿病了，让他歇一歇。"

二人说的是川地方言，周钧儒全然听不懂。然而话音未落，就见一个绾着发髻、身穿旗袍的年轻女子带了个四五岁的男孩进来，颇有几分江南女子的柔婉气韵，进屋之后，那女子手指在嘴上"嘘"了一声，男孩立即安静了。她看了一眼周掌柜还在沉睡，又见到一旁照料的周钧儒，面上倏然一红，轻轻退了出去。

周钧儒颇为诧异地看着他们，竟不知这母子二人是何来路，难道是哪位掌柜的妻子？可若是药行掌柜的妻子，怎会这般直入东家房间？

正迷惘间，听得轻轻叩门之声，周钧儒开门，便见刘大掌柜站在门口，轻声问道："少爷，东家怎么样了？"

这刘大掌柜，周钧儒是自幼熟悉的，也是周记药行的老人了，多年陪周掌柜一起打拼生意，既是生意帮手，也是并肩兄弟。刘大掌柜隔一年回乡一次，每次回偃师，必要到周家吃顿家宴，且每次都会给周钧儒带些礼物、压岁钱等，因此周钧儒与他格外亲厚。

周钧儒指了指屋内："劳刘伯伯费心了，爹只是有些风寒和脾胃不适，已经吃了药睡下了，大夫说过几天就好。"

刘大掌柜点点头："这是路上累着了，老家跟这边气候不同，每次回来总要闹几天水土不服，三五天就没事了。"

周钧儒见四下无人，便凑到刘大掌柜跟前，低声问道："刚才有一个女人带着孩子进了我爹房间,看了一眼就走了,他们是谁?"

刘大掌柜瞬时变了脸色,面带谨慎:"你不知道他们? 来之前你爹没跟你说过?"

周钧儒摇摇头:"说什么?"

刘大掌柜:"他们的身份,我也不能直接告诉你,东家几次三番跟我们提过,这事绝不能传回偃师,你要想知道,最好等你爹醒了,亲自问他。"

周钧儒更震惊:"我爹? 难道这是他的……"

刘大掌柜立即止住了他:"你自己不要乱猜,一切等你爹醒了,看他怎么跟你说。"说完,便脚下不停地离去了。

周钧儒只觉脑中嗡嗡作响,仿若一道闪电劈开了他心头的迷雾,却又不敢相信自己的猜测。他回到房间,看着床上依旧熟睡的父亲,心跳得犹如打鼓一般,只觉自己站也不是坐也不是,似乎一瞬间就意识到,自己在周家彻底成了外人。

如此想着,额头便开始冒汗,他抬起袖子不停地擦拭,汗却是越来越多,连后背都跟着燥热起来,有些刺刺的不舒服。他觉得许是川地气候更暖,自己衣裳穿得太多,便打开箱子,到帘后换了一件薄衫。然而这燥热感并未消减丝毫,他依旧是心悬得不知如何安放,一时看看沉睡的父亲,一时又看看桌上的茶壶茶碗,眼神也有些无处着落,只在房里走来走去,一刻也坐不下来。

过了一个多时辰,周掌柜终于醒过来,咳嗽了一声,周钧儒立即倒了温水端过去,周掌柜喝了,问道:"几点了?"

周钧儒掏出怀表看了看:"快六点了。"

周掌柜:"也是,天都黑了,我睡得太沉了。"

厨下早已为他备了饭食,周钧儒见父亲醒来,便起身去厨房,一进门,却见去年买的那个女人正在厨房里照看着,一见他进来,神色惊喜:"少爷? 你怎么来了?"

周钧儒有些愣怔地看着她,说:"吕婶儿? 我想起了,你去年就过来了。"

219

吕婶儿笑道:"东家去年着急送我来这里,就是让我帮着照应家里的事,东家病了,我准备了粥和烙馍小菜,你快端过去吧。"

周钧儒点点头,谢过吕婶儿,端了托盘便往回走,总觉她哪句话说得有些别扭,却又不知何处不对,脚下却是不由自主地回了父亲的房间,将餐食摆在小桌上,移到床前,扶了父亲起身吃饭。

父子二人吃着,周掌柜便觉周钧儒神色不对,于是问道:"你也身上不舒服?"

周钧儒摇摇头,答:"没有。"

周掌柜抬手摸了摸他的额头:"倒也不发热,我看着你精神不足,别是水土不服吧?"

周钧儒:"我觉得还好,喝了本地的水也没跑肚。"

周掌柜点点头:"应该是累了,路上走了五六天,你又没出过远门,吃了饭就去歇着吧。"

周钧儒等父亲吃过了饭,又亲眼看着他吃了药,才回自己房间躺下。然而他无论如何都睡不着,心里已然明白那女人和孩子必与父亲有关,但父亲始终未曾提及此事,他也不敢贸然去问,只觉心里堵得闷闷的,在床上翻来覆去,杂念丛生,也不知该想些什么。

第二日,天色未亮,周钧儒就醒了过来,想要再睡一会儿,却躺得没着没落,总是不踏实,索性披衣起身,来到院子里。

这是一所三面围合的院子,几间正房里住着周掌柜和刘大掌柜,周钧儒的屋子也占了一间,其余便是伙计们的四人一间,另有两间厨房,此刻还不到起床时辰,整个院子依旧是黑的。川地气候温暖,虽是凌晨,却也只觉微微凉意,并不寒冷,头顶满是星斗,一颗颗仿佛都被巨大的绳子吊着,直要垂到眼前来。

周钧儒坐在院中台阶上,怔怔地看着影影绰绰的屋檐,竟生出了莫名的孤寂感,仿佛这遥远的川蜀之地,全然没了自己的位置,唯有孤身一人而已。

坐了约莫半个时辰,东方升起了一抹天光亮色,伙计们陆续起身,各个房间里传来嘈嘈切切的说话声,厨房的灯也亮起来,开始准备众人的早饭。周钧儒正要起身回房,忽然听得父亲房里有动静,连忙推门进去,照顾周掌柜起身。周掌柜睡了一夜,看起来精神好了许多,只是还有些痰多咳嗽,倒也不妨事了。

父子二人吃过早饭,天光便大亮起来。周掌柜换了见客的长衫,刮了胡子,又仔细梳理了头发,整个人看起来精神利落如常,便对周钧儒道:"走,跟我到柜上去,让本地的掌柜和伙计都认认你,以后再慢慢熟悉生意。"

周钧儒应了,默默跟在父亲身后。到了柜上,周掌柜把众人叫到前厅,开口道:"诸位掌柜,先生,弟兄们,我此前为着老家遭了战争,回去了半年多,全仗各位尽心尽力,药行生意才能平稳,我在此谢过大家!"说罢,拱手俯身,一揖到地,又让刘大掌柜给大家发了红包,众人皆是感谢不已。

随即,他又将周钧儒拉上前一步,郑重说:"今天还有一件事,要跟大家介绍一下,这是我的长子,也就是周记药行的少东家——周钧儒。"

众人纷纷将目光投向周钧儒,只见他身量颀长,比川蜀本地人高出许多,生得面容俊秀,仪态端庄,而且一身的书卷气,竟比官宦子弟更有几分气度,如此人物,自是赢得大家啧啧称叹。

周掌柜看着伙计们眼里的赞叹之色,更有了几分满意的心思:"钧儒第一次来川地,他虽在老家河南理过生意,但毕竟年纪还轻,要向大家习学的地方很多,日后希望大家看在我的薄面上,多关照他几分。"一番话说得滴水不漏,既言明了周钧儒有生意经验,又说得极为谦逊,给本地掌柜和伙计留足了颜面。说着,他略偏了眼光看向周钧儒,周钧儒立即拱手道:"我初来乍到,大家都是我的前辈,刘伯伯是看着我长大的,其余掌柜也都是我的叔叔长辈,在本地辛苦多年的伙计大哥们,有的认识,有的不认识,但也都比我更懂本地生意和规矩,我跟着父亲到川地来,就是向前辈们学习,请大家多多指教。"

众人再次纷纷点头,都夸这位少东家谦恭有礼,说话和气,暗道若有朝一日他接了班,必不至于让大家为难。

周掌柜也点头表示赞许,接着说道:"晚上让厨房多备了几个菜,就在这后院摆上几桌，算是我给大家道辛苦，大家都来喝几杯，松快一下。"伙计们更加高兴起来，人人欢欣雀跃。

周钧儒这般场合经历得多了，自是应付自如不出疏漏，但周掌柜总觉他似乎有些情绪不振，于是一边带着他查看库房和账房，一边低声问道："钧儒，你今天是怎么了？掌柜和伙计们认少东家这么重要的事，你都不能打起精神？"

周掌柜话中略带了几分责备之意，周钧儒自是听得出来，但他知道症结所在，又如何能问父亲？只看眼下，父亲对自己是极为倚重的，所到之处，都将自己的少东家身份明确告诉掌柜和伙计们，生意上的事也毫无保留尽数传授，分明是用心将自己作为周记药行未来的东家培养的。

可是那个孩子的出现，却让自己的位置尴尬起来，他还能心安理得名正言顺地做这个"少东家"吗？

因此，面对父亲的责问，他只能继续敷衍："我昨夜认床，没睡好。"

周掌柜立即问道："没睡好？那今天就不安排其他事了，你下午补一觉，我还有些头沉咳嗽，也要歇一会儿，晚上陪掌柜伙计们一起喝酒，你得有精神应付才行。"

当晚，厨房在院中备了四桌席面，几十号伙计都入了座，周掌柜和周钧儒与大掌柜、二掌柜及几位坐诊大夫、账房先生等一桌。药行平时少有这样的热闹场面，在座的又大多是没带家眷的男人，几杯酒下肚，席间气氛便热烈起来，众人饮酒划拳，笑声连片，甚是开怀。

周钧儒自恃有几分酒量，众人来敬酒几乎全无推拒，举杯之豪爽，令掌柜和伙计们叹服。男人的情谊都摆在酒桌上，酒酣耳热之际，大家更是认同了这位少东家，引为兄弟。

喝到夜有几分深的时候，周钧儒已经带了些醉意，周掌柜因身体尚未恢复，多饮了几杯，也面色酡红，酒意涌了上来。

恰在这时，周钧儒昨日见的那男童跑了出来，直扑到周掌柜怀里："老汉儿!"

周掌柜顺手将他揽住,说:"你怎么还不睡?就这样跑出来,小心你娘说你。"那孩子并不害怕,依旧偎在他怀里,问:"老汉儿,你说要带我坐火车,等到啥子时候嘛?"

周钧儒从未见过父亲这般慈祥的神色,自进入周家,父亲对他便是学业上严厉要求,生意世面和待人接物更是丝毫不能松懈,从一开始他就知道,自己将来要继承家业,承担起周家的重担和责任。而眼前这个孩子,却可以偎在父亲怀里,享受着他的慈爱和温情,这样的感受,自己是从未有过的。

周掌柜正要继续逗他,忽然抬头看到了周钧儒震惊的神色,顿时酒醒了大半,脱口而出:"钧儒?"

周钧儒直直地看着周掌柜,问:"爹,他是谁?"

周掌柜一时有些语塞,犹豫了好一阵子,才说道:"他是你弟弟,汉川啊。"

周钧儒心中五味杂陈,却不知自己为何堆起了满脸僵硬的笑意:"原来是弟弟啊,从来没听爹提起过,他几岁了?"

周掌柜勉力笑了笑:"今年,五岁了。"

周钧儒:"才五岁,比我当年到周家还小呢。"

周掌柜变了神色:"钧儒,你在胡说什么?这是你亲弟弟!"

周钧儒:"我知道,一定是亲弟弟,我有了弟弟这样的喜事,爹怎么从没跟我和娘提过?"

眼见父子二人的对话越来越尴尬,刘大掌柜站起身来,说:"东家,少爷,今天是大伙儿高兴的日子,大少爷和小少爷也认识过了,孩子还小,快送他回去睡吧。"

周掌柜才回过神来,说:"是啊,这么晚了,得让汉川回去睡了。"话音未落,那身着旗袍的川地女子从一间偏房里挑帘出来,把孩子从周掌柜身上拉开,抱着他回屋里去了。

刘大掌柜连忙打圆场,说:"诸位,东家昨天到的时候就有些发热,今天陪大家到这个时候,已经很累了。少东家第一次来,也有些水土不服。他们就先回去歇着了,我继续陪大家,今晚务必要喝到尽兴!"

说着,连连给二人使眼色,看着周钧儒扶了周掌柜回房,院中才又热闹起来。

回到房里,关了门窗,周掌柜才向周钧儒道:"这件事,我也没打算瞒着你,早晚都要知道的。"

周钧儒低着头,似是发现了什么见不得人的秘密一样,心里慌作一团,却又迫切地想知道真相:"我昨天就见到他们了,一直不敢问。"

周掌柜诧异道:"昨天就见了? 难怪你一直神色不对。"

周钧儒:"汉川,是什么时候有的?"

周掌柜沉吟了一阵,说:"你十二岁那年……你被绑票的时候,汉川娘已经怀着他七个月了。"

周钧儒忽然瞪大了眼睛:"我被绑票的时候,爹就已经知道自己要有亲生儿子了?"

周掌柜点了点头。

周钧儒:"那年不到初十你就急急忙忙来川地,是弟弟出生了吗?"

周掌柜再次点了点头。

周钧儒心下越发震惊不已,继续追问道:"爹已经有了亲生儿子,为什么还花钱赎我?"

周掌柜眼神坚定地盯着他,说:"无论有没有汉川,我周培祥都会赎回自己的儿子。"

周钧儒:"汉川都五岁了,为什么不早早让他认祖归宗,让族里人都知道你有后了?"

周掌柜:"你是公开入了祠堂的,就算没有汉川,周家也不会断后。"

周钧儒:"爹就不担心我一个外来子跟汉川不和,将来有家产之争?"

周掌柜:"你是个懂事的孩子,汉川只要把你当亲哥哥,你一定不会为难他。"

周钧儒:"可你为什么瞒着我和娘,不肯带汉川回去?"

周掌柜叹了口气:"傻孩子,我是担心你娘……如今各地的药行都认了你是少东家,就算你娘将来对你不满,她管不了生意上的事,你也就站稳脚跟了。"

周钧儒顿时热泪齐涌,跪地扑在周掌柜身前:"爹!……"

周掌柜抱住他的头,说:"钧儒,你是我的长子,也是周记药行未来的东家,这一点儿,我从来没有犹豫过,汉川只是你弟弟,以后,你一定要好好照顾他。"

周钧儒依旧泪流满面:"爹,我毕竟不是你的亲儿子,你有汉川了,不能把生意交给我这个外来子……"

周掌柜叹了口气:"钧儒,你糊涂啊,我什么时候把你当过外来子? 我今年已经五十岁,你弟弟还小,生意不交给你,我还能指望谁?"

他把周钧儒拉起来,让他坐在自己身边,说:"你这个婶娘张氏,是家里贫穷,求到周记药行门上卖进来的,我看她可怜,就瞒着你娘,悄悄纳了她做妾,也没敢想能生个儿子,谁知就有了汉川。这些年我一直不敢把他们母子带回去,一则是你娘不同意我纳妾,必然要跟我闹一回;二则也是怕她眼光短浅,做出有伤大体的事来。"

周钧儒:"可是,汉川早晚要上族谱,不能永远不带回去啊。"

周掌柜:"走一步算一步吧,你娘那边先不要说,以后有合适的时机,再带汉川回乡。"

周钧儒:"爹是担心娘不让汉川母子进门?"

周掌柜深深叹气,说:"你还是想得太简单了,我有时候都不知道,有了汉川,是幸运还是不幸,你娘那一关不好过,族里那些人更要挑唆,为人夫,为人父,何处不难啊。"

周钧儒回房之后,周掌柜深深地叹了口气:与生意产业比起来,血脉亲缘算得了什么?

从一开始,他就将周钧儒当作唯一的家业继承人来培养,对他严厉多于温情,事事务求做到最好。而汉川是他的亲生儿子,老来得子,又不用继承家业,便忍不住疼爱宽纵,因此宁肯把他养成个一事无成的二少爷,也绝不能出现兄弟相争的局面。

只是自己这番用意和心思,两个儿子都能体察吗?

偃师,伊河镇。

自周掌柜带着周钧儒离开后,周太太便谨守门户,鲜少外出,生意上的事更是一概不闻不问。然而作为偃师无人不知的富商大户,自有许多避不过的事务。

栾县长上任以来,颇为勤政,尤为重视交通、水利、市政等事,毁坏的铁路要整顿,河道要清理,堤坝要加固,县里与各镇之间的道路要平整,被战火摧毁的县城街道、各政府机关的办公地要修缮,甚至还要给偃师县的主干街道安装路灯,加强治安巡逻……

一桩桩一件件,均是战后重建的要务,然而偃师被军阀搜刮多年,又在大战中损失惨重,如何有财力做这些事?栾县长一面向省里申请财政拨款,一面以县里的赋税为质押向银行借贷,再有不敷之处,便是民间自筹款项。

贫苦百姓手里自然再也榨不出钱来,对富商大户再征税和劳捐也易于引起反抗情绪,然而栾县长自有一套手段:大力推售河南省的"建设公债"。

河南是中原大战受损最严重的省份,全省所需建设经费甚多,因此便发行了八百万元的建设公债,声明是为筹集建设事业经费而发行。这"建设公债"按票面九八折发行,还本付息时,则照票面全额付给,年息五厘,每六个月付息一次,前两年只付利息,后续分二十年还清。

所谓公债,早已不是什么新鲜事,自大清宣统年间,到北洋政府当政,一旦军费不足财政赤字,便是发行各类公债来筹款,如今换了南京政府,依旧还是这些手段。因此,富商大户们对这些公债早已厌烦不堪,然而在栾县长三番五次的"重建乡梓,利息丰厚"的劝说下,又不得不解囊而购,短短月余,竟募集了近二十万元。

周记药行显然是不得不认购的,栾县长几次派人登门,均被周太太以"家中无人做主,妇道人家不便见客"为由辞了回去。但接了家中电报的周掌柜知道,此事是避不过的,因此私下与几个商界同乡通了气,安排柜上认购了三千公债,才将此事敷衍过去。

三千大洋并非小数,周太太心疼得焦躁上火,连栾县长派人送来的"义商体国"题字也不愿收,还是铁顺儿开了大门,客客气气招待差员,才将此事圆了过去。

有了款项,偃师县境内的工程便多了起来,颇有战后重建的热火朝天气象。

所有民夫民力几乎全是以工代赈,然而工地上的赈济伙食却降了许多,多是掺了秸秆粉和野菜的苞谷窝头,且每人每餐也不过两个窝头一碗野菜汤而已。如此重体力劳作,只有这般餐食,民夫如何受得住? 更何况,很多人还要省下一份口粮,带回家贴补妻子儿女,因此三五不时便有累倒饿倒,甚至一病不起者。

即便如此,这两个窝头对饥民而言也是难得一求,纵有累死病死者,依然有大量的民夫涌来。时日久了,工地竟如难民营一般,黧黑枯瘦的百姓在这里做着苦工,但求一口活命之食,活得过今日便不想明日,殊不知这更快地让他们送了命。

祁书瀚日日路过工地,早已将此等情形看得明白,栾县长虽不曾以赋税劳捐盘剥百姓,还借着"以工代赈"的手段邀名,实则早已贪墨经费中饱私囊,甚至连民夫工钱也贪得一文不剩,只发给这填不饱肚子的两个窝头,对百姓何曾有一丝一毫怜悯之心? 不过是比以往的军阀土匪手段"高明"些罢了。

学校的几位老师也群情激愤,但他们目前所能做的,只是临时支起帐篷设个医务室,一旦有累饿病倒者,能够及时救治,让这些挣扎于生死线的苦难百姓,少几个枉死者罢了。

这一日,夜校下了课,祁书瀚与加入了组织的几个师生留下来,几人在校长办公室里愤慨声讨,怒骂栾县长堪比人间豺狼,这以工代赈的工地,简直成了战俘劳工营。

祁书瀚静静地听了良久,才叹息道:"寻常来说,一个民夫一天的工钱是两角,还要管两顿饱饭,现在工钱一分没有,全都被贪墨了,吃得又极差,我托人带了两个窝头回来,你们看看这是什么东西。"

说着,将窝头递给几人,大家掰开看了,更是人人震惊,苞谷面不过十之二三,其余皆是树皮、秸秆面和野菜,即便如此,依旧不能管饱。

苏子竞恨道:"这简直是从饥民嘴里抠钱!抠的都是命!"

祁书瀚:"但是百姓们并不能觉悟,他们为了一口吃的拼死拼活,养肥了政府的官老爷,还觉得这是一条活命之路。我昨天跟一个抬到医务室的大哥聊起来,他说家里还有老婆孩子,每天四个窝头要带回去两个,活儿又重,做着做着眼前一黑就倒了,但是不来做工,家里就一口粮食也没有,依然是饿死。"

众人都低了头,这分明就是一个死结,毫无解决之策。

徐健君皱眉道:"难道,只能眼睁睁看着他们苦熬挣命,一点儿办法没有?"

祁书瀚:"也不是没有办法,但是要让百姓们明白真相,主动站起来争取有尊严地活下去的权利,如果一味想着到工地上求两个窝头活命,活不下去就只会抱怨命运,他们的境遇永远不会改变,那些贪官依旧能踩着他们把自身养得脑满肠肥。"

苏子竞:"可是,怎么能让他们觉悟呢?这时候让他们站起来反抗,只会怨我们断了他们做工的口粮。"

祁书瀚:"只有我们的人融入他们,命运相连,才能和他们成为一体,鼓动他们站起来争取权利。"

薛铭神色一惊:"校长,你要亲自去做苦工?"

祁书瀚:"有何不可?支持县长的建设工作,我们偃师公立小学岂不是责无旁贷?"

几人恍然大悟:"是该如此! 我们周末就分头去工地,趁机揭露那些贪官的真面目!"

祁书瀚:"我还约了开封的新闻记者,他们会来拍照,向社会揭露偃师县以工代赈的真实面目,到时栾县长的贪墨伪善就会被公之于众。"

大家纷纷叫好,说:"如此一来,栾县长的贪污腐败一定会成为丑闻,看谁还能保他!"

星期天一早天色未亮,祁书瀚便悄悄起身,换了一套脏污破烂的衣裳准备出门。康宜俭睡眼惺忪,一见他这副打扮,惊得坐起身来:"书瀚,你这是去做什么?"

祁书瀚:"去建设工地上体验生活,支持县长的工作,毕竟我们学校是栾县长带头捐款重建的。"

康宜俭顿时失了神色,阻拦道:"那是你能去的地方? 你是个教书先生,哪能扛得住那样的苦力? 万一累出个什么,叫我怎么办?"

祁书瀚:"我又不是天天都去,不过周末去一天,不会累坏自己的。"说着,他俯身到康宜俭耳边,低语道:"贤妻还没给我生个儿子,我怎么舍得累坏自己?"

康宜俭睁圆眼睛啐了他一口,故作羞恼道:"再这样不正经,就让你搬去书房睡!"

祁书瀚本已出了卧房门,却又回身扒着门缝含笑道:"我知道,你是舍不得我的,我越辛苦,你越舍不得我。"说着,不待康宜俭反应,便掩了房门飞快地走了。

康宜俭隔窗看着他在院中离去的身影,只觉自己的丈夫行事颇有几分神秘,本是人人敬重的小学校长,却总要做些与身份不相称的事,办夜校,去乡间,如今又要去工地,哪一样是小学校长该做的?

然而这是她的丈夫,她本能地相信他做事自有道理。出嫁之时,原以为祁家书香门第,也与自己家里情形差不多,到了婆家便要相夫教子,侍奉丈夫公婆。没想到祁书瀚却对她极为敬重,总讲些男女平等的道理,平时也会与她分担家务事,便是洗衣下厨这些女人分内之事,他做起来也毫不手生,全然改变了她对生活的期待。

她淡淡地叹口气,暗自宽慰自己:罢了,他本就不是寻常人,要做什么,就由他去吧。

一四　民夫罢工

工地上的活计果然不轻松。

一筐砖压在背上的时候,祁书瀚几乎站不起来,死死咬着牙背上身,不只压弯了腰,两条腿都在不停地颤抖。

一头乱发,满面脏灰,再配上这身破烂的衣裳,没人能认得出来他就是公立小学的校长,也没人会照顾他的体力,只是把他当作寻常民夫一样对待。平日做惯了农活的人,背这一筐砖尚且费力,何况他一介教书先生?因此,不过三五趟下来,祁书瀚便觉头晕眼花,脚下也越来越慢,耳边的声音都有些不真切起来。

直到此时他才真正感受到,民夫们日日所受之苦,就是在挣命,不定在某一刻就倒下去,再也站不起来。

好在有人看出了他的瘦弱,劝他每次少装几块砖,顾惜些体力,不然撑不到中午,便要累瘫倒了。若被监工看出"偷懒",不仅中午的两个窝头一碗菜汤吃不上,而且会被逐出工地,下次不许再来。

祁书瀚更加震惊,原来这做苦工的"机会",并非人人都有,栾县长治下的政府果然有手段,把百姓压榨到这般地步,居然还要互相踩着竞争!

此前军阀土匪横行的时候,百姓还知道拼死反抗,如今结束了军阀混战,换了南京政府，竟是更把人当奴隶了，连反抗的心思都不许有。

觉醒，才是唯一的生路。

中午时分，祁书瀚领了属于自己的那份餐食。当他真的将窝头掰下一块塞进嘴里的时候，只觉粗粝干噎，简直无法咀嚼，遑论下咽。他喝了一口寡淡发苦的野菜汤，强行将这一口窝头吞下去，再看周围，民夫们竟是狼吞虎咽，完全不辨滋味地吃着，两个窝头下肚，依然满面饥饿的神色。

祁书瀚愣了片刻，将手里的窝头递给身边的人："我苦夏，热得吃不下东西，你吃了吧。"

那人惊诧地看着他："你不吃，还有一下午的重体力，怎么熬得住？"

祁书瀚："我没事，你只管吃。"

那人狐疑着接过窝头，依旧是三五口吞下去，不忘表达对祁书瀚的关切："不吃饭真的不行，下午熬不住跟我说，我照应你。"

吃罢了饭，依旧是重体力苦工，祁书瀚却不用再背沉重的砖块了，而是负责往筐子里搬砖，分吃了他窝头的那人显然在民夫中有一定威望，处处照顾他，连工种也帮他调换了。若非如此，他根本不可能坚持到天黑，两个窝头换来的交情，让他得以继续留在工地上，与民夫们逐渐融为一体。

当天晚上，祁书瀚带着两个窝头回家之后，康宜俭看着他被绳子磨破的肩膀，双手也拧起几个血泡，泪水一直在眼里打转，轻轻替他擦拭，包扎。

祁书瀚忽觉一滴热泪落在肩头，回身握住妻子的手："宜俭，哭了？"

康宜俭哽咽着，半晌才说了一句："你何苦去受这种罪？"

祁书瀚："你丈夫要是连这点儿苦都受不得，还算什么男子汉？"

康宜俭责怪地白了他一眼："你是个读书人，又不是苦力工。"

祁书瀚："就因为我是个读书人，才没想到苦力工们连活命都难。"他起身披好衣裳："你放心，我就去这几天，不会有事的。"

做了两日苦工，在面对一人一份正常的饭菜时，祁书瀚、苏子竞、薛铭及其他几位同志几乎失去了理智，风卷残云般吞食着，一句话都顾不得说。饭饱之后,众人长长吁了一口气,才不知所措地互相看着,最后竟一一落下泪来。

苏子竟将上衣解开,大家看着他肩背上连成片的红肿破皮,只觉触目惊心,然后大家一个个脱了上衣,莫不如此。

短短两日,人人身上带伤,双手打满血泡。但是他们知道自己是去体验生活,鼓动民众觉醒的,他们在每日的苦工之后,能有一份饱足的饭菜,借此支撑第二天的劳作,而那些日日做苦工的民夫,只靠看不见粮食的窝头,面对看不见未来的生活,该是何等的绝望挣扎?

祁书瀚慨然道:"周记药行的以工代赈,是不论活计轻重,苞谷白面两掺馍管饱,我们学校循的是周家的规矩,到了栾县长这里,就变成了压榨劳工性命,如此苛政,竟无人反抗,何其悲哀!"

苏子竟:"公债贪污一层,工程款贪污一层,民夫嘴里再贪污一层,栾县长算盘精明得很,喂饱了上面,卡死了下面,他在本地就能做土皇上!"

众人纷纷骂道:"谁不知道他是刘峙的人?贪污了钱财,只要给省主席送上一份,全河南还有谁动得了他?"

薛铭:"我在铁路上背砂石子的时候,栾县长去了工地,做出亲自与民夫同吃同劳的架势,抬了一笼屉白面馍在那里,还叫报社的人跟着拍照,只等着向上面请功呢。"

徐健君怒吼道:"无耻!"

薛铭:"无耻又如何?上面永远看不到百姓的疾苦,只怕看了报社的照片,还真以为栾县长治下的偃师,就是太平盛世呢。"

祁书瀚:"所以,我们必须让民众知道真相,知道他们这样比奴隶还悲惨的日子,不是命运,是被官府压迫剥削的!"

大家纷纷赞同:"对,要帮他们算明白账,让他们知道官府从每个人身上贪污了多少钱!"

第二日中午放饭时,祁书瀚等人将悄悄带进去的两掺馍在各个工地秘密散发了出去,并传递着一个消息:以工代赈本该吃的是两掺馍,而且人人管饱,只是赈济款被上面贪污了,才吃这看不见粮食的窝头。

吃到馍的人虽是少数,消息却传得飞快,半个时辰内,民夫们的激愤便暗流涌动起来,每个人的情绪都在默默压抑着。

第三日,吃到馍的人更多,啃着窝头的人眼睛里开始泛起红色,愤怒如海一般潮涌而起,不知何人带头,喊了一声"我们不要窝头!要粮食馍!"顿时所有人都怒吼起来,工地在人群的咆哮下颤抖着,维持秩序的监工一见情势难控,早已远远躲开了。

仿佛一个火星落入干枯的草丛般,烈火迅速燃烧起来,罢工情绪蔓延着,工地上是此起彼伏的怒吼声。恰在此时,开封的记者来到了偃师,一见罢工怒吼的人群,立即支起相机拍照,采访并了解了整个事件的经过。

这样的新闻,在战后刚刚重见太平的河南,是震惊全省的头条。

记者的到来,直接惊动了栾县长,当他焦头烂额赶到工地的时候,一见那汹涌澎湃的人群,根本不敢下车,立即掉头逃走。全县仅此一辆洋轿车,所有人都知道那是县长的座驾,因此被人群追赶着扔了不少的石头土块,回到县政府时,连车带人早已是灰头土脸。

翌日,开封的报纸头版头条登出了偃师的罢工新闻:《偃师重建假称以工代赈,猪食窝头激起民夫罢工》,并附了现场所拍的照片,那一张张怒吼的脸,粗粝不堪的窝头,瞬间在开封掀起轩然大波。

河南省主席刘峙看报之后,重重一掌拍在桌上:"栾易钦糊涂!怎么能把事情做到这个地步!这么一闹,我如何替他收场!"正怒骂着,却见秘书进来报告偃师栾县长求见。刘峙骂道:"他还敢来见我!出了这种事,只会等着我收拾烂摊子!"

栾易钦垂头丧气进了办公室,尚未开口,刘峙便将报纸摔到他脸上:"看看你办的事!"

栾易钦捡起报纸,只看了一眼,脸色就变了:"主席,是有人故意捣乱,煽动民夫闹事!"

刘峙:"就算有人煽动,你做的事也让人有煽动的把柄!你出入坐着洋轿车,在偃师耀武扬威的时候,有没有想过克扣过甚会有今日?"

栾易钦分辩道:"不是这样的!明明那些民夫为了吃上一口饭,争着抢着要到工地做工,短短一两天就闹起事来,还不足以证明是有人捣乱吗?"

刘峙:"捣乱的人呢?抓到了吗?有证据吗?"

栾易钦低头:"偃师县只有三四十名警察,根本抓不到捣乱分子。"

刘峙冷笑:"那要怎么抓?给你两千军队,全县搜查?"

栾易钦:"主席如果给我两千军队,我必然能把他们抓出来,只怕就是共党!说不定就是'织女'指使的!"

刘峙顿时气得站起身来,将桌上的茶盏掷到栾易钦头上:"混账!你以为还是军阀割据,在自己的地盘上吗?现在是民国二十年,上面有南京政府!"

栾易钦愣了一下,顿时泄了气。

将栾易钦撵出办公室,刘峙陷入了沉思。

"织女"这个名号,他是听说过的,算得上河南最著名的共匪头子之一了。近几年来,他不断掀起各种叛乱闹事,以至于自己刚到河南任职省主席时,便被提醒过要严防赤党,尤其是赤党匪首"织女",然而始终无人知道"织女"的真实面目,更没有关于他的任何信息,几次三番下了大力气搜捕,就是没有任何踪迹。

然而"织女"不除,自己这个河南省主席就会麻烦不断,很难坐得安稳。

他眼里带出狠厉的杀气:想除掉"织女",也许只有一个人能做到。

两日之后,偃师县政府门前贴出了一张告示:

栾易钦克扣民夫,贪墨触法,即行撤职查办,听候处分。新任县长俟日到任,暂由副县长代行职权。

副县长上任第一件事,便是将工地上的窝头全部换成了苞谷白面两掺馍,黄澄澄看着极为鲜亮,且按照每人三个的分量供给,民夫们欢天喜地,庆祝这次罢工全面改善了伙食。

得知栾县长被撤,工地换了粮食馍,祁书瀚等人振奋了,他们第一次组织民夫罢工,便赢得了胜利,可见充分发动群众力量,改变百姓思想,便能和压迫者积极斗争,增强了取得斗争胜利的信心。

然而不几日,小学门口便围了二三十名持枪警察,其中十余人凶神恶煞冲进教师办公室,喝令所有人到门前站定。警察科长亲自带队,目光狠厉地审视着祁书瀚和六七位老师,狠狠呵斥道:"有人指认,你们和这次民夫罢工有干系,这可是造反的罪过!"

祁书瀚等人故作震惊:"我们怎么可能造反?这么大的事,我们可不敢做。"

警察科长:"你们是不敢做,但是你们学校有医务室,还听说你们有人去过工地!"

祁书瀚:"我们确实设了医务室,可那是为了救治病人,我也确实去过工地,可我是听说有人晕倒了,赶着去救人。"

警察科长冷笑:"你们倒是菩萨心肠,政府以工代赈,本意是救济灾民,你们也敢贪功!"他抬手一挥,警察们立即冲向各个教室,提枪站在了门口。

苏子竟怒斥道:"我们是公立小学的校长和老师,不是犯人,你无凭无据闯进学校,影响教学,还要审问老师,目无法纪!"

警察科长:"我看你是胆大包天!真以为喝了洋墨水就不能抓你们了?今天你们要不交出捣乱分子,我就封了你们学校!"

祁书瀚:"你有证据吗?没有证据无故封校,我要向洛阳教育局申诉,学校不是你们警察为所欲为之地!"

警察科长冷笑:"好好好,够硬气,我可以不封你们的学校,但是从今天起,每一个教室,每一间办公室,都要有一名警察监督,你们最好给我小心点儿,露出一点儿马脚,我立刻抓人!"说着,他吩咐十几个人留下进驻了所有的教室和办公室,带着其余人扬长而去。

自此,偃师公立小学出了一桩怪现象:教室里上课,有一个警察持枪站在后面,虎视眈眈盯着老师和学生,一些胆小的学生甚至吓得不敢来上学;老师们备课,办公室里也站着一个警察,听老师们讨论教案和教学计划。整个学校全面处于警察的监视之下,竟到了人人自危、道路以目的境地。

祁书瀚看着学校中的警察,怒不能言,立即向洛阳教育局提出了申诉,同时带领全校师生在学校门口静坐,打出了旗子:警察无故进驻学校,政府漠视目无王法!

然而这十几名警察极为尽职尽责,哪怕是全校师生静坐示威,他们也依然持枪监视,丝毫不曾松懈。整整一周之后,直到新任县长上任,命令警察科长撤回学校驻警,这些人才离开,小学再次恢复了教学秩序。

短短半年余,偃师就换了一位县长,如此变天速度,令人瞠目结舌。

周掌柜在重庆接到电报时,震惊不已,若是这般走马灯似的换人速度,换一任官刮一遍地皮,如何能够应付?

然而据周钧儒义父、现任财政科长贺扶光的消息,这新任县长姓卢,名启斋,乃是个好好先生,从不主动开口得罪人,除了栾易钦留下的工地尚在建设不曾停工,这位卢县长一事不做,一政不举,听说生平唯一所好就是注疏古籍,闲暇之时不是饮酒品茶便是吟诗作赋,全然黄老之学的做派。

如此不扰民之官,倒也给了百姓喘息之机,眼见着夏麦将熟,只要这一季收了,便可缓解饥馁之苦,乡村也能慢慢恢复生机。

得知此讯,周掌柜终于宽下心来,官不扰民,家中便会无事,不必担忧周太太一人在家应对官场搜刮。柜上有得力掌柜负责,家中有为人忠心耿耿办事机变的铁顺儿,再加上已经回乡休养的杨大掌柜看顾大局,自然一切都是放心的。如今这县长既是好好先生,回乡时备些丰厚贿赂,只求不生事端,便知足了。

近些时日,周钧儒在药行做事渐渐有了头绪,柜上许多大小事务都能应付起来,甚至连川地方言也能学个几分,跟着父亲谈生意时竟无甚障碍,很是令周掌柜惊叹。

重庆每到入夏便酷热难当,号称火炉,当地人往往躲在树荫处喝茶、打麻将,家家户户都备着消暑药材。即便如此,年年暑热致病的人也比比皆是,甚至有活活热死者。因此,预备解暑类的药物、茶饮,便是药行每年入夏前的重要事务。周钧儒看着伙计们调度药材,配解暑方剂,又在药行门前摆了两口大缸,以备供应消暑茶饮。

周掌柜到来时,解暑方剂已经配好了上万服,尚有几十麻包药材,三四个伙计忙碌着,周钧儒手里拿着纸笔,一边清点数目,一边记录在册。药行门前的两口大缸也已经准备妥当,到了暑热节气,这两口大缸便每日装满消暑汤药,免费给路人取饮,往往天不黑就见底。

周记药行的消暑方剂是古书上的方子,又让名医根据本地气候做了调整,既能消暑,又能缓解瘴疠湿气,还可温和脾胃,自然有很多百姓认可。南方夏季多炎热之地,周记药行的消暑方剂在四川、湖北两地很有些销路。而且借着这个方子的口碑,很多原本只是做解暑方剂的客商,也渐渐经销起周记药行的药材,算得上金字广告了。

然而这算不得药行的重头生意,四川一年也不过卖上十几万服,赚个五七千大洋,却是能给药行扬名的事,因此每家药行都把这当作头等大事,若是消暑方剂好,药行信誉也就传开了。周掌柜一边查看药材,一边向周钧儒解释:"一地有一地的风土,一地有一地的民俗,我们做生意的,自然要跟着当地的规矩走,不然就扎不下根来。我当年挑着担子一步步做到今天,靠的就是信誉积累,做生意,信誉就是生命,纵然一万次做得好,只要有一次让人不满意,信誉就坏了。"

周钧儒点头若有所思,原来,周家的生意是这样一步步做起来的。

往年的消暑方剂,都是各药行自己做,也各有经销商和民间信誉。今年潘市长却要别出新政,让各家药行做一场方剂比试,届时谁家方子更好,在比试中拔得头筹,那该药行在川地的信誉自然就如日中天。因此,周掌柜对此事格外重视,亲自来与周钧儒交代筹办。

周钧儒纳罕道:"纵然信誉能提高很多,但这消暑方剂也算不得利润丰厚,还会在比试中泄露药方,方子可是药行的根本啊。"

周掌柜摇头笑了笑:"到底年轻,看得还是短浅。区区一个消暑方子算什么？潘市长自然不会为这点儿小事就做一场比试,他的谋略眼光,绝非眼前所示。"

周钧儒:"那他目的何在?"

周掌柜踱着脚步:"潘市长若是只要消暑方子,哪家药行敢不拱手相让,何必搞这样一场比试? 因此,我忖度着,他也许是在遴选信得过的药行,日后必有所用。"

周钧儒深吸了一口气:"潘市长可是军武中人,爹的意思……"

周掌柜:"这我不敢论断,然而潘市长确实文武过人,虽然看起来斯文儒雅,实则是个手握重兵的沙场战将,行事作风都是霹雳手段,而且他宽和爱民,为人处世信义仁厚,所以我想着,若是周记药行能得他几分赏识,定然有些好处。"

周钧儒恍然大悟,顿觉眼界一片开明:"爹的意思,潘市长可能给我们军需药材生意?"

周掌柜:"做生意,永远要观察时局,跟对了时局,就有机会一飞冲天。这些年,我就是靠着军需药材生意起来的,在这些事上,就总是多上心些。"

周钧儒立时懂了父亲的意思:"爹放心,我们的消暑方子必然能名列鼎甲的,到时您便出面把这秘方捐献了,潘市长必然细问周记药行的情况,我们便有几分机会了。"

周掌柜颔首赞许:"正该这样谋事,敢舍,才有得,其他药行必然守着药方不肯放手的,我们反其道而行之,才更显坦荡开阔。"

果然,不过数日之后,重庆市政府的帖子就发到了各大药行,邀请药行义商各出消暑方剂,评判优劣后,胜出者可得"消暑第一方"金字牌匾,且政府会出面组织经销商采购,分配四川各地,以解百姓热疾。

接到此帖,各大药行顿时振奋起来,医者固然以悬壶济世为首要,但良医也有比试好胜之心,各家都有秘方,谁不想得这金字牌匾? 更何况有政府亲自组织经销商,厚利在前,怎不动心?

因此,到了比试之日,全城的药行名医几乎到齐了,足足有数十家之多。在政府院子里搭了凉棚,各家依次而坐,桌旁悬着自家招牌,静待比试开始。

诸事齐备,试药的病人便被带了进来,却是铁路上的锅炉工人,各个满面煤灰神色委顿,这些人天天守着蒸汽炉火,一年四季酷热难当,果然是最适合试验消暑方剂的人。然而刘大掌柜却一眼就看出了他们的异常,这些人都是青壮年的汉子,虽然都已酷热中暑,但依旧神色严谨,眼神冷峻,分明是行伍中人。周钧儒听他一说,顿时惊讶:父亲对局势的判断果然毒辣,潘市长分明就是借这次比试,为自己的部队选择药材供应商行!

更异常的是,其中三个人竟是用担架抬进来的,他们看起来很是虚弱,呕吐不止,神色极为痛苦,显然是中暑太过严重,引起了呕吐、腹泻等问题。这样的人,不送去大夫那里紧急医治,为何也会抬到这里?仅凭一剂消暑的汤剂,如何能治得了这上吐下泻?

然而周钧儒却当即决定:周记药行就收治这三个病人!

刘大掌柜一惊,顿时拉住他:"钧儒,要治不好这三个人,到时砸了招牌,怎么跟你爹交代?"

周钧儒:"刘伯伯放心,就算砸了招牌,我来交代!"

刘大掌柜眼见他执意如此,只得写了条子和几个人的症状,派人回药行送信去了。

此时,周钧儒已让人将三人扶起来,给他们服下了消暑汤剂。然而刚喂下药去,这三人便干呕不止,一口不剩地吐了出来,胃里竟是存不住药。周钧儒心里也有些没底,但他不得不强作镇定,请人端来了稀粥,让这三个人尽力喝下了一些。歇息了片刻,再服药时,呕吐便减缓了些。眼见三人能服下药,周钧儒略松了一口气,但依然不敢大意,不错眼地盯着这几个人,生怕有任何闪失。第二次灌下药去,三个人呕吐渐渐少了,第三次服药时,他们便有了几分精神和气力,暑热症状显然是缓解了。

及至暮色时分,周掌柜急匆匆赶了过来,看到三个病人大有起色,心神终于稳了下来,静静等待他们恢复。

天色黑透时，潘市长回到市政府，一进院子便连声寒暄，又仔细询问比试结果。得知周记药行收留了三个病情最重的病人，且只用消暑方剂就将几人救了回来，潘市长更是大为惊异，周掌柜回道："这方子也并无神奇之处，只是在传统消暑方子的基础上，加了几味祛邪扶正、和养脾胃的药，防治兼备，乃是从神医孙思邈《千金翼方》中得来的，又增删了几味药。"

潘市长挑起大指赞道："果然是用心，防治兼备，治病于未病，这方子好啊。"

周钧儒低头站在父亲身旁，忽觉周掌柜悄悄拉了一下他的衣角，顿时心领神会，开口道："父亲，我听人说，铁路上的锅炉工人中了暑热，也没什么消暑汤剂来防治，是潘市长指示要给他们配备药品，改善工作环境，不如我们就把这方子捐了，也算为他们尽一份心。"

潘市长听了这话，颇为惊讶："周记药行要把秘方捐出来？求之不得啊。"

周掌柜好似恍然大悟一般："承蒙市长不弃，周记药行荣幸之至。"说着，亲自把药方写了，双手呈给潘市长。

潘市长笑道："周掌柜主动将方子献出来，我若是不把这金字牌匾给你们，显得没有情面，若是给你们，又有受贿作弊之嫌，这却如何是好？"

闻听此言，周钧儒和刘大掌柜的脸色都有些异样起来，分明他们收治了最重的病人，又献上药方，转头却说若给了他们金字牌匾，这药方便是贿赂！官场人的言辞，真是不动声色就抹杀了公平。

周掌柜却笑了起来："怎么敢让市长为难？如果捐了方子就能得金字牌匾，岂不说明我是作弊得来的？还是要公平评判。"

潘市长挑起大指："周掌柜果然大气明理！"说着，便让人核查工人们服药和见效时间的记录，最终确定了杨氏大药房的汤剂见效最快，因此便将"消暑第一方"的金匾颁与了杨氏大药房。

就在周记药行几人垂头丧气之时，韩秘书却独与周掌柜打了招呼，让他且慢一步，市长有话要与他说。

等了许久,韩秘书带他进了市长办公室,潘市长起身迎了出来。"周掌柜,方才委屈你了,潘某人向你道歉。"周掌柜连忙回道:"公平比试,怎么会委屈?"

潘市长:"这次的消暑方剂比试,周记药行的方子最见功力,却没能得金字牌匾,不委屈?"

周掌柜:"我若是得了牌匾,哪里还有机会到您的办公室来聆听训示?"

潘市长爽朗笑道:"果然与聪明人说话令人愉快!把你留下来,是要跟你谈一桩大买卖。"

周掌柜有些惊诧:"市长还要与我谈大买卖?"

潘市长:"自然,周记药行的实力我是了解过一些的,今日看周掌柜的格局和魄力,想来也是能做大事的人,今天我要跟你谈的,就是军需药材的大买卖。"

周掌柜立即站起身来:"潘市长,周记药行何德何能……"

潘市长抬手止住他:"你也不必急着谢我,做我的军需药材供应,是有条件的。"

周掌柜心里一紧:"什么条件?"他似乎隐隐感到了一丝危机。

潘市长依旧淡然笑着,眼神却犀利起来:"商人逐利是天性,只是要做我的军需药材供应,就不能与刘文辉再有生意往来,你要少挣一份利润呢。"

周掌柜顿时额头淌下汗来。

潘市长是刘湘的人,刘湘与刘文辉虽是叔侄,却都有心做川地之王,一山不能容二虎,叔侄二人矛盾久矣,彼此挑起战争也是常有之事。如今潘市长要他做自己的军需药材供应,固然是给了一个巨大的利益,却也意味着他曾经给刘文辉部属供应药材的事,会成为永远握在潘市长手里的把柄,便是灭顶之灾。

周掌柜连连抬起衣袖擦汗,只觉喉咙都被卡紧了,张了几次嘴,终于说出话来:"潘市长放心,周记药行自今而后,唯您马首是瞻,我只是一介不懂行伍中事的药材商,如果此前做错了什么,还望您大人大量,恕我无心之过……"

潘市长回手在托盘里拿了一条手巾递给他，依旧爽朗地笑着："周掌柜，擦擦汗，我又不曾说什么，你何必这样紧张？"

潘市长接着说道："说的哪里话，治病救人，怎么会有错？我也不是找你聊这些过往旧事的，只要我们合作时，你依着我的规矩办事就好。"

离开市政府院子时，已是夜深时分，周掌柜招手叫了一辆洋车，上车之后，才终于松了一口气，后背早已冷汗湿透，夜风一吹，竟接连打了几个寒战。富贵险中求，多年来，周掌柜一直周旋于军需药材生意，虽则利大，风险也极大，若今日遇上的是个蛮不讲理之人，未必能过这一关。

第二日，便是杨记大药房升匾的日子。

都是商会同行，各大药行虽不服气，却也不能驳了情面，因此都到了杨记大药房门前捧场，周掌柜也带着周钧儒前来道喜。

杨掌柜喜气洋洋穿了一身红，门前搭了个小戏台，在众人的恭贺声中连连道谢，又把当日的报买了几百份，上面刊登着杨记大药房得了"消暑第一方"的新闻，还有抬着牌匾与潘市长的合影，向道贺的众人赠送。

川地风俗，凡有吉庆之事，总要请个戏班来唱，也不必是整场的大戏，一个折子，一段变脸，甚至一段踢腿翻跟头，都使得，只要场面热闹就好。

这却是周钧儒第一次看川剧，看到变脸之时，顿时露出了不敢置信的神情，只见那人袖子一遮，或回身一转，甚至翻个跟头，都能换一张脸谱，直惊得嘴巴合不拢，伸手拉着周掌柜问道："爹，他这是怎么做到的？不用打粉勾脸，就这么一下，就变了？"

周掌柜笑道："他们这脸谱不是画在脸上的，都是提前备好了，我也不知道用了什么法子，一下变一张脸，多的能变几十次，还有那神乎其神的，能把此前变过的脸，再一一变回去，叫做回脸。"

周钧儒依然目不转睛地盯着那人，满脸都是不可思议的神色，任他苦思冥想，也不知道其间关窍何在。

周掌柜看着他，打趣道："第一次看到川剧变脸的，大多是你这样，觉得稀奇无比,比变戏法还神,其实看久了,也就不觉得新鲜了。"

周钧儒:"这哪是变戏法,变戏法可没这么快的手,明明就是七十二变的孙猴子,不然怎么能做到这样?"

周掌柜:"川剧唱戏的,会这一手绝活儿的不少,只是无论外人怎么猜怎么问,人家都不把诀窍说出来,所以没人知道他们怎么变的。"

正说着,那变脸伶人下了戏台,另有其他人登台,表演些翻跟头,唱几段折子戏。周钧儒心思还在变脸绝活儿上,再看后面便觉索然无趣。

回到周记药行已近正午,周掌柜的妾室张氏亲自做了几个菜,煮了抄手,又特地给周掌柜做了一大碗热汤面,等着父子二人回来,一起吃饭。五岁的汉川也跟着围在桌边,只比桌子略高些,看着桌上的饭菜舔舌头。

川地好饮食,比河南菜色精细得多,父子二人坐下来,周钧儒便客气招呼道:"姊娘辛苦了,你也坐,一起吃饭。"

张氏低眉摇头,收着托盘就要出去,周掌柜说道:"坐着吃吧,汉川也一起。"张氏才解了围裙,坐在下首,把汉川抱到凳子上,另拿了小碟子给他夹菜。

张氏本是穷家女子,长得稍有几分姿色,性情温和,不爱多话,又做得一手好饭菜,当时说与周掌柜做妾室,便是看上了她的安分。妾室本就地位不高,又是攀了富贵商户,因此过门之后,张氏几乎始终不声不响,周掌柜问一句,才答一句,每日只以照顾孩子、伺候丈夫为务,从不抛头露面,更不会与外人多说一句话。正是这般安分守己的柔弱性子,深得周掌柜喜爱,每日无论在外生意应酬如何辛劳、官场商场如何利益纠葛委曲求全,回到药行里都能有这样一个女子以他为天,敬重他,伺候他,让年已五旬的周掌柜颇觉心意纾解,满身疲惫都在她身上得到了抚慰。

她斜欠着坐了,把汉川搂在身边,然而汉川正是活泼的年纪,在凳子上并不老实,不时拽着周钧儒的衣角,往他身上靠:"哥哥,哥哥抱。"张氏连忙低声说他:"不得吵闹,好好吃饭,莫要打扰哥哥。"

周钧儒却毫不介意,将他抱到自己腿上坐着,问他爱吃什么,夹了菜喂到他嘴里。汉川年纪虽小，却很执拗，小孩子本吃不得辣，却指着辣子非要不可，周钧儒温言劝说，他反倒哭闹起来。张氏看着周掌柜脸色，连忙站起身，把汉川抱了过去，口里说着："你就是不乖，那是辣子，吃不得。"

周掌柜看他闹个不休，便说道："让他吃一次就记住了，劝什么。"说着，亲自夹了一块红皮辣子塞到他嘴里，汉川刚喜兴了不到眨眼工夫，顿时满嘴往外吐着，大哭起来。张氏连忙给他喂水，半晌才止了哭声，接下来再吃饭，便乖了许多，不敢乱要东西吃。

周钧儒忍着笑看向周掌柜："爹，您还真逗孩子，他才五岁。"

周掌柜："不逗他哪里知道厉害？越不让他做的事，偏要去做，那就认真一次，让他长个教训。"

张氏有些怨恼地看着周掌柜，抱着汉川心疼不已，然而过了不一会儿，汉川又要找周钧儒抱，依旧是腻着他不肯离身。周掌柜笑道："钧儒，你给汉川灌了什么迷魂汤，他总这样缠着你。"

周钧儒笑道："也没什么，就是每天早晨给他几个铜板，想吃什么就带他去买。"

周掌柜哑然失笑："难怪不到三个月，他就跟你亲得片刻不离，原来是你悄悄给他钱花！"

周钧儒："花钱换来的亲也是亲，小孩子嘴馋，谁给吃的就跟谁好。"

张氏也有些忍不住说："最近汉川午饭总是吃得少，我还想着他是不是不舒服，原来是大少爷带出去了。"

周掌柜眼见两兄弟亲密和睦，心中也宽解了许多，一家四口安居度日，其乐融融，殊不知这样乐享天伦的日子，已是时日无多了。

自周钧儒在方剂比试中为药行大出风头，掌柜和伙计们便越发对他另眼相看，这位少东家不仅通达生意上的事务，更能在紧急之时胆大敢为，险中求胜，刚刚成年便有如此魄力，足可令人赞叹。周钧儒却也并不骄傲，依旧是谦和的性子，他原本爱说爱笑，腹中又颇有诗书，知晓许多异闻典故，平日里伙计们都围着他听这些新奇掌故，他又时常买些卤味儿、糕点分与大家，因此与伙计们相处甚得,人人都赞叹少东家行事大方,机敏开朗。

这一日吃罢饭,周掌柜刚要取过报纸来看,便接到了汉口周记药行的紧急电报,说是连降暴雨近两个月,水位已经到了二十多米。

阳历刚进七月,水位便到了二十多米,接下来两三个月都是梅雨季,若是继续下,汉口必成汪洋。周记药行在武汉三镇的铺面就有七八个,掌柜、账房、伙计五六十号人,库房里存着一两万斤药材,一旦遭遇水灾,后果不堪设想,不仅铺面产业不保,数十人的性命也要受到威胁。这次汉口发来急电,便是已到危急时刻,周掌柜必须马上做出决断。

他心里焦灼难安,立即叫了刘大掌柜来商议。

刘大掌柜看过电报,亦是震惊失色,狠狠皱紧了眉头思索了一阵,下定决心道:"培祥,武汉三镇的药行,都撤吧?"

一个"撤"字,谈何容易。

其间涉及的人员撤离,库房清点搬迁,账册脉案,家居陈设等,极为繁杂,再加上后续的运输、安置等,堪称一项浩大的工程,而且武汉是周记药行在南方的根基,江淮、江浙,乃至两广的药材周转,都要走武汉码头,一旦撤了,不仅损失惨重,而且可能动摇根本。然而若是不撤,再下两三个月的暴雨,周记药行的根基就要彻底打水漂了。

周掌柜咬牙思索了半晌:"真撤?"

刘大掌柜:"武汉三两年就遭一次水灾,这次来得凶险,可能要出大事。现在不撤,等到决堤的时候,别说药行,可能人都撤不回来了。"

周掌柜踱着步子转来转去,过了一阵子,终于下定决心:"撤!"

当日,接到电报的武汉三镇周记药行开始清理账册,盘库装载药材,收拾药行一应器物财产,伙计们忙碌着打包行装。

这样大规模的撤离,在周记药行从未发生过,掌柜和伙计们都有些忐忑不安,电报如雪片般往来汇报,周掌柜和刘大掌柜一刻不离地守在电报局,有任何情况都立即处理,并且逐一向各药行解释:此次撤离只为预防暴雨水灾,暴雨季节过后,一旦恢复正常,三镇药行立即重新开张。

整整三日之后,所有铺面仓库整理完毕,周掌柜联络了汉口车站,包了一段火车皮,装载所有货物和人员,向郑州撤去。

从电报局回到药行,连续三昼夜不眠不休的周掌柜当即倒了下去,一病就是十几日,躺在床上也依旧操心着武汉三镇药行的北撤情况,一日数问,得不到消息便怔怔地出神。

周钧儒日夜守在床前,张氏变着花样做些清淡饮食,周掌柜依然食不下咽数日。直到接了电报,药行所有人员和药材都已撤到郑州,徐大掌柜亲自接应了他们,又赁了两处大院子安顿众人暂且住下,才算松下一口气来。

一五 破釜沉舟

民国二十年八月,连降了数月暴雨的武汉三镇,完全成为一片汪洋,城中水深可达数米,房舍只剩屋顶露出水面,桥上可以行船,受灾的难民只能栖息于屋顶之上,上有倾盆大雨,下无果腹之粮。电线中断,店厂歇业,物价飞涨,两千多只船艇在市区穿梭营救,但这些救援力量依旧是杯水车薪。

短短时日,十几万人死于水灾,既有溺亡于水者,也有绝望自杀者,往往有全家悉数被洪水卷走之惨状,街道风雨飘摇的屋顶上,到处传来"卖小孩了,谁要小孩"的呼喊声。炎夏的武汉,白天如火炉般闷热,积水里漂浮着人畜尸体、污秽垃圾,发出阵阵恶臭,传播着霍乱、伤寒、痢疾等疫病,溺死、饿死、病死的灾民来不及掩埋,便挖几个千人坑,一层一层往里堆。

报纸上日日刊登水灾惨状,江淮八省俱在受灾范围内,水位一日数涨,长江、淮河决堤几百处,不止湖北、湖南、江苏、安徽、江西、浙江、河南、山东受灾严重,连河北、山西、辽宁都有水灾之地,全国竟有十六省份遭遇水患。洪水肆虐,半个中国尽在一片汪洋之中,受灾百姓达一亿人之多,真前所未有之大灾难。

重庆也是暴雨不停,周记药行在山势高处,周围尚未积水,但由这暴雨肆虐的情况,也可想到武汉水灾之地百姓的惨状。周掌柜站在屋檐下,看着漫天的雨幕,叹息不已,半边身子都被渐进来的雨湿透,街上空无一人,更显得雨势惊人,哗哗响成一片。周钧儒看父亲如此,拿了一把伞出来,替他遮在头上:"爹,别看了,这雨一时半刻停不下来。"

周掌柜沉沉地叹了一口气:"武汉三镇,完了。"

周钧儒:"幸亏周记药行已经撤了,我们的账册、药材、伙计,都平平安安撤到郑州了。"

周掌柜:"毁一片基业容易,创一片基业难,从去年到今年,周家遇到的大灾大难太多了。一场中原大战,家毁了,重建;开封、洛阳、郑州的药行被炸了,修缮,重新开张;如今武汉三镇的生意正是势头向上的时候,又一场水灾……什么样的生意,经得起这般折腾,这一年下来,且不说赚钱,至少还要扔个十几万进去……"

周钧儒点头,他知道生意艰难,却从没想过父亲身上背着这么大的压力,从他来到重庆,短短半年时间,父亲的头发就灰白了一半,但是周记药行沉重的担子,依然压在这个年过五旬的人身上,一刻也松懈不得。

周钧儒鼻子发酸:"我一定会好好习学,帮着爹把家里的生意撑起来。"

周掌柜:"我也希望你能尽快挑起担子来,可你才十八岁,我还得再坚持些年,看着你能完全接手了,才能放心。"

周钧儒眼里有些涩涩的酸楚:"爹不要这样说,我会努力,让您少操劳些。"

周掌柜回身拍了拍周钧儒的肩膀说:"我这辈子,只能指着你一个了,你娘见识浅,你弟弟还小,家里能撑起事说个话的,也就是你了。孩子,爹老了,岁月催人啊……"

父子二人正说着,忽然看到刘大掌柜来到后院,撑着伞,手里拿着一张报递过来,却是报道武汉三镇疟疾蔓延,吞噬无数百姓性命。周掌柜一面摇头叹息,一面无奈道:"我们做药材生意的,就算再难,也要尽力济世救民,出点药材和药方,也许能救活些人命。把当年我在杜老先生那里求来的疟疾方子,也一并献出去,就当,替周家,积德行善了吧。"

三天之后,载着周记药行赈灾药材的船出发了,船上带着周记药行的旗子,并挂着横幅:周记药行五千服疟疾方剂增援武汉。

然而尚未接到赈济药材发放到灾民手里的通知,却等来了雪片般的电报:湖北各地的经销商纷纷来电取消合作。

短短两日之内,竟收到了几十封电报,而且都是急电,言辞虽客气,内容却基本一样,都是取消订单与合作,请求周记药行退还款项。周记药行从未经历过这样大规模的经销商解约事故,大有整个湖北都与周记药行断绝合作的架势。

难道,周记药行在湖北得罪了人,遭了封禁?

刚刚病愈的周掌柜早已坐不住,刘大掌柜亦是急得热锅上的蚂蚁一般,一面诚恳回电询问为何取消合作,一面焦头烂额地处理着退款事务。然而所有的经销商都不说缘由,只是客客气气请求不再合作。

到了第三日,连长沙和南昌方面也来了电报,同样是要求取消合作,退还款项。

周记药行顿时慌乱起来,莫说周掌柜、刘大掌柜和周钧儒,便是伙计们也意识到一个可怕的问题:周记药行在江浙湖广的生意遭遇了致命重创,这次很可能是灭顶之灾!

到底出了什么变故,导致如此可怕的局面?

周掌柜急得双目赤肿,口舌都生满了疮,整个人都憔悴了下去。刘大掌柜看着眼前的电报,亦是一筹莫展,叹气道:"难道有人故意打压周记药行?但是什么人有这样的能耐,让所有经销商都取消合作?"

周钧儒在旁边插不上话,只能让人开了疏肝降火平气的方子,煎了药给父亲喝。

周掌柜无奈道:"周记药行一向注重信誉,从没有过这样的事,就算有人故意为难我们,也不可能三天之内就端了我们在湖广江浙多年的经营。"

刘大掌柜:"莫非是竞争对手从中作梗?"

周掌柜:"就算竞争对手,又怎么能这么快就说服所有经销商取消合作?

何况,他们怎么可能知道我们这么详细的经销商名单?"

刘大掌柜皱眉:"实在想不明白,怎么短短两三天,能出这么大的事?"

周掌柜叹了口气:"目前这些单子,需要退还多少款项?"

刘大掌柜愁闷道:"有个六七万,如果后续还有取消合作的,只怕还要再添。"

周掌柜脸色更加黯淡下来:"我们柜上能用的款子有多少?"

刘大掌柜:"柜上和银行里的加起来,应该有五万左右。"

周掌柜:"也就是说,我们至少还要准备五万的缺口……可是我们的款项在收购药材上压了太多,这些经销商的订金,也都压上去了,眼下又不能停止药材收购,不然在药农那里失了信用,后续供应就会成问题。"

刘大掌柜点点头,沉闷不语。

周掌柜咬了咬牙道:"剩下的缺口我来解决,无论如何,给他们把钱退回去,周记药行的信誉不能丢!"

又隔了一日,过去几天大规模取消合作的变故,终于揭开了谜底。

《武汉日报》刊载了一条令人触目惊心的报道:《周记药行,只配叫无良奸商;悬壶济世,水患前卷药撤逃》。

由于水灾严重,这些报纸都是隔了五六天才送到重庆,早已是"旧闻"了,难怪出了这么大的变故,他们却丝毫不知因由,原来竟是这篇报道直接摧毁了周记药行的声名!

周钧儒看到报纸第一眼,顿时惊出了一身冷汗,立即将报纸折了几折揣在怀里,并吩咐伙计:"记住,谁也不许把报纸拿给东家!"说完,急匆匆直奔刘大掌柜办公室,一进门便把报纸递到他眼前。刘大掌柜只看了一眼,整个人就惊得彻底呆住,半晌喘不过气来,哆嗦着把报道看完,更是急怒交加,老泪几乎落下来:"难怪出了这么大变故! 他们怎么敢这样造谣生事! 丧尽良心!"

周钧儒愤恨点头:"我们撤了,保全了周记药行,他们就说我们撤逃,难道要我们死守在那里,和武汉三镇一起泡在水里才行? 我们的伙计也是人命!"

刘大掌柜颓然无力："谁会在意我们怎么想？他们只会想到此刻武汉疫病横行缺医少药，而周记药行撤走了。"

周钧儒一拳砸在桌子上："我们捐了药方捐了药材前去赈济，而这些记者只会晃着笔杆子造谣生事！他们还能做什么！"

刘大掌柜："现在只怕，我们的船到了武汉也会被人砸毁，他们不会想着这些药能救活多少人命，只会对着周记药行四个字发泄愤怒。"

周钧儒恨得几乎咬碎了牙："这群作耗的东西，唯恐天下不乱！"

刘大掌柜老泪纵横："这事，无论怎么做都是错，我们又能如何？"

周钧儒眼泪也掉了下来："刘伯伯，事已至此，我们也没办法，只是无论如何不能让我爹知道，他的病刚有起色，再来这么沉重的打击，只怕……"

刘大掌柜摇了摇头："你觉得，能瞒得住吗？"

话音未落，就听得外面一片喧哗，夹杂着愤怒的叫骂，还有周记药行伙计的劝阻之声。

周钧儒和刘大掌柜急忙冲了出去，却见一群人围在周记药行门前，扬着手里的报纸，骂声如沸："龟儿子的周记药行！赚钱时候说得好听，灾难时候跑得比兔子都快！""狗屁治病救人！你们救什么人了？你们只顾着救自己的钱袋子！""奸商！见死不救！狼心狗肺！""武汉那么大的水灾，你们丢下百姓跑了！谁还敢信你们！"

一边骂着，一边把烂菜叶子、石头砖块等投向周记药行的铺面牌匾，伙计们早已吓得不知所措，只能先把门关了。门外依旧是不依不饶的骂声，墙头和门上都传来雨点般的砖石敲砸声，药行里的人死死顶着门户，仿佛将要被攻陷的城池，慌乱不堪。

周钧儒和刘大掌柜呆呆地站在药行里，互相对望了一眼，心情彻底沉到了谷底。

本以为只是武汉药行撤离，如今这一份报纸卷起的民意愤怒，竟要把川地的周记药行也一并摧毁，多年辛苦经营，很可能就因这条报道毁于一旦。

周记药行，真到末日了吗？

门外的民众依然乱哄哄叫骂着,却听伙计惊诧地喊了一声:"东家?"

周钧儒回头,就见周掌柜已经站在了身后,手里拿着那份报纸,听着门外的喧哗声,整个人似失去了灵魂一般,只是满脸愤懑不甘地瞪着双目,良久之后终于说出一句话:"我周培祥一辈子最重的就是信誉! 他们怎能如此诋毁!"

说完,一口血喷在地上,整个人直挺挺地倒了下去。

周钧儒眼前一黑,疯狂地扑了上去:"爹! ……"

所有人都慌乱起来,刘大掌柜急得两眼都红了:"快,抬进去! 崔大夫,快看看!"

众人七手八脚把周掌柜抬回屋子,崔大夫先取了一丸安宫牛黄丸,撬开牙关给周掌柜灌了下去,又立即把脉,随后松了一口气:"暂且无妨,是急怒攻心,血不归经,气逆吐血的,我开个降逆止血的方子,调养一阵就没事了,只是千万注意不能再生气了,气怒伤身。"

周钧儒含着泪点点头:"是,崔大夫快开方用药,但是眼下这局势,怎么能让他不生气?"

刘大掌柜也急得坐立不安:"谁把报纸拿给他看的?!"

一直在角落站着的张氏忽然冲过来跪在地下:"大少爷,都是我的错,都是我的错……老爷刚才说要看今天的报纸,我就拿给他了,没想到他看了报纸就这样了……"

周钧儒跺脚重重叹了一声:"婶娘,你! 唉! ……"随即无奈地摇摇头:"婶娘,快起来,这事不怪你,你又不识字。"

张氏依旧流着眼泪跪地不起:"大少爷,老爷要有个什么差错,我死了也赎不了罪……"

周钧儒只得伸手把她拉起来:"婶娘,你别多想,爹不会有事,就算你不给他看报纸,他早晚也会知道的。这个时候正乱着,先给爹煎药治病要紧,你就别自责了。"

张氏依旧哭着,以帕掩面,退了出去。

恰此时,周掌柜长出一口气,慢慢苏醒过来,他只看了身边的周钧儒和刘大掌柜一眼,老泪便落了下来:"外面,怎么样了?"眼见二人神色为难,他摇了摇头:"我把信誉看得比命都重,没想到本本分分做了一辈子生意,竟落到这个田地,这是老百姓在戳着我脊梁骨骂啊……"

周钧儒:"爹,这都是报馆造谣,故意诋毁我们的,不是我们做生意没信誉。"

周掌柜:"可是老百姓不知道啊,他们只知道,我在大难来临的时候,跑了。"

周钧儒:"总有一天真相大白,会还我们一个公道的。"

周掌柜:"公道?你知道这俩字多难写吗?就算把命搭进去,也未必能换回这两个字。"

刘大掌柜:"培祥,你别再钻牛角尖了,这么些年,多少大风大浪都过来了,一条报纸新闻,我们就扛不住了吗?"

周掌柜苦笑:"没了信誉,我们拿什么扛?我们说的话,还有人信吗?"

周钧儒刚要说话,汉川忽然哭喊着跑了进来:"老汉儿!哥哥!快去看看妈妈!"

周掌柜顿时惊得坐了起来:"怎么了?"随即一阵眩晕,又躺倒下去。

周钧儒早已起身冲了出去,一脚踹开张氏的房门,却见她悬在房梁上,脚还在慢慢蹬着,已经没了气力。周钧儒一身冷汗瞬间湿透了衣裳,知道张氏因自己拿了报纸给周掌柜看,一时想不开,便要寻短见。他立刻踏上凳子,将张氏抱了下来,放在床上。幸好救得及时,气息虽微弱,却还在呼吸,只是一时没能醒转,汉川扑在她身上,哭喊不已。

吕婶儿忙乱着照顾张氏,缓了好一阵子,她才回过气来,依旧是流泪不止,双目怔怔地尽是痛悔和哀怨,不时叨念一句:"我该死,我该死,为什么要救我……"吕婶儿急得又疼又气,说:"你要真是寻了短,小少爷怎么办?这么小的孩子没了娘,谁来管?东家怎么办?要因为你背上逼死人命的名声吗?刚才要不是大少爷救你下来,你真就送了命!"

张氏听得最后一句话,神色立时有些震惊:"是大少爷救了我?他没怪我?"

吕婶儿:"怪你什么?大少爷急得什么似的,救了你就去看东家了,听说你有事,东家差点晕厥过去。"

张氏低头,面上更显愧疚:"我……没想到,我会带来这么多麻烦……"

吕婶儿顿时气噎:"怎么说了这么多还是不通!你自己好好的,照顾好小少爷,就不会给任何人添麻烦!"

听得张氏寻短,已被救了下来,周掌柜才又缓过来一口气:"她怎么就这么想不开,胆气太弱了……人现在怎么样?"

周钧儒无奈道:"吕婶儿照顾着呢,缓一缓就没事了。"

周掌柜长叹了一声:"到底造了什么孽!是我命里遭劫,老天不想让我过这一关了吗?"说着,闭目无言,老泪纵横。

看着眼前虚弱的父亲,周钧儒忽然有了深深的无力感。

短短几日,生意上连番受挫,《武汉日报》的报道诋毁,重庆百姓的叫骂,家里又混乱无章,仿佛瞬间就将强大如山的父亲击倒了。跟着父亲以来,周钧儒看到的永远是他的运筹帷幄,沉稳若定,似乎什么事都不会慌乱,就像铜梁铁柱一样屹立着,擎起周家的一片天。

然而此刻,天塌了。

暴风骤雨铺天盖地压过来,周钧儒只觉一下子失去了方向,只是呆呆地守在父亲床前,束手无措。他知道,父亲此刻最希望的,就是他能接过这千钧重担,将周记药行的天重新撑起来,然而他却不知从何处着力,更不知该如何去挽回这番乱局。

药煎好了,刘大掌柜亲自端了进来。这些时日的忙碌,也让刘大掌柜尽显疲色,他原比周掌柜还要年长几岁,陪着周掌柜一起打下了川、鄂两地的基业,如今到了这般田地,他亦是痛心难当,整个人看起来沧桑了许多。

周掌柜见他如此,眼里更带了失落愧悔的神色:"老哥,你我兄弟,今天走到过不去的坎儿上了。"

刘大掌柜叹了口气:"先不说这些,喝药。"

周掌柜接过药碗,一气喝下,随手将碗丢在地下,任它叮当摔破散碎成一地的瓷片:"要是真过不去了,我们这一辈子的闯荡,就到头了。"

刘大掌柜:"这个坎儿,我们还没过完呢,怎么知道过不过得去?"

周掌柜:"闯荡这么多年,我怕过什么? 兵、匪、官,哪怕差点送命的事,我都遇到过,可是眼下这局面,我是真的心里没后劲儿了,这是民怨啊……什么生意扛得住民怨?"

刘大掌柜:"这民怨,是被人煽动起来的,可是要怎么平息,我一点儿都没有头绪。"

周掌柜摇了摇头:"平息不了,只能等着慢慢过去,可是等到民怨过去了,周记药行也就没了。"

刘大掌柜坚定道:"没不了,我们最大的利是军需,只要保住军需药材供应,我们就能活下来,那些人只重利益,不在意这些报道和民怨的。"

周掌柜眼里终于又有了一丝神采,但很快又黯淡了下去:"如果没了百姓的口碑,周记药行就算活下来了,也只是个药商贩子,不再是悬壶济世的大药行了。"

刘大掌柜:"你就是太在意这些名声,经商是为了利,哪能真的名利双收?"

周掌柜:"可我做的是药材生意,治病救人的行业,这个行业就算有人不求名只求利,我周培祥也不能那么做。"

刘大掌柜:"那怎么办? 真就眼睁睁看着周记药行毁于民怨?"

周掌柜坚定道:"如果天意亡我,我宁可撤了南方生意,回河南老家去。"

刘大掌柜沉沉叹了口气,终于什么也不再说。

周钧儒看着父亲和刘大掌柜越来越沉暗的脸色,只觉呼吸都空荡荡的没了着落。十七年的人生里,他从未遇到过如此大的变故,川、鄂两地的生意一旦撤回,便是关系到数十万资财、近二百人前途命运的大事,他不仅插不上一句嘴,甚至连想都不敢想会是何等局面。

他只希望，父亲的身体，能在这一场变故后慢慢好起来，父亲在，山就在。

一连六七天，周记药行都没有开门，任凭外面的百姓如何辱骂打砸，所有人一概闭门不出。渐渐地，来的人少了，又过了几日，门外彻底安静下来，无人问津了。但周记药行也成为门可罗雀之地，再无一个病人上门，伙计们终日在柜台后昏昏欲睡，有些为长远计的，已经在为前途发愁。

周掌柜的身体略有起色，能坐起身了，便开始拉着刘大掌柜翻阅账册，清点川地周记药行的铺面、库房、资财和人员。

周钧儒知道，父亲这是在为撤出川地做准备。他恨自己帮不了父亲任何事，只能眼睁睁看着无望的气息一层层笼罩下来，整个周记药行都弥漫了这沉闷的颓丧之气。

周掌柜拖着带病的身体，几乎彻夜不眠地整理那些账册，他只能尽力守在父亲身边，帮他复核归拢，照顾茶饭。他知道，伙计们已经开始心思不稳，有些人已经在考虑遣散之后的谋生之路，若要撤，便要早日给他们一个交代。

天亮的时候，刘大掌柜带来一个消息：周记药行捐赠武汉的一船药材，被赈济处接收了。周掌柜和周钧儒都抬起了头，周钧儒怀着一丝希望问道："百姓没有砸我们的船？"

刘大掌柜摇了摇头："没有，因为一进武汉，就把船上的旗招和横幅摘了。"

周掌柜苦笑："果然如此，如今周记药行这四个字，在武汉已经是过街之鼠了。幸好，那些药材还能救一些人，虽然救的都是那些骂我们的人。"

周钧儒失落的眼神转为愤懑："我们为什么还要帮他们救他们？他们把周记药行悬壶济世的善心都踩在地上了！"

周掌柜："就因为悬壶济世这四个字，不管世道是好是坏，百姓对我们是褒是贬，你只要做这个行当，就得把这四个字坚持下去，除非哪一天，我们不做药材生意了。"

周钧儒恨道："可是他们！……他们已经把周记药行逼到绝路上了！"

周掌柜:"逼我们的不是百姓,百姓哪有什么分辨之力,都是报馆那些人挑拨煽动了百姓的情绪。"

周钧儒几乎难过得落下泪来:"他们为什么要这样做?周记药行并没有得罪他们!"

刘大掌柜:"钧儒,莫说你想不通,就算我们经历了一辈子的事,也想不通,时运这种事,是人力不能改变的。"

周钧儒:"我不信这是时运,一定有原因的……"

正说着,忽然外面传来一片强压着的窃窃私语声,三人向窗外看去,便见所有的伙计都站在了院子里,连坐诊大夫和账房先生都在。

三人心里一惊,周钧儒第一次感受到心陡然悬起来的滋味儿。

他们立即走到院子里,所有人都安静了下来。周掌柜看着眼前的人群,几十人将不大的院子挤得满满的,每个人都带着探寻和期待的目光。

周掌柜自然知道他们的来意,依然郑重拱手道:"大家这么早聚齐了来找我,一定是有大事。"

众人眼神互相推诿着,没有人主动站出来说话。

周掌柜继续道:"哪位愿意说出来,直说无妨,只要我周培祥能做到的,一定尽力而为。"

一个上了些年纪的伙计被众人怂恿着站了出来,低声试探着说道:"东家,听说药行要撤出重庆?"

周掌柜心里骤然一紧,虽然料到伙计们会问药行前途之事,却没想到撤出重庆的计划在他们心中已经公开了,但他依然强打着沉稳:"为什么这么问?"

伙计垂头道:"因为……武汉那边已经撤了,重庆又没了生意,我们就猜测着……"

周掌柜看着一个个跟了自己多年的伙计,叹气道:"周记药行确实遇到了难处,我也确实在做最坏的打算,但没到最后一刻,我不会轻易做出撤走的计划。"

伙计们纷乱的声音四起:"那我们到底会不会撤走?"

周掌柜:"我很坦诚地告诉大家,我也不知道,我比你们任何人都不希望撤走。大家跟着周记药行来到川地,背井离乡,一年到头跟家人见不上一面,我知道你们的辛苦,如果周记药行真的撤了,就是我周培祥对不起大家,请大家再给我几天时间,让我好好考虑……"

说着,周掌柜把账房先生叫到眼前:"无论谁想走,都支取三个月薪水,再发给回乡火车票钱,不要难为人家。"账房先生叹着气,点了点头。

伙计们陆陆续续散去,空荡荡的院子里只剩下周掌柜、周钧儒和刘大掌柜三人,周掌柜依然保持着挥手送伙计们散去的姿势,定定地抬着手,仿佛神思俱散了一般。

周钧儒莫可名状地烦扰着,在药行里走来走去,忽然又看到了《武汉日报》。

那篇报道之后,他几乎很少再看报了,整个药行里,《武汉日报》也成为最忌讳的东西,没有人想再看到这份带来绝望消息的报纸,所以近十日来,竟堆了厚厚一叠,无人问津。

他叹了口气,将报纸拿在手里,一份一份地翻看过去,忽然发现了一个奇怪的现象:几乎每天都在头版头条披露一家商行,米面粮油行、药行、煤炭行、电力公司、船运公司……每一条新闻都在激发着百姓愤怒情绪,给这些商行、公司带来沸腾的民怨。

难道他们真的都在大灾中做出了令人发指的举动?

周钧儒只觉整颗心都在哆嗦:怎么可能? 怎么可能? 他把所有的头版报道摆在一起,一条条仔细看过去,终于发现,这些新闻全部是危言耸听,与污蔑周记药行的手段一模一样!

水灾期间,大部分报馆都已停业,只有《武汉日报》还能正常发行,可为什么就是这样一份本应以灾情为第一要闻的报纸,却每天都把激起民怨的新闻放在头版头条?

他强压着心中的怒火,继续翻看报纸,终于在《国闻周报》第三版上找到

了一条报道,乃是评论此次武汉水灾的文章,其上写道:

"湖北省政府中人,有人用政府名义以数百万修堤款经费,存在贩卖鸦片之川江龙公司,博取重利,结果该公司借故倒闭,堤款全失,以致沿江堤工,未能修理。"

周钧儒顿时冷笑起来:原来如此!

这样一桩惊天的腐败丑闻,酿成了无数人丧生的惨烈水灾之祸,一旦流传于民众间,将会形成滔天巨浪,必须另有泄愤之事吸引百姓注意,才能让这桩贪腐巨案的消息慢慢沉底,才能让这些食百姓之命而自肥的贪官被轻描淡写地放过去。

周记药行,不过是贪官们为转移民怨,摆在明面上任人攻击的一个小小牺牲品罢了。

周钧儒不知当哭还是当笑,神色几乎被愤怒逼到了扭曲,怒极赤红的眼里渗着泪,却又不受控制般地笑了起来:"原来我们的灭顶之灾,不过是别人手里的棋子罢了!"他重重一拳砸在墙上,手上流了血也不觉,整个人靠着墙角瘫坐了下去。

伙计们看着少东家又哭又笑的神色,顿时惊慌起来:"少东家?少东家!"

周钧儒手里握着报纸,向伙计们挥了挥:"我没事,没事……我只是可怜我们这些人罢了,小小的可怜虫,在别人手里,什么都不是……"

众人都以为少东家疯了,更加慌张起来,立即有人奔向后院去叫周掌柜和刘大掌柜,二人匆匆赶过来,就看到周钧儒依旧瘫坐在那里,且哭且笑,状若癫狂。

周掌柜急道:"钧儒!钧儒!你这是怎么了?"

周钧儒看到父亲,才恢复了几分神色,面带嘲讽道:"爹,刘伯伯,你们知道,周记药行为什么被报馆盯上了吗?"

周掌柜脸色立即变了:"为什么?"

周钧儒把《国闻周报》那段话指给他们看,又把《武汉日报》近十几天来的头版在地面上摆了一排："你们看,就因为这个。"

周掌柜和刘大掌柜只看了几眼,立即明白了。这些久与军政界打交道的老江湖,如何看不穿这等手段? 二人气愤已极。

过了好一阵子,周掌柜才回过一口气来,整个人脱力般浑身发软,仰天叹道:"周记药行二十年,竟栽到了阴沟里!"刘大掌柜也怒意迸发:"这些吃人不吐骨头的狗官! 老天为什么不降雷劈死他们!"

周掌柜慢慢扶着墙站稳,目不转睛地看着脚下那一排报纸,几乎要把纸张看穿一样地死死盯着,直到双眼都红了,才抬起头来:"钧儒,把这些报纸收起来,送到我房里去。"

大家惊异地发现,周掌柜说这句话时竟是底气十足,甚至连发软的腰板都挺了起来,整个人再次带出了稳如山岳的气势。周钧儒震惊地看着父亲,脸上也带出不可思议的神色,他连忙俯身将报纸收起,和刘大掌柜陪着父亲回到房里。

周掌柜坐在桌前,甚至给自己倒了一碗热茶,才开口道:"老哥,今天这事,你怎么看?"

刘大掌柜:"我们就是被人当了挡箭牌,每家被报道的商行公司,都在老百姓心里信誉扫地了。"

周掌柜:"这事显而易见,贪官心虚,怕自己的腐败罪状大张于众,拿我们这些小商行、小公司做文章,老百姓哪有什么分辨力,不过是被他们蛊惑愤怒罢了。"

刘大掌柜:"可我们能怎么办?"

周掌柜:"如果真的是因为周记药行撤出武汉,被老百姓戳脊梁骨,我认了,但如果是被贪官当作转移民怨的工具,被陷害被污蔑被谣言诋毁,我周培祥,绝不认!"

周钧儒没想到,山峦崩塌一样的父亲,在看到自己身陷阴谋的那一刻,忽然重新站了起来,他身上又燃起了不服输的斗志,让人看到了他要与这黑暗势力决战的信念。真正的男人绝不愿意在陷害和诋毁中屈服,何况周掌柜这样一个几次三番走在枪口刀尖上的人。

知道了栽在何处，并不意味着澄清谣言洗刷冤屈就是一件容易的事，老百姓已经相信了他们是大灾之前撤逃的药商，就很难改变他们心中的认知。想在这样的局面里绝地翻身，没有一番作为改观民众印象，绝无可能。

此时的武汉三镇依然一片泽国，报纸上有人推测，这次水灾已致二百余万人死亡，上千万人流离失所，无以计数的人惨遭没顶，水患所到之处，"万里无田庐，但见云树梢，野哭声断续，浮尸水逐草"。国民党中央宣传部发布的《为救济水灾告全国同胞书》中写道：今日中华民族，实已濒九死之绝境。

然而就是这样一场淹没了武汉的灭顶之灾，灾民所得到的救援并不多，国民政府下拨的救济款均摊到每一个灾民身上，人均不到两角，粮食价格飞涨，这区区两角钱又有何用？纵然国民政府多方筹款筹粮筹物，推销救灾公债，分配到灾民手里，也不过是杯水车薪，百姓们依然在生死线上挣扎。

就在此时，市政府征集救灾药材的通知再次送到了周记药行。

水患遍地，四川也受了严重的涝灾，本就粮食药材紧缺，各大药行的仓库都已告罄，然而湖北一直向四川求援，南京政府下令必须支援武汉，因此征集药材的通知一发再发，周记药行也已推托无门。

周钧儒气愤道："我们捐药赈济，武汉那边的报纸还要诋毁周记药行是撤逃的奸商，如今还让我们调集药材，简直欺负人！"

周掌柜拿着通知，思索了半晌，忽然道："我们也许还有办法挽回局面。"

刘大掌柜和周钧儒诧异道："什么办法？"

周掌柜："拿上报纸，我去市政府求见韩秘书！"

市政府韩秘书办公室。

周掌柜婉言周记药行库存告竭，已无力调集药材，对救灾之事有心无力。然而韩秘书何等精明人物，一见周掌柜似有难言之隐，立即详加问询，待看到那几份报纸时，韩秘书顿时怒道："简直无中生有之污蔑！大灾之前，能够撤离武汉保全药行,乃是明智之举,怎么就成了撤逃?"他又将其余几份一一浏览,直到看了《国闻周报》那一段报道贪腐的文字,顿时明了:"可恶!利用民怨相敌,掩盖腐败之事!周记药行是我们重庆的义商,怎么能容得他们如此肆意污蔑?你放心,我一定还你公道!"

周掌柜立即起身,一躬到地:"韩秘书,我周培祥把信誉看得比命重,这些日子民怨沸腾,我几乎昼夜难安,真要能还我周记药行一个公道,就是毁家纾难我们也甘愿!"随即问道:"不知此次需要支援多少药材?我好谋划周转。"

韩秘书点头道:"总也要帮个几万斤,尤其是霍乱、伤寒、痢疾类的药材最紧缺,你们能调运多少便尽力而为吧,其余的,我再找其他大药行协调。"

周掌柜:"韩秘书放心,我必定竭尽全力去周转,如果能洗刷周记药行的冤屈,我们可以认捐一批药材!"

回到药行后,周掌柜立即请来了刘大掌柜,第一句话便是:"我们武汉三镇撤到郑州的药材还有多少?"猝然之间如此一问,刘大掌柜有些不知因由,只是略一思索道:"当时撤回去的药材约一万五千斤,现在过了两个多月,应该还有一万多斤吧。"

周大掌柜面上带出自信和果断:"马上拍电报给老徐,这批药材暂时不要拆包,随时准备装车运输,周记药行翻身的机会,来了!"

刘大掌柜惊喜道:"真的?什么机会?"

周大掌柜:"湖北告急,四处求援,川地自顾不暇,还要给湖北支援粮食药材物资。如今武汉城里的百姓早已经对救灾绝望了,我们周记药行这次要大张旗鼓地去救灾,让老百姓看看他们曾经那样骂我们,我们依旧在广施救济,我们怎么在武汉倒下的,就要怎么站起来!"

刘大掌柜大喜过望:"要当真如此,我们可以堂堂正正以四川省政府救援的名义,重新打出周记药行的招牌!"

周掌柜双目灼灼:"有了这个名头,看谁还敢骂我们撤逃!"

周掌柜站起身来,在屋子里转了两圈,下定决心般一巴掌拍在桌子上,"这一万多斤药材,我们全部认捐!"

周钧儒和刘大掌柜顿时倒吸一口冷气:"一万多斤?全捐?"

周掌柜坚定道:"对,全捐!"

刘大掌柜:"这些药材,光本钱就要三四万现洋,再加上来回运输,说句话就捐了?"

周掌柜神色坚毅:"只要能扳回局面,不光湖北、四川的生意能重新站稳,之前撤销合作的经销商也会回头来找咱们。武汉九省通衢,只要这一次重新打开了名声,一定会有更大的生意等着我们!"

周钧儒满眼震惊地看着父亲,本以为这些时日父亲垮下去了,周记药行在南方的生意也已无望,没想到他却再次燃起了斗志,而且敢下如此巨大的赌注去博一个扳回局面的机会。

他第一次懂得了何谓"商场如战场",父亲一生都在生意场上拼杀,见惯了生死存亡的局面,然而这一次的绝地逢生,他目睹了整个过程,这份沉稳若定、敢赌敢输、杀伐决断的气魄,让他再次意识到,父亲经商多年屹立不倒,凭的就是敢在绝境中拼上身家,孤注一掷、破釜沉舟的决断和定力。

数日之后,插着"四川省驰援武汉赈灾药材"条幅的货船抵达武汉,周记药行的旗招赫然排在首位。当时武汉尚能发行报纸的十几家报馆纷纷报道了"周记药行捐赠万斤药材救灾武汉"的新闻,连《武汉日刊》也不得不在最末一版刊载了这条消息,周记药行撤逃的谣言不攻自灭。

周记药行捐赠万斤药材的消息登报后,曾经取消合作的经销商和顾客纷纷重新回头,澄清误会,更为周记药行在两湖赢得了几笔军需订购。

笼罩在周记药行上空的阴霾一扫而空,所有人都感觉到了畅快呼吸的欣喜,周钧儒只觉走路都轻盈起来,恨不得飞跃到屋顶上大喊几声,纾解内心积存已久的压抑之气。

伙计们喜气洋洋,有人甚至把过年的鲜亮衣裳拿出来换上,说要祛祛晦气。此事提醒了周掌柜,提议叫一班戏热闹一番,又因着水灾期间不能太过招摇,也按照本地习俗,请了几位有绝活儿的川剧伶人,在后院搭个小戏台唱折子戏。

周钧儒最是高兴,来川地这几个月,药行里第一次唱戏,又是他好奇了许久的川剧,因此早已按捺不住,下决心要向人家请教一番,看看这绝活儿究竟有什么门道。

这次请的戏不仅有变脸、藏刀等绝活儿,更唱了一折《白蛇传》,那韦陀大战白蛇之时,只见他说了声"待吾睁开慧眼一观",飞脚踢到前额,额头正中立即多了一只眼睛!

周钧儒眼睁睁看着,竟不知这眼睛从何处而来,惊得站起身来出声问道:

"怎么一脚踢出个眼睛?"看戏的伙计们本也被惊了一下,但见少东家如此激动,便哄堂大笑起来。

刘大掌柜笑道:"这个,叫作'踢慧眼',讲究的是一脚踢在额正中,才能端端正正出来这只眼睛,也是川剧的绝活儿。"

周钧儒:"怎么川剧有这么多绝活儿? 我们的梆子戏和曲子戏都没有。"

周掌柜:"一地有一地的风俗,川地的人就爱琢磨这些奇巧的事,总能出人意料。"

周钧儒叹了口气:"这大约和变脸一样,我就是问人家,人家也不会说。"

旁边一个伙计笑道:"少东家,这是人家吃饭的本事,你要一问就说,人家可就打破饭碗了。"周钧儒也笑了,内心却想着:若是杜大哥也能看到这些多好,他必然能想法子把这绝活儿研究明白。

待到几位川剧伶人的折子戏唱罢,一个伙计叹息道:"离家三年多了,要能再听一段家乡戏就好了。"这话一起,众人纷纷感慨起来。

久在川地,不闻乡音,思乡之情蔓延开来,甚至有人开始哼起梆子戏的曲调,虽然荒腔走板,却勾起了所有人的情绪,一时大家都打着板眼摇头轻哼。

眼见如此情形,周钧儒起身道:"既然大家都想听家乡戏,我就给大家唱一段,解一解思乡之苦,也请几位川剧师傅听听我们的家乡调儿。"众人顿时情绪高涨起来,连声叫好,川剧伶人也纷纷鼓掌,愿意听听中原之音。

周钧儒说完这话,忽然想起母亲不许他唱戏,几次三番向父亲告状,周掌柜亦曾严厉告诫过他不许沉迷这下九流的行当,因此怯怯地回头看了一眼父亲,却见周掌柜并未反对,倒是点头示意了一下,才放下心来,唱了《跑汴京》里窦巧姐在开封府大堂上讲述"八件衣"及"蓝钱裙"的一段。唱到最精彩处,周钧儒声如落豆,清脆圆润,更加上这一段唱腔节拍分明,曲调俏皮,令人心神为之一爽:

"八件嫁衣丝绸缎,件件都用那彩线连,绿绸子小袄是粉红里,紫绸子镶的里外托肩,缀了一排银铃扣……另一头上纳故事,一对鸳鸯不离身,四个边倒勾鱼儿,只纳的前三针后三针左三针右三针偏三针扭三针明三针暗三针隔三针蹦三针,针针纳的有分寸儿,共合八百单三针,包相爷你若不凭信,当堂叫它配对对儿,两个钱褡不差分毫厘儿……"

周钧儒不敢多唱,然而只这短短一小段,竟赢得众人如潮的掌声喝彩,这一刻,大家恍然又回到了遥远的中原故乡,满眼尽是闪着淡淡的泪光。几位川剧伶人也大为震撼,不承想竟有这样旋律优美、快言快语的调子。

当晚,周钧儒梦中尽是洛阳曲子的旋律,直在耳边响了一夜,仿佛又回到了伊河镇在李坤和戏班里厮混,看着高台上的戏,一边听一边记曲牌和唱词,无忧无虑,何等快活!

然而第二日,重庆便被一个消息震惊了:日本人在东北和中国开战了。

此时的武汉依然是一片泽国,长江中下游水患也并未退去,就在中国遭遇如此前所未有之大灾难时,日本人却在东北挑起了战争,两日间攻陷二十余城镇,奉天、长春相继陷落。

周钧儒在报纸上看到这条新闻时,震惊失色,立即奔去找周掌柜:"爹,日本人打东北了! 就在前几天,十八日,奉天和长春都失守了!"

周掌柜正指挥着人将整麻包的药材搬进库里,一见周钧儒大呼小叫地冲过来,面有愠色道:"十八岁的人了,丝毫不知稳重,成何体统?"

周钧儒:"日本和中国开战了!"

周掌柜:"不是在东北开战的吗? 他们能不能打下东北都难说,还能打进内地不成? 日本想打中国,那是蛤蟆吞大象,吃不下的。"

周钧儒瞬时对自己方才举动有了几分迟疑:"可是报上说得很严重,两天就占了二十多座城,以前大帅们打仗,多少天都打不下一座城的。"

周掌柜:"东北是谁的地盘? 张学良的。他能眼睁睁看着日本人把自己地盘占了? 大帅们的事,自有他们的打算,我们小老百姓操不了那么多的心,东北离重庆远着呢,就算到老家洛阳,少说也有两千里,日本人打不过来的。"

周钧儒疑惑:"爹怎么一点儿都不关心国家大事?"

周掌柜:"到你眼前的,才是真正的国家大事,那些远在天边的,你再关心,也和你一点儿关系没有。日本人打中国,你气愤有用吗? 张学良和南京政府在想什么,你知道吗?"

周钧儒渐渐就有些泄了气:"可是国家兴亡匹夫有责……"

周掌柜:"不是还没到国家兴亡的地步吗?就算真到了那一步,你能去东北打日本人吗?整天想这些,遇到一点儿事就头脑发热,是做不成大事的。等你接手了生意和家里的事务,就知道一个人身上背着担子的时候,太过关心国事是一件多危险的事。"

周钧儒彻底没了心思,默默地拿着报纸怅然若思,总觉心里有些憋闷难受,那远在天边的战争固然与自己无关,平白焦虑也做不了任何事,但若是什么都不做,又觉惘然若失,堂堂七尺男儿,于国竟丝毫无用。

此刻的河南,抗日的情绪早已轰轰烈烈燃烧起来,"九一八"之后不过四五天,开封各界就举行了反日运动大会。随后几天,河南中等以上学校纷纷成立了反日救国联合会,学生上街请愿、商人抵制日货,反日救国总会甚至电请国民政府,要求对日绝交。

然而民间的这些反对之声,并未真正引起国民政府和东北张学良的重视,他们依旧在尽力避免事态扩大,等待国际调停。与他们愿望截然相反的是,日本关东军态度越来越强硬,迅速占领大片土地城市的"战绩"催生了他们的野心和幻想,步步紧逼,毫不顾忌所谓的国际调停,继续疯狂进攻,侵占中国东北的土地。

偃师虽只是个小县城,但对这样震惊国际的大事,却有着超乎寻常的关心。偃师地处郑州、洛阳之间,距离开封也不过二百里之遥,更有铁路过境,自然是消息通达,家国一体的忧患意识极为强烈。

早在清朝末年,偃师就有革命先驱走在时代的前面,杨勉斋先生十九岁考中进士后加入了同盟会,并于辛亥革命之前就发动了河南的革命起义,亲自上前线参加战斗鏖战三日之久,起义失败后,他在偃师、洛阳、开封等地开办学堂,振兴教育,也将革命的火种播撒在了这片底蕴深厚的土壤上。祁书瀚回偃师担任县公立小学校长,便是受杨勉斋之子相邀。

日本对中国开战侵占东北之事，迅速在偃师掀起了反日浪潮，祁书瀚更是发动学生和各界人士，走上街头呼吁抗日，倡导商人和百姓们抵制日货，并投书县政府，请求将偃师各界的抗日决心上书国民政府。

祁书瀚在给县政府的《呼吁反日告民众书》中，字字殷切，血泪俱下：

前有军阀混战，后有江淮水灾，国民政府一日未安，亿兆百姓劫难重重，日军铁蹄又至，此诚我华夏危亡之际也。倭人侵华祸心久矣，若一举割占东北，又要举兵南下，日寇侵袭愈烈，中国沦丧愈多，亡国之患，近在眼前，亡国之奴，你我皆然……

卢启斋县长见了投书，放下手头正在注疏的《申鉴》，反复览读了三遍，不由得击节叹道："真书生意气铮铮然也！年轻人有这般才略气魄，难得一见，可惜啊，可惜……"

警察科长鄙夷道："一个小学校长，不好好教书，瞎操心国家大事，上次封他学校还是太轻饶了，把人拿进狱里反省两个月就老实了。"

卢县长摇了摇头，悠悠然抿了一口茶："乱世用武将，太平用文臣，对这些读书人，不能轻易动粗，要动之以情晓之以理，使他们知道家国之事，不是一腔热血就能决策的，难不成他们能直接去跟日本人打仗？如今我们的国家就像这些手无缚鸡之力的书生一样，根本打不过人家！一味喊着抗日，人家就是打进东北了，就是侮辱中国了，他们能怎么样？送到战场上能挡几颗子弹？若都像他们这样，人人走上街头，太平日子搞得人心惶惶，不仅于国无助，还要多添几分罪孽。"

警察科长无奈皱眉道："跟这些人讲道理是讲不明白的，说不定就是受了赤党分子影响了！"

卢启斋："我自然知道，不然栾县长是怎么走的？河南赤党分子不少，苏区扩张得厉害，赤匪军聚起了十万之众，从去年到今年，几次三番剿匪都没成功，还在河南和湖北安徽交界的地方，公然建立了他们的苏维埃反叛政府，可见有多嚣张。偃师肯定也已经被赤党分子渗透了，但若说这祁书瀚受了赤党影响，也要有直接证据才行，不能武断抓人，到时激起民怨，反倒不好收场。"

警察科长：“我的县长大人，就算您是菩萨心肠，能感化得了他们吗？证据？那还不是让它有，就能有的嘛！”

卢县长叹气道：“就是你们这样莽撞行事，才漏了很多线索。这些赤党分子，上下级联络十分隐秘，而且有一套外人看不懂的暗号体系，若是抓个小鱼小虾打草惊蛇，一整条线就断了，以后就再也抓不到重要匪首了。”

警察科长：“难道您以前抓到过匪首？”

卢启斋：“倒也不算抓到了匪首，只是我曾逮捕了一个赤党分子，严加审讯和许以重诺之下，他还不算太过冥顽，从实招认了，因此将那一条线全部打尽，几乎没有漏网的，这便是谨慎行事的益处了。”

警察科长顿时大为敬佩：“原来如此！这几个月看您天天吟诗作赋的，也不大管理事务，外面都叫您好好先生县长呢。”

卢启斋：“三年不鸣，一鸣惊人，我这不过三月不鸣，何必急在一时，之前的栾县长，就是步子太急了，前事不忘，后事之师也。”他起身踱了两步：“去回复他们，就说投书我已经收到了，感念大家的拳拳爱国之心，同为中国同胞，我岂能不痛恨日本人的侵略行径？必将择机上言，请他们放心。”

警察科长震惊：“您，真打算上言？”

卢启斋：“且安住他们再说。”随即他又叮嘱道：“这祁书瀚，给我盯紧了，小栾就是败在他们手上，若说他一点儿问题没有，我是不信的。”

祁书瀚收到回信时颇有些诧异。

这位卢县长到任数月都不曾有任何动静，他却请求上线查过了此人底细。卢县长表面看起来温文尔雅，实则心机深沉，而且曾利用同志叛变，对组织造成过巨大的破坏，数十位同志牺牲在他手上。据说就是借着这样的功劳，他得到了省主席刘峙的信任，一直将其视为心腹幕僚带在身边，直到栾易钦出事，才派来做一任县长。

如今他却以“爱国者”自居，要为反日运动上书，实在事出反常，只怕又是试探之词。此次投书，本是为试探一下卢启斋的态度，可他却一口答应，足见其心机深沉,若有同志轻信许诺,必将被其渗透诱捕。

面对这样的答复,偃师县工委的人都知道这是政客的惯用伎俩,薛铭愤然道:"怎么能让国民政府知道民意如此,不可违背?"

祁书瀚:"现在国民政府的态度还很难说,会不会对日宣战,主要是张学良的决策,东北军都是张学良的直属部队,他们要是一路溃败,东北早晚落入日本手中。"

苏子竞怒道:"这丧权辱国的张学良! 如今东北一半土地都在日本人手里了,他依然不抵抗! 软骨头的花花公子!"

祁书瀚:"所以,我们此次的反日运动,一则是让国民政府看到我们的意愿,另一方面也要积极吸引爱国志士加入我们的组织,只有建立一个不投降的政府,才能真正抵御外辱。"

徐健君问道:"老师,我们远在中原,而日本人侵占东北,我们能做什么呢?"

祁书瀚:"我们在河南也许做不了什么,但我们的同志已经到东北了,他们会在那里抗击日寇。虽然我们的力量还不够强大,但国家危难的时候,我们也必须站出来。"

此前,祁书瀚接到了佟尚荣的密电,说他已经调任大连,在那里组织抗日军,并亲自率军对日本军进行袭击,取得了不错的战绩。九一八事变后,他也立即赶赴东北,在正面战场与日本关东军进行战斗。

众人顿时热血沸腾起来,纷纷提出要申请去东北抗日,上前线抵御外侮,保家卫国。

祁书瀚摇头道:"我何尝不想和同志们一起奔赴战场,轰轰烈烈地与敌人战斗,驰骋疆场马革裹尸。然而河南的白色恐怖越来越紧张,越是危险时刻,我们越要潜伏在这里,等待时机。"

苏子竞慨然道:"我建议接下来发起更大规模的抗日运动,同时声援洛阳和开封,要让国民政府听到我们的声音,让他们知道民意不可违,再不抵抗,丢疆弃土,就是卖国的政府!"

薛铭："我倒是建议冷静一些,卢县长已经明确回复要上言,我们如果再激进,就显得故意与他为难,反倒落下口实。"

祁书瀚："薛铭说得对,我们不应该再扩大声势,而是低调一段时间,看他反应如何。"

第二天开始,偃师县的街头游行暂时停止,但学生们依旧在街头散发传单,公开演讲,向民众宣讲救亡图存的主张,呼吁抵抗日本,抵制日货。传单上,祁书瀚《呼吁反日告民众书》上那几段文字,迅速在偃师县流传开来,人人都能说上一句"亡国之患,近在眼前;亡国之奴,你我皆然"。

到了十一月初,继辽宁、吉林陷落后,日军又占领了黑龙江四洮铁路沿线重镇,并猛攻省城齐齐哈尔,东北三省全部沦陷近在咫尺。然而九一八事变次日,张学良就带部属离开奉天,退守锦州。日本关东军挑衅态度愈发强硬,公然派出轰炸机空袭锦州,宣称"张学良在锦州集结大量兵力,如果置之不理,恐将对日本权益造成损害。为了尽快解决满蒙问题,关东军有必要驱逐锦州政权"。

如此丧权辱国行径,招致全国报界一片愤然,民间抗日之声呼吁如潮,张学良被骂得几乎不敢出头,却依旧一路撤退,放弃了东三省上百万平方公里的大好河山,三千多万同胞沦为亡国奴。

民国二十年,成为中国近代历史上的至暗时刻,苦难的人民尚未摆脱洪水肆虐的阴影,就遭遇了国家被侵略的殖民之痛。然而这一切,都没能停止当局对百姓的搜刮,河南省政府下令:

重征民国二十年钱粮。

河南多数县份的赋税因着军阀混战,早已被预征到了民国二十五年,如今却又要重征民国二十年的钱粮,一片地皮刮两遍,不啻又一场灾难降临。

河南百姓本也在江淮水灾中损失惨重,灾民多达九百五十万,死亡十一万有余,物产损失两亿多元,全省四成以上土地弃耕,大量灾民逃难,拉棍乞讨者不绝于路,如此民不聊生,竟要重征钱粮,无异于将百姓推入水火,不留生机。

祁书瀚在看到这条政令时,不由得眼前一黑,重重将手拍在桌案上:"无耻之尤!蒋介石政府真表面道德仁义,内里猛兽豺狼!"

康宜俭正在旁边缝制一件长衫,祁书瀚猛地这一拍案,惊得她险些扎了手,连忙起身问道:"书瀚,这是怎么了?"

祁书瀚依旧怒火未平:"省当局竟然要重征民国二十年的钱粮!"

康宜俭诧异:"此前不是已经征过了吗?钱粮早就征到民国二十五年了,还要再征,是什么道理?"

祁书瀚:"省当局哪管什么道理?之前是军阀征税,如今是国民政府征税,换一个政府就要征一次税,哪管百姓死活?"

康宜俭忧心道:"那些家里交不起钱粮的,可怎么办?"

祁书瀚愤然:"逃荒,讨饭,饿死,病死,卖儿卖女,这样的事每天都在发生,交不起钱粮就只有这些路可走,百姓活得哪里像个人,比牲口都不如!"

康宜俭愁眉叹气:"我也见过拉着木棍讨饭的,衣不蔽体的,瘦得就剩一把骨头,脸上都看不出人模样,人活到那一步,真比死了都艰难。可是,我们又能做什么?北平政府南京政府一个个都是这样,再换个西京政府只怕也好不了。"

祁书瀚:"这样刮地皮的政府,早晚把百姓逼上绝路,等到官逼民反的时候……"说到此处,他忽然停住了:"宜俭,你怎么了?"

康宜俭震惊道:"书瀚,你怎么会想这样的事情?这是造反,会被抓起来的!"

祁书瀚忽然意识到自己说话有些激切了,若是被聪慧的妻子听出什么,必定引起她的恐惧不安,于是连忙解释:"我就是一时激愤信口开河,你可千万别害怕,我不会做造反的事。"

康宜俭:"你只是个小学校长,又办夜校又组织抗日游行,现在还关心征钱粮,我总觉着你关心的国家大事太多了,这样下去,我怕你招惹祸端……"

祁书瀚拉住她的手:"我知道你担心我,放心,我做事一定有分寸,不会让自己遇到危险,为了你,我也会努力保全自己。"

康宜俭有些两眼润湿："我们怎么就生在这么个乱世，连平平安安地过一辈子都是奢望，今年活着，连明年的事都不敢想……"

祁书瀚神色伤感，将妻子搂在怀里："宜俭，我答应你，我们一定会相守到老，也能等到乱世结束，平平安安生活的那一天。"

重征钱粮的政令发布之后，整个河南哗然了。

商界自然是群情激愤，开封商业联合会直接通知各商行、店铺罢市，一时间街市萧条，大相国寺一带人迹罕至，持币待购者尽皆扫兴而归，三日之后，盐、醋等日用必需之物也难以买到，百姓渐渐有了恐慌之态。罢市之风一旦开始，便接连向其他城镇蔓延，很快郑州、洛阳、南阳、许昌等地也陆续开始罢市，愈演愈烈，急电雪片般飞向省府开封。

与罢市对应的，是农民更大规模的弃耕。中原地区人多地少，本就田赋沉重生存艰难，便是太平年景，各类租税也要占到田地收成的七成以上，农民半年以上不得温饱，若是赶上兵灾天灾，收成颗粒不保，田赋又不减分毫，农民宁可逃荒，也不愿再耕种这几亩田土。因此，秋收一过，很多农田便完全撂了荒，收租者上门，见到的往往是举家外逃，甚至一村之中不剩几户的境况。

祁书瀚行走在乡村间，看到的便是这等惨状。

自夏季水灾以来，县公立小学的学生便流失得厉害，老师们为此忧心不已。更糟糕的是，莫说学生们的教育津贴，便是老师们的薪水也往往拖欠半年以上，日常上课教学已受到极大的影响。

他和组织上几位同志此次下乡，便是一面招募学生，一面向农民们讲些生活困苦的根源。他们细细帮农民算了一笔账，百姓才知道原来自己一生劳苦奔波，所获全被地主、乡绅、官府盘剥了去，本应属于农民的土地，如今竟大部分都在地主富绅手中，年复一年的耕种，也不过是富者更富、贫者更贫，养肥了那些地主老爷官老爷，自己却落到生死挣扎的境地。何况如今又要重征钱粮，若不奋起反抗，唯有死路一条。

这样的算法，果然在农民中激起了极大的反响，早已被压榨到生死边缘的百姓,不时掀起小规模的抗争和起义,驱逐征收田地赋税者,时日一久,下乡征收田赋成了各地县政府和大地主们最为头疼之事。

然而在商人罢市、农民抗争的局面下,周记药行却始终不曾闭门,柜上一切看诊、抓药、药材往来全部正常。罢市伊始,周掌柜就收到了杨大掌柜的电报,问如何应对,周掌柜回电只有一句:"病患不因罢市而减,伤痛不因罢市而缓。"

在满街萧条的时期,唯有周记药行静静地开着,迎接每一位病患,但也尽可能保持着安静的姿态。为防游行激进者冲击药行,店招、旗子一律落下,换了"救亡图存抵制日本"的号旗,并将"病患不因罢市而减,伤痛不因罢市而缓"的横幅挂在门前。

这一举措,果然得到了百姓的认可和支持,便是游行者到了周记药行门前,一见铺面挂着这两句话,大多也立即表示善意的理解,只作无视地走过去。

祁书瀚路过偃师县城的周记药行时,就见到了这样的情形,街市上店铺紧闭,周记药行门半开着,始终有人安安静静地进出,上门求治者络绎不绝。这几年,他与周钧儒来往关系匪浅,如今周掌柜和周钧儒不在,但门上这一行字,却是明明白白表示了态度:不参与罢市。

然而这不罢市的做法,却因药材行业独有的医者仁心精神,更觉令人起敬。如此四两拨千斤之道,显然是出自周掌柜,凭着行商多年的智慧,他总能找到左右逢源的站位,既不声援谁,也不得罪谁,且不失商家尊严。

眼见已到十一月底,重征钱粮赋税与商人罢市、农民抗争的矛盾愈演愈烈,罢市已将近一个月,衣食无着的农民也被逼到山穷水尽,鄂豫皖苏区再次呼吁各地发动农民和工人的力量,武装暴动,抗税抗捐,坚决把这不合理的"重征钱粮"剥削政策粉碎到底。

接到上级指示,祁书瀚看着眼前的密电陷入了犹豫。

去年刚刚经历了一场起义大失败,若是贸然起义抗税抗捐,必定会招致强硬的镇压,而且偃师离鄂豫皖苏区很远,离省城和洛阳却很近,苏区并不能及时给予有力的支援,武装暴动只是徒增牺牲,有何意义?纵然能够对反动政府形成沉重的打击,但也要付出无数的鲜血和生命,于心何忍?

他只得秘密召集工委的同志们开会讨论。

然而同志们听完上级命令和祁书瀚的分析之后,瞬间分成了两派。一派以苏子竞为首,坚决拥护上级的决策命令,频繁发动武装暴动,坚决与反动政府抗争到底。另一派则以薛铭为首,支持祁书瀚的意见,认为达到抗争目的,少交或者不交赋税即可,不做无谓的牺牲。

两种意见在会上争吵不休,矛盾很快上升。苏子竞指责祁书瀚和薛铭等人是"投降主义",百姓已经被逼到生死线上,绝不能再退让一步,唯有武装起义,哪怕付出血的代价,也要无畏牺牲,争取完整彻底的胜利。薛铭则指责苏子竞等人是"极左思想",完全不顾当前革命局势不利,罔顾群众和百姓的生命,在国民党统治强硬的区域进行正面冲突,只会增加牺牲,完全是消耗和损失革命力量。

祁书瀚在两派之间举步维艰,最终不得不将这一争执提请上级指示。

然而这一次的提请,很快就收到了回电:必须坚决彻底地反对一切投降主义,严厉肃清投降情绪,采取武装暴动、农民起义、罢工罢市等一切抗争手段,一定要和反动派及地主官僚做最坚决的斗争。

面对回电,祁书瀚默然了。

鄂豫皖边区正在进行大规模的"肃反",听闻张主席态度极其坚决,对投降主义毫不手软,数千名革命同志在这次"肃反"中牺牲。祁书瀚不懂为什么会出现这样的"肃反",也不理解上级的革命方针路线是否发生了改变,但他知道,这样强硬的暴力革命反抗,对当前的局势来说,是不合理的。

也许,真的是自己革命信心不够强大,革命意志不够坚决?

祁书瀚第一次对革命方向迷茫了,他不知道是自己对当前局势的判断出了问题,还是对上级的革命路线认知不到位。但是他很清楚,如果不按照上级的指示行动,必然会被视为投降主义分子,受到"肃反"清洗。

难道自己这些年潜在白色恐怖区域,积极宣扬革命理想,发展革命力量,只是因为提出了不同的方向和意见,就会被视为"叛徒"?

　　当天夜里,祁书瀚醉倒了。

　　康宜俭从未见他喝过那么多的酒,一杯一杯地喝下去,只是沉沉地酒到杯干,却一句话也不说,甚至眼前的菜都不曾动过。

　　在她心目中,祁书瀚是一个坚强温和、极有涵养的人,甚至算得上律己甚严的"慎独"君子,人前人后从来都是彬彬儒雅,从不失态。而如今,他却忽然酗酒了,喝到后来,甚至眼睛都布满了血丝,让康宜俭有几分害怕。

　　她一再追问祁书瀚遇到了什么事,何至于让自己醉成这样。祁书瀚始终一字不说,只是低头喝酒,偶尔模糊地嘟囔一句什么,听了几次,康宜俭才确认了这句话:"我是不是错了?"

　　第二天,祁书瀚难得的没有出门,沉醉的他一觉睡到了午后,看着年事渐高的父母、尚在读书的幼弟,他的眼里有了几分湿润,却依旧回到自己房里,让妻子拿酒来。

　　康宜俭看着酒气尚未散尽的丈夫,终于忍无可忍:"书瀚,你到底是怎么了? 还要喝多久?"

　　祁书瀚苦笑了一下:"宜俭,你总要容我偶尔放纵一次。"

　　康宜俭:"你要放纵也可以,总得有个由头吧? 这么无缘无故地醉酒,算怎么回事?"

　　祁书瀚随口道:"学校里遇到一些事,我看着交不起学费辍学的学生,心里难受。"

　　康宜俭:"你不要敷衍我,遇到多大的事,你都没这样过。告诉我,是不是这次的事很严重,到了你不能解决的程度?"

　　祁书瀚叹了口气:"宜俭,你相信我,没有什么大事,就是这几天心里苦闷。"

　　康宜俭赌气道:"好,你的事我不问,你要酒,给你! 我看你醉到什么时候!"说着转身去了厨房,留给祁书瀚一个倔强而委屈的背影。祁书瀚伸手想要喊住她,却终于没能叫出声来。

再一次,祁书瀚烂醉如泥。

然而天还没亮,他就起身了。身上虽然有未散的酒气,两眼却清清爽爽,似是下了决心一般,有着坚定的力量。

康宜俭见他一切恢复如常,悬了两日夜的心终于放了下来,照应他洗过澡,换了干净的长衫,闻不到酒气了,才送他出门去。

临出门前,祁书瀚忽然回头对妻子道:"宜俭,对不起,让你担心了。"

康宜俭并未听出他这句话的弦外之音,只是以为他为这两日醉酒向自己道歉,所以依旧端庄地笑着,挥手相送。

十一月中旬,一场声势浩大的农民武装暴动在偃师县拉开序幕。

愤怒的农民从四面八方汇集起来,在革命志士和农协会的领导下,迅速扩散至上万人,他们手中只有不到一千支枪,大部分人凭着锄头、菜刀、打草刀,甚至铁棒、木棒等,占领了四五个乡镇,并转而向偃师县城进攻,团团围困了县城。

与此同时,周边一些县乡的农民也云集而至,形成一股强大的力量,势如破竹般攻城略地,甚至占领铁路阻碍火车,一时令偃师和周边县镇政府颇为紧张,紧急军情电报一日三发飞向省府开封。

很快,偃师、巩县、孟州等几个县都已被起义军围困,在河南省政府统治的腹心之地,插入了一把钢刀,让省当局迅速意识到红色革命的力量不容小觑。省主席刘峙当场大怒,立即上报国民政府,调集部队"剿匪",立下军令状要将这次暴动剿灭在洛阳附近,绝不使其蔓延。

同时,南京政府下文责问刘峙:为何出此重征钱粮之策? 竭地力,伤百姓,集民怨,寒民心,如此苛政出于中原大省,令国民政府蒙羞,前所未闻之丑事也!

刘峙手里握着责问令,气得浑身颤抖,急召民政厅张厅长来问:"为什么下发这道政令? 如今南京政府责问下来,你首当其罪!"

张厅长不以为然道:"河南连遭战乱财政空虚,国民政府初建,拨不出财政补贴,不向民征税,钱从哪儿来?"

刘峙:"便是征税,也不该重征!"

张厅长:"吴佩孚、冯玉祥征的税,也要算到国民政府头上吗? 何况这道政令,主席你也是签署过的。"

刘峙气得咬牙:"你假我之手,行暴政之举,如今激起民变,蒋主席怪罪下来,你要担这个责任!"

张厅长:"河南屡遭战乱,百废待兴,若是没有财政支持,如何重建经济,如何发展民生? 让百姓苦上一年,渡过这次难关,也是不得已之举。除此之外,难道主席还有其他办法?"

刘峙:"如今事情出了,你竟毫无悔改之心! 叛军都要打到洛阳了,你去平叛?"

张厅长:"不过流民乱军,枪都没有几条,剿灭就是。"

刘峙:"说得容易! 这次暴乱要是共匪支持的呢? 让你的兵来剿? 你手里不是还有两个师吗?!"

张厅长冷笑:"主席原来是这个意思,一支没什么战斗力的乱军,这份白白的功劳还是留给主席吧,若是被我的兵剿了,只怕损了主席这沙场名将的声誉。"

刘峙气得几乎吐血:"你! ……"

张厅长扬长而去之后,刘峙立即召了卢启斋来,将张厅长傲慢抗礼之事备述了一遍。

卢启斋点头:"我早知道他是什么态度,剿灭了暴乱并不增光,失败了更是一摊子麻烦,他倒是甩得干净。"

刘峙依旧气道:"他就是惦念着河南省主席的位子,不把我搞下去,他心里不平!"

卢启斋:"他是蒋主席的爱将,但这次惹出这么大的乱子,想来蒋主席心里也不痛快。"

刘峙恼得一拳砸在桌上:"可恨我还签署了那文件!"

卢启斋:"这正是那老贼头的狡猾之处,政令以省主席的名义发出,汹汹民怨自然是向你而来,他乐得推波助澜,自己官声不好,也要拖你下水,这才是他的本意。"

刘峙:"如今我们该怎么办? 剿匪他不肯出兵,南京的责问令他也不肯担责,屎盆子就扣在我一个人头上?"

卢启斋:"却也不能让他乐见其成,总该寻他点儿麻烦才行。"

刘峙:"怎么寻他麻烦?"

卢启斋:"收集些他贪墨腐败、卖官鬻爵、罔顾国法之事,向蒋主席告他一状。"

刘峙:"这不痛不痒的,能有什么用? 蒋主席难道不知他贪赃枉法? 何成浚大搞钱色腐败,一夜豪赌就是六十万,整日乌烟瘴气,可他合纵连横的本事无人能及。前几年张学良东北易帜倒向蒋主席,都是他的说客之功,只要能办事,贪墨腐败算得了什么?"

卢启斋:"此一时彼一时也,中原大战的时候用这老贼头,如今也该鸟尽弓藏了,贪墨之事,不过试试蒋主席对他的态度罢了,到时我们再做对策。"

刘峙思索了一阵:"也罢,只能如此了,但是平乱之事刻不容缓,还是得作速调集兵力剿灭这些叛军。"他停顿了一下,又郑重道:"启斋兄,这次暴乱,肯定又是共匪头子'织女'挑起的,你一定要设法将其抓捕,'织女'一日不除,河南一日不安。"

一七　血洗偃师

在刘峙重兵"围剿"之下,席卷三县的起义军很快遭遇了迎头痛击。

这是一场准备并不充分的武装暴动,既缺乏有预谋的组织,也缺少有作战经验的指战员,一群武器不足、没经过军事训练的农民仓促暴动走向战场,虽然初时节节胜利,但面对"剿匪"正规军时,立即付出了惨重的代价。卢启斋摘下了"好好先生"的面具,亲自坐镇指挥,将起义力量切成几股,逐一击破,凭借着优势的火力和残酷的屠杀,对暴动的义军和百姓步步紧逼。

不畏牺牲的起义军在重火力压制下,几乎组织不起有效的抵抗,一次又一次的冲锋只是徒劳牺牲,大批人躺倒在血泊里,最终不得不放弃进攻,全面撤退。国民党军一路追捕,起义军死伤惨重,仅存的力量被迫躲入深山,各自散去。仅仅一个多月的时间,这场武装暴动便以失败告终。

已被边缘化了的祁书瀚眼睁睁看着武装暴动从发起到失败的全过程,却无从置喙。流血牺牲的代价,换来了注定失败的结局,也擦亮了省当局杀戮起义民众的屠刀,数百俘虏在偃师郊外被当众枪毙,残忍的屠杀持续了整整一个时辰,据说由于处决人数太多,枪管热得几度不能射出子弹,被迫观看行刑过程的民众多有惊恐失禁者,血腥之气旬日不散。

祁书瀚坐在校长办公室里,意识到河南党组织已经到了危急时刻,若是再不停止抗税抗捐暴动，一旦在全省范围内继续起义，必将引发更残酷的镇压和搜捕，所有的地下力量将在这样盲目的暴动中损失牺牲殆尽。他静坐良久之后，眼里带出决然的神色，当日凌晨，上海中央的桌上出现了一封密电：

危！亟请停止豫省行动，免牺牲涂炭。

这封未署名的电报立即引起了上海中央的重视，发电代码是党内身份极为隐秘的一位同志，他始终处于最深的潜伏之中，不到危难紧急时刻，从不轻易启用身份，如此明确紧急的示警，意味着河南的武装暴动若再继续下去，必将造成不可估量的损失。因此，中央急电河南省委书记：立即停止一切抗税抗捐暴动，静待革命时机。

祁书瀚密电发出不久，一个更惊人的消息传来：国民党军搜山，苏子竞受伤被俘了。

苏子竞一向热血激进，在这次武装暴动中，他的主张得到了上级认可，俨然接替祁书瀚成为偃师县工委的负责人，起义也全面由他策动发起。一开始，他就将这次武装暴动的目标定为"推翻县政府，建立苏维埃政权"，将偃师积累多年的革命群众力量全部暴露在省当局眼前，进而引发了更大规模的搜捕，对革命组织造成了极大的破坏。

如今，身为偃师县公立小学教师的苏子竞被俘，就意味着祁书瀚和县工委彻底进入了卢启斋的视线，他完全可以借此为名逮捕学校的全部教职工和进步学生。若是苏子竞露出任何蛛丝马迹，让卢启斋得到他们从事革命工作的证据，死难就在眼前。

无论任何时候，保全革命力量，保全革命同志的生命安全，都是第一要务，祁书瀚立即在秘密驻地连夜召集几个同志和进步学生，宣布了苏子竞被俘的消息。所有人顿时抽了一口冷气，在场的几位同志都参与了这次武装暴动，祁书瀚本人也负责了筹备工作，苏子竞被俘，大家很清楚将面临怎样的危险。

薛铭第一时间提议："我们不能逃，一旦逃走，就等于暴露了身份，全校师生都会受到牵连。"

另一位同志也说道:"我们不怕被捕,也不怕牺牲,但是不能连累无辜的群众,我们就留在这里,等着反动政府来逮捕我们!"

众人纷纷赞同:"对,我们不怕被捕,等着他们来抓我们!"

祁书瀚看着眼前的同志,眼里满是敬服和痛惜之色:"我知道大家不怕牺牲,但每一位同志的生命都是珍贵的,不到万不得已,我们不能轻易放弃。"

徐健君:"可是,他们已经抓捕了苏老师,无论如何都会认定我们是共产党。他们的原则是宁可错杀一千,不可放过一个,我们只能牺牲自己,保护全校师生了。"

祁书瀚:"大家先不要慌,且听我分析。苏老师被俘,我们不知道他的伤势如何,更不知道他会不会说出组织的机密,但以我们对他的了解,他是个硬骨头,一定会宁死不屈的。"

薛铭:"就算苏老师不吐露组织的秘密,但我们是他的同事,总要过这一关的,县政府一定会把我们带走。"

祁书瀚:"所以,我跟大家说的第一件事就是,在任何情况下都不要承认,不要被他们的心理战术迷惑了。这个卢县长最善于攻心,但是大家一定要坚信,无论他说什么,无论怎样威逼利诱,只要没有证据,他就不敢在学校里大开杀戒!"

大家纷纷点头,说:"校长放心,我们绝不承认。"

祁书瀚再次说道:"这次的事,我身为校长,应该第一个被带走,大家记住,无论如何以保全自己为第一要务……"

召开过秘密会议,大家各自散去,第二天祁书瀚依旧如常到学校上班,在校长办公室里翻阅着《期末考试时间计划表》,看着计划安排合理,于是签上了名字,用了校长铃印。

然而他刚刚放下印章,便听得院子里一阵咔咔作响的枪栓声,警察科长带人冲进了校长办公室,凶神恶煞当场铐了祁书瀚,喝令:"带走!"

祁书瀚故作震惊:"又是你? 我犯了什么事,你竟敢公然闯进学校逮捕校长!"

警察科长："你犯了什么事,自己心里不清楚?我现在告诉你,你有通共嫌疑,很可能就是共党分子!"

祁书瀚怒道:"一派胡言!你凭什么说我有通共嫌疑?!"

警察科长："我既然敢说就是有证据的,你是不见棺材不落泪。来人,带走!"说着,两名警察挟持着祁书瀚出了办公室,向外走去。

学校里早已一片骚乱,师生们的惊叫和哭喊声此起彼伏。祁书瀚向四周环顾了一下,整个学校都已经被军警包围,校门口更是铁桶一般,任何人都无法进出,学生们早已被吓得停了课,趴在窗户上惊恐地看着外面发生的一切。

老师们也都被带出教室,一字排开站在院里。祁书瀚被四名警察推搡着往外走,眼见如此情形更觉心痛难忍,嘶声喊道:"老师和学生们犯了什么错?你们持枪劫持师生,有辱国家斯文!"警察科长冷笑道:"我是奉命行事,你们学校出了共党分子,谁也脱不了嫌疑!"师生们眼睁睁看着校长被拖出校门,带上车押解而去,更是心头绝望寒冷,森严恐怖的气氛笼罩在所有人心头,令人胆寒。

警察科长在老师们面前踱着步子,四周墙上都架着步枪,黑洞洞的枪口指向院内,任何人有异动,都会被立毙枪下。农历腊月的天气已颇为寒冷,但有几位老师却被吓得开始冒汗。

漫长的静默沉寂,眼见威慑有了几分效果,警察科长才开口道:"你们这些人里,有些人是通共的。知道通共是什么罪过吗?"他恐吓地看着眼前的人,狠狠吐出两个字:"死罪!"

那几位冒汗的老师显然没想到学校出了如此可怖的事,顿时忍不住哆嗦了起来。

警察科长带出了猫戏鼠的残酷眼神:"你们一个一个地说,学校到底有没有通共分子?"

薛铭愤然开口道:"你这是构陷污蔑!就因为你一句我们学校有通共分子,我们就必须指认出一个来?明明没有,也要无中生有?"

警察科长笑了起来,说:"有就是有,没有就是没有,我绝不会冤枉你们,但是我今天既然敢说有,就一定有证据,你们是自己站出来乖乖指认,还是等着到警察局里,让人帮你们慢慢想?"说着,悠闲地走上前来,猛然一拳将薛铭打倒在地上。

薛铭挣扎着站起来的时候,嘴角流了血,一颗牙齿吐落在地。

老师们吓得更加瑟缩起来,几位同志也都悄悄低了头,目带恨意地看着警察科长。

警察科长叫人去办公室搬了把椅子过来,气定神闲地坐下,说:"我有的是时间等着你们,只要你们肯指认通共分子,我立刻解了学校的围,放你们回家。一个一个地来,什么时候说了,什么时候放人。"

第一位老师被带出来,孤零零地站在警察科长面前,他回头看了看身后不远处的老师们,竟是额头汗水越来越密,恐惧得全身颤抖,哆嗦着唇,一个字都说不出来。警察科长面不改色地看着他:"慢慢想,什么时候想起来什么时候说。"然后,拿出一支烟,仰头眯着眼吸了起来。

这位老师足足哆嗦了一刻钟,才终于说出一句话:"我只是被聘来教书的,什么通共分子,我不知道……"

警察科长竟然点了点头:"好,不知道就站回去,下一个。"

第二位老师又被带到了他的眼前,但是警察科长却抬眼看向了第一位老师:"不要以为一句不知道就可以过关,你可以说一遍,也可以说三遍五遍十遍,我是不着急的,就看你能坚持到多少遍。"

老师们本以为从实说"不知道",警察科长就不会难为他们,却没想到一句话就把他们的心打入水底:今日若不指认出一名通共分子,他绝不会善罢甘休。因此,第二位老师更加紧张,几乎站立不稳,却不敢轻易再说"不知道"三个字。

冷风渐渐吹透了每个人的衣裳,所有人都冻得开始打寒战,尤其是出过冷汗后的湿衣贴在身上,寒冷更重了几分。警察科长披上一件军大衣,依旧坐在椅子上不紧不慢地吸着烟,间或还打开暖瓶倒一杯热水,静静地看着眼前这些人,任由他们恐惧着,哆嗦着,寒冷着,被围墙上的枪口和眼前不着痕迹的刑讯侵蚀着意志和心神。

祁书瀚被带到卢启斋县长办公室的时候,本以为会面临严刑逼供,却没想到卢县长起身笑脸相迎,并喝令警察:"让你们去请祁校长,怎可如此粗鲁无礼? 快把手铐去了!"

待到祁书瀚被放开,卢启斋倒了一杯茶端到他面前:"祁校长,下属无礼,我替他们给你道歉,你不要多心,快快请坐。"

祁书瀚并不接茶,依旧愤然道:"县长先生,警察科长无故封了学校,枪口就架在院墙上,老师被拉出来提审,学生们不能上课,更不能放学回家,这是什么道理? 难道学校是警察说封就封,炫耀武力之地吗?"

卢启斋笑道:"祁校长,切莫激动,我理解你的心情,但这也是无奈之举,学校是教书育人之地,若非事有紧急,轻易谁敢封了学校?"

祁书瀚冷笑:"无奈之举? 什么事能无奈到需要封校和审问老师?"

卢启斋:"贵校的苏子竞老师,祁校长可知道他的底细?"

祁书瀚点头:"知道,他是省立第四师范学校毕业的,一年前到校教书,还是我亲自聘请来的,数学教学水平非常高,还能带国文和体育。"

卢启斋:"你只知其一,不知其二,这苏子竞老师,已经入了共党了。"

祁书瀚震惊失色:"怎么可能?!"

卢启斋:"最近刚刚被剿灭的叛乱暴动,你是知道的,有确切证据,苏子竞和这场叛乱有脱不开的干系,而且是其中重要的匪首。"

祁书瀚顿时有了恐惧惊慌之色,说不出话来。

卢启斋目光审视着祁书瀚:"祁校长,是不是被吓到了?"

祁书瀚愣了半晌,才摇了摇头,问:"县长先生,您不会是看错人了吧? 苏老师他怎么可能是暴乱匪首?"

卢启斋:"我怎么会看错? 现在他已经被拿获,就关在警察局的监狱里。"

祁书瀚神色开始慌乱:"被拿获了? 什么时候?"

卢启斋:"就在昨天晚上,他随着暴乱分子躲到山里去了,将士们搜山的时候,抓了个正着。"

祁书瀚脸色惨白,喃喃道:"难怪他上个月请了长假,竟然是去参加暴乱……"

卢启斋:"所以,我才请你来一趟问个明白,此前你给县里的投书,让我倍感惜才,年轻人就该这样血气方刚,有为国振臂一呼的气势!只是你身边出了通共分子,自己就一点儿不知情?"

祁书瀚皱紧了眉头:"苏子竞,他真的是通共分子?"

卢启斋直直盯着祁书瀚:"供认不讳,他自己亲口招认的。"

祁书瀚眼神里俱是迷惑不解:"他……亲口招认了? 他什么时候加入的共党?"

卢启斋的笑意里有了几分残酷:"你当真不知道? 要说这苏子竞也是一条铁骨铮铮的汉子,硬是一口扛下了所有的罪责,任凭怎么审问,就是咬定了只有自己是共党,身边的人一概矢口否认,无论如何都不肯牵连你们。"

祁书瀚的心被狠狠揪紧了,"任凭怎么审问"这六个字意味着什么,他非常清楚。监狱里那些专用于折磨人的酷刑,几乎想一想都心头打颤头皮发麻,用在苏子竞这样一个书生身上,不敢想象他的血肉之躯如何扛得过这地狱般的折磨。

更何况,他还负了伤。

即便如此,他依旧咬牙坚持着,不肯吐露任何一个人的名字,不愿牵连组织内的同志。

纵然他在这次武装暴动中犯下了极大的错误,导致了革命力量的巨大损失,但作为一个革命同志,他坚定的意志力和铁一样忠诚的精神,依然令人肃然起敬。

但祁书瀚知道,这是卢启斋的攻心之辞,若他稍露马脚,便是上了对方的钩,卢启斋一定会顺着自己这条线继续追下去,到时万一有同志经不住酷刑摧残,泄露组织秘密,将对河南党组织造成更大的破坏。

于是他只能忍着心痛，做出惊慌急怒的情状："县长先生?! 什么叫苏子竞不肯牵连我们? 难道您认为我，还有我们学校的老师，都是通共分子? 你这是连坐牵连大兴牢狱! 我们是国立小学，不是赤匪窝!"

卢启斋忽然笑了起来："祁校长，你是杨勉斋先生的学生，又有宣讲抗日大义的铮然风骨，不该是个胆小怕事的人，就算你身边真出了共党，也不至于惶恐若此吧?"

祁书瀚紧张地盯着卢启斋："如今各地严查通共，沾上一点儿嫌疑就要关押审讯，甚至就地处死，这般情势，容不得我不惶恐，难道你卢县长要大肆清洗整个学校吗?"

卢启斋依旧温雅和气："祁校长放心，只要没有证据，我不会冤枉任何人，更何况你这样难得一见的人才，我希望你是清白的，就看苏子竞能不能坚持得住吧。"

苏子竞已经昏迷高烧到不知自己身在何处。

逃到山里的时候，他身上带着两处枪伤，一枪贯穿右臂，一枪正中肋骨，恰好卡在了两根肋骨中间。如果及时救治，这两枪也许都不致命，但此刻被子弹震断了的肋骨已经插入胸腔，不仅剧痛难以忍受，甚至还搅动着腹中的脏腑。几位同志撕了衣裳简单为他固定住伤处，但依然每走一步都疼得他眼前发黑，身上的冷汗出了一层又一层，整个人都已虚脱。

更糟糕的是，山里还下起了雨。伤口遇到腊月的冷雨，立即就将他击垮了，高烧到意识模糊，口吐白沫，他知道，自己已经不行了。因此，听到国民党军搜山追捕的声音越来越近时，他拼着最后一点儿清醒告诉同志们："不要管我，你们快走!"说完，猛地一转身，向着山下滚落而去。

滚落下山的窸窣草木之声果然吸引了国民党兵，他们飞快地转移目标，向着苏子竞的方向追去，也因此，为其他逃跑的同志赢得了一点儿宝贵的时间，而他自己，却落入了国军手中。等到搜山结束，苏子竞被带回警察局时，已是奄奄一息了。

卢启斋见状大怒:"为何放任这么重要的线索重伤垂死? 如果他死了,还怎么审讯出他的上下线? 给我送去治伤,无论如何都要救活他!"刘峙派他来偃师担任县长的主要原因便是搜捕"织女",自上次偃师民夫罢工将栾易钦赶走之后,他便确信"织女"就在洛阳偃师一带。如今掀起如此大规模的暴乱,必然又是"织女"背后主谋。如今唯一可能的线索就在苏子竞身上,可他却昏迷不醒,岂非又一次错过了抓捕"织女"的机会?

县长秘书连夜请来了县城内的名医,然而大夫看到病人之后,顿时震惊失色,连连表示:"老总,这样的病人,我们怕是治不好,伤情和病情完全耽误了,来不及了。"

县长秘书焦急道:"无论如何,先稳住他的性命,只要能让他多活一刻,我们就有时间找更好的大夫。"

大夫依旧无可奈何地摇头:"就算能稳住,也活不了多久,这么重的伤,还高热不退,大罗神仙也救不了他。"

县长秘书继续坚持:"先看伤,用最好的药,能治到什么程度都一定竭尽全力,我现在马上去请示县长怎么办。"卢启斋听说名医都已束手无策,立时一掌拍在案上:"误我大事! 要是能救活他,我一定能让他说出偃师县的赤匪组织,那个祁书瀚,肯定跟他脱不了干系! 先给他治伤,只要多活一天就行,我从省城请西医医生过来!"

河南自古出名医,这位大夫便是名噪百里的医者世家出身,虽然觉得病人已无多少生机,但还是谨慎着手,刮去伤口的腐肉,重新敷药包扎,子弹陷入太深,不敢贸然取出来,只固定了肋骨,用参汤提着一口气,又辅以降热解表的汤剂。苏子竞的呼吸略平稳了些,却陷入了更深的昏迷,大夫也不敢确定他还能否醒过来。

天渐渐有些晚了,夕阳沉沉地落了下去,学校的院子里已经吹起了西北风。

守卫的警察们轮流吃过饭,人人披上了军大衣,警察科长更是坐在老师们面前,吃起了鲜汤热面。相比之下,学校的教职工们境遇就要凄惨许多,人人冻得浑身颤抖,嘴唇发青,手脚都已麻木了,然而审问依然毫无停止的迹象,就这样令人绝望地冻饿着,似乎永远没有尽头。

更令人揪心的是那些学生。他们最大不过十来岁,眼见老师们被警察困在院子里折磨,这些曾经最受他们尊敬且教授他们知识学问的老师,在警察面前却这般无能为力,让孩子们心中的恐惧升到了极点。院墙上黑洞洞的枪口,凶神恶煞的军警,更成了他们眼里的洪水猛兽。

被关在教室整整一天,孩子们亦是冻饿交加,更为难的是他们不敢上茅厕,不少孩子溺湿了裤子,凄惨的哭喊声此起彼伏,又在警察的呵斥下转为小声抽泣。

这哭声让老师们更加焦灼和恐惧不安,终于,一位老师忍不住跪了下来:"求你们,不要难为孩子们,他们还这么小,无论如何不可能通共吧? 求老总放他们回家……"很快,又有几位老师开始哀求警察科长,求他给孩子们放学。

警察科长残忍而满足地叹了口气,说出来的话却似劝解一般:"看看,就因为个别通共分子,全校的老师和学生都要在这里受难,你们就忍心吗? 共党分子不是说为了群众和百姓不惜牺牲自己吗? 怎么就不肯站出来承认? 只要你站出来,这些无辜的人就可以回家,舒舒服服地吃一口热饭,不用在这里挨冻挨饿,担惊受怕。我是真没想到啊,你们共党就是善于胁迫无辜群众,为你们陪绑陪葬。"

薛铭和其他几位同志早已心如刀割,眼前这般局面,确因他们而起,但祁书瀚之前曾嘱托过,无论如何不能站出来,一旦承认了,被卢县长追查下去,不仅学校的教职工们会惨遭冤屈,组织遭遇的破坏更是不可想象。

他们只能默默地隐忍着,看着老师和孩子们在警察的淫威下瑟瑟发抖,受尽恐惧折磨。

薛铭细细思索着,已经过去一整日了,警察科长还没有动手抓人,也没继续对老师们殴打凌辱,应该是尚未抓到实质性的证据,目前只要咬牙坚持住,这些教职工就不会有生命危险。

但是孩子们的恐惧已经到了极点，无论如何不能再被挟持下去了，只要能放走学生，心里的压力便会减少许多。因此，颇有几分硬骨的薛铭审视了一下情形，也终于咬咬牙开口乞求："老总，孩子们确实无辜，我们招学生来是为了教他们知识，他们受这样的惊吓，万一出点儿什么事，我们怎么向家长交代，求您高抬贵手，放了孩子……"

警察科长忽然笑了，问："你不是最硬气吗？这会儿也放下身段求我了？"

薛铭："我不是为自己求您，是为了这些孩子，大人们的事，与孩子无关……"

警察科长依旧志得意满地叹着气："我当然知道孩子们是无辜的，在你们招认之前，本不该放任何人出入，但我也心疼孩子们可怜，可以让家长接孩子回家，不过，"他眼神变得残酷起来，"每个学生和家长必须签下保证书，与通共分子毫无往来，若是日后被查出来，可是要被连坐的。"

他自然知道，卢县长和自己手里根本没有县公立小学教职工通共的证据，若是真因此导致学校师生出了什么事，民怨沸腾之下，栾县长便是前车之鉴。他对身边的人示意了一下，早已被拦截在学校不远处的家长们焦急地来到学校门口，扒着大门向里张望，喊着自家子女的名字，一时间呼唤声和孩子们带着哭腔的应答响成了一片，催人落泪。

学生们在警察的监视下，一一在保证书上签名按了手印，被父母领走，很多家长搂住孩子之后的第一句话便是："以后再也不来上学了，读个书还要摊上官司，不定哪天就送了命呢……"听着家长们的话，老师们更是心如刀绞，只觉教书育人的理想彻底被冷水淹没，心中比冬月的西北风更寒上几分。

半个小时后，学校终于安静下来，孩子们都已离开，院墙上架着的枪也撤了下来，只剩下十几名警察将老师们包围住，新一轮的身心折磨，又将开始。

天色已晚。

卢启斋看起来并未打算难为祁书瀚,只是吩咐人道:"给祁校长准备一间屋子休息,去家里帮他取铺盖和换洗衣裳来。"说着转身对祁书瀚道:"政府里条件简陋,比不得家里,祁校长暂且安心住下,需要什么东西就跟哨卫说。家中妻儿还在等我,我就不多陪了。"说着,径自转身出了办公室。

"家中妻儿"四个字重重捶在了祁书瀚的心口,弦外之音,分明是不动声色的威胁:祸及家人。

卢启斋这一招果然毒辣!

祁书瀚的心顿时揪成一团,好似千钧系于细丝般,狠狠悬着却无从着落。他只能默默地跟在哨兵身后,走到一间陈设简单的屋子,一床、一桌、一椅,再无其他。

他几乎不敢去想,父母和妻子面对夜晚破门而入气势汹汹的警察,会是何等的慌张无措,那警察一定得了卢启斋的授意,言辞间会对自己的家人极尽恐吓,甚至可能以"祁书瀚是共党"这等言辞来诈他们,让他们慌中出错,暴露自己什么秘密。

唯一可以确信的是,自己在家人面前从未透露过任何蛛丝马迹,哪怕心细如发的妻子,也不曾发现过自己有什么不妥,只知丈夫对时事颇为关心而已。

但他们陷入终日的恐惧慌张担惊受怕,已是无可避免。从以身许国那一日起,他就知道,总有一天自己会有负于家人,但这一日真的来临时,他依然心里痛得无以复加,不知还有没有机会向他们解释、赔罪。

两名警察持枪来到祁家,高声叫喊着开门,却在祁老先生开门的一瞬间,就将枪口对准了他。祁老先生顿时惊得几乎跌坐在地,连声颤抖着问:"你们是什么人?为什么半夜持枪闯进民宅?"

他们将枪口往前再送了一分:"警察!你是祁书瀚的爹?家里还有什么人?"

祁老先生惊慌地点着头:"我是,书瀚怎么了?"

警察:"祁书瀚被扣押了,我们来家里搜查!"

祁老先生更加震惊恐惧:"扣押?书瀚犯了什么事,要扣押他?"

听得外面一片嘈杂,祁母和康宜俭也匆匆来到院里,一见这般阵势,惊惧不已,祁母甚至站立不稳,勉强倚着康宜俭才没有坐倒下去:"你们……你们要搜查什么……"

警察:"祁书瀚有通共嫌疑,你们知不知情?"

三人俱是一愣,康宜俭听得此话,顿觉五雷轰顶,书瀚堂堂一校之长,怎可能与共匪牵连?这样的罪名怎可能落到他头上?于是本能摇头道:"我丈夫绝不可能通共,你们无故扣押他,有证据吗?"

警察一愣,没想到这样一个看似温婉柔弱的女子,面对突发的变故,竟还敢反驳质问,于是更加气势汹汹道:"通共可是大案,事涉机密,怎么可能向你们这些嫌犯家属解释?让开,我们要搜查!"

康宜俭骤闻这个消息,早已慌得几乎站立不稳,眼睁睁看着警察冲进家中一通搜检,尤其是祁书瀚的书房,几乎每一张纸都仔细翻过,却没有找到任何通共相关的资料、书籍、报刊、书信等物,直搜了半个多时辰,依旧一无所获,只翻到了几册看不懂的洋文书,昂然拿到院子里指斥:"这祁书瀚果然要好好审问!这几本洋文书,说不定就是共匪的机密文件!"

康宜俭却是认识那几本书的,不过是学习俄文的教材而已,警察竟虚张声势当作证据,心里略略松了一口气,鼓起勇气驳斥道:"什么机密文件,这是几本学习俄文的书!你们没有证据就扣押一校之长,我要去县政府鸣冤!县政府不应,我就去省政府,省政府不应,我就去南京政府!"然而这虽说得硬气,她分明感到自己的声音在发抖,只是强撑着一口气罢了。

两名警察没想到她竟能说出这样强硬的话,愣了一下,随即冷哼道:"你只管鸣冤,看谁能给你做主!县长吩咐,让祁书瀚家属给他准备铺盖,换洗衣裳!"

康宜俭回房收拾衣物被褥时,眼泪便落了下来,丈夫无故被扣押,而且是通共的罪名,让她陷入惊恐无措,此刻她唯一能相信的,便是自己的丈夫是小学校长，是所有乡邻都称赞的好人，他绝不是共匪，所有人都可以证明他的清白。

她不停地安慰自己，只要他是清白的，就一定能平安回来。

警察拿了行李卷，转身扬长而去，留下满地的狼藉。康宜俭直直站在院子里看着他们离去，再回身时，却见祁母早已被吓得瘫坐在地老泪纵横，哀声哭道："我儿到底犯了什么事……"

康宜俭伸手扶住祁母："娘，书瀚没有犯任何事，他是无辜的，相信我，过几天证明了他的清白，他们就会放人。"

祁母泪眼蒙眬地看着她："真的？"

康宜俭坚定地点头："真的。"

祁老先生也说道："书瀚为人一向正派，我相信他不会与那些乱党有什么往来，你只管放心。"

安抚了两位老人家，康宜俭回到房间，却忍不住泪如雨下。丈夫出事的时候，她只能站出来稳住家里的状况，但此刻一人独处，无尽的担忧漫上心来，她不知道丈夫会面临什么样的危险，若是真的被判了通共罪名……她几乎不敢再想下去，冰冷的恐惧席卷了她，缩在厚厚的被子里依旧哆嗦得不能自已。

卢启斋看着被搜出来的几本书，一眼便看出这是最普通不过的学习俄文的书籍，算不得任何证据，然而他一个小县城的教师，学俄文做什么？凭直觉推断，极可能与苏共有关联。但他知道，此时想从祁书瀚身上突破暂且无望，因此依旧前去探看重伤昏迷的苏子竞。今夜是最为关键的时刻，他能不能活下来，对于能否突破偃师县甚至河南省的共党系统至关重要，他必须亲自盯着。

省城派来的西医医生还没到，苏子竞依旧高烧昏迷，整个人都有些脱形，随着呼吸，口中还不时渗出一丝血来。卢启斋询问大夫道："这个病人，情况怎么样？"

大夫见县长亲自来问,更加谨慎地回话:"病人的状况非常不好,我们尽了全力,也只能吊着一口气,现在高烧不退,虽然危险,但也说明一时半刻不至于就……"

卢启斋:"还能维持多久?能不能醒过来?"

大夫摇了摇头:"这要看他的造化,非人力所能及了。"

卢启斋愤懑地出了一口气,回身向秘书问道:"西医医生什么时候到?"

县长秘书:"傍晚时候就出发了,只是省城到这里要二三百里路,汽车连夜赶路,可能也要到后半夜了。"

卢启斋点点头,思索了片刻,开口道:"今夜便如此了,不要逼得太紧,学校那边,让他们见好就收吧。"

夜色已深。

县公立小学的教职工们已是人人饱受饥寒折磨,更有两位老师耐不得严寒,发起了高烧,蜷缩在地上有些抽搐,其余人的情况也好不到哪里去,只是勉强撑着站在那里,已有些神志恍惚。

警察科长知道,若再逼问下去,只怕要出状况,因此呵斥道:"你们今天不说,明天也要说,我有的是耐心跟你们耗!来人,把他们带到办公室里去,看严了,一天不说就关一天,十天不说就关十天!"

薛铭等同志都松了一口气,他们坚持了这么久,终于换来了警察的退让。进到办公室里,让老师们坐下休息,每人喝些热水,又向警察要求去取被褥和干粮。警察科长竟没有难为他们,一一同意了。

两位发烧的老师被警察押着去看病,其余十几个人挤在一间办公室里,吃了些干粮,打地铺睡下,漫长的一日煎熬,暂时赢得了初步的小小胜利。

凌晨三点多,西医医生终于赶到了偃师县。见了苏子竞的情形,也是连连摇头,几乎当场拒绝为他医治。

卢启斋询问道:"如果一定要为他手术,会怎么样?"

医生:"病人伤得厉害,肋骨骨折很可能扎进了肺里,又高烧不退,如果一定要手术,可能就下不来手术台了。"

卢启斋:"那如果不手术呢?有没有办法让他醒过来?"

医生摇头:"不手术,也支撑不了太久,他的身体机能衰竭得厉害,应该很难醒过来了。"

卢启斋低头想了片刻,随即坚定道:"既然如此,那就死马当活马医,请医生安排手术,能不能活下来,看他的运气!"

一个临时手术室很快布置起来,西医医生带着助手开始为苏子竞安排手术。先打了麻醉剂,然后剪开胸前包扎伤口的白布,用止血钳夹着血管,手术刀探入肋骨间,将子弹起了出来。然而子弹刚一起出,胸腔出血便立即严重起来,血液浸湿了大团大团的纱布,换了几盆血水,才终于将伤口缝合起来,重新敷药包扎。

再看苏子竞,由于失血严重,已经面色苍白,心跳和呼吸也愈发微弱,甚至不再高烧,而是体温开始下降。医生满头大汗地走下手术台,摇头表示如果他的体温继续下降,就无力回天了。

卢启斋熬了一夜的脸上现出极度疲惫的神色,然而结果也在他的预料之中,如果苏子竞真的就此死去,他很难有直接的证据追究祁书瀚。

目前唯一可以倚仗的是,祁书瀚并不知道苏子竞的真实情况,只要他还担心苏子竞的"供词",就一定有露出破绽的时候——卢启斋眼里带出犀利的杀意:无论如何,要让苏子竞这枚棋子发挥作用。

祁书瀚已在县政府住了两天。

其间没有任何人来看一眼,只是定时送来饮食,除此之外,洗漱、如厕皆有哨兵跟在身边,时刻处于严密监视下,一句话也不能与人说。但是他知道,卢启斋还没有找到直接指向自己的证据,苏子竞一定没有透露组织的秘密。

纵然这次武装暴动是苏子竞"左"倾思想导致的重大错误,直到此刻,他依然咬紧牙关,一字不招,也堪称钢铁般的战士,但是用同志的铮铮铁骨,换取自己和组织的安全,在祁书瀚心里,依然是备受煎熬。

何况,还有时刻处于威胁之下的学校教职工和自己的家人。

两日前,他在妻子送来的被褥里,看出了她的慌乱。她为自己收拾衣裳一向妥当,这次却匆忙失措,放进去的袜子都是不成双的。其中一只袜子破了个小小的洞,精于女红的妻子将它织补得极为平整,还绣了一个"卍"字在上面。这是康宜俭的习惯,凡有破损之处修补过,都要绣个卍字,取"重归万全"之意,然而此刻这个字落在祁书瀚眼里,却是倍感刺目。

她一向坚持丈夫是正派人,绝不会有作奸犯科之举,但自己却做着让她担惊受怕的事业,他们的小家,注定难以守护"万全"了。面对气势汹汹上门搜查的警察,他甚至不敢想象双亲和妻子是怎样的恐慌忧惧,彻夜难安。

然而此刻他顾不上考虑这些,眼下最需要思考的问题是,如何保全自己。

他不仅是偃师党组织核心人员,也是河南省腹心要地的地下交通员,他掌握着开封到洛阳一线全部的秘密联络线,更是上海中央和鄂豫皖根据地的情报中转枢纽,他是党组织揳入河南的一枚钉子,身份至关重要。此刻,还绝不到牺牲的时候,这只是一场没有证据的考验,凭着杨勉斋弟子和县公立小学校长的身份,卢启斋绝不敢轻易杀害自己。

只有保全了自己的生命,一切困境才能迎刃而解,学校的师生就会平安无事,父母和妻子也不会落入险境。他坚信,只要苏子竞咬紧牙关绝不招认,他就有足够的信心与卢启斋周旋到底。

直到第三天,卢启斋才又"请"他到办公室。这两天之中,祁书瀚似乎从最初的慌乱中缓了过来,整个人镇定了许多,步履间又有了几分书生从容的意态。

卢启斋意味深长地点了点头,依旧是温和地笑着说:"祁校长,这两天疏于关照,住得可还习惯? 有没有受委屈? 当然,这里条件简陋,比不得家里,还是多有不便的。"

祁书瀚并不接话,却是盯着他问道:"卢县长,这两天我仔细回想过,我们学校里并没有通共分子,你这样一直扣押着我,还劫持了全校师生,是要大兴牵连吗？如果没有证据，我是要告到教育局、教育厅，甚至南京教育部的！"

卢启斋笑了起来："祁校长果然书生意气，先说一件让你放心的事吧。学校里的孩子，我已经让他们提前放了寒假，毕竟都还小，不该为这事受惊吓，但是教职工还不能走，都留在学里暂住，没人委屈他们。"

祁书瀚闻言一愣，似乎没想到他竟这样放过了孩子们，心中顿时松了一口气，拱手道："多谢县长先生，我这两天日夜悬着心，那天的阵势，很多学生怕是吓坏了。"

卢启斋："你是人中龙凤的大学生，又是教书先生，我也曾苦读过几年，算下来你我都是斯文一脉，这样挟持学生有辱斯文的事，我还是不愿为之的。"

祁书瀚略带嘲讽地苦笑了一下："扣押学校的老师，就不算有辱斯文了？"

卢启斋似乎听不懂他的嘲讽之意："这些老师都与苏子竟是同事，谁能保证他们没有被共党渗透？"

祁书瀚："依县长先生的意思，我们学校的老师们都被渗透了，我这个校长必然就是共匪首脑，是吗？证据呢？"

卢启斋："证据，总是要查一查才知道的，清者自清。"

祁书瀚冷笑："清者自清？他们不过一群文弱书生，挟持审讯之下，惊恐尚且不及，怎么自证清白？"

卢启斋："我当然知道大部分老师是与共党无涉的，如今暂且把他们留在学校，也是无奈之举，只希望我们能顺利了结此事，把对孩子和老师们的惊吓降到最低……书瀚以为如何？"

他忽然一句"书瀚"叫出口，而不是再称呼祁校长，却让祁书瀚心里猛地一惊。这番言辞分明字字诱饵，将自己与通共分子扯上关系，看似亲切实则色厉内荏的威胁，若是稍有犹豫，便要落到他的语言陷阱里去了！

祁书瀚只得故作疑问："不知县长要了结什么事？"

卢启斋盯着祁书瀚看了片刻，忽然笑了："与聪明人说话，果然是有趣的。苏子竟的事，这两天你应该也想了很多吧？"

祁书瀚似乎一愣,随即无奈地看向卢启斋:"我自当校长以来,万分小心谨慎,此前栾县长还特地提醒过我要提防共党分子,但是他们又不会把身份写在脸上,我如何能知道?"

卢启斋的眼神却猛地一紧:对面这个年轻人果然不简单,这个时候提起栾县长,分明有几分意味深长了,前车之鉴,是在暗示自己的下场吗? 然而他并不把这样的威胁放在心上,依旧笑道:"偃师县不可能只有这一个共党,如果你是苏子竞,你会先发展哪些人做同党?"

祁书瀚思索了一下才答道:"我并不知道共党分子怎么想,也许他们会发展身边的人?"

卢启斋点头赞许:"你能这样想,真是再好不过了。但是我觉得,或许是别人发展了他,或许他也在发展别人,这些共党分子,互相之间勾连极为紧密,绝不是孤立一个人出现的,你说对吗?"

祁书瀚:"我不了解他们,只听说他们行事非常隐秘,但没有亲眼见识过。"

卢启斋:"你就不担心,学校里真的还有其他通共分子? 如果他们说出些什么,只怕对你也有些影响。"

祁书瀚坚定地摇了摇头:"不可能,我也不必担心任何人说出什么,我们学校只是个小学,怎么可能被渗透那么多人? 果真如此,岂不遍地都是共党了?"

卢启斋话中句句是诱导陷阱,祁书瀚却步步避开滴水不漏,这样的言辞交锋,让他有些失去了耐性,但也更坚定了他的看法:祁书瀚的表现太像一个寻常人,看不出任何疏漏,若非共党,怎会有这样缜密的心思? 于是他决定再拈起苏子竞这枚棋子:"苏子竞被俘的时候身上带了些伤,这两天又在狱中染了病,似乎有些支撑不住了,你不想亲自去看看他?"

祁书瀚的心顿时被一只手狠狠捏住了,而这只手,就属于面前的卢启斋。他知道,此刻的回答若有任何差错,卢启斋都能立即察觉。这个看起来言语温和、笑意满面的人,实则是拿捏人心的高手,稍有不慎,就会落入他的圈套。

因此,他并不正面回答这句话,只是叹了口气:"您希望我见了苏子竞,说些什么?"

卢启斋:"你想说些什么?"

祁书瀚:"他是我亲自聘请来的老师,如今落到这步田地,我自然是痛心的,但他又是共党分子,连累了整个学校不能正常教学,我对此非常愤慨,所以我见了他,无话可说。"

卢启斋:"那你觉得,他见了你会说什么?"

祁书瀚:"他能对我说什么?他还有什么颜面再见我?"

卢启斋:"若是我说,他有非常重要的话要告诉你,你想知道吗?"

祁书瀚知道,图穷匕见的时候到了。

一八　九死未悔

苏子竟醒来的时候,一时竟不知身在何处,想了半天,才忆起自己从山坡上滚落那一刻的情形。然而此刻眼前一片惨白,浑身剧痛,连呼吸都带来胸腔的巨大痛苦,嗓子更是疼得发不出一丝声音,眼睛只能睁开一条缝隙,隐约看到几个影影绰绰的人。他不知道自己为什么还活着,但能感觉到身体几乎完全不可控制,死神已经在向他招手。

看到苏子竟有反应,几个人立即围了上来。

这两天,他的情形一直时好时坏,伤口不断地溃烂,脓血水渗透了一层又一层纱布,每次换药清理了伤口,下一次都会烂得更厉害,不仅中医大夫不知如何应对,西医医生也束手无措,甚至用上了最残忍的治疗方式:用烧红的手术刀清理腐烂的创口。

但苏子竟的状况却一直持续恶化,甚至腹腔中都积了脓血,撑起薄薄的皮肤,透着触目惊心的青紫色,所有人都以为,他将这样无可避免地死去了。

所以,看到他睁开眼睛,有了一点儿意识后,大家都极为震惊,不知他何以在这样的情形下还能醒过来,生命力顽强若此,堪称奇迹。

西医医生第一时间通知了县长秘书,不过片刻工夫,卢启斋便急匆匆走进了手术室,挥退了所有人,只留下了秘书。

苏子竞艰难地睁开眼睛,看着眼前的人,尽是茫然之色。

卢启斋知道他已到最末时刻,生怕他受不得一点儿情绪激动再度昏死,所以轻声问道:"苏老师,你认识我是谁吗?"

苏子竞疑惑地转着眼神,似乎想了很久,才缓缓眨了一下眼睛,表示认出了他。

卢启斋:"你知道我便好,还记得自己是怎么来到这里的吗?"

苏子竞张了张嘴,发不出声音,只能闭目不答,做出不愿与之说话的憎恨神色。

卢启斋:"想来,你还记得自己是个赤党分子,鼓动农民叛乱而受伤被俘的事情。"

苏子竞惨白的脸上忽然有了些血色,眼睛里燃起了愤怒,翕张的嘴巴似乎在说着什么。卢启斋竭尽全力看着他的口型,才慢慢拼凑出一句话:"我死之后,必有人推翻你们!"

卢启斋忽然笑了:"推翻我们? 我不知道能推翻我们的人是谁,但我知道,祁书瀚,还有你们学校的教职工,已经没机会叛乱了。"

苏子竞忽然脸上带出了嘲讽之色,依旧艰难地用口型说着话:"祁书瀚,懦夫!"

卢启斋:"我知道,你这样说不过是想保住他们,但我不会信你的话,这些人都已经被我拿下了,只要严刑审讯,他们必然招供。"

苏子竞索性闭了眼睛,仿佛事不关己,不再理会他。

卢启斋见用祁书瀚套不出他的口供,立即转了话锋:"我知道你已临终,生死置之度外,但你就不想知道那些叛乱的农民,是什么下场吗?"

苏子竞依旧一言不发,双目紧闭。

卢县长语声残忍:"总计歼灭三千多人,俘虏七百余人,而这些人,将被公开处决,以儆犯上作乱者,可惜,你看不到他们被枪毙的那一天了。"

苏子竞霍然睁开了眼睛!

卢启斋阴恻恻笑道:"果然,你是关心这些人性命的,不如我们做个交易,只要你告诉我一个赤党分子的姓名,我就饶过一百人,如何?"

苏子竞鄙夷且悲愤地看着他,眼里满是怒火。

卢启斋:"一个人换一百个人,这交易很值得,你们共党不是宁可牺牲自己,也要保护百姓吗?怎么此时舍不得牺牲了?"

苏子竞呼吸急促起伏着,出气越来越紧,县长秘书见他情势陡转直下,立即喊了西医医生进来:"快!无论如何再让他清醒一会儿!"

西医医生立即给他注射了强心针,五分钟之后,他的呼吸渐渐平稳下来,眼神里也有了光芒,整个人都精神了许多。医生又给他喂了一点儿葡萄糖水,他甚至能用喉咙发出一点沙哑的声音了。

卢启斋见状,松了一口气,继续追问:"苏老师,你真的一个人都不说?明天,这些人就要被枪毙,他们只是被鼓动造反的无知百姓,枉送了性命,也不过是替你们共党背了锅。"

苏子竞忽然笑了,笑得仿佛看到一个全新的世界向他发出召唤的光芒,沙哑而坚定地说出了一句话:"与其被你们奴役而死,不如战斗到最后一刻!你,根本没有七百俘虏。"

卢启斋的眼神陡然一震,苏子竞死到临头依然如此忠于共产党,果然是死不旋踵的义烈之士!他一把揪住苏子竞的衣领,说:"你知不知道,为了救回你这条命,我花费了多少心血,所以这条命一定要给我带来有用的信息,现在我只问你最后一句话,祁书瀚,是不是共党?!"

苏子竞咳嗽了起来,秘书赶快拉住了他:"县长,不要冲动,慢慢问话!"

卢启斋恍然意识到了自己的失态,放开了苏子竞,西医医生只得又补上一剂强心针,才又让他平静下来。

他向卢启斋示意走近些:"祁书瀚……"卢启斋立即凑到他面前。

苏子竞拼着最后一丝意志,身形猛然暴起,手臂瞬间锁住卢启斋的脖子,狠狠扣在胸前,紧接着牙关咯咯作响,双目充血突出,任由他奋力挣扎,双臂竟铁钳般毫不放松,就保持着这个姿势,气绝而亡。

县长秘书被这陡然发生的变故惊得一句话都说不出来,双脚一寸也不能移动,眼睁睁看着卢启斋被苏子竞锁住脖子,足足过了半分钟才喊了起来:"快来人!来人!"

哨兵立即冲了进来,一见如此情形,冲上前急着掰开苏子竞的手臂,将卢启斋救下来。然而他的双臂早已僵硬无比,任由几人掰了许久,依旧一动不动,而卢启斋已经憋得面目发紫,几乎上不来气了。

县长秘书急怒道:"军刀!把他的胳膊砍下来!"

卢启斋被解救下来时,整个人都狼狈不堪,扶着桌子呼吸了很久才喘匀气息,看着被弃在地上的两只手臂,心里竟有些畏惧:这些赤党分子,真的是钢铁之躯吗?到底是什么样的信念,能让将死之人拼了最后一口气也要战斗?

祁书瀚忽然发现,卢县长总是不由自主地扭动一下脖子,似乎有些睡觉落枕的样子。他无暇顾及这些细节,只是依旧如常地问道:"苏老师有什么话对我说?"

卢启斋:"他说,你是懦夫。"他知道,在祁书瀚面前,如果编造苏子竞的口供,极有可能露出破绽,所以他宁可选择这句模棱两可的实话,试探祁书瀚的态度。

祁书瀚心里猛地一紧,原来,苏子竞竟是这样一个人,宁可失败,宁可被俘而死,也要轰轰烈烈地去战斗,自己的谨慎小心,在他眼里,自然就是懦夫行径了。他飞快地揣度着,卢启斋这句话说得很是高明,无论自己怎么应对,他都进退自如,所以他并不打算应对,只是诧异道:"懦夫?他为什么说我是懦夫?"

卢启斋:"这两天接触下来,我发现苏子竞是个极为刚烈的人,若非他是赤党分子,我倒非常欣赏他的男儿气概。"

祁书瀚不以为然:"他的性子急躁火暴,刚烈易怒,我几次批评他都无济于事,也许就因为这种性子,才会被人利用。"

卢启斋:"也许他这句话的意思,是为了保护某人呢?"

祁书瀚："保护某人？此话怎讲？"

卢启斋斟酌着词句："或许就因为某人是懦夫，所以没有和他一起发动叛乱，没有和他一起亲自参战，没有和他一起流血负伤，更没有和他一起战败被俘……"

祁书瀚莫名其妙地看着卢启斋，问："县长到底想说什么？这话我听不懂，难道你认为苏子竟要保护的是我？"

卢启斋："书瀚，你这么聪明的人，怎么会听不懂？有些事，也许比我想的还要夸张，对吗？"

祁书瀚："这话什么意思，你应该去问苏子竟，为什么要跟我打哑谜？"

卢启斋："也许你我心里都知道谜底。"

祁书瀚猛地站起身："难道县长一定要把我冤屈为共党？这关乎我的身家性命、未来前程，通共是家破人亡的下场，我绝不会做这样的事。"

卢启斋笑了起来："我当然不会无故冤屈你，若是按照上峰的意思，宁可错杀一千，绝不放过一个，你祁书瀚早已是黄泉路上的人了。但我做事，一定要让人明明白白，心服口服。你的才学气度都是人上人，但是不该走错了路，我对你是有爱才之心的，若是此刻改弦更张，将来必能有一番作为。"

祁书瀚拂袖怒道："改弦更张？我是国民政府任命的公立小学校长，领取的是国民政府的薪水，你要让我改弦更张，改到哪里？更往何处？"

卢启斋静静地听祁书瀚说完，眼里的笑意变得沉郁寒冷，说："祁校长果然是好辞令，冯大帅来了是冯大帅任命的校长，南京政府来了是南京政府任命的校长，听起来只是一心兴办教育，不问时局变迁，颇有两耳不闻窗外事的圣贤之风。"

祁书瀚："政府走马灯一样换，不是我一介书生能左右的，为了给孩子们守住这一方读书之地，自然要多弯几次腰，只要能谨小慎微地教书，就心满意足了。"

卢启斋："祁校长这话，倒是我扰乱了这片教书育人之地了？"

祁书瀚："学校里出了通共分子，确实是我这个校长监察不明，可是这样大肆牵连,难免人心惶惶,难道因为一个共党,就要连坐整个学校吗?"

卢启斋:"究竟是我大肆牵连,还是赤匪在偃师太过猖獗,你我都是目睹的。这次叛乱能骚扰三县之地长达一个多月,南京政府都为之震惊,可不是几个通共分子能做到的,你认为呢?"

祁书瀚的神色仿佛听到了滑天下之大稽的话:"卢县长难道以为,叛乱分子骚扰三县,竟是我们一所小学主使的吗?我怎么听说这次暴乱,是因为二次征税?"

卢启斋脸色骤变:"你是在指责国民政府官逼民反?放肆!"

湖北,武汉。

公历十一月,大水已经退却了很多,狼藉的城市再次显露出来,一片片倒塌的房屋躺在淤泥里,到处都是不知谁家漂流出来的家具、杂物等,更有大量的垃圾、动物尸体等混杂其间,让武汉三镇看起来仿佛经历了末日劫难一般。

人们在被洪水淹没过的地方找到自己的"家",清理废墟和淤泥,将暂且能用的物什翻拣出来在太阳下晾晒,又在街道上寻找可以利用的物品,竭尽全力地恢复生活。军队和警察也全力投入灾后清理和重建工作,一些商行和店铺在艰难中开始营业,供电局和电报电话局也慢慢恢复了正常,但食物等物资依然极度紧缺,天气已经寒冷,衣衫褴褛腹中饥馁的人们排着队,领取一点儿少得可怜的救济。

但是无论如何,洪水退了,活下来的人们要想尽一切办法,继续生存下去。

周记药行也在忙于清理修缮,当初撤到郑州的掌柜、伙计再次回到这片地方,周掌柜也带着周钧儒来武汉亲自坐镇,众人齐心协力将淤泥遍地、家具破烂的铺面收拾出来,历经半月之久,终于有了几分昔日的气象。

紧急调运来的药材也入了库房,大灾之后,瘟疫往往会持续几个月时间,医药和食物、衣裳一样,是必不可少的东西,因此周记药行刚刚恢复营业,看病的人就排起了队,且颇多是身无分文却身罹重症者,追慕周记药行万斤药材救援武汉的善名,纷纷前来求治。

周掌柜思虑再三,特开了两个义诊处:一个专为常见的疟疾、伤寒、痢疾等病患发放医药,几口大锅熬着汤剂,随到随服;另一个为其他需要大夫诊脉开方的患者看病,往往一日要接诊数百名,大夫和伙计累得疲惫不堪,却也丝毫不敢懈怠,多坚守一刻,便能多活几条人命。

周钧儒带着几个伙计专为义诊处奔波忙碌,维持秩序,配给药材,安排各项琐碎事务,还要应对不时跪地求救的病人,将近两个月下来,早已面色疲惫,两眼血丝,身形都瘦削了许多,但眼前永远有救不完的病人,只得咬牙坚持着。

直到旧历十一月,这一场大疫才渐渐缓下来,周记药行得以松一口气。周家父子开始筹备返乡事宜,周钧儒托人订火车票时,便向周掌柜提议道:"今年过年,是不是也该带汉川和婶娘回家看看了?"周掌柜顿时被戳中心事一般,沉思了一阵,才开口道:"这事,过几天再说。"

周钧儒这话,本想试一下父亲的态度,看两个儿子在他心中孰轻孰重。周掌柜五年不曾带汉川回乡,他主动提出来,既可以显得自己兄友弟恭,主动退让,又可探出父亲究竟是何打算,未来如何处理外来子与亲生子之间的关系。

然而周掌柜一句"过几天再说",却让他糊涂了,父亲分明是想带汉川回去的,却又有所犹豫。究竟顾虑的是什么? 他不得而知,只是心里惴惴的,不知道父亲会给自己一个什么样的答案。

自那日将这事挑明之后,周钧儒似乎有些不敢面对父亲,借故忙碌,几日也不曾到周掌柜房间去,便是遇到了也只说几句生意和赈灾之事,言谈之间亦是眼神躲闪,然而心里却暗暗期待着,期待父亲能像没有汉川时那样全心全意倚重自己。

周掌柜亦是连日心中难安。

周钧儒提出带汉川回乡,本是情理中事,汉川已经五岁,转年便是开蒙的年纪,如今这孩子满口川地方言,家乡话却是一句不会,再不带回去,就很难认同自己的根是在河南了。

但这母子二人一旦回乡,将掀起怎样的轩然大波,他是不敢细想的。只要汉川回到周家,无论他怎样扶持周钧儒接管家里的生意,周家和周记药行都势必在两个儿子间左右摇摆,未来的家产分配,更是一场不可预知的纷争,多少家族因着图谋财产而同室操戈一败涂地,他最怕这样的惨剧发生在自己儿子们身上。

然而他心里的决断是非常明确的:不管是外来子还是亲生子,谁能保住周家的产业生意,他就扶持谁。

眼下的局面,长子周钧儒是继承生意的唯一人选,他胆大心细,敢作敢为,有担当,识大体,懂变通,为人又交游广阔,能屈能伸,假以时日历练,必然能在生意场上有所作为。这些年来周掌柜从未把周钧儒当孩子对待,而是从小就让他接触生意,见识官商场面,把他当作周记药行下一任东家培养,父子间很少亲昵相处,严苛多于温情,说话都像官样文章一样,他对自己也是敬畏多于亲厚,但周掌柜并不觉亏欠他什么,这是作为家业继承人必然要付出的代价。

汉川则不需要背负这样的责任。他从小在自己身边长大,自己对他是娇惯甚至溺爱的,在这份溺爱里,周掌柜享受到了一生从未体验过的父子天伦,但他对小儿子的期望却是一世平安,一事无成。只有这样,他才无力与周钧儒相争,这份家业才会稳稳当当地传承下去。

至于周太太,多年老夫老妻,无非闹上几场,与那些未来的隐患相比,全然算不得什么。

周钧儒依旧整日忙碌着,每天都要深夜才归,这一日回到下处时,却见周掌柜房里依旧亮着灯,他小心地上前敲门问道:"爹,夜深了,怎么还不睡?"

周掌柜开门,让周钧儒进屋坐下,在屋子里踱了几圈,才下定决心似的郑重开口道:"钧儒,现在只有你我父子二人,我跟你商议一件事。"

周钧儒怔了一下,却似预先知晓了一般:"爹想说汉川的事?"

周掌柜点点头说:"这件事,我一直下不了决心,万一处理不慎,将来你们兄弟之间不好相处。"

周钧儒仔细斟酌着字句:"这有什么,难道我还会跟弟弟争什么? 他是您的亲生儿子,自然要带回家认祖归宗的。"

周掌柜:"我当然知道你不会跟汉川争,只是家里有点儿生意钱财,就算你们兄弟不争,也有人会撺掇生事,不是你一句话就能没事的。"

周钧儒:"要是将来有人生事,我就把家产都让给弟弟,他是周家真正的血脉,继承家业是理所应该的。"

周掌柜:"汉川不是个守业的孩子,要是真把周记药行交给他,早晚也是败落,我尽心尽力地扶持你,就是希望你能接过我身上这副担子。"

周钧儒:"汉川还小,怎么就断定了他不能守业?"

周掌柜:"知子莫若父,汉川娘就是个懦弱怕事的性子,汉川也胆子小,跟你小时候完全不一样,所以我先前一直嘱咐你,将来我不在了,你一定要照顾好汉川。"

周钧儒心里一下子松了许多,原来自己在父亲心里的位置依然不曾动摇,于是开口宽慰道:"爹说这些都还为时过早,汉川才五岁,等长大了就不胆小了。如果再不带回家去,汉川越长越大,就不跟娘亲近了,这不是让她伤心?"

周掌柜眼里有了几分湿润:"你能替你娘想着这些,是个孝顺的好孩子,只是有了汉川,就算将来你接管家业,也会受到家族的排挤,我怕你立身艰难。"

周钧儒:"兄弟齐心,其利断金,我只要好好疼爱汉川,他凡事都跟我亲近,还怕族里那些人挑拨吗?"

周掌柜点点头,拍了拍周钧儒肩膀:"确实该带汉川母子回家了,不过,"他话锋一转,"我还是得替你多做些筹谋,明年开始,我把各地生意上的政府关系、军方关系都交代给你,有了这些人脉和生意网,任谁都动不了你在周家的位置。"

周钧儒猛地抬头:"爹?"

周掌柜:"我知道你还年轻,但这些事,宜早不宜迟,在汉川成人之前,你必须把周记药行的生意全部握在手里。"

周钧儒瞬间流下泪来,没想到父亲不仅依旧倚重自己,还为自己考虑得如此周全:"爹这样对我,我……"

周掌柜:"这是唯一能避免你们兄弟同室操戈的办法,只要汉川不碰生意,好好守在家里过日子,你们兄弟就能和睦相处,何况,周家的生意,也只有你能守得住,交给汉川,我不放心。"

周钧儒泪流满面,重重跪在父亲面前,说:"爹,我一定竭尽全力护住汉川,守住家业……"

周掌柜看着跪在面前的儿子,忽然有些恍惚,当初那个六七岁的孩子,转眼就长成了大人,个子比自己还高,面上带着年轻人特有的刚毅,既能为自己分担责任,也能理解自己的无奈,自己早已不知不觉把他当作了周家真正的继承人和唯一依靠,这个买来的孩子,在自己心里的分量甚至远远超过了亲生儿子汉川。

伸手拉起儿子,周掌柜也不由得老泪纵横:"爹知道,这些年你在周家的日子不好过,不知受了多少非议和为难,好不容易站稳脚跟,却又有了汉川这个弟弟,但是你丝毫没有怨言,立刻就说让汉川继承家业……虽然你从来都不说,但我也知道你心里苦……"

周钧儒连连摇头:"我不苦,一点儿都不苦,对于爹和周家,我只有感恩……"

周掌柜点了点头,忽然又严肃道:"钧儒,你永远记住,在爹眼里,你是周家的长子,也是唯一的继承人,无论有没有汉川,周家的未来都在你肩上。我要的不是你的感恩,而是无论任何人说什么,你都不要退让,要用尽全力把生意和家业握在手里,有你在,我和你娘才能放心终老,汉川才能过上平平稳稳的日子,你懂吗?"

周钧儒郑重点头,说:"爹,我懂。"

周掌柜终于放下心般松了口气:"过几天就接汉川母子来武汉,我们一起回家过年。"

周钧儒展颜笑道:"好,我们一起回家过年。"

康宜俭已经整整七日没有丈夫的消息,祁书瀚自进了县政府,便再也打探不到他的下落,不知人具体在何处,亦不知是否安好,只能在家中焦灼地等待。

二老被警察唬了一番后,情形亦是不好。祁母日日以泪洗面,若是儿子真被当作共产党处置,便是彻底保不住性命了。祁老先生虽强自镇定,时常说着"书瀚又不是共产党,早晚是要放回来的,你这样日日啼哭,成何体统",但康宜俭能看出他握着书卷时多半都在出神,手也会止不住地微微颤抖。

她知道,此刻自己必须将这个家撑起来。这个看似柔弱的女子,竟显出了前所未有的刚强,不仅时常宽解二老的情绪,还把家里的生活安排得井井有条,仿佛祁家的日子不曾改变,依旧一切如常。只有回到房里,她才会无声地流着泪,为丈夫的处境和命运担忧,她不知道祁书瀚是否已被下狱,是否遭受了严刑审讯,但"通共"的罪名,足以让他在鬼门关走上一番。

如今的国民政府,将"剿匪"视作头等大事,哪怕日本人占了东北,政府也依旧大力搜捕赤党分子,宁可冤杀,不可错放,自己的丈夫若是被他们追查到一丝"通共"的痕迹,哪怕他是人人敬重的小学校长,恐怕也只有死路一条。

整整七天消息全无,书瀚一定是遭到了百般刁难,她唯一能想到的,便是向父亲求助。康家几代书香门第,与县里和洛阳的官宦之家多有往来,若是能通过这些人脉探听到丈夫一些消息,也好筹备应对之策,看如何营救。

因此,她当日便向公婆禀明,只说要回娘家探望,并未说明本意,以免二老担心。

祁老先生听了她的意思,只是点了点头,叹息着拿起了烟斗。祁母却瞬间流下泪来:"宜俭,你回娘家,还会不会回来?"

康宜俭听闻此言,便知婆母误会了自己的意思,以为书瀚若有不测,自己便再也不会回到祁家,因此她立即宽慰婆母:"娘,我明后天就回来,家里出了这么大的事,我不会在娘家多留,您放宽心。"

祁老先生咳嗽一声,埋怨道:"你是年纪大了糊涂了,怎么这样说话?"说着,便看向康宜俭:"书瀚媳妇,你母亲说话急了,她不是那个意思,只是想问你几天回来。"

康宜俭垂首点头:"我自然知道娘的意思,我这一两天不在家,爹娘不要太过操心劳碌,有事等我回来再说。"

二老看着康宜俭收拾了马车,自己驾车向首阳山康家寨而去,然而她出发未久,便有人远远地尾随了,直跟到康家寨的河岸边,才退了回去。

康老先生见女儿独自回来,便知必有缘故,连忙把她带到书房,关了门问道:"宜俭,你怎么一个人回来了?书瀚呢?"

康宜俭双眼含泪,膝下一软跪在父亲面前:"爹,求您想办法救救书瀚,他被县政府扣留了,已经七天音讯全无……"

康老先生一惊:"被县政府扣留?书瀚犯了什么事?"

康宜俭哭诉着:"他是在学校里被警察带走的,当天半夜有两个警察来家里搜检了一顿,说书瀚是通共分子,也没搜出什么,就让我收拾了铺盖衣裳给他带去,此后就再也没有消息,如今人在哪里,是死是活,一概不知……"

康老先生顿时吸了一口冷气:"通共?这个罪名很难开脱,无论有没有证据,只要被人盯上了,说你通共就是通共。"康老先生细细思索着:"难道是学校里有什么人,连累了书瀚?"

康宜俭:"也没听说哪位老师犯事,只有书瀚一个人被扣留了,到现在也没真正定罪。书瀚是女儿终生的依靠,他要有个什么不好,我一天也活不下去,爹一定要帮我……"

康老先生不得已点头道:"我想想办法,你先在家里住下,一个妇道人家,自己赶着马车走这么远的路,实在有些危险。"

康宜俭连连磕头:"女儿谢过爹!家里实在没人,我心里急,才一个人赶了过来……"

眼见女儿焦急若此,康老先生心里更是多了几分心疼,道:"儿啊,爹知道你这辈子认定了书瀚,只是不管出了多大的事,也要保重自己,你还有爹娘和兄弟姐妹,家里永远是你的依靠。"

康宜俭眼泪越发止不住:"爹……"

偃师县公立小学。

学校的教职工们已经被关押了整整七日。十几个人同住一间办公室,拥挤不堪,且无任何洗漱之物,便溺只有一个恭桶,室内浊臭难闻,人人蓬首垢面,饮食更是粗粝不堪,虽在学校里,却形同牢狱,将众人当作犯人一样对待。

老师们从最初的惊慌恐惧中渐渐平静下来,他们都是进过高等学堂的人,何曾受过这般毫无尊严的虐待?因此早已有了许多不满,只是尚且压制忍耐着,未与警察发生冲突。

然而这日一早,众人竟亲眼见到办公室内有老鼠横行,不仅贪婪食腐,甚至还跳到了人身上,贼溜溜的眼睛公然与人对视,直看得大家毛骨悚然,这般情形,显然已到了忍无可忍之地。

薛铭第一个站了出来,重重拍着窗户:"来人,来人!"

警察立即出现在窗外,高声呵斥道:"乱喊什么?"

薛铭:"办公室里有老鼠!"

警察:"一只老鼠也值当乱叫?打死就行了,你们这些读书人,太过矫情。"

薛铭高声道:"我们又不是犯人,被关在这里七八天,且不说伙食多差,连基本的卫生条件都不能保障,简直连监狱都不如,你们凭什么这样对我们?"

警察:"凭什么?就凭你们有通共嫌疑!没把你们抓进大牢严加审讯就是客气,还敢要求伙食和卫生?"

徐健君:"说我们通共,你们拿出证据来!"

警察冷笑:"证据?为什么不关别人,偏偏要把你们关在这里?苍蝇不叮没缝的蛋,你们中间要是没人通共,县长怎么会下令扣押你们?"

徐健君：“拿人要讲证据！县长怀疑谁通共,谁就一定是通共分子吗？”

薛铭一见徐健君年轻气盛经验不足,竟与哨卫警察分辩起通共与否,连忙拉了他一下,低声道：“健君,不要跟他们争辩这事,他们也做不得主,先改变我们的处境要紧。”

徐健君才恍然醒悟,不再继续争辩。

那警察依旧呵斥着：“放肆！竟敢质疑县长,我看你们就是天生有反骨,不服管教！依我看,你们个个都有通共嫌疑！”

薛铭：“县长还没给我们定罪名,你就定了？难不成你比县长还做得了主？”

警察顿时语塞,愣了一下才强词夺理道：“你们这些人,不吃点儿苦头,看来不会老实！”

薛铭：“我们不是犯人,要求改善伙食和卫生条件！如果不答应,从今天起就绝食反抗！”众人纷纷跟着呼应喊闹起来。

警察一看十几个人群情激愤地喊了起来,略有几分慌神,朝天放了一枪：“肃静！肃静！”

众人没想到他竟敢开枪示警,安静了片刻,薛铭喊道：“你居然敢开枪！我们要向警察科申诉！国民政府重视教育,你却公然向老师开枪！”

警察顿时气焰矮了几分,分辩道：“胡说！我在警告你们肃静！”

薛铭：“我们只是要求改善伙食和卫生条件！这是我们的正当要求,你不仅不往上汇报,还朝我们开枪！”说着,众人又继续喊了起来：“改善伙食和卫生条件！”

警察愤然无奈,只得狠狠指着他们：“你们……你们等着！我去向科长禀报,你们这是要造反！”

很快,警察科长来到学校,一见老师们蓬首垢面,却个个带着义愤难平的神色,便问道：“他们这是做什么？要造反吗?！”

警察刚要强词控诉,薛铭便喊道：“我们要求改善伙食和卫生条件！我们不是犯人,不能把学校变成监狱！”

众人再次拍着窗户喊了起来："不能把学校变成监狱！"

警察科长："真是让你们吃得太饱了，饿上三天，看你们还有没有力气造反！"

薛铭："你凭什么说我们造反？我们是公立小学的老师，领的是国民政府的薪水，哪里造反了？"

警察科长："不要试图跟我讲道理，在我眼里，你们的道理就是放屁，既然待在这里，就得乖乖按我的规矩来，不然……"他提起警棍，咣当砸烂一块玻璃："这块玻璃谁都不许堵上，让他们冻着！"

腊月的寒风呼呼灌进屋子里，若是一直留着这个窗洞，办公室里就会冷如冰窖，教师们的处境越发艰难起来。

薛铭："你！……你身为警察，罔顾律法！"

警察科长冷笑："律法，是讲给守法良民听的，对付你们这样的人，就得用非常手段。"众人一时有些瑟缩，不知道这个张狂的警察科长还会做出什么残忍之事。

徐健君忍无可忍道："天下怎么会有你这样残暴的警察！你这是暴政！"

警察科长用警棍指着徐健君："说国民政府是暴政，还敢说你们不是造反？"警棍从窗玻璃的破洞伸进去，几乎顶到徐健君的脸上："你们这种人我见得多了，不过是嘴硬……"

徐健君猛然一把将警棍抓住，顺势伸手，将警察科长的胳膊扯了进来，碎玻璃划破了他的手，血滴在警察科长的衣裳上，但他毫不在乎，只是狠狠抓住对方的胳膊不肯松手。众人也围了上来，几乎将警察科长半个膀子都拖进了窗户。警察科长怒吼着用力向后退，奈何被老师们死死按住，警察们也全部震惊，既不敢砸窗以免伤到他的头，又不敢开枪以防老师们做出过激举动，双方竟一时僵持不下。

纷乱了一阵，忽然有个警察意识到必须先作退让，立即开口道："你们先放手，不要冲动，有什么需求可以和科长协商……"

警察科长也反应过来："放手！放手！你们想提什么要求，只要合情合理,我会酌情安排!"

薛铭:"放了你,警察要是打人怎么办?开枪怎么办?虐待我们怎么办?"

警察科长:"我什么时候虐待你们了?更不会允许任何人打人和开枪!"

众人纷纷喊道:"说话算数?"

警察科长:"我不是言而无信的人!"

薛铭点了点头,众人松手,警察科长立即撤了回去,脸上被划了几个小伤口,渗着血,满头是汗,衣裳也挣扎得凌乱,看起来狼狈不堪,怒气冲冲,呼着粗气:"你们这些人,我……"

徐健君:"你说过不会打人开枪,也不会虐待我们!"

警察科长怒极反笑道:"好,老子算是个言而有信的男子汉!你们要求的条件,我尽力满足,但是你们还要在学校留一阵子,在此期间,任何人不得吵闹生事!再有下次,老子直接开枪!"

一九　礼教吃人

卢启斋静静听完秘书的汇报,随口问道:"康氏只是回了娘家,没有任何异常举动?"

秘书:"没有,她昨天回娘家,今天就返回了祁家,但是康家派了一个人跟着送她。"

卢启斋:"康家什么底细,查清楚了吗?"

秘书:"是巩县康百万家的同宗同族,书香门第的富户,据说很爱收藏古董字画,家里子女也都读书上进,但是康老爷一向远离政治,从不主动跟外界往来。"

卢启斋思索道:"康氏这个时候回娘家,一定是向家里求救,康老爷要真是个远离政治的人,康氏为什么会去找他?"

秘书:"这……属下就不知道了。"

卢启斋:"康百万家族自清朝的时候就结交官府,多次向朝廷贡献得官,慈禧太后和光绪皇帝都亲自封赏过他家,而且他家做的是漕运和军需生意,怎么可能少得了跟官府打交道? 不论北京政府还是南京政府,如今当权得势的,哪个不是清朝积累下的势力? 所以说,康百万家直到如今,也和各级政府牵扯极深,利益勾连。"

秘书:"您的意思是,作为康百万家的同宗同族,康老爷在官场上还有一些关系?"

卢启斋:"只怕关系匪浅,先不用管他,我们以静制动,看到底哪方关系会来打探祁书瀚的消息。"

秘书:"那祁书瀚怎么处置?"

卢启斋叹了口气:"苏子竟已经死了,没有人能指认祁书瀚通共,但窝藏共党分子的罪名却是跑不了的,先关着吧。"

秘书:"关多久?"

卢启斋:"且看一看能不能审出证据,县公立小学的校长,杨勉斋的弟子,又是康家联姻的女婿,没有证据是不能轻易动他的,一旦引起民声非议,就不好收场了。"

刚进腊月,刘大掌柜就接到了电报,让他把汉川母子送到武汉。

张氏接到消息的时候,瞬间一阵晕眩,她知道,自己和汉川的平静日子结束了。五年来,她时刻担心着周掌柜会把他们母子带回河南,却又在年复一年的提心吊胆中隐约看到了永远留在川地的希望。

这些年来,她谨小慎微地伺候着,谨守着妾室的本分,有了汉川也不敢恃宠而骄,只是贪恋着这份平静的生活。她知道周掌柜已经有了一个长大成人的儿子,汉川不过是他在外地的私生子,所以她既怕汉川得不到周家的承认,不能名正言顺继承家业,又怕周掌柜真的看重汉川,要把他带回去认祖归宗。

如今,悬心多年的事终究还是发生了,她不得不面对一个妾室最真实的命运:交出自己的儿子,屈于正室之下,任人欺凌处置。过去五六年的生活,犹如梦幻泡影,在这一刻被戳破了。在主家眼里,汉川是亲生儿子,妾室不过一个"物件儿"罢了,有谁会在意她的感受?

她流着泪收拾了行李,第二日便被送上重庆到汉口的客船。他们母子抵达时,周掌柜已经做好了返乡的准备,汉川母子在外多年,老家一概不知情,如今骤然把他们带回去,既要安抚周太太,又要向族人解释,还要筹备汉川上族谱事宜,因此便比往年返乡提早了些,定了腊八当天汉口到郑州的火车票。

汉川根本不懂"回老家"对自己意味着什么,只知道老汉儿要带着自己坐火车了,天天嚷嚷着学火车叫,兴奋不已。张氏却极为紧张,这些年跟着周掌柜,虽是妾室,却没有主母和婆婆压在头上,也不必请安立规矩,日子过得很是轻松。如今周掌柜要带她回乡,这种瞒着正妻在外偷偷纳下的妾室,哪会被主母当人看?只怕进不去门,就要狠狠受一顿排揎,往后的日子更是零碎煎熬,何时能看得到头?

周掌柜和周钧儒都日夜忙碌,张氏本就是不声不响的性子,凡事都往后退缩,怯懦得一句话也不敢多说,因此父子二人都不曾注意到她的慌张无措。她只是带着汉川躲在房间里闭门不出,想着那些被当家主母虐待逼死的妾室命运,竟至提心吊胆彻夜不眠,不过短短几日,整个人都形销骨立,面色蜡黄起来。

直到此时,周掌柜才发现她的异常,于是在她为自己打洗脚水时,一把拉住她问道:"你这是怎么了?在汉口不服水土,生病了?"

张氏摇摇头,低声道:"没生病。"

周掌柜:"那怎么几天就瘦成这样?再瘦下去,是要伤身的,我看看你的脉息。"周掌柜行走药材生意十几年,自然也是略知一些脉理的,因此伸手便要搭张氏的脉。

张氏轻轻地把手扯回去藏在袖子里:"我可能是刚到这边,有些睡不好。"

周掌柜:"睡不好就是思虑过甚,你想什么?"

张氏低了头不肯开口,脸上却带了哀怨的神色,手指不停地搅着帕子,欲言又止。

周掌柜忽然明白了,她分明是怕回家面对周太太!只要回到偃师,她就是任正室随意拿捏的小妾,她的儿子便只能叫正室母亲,自己只是个姨娘,她在周家就成为一个可有可无、任谁都可以低看一眼的人。

想到这里,周掌柜忽然出了一身冷汗,瞒妻纳妾,异地生子,如今将要带着妾生子回乡,只怕比当年带周钧儒回家惹出的风波还要大。他一直思索着如何能让两个儿子不致兄弟阋墙,如何能让周太太接纳汉川,如何能保住周家的生意和家业,却从未想过这个跟在自己身边六年之久的柔弱女人。

原来,她才是这次回乡之后,命运最飘零的人。

这个女人跟了自己六年,他似乎从未在意过她的感受。然而无论在生意场上如何劳累,在药行里如何操持,面对军政中人和达官显贵如何赔笑应付,面对各地掌柜伙计如何恩威并施,只要回到后院,看到这个女人,他就可以放松下来,真正感受到一个男人所要的平淡温存。

何况,她还给自己生了个儿子。

周掌柜叹了口气,把她拉到自己身边坐下,说:"回乡之后,我不会让正室欺负你,她跟我夫妻近三十年,虽然性子霸道了些,其实也是个懦弱怕事的,你不用担心。"

张氏依然低着头,低声道:"可是,如果主母不容,我该怎么办?"

周掌柜:"如果她实在容不下你,年后我回重庆,再带着你回去。"

张氏眼圈微红,落下两滴清泪:"汉川呢? 我怎么舍得下汉川……"

周掌柜深深吸了一口气,硬起心肠道:"汉川必须留在家里,他的根在偃师,是要在周家祠堂认祖归宗的,不然就要算作私生子,将来会被人看轻的,就算为孩子的前程着想,你也不该舍不得。"

张氏越发双泪直流:"这些事我都想过,我自己是小户出身,家里过不得日子了,才跟了老爷做妾,当然不能因为我的出身影响了汉川。可周家已经有了大少爷,汉川跟着主母,毕竟不是亲娘……"

周掌柜忽然意识到,张氏并不知道钧儒不是自己的亲儿子,在她心里,周家主母必然处处维护大少爷,虐待妾生子,因此才会这般为自己的孩子忧心。他只能宽解张氏道:"你只管放心,她是最喜欢孩子的,见了汉川不定多高兴呢,一定会把他当亲儿子一样。"

张氏心里虽不肯信,却也不敢再多说,只是点点头:"老爷说的是,是我多想了。"

周掌柜眼见她依然闷闷的,忍不住将她搂在怀里:"等回家之后,你和汉川单独住一进院子,就不会有那么多麻烦了,况且钧儒也是个心善的孩子,他们兄弟感情又好,将来汉川不会受委屈的。"

张氏这才有了几分相信的神色,说:"真的能单独住一进院子,不跟主母在一起?"

周掌柜把她揽在怀里,欲言又止了片刻,终于说道:"你只管放心,一切有我呢。"

又过了几日,武汉三镇的药行慢慢恢复了正常,临时义诊处的病人也少了许多,周记药行便撤了义诊处,一切生意回归正轨,又处理了几桩大的药材采购。腊月初八,周掌柜带着一家人踏上了北上的列车。

周钧儒自开春离开偃师,在外将近一年,早已有些想家了。这一年所经历的事和见的世面,比在偃师十几年都要多,短短一年时间,他就从周家的洒脱少爷,变成了周记药行的少东家,脸上是经历了世事的坚卓刚毅,举止间也带了大起大落、奔波忙碌的风霜,瘦削的肩膀有了几分挑门立户的意气和担当。

因此,再回故乡,他的心境与离开时已全然不同,见识了父亲在生意场上的胸有丘壑,运筹帷幄,他对周家的未来充满了信心和力量,将来周家的一切,都会在自己的手上越做越好,自己也会像父亲一样,在风起云涌的时局里闯出一番天地。

年轻人的理想总是昂扬向上的,他还不知道,自己充满变故的命运,刚刚开始另一阶段。

到了偃师,早已收到电报的铁顺儿带人驾着马车到火车站迎接他们,仅是行李就装了满满一车,一家四口坐在另一辆车上,向伊河镇周家宅院驰去。

初次见到大平原的汉川对一切风物都充满了好奇,甚至不顾天气寒冷,摘了帽子四处张望,不停地拉着哥哥问这问那,周钧儒也极有耐心地给他讲解着。马车在乡间路上辚辚而行,停息了战火的中原大地再次恢复了贫穷而安宁的生活。虽然经历了重征钱粮、租赋剥削等压迫,但百姓们依然勉力坚守着两间草房、几亩田地,带着全家人土里刨食,挣扎着活下去。

抵达伊河镇时,天已完全黑透,街上一个行人都没有,唯有周家宅院门口挂着明亮的灯笼,几进院子里都透出亮光,高大的院墙在灯光里坚挺耸立,更显出几分富贵气象。汉川惊呼了起来:"老汉儿,哥哥,这就是我们家?"

周掌柜笑道:"对,这就是我们家,你喜欢吗?"

汉川:"喜欢,我从来没住过这么大的宅子!"说着,他回身转向张氏:"妈妈,你看,好大一片宅子,这就是我们家!"张氏早已拘谨畏缩得抬不起头,汉川喊她,她也只是拉住儿子的手,不敢说一句话。

进了院子,周太太已经在二门外等候了。

只一眼,她的神色就变了。原以为只是周掌柜带着钧儒回来,但他们身边却多了两个人,一个女人,一个孩子。凭着女人的直觉,她瞬间意识到这是周掌柜在外纳的妾室,儿子都这般大了,自己却一无所知。

她神色怨恼地盯着周掌柜,冰冷的眼神扫了汉川母子一眼:"他们是谁?"只一眼,张氏便感觉到了她目中的仇恨和怨毒之意,这个当家主母,决然容不下自己和汉川!

周掌柜强自笑道:"你不是一直希望周家再留个血脉嘛,他们就是……"

周太太忍不住冷笑了一下:"瞒着我留的血脉? 不就是外室养的私生子?"

周钧儒连忙上前打圆场道:"娘,有事回屋慢慢说,汉川第一次回家,是高兴的事……"

周太太立即打断了他:"是你们高兴的事吧? 你到重庆整整一年,出了这么大的事都不告诉我,你眼里还有没有我这个娘?!"周钧儒遭了训斥,立时尴尬起来。张氏更是吓得躲到了周掌柜身后,低着头不敢说话。汉川见妈妈如此,再看父亲和哥哥都不理会自己,不由哇的一声哭了起来:"老汉儿,妈妈,这不是我们家,这个嬢嬢凶巴巴,我们走……"

汉川这一哭,所有人都回过神来,周掌柜只得堆起笑来:"我们回屋再说好不好？毕竟，无论你承不承认，汉川是我的亲生儿子，是真正的周家血脉。"说着，他凑近了周太太的耳朵："我们一辈子盼的，不就是有个亲生儿子吗？"

周太太忽然一激灵，似乎意识到了这件事的根源所在，火气略小了些，只冷哼了一句："亲生儿子？可惜并不是从我肚子里跑出来的！"说着，转身向主屋走去，不再理会他们。

周掌柜连忙说道："钧儒，领着你弟弟进去！铁顺儿，带人搬行李！"说着，自己一把拉住全身发抖的张氏，进了内院。内院有现成的客房，吩咐下人安顿了汉川母子住下，周钧儒也回到自己的院子，收拾一应行李书籍。

回房之后，周掌柜曲意哄劝，周太太却始终背过身去不肯理他。

周掌柜："三十年的老夫妻了，你何至于这么生我的气？我是怕你不同意，才悄悄地在外纳妾，不敢告诉你。"

周太太赌气道："十年前你就有纳妾的心思，现在到底是瞒着我在外面养了外室，你说纳妾就纳妾，说带回家就带回家，三十年老夫妻，我到底算什么？"

周掌柜尽力依旧赔着声气："你是当家主母，要操持家业，不能跟着我各地跑生意，我在外面也没个人照顾……"

周太太："你要什么人照顾，不能跟我说？还是嫌我没照顾好你？"说着竟忍不住落下泪来："你偷偷在外面纳了妾，养下个私生子，这孩子都五六岁了，我却一点儿都不知道……"

周掌柜："怎么能叫私生子，汉川是周家的亲生儿子，你是他的嫡母。"

周太太赌气道："没过明路的外室所生，不是私生子是什么？"

周掌柜："我也是想着孩子大一点儿，稳妥了再带回来，免得那些人再生是非。"

周太太："不能让那些人知道，也不能让我知道？你这些年每个月都给我发电报，怎么也一点儿都不说？可怜我熬了一辈子，在这个家里竟是个聋子瞎子！"说着，越发抹起眼泪来："你为什么不索性瞒一辈子？还是你想让私生子认祖归宗,瞒不下去了?"

周掌柜拿起帕子亲自给她擦泪:"不要一口一个私生子,当年钧儒被你伤得多深,还不肯改一改这脾气吗? 汉川虽然是张氏生的,但带回家里来,不就是你的亲生儿子吗?"

周太太接过帕子一把拨开他的手,埋怨道:"那你给我带个儿子回来就行了,为什么还把外室带进家里来? 是想让这南蛮子登堂入室吗?"

周掌柜自觉理亏,依旧低眉下气道:"如今孩子已经带回来了,就算没告诉你,但到底是我的亲儿子,你就忍心看着周家的血脉流落在外,不能认祖归宗吗? 你我夫妻一场,只守着这一根独苗啊。"

周太太神色有些动摇,但依旧故意赌气道:"这是你跟那外室的独苗,不如你干脆休了我,把那外室扶正,不就一切省心了吗?"

周掌柜坐到她身边:"你怎么糊涂了,你是周家的主母,两个儿子都在你的名下,依旧是你当家作主。至于张氏,不过是个胆小安分的人,只要有她一口饭吃,一定不敢生事。你稳稳当当得个儿子,有什么不好?"

周太太这才放下心来:"那个张氏,你打算把她也留在家里?"

周掌柜叹气无奈道:"那怎么办? 明年我再把她带走?"

周太太:"她想来就来,想走就走吗?"

周掌柜摊手道:"那你到底要我怎么样?"

周太太思索了片刻,摊牌道:"儿子,我可以养,张氏,不能留。"

周掌柜一惊:"怎么个不能留法?"

周太太狠狠心道:"你给她几个钱也好,把她发卖了人家也好,从此以后她不能在偃师出现,更不能跟周家有任何关联。"

周掌柜顿时变了神色:"发卖人家?! 汉川是周家的亲生儿子,我周培祥卖自己儿子的亲娘,传出去是什么名声?"

周太太:"那就给她几个钱让她走,我可说好了,不能多给。"

周掌柜终于忍无可忍:"她一个弱女子,这些年跟着我谨小慎微,如今留下了周家唯一的血脉,你却要赶她走?"

周太太依旧不依不饶："那你想怎样？依我说，干脆听听张氏的说法，她要是想留在家里，就老老实实伺候着。如果她想跟着你走，也可以，只是永远不许进周家门，也永远不许再见汉川，汉川没她这个娘！"

周掌柜在屋内踱来踱去，自知这已是最好的选择，因此点了点头道："你既然这样说，我明天就问问张氏的想法，看她怎么答复。"随即他又不放心道："明天你先不要出面，我去跟她讲明了规矩再来见你，以后总要一个屋檐下过日子，家事还是要以和为贵。"

张氏此刻在屋里更是坐立难安。

此前在汉口时的焦灼思虑，连日的火车奔波劳碌，再加上今日周太太在二门前的神色，让她敏感地意识到，这个家根本没有自己的立足之地，当家主母绝对容不下自己这样一个"外室"。

在传统观念深重的中原地区，外室是连妾室地位都不如的，甚至外室的孩子都没资格入宗祠，继承父亲的家业。她知道，如果自己不跟着周掌柜回偃师，就得不到"周家妾室"的名分，汉川就永远是一个私生子，将来若是主母和长子不承认他，莫说继承家产，他连生存的根基都不会有。

可是她带了汉川回到周家，从此他就要认主母为母亲，自己这个地位低下的亲娘，只能叫他一声"二少爷"。她就算为了儿子的前程，忍下这些屈辱，又怎知主母将来会不会虐待孩子，他能否安然长大。

张氏看着床上的儿子，他白天虽然受了些惊吓，此刻却已睡得很沉。他还不知道自己的妈妈面临这般艰难隐忍的抉择，更不知道为了他的前程，妈妈将要付出多么沉重的人生代价。

她轻轻坐在床边，给汉川掖了掖被子，眼泪一滴一滴落下来，命运完全掌握在别人手里，她与汉川的前途，全在主家一句话，自己却毫无做主的权利。她不知到底要怎样做，才能保全孩子，保全自己。

哄了汉川睡觉后，她不顾夜色已深，坚持让婆子去请周钧儒。

周钧儒正自纳罕她为何半夜急着见自己，这显然于礼不合，然而他想了想,还是赶了过去。不想刚一进门,张氏便迎面跪在了地下,周钧儒惊了一跳,一把将她拉起来:"婶娘,你这是做什么?快起来!"

张氏低头踟蹰了半晌,才鼓起勇气直视着周钧儒:"大少爷,我能不能求你一件事?我知道大少爷是好人,一定会答应我。"

周钧儒:"婶娘这是说的哪里话,你有事只管说,但凡我能做到的,一定尽力去做。"

张氏:"汉川已经回来了,以后他就是周家的人,求大少爷看在汉川一向亲近你的分儿上,好好照顾他……他是个胆小怕事的孩子,也没有大少爷聪慧能干,将来一定不敢和大少爷争,只要大少爷允他一辈子平平安安,我将来九泉之下也感念大少爷的恩德……"她边说边泣,双眼泪落不止。

周钧儒顿时不知所措起来:"婶娘,你在说什么?汉川是爹的亲儿子,也是我的亲弟弟,家里怎么会有人为难他?"

张氏摇了摇头:"大少爷,你难道看不出来,汉川能不能安安稳稳留在周家,我这个亲娘就是最大的障碍吗?我自己命运不幸,给人做了外室,但不能再连累孩子。太太必然容不下我,老爷也左右为难,我如今能求的人,只有大少爷了,求你无论如何答应我……"说着,不停地磕下头去,连连叩地有声。

周钧儒急得不知所措:"婶娘,快别这样,我答应你,我答应你就是!无论将来怎样,我一定竭尽全力照顾汉川周全!"

张氏满面皆是感激的神色:"多谢大少爷!我就算当牛做马,也无法报答大少爷的恩德。"

周钧儒无奈道:"婶娘,你说这些话,我受不起,我照顾汉川是应该的事,你何苦这样难为自己?"

张氏惨然道:"大少爷,你是个好人,心地善良,也不介意我们这些人地位低下……"

周钧儒:"婶娘怎么会地位低下?如今是民国了,男女都平等,就算妾室,也不能被低看一等的。"

张氏忽然笑了,笑得极尽哀伤:"自古以来,女人都是靠着男人过活,怎么可能真的男女平等？就像我们这些命都不在自己手里的人，又怎么敢跟主子论平等？如果下辈子能托生在那男女平等的世界，我宁可一辈子不嫁，也不会给人做妾室……"

第二日，天色微明时，周家上下人等已经起身，长工们打扫着庭院，厨子伙夫开始忙碌，两三个婆子也开始收拾内宅，照顾主家的生活起居。

周钧儒起身来到后院，正要进门向父母请安，便见张氏直直跪在主屋门前，寒冬的天气里，她冻得浑身都在哆嗦，却执拗地低头跪在那里，怎么劝说都不肯站起来。

正说话间，周掌柜已经起身，刚走出门，便见张氏跪在地上，一下子便明白了她的意思。他急忙上前，一把将她拉了起来："你这是在做什么？不是跟你说过一切有我吗？为什么要自作主张？回房里去！我会与你做主！"

然而张氏却挣脱他的手，依旧跪下身去哭诉道："求老爷看在这六七年我尽心尽力伺候你的分儿上，请你让汉川留在周家，给他一个周家子嗣的名分，他不是私生子，他是老爷的亲儿子啊……"

周掌柜一惊，张氏分明不肯相信自己予她的承诺，定要在人前逼他做个决断，心里更是烦恼无奈："你说的哪里话，汉川本来就是我的儿子，等挑个好日子我就带他去宗祠入嗣，只要上了族谱，谁敢说他是私生子？"

张氏："可我只是个连妾都不如的外室，我生的儿子……"

周太太的声音忽然响起："什么你生的儿子？汉川是周家的二少爷，自有爹娘教养照顾，用不着你来操心。"

张氏猛地抬起头来，只见周太太站在台阶上，居高临下逼视着自己，那眼神全然视自己如蝼蚁一般。张氏只觉满心寒彻，原来主子一句话，儿子立刻就不是自己的了。但她依旧哀伤难舍："太太，汉川他还小，求太太让我伺候二少爷……"

周太太冷冷地说道："如果不是汉川还小，你以为一个私生子进得了周家门吗？"

这话一点儿不假，许多大户人家在外面都有私生子，家里也非常清楚他们是流落在外的血脉，但往往宁可贴补着养他们一辈子，也绝不会给这些私生子名分。因为他们一旦得到承认，第一件事便是为母讨还公道，争夺家产，甚至因此引发同族父子兄弟相残的血案。

张氏不敢再多说，只是叩下头去："谢老爷太太收留汉川……"

周掌柜难过地转过身去，悄声对周太太说道："你怎能这样说话？不是说过我先跟她讲明了你再立规矩吗？"

周太太："她一大早跪在这里，不就是仗着生了儿子逼我同意她进门吗？我同意汉川留在周家，不也是遂了她的心愿吗？"

周掌柜顿时语塞，一句话都说不出来，长长叹了口气才道："她毕竟是为周家生下子嗣的人，你少说两句吧。"

周太太："汉川留在我膝下抚养，让我稳稳当当得个儿子，这话不也是你说的？"她这句话的声音不大不小，却恰好能让张氏听到。

张氏果然震惊地抬起头看向周掌柜，眼里全是不可置信的神色，良久之后，这神色转作了嘲弄："老爷，你说一切有你做主，就是这样做主的？你不是说让我带着汉川单独住一进院子，不用天天见到主母吗？"

周太太立时回头看着周掌柜："还没进周家门呢，就想着分家另过，不服管束不懂规矩了！以后我还怎么当这个家！"

周掌柜顿时夹在两个女人之间不知所措，周钧儒更是不得不退开几步远，满面无奈地看着他们，恨不能有个地缝让自己钻进去逃走。

张氏似哭似笑的神色更加惨然："看来周家是容不下我了，请问老爷太太，你们留下了汉川，打算怎么处置我这个外室呢？"

周太太神色威严："我跟老爷商量过了，两条路任你选。要么安分守己留在周家，不许打扰二少爷；要么从此离开偃师再也不回来，只当汉川没你这个娘。"

周掌柜听周太太如此说，慌忙解释道："阿梅……你误会了，我绝不是要这样对你，年后我就带你回川地，愿意跟着我，还是想回家乡去，都由得你……"

张氏笑了,一边笑一边泪珠簌簌而落:"老爷居然还记得我叫阿梅……看在我为周家留下血脉的分儿上,老爷太太能不能许我一个既不留在周家,也不回川地的去处?"

周掌柜:"你要去哪里?"

张氏:"能不能在附近寻一处尼姑庵,从此以后我吃斋念佛,为老爷太太祈福,只求能远远地看汉川一眼……"

周太太断然道:"不能!"

张氏怀着最后一丝希冀看向周掌柜:"老爷,我不会打扰太太,也不会回来找汉川,我只求你们能让我看到他平安长大。"

周太太冷笑:"汉川养在我面前,才是堂堂正正的周家二少爷,你这样的亲娘,只会让他不光彩。"

周掌柜急道:"阿梅你听我说,我不是这个意思,你要给我时间,我不可能一下子就处理好……"

张氏:"这么说,老爷也不能替我做主了?"

周掌柜:"她毕竟跟我夫妻几十年,我不能不顾及她的感受……"

张氏终于陷入了绝望,她沉重地点了点头:"老爷,我知道,周家,没有我的立足之地,汉川能留下,我就该知足了……"说着,她身形摇摇晃晃地爬起来,转身就要向外走去。

恰在此时,汉川醒了过来,听得妈妈在外面的声音,便衣衫单薄地赤着脚跑了出来,一下子扑到张氏怀里:"妈妈!"

张氏心疼地一把将他搂住:"怎么没穿鞋子就跑出来了? 妈妈在这里……"周掌柜立即将身上的大衣脱下来,给汉川裹在身上。

汉川看着妈妈哭红了的眼睛,伸出小手给她擦泪:"妈妈不哭……"张氏越发哭成了泪人,边哭边哄着汉川:"妈妈不哭了,妈妈不哭了……"

她把汉川抱在怀里亲了又亲,良久之后才嘱咐道:"汉川,以后要听爹娘和哥哥的话,要好好上学念书,不能淘气,要知道自己照顾自己,记下了吗?"

汉川并不知道妈妈说这话的深意,只是点头答应着:"妈妈,我记下了。"

张氏依旧含泪笑着,说:"记下了就好,妈妈要离开一下,你乖乖跟着老汉儿玩一会儿……"说着,将汉川仔细裹在大衣里,抱到周掌柜面前:"老爷,汉川,就托付给你和太太了。"说着,郑重跪下去,磕了个头,旋即头也不回地向门外奔去。

周掌柜暗道一声"不好",立即抱着汉川追了过去,然而手中抱着孩子,并赶不上张氏的脚步,他连声喊着:"钧儒,快拦住她,拦住她!"一直怔然无措的周钧儒此刻才回过神来,连忙飞奔着去追她。

奈何张氏竟似豁出命般飞跑着,一路奔到大门前,脚下依旧丝毫不曾减慢,毫不迟疑地一头狠狠撞向了影壁,"咚"的一声巨响,整个人被影壁重重弹回,瞬间仰面倒了下去,头上鲜血溪水般哗哗流下来。

等周钧儒和周掌柜追到她面前时,张氏已是眼神涣散,气绝身亡了。

父子二人从未想到,一向懦弱胆小、说话都不敢抬头的张氏,竟是这般决然赴死的刚烈性子。周钧儒此刻才意识到,张氏说出那句"汉川能不能安安稳稳留在周家,我这个亲娘就是最大的障碍"时,就已经存了必死的心。

汉川在周掌柜怀里,眼睁睁看着妈妈撞在影壁上,满脸鲜血直流,顿时哭了起来:"妈妈,妈妈……"周掌柜心神剧恸,嘶吼了一声"阿梅",霎时血红了的眼里带出深深的绝望,他一把将汉川掩在怀里,不让他看到这般情形,一边回身向后问道:"这就是你想要的结果吗?"

他不必回头,就知道周太太也已经来到门前,看着眼前依旧血流不止的张氏,周太太只觉身上一阵阵的寒冷,牙关打战,哆嗦着几乎说不出一句完整的话:"我没有想让她死……我没有想让她死,不是我逼死她的!"说着,整个人忽然软了下去,周钧儒一把搀住她,才发现她竟已吓得昏死过去。

铁顺儿和两三个长工围过来,看着眼前惨烈的一幕,竟无一人敢开口,人人噤若寒蝉。周钧儒让婆子把周太太和汉川送回后院,看着周掌柜呆呆地跌坐在张氏面前,用帕子努力擦拭着她头上依旧流淌的鲜血,想要抓住那已经流逝的生命,却无论如何也擦不尽,无论如何也抓不住,仿佛张氏一生的委屈,不曾流过的泪,都以这鲜红的颜色流了出来,诉说着她永远摆脱不了掌控在别人手里的命运。

周钧儒让所有人都散去,一个人蹲在父亲面前,看着年过五十的父亲仿佛一瞬间就苍老了下去。去年穿越中原大战炮火连绵的封锁线,今年武汉洪灾药行险些被击垮的生死起伏,都不曾把父亲打倒,而如今,张氏的去世,让他忽然意识到,父亲真的老了。

不可逆转,不会重燃斗志,不会再激起心力的"老",彻底降临在这个在生意场拼杀了一辈子的人身上,他在这一刻好似完全失去了生命和时间的眷顾,无可挽回地成了一个老人。

张氏的死,让她从这一生的悲惨命运中解脱了,然而她解脱后遗下的痛苦,全然压在了周掌柜身上。他失神地把张氏搂在怀里,感受着她的身体慢慢变冷,看着她临终时那凄楚哀怨而刚毅决绝的神色,老泪纵横不已,不停地喃喃着:"阿梅,要是知道回来会送了你的命,我宁可不让汉川回来,留什么血脉入什么宗祠,只要你好好活着,哪怕汉川永远不进周家,我也不在乎……阿梅,你为什么就不肯相信我?我说过为你做主就一定会为你做主,可你怎么就这么傻,为什么心里藏了那么多事?一句都不跟我说。你这么走了,让我和汉川怎么过……"

周钧儒陪了周掌柜良久,看着父亲的痛苦和脆弱、无奈和悔恨,终于艰难开口道:"婶娘说,汉川能不能留在周家,她这个亲娘是最大的障碍,所以她是为了汉川才走的这条路。"

周掌柜更加伤痛欲绝:"她为什么不想想,她这一走,汉川就再也没有亲娘了!"

周钧儒低下了头:"也许她知道,只有她走了,娘才会接纳汉川,真正把他当亲儿子养吧。"

周掌柜顿时怔住:原来,张氏用自己的死换取了周太太没有后顾之忧,更用自己的死让她对孩子心有亏欠,哪怕她不能对汉川视若己出,也绝不会苛责虐待于他,汉川在周家也就真正有了立足之地。

只是这代价未免太过惨烈，竟要一个母亲赔上自己的性命，为孩子争一个摆脱"私生子"出身，堂堂正正拥有"周家二少爷"名分的机会。

周掌柜紧紧地将张氏搂住："阿梅，你放心，汉川永远是周家的二少爷，你也会以周家亡人的身份葬入祖茔，将来我百年之后，我们同穴而眠……"

周钧儒叹了口气，摇头道："爹，不能这样，若是婶娘进了祖茔，就等于承认了她的身份，娘一定会怨恨，婶娘豁出性命为汉川争取的前程，就毁了。"

周掌柜猛地回头看着儿子，片刻之后忽然无力地叹道："钧儒，你真的长大了，遇事懂得了权衡思量，可你知不知道，这是往爹的心上戳刀啊……"

周钧儒脸上的沉郁之色更深了几分，说："婶娘确实受了天大的委屈，连命都赔了进去，可是，为了汉川，我们现在不能给她名分，哪怕等汉川长大了，再把她请回来。"

周掌柜的眉心狠狠拧作一团，心头压得完全喘不上气来，但他知道，儿子说的是对的，可他依旧不忍放开她渐渐变冷的尸体，紧紧抱在怀里不肯松手。

周钧儒："爹，我们也不能好好给婶娘料理后事了，要是再拖下去，有人报了官，不仅婶娘走得不安宁，家里还会有很多麻烦。"

周掌柜猛地一激灵，张氏凶死家中，虽是自杀，但若被官府查起来，定要问个死因，周家摊上逼死人命的官司，就再无安宁之日了。

当天黄昏时分，一座新坟在后山堆了起来。

张氏的一生，就这样无声无息地结束了，孤零零地葬在了异地他乡，成了一抹不知飘向何处的孤魂野鬼。

自古以来，那么多沦为妾室、养做外室的女人，生活在大户人家昏暗的阴影里，命运不属于自己，孩子不属于自己，甚至连意识和情绪都不属于自己，谨小慎微、仰人鼻息地活着，从生到死，都不曾有过一刻自由自主的日子，张氏，不过是千千万万悲惨女人中的一个罢了。

周钧儒永远记得她那句话，"要是下辈子能托生在那男女平等的世界，我宁可一辈子不嫁，也不会给人做妾室"，分明是自己告诉她，现在民国了，男女平等了，可如今自己却又和父亲一起，亲手将她草草下葬，无名无分地埋在这里,甚至不敢给她一个让世人看到伤口、倾诉凄凉命运的机会。

看着周掌柜失神地守在坟前,满面皆是不甘和痛悔的神色,周钧儒忽然觉得有些讽刺,父亲执着于张氏被周太太逼迫而亡的心结,却从未想过,他在纳张氏为妾的时候,就已经注定了这个女人的结局。

他记得去年看鲁迅先生的书,有几句写的是:这历史没有年代,歪歪斜斜的每页上都写着"仁义道德"四个字。我横竖睡不着,仔细看了半夜,才从字缝里看出字来,满本都写着两个字是"吃人"!

父子二人回到家的时候,天已经完全黑透了。路过影壁,他们忍不住看向张氏碰壁而亡的地方。那里早已被洗刷得干干净净,一丝血迹也没有留下,铁顺儿也已经许钱封了那两三个长工的口,这个只在周家过了一夜的女人,仿佛从未出现在这里,就永远地消失了。未来的日子里,也许有人会议论起她,但不会有人知道她是谁,从哪里来,为何死在这里,不过是一个嫁入大户人家还不知足、寻了短见的蠢女人罢了。

然而在周家的四个人心里,这件事将成为他们一个永远避不开的伤疤。

自张氏死后,周太太一连多日形如失神,动辄梦中恐惧惊醒,既不敢到门前影壁处,也不敢一人独处。每每看到汉川更是躲之唯恐不及,甚至周掌柜出现在她身边,她也会心神不安,一直念叨着"不是我逼死她的,培祥你不能怨我……"无奈之下,周钧儒只能安排婆子陪着她,时刻不敢让她离人,唯恐她惊吓过度,伤了自己。

汉川目睹了妈妈惨死在自己眼前,惊恐地发起了高烧,满嘴说着胡话,任何人靠近都连连后退瑟缩在墙角,仿佛困在牢笼受了伤的小兽一般,不能碰,不能抱,不然就会失声尖叫,连看病吃药都成了极其艰难的事,每次都要周钧儒哄着,才能安静片刻。

周掌柜更是一日之间就苍老了下去,刚过五十的人,竟有了深沉的暮色,见了周太太,神色冰冷一字不说;见了汉川,老泪纵横不忍面对。仕宦乡绅、商道中人以及至亲好友前来拜访,都一概婉拒不见,只让周钧儒出面应对。

周钧儒夹在其中进退维艰,仿佛自己才是这一场惨剧的源头。他明知父亲最倚重的是自己,但总有传宗接代的心结,父亲偷偷纳妾生子,整整五年不带汉川母子回家,只是为了不影响自己在周家的位置,避免兄弟相争的悲剧,而自己作为外来子,只顾显示对周家嫡亲血脉的宽宏退让,建议父亲带汉川回乡认祖归宗,最终却换来这般惨烈的结局。作为长兄,未来汉川问起亲生母亲的事,他该如何回答?

　　一家四口,各怀沉重心事,每日相见竟至无话可说,张氏的死就像笼在周家上空的一团乌云,压抑得每个人喘不过气来。长工婆子们更是小心翼翼不敢多说一个字,不敢发出一点儿响动,分明临近过年,整个周家宅院却毫无年节气息,完全沉浸在一片寂静无声里。

　　周钧儒勉力操持着家里的事务,照顾生病的母亲和弟弟,宽慰沉于伤痛的父亲,处理生意往来账目,应对人情来往待客接物,整个人忙得竟似陀螺一般,只恨分身乏术,却不敢懈怠分毫。

二〇　攻心难测

每到年底，周钧儒总要到贺扶光家给义父义母拜年，进门时，义父正带着小女儿逗弄笼中的鸽子。那鸽子咕咕叫着，孩子手里捏着玉米粒，一颗一颗喂给鸽子，神色欢喜异常。

见周钧儒进来，贺扶光立即将小女儿放下，招呼道："钧儒回来了，快到屋里坐，前阵子你义母还念叨着，你们该回来过年了。"周钧儒把年礼放下，顺手抱起了孩子，笑道："正是这两天刚回来，略处理了一点儿家事，就赶过来看义父义母，妞妞越长越乖了，快，叫大哥哥。"妞妞也毫不认生，亲亲热热地叫了声"大哥哥"，逗得贺扶光呵呵笑了起来。此时贺夫人也迎出门来，见周钧儒这一年在外越发显得老练成熟，自是非常快慰，一边热络地招呼着，一边不由分说让他留下吃饭。

饭时，周钧儒将这一年在外的经历拣些精彩有趣的讲与贺扶光夫妇听，听得二人一时紧张不已，一时又哈哈大笑，一餐饭吃得其乐融融。闲聊之时，说到前阵子席卷三县的叛乱，贺扶光便随口提了县公立小学被查封，校长祁书瀚被扣留之事。周钧儒顿时慌张起来："祁校长被扣留了？ 为什么？"

贺扶光摇了摇头："据说是通共，他们学校出了个共党分子，参与这次叛乱了。"

周钧儒大惊失色:"共党?! 怎么可能?"

贺扶光见他神色如此,心中不觉一动,立即追问道:"钧儒,今天只有你我二人,我且问你一句,你是不是跟那个祁校长很熟?"

周钧儒脑中忽然嗡的一声,父亲早就怀疑他是革命党人,此次他被扣留在县政府,想必是被抓了把柄。这几年他在钱财药物上资助县公立小学颇多,甚至帮祁书瀚募集了学校重建的善款,此前在山中躲避战火时,更是从他那里看到了鲁迅先生的书,知道了天下格局大势,人人知道自己和这位祁校长走得很近,如果他是通共分子,那么自己……

想到这里,周钧儒不由得出了一身冷汗。

贺扶光看着他有些发怔的神色,关切道:"钧儒,你怎么了? 不舒服?"

周钧儒连忙摇头:"没有不舒服。我跟祁校长确实见过几次,还帮他筹集过重建学校的款项,他这样的人,一心只想着办教育,其他事好像都不感兴趣,怎么会通共呢?"

贺扶光:"你想错了,这祁校长不光一心想着办教育,还很有些热血的劲头,'九一八'的时候,他还组织了一阵子上街游行,呼吁抗日反日。要说日寇侵略,谁不义愤填膺? 只是抗日言论不要公开去讲,更不要学那些只会游行喊口号发传单的学生,他们哪里知道政府是什么主张? ……"

然而周钧儒早已听不进贺扶光说什么,他此刻的心神尽在"祁书瀚通共"这个念头上,脑中嗡嗡作响。

匆匆辞了贺扶光,回到家里后,他将此事说与周掌柜,周掌柜点头道:"你还记不记得我跟你说过,革命党人万万碰不得? 这祁书瀚,依我看就跟革命党人脱离不了干系。"

周钧儒:"爹真的认为祁先生通共?"

周掌柜盯着周钧儒:"你这么关心祁校长的事? 为什么?"

周钧儒顿时有些慌乱,他并不能告诉父亲,祁书瀚曾解救过年幼时的自己,在父亲看来,这不过孩子间的一次寻常争执,若为此等小事就让周家惹上嫌疑,显然是荒唐之举。所以,他只能努力搜寻着说辞:"爹,祁先生这样的人怎么可能是共匪……"

周掌柜当即打断他的话,严厉警告道:"这件事到此为止,你绝不可以再过问祁书瀚的事,我知道你们谈得来,但是你要敢管他的事,我动家法打断你的腿!"

周钧儒从未见父亲如此严厉过,一时吓得不敢再说什么,小心翼翼退了出去,然而尚未出门,便听父亲继续吩咐道:"过年之前你就守在家里吧,除了会客,不准踏出家门一步,要是犯了门禁,你仔细思量!"

回到自己的书房,周钧儒才松了一口气,长到近二十岁,虽说也受过父亲几次严训,却从未到过要动家法的地步,这次竟惹得父亲下了如此严令,他自然知道干系重大。只要涉及"通共"二字,政府决然是毫不手软,在重庆时他听说过几次"剿匪",剿的便是共匪,可是祁校长……周钧儒很难将他与这两个字联系在一起。

无论怎么想,那个文气儒雅、眉目疏朗的人都不像匪,他那样热情洋溢地给自己讲天下大势,讲老百姓都应该过上没有压迫和剥削的日子,讲只要存了光明的念头每个人都能做些事,他热烈得就像一团火,永远带给人向上的希望,这样的人,怎么可能是匪?

但是更让他想不通的是父亲。

那个顶天立地的父亲,在生意场上既能运筹帷幄,也能绝地求生。为了家庭责任可以不顾生死千里返乡,为了赎回儿子能临危不惧与劫匪冒险斡旋,他曾经所做的一切,都让自己敬服甚至崇拜。可如今这短短数日,周钧儒忽然觉得父亲的形象在自己心里动摇了。

张氏死在眼前,父亲只是痛苦惋惜遗憾,却事先未做任何安排,任由她一个毫无名分的外室女子去面对复杂的家庭利益纷争,直至含冤带屈地死去;如今面对祁书瀚的事,他依旧漠不关心他的生死,而且严令自己也与他一样冷漠旁观。

那一刻,他忽然意识到了自己和父亲的不同。父亲是私心很重的,哪怕他乐善好施,哪怕他极重道义,哪怕他把信誉看得比命还重,但在影响到自己和家人利益的时候,父亲可以毫不犹豫地牺牲其他人,甚至可以牺牲自己的道义和责任。

但在这纷乱的世道,谁又能因此指责他呢?他是自己的父亲,他牺牲别人所要保护的就是自己,若是让张氏母子在周家有了立足之地,若是因为祁书瀚导致自己卷入通共案件,后果都不堪设想,这一切的真正受益者,正是他这个周家大少爷。

他知道自己不该动念去救人,然而沉重的愧疚感却压在他的心上,十年前伊河岸边祁书瀚为自己解围的事总是浮现在眼前,让他觉得自己是个罔顾恩义的懦夫。

他在书房中坐立不安地走来走去,感觉压抑得喘不上气来,每个人的命运都有身不由己之处,而自己就是被这些身不由己裹挟着前行的人之一,知书达理的周家大少爷,年轻有为的周记药行少东家,都是按照父亲的心意培养起来的,甚至自己也曾因此志得意满过,但这一切,真的是自己喜欢和想要的吗?

周钧儒的人生第一次迷茫了,他开始想不清楚自己的方向,若要真正成为父亲那样的大商,到底有多少人为自己牺牲和让路?他几乎不敢细想。

见过父亲之后,康宜俭的心思安定了许多,由父亲出面打听丈夫的消息,也许很快就有回音。她不知道共党是什么组织,但在她的记忆里,曾经的北京政府、后来占据河南的吴大帅冯大帅、如今的南京政府,都在严密抓捕"赤匪",好像他们永远潜伏暗处做着破坏社会安定的事。既然历届政府都抓他们,想来必然是些法外狂徒,比土匪还要可怕几分。

她一直深信,丈夫是被冤枉的。成婚以来,祁书瀚大部分时间都在学校度过,招生、授课,为孩子们的学费和老师们的薪水四处争取,为重建学校四处筹款奔波,又亲自搬砖挑泥参与劳作。为了多教一些人识文断字,他开办成人夜校,动员不识字的工人农民到夜校学习,一天到晚忙得连休息时间都没有,这样的人怎么可能通共呢?

然而连番的惊吓担忧之下,祁老先生和祁老太太都病倒了。

近些时日,祁母担忧过度卧病在床,气郁胸胀,饮食不振,整夜难以入眠。祁老先生也有些痰症旧疾复发,咳得厉害,一夜能咳醒七八次。两位老人同时患病,康宜俭便忙碌得抽不开身,只得吩咐尚在中学的幼弟祁泽约去请大夫上门诊治。

年关将近,在苦难中磨砺了一年的人们开始筹备过年。富家自然越是年节越热闹,鲜衣美馔应有尽有,但对贫苦之家来说,过年便是过关,往往全家衣不蔽体地在寒冷中忍饥挨饿,甚至除夕当日饿毙者也屡见不鲜。

祁家虽然不缺衣食,康宜俭却觉得这个年分外艰难。往年祁书瀚在家,公婆也会一起筹备年货,一家人其乐融融尽享天伦。而今年,丈夫被扣留县政府命运未卜,两位老人染病在身寻医问药,她既要照顾公婆,又要忙碌准备一应过年之事,还要顾着老人家担忧儿子的情绪,既不能太热闹,又不能太冷清……这样的年,便是不过也罢。

但丈夫不在,她更要挑起门户,艰难地维持下去,唯有这样,书瀚归来的时候,才能有一个安心的家宅。所以,她几乎是打起一百分的精神,日夜操持着家事,哪怕分身乏术,也把家里的一切照应得齐齐整整,迎候年节的到来。

至于她的丈夫究竟能不能平安归来,却是未知之事。她甚至想过,万一祁书瀚遭遇不测,自己要怎样打算,但心中的第一个念头,却是永远守在这里。

祁书瀚已经习惯了在县政府的日子。

十几天的时间,他的心渐渐静了下来,他不知道卢启斋在苏子竟那里得到了什么信息,不知道学校的老师们是否还被关押,更不知道妻子和父母如何担惊受怕,但他越来越坚信:卢启斋没有找到指认自己的证据。

他甚至开始安排自己的生活和工作时间,按时起床,打一套拳锻炼身体,然后哨卫送来餐食,吃过之后就开始撰写自己近年来对教育思考和改革的文章……

眼见他越发镇定从容，卢启斋有些难以忍耐了。若是再找不到证据，他便没有理由将祁书瀚继续扣留下去，赤匪在偃师县引起这样大规模的叛乱，他却不能在叛乱中抓捕共党分子，更不能就此一网打尽他们的上下线组织，这样的结局，显然无法向省主席刘峙交差。

腊月十九，卢启斋再一次见了祁书瀚，然而这次并不是在县长办公室，而是在监室之中。

祁书瀚被带到监狱的那一刻，就知道了卢启斋的意图，也做好了对方动用私刑的准备。所以，他坐在桌前，手上有铐脚上有镣的时候，心里丝毫没有慌乱，因为他知道，这是卢启斋最后的手段了。

他甚至依然做出愤怒的神色盯着卢启斋："卢县长是要屈打成招吗？我堂堂一校之长，你要对我动刑吗?!"

卢启斋依旧满面春风的笑意："不愧是杨勉斋先生的弟子，镣铐加身还能如此硬气，令人赞服。"

祁书瀚依旧怒火上扬："没有证据就滥用私刑，我触犯了哪条律法?"

卢启斋："窝藏共党，就是通共嫌疑，就是触犯律法，已经给你十几天时间了，我的耐心是有限的。"

祁书瀚："卢县长心知肚明，这种事，与律法毫不相干。传闻南京政府对共党分子的态度是'宁可错杀一千，不可放过一个'，其中绝大部分是被冤杀的，我不幸被构陷为共党，即便冤杀了，也不过是你们手上多沾了几滴血。"

卢启斋："是不是构陷，你我二人都是知道的，不过幸好，我得到了一些证据，你想不想听听?"

祁书瀚冷笑："我很有兴趣知道，你得到了什么证据，能够把一个小学校长污蔑为共匪。"

卢启斋："不过在说这件事之前，我想先告诉你一个消息，令尊令堂因担忧你的案子，身体染恙，卧病在床了，眼看着就要过年，两位老人家同时抱病，尊夫人很是操劳辛苦。"

祁书瀚顿时心中一惊，父母染病且不说，能对家中情况了如指掌，祁家分明已经被监视了！但他并未掩饰内心的焦急,立即站起身来,戴的脚镣沉重响动:"二老病情如何?!"

卢启斋见他着急,笑容更加温文和蔼:"祁校长且慢焦虑,二老病势虽有几分凶险,眼下看着还无妨。"说着,他从衣袋里取出两张纸,展开交到祁书瀚面前:"我让人把药方抄来了,你自己看一看便知。"

祁书瀚打开药方细看了一遍,顿时双手都颤抖了起来,纵然他不太懂医药,也看得出方中有几味专用于痰迷急症、气血巨亏的药材,单看方子,父母双亲竟是重病不起了! 而且这方子开得极为对症,母亲便是多年思虑失眠气血两亏,父亲更是痰症旧疾年年发作,卢启斋说的二老病情,极有可能是真的。

卢启斋看他脸上阵阵发白,额角汗水涔涔而下,便知此事打在了他七寸之上,若无意外,这个年轻人此刻应该已经方寸大乱了。方子是真的,病症也是真的,卢启斋自己颇知几分医术,只稍微动了几味药材,便将一个寻常卧病之疾变成了重病垂危之势,果然扰乱了他的心神。

良久之后,祁书瀚抬起头来,问:"他们的病,真这么沉重了吗?"

卢启斋故作宽慰道:"大夫说,虽然凶险,却还没到不可挽回的地步,只要静心休养,不受刺激,慢慢就会好起来,只是……"他叹了口气:"你的事情,确实令他们悬心,只有你早日回去,他们才能安下心来。"

祁书瀚嘲讽道:"能不能回去,是我能做主的吗?"

卢启斋:"你应该知道,你有戴罪立功的机会,一年前迷途知返的吴幼庵还记得吗? 因为指认了赤匪同伙立下大功,如今已到省里任职了,岂不比你一个小学校长前程远大?"

祁书瀚冷笑:"我倒想立功,却没有共党分子可以指认!"

卢启斋:"无可指认? 我已经有了证据,也许能让你想起些什么来。"

祁书瀚:"证据? 什么证据?"

卢启斋:"你打着夜校招生的名义,在农民中传播赤化思想,可是证据确凿的。"

祁书瀚："招生就是招生,我招来的夜校学生,哪一个是共匪?"

卢启斋："你算的那笔账,在农民中流传甚广,这次赤匪叛乱,有那么多不守安分的农民加入叛军,你算账的'功劳'可是不小。"

祁书瀚叹了口气："这账不是我算出来的,而是农民说着我记下来的,若非亲耳听他们说,我几乎不敢相信农民竟过着这样牲口不如的生活。我再把这笔账当面说给你听如何? 身为一县之长,数万人的父母官,难道不知道自己治下的百姓过着什么样的日子吗? 他们辛辛苦苦耕作一年,收获的粮食十之七八被收了租,各种赋税捐多如牛毛,一家人吃糠咽菜都不能填饱肚子,冻死饿死者不绝于途,难道县长不该想办法减轻他们的负担吗?"

卢启斋冷笑："这同情农民的腔调,真是和共党分子一模一样。"

祁书瀚："自古皆知,当官要为民做主,卢县长不仅不为百姓做主,还竟然以此证明我是共党分子,长此以往,若到处都是叛军,你也认定人人都是共党吗?"

卢启斋脸色微不可见地有了几许讪色,随即依旧转作强硬的姿态："如此看来,你是拒不承认了,但煽动农民这一条罪名,也足以将你下狱严审了,叛军流窜三县之地,破坏甚广,你这罪责已是律法难容。"

祁书瀚嘲弄地看着卢启斋："卢县长刚到偃师的时候,一政不举,不加赋税,不征劳役,与民休息,我本以为是个造福一方的好官,如今却因为我看到了百姓疾苦,便说是律法难容,看来你并非爱民如子,也不过一介恶吏罢了。"

卢启斋神色更加难看："巧言令色,鲜矣仁! 你只会一味指责政府,自己却什么都不做,反而煽动无辜的百姓弃耕离家,加入反叛!"

祁书瀚笑了笑,不再回答。

卢启斋此刻才意识到自己落入了祁书瀚的言语圈套,他未曾料到,这个年轻人竟如此善于辞锋,自己多年沉淀下来的圆融涵养,竟被他一而再再而三地激怒。他忽然安静下来,点头冷笑道："你既如此说,我便给你个慈悲为怀的机会。"

说完,他拍了拍手掌,警察立即押了十几个人进来。

祁书瀚顿时骇然震惊:他们是县公立小学的全部教职工!

老师们显然受了不少磨难,人人蓬头乱发,衣裳脏污不堪,面色黧黑,形容消瘦,看起来已被关押了许久。他们大多只是普通教师,根本不知任教的学校有共党组织,更不知自己何以被牵连,如今竟被卢启斋挟作人质,让无辜之人下狱受难!

他怒目而视卢启斋:"你明知他们都是无辜之人,一定要将此事牵连开来,用人命为自己的前程铺路吗?"

卢启斋:"祁校长此言差矣,我并未为难他们,这些日子他们一直住在学校,基本的生活所需都是满足了的。当然,比不得祁校长,饮食起居备受优待,生活琐事都有哨卫照顾。"

祁书瀚:"你到底想要怎样?"

卢启斋:"我想,你若是通共分子,在学校里总有些蛛丝马迹,这些老师也许能提供一些指认你的线索。当然,他们之中也可能有你的同伙,一试便知。"说着,他回头说道:"诸位辛苦些,便扎个马步吧,不算为难你们。"众人在警棍的胁迫之下,只得半蹲下身去。

扎马步最是耗人腰腿,老师们不过书生之流,因此挨不过片刻,便有人支持不住,忍不住要站起身来,然而旁边的警察随手就是一棍敲在身上,挨打之人痛得惨叫一声,只得再次稳住了双脚。

卢启斋:"我知道你们大部分人并非赤党分子,但如果谁能指认哪个人通共,便不必如此辛苦,可以早早回家过年。若是大家一直不肯说,这样的辛苦还只是刚刚开始……"

祁书瀚怒骂道:"卢县长!你不觉滥用私刑太过卑鄙吗?"

卢启斋:"你错了,这只是给他们一个说话的机会,若是真的用刑,哪有这么轻松?不过既然你说到了这里,我也有兴趣让大家看一看真正的刑具是怎样的。"说着,他吩咐警察道:"去,把审讯犯人的那些东西拿些来,给他们讲讲,尤其是对付那些拒不招供的重犯的,多拣几样,让他们长长见识。"

祁书瀚顿时心里一紧,仿佛整颗心脏都被人抓在手里,狠狠揉捏着,薛铭更是当场愤怒道:"卢县长,我们是国民政府公立学校的老师,你竟敢毫无证据对我们动刑!"

卢启斋:"只是让你们看一看,就吓成这样吗?"

警察们很快搬来了一堆东西,每一件都是丑陋的刑具。狱警得了卢启斋的点头暗示,极尽所能地形容着这些东西会对人造成的伤害,以及某犯人受某刑的惨烈之状。所有人扎着马步,双股战战地听着他介绍,刚刚说了两三件,便有一位老师惊骇失色,吓得当场昏倒。

其他人更是又累又骇,汗出如浆,忍不住便要抬袖擦拭。卢启斋看了看,随口说道:"看来大家有点儿热了,不如脱了棉衣,也稍微清凉些。"警察立即冲了上去,不由分说将大家的棉衣外套扯了下来。一身汗水迎上腊月的寒气,所有人都起了寒战,不到一刻之后,便觉寒气沁骨,全身抖得停也停不住。而此刻,狱卒依旧一件一件地讲着那些可怖的刑具,更让众人惊恐得如在森罗殿一般。

祁书瀚眼睁睁看着大家遭受如此折磨,心如刀绞,却无力救他们于苦难。当他看到一位老师恐惧慌乱的目光看向自己时,终于忍无可忍道:"你们就指认我是共党分子吧,就算你们不指认,我也是出不去的。"

薛铭开口道:"我们凭什么指认校长? 他们说你是共党分子就是共党分子吗? 如果今天你是共党,明天说不定我也是,后天就是他,总有一天我们都会被当作共党分子!"

卢启斋并不说话,只是饶有兴趣地看着薛铭,心有会意地点了点头。

祁书瀚:"我是不是共党分子,还重要吗? 他们要的不是真相,而是要抓一批共党向上面交差。"

卢启斋笑了:"交差很容易,但我要的是真共党,不是烂鱼小虾米,指认,就要拿出证据来,没有证据的,不算。"

众人的折磨还在继续,祁书瀚看着老师们在警棍和刑具面前瑟瑟发抖,惊恐得仿若绝望落网的兔子,心中像压了巨石般沉重地喘不过气来,问:"本来就没有证据,你如何能逼他们交出证据?"

卢启斋:"不逼一逼,怎么知道他们有没有证据?你又要担心重病的父母,又要面对这些人被你连累折磨,心里一定不是滋味儿吧?"

祁书瀚急得双目都红了起来,却在气急攻心时突然脑中灵光一闪:"你不是抓了苏子竞吗?他不是承认自己是共党了吗,为什么不让他来指认?"

卢启斋神色微不可察地一变,旋即恢复如常:"苏子竞是个硬骨头,我敬他是一条好汉,却不肯迷途知返,可惜啊可惜。"

祁书瀚直直盯着卢启斋的眼睛:"卢县长,苏子竞应该已经被刑讯致死了吧?"

这句话一出,薛铭和徐健君两个人竟同时松了一口气,虽然他们为苏子竞的牺牲感到惋惜,但卢启斋此刻如此折磨他们,正说明苏子竞直到牺牲,也没透露任何一个人的名字!

卢启斋的眼神里有了一抹厉色:"苏子竞这样重要的证人,我怎么可能让他死掉?也许有朝一日,他就幡然醒悟,弃暗投明了呢?"

祁书瀚淡淡地笑了:"那我期待卢县长能等到那一天。"

二人眼神交会的一瞬间,就全然从对方眼里看懂了真相。祁书瀚知道苏子竞已死,不会再有指向自己的证据。卢启斋知道祁书瀚已无隐忧,想要逼他招认更是难上加难。

然而眼前备受煎熬的老师们,却成为祁书瀚最大的痛苦,他宁可独自面对那些可怖的刑具,也不愿这些无辜之人为自己蒙冤受难。他们都是近几年陆续受聘入校的,各个心怀教育理想,在教学工作中投入了极大的热情,而自己身为校长,却不能给他们一个安然平静的教学之地,不是战乱摧毁,便是警察封校,如今更是牵连他们被扣押受刑,惨遭屈辱……

又一位老师因长时间的折磨而猛烈抽筋,倒在地上痛得缩成一团。然而警察并不给他喘息缓解的机会,提起警棍便打,那位老师遭受双重疼痛折磨,惨叫着在地上翻滚,听得人人心头颤抖。大家甚至闭上眼睛不敢去看,死一般的沉寂里,只有警棍砸在身上的闷声和不绝于耳的惨叫,恐惧的气息彻底浸透了众人的意志,再次有两位老师受不住惊吓,浑身僵硬地倒在地上。

薛铭忽然挺身站了起来："住手!"警察扬起警棍便要打他,薛铭反手握住:"别打了! 说,你们到底想要什么?"

祁书瀚急道:"薛铭老师! 不要充好汉,他们不敢把国民公立学校的老师怎么样!"

卢启斋静静地鼓起掌来:"果然有人站出来了。薛铭老师,"他一字一字地念着,"我希望你能带给我一些有用的信息。"

薛铭:"你不是想抓共党吗? 干脆你把我当共党抓了,放了这些老师,他们是念过大学的国家栋梁之材,教书育人的至圣先师弟子,你怎么能如此折磨他们?!"

卢启斋摇了摇头,平淡的语气里带了一丝惋惜的残忍:"又一个看不清形势的糊涂人,你以为通共分子是你承认我就认为你是,你不承认我就认为你不是的吗? 如果共党都像你这般头脑一热就英雄好汉似的挺身而出,哪里还需要我劳神费力去抓捕?"说着,吩咐警察道:"让他们休息一会儿,把棉衣穿上,我来告诉你们怎么指认共党分子,也许你们有些人根本不知道他们有多狡猾,更不知道什么样的证据能指认他们。"

众人虚脱地跌倒,无力地揉着腰腿,剧烈的酸痛已将每个人逼到了极点,更何况人人都挨过警棍,身上带了伤。足足一刻钟之后,大家才终于缓过一口气来,瘫软在地,再也没有一丝力气,甚至连手指都不能动一下,只有惊恐而空洞的眼神昭示着他们不是软塌塌的泥塑。

卢启斋看大家都停了动作,才开口道:"共党分子绝不会把自己暴露在明处,而是百般隐藏身份和秘密,也许你身边一个很平常的人,就可能和赤匪有往来,我让人带你们去看看此前被捕的共党分子,都留下了哪些证据。"说完,他吩咐警察道:"把他们带下去,一个一个仔细盘问。"

很快,十几位瘫在地上不能起身的老师被警察拖了出去。

不久之后,远处突然传来极尽凄厉残忍的惨叫,竟不似人类能发出的声音,仿佛厉鬼的惨嚎,垂死的哀鸣,若非受到极致灭绝人性的刑讯,任何人都不可能发出这样的惨叫。

只这一声,祁书瀚瞬间炸出了全身的冷汗,双眼立即变得血红,竭尽全力地嘶吼着:"卢启斋!你这个疯子!有本事冲我来,放了他们!"

卢启斋对这样的惨叫声充耳不闻,依旧若无其事地看着他,说:"我现在不会对你动刑,刑讯很可能对你这种人没用,但是他们能扛多久,我却不知道了。"

祁书瀚急怒交加,一个字都说不出来:"你!……"

卢启斋:"今日天也黑了,就委屈祁校长在这里过一夜,明日我再来看你,到时希望你能给我一些新的说法,"他紧紧盯着祁书瀚,"你的身份,我们彼此心知肚明,你足够聪明,做事丝毫不留破绽,但这不代表你永远不会暴露,这一夜是对你的考验,希望明天再见的时候,你我二人能够坦诚相对。"说着,他竟头也不回地离开了,随之而来的,是另一声同样揪心可怖的惨叫,瞬间就让祁书瀚跌坐在椅子上,整个人都痛苦地蜷缩了起来。

康宜俭从未想到,县政府竟一大早派了辆洋轿车来接她,而且是卢启斋的秘书亲自带了司机前来。

县长秘书在门前客客气气,绅士般地向康宜俭致敬,并表示:"县长派我来接夫人去见一见祁校长,将近年底,祁校长很是挂念家里,他知道二老身染微恙,想问问二老的状况,再报个平安。"

康宜俭心中陡然一紧,慌忙问道:"我丈夫现在怎么样?你们要扣留他到什么时候?"

县长秘书:"夫人少安毋躁,祁校长在县政府一切都好,只是挂念着家里。"

康宜俭一时不知对方到底何意,但本能地意识到眼前局面危险,自己绝不能与这个人一起去县政府,因此她开口道:"二老都病着,我如果出门就没人照料他们,你只管告诉他,二老病情稳定,家里一切安好。"

县长秘书:"可是,我奉县长之命前来接您,如果您不肯去,我怎么向县长交差?"

康宜俭:"万一我去的时间久了,二老病情反复,出点儿什么事,谁来负责?"

县长秘书:"只是接您去和祁校长见一面,不会太久,一两个时辰就回来,耽误不了二老病情的。"

康宜俭见他步步紧逼,越发感觉到情形不对,于是转了话题问道:"你们说我的丈夫通共,是赤匪,现在已经扣留了半个多月,也没查出什么证据吧?到底什么时候放他回来?"

县长秘书:"您去见了就会知道,这也是县长对祁校长的照顾之意。"

康宜俭警惕地盯着他:"我怎知你们是不是另有目的?你们已经扣留了我丈夫,会不会再扣留我作要挟,逼他招供?"

县长秘书:"夫人大可宽心,卢县长绝无此意,以康家在巩县和偃师两地的声望,什么人敢要挟您?"

康宜俭:"你们有什么不敢?我丈夫是公立学校的校长,都被你们扣留了!"

县长秘书:"祁夫人要执意这么想,我也无话可说,时候不早了,卢县长派了自己的座驾来迎接,如此诚意尊重,还请夫人先上车,其他事到了县政府再说。"

说话间,病中的祁老先生听得院门外有人声,便披衣走了出来,一见两个政府属员装扮的人在逼迫儿媳上车,顿时震惊失色,怒喊了一声:"你们在干什么?!"随即便咳嗽不止,几乎要把肺咳出来一般,气息都喘不上来。

康宜俭立即扶住他,焦急道:"爹,您不在屋里好好休息,出来做什么?"

祁老先生一面沉重地喘息着,一面抬手指着县长秘书和司机,好半晌才说出话来:"他们是什么人?光天化日,竟到家门口逼迫一个妇道人家!"

康宜俭:"父亲,他们并非土匪恶人,是县政府的人。"

祁老先生更加怒不可遏:"县政府的人比土匪恶人更下作!一群国之蛀虫,多少人屈死在他们手上!"

县长秘书铁青着脸,说:"祁老先生,话可不能这么说,怎么能将国民政府跟土匪恶人相比,传出去怕是对祁校长更为不利。"

祁老先生:"我儿已经被你们带走半个多月,他到底犯了什么罪? 安个通共的帽子就能随便抓人吗?"

县长秘书:"老先生,您只管放心,祁夫人很快就会回来。"

祁老先生:"你们! ……竟敢公然劫持良家女子!"说着举起拐杖便要打向他们。

县长秘书虽不敢贸然还手,却一抬手架住了拐杖:"祁老先生,不要动怒!"

祁老先生用力拽了一把,却发现拐杖被他抓得死死的,纹丝不动,怒火越发上撞,正要拼了全力,祁泽约却赶了出来,十几岁的孩子,正是有血气的年纪,一字不言,手里拎着砚台便砸向县长秘书。

县长秘书显然有过行伍经历,不慌不忙弃了拐杖,回身躲过砚台,只三两下便将泽约制服。与此同时,祁老先生因拐杖突然被松了手,踉跄着倒退了几步,若非康宜俭追上去一把扶住,险些就要重重摔上一跤。

泽约被按在院墙上,胳膊被反拧在后背,奋力挣扎着,却丝毫动弹不得。县长秘书示意司机上前制住泽约,自己腾出手来,才声色俱厉道:"祁家是要殴打政府职员,反对国民政府吗? 你家已经有了一个通共嫌疑分子,还要罪上加罪吗?"说着,他自腰间取出一副手铐,回身便要铐在泽约手上。

若是泽约也被他们带走,祁家便是彻底断了希望,祁老先生顿时急道:"你们到底要干什么? 连一个孩子都不放过!"

眼见情势紧急,康宜俭被逼无奈,豁出性命般喊道:"住手! 我跟你们去县政府。"

那一刻,她竟有了几分无望的悲怆,自己去与不去,书瀚都不会被轻易放回,但若不去,家里眼下就要遭逢大难。她无力地扶着墙回到房间,精心描画了妆容,发髻梳得一丝不乱,换上了昔日初见祁书瀚时穿的那件藕荷色旗袍,披了米白风衣。她看着镜中的自己,虽然依旧端庄秀美,脸上却提不起一丝暖意:既然被逼到绝路,此去是死是活,便听天由命吧。

当她走出来时,祁老先生和县长秘书都有些震惊,没想到一向温柔和婉的康宜俭,竟有这般凛冽逼人的气质,祁老先生甚至在她身上看出了几分不祥的意味,连忙喊道:"孩子,你可千万不要……"

康宜俭狠狠忍住将落的泪,打断了他的话:"爹,不用担心,我只是想告诉书瀚,我和家里,一切都好。"

祁老先生两滴老泪流了下来,泽约更是两眼愤怒得似要喷出火来:"嫂子,不要去!"

康宜俭决然地走向汽车:"泽约,好好照顾爹娘,我很快就回来。"县长秘书亲自拉开车门,康宜俭坐了上去,汽车一路绝尘,向着县城方向而去。

祁老先生和泽约看着远去的汽车,再回身看祁家的小院,往日乐享天伦的一家人,如今竟只剩老弱病孺,仿佛一瞬间断了生机。

整整一夜,祁书瀚在极尽折磨中度过。

监室内一片漆黑,那不时传来的凄厉惨叫声,仿佛一支支射在心口的利箭,每一次都让他痛楚万分,却又不能躲避,不能掩耳,甚至连警察和狱卒都没出现过,只有他一人经历着这一分一秒的煎熬,每一声惨叫都让他惊出一身冷汗,但惨叫之后的死寂,更令他悬心吊胆,不知道下一声何时到来。

天色微亮的时候,那可怖的声音终于停了。

但祁书瀚早已出现了幻听,他甚至分不出到底还有没有惨叫声,意识更是到了崩溃边缘,周围安静得墓室一般,连自己的呼吸声传到耳朵里都如同惊雷。他只希望卢启斋能够出现在这里,越快越好,莫说让他招认通共,便是让他承认自己是十恶不赦的土匪强盗,他也会供认不讳。

太阳初升的时候,卢启斋看到了监室中的祁书瀚。

他似乎一夜间被抽走了年轻人全部的精神和活力,脸色蜡黄发黑,毫无血色,两眼茫然无神,须发凌乱不堪,身上的衣裳也一下子就宽大起来,皱巴巴地裹着他了无生气的身躯,卢启斋甚至在他眼里看到了但求一死的渴望。

他满意地点了点头,此刻的祁书瀚再也没了往日的镇定从容,半个月的扣押,都没有让他露出任何破绽,反而这短短一夜的折磨,就让他屈服了。

卢启斋走到监室门前,轻轻咳嗽了一声。

这一声瞬间惊醒了祁书瀚,看清来人之后,他眼里竟带出了欣喜的急切,茫然无力地开口道:"卢县长,我是共党,我和苏子竟是同伙,是我向农民传播反政府思想,是我鼓动了这场叛乱……你还想让我招认什么,我都招。"

卢启斋依旧温和地笑着:"书瀚,这一夜,你被吓着了吧?"

祁书瀚对这句话恍若未闻:"你不是想让我承认通共吗?我承认,我都承认,我承认你想让我承认的一切罪状,只要你放了那些无辜的老师,放了他们……"

卢启斋:"书瀚,你且不要着急,一件一件地说,你现在有些不清醒,先吃点儿东西。"说着,他让人端来了米粥和油馍:"吃点东西暖一暖,我们有的是时间聊这些事。"

祁书瀚呆呆地盯着眼前的食物,忽然一口鲜血呕了出来,喷在米粥里,雪白的米粥上血红点点,竟似凄丽的梅花绽放,令人耸然动容。

呕出一口血后,祁书瀚终于缓过神来,神志恢复了清醒,双眼也不再茫然,他苦笑着:"卢启斋,我祁书瀚今日栽在你手里,心服口服。"

卢启斋:"书瀚,言重了,我只是希望你能幡然醒悟,与我合作。"

祁书瀚:"我一个通共分子,你能跟我合作什么?"

卢启斋:"我们能合作的地方太多了,比如,你是如何在偃师发展赤匪的?洛阳和偃师的共党组织上下线是什么人?你能接触到的最高级别的共党分子是谁?只要你说出这些,今后你在国民政府里的前途不可限量,今日阶下囚,明日也许就是我的同僚,或者上峰。"

祁书瀚:"我没有上下线,也没有组织,是我自己在报纸上看了些马列主义的文章。"

卢启斋:"书瀚,你想保护你们组织的心我懂,但这样的谎言是没有可信度的,一个人不可能读了几篇报道就无缘无故投了共党,若只是你自己,没有上下线,那苏子竟又该如何解释?就凭你们两个,能发动上万人的农民叛乱?"

祁书瀚:"你先放人。"

卢启斋:"人当然可以放,我现在就让警察送他们回学校。"

祁书瀚:"何以为凭? 我怎么知道他们安全地回去了?"

卢启斋:"这次我向你担保,一定会一个不落地放了他们,因为我手上有了更重要的筹码,这些人对我已经不重要了。"

祁书瀚的眼神骤然紧张!

他自然知道卢启斋这句话意味着什么,要挟之术,他早已用得炉火纯青,这一次是学校的老师,下一次,就只能是他的家人。

眼前这人是个为了抓捕共党无所不用其极的疯子,他的心机之深沉,手段之残忍,在其刚到偃师上任时,自己就已经有所耳闻了,如今亲身面对,更是不寒而栗。他琴书自娱的时候,没人想到他是这般残忍酷烈的白色恐怖屠杀者,与他素昔在外的"好好先生"名声,没有任何相似之处。

祁书瀚知道,此刻所有的考验都落在了自己的身上,严刑审讯也罢,威逼要挟也好,自己都要一肩挑起来,但是绝不能透露组织一个字的秘密,宁死都不能说。

卢启斋依旧意态悠然地笑着:"书瀚,考虑得如何?"

祁书瀚看着他,坚定地摇了摇头。

卢启斋叹了口气:"我想,有个人可以劝一劝你,让你迷途知返。"

康宜俭到达县政府时,才知道自己并不是直接去见书瀚,而是被请进了县长办公室等候。县长秘书客客气气地给她倒了茶,解释道:"县长还有些公务,过一会儿才能回来,请祁夫人在此稍待。"

她诧异道:"我丈夫在哪里? 我来这里,不是见卢县长的。"

县长秘书:"您见祁校长的事,要等县长回来再安排。"说完,他便退了出去,只留康宜俭一人在屋子里。

她在沙发上坐下,四处环顾,只觉这办公室倒是一派书香儒雅之气,架上书册累累,不乏珍籍善本,显见卢县长确是博学之士。然而很快,她的目光便被眼前茶几上的一沓文件吸引了,看起来只是些日常行政往来文书,但其中却有几张纸露出一角,上面显然是丈夫的笔迹,她的心立即颤抖起来。

伸手抽出那份文件,果然是祁书瀚写下的一份教学计划草案,字迹工谨,行文简约,正是他一贯的风格,显然,这是警察从他办公室里搜来的东西。

她正怔怔地看着这份文件出神,卢启斋忽然推门走了进来,一见康宜俭,立即热情笑道:"祁夫人久等,我有些公务琐事耽误了,抱歉得很。"

康大小姐立即站起身来,后退了几步与他保持距离:"卢县长不必客气。"

卢启斋:"家中近来可好? 我听说二老有些微恙,现在好些了吗? 需要派人帮忙照顾吗?"

康宜俭警惕地看着他,目中却是满满的敌意:"他们已经好了许多,若非您的照顾,他们也不至于病成这样。"

卢启斋眼里有一丝厉色迅速闪过,他故作听不出弦外之音,依旧笑道:"二老身体有起色就好,也免得书瀚为此挂心。"

康宜俭:"我丈夫现在哪里?"

卢启斋:"不必着急,书瀚还有几件事要交代,随后我就安排你们会面。"

康宜俭神色立即有些急迫:"你想让他交代什么? 不是说他通共吗,有证据吗?"

卢启斋叹息道:"我也希望查不到证据,奈何,他自己承认了。"

康宜俭顿时震惊失色:"不可能! 他怎么可能通共?"

卢启斋:"通共的人,怎么会让别人看得出来? 我这些年接触的通共分子,各个身份隐秘得很,就算是枕边人也毫无察觉。"

康宜俭连连后退:"绝不可能,一定是你们要挟他了,不然他怎会连这种罪名都认?"说到此处,她忽然心中一紧:"你们是不是对他用了刑?!"

卢启斋:"祁夫人,冷静,请务必冷静,不是你想的那样。"

康宜俭:"书瀚在哪里? 我现在就要见他!"

卢启斋:"祁夫人! 你这样的情绪状态,我怎么放心安排你跟他见面?"

康宜俭怒视着卢启斋:"你根本不是安排我们见面,而是利用我继续要挟他,对不对?"

卢启斋声音残酷:"他亲口承认了自己是共党分子,这可是即刻枪毙的死罪。但卢某是个惜才之人,不希望书瀚真的走入歧途,他的罪名有多严重并非危言耸听,我请你来,是希望他能为了家人顾惜自己的性命,幡然悔悟。若肯戴罪立功,不仅不追究他的罪责,还能有一番前程事业,此话绝非虚言。"

康宜俭冷笑得几乎落下泪来:"希望他戴罪立功? 这样的话你也能说出口!"

卢启斋:"他已经承认了自己是通共分子,便无可更改了,除非夫人能劝他弃暗投明。"

康宜俭的心都在颤抖,她此时不知如何抉择,只觉书瀚将要蒙冤而死,眼泪纷纷而下。书瀚亲口招认通共,无疑是宣判了自己的死刑,也许今日,也许明天,她就会等来书瀚被枪毙的消息,这很可能是他们夫妻最后一次见面了。

她忽然想起丈夫与自己相伴的那些细碎时光,他会与自己闲读诗书,会看着报纸给自己讲天下事,会在写教案的间隙偶尔抬头看自己做女红,会帮自己洗衣,会亲自下厨炒菜温酒与自己共饮,更会与自己软语温存狎昵亲近……他的书生意气,他的一言一笑,甚至他怒陈恶政时的炯炯目光,都一丝一缕地烙印在心上,若是他真的被处决了,此后余生,漫漫岁月,自己将如何度过?

眼泪一滴一滴地落下来,她极力强忍着,用帕子将眼角擦拭干净:"我跟你去见他!"

康宜俭见到祁书瀚的时候,他背对着门,坐在一间空荡荡的屋子里,只有一个人,一张椅子,再无其他,衣衫虽然依旧整洁,背影却瘦削单薄,惨白的阳光从窗户照进来,把他的影子投在地面,不由得让人感到森严逼人。她嗓子里好似被堵了一团棉花,张了几次嘴,才终于哆嗦着喊了一声:"书瀚……"

然而祁书瀚却似早已知道是她,头都没有回便冰冷地说道:"你来这里做什么？父母都有病在身，你不该守在家里侍奉公婆吗？"

康宜俭顿时愣住，书瀚怎会对自己说这样的话？然而她来不及细想，依旧追问道："书瀚，你怎么样？有没有受苦？……"

祁书瀚依旧冷冷地打断了她："我没事，你也不用来看我，妇道人家不该到这种地方来，你回去吧。"

康宜俭几乎不敢相信，丈夫竟会一而再再而三地说出这样冰冷的话，可她未及开口，卢启斋便说道："书瀚，祁夫人已经知道了你的身份，你难道就没有话要交代她吗？"

祁书瀚："她一个不出门的女人，懂得什么？"

卢启斋："此言差矣，祁夫人很明白通共是什么罪名，你若肯为父母和妻子想一想，便不该冥顽不灵，只要从实招认，指认乱党，自然能早日回家，她也不必再为你担惊受怕。"

祁书瀚冷笑："我凭什么相信一个以我父母妻子做要挟的人许诺给我的大好前程？"

康宜俭顿时明了了丈夫的处境，难怪他对自己如此言语冰冷，他越在乎自己，卢县长的要挟就越可怕，书瀚就越陷入被动的境遇！

想到此处，她只觉心里在猛烈地哆嗦，面上却强自镇定道："书瀚，我相信你是好人，不是通匪的乱党，爹娘虽然病得不重，但也要有人照顾，我先回去，在家里等你。"说完，转身就要离开，卢启斋却冷哼了一声，立即有两个警察拦在了门外。

二一　身入炼狱

腊月二十,将近小年。

一年一度的祭灶是过年前的头等大事,房子里里外外都要打扫一遍,除旧迎新,供奉糖瓜糕点,送灶神爷上天,再请回新的灶神,等到除夕日换上。过了小年,从腊月二十四开始,每天都有应时的过年筹备工作,因此家家户户忙碌不已,年节的气氛也越来越浓。

周家虽经历了一场变故,但过年前的事项依旧不少,尤其是每年都要与偃师县政商各界应酬往来,互送年礼,自然也要做出一番年节喜庆气象来。这些应酬虽大半都是周钧儒操持,但周掌柜依然少不得时时出面,打起精神强撑着。

周太太和汉川自张氏出事那天,便再不曾出过房门。周太太因逼死人命整日惊慌恐惧,时时梦见张氏前来索命,睁眼闭眼都觉她站在眼前,大夫开了安魂养神的方子也不见效,依旧日日如此。汉川高烧了几日之后终于安静下来,却变得不言不语,也不甚理会人,经常呆呆地一人坐着,好似有些痴傻了一般,全然不见了往日的机灵可爱。周掌柜和周钧儒担心他被刺激过甚,头脑落下些病根,特地请了大夫来看过,只说惊吓过度,也许过些时日就能慢慢回过神。

这一日上午,周家宅院门前忽然来了一男一女,求见周掌柜和少东家。二人都打扮得齐齐整整,男的瘦削精干,身材颀长,女的灵动貌美,看起来只十四五岁。

周钧儒迎出来时,顿时笑了:"李老板!"来者正是周钧儒相熟的曲子戏班主李坤和,二人一年不见,互相问候,热络不已。

旁边的女子看他们二人寒暄已毕,忽然向着周钧儒跪了下去:"少东家,郑好儿叩谢您和周老爷的活命之恩!"

周钧儒愣愣地看着她:"姑娘,快起来,这是怎么回事,我并不认识你啊?"

郑好儿站起身道:"少东家,您不记得在郑州时候,我和娘求到周记药行门前,周老爷送我到永乐戏院唱戏的事了?"

周钧儒恍然忆起那对母女,这孩子因不想被舅舅卖去脏地方,自愿学了戏,如今出落得水灵了许多,哪还能与当初那骨瘦如柴、满脸皴黑的乞讨样貌对上号?周钧儒又把她仔细打量了一下,才笑道:"真是一下子没认出来,你这模样可是完全变了。怎么没在永乐戏院,跟着李老板了?"

郑好儿:"原本是想留在永乐戏院的,也学了几个月能登台了,可是才唱了几次……"她有些委屈地低了头,好像不知怎么说下去。

李坤和接道:"永乐戏院那一季请了个名坤角儿,眼见着好儿身段漂亮嗓子清脆,一登台就有人叫好,怕她将来压自己一头,因此强按着不让派角儿,生生把她赶出来了。正好我在开封遇到了她们母女,又正好缺个坤角儿,就留下了她们,所以才改了名叫郑好儿。"

周钧儒听了叹道:"确实是处处正好,好儿跟了你倒是很合适,最可气戏班子里这些排挤人的手段心思,连一个刚学戏的孩子都容不下。"

郑好儿:"说的是呢,李老板对我和娘很照顾,这次在洛阳唱了两个月,听说您和周老爷回乡过年了,我就求着李老板带我来看看救命恩人。"

周钧儒:"哪里就谈得上救命恩人了,不过是帮衬了一把。"

郑好儿将带来的一堆点心干果放在桌上,说:"少东家,我刚学戏不久,份子少手头紧,只买得起这些便宜东西,您可能看不在眼里,只是我的一份心意,就当谢您的恩情。"

周钧儒连忙说道:"怎么会看不在眼里,这份心意最珍贵了,我一定好好收着。"

郑好儿开心起来,显出些许孩子气,转而又问道:"周老爷呢? 怎么不见他老人家?"

周钧儒:"家父这些日子很忙,这会儿还在书房里见客。"

眼见郑好儿有些失落,李坤和圆场道:"好儿,过年这阵子最忙了,能见到大少爷就很好了,周掌柜哪能抽出时间来陪我们?"

周钧儒:"李老板,你们最近在哪里唱? 我也出不去门,要是来伊河镇,我去给你们捧场。"

李坤和:"县里有人写了几天戏,后天就要去唱,这两天是来看场地准备排戏的。"

周钧儒点了点头,忽然脑中一闪念,随口问道:"你们在偃师,听说祁校长的事了吗?"

李坤和一愣:"祁校长? 公立小学的祁校长? 那学校最近出了大事,被县政府封了。"

周钧儒故作惊诧道:"学校被封了?"

李坤和:"是呢,听说几十号警察冲进学校,四面围墙都架了枪,孩子和老师都封在里面了,后来押走了祁校长,把老师们审讯到了后半夜。可怜那些学生,冻饿了一天,半夜才被家长接回家,很多孩子吓得不敢去念书了。"

周钧儒故作漫不经心追问道:"那有没有祁校长的消息?"

李坤和压低了声音:"有传言说那学校里出了共党,被抓了,所以才牵连了祁校长。"

周钧儒顿时心头被狠狠揪住,祁书瀚是那样热情和煦、坚持公道的人,这些年来不仅自己对他钦敬有加,周围的乡邻百姓谁不赞叹他人品好,学问高,知书达理,热心助人? 他的心念瞬间坚定起来:祁先生一定是被冤屈牵连的,他要想办法出门去救他!

李坤和见他神色一时紧张一时愁闷,小心问道:"大少爷,你是被这消息惊到了?"

周钧儒连忙摇了摇头,说:"我就是想着共党怎么这么多? 连小学里都有了。"

李坤和:"你在外地,没见到前阵子的暴乱,上万农民都跟着闹起来了,好几个县惶惶不安的,据说就是他们挑起来的,要是共党不多,能挑起这么大的事? 我在乡下跑高台,开戏前经常有人在台上讲话呢,讲些反对地主剥削反对征税纳捐的事,农民们听了都很激动,不是鼓掌叫好就是使劲喊口号,保不准那些人就是共党呢……"

然而周钧儒的心思早已不在这里,他满心都在盘算着如何能走出家门,如何想办法救人,恰在此时,忽然一个伙计跑了进来:"大少爷! 有个老头病倒在药行门口,没钱看病,说跟你是忘年交,叫你去看他!"

周钧儒立时站起身来:"他有没有说自己是谁?"

伙计:"他只说姓韩。"

周钧儒脑中顿时嗡的一声响,几乎刹那间就想到一个人:韩履霜。

他紧张得声音都哆嗦起来:"给他看病了吗? 他现在怎么样? 病得厉害吗?"

伙计:"大夫已经看过了,不是什么危及性命的大病。"

周钧儒:"好,我马上就赶去县城!"说着连忙辞了李坤和与郑好儿,飞奔向父亲的书房。

听说可能是韩履霜回来,周掌柜亦是感慨不已,叮嘱周钧儒立即去县城,务必把他接回家里好生照顾。周钧儒连连应着,匆匆拉了一匹马,飞奔向县城而去。

伊河镇到偃师县城约莫十几里路,周钧儒快马疾驰,不过两刻钟便赶到,进了药行便急声问道:"韩先生在哪里?"

伙计连忙引了他向后院走去:"已经吃过饭喝了药,安排在后院休息了,他只说跟大少爷有交情，我们也不敢深问，就怕是个打秋风的，但是他又老又弱倒在门前，也不敢不管……"

周钧儒全然没听伙计的解释，直接进了后院一间闲置的空屋子，却见板床上躺了一个人，虽看起来还算整洁，但衣衫单薄，瘦得皮包骨一般。

听得有人推门而入，老人慢慢坐了起来，回头，赫然正是年余未见的韩履霜。

他看起来似乎更加衰老，脸上几乎瘦干了，皮肤沧桑松弛地垂下来，头发和胡须白得像雪一样，病弱的气色已将他傲骨卓然的风采完全湮没，昔日名震一时的大画家韩履霜，竟沦落到老病无依，落魄街头。

周钧儒鼻子一酸："韩先生……"

韩履霜看着他，眼里慢慢浮起一丝笑意："卓先小友，许久不见，久违了。"这一笑，他的眼睛又有了昔日的清朗高远，那是一双看破了红尘，看淡了山水，看远了天地的眼睛，哪怕落魄至此，也依稀带着几分往日的风骨。

周钧儒："这一年多，我们一直在找您，却始终没有音讯，您到哪里去了？怎么过得这么苦……"

韩履霜："这世道，已没有我的容心之处，本想效仿伯夷叔齐不食周粟，就在北邙山里守着历代先贤了此残生，奈何，这一届政府竟将大好河山拱手让了日本人！我如何能在山里做个不闻不问的局外人！"说着，他竟剧烈地咳嗽起来，病弱之躯经不起这样的情绪激昂，一时间气也喘不上来，伏在床上抬不起头。

周钧儒连忙上前扶住他，向外面喊道："快来人搭把手，把韩先生抬到我屋里！"很快来了两个伙计，抬着一张藤椅，将韩履霜抬到了周钧儒在药行的临时宿处，盖了厚厚的棉被，又添了炭盆，将屋里烘得暖暖的，过了许久，他才渐渐缓过来，灰暗的脸上有了些许血色。

大夫暗中向周钧儒交代过，韩履霜不过是生活清苦，年老病弱，并无要紧之疾，慢慢将养着就会好起来。因此，午饭便格外照顾他的胃口，做了一大碗热汤面，煎了嫩嫩的鸡子，配着小菜给他吃了，又休息了一阵，终于略有了些精神。

周钧儒见他身体有了起色,才开口道:"韩先生,今天来的时候,家父吩咐过,无论如何请您到家里养病,他也一年多没见您了,心里挂念得很。"

韩履霜叹了口气道:"老弱之躯,真是无用了,今天若非机缘巧合,倒在药行门口,我这条老命不一定能活着到南京政府了。"

周钧儒震惊道:"先生要去南京政府? 去做什么?"

韩履霜:"南京政府一味屈辱卖国,东北三省全部沦丧,我虽老朽不堪,也要与中央政府那些人说个明白,再不抗日,便要亡国!"

周钧儒:"那些人怎么能听得进这话? 全国各地多少民众都在呼吁抗日,东北不还是丢了? 张学良自己都不肯抗战,眼睁睁看着日本人占了他的地盘,别人谁还会抵抗?"

韩履霜:"听与不听在彼,说与不说在我,昔日那些人前来求画,各个都是慷慨陈词之辈,不惜马革裹尸,唯愿普世太平,如今日本人真打进来了,他们竟做了缩头乌龟,连一个站出来领兵作战的都没有!"

周钧儒:"可是先生就算去了南京政府,又有何用? 也不过是听一些敷衍之词,根本改变不了他们的想法。"

韩履霜:"《孟子》曰,'虽千万人吾往矣'。古往今来,即便是饱读圣贤文章,高居庙堂的大夫公卿,有几个真正改变时局了? 何况我只是个作画的,一个粉饰太平附庸风雅的工具罢了。但我若不去,心中难安,哪怕去了只能说一句话、一个字,也算尽了我这个老朽作为中国人的责任。"

周钧儒只觉肃然起敬,这是一个真正将纷乱世道看明白了的老人,但他依旧在用自己风烛残年的心力,为他画了一辈子的世外山水和天下康宁愤然疾呼。也许无济于事,也许根本没人听到他的声音,但他近乎飞蛾投火般的虔诚,也为这个麻木沉沦的世界点亮了一缕微弱的光。

周钧儒只得点头道:"我很是钦佩先生这份大义,只是凭先生现在的精力,怕是到不了南京。眼下就要过年,您先到家里养好身体,年后我安排人送您去南京,如何?"

韩履霜思索了一阵,无奈说道:"也只好如此了,只是又要给贵府添许多麻烦。"

周钧儒:"去年大战,多亏先生收留,我们一家才得以在战乱中活命,何来麻烦之说。"

说话间,已到了下午,冬日天色黑得早,周钧儒便催着伙计套了马车,又铺了厚厚的被褥,又取了一件自己的大棉衣给韩履霜披了,才把他扶上车,亲自赶着车回家。

路过县政府门前时,周钧儒想着父亲的严令,丝毫不敢动心思打探祁书瀚的事,只顾吃喝着马车低头赶路。然而韩履霜却忽然喊道:"卓先,停一下车!"

周钧儒停了车,问道:"韩先生,有事?"

韩履霜点点头,向站在县政府门口的人喊道:"站在那里的,可是康兄?"

那人站在一辆青油布马车旁,身后还跟了两个长工,似是在等人的样子,听到有人喊他,回过头来,果然是康老先生。

康宜俭被县政府接走后不到一个时辰,康老先生就得到了消息。自她回娘家告知丈夫被扣留之事,他就意识到女儿随时可能处在危险之中,所以派了人及时照应,没想到卢县长竟公然将她胁迫至县政府,虽礼数极尽周全,却难掩挟持本质。

康老先生早已疏通关系设法营救祁书瀚,然而此次女儿被县政府强行接走,完全激怒了他:康家之女,岂容自恃强权者冒犯! 他们虽只是康百万家族支系,然而康姓在偃师巩县两地也是一等一的乡绅望族,县政府历来敬重有加,如今卢启斋竟公然胁迫康氏族人,无论如何都是极大的挑衅。

因此,他立即亲自带人来到县政府门前,直接递了帖子给卢县长,话也不曾多说一句,只要求立即放人。

拿了康老先生帖子的卢启斋颇为焦灼。

以家人胁迫祁书瀚招供尚未成功,康老先生就闻讯赶来,堵在门口要接回女儿,一旦传出扣留良家女子的事,县政府便要威信扫地——更何况,扣留的还是康氏族女,得罪本地乡绅望族,绝非明智之举。

然而他依旧坚持着再拼上一搏,只要再拖延两刻,他自信必能迫使祁书瀚招供。届时无论是民众敬重的学校校长,还是本地望族的康家,只一项通共的罪名,足以让他们偃旗息鼓,俯首帖耳。

然而康宜俭却在被警察阻路的那一刻,瞬间激起了抗争之志,她傲然怒视道:"卢县长是要连我一起扣押吗?!"

卢启斋:"我自然不敢强留夫人,只是希望夫人从善如流,劝说书瀚从实招认。"

康宜俭:"若我不肯从善如流,你就要为难我了?"

卢启斋面色深沉不语,显然是默认之态。

康宜俭:"是要把我铐了,还是把我绑了?"

卢启斋对着门外喊了一声:"进来!"立即有两个中年壮妇走了进来,他点了点头,二人立即一左一右站在康宜俭身边,大有劫持之势。

康宜俭怒道:"卢启斋!你敢动我一下……"她抬手自风衣袖内掣出一把短刀,自横于颈项之上:"我康宜俭便血染此地!"说着,一边紧紧握了短刀,一边向门边后退。那一瞬间,她似乎看到丈夫猛地回了一下头,双目几近血红,夹杂着激烈担忧之色,然后迅即背转了过去。只一眼,她就懂了丈夫的心意,却依然决绝地紧握短刀,丝毫不肯放松。

卢启斋更是大惊失色,他绝未想到康宜俭如此烈性,来县政府之前竟袖中藏了利刃,一旦遭遇胁迫之事,便要以死相逼!短刀森寒,映着康宜俭冰冷如霜的脸色,分明一介温婉端庄的弱女子,此刻竟有了风萧萧易水寒的慷慨激烈之风,令他肃然生畏,不敢上前一步。

那两个中年壮妇更是惊恐不已,连声喊着:"夫人,不要冲动,快把刀放下……"

康宜俭丝毫不理会她们,只是紧紧盯着卢启斋:"卢启斋,我现在就要离开县政府,让你的人都撤下去,谁敢近前一步……"她将短刀在颈上贴得更紧:"只管看我敢不敢动手!"

卢启斋叹了口气,知道自己的计划已全然破灭,康宜俭绝非寻常女子,看似端庄柔婉,实则烈性刚硬,若真的在县政府出了意外,更是后果难料。他只得点头道:"夫人息怒,在下绝无此意,本是请你前来做客,自然来去自由。令尊已在门外等候,你先把刀放下,我与令尊叙礼之后,就送夫人下楼。"

康宜俭听得父亲在门外等着,顿时松了一口气,将短刀放了下来,却依旧紧紧握在手里,与那两个中年壮妇保持着远远的距离。

守在县政府门外的康老先生一见韩履霜,顿时满面惊喜地走过来:"韩兄? 我找了你一年多,你怎么一句话不留就走了?"

韩履霜:"一言难尽,且容后再说,你一向不出寨子的,怎么会在这里?"

康老先生愤然道:"卢县长竟将我……"说着回头看了一眼周钧儒,欲言又止。

韩履霜:"这是我一位忘年交小友,周记药行的少东家,不是外人,但说无妨。"

康老先生才又继续道:"卢县长扣押了我的女婿祁书瀚,硬要给他安个通共的罪名,如今逼他招供不成,又要挟持我的女儿来逼迫,简直目无王法,卑劣至极!"

韩履霜震惊道:"书瀚通共? 这怎么可能? 被扣押多久了?"

康老先生:"已经半个多月了,连县立小学的老师们也都扣着不放,明明没有证据,就是不肯放人,现在还挟持了宜俭,令人发指!"

韩履霜:"大小姐如今怎么样? 什么时候来的?"

康老先生:"今天一早,县长秘书开着汽车去家里把她强行接到县政府,到现在还没见到人,要不是我时刻留心着祁家的动静,宜俭就真的求救无门了!"

周钧儒原本就为祁书瀚担忧不已,如今听得县政府为了逼他招供,竟连他的妻子也不肯放过,早已怒血冲上头顶,立时将周掌柜的话抛之脑后:"我跟祁先生也有过几面之缘,要说他通共,纯属无稽之谈!"

韩履霜挣扎着下了车:"县政府公然扣留良家女子,从未见过如此无耻之事!现任县长这样肆意妄为,丝毫不顾政府体面了吗?"

康老先生:"我也没想到竟有如此荒唐之事,早知如此,我怎么可能留宜俭一人在家。"

韩履霜:"大小姐在里面多待一刻,便多一分危险,必须让他们立即放人!"

康老先生:"我已经让警察进去通报了卢县长,只要不放人,我就一直守在这里,必须安然无恙地把宜俭接回家!"

门外几人又等了小半个时辰,眼见县政府依旧不肯放人,康老先生再次上前喊话道:"卢县长!你将我女儿胁迫至县政府,意欲何为!立刻把人放出来,要不然,我就要闯门了!"

韩履霜也向警察道:"告诉你们县长,韩履霜在此,请他马上放人!"

周钧儒也义愤道:"周钧儒也在此,请卢县长马上放人!"

那警察不知道韩履霜是什么人,对周钧儒的名字却非常熟悉,不知周记药行大少爷为何也向县政府喊话,颇为蹊跷,于是立即进去向卢启斋报告。

卢启斋此时正欲出门与康老先生相见,听得韩履霜也在,心下更是一惊。他本是读书之仕,雅好书画,对韩履霜的画作很是仰慕,更何况韩履霜在画坛颇负盛名,与政界中人往来极多,便是南京中央政府的许多要员,也以收藏韩氏之画为荣。如今韩履霜竟因康大小姐之事到偃师县政府,他便知此事必须圆满收场,若因此开罪于他,只怕遗祸甚多。

于是他一面亲自出门相迎,一面立即让人请康宜俭出来。

康老先生一见卢启斋,立即上前问道:"我女儿现在哪里?什么时候放人?"

卢启斋笑道:"康老先生爱女之心深切,卢某感同身受,方才有些公事耽搁了一时,没能及时看到老先生的帖子,还请见谅。令爱马上就出来,请您且放宽心。"说着,转向韩履霜道:"久仰韩先生大名,怎么今天有时间到偃师来了？此处不便说话,可否到里面一叙?"

韩履霜一句不愿多说:"老朽不堪,又染了病,就不打扰了。"

卢启斋:"先生病了?不如就留在县政府养病,我也好就近照应,随时求教,不知先生意下如何?"

韩履霜:"我已弃笔不画,当不得县长大人'求教'二字。"

卢启斋两次碰壁,只得点头道:"也罢,先生闲云野鹤,不是我等俗人能及的,有周记药行的少东家安排照料,我也就放心了。"他意味深长地看向周钧儒:"周少爷,韩先生是画坛巨匠,劳烦你和周记药行好好照料,只是你今日出现在此处,不管有意无意,都是不合时宜,我必然要知会令尊的。"

周钧儒顿时如遭棒喝,他与祁书瀚往来密切,在偃师并不是什么秘密,卢县长这话颇有些敲打之意了,若被父亲知道……父亲的警告言犹在耳,如今自己就站在这嫌疑之地,如何能解释得清?他的额头渗下汗来,心中难免有些慌乱。

恰在此时,康宜俭走了出来,一身端庄严谨之气,毫无颓色,康老先生见她安然,终于松了一口气,点点头道:"宜俭,上车。"康宜俭目不斜视,只是向韩履霜颔首称了一声"韩伯父",便径自上了马车,放下布帘。

康老先生也不多说一句,向韩履霜淡然作别之后,便带人赶着马车离去了。

韩履霜看着康家父女离开,也开口道:"卓先小友,我们也该赶路了。"周钧儒默默地点头,扶了韩履霜上车,也驱车而去。

卢启斋站在县政府门口,目送两拨人离去,心知此举已失了人心,不觉脸上浮起了几许无奈之色,他摇头叹了一口气:"祁书瀚,你到底牵涉了多少人?"

周钧儒今日被卢县长警告,又担忧着祁书瀚万一真的被坐实了通共罪名,心中焦灼不堪,踌躇了一阵,忽然笑起来,暗暗自语道:"只要卢县长告状,父亲肯定动家法,反正都是打断腿,倒不如真就管一管祁先生的事!"

他驾着马车如常赶路,不紧不慢地和韩履霜闲聊着:"韩先生,您跟康老先生一年多没见,怎么不多聊几句?"

韩履霜:"我与康兄相交几十年,从不多聊,心知足矣。"

周钧儒诧异道:"几十年从不多聊? 您之前离开时,康老先生很是焦急,让人到处找呢。"

韩履霜:"我送他那幅画,就是辞别之意,他自然知道我是不想被找到的。"

周钧儒:"您不辞而别,他很不放心,还曾让祁校长专程找我问过您的行踪。"

韩履霜:"康兄始终是为情义牵绊,才如此放不下。如今他为女儿女婿这般奔波,也不知是福是祸。"

周钧儒:"您怎么知道他也在为祁校长奔波?"

韩履霜:"我深知他的为人,怕是为了祁书瀚,能疏通的关系全都用上了,至于能不能把人救出来,就不知道了。"

周钧儒:"韩先生会不会帮他?"

韩履霜淡淡看向远处夕阳灿烂的云霞:"也许会吧,康兄耽于尘俗之事,我虽惋惜,却也不想看他为此忧心。"

周钧儒顿时心头一热,回身向韩履霜拱手道:"韩先生,如果您有办法,请一定救救祁校长,我不知道他是不是通共,但我相信他是个光风霁月的人,他是真的想把教育办好,真的想为老百姓说句公道话。"

韩履霜:"书瀚的为人我也有些了解,他心志太过高远,乱世是容不得这种人的。我已到了入土的年纪,若是能救下这样一个后生,也算是留些余德于后世吧。"

周钧儒急切道:"多谢韩先生! 这件事不能再拖了,万一卢县长对他动了刑,不知道他能不能熬得住。"

韩履霜:"既如此,转道电报局,我现在就发两封电报。"

周钧儒惊喜得几乎不敢相信自己的耳朵:"韩先生……好,我们现在就去电报局！我替祁校长谢过韩先生！"

韩履霜依旧淡然道："不必谢我，就当他为民请命，我为他请命吧。"

发完电报，抵达周家的当晚，韩履霜身体依旧虚弱，精神不济。周掌柜并不敢打扰他，只是陪着他住进了早已收拾好的僻静偏院，专门拨了人照应。周钧儒又收拾了些古籍典册笔墨等，供他消磨时间，韩履霜便暂且安顿下来。

父子二人离开偏院后，周掌柜叹道："这一年多时间，没想到韩先生沧桑了这么多，看起来都有些风烛残年的样子了。"

周钧儒："当初他葬笔的时候，我就觉得有些不好，如今既然找到了，就留他在家里养老送终吧，也算是报答他对我们周家的大恩。"

周掌柜点头："这次无论如何不能放他走了，这个年岁，实在让人放心不下。"

周钧儒无奈道："他这次下山，是打算去南京政府的，日本人占了东北，韩先生愤慨难平，要去南京向那些国民政府要员呼吁抗日呢。"

周掌柜惊诧道："韩先生怎么还是这么烈性？南京政府那些人，谁会在乎他说什么？"

周钧儒："明知不可为而为之，韩先生是把这当作人生最后一件大事了，如果不让他去，心里也有些不忍。"

周掌柜："先让他在家里养上一两个月，也许心思就慢慢淡了。"

周钧儒摇头："依着韩先生的性子，认准了一件事，多少年都不会放弃，他说要去南京政府，就一定要去的。"

回到监室的时候，祁书瀚依旧一动不动地坐在那里，仿佛没了生机的雕塑一般。

卢启斋："书瀚，为你的妻子考虑，你也不该如此执迷不悟。"

祁书瀚摇了摇头："就是为了我的妻子考虑，我才不能做个到处攀扯指认的小人。"

卢启斋似有些遗憾地叹道："你是个聪明人，怎么到了这个地步，还是冥顽不灵？若再顽固下去，你一个文弱书生的身子骨，怎经得起那些专门整治人的折磨？"

祁书瀚深吸了一口气，落寞而决绝地自嘲道："是啊，不审一审，不把这些刑具过一遍，我怎么能证明自己的清白？"

卢启斋忽然残忍地笑了："如君所愿。"

昨日的那些刑具又被搬了出来，一一罗列在祁书瀚面前，每一件都生着陈旧的锈蚀，带着浓烈的血腥气息，令人望之胆寒。

卢启斋叹了口气："你应该生在民元前后吧？这些东西有些年头了，都是大清朝传下来的东西，我认为太过酷烈，每一件都伤筋动骨，受过刑的人就算还活着，从此以后也都是废人了，根本不给人改过自新的机会，所以有时候我觉得，这些刑具，都该废除才好。"

祁书瀚静静听他说完，才开口道："严刑拷掠之下，只求速死而已，有何口供不可得？不管多硬的骨头，在这些东西面前，也是让招什么就招什么。你明知死于这些刑具之下的冤魂比比皆是，却依然还要用它们，自然是不在乎多几桩冤案的。"

卢启斋："其实直到此刻，我依然有惜才之心。前有军阀混战，后有江淮水灾，国民政府一日未安，亿兆百姓生死存亡……我每每想着，写下这样文章的人，当有救国安民的大胸怀、大抱负，若是给你一方施展天地，定能驰骋翱翔，建功立业。书瀚，你万万不该屈辱于这阴暗监室、残酷刑具之下。"

祁书瀚："卢县长，你觉得一个依然保留着酷刑拷掠的政府，真的有建功立业的机会吗？你的惜才之心，就是用这些刑具，与区区一介教书匠对话吗？"

卢启斋："既如此，我也劝说不得了，年轻人总该受些教训，才知道有些路是走不通的。"

祁书瀚嘲讽地苦涩一笑："请。"

狱警并未对祁书瀚动用那些可怕的刑具。

因为卢启斋曾经交代，不可留下用刑的痕迹。

祁书瀚不仅是偃师县公立小学的校长，作为开封师范学校的学生，他的同学在各地任职者不在少数，他的妻子出自康氏家族，他的岳父康老先生的人脉更是不容小觑，他的恩师是革命先驱杨勉斋先生，门生故旧遍及河南各地，甚至韩履霜这般画坛巨匠都关注此事，足见其牵连甚广。对这样一个人，若是留下刑讯逼供的证据，很容易引起各界物议，在得到确切的指证前，任何手段都不能做得太过明显。

然而不留痕迹，不代表不能刑讯。

祁书瀚虽早已做好了牺牲的准备，但那些将人折磨到求生不能求死不得的手段，依然让他在不到半小时内就昏死了过去。诸般令人胆寒的刑具虽一件都没动用，但狱卒们自有一套整治人的法子，在折磨同类这件事上，他们是一等一的"专家"，甚至专门研究一些花样百出的"创意"，老虎凳、贴加官已不足为奇，更有些闻所未闻的名目：比如"金鸡独立"，将人双手铐在背后悬吊起来，竖一块砖供其站立，仅一只脚尖可勉强着地，身形晃动或站立不稳，砖块便会倒地；或是"烤羊"，令人两手抱住小腿铐起来，用木棍穿过双腿弯处悬空担在杠子上，还要不时搬弄翻转……其间痛苦寻常人片刻也不能忍受，而用之于刑罚，则至少一两刻钟起步，无所不用其极地突破人类所能承受的极限。

所以，当他被一头冷水泼醒的时候，身上莫说伤痕，便是连淤青都几乎没有留下，然而那疼痛，依然在拉扯着他刚刚归位的灵魂，仿佛一脚迈进地狱之门，又被生生地拽了回来。

但是他的心却安定了下来。

苏子竞已经牺牲，学校里的老师们也不再受折磨，只要自己挺过这一关，不指认其他同志，牺牲就会降到最低。牺牲自己，保全组织，是他宁死也要坚持的底线，若是定要受这些刑讯折磨，就只当此身非我所有，生死由他吧。

卢启斋已经到了开封。

对祁书瀚审讯了一日一夜依旧毫无结果之后，他回开封面见了省主席刘峙。作为刘峙最信任的幕僚,他并不在意这一县之长的职位,而是一心一意想为这位行伍出身的东翁稳固割据一方的地位。

一见卢启斋归来,刘峙立即拨开一切冗务,请他到办公室相见。

二人寒暄已毕,刘峙开口便问道:"启斋兄,进展如何? 能不能从偃师顺藤摸瓜,探出河南的共匪组织?"

卢启斋摇了摇头:"并不顺利,虽然暴乱平息,也剿灭了几千乱匪,但是赤党分子却没抓到,线索全断了,只剩一个祁书瀚,却始终没有他通共的证据。"

刘峙:"严刑逼供,不信他不招,如果实在审不出什么,处决了就是。"

卢启斋摇了摇头:"经扶兄,对待真正的共党分子,可不是一句严刑逼供就能奏效的,他们根本就不怕死,甚至将死之人还要反噬一口,意志力极为可怖,必须从心底里击破他们的防线,才可能从实指认上下线,将其一网打尽。"说着他叹了口气:"这次叛乱,极有可能也是'织女'闹起来的,一个祁书瀚算什么,抓到'织女'才算是连根拔起。"

刘峙皱了皱眉头:"当初请你去偃师,就是想看看是不是'织女'在作乱,如今看来,必然无疑了。"

卢启斋:"就算我们知道是'织女',但想要抓到他,也是难如登天。"

刘峙:"都没人知道这'织女'到底是什么样,抓人都没个目标,给我们添了这么多麻烦。"

卢启斋:"别说抓人,我审讯过不少共匪,连他们内部都没人见过'织女',也不知道这个人的任何情况,简直一点儿痕迹都没有。"

刘峙:"这些共匪实在是狡猾至极!"

卢启斋:"若不是他们太狡猾,小栾怎会栽在他们手上? 如今在我的任上,又闹起了农民暴乱,若非经扶兄派重兵平叛剿灭他们,我只怕也要以失职论罪,甚至受几年牢狱之灾。"

刘峙愧疚道:"启斋兄,当初是我急于平复偃师的乱象,才不得已请你亲自出马,没想到会出这样的事……"

卢启斋笑道:"经扶兄说的哪里话,当年我困顿旅途,穷病濒死,若非你仗义相救,哪里还有命在? 如今你踞有中原之地,我也能跟着做个读书闲人,算是不枉此生了。"

刘峙:"本该许你退隐读书的,只是我身边实在没有值得托付的人……"

卢启斋:"说起读书,那祁书瀚真是个难得的人才,我几次三番劝他走回正途,就是执迷不悟。这样的人,留之为祸,杀之不忍,最后若不得以处决了他,真不知是不是又造孽了。"

刘峙:"一个共党分子,值得你这样赞叹可惜?"

卢启斋:"共党里也有许多奇才,不然何以越剿越多? 这次暴乱也是出自大别山那些赤匪首脑授意,他们盘踞在深山里,神出鬼没四处流窜,对鄂豫皖三地造成极大的困扰,实乃腹心之刺,若不剿灭,中原难安。"

刘峙:"蒋主席曾特别交代过这一股赤匪极为顽固,不仅扰乱河南、安徽两地交界处,几乎整个湖北都被他们渗透了,等腾出手脚来,一定要狠狠剿灭他们。"

卢启斋:"经扶兄以剿共得到蒋主席信任,以中原大战成就大势,若是再剿灭大别山的赤匪,替蒋主席平定中原之地,河南一省,只怕容不下您的不世功业。"

刘峙似乎瞬间看透了眼前的局面:"启斋兄,你的意思是,若是剿匪成功,鄂豫皖三地都将在我手里?"

卢启斋点头:"经扶兄以军功起家,号称'福星',但将兵者不能一生常胜,军政在握,才是正途。"

刘峙快然起身:"启斋兄所言甚是! 区区几个共党、鱼虾喽啰而已,真正的功劳,都在战场上,这次恐怕不只剿匪,还要勤王。"

卢启斋:"勤王? 此话怎讲?"

刘峙:"刚得到消息,前几天日本人在上海生事,还砍死了人,却要求中国赔礼道歉,提了一堆无理条件,据说下了最后通牒,今晚六点必须答应他们的条件,不然就在上海开战。"

卢启斋一惊:"若是上海被日本人占了,南京政府危矣!"

刘峙:"这才是我急着请启斋兄回来的缘故,如果日本真的打上海,我该如何应对?"

卢启斋:"现在南京方面什么态度?"

刘峙盯着卢启斋,缓缓道:"日本出兵上海,目标就是南京政府,他们很可能占领南京,控制长江沿线,接下来,战火将迅速蔓延全国,其他大城市也可能随时遭到日本的袭击。"他叹了口气,缓缓地说出几个字:"亡国在即啊。"

卢启斋起身踱步,思索了一阵,开口道:"日本人不打上海便罢,若是打了,南京方面必然要退守异地,避其锋芒,依我之见,极有可能迁都。"

刘峙惊得站了起来:"迁都?"

卢启斋:"只不知迁往何处,北平? 长安? 武汉似乎也有可能……"

刘峙:"北平离东北太近,日军一旦入关,北平首当其冲。武汉就在长江岸边,日本的军舰如果长驱直入,也不安全。"

卢启斋:"那就只有长安可选了,一旦开战,南京政府极有可能迁都长安,毕竟是汉唐旧都,关中沃野易守难攻,还是有国运的。"

刘峙:"启斋兄,你这一番言论,大开我之眼界,今晚你就留在开封,与我共同关注上海局势,到底事态发展成什么样,六点以后就要见个分晓了。"

整整两日的折磨,祁书瀚只觉全身每寸筋骨都被细细地撕扯拆解了一遍,连动一下手指的力气都不再有。他终于知道了刑讯的真正残酷之处,原来把人逼到崩溃的不是疼痛,而是到了极限边缘时,意识会模糊不清,甚至不能有连贯的思维,连狱警说的话都断裂成了一个一个的字,根本听不懂他们在说什么。最可怕的是,他似乎也不能控制自己在说什么,也许什么都说过,也许什么都没说,他甚至辨别不出自己发出的惨痛呻吟和说出的言语有什么区别。

而这,还是没有动用刑具,远远未到酷刑的级别。

信仰,可以让人有钢铁般的意志,但不会让人不惧酷刑的痛苦,再强大的战士也是血肉之躯,也会和普通人一样在疼痛之下痛苦挣扎,只是英勇战胜了恐惧而已。

他瘫软在地上,心里有一个无比清晰的念头:一死了之,就可以结束这样的痛苦。

但他很快发现,自己根本没有这样的能力,哪怕将一支枪放在眼前,他也没有扣动扳机的力气,更何况,狱警早已做好了一切阻止他自杀的防备。

然而就在他以为这样的折磨会永无休止时,狱警却忽然将他提出了监室,重新带回了县政府那间临时扣押他的房间,甚至连被褥都换了一套全新的,日用之物也丰富了许多。被警察按着清洗了一遍,换了干净衣裳,他就像一件软塌塌的长衫一样被扔在了床上。

这一切发生得太突然,他还未能从残忍的折磨中清醒过来,就已经恢复了昔日小学校长的装束,虽然全身没有一丝力气,却也找不出一个伤痕,若说他遭受了整整两日两夜的刑讯,绝不会有人相信。只是他精神极度萎顿,面色憔悴不堪,仿佛重病垂危,在鬼门关走了一趟,又被强行拉回来一般。

然后,他就看到县长秘书、警察科长,以及县政府各部门科长前呼后拥殷勤陪着走进来的一个人。

杨先武。

不可置信的震惊几乎炸碎了他的神志,心头立即燃起了一团怒火,仿佛要将自己与眼前之人焚烧成灰,同归于尽。

可耻的叛徒!

原来叛变是如此轻而易举的事,叛变者就这样活生生地出现在了自己身边,而且还是曾经与自己并肩战斗,始终坚定认为他是革命英雄的人!

然而他毫无力气做出愤怒的姿态,甚至说不出一句话。那人却已开口道:"书瀚兄,是我,谢君锡。"

县长秘书也热情道:"祁校长,中央政府的谢处长亲自来看你了!"

谢君锡和煦地笑着:"书瀚兄这是——身体有恙?"

县长秘书:"真是不巧,祁校长刚刚退了高热,还没恢复呢。"

谢君锡似乎有些遗憾:"真是惋惜,原想着邀你一起品尝黄河大鲤鱼,看来你还需要养病,今天连泥鳅也吃不上了。"

这句玩笑话简直前言不搭后语,但县长秘书却哈哈笑了起来:"谢处长讲话真是风趣直爽,祁校长歇上一两日,应该就能康复了,黄河大鲤鱼随时可以品尝。"

"泥鳅"!听到这两个字,祁书瀚忽然安静下来。

他松了一口气,嘶哑着声音道:"谢兄,久违了,今日相见,快慰平生,黄河大鲤鱼,我一定陪你吃。"一句话,断断续续足有半分钟才说完整,然后,他便挣扎着要起身,全然不顾自己的刑后残躯。

县长秘书立即上前,将他扶坐起来:"祁校长,身体还没好利索,不急在这一时。"

祁书瀚摇了摇头:"我与谢兄经年未见,他最爱的便是黄河鲤鱼焙面,我无论如何,都要陪他。"

谢君锡:"你身体不适,改日再品珍味也无妨,只是这里不适合休养,不如到我在洛阳的临时行署住几天,医药也方便些。"

县长秘书急忙道:"谢处长,祁校长高热刚退,不宜路途劳顿,大夫特地嘱咐要静卧。"

谢君锡诧异道:"书瀚怎会病倒在县政府里?我本打算悄悄到学校见他,不想惊动大家的,一问却说他在这里,倒是惊扰各位了。"

县长秘书:"昨天卢县长请他来商讨本县教育,不知怎么就发起了高热,不得已才留了一天。"

谢君锡点点头,向祁书瀚道:"我过一两天再来看你,到时我们重游神都洛阳,俯瞰黄河饮酒畅谈。"

祁书瀚盯着谢君锡的眼睛:"好,我一定不负谢兄之约。"

看着谢君锡和县政府一群人煊赫而来,又簇拥而去,祁书瀚心里有些拿不准情势了。

一年多前,杨先武与佟尚荣离开后,自己就与他们断了联系,后来只接到佟尚荣电报去了大连组织抗日,而杨先武却从此再无音讯,直到今日相见,他竟摇身一变成了谢君锡,进了南京中央政府。

显而易见,他已经背叛了组织,而且那一身的衣着派头,与往日的杨先武截然不同,若非亲自见过他本人,很难将他与眼前的谢君锡等同起来。短短一年间在南京政府坐到高位,只有一种可能,他叛变了组织,卖党求荣换来了自己的晋升之路!

然而他却特地在自己面前提到了"泥鳅",当初那个不惜一死为自己报信示警的同志,是否意图利用昔日身份,再一次出卖同志,用屠刀和鲜血铺平自己的进身之阶?

祁书瀚陷入了深深的思索,他到底该不该相信曾经的杨先武——如今的谢君锡?到底哪个才是他的真实身份?但是两日两夜的刑讯逼迫,他的精神已经困顿到了极限,这个问题还未想清楚,便昏睡了过去。

乡关何处 ⟨中⟩

书 石 刘乃艺
著

河南文艺出版社
· 郑州 ·

二二　玉碎瓦全

辛未年腊月二十一,公历一月二十八日下午,上海市市长在南京政府和社会各界的要求下,不得已答应了日本人提出的全部无理条件。

刘崃在电话里接到消息后,怒骂了一句:"小鬼子欺人太甚!"回身便向卢启斋道:"上海那边答应了日本人的条件,这次他们应该没有挑起战争的借口了吧?"

卢启斋思索着摇了摇头:"我总觉得事情不会这样简单,日本人不会轻易善罢甘休的。"

刘崃:"他们还想怎样? 难道真的要全面与中国开战? 蕞尔小邦,能吞得下整个中国?"

话音刚落,门外响起敲门声,刘崃的秘书进来报告:"主席,卢先生的急电。"

卢启斋起身接过电文看了一眼,诧异道:"谢君锡到偃师了? 他来做什么?"

刘崃:"谢君锡?"

卢启斋:"就是行政院谢委员的大公子,不知什么事突然来到偃师,还去县政府见了祁书瀚,要把人接走。"

刘峙:"通共分子,他也敢接走?"

卢启斋:"这位谢大公子仗着父亲是跟着黄兴先生的革命前辈,在南京政府很是有些引人注目。据说此前蒋主席都多次夸他办事得力,现在虽然年轻,只是个小小处长,将来可是前途不可限量。"

刘峙皱眉:"那也不该如此胡来。"

卢启斋:"我也不知道他跟祁书瀚是什么关系,竟然特地跑到偃师来见他,公子哥儿脾气,真是不知道深浅,一时兴起想起什么就做什么。"

刘峙:"就是这些顶着父辈名声的太子爷,一个比一个会玩花样。"

卢启斋:"我倒觉得他来洛阳,大有深意,若非任务指派,这样的公子少爷怎么会离开南京的温柔富贵乡,纡尊降贵地来到洛阳?"

刘峙:"你的意思是?"

卢启斋:"蒋主席应该是提前作了两手准备,一旦开战,洛阳必是他的战略之地,这位谢大公子是提前考察来了。"

刘峙:"你是说,蒋主席会……"

卢启斋郑重点头:"极有可能,若果真如此,机会就在眼前,刘主席治下的河南,便是举国引颈而望的中枢之地了。"

就在所有人都认为日本人开出的条件得到满足,不再会挑起战争之时,当夜十一点三十分,日军猛攻闸北,并持续增兵,到次日天亮时,日军在装甲车掩护下全面推进,日机也由"能登吕"号母舰起飞,对闸北、南市一带狂轰滥炸,中国驻军奋勇抵抗,市街到处起火,火焰漫天,战斗极为激烈。

战事一起,刘峙和卢启斋便得到了消息,二人一夜未睡,守在电话旁随时等候最新战况。听得十九路军血战不退,敢死队勇士拼死向前之事,刘峙慨然道:"倭寇欺我太甚!大丈夫当披坚执锐,血溅沙场,恨此时不在上海,不能亲手毙敌!"

卢启斋并未接话,只是翻阅着雪片般送进来的电报,忽然开口道:"蒋主席复出了,身份是军委会委员,整体负责调动军队,指挥沪战,而且他制定了对日抵抗和交涉的底线,是不能妨碍行政和领土完整,若是到了不能退让的防线,便要与日决战,哪怕战败而亡,在所不惜!"说完,他长长松了一口气:"蒋主席有这番决心,上海必不至沦陷!"

刘峙闻言拍案而起:"正该如此!若是任由倭寇在中国横行侵略,不如决一死战!"

卢启斋:"上海离南京太近,不到三百公里,所以南京政府方面已经在紧急商议迁都之事了,洛阳应该也在备选商讨之列,蒋主席大约是力主迁都洛阳的。"

刘峙:"启斋兄,你真料事如神!"

卢启斋:"若非谢君锡来到洛阳,我也没想到这一层,接下来,我们要立即为迁都作准备了。"他起身踱步,"洛阳不比南京,南京政府整个搬迁过来,连办公和住人的地方都不够,必须尽快清点可用之地。即便如此,至少也要委屈个一年半载,才能等到新的办公楼和官邸建造完成,而且整个城市都要进行修整改造和扩建,总要艰苦上几年,才能有个都城的样子。"

刘峙:"启斋兄,这件事就交给你来办,你整体主持配合南京政府迁都洛阳的筹备接洽,需要任何部门配合,你只管安排就是。"

卢启斋并不推辞:"看来,我要和那位提前来洛阳考察的谢大公子有一番交往了。"

贺扶光来见周掌柜的时候,周钧儒就知道自己逃不过一场家法了。

贺扶光原本就知道周钧儒与祁书瀚交好,此次前来又带了卢县长的传话,告知周掌柜前几日他在县政府门前以周记药行少东家的身份公然喊话之事,将周掌柜气得几乎倒仰,送走贺扶光后,忍着一腔紧张和怒火回到厅堂,厉声向周钧儒喝道:"你给我跪下!"

周钧儒心下惊慌失措,父亲话音刚落,他就干脆利索地跪了下去。

周掌柜:"你倒是乖觉,现在知道自己惹下何等大祸了吧?!"

周钧儒:"前几天路过县政府,偶遇了康老先生,韩先生与康老先生是几十年旧交,因此停车说了几句。"

周掌柜："要只是说了几句,卢县长何至于特地传话警告?"

周钧儒："祁校长的夫人被县政府扣留了,康老先生在门口要求放人,我和韩先生觉得此举甚是荒唐,一县之长公然扣留良家女子,令人不齿,我于是支持了康老先生几句。"

周掌柜咬牙点了点头,忍着气道："你倒是道德君子!难道不知道祁书瀚入狱,康家必然要救他?还跟着起哄,唯恐卢县长不把你连坐成通共分子!"

周钧儒低了头："我也没想到卢县长会做出这种事,摆明了挟持祁夫人逼他招供,这样卑鄙的手段,谁能看得下去?"

周掌柜："我前几天怎么警告你的?"

周钧儒顿时面红耳赤,半晌才回话："若是再敢管祁书瀚的事,动家法打断腿。"

周掌柜："你既然记得如此清楚,还敢明知故犯,再不狠狠教训,下次不定惹出什么连累全家的祸事来!"

几乎二十岁的人,还要在前厅当众挨家法,周钧儒只觉脸面早已烧得发烫,然而确是自己不遵禁令在前,又有卢县长传话警告在后,哪里还敢求饶争辩?他近乎哀叹地看了一眼自己的双腿,便被两个长工一头一尾按在了凳子上。

父亲明显动了真怒,板子几乎抡圆了狠打,每一下都挂着风声,不过三五下就疼得他全身汗透了。跟了周家十几年,他从未挨过如此重打,十几板子下去,他甚至怀疑父亲真的会打断自己的腿,因为他已经感觉到骨头都被震得发颤,若就此残疾了,又瘸又拐,下半辈子可怎么过?

他不禁恐慌了起来,如果只是挨顿狠打,哪怕十天半月爬不起来,也没什么大不了,但若因此送了两条腿,这代价实在是太大。然而父亲的板子丝毫没有停下来的意思,他不得不酝酿着找个合适的时机求饶。

恰在这时,汉川忽然跑了出来,也不知他小小年纪如何从内院跑到了前厅,一见父亲发狠地打周钧儒,立刻哭喊起来："老汉儿,不打哥哥,不打哥哥……"

汉川自上次高烧之后,便一直不肯说话,有些痴傻之状,今日忽然开了口,周掌柜顿时惊喜不已,将板子"咣当"扔在地上,一把抱住小儿子:"汉川,你怎么来了?"汉川依旧是喊着"不打哥哥",周掌柜连连道:"好好好,不打哥哥……"

周钧儒一见父亲开始哄汉川,暗道自己这两条腿算是保住了。他趴在凳子上站不起来,扭头却见铁顺儿向他递了个眼神,便知汉川为何出现得这般及时了。他感激地向铁顺儿笑了笑,又疼得直抽冷气,下半身全然不听使唤,只盼着父亲赶快说句话,放过自己这一马。

然而令他没想到的是,父亲哄了汉川一阵,就让铁顺儿送他回去,伸手再次拿起了板子。恐惧瞬间席卷了他的全部心神,这一次他是真的怕了:父亲是铁了心要把自己打断腿吗?

他趴在凳子上,全身都在拼命地哆嗦,甚至忘了身后的疼痛,眼看父亲重新抡圆了板子,他吓得直接滚落在地:"爹,爹!求你留下我的腿,不要真的废了我……"

周掌柜:"留下你的腿,继续跑出去惹祸?祁书瀚的学校里窝藏着共党,他们还煽动了上万人的农民暴乱!你要是被共党牵连了,整个周家都得陪着你送命,我宁可打残了你养一辈子,也不能看着你跟他们牵扯不清!"说着,他蹲下身来,直视着周钧儒:"你知不知道,这卢县长是河南省主席刘峙的亲信?刘峙就是靠着杀共产党上去的!就算打断你的腿,周家也必须撇清和共产党的关系!"

周钧儒吓得话都说不出来,惊恐地抬起头,却第一次在父亲和善的脸上看到隐忍决绝的神色:此次家法教训,必须让卢县长"满意",周家才能过得了这一关。

在父亲不容置疑的逼视下,他不得不挣扎着再次爬到凳子上:既然父亲已经做了决定,自己也唯有听凭处置了。

后来,周钧儒说起这段经历,总是开玩笑说,共产党没得天下的时候,他就为党组织流过血了,可惜没人知道自己这份"功劳"。

那一天,他不知道到底挨了多少打,只记得最后是在凳子上昏了过去,黄昏时分醒来的第一件事,便是不顾一切地抬起了两条腿,然后惊喜地发现:腿并没有断。

眼泪瞬间如雨般落下来,父亲到底是舍不得自己,没有真的下狠手。自己公然在县政府门前自报名号,指斥卢县长扣留祁夫人,开罪"现官"闯下大祸,以当局搜捕共党大肆牵连的作风,很可能便被连坐其中,只是挨一顿家法,已经是宽纵了。

接到"迁都洛阳"的正式通知后,谢君锡立即在临时行署拨通了河南省主席刘峙的电话,要求派员接洽迁都事宜。随即,刘峙派了偃师县长全权接洽指挥,洛阳市长予以配合。

对于这样的安排,谢君锡颇有几分诧异,洛阳市长亲自配合自然是责无旁贷,可偃师只是洛阳下属的一个县,怎会由偃师县长越级指挥洛阳市长,全面接洽迁都事宜?

来洛阳之前,他是做过一些功课的,卢启斋与刘峙的关系,他也有所了解。

卢启斋接任偃师县长,本就是为扫清栾易钦留下的烂摊子,并继续追剿共党组织,县公立小学早已在他的注视之下,这次武装暴动苏子竟被捕,恰好给了他一个抓捕祁书瀚的借口。

谢君锡心事重重地叹了口气。

自己作为杨先武的阶段已经终结,组织上另给了他新的任务——潜入南京国民政府。所以,他不得不恢复了本来的身份:与黄兴并肩作战过的革命元老谢长治膝下大公子。作为谢家长子,他并不是一个令父亲满意的孩子,三番五次叛出家门,甚至有过几年不被家族承认的经历,而那几年,正是他隐藏身份加入共产党的时期。

一年前,他被要求停止在河南的地下工作,潜入南京国民政府,而唯一快速的方式,便是恢复自己在谢家的身份,再由父亲出面,安排一个国民政府里的职位。为此,他在谢家门前跪了一天一夜,表示"痛改前非",又加上一些叔叔伯父竭力说和,蒋主席也亲自派人劝解,并在行政院给他留了个处长的职务,父亲才终于同意他进家门。

进了行政院,同仁们都知道这是革命元老的太子爷,处处以他为尊,并不敢辛苦了他。但谢君锡做事极为认真,几度得到蒋主席的夸赞,交给他的工作越来越重要,直到此次被委以重任,到洛阳考察迁都事宜。这一安排极为高明,一个小小的处长离开南京到洛阳公干,并不显山露水,但作为谢长治的大公子,又有蒋主席的授意,考察洛阳可否作为都城之事,身份上又极为便利,也给了他很大的机变行事权力。

面对倭寇的侵略,谢君锡恨不得亲上前线,洒一腔热血奋勇报国,然而蒋主席却做好了长江流域国土尽丧,撤退洛阳再作长期抵抗的准备。他职位低下,没有说话的权利,只能接受这个早已成为定局的"考察任务",而南京方面,此刻依然在激烈讨论究竟迁都何处。北平、西安、洛阳、武汉、重庆,五座城市都在讨论之列,但最终的结果,只能是蒋主席早已深思熟虑过的洛阳,开会,只是走个过场而已。

另一方面,就是接到组织上的秘密任务:营救祁书瀚。

他考虑过许多营救方式,但最终决定,正大光明地进入县政府,直接会见祁书瀚。祁书瀚知道自己的共党身份,第一眼一定会将自己视为"叛徒",但只要给他一个信号,便能迅速达成共识。同时,公开会面,能避免一个致命的问题:一旦他们找到了指认祁书瀚的证据,自己可进可退,不会因为他是共党而受到牵连怀疑。

当然,这一切都基于祁书瀚没有"变节"的前提,河南党组织曾因同志叛变遭遇过大清洗,惨烈的牺牲让地下工作变得更为隐秘和谨慎:

若祁书瀚未变节,则救之;变节,则杀之。

对于这样的命令,他深刻理解,又无比痛心。他与祁书瀚虽只有两面之缘,但对于这个眉目舒朗、一身书卷气的同辈年轻人,他是很有好感的。因为常年从事教育工作,祁书瀚的说话方式很是简洁明朗,娓娓道来,他的品性也极为坦荡，就像一个永远站在阳光里的人，不曾被黑暗笼罩过。

在进入县政府的那一刻，他的心是狠狠绷着的。

幸好，一见面他就确定了，祁书瀚还是忠诚的革命同志。

见过这次面，祁书瀚的性命，应该算是保住了。卢县长也好，刘峙也罢，都不会因为一个没有证据的共党嫌疑分子，与自己这个革命元老"太子爷"、蒋主席特派洛阳迁都考察的"钦差"产生龃龉。

接下来，他就要亲自与卢启斋会面，商谈迁都的详细安排了，届时再稍作争取，释放祁书瀚并非难事。

民国二十一年一月三十日，南京国民政府军委会蒋委员长发表《告全国将士电》："我十九路军将士既起而为忠勇之自卫，我全军革命将士处此国亡种灭、患迫燃眉之时，皆应为国家争人格，为民族求生存，为革命尽责任，抱宁为玉碎不为瓦全之决心，以与此破坏和平、蔑视信义之暴日相周旋……全国将士宜踔厉奋发，敌忾同仇，枕戈待命，以救危亡……余愿与诸将士誓同生死，尽我天职。"

同日，国民政府发布《迁都洛阳宣言》，除军委会和外交部留驻南京，其他部门全部迁到洛阳，古老的神都洛阳再次成为全国瞩目之地。然而要容纳庞大的国民政府，对这座城市来说却是难以承受之重任。

刘峙在接到迁都洛阳的正式命令后，立即派卢启斋亲赴洛阳，与谢君锡当面接洽。洛阳城形制地图被摆在桌案上，洛阳市长向谢君锡讲解何地可以征用，建筑形态如何。三人又亲自在洛阳城内勘察踏访，一一考察所选之地的情况，最终确定了各机关部门的驻地，并为时任国民政府主席林森和一些要员选择了临时居住之所。

一切计议已定，洛阳市长不及应酬，便忙碌着去筹备建筑民宅征用事宜。卢启斋则安排了一桌官场水席，代表河南省主席刘峙为谢君锡接风。席间，卢启斋自然是句句恭维："谢处长年纪轻轻便有如此风采，又深得蒋委员长信任，一时才俊，前程不可限量，令人钦羡。"

谢君锡却一副无所谓的姿态："卢公太过捧我，我在谢家的名声，谁不知道？大家都知道我这处长位置怎么来的，背地里各个叫我公子哥儿呢。"

卢启斋没料到谢君锡竟是这样的性情，随即拊掌笑道："谢处长果然快人快语！性情中人！"

谢君锡："我在行政院里做事，做好了，是托父亲荫庇；做坏了，是谢家不肖子，总是脱离不了这个姓氏身份，至于有没有真本事，根本没人在意。只要我背着这个姓氏，就永远会有人觉得，我所得到的一切，都是因为有个好父亲。"

他这般作态，卢启斋越发认定这就是个公子哥儿，竟在初次相识的人面前如此抱怨，可见确实心无城府，于是宽慰道："谢处长也不必在意别人怎么看，人活一世，总要做些快意平生、一展才学的事，他们怎么看是他们的事，你心里明白自己，何必天下人皆是知音？"

谢君锡："卢公知我！但是若说起知音，本地倒有一个，就是我前天去贵县看的那位小学校长，祁书瀚。"

卢启斋没想到他竟这样明确地提及了此事，于是问道："谢处长这话怎么讲？那祁书瀚与你是故交，还是？"

谢君锡："我被家里赶出来过几年，这事想必你也听说了。"

卢启斋只得陪着点头。

谢君锡："我当年流落洛阳的时候，去过偃师，在街上偶然遇到了祁书瀚，觉着不过一介酸教师，能有什么意思，没想到聊起来却很有见识。因此，我就在他宿舍住了几天，相谈甚欢，结为至交，后来才知道，他老师杨勉斋先生与我父亲也有些渊源。他不在乎我的家世，只跟我谈书论文，畅语古今，真卧虎藏龙一般的风流人物。"

卢启斋："你这评价，我倒是认同，祁书瀚确是少见的才学之辈，只可惜，谢处长可能交错人了。"

谢君锡诧异道："卢公这话什么意思？"

卢启斋："这祁书瀚，可能有通共嫌疑。"

谢君锡满面不可思议地看着他,忽然摇了摇头笑道:"不可能,绝无可能,祁书瀚若是通共,那岂不遍地赤匪了?"

卢启斋:"此话一点儿不假,他的学校里就出了个共党,还煽动了农民暴乱,被捕之后供认不讳,祁书瀚身为校长,怎可能不知道共党就在身边? 他是摆脱不了嫌疑的。"

谢君锡似乎惊得酒都醒了:"真有这事? 仔细问过了吗? 他自己怎么说?"

卢启斋摇了摇头:"并没有找到证据,但是谢处长对他不知根底就轻信结交,还是年轻不能识人,太过草率了。"

谢君锡松了一口气,依旧恢复了全然无所谓的神色:"我就觉得上头对共党太敏感,哪有那么多共党,天天抓月月抓,反反复复地剿,最后到底抓到了多少? 看哪个人都怀疑通共,大肆牵连,搞得人心惶惶的,连没有证据的都抓起来了,浪费时间精力去审讯,最后不也一无所获?"

卢启斋:"谢处长,你真以为这祁书瀚是无辜被冤的吗?"

谢君锡:"没有证据,怎么定罪? 只要定了罪,人家就可以喊冤。"

卢启斋严肃道:"除了谢处长,这两天之内,已经有两拨人打着各种事务的名义要求放祁书瀚了,区区一个小学校长,不过在县政府扣留了几天,就有这么多人要救他,你觉得这事简单吗?"

谢君锡:"两拨人? 谁?"

卢启斋:"一拨是杨勉斋先生的学生,要搞同学会;另一拨是敝省的几位书画家,要捐画助学,两边都点名请祁校长出席呢。"

谢君锡:"这么巧合?"

卢启斋:"谢处长真以为是巧合? 你不妨猜猜,短短几日之内,这两拨人都要见祁书瀚,暗示我放人,为什么? 背后是什么人在指使?"

听卢启斋如此说,谢君锡心中暗道不好,若只自己一人营救,还不至引起卢启斋太大警觉,另外两拨人的加入,却让事情变得复杂起来了,越是巧合,越让人怀疑祁书瀚身份可疑,反而弄巧成拙了。此次纵然卢启斋迫于局面放了人,以后也必然处处盯紧他,地下工作就更难以开展了。

临近年下,上海的战事也好,国民政府迁都洛阳也罢,大部分百姓是不关心政事的,县城和乡镇每年的大戏还是要唱起来的。

李坤和带着曲子班在偃师唱了几天,郑好儿的名声便打响了,人人皆知有个唱曲子的小坤角,嗓音清亮婉转,高亢入云,身段干净利落,英姿飒爽,每次登台都是喝彩声一片。李家班因此红遍一方,各县城村镇都争着写他们的戏,竟一连排出了正月。

郑好儿连唱三日,每天留心着往台下看,未见到周钧儒来捧场,便有些泄了气,下了场便问李坤和:"李老板,怎么周少东家还不来看戏?他前几天说了要来捧场的。"

李坤和随口道:"应该是过年比较忙吧,他最爱听戏票戏,只要有时间,就一定会来。"

郑好儿:"可是这都到祭灶日了,偃师唱完这几天,就要去别处了,再想请他听戏,不定等到什么时候呢。"

李坤和:"那能怎么办?总不能硬去请他来吧?倒显得我们贪图周家的赏钱。"

郑好儿低了头,有几分失落,轻轻叹了口气:"他还没听过我的戏呢。"

李坤和:"你想说什么?"

郑好儿稚气未脱的脸上带出天真:"明天白天又没有戏,我们去给周家拜年,哪怕清唱一段,也让他知道我唱得好了,没给他丢脸面。"

李坤和哑然失笑:"你这丫头,周少爷哪会觉得你给他丢不丢脸面,当初救你也是一片善心,人家压根没放在心上,上次去都不认识你了呢。"

郑好儿神色更加低落,手指绞着头发,闷闷地叹着气,过了一时竟落下泪来。

李坤和只道她放弃了这个念头,自去忙着与众人收拾衣箱行头,过了一阵回过身来,却见她悄声流泪,急忙上前问道:"好儿,你怎么了?"

郑好儿摇了摇头,眼泪却越发止不住:"没怎么,就是觉得,我一心一意地好好学戏,想着有朝一日唱红了,再见面也让他高兴一回,可是他都不记得我了……"

李坤和急得连连叹气:"也是我随口一说,你怎么就往心里去了?你当初瘦得跟猴儿似的,又穿得破破烂烂,猛一见面,谁能认得出来?"

郑好儿:"就因为我现在不是当初的样子了,也能唱几个戏了,才想让他看一看。"

李坤和无奈叹道:"这孩子魔怔了,罢了罢了,明天我们就去看他,如果周少爷有空闲,你就给他唱一段,行不行?"

郑好儿这才收了眼泪,认真点了点头,应了一声"好"。

第二日,郑好儿特地穿了平日不舍得穿的新衣裳,跟着李坤和来到伊河镇周家宅院,叩门询问周钧儒是否在家。

开门的长工见是两个生人,便回说大少爷今日不太方便,不能见客。

李坤和尚未说话,郑好儿便急道:"他不方便?没有空闲吗?你跟他说我是郑好儿。"

长工无奈地摇了摇头:"谁来都不能见,大少爷病了,得养一阵子才能好。"

郑好儿更急道:"病了?前两天见面还好好的,怎么就病得不能见人了?"

长工叹气道:"前两天好好的,也防不住这两天生病啊,你们先回去吧,大少爷这病,要养上十天半个月。"

郑好儿震惊道:"怎么病得这么厉害?要紧吗?"

李坤和连忙拉住她:"好儿,不要胡说!"随后客客气气向那长工说道:"我们来得仓促,不知道大少爷病了,等他方便的时候,您给带句话,就说曲子班的李坤和跟郑好儿来过。"

郑好儿被李坤和拉着离开周家宅院,坐在雇来的马车上时,竟有些失魂落魄的情状,一路不停地回头,直到远远地离开伊河镇,完全看不见了,才低了头,闷闷地坐着出神。

周钧儒自那日受了家法,完全不能起身,只得终日卧床养伤,虽有上好的金创药,却也备受伤痛折磨,时时疼得意识模糊,不过一两日,整个人就憔悴得脱了形。

然而听得长工进来传话,说李坤和与郑好儿来过,他立即急切道:"怎么不让他们进来?"长工无奈道:"大少爷伤成这样,怎么见他们?"

周钧儒方才着急动了一下,疼得嘶嘶抽冷气,想了想便道:"你去替我办件事,拿两块大洋,再买半匹红绸,送到他们班里去,就说是我给郑好儿添彩的……不要声张,别让我爹娘知道。"

那长工拿了钱出去,果然送到了李坤和的班子,郑好儿一见周钧儒送来这些,顿时雀跃起来,当晚便把红绸挂在台上,唱了个满堂彩。散场后又把那红绸认真收起来装进包袱,与她最珍视的彩衣戏服放在一起。

韩履霜虽住在周家,却始终闭门不出,除了厨房送去一日三餐,几乎不与任何人往来,住处竟似周家宅院里的孤岛一般。直到他看完了周钧儒留下的几本典册,想要换上几卷,才知晓周钧儒挨打重伤之事。

他心下着急,让人带着去了周钧儒的屋子,一见往日清朗卓然的年轻人此刻病气恹恹地趴着,全然没了风采,顿时心疼起来:"卓先,伤得怎么样? 你父亲为何下手这么重?"

周钧儒苦笑:"我也不知道自己为什么要挨这顿打,就因为我关切祁先生的事,父亲动了真怒,唯恐我被共党牵连,没打断腿已经是手下留情了。"

韩履霜略一思索,竟赞同道:"周掌柜此举做得对,当机立断,确是商贾之才。"

周钧儒惊诧道:"韩先生,这话怎么说?"

韩履霜:"身在商界,确实不该牵连政治党派之争,你是周记药行的少东家,却对祁书瀚的事过分关切,还胆大包天地要救他,这事对周家很有风险,站在你父亲的立场上,他当然要杜绝发生风险的一切可能。"

周钧儒："可是我真的希望祁先生平安无事,他那样的人不该被冤屈而死。"

韩履霜："他当然不该死,但你的身份也不该管这样的事,因为你姓周,你的立场就代表周记药行的立场。"

周钧儒茫然不解："韩先生,您还要去南京政府,申明反日大义,我堂堂七尺男儿,为什么不能救一个爱国的祁书瀚?"

韩履霜："你是你,我是我,你永远要知道,在什么立场,就要有什么态度。还记得我之前跟你说过的话吗?乱世之道,有为玉碎者,有为瓦全者,两者皆不可缺,但只能选择其一,而你的性情,当是个瓦全之人。"

周钧儒脑中轰的一声巨响,当初韩履霜对他说的话瞬间明了起来,那时他听不懂其间的深意,此刻竟一一透彻了。原来自己注定了要做一个隐忍的人,身上背负了太多的责任,便由不得自己任性而为,做任何一件事,都要思虑周全,再做取舍。

祁书瀚、韩履霜这样的人,都是活在高远的理想之中。祁书瀚的书生意气、率性坦荡,韩履霜的超然世外、刚介直行,都深深地吸引着他,然而他却永远成不了这样的人。他在父亲的培养和厚望下,已渐渐成长为周记药行的少东家,逐渐年老的父母亲和年幼的汉川,遍及河南、湖北、川地的生意,各地药行的几百号伙计,都将成为压在他肩上的重担,这一切,都需要他像父亲一样隐忍求全,驾着周家这艘船在风雨飘摇的江河中艰难且极尽安稳地前行。

那一刻,他的心忽然平静下来,连身上的伤都不再撕裂着疼痛,和未来要承担的沉重责任相比,这点儿伤痛,算得了什么? 家法重责自己的父亲,所承受的远比自己更多。

韩履霜不再多说,只是在架上拣选着珍本书籍,他苍老却依旧孤傲的背影,看得周钧儒心里一阵阵羡慕,恣意潇洒地活着,竟是这样不可及的奢望。

一份随手摊在书桌上的报纸,忽然吸引了韩履霜的目光,那上面赫然一行大字:《国府暂迁洛阳办公》,其后版面上分别刊登了《迁都洛阳宣言》和《前总司令蒋中正发通电》,报道中南京国民政府的态度极为强硬:"国府宣言对日采取正当防卫,蒋中正通电全国将士枕戈待旦,抱玉碎之决心,与暴日相周旋……"

韩履霜直直盯着报纸上的文字,声音冷静得有些异乎寻常:"倭寇侵入上海? 南京政府迁都洛阳?"

周钧儒觉察出他的异常:"韩先生?"

韩履霜充耳不闻一般:"一月三十一日刊载的消息,这是昨天的报纸了,也就是说,南京政府此刻正在迁来洛阳的途中?"

周钧儒有些焦急:"韩先生,你……"

韩履霜:"一月二十八日,你接我回来那天,上海就已经开战了,我这几天两耳不闻窗外,竟不知道发生了这样的大事。"

周钧儒看着似乎已沉入冰冷绝望中的韩履霜,一时竟不知如何唤回他的注意力,只得眼睁睁看着,听他继续自言自语道:"侵占东北刚刚四个月,上海又要沦陷,堂堂中华之地,真要落入日寇之手吗?!"话音刚落,一口黑血重重呕在地面,但他手里依旧抓着报纸不放,一步步踉跄着向门外走去。

周钧儒惊得不顾自己重伤在身,猛地一翻滚落下床:"韩先生! ……来人,快来人!"

周掌柜赶到的时候,韩履霜已经恢复了平静。呕出一口黑血之后,他似乎精神清明了许多,甚至步态都轻盈起来。大夫把过脉之后,也表示脉息沉稳,并无大碍,许是这口血在心头压得久了,猛然吐出来,反倒血脉通畅了。

听大夫这样说,周掌柜和周钧儒都放下心来,韩履霜却急于离开,他本意是前往南京,如今国民政府迁来洛阳,反倒就近方便了。周掌柜和周钧儒苦留他年后再走,他却坚决请辞,父子二人无奈,只得让人替他收拾一些简单日用之物,安排了马车,第二日一早,便派人跟着他前去洛阳。

临行之前,韩履霜忽然对周钧儒道:"卓先,有闲暇的时候,去山上收拾一下那座院子,以后我也不会住了,就留给你做个念想吧。"周钧儒欲待说些什么,韩履霜却已放下车帘,让伙计赶车上路了。

国民政府机关在洛阳的办公地为前朝的府尹衙门,也是明朝福王朱常洵的旧府。据说当年为营建福王洛阳府邸,万历皇帝批银三十八万两,府邸建设规模宏大,建筑奢华无比,足可媲美皇宫,如今虽已陈旧,但依然是洛阳城中最为气派的建筑。如今这座府邸的中式正门上,临时嵌了"国民政府"的牌子,且涂了金漆以壮观瞻,门口还设了两个警卫岗亭。

韩履霜站在行都国民政府门前时,浩浩荡荡一千余人的队伍正在拥入洛阳,府尹衙门门前停满了黄包车、军用卡车和各式车辆,忙碌的政府职员和军人警察们正在卸车搬运各类文件案牍、设备什物,整个场面显得极为壮观且混乱。

这些人一边忙碌,一边抱怨。与南京比起来,洛阳的条件极为简陋,这样一座古老的城市里突然拥入大量高官权贵,一时冠盖云集,然而各个垂头丧气。因为在这座完全没有进入"文明摩登时代"的洛阳城里,既没有洋楼,也没有地板,更没有新式的抽水马桶,西洋大餐就更稀有了,狭窄的街上坑坑洼洼,甚至连电灯也没有,迁都首日,便无一人满意。

韩履霜这样一个孤傲干瘦、须发皆白的老人,站在遍地显贵的人群里,竟似与周围格格不入,仿佛来自另一个世界。

眼见无人理会自己,他让洛阳周记药行的伙计取了纸板笔墨,写了大大的几个字:"韩履霜求见国府主席,抗倭大义,可战不可退!"

他坐在国府门前的石头上,将这幅字擎在身前,来来往往进进出出的人群在他眼前穿梭,却没有一个人停下来,更没人理会这不知是何来历的老人。偶有知道大画家韩履霜的人,也只是与人低语两句,便故作无视地在他面前走过,绝口不说一句话。

日侵之际,危急之秋,纵然蒋中正发出了"决一死战"的呼吁,但国民政府还是撤出了南京,面对这样一个公然要向国府主席建言"抗倭可战不可退"的执拗老人,谁敢接他这一纸声明?林森主席见与不见,那是主席的事,高官权贵们没有发话,办事职员们更是缄口不言。

从日头偏西到太阳落山,韩履霜一直颇有耐心地等待着,希望有人为他通报,然而直到所有的文件和办公所用之器物都搬了进去,国府机关人员也都陆续离开了衙门。天色完全暗下来,门前只剩了几辆黄包车,却始终没人和他说过一句话,更不会有人为他通报国府主席林森。

他终于站起身来,向岗亭的警卫说道:"请问,能否为我通报国府主席,韩履霜请见。"

警卫看着他,眼神就像看疯症之人:"林主席日理万机,如果每个人都举着一张纸请求见他,他老人家忙得过来吗?"

韩履霜:"林主席若是无暇,行政院长、军事委员也可。"

警卫:"你这老头怎么这么不懂事?政府迁都,多大的事!这么多人刚从南京过来,多少事务要安顿?你就算天大的事,非得赶这个时节来搅扰?"

韩履霜点了点头:"站在你的角度,这样说话确实有理,我不难为你。"

说着,依旧回到石头上坐着,将那纸板擎在身前,他的身影在国府门前刚刚挂起的两盏灯笼的微弱光下,显得格外孤寂,仿佛淡得要融入寒冷的薄雾中。

周记药行的伙计看他如此,忍不住赶过来劝道:"韩先生,这些人不会理会我们小老百姓的,您在这里等也没用,不如先回药行,明天再来。"

韩履霜目不斜视道:"你先回去吧,我有要紧事,必须等在这里。"

伙计:"可是天气这么冷,您老的身子怎么扛得住?"

韩履霜:"穿厚点儿就行了,你不必为我担心。"

伙计见他极为坚持,只得跑回周记药行,取来一件老羊皮袄,一暖壶热水,又去街边端了一大碗热汤面,照顾他披上皮袄吃了饭,就见他又将那张纸板拿了起来,依旧对着国民政府的大门而坐,仿若雕塑一般。伙计无奈,只得在一旁背风处偎着,过一时半刻就出来看一眼。

夜里起了风,韩履霜孤独的身影依旧倔强地静坐着,如霜的须发随风飘摇,双手紧紧地捧着纸板,那几个字在昏暗的灯下看起来有些模糊,朦胧得仿佛这位沧桑老者最后的坚持。

将近年关,仓皇迁都的国民政府官员并没有安稳的年可过,从决定搬迁到移驻洛阳,只有短短三天时间,火车运力也并不充足,很多人根本无法携带齐备的行李,一到洛阳,顿觉处处不便,加之住宿紧张,很多人只能临时征调民房居住。更为不便的是,洛阳城中夜里一片漆黑,国府主席的官邸也只能点上几个小时的烛火,其他官员便只能早早摸黑睡觉了。

这般艰苦条件下,官怨沸腾之声几乎彻夜不息,寂静的夜里不时传来几句低声咒骂,然后又很快消失在漆黑的夜色里。

高官显贵在为国民政府的未来担忧,普通职员在为自己的生活境遇惆怅,人人皆有愁苦之事,所以没有人关心在如此寒冷漆黑的夜里,第一天成为国民政府办公地的府尹衙门门前,一块石头上坐着一位垂暮老者,在为抗倭大义做着无声的坚持。

他被奉为画坛巨匠,他的画作也被不少高官收藏品赏,然而他为反日发出的声音,却被这些人选择性地忽视了,从军阀混战民不聊生而葬笔退隐,到日寇侵略愈演愈烈而重出呼吁,他做的所有抗争都毫不起眼,却带着他一身高贵不屈的倔强。

天渐渐亮起来的时候,窝在背风处的伙计浑身酸疼地醒来,伸了伸冻得有些麻木的手脚,看了一眼依旧静静坐在那里的韩履霜,没敢打扰,急忙回药行略收拾了一下,带了热馄饨和包子来。

等他赶回国民政府门口时,天色已经大亮,十几个人围在韩履霜身边,指指点点似乎在说些什么。伙计急忙走上前去,一见韩履霜,顿时惊得手里的馄饨碗跌落在地,裂做几片。

韩履霜稳稳地坐在那里,双眼紧紧盯着国民政府的大门,手里的纸板也端端正正捧在身前,墨迹厚重的大字力透纸背:"韩履霜求见国府主席,抗倭大义,可战不可退!"

这几个字与他作画的风格全然不同,他的画笔下,山水皆是清微淡远、宁和恬静,画上题诗的小字,也都一派轻灵,藏家们最爱的便是他笔下超然物外、远离尘俗的山水风物,甚至将他与唐时王摩诘并提。很难想象,这样厚重的书法,竟也出自韩履霜笔下。

但是这一切品评，韩履霜已经听不到了。

他的身体已完全僵硬，双目再不能阖上，而且也再不能请见林主席，亲口向他痛陈抗倭大义，他就像一座石碑一样坚定不移地守在这里，将自己的生命永远定格在了洛阳国民政府门前。

国府主席林森清晨来上班的时候，第一眼，就看到了被围在人群之中的韩履霜，那几个浓重的大字，在阳光照射下竟泛着奇异的黑红颜色，仿佛墨中滴了血一般。

他面沉如水，郑重脱帽向韩履霜的遗体三鞠躬，而后回身问道："韩先生在这里等着，昨天为什么不通报我？"

没有人回答他的问话，围观的官员们面面相觑，纷纷摇头。

他看向岗亭上站着的警卫，那警卫顿时慌了起来："属下是今天早晨刚换的岗，昨晚的事并不知道……"

林主席叹了口气，说："国难当头，多事之秋，有如此节烈之士，足振我中华精神。我一个退守的主席，无颜面对先生，安排厚葬，把这幅字送到我办公室，让我时时引以为戒。"说完，他转身走进了国民政府大门，黑色大衣被风卷起，仿佛低垂了的旗帜。

国民政府迁都第一天，便有人激愤而死，无论从民心向背还是风水国运而言，都是一件不祥之事，私下悄悄议论者不在少数。但韩履霜的死，在官面上并未引起太多声音，国民政府的高官们几乎不再提起此人，他那句"可战不可退"，仿佛人人都不能言的禁忌一般。虽然那幅字就在林主席的办公室里，但大家都知道，这位主席不过一位性情温和的傀儡罢了，真正大权在握的，是那位极善隐忍退让的委员长，谁敢将这样的事说与他知道呢？

二三　开释归来

祁书瀚终究是被放出了县政府。

多方盯着这个案子,卢启斋知道在无确切证据的情势下,已很难再将他扣留审讯下去,更无法将他处死以绝后患,尤其是谢君锡,他不得不给这位"太子爷"一份情面。此人看起来行事不羁,浪子放荡,却是委员长的亲信之属,顶着"天子近臣"的身份,随意颠倒黑白几句,莫说自己,便是省主席刘峙也要使出一身解数来分辩。

但是他也不会轻易放祁书瀚离去,这个聪明绝顶的年轻人,让他觉得颇为耐人寻味。哪怕祁书瀚是共党,与他"过招"的过程也倍觉棋逢对手。

再次见到祁书瀚,还是在当初扣留他的那间屋子,但他却没了那时从容若定的风采,两日两夜的刑讯,给他的身体带来极大的损伤,哪怕已过去几日,依旧起身行走艰难。

卢启斋谦和地笑着:"书瀚,几日不见,你受苦了。近几天忙着国民政府移驻洛阳的事,没有闲暇照顾你,莫怪我怠慢。"

祁书瀚虚弱地摇了摇头,也笑道:"卢县长客气,若非您怠慢了几日,我哪里还有命在? 只是南京政府移驻洛阳怎么回事? 南京失守了?"

卢启斋:"怎么? 你很希望南京失守?"

祁书瀚："你若认定了我是共产党，我自然说什么都是反国民政府的。"

卢启斋："南京没有失守，但是日寇入侵上海了，如今战事正烈，倒让我想起你当初呼吁抗日的投书来了，日本人确实步步紧逼，中国也诚然到了生死存亡之际了。说起来，我真是欣赏你的才学和格局，太过可惜了。"

祁书瀚："可惜什么？中国人在内战，日本人在侵略，等到你我都成了亡国奴的时候，日本人可不在乎谁是什么党。"

卢启斋："你是不是共党，已经无需再说，你我心知肚明，但是我没想到会有那么多人来营救你，若只你我二人，我定能让你从实招供。"

祁书瀚："你不是已经逼着我招供了吗？若不是你执着于找到证据，直接将我定罪杀了，谢兄就来不及救我，我现在也就没机会和你对话了。"

卢启斋："只杀你一个，没什么意思，何况，我也真有几分舍不得杀你，这样的人才确实难得，我一直希望你能迷途知返，但如今知道，你是不会回头了。"

祁书瀚："卢县长今日来此，应该是宣布我无罪释放，送我回去的吧？"

卢启斋拊掌而笑："果然是聪明过人，我确实不得不放你回去了。"随即，他从随从手里拿过那几本俄文书，亲自递给祁书瀚："这俄文，确实值得好好学一学。"

祁书瀚："中山先生不也曾说过联俄联共吗？那时候年纪尚小，跟着买了几本学一学，谁知道后来就改了局面，如今政府里也没人把中山先生的主张当真了。"

卢启斋："俄文书籍如今是什么嫌疑，你自然清楚得很。祁校长你记着，从今日起，你无时无刻不生活在我的监视之下，当初小栾被你钻了空子，我卢启斋绝不会给你这个机会。"

祁书瀚："卢县长的话，我不明白。"

卢启斋："你不明白？你心里很明白，我心里更明白，我很期待你下次再落到我的手里。"

祁书瀚："我不是一直在你手里吗？"

卢启斋笑了："你当然知道我的意思,但我的目标不是一个祁书瀚,而是要一网打尽河南的赤党分子,尤其是——"他盯着祁书瀚的眼睛:"织女。"

祁书瀚诧异地摇了摇头问:"'织女'? 这个人是谁?"

卢启斋依旧紧紧盯着祁书瀚:"你不认识他无妨,等你们一起落在我手里的时候,自然就知道了。"说着,他向祁书瀚伸出了手:"书瀚,今日一别,后会有期。"祁书瀚看着他的手,沉默了片刻,也伸出了自己的手:"后会有期。"卢启斋紧紧握住,眼中带出了意味深长的挑战之意。

祁书瀚走出县政府大门时,忽然长长地松了一口气。

天阶夜色凉如水,卧看牵牛织女星。

"织女",一个极其神秘的代号,组织内部几乎人人听说过他,却从未有人见过其庐山真面,更无人知道他的真实身份。

作为河南省最神秘的地下党组织成员之一,"织女"是许多革命同志的希望,是敢于在最黑暗时刻发出声音的象征,他对本地盘根错节的势力了解极深,河南腹地的交通联络,组织机构和成员名单,都掌握在他手里,党内最重要最危险的任务,诸如绝密情报传输、人员物资转移,也都由他来执行。

然而没人能想到,这般神秘的人物,竟然以小学校长的身份,公开出现在众人面前。

祁书瀚仰头看了看天边的云霞,眼里带出坚毅的神色:

我祁书瀚,便是在国民党黑暗统治下搅动风云的"织女"。

他坐着黄包车回到家的时候,再次回归了丈夫和儿子的角色,虽一身伤痛难忍,却依旧仔细整理了衣衫,尽力挺起脊背,做出从容的样子,敲了敲院门。

门内传来康宜俭紧张的声音:"谁?"

祁书瀚:"是我,书瀚。"

门内忽然安静了片刻,然后他便听到疾步赶过来的声音,院门打开,康宜俭站在他的眼前。她依旧是端庄温雅的样子,衣着装扮谨肃得体,头发也盘在脑后一丝不乱,全然不似丈夫被捕独自一人支撑门户的姿态,只是身形消瘦、容颜憔悴了许多。

她静静地望着祁书瀚,有一瞬间的失神,却很快转作平静的笑意,仿佛只是迎接丈夫每日下班回家的样子:"回来了?"

祁书瀚点点头:"回来了。"

康宜俭伸手接过他手上的文件包,又告诉黄包车车夫将一应被褥衣裳搬进去,才又说道:"回来了就好,我们进家。"她自然地挽住了祁书瀚的胳膊,却听他轻微地嘶声吸了一口气,连忙问道:"受伤了?"

祁书瀚低声耳语了一句:"算不得伤,别让爹娘看出来。"

康宜俭立即会意,二人走进院子,祁书瀚便喊了一声:"爹娘,我回来了。"

二老听得儿子的声音,紧赶着走出门来。祁母一见祁书瀚,顿时老泪纵横:"可算回来了,若真有个闪失,可不是要了我们的老命……"祁老先生眼睛也红了起来,却向祁母说道:"孩子平平安安回来了,你哭什么?"而后又转向祁书瀚:"这些日子,没受苦吧?"

祁书瀚郑重地跪地磕了三个头:"儿子不肖,让二老忧心了,没受什么苦,这不是好端端地回来了。"

祁母连忙上前拉起了他:"快让我看看……还说没受苦,瘦了这么多,都脱相了,这几天是要好好补补。"

祁书瀚笑道:"娘总是心疼我,也许是这些日子休息得不够,在外面不比家里。"

祁母慌忙点头:"那你快回屋里,好好歇几天,我给你做饭去。"

祁书瀚应着,与康宜俭向屋里走去,回头的瞬间,就见泽约站在房间门口,看着哥哥出神。祁书瀚向弟弟颔首示意,兄弟二人对视一笑,无一句多言。

走进屋内,祁书瀚顿时软了下去,康宜俭立即将他挽住,扶到炕上,看他痛苦虚弱地躺倒,急切道:"书瀚,你伤了哪里?"说着,动手去解他的衣裳。

祁书瀚躺着,任由康宜俭解了他的扣子:"左不过是些整治人的法子,没落伤口,也没伤到骨头,就是筋肉酸疼得厉害,没什么事,缓几天就好了。"

然而上衣被拉开的瞬间,康宜俭还是惊得低呼了一声:"还说没有伤,身上都青紫成这个样子了!"他的肩膀、关节等处都严重地淤肿了起来,泛着触目惊心的青紫颜色,虽说没有伤口,也不忍多看一眼。康大小姐的眼泪滴在祁书瀚的胸前。

祁书瀚仰头躺着,并不去看自己身上的伤,伸手摸上了妻子的脸:"宜俭,这些日子,苦了你了。"

康宜俭摇摇头,眼泪落得更急:"只要你回来,我什么苦都受得,那些日子,最怕的就是你再也不回来了,你要真有什么事,我……"

祁书瀚故意笑道:"我要是回不来,你就改嫁,嫁一个比我更好看的书生,若论我妻宜俭的才貌贤德,满洛阳的青年才俊,还不是任你挑选?"

康宜俭突然被他逗得一笑,泪痕满面的脸上带出羞恼神色:"书瀚,你……"

祁书瀚:"笑起来才好看嘛,再哭下去,眼泪都把我冲走了。"

康宜俭叹道:"那一天卢启斋把我劫到县政府,逼我和你见面,我怕他用我要挟你,可又怕错过见你最后一面。"

祁书瀚愧疚道:"我早就知道,他会用你要挟我,你嫁了我,还要跟着我担惊受怕,是我对不住你……"

康宜俭低下头:"那天你说的话太伤人。"

祁书瀚立即坐起来扶住她的肩膀:"我也是迫不得已,怕他真的对你不利,可我没想到你竟是那样刚烈的性子,当时真把我吓坏了。"

康宜俭有一瞬间的失神,她以死相逼时,祁书瀚猛然回头的那个眼神仿佛烙在心上一样挥之不去,她忽然认真地盯着他的眼睛:"书瀚,你我夫妻一场,这次也算是一起经历了生死磨难,我只问你一句话,你一定要如实告诉我。"

祁书瀚的眼神立即肃然了:"你说,我一定认真回答你。"

康宜俭:"你究竟,是不是叛党?"

祁书瀚的眼睛瞬间黯了下去:"回家之前,我就知道,你必定会问我这件事。"

康宜俭依旧直视他:"你只回答我,是,还是不是?"

祁书瀚:"我能被放回来,还不足以证明吗?"

康宜俭松了一口气,说:"我就知道,我的丈夫是被冤屈的,要不是这个念头撑着,早就坚持不下去了,你这样的人,怎么可能是共匪呢?"

祁书瀚的心里却蒙上了一层灰影,这是他结发共枕的妻子,是爱他深情如海的人,更是他在这世上生命相依牵绊最深的人,而他却不能对她坦诚自己的真实身份,为了组织和理想,他不得不欺骗这个将热泪滴在自己心口的女人。

康宜俭看着他身上的伤,依旧心疼地埋怨着:"你这两年不是参加游行就是喊着抗日,整天让人担惊受怕的,就安安生生当你的校长,好好过日子不行吗? 就算你不是叛党,这说抓人就抓人的世道,跟谁讲理去?"

祁书瀚叹了口气:"我何尝不想好好过日子,可是他们几次三番到学校里抓共党,欲加之罪,何患无辞?"

康宜俭嗔怨地白了他一眼,取出活血化瘀的药膏一点点替他抹在身上:"我先替你涂些药,一会儿去请大夫来好好给你看看,虽然眼下只能看见这些皮肉伤,就怕还有内伤,大意不得。"

祁书瀚摇头一笑:"不必请了,回来之前,卢县长已经叫大夫给我看了脉,抓的药一会儿就送来,算作扣留我这些天的慰问。"

康宜俭:"卢启斋还有这好心? 他送来的药,千万不敢吃。"

祁书瀚:"只管放心,他送来的一定是良药,绝不会有事。"

康宜俭:"你该不是糊涂了? 怎么连他都敢信? 你身上这些伤,难道不是他对你用刑留下的?"

祁书瀚目光深邃地看向屋顶:"我了解他,他不会做这样的事。"

棋逢对手,卢启斋这般自负的人,一定不会在这种见不得人的小事上做手脚,他要的是找到自己通共的如山铁证,堂堂正正地让自己招供认罪,也许有朝一日，他真的会亲手把自己送上刑场。

第二日，康宜俭陪着祁书瀚来到了学校，这是他最牵挂放心不下的地方。

开门进了校长办公室，第一眼，就看到桌上的一沓书信，每一封上面都是两个字：辞呈。

祁书瀚叹了口气，丝毫没觉得意外。学校出了这样的事，老师们都被带去县政府遭受私刑折磨，谁还敢留在这里教书？纵然再有教育理想，也不过是一份拿薪水的工作而已，这样面临性命危险的境遇，没几个人能坚持下去。

来年开学，必定要重新聘请老师了。更困难的，还是招生，短短不到一年的时间，学生们被警察封在学校两次，求学读书还要受此惊吓，莫说孩子不敢再来，便是他们想来，家长们也不会允许了吧。

他走出学校，看着大门上挂着的木牌匾：偃师县公立小学。还是当初栾易钦留下的题字，带着武夫特有的劲力，张扬浑厚，如今这牌匾在冬日的风里，显得分外萧条安静。

祁书瀚咳嗽起来，每咳一声，都带得全身筋骨剧烈疼痛。他摇了摇头，回身向妻子道："宜俭，我们回家吧。"

韩履霜在洛阳国民政府门前以死明志的消息传回周家时，周掌柜和周钧儒顿时震惊失色。他们完全没想到，韩先生竟是如此酷烈的性情，周掌柜捶案懊悔道："我要知道他是奔着必死的心去的，说什么也不能放他去洛阳！"

周钧儒的眼泪落了下来。难怪那一日韩先生再次与他讲起"玉碎瓦全"之说，原来他早就暗示过此去洛阳之意，可自己却未留心，竟真的任由他离开了。他无言了半晌，才开口道："爹也不必太难过，韩先生早有这个心思，对他来说，求仁得仁，也许就是最好的结局了。"

周掌柜："他是从周家走出去的，周家本来是治病救人的地方，却放了一个人去送死，而且是于我们有大恩的人，我心里不安啊。"

周钧儒："过些日子，让人去山上韩先生的别院，将遗物收拾一下吧，他临别前托付了我，现在人不在了，要把他的遗物整理出来。"

周掌柜:"也罢,过完年,我们亲自去收拾,韩先生留下的东西,要仔细珍重。"

这个年,周家过得异常惨淡。

短短十几日内,两个人从这里走向了生命末路,宅院里笼罩着一层阴郁的气息。

院内既没有张灯结彩,也没有烟花爆竹,只在一片安静中吃了顿年夜饭,便算作过年了。周掌柜心情郁郁不安,周太太还未走出张氏之死的阴影,汉川依旧呆呆地不肯说话,唯有周钧儒一人能张罗,身上还带着家法的伤,全家四口,竟无一人有过年的心绪。

好不容易把这个年打发过去,转眼便是初五。

周家再有繁杂之事,作为伊河镇首屈一指的大户,还是要开一台戏的。李坤和的班子早已排满,周钧儒便选了另一家梆子戏班,初六一早就在伊河镇的戏台上排演起来,写定了下午一场,夜里一场,连唱两台大戏。

周钧儒原本好戏,但因行动不便,又加上连日烦闷,便只到台前来看戏,未曾与戏班的人交往招呼。当天下午唱的是《打金枝》,乃是一场热闹喜庆的传统戏,虽是皇宫里的戏,唱词却分外家常:

> 常言说当面地教训子,背地无有人呐再劝妻,夫妻之间平日里,有事商量慢慢提,你欺我我压你,谁也不肯把头来低,你要让我我让你,知热知冷是夫妻,就是爹娘看见多么欢喜,也免得他二老常挂心机,我说的话儿全为你,愿你们相亲相爱,我的驸马儿啊,做一对好夫妻。

这般入情入理的话,乡亲百姓们看得很是开怀,人人点头赞叹。

周钧儒倚在台旁,听了这些唱词,却不由得如刺在心。因着张氏的事,周掌柜和周太太已经神色不睦许多时日了,虽然周太太还经常梦中惊恐不已,对周掌柜却始终不假辞色,从不正眼看他。周掌柜更是每见周太太便面色不霁,一句话不愿多说。

台上正唱得欢喜热闹，忽然一个女子来到台下，径直走到周钧儒面前："少东家，你家写戏，为什么不叫我们来？"

周钧儒一看，眼前俏生生站着的，却是郑好儿。他笑了笑："李老板的日子都排满了，我怎么叫你们？难道让你们辞了别家来给我们唱，那不成了抢班子了？"

郑好儿："我又没让你抢班子，李家班只是晚上唱戏，你写白天的戏，我为什么不能来给你唱？"

周钧儒："这里有现成的班子，人家行当都是齐全的，为什么要叫你来唱？再说，你唱了，那不是跟人家打擂？"

郑好儿仰头倔强道："少东家还没听过我的戏呢，我就是想给你唱一段。"

周钧儒看着眼前这十几岁的小丫头，无奈道："你可以给我唱，但不能到戏台上去，我们寻个安静的地方，你给我清唱一段吧。"

郑好儿这才高兴了："好！我给你一个人唱！"

周钧儒带着她走到离戏台稍远些的一个街边拐角处，笑道："这里人少，也安静，红角儿要唱什么？"

郑好儿："我给少东家唱一段《花亭会》，好不好？"

周钧儒："当然好，你小小年纪，就学了这样的整本戏了？"

郑好儿："当然，我现在能唱五六出整本呢，你听着。"说着，开口便唱了起来："西山乌云遮日影，我一步一跌往前行，张梅英担水进花丛，浇完花累得我眼花头又蒙，花儿花儿似有情，可怜我受苦受难的张梅英，花儿啊，你缺水来有我送，是何人救我出火坑……"

这本是一段哀婉苦伤的唱词，郑好儿嗓音清亮，唱得固然是婉转动人，但因年纪太小，并不能全懂戏中张梅英的情绪，又要在周钧儒面前表现，唱得越发清脆华丽，很是失了原戏中的凄楚意境。

她唱了几句，周钧儒便让她停下，细细讲解这出戏的根源情由，告诉她张梅英处境如何，情绪如何，唱词当如何处理，动作该如何拿捏。郑好儿认真听着,不时点头重唱,或者示范身段步伐。

周钧儒正聊得起兴,忽见一个窈窕飒爽的女子提着篮子走了过来,一身宝蓝色棉长袍,上身披着秋香色坎肩,一头乌发编作两条黑亮的辫子,长可及腰。与寻常女子不同,她未曾裹足,走起路来步下生风,越发显出了几分英气。她不经意地一抬头,周钧儒一眼便看清了她的容貌,鹅蛋脸盘,皮肤白嫩,尤其是一双弯月般的眼睛,不笑也似带笑,恰如阳光照入春水般令人心情愉悦。

街上有些积水结冰,几处坑里汪着水泥泞难行,那女子便不得不向周钧儒与郑好儿站立之处绕了几步,走到他们眼前时,发现可堪落脚之处有些局促,女子便拧着身要擦肩过去。周钧儒不得已向旁边挪了些许,恰好那女子也要向那处移步,周钧儒躲闪着晃了两下,因身上不便,又好巧不巧踩在冰上,一脚踏空便直直滑了出去,端端正正摔在那女子面前:堂堂周家大少爷,居然摔了个狗啃泥。

更糟糕的是,他连带打翻了那女子的篮子,散落了几张绣片,鲜亮亮的绣活儿立即浸湿在泥水中,染满脏污。

那女子惊了一下,面上有几分歉意和懊恼,但很快便笑了起来,开口便是快言快语:"这不是周家少爷吗?年都过完了,我可当不起你这么大礼。"

周钧儒顿时满面涨得通红,挣扎着要起身,却在看清那女子的笑脸时,很快停止了动作:"敢问这是哪位神仙家的小姐下凡?小生在此有礼了!"

那女子弯弯的眼睛越发笑得好看:"周少爷还不肯起来吗?你光顾着客气,可是挡了我的路了。"

周钧儒不顾身上沾了脏泥连忙爬起身来,说:"我不挡路就是。"

那女子依旧笑眯眯地不依不饶:"你打翻了我的篮子,这些绣片脏了还怎么卖?你得赔。"

周钧儒俯身把那四五片绣活儿一一捡起来,虽沾满了泥水,但依旧能看出绣工极好,有凤穿牡丹、喜鹊登梅等,针脚又密又匀,颜色明快鲜亮,花像是真的在绽放一样,鸟儿更是活灵灵地将要飞起来。他不觉赞叹道:"这绣工好得很啊,是给谁家做的活计?"

女子一把将那一沓绣活儿抢了回来:"你就说怎么赔吧,谁家的活计,跟你什么关系?"

周钧儒:"我又不是故意的,我摔了一身泥,衣裳还没找你赔呢。"

女子嗤笑:"你自己摔脏的衣裳,当然是你自己洗,但我的绣活儿是你打翻的,必须要你赔。"

周钧儒诧异道:"你这人怎么这么泼辣不讲理? 好,我赔你,这些我都买了! 多少钱?"

女子忽然笑了起来:"谁认真要你赔了? 我拿回去洗一洗就好了,原来周家少爷是个活呆子,开句玩笑就当真了。"

周钧儒被她堵了话头,张嘴结舌愣了一下,才又问道:"你是住在伊河镇吗? 怎么我从来没见过你? 你怎么认识我?"

那女子:"周家大少爷,偃师县哪个不认识? 至于我住在哪儿,干吗要告诉你?"说着,转身自周钧儒身边走过,一阵风似的离去了。

他看着女子远去的背影正自出神,却听耳边响起郑好儿失望的声音:"少东家!"回头看时,却见郑好儿眼里似乎夹着泪,尚且稚嫩的脸上带着委屈,幽怨地看了他一眼,头也不回地飞跑了。

周钧儒茫然无措地看着郑好儿走远,无奈苦笑了一下,用帕子擦了身上的泥水,迈着有些艰难的脚步,重新回到戏台旁,看见那女子正将篮子里其他绣活儿在一块大红布上摆开,鲜亮亮的极是惹眼,想趁着开戏人多售卖出去。

他看了一会儿,就见几个妇人围上去,翻拣着那几件绣活儿,很快便买走了两三件。周钧儒追上其中一位,悄悄打听道:"那卖绣活儿的姑娘……"

妇人一看是他,便笑道:"这不是周少爷? 你问她啊,是缑氏街上布匹行姚掌柜家的女儿,叫姚青禾。"她压低了声音凑到周钧儒面前:"听说还没人家呢,哪儿哪儿都好,就是个大脚。"说完,臂肘故意推了周钧儒一下,笑着走开了,留他一人在那里愣怔出神。

回到家的时候,姚青禾的面容在他眼前挥之不去,她与周钧儒平生所熟悉的女人完全不同，既不像周太太那样传统固执，也不像张氏那样小心懦弱，更不像那些见了男人就快步躲开的女子，她明朗飒爽，伶牙俐齿，月牙一样弯弯的眼睛笑起来清澈明亮，驱散了十几天萦绕在他心头的阴郁。他越想越觉这女子不同寻常，竟至满心满眼都是她的笑意，待在书房里坐立不安，手里空落落的不知拿些什么才好，一时竟后悔起来：为何没将那几张脏绣片买下？

走来走去思索良久，脑中突然出现一个炸雷般的念头：自己是要与周太太的外甥女、那个木讷的小脚女孩子定亲的！自跟着父亲去了趟重庆，他渐渐忘记了这个"表妹"，然而偏偏在这个时候想起了她，顿觉心头一阵失落：周太太为自己安排的婚事，父亲似乎也默许了，已然没有回旋的余地了。

自此之后，他每逢伊河镇大集，都要到姚青禾的摊子看上一阵子，偶尔买一幅绣品，却总是神色闷闷的，并不敢与她多说，好似揣了见不得人的心思一般，看她一眼就更添几分愧疚。

姚青禾原是知道伊河镇周家大少爷最爱玩笑的，前几日他摔倒在地上，一身狼狈却不失风趣，分明很讨人喜的性子，如今却三番五次都是一副愁容，终于忍不住问道："周少爷，我这小摊子到底哪里不好，这么让你发愁？"

周钧儒冷不防她开口直问，只觉舌头打结，半晌才说道："你这小摊子很好，是我不好。"

姚青禾诧异："你哪里不好了？"

周钧儒看着她清亮亮的眼神，更觉说不出口，转身到旁边的煎包摊上买了一兜包子，用纸包着塞到姚青禾手里："天冷，吃几个包子垫垫饥。"说完，脸色一红，扭头便走了。

姚青禾端着那一兜包子，又见周钧儒神色如此，心中瞬时明了，顿觉脸上发烫，不用照镜也知道自己脸红得厉害，那几个包子竟似重千钧一般，吃也不是，不吃也不是。

过年的气息尚未散去，草草搬迁到洛阳的国民政府就对偃师下了第一道政令：为慷慨烈士、书画大家韩履霜建"义士祠"供奉。

这种封建礼教时代的产物,居然能再次出现在民国,很是令文明之士费解,尤其是随国民政府搬迁到洛阳的人员,有许多是留过洋的,见惯了西洋的先进科学,对此颇有几分微词。但洛阳和偃师本地的仕宦乡绅却极为赞同,本市县能多一位被国民政府表彰的烈士,又是画坛巨匠名人,自然是荣耀添彩之事。

义士祠奠基动工之日,偃师县的官员、乡绅、名流、富商悉数到场,洛阳政府也派员参加,国民政府则是谢君锡亲自来到偃师,以示隆重。

周掌柜和周钧儒自是必到的,韩先生与周家渊源颇深,年前自偃师周家走出,慷慨赴死之后也是洛阳周记药行代为收殓,如今建祠归葬故里,极尽哀荣之盛,周掌柜与周钧儒心下也大为宽慰。

奠基之礼完成后,谢君锡便转向卢启斋:"卢公且请留步。"

卢启斋回身道:"谢处长有何吩咐?"

谢君锡笑道:"祁书瀚怎样了?审出什么结果了吗?他究竟是不是通共分子?"

卢启斋:"虽无实证,但我确信他一定与共党有勾连,目前已经暂且放他回去了,等他自行露出马脚。"

谢君锡笑了:"这么快就放了?不是因为我跟他有交情的缘故吧?我可担不起包庇共党分子的罪责。"

卢启斋:"哪里哪里,抓人放人都是我的命令,如何能与谢处长有关联。"

谢君锡:"那就好,我也不希望卢公为我徇私。只是我依旧觉得,上面太重视这些赤匪了,他们穷得枪都没有几条,还真能翻了天不成?"

卢启斋:"虽然翻不了天,却平白惹很多麻烦,时不时就闹个暴乱,影响社会安定,民心不稳,国家就不得太平,连日常的赋税也征缴不上来了。"

谢君锡:"说来也怪,历来的匪乱都是剿灭了就安定了,只有这赤匪,实在是顽固,越剿越多,不知道是剿匪不力,还是确实难对付。"

卢启斋:"这共匪跟其他的匪不一样,他们最善于蛊惑人心,老百姓只要听了他们的话,就跟中了邪一样,一门心思跟他们走。我搜检过一些他们印的传单小册子,全是鼓动造反的言论,很有煽动性,那些老百姓哪里懂得内中缘由? 只要是替穷人鸣不平的他们就信以为真,根本不辨真假,也不管是否行得通。"

谢君锡:"他们的言论能大行其道,可见还是国民政府对老百姓教化不足,不然怎么就能轻信了他们?"

卢启斋:"国家正值多事之秋,内忧外患,怎么顾得上一村一庄地推行教化? 比如我们县里这些人手,征收赋税都困难重重,哪里还能抽调出人手来做教化百姓的事?"

谢君锡叹了口气:"可见共匪成患是有原因的,只知征税,不思教化,还是国民政府做得不够,才让他们有机可乘。"

卢启斋面色一惊:"谢处长,这话可不能随意说,你在国民政府里引人注目,万一哪句话说错传到委员长那里,就要惹上麻烦的。"

谢君锡依旧玩世不恭道:"我本来就是个人人敬而远之的公子哥儿,哪还有人管我的话是对是错? 就像这次韩履霜的义士祠,人人都知道他那句'可战不可退'犯了忌讳,但是奈何国民政府门前出了这样的事,总要建个祠镇一镇怨气,不就派我来了? 日后这犯忌讳的事翻起旧账,我就是顶罪羊。"

卢启斋诧异道:"这义士祠,竟然是这样来的?"

谢君锡:"你以为怎么来的? 国民政府闲得没事做,刚搬到洛阳公务都不能正常办理,就急着先下一道令修义士祠?"

卢启斋无奈道:"原来如此,我们久居下位,真是看不懂上面的意思了。"

谢君锡:"久居下位有久居下位的好,虽然底层办事难了点儿,但也不必整天如履薄冰,生怕办错一件事说错一句话,也不用想着该站谁的队伍,只要能跟上峰交了差,在下面就是土皇帝。"

卢启斋:"谢处长真是语出惊人,别人纵然这么想了,也是万万不敢说出来的。但是您别以为下面的日子就好过,跟那些工商和农民打交道,也是焦头烂额,有时候去乡下征个税,经常一村人全不见了,闹不好还会被人打一顿赶出村子来,各有各的难。"

谢君锡:"罢了,不说这些了,不瞒卢公,无论那祁书瀚是否有通共嫌疑,我还是要去看他一眼的,毕竟相识一场,将来他要真的有了事,你替我做个见证,不然背上通共嫌疑可就说不清了。"

卢启斋笑了:"那是自然,我这就派人送您到公立小学去。"

谢君锡到学校时,祁书瀚正独自一人在院子里清扫尘土。

一个意气风发的书生,竟成了瘦骨嶙峋的样子,手里拿着一把扫帚,步履缓慢地一点点往前扫,扫过的地方洒些清水压尘,不待结冰便已渗了下去。

谢君锡叹了口气:"书瀚兄,依然如此忠于教育理想?"

祁书瀚回头,看到谢君锡,笑了起来:"谢兄这是从哪里来?我有些行动不便,扫扫院子,就当活动筋骨。"

谢君锡:"离开学还有几天呢,你就忙着筹备了?我从洛阳来,邀你赴黄河鲤鱼之约。"

祁书瀚苦笑:"筹备什么?今春开学,既没有老师,也没有学生,我这校长,已经是光杆司令了,除了扫扫院子,还能做什么?至于鲤鱼焙面,还要到洛阳才能吃到,真不如你那日说的泥鳅之约畅快。"

谢君锡心下一动,便知祁书瀚并不确定自己的身份,且对自己的到来并不放心,因此以暗语求证。他想了想,展颜笑道:"我水性极好,小时候他们都说我在水里钻得像条泥鳅,你如今竟要吃泥鳅,于心何忍?"

祁书瀚听得此言,顿觉心安:杨先武并没有叛变,谢君锡也依然是党内的同志,只是换了个身份潜伏在国民政府,毋庸再疑了。因此,他也笑了起来:"若要吃黄河鲤鱼焙面,我们就去洛阳,可我只是一介教书匠,谢处长却是国民政府深受器重的新贵,很是惶恐不安。"

谢君锡:"有什么惶恐不惶恐,你我相逢于微时,如今再见,还是和当初一样。"

祁书瀚点点头道:"既然谢兄相邀,我就恭敬不如从命。"

谢君锡:"好,那就上车,我们去洛阳!"

他话音刚落，卢启斋派来送他的人便开口道："谢处长，祁先生，偃师到洛阳有些路程，谢处长是亲自开着车过来的，倒让我闲了一路，回去还是我来开车，二位安心坐着就好。"谢君锡看了他一眼，与祁书瀚稍作对视，便知他是跟来监视二人的，但也不点破，只点头道："我看你开车很稳当，不愧是卢公的司机。"

赶到洛阳时，天色向晚，二人早已是饥肠辘辘，预订了黄河鲤鱼焙面的那家酒楼，大堂内燃着十几支烛火，虽无电灯那般明亮，却也算本地一等一的餐馆了。

这间酒楼是个老字号，黄河鲤鱼和官场水席都做得极好，新鲜鲤鱼红烧了，色泽金黄，汤汁浓郁醇厚，再盖上细如发丝的酥脆龙须面，令人食指大动。谢君锡和祁书瀚在那司机的监视下，细细品尝了一番特色美食，又站在栏边对着天上将满的月，诗词风流，说了一番豪言壮语，便有些酒气上来。祁书瀚本就身体欠佳，因此醉得很厉害，两眼迷离得睁不开。谢君锡也并未强上许多，口里开始说些谢家如何对自己的往事，也难免洒了几滴男儿伤心泪。

一旁监视的司机见这二人都已醉得有些不明白了，便将谢君锡先送回寓所，又去客栈安顿了祁书瀚，才放心地去吃饭休息。然而他离去不久，一条灵活如泥鳅般的身影便越窗进入祁书瀚的房间，半个时辰后，又在夜色中悄然消失。

正月十五后，寒假结束，便要正式开学了。但今年春季开学，很难再有学生们雀跃欢腾的场面了，经历了一场挟持风波，不唯老师纷纷请辞，学生也大多不敢再来上学，要重新招生，聘请教师，绝非一朝一夕之事。在这纷乱的世道，学校总会遭遇各种各样的风波，想要安安静静地读书亦是奢望。

祁书瀚一间一间屋子地看过去，空荡荡的教室里只有落了一层浮尘的课桌椅，阳光无声无息地从窗户穿进来，安静得呼吸声都沉重可闻。

他沉沉叹了口气，深沉的无力感湮没了心神，身为革命者和教育者，大不能救国救民于水火，小不能守一片净土教书育人，甚至有可能要像佟尚荣一样,因身份暴露而被迫离开。偃师是生他养他的土地,父母妻子都在这里,且不说转移时能不能带上他们,便是能带家眷一起离开,让他们跟着自己背井离乡颠沛流离,于心何忍?

等他转出教室,再一次走到院子里的时候,忽然看到了两个人,两个和他一起并肩战斗过的同志:薛铭和徐健君。

祁书瀚心里升起一股热流,几乎跄跄着快步走到他们面前:"你们,来了?"说着,努力弯着腰躬下身去:"我祁书瀚对不起你们……"

薛铭立即将他拉起来,一把紧紧握住他的手,眼含热泪:"校长,你受苦了……"徐健君也把双手与他们握在一起:"老师……"

祁书瀚的泪夺目而出,急切问道:"老师们怎么样? 他们现在身体如何?"

薛铭哽咽着说:"他们,都很好,只是受了很大的惊吓,大部分老师坚持不下去,递交了辞呈,让我代为转交……我不知道你什么时候能回来,所以就放在了校长办公室。"

祁书瀚诧异道:"他们,还好?"

徐健君点点头:"是,老师们都很好,很多人年前就离开了。"

祁书瀚:"你们,不是受了酷刑?"

薛铭惊异道:"谁说我们受了酷刑?"

祁书瀚更觉不可思议:"我分明听到刑讯的惨叫声,叫了整整一夜,我以为是我们的老师在受难,恨不能以身相替,宁可我死了,也不想他们那样受折磨。"

薛铭:"校长放心,老师们没有受刑,只是受了惊吓,隔了两日就把我们放出来了。"

祁书瀚疑惑不解:"可是那一夜的惨叫……"

徐健君:"有没有可能是留声机?"

一语惊醒,祁书瀚瞬间恍然:"原来如此!"那几乎把自己逼到崩溃的一夜,竟是这样一个简单的手段,而自己却因此自认了"共党"的身份,若非卢启斋太过自负,定要挖出背后的组织名单,仅凭这一纸供词,他完全可以将自己就地枪决!

卢启斋这个老狐狸,果然心机深沉,自己竟完全着了他的道!这些时日的斗智斗勇,他彻底领教了卢启斋的手段,攻心为上,环环设套,若是别的同志落在他手里,很可能经受不住这样的心理摧残,供认出不该说的秘密。这次迫于压力勉强将自己释放,但从此以后盯着自己的眼睛将无处不在,他必会想尽一切办法,将自己重新逮捕处死。

他无奈地苦笑了一下:"我确实不是卢启斋的对手,这次折在他手里,只能认自己斗争经验不足。"

薛铭叹道:"谁能想到我们会受苏老师……"

话未说完,祁书瀚立即低声打断了他:"薛老师!"他略一使眼色,薛铭立即意识到此时尚在监视之下。他们立即不再讨论这些话题,而是走进办公室,商议下一步办学招生之事。

商议过程中,祁书瀚一边翻阅教案,一边记录,渐渐地,他的笔下出现了一串数字,徐健君本就对通讯密码学感兴趣,一见这些数字,立即意识到这是祁书瀚向他传递的信息,他按照数字对应的页码行数字数一一查过去,却是一句话:"密电:我已暴露,请上级另作安排。"徐健君猛然一惊,立即把这串数字丢进火盆里,满面不可思议地看着祁书瀚。祁书瀚摇了摇头,又点了点头,对他示以安心的眼神,继续讨论从何处聘请老师。

天色将晚时,薛铭和徐健君离开,祁书瀚叫了一辆黄包车回家。他回身看着视线里渐渐远去的学校,心中更加不忍:自己在这里的时间已经有限了,只要报告打上去,上面知道自己已经暴露,必然会迅速安排转移,很可能三两日之内就要离开偃师,另赴他地。

至于转移何处,他心里毫无想法,也许是鄂豫皖苏维埃政府,也可能像佟尚荣一样远赴东北抗日,还有可能被调往一个完全没有人认识自己的地方,改名换姓,用另一重身份继续开展地下工作。然而更令他心神难安的是,经历了那样一场惨烈失败,他开始怀疑苏区下达的命令也许是错误的,但这样的认知又让他反省自己是否对革命不够忠诚,如此反复,很是痛苦。

收回思绪的时候,黄包车已经到了家门前。院中一片宁和的气息,但他依然能感受到每一个人的担忧和不安,劫后余生般小心翼翼地维系着表面的平静,内心却始终悬着一口气无处安放。

他暗暗叹了口气,不忍破坏这样的"平静",进门先向父母问候过,回书房放下文件包,就去厨房看正在忙碌的妻子。

康宜俭正在将最后一个菜盛出,看到他进来,便淡然一笑:"回来了? 正好吃饭。"二人将饭菜端出厨房,在餐桌上摆好,一家人围坐了用餐。祁母和康宜俭都出身书香之家,虽在寻常乡村生活,却于衣食之事颇为在意,因此无论忙碌与否,总要精致地做几样菜,看着齐齐整整,家常之中带出几分精雅。

祁书瀚饭后停上两刻,便要服药。初时康宜俭还担忧卢启斋送来的药必然会做手脚,但请其他名医看过,都说是治伤良药,方子也开得极为高明,果然服药十几天之后,祁书瀚身上的青肿瘀紫消了许多,连带有些拉伤受损的关节筋脉也渐渐恢复起来。

康宜俭不解卢县长何以如此,分明把人抓去百般折磨,随后却又送来治疗良药,不是心存愧疚,就是反复无常。祁书瀚却心下明了,这是明白无误的挑战信号:他卢启斋在偃师一日,便要毫不放松地抓捕共党,拔除共党组织在河南的力量。

服药之后,祁书瀚便与妻子回了房间,康宜俭在内屋做些针黹,祁书瀚则取了公文包,在外间书房办公。然而心思杂乱之下,如何能看得进去? 他干脆弃了文件,随手抽了几本书来看,可依旧是怔怔地对着书页愣神。

康宜俭觉察出他情绪不对,便问道:"书瀚,你有心事?"

祁书瀚合上书,起身来到内屋,将她手上的针线活计接下放在一旁,拉住她的双手与她对视。康宜俭被他看得有些不自在,低垂了眼睑避开他的眼光:"你这是做什么?"祁书瀚依旧深深地望着她:"当初锦书鸳盟,如今我却有负于你,让你陪我担惊受怕,受了那么多辛苦,说起来,是我配不上这样的贤惠之妻。"

康宜俭："你今天又怎么了？没来由地说这些话。"

祁书瀚："在县政府的时候，我一直在想，这次要真的遭遇不测，最对不起的人便是你，你在婆家无子可依，回娘家又是望门守寡，真就把你这一辈子生生耽误了。"

康宜俭："书瀚，你到底怎么回事？是不是卢县长又要对你不利，还是你遇到了什么危险？"

祁书瀚摇了摇头："我只是想着，生逢乱世，又经历了这么大一场风波，越来越觉得，我们谁也不敢保证自己能一生到老，甚至不敢给对方白头相守的承诺，如果真的遭逢不测，我们该如何面对。"

康宜俭听着，也有几分潸然："我当时没想那么多，就想着你要是出事了，我就在这里守你一辈子，我一眼认定了你，就一辈子认定了你。"

祁书瀚："我何德何能，得妻如此。当初你如果知道一眼认定的这个人，会给你带来这么多的危险，还会选我吗？"

康宜俭淡淡地笑了笑："当初怎么能知道今天，今天又怎么能知道以后，不过是努力珍惜你我在一起的日子，无论是一年两年，还是三十年五十年，只要有你在的日子，都值得好好过下去。"

祁书瀚："如果我们依然遇到危险，需要离开偃师呢？"

康宜俭："也无非走到哪儿，哪儿就是家，中国那么大，不信没有我们的容身之地。"

祁书瀚伸手把妻子揽在臂膀间："如果下一世我们生在太平盛世，你我还能再做夫妻……"

康宜俭轻笑："你们不是信赛先生的吗？居然也相信下一世了？"

祁书瀚："中国人最美的浪漫，不就是生生世世吗？就算是赛先生，也一定欣然乐见这样的美好理想。"

二四　遣媒下聘

　　年后,陈旧的洛阳开始了大规模的城市修建工作。这座名为"九朝都会十省通衢"的古都,城小如斗,建设奇缺,甚至连各机关要员乘坐的黄包车都凑不齐。基础如此薄弱,政府难以正常办公,也匹配不上"行都"的战略地位,因此在林主席的主持下,洛阳城里的各项工程兴建起来,拓宽修整道路,筹建洛阳发电厂,设立中原社会教育馆,修建伊河洛河大桥,开办航空邮递,开通市内电话等,整个洛阳欣欣向荣,俨然将要重现千年辉煌。

　　周记药行的大本营就在洛阳,此前因城小人少,只设了一座大仓,买了临街的四五间铺面对外经营。如今洛阳已经成为国民政府的行都,又不能从南京、上海调配名医到这艰苦之地,因此对于医药之事的需求陡然激增起来,而且其中大部分人是要西医医生治病的,这在小小的洛阳如何能满足?

　　作为洛阳市赫赫有名的医药大商,行政院竟亲自派员来与周记药行协商,能否开办西医诊所,以满足机关人员诊病治疗之需。周掌柜对此有些忧虑,洛阳本地西医医生都是教会的洋人,若要从外地请过来,这般艰苦条件,人家西洋留学的医生们能否接受?

　　然而他只是略一思索,便立即答应了,毕竟武汉、重庆都有被日军袭击的危险,若是南方生意受挫,便只能撤回河南老家。此时的洛阳冠盖遍地,恰是结交中央大员和各省权要的好时机,若能趁机建立一些新的人脉关系,何愁周记药行未来生意无着?

历经月余筹备,周记药行西医诊所终于正式开业时,国民政府几乎各个机关都派员前来参加了开业典礼,原因无他:林主席派人送来了亲笔题写的贺词。

自林主席到洛阳以来,以身作则厉行节俭,夜不点灯,出不用车,一日三餐粗茶淡饭,而且颇为关心洛阳的城市建设和物价民生,寻常走在街上,连汽油价格都要亲自问询,并告知随从"战时一滴汽油就是一滴血"。举凡有益于行都发展,有利于民生增进者,无不大力支持,因此对洛阳新开的西医诊所很是重视,亲笔题写了"仁心济世,医贯中西"的六尺条幅,在开业当日送与周记药行。

如此,周记西医诊所的开业,竟成了全洛阳城的一件盛事,不唯来宾皆是政要名流,各报馆也竞相拍照报道,一时风头无两。

这次开业的西医诊所,称得上一家小型的西医医院,首次分了内外科室和急诊室,手术室、病房、药房一应俱全,并购置了西医的各类先进医疗设备。既有从开封邀来的留洋医生,也有从南京请到的资深外科名医治疗疑难急症及主刀手术。如此先进的西医医院,在洛阳实属首位,也大大安定了满城冠盖之士的心神,在南京城每月都要寻医生做保养的权贵政要,也对周记西医诊所重视起来。

周掌柜带着周钧儒应酬于满城权贵之间,几乎片刻不得闲,到场任何一人报出官衔,都是往日堪比钦差驾临的重要人物。如今却数十人会聚于洛阳一个小小西医诊所之中,周掌柜忙得满头汗水,却依旧难以照应周全。

及至谢君锡到来时,周掌柜正招呼着所有人前往行都大饭店赴宴,诊所门前的黄包车排了长长的队,政府官员们互相谦让着,纷纷登车前往。见到谢君锡,与他相熟的三两个年轻人便凑上来,故意打趣道:"谢处长怎么来晚了?倒像专程来赴宴的。"

谢君锡笑骂道:"我昨天夜里还不是替你值班才起晚了?这样说我,你良心何在?"

那年轻人也笑道:"我承你的情就是了,这种宴席去了也吃不痛快,洛阳又不比上海、南京,哪有什么可入口的,改天我请你去烟馆销魂窟。"

谢君锡:"你这样胆大妄为,我可不敢,要是被老头子知道我去吃大烟,再多几条腿也不够打折的。"

年轻人戏谑道:"你还真怕你家老头子。我就不怕,到了洛阳,天高皇帝远,他哪还顾得上管我? 上海一失守,他立刻就带着我母亲和三房姨太太跑回广西了。"

谢君锡:"你可别给自己惹祸了,上次背后抱怨老爷子六十多岁还要纳十四岁的小妾,被打得满院子跑的是谁?"

年轻人不服气地哼了一声:"他为老不尊,我就说不得吗? 还好意思追着要打我,反正丢的又不是我的脸面。"说着抬手看了看表:"十二点多了,我们也该赴宴去了,要不是林主席亲笔题了字,谁能想到我们这么多人要来给一个药商捧场? 就算在南京,大舞台开业请我,我都推说没时间呢。"

谢君锡:"快收起你的二世祖架子吧,管你是谁,到了洛阳都是下架的凤凰,讲不起那些排场了。"

那年轻人上了黄包车,沿着洛阳破旧的街道渐行渐远,谢君锡便向周钧儒招了招手:"周少东家,你来一下。"

周钧儒带着几分惶恐来到他面前:"谢处长,您有什么吩咐?"

谢君锡:"有几句闲话问你,你知不知道都直说无妨。"

周钧儒:"谢处长垂问,自然不敢不答。"

谢君锡:"你跟偃师县公立小学的祁校长很熟?"

周钧儒立即出了一身冷汗,连连摆手道:"只是认识,并不很熟,有过几次交道,完全算不上深交。"

谢君锡笑了:"他已经开释回家了,查明了没有通共嫌疑,你怎么还这样紧张?"

周钧儒:"谢处长的话我听不懂,还请您明示,我一个小小商贾之子,万万不敢招惹反叛政府的革命党人……"

谢君锡打断了他:"我不是来追究你什么事的,只是想告诉你一句,日后周记药行如果遇到难处,你只管来找我,有人问,就说找行政院谢处长。"

周钧儒瞬间一愣,不明白自己何以突然得到了这般权贵人物的垂青,张口结舌道:"谢处长,您为何……我很荣幸……"

谢君锡:"你也不必客气,有果必有因,我既然答应了照顾周记药行,就会说到做到。"说着,也上了一辆黄包车离去,留周钧儒在原地愣神不已。

周掌柜来到他身边时,他犹自拿着谢君锡的名帖不知所措。周掌柜问道:"钧儒,我看你在这里发呆,谢处长跟你说什么了?"

周钧儒小心思索着措辞:"他先问我是否与祁书瀚相熟,我说没有深交,他就告诉我日后周记药行有难处可以直接找他帮忙。"

周掌柜:"又是祁书瀚?"

周钧儒:"我也很疑惑,他一提祁书瀚,我还以为要追究我什么,吓得出了一身冷汗。"

周掌柜:"难怪祁书瀚通共都能放出来,原来在国民政府有这样的后台。"

周钧儒惊道:"国民政府的人怎么可能跟通共分子有牵涉?刚才他跟我说,祁书瀚没有通共嫌疑。"

周掌柜压低声音道:"通不通共,还不是上面一句话的事,国共还合作过呢,谁敢说国民政府就没有通共的人?从北洋政府到军阀混战再到南京政府,你看看下面打得昏天黑地,上面谁跟谁叙不上亲戚同学、乡党故旧?凡事都有好几层关系,不能太认真计较。"

周钧儒不可思议地看着周掌柜:"这样说下来,很多时候他们都是在跟自家人打仗? 那为什么还要打?"

周掌柜:"争地盘,争利益,本质上就跟大家族里争财产一样,不过是放大到国家罢了。快不要说闲话了,我们也该去饭店了。"

周钧儒点点头,与周掌柜上了黄包车,路上一时皱眉思索,一时惘然出神,仿佛漫山雾霭霎时冲出一片清明之境,又仿佛眼前的迷障愈发沉重茫然。

到得行都大酒店,只见门前挂着"周记西医诊所吉日开业之宴"的横幅,厅内已是开了二十几桌宴席,国府要员及官场中人坐在内堂,以屏风隔开,外面是周记药行的掌柜执事,以及生意往来的同仁客商、登门道贺的商会乡党等,几乎将整个行都大酒店包了下来。肴馔老酒流水般送上去,跑堂们穿梭如燕,二尺托盘摞着两三层健步于人群间,上下楼都能稳得汤汁丝毫不溅,使出浑身解数应酬着满厅的老爷贵客。

周掌柜和周钧儒自然是无暇落座,提着酒杯轮番敬酒,尤其是内堂之中,人人都开罪不得,哪一位跟前稍微疏忽失了半点儿礼数,便不知日后会遇到什么麻烦,因此更要打起百般精神。偏偏到了洛阳市长跟前时,柴市长见周钧儒年轻洒脱,一表人才,便随口问了一句:"周掌柜,令郎这样仪表堂堂,说亲了吗?"

周掌柜愣了一下,立刻便笑道:"柴市长真是提醒了我,这孩子十七八岁了,确实该说一门亲事了。"周钧儒听柴市长和父亲提到自己的亲事,也有些错愕,不知何以在如此官样场合说起这些。

柴市长笑了笑,指着警察署董署长:"听说董署长家里有位千金,将要二十岁了,尚且待字闺中,我看倒是堪为良配。"

周钧儒听说过这位董署长,自国民政府迁都洛阳以来,他有句名言便在民间传为笑谈:"别看老夫官职小,宛平城里管朝廷。"如今柴市长忽然提起要将董署长的女儿说与自己,便忍不住多看了他两眼,只见他五十岁上下,满面精明之色,身形四肢细短,大肚便便,头圆嘴阔,双眼微鼓,越看越有几分蛤蟆风采,顿时便有些恐慌起来:董署长这般形容,谁敢料想他家千金容貌如何?

周掌柜却似极为热衷:"柴市长如此关切,自然是犬子的荣幸,只是不知董署长的千金,能否看得入眼犬子钧儒?"

董署长心念一动,警察历来算不得官场中人,不过是政府维持地方治安的工具罢了,在老百姓眼里又声名狼藉,私下都呼为"黑乌鸦",自家女儿若想高攀官场,那是极为困难的。但若下嫁商贾富户,却比普通民女体面许多,而且资财丰厚,生活优渥,一方有钱,一方有势,正是最好的联姻。想到此处,他便说道："小女确实待字闺中，如果能结一门亲事，也算了了我的心愿。只是悔不该送她念了几年洋学堂，性子有点儿野了，得回家问问她的意思，才敢回复周掌柜。"

周掌柜："那就请署长回去问问令千金的意思，若能促成这桩美事，岂不皆大欢喜？"

柴市长拊掌大笑："正是如此，若真能成全他们小儿女，我也算保个大媒。"

众人听得有这样的喜事，纷纷举起杯来："闻者见喜，我们就等着喝喜酒了！"周掌柜连连道谢不已，陪着众人饮了一番。

周钧儒站在一旁，脸上的笑容几乎僵硬了，内心慌得如落网鱼儿般拼命乱撞，只恨不得赶快离了此地，告诉父亲这门亲事自己死都不从，却又不敢丝毫造次，不得不陪着连连举杯，闷饮一腔惆怅。

谢君锡所在的一桌，皆是国民政府中的年轻一辈，多不过二三十岁年纪，他们看着周钧儒的神情，又仔细观察了一番董署长，人人忍俊不禁，其中一人低声向谢君锡道："你看那周少爷，笑得都快哭出来了，娶回个蛤蟆精的女儿，每天都是顶呱呱。"谢君锡也忍不住笑道："你小子很不地道，反正你也没成亲，不如自己去过这顶呱呱的日子？"那人故意摆手："我可没有这样的福气，还是让那周少爷消受吧。"桌上几人悄声低语着，深觉此事比今日的宴席有趣了许多。

待到宴席结束，忙碌了整日的周掌柜和周钧儒回到下处，早已困乏不堪，周钧儒却毫无睡意，直冲到父亲房里："爹，我不能同意这门亲事！"

周掌柜诧异地看着他："你已经快二十岁，到了该议亲的年纪，有人提亲事不是正该吗？"

周钧儒急道："你看那警察署长，坐在那里活像个蛤蟆精，他女儿不定什么样呢！"

周掌柜："你又没见过人家女儿，怎么能这样议论人家？"

周钧儒："爹！这是我的终身大事，也是周家未来的儿媳，您真就忍心面对这样的媳妇每天给你们二老请安?"

周掌柜:"我有什么忍不得的? 娶妻娶德,只要性情好,贤惠持家,模样都是次要的。"

周钧儒几乎哭出来:"爹,求您替儿子想想,这关乎我一辈子的事,您不能就这样草率地答应了……"

周掌柜直到此刻才忍不住哈哈笑起来:"吓坏了? 真以为我会同意?"

周钧儒错愕:"您没打算答应?"

周掌柜:"我怎么可能答应他? 不过是在宴席上客气敷衍几句,周家虽然不在官场,却也不至于去巴结一个小小的警察署长。警察署里都是些什么人? 地痞混混都能去当警察,每天在大街上为难百姓敲诈保护费,背后都叫他们黑乌鸦,那是什么样的名声? 他想把女儿送进我们家,那是痴心妄想。"

周钧儒终于松了一口气:"您可真是吓死我了。"

周掌柜:"就是要让你练练稳重长长记性,遇事要不慌不逆,先顺水推舟,再做迂回,才能给自己留下从容的余地,懂了吗?"

周钧儒劫后余生般连连点头:"爹教训的是。"

周掌柜忽然又道:"你这么着急地反对这门亲事,心里是不是有了人了?"

周钧儒一愣,脑中忽然出现了那个两眼弯弯如月的姚青禾,虽无惊世之美,却很是舒服耐看,尤其那样大方爽朗的性格,令人心思都随着雀跃起来,不由便觉欢愉可爱。

周掌柜只看他的神色,心下便立即了然:"说吧,是谁家的女儿?"

周钧儒一时有些拿捏不准,毕竟与那姚小姐并不熟悉,也不知人家是否有意中人家,贸然说出来怕有些不妥,便回道:"我只在伊河镇大集上见过她一次,却没问清是谁家的女儿,应该是家在附近吧。"

周掌柜点点头:"能让你心里记着,那女子应该不差,只是你娘对你的亲事已经有了打算,虽然还没完全说准,但她心里是认定那个孩子的。"他又沉吟了一下,才斟酌着继续道:"多相看个女孩子倒也没什么,周家的少爷娶妻,总得挑个模样性情、家世品貌都过得去的。"

周钧儒听父亲提起周太太安排的亲事,心中早已凉了半截,此刻忽又听他转了话锋,顿时心中升起希冀:"再相看其他女孩子,娘心里会不痛快吧?"

周掌柜:"你那个表妹……"他叹了口气,终究没有说下去,转身回房自去休息了。

那个表妹,终究是魏家的人。

周家不能再娶一个魏氏女进门了,周钧儒本就是外来子,若将来周太太受娘家影响太多,偌大的家业怕是要落在魏家手中。然而这样的话他并不能对周钧儒说。

周钧儒听父亲的语气,只觉自己终身大事还有转圜之机,兀自沉浸在巨大的喜悦中,殊不知他夹在父母分歧之中,早已立于两难之地了。

第二日一早,周记西医诊所忽然冲进来个年轻后生,一身西洋装束,戴着鸭舌帽,生得容貌清秀细皮嫩肉,眉目间还有几分阴柔,态度却极为倨傲:"叫你们周少爷出来!"

伙计见他如此跋扈,便慌着向后院跑去,请少东家出来。

周钧儒来到柜前,一见这后生便知是个女子,他常年票戏,男串女女串男最是熟悉不过,却并不点破,客客气气道:"在下周钧儒,敢问这位仁兄什么事找我?"

那后生一见周钧儒,不由得愣了一下,旋即又恢复了傲慢的姿态:"你就是周钧儒?也不过如此。"

周钧儒诧异道:"仁兄这话,从何说起?"

那后生哼了一声:"借一步说话。"

周钧儒只得带"他"到会客处,让人端了茶来,才说道:"这里没人,有话但说无妨。"

那后生欲言又止了一阵,面色竟有些踌躇:"你昨天见了我父亲?"

周钧儒立即想到了那位董署长,心下不由生出几分惊叹,没想到那般形容的父亲,竟有这样一位飒爽俊秀的女儿,但他依旧故作不明:"令尊是?"

那后生索性摘了鸭舌帽,露出一头利落的短发:"我叫董遐迩,警察署长就是我父亲。"

周钧儒立即做出恍然之态,连忙起身:"原来是董小姐,请恕在下眼拙失礼。"

董遐迩并不回应他的客套,依旧单刀直入问道:"听说你父亲对这门亲事很认同,你怎么想?"

周钧儒只觉平生第一次在女子面前有些紧张,这位董小姐全然没有姑娘家的含蓄端庄,如此直截了当地问话,竟让他有些无措,犹豫了一阵才说道:"这事,不是我能做得了主的,只能从父母之命。"

董遐迩冷笑了一下,盯着他道:"你们这些旧家庭,还生活在大清朝的规矩里,婚姻大事,为什么连自己的想法都不敢有?"

周钧儒终于明白她为何二十岁依旧待字闺中了,且不说她男子一样的装束行止,便是这太过新派的思想,也不是一般家庭敢于接纳的。想到此处,他反问董遐迩:"请问小姐的想法是怎样?"

董遐迩:"我是要留洋读书的,再在这个家里待下去,过不了三两年必然逼着我嫁人,男耕女织,相夫教子,与其那样过一生,不如畅快出去走一走,到欧洲列强的文明世界里去!"

周钧儒更加震惊:"你一个姑娘家,竟然想要出洋留学?"

董遐迩:"姑娘家怎么了?欧洲学校里没有中国腐朽的男女之尊卑,而且很尊重女子,那样自由呼吸的地方,才是我的向往。"

周钧儒忽然对眼前这位董小姐有了肃然的敬意,这样敢于打破藩篱、追求人生理想的勇气,与他所见的任何女子都不同,她仿佛时刻准备冲出牢笼,冲上天空迎风翱翔,自己在她面前竟显得太过平凡,泯然于庸人的世界。他认真地看向董遐迩,郑重说道:"我非常羡慕小姐有这样高远的理想,也愿你能飞到自由呼吸的地方,在下一介庸人,不敢奢望小姐有任何回应。"

董遐迩似乎有些疑惑:"周少爷,你没想过留洋读书吗?你家已经是大商,但毕竟只是父子传承的家族生意,如果出洋读个商科,再回来经营生意,一定能做得更好。"

周钧儒摇摇头:"我不能像小姐这样自由,父亲年事渐高,我要接手生意,娶妻生子,做一个普通人,过平凡的生活。"

董逯迤低头无言了一阵,带出几分遗憾和失落的神色,但很快就拿起鸭舌帽戴上,从衣袋里掏出一张纸,递给周钧儒:"这是我学校的地址,你有空了,可以给我写信。"

周钧儒接过,上面写的是开封一所教会学校,收信人却是一个洋文名字:Shire。他指着这洋文问道:"这个,怎么念?"

董逯迤笑了,把单词念给他听,又说道:"这是我的英文名字,和逯迤几乎同音。"

周钧儒费力地念了几遍,终于发音标准了,一边念着"Shire",一边说道:"这是我学会的第一个英文词,我一定会好好记着。"

董逯迤起身离开,周钧儒看着她上了黄包车远去,不禁深深地叹了口气:原来人与人的世界,竟有这样深的隔阂。

民国二十一年三月二日,日军全面占领了上海,并于第二日发表了停战声明。

早已撤退洛阳的国民政府,也终于稳定下来,中央大员和各机关单位的职员们都在一片抱怨声中,认命地做好了留守行都的准备。上海沦陷是一个早已注定的结局,并未引起太过严重的震动,众人或摇头叹息,或慷慨陈词,却丝毫于事无补,毕竟军政大权都完全掌握在南京蒋委员长手里。洛阳虽为"中枢"所在,但军政两方面实权人物都不在这里办公,国民政府的政令、公报,以及绝大多数的例行公文也都在南京办理,洛阳的国民政府只是空架子,颇像南京在中原的办事处。

又过了些时日,上海终于停战,国民政府开始与日本谈判撤军事宜,依当前局势,日本全面侵略长江沿线的危机暂且解除,因此洛阳国民政府的官员们也都松了一口气，并无多少紧急公务要办的国府官员们，日子过得极为乏味，因此便有些人不顾国难当头，暗暗计议着看几场戏聊作慰藉。河南省主席刘峙听得消息，立刻让省政府社会教育处的人安排，差事最终依然落在杜景箴身上。

这些在南京、上海见惯了文明世面的官员们，自然不会看粗俗的本地梆子戏，洛阳曲子也同样登不得台面，杜景箴思来想去，还是忍痛舍了向上层推广梆子戏的计划，请了一班京戏，一班昆曲，在新建成的国民大舞台演出。

这座国民大舞台比之前的戏园要豪华许多，是一座土木结构的大戏园子，四角有转角楼，座位八百余，还设有包厢，虽比不得南京的灯红酒绿、纸醉金迷，在洛阳也绝然是最好的看戏之地了。一连十天，京戏昆曲隔日排戏，台上名角打擂，台下座无虚席，前来看戏者高官显贵比比皆是，这座古老的城市俨然成了中原戏曲行当的标领之地。报纸上每日刊登着演出广告，国府要员们沉迷于南腔北曲，竟一扫行都颓靡之感，渲染出几分歌舞升平的气象。

这样的大场面，周钧儒自然是不能错过的，几乎每场必到，早早到后台与杜景箴打了招呼，待到开演时，便坐在台口位置看戏。台上角儿们的一招一式，行头道具，无不看了个明明白白，始知本地梆子戏、曲子戏，与京戏和昆曲的差距，直如云泥之别。

近二十年的人生里，他第一次有机会这样近距离地看到京戏和昆曲名角儿演出，且不说人家班子里的行当齐全，规矩严谨，单看台上的功夫，哪怕一个龙套，也是身藏绝技辗转腾挪，更不要说那些名角儿，唱念做打无一不精，招式动作皆有定式，诚然是端庄大气，华丽壮美，唱腔遏云，身法精妙，每日都把他看得惊为天界，梦中都不曾想过这样的场面。

每日下了戏，杜景箴便跟着周钧儒回周记药行暂住，二人常做彻夜之谈。周钧儒将川戏的变脸、滚灯、踢慧眼、吹火等绝活儿说给杜景箴听，杜景箴将京戏昆曲的奥妙之处与周钧儒拆解，说到兴起处，二人往往在屋中比画，轻声哼唱，时光竟过得飞快。

这一日看戏时，坐席中忽然多了一位年轻女子，身着洋装，明艳照人，鹤立鸡群般引人注目,坐在她身边的,却是周钧儒初识不久的谢君锡。谢君锡看起来与她颇为熟稔,一边看戏,一边不时悄声说上几句。待到戏终,谢君锡陪着她出戏园时,周钧儒正犹豫着要不要上前打招呼,谢君锡却已经看见了他,抬手喊道:"周少爷!"

周钧儒只好上前来问候,又对着旁边的女子点头示意。

杜景箴跟在周钧儒旁边,一眼见了那位洋装女郎,很有几分外国电影里明星的做派,看一眼便觉目眩神摇。他本是热情爱交游的性子,立即上前招呼道:"卓先遇到朋友了? 二位好,我叫杜衡,社会教育推广处的,也分管戏曲工作,二位觉得今晚的戏如何?"

谢君锡见他如此热情,只得回应道:"我平时戏看得不多,对昆曲也不太了解,只觉得这故事不错,唱得也雅致。"

杜景箴点点头:"您如此说,我就放心了。"又向着那洋装女郎问道:"这位小姐呢?"

那女子不知何处来的这样一个年轻人,虽有几分冒失,却热诚爽朗带出几分可爱,于是浅笑说道:"我是在开封待得闷了来洛阳散散心,不承想这里的班子比开封还要好,算得上意外惊喜。你刚才说,是社会教育推广处的?"

杜景箴听她说班子好,便有几分欣喜,又听她问起自己,连忙点点头:"正是正是,原来小姐也在开封?"

女子点点头:"听说社会教育推广处有电影放映机,什么时候能放些电影就好了,总看戏,时间久了也没意思。"

杜景箴:"当然可以放电影,小姐什么时候回开封? 我带着人去放就可以!"

女子见他如此认真殷勤,于是笑道:"我这两天就回去,到时候让人去社会教育处送信。"

杜景箴点头不止道:"好,我安排完这十天戏就回开封,一定满足小姐看电影的心愿!"

离开戏园,谢君锡陪着那女子走在街上,笑问道:"怎么从开封省城来到这个地方约我看戏？要是被我父亲知道了跟你见面，又不知道起多少是非。"

女子："明明无事，他们却要生非，不过跳了几次舞而已。"

谢君锡："你如今住在张厅长家里，也不怕那老东西起贼心？"

女子："他没有那个胆子，就算他知道我在南京、上海总去影院舞厅，也不敢对我如何。"

谢君锡："可是你又何必以身犯险？"

女子似笑非笑地看着他："怎么？你吃醋了？"

谢君锡："我担心你，不行吗？再说了，我为什么不能吃醋？"

女子这才笑了笑："明说了吧，有人对这老东西不满，要参他一本，我不过举手之劳，来收他点儿罪状。"

谢君锡："哦？还有人想参他的本？那你为什么告诉我？"

女子："我只是恰好知道，令尊似乎也对这老东西很不满，想搜集他的罪状很久了，不是吗？"

谢君锡饶有兴趣地看着她："如今这老东西刚刚有大功于蒋委员长，我父亲这个时候去找他麻烦，不是故意让委员长难堪？"

女子停住脚步："现在什么局势，你难道不比我清楚？南京政府刚刚收复各路军阀稳定下来，姓张的不是委员长嫡系，却要拥兵自重，如今又加紧练兵，妄图跟刘峙争省主席的位子，难道委员长愿意看他坐大？"

谢君锡："如此说来，你不从政，真是屈才了。"

女子："我送令尊这样一桩大礼，给委员长一个逼他裁军的理由，就问你收不收？"

谢君锡："我想收，却不知道拿什么来回礼，万一将来小姐对我厌弃了，我也有些怕你的手段。"

女子："怕什么？怕再起桃色新闻？"

谢君锡："我本来就声名狼藉，再添几桩风流韵事也没什么，不过多跪几天多挨几次打，但谢家可经不起你这翻云覆雨的纤纤素手。"

女子："罢了，这次人情不用还，是刘峙托我搞这老贼头，只是借你之手参他一本而已。"

谢君锡笑着,故作松了一口气:"原来小姐来河南是为了他? 我不过是小姐借刀杀人的一只手,如此,我就放心了。"

女子明媚一笑,又故意叹道:"我好不容易抽两天时间来这苦地方见你,你还要疑神疑鬼,真是没良心。"

谢君锡:"不敢不敢,戴小姐亲自驾临来看我,在下不胜荣幸。"

女子忍不住扑哧一笑,斜睨了他一眼,转身向前走去。谢君锡微不可查地摇头轻叹了口气,连忙紧步跟上。

潜入南京政府之后,他就与这位艳名远播的 Davy 小姐打得火热,人人都知道谢委员家大公子迷恋这位风流美艳的交际名媛。她本名戴薇,曾留洋法国读了几年书,回国后便游戏于洋场舞池,周旋于政要之间,不知多少人拜倒在她的石榴裙下,因此对政坛形势、官场秘辛几乎了如指掌。谢君锡有意接近她,便是要借助她的消息网,打探一些机密之事。

这位 Davy 小姐却也令人称奇,对年轻新贵翩若蝴蝶,对垂暮政客也八面玲珑,一时风情万种,一时端庄慧秀,一时如带刺蔷薇,一时又柔婉可人,几乎无有不被她倾倒者,她亦因此成了南京最负盛名的世家名媛。

谢君锡对她的艳名早有耳闻,也在许多场合有过会面,然而他们的初次交往却是一次巧合。那一日,谢君锡流连歌舞场夜半回家,恰巧看到 Davy 小姐自一所官邸悄悄出来,而那所官邸的主人,是南京政府举足轻重的军政要员,其人年过五旬,为人粗鄙,狂赌好色,Davy 小姐深夜出入他的官邸,经历了什么,不言自明。谢君锡一时恻隐,便请她上了自己的车,亲自送她回到寓所,却对她当夜的事一字不问,事后亦一字不说。自此之后,Davy 小姐便与他亲近起来,彼此渐渐有了欣赏之意。一来二去,国民政府里那些"太子爷"都认定了二人互有情意,一些专门打探名人八卦的街头小报也不时刊载他们的花边新闻,谢君锡也因此在老爷子那里吃了不少苦头。

然而这几年来,始终没人知道 Davy 小姐的真实身份,她本家姓戴,人人都怀疑她与国民党中央戴先生有些关系,戴先生对此也从不否认,但她的身份始终笼罩着一层谜团,数年来长袖善舞地游走于军政要员之间,很少有人知道她的真实目的。

谢君锡并不深究 Davy 小姐的身份,无论是听命于哪位高层的交际密使,还是冒名顶替世家名媛的借色敛财者,谢君锡都惊叹于她的聪明和手腕。所以她有事借助自己时,他也乐得提供便利,彼此间都有些心知肚明的默契。

但这个看不清身份的女子,总是会不自觉地浮现在他的心里,纵然原本接近她的目的是套取消息,他也不得不承认,这是一个令人难以拒绝的女人,也许是她太善解人意,也许是她太过聪明,她身上似乎有种奇异的吸引力,令人难以放下。然而他也知道,与 Davy 小姐的相处只能逢场作戏,若走得太近,她难免发现蛛丝马迹,到时就难以收场了。

至于 Davy 小姐来河南的目的,谢君锡并不会多问,但是凭推测也知道,她舍下南京、上海的歌舞繁华,来到这战后破败不堪的河南,自然不仅仅是收集张厅长些许罪状那么简单。天下初定,中原地区的位置至关重要,刘峙虽是委员长嫡系,却手握重兵,张厅长更是练兵已久,这两人若有一人对委员长生出异心,便是不堪设想的局面。Davy 小姐来到河南,显然是受命于高层,在歌舞酒场、政治旋涡间监视这二人的表现:二虎相争,只能留下对委员长更忠心的那个。

如今她将张厅长的罪证交到自己手上,便意味着委员长作出了选择:张厅长在河南已经无用了。

洛阳的周记西医诊所正式开业之后,周掌柜父子就回了偃师伊河镇,安排汉川入族谱。汉川过完年已经六岁,再不给他一个明确的周家子嗣身份,日后不知又要生出多少风波。

汉川回乡并不是什么秘密,周家很多族人都知道周掌柜带回一个五六岁的孩子,暗中窃窃私语非止一日,议论最多的,便是周掌柜有了亲子,必然对周钧儒生出嫌隙,到时父子不和、兄弟争产,都是早已料定的结果。

然而周掌柜看起来依旧极为器重周钧儒,处处以少东家的身份介绍他,似乎真的打算要他继承家业,挑起周记药行的所有生意。难道他真能做到亲疏无别?

开祠堂入族谱之日,周纪耕等人均未到场,作为族中唯一年届八旬的长者,他对此事已是有心无力,掉光了牙齿的干瘪两腮,昭示着他已时日无多。那些围坐在他身边鸣不平的人叽叽喳喳着,发出让他听不大清晰的声音,于是他努力提着干老的嗓音问了一句:"这次,是亲生的?"

有人便凑到他耳边大声回道:"七叔爷,这次是亲生的,他在四川娶了外室,怕魏氏大闹,私生子一样偷养了五六年才敢带回来。"

周纪耕呵呵笑了:"老三到底还是不甘心呐,谁能真舍得把这么大家业给个外人。"

有人道:"听说,他还在公开承认那买来的小子是周记少东家。"

周纪耕:"小的还太小,大的还有用,再等些年就不是这么回事了。"

又有人道:"万一到时候大的把着权力不放,小的还能争得过他?"

周纪耕:"争吧,争吧,争得越厉害,老三越知道艰难,等到这私生子长大了,兄弟闹起来的时候,老三想管都管不了了。"

众人纷纷笑起来,说:"当初他不听七叔爷的劝,等将来后悔可就晚了。"

此时的祠堂中,汉川已经给祖宗磕了头,又拜了父兄,在族谱上添了名字,从此正式被承认为周家子嗣:周汉川。

回到家中,周掌柜让汉川给母亲磕头,他依旧有些迟钝的样子,在父亲引导下给周太太磕了头,叫了"娘"。周掌柜向她郑重说道:"汉川此后就养在你膝下了,这是周家的嫡亲血脉,有了他,族里那些人就不敢再为难你,你也能带着孩子安生过日子了。"

周太太看着眼前这个孩子,有几分害怕,又有几分惊喜。自张氏将汉川带回来后,她始终梗着周掌柜在外纳妾生子之事,从未认真想过这个孩子与自己的关系。然而此刻汉川跪在她面前,她才真真切切地意识到,自己真的有了一个"亲生儿子"。哪怕不是自己所生,他也是真正的周家血脉,她盼了一辈子的心愿,竟这样阴差阳错地实现了:这是无可置疑的周家亲生儿子,是她倚靠终生的指望,也是未来能给她生下嫡亲孙子的人,传宗接代,血脉绵延,都在这一个孩子身上。她只觉全部心思都扑在了汉川身上——我的儿子堂堂正正姓周,周家的家产有了名正言顺的继承人,族中那些想吃绝户的人,就死了这条心吧!

她小心翼翼问:"有了亲儿子,从此以后,我再不用怕被人吃绝户了?"

周掌柜点点头:"是的,只要守着汉川,就再也不用怕了。"

周太太忽然老泪纵横,多年的委屈在这一瞬间全部涌了出来,一时竟哭得不能自已。她一把将周汉川拉起来,紧紧抱在怀里,好像抱着此生唯一的希望:"汉川,我的儿,我们周家有后了!"

周掌柜和周钧儒看她不再排斥汉川,父子二人对视了一眼,心里始终悬着的一口气松下来,汉川终于顺顺利利地认祖归宗了。

然而周钧儒知道,父亲心里始终有一个过不去的坎儿,那便是张氏。

张氏用二十多岁的年轻生命,给自己的儿子换来了一个"周"姓,也让这件原本值得庆贺的喜事,蒙上了沉重的阴霾。所以,他悄悄向父亲提议道:"汉川认祖归宗是喜事,但他还在孝中,就不请班子唱戏了,多带些香烛纸钱,去跟婶娘说一声,让她也能安心。"

周掌柜神色黯淡,点了点头:"你想得周到,就这样办。眼下还有另一件要紧事,汉川入了族谱,你就得赶快定亲,先成家后立业,你娶了亲,生下周家的孙子,当家立户才能名正言顺。"

周钧儒一时有些没回过神:"爹怎么忽然又提到我的亲事?"

周掌柜:"儿子不亲孙子亲,你在周家生下的孙子,才算得上真正的周家血脉,才能帮你名正言顺地掌管生意和家产,你懂吗?"

周钧儒:"可是汉川也会生下周家的孙子……"

周掌柜叹息道:"汉川……以前多机灵的一个孩子,现在整天呆呆闷闷的,两三个月了也不见起色,所以周家的指望,还是在你身上。"

周钧儒:"我……爹放心,我一定好好对汉川,让他平平安安过一辈子。"

周掌柜点点头:"你之前说过的那个姑娘,打听到消息了吗?"

周钧儒脸色一红,低了头回:"听说是缑氏街布匹行姚家的女儿。"

周掌柜点点头:"也得看她许没许人家,我托人去问一声就知道了,小门小户的孩子,都是知道过日子的,你要是真喜欢她,改天去相看一下也行。"

周钧儒:"其实,我只见过她三两次……"

周掌柜:"见几次有什么要紧,周家要娶亲,还怕谁家不同意? 只是这孩子还是要找机会相看一下的。"

周钧儒立即道:"不用找机会,最近逢三六九伊河镇大集,她都会来卖绣活儿。"

周掌柜笑道:"还说不上心? 这都打听得明白了!"

恰好第二日便是伊河镇大集,周钧儒一大早便起了,对着镜子试衣裳,长衫到西装试了两三套,头发梳得一丝不苟,想着显得太隆重,又略弄乱了一些做出随意的样子,最后依旧是穿了长衫,外面加了一件风衣,搭了围巾帽子,骑上脚踏车准备出门。

铁顺儿赶在后面故意问道:"少爷,你这穿得不伦不类的,去哪儿?"

周钧儒:"街上赶大集去。"

铁顺儿笑道:"咱家出门拐出去就是大集,你骑脚踏车做什么?"

周钧儒面上有些发烫,讪笑道:"自然还有别的事。"

铁顺儿一见,更笑了起来:"少爷去大集上好几次了,绣活儿也买了五六件,小孩子肚兜都备好了,是等着将来给小少爷用?"

周钧儒脸上越发红起来,说:"铁顺儿叔,你又拿我开玩笑!"

铁顺儿:"快去快去,可不敢耽误少爷的好事。"

周钧儒不再搭话,跨上脚踏车就出了门,骑不过几步,街上人多起来,便又着脚一点儿一点儿往前挪动。他原本个头儿高,看得远,很快就看到了姚青禾的摊位,于是蹭上前去,也不下车,歪着身子看她摊位上的绣活儿。

姚青禾一见是他,于是取笑道:"周少爷,今天又是哪个亲戚家添了人丁要送礼?"说着故意斜睨着他:"也不知道什么重要亲戚,天天要少爷亲自来选绣品。"

周钧儒:"少爷今天来个气派,把你这摊子包了怎么样?"

姚青禾:"那敢情好,只是我这摊上还有大姑娘的贴身小衫子,不知道周少爷买了要送给谁?"

周钧儒顿时神色僵住,舌头打结了一阵才说道:"买家买了东西做什么,卖家也要管?"

姚青禾见他语塞,越发开心:"谁叫我这摊子上,就你一个买主这么奇怪呢?"

周钧儒争辩不过,于是急道:"你就说卖不卖?"

姚青禾:"你都买去,让我早早收了摊,没事了干什么呢?"

周钧儒:"吃小吃,逛大集,看杂耍,做什么不行? 有闲工夫自在玩不好吗?"

姚青禾刚要说话,却见几位中年妇人走过来,围着摊子开始挑选,其中一人还搡开了周钧儒:"你一个男人家,挡着绣品摊子做什么? 也不怕耽误人家生意。"

周钧儒好面子,最不擅与妇人分辩,只得退让到一旁,却见那几个妇人商商量量挑来拣去,许久也没定下来买哪件。姚青禾偏还耐心地与她们说笑着,一件件拿给她们看,直让他烦得不知如何是好。又等了一阵子,实在忍无可忍,周钧儒下车绕到姚青禾身边,在她脑后嘟囔了一句:"我爹让人去打听你有没有定亲了。"

说着,转身就走,姚青禾听了这话一愣,待反应过来,不由得心有些突突地跳,连带着耳旁有些发烧,回头看时,周钧儒已经推着脚踏车走出几丈远,想要喊他又有些腼腆,只得耐下性子继续陪着那几个妇人挑绣品,心思却全然不在眼前了。

周钧儒回到家的时候,周太太正坐在院子里看汉川玩陀螺,他毕竟年纪尚小,将近三个月过去,已渐渐不再想起张氏去世的情形,但始终有些呆呆的,且很执拗,经常陷入一件事就不停地重复。就如现在玩陀螺,寻常孩子玩上一阵就丢开手,可他却能目不转睛盯着旋转的陀螺彻底入神,不转了就捻一下,已然一个多时辰了。

周太太看他进门,摆手道:"钧儒,你来。"

周钧儒绕过汉川,走到她面前。

周太太脸色不善:"听说,你最近对一个赶大集卖绣品的女子有心思?"

周钧儒心中一紧,只得敷衍道:"我只是去集上闲逛,没什么心思。"

周太太斥责道:"别忘了你是议过亲的人! 跟抛头露面的商贩女子牵扯不清,传出去什么名声? 要是被你姨母知道了,这亲事还怎么论?"

周钧儒低了头不敢吭声,心里却七上八下,父亲允了可以多相看几个女子,母亲却认定了要他迎娶表妹,自己的终身大事,竟一丝也不能自主,真如那董小姐说的:婚姻大事,为什么连自己的想法都不敢有?

想到此处,他小声嘟囔了一句:"爹的意思是,多相看几家女子。"

偏巧这句话被周太太听了个清楚,顿时恼怒起来:"娶哪家女子,还轮得到你来挑拣? 论家世品貌教养,你表妹哪里配不上你? 别以为我不知道你跟大集上那个粗野丫头的事,就算你爹同意相看了,她也进不了周家的门!"

周钧儒被叱骂了一顿,只得满心郁郁地回了自己院子,枯坐良久之后,拿出那几件绣品摆在眼前,对着鲜活的花样子愁眉长叹。方才在集上,自己一时孟浪说了父亲托人打听她是否定亲的事,可他若娶了表妹为妻,将来有何颜面与姚青禾相见? 但他随即自嘲地苦笑了起来:定亲之后,哪里还有机会再见她? 然而那双弯弯的眼睛始终浮现在眼前,竟似紧紧盯着他要质问个清楚,令他愧悔万分,无地自容。

然而晚间饭时,周掌柜喝完一碗汤面,擦了擦额头的汗随口道:"钧儒的亲事,是该定下来了,多相看几家女子,选个品貌性格都好的就行。"

周太太诧异:"不是去年已经定了吗? 我正要托媒人去妹妹家里提亲呢。"

周掌柜略皱了皱眉头:"那孩子太软弱了些,将来钧儒出门在外做生意,那样的性子怎么当家?"

周太太:"总归是知根知底的孩子,历练上几年也就够了。"

周掌柜："娶哪家的女子都无妨,重要的是跟钧儒合得来,能踏踏实实过日子。"

周太太冷笑："跟他合得来? 大集上的粗野丫头倒是跟他合得来,那样的女子能娶进门吗? 我让人去看过了,一双大脚,性子招摇,最爱抛头露面,而且牙尖嘴利说话刻薄,要是我们不拦着,他就敢让这样的野丫头进门!"

周掌柜咳嗽了一声,起身离开桌子,说:"生意人家的孩子也好,懂得过日子,你的心思我知道,但也不用事事都攀上亲戚。"临出门他又回头说了一句:"我已经托人打听了,姚家那个女子还没定亲。"

周太太顿时惊住:丈夫的意思,分明是不许魏家女进门! 当初想过继娘家兄弟的儿子,周掌柜便坚决不肯,如今夫妻三十余载,自己也已年过半百,丈夫竟还如此防着她的娘家人,她几乎寒心得落下泪来,但到底不敢违背周掌柜的意思,强忍了半晌才镇定住姿态,回头向周钧儒骂道:"我和你爹都还没看过,你就敢背着我们私订终身了?"

周钧儒一句话不敢说,站在那里听了一顿叱骂,心中却早已雀跃:只要父亲做主,这门亲事就定下来了! 然而他从未想过,自己心心念念的这份执着,竟成了姚青禾一生苦难命运的开始。

又过了几日,周掌柜果然安排了与姚掌柜会面,带着周钧儒到姚家布匹行"聊聊生意往来"。然而两家一为药材商一为布匹店,哪有什么生意可聊,实则是借机双方大人见一见,顺便相看一下两个孩子罢了。

姚掌柜早已在家里备好了点心干果之类,见周家父子二人到门口,便起身迎了进来:"周掌柜一向在外发财,难得回乡这么久,许久不见了。"

周掌柜也客气道:"姚掌柜久违了,缑氏街和伊河镇本是近邻,一向疏于问候,见谅。"

姚掌柜点着头,眼神便看向了周钧儒,说:"周少爷自小在两边街上走动,倒是见过几次,听说带出去跟了一年生意,老练稳重了很多。"

周钧儒连忙欠身道:"晚辈幼时不懂事,礼数不周之处,请姚掌柜海涵。"

周掌柜亲自带了儿子来给他相看,姚掌柜心里已经有了几分满意,如今又见周钧儒长得个子高挑,端正清秀,言谈举止都是知书识礼的大家少爷做派,更是早已看中了他,想着能与这样的富商大户结亲,再无不同意之理。

于是他向内咳嗽了一声,姚青禾便端着茶壶茶盏走了出来,放在桌上低着头道:"周掌柜,周少爷,请喝茶。"说完,收起茶盘便回后面去了。

周掌柜阅人无数,只看了姚青禾一眼,心里便有了七八分成算。她虽是低着头,却毫无羞怯之态,大大方方,脚下沉稳,说话不扭不捏,声气不浮不乱,一看便是个有主见能决策的孩子。论长相,虽不如何惊艳,却眉开目阔,面相饱满,这样相貌的女子往往心胸开阔,意志坚定,能经得起大事,也耐得住艰难。

有了这番判断,他心里有了底,暗道儿子看中的人果然不差,于是向着姚掌柜点了点头,便继续聊些叙旧和生意之事。

周氏父子二人离开后,姚掌柜忙招呼女儿出来,说:"周家少爷我看着不错,人品靠得住,家世更没得挑,我们小门小户的,人家看上了你,是你的福气。"

姚青禾本来脸上有几分欣喜雀跃,一听这话,立时有些神色低落:"爹怎么能这样说,好像咱们家要攀龙附凤似的。"

姚掌柜一怔,诧异道:"怎么就成攀龙附凤了?不是你觉得周家少爷不错,愿意让他们来相看的吗?爹可没敢大包大揽你的婚事。"

姚青禾拉住爹的胳膊:"咱家虽是小门小户,也没短了吃穿,就算他们家富贵,如果觉着我们是高攀了他家,我宁可在家陪着爹,也不要嫁到周家!"

姚掌柜摊手:"罢了罢了,你能看上周少爷,是周少爷的福气,行不行?"

姚青禾争辩道:"哪个看上他了?贫嘴贱舌的,每次到大集上赶着人家不放,啐!"说着,竟自己不由得脸红了,一拧身跑进了内堂。姚掌柜原本愣了一下,却看女儿又是如此神情,忍不住笑了起来。

又过了几日,周家托了人来提亲,特地请了大清朝时候专给官宦人家说亲的官媒人,老太太一身郑重旗装,坐着崭新的轿子车,后面跟着四个伙计,抬着十六样礼的红绸扎花箱子,浩浩荡荡来到姚家。

官媒人一到门前,下了车在门外便喊着:"敢问,可是姚老爷府上?"

姚掌柜连忙开门,一见如此阵仗,便知周家极为重视这桩亲事,于是赶紧应声道:"不敢不敢,鄙姓姚。"

官媒人:"今晨喜鹊喳喳喧叫,预报贵府喜事临门,老身官媒人李氏,撮合了一辈子喜事良缘,今日这样吉祥的兆头可是难寻。"

姚掌柜见她舌灿莲花般的说辞,一时竟有些接不住:"李夫人好,我内人故去十来年了,小女的事只好我来应承。"

李氏:"姚老爷且莫叹息,尊夫人那是天界化吉星,保佑小姐一生顺遂和美。听说府上小姐才貌双全,生得俊俏,女红精巧,持家贤惠,侍亲尽孝,可曾许配了人家?"

姚掌柜:"李夫人过奖,小女还不曾婚配。"

李氏:"伊河镇周记药行的少爷,年将二十,知书识礼,仪表堂堂,品格仁义,与贵府小姐正是天造地设,鸳鸯双配,不知姚老爷意下如何?"

姚掌柜被这一套套说辞绕得晕头转向,回道:"您老亲自登门说的亲事,一定是好的,周家少爷前几天也见了,确实是个妥当孩子。"

李氏顿时欢喜道:"这么说来,老身先给姚老爷道喜了!郎才女貌自古成双,天赐良缘四角俱全,府上小姐和周家少爷乃是月老亲拴的红线,前世注定的姻缘,周家托老身送来了庚帖和提亲礼,请姚老爷赐一张小姐的八字庚帖,合婚之后,便定下这桩喜事,老身只等着讨一杯喜酒了。"

姚掌柜连连道谢,拿了姚青禾的庚帖给媒人,又封了两块大洋做谢媒礼,周钧儒和姚青禾的婚事便说定了。

然而周太太对姚青禾始终是挑剔的,一个出身不高、整日抛头露面赶大集摆摊子的粗野女子,竟然顶替了自家外甥女,成了周家未来的少奶奶,她如何配得上周家门楣?周钧儒本就是外来子,再娶回这样一个性情泼辣不好辖制的女子,自己以后如何管家?因此,遣媒下聘之事虽然风光,她心底里却是厌恶极了姚青禾,只是眼下无奈罢了。

二五　各有喜忧

定亲之后,周钧儒出现在伊河镇大集的时候更多了,几乎每次都不经意地路过姚青禾的摊位,暗暗塞给她一些东西,不是点心吃食,就是银镯银簪,或者一些稀奇的西洋玩意儿。姚青禾不是扭捏羞怯之人,周钧儒拿来便收下,却必然也回他一份心意,荷包、手绢、鞋垫、袜子等,全是亲手做成,针脚细密舒服,绣工精巧可人,每每让周钧儒惊叹,爱不释手。

这一日闲来无事,眼看春光已至,艳阳明朗,周钧儒便骑了脚踏车到缑氏街姚记布匹行附近,拿两颗糖哄一个孩子道:"你悄悄去把姚姐姐叫出来,就说有个哥哥找她,不要让人知道。"那孩子果然跑进去,不一时,姚青禾便站在门口张望,看到不远处周钧儒跨在脚踏车上,眼里顿时有了神采,轻快地走来问道:"你怎么到这里来了?"

周钧儒:"想不想到县里去? 我们出去逛一天再回来,去不去?"

姚青禾:"想是很想,可怎么跟我爹说?"

周钧儒:"还不简单,就说谁家约你去画花样子,要做几件大绣活儿。"

姚青禾:"做大绣活儿是要付定钱的,这钱哪里来?"

周钧儒:"不仅定钱我出,绣活儿也是我买,行不行?"

姚青禾:"你买? 我怎么卖给你? 你一个男人家,又不穿绣花衣裳。"

周钧儒："你给自己做几件鲜亮衣裳，我买了，等你嫁到我们家再穿。"

姚青禾啐道："你这嘴里一刻不胡吣就难受吗？到时候让人笑话我说，人还没进门，嫁妆先到了！"

周钧儒："早晚都要到我们家，已经定了亲的，还在意他们胡说这些？"

姚青禾白了他一眼："就知道你不是正经人，第一回见你，身边就有个女孩子，别当我不知道。"

周钧儒回忆了片刻，忽然想起那日郑好儿哭着跑了，顿时慌了起来："你可不许误会，那是个戏班里的坤角儿，我只是给她说几句戏。"

姚青禾："管她什么坤不坤角儿，以后不许再和这些女子有事。"

周钧儒："冤枉，我什么时候有过事？我青天白日地来约你去县里逛，你倒审上我了。"

姚青禾笑道："好了，不为难你，今天跟你去县里逛，在这里等我。"说着，她跑回家，过了不多时又走出来，换了一身鲜亮衣裳，头上扎了围巾，蒙得只剩一双眼睛。

周钧儒诧异道："你这是干什么？"

姚青禾："被人认出来要说三道四的，自己严谨些，小心没大错。"

周钧儒定定地看着她，忽然笑了："你说的都对，可是到了县里，很多人也都认识我，难道你就一直这样蒙着？"

姚青禾："那就没事了，反正县里认识我的人又没几个。"

合婚之后，周掌柜和姚掌柜便把婚期定在了年底，只剩半年多时间，周家立即紧张地安排起了周家少爷成亲的各项准备工作。这是周家的第一桩喜事，周掌柜极为看重，一切都要求最好，定要办得极尽排场，因此需要忙碌的事务，置办的家具什物，新做的被褥衣裳等堪称浩繁。周太太一人操持不过来，便请了几位有经验的妯娌亲戚来帮忙，又让人分头打家具，做针线，采买的东西也一一罗列出来照单去办，几乎忙翻了天。

妯娌几个一边议论着婚事各项事宜，一边恭维着周太太家里添喜，早日抱孙享天伦之乐。然而周太太始终神色不豫,尤其她们都知道定的新媳妇是街头摆摊的姚青禾,而且都曾见过的,更觉抬不起颜面,只得强颜欢笑罢了。

正说着,外面送进来二十几箱缎子,供周太太选择。

周太太让人将箱子一一打开,只觉满箱子都是鲜艳亮丽,彩绣华美。既要做新嫁娘的四季衣裳、被褥床品门帘等,又要留几十匹做聘礼压箱,因此需用的布匹绸缎极多,挑选起来格外耗时。几个妯娌帮衬着一匹一匹地看,赞不绝口,又议论着哪一匹该做何用。

其中一个妯娌便说道:"这么好的缎子,再配上姚小姐那一等一的绣工,不知道要多鲜亮,将来三嫂子多了一个得力的好帮手呢。"

周太太听了这话,更觉她嘲讽姚青禾的出身配不上周家门楣,因此便岔开话头:"谁想到她就有这样的福气,被钧儒一眼相中了呢?"

那妯娌又说道:"三嫂子也是有福气的,明年钧儒成了婚,转年就要做奶奶了。"

周太太敷衍道:"新媳妇还没进门,哪里敢想那么远。"

那妯娌说道:"怎么不敢想?钧儒年轻能干,跟着三哥走南闯北的,历练上几年就能接手生意,家业后继有人,到时候你和三哥只管抱着孙子享清福。"

周太太越发笑得艰难:"就盼着那一天呢,培祥一年到头在外奔波,身体也是一年不如一年,要是钧儒能替把手,让他歇一歇,也是他的福气。"

另一个妯娌便说道:"三哥和三嫂这是认定让钧儒接手了?那汉川怎么办,到底是三哥的亲儿子,钧儒要是掌了家,到时候再生下孙子……"

几个人对视一眼,点了点头:"儿子不亲孙子亲,那就是名正言顺的长房长孙了。"

周太太原本就心中有刺,听着几人的闲话,忽然心里咯噔一声,被什么狠狠撞了般,猛地意识到一个问题:周钧儒已经是名正言顺的少东家,若是姚青禾再生下儿子,偌大家业就全部落入他手里了!自己和汉川将来难道要倚靠着他们二人过活吗?

她本就经不住事，再听上两句挑拨，顿时慌得心里突突乱跳，焦躁得一刻也待不住，只说了一句"你们先挑，我有点儿事要回屋一趟"，便慌慌张张地向正厅去找周掌柜。一路上想着周钧儒的聪慧能干，又想着汉川不甚灵气的样子，显然没有任何能力与他相争：周家嫡亲血脉便要被排挤在外了，自己的丈夫竟对此毫无察觉吗？

　　周掌柜见她一脸慌张急匆匆走来，因小脚疾行，额头上都微微冒了汗，连忙停了手中的事，带她到书房坐下，问道："你怎么来了？有急事？"

　　周太太："培祥，你是真的想让钧儒接掌家业？"

　　周掌柜点头："当然，钧儒是老大，又聪慧有胆识，他来接管生意，才能继续把周记药行做下去。"

　　周太太焦急道："可是汉川呢？汉川是周家的亲生血脉，要是钧儒继承了家产，周家就落入外姓人手里了！"

　　周掌柜脸色顿时沉了下来："谁又在你跟前说什么了？都十几年了，还有人拿钧儒的身世嚼舌根？"

　　周太太："还用人嚼舌根，你自己心里难道就没个成算？等到钧儒生了儿子，汉川就真没机会了！"

　　周掌柜："这么多年了，钧儒什么品性你看不出来？他是一心一意把周家当作自己家，你却把他当外姓人？"

　　周太太："可他毕竟不是周家血脉！"

　　周掌柜："汉川倒是亲生，可你看那孩子，将来能管得了生意吗？这是个乱世道，我们只能指望钧儒，得先保住周家的产业不败落，再去想别的。"

　　周太太："钧儒继承了家业，还能容得下汉川吗？"

　　周掌柜："怎么容不下？汉川是他亲兄弟，只要没人挑拨，他一定会好好照顾汉川。"

　　周太太："你就这么信得过他？"

　　周掌柜："我们从小看他长大的，还不了解他的脾气秉性？倒是你，耳根子软，听风就是雨，以后不许再听那些人嚼舌根，更不许在钧儒面前表现出来。"他紧紧盯着周太太,严肃道:"尤其不能听信族里那些人的挑拨,忘了当年我们差点儿被吃绝户?你只牢牢记住一件事——钧儒就是亲生儿子,他继承家业,周家的生意才能稳稳当当传下去,你我夫妻才能安享晚年。"

周太太听得"吃绝户"三个字,顿时心有余悸地哆嗦了一下,连连点头。

周掌柜:"知道厉害就好,以后谁的话该听,谁的话不该听,你心里要有数。"

周太太心思安稳下来,不再慌乱。周掌柜看她离开,深深叹了口气。自己一步步安排得如此稳妥,依然有人从中挑拨,周钧儒将来真正执掌家业时,不知要面对多少非议和质疑,尤其是周太太这般没主见,经不起三言两语,稍有不慎便让钧儒难以立足,想要长长久久保住一份家业,何其艰难?

此时,周钧儒与姚青禾在县城里兴致正浓,全然不知家里已因他们起了一段小小的风波,虽然暂时平息了,但风波的种子已经落地,未来终将生根发芽,引发更大的劫难。

姚青禾坐在脚踏车后座上,风细细地吹在脸上,和暖轻柔,她的心也渐渐软得春水一般,起了淡淡的涟漪。眼前这个在她面前有几分笨拙的小伙子,放眼全县也算一等一的出挑人物,人品相貌,学问家世,都没得说,尤其那爱说爱笑从不急恼的性格,总能让她忍不住挑起嘴角,很是合心合意。

那一日怎么就那样巧,他一跤摔在了自己面前,本想拿他逗个趣,他却丝毫不显狼狈,还能笑着问自己是哪位神仙家的小姐。想起他趴在地上却笑望着自己的神情,她越发忍俊不禁,两眼弯成了月牙。

正心神洋溢时,就听周钧儒问道:"前面就是市场,快正午十二点了,我们吃点儿什么?"

姚青禾怔了一下才回过神来:"也没什么新鲜花样,随便吃点儿就是了,先走着看看。"

二人推了脚踏车并肩走着,在熙熙攘攘的摊贩间穿行,无非是些馄饨炸糕汤面之类,他们随意坐下来吃了些东西。正要去新开的百货商店看一看,却遇祁书瀚也来此午饭,周钧儒躲闪不及,便听他喊道:"卓先?"

周钧儒只得回道:"祁先生,好巧,在这里遇上了。"

祁书瀚:"这里离学校近,我常来这里打发一餐。这位姑娘是……"

周钧儒连忙回头看了一眼姚青禾,却见她依旧大大方方,并未羞怯退缩,于是放下心来说道:"姚小姐,已经跟我定了亲事了。"

祁书瀚连连赞叹:"果然是天作良缘,卓先与姚小姐站在一起,璧人一双。"

周钧儒笑了笑:"听说祁先生前阵子受了一番磨难惊吓,如今怎样了?"

祁书瀚:"倒真是一番大大的惊吓,险些丢了命,幸好后来查明我是冤枉的,不然这罪名可是有一个枪毙一个的。"

周钧儒:"幸好没事。"

祁书瀚叹了口气:"我虽然没事,可学校招生却困难了,这个学期几乎没多少学生上课,你要是知道谁家有孩子想读书上进的,就告诉我,哪怕贴补学费,也要招进来上学。"

周钧儒:"好,我留意着这事。"

祁书瀚:"好了,你快陪姚小姐去走一走吧,我就不打扰二位了。"

周钧儒和姚青禾笑着别了他,向百货商店走去。

姚青禾便问道:"刚才那位祁校长,也是你朋友?"

周钧儒苦笑:"确实是我的朋友,我很敬重他的为人,只是年前为了他的事,父亲差点儿打断我的腿,幸好他没有真的通共,要真坐实了,我都可能被牵连。"

姚青禾吓得睁圆了眼睛:"通共?! 你怎么敢跟这样的人来往?"

周钧儒:"怕什么,只是虚惊一场。"

姚青禾:"以后可不要不问底细就什么人都交往,你周钧儒可是全县出了名的爱交游好热闹,还经常搭班子票戏,不定什么时候就被人连累了。"

周钧儒惊讶地看着她:"我是这样的名声吗?"

姚青禾:"你自己不知道? 大家都说周家少爷是个混戏班的浪荡子,要不是你还能识文断字经管生意,可真就是败家子了。"

周钧儒:"那你怎么还看中了我? 不怕我真的败了家,你跟着我吃苦?"

姚青禾:"凭着双手过日子,就算真受苦,老天也总能给一条生路,何况你又读过书,还真能饿死我们不成?"

周钧儒笑了笑:"这可说不准,万一将来我不是少爷了呢?"

姚青禾自然听说过他的身世,因此慢慢答道:"你是不是少爷有什么要紧? 我跟着你又不是为了当少奶奶,你是庄稼汉,我就跟着你一起种地;你是小生意人,我就跟着你出摊子……"她抬起头郑重望着周钧儒:"只要你是你,不管你是周家少爷,还是别的什么身份,都不重要。"说完,她脸色一红,低下头去。

周钧儒忽觉心中溢满了温暖:原来她竟这样懂得自己! 这些年他最不敢示人最不愿面对的记忆便是自己的外来子身份,可她三言两语就化解了自己的心结,仿佛久未愈合的伤疤被温柔抚过,瞬间卸下绷了十几年的心弦,整个精神松弛下来。那一刻,这个女子在他心里前所未有的重要起来,他热切地望着她,在她清亮的眼睛里,照见了真实的自己。

散漫地逛了一阵,二人走进百货商店,周钧儒看了一圈,选了一块女款西洋手表给姚青禾,出手便是三十大洋。姚青禾一惊:"你怎么买这么金贵的东西?"

周钧儒伸出手给她看自己的手表:"有了手表,就能随时看时辰,以后再约你出来,就不用一直等着了。"说着,便拿着手表教她如何看时间,如何拧发条上劲儿。姚青禾只觉处处新奇,仔细辨认着表盘上的指针,随口问道:"这时间跟你的手表一样吗?"周钧儒回道:"调到一致,自然就一样了,如果发条松了,指针就不走了,就要重新调。"

等姚青禾学会了看指针,周钧儒便要把手表与她戴上,她却舍不得上手,掏出一块帕子将表包了,小心翼翼塞进怀里。

走出百货商店,正要骑车时,却发现脚踏车后轮胎瘪了,周钧儒哭笑不得地看着:"车子坏了,我们只能走回去了,二十里路,你走得动吗?"

姚青禾也笑了起来:"让你显能,非要骑车来县里,这下好了,有来无回了。"

周钧儒并不急,说:"天色还早,我把脚踏车放到祁校长那里,咱们走回去,要是走不动了,我背你。"

姚青禾:"为什么不到你家药行牵一辆马车?"

周钧儒:"那不是让人知道我带你出来了?跟你爹怎么交代?"

二人忍不住哈哈大笑,将那失了神气的脚踏车送到偃师县公立小学,请祁书瀚代为保管。

祁书瀚见了那脚踏车,顿时心中一震:这分明是泥鳅牺牲前送给周钧儒那一辆,睹物思人,更觉心中悲怆不已。然而他并未表现出丝毫异常,只是笑道:"这脚踏车跑了气了,要送到洛阳的修配行才能修。"

周钧儒懊恼道:"正是呢,偏赶在这个时候添乱。"

祁书瀚忽然心中一动:"我这几天正要去洛阳,把它带上一起修了,不是正好?"

周钧儒连声道谢,当下把脚踏车留在学校里,便拉着姚青禾的手往回走,一路闲聊着,走走停停,信步而行。姚青禾走不动时,周钧儒便陪她歇上一会儿,虽有些劳累,却也惬意安然。

此时的河南依旧不太平,中日上海停战后,国民政府对鄂豫皖三省的"围剿"便迫不及待地拉开了大幕。据说蒋委员长已做好计划,对鄂豫皖苏区进行第四次"围剿",兵力部署也都做好了战备,只待上海停战善后完毕,便要长驱进攻红军根据地。

当年五月底,蒋介石亲任剿匪总司令,以中右两路军三十万嫡系精锐部队并四个航空队,对鄂豫皖苏区进行第四次"围剿"。中路军由河南省主席刘峙率七个纵队向大别山进军,蒋介石兼任司令官,并亲授"并列推进、纵深配备、步步为营、边进边剿"的战术,对苏区根据地形成大军压境之势,仅有四五万红军的鄂豫皖根据地遭遇十倍兵力围攻,顿时处于不利之地。

作为蒋介石的嫡系爱将,刘峙指挥着二十余万大军,又掌管着中原第一大省,国民政府驻地洛阳亦在其属地之中,军政大权在握,雄霸一方,可谓风光之极。更令他松了一口气的是,张厅长的两个师担任剿匪先锋军,也归属在他的麾下,这无异摆明了委员长的态度:张厅长并非亲信嫡系,虽曾有大功于蒋,如今手握精兵已引起猜忌,令刘峙趁剿匪之机,对其消耗兵力架空兵权,但不予批准增募新军,自可日渐削弱他在地方和中央的势力。

得到这样的指示,刘峙心神大快,急请了卢启斋来见,并将委员长的部署电令拿给他看:"还是启斋兄高明,借谢君锡之手告了他一状,才看明了委员长的态度。"

卢启斋:"我们若直接告状,便是地方大员之争,委员长最忌讳这些。但谢君锡不同,他与张厅长没什么往来,只是受命盯着洛阳,别看他一个小小处长,手里可是有上达天听的权力,由他来做这件事,才不会引起委员长怀疑。"

刘峙:"听说他贪腐枉法之事一报上去,委员长震怒非常,只是碍于他的颜面,没有下令申斥而已。"

卢启斋:"委员长怒与不怒,不能只看表面,主要看这人是否还有用,若是弃子一颗,那便要提子换人了。"

刘峙:"启斋兄这样的格局谋略,便是跟在委员长身边也能大用,这几年一直留在我身边,幸何如之。"

卢启斋笑了笑:"经扶兄于我有救命知遇之恩,士为知己者死,何况我也不是醉心名利之辈。等这次经扶兄再立大功,真正稳固了地位,我也就可以退隐山林,专心研究古籍了,平生之志,便是注疏古今政论文集。"

刘峙感喟道:"启斋兄真国士之义,名士之风也,将来我把这些古籍注疏刻版发行,让启斋兄的大论名扬天下。"

卢启斋:"且不说这些,此次剿匪,经扶兄务必遵循两件事,一是委员长的剿匪作战之策,看起来虽过于谨慎,却是稳扎稳打一劳永逸之法,只要照此用兵,必可收获奇功;二是经扶兄手上这二十余万大军,都是委员长的绝对嫡系,首要之事是一个忠字,不可给人进谗言的机会。"

刘峙:"我自然知道这些,剿匪功成之后,我就立即交出兵权。"

卢启斋:"这次是天授大功于你,就算不能全歼共匪,把他们赶出鄂豫皖三省,也算是出师大捷,功成名就。"

这次剿匪的用兵部署并非机密,报上大字刊登了蒋委员长的剿匪计划,祁书瀚看到报纸,立刻意识到了鄂豫皖根据地面临的危机。十倍悬殊的兵力和军备差距,以及步步为营稳扎稳打的作战计划,鄂豫皖根据地必将被占领,多少鲜血牺牲燃起来的红色火种,也许将要就此熄灭。

开春的时候,祁书瀚接到了党中央的回复:原地静默,等候安排。

他明白这句话的含义。对于身份暴露的地下成员,组织上一般会安排撤离,或是前往苏区,或是到一个陌生的地方隐姓埋名重新开展工作,然而当前"剿匪"形势严峻,鄂豫皖根据地和中央苏区都面临重兵"围剿",上海党中央也遭遇了极大的破坏,鉴于他的处境尚可维持,组织上并未急于下达转移通知,而是继续等待最佳时机。

但他终究会离开偃师,也许不久之后,他就不得不抛却妻子和父母,成为一个负心之人。

在这段暂时平静的日子里,学校里的工作也终于有了些起色。四月份以后,小学陆续招生四五十人,又聘请到三位老师,总算能像样地开课了,他也因暂停了党组织内的工作,专心教学,时间上轻松了许多,每天都能早早下班回家陪伴父母妻子。

这一日回家时,他忽然推了一辆擦得干干净净的脚踏车进门,康宜俭颇为诧异:"哪里来的?"

祁书瀚笑道:"我托人从洛阳买回来的,新的买不起,只得买个二手的。"

康宜俭咋舌道:"也要花许多钱吧?这洋车都是国外进口来的,贵得很。"

祁书瀚:"确实金贵,一百多大洋呢,每天上下班都要走五六里路,还要经常去乡下招生,有个脚踏车到底方便些。"

然而他并未说出真实缘由:他决意将泥鳅同志的遗物留在自己身边,因此竭尽所有凑钱买了一辆全新的,以感谢周钧儒对学校重建的捐助为由,坚持将新车换给了他。

待他终于将这辆脚踏车收为己有之后,几乎落下泪来,当天夜里宿在学校办公室,极其珍惜地把这辆车擦拭得一尘不染,守着它坐了一夜:泥鳅已经离开两年了,这两年来他们经历了太多的流血和牺牲,每个人都走在这条没有归途的路上,下一个也许就是自己了。

然而康宜俭并不知道他这份心思,兴致盎然地让他骑上试试,祁书瀚见她高兴,便抬脚跨了上去。奈何这东西并不好使,顾得了手上顾不了脚下,歪歪扭扭的,连直着向前走都不可能,此前见别人骑车很是轻巧,自己上手简直比掰着两只牛角都费力。

康宜俭看他如此,更是咯咯笑个不停,几乎直不起腰来,连祁老先生和祁母都出来看热闹,全家看着祁书瀚降龙伏虎一样与那脚踏车较量。

足足半个多时辰,这辆车才渐渐听话,祁书瀚能骑着在院子里转圈了,他看着康宜俭饶有兴味的神色,忽然想起周钧儒载着姚小姐的场景,竟觉十分美好,于是便向她说道:"宜俭,坐上来,我载你出去转一圈。"

康宜俭连连摇头:"别了别了,我可不敢坐,还是等过些日子你骑得熟了再说,现在一定会摔我的。"

祁书瀚愣了一下,笑道:"你说的是,现在我自己都可能摔跤,怎么敢让你坐。"

吃过晚饭,祁书瀚便回了书房,翻开一张《河南明细地图》看,心中暗暗推演国民党军的进军之策与鄂豫皖苏区如何防御,正看得有几分心得,康宜俭却悄悄走进来,自身后揽住他的脖子:"书瀚,看什么呢,这么入神?"

祁书瀚在肩头拉住她的手:"闲来无事,看看地图打发时间。"

康宜俭:"看地图也能打发时间? 你平时都是看书的。"

祁书瀚:"地图上也有许多门道,不看地图,就不知道我们河南有多大,也不知道我们偃师县在河南的什么地方。"

说着,站起身来,把她拉到桌前椅子上坐下,指着地图一一解释,二人讨论着洛阳作为历史旧都的过往,讲着偃师的人文掌故,又在地图上一城一地与她讲各处风土民情,开封如何,南阳如何,信阳如何,等等。说到起兴时,祁书瀚随口道:"等将来太平无事了,我就带着你去各地走一走,去开封我上大学的地方看看,再到陕西省去看看西安,那才叫逍遥自在。"

康宜俭出神地听着,满面俱是向往之色:"我们将来真的可以到开封和西安看一看?"

祁书瀚:"当然,坐火车,几个小时就到开封,西安也不过一半天就到了。"

康宜俭忽然情绪低沉了:"也不知道什么时候能去看一看,现在世道这么乱,平平安安地过日子都难,总担心不定什么时候就出事,哪还敢想着出去。"

祁书瀚本是一时兴起,如今见妻子有些低落,便意识到自己太过理想了,这样的愿望怎可能轻易实现,也无奈叹道:"是啊,不知道什么时候能等到天下太平,好在你我还年轻,哪怕等到头发白了,我能陪你出去看一看,也算不枉此生。"

民国二十一年五月五日,国民政府与日本终于达成了撤兵协议,中国恢复了对上海的管辖,但中方不得在上海至安亭、昆山、苏州一带地区驻军,而日本却可进驻"若干"军队,堂堂中华领土,竟成他国驻军之地。十九路军浴血奋战月余,得到了全国民众的热情支持,近者箪食壶浆,远者输财捐助,军民一心,同仇敌忾,在消耗千万发枪弹,付出一万四千余军人伤亡的惨烈代价后,终于逼迫日军停战,不料却换来了如此结局,令人唏嘘不已。

然而对普通百姓来说,没有战争便谢天谢地了,长江沿线一带的危机解除,不必随时准备舍家逃难,农人继续耕作,商户开门营业,生计又可以维持了。

周记药行在重庆、武汉的生意是重头,两城皆在长江沿岸,日军军舰若长驱直入,两地便会首当其冲,周掌柜甚至做好了放弃川鄂撤回河南老家的准备,然而竟盼来了上海停战日寇撤军的消息,一时心里大为轻松,便准备带着周钧儒再赴重庆,让他全面介入两地的生意和军需药材供应。

临行之前,他决意为周钧儒大办一场定亲礼。一则正式宣布周钧儒将要成家立业,可以名正言顺接管周家生意;二则也庆祝周记药行再次有惊无险地度过了时局艰危,南方的生意又可以继续开拓市场了。

自旧历年前一直气氛压抑的周家,终于在将夏之际迎来了一桩喜事,整座家宅的沉郁之色一扫而空,处处张灯结彩,人人喜气洋洋,宅院正门扎了红绸,火红灯笼沿院墙一直挂到临街,前所未有的排场气势。又在街上预先搭了高台,请了两班戏当街打擂,周边村镇的百姓都知道周家要大办一场,都等着看热闹场面。

场面铺排得虽大,却因只是定亲而非成婚,周掌柜并未正式下帖子请宾客,只是请了周、姚两家的近亲长辈,还有周钧儒的义父贺扶光一家,再有就是与周家来往密切的世交故旧等。当日在前厅摆了七八桌席面,周掌柜和姚掌柜坐在主位,周钧儒换了一身吉服,拜过父亲和未来岳丈,两家互换了庚帖和合婚书,父子二人向前来道喜的宾客轮番敬酒,女眷们则在内院另摆了几桌,整整热闹了一天。

宅院巷口另设了施粥棚,所有道喜者、贫苦者都可以领一碗粥,一个两掺面大馍。春荒之际,百姓衣食无着,当日竟有周边村子数千人来领施舍,甚至有人扶老携幼全家跋涉十几里路来到伊河镇,只为这一顿饱餐。自晨起到夜间,粥棚前排队的人群始终不散,周家富庶慈善之名远播百里。

然而更吸引人的还是那当街对唱的两台戏。一个是李坤和的曲子班,郑好儿在偃师县声名正盛,自有大批戏迷捧场;另一个则是特地从洛阳请来的梆子班,如今的洛阳已是各地戏班竞相争辉之地,不少名噪北平、上海的名角儿也纷纷带着班子来到洛阳,本地的小戏班难免受排挤,只得到周边的县镇演出,周家请到的这班戏,也是曾经红过一时的。

李坤和的曲子班不曾进过大城,大部分时间只在县城乡镇,甚至田间地头的高台上演出,如今与曾经在洛阳唱红过的戏班当街打擂,又一直备受周家照顾,因而格外攒着劲儿,定要赢了这个场面,压对方一头才算畅快。

然而郑好儿听说是给周钧儒定亲唱戏,脸上就不悦起来,坐在屋子里闷不作声,连她娘问一句,都被她甩手推了出来。

李坤和不知何意,因此隔着窗子问道:"好儿,你不是一向想给周少爷唱戏吗?这次怎么不乐意了?我们可是要跟洛阳曾经当红的班子对街打擂,要是输了,在周少爷面前可是颜面不好看。"

郑好儿:"我身上不爽,心里闷得很。"

李坤和急道:"晚上就要登台了,多少人不到晌午就在街上等着看戏,你这时候身上不爽,可怎么办?"

郑好儿:"我也不知道怎么的,就是提不起神,心里乱麻麻的。"

李坤和:"要不请个大夫来给你瞧一眼?"

郑好儿叹了口气:"不用了,我歇一歇就好了,你们都不要来吵我。"

李坤和:"你这个样子,晚上到底能不能登台?如果哑了场子,咱们戏班可就再也不能进偃师了。"

郑好儿赌气道:"我登台就行了,一定不会哑了场子。"

李坤和:"可是还要跟洛阳的班子打擂……"

郑好儿不悦道:"好了别说了,什么打擂不打擂的,周少东家忙着定亲,又不会亲自来看戏。"

李坤和一惊,心里不由得有些狐疑,难道这丫头竟是因为周家少爷定亲而不悦?这可是想也不敢想的事,一个下九流的戏子,能够自甘人下才得平顺,万一有了攀高望上的心思,多的是惨剧收场,郑好儿这是耍孩子脾气,还是真动了不该有的念头?

想到此处,他心下急了起来,连忙追到好儿娘那里,开口就问道:"婶子,好儿最近是不是有心思了?"

好儿娘诧异道:"什么心思?"

李坤和:"好儿长大了,今年虚岁都十六了,您就没看出什么?"

好儿娘："她一门心思都在戏上,没见对别的事上心啊。"

李坤和一跺脚："索性跟您直说了吧,她今儿闷在屋里不爽,是因为周家少爷定亲了!"

好儿娘顿时吓得一惊："李老板,这话可不是浑说的,咱是什么人,周少爷是什么人?"

李坤和："就说的呢,她万一真是这样心思,可是说不尽的苦要吃了。"

好儿娘："我得劝着她,孩子还小,冷上一阵子兴许就过去了。"

李坤和："但愿如此,今晚上这擂台,不打也罢,只要好儿能登台完完整整地唱下来,就算是对周少爷和戏迷们有个交代。"

当晚,沿街一东一西两台戏同时开场。梆子班唱的是《春秋配》,讲的是一对才子佳人历经磨难终成眷属的故事,饰演姜秋莲的当家花旦台上功夫深厚,唱得极尽婉转,观者如痴如醉;李坤和的曲子班是郑好儿的拿手戏《跑汴京》,好儿正是伶俐少女的年龄,唱起来口齿清脆词落如珠,兼之板眼明快节奏铿锵,虽身段风韵不及梆子班的当家花旦,却胜在少女明媚讨喜,一时间竟不相上下,台下的观众两头都不肯舍,在两台戏之间奔波轮转忙个不停。

郑好儿本自强打精神在台上唱着,连寻常七八分功力也使不出来,李坤和把着台口眉头紧蹙,忽然看见周钧儒悄悄走过来,与他打了招呼,便静静看台上演戏。郑好儿转身时眼神一瞥恰好见了他,立时神情大振,底气都足了三分,脚下也轻快了许多,一段八句唱下来,竟连博了三次好,另一头梆子戏台下的观众便潮水般向这边涌了过来。

李坤和也倍觉颜面有光,因向周钧儒道："大少爷,你看这丫头,是不是有几分气象了?"

周钧儒赞许道："确实是个唱戏的奇才,祖师爷赏饭,这身段嗓子精气神,都没得挑,历练上几年,到大码头闯一闯,说不定就唱成红角儿了。"

李坤和："她还是小孩子心性,台上不够稳,这是看了你在台口,心里有劲儿,才唱得这么提神。"

周钧儒："我是一天都忙得出不来门,早该来看你们的,结果拖到了这个时候。"

李坤和:"这样大喜的日子,你来不来看我们有什么要紧,亲事定下来,就等着完婚生个小少爷了,未来几年喜事连连,还少得了写我的戏?"

正聊着,郑好儿唱完一段得空歇息,急急端起水喝了两口,便到台口后面与周钧儒打招呼:"少东家!你怎么才来?"

李坤和笑道:"又说孩子话了,大少爷今天定亲,还能为看戏耽误了正事?"

郑好儿:"我还以为他今天没空了呢。"

周钧儒:"你唱得越来越好了,看看台下这么多人,都是冲着你来的,小小年纪就唱成这样,将来一定是个红角儿。"

郑好儿认真道:"少东家真觉得好? 刚才你没来,我还觉得唱着没意思呢。"

周钧儒:"台下那么多人看你,给你捧场叫好,怎么就唱着没意思?"

郑好儿一时有些梗住,低头了一瞬,才说道:"我该上场了。"说着,到后台换了几件行头彩衣,再次上了台,依旧是叫好声连成一片。

两台戏足足唱到夜深才散,虽未明说打擂,却要各凭本事争观众,若是一边观者如堵,一边冷冷清清,便会倒了名声,因此两家班子都是铆足了劲儿地献艺,定要较量个高下的,然而最终竟是势均力敌,堪堪打成了平手。这于洛阳梆子班来说便有了几分扫兴,毕竟名气远胜于李坤和的江湖小窝班,而郑好儿却自此更加红起来,偃师和周边几个县都知道了她不输洛阳名角儿,戏约不断,甚至洛阳有几个班子都想请她去合作一季。然而郑好儿母女感念李坤和的收留之恩,哪怕对方开的包银多些,也铁了心跟着他的班子,令李坤和感喟不已。

周钧儒定亲之后,周掌柜便计划着带他南下,而姚青禾已是待嫁之女,不好再到大集上摆摊卖绣品,因此二人见面反倒不方便起来。周钧儒每次都要到缑氏街上悄悄唤她出来,才能匆匆见上一面。姚青禾要躲着人不肯让看见,每次话都说不上几句便要回去。周钧儒总觉意犹未尽,却又无可奈何。

初夏时节,周掌柜带着周钧儒踏上了南下的列车。

临行之前,周掌柜一再嘱托周太太照顾汉川,并在县里请了一位读过高等中学的年轻人来教他国文和算术,且看启蒙如何,明年再做决议是否送他入学读书。汉川的情形始终不明朗,请了几位名医看过,扎针服药,也不见起色,若一味放任不管,兴许就完全痴傻了,只好尽力教他学些东西,不知能否有所助益,其余便只好看天意了。

火车窗外,已是麦熟季节,因逃荒弃耕者太多,麦田都不能连绵成片,很多良田撂了荒。周钧儒感慨着田地荒芜,民生多艰。周掌柜却始终盯着窗外出神,时则轻叹几声。

周钧儒见父亲如此,便说道:"爹还在为汉川担心?"

周掌柜:"好好的孩子,现在成了这个样子,他又没了娘,怎么能不担心?"

周钧儒:"娘对周家血脉看得极重,汉川是地道的周姓子嗣,她会好好顾汉川的。"

周掌柜:"也许是老天惩罚我,注定子孙不昌,唯一的亲生儿子才会变成这样。"

周钧儒:"汉川又不是先天就这样,还可以慢慢调养,再不济,以后等他长大娶妻,给您生下孙儿,依然是伶俐的。"

周掌柜:"你小子很会说话宽慰人,希望能如你所说吧。汉川给我生孙儿还远得很,倒是你,明年开春完了婚,要赶快给我生个大孙子。"

周钧儒嬉笑道:"这要看青禾生男生女,又不是我能说了算的。"

周掌柜:"我看那孩子是个硬朗爽利的性子,跟你倒也般配,要是个闷嘴葫芦,将来未必能过到一起。"

周钧儒:"就是太过爽利了,伶牙俐齿的,我都说不过她。"

周掌柜:"就该有个这样的人管着你,不然依你这胆大贪玩的脾性,有人递竿子你能把天捅出窟窿,将来不定闹成什么样。"

周钧儒故作无奈地看着父亲："我是这样的脾性吗？"

周掌柜："知子莫若父，从小到大，你可是淘了不少气，年前还险些惹了共党，那顿打实在不冤……"

到达汉口站，一下车便看到了这座城市的灾后凄凉。时隔半年多，洪水虽然退去，武汉三镇的百姓生活依然处于极度艰难之中。

风雨飘摇的国民政府一年之内经历了江淮水患、东北沦陷、上海会战，大灾大战连绵，早已无力救济水深火热之中的百姓，街上房屋破败如废墟，处处搭着难民棚，衣衫褴褛的人们面带饥色，竭尽全力地寻找一丝生存下去的希望。男人争抢着一天两毛钱做苦力的机会，女人和孩子们做针线、捡垃圾，在江边捕杂鱼杂虾，只为了下一餐能有些许食物充饥。人们对于生活的企望只能按日煎熬，没人去想下个月乃至明年的事，只要今日能有饭吃，便又多活了一天。

周记药行自去年重新恢复营业后，基本处于半义诊半舍药的状态，很难从苦难的百姓身上再去挣钱，好在一些权贵大户之家很认可他们，湘鄂赣及两广各地的军需药材生意也打开了通路，获利依旧可观。

周钧儒稍翻了一下账目，发现过去半年时间里，武汉的生意竟达到了两万多元的利润，比之前各地药行一年的总利还多。如此一来，不仅水灾之后修缮铺面和捐赠万斤药材的花费可以抵销，竟还有些纯利，真是意想不到的事。

周掌柜负手踱步盘算着："半年可有两万多盈余，照此下去，仅武汉一地今年纯获利就能达到十余万，再加上重庆、河南，如果没有大灾大事，七八万元当不在话下。虽说去年连遭重创，今年也算个好年景。"

周钧儒："今年的军需药材竟然有如此大的利润，实在超出意料，除了上海抗倭，南方地区没多少大战，药材需求怎么会这么多？"

周掌柜："之前是军阀互争，我们这些商人只能倒向一方，不能两边获利，如今南京政府把他们都笼络到一起，我们不用提着心思左右摇摆，财路自然就开阔了。"

周钧儒:"真希望从此以后天下太平,再也不要起战争了,让老百姓过几年安稳日子,我们也能踏踏实实做生意。"

周掌柜:"怕是难啊,没看见报纸上说又要剿匪吗?三四十万大军剿匪,这不又是一场大战?"

周钧儒:"我此前听李坤和说,这些红军共党在农民中很受拥护呢,要真像报上说的那样红胡子绿眼睛,比土匪还可怕,农民怎么会跟着他们反对政府?"

周掌柜立即训斥道:"胡说!这种话传出去,还要不要命了?!"

周钧儒:"虽然是胡说,可为什么总是剿不完呢?农民在国民政府治下照样是逃荒挨饿,也没过上好日子,说不定官还不如匪呢。"

周掌柜:"混账东西,越来越胡说八道,看来年前那顿家法打得不够!"

周钧儒顿时不敢多说一句:"爹教训的是。"

周掌柜:"一朝天子一朝臣,老百姓过日子,自然是李家来了姓李赵家来了姓赵,如今是蒋家天下,你就乖乖姓蒋,其他什么党什么匪,都不要去胡思乱想,懂吗?"

周钧儒无奈地点点头,又说道:"这几天我陪您先把三镇的铺面和账目盘一遍,再看看库房,也该向药农收购今年的药材了。"

周掌柜看他岔开话题,便也说道:"不仅要收购,还要比去年多收三四成,预留些增长的余地,盘过库之后,你来拟收购计划,我看过妥当了就派人去做。"

周钧儒应了,继续道:"去年大水也波及河南,很多药农弃耕逃荒了,再加上一些多年老药株的根泡坏了,今年报上来的药材价格就高了不少。"

周掌柜:"价格年年都有变动,只是今年涨得厉害些,别人什么价格,我们也什么价格就是,但是把关要严格,防着他们趁价高贪利,以次充好,或者掺杂压秤。"

周钧儒应道:"这些我都知道,收购药材的伙计们也都是老手,不会出差错的。"

周掌柜:"这都是日常琐事,做生意,你只要把好五件事:过硬的货源,忠诚的掌柜伙计,稳定的合作销路,生意布局的地域,当然,还有能带来生意,以及保障生意安全的人脉关系。今年你就专心摸透一件事,就是我这些年在各地积累的军政各界人脉关系。前面四件事,我打下的基础很牢靠,只要世道太平,就算三年不管,周记药行也能正常经营,只有这人脉关系,你只要牢牢握在自己手里,就等于握住了周记药行的前途和命运。"

自此,经管生意之余,周掌柜便带着周钧儒往返于武汉和重庆,周旋于各种应酬之间,军需药材采购,政界生意谈判,各方势力关系维护,明面上的请客送礼,暗地里的贿赂交易,全部让他参与其中,不过两三个月时间,他便跟着父亲跑遍了两湖两广和江浙赣一带,见识了这些年父亲积累下的庞杂人脉,编织这样一张大网,不知耗费了多少心血心力。周掌柜更是一一为他拆解这些人脉互相之间的关联和利益关节所在,甚至每个人的品性如何嗜好如何,无不极尽细致,若非他记性过人,几乎很难厘清这样错综复杂的关系。

这些曾经只掌握在周掌柜一人手里的生意命脉,连各地总揽生意的大掌柜都接触不到的机密,如今一层层呈现在周钧儒面前,而这,就是他接班于父亲成为下一代周家掌舵人的资本。

然而生意刚刚全面恢复,便听到一个令人震惊的消息:前些日子报上说的"剿匪",全面开战了。乱世行商本就艰难,周记药行刚从挫败中缓过神来,便又遭遇战事威胁,周掌柜心中颇为焦躁,每日盯着报纸看最新战况,只求战事不要波及武汉。

同样焦灼的,是远在偃师的祁书瀚。

这次"剿匪"的并非杂牌军,也不是与红军一接触就兵败如潮应付差事的军阀,而是真正的蒋介石嫡系精锐,军风军纪、作战经验、武器装备都是一流的,而且由蒋介石亲自调遣指挥,各军互为救援不敢懈怠,如此重兵步步为营地推进,很难当面抗衡,唯有避其锋芒,运动作战才能有一线生机。然而张主席固执己见,坚持正面强攻,竟与刘峙大军形成胶着之势。

很快,反"围剿"中的红军节节失利,前线耗损严重,后方又防守不足,竟成了首尾不能相顾之势,陷入极为被动局面。鄂豫皖根据地不断被蚕食收缩,苏区中央所在地新集亦面临极大威胁,数年发展壮大起来的根据地,短短几个月就到了生死一线的危急境地。

这些年来,祁书瀚经历了太多的失败,然而从未有一次令他如此哀叹。鄂豫皖根据地,这片藏在连绵大山里的革命热土,艰难地开辟、生存、壮大,短短几年发展到仅次于中央苏区的规模,成为无数革命志士的向往之地。老百姓在这里摆脱了被奴役的命运,过上了"人"的生活,得到了"人"的尊重,无数红军战士和革命群众浴血奋战,前赴后继用生命和鲜血的代价,保护了这片根据地。

然而这个理想,再一次破灭了。

形势不利的消息一个接一个传来,祁书瀚甚至觉得自己已被压抑得不能呼吸,所以接到党中央密电时,他几乎毫不犹豫就接受了任务:

两位共产国际的同志被困苏区,要不惜一切代价营救转移。

组织上没有透露这两位同志的身份和姓名,但"不惜一切代价"六个字,意味着他们在党内的身份无可替代,而且必定是党中央的核心首脑。

随同任务一起下达的,是转移通知:组织上要求他在完成营救任务后,随同两位同志一起转移,俟后再将他的家人护送过去。

祁书瀚忍不住眼圈一红,连同家人一起转移,代价不可谓不大,他们本已是坚定了信念要为革命牺牲的人,可在"围剿"形势如此峻急,鄂豫皖苏区和中央苏区都面临大兵"围剿",上海党中央也风雨飘摇的时刻,组织上依然关切他的家人,如何不令人感慨万千?

这个任务是同时下达给两个人的:"织女",谢君锡。

"织女"掌握着一条秘密交通线:这几年间,他建立了遍布河南的地下输送线路,紧急的物资、药品、人员,大多经由这条交通线运送到目的地,每一站都是单线联系,且有极为隐蔽的接头暗号,站点负责同志都是久经考验的当地人,因此这条线路每次都能顺利执行运送任务,从未暴露过。

然而谢君锡并不知道祁书瀚就是"织女",他的身份是绝密信息,未经党中央同意,不能暴露在任何人面前,纵然他们是共同执行任务的战友,他也只得以密电的形式与谢君锡取得联络,而此时,谢君锡已经搭乘火车前往信阳——刘峙大军"剿匪"的前线。

回到家的时候,祁书瀚却临门情怯了。这些时日,他已经做好了时刻动身转移的准备,但当任务真的到来时,他依旧不知如何向妻子开口。抛弃父母妻子孤身离开,是一个男儿对家人最大的辜负,他却不得不踏上这条无法回头的路。

他悄悄整理出所有的组织机密资料,裹好油纸,装进箱子,悄悄藏在寨子外面一个隐蔽的洞穴里,若他不能回来,这些秘密就将永沉地下。他叹息地最后看了一眼那些珍贵的俄文书籍,扣好箱子,埋上了土。只有中央重点发展且在共产国际有登记的党员,才有机会得到这些书,甚至很多革命同志为了运送传播这些书籍,献出了宝贵的性命:他手中的两册书上,就浸染着革命同仁的鲜血。

进门的时候康宜俭正在将几块染好的棉布挂在绳子上晾晒,沉稳的靛青色在阳光下多了些许飘逸,映着她白皙的面庞,很有几分淡墨山水的意蕴。看到他回来,康宜俭眼里的笑意更加温暖,随手将浮着皂角的染色木盆挪到一边,洗净了手上的颜色,才上前接过公文包:"今天怎么回来得早?"

祁书瀚拉住她的手:"你要用多少布,我在县城买回来就行,何必亲自染这些?"

康宜俭:"我总觉得自己织的布要厚实些,上身穿着也更绵软。"她拉着祁书瀚回到房里,指着一条新做的靛青色长衫:"这一条已经过了两次水,洗掉了浮色,再穿就不会褪色了,你换上试试。"

祁书瀚无奈地笑叹了口气:"不用试就知道合适,你给我做的衣裳太多了,都穿不过来,你也不要总是做这些,有闲暇了就歇一歇。"

康宜俭低了眼睛:"反正也没什么事,就做些针线消磨时间。"

祁书瀚自责地叹了口气:"宜俭,对不起,是我陪你的时间太少了。"

康宜俭轻摇了摇头:"你每天都回来,我就觉得这一天过得有盼头。"祁书瀚心中猛地一痛,也许过不了多少时日,他就再也不会回来了。

第二日,他换上那件新做的长衫,骑了脚踏车出门时,略一回头,就看到妻子隔着窗子笑着目送他,更觉心中不忍,一路之上看着乡野间的庄稼和树林,似乎一草一木都触景伤神,及至到了学校门口,终于没能忍住流下泪来。

周钧儒近几个月跟着父亲在武汉、重庆经管生意,每日忙得片刻空闲也不得,只有晚上躺在床上才能想一想姚青禾,尤其是看到那些乡下没有的洋货,便惦记着给她买一份,于是特地给铁顺儿发电报,让他去洛阳的时候买了悄悄给姚青禾送去。

姚青禾见了这些哆罗呢衣料、洋胰皂、香水等东西,很是新鲜,但更让她惊喜的,还是一台乡下妇女见都没见过的缝纫机。铁顺儿告诉她,这种新奇的东西在大城市很时兴,缝衣裳又快又平整,周钧儒定了几个月才终于到手。姚青禾琢磨了许久,才搞明白这缝纫机怎么用,拿了两块布料一试,果然又快又好,比手工可是强了许多,简直爱不释手。

自周钧儒走后,她一直闷在家里帮父亲经管生意,做些绣活儿,已经很久不曾到集市上去过,如今有了缝纫机,做出的针线活儿更是精巧了许多,哪还忍得住整日不出门见人? 于是便向父亲提出,要带着缝纫机去大集上,名为接些针线活计,实则有心炫耀这新奇的机器,让那些自认手巧的女子都瞧一瞧,她姚青禾才是这十里八乡最擅女红的人。

姚掌柜虽觉得女儿这般想法招摇了些,但是小门小户的生意人家,从未想过女子抛头露面有何不妥,思量了一番,也便同意了。

久未出门的姚青禾雀跃不已,很快她就再次出现在伊河镇的大集上。最引人注目的自然是她的缝纫机,脚下踩着踏板,哒哒哒的响声中,两块布料就神奇地缝在了一起,针脚细密均匀,平整得一丝褶皱也无,手工缝上半日的活计,不过片刻就做好了,那些女子妇人都看得目瞪口呆,啧啧称奇,只觉眼前这一切不可思议。姚青禾就坐在缝纫机后,在众人艳羡的目光中骄傲地展示着,不时用帕子擦拭着一丝半缕的灰尘,爱逾珍宝,便是有妇人想伸手摸一下,她都舍不得。

如此一来,她的摊位成了街上最抢眼的风景,每次都围了许多人来看,渐渐地便传到了周太太耳中。周家定下的未来少奶奶不能严守妇道闭门不出,竟公然抛头露面在大集上招摇,岂是良家待嫁女子的规矩?

想到此处,周太太更觉气往上顶,她本就觉得姚青禾是个市井粗俗女子,如今定了亲依然不守规矩,在大集上招摇任人指点,成何体统?然而她现在还不是姚青禾的正经婆婆,自己又是个大门不出二门不迈的,不能亲自到大集上去提点,只得忍着气让人去通知了官媒婆李氏,请她去姚家做些规劝,言明再如此不守闺训,周家便要退亲。若是姚家听从劝阻,好生管教女儿,敲打一番便罢了。若依旧不懂规矩,便索性借机退了亲,另选个知道进退的女子,日后周家依旧是自己说了算。

女儿尚未过门,便被媒婆传话亲家不满,只差明说姚家门风不正家教不严了,姚掌柜直臊得面如肝色,此时方意识到与大户结亲竟有如此多规矩,客客气气送走了媒婆,回到屋内便对女儿道:"青禾,你也听到那媒婆的话了,以后不许再去大集上抛头露面了,万一被退了亲,脸面怎么挂得住?"

姚青禾在里间将李氏的话听得清清楚楚,早已积了满心的火气,如今见父亲也这样说,登时发作起来:"退亲由他们退去!跟周家定了亲就见不得人了吗?学堂里那么多女学生也都抛头露面,听卓先说那些有钱有权人家的女儿还出洋留学呢,怎么就他家规矩这么大?他周家比那些人家还尊贵?"

姚掌柜无奈道:"咱又不是有钱有权人家,乡下地方,你见哪个女孩子出洋留学了?不都是大门不出二门不迈地等着嫁人?怎么能跟人家讲这些道理?"

姚青禾:"咱们乡下地方,那些农妇就不用抛头露面下地干活了吗?大集上围着灶台卖饭,挎着篮子卖鸡子的,哪个不是女子?"

姚掌柜:"你怎么又说这些穷苦人家,她们不抛头露面怎么过日子?"

姚青禾:"富贵人家的道理讲不起,穷人家的道理又看不上,难道他周家还自有一套道理?他们说个什么道理,我就得按他们的规矩做?"

姚掌柜急得摊手:"这丫头怎么如此说话!你是要嫁到周家的人,爹说这些话还不是为你好?怎么处处抢白起我来了?"

姚青禾委屈得眼泪将要落下来:"爹还看不出来?他们是故意拿捏人。当初是他周家自己上门来提的亲,又不是我上赶,如今拿着退亲的话来欺负谁呢?"

姚掌柜自然知道周家仗着门户欺人,只得劝抚道:"青禾,你怎么这么大气性?只是不让你去大集,又不是别的,要真为这么点儿小事退了亲,值得吗?"

姚青禾更加委屈:"爹,如今我还没过门,他家就这么拿捏我,将来真嫁过去,还不知道怎么作践我呢!"

姚掌柜叹气:"那你说,是不是不喜欢周家那小子了?要能放得下,咱就不受这个气。"

姚青禾顿时哽住,眼泪瞬间就流了下来,甩袖子哭着跑进里间去了。

姚掌柜一时愣住,竟不知怎样应对这伶牙俐齿的女儿,她分明是有心于周家少爷的,而且颇有些认了真,可要她为周家少爷做些让步,她又气性极大坚决不肯,这如何向未来亲家回话?

二六　起用"织女"

　　刘峙大军已经全面向鄂豫皖根据地展开了进攻,红军只得被动防御,与国民党军正面交锋发生了两次激战,战士们人人奋勇向前,不畏牺牲,毙敌五千余人,迫使国民党军暂停进攻,形成对峙之势,但红军亦是伤亡惨重。

　　这样的战况早在刘峙预料之中,因此他并不慌张,而是继续包抄围困,唯有张厅长怒不可遏:此次前锋作战伤亡的士兵,基本都是他的部队。

　　他重金购置武器装备,严加训练的精锐兵士,竟在第一时间被送上了作战前线,成了对抗红军的炮灰营,让他如何不怒火中烧? 他当即打电话向刘峙质问,刘峙却轻松回道:"不愧是张公亲手训练的新军,作战之时敢为先锋,忠勇可嘉,实非其他部队军士可比,堪当表率,我已上报蒋委员长,予以通令嘉奖。"

　　张厅长冷笑道:"那为何数千伤亡尽在我军,而刘司令的兵却几乎毫发无伤?"

　　刘峙:"张公此言差矣,你我都是效命于党国和蒋委员长,难道还要搞军阀那一套吗?"

　　张厅长:"你竟敢挟公器而报私仇!"

　　刘峙:"张公慎言! 我受命代委员长统兵剿匪,何来公器私仇之说? 难道张公与委员长有私仇不成？将士们人人用命，奋勇争先，正是剿灭赤匪建功立业之际，张公难道要命令他们退缩怯战？"

张厅长气得几乎吐血，直到此时他才明白，自己被蒋介石和刘峙摆了一道，哪里是助他剿匪立功，分明是要削了他的部队，架空他的权柄！他摔了电话，狠狠一掌拍在案上："老头子欺人太甚！张某有大功于你，你却背信弃义，过河拆桥！"

卢启斋听着刘峙和张厅长的通话，依旧是不疾不徐的神态，待刘峙放下电话才说道："这老贼头不足为虑了，以后再不能与经扶兄逐鹿中原了。"

刘峙："他能不能坐上我这个位子，不在于我，而在于委员长。委员长要的是一个忠字，他却处处打着自己的精明算盘，难道他还能英明过委员长去？"

卢启斋："接下来要看剿匪的进展了，这两次交火看似受挫，却逼得共匪军转攻为守，说明如此打法有效。下一步，我们就该长驱直入，直捣匪巢了。"

刘峙点头不已，说："启斋兄与我所想不谋而合，这次定要毕其功于一役，灭此心腹大患！"

在国民党军稳扎稳打的强大攻势下，兵力和武器严重不足的红军节节退守，苏区大部分区域已在国民党军控制之下，目标直指鄂豫皖根据地中央所在地：新集。

"剿匪"取得如此成就，南京政府当即下令予以嘉奖，表彰刘峙"剿匪"有功，并勉励他继续推进，全面剿灭跨鄂豫皖三省的红军。

前往刘峙大军信阳军部颁发嘉奖令的，依旧是"天子近臣"谢君锡。然而刘峙和卢启斋都非常清楚，谢君锡亲自前来，名为嘉奖，实为监军。因此，卢启斋在得到消息的第一时间，便亲自陪同谢君锡前往信阳，一则侧面了解蒋委员长的态度，二则随时掌握谢君锡的行踪和动静。

这样的"机会"，自然是谢君锡半推半就得到的。洛阳国民政府的要员们皆知刘峙是蒋委员长的心腹爱将，监军便成了个费力不讨好的差事，稍有一句言语差池，便难以在二人之间站位平衡。所以这件事依旧落在了纨绔

"公子哥儿"谢君锡身上，也唯有这件差事，才能让他顺理成章地前往"剿匪"前线，设法营救那两位被困苏区的同志。

刘峙和卢启斋对这位"天子近臣"自然是极尽礼遇，但谢君锡的风流成性，令卢启斋颇为错愕：他竟然坚持带 Davy 小姐一同前来。

两军交战，军部出现女人，蒋委员长是要严加斥责的，但谢君锡全无顾忌，公然要求带着这位芳名远播的交际花来到信阳，一时让卢启斋不知如何应对。谢君锡却毫不避讳，一路带着 Davy 小姐招摇过市，在特意为他准备的火车车厢里饮酒作乐，旁若无人，对卢启斋也并不见外："委员长说是让我来给刘司令颁嘉奖令，实则是让我来开阔眼界、长长见识的，我要向刘司令和卢公多请教。"

卢启斋一边客气"愧不敢当"，一边看向他身边的 Davy 小姐，悄悄耳语道："谢处长，你怎么能带个女人来这里？若被蒋委员长知道，岂不又是一番训斥？"

谢君锡无谓地笑了笑，说："上次她帮我办了件大事，如今这位大小姐非要来前线看看，我敢说不带她？"

卢启斋："她闹小姐脾气，你怎么也不顾场合分寸？"

谢君锡："卢公，你知道我天性如此，那些同僚，都说我是自污立身呢，就我这个名声，还需要自污吗？"

卢启斋："你得委员长赏识，难免有人嫉恨，可也不必如此自污招摇吧？"

谢君锡："招摇与否，大家都认定我是这样的人，那我何不就河下泥，享受一番呢？"

卢启斋无奈地摇了摇头："罢了，我痴长几岁，有些老派了，你们年轻人到底是接受了新思想新文明的，做事自有一番道理。"

谢君锡依旧无所顾忌，抵达信阳时，挽着 Davy 小姐手臂，随卢启斋出了车站。信阳百姓很少见到这种洋派男女，一出站便有人向二人投来好奇的眼神，也有些人瞧不惯如此做派，连忙低了头不屑多看。

刘峙率军部将士们在院中受了嘉奖令，极言恪尽忠心，报效蒋委员长。

然而将士们的注意力全在谢君锡身旁的 Davy 小姐身上,这嘉奖令颁发得竟似儿戏一般,令刘峙大为尴尬。

嘉奖之后,他亲自带了谢君锡参观军部,卢启斋故意落后一步,向 Davy 小姐低声道:"小姐近日还在张厅长府上吗?"

Davy 小姐目不斜视说:"老贼头倒了势,越来越放纵了,妓女都成群地招到家里,我怎么会留在他府上?"

卢启斋点了点头:"小姐能远离是非明哲保身,实在是睿智之举,上次所托之事,我会代刘主席将谢仪存在交通银行。"

Davy 小姐略哼了一声,不再说话,快走几步追上了谢君锡:"小谢,你走得这么快,都把我落在后面了。"

谢君锡自然知道 Davy 小姐与刘峙有牵连,上次借自己之手参了张厅长一本,便是他们的手笔,她周旋于这些军政要员之间,靠着八面玲珑的手段敛财,此番愿意陪自己来信阳,自然是要收取渔利。因此,看她与卢启斋低语,并不点破,只是应和着安抚她:"好好好,是我的错,到这种地方来,你还要穿高跟鞋子,累了吧? 我走慢点儿等着你。"

刘峙忍不住咳嗽了一声,卢启斋连忙上前,说:"谢处长,军部条件简陋,怕委屈了这位小姐,我已经安排人去看了一所院子,您是否要去看一眼合不合意?"

谢君锡并不答话,却是看向 Davy 小姐:"你想去吗?"

Davy 小姐:"那就去看看,在这里看来看去也没什么意思。"

三人离了军部,乘汽车来到一处院落,显然是某富户之家的别院,被卢启斋临时征用了来招待谢君锡。看了一番,Davy 小姐虽不甚满意,但也将就能住,卢启斋令人将行李送来,又拨了两个卫兵给他们,才终于安顿下来。

卢启斋一走,Davy 小姐便松了一口气,踢了高跟鞋坐在沙发上,"小谢,你为什么一定要带我来这种地方? 我可是装模作样地累坏了。"

谢君锡笑了笑:"就算我不邀请你,你也一定愿意来的,对不对?"

Davy 小姐故意叹了口气:"真是什么都瞒不住你,我有一笔人情要收账,还是亲自跑一趟心里踏实。"

谢君锡:"你真是生财有道,这些高官显贵、地方大员的钱,还真是好挣,只是张厅长无论如何也没想到,他是倒在你手上的,枉他还是你的'张叔叔'。"

Davy 小姐伸了个懒腰:"他可不是倒在我手上,而是犯了委员长的忌讳,我不过顺水推舟罢了。"

谢君锡:"这几年,倒在你手上的人有多少? 你这双纤纤玉手,生来就是搅动风云的。"

Davy 小姐:"你这人,有没有点儿良心啊? 我辛辛苦苦陪你来剿匪前线,还这样说我?"

谢君锡笑了起来:"当然要谢你,这穷乡僻壤的,没你陪着,还有什么意思? 你要是不来,我就只能住在军部了,行动都不得自由。"

Davy 小姐:"不过是来颁个嘉奖令,能在这里留多久,最多不过三两天就回去了。"

谢君锡:"要只是三两天,我何必麻烦你陪我,如今在刘峥和卢启斋眼里,我可是个奉了上命的监军,指不定怎么借着我向委员长表忠心呢。"

Davy 小姐:"这些人就是麻烦,说话办事都藏着八百个心眼子。"

谢君锡:"你一个女子都七窍玲珑心,何况他们混迹官场要权要势的,哪个不得眼观六路耳听八方还不能形之于色? 要想不着痕迹地揣摩上意又事事得体,并不容易,你要大忠若愚还不能真的愚,要办事利落还不能太过聪明,要投其所好还不能刻意为之,不能不贪,也不能太贪……总之,学问大着呢。"

Davy 小姐皱眉:"怎么听起来比女子以色侍人还要难?"

谢君锡哈哈大笑说:"这话虽难听了些,倒也比喻得恰当,要是被那些人听到,不定怎么骂你呢。"

Davy 小姐嘲弄道:"他们骂女人那些话都是千古不变的,我早就听腻了。"随即她笑了笑:"你猜我真正是来做什么的?"

谢君锡："你做的事,谁能猜得到?"

Davy 小姐叹了口气："算了,不用猜了,我直接说给你吧,收刘峙的谢仪只是个由头,是有人不放心他,也怕你被他贿赂蒙蔽了,让我来暗中探探风声。"

谢君锡惊讶道："监军的监军? 不放心他的人,南京政府也数不出来两三位吧? 这么重要的事,你就告诉我?"

Davy："这有什么重要,哪个军政大员身边没几个钉子? 都是摆在明面上的事,刘峙也心知肚明。"

谢君锡故意笑道："连我都被盯上了,而且是派你来盯着,我是不是也要防着你些?"

Davy 小姐叹了口气："小谢,你想到哪里去了? 难道真听不懂我的意思? 我跟你来这个地方已经尽人皆知了,总得有个说法……"她说着半低了头,闷闷自嘲道："何况,你父亲本来就认为我配不上谢家门楣,难道你也……"

谢君锡伸手把她揽在怀里："你怎么能这样想? 你总得给我时间去和家里解释,我不希望你以后在谢家受委屈。"

Davy 小姐眼神有些迷惘的欣喜："小谢,你是认真的?"

谢君锡微微叹了口气："我也没想到我会认真。"

Davy 小姐忽觉心里一阵暖热,怔怔地落下一滴泪来,眼里却带着笑意："没想到,纨绔混世的小谢,也有这样一面……"

三天后,卢启斋"邀请"谢君锡亲临前线,观看"剿匪"最重要的战役:攻占新集。

山下数万大军以包抄之势进攻新集,推进虽缓慢,但在密集火力的压制下,红军节节后退,鄂豫皖苏区政府所在地,即将被攻克。

卢启斋提着马鞭,遥遥指着大军推进的方向："谢处长,你别看共匪已经败了,剩下的却依旧顽固抵抗,他们兵不多将不广,枪械装备也不行,但就是这么狡猾,处处设埋伏,游击打冷枪,若不把他们全部剿灭,就算拿下新集,也不得安宁。"

谢君锡看着逐渐被吞噬的新集镇，心如火煎一般，却不得不顺着卢启斋的话说道："没想到卢公平日读书人一般，还能亲自上阵指挥打仗，若非亲眼所见，真不知剿匪竟如此艰难，回去之后，我一定上报委员长。"

卢启斋："谢处长误会了，我并不是做邀功之词，委员长看的是结果，只有彻底剿灭了大别山一带的共匪，才能告捷归朝，让委员长放心。"

谢君锡："如今新集即将被拿下，下一步卢公如何打算？"

卢启斋："一路向东向南，乘胜追击，荡平整个大别山区域，将他们连根拔起！"

谢君锡心中猛地一惊，却依旧赞道："若果真如此，堪称不世之功！"

卢启斋叹气道："一将功成万骨枯，将士们已经殉国近万人，代价不可谓不惨重啊。"

谢君锡沉默了一阵，才缓缓道："我不曾经历过战阵行伍，只听父亲说起过当年起义推翻清政府，拎着脑袋上战场的情形，今日一见，才知战争之残酷。"

卢启斋忧心道："中国之所以弱，就在于列强环伺，内乱纷争。国家安定才能发展经济和实业，委员长说过一句话，攘外必先安内，军阀混战打了这么多年，早就把这个国家打散了，但是能不打吗？不打能统一吗？不统一能实现国家安定吗？如今好不容易统一了，可倭寇和共匪又来了，什么时候能得太平？"

谢君锡："打来打去，最苦的还是百姓。'兴，百姓苦；亡，百姓苦'。"

卢启斋："谁不知道百姓苦？但百姓是什么？国家大乱的时候，他们就是遍地的蝼蚁，荒原的野草，你管不了他们也救不了他们，这个时节，只能咬牙再苦一苦百姓，等国家太平了，他们才能过上正常日子。"

谢君锡："可是那些冻死饿死病死的人，那些卖儿卖女的人，甚至还有易子而食的人，他们等不到天下太平了。"

卢启斋："你说的这些，我都见过，但哪一次大乱之世，不是人口锐减，等熬到太平盛世再繁衍生息？我们只能盼着国家早日安定，他们也能少熬几年。”

谢君锡不再说话，下了马，颓然坐在地上看着山下的战局。此刻的新集镇，国民党兵正在挨门挨户地搜查，百姓早已逃入深山，整个镇子空无一人，但他们依旧丝毫不敢放松，搜查一户，占据一户，地毯式推进，逐渐占领了整个新集。

卢启斋也在他身边坐下，递给他一壶水，一份干粮，谢君锡默默接过，吃了起来。见他不肯说话，卢启斋叹了口气：“我理解你的心情，你还年轻，没经历过这些，一时接受不了，以后就慢慢懂了。”然后又看了一眼天色：“今晚我们要在这里留宿了，等收拾完残局再回信阳军部。”

谢君锡点点头：“我在行政院这一年多，都不如这一天所见学到得多。”他早就见惯了百姓的苦难，也知道在权势和利益面前，他们根本不在乎百姓的死活，然而当卢启斋公然将这“蝼蚁野草”之论说出来时，他更加意识到，百姓早已被这些人抛弃了。

此次刘峙大军攻占鄂豫皖根据地，所到之处几乎将革命群众尽数屠灭，声称务要剿灭苏区全部共匪，并在占领区实行严厉的保甲制度和白色恐怖，肃清区域内一切可疑人员：

五家相互作保，一人参加红军，五户全部灭门，通共嫌疑者，杀；钱粮资匪者，杀。一时间，统战区内愁云惨雾，血色蔽日，惨死于“肃匪”暴政的无辜百姓不计其数，竟至十里不见一人，村村赶尽杀绝。

国军如此暴虐行径，令人触目惊心，因此他心里越发紧张地牵挂着那两位共产国际的同志。刘峙已经获悉了他们在苏区的消息，且深知其在党组织内的地位，近日正在大肆搜捕，以为此次“剿匪”之功。

这是两位在苏联学习过的同志，回到上海后即代表共产国际担任党内要职，数月前被派驻鄂豫皖根据地传授先进的革命经验，却在此次反“围剿”中被困苏区，党中央命令他们务必想尽一切办法，将这两位宝贵的同志营救转移。

而此刻，这两位同志，就藏匿在他的别院之中。

前几日，他下榻别院后提出要"休息"几天，卢启斋自然心领神会，其间都不曾打扰，在所有人看来，蒋委员长派来的这位特使整日都与 Davy 小姐花天酒地荒唐作乐，甚至为了迎合这位小姐，亲自带了警卫到最热闹的街市上去买当地特色吃食，装了几十种小吃零嘴满载而归。

在信阳最热闹的街市上，谢君锡几乎对每一个支着锅灶卖小吃的摊位都颇感兴趣，一样一样地看过去，每样都买一份，身后两名便衣警卫员几乎双手都提满了东西。路过一个卖煎包的摊子时，摊主将热腾腾的包子用纸包好递给谢君锡时，他忽然感觉到手里被塞了个纸条，再看那摊主，衣服破洞处缝了几针红线，与自己礼帽上的红色扣子恰好对上暗号，于是不动声色接过包子，暗中随手看了眼纸条，上面果然是一个地址。

逛完了热闹的街市，信步一拐，便走到一处普通破旧的宅院前，巷子里前后无人，谢君锡上前有节奏地敲了三次门，听得应答暗号对上，便带着那两名警卫员走了进去。几分钟后，宅院里的两位同志与他们换了衣服，拎起那几十份小吃，跟着谢君锡的车回了别院。

没有人敢盘查这位"天子钦差"的警卫，自然也就无人知道他的警卫已不是原来的人，两位同志就这样堂而皇之地进了谢君锡的别院。刘峙和卢启斋绝不会想到，他们大肆搜捕的两名重要"匪首"，就藏匿在自己的眼皮底下。

这两位同志被困信阳已有半月之久，他们在鄂豫皖苏区影响力极大，很多革命同志、红军战士、苏区百姓都见过他们，稍一露面就会被人认出，刘峙也早已将他们列为必须抓捕的重要匪首。他们历尽艰辛离开苏区逃到信阳，躲在一处僻静无人的院子里请求救援，外面搜捕日益峻急，他们的处境朝不保夕，直到谢君锡出现，才得以暂时脱身。

谢君锡接到两位同志后，立即与"织女"取得联系，请求安排转移路线，而"织女"给出的方案是：火车。

他安排了火车机组人员在信阳接应，只要躲过搜查将二人带上列车，便可一路顺利抵达开封,"织女"会在开封车站接应,带他们转移到安全的地方。然而因"剿匪"之故,信阳车站搜查极为严格,火车也经常停运,两位同志只能沉住气,等谢君锡返回开封时跟随专列逃走。计划原本安排得天衣无缝,然而一个惊雷般的消息,顿时让他们陷入极度危险的处境:信阳闹市区抓到几个通共嫌疑分子,其中一个卖水煎包的被指认为共党!

国军严密搜捕红军战士和革命群众,酷刑审讯,大肆牵连,残忍屠杀,他没想到,与自己接头的人这样快就被牵连了!此刻情形已是万分紧急,为防身份泄露,他们必须马上采取行动!

然而尚未来得及安排,警卫便前来通禀:卢县长求见。

谢君锡顿时心头一紧:卢启斋这个时候来访,难道水煎包摊主已经供出了两位同志?

他还没有做好任何撤离准备,更不知道卢启斋此次前来会否直接逮捕自己和那两位同志,若自己遭遇逮捕,如何拖延时间帮他们尽快转移,如何将暴露风险降到最低……只一瞬间,他的心念便转了无数遍,几乎把所有可能的后果和牺牲都想到了,甚至做好了杀掉卢启斋的准备。

他暗暗挪了一下身子,坐垫下就藏着一支手枪,一旦卢启斋下令抓捕,他只能以自身为饵拖延时间,让警卫员带两位同志迅速潜逃。至于自己,如果坐实了共党罪名,必然在南京政府引起巨大震荡,即便父亲出面也难以保全了。

Davy 小姐见他脸色沉了下来,以为是被打扰扫了兴,叹气埋怨道:"有事没事就来打搅,大中午的也不让人歇一觉。"

谢君锡心思一动,忽然冷静了下来,随口问警卫:"卢县长自己来的?"

警卫回话:"还带了四个卫兵。"谢君锡点点头,稳住心神,吩咐请他进来。

卢启斋进门落座寒暄了几句,便神色后怕地说道:"谢处长,日后出门多带警卫,更不要随意接触本地百姓,以免遭遇共党分子袭击。"

谢君锡故作诧异:"发生了什么?"

卢启斋:"前几天你买零嘴的那条街上,出了共党分子,还有些有通共嫌疑的,幸好你没遇到危险,不然刘司令和我怎么担待得起?"

谢君锡惊疑不已:"卖饭的,也有共党?"

卢启斋摇了摇头:"街上那些普通百姓,你很难看出来哪个是共党,可他们就隐藏在这些人中间。这两天已经抓了几十个嫌疑分子,正在严加审讯。"

谢君锡的神色越发不敢相信:"共党摆摊卖饭,这也太过匪夷所思了。"他转头看向 Davy 小姐:"你信吗?"Davy 小姐却似并不惊讶,只是轻轻笑道:"共匪本来就行事奇特,这也算不得稀奇。"

卢启斋叹气道:"赤党还未肃清,局面又很混乱,你是中央派来的要员,保不齐就会有共党分子对你行刺暗杀,信阳还是太危险,近几天就安排火车陪你回开封,才是万全之策。"

谢君锡无所谓地笑道:"这么一来,倒显得我怕了他们似的,中央政府派来的人若是缩头乌龟,如何勉励前线的军人们英勇作战?"

Davy 小姐终于忍不住道:"小谢,不要逞一时之勇,这个时候玩笑不得。"

卢启斋随之点头道:"小姐说的是金玉之言,谢处长万万不可掉以轻心。"

谢君锡还要逞强几句,Davy 小姐继续道:"这个地方我待够了,我们也该回开封了,好吗?"他的语气立即温柔下来:"好,当然好,我们就听卢公的安排,这几日就回开封。"

送了卢启斋离开,谢君锡回到内室更衣时,才发现衬衣后背已完全湿透:方才他竟似在生死线上走了一趟!

夜已深,祁书瀚静静坐在书房里,面上波澜不惊,内心早已惊涛骇浪。

接到谢君锡密电的时候,他就知道自己到了离开偃师的时候了。谢君锡和两位同志的处境危急,原本安排地下秘密交通线将两位同志转移到洛阳,与自己一同撤离。然而国民党疯狂搜捕和大肆牵连,这条隐蔽的交通线随时可能遭到破坏,转移过程中变数难测,他只得临时改变策略,让谢君锡借返程之便,将两位同志带上火车,自己提前赶到开封,在火车站等待接应。

这个策略虽有些铤而走险,但拖延越久,暴露风险越大,尽快转移才是最安全的选择。然而这也意味着,明日天不亮时,他就必须离开家秘密前往开封,与妻子相守的时间,只有五六个钟头了。

康宜俭来到他身后时,他只觉整颗心都被狠狠揪了起来反复揉捏着,闷痛得喘不过气。然而他强忍了这份难过,回身看向妻子,恰好妻子也在温柔浅笑地看着他,若非自己心中藏着深沉的痛苦诀别之意,这一刻四目相对的安静便美好如诗画一般。

他忽然笑着念了一句诗:"你微笑地看着我,什么也不说,可我却觉得,为了这一刻,我已等了许久了。"

康宜俭脸色泛起了红晕:"书瀚,你说这些做什么?"

祁书瀚:"这是外国一位大诗人写的,恰好此时此刻看着你,想起了这一句。"

康宜俭:"净说这些让人不好意思听的话。"

祁书瀚:"如果这是你我夫妻相守的最后一夜,我是说如果,你有没有话要对我说?"

康宜俭:"呸,丧气话,我为什么要陪你想这些有的没的。"

祁书瀚起身,拉着妻子坐在炕上,深深地望着她:"如果我一定要你陪着我想呢?我想听你说什么,等到将来老了,还可以回忆。"

康宜俭认真地想了一阵,才缓缓开口道:"一定要让我想的话,如果今天真的是我们最后的相守,那我们应该已经又老又丑了,我也许会说,嫁给你,我也许会有遗憾,但从来没后悔过。"

祁书瀚眼里有了些湿润:"为了你这句话,我这一辈子值了,只希望你以后觉得我做得不好,想要怨我恨我的时候,还能想起这句话。"

康宜俭故作惊愕,轻哼了一声:"难怪你问我想说什么,原来是为以后做得不好的时候找借口,我才不会原谅你。"

祁书瀚:"就算你以后真的怨恨我,不肯原谅我,我也会记得你说过这句话。"

康宜俭:"好好的,我们聊这些有什么意思,该睡了。"

祁书瀚:"我还不想睡,天气这么热,趁着晚上凉爽安静,我们好好喝几杯,聊聊天,过几天便是七夕了,我怕到时候不能陪你。"

康宜俭:"偏你有这么多花样,你想喝,我就陪着你,不用编这些哄人的理由。"

祁书瀚:"我跟自己的媳妇儿喝酒,还需要哄人的理由?你等着,我去拿酒来。"说着,自去开柜子取了一坛老酒,又去厨下端了两碟卤味,二人悄悄地偎在炕上,对饮起来。

康宜俭虽不擅酒,却也能浅酌几杯,陪着丈夫轻谈低饮。成婚近三年,祁书瀚总是太过忙碌,二人这样静静坐在一起的时日并不多,因此她的心情颇为愉悦,尤其带了三分酒意后,面色微红,眼波柔软,整个人仿佛要融化在夏夜的风里一般,全然不知道自己的丈夫竟是另一番沉痛辛酸的心思,更不知道这样美好的相守之夜,亦是诀别之时。

祁书瀚看她如此幸福的神色,只得把酒一杯杯地倒进嘴里,和着满心的苦楚吞下去,在她将要醉倒时,终于忍不住说道:"宜俭,我明天要远行出差一段时间,也许会离开几个月,也许几年,甚至更久,如果真的很久不回来,你就不要等我了。"

康宜俭酒意迷离,似乎并未完全听懂他的话:"你又要出差?我等你。"

祁书瀚:"我是说,如果我很久不回来,你就不要等了。"

康宜俭:"我当然要等你,你放心地去吧,我会把家里的事照顾好的。"说完这句话,她竟不胜酒力,身子一歪睡了过去。

祁书瀚看着已经熟睡的妻子,轻轻收走酒菜,把她抱到炕上躺好,坐在她身边,伸手轻轻抚着她的脸,终于落下泪来:"宜俭,不要等我,我今生有负于你,只好来世再还了。"

天明时分,康宜俭醒来时,脸上似乎依旧吹着昨夜柔软的风,梦里都是清甜的味道。她侧过头,发现身边已不见了丈夫的身影,往日祁书瀚也总是这样,若是起身早,便舍不得叫醒她。她坐起身来,向书房喊道:"书瀚?"没有人回声,她忍不住咕哝了一句:"又是这么早就走了。"

然后,她就看到了枕边的一张照片。

他儒雅含笑地站着,身上穿的便是自己为他做的那件靛蓝色长衫,眉目清远,面带笑意,似乎在与自己对望而笑,背后是他昨晚念的那句诗:你微笑地看着我,什么也不说,可我却觉得,为了这一刻,我已等了许久了。

康宜俭忍不住脸上泛起笑意,将照片翻来覆去地看了一阵,不知为何,她忽然意识到一丝不安的气息,仔细回想着昨夜丈夫说的话,忽然记起他在朦胧中的那一句"如果我很久不回来,你就不要等了"。

她怔怔地回忆着这句话,忽然被一阵惊恐淹没,整颗心剧烈颤抖起来,一个念头仿若惊雷闪电劈开了思绪,让她瞬间沉入万丈深渊:书瀚,会不会不回来了?!

她已经习惯了丈夫出门多日不归,他每次出门的时候,从不会多说什么,自己也几乎不问,他总是自然而然地去,自然而然地回,这仿佛是他们之间的默契,无论离开多久,他都会回到家里。

然而这次他离家而去,她无比真切地意识到,她的书瀚,也许真的不会回来了。

昨夜她酒醉时,丈夫说的话竟句句分明地回响在耳边,可自己为什么就没意识到,那是他在向自己道别? 万一他真的不回来了,这一生之别,她都不曾好好与他说一句再见,可他为什么就不能告诉自己,却要这样无情地不辞而别?

祁书瀚正在等待洛阳到开封的火车。

趁着夜色潜出小祁庄,他一路步行离开偃师,确信脱离了监视,才换了装束进入洛阳站。此刻的他,一身西洋装,夹着公文包,戴着金丝眼镜,完全一副洋派读书人形象,说话带着明显的南方口音,此行目的是到开封一所中学任教,随身携带了聘任书,学校会派人到车站接应。他的整体气质,走路姿势,说话口音等,都做了精心改变,即便是相熟已久的人,也很难一眼认出他就是祁书瀚。

他跟在人群中,进了洛阳站,在乱哄哄的候车室里等待东去的列车,周围喧闹之声不绝于耳。他静静地坐在条凳上,将公文包放在身旁,手里拿着一份报纸翻阅着,眼睛余光却在注意着周围的情形,不时有警察在候车室来回巡查,看到身份可疑的人就上前盘问,好在自己没有引起警察的注意。

黄昏时分,祁书瀚终于买好了前往开封的票,踏上了火车二等车厢。二等车厢里都是一些身份体面的乘客,较为匹配他现在的身份,环境比三等车舒服得多,且有茶房提供餐食热水。祁书瀚要了一壶茶,依旧静静地靠在窗边看报,不时还掏出怀表看看时间。

这样的身份装扮,即便是警察也不会过分粗鲁无礼,火车开得很慢,周围的人都靠在座位上睡着,祁书瀚望着窗外急速后退的景色,心里涌起无限的愧意:昨夜妻子酒醉入睡后,他留下那张照片,就悄然离了家,他不敢去想妻子醒来会怎样,更不敢想自己若是永远不能回去,她将如何度过余生。

进站之后,一列国民党军直接上车,对所有乘客进行搜查,不仅搜查行李,还要细细搜身。刘峙加强了对所有出入河南的旅客的检查,尤其是省城开封这样的地方,更是查得严格,无论高官显贵还是富商巨贾,一视同仁,绝不疏忽。面对这位代蒋委员长统兵"剿匪"、拥有尚方宝剑的刘司令,即便是国民政府的高官也敢怒不敢言,何况火车上这些寻常旅客?

火车只开一门,门口站着十几个军人,车上搜查一人,放行一人,每个人都要在国民党军的重重监视下走出车门。祁书瀚走到门口时,盘查的那两个兵核验了他的身份、聘任书,细细翻检了公文包,又将他身上的衣裳从头到脚捏了一遍,确信没有任何问题,才说了一声:"下车!"

他拎着公文包,走出了车门,在十几双眼睛的注视下,离开站台,出了车站,随即在一个无人注意的角落,摘去眼镜,撕了胡须,将西洋装脱下甩掉,露出破旧的衣裳,又在脸上抹了几把尘灰,瞬间变成一个普通的街边百姓,隐入人群之中。

重庆。

近半年来，周记药行的生意势头空前，不唯南方各省药材订单不断，潘市长的军需采购更是翻了两倍。周掌柜看着账册，每每感叹不已，去年尚在生死关头挣扎，今年竟又做到了如此局面，商场上的变化无常，真是不可意料。

周钧儒只觉生平从未这般畅快过，生意场上的纵横捭阖，让他恍惚觉得一切皆在掌控之中，周记药行少东家俨然成了重庆商界叫得上名号的人物。

这一年夏季，周记药行终于装上了电话。

重庆电话局正式对外发出装机广告后，周记药行便去报名排了队，足足等了一个多月，才等来电话局的工人，交了四百大洋，一门崭新的电话装在了柜台上。

莫说周钧儒和伙计们，周掌柜对此也是新鲜不已，另通知武汉、开封、洛阳各地柜上也都装了电话，如此各地之间的生意往来，都不必再等电报了，拿起电话便能及时沟通，真如装了顺风耳一样。

电话装好的第一天，周掌柜坐在电话前，伙计们都围上来看，每个人都充满了好奇，却不知打给什么地方，大家依次拿起来看看，在耳朵上比画一番再放下。周掌柜笑道："以前只在政府里见过官员们打电话，没承想如今也轮到我们老百姓用上这洋玩意儿了。"

刘大掌柜咂舌道："这哪里是老百姓用得起的？装一门就要几百大洋，一年电话费又要几百大洋，可是了不得。"

周掌柜："有这么个东西，遇上急事就不用心急火燎地等着了，以前发个电报，快则两三天，慢了七八天也是有的，干着急，一点儿办法没有。"

一个伙计问道："这打一次电话得多少钱？"刘大掌柜："离得越远越贵，要是打给洛阳，兴许五分钟就要收五六块大洋，也说不上几句话。"那伙计吃了一惊："这可不敢打，听听声儿，半个月薪水没了！"众人哗然大笑起来。

周钧儒心思却活泛起来，洛阳西医诊所也有电话，岂不是可以和姚青禾通话了？二人隔着千里之遥，也能说上几句，简直像洋人电影一样时髦。然而他万万没想到,周掌柜接到洛阳的第一通电话是:周太太要与姚家退亲。

这消息如晴天霹雳一样,瞬间将周钧儒惊出了冷汗,周掌柜也大为惊诧,何以只因姚青禾到大集上去了几次,就闹到要退婚的地步?

铁顺儿在电话里说得明白:周太太已经让媒婆去通知了姚家,若再任由姚青禾抛头露面,周家便要退亲,而姚家对此置若罔闻,周太太彻底动了火气,只等周掌柜回乡便退了这门亲事,为周钧儒另择良家女。

周钧儒急得跳脚:"娘怎么能这样!青禾是个烈脾气,娘越说退亲,她越要顶着性子上!"

周掌柜也连声叹气:"什么年代了,女子还出不得门?现在哪家的女儿还依着老传统教养?"

周钧儒急道:"快回电话,让铁顺儿叔去劝住姚掌柜和青禾,不能退亲。"

周掌柜:"他们要真的想退亲,铁顺儿能劝得住吗?"

周钧儒愣住,随即更加急躁:"不行,我得回去一趟,我自己去跟青禾说!"

周掌柜:"糊涂!父母之命媒妁之言,你自己跑回去有什么用!"

周钧儒额头急出了豆大的汗:"这怎么办?爹,我认定姚青禾了,无论如何不能退亲,非她不可。"

周掌柜:"亲事肯定是不能退的,定亲的时候唱了大戏,全偃师都知道你会娶姚家女儿,真要退了亲,脸面往哪儿搁。"

周钧儒:"可是娘和青禾针尖对麦芒,真被姚家退了亲可如何是好?姚家可不在乎周家的脸面!"

周掌柜无奈道:"罢了,关系到两家人的大事,只能我亲自回去一趟了。"

周钧儒终于松下一口气,说:"爹能回去最好了,不然娘那脾气也没人能劝得住。"

周掌柜:"平白无故地就要生出事端,什么时候能有安稳日子过?我这两天就买票回去,快则二十来天,慢则一个多月就回来,你在川地照应着生意,尤其是潘市长和韩秘书那边,务必安排妥当。"

周钧儒:"爹放心,我一定安排妥当,青禾那边……"

周掌柜打断他:"包你明年安安稳稳娶姚小姐过门。"

周钧儒才喜笑颜开:"多谢爹,等我娶了亲,一定给您生个大胖孙子!"

周掌柜回到偃师的时候正是酷夏,太阳炙烤着大地,热得人坐立不安。进门时,周太太正在主屋里藤椅上摇着扇子扇个不停,猛然见到周掌柜,愣了一下,连忙起身道:"培祥,不年不节的,你怎么回来了? 铁顺儿也没跟我说。"

她一面说着,一面接了他的手提包,努嘴指向桌上的西瓜:"刚在井水里浸过的西瓜,快吃一块解暑。"

周掌柜本欲发作,转念一想又觉此事不可激切,遂吃着西瓜道:"汉川呢? 怎么没见他?"

周太太绞了手巾递给他擦汗:"天气太热,就没让汉川念书,婆子正带着他午睡呢。"

周掌柜点点头:"他好点儿没?"

周太太叹了口气说:"只是不那么怕人了,其他还是瞧不出什么,依旧闷闷的,念书也没什么长进。"

周掌柜:"半年多了,还是这个样子,我也问过西医医生,都说没有很好的法子,只能等着慢慢恢复。"

周太太:"也不用太心焦,孩子又不是天生这样,以后娶亲生了孙子,照样是机灵的。"

周掌柜:"你倒想得开。"

周太太:"有什么想不开? 再不济也是亲的,看着就心里踏实。"

周掌柜扔下瓜皮,回屋内换衣裳,隔着门帘问道:"说起娶亲生孙子,钧儒和姚家女儿的亲事准备得怎么样了? 年后开了春就要完婚的。"

周太太立即有些急恼:"说起这我就不忿,姚家那丫头,定了亲的人还到大集上招摇,抛头露面不守妇道,成何体统? 这样的家教,怎么能进周家的门?"

　　周掌柜："她定亲之前,本来就是在大集上卖绣品的,在布行上也都是抛头露面做生意,你那时候怎么不说不同意?"

　　周太太："那时又没跟钧儒定亲,跟我有什么关系。"

　　周掌柜："我们给钧儒定的就是这样一个孩子,你怎么能要求她一定亲立刻就转了性子?"

　　周太太："我当年十五六岁跟你成亲,嫁人之前不也跟着父亲到处走,可是成家这些年,你什么时候见过我抛头露面? 但凡家里有个事,都是你们男人家出去应对。"

　　周掌柜："当年是当年,现在是现在,你见谁家的女儿还像以前那样大门不出二门不迈的? 连裹脚的都少了。时代变了,跟我们那时候不一样了,你不能总翻老黄历。"

　　周太太："反正,这门亲事我不满意,现在这丫头就敢跟我拧着来,将来进了门,我当婆婆的难道还要受她辖制?"

　　周掌柜无奈道："你现在就这样难为人家,谁还敢把女儿嫁进我们家? 全偃师都知道钧儒定了亲,万一不成,以后他还能娶个正经人家的女儿吗?"

　　周太太："就算娶不了姚家丫头,小门小户守规矩想高攀周家的有的是,挑一个懂事贤惠的就行了。"

　　周掌柜："你就算不想周家的脸面,也得为钧儒一辈子的大事着想吧?"

　　周太太："父母之命媒妁之言,我们定下的事,他能有什么不称心的? 他来家里这些年又没亏他什么,难道真当自己是嫡亲大少爷,娶个媳妇还要挑三拣四?"

　　周掌柜顿时沉了脸色,自屋内走了出来："钧儒怎么不是嫡亲大少爷? 周家的家业都要他顶门立户,你这当娘的就戳他脊梁骨?!"

　　周太太自知失言,连忙低了声："我们那时候都是这么过来的,成亲之前我都没见过你的面,怎么他就不行?"

　　周掌柜："这件事你不许再管,明天我亲自去一趟姚家,要是真出了岔子,我在偃师还怎么做人!"

周太太低声咕哝着:"竟然是为这事回来的,没了那粗野丫头,周家就娶不上儿媳妇?!"说着自己进了里屋,收拾周掌柜的行李去了。

周掌柜回身道:"我不在家,这么大的事你就自作主张,惹出多少麻烦?老话说,妻贤夫祸少,你少给我闯祸,家宅才能安宁!"

谢君锡已经登上了返回开封的火车。

这是信阳开往开封的专列,"剿匪"大功告成,南京政府行政院秘书处谢君锡在颁过嘉奖令后,由偃师县长、河南省主席刘峙的心腹幕僚卢启斋陪同乘坐这辆专列返回省城。

他坐在专列舒适的沙发上,吃着厨子做的精致西餐,留声机里播放着时髦的西洋乐唱片,卢启斋在一旁不时举杯相庆,俨然一副歌舞升平之状。谢君锡似乎兴致颇高,一时与 Davy 小姐共舞,一时和乐而歌,到酒醉迷离之时,又拉着卢启斋诉说自己深受姓氏和家族困扰,此生郁郁不得志至今一事无成,卢启斋颇为无奈,摇头不已。

然而他心里却非常清醒:这列火车就是他们的生死一线之地,共产国际的两位同志就在这列火车上,火车司机黄老四便是这次转移任务的接头人。上车之前,专列上每个人都被仔细盘查过,但火车司机和装卸工人却是提前在车上准备的,黄老四带着两个同志上了车,并把他们安排在装卸工人组,藏身在货车车厢麻包间隙里,躲过了严密的搜查。

他没想到"织女"制定了这样大胆且冒险的计划,最危险的地方,就是最安全的地方,这辆专列是最适合他们秘密转移的途径,只要躲过上车前的盘查,就能一路安然抵达开封。在接到行动计划的那一刻,他不由得拍案赞叹,甚至恨不得亲眼一睹"织女"真容,看看这个在河南组织地下工作多年的神秘人物,究竟是谁。

火车开出不过一个多时辰,谢君锡便已经醉意颇深,走路摇摇晃晃,说话也不再清晰,不久之后便倚在 Davy 小姐身上睡了过去。Davy 小姐轻轻叹了口气,温柔地扶他躺平,又特意为他打着扇子,看着他的脸庞微微发怔。

谢君锡纨绔荒唐之名传遍南京、上海,大半闲暇时间消磨在歌厅舞池,与电影明星也不时传出桃色新闻。Davy 小姐更是周旋于高官权贵、年轻才俊之间,裙下之臣如过江之鲫。二人似乎从不在意自己的声名,结伴出入同行同止也从不避人。然而此刻在卢启斋看来,这两人似乎颇有几分缱绻,难道这位家世神秘的名媛真对谢君锡有意?

夜里九点半钟,火车终于停靠在开封站。

开封站位于南关区,周围是一片工厂和菜园,虽是省城大站,却只有车站里有些灯光,站前空地上只有零散几处卖饭摊子的昏暗油灯,出站之后便是一片漆黑,在这样的地方藏匿几个人或者逃跑,并非难事。只要黄老四带着两位同志顺利下车离开车站,便可脱离险境。

随着汽笛的鸣响,火车渐渐减速,终于喘着粗气在站台上停了下来,警备力量早已将整座车站戒严,谢君锡、卢启斋先行下车,等他们走出车站,站台上的警备军已经撤离出站。黄老四和两位同志也跟着乘警陆续走下列车,凉爽的风吹过来,大家只觉苦闷燥热之气一扫而空,甚至有些微冷。他们慢慢地走着,从下车到出站这短短不足百米的路,最是凶险难测,每个人都暗暗提紧了呼吸。

迎接谢君锡和卢启斋的军车已经停在站外,有两辆洋轿车分别供他们乘坐,另有两辆卡车开路和殿后,卡车上各站着几名荷枪实弹的军人护卫。他们三人在十几名警卫簇拥下来到车前,寒暄了几句,正要上车时,卢启斋忽然想起一件事,急急向谢君锡道:"谢处长,你们先走,我有件东西落在火车上了,回去取一下。"

谢君锡心中猛地一紧,黄老四他们正在出站,若此时卢启斋回去,岂不是正面相遇?因此他劝阻道:"什么重要东西,让车上的人送下来就是了。"

卢启斋笑着摇摇头:"这东西,必须我亲自去取。"说着,带了两个随从,急匆匆向站内走去。火车门打开着,专列车厢内空无一人,他紧赶几步走向自己坐过的沙发,果然那个书匣好端端地躺在那里,打开匣子,里面是一册正在注疏的《潜夫论》，随手翻开两页，密密麻麻的蝇头小楷，皆是他的心血。他心满意足地叹了口气，抱起书匣正要下车，却似有预感般一抬头，忽然看到车窗外似有人影一闪而过，那个人影看起来极为熟悉。他骤然警觉，立即冲下火车向随从喊道："追！铁路对面有人，别让他跑了！"说着一把掏出配枪，带着两个人追了过去。

车窗外的人影正是祁书瀚。

他与黄老四约定的是在火车站内铁路线上会合，然后跨过铁路线潜入农田区，借助庄稼的掩护离开开封。

然而他们万万没想到，卢启斋竟会去而复返，而且发现了他们的行动！此刻他们尚未接头，祁书瀚只得暂时藏身列车阴影处，急切等待黄老四和两位同志，可卢启斋带着随从却即将追过来，他的心脏紧张得几乎跳出胸口……

黄老四带着两个同志尚未跨过铁路线，就听到国民党兵的喊声："站住！"

行踪已经被追兵发现，黄老四意识到情形危险，急忙向两位同志道："你们沿这个方向跑，会有人接应！"说着，奔向另一个空旷的方向，虽是黑夜中，星空下亦能清晰看到人影。卢启斋带着随从立刻向着他的方向追了过来，并不断地警告："停下！不然开枪了！"

然而黄老四竟似拼了命般拔足狂奔，他年富力强身形健硕，此刻为了拖延时间，根本不听警告，脚下越来越快，卢启斋怒道："开枪！"

"砰砰"两声枪响，虽未打中，但黄老四脚下踉跄着跌倒在地，警卫立即追上去将他铐住。就在此时，突然传来两三声促织叫，黄老四顿时松了一口气：两位同志已经与"织女"汇合，自己就算被捕，也算完成任务了。

卢启斋只看了一眼，便知道他不是自己方才在车上看到的身影，于是向赶过来的车站军警吩咐道："把这个人带回去！"然后带了两个随从继续向铁路对面追去。

眼见卢启斋进了车站,谢君锡心中焦灼万分,等了片刻,越发觉得不安,于是向 Davy 小姐道:"你先坐车回去,我跟过去看看,怕卢公万一遇到危险……"

Davy 小姐拉住他:"小谢,他只是取个东西,我们在这里等他就好。"

谢君锡:"他已经进去一会儿了,还没回来,我有点儿不放心,进去看一眼。你先回去,到省政府等我。"说着,关上车门,令人开车护送她离开,自己则带人向车站内追了过去。一进车站,便看到两名军警押解着黄老四返了回来,心中更是狠狠一沉,只与他对视了一眼,便从他眼中看到了决绝之意。此刻,卢启斋的喊声从远处传来,谢君锡立即向警卫吩咐道:"跟我走,保护卢公要紧!"

黄老四被捕,牵绊了追兵的时间,祁书瀚接应到两位同志,立即带领二人趴伏在地面草丛里,小心翼翼地向农田区移动,铁路线到农田不过二三十丈,只要进入农田区,便再不畏惧追捕了。

此刻,追兵正朝他们的方向而来,他们必须万分谨慎,在黑暗中尽量不发出声响,以免引起敌人注意。就在他们终于爬到铁路旁的排水沟,准备穿渠而过进入农田时,忽然听到国民党兵喊道:"站住!这边有人!"卢启斋也迅速向这边追了过来,果然再次看到了那个模糊的人影,暗夜中虽不明朗,但他对这个人太过熟悉,几乎一眼就认定了他的身份:祁书瀚。

国民党兵的警告声再次响起:"站住!我们已经看见你了!你跑不了了!"

功败垂成。他们的行踪,暴露了。

念头升起的一瞬间,祁书瀚几乎被遗憾湮没,生死一线间,他作了最后一个决定:"快走,我掩护!"随即猛然转身,脚步加重,向农田反方向的厂房区跑了过去。

果然,卢启斋听到沉重的脚步声,立即追了过去,祁书瀚回头看了一眼两位同志隐入庄稼地的背影,心中长出了一口气,那一刻他甚至如释重负地笑了:掩护任务完成了,后续接应的同志一定会护送他们安全转移,而自己的生命,就要止步于此了。

国民党兵已经追到了他身后不远处,他只得转身冲向一间厂房,然而一个声音笑着向他招呼道:"书瀚,别来无恙?"

正是卢启斋。

这个声音响起的瞬间,祁书瀚更觉心中一沉,随即却有了几分自嘲的坦然:牺牲在卢启斋这样的对手枪下,倒也不算辱没自己。

他从容站住,转身回应道:"卢先生竟也在此? 巧遇。"

卢启斋微微示意,两名警卫立即持枪对准了祁书瀚,他才爽朗笑道:"幸会,想不到你又落在我手里了。"

祁书瀚似乎无奈地叹了口气:"在下惭愧。"

卢启斋踱步来到他面前,依旧神色亲切地笑道:"此前你对自己的身份矢口否认,这次还有何话可说?"

祁书瀚:"技不如人,甘心认输,束手就擒而已。"

卢启斋:"你当然逃不了,我和警卫手里有枪,而你,孤身一人,手无寸铁。"

祁书瀚:"便是我手里有枪,也逃不了了。"

卢启斋:"我很欣赏你的品性,有才学,有硬骨,当初我一心想劝你弃暗投明,效命于党国事业,奈何明月照了沟渠,你就是不肯听我良言相劝。"

祁书瀚嘲讽一笑:"你们的党国事业? 你们这些年来弃百姓于不顾,任领土被入侵,国家大义爱民之心早被你们抛了个干净! 看看那些灾难深重的百姓,这就是你们的党国事业吗? 我若投了你们,岂不是背离百姓,叛家卖国?"

卢启斋:"我焉能不知百姓之苦? 但国家情势如此,既要平内乱,又要御外敌,还要收拾军阀混战留下的烂摊子,更要腾出手脚整顿军队官场,这么多大事,件件都是亟待解决。谁能在此危乱之中让所有百姓饱暖,让人人安居乐业? 即便是天下承平安定之时,百姓们能家家无饥馁之苦吗?"

祁书瀚:"如此说来,官比民重要,军比民重要,蒋委员长的权力更比民重要,所谓百姓,不过是你们眼中最末等之人,对吗?"

卢启斋叹气:"蒋委员长对国家乱象也是辗转难安,他曾经说过,这个国家烂透了,浑身生满疮,投降的,卖国的,贪污的,贩大烟的,发国难财的……但你就生在这样的国家,就管理着这样的国家,全国的责任都在你身上,它是你身体的一部分,你只能一点儿一点儿地去治它。这才是真正的老成谋国之言,也是身为党国领袖的格局所在。"

祁书瀚冷笑:"但是你有没有想过,他之所以这样说,是因为他自己就生在脓疮里,就是以这脓疮为营养的。对他来说,这是他身体的一部分,但对百姓来说,只有彻底刮去脓疮才能长出新的血肉。"

卢启斋:"书瀚依然是如此尖锐,但你太过锋锐刚硬,不能持久,中国如此之大,不能激切改进,必要徐徐图之。"

祁书瀚:"大清朝徐徐图之,亡了;北洋政府徐徐图之,亡了;如今南京政府又要徐徐图之,这个国家就是掌权者太想徐徐图之,结果呢? 国家越来越弱,百姓越来越难。"他不疾不徐地说着,心中却暗自算着:拖延了这些时间,那两位同志应该已经顺利逃脱了。

卢启斋:"看来你依然是执迷不悟了,既然如此,"他摇了摇头,吩咐道:"拿下!"

然而话音未落,突然两声清脆的枪响,他诧异地抬头,就见两个警卫已经中枪倒地,门口站着的,正是谢君锡。然而他尚未反应过来,便被谢君锡拖翻在地,膝盖狠狠压住他的后背,脑后抵了一支枪。

祁书瀚在看到谢君锡的那一刻,脸上忽然有了胜利的光辉,却一字未说,只是点了点头。谢君锡也立刻看懂了他的身份:"织女"。原来"织女"就是相识数年的祁书瀚!

二人相视一笑,一切尽在不言中。

卢启斋愕然惊怒道:"谢处长,你……"

谢君锡:"我会向委员长报你光荣殉国,优抚厚葬。"

卢启斋被这一连番变故惊得神色剧变,如遭雷击一般呆住,他努力想要扭转脖子去看身后的谢君锡，却被压得几乎喘不上气来，双目突出，红如充血，良久之后才嘶声道："你当然可以杀我，但你和祁书瀚也逃不了！"随即他竭尽全力高声喊道："警备队！缉拿共党匪首！"

然而他的两个随从已经被杀，警备队的应答声也并未响起，局面已不在他的控制之下，他咬牙咯咯作响："谢君锡，我早该看出来你们是同党……"

谢君锡忍不住深深地叹了口气，他必须快速解决卢启斋，给祁书瀚逃生的机会："卢公，事已至此，再无转圜之机了，我会手法利索些，你也少受些苦楚。"

卢启斋震惊了片刻，忽然安静下来："死在你们手里，倒也不枉此生。说到底，我还是佩服你们这些共党的，能放下大好的身份地位，去做这样危险的事，到底是为了什么？"

祁书瀚："为了那些忍饥挨饿受尽压迫的百姓，为了这个灾难深重饱受欺凌的国家，也为了让自己这一辈子活得不浑浑噩噩。"

卢启斋微微点头："我虽然不知道你们的理想能不能救国，但你们这份信念，令人敬服。"他目光看向远方："苏子竞一直到死不减斗志，而你祁书瀚，也是个宁受折磨不松口的硬汉子。我有时会忍不住想，到底是什么样的信念，能让你们做到这一步？"

祁书瀚："这世上有很多人，是愿意为拯救他人而牺牲的，你们这些只为自己名利地位身家性命而争的人，是永远不懂的。"

卢启斋怅然若失："我不是不懂，而是我不信世上有这样的人。所以，我很想知道，你们为了理想到底有多坚持，能付出多少，能舍弃多少，这副血肉皮囊能经得起多少审问拷打。现在我知道了，我不认同你们的主义，但我欣赏你们这样的人，本质上，我们应该是同一类人，只是走上了不同的路。"

谢君锡知道时间紧急，当即打断了他的话："卢公这话，倒是一番奇论，可惜我们来不及聆听了。"

卢启斋叹气，释然一笑："你们有没有听过一句话？将头临白刃，犹似斩春风。"

祁书瀚点头："听过,这般从容就死的,据说是佛家'解空第一人'僧肇大师。"

卢启斋淡然一笑道："书瀚知我!此刻我便是这般心境,谢处长,动手吧。"说完,竟安然地闭上了眼睛。

谢君锡忽然有些不忍,这样一个至死都要清醒思考的人,这样一个死得坦然平静的人,几乎让人升起些敬意,但他却不得不杀了这个人,于是叹息道："卢公,前途路远,我送你一程。"说完,两枪闷声打在他的后心和脖颈,卢启斋几乎毫无挣扎,便没了声息,只余温热的鲜血汩汩而出,很快浸透了他的军装。

他的脸上,依旧带着对命运的一丝嘲弄之色,似乎至死也不相信自己一生运筹帷幄,最后竟栽在小河沟里,更没想到谢君锡竟敢明目张胆杀他,若非太过自负,怎会如此下场?

祁书瀚看着卢启斋说："他大概至死都没想到你会杀他。"

谢君锡："他死了,你就可以回偃师了,不用担心身份暴露了。"

祁书瀚松了一口气："谢兄又救我于水火一次,大恩不言谢。"

远处传来纷杂的军令声,显然是车站警备队已经集合完毕正在调动,黑暗之中,即便他们沿着铁路线地毯式推进,也会很快搜捕到厂房区。谢君锡急道："快走,不然来不及了!"随即叹了口气："裁云为锦,劈光为丝,没想到书瀚兄就是织女。"

祁书瀚笑了笑："两次劳谢兄相救,惭愧之至,可是黄老四被捕,谢兄可能有危险……"

谢君锡："带两位同志撤离要紧,不要管我!"

祁书瀚只得点点头,转身就走,然而他刚走出不远,便听得一声枪响,猛然回头,就见谢君锡依旧站在那里,左臂软软地垂着,洇出一片血,鲜血蜿蜒而下,顺着手指缓缓流到地面。他骤然震惊不已,谢君锡却抬起右手举枪向他作别,他只得迅疾转身,向农田区而去。

二七　风波再起

回到偃师的第二天,周掌柜就亲自来到姚记布匹行,向柜上问道:"伙计,姚掌柜在吗?"

那伙计还是个未成年的学徒,并不认得周掌柜,连忙道:"客人好,我们掌柜不在,东家姑娘在,您有什么事?"

周掌柜点点头:"没什么大事,只是想见见姚掌柜,他去了哪里?"话音刚落,便听到清脆利落的声音回道:"我爹去县里了,有事跟我说也是一样的。"

说着,姚青禾掀帘走了出来,一见是周掌柜,顿时撞了个满脸通红,道:"周掌柜好,不知道是您来了,我爹不在,怠慢了。"

周掌柜侧过脸去:"姑娘不必客气,我改日再来。"

不想姚青禾竟是个直爽泼辣性子:"您要是来退亲的,就不必等我爹了,我同意。"

周掌柜没料到她竟当着店铺伙计的面这样直白地说出来,一时不知如何接话,又不能与一个未嫁姑娘解释此事,只得敷衍道:"姑娘多心了,不是这事,我明天再来跟你爹商谈。"

姚青禾面上带着刚强冷硬的神色:"周掌柜慢走,我不送了。"

周掌柜急急走出姚记布匹行,抬头擦了擦汗,这女子果然厉害!他第一次见姚青禾时,只觉她面相坚毅,做事麻利,今日这三两句话,他才意识到这女子是何等烈性,难怪周太太说退亲,她竟毫不畏缩退让。

一面想着,一面坐了车往回走,然而未到伊河镇,便看见不远处姚掌柜骑着驴子过来,于是让伙计停了车招呼道:"姚兄,这是从哪里回来?"

姚掌柜一见是他,连忙下了驴,招呼道:"周掌柜,你不是去了川地,怎么几个月就回来了?"

周掌柜:"还不是为儿女事发愁,特地回乡找姚兄商议来了。"

姚掌柜脸色便冷了几分:"儿女事确实让人操心,只怕我女儿这乡野脾性,又是从小娇惯的,配不上周家的门楣。"

周掌柜:"姚兄言重了,我奔波几千里回来,就是为解开这点儿小误会,我们两家各退一步,不然作难的是孩子们。"

姚掌柜:"孩子们怎么会作难? 周家少爷自然不怕娶不到好人家的姑娘,我家青禾也不是嫁不得有膀子力气的庄稼汉。"

周掌柜:"姚兄这话就是怄气了,两个孩子心里是什么情形,你我都看在眼里,大人宁可忍几分气性,也得成全了他们。"

姚掌柜面色才和软下来,说:"我原来也是这么想的,奈何贵府太太主事,为点不值一提的小事,打发媒婆来退亲,我那丫头起了性子,也非退不可,把我闹得心急火燎的。"

周掌柜:"我们别在这里说话了,到我家里去坐坐,你我兄弟喝上两杯,把这事翻过去就好了。"

姚掌柜叹气:"这是我能做得了主的? 那丫头这阵子拧着脾气,每次大集非要到街上去,一点儿都不肯让步,我这当爹的什么办法都没有。"

周掌柜:"她不过是任性争一口气罢了,我已经跟内人打过招呼,世道和以前不一样了,女子抛头露面又不是什么不得了的事。"

姚掌柜:"那成亲以后呢? 一个屋檐下,婆媳心里都结着疙瘩,日子能过得下去? 青禾难免要受委屈。"

周掌柜:"这你放心,我一定把这事处理好,姚兄只管到我家喝酒去。"

姚掌柜叹了口气,无奈道:"我还是先回家问问孩子的意思,她要是回过心意来,这酒才能喝得踏实。"说完摆摆手拉着驴子走了。

周掌柜再次愣住,不到半个钟头工夫,竟在姚家父女二人身上连吃软钉子,偏偏这麻烦还是自家惹出来的,也怪不得人家心里不痛快,只能暗自烦闷。回到家难免又对着周太太焦躁了一阵,午饭时候看见汉川眼巴巴望着自己,心中更加憋闷,不得不耐心拉着他问道:"汉川,最近跟着老师学了什么?"

汉川看了他半天,忽然眼里有了一丝丝神采,旋即黯淡下去:"妈妈不要汉川了,老汉儿也不要汉川了。"口音里已经带了浓厚的河南腔,但依旧没有改口叫爹,还是称他"老汉儿"。

周掌柜顿时心里疼得厉害,一把将汉川搂在怀里:"老汉儿怎么会不要汉川? 我最疼的就是汉川了。"

汉川偎在他怀里,不再说话,像个迷途的小动物一样,紧紧靠着他,还有些微微地发抖。

周掌柜揽着他,深深叹了口气,说:"老汉儿不在家,还有你娘呢,娘也是喜欢汉川的,是不是?"

汉川点点头,呆呆地说道:"娘对汉川好,但她不是妈妈,不如妈妈好。"

周太太听了此话,忍不住眼泪就淌了下来:"我对汉川疼得心肝一样,这么大了还是天天带在身边睡,连先生教他念书,我都要一个钟头看上一眼,怎么说得跟后娘一样……"

周掌柜摇头无奈:"我知道你疼他,孩子还小,才几个月的时间,身边一下子都是不认识的人,怎么能跟你说亲热就亲热得起来,过一两年他把那些事忘了,就好了。"

周太太抹了抹泪:"他可是比钧儒还伤我的心。"

第二日,周掌柜只得再次请了官媒婆李氏去问姚家的意思,等了大半天消息,李氏回说道:"姚家小姐就一句话,她是生意家女子,平时总要抛头露面的,守不了闺阁妇道,周家要是容得了便罢,容不了就退亲。"

周太太气得一句话说不出来,却也不敢再提退亲之事,只是看向周掌柜以目示意:人家铁了心与周家打擂,且看你怎么处理。

周掌柜点点头道:"请您回复姚亲家,我们周家也是普通生意人家,没有那么多老规矩,孩子懂得操持生意是好事,将来也能跟钧儒搭个手,只是在街上摆摊子终究做不大,沿街那些铺面,随她挑一个,再给她派个伙计,帮她把生意做起来。"

周太太吃了一惊,看向周掌柜:"还没过门,就给她一个铺面?"

周掌柜一把按住她的手,淡定地说:"烦劳您就这样回姚亲家,要是亲家和孩子还有什么要求,也只管提,两家和气最要紧。"

李氏一见周掌柜如此让步,心里便欢喜起来,知道这次大媒必能保成了,于是笑道:"这就叫好事多磨,现在虽然出些小摩擦,小两口成亲以后就和和美美了,转年再抱个大胖孙子,那就是喜事连连了。"

送走李氏之后,周太太立即抱怨:"培祥,铺面是我们的家业,咱家只有买铺面,没有出铺面的,她还没进门就分周家的家业,你是不是糊涂了?"

周掌柜:"铺面给了她,不也还在我们家吗?现在安抚姚家退亲的心思要紧,我一个大男人跟媒婆对话,已经够寒碜了,你如果再挑理,这门亲事真就不可挽回了。"

周太太:"姚家也不过是个小门小户,你何至于就这么上赶着非要跟他家结亲?"

周掌柜重重压下一口气:"我不是非要跟他家结亲,是不能毁了周家的名声,周家门内不能离婚再娶,不能定亲再弃!"周太太闷了声不敢再说话,手足无措地在屋内转了几圈,借故去看汉川念书,低头挪着小脚走了。

两日后,姚掌柜果然亲自上了门,一见周掌柜便道:"周兄,我那丫头脾气太犟了点儿,让你为难了,惭愧惭愧。"

周掌柜一笑:"不为难不为难,时代变了,孩子们都有自己的想法,我们这些老家伙也要跟着年头走。"

姚掌柜点头道:"是啊,我们小的时候,女子哪敢出来见人? 别说抛头露面,嫁人之前连丈夫都没见过,如今再要让年轻人盲婚哑嫁,哪个能同意?"

周掌柜:"如今城里的年轻人,时兴谈恋爱,就是连亲事都没定,两个人就出去约会,吃饭,一起四处逛,那些达官贵人家里还经常举行舞会,不认识的男男女女就搂在一起跳舞。"

姚掌柜吃了一惊:"有这种事? 简直有伤风化!"

周掌柜:"现在就时兴这个,人家说这叫文明生活方式。"说着他压低了声音:"咱这两个孩子,也不像以前的人那样保守了,听伙计们说,他们已经悄悄地约会过了,我是看着孩子们感情好,才舍不得委屈他们。"

姚掌柜顿时满心懊悔气恼,只觉脑中嗡嗡乱响,原来女儿早已跟周家少爷约会了,自己竟还蒙在鼓里纵着她退亲! 若是真退了亲事,再被人传出闲话去,哪家还肯与姚家结亲? 周掌柜把这话点给自己,分明就是吃定了自家不敢退亲,又拿个铺面来做台阶,真要不识抬举,外面就能说出姚家女儿不要脸的肮脏话来!

他越想越如坐针毡,额头竟不由渗出汗来,这情形自然是一毫不落地看在周掌柜眼里。但周掌柜依旧不动声色,与姚掌柜闲谈些外面的风物地理,又留他吃了丰盛的席面,临走之时,将铺面钥匙与一张字纸交给他:"这铺面,孩子想什么时候用,就去开门收拾,家里也能拨出个伙计帮衬着。纸上写的是重庆那边柜上的电话,他们不在一起,难免互相放心不下,姚兄要是有空了,就带着孩子去洛阳柜上打电话,让他们也能说上几句。"

姚掌柜应诺着,回家后并不提周掌柜所说之事,强压着火气将号码拿给姚青禾,告诉他周记药行装了电话,可以带她去洛阳打给周钧儒。

姚青禾兴奋得眉飞色舞:"真能给卓先打电话了? 我们什么时候去洛阳?"

姚掌柜立时气得目瞪口呆,周掌柜所说之事一点儿不假! 他指着女儿便骂道:"我这张老脸,算是被你折进去了!"随即一屁股跌坐在椅子上,喘着粗气缓不过神来。

姚青禾震惊失色："爹，你这是怎么了？这话从哪儿说起？"

姚掌柜喘了半天，重重地咳出一口痰："还没过门，你就敢跟周家那小子约会，还有脸闹着退亲！要不是周掌柜做事存着三分礼让，你这名声早就毁了！"

姚青禾委屈得双泪奔涌而出，一转身跑回屋里扑在床上，哭得上气不接下气地说："爹觉得我不要脸，我今天就离了这个家，再也不给你丢人！"

姚掌柜自知说话太重，连忙隔帘说道："我这也是提醒你，做事要前后多想想，不然怎么会有今天这份难堪？"

姚青禾："难堪？爹也觉得我该大门不出二门不迈，在家好好守妇道？你跟那周太太有什么区别，做个女儿家，就活该被困在家里守着锅台转？"

姚掌柜心里糟乱不已，一面是老谋深算的周掌柜，一面是牙尖嘴利的亲女儿，自己夹在中间竟是一个道理也说不出来，只得恨恨地把电话号码拍在桌上，负气道："你大了，我也管不了你了，反正以后是周家的人，你跟周家那小子要怎样就怎样吧！"说完，只求个眼不见心不烦，自顾出门到布匹行去了。

姚青禾哭了半日，听得外面没了动静，起身走到堂屋，一眼便见了那纸上的电话号码，伸手拿了便气恼地要撕掉，然而狠了几次心终究没能下手，忍着懊悔握在掌心里，坐立不安了半晌，才把那张纸收在妆奁匣子里，拿了两幅布去缝纫机上做起活计来。

周钧儒在重庆亦是整日不安，掰着指头算周掌柜回乡的日子，等了约莫十天，终于沉不住气，一大早便给洛阳打电话，又不能明着问亲事如何了，只让伙计给铁顺儿捎信问问家里的情形，是否一切安好。

伙计不明所以，便说道："大少爷，我们三天后要去偃师接一批货回来，到时候帮你把信儿带到。"

周钧儒心下焦急："不要等三天后，最好今天就回去，找铁顺儿叔快点儿到洛阳来回电话！"

伙计："大少爷什么事这么着急？陈掌柜前几天刚回去过，家里一切都好着呢。"

周钧儒："别多问,你只管回去找铁顺儿叔,他知道我有什么事!"

伙计只好答应,连忙去火车站买票,当日赶回了偃师。铁顺儿一听便知道他是为姚小姐的事着急,又不敢直接催促周掌柜,于是便悄悄嘱咐伙计回电话时只说"和和气气,皆大欢喜"即可。

周钧儒得了回信,心里顿觉轻松,提了十多天的一口气终于放下来,哼着曲儿离了柜台,到库房去看给潘市长调配的药材。伙计们都觉诧异,少东家这些日子愁眉不展坐立不安的,怎的接完电话便心情如此之好?

近些时日,潘市长对药材需求甚多,连续筹集了两万多斤,又要专用于"打摆子"的西药金鸡纳霜等,而且限期紧急,周记药行费尽周折,通过广州洋行调集到一批,悉数交给军中入库。潘市长对周记药行的鼎力支持很是赞赏,亲笔书写了"妙手仁心,救世济民"的牌匾,让韩秘书送了过去。

中药讲究"小方治大病",常用药材也价廉者居多,因此两万斤药材所获之利也不过一万多银圆,反是那一批金鸡纳霜,药虽不多,竟获利两万元上下,令人咋舌,刘大掌柜和伙计们纷纷惊叹,不想西药利润丰厚至此。众人便提议着在重庆也开一间西医诊所,周钧儒也有几分动了心思,但眼下时机尚不成熟,川地总有战乱摩擦,西医诊所投入成本巨大,一旦受到战祸波及,便是本钱也回不来,总须情势明朗了再做打算。

周记药行上下正沉浸在生意前景大好的希冀之中,却忽然接到一个令人震惊的消息:重庆全城戒严,任何人不得出入。

川地本是刘湘、刘文辉叔侄二人双雄并立的局面,发生龃龉是常有之事,这次潘市长调集大批药材,刘大掌柜和周钧儒也并未多想,因此重庆戒严的消息传来,二人顿时震惊失色,登高一望,便见城中四处都有军哨,竟已防守得铁桶一般。

周钧儒此刻才意识到,此番绝非寻常摩擦龃龉,这叔侄二人是要决战了!若是刘湘获胜,重庆自然固若金汤。但若刘文辉战胜,必然会兵进重庆大肆清洗,为刘湘调集药材的周记药行便处境不妙,轻则逐出重庆,重则灭门屠杀。

这变故来得太快,所有人都猝不及防,周钧儒顿觉紧张起来,他从未面临过如此局面,却又不得不告诫自己必须稳住阵脚,立即与刘大掌柜商议如何应对。

刘大掌柜阅世深厚,知道局势之危已不可免,思索片刻说道:"钧儒,战事怎么发展,不是我们能决定的,要真守不住了,我们得做好逃难的准备。"

周钧儒点点头:"刘伯伯说的有道理,但是爹回乡之前曾叮嘱我,让我照看重庆的生意,我们打个电话看他怎么说,再作决定。"

刘大掌柜叹气:"我一把年纪了,经历的事情也多,这把老骨头早就看淡了,但是你还年轻,伙计们也各有家室,要不能让大家逃个活路,怎么交代得过去?"

洛阳陈掌柜接了电话,惊得变了神色,连夜骑马赶到伊河镇,撞开门便喊道:"东家,重庆开战了!"

周掌柜听得院里喊声,衣裳都没穿整齐便冲出屋子:"陈掌柜,怎么回事,你慢慢说!"

陈掌柜上气不接下气道:"二刘开战,重庆戒严,不许任何人出入,大少爷说两家已经在南充打上了!"

周掌柜如当头遭了一记闷棍,整个人呆住了,只觉脑中嗡嗡作响,良久之后才喘过一口气:"那边现在情形怎么样?"

陈掌柜:"大少爷没细说,请您火速到洛阳通电话商量。"

周掌柜深深吸气,强迫自己稳下来,说:"你等一下,我马上就跟你去洛阳!"说着他提声喊道:"铁顺儿,备马车!"

周太太也早已被惊醒,看到周掌柜回屋连忙问道:"培祥,出什么事了?"

周掌柜:"四川那边开战了,钧儒一个人盯着我不放心,去一趟洛阳跟他通个电话。"

周太太立时脸色都变了:"又打仗了? 重庆守得住吗? 那边的生意会不会被贼人抢了?"

周掌柜不耐烦道:"人能没事就是老天保佑了,还想什么生意,妇人之见!"

周太太:"你们外面的事,我不敢多问,可你什么都不告诉我,整日担惊受怕的,谁受得了?"

周掌柜叹了口气,语气和软了些:"现在到底怎么样我也不清楚,等我去洛阳打过电话,让铁顺儿回来告诉你。"

他换了身衣裳,周太太又急着给他拿了两套衣衫装进包袱。外面铁顺儿已经准备好马车,周掌柜和陈掌柜坐了马车,连夜向洛阳赶去。

偃师到洛阳约有百里之遥,马车疾行也要四五个钟头,夜路就更慢些,所幸星夜明朗,约略看得清道路。一路之上,周掌柜心急如焚,看着路边黑魆魆的树影倒退如飞,竟如鬼魅般缠着他的心神,令他如坐针毡。往日被困城中也好,遭遇挫折也好,他都与周钧儒在一起,不必担心儿子的安危,此刻他独自一人在重庆,能否一切周全?万一重庆有失,他能否逃出生天?各种不祥的念头在他心中盘旋着,他不得不狠狠摇头,竭尽全力与这些纷乱如麻的思绪对抗。

车到洛阳时天已大亮,太阳也升了起来,周掌柜下了车大步走进药行,直奔电话拨通了重庆的号码。

周钧儒一早就守在电话旁,听得铃响便立即接起:"爹?"

周掌柜听到他的声音,略松了一口气,急切问道:"钧儒,重庆现在怎么样?"

周钧儒:"目前还没事,只是全城戒严不许进出。"

刘大掌柜在旁边接口道:"我的意思是,做两手准备,我们固然要相信潘市长,但也要做好万一失守,安排大伙儿逃难的准备,毕竟我们跟刘文辉有过节,他要进了重庆,一定会为难我们。"

周掌柜:"钧儒的意思呢?"

周钧儒:"重庆现在严防死守,想逃也逃不出去,要是被人知道我们有出逃的心思,在潘市长看来就是叛变,我们本来就有把柄在他手上,如果再立场不坚,可就真成墙头草了。"

周掌柜:"那你打算怎么做?"

周钧儒:"这回打仗,据我看是刘省长下定决心要跟刘文辉决个高下了,不是以前一年两三次的小打小闹。而且潘市长在我们药行一次就定了两万斤中药材,还有许多西药,这是此前没有过的量,所以单从药材筹备方面推测,刘省长应该是做了充分的准备,这次是势在必得的。所以,我的想法是,我们只能站在刘省长和潘市长这一边,没有其他选择。"

周掌柜:"你是觉着刘省长一定能胜?"

周钧儒:"我想,刘省长应该更有把握些。"

刘大掌柜:"钧儒,你把宝押在刘省长这一边,万一押错了呢?"

周钧儒:"就算我们想押刘文辉,也没那个机会了,反正也逃不出去,不如就坚定心意支持潘市长,再不能做授人把柄的事了。"

周掌柜暗自点头,知道儿子已经有了几分商海浮沉的魄力:"老哥,我觉得钧儒说得有道理,咱们年轻的时候,不也有这么一股子敢拼上身家性命的狠劲儿吗?"

刘大掌柜叹了口气:"既然你也这么说,那就依钧儒的意思,铁了心坚守重庆,哪儿也不逃了! 到时候刘省长真胜了,我们就是有大功的商行。"

周掌柜:"对,宁可赌上一把! 但是有一点儿,钧儒,狡兔三窟的道理你是懂得的,关键时刻,就算生意不要了,也要保住性命!"

周钧儒应道:"知道,我会尽量想办法保住大伙儿的命,要生一起生,要死一起死。"

周掌柜急得暗暗皱了眉头,却不得不在电话中赞道:"都是跟我们千里迢迢去川地的兄弟,一定要设法照顾他们周全,你自己更要万分谨慎,我和你娘可是全指靠你了。"

周钧儒答应了,又问了一句:"爹,姚小姐的事……"

周掌柜:"已经解决了,我在街上给她安排了个铺面,她以后不必再去大集上风吹日晒了,你娘也同意,皆大欢喜。"

周钧儒这才喜笑颜开:"我就知道,爹出马,一定是圆满的局面。"

挂了电话后,周掌柜狠狠皱起了眉头,内心自语道:"这孩子就是太仁义,要只是他一人逃命,托韩秘书就能安排,非要跟所有人同生共死,谁能管得了这许多人!"

康宜俭日渐一日地精神委顿了。

自祁书瀚离开后,她几乎夜夜不得安眠,噩梦缠身,似乎又回到了当日丈夫被县政府扣押的日子,入睡之后全是他被酷刑折磨、被警察枪毙的场景,每次都是惊恐万分地从梦里醒来,再流泪到天明。也许那次丈夫被捕留给她的恐惧太深刻,也许是她日夜担心思虑太多,她总是陷入这个梦魇走不出来,每次的梦里,她都在声嘶力竭地申诉:"我丈夫不是共党!"

及至后来,她几乎不敢让自己睡去,唯恐闭上眼睛噩梦就会袭来,日复一日地熬煎下去,几乎已成惊弓之鸟,任何风吹草动都让她惶惶不安。

但她心里总是怀着一丝侥幸的希望:也许是自己想多了呢?也许他还能回来呢?

哪怕这希望极为渺茫,她也要等下去。

因此,她勉力支撑着,告诉公婆书瀚要出门一阵子,归期未定,依旧像往常一样操持着家里的事务,晨起晚睡毫不懈怠。但每个人都看得出来她已经失了神,吃饭更是少得可怜,不过五六天时间,整个人脸色都差了许多。祁老先生和祁母看着儿媳如此形容,只道她太过劳累亏了元气,祁母变着花样给她熬些滋补养身的汤,可她依旧毫无胃口,甚至脸色蜡黄着吐出黄水来,老两口急得不知如何是好,却又无可奈何。

这一日晚饭后,祁母特意到她的房中,握着她瘦削的手:"孩子,你这到底是怎么了?跟我说说,你一向身子不错,怎么忽然瘦成这样,请个大夫来看看吧?"

康宜俭摇摇头:"娘放心,我没事,养几天就好了。"

祁母:"我看着你也不像是生病,是不是书瀚做了什么,伤了你的心?要是他对不起你,你告诉我,等他回来,我一定替你做主。"

康宜俭继续摇头："书瀚没有对不起我。"

祁母："我看着他是爱重你的，这两三年对你大声说话都没有过。"

康宜俭低了头，强忍着泪说道："他一直对我很好，娘不必担心。"

祁母叹了口气："孩子，你来家里这几年，品格做事都没得挑，我和你爹也都是疼你的，你心里要有什么事一定说出来，不要自己闷着，身体是自个儿的，可别作践坏了，别说我们做公婆的，你爹娘更要心疼。"

康宜俭依旧低头应着，祁母知道劝她不得，只能无奈地出去了。她一个人枯坐了许久，终于忍不住将祁书瀚的照片拿出来，只看了一眼，便泪眼婆娑，强压着悲泣哀声不已。

祁书瀚正带着两位同志徒步跋涉在回偃师的路上。

卢启斋被杀之后，开封火车站立即被封锁，铁路也为之中断，刘峙为给卢启斋报仇，更是近乎疯狂地实施白色恐怖，因此他们只能抄小路而行，甚至往往要趁着夜色赶路。无边的黑暗里，祁书瀚带着两位同志默默地低头赶路，此刻天边忽然有一颗流星划过，他便下意识地自语道：

如此后竟没有炬火，我便是唯一的光。

他猛地抬起头来，眼里再次燃起了希望。鲁迅先生这句话，竟如一道闪电划开了他的思绪，惊雷烈火般照得他头脑中一片炽亮，也更坚定了他回到偃师的信心。那里是他开展革命和传播火种的地方，这次掩护转移任务完成之后，纵然面临的是暴露和逮捕，他也将义无反顾，蹈死无悔。

长途艰难跋涉，他们的布鞋都早已烂掉，双脚打满了血泡，衣裳破成了碎布，身上到处都是伤痕划痕，饿了便在林间草下、土里水里刨些充饥之物，五天之后，终于到达洛阳的时候，几个人都已形如乞丐。

嵩山的秘密小院里，他们与早已等候在那里的薛铭和徐健君会合：祁书瀚临行之前，便已安排他们提前到此接应，一旦自己不能脱身，他们会继续执行未竟的任务，将两位同志送出河南，转道陕西去往中央苏区。

薛铭和徐健君一见他们归来，顿时欣喜不已，然而看着三人这般形象，又各自唏嘘不已。祁书瀚并未明说那两位同志的身份,只说这是奉命营救,不惜一切代价,都要护送他们离开河南。几人互相打过招呼,祁书瀚虽满身狼狈,却依旧神色昂扬:"我这十天,虽然经历了一场生死,但好在顺利护送两位同志离开了虎穴,而且杀了卢启斋,除掉一大隐患。"

薛铭振奋不已:"卢启斋死了?"

祁书瀚点头:"被我们潜伏的同志击毙了,他这一死,心头轻松大半。"

徐健君也开心起来:"这么说,老师不用离开偃师了?"

薛铭立即摇头:"校长之前被卢启斋盯上过,继续留在这里终究有风险,既然组织上安排转移,还是赶快走吧。"

祁书瀚依旧思索着,犹豫不决,黄老四被捕,严刑之下若是供出谢君锡,他便有彻底暴露的风险。若是自己也转移了,就有更多的嫌疑指向他,这样一位连续两次救自己于危急的同志,怎么忍心置他于不顾?

还有一点儿他不得不挂念的私心:离家之时,他原本做好了永不回来的计划,也给妻子留下了诀别之言,然而自己竟能活着回来,而且消除了卢启斋监视的隐患,如何不想回家看看? 若是自己逃走了,将来一旦事发,他又如何能忍心看着家人遭受牵连?

层层顾虑之下,他摇了摇头:"我转移的事先不急,洛阳偃师一带能认出我的人太多,还是你送两位同志去陕西更稳妥,沿途的接应我会安排好,我们等着你的好消息。"

薛铭还想再劝,祁书瀚笑了笑:"薛老师,我知道自己的处境,真到危险的时候,我会走的。"

离家不到十日,却已满身落魄蓬头垢面,祁书瀚在河边清洗了一番,又取了一串铜钱,到街上刮脸剪头,尽量把自己收拾得妥帖利落,看起来不至于太过狼狈,才放心地回家去。

祁老先生和祁母早已习惯儿子经常多日不归,如今看他竟黑瘦得换了个人一样,心疼得垂泪不已。然而他心里最牵挂的却是康宜俭,见她并没出来迎接自己,连忙问道:"宜俭呢?"

祁母叹了口气:"这孩子也不知怎么了,最近总是精神不大好,脸色很差,也吃不下饭,让人心疼。"

祁书瀚听说妻子如此,顿时意识到自己此番不辞而别对她的伤害。他那句"如果我很久不回来,你就不要等了",很可能被聪慧细心的妻子记住了,这样没头尾的一句话,真不知让她受了多大惊吓。

他顾不得和父母多说,立即疾步奔向自己的屋子。

康宜俭隔着窗子已经看见了祁书瀚,只一眼就知道他受了不少苦,短短几天就黑瘦得厉害,脸上都晒爆了皮,眼泪如断线之珠般纷纷落下。然而看到祁书瀚要进门的那一刻,她忽然掩面抽泣,起身上了门闩——这个原以为可以托付一生的男人,几次三番让自己担惊受怕,甚至这次竟一言不说就诀别而去,留她一人受苦。

她握着帕子无声地哭着,一时恨不得投入他怀里哭个痛快,一时又后悔自己为什么要屡次被他折磨,心中两相为难,竟要把她的心神撕裂了一般,不知如何面对这割舍不下的男人。

祁老先生和祁母见康宜俭没出来,彼此看了一眼,便知是儿子伤了她的心,祁母心疼地开口道:"书瀚,你快进屋看看,宜俭好像病了。"

祁书瀚一听妻子病了,立即急切地想要推门进屋,但门却未如他所愿被推开。隔着窗子只一眼就看到了妻子蜡黄的脸色,再加上哭得红肿的双眼,心疼得再也忍不住,他猛地使出浑身气力将门推开,进得屋内,一把将她紧紧揽在怀里。康宜俭心中气恼,几次要把他推开,祁书瀚却只是紧紧地搂着她,任她无声地发泄着,始终不曾松手。

黄昏时分,祁母张罗着给他们做饭,连祁老先生都跟着下了厨房去忙碌,不多时一桌齐齐整整的饭菜被端出来,一家人总算又吃上了团圆饭。祁母边吃边含着泪埋怨祁书瀚,祁老先生则申斥了他一阵,二人又忙着宽慰媳妇,一餐饭下来竟是百感交集,久已没了生气的祁家院子里,终于添了鲜活的人声。

吃罢饭回到房里,祁书瀚终于能静下来与妻子四目相对,沉默了好一阵,他才低头叹道："这次，我确实不该这样做，可我也有不得已之事……"

康宜俭："也不知你都做些什么事，连我也不能告诉。"

祁书瀚："只有这件事，我不能告诉你，无论未来怎样，你只要知道，你丈夫做的是正义的事业。"

康宜俭气恨道："什么事业要让人不顾家人？修身齐家治国平天下，你连齐家都做不到，难道还真有改变天下的大事非你不可？"

祁书瀚愣了片刻，郑重点了点头，说："非我不可，不是我多重要，而是如果我不去，别人也不去，就永远改变不了天下。"

康宜俭扭过头不愿理他："那你去吧，早知如此，你何必回来！"祁书瀚不待她说完，一把将她搂在怀里，任她的眼泪洇湿了肩膀，两个经历了别离怨恨又迷途重逢的人，在这一时暂安的平静时刻，紧紧拥抱着彼此，再也不肯放开。

第二天，康宜俭依旧是起床便呕吐不止，吐得上气不接下气，其状极为可怜。祁书瀚连忙给她捶背，又急着端了杯子给她漱口，等她终于直起身来，才关切道："你吐了几天了？请大夫来瞧瞧吧？"

康宜俭摇了摇头："就是从你走了之后，不用请大夫，过几天就好了，免得惊动爹娘担心。"

祁书瀚："别怕麻烦，还是请个大夫看一眼才心里踏实，就怕真有什么病耽误了。"说着自己亲自驾着马车出门，请了缑氏镇一位年过七旬的老大夫来诊脉。

老大夫一搭脉便笑了起来："书瀚，你是要当爹的人了，这可是大喜的事。"

祁书瀚和康宜俭同时愣住，祁母更是惊喜地抹了一把眼睛，连念了几句"老天保佑佛菩萨保佑"，挪动着小脚急急去准备补养之物，刚出门便大声喊着："老头子，祁家有后了！"

康宜俭怔怔地看着祁书瀚，她几乎不敢相信这个消息，愣神了一阵子，才忽然落下一滴泪来："书瀚，我们有孩子了。"

祁书瀚亦是呆呆地看着妻子,良久之后,一把将她搂在怀里:"是的,我们有孩子了。"

成婚以来,康宜俭始终不曾有孕。然而祁书瀚知道,妻子是急切盼望能有个孩子的,可他在家的时间太少,即便在家也总是早出晚归,以至于婚后三年无子。祁老先生和祁母也为此有些焦急,康宜俭更是怀疑过自己是否有些病症,谁都没想到,全家苦盼了许久的孩子,竟早已在不知不觉中孕育了。

虽然妻子刚刚有孕,祁书瀚却真真切切有了当爹的感受,那种满心惊喜却又急急慌慌的心情,令他一时无从下手,只是呆呆地跟着大夫去抓了几服调养汤药,回来时却见祁母已经在准备各色安胎补养之物,甚至开始忙着收拾布匹,给儿媳做孕期的宽大衣裳,张罗着做孩子穿用的衣裳尿布。祁老先生在一旁笑呵呵看着,嗔着她太过着急,自己却始终合不拢嘴。

这是康宜俭嫁到祁家以来第一次怀喜,亦是祁家这一支的长房长孙,全家自然重视非常。祁书瀚亦是忙得不知如何是好,一时端热水,一时递手巾,事事亲力亲为地伺候着,恨不得妻子手指也不要动一下,直到康宜俭都被照应得有些不耐烦了,忍俊不禁地逗趣他:"书瀚,就算凤凰下金蛋,也没有这样一寸不离地照顾的,日子还浅,不用这么紧张。"

祁书瀚这才停下来,却依旧事事顺从的样子,随口答应着:"是是,宜俭说得对。"

康宜俭立时又笑了起来:"怕不是高兴坏了,怎么还添了些傻气?"

祁书瀚愣了一下,也笑道:"只等你再给我添个傻儿子,我们父子俩傻人有傻福才好。"

康宜俭:"呸!人家生孩子都盼着聪明,你怎么还盼着孩子傻?"

祁书瀚:"没听过东坡先生的诗?'人皆养子望聪明,我被聪明误一生。惟愿孩儿愚且鲁,无灾无难到公卿。'"

康宜俭:"你又胡说,傻儿子哪能无灾无难到公卿的?再说,你就确定了是儿子?"

祁书瀚:"不管聪不聪明,也不管男孩女孩,只要健健康康的,我都喜欢。"

康宜俭："我看着爹娘一心一意想要个孙子,害怕我万一生个女孩,他们二老会失望呢。"

祁书瀚："你何必想这些? 生儿生女有什么要紧,譬如康家第一胎就生了个小姐,不也是这么聪明俊秀的? 比那些男儿郎可是强得多。"

康宜俭啐了他一口："就知道你没什么正经!"

忙碌了一天,终于安静下来,祁书瀚亲自照应着康宜俭上炕,看着她坐在那里依然面带欣喜,不由得也眼中溢出了温暖的笑意。

康宜俭靠在他身上："有了孩子,心里就有了盼头,以前我只能把所有的期盼都寄在你身上,你不在家的时候,我心里总觉空落落的,现在有了孩子,才算觉得有了倚靠。"

祁书瀚自责地叹了口气："宜俭,是我在家陪你的时间太少了。"

康宜俭："书瀚,如今你是要当爹的人了,为了我们的孩子,以后不要再做冒险的事了好不好?"

祁书瀚拉住她的手,另一只手向后抚着她的头发："为了你,为了我们的家,我一定会好好保护自己。"

那一刻,他的心里满是眷恋和不舍,靠在自己怀里的妻子,尚在孕育中的孩子,让他觉得自己的牵绊越来越深,他从未如此强烈地感受到想要留在家里,过一个平凡人的生活,等着妻子生产,陪着孩子长大,看他咿呀学语,看他上学读书,看他长大成人,娶妻生子……

可是组织上已经下达了转移通知,自己的危机隐患也并未完全消除,他全然没想到,孩子竟会在这样风雨飘摇的时候到来,他并不知道自己的父亲正面临着进退两难的抉择,更不知道自己的母亲未来将面临怎样的生存苦难,但他依然毫不犹豫地选择了他们。

祁书瀚看着已经熟睡的妻子,眼角终于有一滴泪滑下:宜俭,孩子,我怎能舍得下你们,一走了之?

卢启斋遇刺第二日，刘峙便急匆匆赶回了开封，第一件事便是赶往医院看望谢君锡，然而他眼里明显是悲伤和愤怒，只是强掩着心绪，与谢君锡打着"护卫不力罪责难恕"官腔，向他询问当日的情形。

谢君锡则是摇头叹息着回应，卢启斋不顾危险追捕共党分子，等自己带人赶到时，他已经殉国，其他警卫全部被杀，自己也遇袭中枪。

然而刘峙对这样的回复满是不甘："看启斋兄的伤口，分明是抵着脖颈和后心开的枪，什么人能在警卫扈从之下，贴身将他枪杀？"

谢君锡："我赶到的时候，卢公已经遇害了。"

刘峙叹了口气，慢慢红了眼睛："这次剿匪之前，我已经答应他获胜之后就让他归隐山林的，没想到他竟先我一步，诀别而去了。"说着，两行男儿泪落下来。

谢君锡唯有劝慰而已。

唏嘘了半晌，刘峙才又说道："启斋兄这些年在肃清共党方面成绩卓然，经他手破获的地下共匪组织也有几起了，没想到竟招致了他们寻仇……"说着，他恨恨地咬了咬牙："'织女'，若不把你揪出来，我有何颜面面对启斋兄！"

谢君锡诧异："'织女'？我也听说过这个人。"

刘峙："对，盘踞河南的共匪头子，这些年来神出鬼没，挑起过多次闹事和暴乱，如今嚣张到连中央大员都敢袭击了，还连累启斋兄被刺杀，早知这样，我该派重兵保护你们。"

谢君锡叹了口气："卢公非要去追几个嫌疑分子，我阻拦过，可他执意去追，等我带着人赶到的时候，他已经被共党杀害了。"

刘峙："启斋兄一定是发现了什么线索。"

谢君锡："但他已经不能告诉我们发现了什么了，逝者已矣，可是那共匪怎么知道他会去追？竟然埋伏了人在那里。"

刘峙："火车上一定有他们的内应，连火车司机都被他们渗透了，可见这些共党分子多么猖獗！必须全省严查，共党不清，河南不平！"说着，他叹了口气："谢处长,有件事,我得提醒您一下,再顾念情义,有的人也要离他远些,以免授人以柄。"

谢君锡立即意识到,他说的是祁书瀚!就算杀了卢启斋,祁书瀚的危机也并未完全解除,他依然在国民党的监视之下。

第二日,刘峙为卢启斋举行了浩大的祭礼,大彰卢先生殉国之烈,并下令全河南严格搜捕共党分子,宁可错杀,绝不放过。遍布全省的搜捕牵连空前严峻起来,酷刑之下,许多人被胡乱指认为共党而命丧枪口,层层牵连之下,竟至人人自危,百姓们道路以目,整个河南笼罩在恐怖血腥气息之下,革命组织也已经支离破碎,陷入了危难之境。

与此同时,复兴社特务处也派人赶赴河南彻查此案,缉拿两名在逃的匪首,重点是搜捕盘踞河南多年的大共匪头子——"织女",清除共党在河南的全部"党羽"。

谢君锡立即意识到,纵然卢启斋已死,祁书瀚的处境也还是不安全,刘峙的爪牙依旧会盯着他,特务处也在秘密搜捕"织女",必须提醒他马上转移!

开封。金台大旅馆。

国府要员或权贵名流到达开封,往往都在金台大旅馆下榻,返回开封之前,卢启斋已经为谢君锡和 Davy 订了相邻的两个套房,如此既能对外避嫌,又方便二人私下往来,对这两位南京政府的名人要员可谓尽心,然而未等到两人感谢他,他便遇刺死于开封车站。

谢君锡出院之后,依旧住在金台大旅馆的套房将养。他半躺在旅馆的沙发上,肩膀上的枪伤已经被清理包扎过,胳膊打着夹板用绷带吊在胸前,脸上却依旧是无所谓的神色,满眼欣赏地看着眼前的 Davy 小姐。

客厅里放着留声机,Davy 小姐正伴着西洋乐的旋律缓缓起舞。看了片刻,他忍不住鼓掌赞道："Davy 小姐果然是舞姿曼妙,难怪无数风流子为你倾倒。"

Davy 小姐听得他鼓掌,回头就见他肩膀上又渗了血迹,连忙上前嗔道：

"带着伤还不安生，伤口又崩开了，我打电话叫医生。"

谢君锡一把拉住她："不用叫医生，没什么大事。"

Davy 小姐皱眉道："受这么重的伤，还说没事。"

谢君锡笑道："我这人命大，要是跟着卢公一起冲过去，说不定也殉国了。"

Davy 小姐叹了口气："卢启斋这一死，刘峥很难成气候了。"

谢君锡："这话怎么说？"

Davy 小姐把他拉到沙发上坐着，又亲自给他倒了茶，剥了葡萄喂他吃："听说刘峥这些年对他言听计从，就是靠着他谋略过人献计献策，才成为委员长心腹爱将的。刘峥有今天这样的地位，一大半是卢启斋的功劳，如今他这一死，刘峥就要走下坡路了。"

谢君锡诧异道："刘峥如今声望正隆，剿匪又大功告成，正是再进一步的时候，你居然认为他会走下坡路？"

Davy 小姐："不过是凭空猜测罢了，你们男人还会把女人的话当真？"

谢君锡："别人的话我不当真，但你这样的女人说的话，可是十句九中，让人不得不信。"

Davy 小姐："信与不信，你往后看就是了。"

谢君锡饶有兴味地看着她："你要是个男儿身，南京政府里还真得有你一号位置，实实在在可惜了。"

Davy 小姐并不理他，只是分析道："两个重要匪首逃跑，你受了枪伤，卢启斋阵亡，南京那边都震惊了，说是大共匪头子'织女'作的案，要求彻查这件事呢。"

谢君锡皱眉道："怎么一有无头公案，就说是'织女'做的？刘峥也这么说。"

Davy 小姐无所谓道："反正都这么说，有的说他是中原一带的头号匪首，手底下不知多少人，有的说他作案手段极其隐蔽，这些年河南闹叛乱都是他挑起的，如今在火车站公然作案刺杀中央大员，谁不害怕？"

谢君锡听得神乎其神:"这'织女',是有三头六臂吗? 怎么这么厉害?"

Davy 小姐:"就算没有三头六臂,也是有些神通的。"

谢君锡嘲讽地笑了笑:"听这些传言做什么? 不把'织女'说厉害些,他们自己无能破不了的公案,失误渎职激起的民怨,怎么推卸罪责?"

Davy 小姐:"反正现在刘峙全省通缉'织女',发誓为卢启斋报仇。"

谢君锡哭笑不得地摇了摇头:"连'织女'长什么样都不知道,通缉谁去? 听说连特务处都惊动了,秘密派人来河南搜捕'织女',务必要把他缉拿归案。"

Davy 小姐一愣:"特务处也派人了? 这个案子可是牵涉太深了。"随即她叹了口气:"不说这些乱党了,你如今战场监军已经去了,自己也挂了彩,是不是该回南京了?"

谢君锡:"你在哪里,我就在哪里,有你陪着,这条胳膊废了也甘愿。"

Davy 小姐半嗔半怒:"河南已经不太平了,你还留在这里,不怕他们下一个目标就是你?"

谢君锡:"那你跟我一起回南京。"

Davy 小姐摇头无奈道:"我还回不去,剿匪大功告成,夫人要到肃清的匪区去视察,到时候有国际记者来采访,夫人点名让我做随从和翻译,所以我要留在开封准备接待事宜。"

谢君锡:"非你不可?"

Davy 小姐:"别人看来,这是荣宠有加的差事,对我来说,分明是费力不讨好,匪区那边还不太平,万一出点儿乱子,谁能撇得清关系?"

谢君锡叹了口气:"看来我也只能留在这里陪你了,回南京也只好闷在家里养伤,一点儿意思都没有。"

Davy 小姐站起身:"罢了,我要回房间办公了,明天再来看你。"

谢君锡一把拉住她:"为什么不肯留下来陪我?"

Davy 小姐忍住没有回头:"留下来又能怎样? 外人看着我们浓情蜜意,同进同出。可实际怎样,还要说破吗? 我这样的名声,自然是配不上谢家大公子的。"

谢君锡愣住："我……Davy,我是珍惜你,尊重你,所以才不敢唐突……"

Davy 小姐苦涩一笑："我还有什么可珍惜的?你听说的我和别人那些事,很多都是真的,你能做到不在意吗?"

谢君锡："我……"

Davy 小姐抽身离开,贴心地把门关好："小谢,明天见。"关上门的一瞬间,她眼圈有些泛红,但很快恢复如常,回到隔壁自己的套房里。

坐在书桌前,她眼里带出更深邃的悲哀:她不仅是艳名远播的交际花,还是复兴社的高级特务,此次特务处派驻河南搜捕"织女"的负责人便是自己,代号:血蔷薇。

这样的身份,和谢君锡注定是没有未来的。

周钧儒第一次以少东家的身份召集所有伙计在院子里开会,几十号人挤挤挨挨站着,都悬着一颗心望着他和刘大掌柜。此前川地军阀每年都有几次小打小闹,重庆却从未戒严过,然而这次非比往常,刘湘与刘文辉二人必要争个高下,一旦重庆发生攻防激战,城中的百姓便要遭遇兵乱之灾。

他深知伙计们的担忧,父亲不在,所有人的期望都压在他的肩头,他必须站出来给众人一个交代,作出令人信服的决定,才能让伙计们知道周记药行的少东家可以驾起这艘船,与大家同舟共济。

于是他沉了沉气息,向众人说道:"诸位,大家今天站在这里,我应该算资历最浅的一个,但是重庆戒严,大家心里担忧,父亲又不在,我只能站出来和大家一起商议这件事。"他回头看了一眼刘大掌柜,又继续道:"这次二刘打仗,重庆戒严,看起来非常紧张,但我听说一个消息,刘省长是得了蒋委员长支持,才向刘文辉宣战的,所以这次战事,刘省长胜算极大,就算现在戒严,轻易也打不到重庆,我们基本不会遇到危险。"

这番话说完,众人顿时松了一口气,笼罩在头上的阴霾之色扫去了许多。

周钧儒又继续道:"话虽如此,但谁也不敢保证一切安全,所以我们也提前准备了藏身避难之处，万一情势紧急，大家可以临时躲起来，我会和大家共进退，无论发生什么事，大家要生一起生，要死一起死！"

众人的情绪振作起来，大家望着周钧儒，心里前所未有的安定，这个年轻的少东家竟是如此仗义的一条汉子！大家纷乱不齐的声音纷纷传来："对，少东家说得好！""要生一起生，要死一起死！""战争还远着呢，哪能现在就尿蛋！"

直到此刻，刘大掌柜才站了出来："各位弟兄，东家不在，我们这些跟了周记药行多年的老伙计，受了东家这么多年的照顾，现在遇到难处了，必须替东家照看好生意，把少东家顶上去！少东家愿意跟大家共进退，我们也不能拉后脚，做人要忠心，要仁义！"他回身叫过账房，提了一袋银洋放在桌上："这是少东家替大家着想，怕万一临时变故，给每人准备了五块银洋随身应急，大家领到手里，都要放在妥帖地方，以备不时之需。"

五块银洋，几乎是药行伙计一个月的薪水，只给大家临时应急，便如此大方，人人更是感念不已，周钧儒在众人心中的位置，也从周家大少爷成了真正可以信赖共事的少东家。

姚记布行。

周钧儒在重庆被困的消息传来，姚青禾立刻慌了起来。她不知道遥远的重庆是怎样的局势，但经历过多次军阀之争和中原大战，她深知战争会造成怎样的危险和灾难，在她心目中，重庆戒严便意味着兵临城下，周钧儒此刻已面临生死危难。

她的心突突乱跳，坐立不安，全然无心手里的活计，走来走去蹙眉叹气，又从怀里掏出手表来看，原来焦灼了这么久，才不过一个多钟头，顿时再也煎熬不得，走到柜上便对姚掌柜道："爹，我要去洛阳，给卓先打电话！"

姚掌柜吓了一跳："你要干什么？"

姚青禾："卓先在重庆不知道怎么样，你心里不急吗？"

姚掌柜："我急归急，可铁顺儿带回来话，不是说暂时没事吗？你就这样急吼吼去打电话，不怕让人看着笑话？"

姚青禾:"有什么好笑话的? 人命关天的事,我去问问怎么了? 这样干坐着等消息,熬煎得人心里难受。"

姚掌柜也忍不住担忧道:"他一个人在那边,周掌柜又不能过去,那么大的生意那么多人,又赶上开战,真不知道他怎么应对。"说着,他叹了口气,"都是你不肯服个软,顶着一口气要退亲,要不周掌柜也不至于急着赶回来,把他一个人留在那边。"

姚青禾委屈道:"爹怎么能这么说? 退亲的事是我提出来的? 您老气短了一辈子,我也要什么错都往自己身上揽?"

姚掌柜:"罢了罢了,你要去洛阳就去吧,只是一个姑娘家怎么出门?"

姚青禾:"家里就您和弟弟,柜上离不得你,弟弟还小,谁能陪我去? 我去跟铁顺儿叔说一声,让他派个人跟着就是了。"

姚掌柜:"铁顺儿在周家是有体面的,你怎么好麻烦人家?"

姚青禾低头脸红了片刻,才小声道:"卓先走的时候跟我说,有事就去找铁顺儿叔,他肯定帮我。"

姚掌柜:"也罢,你早去早回,不许在外面过夜,免得有人说闲话。"

姚青禾嘟囔道:"也不知道那些人长舌头做什么,整天就会说闲话,都不知道惹人厌吗?"

姚掌柜哭笑不得,板起脸斥道:"这妮子,怎么没一点儿姑娘样儿!"

第二天一早,铁顺儿果然派了马车和伙计来到姚家,接姚小姐前往洛阳。抵达洛阳城下时,天还不到晌午,寻常百姓往往一生不曾走出过本县,姚青禾也是第一次离开偃师来到洛阳,巍峨高耸的城墙在她看来竟如宫阙一般辉煌壮丽,街上的店铺也多是砖瓦墙,比之偃师县和伊河镇,不知恢宏了几十倍,一时竟让她觉得自己有些乡下土气。

但姚青禾显然不是寻常自轻的女子,她未来夫家在这赫赫的洛阳城里做着大生意,连国民政府的高官都与之交往,自己进了洛阳城也算有几分体面的,什么人敢说她土气? 因此,她反而更高昂了头,大大方方地在周记药行门前下了车,抬脚便进了门。

陈掌柜自然知道这是未来的周家少奶奶，但此刻尚未过门成亲，一时竟不知如何招呼，连忙迎上来道："姚小姐，快请进来，您亲自过来有什么要紧事？"

姚青禾点点头："我要给大少爷打个电话。"

陈掌柜从未见过如此外向的女子，只得应承道："好，好，您先坐着喝茶，我马上请东家过来，帮您打过去。"

姚青禾哦了一声，随口道："周掌柜也在？"

陈掌柜越发不知如何解释，毕竟在他眼里，未来公公在此，没过门的儿媳妇理当回避的，可姚青禾并无这般念头，径自坐下喝茶，直到周掌柜出来才站起身："周掌柜好。"

周掌柜听说姚青禾到来，便知她是担心周钧儒，这女子虽然性格爽烈了些，对周钧儒倒是一片热忱，不枉儿子对她用心极深，于是笑道："青禾来了，要给钧儒打电话？"

姚青禾点头："铁顺儿叔说四川那边打仗了，我有些担心。"

周掌柜："钧儒现在没事，打仗的地方离他两三百里呢，我这就打给他，你们直接说。"说完，周掌柜自去拨电话，又与众人使了个眼色，大家便悄悄回避了出去。

电话拨通后，周掌柜将听筒递给她，便也蹑去了门外，柜上只剩了姚青禾一人。电话那边传来声音："爹？我是钧儒。"

姚青禾第一次在电话里听到人声，一时有些慌乱，然而方才分明是周钧儒的声音，隔着千里之遥，如今就在耳边，所有的担忧思念都在这一刻有了落处，心里一暖，竟忍不住溢满委屈，两眼润湿着，嗓子似被堵住了一般，沉默了片刻才小心地说了一声："卓先？"

周钧儒初时未听到声音，还以为电话没能接上线，直到听了这一声"卓先"，愣了一下才惊喜道："青禾？是你？"

姚青禾应了一声"嗯"，从听筒里传出来的声音与周钧儒平日说话相差许多，她一时很难适应，甚至不知怎么开口，紧紧握着听筒，手心都攥出了汗，眼泪却全然不受控制,自顾流了下来。

周钧儒急道:"你怎么不说话? 谁陪你到洛阳的? 铁顺儿叔吗?"

姚青禾才终于忍着抽噎问道:"卓先,你在重庆……怎么样?"

周钧儒听到她的声音,经历退婚风波后的焦灼一下子安稳下来,说话却更加急切:"我还好,战事一时到不了重庆,打不过来的,你不用担心……"

姚青禾依旧心里一阵阵的慌乱,听周钧儒说话越多,全身越紧张得哆嗦,几乎下意识地说道:"哦,那我就放心了,我……不说了……"

周钧儒急忙喊道:"别挂! 我还没问你事呢!"

姚青禾:"你说。"

周钧儒:"你在家里怎么样? 上次我娘,让你受委屈了……"

姚青禾:"也……没有很委屈,我就想着你给我买的缝纫机,总要让人见识见识。"

周钧儒:"我也是想着让你高兴,没想到会是这样,我以后,不买这样的麻烦东西了。"

姚青禾立刻道:"谁说是麻烦东西!"

周钧儒听她有几分急,终于忍不住笑起来:"那你的意思,还是要买?"

姚青禾低低地"嗯"了一声。

周钧儒:"爹让你挑个铺面,你去了吗? 以后有了铺面,就不用风吹日晒了。"

姚青禾摇摇头:"我不想让人说贪图你家的铺子……"

周钧儒:"什么你家我家的,我让铁顺儿叔帮你选一个,你什么都不用操心,都收拾妥当了,再给你派个伙计,你只管去就是。"

姚青禾轻轻地应了,又问道:"你什么时候回来?"

周钧儒:"说不好,总得战事结束了才行,也许三两个月,也许半年多,我也恨不得立刻回去呢。"

姚青禾:"那等你回来再说。"

周钧儒:"以后有事了,先打电话告诉我,一定不能再提退亲的事了,这次可是给我唬得厉害。"

姚青禾轻哼："谁唬你了？那些日子，我是认真的。"

周钧儒："就怕你认真，我才催着爹回去了，你再认真几次，我就要急死在这里了。"

姚青禾依旧有几分任性负气："你急你的，关我什么事？"

周钧儒叹道："青禾，你要还生气，哪怕等我回去再说，这样隔着千里万里的，让我干着急没办法。"

姚青禾刚要说话，忽听电话那头传来伙计的玩笑声："少东家说了六块大洋了！"她惊诧问道："什么六块大洋？"

周钧儒愣了一下，回头喊了一嗓子："散了散了，瞎说什么？"才又对姚青禾说道："他们逗着玩呢，没什么。"

姚青禾猛地反应过来，顿时吓了一跳："是不是打这电话，一会儿就要六块大洋？"

周钧儒默认"嗯"了一声。

姚青禾慌得手忙脚乱："了不得，这可打不得，我不说了不说了！"

周钧儒连忙喊了一声："青禾！"然后又紧着追了一句："有什么事都等我回去再说，你放心，有我呢。"然后便听到那边传来挂线的声音。

他怔怔地看了一眼手里的听筒，叹了口气，放回了电话机子上。

姚青禾放下电话，回头看了一眼，柜上依旧一个人也没有，自己不由得心疼起来，只说来洛阳打个电话，不想六块大洋听个声儿就没了，自家布行生意一个月也不过一二十块的利，寻常人家更是一年未必能见到六块大洋的现钱。

她心里有些愧疚，嗓子紧巴巴地咳嗽了一声，周掌柜和伙计们便知道她说完了电话，大家陆续笑呵呵地走了进来。

周掌柜在门口看了看日头，便说道，"青禾，已经晌午了，我让人去端几个菜来，你吃了饭再回，我还有点儿事，就不陪你了。"说着，向一个伙计使了眼色，又请姚青禾到会客的屋子里坐着等候。不一时，那伙计果然端了四个菜回来,菜色虽少,却是齐齐整整一桌,鲤鱼焙面、焦炸丸子、连汤肉片、洛阳烩菜,又配了一盘白馍,显见是去大饭庄里特意点的席面菜,姚青禾更有些心里不安起来。

她自然知道,这是周掌柜有意抬举自己,以免未来的当家少奶奶被人轻视了去,但她更意识到周掌柜极有城府,这般高抬未过门的儿媳,姚家以后就算再有退亲的念头,也万万不敢提了。

饭毕,周掌柜便提出也要回偃师,趁便送姚青禾,于是一前一后两辆马车同程而返,及至到了姚家,周掌柜在村口略等了片刻,吩咐驾车的伙计去与姚掌柜打过招呼,才自回了伊河镇。自此,周姚两家再不曾起过分毫争议,寻常招呼,节礼往来,都极尽谦和客气,竟似多年的敦厚世交一般。

二八　危机四伏

祁书瀚尚未从妻子有孕的喜讯中清醒过来,便接到了谢君锡的示警急电:特务处派人进驻河南搜捕"织女",刘峥也在监视自己,必须尽快转移!

他顿时心中一紧。原以为除掉卢启斋,能为自己争取一线缓冲之机,没想到更深的威胁接踵而至,祁书瀚也好,"织女"也罢,自己的身份引起国民党如此重要的监视,意味着自己若不立即逃走,唯有被捕。

然而他若逃走,牵动的局面太大,造成的损失更是极为惨烈,一则增加了谢君锡的暴露风险,二则学校的师生们将再次面临审讯搜捕,三则刚刚怀孕的妻子和年事已高的父母也会遭到胁迫和危险,在国民党大肆牵连的白色恐怖之下,不知多少无辜者要为此付出生命。

而这一切代价,不过是换自己一条生路。

作为祁书瀚,他若逃走,便是对师生不仁,对朋友不义,对父母不孝,对妻子不爱;作为"织女",河南地下组织的许多人将"织女"视作光明的力量和榜样,他若逃走,便是信仰不坚、贪生怕死的逃兵。

何况,只要离开河南,"织女"就不再有价值,他建立起来的地下秘密交通线也随之烟消云散,而谢君锡的潜伏身份显然更有意义……

思索良久,他忽然下定决心抬起头,眼睛亮得犹如夜空里的寒星:若黑暗注定吞噬光明,宁愿以我为炬火,成为唯一的光。

从开封归来后,祁书瀚明显感觉妻子变了。

成婚三年来,康宜俭总会把家里料理得井井有条,而且遇乱不慌,坚韧沉稳,总让他觉得有妻子在,哪怕他一时顾不上,遇到紧急情形,她都会稳稳地守好这个家。

然而短短不到十日,她似乎一下子失去了光彩。

她不再如以前那样见他回家就溢出掩不住的笑意,不再到书房里站在他身后看他做些什么工作,也不再一边做着女红一边暗暗地偷眼看他,时刻顾及着他一伸手端起的茶水,一声咳嗽后的悄悄披衣。她似乎随时都在担心一觉醒来丈夫就会消失,担心自己会终身无所依靠,她甚至有时不敢相信祁书瀚就在自己身边,夜里也会不时惊醒看他一眼。

他自然知道妻子的病根在何处,他却不敢再给妻子什么承诺,自己不知何日就会暴露,如何能再说那些长相厮守的话来骗她?他唯有尽力温柔地陪着她,宽解她的心思。

他有时会亲自下厨做些补养的吃食给她,反倒是康宜俭有些害羞:“你一个男人家,成天钻进厨房成什么体统,就该去忙正经大事的。”

祁书瀚:“男人又怎样?谁说只能女人下厨房?城里那些大饭庄的厨子都是男的,这男人烧起菜来,可是比女人还强呢。”

康宜俭忍不住被他逗得一笑:“你呀,就差会绣花生孩子了。”

祁书瀚:“绣花我也可以学,只有这生孩子,是万万学不来的。”说着,他凑近她的耳朵:“只要我妻给我生个伶俐的孩子,这辈子就心满意足了。”

康宜俭眼里有了光彩,说:“好,我们的孩子,一定像你一样聪慧,爱读书。”

祁书瀚:“要是个天生调皮,不爱读书的呢?”

康宜俭:“那就不让他做校长,去种田,经商,还能少很多担心。”

祁书瀚:“这乱世道,你以为种田经商就安全了?天灾人祸租税盘剥,活下去都不容易。”

康宜俭叹气埋怨道:"罢了罢了,不能提这些,一说你就激动,好像你能帮那些穷苦老百姓过上好日子似的。"

祁书瀚被她揶揄地一怔,随即笑道:"说的也是,我倒是真想帮他们过上好日子,可是千难万难,不知道什么时候能实现呢。"

然而他心中却暗自叹了口气,他知道自己不是一个可以托付终身的人,更不知道自己能否等到孩子出生长大,也许,这个孩子才是真正能陪她度过余生的人。

康宜俭依旧抚着肚子沉浸在喜悦里:"明天,你陪我去伊河镇转转吧,听说那里有个绣庄有什么缝纫机,我想去看看。"

祁书瀚:"好,夫人有命,岂敢不从,也难得你想出门散散心,今晚好好歇息,我明天就陪你去。"

康宜俭随意瞟了一眼他的书桌,却又是一本俄文书,随口埋怨道:"去年警察来搜家,就抄走了几本这种洋文书,说是你的罪证,你还不肯长教训,依旧看这种东西。"

祁书瀚:"他们不识得洋文,我就看不得了? 北京大学还有外文系呢,他们怎不去北大搜查? 我念书的时候也学过一些,难道为着他们无知,我就什么也不能学了?"

康宜俭懒怠理他,转身便坐回了炕上:"你总是有理,做些惹眼招嫌疑的事,再闯出祸来,看你怎么收场。"

祁书瀚:"自然是再也不敢闯祸惹夫人生气了,要是把你气病了瘦了不俊俏了,我祁书瀚岂不是罪莫大焉?"

康宜俭啐道:"呸,管你怎么要贫嘴,以后家里再不为你的事操心了。"

祁书瀚踢掉鞋子缩到炕上,一把将妻子揽在怀里:"除了我,你还想为哪个操心?"

次日一早,康宜俭起床梳洗打扮已毕,祁书瀚便套好了马车,陪着她前往伊河镇。及至到了镇子上,太阳已经高高升起来,阳光氤氲着河里泛上来的薄薄雾霭,散发着清爽而新鲜的气息。久未出门的康宜俭贪婪地呼吸着,一眼看去,人烟辐辏熙熙攘攘的集市上,到处都是红艳亮眼的过年喜庆之物,竟让人有些沉迷于这温暖的烟火红尘气。

她忍不住让祁书瀚停了马车,自己下车来慢慢散步走着。祁书瀚本欲搀扶着让她借点儿力,然而伸手时却极为自然地揽住了她的手臂,全然不顾周围人侧目而视的眼神。

康宜俭似乎已经听到人们的窃窃私语,指点着他们说祁校长公然在街上不知羞地挽着媳妇,有伤风化,等等。她怯怯地脸红起来,用力抽了抽手,祁书瀚却挽得更紧:"怕什么?城里那些留过洋的,都是这样。"

她低头小声急切道:"城里不比乡下,慢说他们看不惯,我也臊得很。"

祁书瀚:"管他们呢,我们这叫开文明新风,让他们也看看什么叫男女平等,什么叫绅士,总在夜校里讲这些,今天就给他们做个示范。"说着越发昂首挺胸,康宜俭的头却低得不能再低,只是默默地贴在他身旁,却再没抽回手去。

一个身着棉袍长衫、眉目舒朗、满身书卷气的年轻男子,一个穿着水蓝旗袍、围着雪白貂皮披肩、端庄娴雅的低眉女子,这样两个人走在街上,竟如一双璧人一般,引得人人都移不开眼睛,直看着他们走进了姚记绣庄才记起来张罗摊上的生意。

进了绣庄,祁书瀚才发现那女掌柜竟是周钧儒的未婚妻姚小姐,开口笑道:"姚小姐好,没想到这绣庄是您的生意,果然有不让须眉的魄力。"

姚青禾一见祁书瀚,略愣怔了一下便想起来:"您是……祁校长?"

祁书瀚点点头:"正是,这是我的夫人。"

姚青禾:"祁夫人好,祁校长是想给夫人定做衣裳?"

康宜俭自己便是女红翘楚,如何能到外面定衣裳,本能地开口道:"我们是来……"

祁校长暗暗拉了她一下:"对,想着给夫人定两套冬装,过年时候穿,姚小姐看她适合什么样的料子?听说您这里有缝纫机,做衣裳比别处快得多。"

姚青禾骄傲道:"那是自然,缝纫机缝的比手缝的又快又平整,两套衣裳四五天就得。"

康宜俭讶异道:"这么快? 我看看是个什么新鲜机器。"

姚青禾便带她到旁边看那缝纫机,给她指点着如何走线如何脚踏,又将正在做的活计放在缝纫机上操作起来,果然迅疾无比,而且针脚细密均匀,一丝褶皱也无,康大小姐看得连连赞叹,两个人便对这机子研究了起来。

祁书瀚则温和地与妻子商议选什么料子,做什么款式,看她与姚青禾相谈甚欢地讨论着剪裁和刺绣,直到康宜俭尽了兴,他才付了定钱,陪着她继续在街上信步而行。及至采买了许多年货,品尝了一些小吃,看着妻子已是面带疲色,才挽着她回到马车上,赶着车回家。

三四天后,姚青禾差伙计将做好的成衣送到祁家,康宜俭打开包袱看到新做的两件冬衣,竟是洋画片上那样时新的紧身长袍款式,一件洋红色,一件秋香色,都是洋行里买来的细棉布,看着便亮眼喜庆,里衬也缝得针脚细密整齐一丝不乱,上身一试,只觉处处妥帖舒坦。只是这衣裳太过贴身,身形便显得颇为窈窕,康宜俭照镜子看时,立刻羞臊得脸红起来:"这衣裳……怎么好意思穿着见人……"

祁书瀚:"你看那洋画片上,大城市里的闺秀们都这样穿呢,谁见了不说好看?"

康宜俭很是拘谨:"好看是好看,可是我们乡下地方,哪有人敢这么穿?"

祁书瀚笑道:"有什么不敢穿的? 你穿什么都好看。"说着,亲手给她披上一件披肩,伸手将妻子拉出房门:"给父亲母亲也看看,你穿这样的衣裳才提气色。"康宜俭脸红得头也不敢抬,祁老先生看了一眼儿媳,笑而不语,祁母却已经夸赞起来:"好看! 宜俭这么穿上,跟洋画报上的美人儿似的!"

然而这两件新衣,康宜俭一生只穿过这一次,此后的人生里,她再没有穿过这样鲜艳窈窕的衣裳。

民国二十一年秋。

鄂豫皖苏区大部分已在国军控制之下,红军多次反攻被击败,只得离开苏区向西北转移。国民党军一路追击，基本上占据了共党在大别山的根据地，堪称大获全胜。

蒋介石对此大为赞赏，通令嘉奖刘峙之外，并将新集改名经扶县，以刘峙的字为名，于军人而言，可谓莫大的荣誉，简直如勒碑记功一样名垂青史。

然而嘉奖礼上，谢君锡内心却泛起了嘲讽的笑意。他自然知道蒋委员长派他监军的深意：刘峙手上的二十万大军是"剿匪"利器，但也不得不防他在军中建立威信，发展自己的嫡系势力。他有时几乎替刘峙不平，自追随蒋介石以来，刘峙堪称出生入死，忠心无二，委员长但有所命，刘峙无不拼力效死，人人皆知他是蒋最信任的心腹爱将之一，但暗中依旧防备若此，真算得上为君者恩威并施，深不可测了。

因在开封遇刺，谢君锡也得到了嘉奖，并晋升职务为行政院秘书处主任，另有蒋委员长作为"世交长辈"赐予他的电文慰问，一时风头极盛人人瞩目。世家子弟偶有尺寸之功便是进身之阶，寻常职员苦熬资历多年，也未必能有这样的上升机会。

谢君锡虽不会将这样的事放在心上，但省政府的各级官员争相道贺，他也不得不摆了几桌席面庆祝一番。宴席结束，已是深夜时分，他不肯坐车，让警卫在身后远远地跟着，独自一人走在街头，更觉失落痛心。短短不到一年，一切竟发生了翻天覆地的变化，鄂豫皖根据地被剿灭，湘鄂赣根据地岌岌可危，革命的火种相继被扑灭，前途陷入一片黑暗。

在"剿匪"前线，他看到了这辈子最惨烈的场景：随处可见吊在树上示众的尸体，不是被捕牺牲的同志，就是无辜遇害的群众，死状极其可怖，看一眼都令人胆战心惊。国民政府用如此残酷的手段震慑威胁百姓，惨状前所未有，鄂豫皖根据地内，基本人烟绝迹，周围的村镇也是户户野哭。而自己，还要代表蒋委员长嘉奖刘峙的"剿匪"不世之功。他只觉身周被抽尽了空气，连呼吸都不堪重负。

回到金台大旅馆时，他依旧沉闷难解，将缠在胳膊上的绷带摘掉，任由受伤的左肩倚在沙发上，瘫坐着一言不出。

Davy 小姐见他一回来便如此，并不多问，只是给他斟了一杯酒，默默地坐在身边相陪。

此刻，他不知为何忽然对这个看不清身份的女子有了几分警觉：她跟在自己身边，似乎只是为了陪伴照顾自己，然而每日她只过来陪自己一阵子，或是与自己共进晚餐，更多的时间，都是在自己的套房里或外出办事，甚至有时一两日不归，关于她的行踪，她要做的事，自己竟查不到任何消息。他知道她有许多秘密事务要做，一个周旋于各方势力的女子，定然是受命于人，只要不妨碍自己，他并不会过问；他也知道自己不该对她生出情愫，可分明又感觉到她对自己用情颇深，自己不断地利用她，怀疑她，这份负心薄幸的愧疚，怕是要永远背负在自己的良心上了。

然而此刻自己处境特殊，祁书瀚刚刚将两位同志转移，黄老四还在狱中，任何一人出问题，自己都可能面临暴露的风险，所以对于眼前这个女人，也不得不多几分防范——他忽然下定决心，一定要查清 Davy 小姐的底细，自己身边绝不能有身份不明的人！

祁书瀚，偃师公立小学校长，民国二十一年一月因通共嫌疑被扣留，县长卢启斋亲自审问，刑讯拷掠未得实证，遂开释还家。

一只纤细的手将这份资料拿在手里，开口道："卢启斋死了，原警察科秦科长被调离了，知道祁书瀚具体审问情况的，就没有人了，是吗？"

站在她对面的男子回道："是，当时的具体审问情况，外人不得而知，据说很多时候是卢县长单独审讯，没有留下详细记录。"

女子戴着一顶西洋帽，垂下的面纱遮住了脸，看不清面容，她沉吟思索道："他一个文弱书生，竟然经得起刑讯拷打？按理说寻常人受刑，就是让他承认造反也会供认不讳的，这祁书瀚怎么就做得到？"

男子回道："他要么是真的什么都不知道，要么就是最为顽固的那一类共党分子。"

女子："卢启斋的为人我也算知道几分，城府深沉又极端自负，能让他有兴趣审讯一个多月的人,必然有点儿意思,要说这祁书瀚一点儿问题没有,我是不信的。"

男子点头道:"听说,谢主任还曾去救过他,不知道是真是假。"

女子:"那么多人看到谢少去见他,自然是真的,但谢少是否知道他有问题,又要另当别论。"她继续看着眼前的档案,叹了口气:"先盯着,说不定他身上就有'织女'的线索……祁书瀚身边的人也都盯一盯。"

男子回道:"是。"

女子手指轻轻扣着桌子,思索道:"能让卢启斋在火车站不顾危险去追捕的,很可能就是'织女',这些年,他就没有任何痕迹露出来过?"

男子:"我们只知道'织女'跟别的共党分子都是单线联系,而且从不约定联络讯号,他想联系谁,对方自然会接到消息,却没有人知道他的真实身份,甚至是男是女都不知道。"

女子:"是男是女都不知道……"她思索着,"'织女'难道一定是女人吗?他藏得好深啊。"

男子:"就因为藏得太深,这几年一直没能被抓捕,这次公然刺杀谢主任和卢县长,弄出这么大的动静,所以才惊动了您亲自来追查。"

女子:"连卢启斋都搭上了性命,这个'织女'不简单啊……"她站起身来,下定决心般把双手按在桌上,"我宁可赌一把,先从祁书瀚开始查,据说开封站出事的时候,他并没有在家,时间上就很可疑。他身边的人都要过筛子一样地查,看到底有哪些人可疑,全部记录下来!再有,查一查那个警察科长去了哪里,务必把人给我带回来。"

男子离开后,那女子掀开面纱,正是 Davy 小姐。

她仔细推敲着案情,然而越想越觉心惊:谢君锡有过数年叛离家门的过往,却没人说得清他这段时间的经历;他曾营救过祁书瀚,虽然看似是"误打误撞";在信阳时,他曾特意去街上买小吃,但何以出门一次就遇到了卖煎包的共党?黄老四将两个共匪匪首带上火车逃出信阳,他就在车上;卢启斋去追捕嫌疑人遇袭身亡,连身边的警卫也全部被杀,他虽然受伤却完全不在要害,而且成了卢启斋遇袭身亡的唯一在场证人;祁书瀚不在家的时间与开封车站案时间重合,谢君锡却说在车站并没有见过他……细细思索起来,虽无一桩能证实他与共党分子有关联,但种种迹象却有些太过巧合。

这一切,难道真的只是"巧合"?

偃师县警察科秦科长从未想过,自己竟会被复兴社传唤。

他被带到洛阳一处秘密院落,坐在传唤室的时候,已是吓得浑身发抖,沁出一身冷汗。他早就听说没有几个人能活着走出特务处的大牢,自己区区一个黑乌鸦,究竟犯了什么事,竟会招致他们的传唤?

自谢君锡到偃师县政府看望祁书瀚,他便知道自己得罪了大人物,惶恐之下,他很快辞去差事,躲回了乡下老家,这一年多深居简出,几乎像藏在洞中的田鼠一般,没想到依旧不能平静度日。

当一个戴着西洋帽、垂着面纱的女子坐在他面前时,他几乎打了个寒战:虽然看不到女子的样貌,但她眼里的冰冷肃杀气息令人不寒而栗,他甚至立即想起了县政府那些森寒恐怖的刑具,这一刻,他终于理解了大狱中的犯人面对酷刑时深入骨髓的恐惧。

女子用略带玩味的神色看了他片刻,才开口道:"秦科长,不必如此害怕,传你来只是问几句话,你如实回答就好。"

秦科长牙关哆嗦着连声作响,一个字都说不出,只能努力点头。

女子:"祁书瀚,你认识吧? 有关他的所有事,我都要了解。"

秦科长终于松了一口气,开始从祁书瀚的家世讲起。他并不是一个善于讲述的人,又紧张畏惧过甚,说起话来便越发颠三倒四,全无重点。然而对面的女子并不急躁,始终很有耐心地听着,甚至还让人给他端来一杯水,鼓励他慢慢说下去。

长达三四个钟头的时间里,他将祁书瀚的家世背景、姻亲情况、差事履历、回到偃师后参与的游行活动,以及被扣留县政府期间的情形,事无巨细全部说了出来。

女子不时点头,及至听到苏子竟被捕死于县政府,祁书瀚经受严刑审讯一字未招时,忍不住思索着问道:"秦科长,你认为祁书瀚是不是共党?"

秦科长再次炸出一身汗,祁书瀚被扣留县政府,甚至惊动了国民政府高官谢君锡,若这女子也与他们有关联,自己如何得罪得起?他抬手擦了擦额角:"我……没有证据,不敢乱说,他毕竟是谢主任的朋友,怎么可能是共党……"

女子立刻笑了:"你倒是聪明,但不该跟我要这种小聪明,想什么就说什么。"

秦科长:"卢县长也认定了他就是共党,所以我觉得……可能不会有差。"

女子点了点头:"既然卢县长也认定他是共党,为什么又放了?"

秦科长小心翼翼道:"可能是因为谢主任?"

女子立即眼神凌厉地逼视着他:"你认为谢主任通共?!"

秦科长顿时吓得几乎瘫了下去:"不不不……我从来不敢怀疑谢主任……"

女子冷哼了一声:"你可以回去了,但如果让任何人知道我找过你,小心你的命!"

秦科长被人带出去之后,女子坐在那里陷入了沉思:连续两任县长栽在偃师县,而且都与祁书瀚有关。她在警察科秦科长的讲述中,知晓了祁书瀚在洛阳的所作所为,那样的机变从容,那样的锋芒诡辩,都绝非一般共党分子可及。因此来河南调查"织女"案,她的第一目标便是从祁书瀚入手,她甚至凭直觉推断,卢启斋之死与祁书瀚有着莫大的关系,甚至可能就是他参与了袭击与暗杀。

偃师全县中小学校"肃清共匪思想渗透"的通知下达时,祁书瀚便知道,偃师已成为白色恐怖的重点区域了,而自己无疑就是这场"肃清"审查的直接目标。下达通知的是一个盖着"肃匪委员会"印章的部门,以"全省肃清匪患,防止共党渗透学校"为名,要求对全县中小学的教师一个个过筛,每个人都必须将个人履历、身份家世、思想倾向全部如实上报,只有身家完全清白的人才能继续留校任教,参与过游行、罢课、闹事者,全部解聘不能任用,若有被赤党渗透嫌疑者,就地扣押。

这样严苛的肃查,对偃师教育界造成了极大的破坏,几乎每所学校都有几位老师面临解聘,偃师县公立小学也遭遇了严格的审查。此前祁书瀚和几位进步的老师总会给孩子们讲些争取民主平等、反抗强权压迫的课,学校壁报上也经常写些中国格局大势、日本侵略东北的文章,按照"肃清委员会"的政策,这便是有"赤党渗透嫌疑"了,自己身为校长,既倡导过抗日游行,又有前科,更要重点肃查,不仅不能继续留在校长任上,还可能遭遇扣押审问。

祁书瀚知道自己一举一动都在国民党的严密监视之下,此前错过了与共产国际两位同志一起转移的机会,现在再想逃走已是艰难重重,他想过自己的身份可能牵连学校师生,却万没想到竟会波及全县的学校。幸好,薛铭和徐健君已在他的安排下提前转移,而自己注定逃不过这场肃查清剿了。

而这,不过是打草惊蛇。

特务处派来的人果然非同一般,他才回到偃师不过半个月,对方便精准地将目标锁定了自己,如此心机手段,绝非常人,他甚至不知道对手是谁,便已被逼得乱了阵脚。

他当然知道,重重肃查的目的,是为了逼迫自己露出破绽,也许在他们眼里,祁书瀚身上就有"织女"的线索,然而自己若以"通共分子"的罪名被捕,势必会引起更大范围的牵连,他必须剑走偏锋,寻求破局之策。

思索良久,他终于找到一个突破口:申请教育津贴。

国民政府重视教育,要求各省每月从财政中拨款作为中小学教师及学生的津贴,以为办学育人之用,很多出身贫寒的孩子交不起学费,要靠这份津贴完成学业,教师的薪水也有很大一部分来源于此。然而因连年的灾患和战乱,教育津贴时断时续,如今已经将近一年不曾发放了,不唯学生辍学越来越多,教师的薪水也发不出来了,各所学校都是办学窘迫,捉襟见肘,祁书瀚也不断贴补就学的孩子们,可毕竟杯水车薪,整个偃师县的学生流失已成普遍之事。各校校长曾联名向市教育局、省教育厅申请多次,然而从无回音,依旧月复一月地拖延下去,再不发放教育津贴,一些学校便要面临关停的局面。

联合全县各校共同申请教育津贴,若能成功,缓解办学燃眉之急,亦算是自己对偃师教育界的一份贡献;若不能成功,也可借此掀起更大规模的抗争,牵制搜捕共党的警察和兵力,给潜伏地下的同志们创造转移机会。

一念既定,祁书瀚便约了几位校长到县公立小学共商此事。

大家在祁书瀚的办公室里一会面,便人人激愤不已。一位校长开口便抱怨"肃查"的荒唐:"成天剿匪肃匪,肃到学校里来了!折腾得鸡犬不宁,本来聘请老师就艰难,又被解聘了两位,还怎么开课?!"

祁书瀚立即止住他:"张校长慎言!我们今日商议的是教育津贴的事。"

张校长意识到自己言语有失,当即不敢再说,立即改口道:"对对,教育津贴才是迫在眉睫的大难题。"

另一位校长叹气道:"国民政府每年下拨教育津贴,怎么到省里就一分钱都发不出来了?实际情形如何,各位心里都是明白的。"

偃师中学的校长激愤道:"有什么不明白?无非就是贪腐二字,国家兴办学校,教书育人,他们却大行贪墨之事,没了读书的种子,就是坏了国家的根本,他们这是渎职,是千古罪人!"

祁书瀚安静地听着众人议论,等大家义愤之气宣泄了一阵之后,才开口道:"我们已经向教育局、教育厅申请了这么多次,却一点儿音信都没有,大家还是要做好穷办教育的准备,再慢慢跟他们耗。"

偃师中学校长怒道:"我们的校舍都已年久失修,前些日子一间校舍屋顶塌落,差点儿砸了人。如今教育津贴又被克扣拖欠,为了让孩子们继续读书,我像个和尚一样到处募捐化缘,能求的人都求遍了,这不是穷办教育?还要怎么穷?"

一个校长叹气道:"可不是?我们的校舍也亟待整修了,但是留不住学生和老师才是根本问题,孩子们一年学费要两三块大洋,老师每个月的薪水也要几块大洋,我们学校里还有许多留宿的学生,有的孩子连红薯都吃不饱,没有钱,办教育就是一纸空谈。"

看着众人悲愤的神色,祁书瀚心里竟升起莫名的悲哀,他们中的大多数人心怀教书育人、提升国民文明程度的理想,一腔热血却遭遇如此艰难冷遇,让他们何以对未来存有希望?长此以往,很多有志于国的人,就这样意志消沉在无尽的黑暗之中了。

于是他下定决心般站起来开口道:"若是申请能有结果,何至于拖延这么久?再拖下去,我们的学校就要被迫关门停办,到那时候,孩子们就算想读书,也没有学校可以去,没有老师能教课了。我们已经被逼到了无可奈何之地,为了孩子们能继续读书,我们只能去省城请愿,公开呼吁了。"

此话一出,几位校长立时高声附和:"明天就去请愿!到了这个地步,必须让教育厅知道我们的态度!""学校都办不下去了,还能有什么法子?这哪里是请愿,分明是杜鹃泣血!"

这正是祁书瀚期待的场景。

秋老虎的天气依旧炎热,十几位校长静静站在省政府门前,太阳晒得他们汗流浃背,但每个人脸上都是坚毅肃穆的神色,他们各自都举着学校的牌子,拉着白底黑字横幅:请愿申请教育津贴,勿使学子读书无门。

另有一幅更大的白布红漆的申请书挂在省政府大门前的墙上,其上是祁书瀚的手笔:

教育,国之本也,今乡间知文者百无一二,政令不能释读,书信不通异地,民众混沌蒙昧,不谙教化,亟待教育改良之。西方文明优于中国者,首在教育之功,今国民政府督办教育,尤为重视中小学校,财政累年拨款以为教育津贴,其意则属消除文盲,启民智,强民心,建设文明之社会,实为国之良策。而去年以降,教育津贴迟迟不至,学生辍学高达半数,各校教师度日困苦,足令人痛心不忍,失一读书学生,即少一文明火种,我等办学何堪此忧也,国民政府何忍此见也?故此上言陈事,恳请速拨教育津贴,以解各校困顿之境为幸。

申请教育津贴无果,上书省教育厅请愿,已是这群书生校长最后的选择。然而从上午到午后,他们在烈日下站了四五个钟头,教育厅长却迟迟不肯接见,更没有任何人回应他们,来来往往的政府官员和办事者几乎不敢与他们对视,只加快脚步从旁边溜进门去,人人对这些"高等知识分子"敬而远之,昔日受聘于国民政府备受敬重的校长们,此刻却遭到了前所未有的冷遇,众人更觉心寒。

将要暮色时分,终于有一个职员出来回道:"各位校长,非常抱歉让大家久等了,列位的申请已经收到,但今日厅长不在,请各位暂回学校,静候回音,厅长一定尽快为大家解决津贴问题。"

众人面面相觑,虽知结果如此,却也不能过分激切冲撞省政府,只得悲愤无望地暂时离开。此后连续三日,十几位校长坚持站在政府门前,此举惊动了报界,记者们纷纷赶到省政府门前拍照,发布报道,舆论一片哗然,然而依旧没人对他们的申请做出任何答复。

晒了一天的校长们蹲在路边摊子旁吃着简陋的盐水汤面时,其中一人心疼火车票钱,无奈叹息道:"这一来一回,车票外加吃饭,就要花一块大洋,是一个学生半年的学费了。"说着,竟忍不住落下泪来。大家更是心寒到了极致,他们带着师生们的渴盼来到省政府,如今却求告无门,回去又不知如何面对老师和孩子们的期待,一时竟陷入了进退两难之境。

然而继续坚持下去依然不会有结果,校长们落寞离开省政府的时候,每个人都仿佛被失望压弯了腰,不知道这苦苦坚持的教育理想何去何从。

偃师各中小学申请教育津贴,全体校长进省城请愿的消息传来,谢君锡顿时震惊不已:前些天就给祁书瀚示警,他为何没逃走?!不仅不逃,还要到省政府门前请愿示威,岂不是故意授人以柄?

Davy小姐从省政府回到旅馆,一边剥着葡萄,一边向谢君锡说起了此事:"听说十几位校长站在政府门口,堵着要见教育厅长申请教育津贴呢,这种要钱的事,没人敢应承,所以他早就从后门溜走了。"她好似在说一件可有可无的小事,然而心中却在暗自计较:这次打草惊蛇,果然惊动了祁书瀚,且看谢君锡是何态度,便可推测这二人是否有牵连了。

谢君锡叹了口气:"我也听说了,而且带头的就是我那位故友祁书瀚,上次卢公就敲打过他,没想到还是这样强出头的性子。"

Davy 小姐:"你跟他很熟?"

谢君锡点头:"曾经一见如故,但是卢公和刘峥都提醒过我离他远点儿,以免惹上麻烦。"

Davy 小姐:"这倒是提醒得对,这种事跟你我都没关系,让教育厅长头疼去吧。"

谢君锡:"可是……他真是个一心一意办教育的书生,教育厅长不肯见他,我这个老友也避而不见,实在有些不忍心。"

Davy 小姐:"那你想怎样?"

谢君锡:"干脆请他来旅馆见一见吧,问问他有什么困难,无论如何,我不能做个对朋友不义之人。"

Davy 小姐忽然一笑:"小谢,你做事真是不避嫌疑,既然这样,派人去请他吧。"

谢君锡一愣,心中略有些诧异:"你竟然不劝我?"

Davy 小姐:"谢大公子什么时候听过人劝?"

身为天子近臣,谢君锡受到的礼遇自然是最好的,他住在金台大旅馆最好的套房院落,院外有卫兵值守,祁书瀚进门的时候,受到了严格盘问,直到谢君锡在里面吩咐了一声,卫兵才放了这个晒得满脸黝黑、一身土气的人进门。

祁书瀚看着身着西装、意态懒散的谢君锡,第一眼便看向他的左肩,然而隔着衣服却看不出伤势,只得佯装笑道:"谢兄好大的排场,昔日旧友想见你一面,还要过几道盘查。"

谢君锡玩笑道:"可不是怎的? 我这个小小的行政院秘书处主任,也不是谁想见就能见的。天子近臣、太子少爷、不学无术的纨绔子弟、蒋委员长安插在行政院的耳目,一大堆头衔扣下来,敢见我的人还有几个?简直像个锦衣玉食供起来的瘟神。"

祁书瀚更加笑了起来:"你也知道自己名声不好?"

话音未落,就听得一个快言快语的声音:"他怎么会不知道?仗着这个名声,在国民政府的公子圈里堪称翘楚呢。"只闻其声,便觉明艳畅快,不知何等女子才有这样动人的嗓音,及至她出现在眼前,更觉满眼生辉,仿佛阳光洒在红芍药上一般耀人双目,惊艳无比,祁书瀚只觉唯有一句诗可形容自己的感受:桃之夭夭,灼灼其华。

这也是 Davy 小姐第一次见到祁书瀚,这个被卢启斋扣押拷掠多日的共党嫌疑分子,看起来只是个谦和儒雅的书生,虽然在省政府门口晒了大半天,却丝毫不显颓败之气,依旧两眼明亮,笑容和煦,爽朗地与谢君锡开着玩笑,一派阳光清朗的气息。她一时有些诧异,这样的人,真能经得起卢启斋的刑讯审问?然而她心中升起了更深的警觉:越是看似寻常的人,越可能是深藏不露的共党分子,这个祁书瀚,绝非一般。

谢君锡已笑着介绍道:"Davy,这是我的故交好友,祁书瀚。"随即又向祁书瀚介绍:"书瀚兄,Davy 小姐与我相交多年,你自然是了解我的。"

Davy 小姐笑着应道:"祁先生好,您不用听小谢遮掩什么,我跟他就是逢场作戏。"

祁书瀚本还有些不知如何招呼,没想到 Davy 小姐却大方承认了,释然一松,笑道:"Davy 小姐好,之前没听谢兄提起过您,到访仓促,失礼了。"

Davy 小姐:"何谈失礼,我让人煮咖啡来。"说着,果然出去吩咐了一声,片刻之后,服务生端了两杯咖啡过来。

祁书瀚诧异道:"开封竟然也有咖啡了?"

谢君锡:"这些精致的西洋享受,自然是从上海、南京一路传过来的,招待国府要员们,番菜、咖啡总比开封本地菜显得气派些。"

祁书瀚叹了口气:"要不是在你这里,我也难得喝上一杯咖啡,不知这杯咖啡要多少钱?"

谢君锡:"你怎么问起这事来了？要是在上海,西洋咖啡店里不过一块银洋左右,如果高档番菜馆里,五六块大洋也是寻常。"

祁书瀚:"五六块大洋,三个学生一年的学费了。"他认真看向谢君锡:"我们十几个中小学校长来开封,就是来申请教育津贴的,却连教育厅长都没见到,有几位校长连一块大洋的火车票钱都心疼。"

谢君锡哂笑道:"我何尝不知道官老爷们过的什么日子？连我如今的生活都是民脂民膏养肥了的,难道你还指望那些人节衣缩食帮你办教育?"

Davy 小姐在一旁听他们交谈,诧异道:"祁先生,教育经费这么短缺吗？国民政府一向重视教育,我以前在北京大学做过洋文助教,那些学生各个衣着光鲜,有的教授薪水五六百大洋呢。"

祁书瀚无奈苦笑道:"您只知道北京大学的情形,哪见过我们乡下的学校？很多校舍都是危房,上课提心吊胆的,学生交不起学费辍学者比比皆是,有的孩子每天只有红薯吃,还经常吃不饱。"

Davy 小姐叹息道:"没想到你们办教育这么艰难,难怪要来省城申请教育津贴。"

祁书瀚点头:"所以我们才到省府来求见教育厅长,希望他能尽快下拨款项。"

Davy 小姐暗自审视着祁书瀚,口中却说道:"小谢,我们帮帮祁先生吧,他们太艰难了。"

谢君锡:"这事我怎么帮？直接找刘主席说,您下个命令,让教育厅长下拨津贴？这不是当面打刘主席的脸?"

Davy 小姐愣了一下,随即叹气道:"确实,以谢大公子的身份来说这样的话,是有点儿不合适。不如这样,明天我们不去洋货公司了,把这钱省下来捐给祁先生,也能多帮几个孩子读书。"

谢君锡望着她笑道:"Davy 小姐如此善良,为了孩子们,竟舍得放弃一次购物机会。"

Davy 小姐嗔道:"小谢,你这样说可是损我名声,我毕竟也做过北京大学的助教老师,与祁先生算是教育同行,帮他不行吗?"

祁书瀚连忙躬身道:"Davy 小姐太客气了,我不过是乡野之间一所小学的校长,您是北京大学的老师,哪敢跟您相提并论? 我……非常感谢您的慷慨捐赠,也替孩子们感谢您给他们继续读书的机会。"

Davy 小姐听他如此说,心中忽然有了几分异样的感受,这样被人诚心诚意地尊重和感谢,是她从来不曾有过的体验。与她来往的人不是高官大员,就是资本显贵,所有人都知道她去北京大学当助教只是一个体面的安排,她能在权贵圈子里风生水起,仰仗的不过是所谓的家世,加上美貌、聪明、善解人意罢了。人人视她为尤物,想要入幕染指者不计其数,却从来没人像祁书瀚这样真诚地尊重过她。

但她很快收拾起这份心情:若是他知道自己是特务处的人,来河南的任务便是搜捕共党分子和"织女",还会这样尊重自己吗? 所以,她只是明艳地笑了笑:"祁先生稍等,我去取捐赠的款子过来。"说着,让人拿了一张支票出来,亲手填写了递给他:"这是五百大洋,不知能否为祁先生解一时之急?"

祁书瀚没想到她出手如此阔绰,连声道谢感激:"Davy 小姐如此慷慨,在下不知何以为谢,只能替孩子们深谢您的捐赠,日后必然让他们记得,是您的一念之善,让他们有了读书进学的机会。"

Davy 小姐一笑:"祁先生,我只是举手之劳,愧不敢当。"

谢君锡也笑道:"Davy,没想到你也要被很多人尊重和记忆了,也许几十年后,那些孩子到了垂暮之年,也会感念当年有位漂亮的小姐赠予了他们读书的机会。"

Davy 小姐:"小谢,你只会贫嘴滑舌,难道就不能也帮祁先生一次?"

谢君锡:"帮,当然要帮,你捐多少,我也捐多少,如何?"

祁书瀚没想到这么容易就得了一千大洋的教育捐助,比被克扣的教育津贴还要多,庆幸之余,又觉讽刺:高官显贵们随意出手就能解决的教育津贴,却无论怎么申请都不肯拨款。偃师公立小学的费用解决了,其他学校呢? 那么多孩子的上学问题,谁来解决?

谢君锡看他手里握着两张五百大洋的支票,点头赞叹:"书瀚兄,这次来见我,收获颇丰吧?"

祁书瀚:"若是谢兄能把全洛阳市的教育津贴都解决了,更是功德无量了。"

谢君锡:"这我可无能为力,教育不是我职责范围该过问的事,问得多了反招人嫌,以为我要伸多长的手呢。"他哈哈大笑,习惯性抬起左臂做了个夸张的伸手动作,却猛地嘶了一声,Davy 小姐立即关切道:"小谢,扯到伤口了?快让护士给你看一下!"

祁书瀚也立即一惊:"谢兄,你受伤了?"

谢君锡无谓笑道:"一点儿枪伤而已,却为我换来了行政院秘书处主任的高位,值。"

Davy 小姐皱眉道:"差点儿把命丢了,你还开玩笑。"

祁书瀚惊诧:"枪伤?! 怎么回事?"

Davy 小姐叹气:"我们回开封那天,在车站遭遇了共匪,你们偃师县的卢县长不幸殉国了,小谢也中了一枪,幸好没伤到要害。"

祁书瀚似乎震惊失色:"卢县长? ……被共匪杀了? 他们也太嚣张了!"

谢君锡截断了他们的话:"书瀚就是个教书匠,说这些吓唬他做什么?"说着便让人叫护士来帮他换药。

医务室就在套房旁边的侍应生服务房里,谢君锡养伤期间,省政府特意调了一名护士随时照料,备着常用药品和简单器械,需要换药时,派人叫一声,护士就会进来。谢君锡解开衣服,祁书瀚惊得倒吸了一口冷气,才知道他竟伤得如此重,为了制造现场,他竟毫不犹豫像朝自己左肩开了一枪,以致半个月后看来依旧触目惊心。护士检查过伤口,给他重新换了药,依旧用绷带将左臂吊在身前,谢君锡咬牙撑着,生生疼出了一头汗。

祁书瀚连连叹息:"怎么会伤得这么厉害? 看着都吓人。"

Davy 小姐心疼道:"要不剿匪呢? 连中央大员都敢袭击了,若是不剿灭了他们,不知将来要杀多少人呢。"

祁书瀚:"说起剿匪,这匪患到底有多严重?偃师所有中小学都要把老师过一遍筛子,防止共匪渗透了。"

谢君锡:"以前总觉得剿匪太过兴师动众,自己经历了一次才知道危险。"

祁书瀚叹了口气:"虽说如此,但是学校老师本来就紧缺,动不动就要解聘几位,很多学校都没法正常开课了。"

谢君锡:"不说这些了,剿匪难免带来些不便,聊些别的吧。"说着他话题一转:"洛阳天气怎么样?"

祁书瀚一愣,似乎没想到他竟会问这样的问题,然而瞬间就了解了他的意思:"秋老虎嘛,闷热得很,天天大太阳晒着,连气都透不过来,只能闷在屋子里出汗,一步都不想动。"

谢君锡点点头,说:"开封也是这样的天气,下场雨就好了。"

祁书瀚笑了起来:"前两天倒是下了一场大雨,当时我恰好在外面,淋成了落汤鸡。"

谢君锡:"怎么不找个地方躲雨?"

祁书瀚:"好容易找到个躲雨的屋檐,但是已经站满了人,我要是进去,就得把别人挤出来,反正我也淋湿了,再多淋点儿也无所谓了。"

谢君锡笑着向 Davy 道:"书瀚兄是不是很有趣? 说他书呆子吧,他还有一番道理。"

Davy 小姐不知道这样无趣的话题,他们何以笑得如此开心,只得跟着笑道:"自己都淋透了,还不忍心把别人挤出去,这样的人确实少见。"

祁书瀚也哈哈大笑起来:"我已经淋透了,何必再多连累一个人?"

然而谢君锡却听懂了他的弦外之音:宁可他一人直面暴风雨,也不要牵连别人,祁书瀚分明是下了牺牲的决心,不肯转移逃走了。

眼见天色暗下来,祁书瀚便向他们请辞,谢君锡还未开口,Davy 小姐却已热情挽留道:"小谢,祁先生好不容易来一次,我们总该请他吃过饭再走,旅馆里的番菜不错,不知祁先生能否吃得惯?"

祁书瀚正要推辞,谢君锡已点头笑道:"Davy 说的是,我跟书瀚兄久未见面,自然要把酒畅聊一番。"

番菜自与中原菜式不同,服务生也是各个西装领结,清一色洋派打扮,在辉煌通亮的电灯下用餐,也是一番别致的体验。Davy 小姐见祁书瀚顺畅地拿起刀叉,一应皆是驾轻就熟,忍不住问道:"祁先生此前常吃番菜?"

祁书瀚淡然一笑:"我们乡下地方,要不是谢主任盛邀,哪有吃番菜的机会。"

Davy 小姐:"可我看您这刀叉很是熟稔……"

谢君锡接道:"你可不要以为他只是个乡下小学校长,书瀚兄可是能读俄文书,在学校里也能教孩子们学洋文的。"

Davy 小姐恍然,随即诧异道:"祁先生有这样的学问见识,为什么要留在乡下地方?"

祁书瀚:"当年受恩师之子相邀,才回乡任教的,偃师是中原文脉根基之地,不能让孩子们成了睁眼瞎,连自己的家乡之事都说不清。"

Davy 小姐点头赞叹,向谢君锡说道:"我也勉强算个教书的,但与祁先生的教育理想比起来,我在北京大学不过是个点卯应数的。"

祁书瀚:"Davy 小姐不要太过自谦,一个女子能在北大教书,已经很是了不起了,您教的是哪国文字?"

Davy 小姐:"法语,我在法兰西留过学。"

祁书瀚:"果然是见过大世界的女子,难怪初次见面便觉小姐气度不凡,欧洲归来的女子,更有文明和自由的气息。"

Davy 小姐笑道:"祁先生真这样认为? 该不会是当着小谢的面,故意夸赞我吧?"

祁书瀚:"当然不是,我们乡下地方,几乎是见不到小姐这样的人物的。"

谢君锡哈哈笑道:"书瀚兄,要不是与你相交多年,深知你的为人,就刚才这些话,真以为你有意跟我抢 Davy 小姐的芳心了。"

Davy 小姐:"小谢,你也不要得意,在我看来,祁先生还真比你强,人家是正正经经的读书人,哪是你这样的纨绔子弟能比的?"

谢君锡摊手:"听到没有? 我就是个纨绔子弟,Davy 小姐还看不入眼呢。"

Davy 小姐:"你什么时候能像人家祁先生这样斯斯文文的,我就不说你是纨绔子弟了,谢家大少的名声早已传遍了国民政府,背后谁不叫你公子哥儿。"

祁书瀚:"我与谢兄相交这些年来,也没见过他有纨绔做派,应该算作和光同尘?"

谢君锡:"书瀚兄知我!"

Davy 小姐:"你少给自己贴金,那些太子爷都围着你转,可见物以类聚人以群分。"

谢君锡:"要不是我有这样的本事,你 Davy 小姐怎么会拒绝那么多人,公开跟我交往?"

祁书瀚含笑看着二人斗嘴:"谢兄和 Davy 小姐真是一双璧人,刚才说逢场作戏,我倒觉得应该假戏成真。"

Davy 小姐忽地看向他,似乎有一瞬间的苦涩失神,随即笑道:"祁先生这样认为?"

谢君锡:"我可是一直有意于戴小姐,只是家里不允,而且戴小姐身边追求者如云,我可是一点儿信心都没有呢。"

Davy 小姐:"说起来,真不如寻常人家自由,越是我们这样的人,越身不由己,不定哪一天就被安排了联姻,结亲对象无非是那些政客和资本家,生来就是做利益交换的。"

祁书瀚:"没想到名门闺秀,也有这么多烦恼。"

Davy 小姐无奈地蹙眉浅笑,更添了几分惹人怜的风韵:"你们男人的烦恼,都是理想志向不得伸展,而我们女子的烦恼,大多是个人命运不由己身。"

谢君锡:"从没见 Davy 小姐这样认真地讲过自己的心境呢,在我看来,你可是巾帼英雄,长风破浪,多少男人也不及你的审时度势,格局开阔。"

Davy 小姐：“女人要想在男人的世界里求得一线机会，就不得不比男人优秀几倍，如果不能出类拔萃，就要终生被困在宅院里，一生所见不过四面高墙里的一方天地。就算你真的出类拔萃，走到男人的世界里了，在他们眼中，也不过一个有趣的玩物罢了。”

祁书瀚击掌赞道：“Davy 小姐一语破的！在这个不平等的社会，女子要想出头，确实是难上加难，但你有这份勇气闯出来，而且让许多男人不得不敬服，已经是最了不起的事了。”

Davy 小姐摇头淡淡苦笑：“不知我者，谓我何求，有些事，不过是表面光鲜，背地里早已经千疮百孔了，不足为先生道也。”

谢君锡叹了口气：“难得 Davy 小姐与书瀚兄投缘，今天说得有些深了。”

Davy 小姐立即换了笑颜：“正是呢，不知怎么就说了这些感怀的话，祁先生不要见怪。”

祁书瀚摇了摇头：“何来见怪一说，就该畅所欲言才对。”

三人再次举杯相碰，仿佛方才的感伤早已化去无痕。

谢君锡忽然发现 Davy 小姐今日似乎颇多感慨，她并不认识祁书瀚，可与他聊起天来却似一见如故，这餐饭直吃到夜深时分，她已经带了蒙眬的醉意，依旧不肯离席——她平日并不是这样的人，为何今天酒越喝越多，话也越说越多？

二九　血色弥漫

祁书瀚离开的时候,Davy 小姐已有些脚下不稳,谢君锡让人送她回了房间,自己亲自送祁书瀚出门。

到了金台大旅馆门口,他让警卫四周警戒,才开口道:"他们已经对被捕的同志开始屠杀了,审一个,杀一个,逼不出口供了,便就地枪决。至于黄老四,"他顿了一下,"我还没有消息,正在设法找出关押他的地方。"

"逼不出口供了"。短短六个字,令人毛骨悚然。

这句话意味着,只要还能逼出一个字,酷刑便不会停止,直到榨干榨净,才能结束炼狱般的折磨,求得一死。黄老四面临的,就是这般处境。

祁书瀚直视着他的眼睛:"谢兄,万一他坚持不住呢?"

谢君锡沉默了片刻,终于说道:"放心,我毕竟姓谢,蒋介石不会跟谢家结血仇的。"他帮祁书瀚推开车门,殷切地望着他:"书瀚兄,不要放弃,务必设法保全自己,坚持下去。"

祁书瀚沉默了片刻,坚毅地点点头,毫不犹豫转身离开。

谢君锡在旅馆门口站了一阵,静静思索着这次特务处派人前来河南搜捕"织女"之事。特务处是一个极难渗透的组织,并不容易知道他们派了什么人来,这就意味着双方都在暗处,彼此都隐蔽了身份,但特务处方面可以以静制动,自己和祁书瀚的行踪却有迹可循。

他再次想到了 Davy 小姐,这样一个八面玲珑手眼通天,不知属于何方势力的女子,怎会甘心陪伴自己这样一个纨绔世家子弟?难道真的对自己有情?谢君锡摇了摇头,他断不敢有这样的自信能俘获 Davy 小姐芳心。何况,他们本就是互相提防,保持着界限分明的疏离感,在利益一致的时候可以彼此配合,但更多的时候是各行其是,绝不会多问对方一句。

然而他总觉 Davy 小姐行事有些神秘,似乎……谢君锡心中猛地一惊:她会不会是来河南搜查"织女"的特务?但他很快摇头否定了自己的这个想法,甚至被自己的疑神疑鬼震惊了一下:她本就姓戴,哪个特工会将自己的身份如此明确地昭示出来?

当天夜里,Davy 小姐似乎醉得很深,谢君锡来看她时,她已沉沉睡了过去。他在 Davy 小姐身边守了许久,听她呼吸已经绵长而均匀,轻轻关好门退了出去,吩咐人好生照顾,才回了自己的套房。

然而今夜,注定不能平静度过,他已经探寻到一点儿特务处驻地的线索,若能找到黄老四的关押地点,秘密派人营救,便可消除自己的暴露风险。思索良久,他起身走到院子里,将一只纸船放在墙角的出水口,不过半分钟,它就出现在了墙外的排水沟里,倚在墙根阴暗处的人悄悄站起来,打开纸船,里面是一个模糊的地址,然而那人毫不犹豫,向地址标注的区域而去。

地址标记的区域附近,是十几处连成片的小洋楼院落,有的亮着电灯,有的则一片黑暗,他贴着墙根隐蔽而行,一处处院落查看过去,不时在风中捕捉血腥的味道,终于走到一处院落的高墙下时,他脸上带出了确认的神色:就是这里!

这座院落墙高丈许,高大厚重,里面三层楼房灯光隐约可见,秋后的天气里,竟隐约感到一丝砭骨的森寒之意,他立即意识到:就是这里!

他绕着院子行走半圈,查看清楚了周边的地形和路线,点点头准备离开,然而就在他转身时,几个人影悄悄地尾随了上来,他还没来得及发出声响,便被两个人按翻在地,并死死捂住了他的嘴巴。

他满面震惊之色,呜呜地想要说什么,却看到一个女人走上前来,瞬间愣住,口中呜咽道:"小姐?"

Davy 小姐依旧是在旅馆入睡时的那套装束,甚至头发也依旧散落在肩上,一副妩媚的姿态,然而她的眼里却是冰冷逼人的威慑:"李贵儿,果然是你。"

那两个人将他铐住五花大绑扔在地下,他一边大口呼吸着,一边诧异道:"小姐,您怎么会在这里?"

Davy 小姐示意那两人走远些警戒,蹲下身盯着李贵儿:"小谢派你来的?"

李贵儿立即摇头:"不是,不是谢主任!"

Davy 小姐叹了口气:"你知道这是什么地方吗?"

李贵儿依旧摇头:"不知道。"

Davy 小姐:"小谢让你找的地方,就是这里,让你查的人,就在你面前,这就是特务处驻地,而我,就是血蔷薇。"

李贵儿立时睁大了眼睛:"小姐?!"

Davy 小姐:"在开封车站,小谢虽然受了伤,但是你们四个却全身而退,这说明什么,还用我提醒吗?"

李贵儿说不出话来。

Davy 小姐:"这个地方,也是我故意泄露线索,让你们找来的,这又说明什么,你是知道的。"她叹了口气自语:"只要抓了你,无论你开不开口,凭你是小谢警卫的身份,一样可以指认他,你懂不懂?"

李贵儿的眼里有了惊慌之色。

Davy 小姐:"所以,要委屈你一下,今晚的事,到此为止,好不好?"

李贵儿有些不明所以地看着她,过了片刻,忽然醒悟似的连连点头:"全凭小姐处置!"

Davy 小姐点点头,略一扬手,两个人立即走过来,将他拖了起来,挟持着向远处走去。Davy 小姐深深地叹了口气:"小谢,你为什么要让我失望?"

第二天一早,谢君锡来到 Davy 房间时,她还没有睡醒,然而他似乎隐约感觉到屋里有一股淡淡的潮湿凉气,仔细看时,她的头发有些隐隐的湿润,而发丝间一片小小的残叶,瞬间让他警醒:她昨夜出去过!

李贵儿直到天亮都没有回来,而她又黄夜出门仓促而返,难道那个线索,是她故意透露了试探自己的?!想到此处,他心里忽然升起一个脊背发凉的念头:此次特务处派往河南的特务首脑,很可能便是 Davy 小姐。若真是她……

谢君锡心里一阵冷寒:自己未必是其对手。

他知道,此刻 Davy 小姐并未睡着,他无奈地摇了摇头,伸手将她发丝间那片残叶摘下,她也恰巧"醒来",在看到谢君锡指尖的残叶时,心里也瞬间意识到,对方已经知道了自己的行踪。

然而两人都未动声色,此刻还能静静地四目相对,也许已经是最后的平静时光了。

Davy 小姐舒展懒腰时,谢君锡已把桌上的粥点小菜端到床边,温柔地说:"醒了?你昨晚喝了许多酒,先吃点儿东西。"

她慵懒地半坐起来,斜靠着床头,说:"睡得身上都软了,你也不叫我。"

谢君锡:"看你睡得沉,哪儿舍得叫醒你?"

Davy 小姐慢慢地吃着东西,清晨的阳光穿过她散下来的长发,明暗错落地映在脸上,虽不如盛装打扮时明艳动人,却多了几分温婉清隽之美。

谢君锡坐在旁边,一句不说地望着她,良久之后才叹道:"昨晚聊了那么多,我忽然觉得,你过得也很苦,一个女人,周旋于这么多势力之间,实在是很累。"

Davy 小姐脸上的笑意立即淡了下来:"这也不是我的本意,可命运如此,又能如何?"

谢君锡:"你要想退出这肮脏龌龊的政府圈子,可以出洋海外,远离这是非之地。"

Davy 小姐眼底有淡淡的悲凉："有些路,不是想回头就能回头的,这个圈子在吞噬我,也在保护我,这些年我做的事太多,得罪的人也太多,如果我真的退出,可能走不出国门,就连命都保不住了。"

谢君锡摇了摇头："原本我不该问你的身份,只是你一个女孩子,怎么会陷进这个旋涡的? 究竟谁在要挟你,让你做这些身不由己的事?"

Davy 小姐："没有人要挟我,也许这就是我要强付出的代价吧,我喜欢站在人群里被人瞩目,喜欢挑战和冒险,也喜欢看那些手握权力的男人拼杀挣扎,看到有人站起来,也有人倒下去,我心里就会有残酷燃起的兴奋,也许我天生就属于这个地方,没有人能赶我走,也没有人能劝我离开。"

谢君锡叹道："你……女人太过逞强,受苦的还是自己。"

Davy 小姐："我不觉得苦,只是不甘心罢了。"

谢君锡叹了口气："如果我不姓谢,你不姓戴,我们都能放下使命,该有多好。"

Davy 小姐闻言也有了几分惆怅,用帕子擦拭着手指："命不由己,身不由人,我们就生在这个局里,又怎么能放下使命?"

谢君锡："罢了,我们都不知道将来会怎么样,走一步算一步吧。"

Davy 小姐："就是这种看不清未来的日子,最让人怕,哪怕明天就死呢,我也知道今天该怎么安排,如今却是全无方向。"

谢君锡握住她的双手："我知道你吃过许多苦,也受尽了委屈,虽然看起来光鲜亮丽,其实也有许多不得已,别人都把你当作花丛利箭,我却只想把你当个弱女子来保护。我曾经以为能给你一个安稳之地,远离这些是非,可是现在,我知道我还没有强大到可以保护你……"

Davy 小姐苦笑："我知道你保护不了我,因为能保护我的人,也是能杀我的人。"

谢君锡："你一个女子,何必这样涉险求生呢? 究竟是谁在威胁你,我能帮你什么?"

Davy 小姐仰头忍了忍泪水,忽然回视莞尔一笑："你帮不了我,但是能对我说这样的话,已经足慰我心。"

二人正闲聊着,却听得门外有人喊了一声:"谢主任！谢主任！出事了!"

谢君锡立即冲了出去,却是他的卫兵何九生,焦急得站立不安,一见他出来,何九生满面惊慌道:"李贵儿淹死了!"

谢君锡神色一震:"怎么回事？死在哪里了?"

何九生:"昨晚李贵儿一夜没回来,今天一早在潘家湖里发现了他的尸首,警察说是酒后失足落水……"

谢君锡压了压心里的气息问:"人呢？现在哪里?"

何九生:"还在警局停着,我赶着回来报给您知道。"

谢君锡握紧了拳头:"你去处理李贵儿的后事,但是这件事,让警察局必须给我好好查!"

何九生领命而去,谢君锡在院子里焦躁地走来走去。

其实天不亮时他就已经知道,李贵儿死了。

派他去探查特务处驻地,没想到竟落入了 Davy 小姐的圈套,更没想到她行事如此果决,出手便要了他的命。他知道这个女人并非心慈手软之辈,然而这样狠绝的杀人手段,依旧让他始料未及,现在她把目标指向了自己。谢君锡忽然心中自嘲地一笑:没想到,最后竟是她与自己生死对立。

Davy 小姐见他好一阵子没回房间,便起身下床,披一袭睡袍慵懒地走进院子,问:"小谢,出什么事了？怎么这么久还不进去?"

谢君锡似乎强行压住恼怒,回:"我的一个卫兵,昨晚喝多了酒,落水了。"

Davy 小姐惊讶:"怎么会这样?"

谢君锡叹了口气,回头看着 Davy 小姐:"以他的酒量和水性,本不该淹死的。"

Davy 小姐看着他冰冷的神色,心里忽然升起深深的遗憾:他们已彻底走向了彼此的对立面,所有的情爱与过往,浸过血之后,都变了颜色。

开封。

黄老四知道,自己必然要牺牲在这暗无天日的监狱里了。那一日开封车站的行动,顺利掩护两位同志转移,便是完成了任务,虽然自己被捕,但他已下定决心,就算粉身碎骨,也绝不招认一字。

然而每日听到审讯室传来的惨烈叫声,依旧令人毛骨悚然,那些极尽残忍的酷刑,绝非血肉之躯所能承受。刘峙下过严令:"对共匪绝不能手软,审一个,杀一个。"所以他们根本不考虑人类的承受力,为了逼出口供,直接将酷刑用到了极限,大部分人根本挺不过一两天,便活活惨死在刑讯之下。

所有人都在极度恐惧中等待自己的死期,无论招供与否,都要经受酷烈的摧残,甚至有人还未曾受刑,便被吓成了疯癫。到了此等境地,黄老四唯一的念头便是只求速死。

然而就在身边的同志一个个惨死,将要轮到自己受难时,忽然有人将他提出监狱,被秘密押送到一处偏僻院落,关进了更加暗无天日的地牢。他根本不知道带走自己的人是谁,也不知道这些人是什么目的,但长期潜伏地下工作的警觉让他意识到:自己面临的局面,远比开封监狱更加残酷。

直到 Davy 小姐出现,他才知道自己被关在了开封复兴社特务处秘密驻地——"感化所"。

不知多少同志倒在"感化所"的高墙内,但他们丝毫未曾被"感化",这森森高墙禁锢着希望和自由,前仆后继的牺牲,未曾损伤高墙一分一毫。暗夜里的牺牲,没有任何意义,但他们相信,每一滴血都在温热着脚下的土地,终有一日,生命的意义将被再次点燃。

Davy 小姐到感化所的时候,他已被上了重镣,受过几轮刑讯,活动范围仅剩了不到一米的狭小距离。看到 Davy 小姐进来,他将渗着血迹的胳膊摆在桌上:"老子是共党,什么时候杀我?"

Davy 小姐:"这么急着死?"

黄老四粗声粗气:"早晚都是死,与其受那些零碎折磨,不如来个痛快!"

Davy 小姐:"你以为这就完事了？这只是开胃小菜,真正的零碎折磨,在后面呢。"

黄老四:"你到底想让老子告诉你什么?"

Davy 小姐:"你和谢君锡、祁书瀚什么关系?"

黄老四满眼迷惑:"谁？谢什么?"

Davy 小姐一招手,军警立即递上了一摞供述。"跟你一起关在开封监狱的那些共党分子,有几个已经招供了,我也不跟你打哑谜,你明面的身份是火车司机,实际身份却是苏区的联络员,在信阳火车站负责接送进入苏区的共匪,苏区被剿灭之后,你掩护了两个重要匪首逃走,我说得对不对?"

黄老四瞳孔立即收缩,他虽然知道自己的身份一定会被查出来,但没想到这样快就被叛变者和盘托出。他的眼神瞬间犀利冷硬,完全不复粗鲁之态,紧紧盯着 Davy 小姐:"你已经知道了这么多,何必还来问我?"

Davy 小姐:"苏区联络员这个身份,实在是太过重要,能从你嘴里得到的信息一定也足够多,我想,黄先生若肯开诚布公与我合作,收获一定非常可观。"

黄老四:"我要不想合作呢?"

Davy 小姐:"就算你不想合作,我也自有办法慢慢让你说出点儿什么,我只有三个问题留给你:'织女'是谁？你跟谢君锡和祁书瀚是什么关系？到苏区跟你联络的都有哪些人？希望你能给我一个明确的答案。"说着,她叫进来两个军警:"你们好好招呼黄先生,他什么时候愿意坦诚合作了,告诉我。"

黄老四冷笑了,干脆一字不言。

Davy 小姐站起身拂了一下手:"刚才不是说,那只是开胃菜吗？现在上正餐。"

她吩咐人将黄老四带到一间开阔的刑讯室,军警给他冲洗过,换了干净的衣裳,座位前摆着茶水、糕点,仿佛时光静好的夜话一般。

然而他看似整洁的衣裳里,处处都是伤痕和血迹,全身已经找不到一处完整的皮肤,便是此刻坐在椅子上,脊背到双腿也都渗出了脓血,渐渐地与衣裳和椅子粘连在一起。而且他还被用冷水冲洗过,刑伤遇水刺激,迅速溃烂化脓,让他体温升高,头脑昏沉得对疼痛都不敏感了。

就在他几乎抬不起头,眼前有些发黑的时候,特务处许介年率军警押着十几个人进了屋子。

Davy 小姐笑道:"这些人,都是通共分子,黄先生可以看一看他们是怎么招供的,希望能帮你想通一些问题。"

黄老四当即断然道:"你的问题,我回答不了,一死而已。"

Davy 小姐:"说死很容易,真死到临头,谁都舍不得这条命。"

军警将那委顿在地的十几个人强行拖起来,列成一排跪在地上,每人面前一个沙袋,脑后顶了一杆枪,他们战战兢兢地哆嗦着,却始终被迫仰着头,濒死的恐惧神色一览无余地呈现在所有人面前。

黄老四怒道:"都是通共分子? 你们难道不是滥杀无辜?"

Davy 小姐:"你错了,我从不滥杀无辜,只要他们能自证清白,我立刻放人。"

黄老四如闻奇谈般不可思议地盯着她,嘲讽地冷笑道:"自证清白? 酷刑之下,没有任何证据的人都证明不了清白,他们又怎么自证?"

Davy 小姐:"我自有办法,现在就证明给你看。"

说完,她抬眼看向第一个人:"你是共党吗?"

那人极力想摇头否认,却因着脑后顶着一支枪,只敢微微地动了一下,声泪俱下:"老总饶命,我真的不是共党……"

Davy 小姐:"你明知政府在剿匪,为什么把猪肉卖给匪军?"

那人:"我就是卖猪肉的,谁给钱就只能卖给谁……"

Davy 小姐:"'钱粮资匪者,杀。'你不知道这条禁令吗? 要说你不是通共分子,我能信吗?"

那人更加哭了起来:"可是我得做生意养家糊口,无论如何也不敢通共……"

Davy 小姐脸色一沉:"你已经敢了! 就算你没有通共,也是不守法度的刁民!"此话一出,那人顿时烂泥般瘫软在地,浑身没了骨头一样,吓得连求饶都说不出了。

军警看到 Davy 小姐示意,将他的头按在沙袋上,干脆利落一枪,那人吭都没吭一声,便已倒在血泊里。

其余被枪指着的人更是全身哆嗦如筛糠,恐惧已经让人濒临发疯的极点,看着身边的人倒在枪口下,而自己就是下一只待宰的羔羊,所有人都吓得失去了神志。其中一人拼命挣扎着要摆脱军警的钳制,但他还没站起身,便听得脑后一声巨响,震得耳膜碎裂,那是他在人间听到的最后一个声音。

一切忽然安静下来,只能听到众人沉重的呼吸声,这一刻,屋子里竟如森罗地狱般令人心底生寒,每人都浑身打着寒战,仿佛时间被冻成了一个一个的冰块,敲击一下,便是一次碎裂,死亡。

Davy 小姐面色如常地看着眼前的情形,竟似无聊般叹了口气:"我当然知道有些人并没有通共,但我没时间判断谁是冤枉的,只好宁可错杀一千,不可放过一个。"

黄老四:"你是想滥杀无辜逼我们就范吗?"

Davy 小姐:"你这样想,我也不会为自己辩解,但我想说,每一个死去的人都不是绝对无辜的。你若是想通了这句话,就知道世上有很多事,根本无需执着,我们改变不了什么。"

黄老四:"你到底想怎样?"

Davy 小姐:"我说过,三个问题,你只要肯如实回答,这些人就不必受你连累而死,不然,我们有的是时间一个个地审,一个个地杀。你若不肯招供,就可以一直欣赏这样的场面,毕竟,将来这些手段都会用在你身上,你可以提前熟悉一下。"

黄老四几乎血红了眼睛:"你这个疯子!"

Davy 小姐:"我看不得这样血腥脏污的场面,就不在这里陪你了,希望下次再见的时候,你能好好配合。"

黄老四顿时急道:"有本事冲我来!老子不怕酷刑不怕死!"

Davy 小姐只是笑了笑:"既然你这样急,我也不能不成全你。"说着,她回头吩咐许介年:"每个人受的刑罚,都请黄先生尝试一下,一个一个来,有的是时间慢慢耗。"

她头也不回地转身离去,酷烈的刑讯和屠杀立即开始,黄老四知道,真正的考验现在才开始。

回到自己的办公室,Davy 小姐看了看钟表,已经是午夜三点。

她方才在旅馆接到电话,便是获悉了黄老四的真实身份,如今又确定了谢君锡和祁书瀚的共党嫌疑,所以才赶过来正式提审黄老四。

她并不喜欢刑讯,受刑之人遍身血污的样子,让她觉得肮脏作呕,甚至方才看着黄老四身上的血迹淋漓,都觉得隐隐不适。

她生性极度爱洁,最厌脏污和血腥。

她也曾有过单纯善良的时光,她也曾以为生活会如她向往那般美好,但这一切都在十几岁那年被摧毁,她和母亲被赶出家门那段暗无天日的生活,让她饱受了肮脏屈辱之苦,那些对她贪婪垂涎的狰狞面目,那些灭绝人性的暴行,那些荡尽尊严的训练,那些暗无天日的肮脏……至今依然出现在她的梦里。

她知道自己就是致命蛊惑的武器,也早已娴熟于此,她甚至不知道自己何时成为这样一个冷血残酷的特务,但她已经没了退路,更没了心软的资格。心软和善良,于她而言都是危险的东西,不知何时就会为此搭上性命。

她却越来越见不得污秽之物,每次刑讯犯人时,她都不会亲自在场,甚至严苛地要求,她要审讯的犯人,用刑之后必须将他们清理干净,换上新衣遮住伤痕。

她盯着窗外,直到天色渐渐亮了,才终于起身,命人将自己送回旅馆。

中午时分,谢君锡来到她套房厅里时,Davy 小姐正饶有兴致地修剪着一丛鲜花,一支支地插在花瓶里。

看到他进来,双目含笑,眼波软得像柳枝拂过春水,问道:"小谢,你看这花怎样?"

谢君锡:"我看不见花,只看到了你。"

Davy 小姐故作无奈:"我就说心里怎么总是放不下你,简直没有哪个男人比你更会说话,更会讨女人欢心。"

谢君锡:"我只会说实话。"他望着 Davy 小姐,"你昨晚回来得很晚?"

Davy 小姐点头:"是,总有些琐碎麻烦的事务,我不得不亲自去处理。"

谢君锡:"早上过来的时候,听说你还没醒,我就没敢打扰。"

Davy 小姐放下手里的花,走到他面前,替他理了理领结,拉着他坐在沙发上:"我想问你一个问题,你能如实答我吗? 一定要保证说的是实话。"

谢君锡笑道:"在你面前,我不敢不说实话。"

Davy 小姐斜躺在他怀里,伸手勾着他的肩,说:"小谢,我在认真跟你说呢,你能不能跟我说实话? 我想听到你的心里话。"

谢君锡低了头看着她,眼里有了真诚的意味:"你说,我能说心里话的,一定说。"

Davy 小姐:"你心里,有我吗?"

谢君锡微微叹了口气,答:"这个问题其实我也想过很多次,我知道你心里有我,我也做不到对你不动心,我心里有你,却又不敢有你,不知这算不算心里话?"

Davy 小姐苦涩地笑了:"不敢有我,为什么?"

谢君锡:"你的立场,你做的事,都是我不清楚的,甚至你在国民政府里的游刃有余,都让我不敢确定,你与谢家是敌是友……"

Davy 小姐点了点头,眼里有淡淡的哀怨,却依旧笑着:"我知道了,其实我也从没奢望过要跟你走到一起,只要你心里有我,就够了。"

谢君锡:"Davy,我怕我心里有的,不是真实的你,只是你的影子。"

Davy 小姐:"我心里有的,就是真实的你吗? 你做的事情,也有许多是我不知道的,难道我们就这样彼此防着,不敢彼此信任吗?"

谢君锡忽然意识到,Davy 小姐正在把话题引向一个温柔陷阱,若自己稍有沉溺,便可能在她的话锋里露出破绽。这个风情万种又美貌慧黠的女子,简直随时能让男人乱了心神,不由自主就落入她的掌控中。

他摇了摇头,说:"不是不敢信任,而是我们身后都担着太多的干系,这些人和事不是你我能左右的。"

Davy 小姐沉默了片刻,忽然凄凉地一笑:"罢了,你我之间注定是有缘无分。"

洛阳。

国民政府早已只剩个空架子,日本自上海撤兵后,似乎暂时没有大举南下的意图,南京的危机也随之解除,因此自夏季开始,高官显贵们就已耐不住洛阳乏善可陈的生活,纷纷回了南京。十几日前,国民政府又发布了《自洛阳还都南京令》,继中央大员们早已离开之后,所余无几的办事员也都陆续回了南京,这个临危被选为行都又匆匆被舍弃的古城,迅速冷落了下来,满城冠盖的盛况已不复昔日。

周记药行重金投入开起来的西医诊所不过红火了数月,便有些后继乏力,本地人大多不接受西医的诊病治疗方式,无奈暂且撤了西医诊所,只留西药售卖。

算下来,这项生意竟是亏损了许多。

这两年间,一场中原大战、家宅被毁重建,河南的药行都损失惨重;一场江淮水灾,武汉和重庆的生意几乎覆灭。如今生意好不容易有了起色,周钧儒却又被困重庆,连番的风波和打击之下,周掌柜便觉有些撑持不住了。

然而他知道,周记药行又遇到了生死关口,自己这个当家人必须稳住局面,重庆没有传来消息之前,他不能担忧过甚乱了阵脚,更不能让掌柜和伙计们看出局势不稳。他甚至暗下了决心,只要周钧儒能平安度过这一劫,就算彻底放弃重庆的生意也在所不惜。

因此,他依旧做出一切如常的样子,每日操持生意,调运货物,奔波于洛阳、郑县、开封三地亲自料理重大事项;维护政商人脉网络和经销商。每日打烊之后,他必然给周钧儒打一次电话,一旦遇到线路中断,便觉心惊肉跳,有时甚至虚脱发晕，眼前黑沉沉不能辨物，直到再次连上电话才能放下心来。

他本就是有了年纪的人，又强撑着维持表面的事态平稳，加之内心忧思煎熬，每天夜里回到后院都觉心力交瘁，歇下之后更是一夕数惊难以安眠。掌柜和伙计们都看出东家迅速地苍老下去，短短几日便白了头，然而稍微多问几句便遭到斥责，只得默默埋头，不敢多言。

如此煎熬了多日，终于接到了周钧儒的电话：刘湘大获全胜，重庆解围了！不仅如此，韩秘书还派人结清了此次周记药行三万大洋的药材款，稳稳地获利了一笔。

周掌柜徐徐放下电话，面色如常地告诉陈掌柜："重庆解围了，平安了。"说完便向后院自己的卧房走去。关上门的一瞬间，他沉沉地坐到椅子上，唏嘘了片刻，竟忍不住以手掩面，老泪纵横而落。

这十几天来，他日夜悬心，强提精神做出稳如泰山的神色，如今终于得知周钧儒一切平安，才松下这口气，放任自己哭了出来。

生逢乱世，他遭遇过不知多少次的生死险境，生意场也屡经大起大落，很少有完全乱了心神束手无措的时候，但这次周钧儒遇险，他却前所未有地怕了，甚至怕到不敢去想万一重庆失守的后果。七八年前周钧儒被绑票的时候，他还能咬着牙与劫匪赌上一番，心中毫无退缩之意，如今却早已失了当年的胆气，变得患得患失，提心吊胆。他不得不承认，自己不再是那个生死关头依旧殊死一搏的周培祥，而是一个只望儿孙太平、安享天伦的年迈老人了。

他在想着，是时候把担子交出去了，周钧儒成亲之后，就可以名正言顺接管周家的全部生意，自己也可以真的退下来，归乡养老，一边照看汉川，一边侍弄那几亩农田了。

回家之后，他才把重庆的真实危局告诉了老妻，周太太吓了一跳："你说钧儒险些在重庆出事？这么大的事怎么不早告诉我？"

周掌柜："早告诉你也是让你平白担心，如今已经平安了，就让他尽早回乡，等着过完年他成了家，我们心里也就踏实了。"

周太太依旧惊得缓不过神来，说："你们父子俩在外面，兵荒马乱地闯生意,不知道就遇上什么事,我一个人在家里什么都不知道,经常没来由地提心吊胆。"

周掌柜:"就是怕你多想才更不敢告诉的,外面的事有我呢,钧儒也能独当一面了,你怕什么?成亲的事准备得怎样了?"

说到成亲,周太太脸色沉了下来:"按说娶一个小门小户的丫头,也没什么可准备的,但是我们周家的排场不能丢,所以还是要好好操办。新人的四季衣裳我准备了一人二十四套,洋装也备了几套,日用的家具铺盖什物一应俱全,迎亲备了'十二闪'的礼,给新娘子安排的八抬大轿,连钧儒迎亲要骑的马都挑出来了,没什么缺的了。"

周掌柜:"确实没什么缺的了,只是迎亲还不够气派,再添些,做'二十四闪'。"

周太太一惊:"'十二闪'已经是十里八乡难见的排场了,你还要做到'二十四闪'?光抬彩礼轿子的人就得四十八个,加上鸣锣开道和吹鼓手,族里的迎亲队,这一趟少说也有一百多人,还有跟班的,看热闹的,迎亲队伍不得排出一里地去?太张扬也不好吧?"

周掌柜:"就因为咱家这几年总是不太顺,又是第一桩喜事,才要办得越气派越好,冲冲喜,也给家里改改运,去年过年就没得安生,今年一定要大大地操办一场。"

周太太猛然意识到张氏和汉川的事,不觉心有余悸:"既然你这样说,那就加到'二十四闪',无非多花千把大洋,也确实该去去晦气了。"

重庆解除戒严后第二天,刘湘和潘市长便带着部分官兵进了城,这些士兵清一色着国民党军装,武器装备与蒋介石嫡系部队全无二致,军容整肃,威风凛凛,在群众的夹道欢迎中沿大街行进,一路向市政府方向而去。

一番围城劫难,周记药行稳稳当当地坚持了下来,掌柜、伙计们都安然无恙,还获利一笔,周钧儒坚韧沉稳的行事品格很得掌柜、伙计们赞服,自此人人放下心来:便是老东家退了,跟着少东家也一样能顺顺当当走下去。

眼看将要入冬,周钧儒早已惦记姚青禾许久,知道她的绣庄铺子开了张,更是急着回去看看,如今戒严解除,生意平顺,他便让人订了火车票提前回乡。

姚青禾的绣品铺子已经开张,卖些成品的衣裳、绣活儿,用缝纫机做些针线,都是家常日用的东西,虽算不上顾客盈满,却也有几分红火气象。每日进进出出的妇人女子络绎不绝,即便不买绣品,也要看一看这外国进口的洋缝纫机,竟成了伊河镇一景儿。

自听说周钧儒要回来,姚青禾便将早已准备的衣裳料子取出,一连数日紧着赶工,及至做成,乃是一件上青色的长衫,沉稳的色调中略带些春树新芽的意蕴,想来穿在卓先身上,应有一番亮眼的风采。她心里很是满意,只等周钧儒回来便要让他上身一试。

周钧儒到家之后,先给父亲磕头问过安,周掌柜便让他去见周太太。

周太太一见他回来,加上前阵子听说他在重庆被困之事,心中难免后怕慌张,拉着他前前后后看了一番才如释重负:"又瘦了,身上肉都薄了,幸亏平平安安回来了,你爹可是急坏了。"

周钧儒笑道:"娘在家里都好?汉川呢?"

周太太:"我都好,汉川也是一天都离不得我。"正说着,汉川走了进来,一年未见,他长高了些,也不再像以前那样呆傻怕人,只是依旧看起来木木的,见了周钧儒,神色迷惘地盯着看,似乎不太认识了一般。

周钧儒喊道:"汉川,不认得哥哥了?过来,我给你好玩的。"说着,从怀里掏出一个小小的布口袋,倒出来十几颗玻璃弹珠,"看看这个,好不好玩?"

玻璃弹珠确是难得一见的稀罕东西,汉川眼里有了几分孩子的活跃,走过来闷闷地叫了声"哥哥",便伸手去拿玻璃弹珠。

周钧儒一把将弹珠拢在手里:"不能白拿,你认一个字,就给你一颗,怎么样?"

汉川茫然地看着他,周太太连忙把国文初级课本拿过来,周钧儒一个个指着给他看,然而他却几十个字里认不出一个,整本书翻完,所记得的字不过六七个。

周太太叹了口气,把弹珠都拿给他,看他带着几分木呆呆又欣喜跑出去玩,点头道:"汉川读了这一年的书,看着比以前好多了,人也活泛了点儿,不知道将来能不能恢复正常,只盼着等他长到你这么大,娶亲生子,给我添个聪明伶俐的孙儿。"

周钧儒亦是无奈地笑了笑:"娘不用担心,汉川这辈子有爹和您护着,将来我也会照顾他,不会让他受委屈的。"

周太太:"这是你爹唯一的亲生子,你爹这么器重你,将来把汉川托付给你,你可要尽心尽力。"

周钧儒:"放心,我一定会好好照顾他周全,这孩子命苦,我们更得处处高待几分。"

周太太点头:"你知道这些就好。"

聊了一番,周钧儒又将重庆风土人情拣些有趣的说给周太太听,她听得不时啧啧称奇,一家人用了团圆饭,看着天色晚了,才各自回去休息。

三〇　悄然私会

第二日一早,周钧儒直奔街上,一眼看到姚记绣庄,便疾走几步跑了过去。姚青禾见他进来,两眼弯弯地笑起来,问:"客人是要看绣活儿,还是裁衣裳?"

周钧儒被她逗得心花绽放,说:"你上次跟我打电话,最后一句直说'了不得',为了几块大洋电话费,都不理我了,还没过门儿就知道替我勤俭持家了?"

姚青禾:"谁要替你勤俭持家? 我是怕你这么败家,将来嫁进门跟着你过苦日子。"

周钧儒:"你要是怕打电话费钱,不如成亲以后就跟我去川地,天天面对面地说,一文钱都不花。"

姚青禾啐道:"你们那里都是大男人,我一个女人多不方便。"

周钧儒故意愁眉道:"你又舍不得电话费,又不肯跟我去四川,我想你的时候怎么办?"

姚青禾脸上飞起一抹红晕:"你想你的,跟我有什么关系?"说着,她自柜子里取出一个平展展的包袱,打开,便是一件上青色的长衫。

周钧儒瞟了一眼就拿在手里抖开:"这是给我做的?"

姚青禾故作薄怒："你怎么总从人手里抢东西？要是人家顾客定的衣裳，你给摸脏了怎么办？"

周钧儒已经在身上比过了尺寸："我当然知道不是顾客定的，这尺寸一看就是我的。"他反复比了几次："怎样，你未来夫君穿上这长衫，是不是英俊潇洒？"

姚青禾："臭美的你！快进去试试吧。"

周钧儒喜滋滋进了后面，换了新衣出来，果然令人眼前清爽，二十岁的青年人，身材颀长，宽肩窄腰，即便里面套着冬装也不显臃肿，很有几分风流倜傥的气度。

姚青禾看着满意，点头道："果然能上台面，比那些唱戏的名角儿小生也不差什么。"

周钧儒："我是真会唱戏能演小生的，现在就能给你来一段。"

姚青禾："省省吧，全偃师哪个不知道你周少爷爱票戏？我抛头露面还被你娘排揎呢，你再去唱戏，怕是连你也要被赶出家门。"

周钧儒叹了口气，说："罢了，在家是不能唱的，"他忽然眼前一亮，"这两天我带你去开封，见见杜景篪大哥，他可是见过好戏认识名角儿的，我们去看戏，悄悄票一场给你看，好不好？"

姚青禾也带出了神往的容色："我还没去过开封省城呢，要是家里同意，去看看当然好。"

周钧儒："我只说去开封看看生意，至于你爹那里，不拘扯个什么谎，不要声张，我们小心点儿别被人发现就好。"

两天之后，周钧儒借口去开封看一眼生意情况，暗中带姚青禾上了火车。

在重庆这大半年，周钧儒攒下了几百大洋的体己，带姚青禾出门，自然是处处阔绰，旅途虽短，坐车却要一等座席包厢，到了开封便住进了省政府要员常住的京汉金台大旅馆，每晚房费便要八块大洋，其余餐食仆佣另计。姚青禾第一次进这样的大旅馆，伙计一路引着他们向后院走去，只觉越往后走越幽静，游廊曲折，静无人声，竹影翠色摇曳，流水清澈浅鸣，一时几乎晃了她的两眼,走路都不由得小心翼翼起来。

待到进了客房,姚青禾一见那豪华的陈设,更是心疼地埋怨道:"你怎么带我住这么贵的地方? 一晚上就要八块大洋,多少人家一年到头也见不到这么多钱。"

周钧儒:"既然带你出来,当然要舒服享受一番,以前我爹都是把大客商安排在这里,我也从来没住过。"他懒洋洋地坐进沙发里,半躺着,"不过这三两天,能花几个钱,人啊,就是不能跟自己过不去,花钱买享受,自在。"

姚青禾也别别扭扭地坐下:"你倒是自在了,我可要心疼得睡不着觉,一晚上睡四个时辰,一个时辰就是两块大洋,我闭上眼都要数着时辰钟算钱。"

周钧儒哈哈大笑:"带你过两天好日子,你却享不了福,人一辈子能有几天这样的时候? 得逍遥时且逍遥。"说着,他直起身来凑到姚青禾耳边,"我不是周家亲儿子的事,你肯定也听说过,我爹虽然一心让我继承家业打理生意,可我知道,我就是个看家守业的,这么大的家业不能真的都占了,将来汉川那一支要是出个聪明伶俐的孩子,总得让人家接手,到那时候,你想过这样的日子也不一定有了。"

姚青禾惊异地看着他:"你不是说汉川不大机灵吗? 将来周家都是你说了算,你真就不想要这份家产?"

周钧儒:"怎么不想要? 但我终究不是人家的嫡亲血脉,要是人家没有亲儿子也就罢了,如今有了汉川,我更不能起这个念头,我一个穷人家的外来子,能过成现在这样,也就值了。"

姚青禾认真道:"俗话说,儿子不亲孙子亲,只要生下孙子,那就是名正言顺的周家血脉,怎么不能继承家产?"

周钧儒:"如果不想这事,将来得个三间房子两亩地,也是意外惊喜,要是一门心思去想,那可就烦恼无穷无尽了。"

姚青禾叹了口气:"也是,本来也没图你家什么,想那么远做什么?"

伙计帮他们安顿好行李,又送来了各类茶点干果,才躬身道:"先生,夫人,我先退下了,有事您二位随时吩咐。"说着倒退着出去,轻轻掩上了门。

他退出门的那一瞬间,姚青禾与周钧儒忽然同时紧张起来,这间房子里只剩了他们二人,共处一室的不安气息让两个人有些手足无措起来。姚青禾不由自主地向沙发一角挪了过去,低了头脸上发烧,心跳得没着没落,两只手都在微微地颤抖。

周钧儒坐在沙发另一侧搓着手,只觉发根都在麻麻扎扎地冒汗,全然没了平日的机敏善言,两人都在沉默,他更加心里发慌,尴尬地咳了两声:"青禾,你要觉得闷,我去开一下窗……"

姚青禾向窗户看了一眼:"这么冷的天,开窗做什么。"

周钧儒:"那你吃点心,我给你剥花生……"

姚青禾:"我又不饿。"

周钧儒更加不知如何挑起话题,急得挠了挠头:"你好歹说点儿什么做点儿什么,要不然我心里发慌。"

姚青禾依旧红着脸,却忍不住扑哧一笑:"你慌什么?"

周钧儒站了起来:"我没来由地觉得,心里毛毛的,好像有些怕你。"

姚青禾:"怕我什么? 我又不会吃人。"

周钧儒:"你要真吃人倒好了,我宁可让你咬一口。"说着他竟鬼使神差地把胳膊伸到了姚青禾面前,不妨姚青禾正要抬头,手好巧不巧碰到了她脸上,姚青禾瞬间满面通红,周钧儒更是吓得立即缩回了手臂:"青禾,我不是有心……"

姚青禾起身去脸盆边绞了个手巾,自己擦着脸:"卓先,你再这样冒冒失失的,我不跟你出来了。"

周钧儒恨得拍着脑袋:"我这……何苦来哉!"然而看着姚青禾半嗔半怒的神色,又忍不住跟到她身后,"真生气了?"

姚青禾这次没有躲开,只回头瞪了他一眼:"这都跟你生气,不得气一辈子?"

阳光穿窗而入,恰好照在她的头上、脸上,鼻翼上的绒毛都拢了淡淡的光辉,一缕散下来的头发有些许凌乱,周钧儒只觉眼前一片明媚灿烂,不禁伸手去拂那绺头发，帮她抿在耳后。姚青禾面色一红，立即羞赧地低了头。两人离得太近，周钧儒几乎能听到她的心跳声，自己也心跳如擂鼓，试探着伸手去揽她的腰，直到此刻，姚青禾才恍然大悟般回过神来，慌乱地喊道："住手！"说着，倏然转身逃开，却又回头白了他一眼，"得寸进尺！"

周钧儒立即意识到自己的鲁莽，讪讪道："我们是定过婚的……"

姚青禾："想得美！我还没进你家门呢！"

周钧儒讪讪的，只得规规矩矩坐下来与她说话，然而全然心不在焉，天黑之后吃过晚饭，便悻悻地自回药行歇息去了。姚青禾一人睡在偌大的客房里，总觉空落落的，一夜心神不安。

第二日一早起身，周钧儒先查看大相国寺的周记药行生意，翻看了账目，又仔细过问了一遍，一切都颇为顺遂，且近两年开封未曾遭遇大灾大难，周记药行又守着风水宝地，倒有了几分峥嵘气象。周钧儒很是满意，将一应之事交代清楚，又代父亲给上下人等发了过年的岁钱，不到晌午时分，便急急赶到旅馆去接姚青禾。

姚青禾一见他，便急着说道："还是换间便宜的旅馆吧，这么贵的地方，我实在睡得不安心。"

周钧儒："这有什么？住旅馆才几个钱？走，再带你去个更花钱的地方！"

姚青禾更加咋舌，然而又满心期待，于是换了一身长衫，把头发绾成发髻戴了文明帽遮住，便成了个标致的男子形象，虽依旧有几分女气，行走街市却方便了许多。周钧儒拉着她，先去美光照相馆照了几张照片，又去了百货公司挑选洋货。

二人在百货公司转着，周钧儒出手阔绰，诸如香槟、网球拍、手电筒、玻璃杯、口红、香水等采买了一箱子，又给姚青禾选了两三件西洋裙子，带她去烫了时髦的卷发，晚间又去番菜馆吃西洋餐，整整一天下来，回到旅馆时二人已是累得瘫倒在沙发上一动不能动。

姚青禾筋疲力尽地喃喃道:"这一天,比一辈子见的新鲜玩意儿都多了。"

周钧儒:"洋行里的货,就是和我们国内的不大一样,连当年的太后老佛爷和皇帝老子都稀罕呢,那些达官贵人更是一天都离不了这些东西。"

姚青禾:"想不到我也有机会享受了一回太后老佛爷的待遇。"

周钧儒:"以后再票戏,我扮皇帝,你扮太后,让你也抖抖老佛爷的威风。"

姚青禾登时红了脸,啐道:"前几天才说过你娘不让你票戏,你又人来疯了。"

周钧儒不以为意:"又不是在偃师,开封有几个人认得我?明天我带你去见杜大哥,跟着他去永乐戏院票戏去,你只管看热闹。"

姚青禾斜眼睨着他:"我也不知道是看热闹,还是看你丢丑,敲一声锣就能跳到鼓上去,比耍猴儿都耐不住性子。"

周钧儒:"你可别小看我,到了台上,我才是真的扮小生文雅风流,扮青衣袅娜妩媚,当年差点儿成了李坤和班里的名角儿呢。"

姚青禾瞟了他一眼:"看就看,你敢票我还不敢看?要是演得不好,给人砸了场子,看你怎么下得来台。"

翌日下午,周钧儒果然带姚青禾来到永乐戏院,一进戏园子便问道:"杜主任在不在?"话音刚落,就见一个人急匆匆走了出来,爽朗笑着:"听到外面有人进来,我想开戏早着呢怎么就上座儿了,没承想是卓先老弟回来了。"

周钧儒笑道:"我就猜着你肯定在,都没去省政府找你,就直奔这里来了。"

杜景箴:"政府里也没什么事,我乐得在这里研究戏。"说着他看向姚青禾:"这位是?"

周钧儒:"姚小姐,年后开春就要过门了。"

杜景箴笑了起来:"我就说这后生怎么这么漂亮,果然是个女子。卓先也要成家了,可喜可贺。"姚青禾含蓄地略点了点头,并未多言。

周钧儒:"我春天在洛阳跟你说的川剧的那些新鲜花样,你琢磨明白了没有?我是丝毫看不出破绽,又不知道他们怎样做的。"

杜景箴兴致勃勃地思索着:"我也仔细研究过,只有这几种可能,比如那个变脸,应该是一层层贴上去,手里握着丝线的,"他拉着周钧儒就往里面走:"这样说不清楚,我们到屋里在纸上画着说。"

姚青禾在一旁看着他们讨论了许久,一时周钧儒说些原理技巧,一时杜景箴又否了他的想法重新猜测,二人在纸上写写画画,不知不觉竟一个多时辰过去了。姚青禾看得疲惫口渴,终于忍不住道:"卓先,你也不顾杜主任口渴,只顾自己说下去。"

这一提醒,杜景箴才想起来还没给客人倒茶,连忙笑道:"疏忽了疏忽了,一见了卓先就只想着说戏,忘了给你们倒茶了。"

周钧儒:"好久没说得这么痛快了,杜大哥,我看着外面挂牌,今晚上演《花打朝》?"

杜景箴:"正是,黄牡丹扮的七奶奶,气势稳如站桩,吐字清晰利索,字字送到耳边,离多老远都听得清清楚楚,有很多人专程来捧她的场。"

周钧儒:"这戏也是老本子了,今天就带着姚小姐看上一场。"

杜景箴:"确实很值得看,民间有俗语说'花开百日艳,不如黄牡丹'呢。"

姚青禾也被说得心动起来,两人进园子时,离开戏还有小半个时辰,席棚下却早已座无虚席,单等黄牡丹出场。杜景箴给他们留了靠前的板凳,茶房拿了几碟子干果摆上。闲坐了一阵子,周钧儒便道:"过一会儿就要开戏了,我去方便一下,你在这里等着。"

很快,侧台开始敲锣,每隔一刻敲一次,两通锣响之后,便要正式开戏了。姚青禾左看右看,始终不见周钧儒回来,心里很有些着急,却又不能离席去找他,只得耐着性子看下去。

《花打朝》讲的是唐朝的一段故事,突厥石建王进犯,罗成之子罗通出征杀敌凯旋,唐王封其为并肩王并赐其御街夸官。路经国舅府时,国舅苏定方拦道阻行,罗通恼怒,扯断了他的胡须。苏于是怒砸御驾,会同其妹贵妃娘娘合谋嫁祸罗通,唐王果然将罗通判斩。人称程七奶奶的程咬金之妻,义愤之下,率众诰命夫人大闹金殿,后又得到还朝归来的程咬金助战,劫了法场,拔了斩桩,闯殿怒斥君王。最终唐王幡然醒悟,赦免罗通,惩罚国舅。

姚青禾看得心潮澎湃,时时捏着一把汗,为罗通的命运提心吊胆,又为七奶奶的泼辣飒爽连连赞叹,只觉她唱词举止大快人心。但是戏过半本,依旧不见周钧儒回来,她忍不住左顾右盼,冷不防却见台上一个跟着程七奶奶闯金殿的诰命夫人有几分眼熟,只见他举止端庄,步态稳重,却是两眼分外有神,与她对视时竟似微微带了笑意,她纳罕了半晌,终于明白过来:那分明就是周钧儒!

不承想到他真就票了一出戏给自己看,而且处处妥帖严谨,丝毫看不出疏漏之处,偶尔站在程七奶奶身边唱和三五句,也未见逊色几分。姚青禾不由得惊叹,周钧儒确乎有唱戏的天分,怪道他说自己当年恨不得跟着戏班子闯江湖去,原来真有这样的本事。

待到整台戏终了,周钧儒去后台卸了妆,重新回来见了姚青禾,得意地问道:"如何? 看到我了吗?"

姚青禾故意道:"你去哪里了? 我等了你一晚上,也不见你回来。"

周钧儒急道:"程七奶奶身边那个诰命夫人,你没看见?"

姚青禾扑哧一笑:"看到了看到了,看把你急的,满台上就数你演得最好,行不行?"

周钧儒:"这还差不多,我是临时赶着背了本子上台的,就为了让你看。"

姚青禾诧异道:"就那么片刻工夫,你就把一折戏都记下来了?"

周钧儒:"也没几句词,只要跟着走,不乱了行当规矩就行,没什么难的。"

姚青禾连连点头:"确实好得很,可是千万不能让你家里知道了,不然你娘又不准你进门了。"

周钧儒:"你不说谁能知道? 只当出来玩的,不要认真。"

正说着,杜景簌也走了过来,呵呵笑道:"早就听说卓先票戏一把好手,今日一见果然不虚,你再好好学上几天,程七奶奶也能排下来了。"

周钧儒:"杜大哥又笑话我,那可是人家黄牡丹的看家本领,哪是我一时半刻能学会的?"

杜景篆:"演了一晚上,你也累了,本来想留你多说一会儿,怕你和姚小姐着急要回去休息。"

周钧儒:"不累不累,我先送青禾回去,你我兄弟二人再夜宵长谈如何?"

杜景篆抚掌道:"好,绝妙!"

周钧儒叫了黄包车,将姚青禾送回旅馆安顿已毕,便赶回永乐戏院。杜景篆早已叫了些馄饨、炒饼、卤菜等物,二人便在长条桌上吃喝聊了起来。

杜景篆开口道:"还记得我当年说要买下永乐戏院吗?"

周钧儒:"当然记得! 怎么,如今真有这机会了?"

杜景篆:"我越看越觉得这样发展下去,梆子戏要没希望了,有些戏班为了吸引人场,公然在戏园子唱粉戏,别说那些高雅的看客,便是寻常良家百姓也嫌脏了,所以我想着,不如找些朋友帮忙凑凑钱,就把永乐戏院买下来,好好组个戏班改造一下,唱好戏、文明戏。"

周钧儒激动地一拍桌子:"如此甚好! 有合适的戏班和角儿了吗?"

杜景篆:"暂时还没有,正在物色,已经有几个朋友答应帮忙了,快则明年秋天,慢则明年年底,我一定让永乐戏院焕然一新,做成梆子戏里最好最高雅的地方。"

周钧儒眉飞色舞,与杜景篆在桌子上比画着提了各种意见,两人正自聊得兴起,却见一个颇有英气的年轻女子径直走了过来:"杜衡,什么时辰了,你怎么还不回去?"

杜景篆连忙看了一眼手表,才惊诧道:"哎呀,竟然凌晨三点多了。"回头连忙向周钧儒道:"卓先,实在是太晚了,你也该回去歇着了。"

周钧儒看那女子十分眼熟,便问道:"杜大哥,这是?"

那女子却应声答道:"这么快就不认识了? 方才台上的程七奶奶。"

周钧儒恍然大悟:"原来是你啊,卸了戏妆我就没敢认。"然而他越发糊涂,这黄牡丹与杜景箴……他诧异地看向杜景箴,满眼询问之意。

杜景箴尴尬地轻咳了两声,说:"这,日后你应该叫一声嫂子的。"

周钧儒瞬间明白,这二人竟是没过明路的,可那女子看起来十分坦荡,毫无扭捏之色,大大方方说道:"什么日后,现在就能叫,我又不怕人知道。"杜景箴只得笑着送别周钧儒,与黄牡丹叫了黄包车回寓所去了。

以往只听说过杜衡风流,与女戏子交往从不避讳,如今看他与黄牡丹这般情形,果然是传闻不差。周钧儒笑着摇了摇头,杜大哥在这黄牡丹面前怕是要甘拜下风呢。

姚青禾离家已有三天工夫,二人在开封不能再待下去,于是第二天一早便商议着买票回偃师。采买的东西大大小小堆了两口箱子,旅馆帮他们买了票,又叫了黄包车送他们去火车站。

路过基督教大教堂时,一个洋装女子走了出来,恰好瞥见周钧儒,于是招手喊道:"周卓先!周少东家!"

周钧儒立即让车夫停下,下车打招呼道:"董小姐,Shire,好久不见!"

董逖迩:"你什么时候到开封来了?知道我的地址,也不来打个招呼。"

周钧儒叫姚青禾过来:"这是我定了亲没过门的妻子,带她来开封买些东西,年后就要成亲了,所以不便打搅你。"

董逖迩看向姚青禾,打量了一番,笑道:"果然与周少东家般配,恭喜恭喜,可惜我年后就要去法国了,不能去喝喜酒。"

姚青禾点了点头:"董小姐好。"

周钧儒:"你一心想着去留洋,终于如愿以偿,也要祝贺你。"

董逖迩无奈地叹气道:"我父亲一向不支持我,连船票钱都不给,幸好有学校资助,不然我是出不去的。"

周钧儒摇头叹道:"你这样有主见的女子,真是令人钦佩赞叹,只是走得太艰难了些。"

董逖迩微微仰了仰头:"追求理想,哪个不艰难?我这还算幸运了,有的同学家里根本不允许女孩子出去,甚至觉得女子读书都是不应该的。这样桎梏的环境,我是待不下去的,要不能走出去,我宁死也不做那关在牢笼里三从四德的贤妻良母。"

姚青禾听得董遐迩如此说,竟生出了几分惺惺相惜的心思:"董小姐简直说出了我的心思,要是早些年认识你,我也不会只读两年小学堂就辍学操持家务了。"

董遐迩:"女人的命,总得自己说了算才行,几千年来,哪有我们女人说话的地方?"

姚青禾:"说的是呢,小时候我爹娘就告诉我,嫁出去的女儿泼出去的水,家里的生意将来都要留给弟弟继承,让我多学着操持家务,将来到了婆家好好伺候丈夫和公婆,才能有立足之地。这哪里是嫁人,简直就是去人家家里当使唤丫头,那时候我就想着,宁可不嫁人,也不要去做伺候人的事。"

周钧儒在一旁听得愣怔:"天地良心,我什么时候说过让你伺候丈夫和公婆? 等成了亲,我伺候你成不成?"

姚青禾和董遐迩顿时笑了起来,董遐迩好一阵子才止住,玩笑道:"没想到周少东家也有今天,一分本事也使不出来了。"

周钧儒摊手道:"我见了她,那就是哑巴吃扁食,心里有,说不出。"

董遐迩:"罢了,不说笑了,你们这是去火车站? 快些走吧,别误了时辰。"

周钧儒:"好,今日一别,鹏程万里,董小姐这样的巾帼英豪,必然能在欧洲的文明世界里给中国女子大长志气。"

董遐迩:"自然不能让洋人小瞧了我们,我们的国家贫弱,但中国人的骨头可不软。"

周钧儒挑指赞叹:"正该如此! 可惜,这样硬骨头的女子,只能远走国外,真无奈也。"

董遐迩:"不定哪一天,我就学成归来了,到时候再见。"

周钧儒:"好,我们等着你回来!"说着,二人上了黄包车,向火车站走去,董遐迩望着他们远去的身影，默默地叹了口气，"他要是能一起留洋，该有多好。"

姚青禾侧头看向周钧儒："这位董小姐，跟你什么关系？"

周钧儒便将当日之事说给姚青禾听，姚青禾听得他说那董署长的形容如癞蛤蟆一般，笑得前仰后合，半晌才说出话来："后来见了董小姐，是不是后悔了？"

"倒也没后悔，这样志向远大的女子，是我配不上人家，"周钧儒认真道，"她不是寻常持家过日子的女子，又念了洋学堂，懂得西方列强那些事，跟我们不是一类人。"

姚青禾："我看她大大方方，很有志气，只怕心性比很多男人都要高。"

周钧儒："她要是托生个男儿身，肯定能成一番大事业的，可惜是个女子，到底受了很多限制，能走出家门都不容易。"

二人一路感慨着，到了火车站，上车不过三个钟头就回到偃师，周钧儒悄悄把姚小姐送回家，才自己回伊河镇。

姚青禾在回家之前已经换了日常衣裳，但烫的时髦卷发是掩不住的，到底被姚掌柜叨叨了一阵，讲些"聘则为妻奔则为妾"的封建大道理，告诫她成亲前不要总与周钧儒出去，孤男寡女私相授受让人看了耻笑云云。

她原本就是悄悄跟着周钧儒去的开封，一去便是三日，想着父亲唠叨几句听听也就罢了，不承想姚掌柜搬出这些不合时宜的说辞，再看那小姐念洋学堂，还要出国留洋，何等的自由畅快，自己却要听这些专一压制女子的话，便忍不住说道："姥姥在世的时候，可是跟我说过，娘没过门之前，爹也悄悄托人又带东西又捎话地让她出来，远远地都要聊上一阵，怎么现在到我这里，爹就忽然懂得这些大道理了？"

姚掌柜被噎得张口结舌，说："你是女孩子，要是传出什么风言风语的，男人拍拍屁股啥事没有，女孩子一辈子都被人指指点点抬不起头来！爹难道不是为你好？"

姚青禾才低了头，不再说什么。

姚掌柜:"成亲之前你就给我好好待在家里,哪儿也不许去,更不许再见周家少爷!"

接到谢君锡密电的时候,祁书瀚有一瞬间是惊骇至极的:Davy 小姐便是复兴社派驻河南抓捕"织女"的人。

他几乎不敢相信自己的眼睛:那样一个长袖善舞、周旋于国民政府政客要员之间的女子,竟会是特务? 祁书瀚看得出,她对谢君锡是有情的,然而这样雷厉风行的抓捕手段,处处都打在他和谢君锡七寸上,又似乎这份情薄得不值一提。

他看了一眼浓烈如血的夕阳火烧云,默默地向家走去。夕阳将他的影子拉得很长,在路面铺了一道黑暗的荫翳,他就踩着自己的影子一步步前行,仿佛双脚永远走不到阳光里。

当年走上这条路时,他以为凭着一腔血勇之气,就可以投身救国救民的事业,大不了一死报国,也算不枉此生男儿豪气。然而在这条路上走得越久,越发现活着远比牺牲更艰难,背着理想,背着责任,背着牺牲同仁们的期望,背着潜伏同志们的安危,每一步路都要万分小心,每一句话都要反复斟酌,连最亲近的人都不能透露一字半句……他甚至开始羡慕当年那个满怀革命理想、壮志昂扬不知忧愁的自己。

他忽然觉得寒冷刺骨,哪怕穿了厚实的夹衣依旧暖不过身子,回家之后,便烧了热水倒进巨大的浴桶。他静静地躺在桶里,温暖燥热的水流包裹着他,皮肤渐渐被烫得通红。他看着自己瘦削的手臂,上次刑讯的伤已无痕迹,一个伤疤都不曾留下,但那惨烈的疼痛早已刻进他的灵魂里。自己所受远非酷刑,便已胆寒若此,而狱中那些同志面临的考验惨痛十倍,他们将如何熬过这生不如死的关口?

同志们在遭受非人的磨难,而自己,竟什么都做不了。深深的无力感将他放逐进了黑渊,他眼神空洞地直直盯着屋顶,渐渐地整个人沉入水中,片刻就有了窒息的感觉。

康宜俭进来的时候,正见此景,顿时心惊肉跳,一把将他的头拉出水面,惊问:"书瀚!你在做什么?!"

祁书瀚恍然回神,见了妻子如此焦灼的脸色,淡然笑道:"宜俭,你吓我一跳,不过是冲洗一下头发。"

康宜俭惊魂未定,她不知自己何以对丈夫紧张成这样,走进来的那一刻,分明觉察到丈夫沉入水底的绝望气息,然而他这一笑,却让自己茫然若失:难道方才那瞬间席卷全身的恐惧,只是幻觉?

祁书瀚坐起身,拉住她的手:"你最近有些心神不稳,是不是思虑过度了?"

康宜俭低了头说:"书瀚,我最近总是没来由地害怕,心像被挖空了一样,不定做着什么就吓出一身冷汗,你真的没有事情瞒我?为什么我总有不祥的预感……"

祁书瀚把头倚在她小腹上:"我知道你在担心我,可是你总这样怕,那咱们的孩子岂不打娘胎里就是个胆小鬼?"

康宜俭随手打掉他的手臂:"书瀚,你正经点儿,衣裳都被你弄湿了!"

祁书瀚:"索性也湿了,不如破罐子破摔,如何?"

康宜俭气恼:"什么破罐子破摔?"

祁书瀚拉着她在桶沿坐下,紧紧揽着她的腰,桶里溢出的水瞬间淌了满屋。

康宜俭越发生气:"祁书瀚!你越来越不像话了,什么时候变得这样……"

祁书瀚伸手捂住她的嘴,在她耳边低声道:"你再喊下去,父亲母亲就要听到了,要是被他们看见,我是不会脸红的。"

康宜俭立刻脸色绯红起来,没了声音。

她挣扎着要站起来,祁书瀚却执拗地紧紧揽着她,说:"宜俭,不要走,就在这里。"

康宜俭看着自己早已湿了一片的衣裳,无奈地叹了口气,把头靠在丈夫肩上:"真就破罐子破摔了。"祁书瀚一动不动地搂着她,感受着心跳撞在她的脊背上,心里竟是前所未有地空落起来,双目空远地看着墙壁,似乎要将眼前的白色看穿,看向不可预知的未来。

　　秋季收割了红薯和高粱之后,便是老百姓一年最苦的冬春时节。

　　他们不敢奢望田中的麦能磨成白面,蒸出馍来吃到自家人的肚里,这些是要给地主缴纳田赋的,他们的主食是这一季的红薯和高粱,掺些麸皮、秸秆粉、野菜树皮草根等,能让一家人混个半饱,不至于饥寒交迫,便是安定岁月了。

　　即便如此,稍有天灾人祸或者土地减产,许多人家也是交不出田赋的,所以每到收缴田赋时节,抗捐抗赋之事便时有发生,妻离子散舍家逃荒者更是屡见不鲜,"拉棍讨饭"早已成了许多百姓的日常,不是农忙时节,衣食不敷之家便外出讨饭为生。

　　这一季也是各学校学生流失最严重的时候。一到入冬时候,学生们缴纳食宿费便艰难起来,若是年景丰收家中有些余粮,卖一卖粮食还能勉强给孩子凑点儿钱,若家中连糊口都难以为继,孩子便只有失学了。

　　因此,每年这个季节,各校老师都要到乡间去动员学生的父母让孩子继续上学,哪怕减免学费,只需给孩子凑齐食宿费,也可以先入学再设法筹措其他,但依然有很多孩子含泪放弃念书的机会。

　　每个退学的孩子背后,都是一个不堪生存重负的家庭。中原自古重文脉,读书人是最受尊敬的,那些一字不识的贫苦农人,也希望子女能够求学上进,然而受教育对百姓而言终究是奢望,哪怕耗尽家里所有余力,也不能承担孩子继续学业的沉重压力。

　　祁书瀚招生回到家的时候,康宜俭看他风吹日晒满面风霜,轻轻摇了摇头:"你看看你,一天到晚在外面跑,看起来都沧桑了不少。"

　　祁书瀚无奈道:"今年又有不少学生失学,交不起下一学期的学费和食宿,我和老师们挨家挨户劝导,也只有五分之一的学生能回校继续读书……

你是不知道,看着孩子们躲在门后哭,多让人心疼。"

康宜俭怔了一下,也不由得叹了气,神色沉沉无奈,不知如何劝慰他。

祁书瀚回屋放下公文包,洗了把脸,一家人坐下吃饭,祁老先生喟叹道:"书瀚,你的薪水有一半都补贴了学校和学生们,你媳妇也没说过什么,我们知道你有教育理想,但你帮不了所有的孩子,只能尽人事听天命了。"

祁书瀚点头:"爹说的是,可是这样的事看多了,总是心里难受。"

眼见他情绪低落,一家人也就没了笑声。静静地吃过饭,回到房间后,康宜俭在陪嫁箱子里翻了一阵,捧着一包银圆来到书房,推了推祁书瀚,放在他桌上:"书瀚,我也不能帮你什么,你把这钱拿去,多帮几个孩子读书,你心里也好受些。"

祁书瀚怔然地看着妻子,忽然站起身一把将她搂在怀里:"宜俭,我……我连薪水都不能全部带回来交给你,你却还要拿出钱来贴补我,让我情何以忍?我不能用你的钱,已经有人给学校捐了款子,你的钱收起来吧。"

康宜俭叹了口气:"除了学生失学,你一定还有其他为难的事情,是吗?"

祁书瀚讶异于妻子如此聪慧,却只得故作糊涂道:"你怎么会这样问?"

康宜俭:"跟你夫妻久了,你心里藏了几件事,我还是能看出一点儿的,只怕学生失学都是小事,你是遇到更大的问题了。"

祁书瀚一惊,却故作被点破了心事般深深叹了口气:"果然瞒不了你,教育津贴迟迟下不来,有几所学校已经关停了,不知道哪一天,我们学校也要办不下去了。"

康宜俭闻言一愣,蹙眉惆怅不已:"人人都觉得校长是个受人尊重的差事,哪知道你这个校长做得如此为难。"

祁书瀚看她不再追究细问,才稍微松了口气:他终于再次骗过了妻子。

他甚至不敢想,欺骗何时成了他们夫妻之间相处的日常。

成婚短短三年时间里,亲密无间不过一年有余,他竭尽全力地编织着一个安宁的幻象,骗过了妻子,骗过了家人。这样的欺骗让家中维持了表面的和谐平静,却也像一把锋刃,在他的心上划出了一道道难以愈合的伤痕。

"织女",不仅是他潜伏地下的秘密代号,更是他生活中最堪悲哀的真实情状。

民国二十一年初冬,偃师各县中小学的局面愈加艰难,不仅教师纷纷请辞,学生流失严重,最可愤慨者,竟有两个孩子因失学投河而死。

消息传开,各校哗然,大规模的游行彻底爆发,长期备受压抑的教育界群情愤慨,数百人的师生游行队伍浩浩荡荡走上街头,高声呼吁"补发教育津贴,勿使学生失学",震动了整个偃师县。游行很快波及周围数县,短短几天时间竟有向洛阳蔓延的趋势。成千上万的学生聚集在各级政府门前请愿,要求发放拖欠已久的教育津贴,声声血泪痛诉教育经费紧缺,致使无数学生因家贫而辍学,望校门而哭泣,竟至迫死高小学生,酿成人间惨剧。

然而愈演愈烈的游行并没能争取到财政拨款,反而受到了警察的全力镇压,甚至出现了师生被殴打、学校被封门的恶劣行径,越发激起了教育界的强烈愤慨和反抗。几十所学校的校长公推祁书瀚为首,组织学生前往开封,去省教育厅集体请愿,严正要求立即补发教育津贴,停止对师生们的镇压迫害。

各地游行师生更是将祁书瀚的两句檄文做成条幅,传遍大街小巷:

学不能有成,贪腐之弊也;民不能启智,政府其罪也!

洛阳教育界从未发生过如此强烈的抗争,学校罢课游行的风潮扩散开来,甚至引发了商人罢市,洛阳因此事被推向了风口浪尖。领导此次游行示威活动的祁书瀚,更是被师生们誉为"教育事业之理想楷模",人人皆以他为旗帜,互相勉励不达成抗争目标,誓不罢休。

局面蔓延到如此境地,自己必成为众矢之的,然而这正是祁书瀚的目的。

鄂豫皖根据地反"围剿"失败,河南地下党组织也遭遇空前严重的破坏,接连的失败给了他们一个不得不理智思考的教训:必须有所牺牲,让特务处完成任务,他们才会离开河南。

河南的组织力量已经非常薄弱,幸存的革命同志也已不多,再"清剿"下去,只怕最后一点儿革命的种子也将失去生机,若 Davy 小姐的目标是自己和谢君锡,就必须有人站出来牺牲,祁书瀚宁愿这个人是自己。

申请教育津贴的游行愈演愈烈,省政府唯恐局面失控,竟派出军队公然镇压,他们用警棍驱赶游行的师生,暴力打人,鸣枪示警,引起越来越多的冲突,事态已到了爆发的边缘,甚至惊动了南京政府,斥令洛阳及偃师政府必须从严妥善处置。

周钧儒去偃师柜上办事时,正遇到游行队伍,祁书瀚赫然站在队伍中,待到他走到自己面前时,周钧儒一把将他拉出队伍:"祁先生! 您站在这里做什么? 你这是做什么?!"

祁书瀚笑道:"我们只是申请教育津贴,又不是故意闹事,就算政府再昏聩,也不至于抓我们这些教书匠。"

周钧儒急得直摇头:"祁先生,您……怎么能把他们想得这么公道? 没有罪名也能罗织出来,吃苦头的可是您自己。"

祁书瀚:"你放心,我做事自有分寸,也知道自己在做什么,办学这么艰难,我要一味明哲保身,有志教育之士岂不更加心寒?"

周钧儒不得已道:"祁先生执意如此,我也不好多说,但是您可千万谨慎,如今的政府是不讲道理的。"

祁书瀚颔首:"卓先,你是个古道热肠的良善之人,但我也不得不提醒你一句,你明知我所做之事会触逆鳞,还要跟我来往,上次你已经因为我的事被卢县长警告,如今又当众跟我交谈,该明哲保身的人,是你。"

周钧儒一愣:"祁先生……"

祁书瀚:"不管是你,还是周记药行,都要谨记一件事:不能与有隐患的人牵涉过多,将来才能免于被连累,知道吗?"说完,径自跟上队伍继续游行去了。

周钧儒愣在原地,思索良久,不知祁书瀚这话何意。很久以后他才知道,这是祁书瀚与他的临别之言,其间的言深义重,是一个慨然赴死的英雄能给予他的最后关切。

三一　从容就缚

Davy 小姐听着许介年关于洛阳游行的汇报,只是斜斜坐在办公桌后,百无聊赖地玩弄着手中的枪。待到汇报终了,她才淡淡说道:"你有没有想过一件事,祁书瀚的偃师县公立小学,办学条件比其他学校好得多,还有人给他捐了一千大洋,为什么要带头游行闹事?"

许介年:"他难道知道自己早晚被捕,索性孤注一掷,要发起一场暴动叛乱?"

Davy 小姐:"靠着一群中小学生发起暴乱?"

许介年:"这……我看不出他的意图了。"

Davy 小姐:"所以我一直在等,看他到底要把事情闹到多大,如今看来,不负所望,竟席卷整个洛阳了。"

许介年:"为什么不在闹事之初就抓了他? 也不至于引起这么大的麻烦,如今已经震动南京政府,您还在等什么?"

Davy 小姐:"他自知将要被捕,却还在不断地给自己加重罪名,如今闹到这个程度,枪毙也不为过了,有什么事,能让他甘愿被枪毙,也要隐藏下来呢?"

许介年:"您的意思是?"

Davy 小姐按下手枪:"等了几个月,也该收网了,是时候让祁书瀚和黄老四见一见了。"

许介年皱眉:"黄老四属实难缠,这段时间软的硬的都上了,硬是一个字没招。"

Davy 小姐:"无论他招不招,我想我都已经碰触到他们的核心人物了,祁书瀚,很可能只是一枚弃子,看来共匪这次是要舍车保帅了。"

许介年越发迷惑:"小姐说的话,我越来越听不懂了。"

Davy 小姐随意地笑了笑:"你要事事都懂,就也能在特务处有一席之地了。"

许介年:"祁书瀚到底要做什么?"

Davy 小姐缓缓道出四个字:"欲盖弥彰。"她起身,点了一支烟,吐出几个烟圈,越发显得飒爽妩媚:"栾易钦是刘峙派去偃师的,不到半年就被他搞得灰头土脸下台。卢启斋逮捕过他,知道他有通共嫌疑,结果又被刺杀在开封车站。你觉得这只是巧合吗?"

许介年:"您认为,他跟这些事有关系?"

Davy 小姐依旧答非所问:"你知道上面为什么派我来调查'织女'的事吗? 因为我是女人。女人有天生的直觉,能把看似不相干的事联系在一起,哪怕没有证据,但顺着直觉查下去,也许就有意想不到的收获。"

许介年为难道:"可是您说的这件事,无从查起啊。"

Davy 小姐自信地一笑:"只要是有人做过的事,就一定会留下痕迹,我们做好准备,静观其变就好。"

许介年:"您说的话,我越来越听不懂……"

Davy 小姐:"我们这次的任务是搜查'织女',祁书瀚若是与'织女'有关,自然是个收获;若是无关,也很好,就当个意外惊喜。"

许介年越发迷惑:"无关,怎么会是意外惊喜? 您对他这么关注,难道掌握了什么线索?"

Davy 小姐慢慢转身望着窗外,良久之后才说道:"也许,我是为了一个人。"

随即她吩咐道："你去洛阳吧，逮捕祁书瀚。"

回到金台大旅馆，已是午后时分。

谢君锡的伤势好了许多，Davy 小姐兴致盎然，拉着他商议今夜的浪漫晚餐。然而谢君锡却毫无心绪，他知道，祁书瀚被捕已成定局，南京政府都要求从严处置，也许此刻前去抓捕他的人就在路上，也许派人去抓捕他的就是眼前这个女人，可他却不得不继续附和这场情侣间的浪漫晚餐，还不能让她看出自己的敷衍。

将要出门时，Davy 小姐忽然道："小谢，你看我穿哪条裙子好？"说着，拉开衣柜，琳琅满目的洋装、旗袍挂了一排，几乎让人看花了眼。

谢君锡："我觉得你穿哪一件都好看，我从来不看衣裳，只看你。"

Davy 小姐立时啐道："呸，你们男人，没一个正人君子。"

谢君锡："正人君子太过苦了自己，我这样的纨绔子弟显然是不肯为之的。"

Davy 小姐冷哼了一声，一条条扒拉着裙子，足足十分钟才终于取出了一条，旋即叹气道："这条裙子紫色太重了，衬得我都老了几岁……"

谢君锡："我怎么没看出来？你皮肤白，穿紫色更显得肌肤胜雪。"

Davy 小姐嗔道："跟你说了也不懂……帮我打个电话催一催成衣坊，昨天送去的裙子改好了没有。"

谢君锡诧异道："好好的裙子，为什么要改？"

Davy 小姐："去年时兴繁复的绸花锦簇，今年又流行简单为美，要把那些绸花拆掉才行。"

谢君锡叹了口气，伸出手来："有没有号码？"

Davy 小姐从皮夹子里取出一张卡片："就是这个，罗记成衣坊，就说戴小姐的裙子。"

谢君锡只得拿起电话，帮她催促裙子。

半个小时后，一个年轻伙计提了两条裙子送到旅馆，谢君锡打发了赏钱，等着Davy小姐换好，二人上了黄包车，前往本地最负盛名的酒楼用餐。

Davy小姐显然兴致极好，忙着化妆，梳头，言笑晏晏，仿佛这只是一个寻常的夜晚，只是赴一场寻常的晚餐。然而她的心里，却是想把谢君锡牵绊在此处：洛阳正在实施逮捕计划，无论如何不能让他介入其中，或者做出任何干扰行动的事。

祁书瀚知道，自己的告别日近在眼前了，他已经明显感受到监视在周围的目光。

他必须在被捕前销毁所有资料，以免对组织造成牵连，至于家人和妻子……他心里狠狠地一沉：这一刻终究是要面对的。

傍晚，他提前回到家中，在院子里生了一堆火，将清理出的满满一箱子书籍和秘密资料搬到火堆旁，一册一册地投入火焰，火苗越烧越旺，冲起一米多高，他的脸也被起伏的火苗映衬得忽明忽暗，似是未能卜知的明灭前途。

祁老先生和祁母问起时，他只随口敷衍过，而康宜俭却似乎察觉到了危机："书瀚，你烧的什么？"

祁书瀚强作镇定："一些没用的旧书。"

康宜俭不知为何忽然落下了眼泪："真的是旧书？你是不是又在骗我？"

骗。

这个字竟如锋利的刀尖一般，直直横在了二人中间，刺在他们的心上，鲜血淋漓。

原来，妻子早已知道自己在骗她，一次又一次，骗得她好似信过了自己，但每次被骗之后留下的伤痕，成了夫妻之间越来越不敢触碰的禁区，他们互相妥协着，维系着表面的安宁，直到今日，她明明白白将这个字说了出来。

康宜俭走到火堆对面蹲下，二人隔着不断升腾而起的火焰，彼此的面容和神色都在清晰与模糊间变换："你是不是又要走？这次要离开多久？"

祁书瀚低着头，又将几册书扔了进去："我……"他怎么敢对妻子说出这次离开将是生死诀别？

康宜俭："你上次离开，就是不告而别，这次，是不是还不打算跟我说实话？成婚三年多，你在我身边的时间连一年都不到……"

祁书瀚手中依然紧张忙碌着，他知道，特务处的人此刻就在赶来的路上，火焰不断地吞噬着书籍与资料，也吞噬着他的心绪，更吞噬着他与妻子相守的最后时光，他只得强忍着难过说道："宜俭，我知道此生辜负了你，但是请你记得，我祁书瀚这一生挚爱，唯你一人，生，心在你这里；死，魂也要守你身旁……"

他将最后一张纸投进火焰时，祁家的大门忽然被撞开，十几个特务持枪将院子包围，四个人冲了进来："祁书瀚！跟我们走一趟。"

偌大的包房里只有二人，乐师合奏着琴箫，曲调轻缓，余韵悠长，窗外一轮明月，室内菜色清雅，两人虽各有心事，却都故作沉醉于此景此情。

谢君锡自然知道 Davy 小姐把他牵绊在这里的目的，他起身走到窗边，看着外面的明月，忽然叹息道："有明月，有美人，有酒，按理说这样的日子，该知足了。"说着他抬起酒杯，一饮而尽，转身两眼迷离地看着 Davy 小姐。

Davy 小姐："你为什么这样看着我？"

谢君锡："或许是因为，你看起来比这月亮还美。"他招手，把 Davy 小姐叫到身边："过去这一年多时间，我不是在洛阳就是在开封，已经很久没回南京了，这次，我们又在开封留了一个多月，中间发生了太多事，让我觉得，很多人都变了。"

Davy 小姐："也许，我们都不用想那么多，也不用关心那些人和事。"

谢君锡："那应该关心什么？"

Davy 小姐："眼前人，眼前事，有些远在百里千里之外的事，都不是我们能决定的。"

谢君锡自然听出她的弦外之音，说："是啊，有些人，有些事，我们就算知道了，也是无可奈何。"

Davy 小姐转身坐回沙发上："你这心思总不在我身上，好不容易陪我出门，为什么还要想别的事？有些事就算发生了，我们也阻止不了。"

谢君锡忽然觉得，在 Davy 小姐面前，他竟有了无力的挫败感，背对着她，满目苍凉地看向窗外，却依旧是无所谓的语气："我倒想把心思都用在你身上，可你的心思，我猜不透啊。"

Davy 小姐眼里也有了一闪而过的落寞与哀伤："我们为什么要猜呢？"在谢君锡看不到的这一刻，她忍不住痛苦地摇了摇头："不管猜对还是猜错，都不如不猜的好。"

此刻，他们坐在这豪华番菜馆的包房里，任谁看都是璧人一双，然而她与谢君锡之间隔了太多的生命与鲜血，仇恨与对立已将他们逼向了决裂，只是还不曾拔枪相向罢了。但是，那一天还会远吗？

祁书瀚挑了挑火堆里的残纸余烬，拍拍手站起来，抖掉身上的飞灰，摇头叹了口气，看着妻子的眼光已变得决绝而冷静。

祁老先生和祁母听得院中的动静，惊慌失措地走了出来，一见几个人持枪将儿子包围在中间，顿时吓得脚下发软，祁母颤颤巍巍指着他们："你们要干什么？"

特务处特务："祁书瀚煽动学生暴乱，反叛政府，复兴社奉命缉拿逮捕，闲杂人等一律不得靠近，否则同罪论处！"

祁老先生听得"复兴社"三个字，顿时一口血呕出来，扑倒在地："你们……"

祁书瀚猛地回头："爹！"急切地想要赶过去，却被一支枪逼上前一步："不许动！"

祁母更是惊惧交加，扑在祁老先生身上哭喊不已，又回头看着被枪口指着的儿子，一时不能两顾，五内俱焚，无奈之下竟以头抢地："我这辈子造了什么冤孽，老天要亡我祁家……"

祁书瀚眼睁睁看着父母如此，仰天闭目，不能一言。

康宜俭却站起身,她眼中满是细碎的泪光,看着眼前的枪口和被围在中间的丈夫,忽然坚定地迈步走向祁书瀚。

特务立即拉枪栓警告:"特务处逮捕重犯,闲杂人等不可靠近!"

康宜俭:"我丈夫犯了什么罪?"

特务:"通共,煽动叛乱!"

"通共"两个字炸裂在她的心头,曾经缠身的梦魇骤然变成现实,她全身都在剧烈地颤抖:"我丈夫不是共党! 我丈夫不是共党!"

特务冷笑:"祁夫人? 你丈夫是特务处缉拿的重犯,想必你也知道他做过哪些律法不容之事。"

康宜俭依旧紧紧站在祁书瀚身边:"我丈夫不是共党! 你们凭什么抓他?!"

特务抬枪指着她:"闲杂人等让开,不然……"祁书瀚顿时神色大乱:"你们怎么能为难一介妇人?!"

院中正在纷乱,外面忽然响起汽车鸣笛声,随即另一个特务跑进来:"上峰有令,只缉拿祁书瀚一人,不要节外生枝!"

特务放下了枪,祁书瀚回身望着康宜俭,看着她被泪水打湿了的双眼,忽然深深一揖到地:"宜俭,家中诸事,都托付于你,你我暂时作别,珍重再见。"

康宜俭顿时挥泪如雨,一字一句说道:"祁书瀚,我,恨,你!"

祁书瀚猛地将她拥在怀里,紧得仿佛彼此的呼吸都要融为一体,良久之后,才慢慢松开。

手铐咔嚓脆响,康宜俭的心亦随之散落坠地。

特务押着祁书瀚离开的时候,他始终步履平稳,只在走出大门的时候,回头看了一眼康宜俭,她依旧怔怔地站在那里,眼里似乎全然没了神采。直到门外传来军车发动的声音,康宜俭才追了出去,看着远远绝尘而去的卡车,再也支撑不住跌坐在地:"书瀚……"

祁书瀚被逮捕之事,迅速传遍洛阳教育界,申请教育津贴的游行热潮瞬间被泼了冷水,在白色恐怖的威慑下彻底平息了,失败的阴影笼罩在每一位师生心头,大家终于意识到,向国民政府申请教育津贴,无异于与虎谋皮。

然而这一切,都与祁家无关了。

那一夜之后,祁家的天便塌了下来。祁老先生呕血不过两三日,便在忧惧绝望中撒手人寰,祁母亦是终日愁苦缠绵病榻,刚上高中的祁泽约也被勒令退学,悲愤丧气地回到家中。康宜俭更是每日枯坐房中,抚着小腹恹恹垂泪。待到处理完祁老先生的丧事,劫后余生的三口人望着空荡荡毫无生气的宅院,竟觉彻骨生寒,好像再也看不到活下去的希望。

祁老先生头七之后,康夫人亲自来到祁家看望女儿,康宜俭迎出来时,康夫人一把将她搂在怀里:"我儿怎么就这么命苦!"语声未落,母女二人顿时涕泪长流。

祁母挣扎着起身招呼了亲家母,便请母女二人进屋叙话。坐在炕上,康夫人看着女儿神色憔悴双眼红肿,更是心疼难耐,拉着她的手摩挲着:"宜俭,姑爷出了事,我知道你心里难受,可你还怀着身子,要想开些,保重自己的身体……"

康宜俭只是垂泪点头:"娘,在婆母和小叔子面前我一直强撑着,今天见了您,才敢说句没念想的话,我真觉着活得无趣,不如一死了之,随书瀚去了!"

康夫人惊得一阵错愕:"孩子,可不敢有这样的念头,姑爷的事不一定就不可挽回了,你爹说哪怕变卖字画也要把他救回来……再想想你婶娘,她听了你的事,哭得眼睛都不好了,你怎么能再让她伤心。"

康宜俭绝望地摇了摇头:"书瀚回不来了,救不了了,他是被特务处带走的,那是去了就再也回不来的地方。"

康夫人愁叹道:"你总这样想,我和你爹怎么放心得下? 你爹既然说了要救他,就一定会尽全力,只要人还在,总能想办法。我先接你回家去养着,肚里的孩子也经不起你这么不爱惜自己。"

康宜俭抬眼望着窗外:"娘,我嫁给了书瀚,就是祁家的人,婆母有病,泽约还小,我怎么能撇下他们回娘家长住呢?"

康夫人顿时哭得不能自已:"孩子……我苦命的孩子……"

康宜俭:"娘,我知道你们担心我,可是这里就是我的家啊。"

康夫人含着泪离开时,祁母和康宜俭站在院门口挥手相送,婆媳二人伤痛憔悴,不忍再看,康夫人坐车走出很远,才终于放下门帘,在车内哀哀痛哭起来。

祁书瀚被带进"感化所"的时候,第一时间就闻到了浓烈的血腥气。

他站在院子里,看着四周的高墙,墙上拉着铁丝网,仰头能看到四四方方的一片天,几只寒鸦飞过,发出"啊啊"的粗糙叫声。只停了两三步的时间,军警便呵斥着把他推进了阴森森的楼里,向地下走去,那里,是暗无天日的牢房,只要走进去,就再也见不到阳光。

然后他就看到了黄老四。

这几年来,他与黄老四并未直接会面过,但"织女"却与之联络颇多,所以路过关押黄老四的牢房时,祁书瀚一眼就认出了他。这副不屈的身体遭受了太多酷刑,长达数月的折磨,已经让他完全脱了形,他就像一堆染血的破棉絮一样被扔在地上,若非那双依旧带着光的眼睛,甚至都看不出那是个人。

祁书瀚只看了他一眼,便神色如常地走了过去,仿佛只是一个与己无关的陌生人。

他一步一步向前走着,越发深切地意识到,到了此地,死,才是唯一的解脱之路。终于走到他自己的牢门前,军警把门锁打开,正要将他推进去,便听得有人传话进来:"提审祁书瀚,带上去!"

他叹了口气,在军警的推搡下转过身,再次向楼上走去。

然而令他惊异的是,自己并没有被带到刑具森列的审讯室,而是一间整洁舒适的会客室,坐在室内的,赫然正是 Davy 小姐。她依旧如他第一次见时那样明艳,笑得仿佛温和柔软的阳光:"祁先生,许久不见。"

祁书瀚见到她并不觉得意外,温和有礼道:"戴小姐客气。"

Davy 小姐:"我想,您应该已经知道我是谁了。"

祁书瀚点点头:"去年年底一别,我便知道,我们不久之后必会再见。"

Davy 小姐:"跟聪明人说话,果然令人愉悦。"说着,她站起身,向祁书瀚伸出手:"复兴社特务处血蔷薇,幸会。"

祁书瀚笑了笑,握住她的手:"幸会。"二人转身落座在沙发上,军警送进来咖啡,一人一杯,摆在他们面前。

Davy 小姐:"记得第一次见时,我也是请祁先生喝了咖啡,那时您还问我一杯咖啡多少钱,说是够三个孩子一年的学费了。"

祁书瀚笑了笑:"是啊,后来承蒙戴小姐慷慨捐赠,许多孩子得以继续学业,功德无量。"

Davy 小姐:"那时怎么也没想到,令人敬重的祁先生,竟会沦为我的阶下囚。"

祁书瀚:"我也没想到,法国留洋归来的戴小姐,竟会自降身价入了复兴社。"

Davy 小姐叹了口气:"你我都有苦衷,只是时移势易,现在不得不用真实身份对话了。"

祁书瀚笑道:"如今你为审讯者,我为阶下囚,确实是时移势易,未曾料想。"

Davy 小姐:"当初卢启斋先生对您赞誉极高,说是若非道不相同,一定要引为知己的。"

祁书瀚:"卢先生谋略深远,令人佩服。"

Davy 小姐:"可惜,他终究是死于共匪的偷袭,我看过他的尸身,居然走得很是泰然。"

祁书瀚诧异:"是吗? 被偷袭还能泰山崩于前而不乱,卢先生定力惊人。"

Davy 小姐意味深长地看着他:"我一直在想,能让卢启斋那样的人坦然就死,是否还有另一种可能,比如说,偷袭者本就是他非常熟悉之人,让他死得心甘情愿？"

祁书瀚："还有这样的人？谁能让卢先生完全放下戒备从容就死？"

Davy 小姐依旧笑得灿烂："我想，祁先生应该能算是其中之一吧。"

祁书瀚亦不动声色："我竟有如此荣幸？那么戴小姐是否以为，是我杀了卢先生呢？"

Davy 小姐："我想，也并非全无可能。"

祁书瀚："凭空推断，自然事事皆有可能，但凡事不可太过臆测。"

Davy 小姐直视着他的眼睛："我是否臆测，还需祁先生给我一个答案。"

祁书瀚故作一惊，随即笑了笑："戴小姐果然有些意思，复兴社逮捕我是因为教育津贴的事，可小姐却在这里跟我聊些不着边际的故事，我真不知该如何答话了。"

Davy 小姐："看来，卢先生对您的赞誉毫不为过。你我都知道，教育津贴游行不过是个幌子，祁先生主动束手就缚，必然有更深层的原因。"

祁书瀚："以小姐这样的罗织高手，我相信一定能说出令我震惊的解释。"

Davy 小姐并不接话，而是站起身踱着步子，谨慎思索道："祁先生想必知道，我此次来河南的目的，是搜查'织女'。"

祁书瀚点头："我知道，开封火车站的事沸沸扬扬，全省都在缉捕'织女'。"

Davy 小姐："很好，至少我们不必在您是否通共这件事上虚耗时间，那样显得我们都看轻了彼此。"

祁书瀚依旧点头："戴小姐所言甚是，我们不必绕这样的弯子。"

Davy 小姐："既然如此，我想我们可以聊一些祁先生做过的事，看我判断是否有错。"

祁书瀚："愿闻其详。"

Davy 小姐："民国二十年，偃师县城以工代赈民夫闹事，县长栾易钦因此下台，先生想必参与其中。"

祁书瀚："以工代赈的伙食极尽克扣之能,名为赈济,实为奴隶。"

Davy 小姐："同年的农民暴乱,波及三县,想必先生也不能置身事外。"

祁书瀚："重征钱粮,民无生路,躬耕者终年苦劳,却饥寒交迫饿死路旁,小商贩日夜不歇,却一夕之间倾家荡产,政府不能救民于水火,反要敲骨吸髓极尽盘剥,官逼民反亦是必然。"

Davy 小姐似乎颇为赞许地点了点头:"祁先生光风霁月,果然无一字虚言。"

祁书瀚："时移势易也,当日不能对卢启斋所言之事,如今坦白告知戴小姐,只当谢过小姐昔日捐赠之义。"

Davy 小姐："先生难道不知,承认了这些罪状,必死无疑吗?"

祁书瀚："民不畏死,奈何以死惧之? 我能为民而死,甘之如饴。"

Davy 小姐略带讥讽:"为民而死,民知你何人?"

祁书瀚："但求天下平,不求天下知。"

Davy 小姐神色一震,随即摇头惋惜道:"也罢,先生与我立场相对,我不予评判。以先生的才智与为人,想必在共党中颇有声望,我希望您能透露一些名单。"

祁书瀚："我若说出任何一人的名字,便是陷他于地狱,累及无辜之事,我不能做。"

Davy 小姐嘲弄地笑着点了点头:"这的确是先生的做事风格,可如今之势,您需要变通一些,才能少受些煎熬。"

祁书瀚："若能变通,我也不会坚持到今日,让别人受我牵连而死,比我自己身受炼狱之苦更煎熬。"

Davy 小姐靠窗斜倚,逼视着他的眼神:"先生当真有此志? 刚才您在牢房应该已经见识过特务处的刑讯了,能坚持下来的寥寥无几,您不怕吗?"

祁书瀚叹了口气:"怕,尤其是我这样经历过一次的人,更怕,那种疼我一次都不想再受。但事已至此,我也不得不舍出这副皮囊了。"

Davy 小姐似乎下定了决心般,走到祁书瀚面前,直视着他:"祁先生若真能受得住这刑讯之苦,我一定会全您之志,但我也有一事请托,到时望先生咬紧牙关,不要负我所望。"

祁书瀚心生疑惑:"何事?"

Davy 小姐:"现在还不能明言,到了合适的时机,我一定告诉先生。"

祁书瀚点头:"若是我能应之事,一定答应。"

Davy 小姐:"你一定能答应,因为你我在这件事上,立场是一致的。"

三二　二十四闪

祁书瀚被捕,是周钧儒意料之中的事。

然而这个消息依然如惊雷一般震得他六神无主。虽然早已觉察到祁书瀚可能是共产党,但此刻听到他被逮捕,依旧慌张得无以复加。跟着父亲经商这几年,他接触了不少官场中事,特务处什么地方,他还是略知一二的,祁书瀚被特务处逮捕,便意味着他绝非寻常通共分子,很可能是共产党中的重要人物。怪不得前几天他警告自己"不能与有隐患的人牵涉过多",原来那时他便已知道自己将要出事。

一时间,周钧儒的冷汗淌了下来。

自己这些年与祁书瀚来往密切,还曾公然在县政府门前为他喊冤,这些事一旦被查出来,自己是否会受牵连? 恐惧一阵阵袭来,他的脸色一阵青一阵白,脑中乱糟糟响成一片,连忙疾走几步坐在椅子上,好半晌才渐渐缓过神来。

然而下一个瞬间,他的心中再次愧疚不安。

祁书瀚对自己帮助颇多,不仅救过他的性命,更在他成长过程中给予了很多引导,这个二十多岁的年轻人就像一道温和朗照的阳光,让他看清了自身的处境、世事的格局。然而此刻他被捕,自己第一时间想到的并非他的生死安危,而是只顾着自己会否被牵连。

这样的认知,几乎让他羞愧得抬不起头来,自己从什么时候变得这样自私了?以前他还曾觉得父亲私心太重,原来自己不过是和他一样的人。

无论世事如何风云变幻,时间依旧在不疾不徐地前行着,民国二十一年终于要过去了。

上一年家中连生变故,周家终于在临近旧历年底时,迎来一桩喜事:周钧儒大婚。准备了大半年的婚礼已经就绪,冬月初六,便是周钧儒迎亲的吉日。

聘礼早已于前一日送到了姚家,当日太阳刚刚升起,迎亲的队伍便浩浩荡荡出发了。周钧儒骑着高头大马,一身暗金绣线的吉服,在阳光下熠熠生辉,衬得他越发斯文贵气,整个人都好似笼了一层淡淡的光晕。他身后是吹吹打打的乐器班子,族中身份体面的男子或骑马或步行,排了足有一百多人。十里八乡都知晓周家今日娶亲,沿途的村民们早已聚在了路边看热闹,人人都道从未见过这般排场的迎亲场面,啧啧称叹不已,但有道喜者,周家都撒些果子铜钱,让百姓和孩子们哄抢,做一番红火喜庆气象。

到了姚家,二十四顶彩礼轿子已经备齐,姚青禾一夜没睡,被打扮得全身上下一团吉庆。她对着镜子照了照自己,发髻高高盘起,插了十几支金钗银簪,沉得几乎抬不起头,身上更是锦绣辉煌的大红缎子婚服,璀璨的金线绣了九尾彩凤、花鸟蝴蝶、山水纹样等,脚上锦缎鞋子也缀了珍珠,一身装束下来,足有十几斤重,走路都有些困难。更让她不敢看的是自己的脸,不知是大红帐子映衬还是胭脂擦得太重,脸色竟红得与婚服融为一体,吹吹打打之声越来越近,她不由得脸颊烧得厉害,伸手摸上去竟有些发烫。

一番繁琐的礼仪之后,周钧儒终于陪着她拜别了姚掌柜,用大红绸子引着她上了花轿,鼓乐之声再次大作,四十八个人抬着二十四闪聘礼轿子紧随其后,姚家同宗送亲者也有几十位,一路之上,鼓乐手铆足了劲儿吹吹打打,锣鼓喧天响彻四野,二百多人的队伍绵延里许,这样声势浩大的婚事,全偃师几曾见过?

争相围观的百姓几乎挤破了头也要看一眼周家少爷娶亲的盛况，直至几十年后，伊河镇的老人忆起当年周钧儒的婚事，依旧感慨赞叹不已，说全偃师最有风头的便是周家娶亲，这辈子还没见过第二家有这样的场面。那二十四闪的聘礼，也只有周家出得起，每一件都不是寻常之物，且不说箱笼各个描金画银，绫罗绸缎堆成小山，便是时辰钟、缝纫机、脚踏车、玻璃穿衣镜、留声机这些东西，都是见所未见的。

周家五进大院子处处挂满红绸贴了喜字，红火热闹非常，等到迎亲队伍进了门，拜过高堂父母，族长便郑重宣读婚书：

两姓缔秦晋之约，嘉礼成良缘之美。关雎咏琴瑟和鸣，麟趾颂仁德雅声。相敬如宾，宜室宜家，同心同德，五世其昌。瓜瓞绵延，福深泽厚，情敦鹣鲽，永结鸾俦。此证！

周钧儒与姚青禾在婚书上按了手印，夫妻对拜，便告礼成，而后喜娘将姚青禾送入新房，周家院中大开宴席，招待四方贺喜宾客。周掌柜和周钧儒在外应酬着男宾，女宾们则在内院开了宴席，周太太亲自照应着，贺喜之声此起彼伏，酒菜肴馔流水而上，流水席足足吃了大半日。周宅街口又设了大锅的烩菜和蒸馍，施舍于往来道贺的百姓，鞭炮锣鼓之声一刻不停，整个伊河镇都笼罩在喜庆之中。

到了晚间，街上开了大戏，周钧儒托杜景篯请来了梆子戏名角儿翟燕身，号称"活貂蝉"，唱拿手好戏《抬花轿》，也是老百姓们最爱看的一出吉庆戏：

府门外三声炮花轿起动，周凤莲坐轿内喜气盈盈。

众执事鸣锣开道排列齐整，出府门吹的是百鸟朝凤，一路上吹的是鸾凤和鸣。

武状元来迎亲满城惊动，乡亲们在路旁边赞不绝声，

轿前面走一匹高头大马，那上边端坐着一位相公，

只见他穿红袍金盔罩顶，上插着金花十字披红，

不用说，俺也知道，就是俺的那个他来把亲迎。

武状元把俺娶呀，文状元把俺送，

大姑娘我今日那嗨嗨依呀嗨，我是八面威风。

伊河镇街上人头攒动，足足聚了几千人，争相来看周家从省城请来的大戏，这样行当齐全的大戏班和红遍省城的名角儿，平时是万万不会到小地方来的，能看上一次，便觉一辈子都值。

戏台上唱得热热闹闹，戏台下角落里却有一人暗自神伤，不时握着帕子垂头拭泪，她身后还跟着一个男子，正是郑好儿与李坤和。

李坤和低声劝道："好儿，周少东家成亲，咱该登门道喜的，你在这里哭什么？"

郑好儿："他成亲，却连我们的班子都不用，从开封请来了梆子戏的名角儿，我们这小戏班看不入眼了。"

李坤和："人家能请名角儿，也是为了亲事上光彩，现在人人都说周家娶亲二十四闪呢，要是唱戏不请个有名的班子，怎么能显出排场。"

郑好儿："我也知道他娶亲是要体面排场的，我们这种人，周家哪儿能看在眼里呢。"

李坤和："你不能这样使小性儿，周家可是很照顾我们戏班的，周少东家对你也看重，你不是说他还亲自给你讲过戏。"

郑好儿黯然低头，良久之后，忽然说道："坤和哥，你三十多了吧？"

李坤和一愣，点了点头："是，你怎么问起这个来了？"

郑好儿："你怎么到这个年纪，还没娶亲？"

李坤和被问得不明所以，只得苦笑道："我是个跑江湖戏班的，下九流的贱籍，没宅子没地，谁家肯把闺女嫁给我？"

郑好儿抬头看着他："我嫁给你，行吗？"

李坤和顿时怔住，张口结舌了半晌才说道："好儿，你这是怎么了？你是跟我开玩笑，还是使脾气闹性子？"

郑好儿："我是认真的，你要是觉得行，我们就去问问娘的意思。"

李坤和原本对郑好儿有些心思，却顾忌着自己年龄比她大许多，始终不敢逾矩一步。此刻听得她竟主动提出要嫁给自己，且如此认真，虽明知她是对周钧儒绝了心思才这般任性，却还是局促紧张起来："好儿，你是认真要嫁给我？你娘怕是舍不得，我做了下九流，将来死了也不能入老坟的，你还有机会找个好人家，跟了我，一辈子就这样了。"

郑好儿："我本来就是下九流的命，要不是唱了戏，说不定被卖去窑子了呢，你我都一样，谁还瞧不起谁呢。"

李坤和听她如此说，也就放下心来，于是点头道："你要真这样想，我们就去问问你娘的意思，她要是同意，我就娶了你。我虽然没本事，也一定好好对你，宁可我受十分委屈，也不让你为难一分。"

郑好儿微微抽了一下嘴角，却并未笑出来，眼里的哀伤更重了几分，任由李坤和牵着她回了戏班落脚之地。

天黑之后，周家宅院里的流水席陆续撤去，渐渐安静下来，周钧儒带着一身酒气回到自己第二进院子的新房，恰好汉川也被送过来看喜事热闹。

这一日间，汉川始终被婆子吴嫂哄着留在后院，怕人来人往看顾不周，难免有个磕磕碰碰。他听得外面吹吹打打热闹非常，早已闹着要去看，此刻终于放出来，只见哥哥的院子里处处张红挂彩，大红灯笼一排排亮着，整个院子都氤氲在红光之中，这般灼目的红色竟瞬间刺激了他的记忆，恍然忆起张氏一头碰死时的那一片鲜红，立时疯魔了般惊恐地哭号起来，声音尖锐急促地都变了调，令人心悸。吴嫂听他出声惨号，立即一把捂住他的嘴："二少爷，咱们走，咱们走！"汉川犹自呜呜咽咽地闷声哭着，被她抱回了后院。

吴嫂一直跟在汉川身边伺候，自然知道他的心病，想必是这一片大红让他忆起了张氏之死，急忙忙将他抱回自己房间。看不见这一片喜庆的红色之后，他才渐渐地止了哭嚎，又被吴嫂哄了好一阵子，才终于睡过去，梦中还不时蜷缩颤抖，其状极为可怜。

看他睡得沉了，吴嫂才去前院女眷流水席上寻周太太，将方才的事回了她。周太太心疼得一刻也坐不住，立刻便回了后院，看汉川睡梦中依旧不时抽动一下，更是戳了心尖儿一样。此前汉川到前院玩，见了影壁墙便号哭不止，每次哭完都要病上几天，周太太索性吩咐人拆了影壁重建，他才略好了些，不想隔了半年多，又这样惨哭起来。

周太太愁眉叹息："前门大影壁不是已经拆掉重修了吗？怎么还这样哭？"

吴嫂回道："应该是见了那一片红灯笼，吓着了。"

周太太顿时恍然："是了，他见不得红，这几天就别让他到前面去了。"吴嫂应了，周太太又问："下人们有谁怠慢他吗？汉川年纪小，又不会说，有没有人背着我排揎他？"

吴嫂连忙摇头："哪个敢怠慢二少爷？就算有人敢跟大少爷顶两句嘴，也没人敢跟二少爷说一句重话的。"

周太太点头："这些人还算掂得清分量，谁敢怠慢汉川一丁点儿，立刻撵出去不用！"

姚青禾在新房内等了一天，腹中并无多少吃食，且累得浑身酸疼，然而想着自己这一日的无限风光，心里却有许多快慰，只等着周钧儒来，揭了盖头，好好松快一阵。正出神间，忽听院里有个孩子中邪似的惨号了几声，随即便没了动静，令她颇觉怪异：成亲的大喜日子，什么人在外面哭叫？

周钧儒进到新房的时候，姚青禾已是自己掀了盖头，对着红烛愣愣地发呆，桌上放着的子孙饽饽早已凉透，合卺交杯酒也依旧摆着，然而二人早已累得没力气完成这最后一道礼仪。周钧儒一屁股瘫坐在椅子上："青禾，你累了吧？"

姚青禾叹气点头："怎么不累？我这一天都没吃上多少东西，这一身沉重的衣裳穿着，也不敢喝水，怕解手麻烦。"

周钧儒一边听她说着，一边抬头看向自己的新婚妻子。这是他第一次见到盛装的姚青禾，圆润的脸庞，弯月般的双眼，这样一身婚服穿在她身上，很有几分诰命夫人的富贵气象,忍不住玩笑道:"你这一装扮起来,我都不敢认了。"

姚青禾嗔笑道:"敢不敢认的,一辈子也就看这一回。"

周钧儒:"看这一回就够了,看一回记一辈子。"

姚青禾:"再好好看看,看够了,我可要脱掉这身衣裳了,又沉又累,腰酸背疼的,身子都僵了。"

周钧儒乜着眼睛:"我这眼睛还想多看会儿,可身子只想倒着了。"

姚青禾扑哧一笑:"我也是一刻都坐不住了。"

周钧儒叹气道:"大喜的日子,把我们折腾得这么累,什么洞房花烛,一点儿力气都没有了。"

姚青禾起身坐在梳妆镜前,一边摘着头上的簪子发钗,一边随口道:"刚才我听见有孩子在外面哭了几声,是怎么回事?好像是二少爷?"

周钧儒一愣,想了一下才说道:"应该是汉川,小孩子家,说哭就哭说闹就闹,你不用放在心上。"

姚青禾:"我就是听他哭得不大正常,像是看见了什么不干净的东西,或者受了惊吓。"

周钧儒摇头:"能有什么不干净的东西?兴许是院子里人多,他被吓着了,你不用多想。"

姚青禾已经解开了长长的头发,拿起梳子一绺一绺地梳顺了。二人在镜子里对视着,四目相接,周钧儒忽然心里一阵暖热,从身后环抱了姚青禾握住她的双手:"古人说,结发为夫妻,恩爱两不疑,我既然娶了你,就要把你好好地护在身边,将来我们有了孩子,我也会好好地守着你们母子。你肯嫁给我,我打心底里高兴,来周家这么多年,我第一次感觉有了自己的家,无论将来面临什么,是福是祸,我都要守住这个家。"

姚青禾也眼神温热地回望着他:"这辈子还长,今天只是你我成家的第一天,日子一天一天地过,我不求别的,只求我们,还有将来我们的孩子,无论贫富,都能平安终老,就是最大的福气了。"

周钧儒看她脱去婚服,自己也解下一身的装束,把撒满核桃、花生、枣子的床收拾了一遍,二人便拉开被子躺了下去。原以为这一天疲惫至极,躺下便能立刻睡着,然而身边忽然多了个人,肢体相触,呼吸可闻,两个人顿时睡意全无,借着窗外红灯笼的光,暗夜里也能看到对方的脸近在眼前,彼此眼睛里仿佛有燃烧的炭火,让人忍不住想靠近取暖,又怕被灼热烫伤。周钧儒忽然低沉地问道:"现在你可是进我家门了吧?"

姚青禾一愣:"嗯?"

周钧儒:"在金台大旅馆的时候,你说,我还没进你家门呢。"

姚青禾忽然脸上烧了起来,心跳得慌乱无措,几乎不敢去看周钧儒的眼睛。然而周钧儒已经紧紧拥住了她,宿命将他们紧紧连为一体,从这一刻起,他们就成了彼此生命里最重要的人。只是他们并未意识到,汉川的哭嚎就像种下了一颗不祥的种子,不知命运将如何戏弄他们的人生。

第二天新嫁妇给公婆请安的时候,就看到汉川偎在周太太怀里,看起来毫无精神,蔫巴巴地抬不起头。周太太心疼得揽着他一下也不肯松手,连新婚夫妇磕头敬茶都只是随手接过便放在了桌上。

周掌柜咳了一声,训示道:"你和青禾已经成了亲,以后就要和和顺顺地过日子。青禾是个知道勤俭持家的,你也不能再由着性子想怎样就怎样了,不光要把生意担起来,还要尽快添个孙子,我和你娘就安心了。"周钧儒和姚青禾应着,周太太也冷着脸说了几句训示的话,便算作新妇拜见公婆礼成。

周钧儒看汉川今日有些异常,便向他招手道:"汉川,到哥哥这里来,一会儿给你拿好吃的。"汉川越发向后躲避,索性躲到了周太太身后把头埋在她背上。周钧儒不解,"汉川,你怎么了? 我是哥哥,你怕我做什么?"

周太太叹气道:"昨天人太多,鞭炮又响个不停,汉川吓着了,昨晚上哭了好一阵呢。"

周掌柜随口道:"小孩子家,哭就哭了,怎么就这个样子? 胆子这么小,连个鞭炮都害怕。"

周太太侧身,低声跟他耳语了一句,周掌柜立刻一皱眉:"真是这样?"周太太点头,周掌柜忍不住微微叹了口气:"真不知造了什么冤孽。"他脸上的落寞神色一闪而过,随即吩咐道,"钧儒,你成婚是周家的大事,媳妇回门之后,就该去祠堂里上报宗族,记入族谱了,你好好准备准备。"

正说话间,汉川小心翼翼地从周太太身后探出头来,眼巴巴望着姚青禾,脸上有了迷惘的神色,过了一会儿,忽然夌着胆子走到她面前,仰头看着她的脸,喃喃自语道:"妈妈……"随即又自己摇了摇头,"不是妈妈。"但依旧伸手牵住姚青禾的衣袖,不停地打量着她。

似乎全无来由的两句话,却让所有人的脸色都变了。姚青禾更是不明所以地看着大家,周掌柜立即把他搂到自己怀里:"汉川,不许胡说。"

姚青禾诧异地看向周钧儒:"汉川说的什么?"

周钧儒:"没什么,汉川还小,随口说的话,别当回事。"

周掌柜也说道:"钧儒媳妇,汉川这孩子有些心眼太实。"他指了指脑袋,"全家都不会在意他说什么做什么,钧儒也一向疼他,你是当嫂子的,长嫂如母,日后也要多担待照应。"

姚青禾勉强笑道:"爹,我没有怪汉川的意思,以后多照顾弟弟,也是应该的。"然而她心里总是有些疑惑,似乎周家这宅院里隐藏了什么不可告人的秘密。

回到自己院子,姚青禾便忍不住问周钧儒:"你说汉川的亲娘不在了?"

周钧儒点头:"对,意外走了。"

姚青禾:"我看娘对他很疼爱的,捧在心尖儿上一样。"

周钧儒:"其实汉川这孩子也可怜,我答应过他亲娘要好好照顾他的,现在娘这样疼他,也算是他的福气。"

姚青禾:"既然这样,我以后也多疼他些,这么小没了亲娘,脑子又不全,实在可怜。"

周钧儒叹了口气:"就是因为可怜,又是爹唯一的血脉,所以全家上下都善待他,任谁都不能动他一指头的。"

转眼便是新婚三日,周钧儒送姚青禾回门。

这是姚青禾作为女儿在自家住的最后一晚,从此以后便是周家的人,无故不能再留宿娘家了。周钧儒听得这样的规矩,很有几分不忍,便陪着姚青禾一起住下,与她说日后若想家了随时可以回,不必受这些陈旧规矩束缚。姚青禾听他如此说,心里更觉温暖了许多,知道自己未嫁错郎,周钧儒算得可以托付终身之人。

三日回门之后,夫妇二人刚刚回到周宅,长工便来回报有客来访。周钧儒连忙让请进前院厅堂,自己忙着换了家常衣裳赶过去相见,却是李坤和与郑好儿。

周钧儒一眼便看出郑好儿与往日不同,不仅穿着大红的袄子,发髻也绾了起来,簪了一支红绒花。他有些纳罕,却来不及细想,上前招呼道:"李老板,好儿,你们怎么来了?"

二人站起身来,李坤和道:"前几天少东家成亲,我们下九流的人也不好登门,如今给少东家贺喜来了,祝您和少奶奶百年好合,多子多福。"说着,作了一揖,郑好儿也俯身行礼说:"给少东家道喜。"

周钧儒连忙作揖不迭,说:"你们怎么这么客气,来就是了,都是一样的人,有什么区别? 我还票戏呢,难道也把自己当下九流?"

郑好儿低头道:"少东家虽然这么说,我们到底是不一样的人,大喜的日子下九流登门,不是给您添晦气?"

周钧儒:"好儿,你小小年纪,哪学来的这些话? 怎么还自轻自贱起来了?"

郑好儿脸色有些发白:"少东家,我都成家了,怎么还算小小年纪。"

周钧儒这才意识到她做了新婚妇人打扮,急问道:"你成家了? 嫁了什么人? 什么时候的事?"

郑好儿眼睛斜瞟了一眼李坤和,周钧儒立即便明白了,心里暗暗叹了口气,开口说的却是:"跟了李老板,倒也算合适,怎么没提前跟我说一声,我也好送一份贺礼。"

李坤和："我们办得仓促,没家没业的,就在戏班子里摆了两桌,算是有人见证。"

郑好儿："哪里敢受少东家的贺礼。"说着她从身后取过一个小小包裹,打开,是一件颜色鲜亮的红肚兜,绣着五毒虫:"这是给未来小少爷的,祝少东家早得贵子,子孙福旺。"

周钧儒接过,连声道谢,又招手叫过婆子,悄悄吩咐了两句,很快,姚青禾便送了回礼出来,半匹宝蓝提花缎子,一件毛领子纺绸棉衣,两个包袱皮。如此厚礼,郑好儿顿觉自己送来的肚兜太过寒酸,心里更加不是滋味儿。

李坤和连连推却:"大少爷,这样的厚礼,我和好儿怎么受得起。"

周钧儒:"好儿是个能成名角儿的,现在跟了你,虽然不能大富大贵,但你对她的好是人人看在眼里的,青禾想着给好儿添两件体面衣裳,新婚也多些喜气。"

郑好儿推了推李坤和:"既然是少奶奶赏的,我们就收着吧。"

李坤和才起身接了,又叙了一阵话便要告辞。周钧儒又封了十块大洋给好儿压箱,并让长工套车送他们,极尽殷勤照顾。

一离开周家宅院的街巷,郑好儿便默默失神,怀里抱着姚青禾送的贺礼一言不发,回到戏班就进了屋子,把缎子和棉衣交给她母亲:"娘,把这个收起来吧,不管哪个箱子,压在最底下。"

好儿娘解开包袱只看了一眼便赞叹道:"这是好东西啊,你刚成亲,正好拿这个做两件鲜亮衣裳。"

郑好儿不耐烦道:"娘,让您收起来就收起来,现在用不上这些东西,就放着压箱底吧。"

好儿娘不知她何以心情如此差,小心问道:"你不是给周少爷道喜去了吗? 遇到什么事了,这样不高兴?"

郑好儿扯了一个枕头斜歪在炕上:"没遇到事,我要静一会儿,您去歇着吧。"

好儿娘:"孩子,你已经跟了坤和,他这两年对你不错,你可不能再多想,周家跟咱们家不一样,一个是天,一个是地,够不着的……"

郑好儿顿时坐起身来打断了她:"娘说什么呢? 我什么时候多想了?"

好儿娘不敢再说,打开箱子把东西收起来,红着眼圈,默默地走出门去。

成亲之后,周钧儒便算作周记药行的主事人了,因此周掌柜带他来到书房,郑重打开柜子,将薄薄的一本账册取了出来:"钧儒,你已经成了家,药行的担子就要落在你身上了,这是近几年的生意总账,你看看吧。"

周钧儒愣了一下,随即意识到父亲将要把生意完全交到自己手上,立时觉得这本账册重逾千钧。他打开账册,快速翻阅了一遍,猛然吃惊地看向父亲:周记药行四省生意做得红红火火,尤其是武汉、重庆两地,自去年以来获利可观,然而总账上只有不足二十万的盈余。

他以为自己眼花看错了账目,然而擦了擦眼睛再仔细看时,依然是不足二十万。

周记药行经营二十余年,竟只有这一点儿钱? 他诧异地看向周掌柜:"爹,这……"

周掌柜叹息着点点头:"外头看着轰轰烈烈,实际上咱们家的生意并不轻松,这两年连番遭难,又是打仗又是水灾,各地生意都损失惨重,盖宅子又花了一笔,内里已经是个空架子了。"

周钧儒缓了半晌,才开口道:"武汉和重庆这一年多都获利不少,爹怎么说是空架子? 只要有两三年太平,我们就能恢复元气。"

周掌柜摇了摇头:"两三年太平,谈何容易? 这个世道不继续乱下去,就是百姓的福气。"

周钧儒低了头,忽然想起祁书瀚对他说的话:"日寇去年打上海只是个幌子,等他们在东北站稳了脚,南下就是必然之事,日本人要是真打进来,只怕比中原大战还激烈。将来你们的生意想继续做下去,有两个地方可走:一是西南地区,云贵川一带;另一个是潼关以西地带,这两处都能据险固守,也许能挡得住日寇。"

他思量了一番,才谨慎地说道:"爹,我听说,日本人很可能继续南下,到时候河南、湖北、四川都不安全,不如我们先在云贵、川陕一带提前谋划,选几个码头城市购置铺面仓库,开设药行分号。一旦他们打进来,河南和湖北有失,我们就把生意撤到云贵川陕;如果没打进来,也算是拓展了生意。"

周掌柜听了他的提议,仔细思索了一阵子,才问道:"你这番考虑,是建立在日本人全面跟中国开战的前提下,你怎么知道他们一定会往南打呢?"

周钧儒:"我也不确定,但他们对中国一定是有野心的,去年还把已经退位的皇帝接到东北,下一步可不就是挟天子以令诸侯?"

周掌柜:"蒋介石已经坐稳天下了,谁还会把一个过气的皇帝放在眼里?"

周钧儒:"这消息我是听祁先生说的,他一向信息灵通,既然说出日寇南下的话,就是有几分把握的。"

周掌柜皱了皱眉:"说了多少次,不能跟有共党嫌疑的人往来!"

周钧儒:"无论他有没有嫌疑,只要他说的消息是准确的,就对我们作决策有益。"

周掌柜点点头:"既然这样,你认为哪些商埠城市可选?"

周钧儒:"云贵一带我不熟悉,路途遥远交通不便,没想好哪些城市可以选择,但是陕西有两处,一是汉中,离重庆近,容易掌控;二是渭南,离洛阳近,也容易掌控。而且这两地都离西安不远,如果以后周记药行真的必须向陕西转移,川地和洛阳的生意都可以直接迁往西安。"

周掌柜点了点头:"这话说得有几分意思,像是当家人该考虑的问题,既然如此,你巡视完各地生意,亲自往汉中和渭南跑一趟,把这两地的分号开起来。"

周钧儒应了,婚后不过十九日,便开始筹备两地生意,整日忙得脚不沾地。他先从商会同行和往来客商那里打听两地的情形,将当地的药材行情、民风民俗、可以联络的官商关系等一一打听得明白,过年之后,便准备启程前往汉中。

三三　釜底抽薪

南京政府行政院的事务极为繁忙,举凡内政外交、军政财政、农矿工商、铁路交通、教育卫生等事,均属行政院管辖,因此洛阳此番申请教育津贴的游行活动,让教育部的处境大为尴尬。欲待拨款,然财政赤字严重,早已入不敷出;压下申请,却又民情如沸,惹出了游行示威的乱子,直到复兴社抓了那为首闹事之人,游行才得以平息下去。教育部长明知此举实为扬汤止沸,大失民心,然当此之时,亦是无可奈何。

谢君锡身为行政院秘书处主任,看到上报行文,便知祁书瀚已经被捕。

他盯着那份行文,眼里竟是平静无波,早已料定的局面,注定牺牲的同仁,又共同经历了几番惊心动魄的生死托付,他们都知道彼此的责任和担当,亦知同行之人将在何处停下脚步。

更危险的是,Davy 小姐已经明白无误地将利剑指向了自己。

她已经知道自己的身份,不过还没拿到指认供词罢了,但对于潜伏者来说,怀疑便是一根毒刺,此后他做的任何事,在复兴社眼里都会与"通共"挂上联系,这样的风声早晚会吹到委员长那里,彼时将没人能保全自己。

他只希望 Davy 小姐还未将她的怀疑上报特务处,只要戴先生不知,自己就还有翻盘的机会,若想消除隐患,唯一的手段便是……

谢君锡眼里有了不忍的神色，毕竟，她是深爱自己的，自己对她亦非全然无情，若真到了拔枪相向的那一刻，自己将如何抉择？

然而她的双手沾满了革命同志和无辜百姓的鲜血，这样一个冷血的复兴社中人，若不及早铲除，将会给组织带来不可估量的破坏。她的美艳动人、八面玲珑、翻云覆雨，既是致命的诱惑，又是蛇蝎的剧毒，自己这些年刀尖上行走，却依然不是她的对手。

他在办公室反复踱着步子，思忖良久，忽然想起 Davy 小姐说过的一句话："不过是我哥哥非要赎个风尘女子，遭遇劫匪丢了性命，我和母亲就被赶出来了。"

戴氏族中，哪一家男丁曾被劫匪害了性命？

Davy 小姐的真实身份，到底是什么？

一个复兴社中的精锐干将，一个名义上姓戴的名门闺秀，戴氏族中真有这样一个人吗？

这些年来，他始终看不分明 Davy 小姐的来历，只知她称戴先生为叔叔，戴先生却从未公开说过她是族中哪一支，但也从未否认过她的身份，难道此中大有玄机？

他忽然想到了应对之策：釜底抽薪。

黄老四再次被带出牢房的时候，已经全身再无一处完好，但军警依旧粗暴地将他冲洗一番，换上了干净的囚服，拖着他来到一间整洁的屋子里。

每到这时，他便知道是那位戴小姐要审讯自己了。他不知道为何一个复兴社特务竟有如此癖好，但每次冲洗都让他全身的伤口再遭受一番折磨，尤其是春寒料峭，不唯伤口永远在溃烂化脓，深入骨髓的寒冷也一次次让他高热不退，几次险些丧了性命。

可是戴小姐严令保住他的性命，每到危急之时便延医诊治，便是他想牺牲在这暗无天日的牢狱之中也苦无机会，只能日复一日地受着永无尽头的折磨。

然而他知道，自己已是强弩之末，撑不了多久了，之所以坚持着活下去，是为了给同志们争取更多脱离险境的时间。当他知道眼前这人是祁书瀚的时候，便意识到自己的生命必须结束了。

在那间整洁的办公室里，他再次看到了 Davy 小姐，而他身旁，坐着一个衣衫得体的人。

那人神色漠然地坐在 Davy 小姐旁边，面前的桌上同样摆着咖啡、细点，仿若感化所中的"座上宾"一般，而自己却像破麻包一样被丢在地上，靠着墙才能勉强坐起来。

Davy 小姐依旧笑得灿烂："祁先生，您认识这个人吗？"

祁书瀚摇头："不认识。"

Davy 小姐笑了笑："这就是黄老四，当初鄂豫皖匪区的一个联络人，你们的人要进出匪区，或者给匪区运送物资，经常是他居中联络，所以他在你们组织里的角色非常重要……我这样理解，是否正确？"

她如此仔细地向祁书瀚介绍一个地下联络员的职责，好似他全然不了解一般。

祁书瀚只得点头："戴小姐理解得应该不差。"

Davy 小姐："黄先生，这位祁书瀚先生不知您是否认识？他是洛阳偃师县公立小学的校长，但据我所知，他在河南的共党中影响力不小，能几次三番掀起声势浩大的叛乱游行，连续两任县长都栽在他手里，想必也是个重要人物。所以，我怀疑，他与'织女'应该牵连很深，您觉得呢？"

黄老四原本静静地听着，此刻忽然开口道："我知道他。"

祁书瀚心中猛地一惊，面上却不动声色，只暗忖着，黄老四此话何意？Davy 小姐将他们二人带到一起审讯，显然是为了对质指认谢君锡，难道黄老四已经……？然而他很快否定了自己的猜疑，在特务处的酷刑审讯下坚持了这么久，黄老四必然怀了宁死不屈之志。

Davy 小姐立刻站起来，眼里有了志在必得之势："黄先生今日如此坦诚？那你与祁先生也是旧识？"

黄老四摇头:"不认识,但这个祁书瀚,是出了名的投降主义分子。"

Davy 小姐神色略带失望:"哦?可否说来听听?"

黄老四:"民国二十年国民政府重征钱粮,洛阳三县农民起义之前,他向根据地打过报告,希望取消那次起义,遭到苏区政府严词申斥,批判其有投降主义思想。"

Davy 小姐:"你怎么知道得如此清楚?"

黄老四:"因为他打的报告,就是我送进苏区政府的。"

祁书瀚瞬间对黄老四肃然起敬:只几句话,就择清了二人之间的关系,他经受了长期折磨,还能这般清晰应对,若非深思熟虑,怎会在毫无准备的对质审讯中,与自己配合得天衣无缝?

Davy 小姐审度着二人的表情,忽然走到了黄老四面前,俯身逼视着他:"这几个月来,你一件事也不招,一个人也没指认,怎么今天见了祁书瀚,却如此坦诚?"

黄老四:"他既然落到你们手里,自然没有生还的机会了,在这件事上不妨如实承认,也让他少受些拷打。"

祁书瀚:"戴小姐,你应该知道,我与这位黄先生并未见过面。"

Davy 小姐点点头:"二位认识与否并不重要,今天请二位相见,是为了一个人。这个人我们都认识,而且你们与他也交情匪浅,黄先生至今都不肯指认他,但只有这个人,最能解我心中谜团,祁先生,我所说对不对?"

祁书瀚摇了摇头:"我不知戴小姐心中所思所想,所以无从判断。"

Davy 小姐叹了口气:"我此次的任务是搜捕'织女',但'织女'究竟是谁,据说从来没人知道,此刻,我想我们三人都已经知道了答案。"

祁书瀚的心骤然提起:自始至终,她怀疑的人都是谢君锡!

他再次摇头:"我确实不知小姐心中所想。"

Davy 小姐:"黄先生受的苦已经超出了我对人类的认知极限,却依旧不肯招认,想必祁先生也有这样的心志。"

祁书瀚苦笑:"看来我也要步黄先生后尘了。"

Davy 小姐："我们心中都已经有了答案,所缺不过口供证据而已,奈何二位不肯配合,我也是不得已而为之。"

黄老四忽然开口道："刚才你的答案是错的,因为,你要找的人——是我。"他释然地笑着,嘴角竟开始流出血来。

Davy 小姐一惊："是你? 什么意思?"

黄老四："你们要抓的那两个人,现在应该已经到中央苏区了。"

Davy 小姐神色剧变："信阳逃走的那两个匪首?"

黄老四："卢启斋在车站要追的人,就是我。"

Davy 小姐更加震惊："卢启斋谁杀的? 你快说!"

黄老四却已经开始剧烈咳嗽,边咳边大口呕出血来,久经拷打的身体承受不住连续呛咳,竟致呼吸不畅,连气都喘不上来。Davy 小姐一眼便知,黄老四已到了最后关头,大片的血迹令她阵阵发抖,她强忍着推门吩咐道:"快请大夫! 快!"

方才看他明明还有些气色,怎会如此迅速就咳起血来?

祁书瀚也连忙走了过去,见他边咳边喘面色赤红,伸手摸了摸额头却已经开始发冷,回头向 Davy 小姐摇了摇头:"不行了……"

Davy 小姐急道:"怎么会这样?"

黄老四的咳嗽越来越无力,微弱地笑道:"多谢你吩咐人为我冲洗,这一世总算没有一身污垢地走。"

Davy 小姐顿觉心中冰凉,原来竟是自己随口一句吩咐要了他的命! 她不甘心道:"我已经让人叫大夫了,你身上没有致命伤,怎么可能想死就死!"

黄老四眼中溢出欣慰的嘲讽笑意:"这次你拦不住了……我现在就要走了……"

Davy 小姐猛然醒悟:"你是……'织女'?"

祁书瀚亦是心中惊骇:黄老四竟将"织女"身份认下了! 原来他也以为谢君锡是"织女",才受了这么多酷刑折磨依旧不肯招认! 铁骨铮铮,之所以忍而未死,只为说出这唯一的"供词",认下"织女"的身份,让复兴社不能以此为由展开大肆清洗。这是他最后的保全组织之策,亦是留给祁书瀚和谢君锡的最后一线生机。

Davy 小姐早已急得如坐炭火:"医生呢?医生!"她忍不住冲上去动手检查:"你不会死的,医生马上就来!"然而等医生赶到时,黄老四已是气息微弱,连咳嗽的力气都没有了,小股的血不停地从嘴角淌出来,医生只稍微检查了一下,便摇了摇头:"已经不行了,来不及了。"

黄老四脸上甚至带着憧憬的笑,他示意 Davy 小姐近前来,说出了最后一句话:"你的手,脏了。"

Davy 小姐这才猛然发现自己手上沾满了血迹,她呆呆地看着那双手,触目惊心的血色已经变得暗沉黏腻,她忽然痛苦而阴狠地冷笑了一下,走到洗脸盆旁,神色冷漠地将手洗干净。

祁书瀚拖着脚镣默默地蹲在他身边,抬手将他的眼帘合上:"'织女'同志,一路走好。"他的语气带着遗憾的叹息,仿佛是说给黄老四,又仿佛是说给自己。

Davy 小姐紧紧盯着已经没了气息的黄老四,忽然开口道:"这个答案,也不对。"

祁书瀚被关进牢房已经三日。

这三日之中,Davy 小姐都未曾提审他,他只是静静地坐在那里,阴冷潮湿不断侵蚀着他的身体,曾经受过刑伤的骨节再次剧烈地疼起来,仿佛冰寒的刀刃在不停刮削。

然而他的心思却不在此。黄老四已死,复兴社在河南搜捕"织女"的任务表面上也已经完成,只要 Davy 小姐没有拿到谢君锡通共的证据,自己应该是这次大搜捕的最后一个牺牲者,其他幸存下来的同志都将得以保全。

他忽然想起前几日,她与自己提过的所谓"请托"之事,且表明在这件事上他们的立场一致,她究竟托付何事呢?

祁书瀚百思难得其解,然而他知道,自己在 Davy 小姐的计划里是重要的一环,所以要求他必须咬紧牙关挺住刑讯。他叹了口气,看了看自己尚且完整的身躯,不由得苦笑了一下:这副皮囊跟了自己,到底要受多少苦楚?

更令他难以放下的,是父母和妻儿。

离别之时,父亲正在呕血,母亲痛哭难耐,而妻子留给自己的最后一句话,是"我恨你"。不到三十年的生命里,父母深恩负尽,妻子挚爱辜负,孩子出生之后更是一日也见不到父亲,自己这一生,终究成了祁家的罪人。

而自己为之舍了小家,付出性命的革命理想,却遭遇着一次又一次的失败,到如今几乎被剿灭杀绝,究竟要几代人为之浴血牺牲,才能等到胜利那一天?

关于黄老四的所有资料及其他被捕者的供述,被整理成厚厚一摞摆在Davy小姐面前。没有证据证明他就是"织女",亦没人能证明他不是"织女",这些资料竟无一件与"织女"相关,她也没能从"织女"口中得到任何河南地下组织的线索。

这样的结果,显然是难以结案的。若复兴社在河南搜捕了将近半年,只得到这样一句口供,后面的线索全部中断,根本无法向戴先生交差。

想到戴先生,Davy小姐不由得打了个寒战。

自己的身家性命完全捏在他手里,当日他将自己从肮脏之地救出来,让自己继续读书,学习弹琴跳舞,又送去法兰西留洋两年,彼时年幼的自己对他感激涕零恨不能以死相报,然而却是从一个火坑跳进了另一个火坑。谁能想到,光鲜亮丽的世家名媛身份之下,竟掩盖着一个见不得光的复兴社特工,她的思想、意志、身体都不再属于自己,只能完全听命于戴先生,如提线木偶般任人摆布,只要戴先生一句话,哪怕让她委身令人作呕的男人,她也不得不服从命令。

她对戴先生的畏惧,是刻在骨髓里的,他赐予自己的光环有多绚烂夺目,给予自己的痛苦就有多铭心噬骨。

所以,如今面对这样一份材料,她完全没把握能向戴先生交差,若戴先生对此不满,她面临的处置想想都会让自己不寒而栗。

小谢……你为何要选择这条路,置我于举步维艰之地?

整整三天,她将自己关在屋子里,任何人一概不见,以酒浇愁,及至三日后再看镜中,往日明艳照人的容颜早已憔悴蜡黄,眼窝深陷,她甚至不敢相信那就是自己。

她将资料仔细地整理,封装,盖了复兴社绝密章,才对着镜子精心描画了浓艳的妆容,让自己看起来有了冷艳的光彩,又犹豫了良久,终于狠下决心叫来许介年,吩咐他亲自将资料送往南京。

然后她便让人将祁书瀚提了出来,依旧带到自己的办公室。

祁书瀚乍从阴冷潮湿之地来到温暖的房间,全身骨节越发疼痛难忍,更兼拖着沉重的脚镣,一时竟有了步履艰难之态。

Davy 小姐抬眼看他:"祁先生这便受不住了?"

祁书瀚笑了笑:"昔日旧伤而已。"

Davy 小姐:"祁先生果然智勇过人,我正有意与您谈一谈。"她走到祁书瀚面前,压低了声音:"我与小谢的事,您是知道的。"

祁书瀚眼神猛地一亮,瞬间懂了她的暗示:她要保全的人竟是谢君锡!这个冷血残酷的特务,居然对谢君锡动了真情!

一切豁然开朗,他只觉心中块垒骤然散去,眼前一片洞明开阔:若能保全谢君锡,酷刑身死又何惧!

然而他依旧神色坦然:"谢兄是天子近臣,前程无量,而我已经身份暴露,沦为阶下囚。谢兄若是囿于昔日情义被我连累,岂不是又给我增加罪责? 我必然不会做这种不义之事,也望谢兄与戴小姐佳缘早成。"

Davy 小姐看着他,忍不住慢慢鼓起掌来:"早听说共匪之中英杰辈出,藏龙卧虎,今日与祁先生对话,真令人刮目相看。"

祁书瀚:"我也有件事,要请托戴小姐,不知可否?"

Davy 小姐:"请讲。"

祁书瀚:"一人之事,不祸及家人。"

Davy 小姐点头:"我答应你。"

祁书瀚长长吁了一口气,好似千斤重担卸下肩头一般,沉默了片刻,才叹息道:"不知道他们现在怎样了……"

Davy 小姐:"令尊已故,令堂卧病,祁夫人有孕在身,依然守在家里。"

祁书瀚静静听完,眼中有苍凉之色,却只抽动嘴角苦笑了一下,随即一揖到地:"多谢戴小姐告知。"

Davy 小姐:"今日是最后一次礼敬先生,还有什么话要说?"

祁书瀚摇头:"戴小姐已经关照良多,在下感激不尽。久闻特务处手段过人,残躯在此,恭候赐教。"

过罢旧历年,周钧儒便要启程前往汉中。姚青禾听他要远行,心里有些不舍,埋怨道:"成亲以来,你几乎没好好在家待过,这么快又要去陕西,周家的生意再要紧,将来也未必是你的,你豁出命地干有什么用?"

周钧儒一边从衣柜里翻找着衣裳收拾行装,一边回道:"将来是将来,现在是现在,再怎么样,爹对我是真心实意的,从来都把我当亲儿子一样对待,要不是他,我这条命早没了,现在他处处倚靠我,自然不能让他失望。"

姚青禾帮他把拿出来的衣裳整理进箱子:"我知道你们父子感情深厚,也不是不希望你尽心打理生意,只是你每天早出晚归的,一回家就睡得死沉……"说着,脸上竟飞起一抹红晕。

周钧儒故意一本正经道:"有你在身边,我睡得安心啊。"

姚青禾皱眉:"你怎么就……听不懂我的意思?"

周钧儒回头斜觑着她,"你想让我听懂什么意思?"

姚青禾面带薄怒:"你!……"

周钧儒顿时笑了起来:"是了是了,这个意思就对了。"他伸手把姚青禾搂在怀里打横抱起,一个跨步上了炕,"我现在睡得一点都不沉,是不是该做些什么才不辜负你?"

姚青禾躺在他怀里,看着他的头几乎触到屋顶,越发显出几分伟岸,口中却调笑道："你周卓先自然是不敢辜负我的,已经上炕了,只管傻站着抱着我做什么?"

周钧儒立即将她放在炕上,随手掩了窗帘,"青天白日的,这可是你撩拨我,索性就是现在,也等不了天黑了!"

及至二人起身,天色已暗了下来,周钧儒一边急急打点着行装一边说道:"青禾,你跟我一起去见爹娘,明天一早我就启程去汉中,要跟父母辞行的。"

姚青禾梳理着头发,懒懒道:"去就去,无非是你娘多看我一次,就觉得碍眼一次。"

周钧儒:"这有什么,我走之后,你只管守在自己院里过日子,少在她面前晃就行了。"

姚青禾:"幸好你还知道我的难处,爹也是个大道理通透的人,要是像有些人家的媳妇,上头一层厉害婆婆,再加上丈夫不肯做主,稍有违逆就是不孝不顺,日子真是一天也过不得。"

周钧儒:"娘是什么人,我心里清楚得很,这些年她多嫌过我,也疼过我,终究是个普通妇道人家,一辈子都在做些不落好的事,你犯不上跟她计较。"

姚青禾:"她是做长辈的,只有她跟我计较,没有我跟她计较的。"

说着话,姚青禾也梳完头换好了衣裳,二人向后院正屋走去。桌上已摆好了饭菜,周太太带了汉川入座等候,周掌柜也走出来,一家五口坐下吃饭,周钧儒趁便向父亲说了明日启程前往汉中之事。

周掌柜点点头,"汉中那边匪患严重,多少外路客商都在汉中吃过大亏,你第一次去,凡事都要小心,宁可谋定而后动,没把握的事一步也不要动,也不必急于打开局面,摸清楚了情况再做打算。"

周钧儒:"我已经跟那边的商会联络过,他们愿意帮助周记药行在汉中落脚,等到了那边再求见一下现官,听说他跟义父有些渊源,叙起旧来都能牵上几分情面。"

周掌柜:"你心里有数就好,这些都是我以前没到过的地方,新开一处分号,打通生意线路,不是容易的事,你能做起来自然好,做不起来也不妨碍,生意场上没有常胜的将军。"

周钧儒:"爹放心,我一定全力而为。"

周太太听得汉中匪患严重,脸上便带了忧色:"钧儒,一定要去那有土匪的地方闯生意吗?河南、湖北、四川三个地方,你们父子俩已经看顾不过来了,还要开什么分号,而且还是容易出危险的地方。"

周钧儒:"土匪哪儿没有?中原大战咱家都经历过了,还怕什么?无非就是去看看那边有没有生意可做,不会招惹土匪的。"

周太太:"那就好,你多跟你在外面几次三番地遇到变故,一听说军阀和土匪我这心里就跳得厉害,就怕出点什么事。"

周掌柜:"孩子大了,总该放他单独出去闯一闯,要是真能闯出个名堂,我就可以把生意交给他,回家养老了。"

大人们说着话,汉川便跳下椅子来到姚青禾面前,揪着她的衣裳戏耍。

自姚青禾进门以来,汉川对她格外亲厚眷恋,时常往嫂子院里跑,不是偎在她身边,就是像个尾巴一样跟在她身后。姚青禾知道他身世可怜,因此格外宽容照应,只要他来自己房里,都照料得无微不至。

时日久了,她发现这孩子极其胆小脆弱,却又执拗凶狠,有时会被一道影子一个声音吓得浑身颤抖不止,有时又对着下人吼叫不休或者撒泼斯打,但他最常做的事是对着一面墙发呆许久,然后猛地哭喊着冲上去拳打脚踢。这般行为令她很是不解,可是下人们却似乎习以为常,每当他对墙疯闹的时候,便会上前拉开,只要他不伤了自己便好。

初时周太太看姚青禾待汉川十分关切,心里很诧异这个粗野丫头何以对汉川如此温柔和气,然而后来见汉川总往她院子里跑,黏着她不肯回来,便渐渐警觉起来:汉川和她走得太近,万一跟自己不再一条心怎么办?因此每次汉川去二进院,她都让吴嫂紧紧跟着,想尽办法哄着他回来,而且不时在他耳边说些"只有娘是真的疼你,她对你好是为了将来抢你家业"之类的话。汉川年纪尚小,并不懂得"抢家业"意味着什么,依旧执拗地腻在姚青禾身边,凭吴嫂怎么劝都不肯离开。

今日周钧儒父子说话有些久，汉川便不肯乖乖坐在椅子上，径自去找嫂子，姚青禾也习惯地把他揽在身边，问他吃饱了不曾，还要吃些什么。汉川便指着桌上的东西，让她夹了喂到嘴里，吃了几口，又扭头拱进怀里要她抱，姚青禾用力抱他起来，汉川趴在她肩上，渐渐地有些困倦欲睡。

眼见汉川与姚青禾亲近到这般地步，周太太便有些神色不豫，暗自气恼了片刻，便故意发话道："钧儒媳妇，汉川这么大了，再过几年就该说亲了，到底是你小叔子，就算再疼他，也该有个分寸。"

此话一出，姚青禾登时满面通红，当即把汉川从身上拉下来放到椅子上，眼里有了愠怒委屈的神色。

周钧儒更觉惊诧：汉川只是不到十岁的孩子，姚青禾的作为没有任何不妥，周太太怎会如此刁难？然而此刻他并不能为妻子辩解，只得疑惑地看向父亲。周掌柜也皱紧了眉头，咳嗽两声："他才多大的孩子，钧儒媳妇疼他有什么错？说这些有的没的做什么？"

汉川正在瞌睡，猛地被姚青禾拉下来放到椅子上，愣怔了一阵子，又从椅子上滑下来追到她身边，哭闹着让嫂子抱。姚青禾分明看他委屈得让人心疼，却只能尴尬地躲开，心里五味杂陈，进退不得。汉川几次追上去都被躲开，可怜巴巴地回到周太太身边，扑在她怀里抽抽噎噎委屈不止，周掌柜叹了口气："平白无故生这闲气，钧儒回去好好劝劝你媳妇，让她别往心里去。"

一家人勉勉强强吃过饭，姚青禾头也不回地跟周钧儒回到自己的院子，一进门便气道："我知道她不喜欢我，但是今天惹她什么了？拿个八九岁的孩子排揎我？"

周钧儒叹气道："她把汉川看得命根子一样宝贝，有人疼汉川她该高兴才对啊，无缘无故来这么一出，我也不知道什么意思。"

姚青禾："不就是故意找茬？没事也要生出点事来，就是可怜了汉川……"她忽然心思一转，扭头问丈夫："汉川亲娘什么时候没的？怎么一点消息也没听过？"

周钧儒一愣，本不想与她说这些残忍旧事，却又觉得不该隐瞒，于是将当年的情形简单说了几句,姚青禾顿时冷笑:"果然是高门大户的当家主母,简直比慈禧太后还霸道!"周钧儒无以置评,只得默默陪在妻子身边:自打有了汉川,周太太越来越忌讳自己这个外来子,姚青禾不过是她恨屋及乌罢了。

第二日一早,周钧儒便带了两个伙计坐上前往陕西的火车,先走渭南,再南下汉中,亲自勘察两地作为周记药行开设分号的条件,若是一切顺利,便就地买地盖房置产,以为日寇南侵之后周家的退路。

康宜俭已经有些显怀,微微隆起的小腹中,孕育着一个新的生命。她能清晰地感受到这个小生命在慢慢成长,与她的血脉越来越真实地融在一起:这是她的孩子,是她在这世上的生命延续。

然而这个孩子却注定生而无父,自己并不能给他一个完整的家,他出生之后第一眼看到的世界就是残缺的。

至于他的父亲……

康宜俭忍不住缓缓淌下泪来,那一日之后,她再没得到祁书瀚的任何消息,只听说所有通共分子都被押解去了开封的"感化所"。她并不知道国民政府里还有这样一个部门,但既然是处置共党的地方,就一定是地狱般的刑场。

她知道丈夫上次受刑后的可怖情形,而复兴社的酷刑,比之更要惨烈十倍、百倍,他只是一介书生,如何能受得了那样的折磨……只要略一想起这样的念头,她的心就会剧烈颤抖,疼得喘不上气来。

祁家已经变卖了大多数田产,康老先生也在变卖藏品古玩字画,换成现洋四处疏通关系,希望能找到一丝救人的机会。然而此番逮捕祁书瀚的是复兴社,直属南京戴先生管辖,谁敢置喙多言?因此大把的银钱扔出去,却始终无人敢应承此事,连消息也打探不出一句。

康宜俭回娘家时,眼见父亲的书房四壁渐空,更加泪不自抑:"爹,女儿不孝,连累家里到这个地步……"

康老先生的头发又染了一层霜,他眼含老泪叹息着:"儿女不幸,我留着这些不会说话的物件儿有什么用？再好的东西，也不如一家人齐全要紧。"

康宜俭："当初嫁给他时，谁能想到会有今天，如今害苦了我们两家，连肚里的孩子都受他牵累……"

康老先生亦是皱眉无奈："祁家也是书香门第，书瀚更是读过大学受过教育的，怎么就想不开投了共，放着大好前程，生生要葬送性命！"

康宜俭猛然摇头，全身都在颤抖："爹，书瀚不是共党，他不是共党！"

康老先生连忙扶住她："好，不是共党，不是共党……"

良久之后，康宜俭才终于安静下来，流着泪道："爹，我这次回来，就是想跟您说，不要再想着救人了，由他去吧，那是特务处，救不出来的，女儿命苦嫁了这样一个人，不能带累两家都败落了，他自己造的孽，自己受吧。"

康老先生："可是人还活着，就眼睁睁当他死了不成？特务处是什么地方？哪怕能让他少受一天苦，也得往里填啊。"

康宜俭瞬间双泪长流："我倒宁可他已经死了，好过现在这样不死不活地受折磨……"

康老先生闻言大恸："他要真的死了，你才二十多岁，年纪轻轻就守寡，我这当爹的心里什么滋味儿？就算他残了废了，也得想办法把人救回来，好赖是个囫囵的家。"

走出父亲的书房，康宜俭几乎哭成了泪人儿，康夫人紧紧抱着她，康婶娘站在一旁眼睛肿成了桃儿，三人一句话都说不出来，唯有默默垂泪而已。

几经辗转，康老先生终于联络到了南京政府行政院的谢君锡，听说此人与祁书瀚私交过密，又是蒋委员长的亲信，或许能为营救女婿之事进言一二，于是立即亲自赶往南京求见。

谢君锡看着眼前一千大洋的支票，叹了口气："康老先生，我跟书瀚兄确实交情匪浅，可如今他是共党，我身上还背着个交友不慎的罪名，被父亲当众狠狠训斥了一番，怎么敢为他求情？"

康老先生愁眉不展："谢主任，求到您面前，实在已经是老朽最后的希望，求您疏通一二，只要能留一条命，哪怕是个废人，我们也感念您的大恩大德。"

谢君锡："通共的事，没什么回旋的余地，书瀚兄实在是糊涂。"

康老先生站起身一揖到地："只要人能活着回来，从此以后就把他关在家里，绝不让他与外界接触，您就可怜老朽这般岁数，为了女儿不守活寡，孩子有个爹……"

谢君锡似乎已不忍心拒绝："这……我本来就背着嫌疑，如今再去求情……也罢，就当尽朋友之义，哪怕背个处分，我也尽力试一试。"

康老先生感激涕零："谢主任，我们康祁两家永远记着您的大恩！"

谢君锡："老先生快不要这样说，我只能试试，成不成的不敢说，而且从此以后不要再来找我，也不要四处求人了，万一再给自己惹了麻烦，更不好收场。"

康老先生连连点头，将支票推到谢君锡面前："谢主任，老朽家贫，已无资财孝敬……"

谢君锡叹了口气："老先生既然带来了，无论多寡，我暂且收着，权当让您安心。"

康老先生这才松了一口气，向谢君锡告辞。

谢君锡任由那张支票摆在桌上，亲自送他出门，回到办公室，果然看到一个年轻人坐在沙发上，两指把玩着支票，玩世不恭地看着自己。谢君锡叹了口气："小何，你是来看我笑话的？"

这小何亦是国府要员家的少爷，他父亲与戴先生颇有几分交情，自然知道谢君锡的为难之处，随口哂笑道："谢大少嫌自己挨的训斥不够多？谢伯伯可当着行政院那么多人都不给你留脸的，如今还敢管共党分子的事？"

谢君锡苦笑："我能怎么办？他岳丈千里迢迢地来南京求我，还能失礼逐客？"

小何随手把那张支票扔在桌上，仿佛在扔一张废纸："区区一千大洋，就要让你救个共党，闹不好自己还背上处分，小谢，你是拎不清轻重，还是被什么蒙了心？"

谢君锡:"如今这情势你看不出来？无论我见不见他,收不收这点儿钱,都已经惹上麻烦了。眼下这祁书瀚犯的事还不清楚,我也不敢多问,等审完案子判了刑,我也只好拿着这一千大洋去向委员长请罪。"

小何:"你可是给自己接了个烫手山芋,好好捧着吧。"

谢君锡一拳捣在他肩上:"没义气的东西,就会看我笑话!"

小何离开后,谢君锡看着眼前的支票,完全沉了脸色。行政院人多嘴杂,隔墙有耳,他的一举一动自然逃不过各路耳目,倒不如大大方方接见康老先生,纵然被复兴社做文章,也不过受个处分,完全扯不上通共罪名。

何况,他本就有心营救祁书瀚,若能扳倒 Davy 小姐,让复兴社在河南铩羽而归,自己再向委员长求个面子,只要祁书瀚抵死不认"织女"身份,保他一条命也并非全无机会。

然而此事必须一切从缓,等个一年半载也是寻常。他叹了口气:不知那时的祁书瀚,是否早已熬不住刑讯,牺牲在狱中了?

"感化所"的狱卒从未见过这样奇怪的犯人。

他对每日的刑讯似乎无动于衷,既不愤怒,也不惊慌,既不肯招认,也不愿多言。瘦削单薄的身躯却有着惊人的意志,长达一个月的审讯,身上几乎已无可用刑之地,他依旧咬紧了牙关死死挺着,仿佛灵魂早已飘然物外,只把皮囊留在了炼狱之中。

然而刑讯结束后,无论何等惨烈,他都坚持着每日索要一盆水,将头脸擦洗得干干净净,竭尽全力让自己看起来像一个"人"的样子。

日子久了,狱卒也认定这只是一个寻常通共分子,并非要犯,审讯也渐渐心不在焉起来,只是隔三差五例行拷打一番,看他昏死过去,就扔回牢房,不再理会。

他醒着的时候,便躺在牢房的麦草铺上失神,没人知道他在想什么,只是有时会用一种听不懂的语言说话,值守狱卒呵斥着问起来,他也只笑一笑,说是在念外国人写的诗。纵然酷刑难熬,每一日都是灵魂被抽离般的痛苦,但他依然坚持活着,从未想过自轻放弃,因为多活一日,就能多思念妻子和未出世的孩子一日。

南京。开年之后,街市上更加热闹非常。

谢君锡走出行政院办公室的时候,早有几个相熟的世家子弟等在楼下,一见他出来,小何便招手道:"小谢,一起去卡巴莱?听说新来了个女明星,歌唱得好,舞更是不用说。"

另一人跟着起哄道:"你该不是看上人家了?小谢可是跟 Davy 小姐打得火热,哪还有心思去舞厅看歌女?"

谢君锡笑道:"怎么就不能去舞厅了?Davy 小姐追求者如云,我可不敢以得手者自居。"

那人也玩笑着追问:"你去年一直留在开封,在干什么?听说你跟她可是同止同宿,同进同出呢。"

谢君锡只低头,笑而不语。

小何终于忍不住:"小谢,你还蒙在鼓里呢?难道真是色令智昏,看不分明真相了?"

谢君锡皱眉无所谓道:"什么蒙在鼓里,神秘兮兮的。"

小何摇头无奈地看着他,与其他几人对了一下眼色,压低了声音悄声道:"我们可是好意提醒你,离那位 Davy 小姐远点儿吧,听说她根本不是什么戴氏家族的千金小姐,而是复兴社的特工!"

谢君锡猛地一惊,不可置信地盯着他:"你说什么?!"

小何诧异:"你真的不知道?"

谢君锡似乎有些冒了冷汗:"你从哪儿得到的消息?她怎么可能是复兴社的人?"

那人冷哧了一声:"你知道得都算晚了,这消息暗中早传开了,先前跟她往来密切的大人物,都忙着撇清关系呢,就你一个情种痴心不改了。"他神秘地啧啧叹息,"你想,Davy 小姐掌握了多少大人物的秘辛?如今知道了她的身份,哪个不得防一手?"

谢君锡神色错愕,紧张地搓着手:"那我……我父亲一向古板正道,没什么可担心的。"

几个人相视一笑,其中一人道:"既然不担心,你紧张什么?现在细数下来,不光好几个地方大员栽在她手里,连革命元老都有被她拉下马的。"

小何一把将他拉到旁边:"小谢,逮捕你那好友祁书瀚的,就是 Davy 小姐,千万不要直接向她打探消息,避嫌要紧!你要那么做,可真就说不清了!"

谢君锡猛地一激灵:"我知道,我知道,绝不会那么做。"说着,他戴上帽子,向众人道,"今天我就不去卡巴莱了,失陪,失陪……"说着急匆匆走向自己的小汽车,绝尘而去。众人纷纷摇头,只道谢君锡色迷心窍,上了 Davy 小姐的勾魂船。

坐回车上,他恢复了沉静的神色。

身份泄露,对于 Davy 小姐这样的特工而言,无异于身败名裂。此刻复兴社虽尚未做出反应,但她游走于政要权贵之间,知道了太多隐秘之事,那些人如何还能容她?

一手造成这样局面的,正是谢君锡自己。

他暗中查访了戴氏家族近十几年的往事,从未有一人死于劫匪之手,可见 Davy 小姐本姓并不是戴,戴先生对她的身份既不承认也不否认,不过是方便她进入政要圈层打探消息的晋身之阶罢了。

既知道了这一层关系,他便大胆行了"釜底抽薪"之策。

祁书瀚被捕已经两个多月,一介书生落入军统之手,严刑蹂躏可想而知,然而河南的地下组织再未遭到破坏,可知他并无一字口供。一人受难而组织得全,谢君锡几乎不敢想象他是怎样熬过那地狱般的折磨,此刻唯一能做的,便是拔除复兴社在河南的毒箭,为牺牲的同志报此血海深仇。

天道昭彰,不能任由黑暗永远笼罩在理想之上。

Davy 小姐已经憔悴得失了颜色。

这些年来,从未有人看穿她的真实身份,可是最近短短十余日,有关她的传言竟传遍了南京国民政府。她很清楚,这些年自己树敌良多,翻云覆雨间许多政客栽在她手上,她甚至不敢想到底是谁暗中查出了自己的身份,并将之大白于天下。

特工的身份暴露,她往日建立起来的关系网仿佛一夜之间分崩离析,曾经对她趋之若鹜的权贵政要,此刻纷纷视她如毒蛇猛兽般敬而远之,昔日那些将她捧上云端的人,反手又把她狠狠摔在了泥泞之中。

上个月呈给戴先生的"织女"供词,也被不置可否地搁置了,只是命她继续严审搜捕,却没有更明确的任务交给她。作为复兴社得力十将,戴先生对她的处境竟是袖手不管,她很清楚,戴先生不会为了自己与那些政客元老撕破颜面,更不会承认刺探他们秘辛的特务出于他的委派,所以,她已成为复兴社的弃子,只待合适时机便将她远远地抛出去。

一旦失去了复兴社庇护,剥夺了戴姓身份,她为戴先生做的所有事,都将反噬到自己身上,她很清楚自己的下场,任何人面临她这样的处境,都会不寒而栗昼夜难安。然而 Davy 小姐并未恐慌,她似乎知道自己终会走向这样的结局,纵然毁灭了自己,她亦觉得,这一生畅快淋漓过,足矣。

她再次来到牢房,吩咐狱卒将门打开,挥退所有人,才坐了下来,看着眼前的祁书瀚。

长期刑讯拷掠,祁书瀚看起来已虚弱不堪,连坐着都很困难。她淡然一笑开口道:"祁先生,我可能要离开开封了。"

祁书瀚静静地看着她,问道:"是吗?"

Davy 小姐笑中带着悲凉:"一别之后,我的处境也许比你更危险。"

祁书瀚诧异:"为什么?"

Davy 小姐:"我的身份,被人公开了。"

祁书瀚一愣,顿时了解了她面临的情势:"这……什么人做的?"

Davy 小姐:"我也不知道,但我必须拜托你,无论接任者是谁,你务必记得我的请托。"

祁书瀚郑重点头："君子一诺,绝无更改。"

Davy 小姐叹了口气："如此,我就放心了。其实我早就猜到了,卢启斋死的时候,你和小谢都在。"她苦笑了一下："如今说这些,还有什么意义?"说着,转身离开了牢房。

祁书瀚在她身后唤了一声："戴小姐……"

Davy 小姐回头,神色惨然,却一字未说,飘然而去。

戴先生派来接管的人很快就到了开封,Davy 小姐只得将指挥权交了出去。

她在"感化所"门前坐上一辆洋车,向火车站而去。今日之后,小谢有通共嫌疑之事,将成为烂在她心里的秘密,再不会有人以此要挟他。

Davy 小姐回到南京的消息立刻传遍了国民政府,然而她的寓所门前却门可罗雀,以往应接不暇的世家公子一个也不曾来访,舞会和看戏的邀约更是一场也无,她被彻底孤立于昔日的圈子之外,沦落到无人问津之地。

但她并不介意,之所以回到南京,不过是想见一见谢君锡。

虽然他们对彼此的身份心知肚明,她依旧相信,他们之间还有几分情意,纵然所有人都对她避之唯恐不及,谢君锡也一定会来见她。

接到 Davy 小姐的电话,谢君锡果然立即与她约了见面的时间。

两天之后,谢君锡来到她的寓所时,却见她并未如想象中那般落魄,而是依旧光彩照人地站在那里,仿佛这样一场轩然大波不曾对她造成任何影响,门前冷落的情形也没能减了她的兴致。她甚至支起画架,打开钢琴,斟了红酒,还在窗前设了一架秋千,阳光明亮亮地照进来,一室生辉。

她就站在那里,笑吟吟地看着谢君锡,比阳光更明艳灼目。

谢君锡笑了："想来是我多心了,还以为你会心情落寞,急着赶过来安慰你。"

Davy 小姐："在你心里,我此刻应该已经落魄不堪、无颜见人了吧?"

谢君锡摇头："当然不是,但昔日的你是众星捧月,如今只剩明月孤悬,我怕你会觉得冷清,不够热闹。"

Davy 小姐:"众星捧月,又何尝不是重重枷锁,如今清闲下来,倒可以跳舞、弹琴、画画。我学了那么多东西,都是取悦别人的,如今终于可以享受自己,还有闲暇坐在秋千上喝酒,晒太阳。"

谢君锡叹了口气:"我进来的时候,已经看到了你窗外墙上的弹孔。"

Davy 小姐走到桌子旁拉开抽屉,将三枚弹头托在掌心,苦笑了一下:"我也没想到,他们就这样迫不及待了,再过些日子,等戴先生公开放弃了我,那时再动手岂不方便?"

谢君锡:"你想不想离开? 趁着他们还不敢公开追杀你,现在就到欧洲去,法兰西、英国都可以,我想办法送你上船。"

Davy 小姐:"你以为,我真能走得了吗? 他们暗杀我,戴先生可以视而不见,但我如果擅离复兴社的控制,他一定会把我留下。"

谢君锡沉默了一阵:"那你想如何?"

Davy 小姐:"是生是死,我早就看开了,但我总该知道,自己这次栽在谁手里了吧?"

谢君锡低了头:"我知道这件事的时候,行政院已经传遍了,还是小何告诉我的。"

Davy 小姐笑着摇了摇头,眼里有意味深远的伤感:"是吗? 你怎么可能知道得那么晚?"她忽然抬头,依旧明眸生辉地望着谢君锡:"我是武汉人,你应该不知道吧?"

谢君锡诧异了一下:"武汉?"

Davy 小姐:"我不姓戴,自然原籍也不是浙江,所以我想着,能不能请你陪我回趟武汉,给我父母上坟,也顺便看一看老屋。"

谢君锡思索着:"陪你去武汉倒也无妨,只怕路上会有人对你不利,需要带些警卫。"

Davy 小姐:"不必,有你在,没人敢明着暗杀我。"

谢君锡沉默了一瞬,立即点了点头,说:"好,你定了日子,我们就启程。"

他甚至不知道自己为什么会答应这个请求,此时的 Davy 小姐已成众矢之的,若自己继续与她牵连不清,必然引起谢家和国府同僚们的疑忌,而且她很可能已经意识到身份败露之事出于自己之手,她若起了杀心,又当如何防范?

然而他并没有太多犹豫,立即便答应了陪她回乡,也许心里终究有一份意难平的愧疚与不舍吧,毕竟,她是那样深切地爱过自己。

Davy 小姐站在窗前,目送谢君锡走出院子,看似随意地侧身拉开了面前的窗户,几乎同时,一颗子弹飞了进来嵌在墙上,恰好经过她刚才站立的地方。

她无奈地笑了笑,若不侧身,这颗子弹原本应该射穿她的胸口才是。

这样的事情每天至少发生一两次,若非久经训练的敏锐和警觉,对寓所周围的埋伏地形烂熟于心,她回南京的第一天就会丧了命。

所以,她安排的启程时间,是明天。

第二日,谢君锡乔装微服在码头与 Davy 小姐会合,直到陪她登上航船,她的心里才安定下来。二人站在甲板上吹着江风,谢君锡问道:"怎么走得这么急? 昨天又遇到危险了?"

Davy 小姐叹了口气:"你刚走出院子,子弹就从窗户飞进来了。"

谢君锡诧异:"可我并没听到窗玻璃打碎的声音。"

Davy 小姐哧声一笑:"我看到对面的枪口,就开了窗,时间拿捏得恰到好处。"

谢君锡震惊:"你竟然有这样过人的本领?"

Davy 小姐:"你以为我在复兴社浪得虚名?"

谢君锡:"我还一直想着怎么保护你,原来是我杞人忧天了。"

Davy 小姐低头一笑:"哪个女人不希望有人保护? 就算我有三头六臂,也希望有人能庇护我,让我心安。"

谢君锡:"可眼下这情势,危机防不胜防,我该怎么保护你?"

Davy 小姐眼睛望着远方,默然了片刻,才轻声说道:"也许,我很快就不需要保护了。"

抵达汉口码头时,谢君锡叫了两辆洋车,先去看 Davy 小姐家破落的老屋。

久无人居,老屋早已墙倒屋塌,零落不堪。Davy 小姐取出钥匙开了院门,踩着一地荒草走进堂屋,将摆在桌上落满尘土的一个相框拿起来,擦拭了一番。上面是一家四口,一对文雅的夫妇,怀里揽着十几岁的儿子和女儿,看起来极为融洽。

她把照片拿给谢君锡看:"这是我的父母和哥哥,我本姓胡,家里做些茶马道上的生意,日子也算过得去。然而后来哥哥迷上了北平一个风尘女子,一定要为她赎身,在信阳火车站遭了劫匪,再也没能回来。我父亲为这事气得吐血,不过半年也跟着去了,族中欺负我们母女是外姓人,就被赶了出来。我也曾恨过哥哥,但年头久了也就放下了,他本来就是个懦弱无能的人,纵然不出事,也保不住家业……离家之后,我曾经沦落过一阵子,后来是戴先生救了我。"

"沦落过一阵子",谢君锡自然知道这句话背后有多少苦楚心酸,然而他只能默默地听着,叹息道:"没想到,你还有这样的过往。"

Davy 小姐一笑:"谁的人生没有几次不堪的过往?我也不是一路平顺走到今天的。"她似乎并不伤感,只是淡淡地说着,仿佛在讲别人的故事。她拆了相框,将照片取出放在衣袋里,又在屋里一一看过去,残破的家具,妆台上的镜子,大衣柜里落满灰尘的衣裳……看罢之后,她让谢君锡在院中等候,然后划亮一根火柴,将衣柜里的衣裳点燃,豆大的火苗安安静静地跳动着,一点点升起,外面根本不知一场大火正在悄无声息地酝酿。

离开老屋,谢君锡又陪着 Davy 小姐去了父母的坟茔,许久无人打理,坟上长满了荒草。Davy 小姐在坟前磕头,上香,一如旧式闺中小姐般循规蹈矩。

谢君锡远远地退出去十几步,看她跪在父母坟前长久不起,潮湿的江风吹过,她似乎在低声地倾诉着什么,足足一刻之后才站起身来。

回身的那一刻,谢君锡忽然觉得她变了,仿佛卸下了所有重负般,眉目间的神色也变得清远淡然,然后她慢慢走到谢君锡面前,轻声道:"小谢,如今我所有的身份,你都已经看得清楚明白了。"

谢君锡心头剧震,只一句话,他便懂了 Davy 小姐的真实意图:她彻底亮出了底牌。

他们所有的情爱与对立,今日都将作一个了断。

谢君锡沉默,艰难地点了点头:"是,我都明白了。"

Davy 小姐:"你的身份,我想,我也应该都知道了。"

谢君锡:"很可能,你猜的是对的。"

Davy 小姐慢慢地说着:"祁书瀚掀起叛乱,是你授意的。卢启斋,是你杀的。上海那两个共匪,是你放走的。真正的'织女',是你。"

谢君锡静静地看着她,既不点头,也不否认。

Davy 小姐:"我今天说出这些话,并不是要揭发你的真实身份,黄老四已经招认了他是'织女',祁书瀚也会咬紧牙关,绝不把你供出来。"

谢君锡依旧看着她,摇头轻叹:"没想到你竟有这份情意,我实在受之有愧。"

一滴泪忽然从她脸上滑落,破碎的眼神里溢满哀怨凄凉:"我这辈子做了许多坏事,身上不知背了多少命债,所谓天地良心善恶有报,更是连想都不敢想……但我对你的情意,从来没有变过,可是你却不敢相信我,总以为我身在复兴社,一定会把你牵连进来,所以才断了我的后路,让我再无立足之地,是吗?"

谢君锡似乎不敢看她,低了头,良久之后才说道:"信任的代价往往太过惨烈,你我都是身不由己。"

Davy 小姐笑了笑:"是啊,你我都身不由己,我不怨你。但是此刻,只有你我二人在此,我们作一抉择如何?"

谢君锡:"什么抉择?"

Davy 小姐掏出枪,说:"你也拔枪,我们双方各退十步,各自开枪,若能死在你手里，我死而无憾。"

谢君锡深深地出了一口气："我们一定要在这里决生死吗？"

Davy 小姐："你不杀我，别人也会杀我，我宁愿这个人是你。"

谢君锡："我……"他的手已经摸到了枪，却迟迟没能拔出来。

Davy 小姐看着他，忽然转身向前走了十步，然后回过身面向着他，却见谢君锡依然没有拔枪。她叹了口气："小谢，我刚才背对着你，你不该浪费这样的机会。"

谢君锡："你这样的抉择，让我百般为难。"

Davy 小姐："该你了，十步。"

谢君锡只得也后退了十步。Davy 小姐对他举起了枪，谢君锡也不得不拔出手枪，与她相向而对。

Davy 小姐："这么近的距离，你我枪法都不错，所以谁先开枪，谁就赢了。我倒计十个数，结束之后一定开枪，你，随时自作抉择。"

谢君锡的神色越发复杂起来，眼前这个女人分明极爱着他，却一步步将他逼到绝地。

她在一个个倒计着数字，谢君锡的心思却纷乱如麻，手中的枪也在不断颤抖，他似乎听到了她数到了"一"，自己的手似乎扣下了扳机，与此同时也听到了另一声枪响。

他的帽子被打穿，飘落在地。

而他手中的枪，却是对着天，放了一颗子弹。

Davy 小姐愣愣地看着他，低声自语叹道："小谢，你怎会这样傻。"她一步步走到谢君锡面前，"小谢，刚才这一枪，你我扯平了。"

谢君锡痛苦而无奈地摇了摇头："Davy，你真的要这样逼我吗？"

Davy 小姐："小谢，你回头看。"

谢君锡回头，就见远处一丛浓烟冲上云霄，他心里一惊："那是你家老屋？"

Davy 小姐一边将枪抵在自己的心口，一边不动声色地应道："对，老屋没了,父母在此,以后我再无牵挂了。"

谢君锡忽然有种不祥的预感,人未回身便猛地挥手,随即,枪声闷响。

Davy 胸口洇出大片的血,嘴角也有血丝沁了出来,她释然地笑着说:"小谢,你不该阻止我的,还要让我多受许多苦。"

谢君锡方才那一挥手,将枪口撞偏了一些,但依旧没能阻止她扣动扳机,此刻这一枪,应该是穿肺而过了。他一把接住将要倒下去的 Davy 小姐:"Davy,你的伤也许不致命,坚持住,不要说话,我带你去找医生!"

Davy 小姐咳喘着:"没用了,医生也救不了我了……"

谢君锡不顾一切地抱起她,向山下冲去。刚到山脚,潜藏在暗处的警卫立即出现,载着他们驱车赶往城区。

Davy 小姐早已气息微弱,却在看到警卫和轿车时轻叹一口气:"你竟防我这样深……"然后就闭了眼睛,一句话也不再说。

谢君锡并不应答,只是吩咐警卫:"再快点儿,去医院!西医医院!"然而车行颠簸间,Davy 小姐已是呼吸微弱,将到弥留,他一把握住她的手:"Davy,我在……"

她努力地看着谢君锡,说:"小谢,我以前为什么不知道,死了就轻松了,可以放下一切,再也不用担心什么,害怕什么,再也不用执行任务,提心吊胆……"

谢君锡几乎落泪:"Davy,不要说话,坚持一会儿就到医院了……"

Davy 小姐:"小谢,我不想坚持了,我终于可以死了,小谢,小谢……这个时候有你陪着我,我很高兴……很高兴……"说着,她的眼神渐渐涣散,慢慢闭了眼睛。

谢君锡只微笑含泪握着她的手,静静地注视着她,直到她止了呼吸,才俯身贴在她耳边,说:"Davy,真正的'织女',是祁书瀚……你走了,我才敢真的信你,一句都不会骗你。"

最后一滴泪自她眼角滑下来,她浸透了自己和别人血泪命运的一生,终于走到了尽头。

Davy 小姐自杀的消息迅速传遍了南京国民政府,随即有关她的传言四起,如其冒充戴氏宗族小姐,曾经沦落风尘之地,以色侍人全无廉耻,入幕之宾不知凡几,等等,甚至有人故意渲染一些污言秽语,越发不堪起来。谢君锡在武汉极尽哀戚地给她办丧礼,并守在墓前三天三夜之事,更是被众人所不齿。

所以,他回到南京的时候,一路便听到了无数的传言,纨绔子弟间更是风言如沸,见了谢君锡无不暗中窃笑交耳。自古最能摧毁女子声誉者,便是名节有污,如今 Davy 小姐被传到如此不堪境地,便是寻了死也不放过,谢君锡忍不住狠狠握了拳头:纵然她搜捕共党手段极尽酷烈,自己与之终成仇敌枪口相向,也决然不曾想过如此羞辱她,复兴社中人竟如此卑劣龌龊!

然而他却不能多置一词,默默在外躲了两日,才终于鼓起勇气面对父亲的怒火。回到家时,谢宅大门紧闭,老管家叹着气隔门说道:"大公子,你惹下这么大的祸,老爷大发雷霆,你好好认个错,千万别顶着来……"

谢君锡苦笑道:"我当然会好好认错,哪还敢再惹父亲生气?"说着,竟在政府要员宅院林立的街道上,轻松利索地跪了下去,就跪在了谢家门前。老管家从未见过大公子这样乖觉,一时不知该说什么,只得去向老爷通禀。

谢委员本就反对儿子与 Davy 小姐往来,得知她出身复兴社,更是气恼非常,如今儿子陪她去了一趟武汉,她竟不清不楚地死了,更是发了雷霆之怒:这女人死在谢君锡面前,复兴社追问起来,自己如何与戴先生交涉?这般泼天祸事,谢君锡一声不吭就闯了!

但谢君锡毫不担心复兴社追责之事,戴先生断不会为一枚弃子与谢家为难,此刻父亲大发雷霆不许自己进门,不过是做给戴先生看,彼此给台阶罢了。

Davy 小姐一死,再也无人知道祁书瀚和自己的真实身份,复兴社抓捕"织女"的任务也有了结果,这次惊心动魄的危机,在付出了惨烈的牺牲代价后,终于可以告一段落了。

至于祁书瀚,他内心暗暗思索,若能有一线生机……

小何的汽车路过谢家门前时，一见谢君锡还在跪着，下车走过来叹气道："小谢，你对 Davy 小姐就这么情根深种？我们都避之唯恐不及，你倒好，还陪她回武汉，结果人死了，看你怎么收场。"

谢君锡苦笑："她已经那样可怜，我不忍心拒绝她。"

小何："罢了，你真是不怕给自己惹一身麻烦，我家老头子已经悄悄向戴先生说情去了，你继续跪着等信儿吧。"说完，上车离去了。

谢君锡跪在这里，自然是做给那些政客看的，他们之中不乏有对 Davy 小姐除之而后快者，如今借了谢君锡的手达成目的，自然会为他开脱，求情的人多了，戴先生就不得不放他一马。果然，跪到天黑时分，谢家大门打开放了他进去，父亲一番严厉训斥，又赏了他一顿好打，令他去戴先生那里负荆请罪，此事才算翻过。

自此以后，谢君锡声名更加不肖，人人都说谢家大公子对声名不堪的 Davy 小姐情有独钟，全然不顾家风门楣，更枉费了大好前程。谢君锡对这些风评似乎浑不介意，依旧我行我素，时常流连花舍，醉卧舞厅，竟沦落到良家小姐不愿为配的地步，谢委员几番训斥责难，他亦全无悔过更新之态。

三四　弄璋之忧

每年开春时节，倒春寒都颇为恼人，分明进入了农历二月，人们依旧脱不下棉衣。

婚后一个月，都算新嫁娘，姚青禾依旧穿着大红棉坎肩，坐在自己的院子里，望着天空不时飞过的鸟儿，颇觉烦闷。

周钧儒去了陕西开设药行分号，周掌柜也已去往川地经营重庆、武汉两地的生意，家中只剩了周太太、汉川和自己，虽有十几个长工和婆子，但碍于周太太的严苛，人人不敢多话。因此五进的大宅院里几乎没多少人声，自己所住的第二进院，更是冷冷清清，除了偶尔有婆子过来打扫一下院子，平日便很少见到人。

姚青禾不觉叹了口气：连汉川也很少来了。

自前些天那一顿没来由的排揎，周太太便不许汉川再进自己的院子，偶尔来一次，回去必要受些训斥，她听到的一些风言风语里，周太太总与汉川讲："你是周家嫡亲的少爷，她是大集上的粗野丫头，你什么身份？她什么身份？"说得多了，汉川也就渐渐不与自己亲近了。但姚青禾并不理会这些言语，与周钧儒定亲的时候周太太就不喜欢自己，说这些话也属正常。

依照常理，回门之后自己便正式成为周家大少奶奶，可以当家主事了，然而周太太一向身体强健,又掌管内宅多年,对自己更是心存不满,因此别说管家之权,每次见面连好脸色也不曾有过,嫁入周家两个月,连下人们都渐渐看出来了:她这个少奶奶不过是摆设。

她自幼丧母,帮着父亲打理家务和生意,年纪虽轻,管家经验却丰富,如今眼见周太太把持着管家权不肯放手,对自己又是这般态度,想来以后的日子不会好过。然而这样的事她却不能说与周钧儒,丈夫本就是外来子,这些年与周太太维持母子关系已是不易,如何能为了自己再与她起争执?

更让姚青禾难堪的是,周太太始终不肯承认她的少奶奶名分,动辄以"姚家丫头"称呼,丝毫不留情面,让她在下人面前几无立足之地。

然而在周太太看来,自己允许姚青禾进周家门,便是天大的恩赐了。

周家以最为盛大的排场将新妇娶进门来,更多的是为了夸富乡里,抬高门楣,但对于姚青禾,她始终芥蒂极深:这个不守妇道、性子又野的女子,是配不上周家门第的。周掌柜坚持要选这样一个儿媳,她也只能遵从丈夫的意愿,然而内宅之中毕竟是自己说了算,把她冷在那里,只当摆了个木偶泥塑,她若安安分分便罢,稍不顺从,便要安一个"不敬不孝"的罪名,好好立规矩了。

闷的日子久了,姚青禾越发耐不得无聊,往日里她操持染坊生意、绣庄铺子,还时常赶大集到街上摆卖绣品,忙忙碌碌很是紧张,如今却整天闲着,连个说话的人都没有,每日所见不过院子里的四角天空,如何还能坐得住?

因此,她换了一身衣裳,径自走到前院,便要出门去。

然而刚走到影壁前,一个婆子便拦住了她问道:"少奶奶要去哪儿?"

姚青禾:"我去绣庄铺子上看看生意。"

婆子做出为难之色:"外面的生意都有男人们操持,少奶奶何必费这个心?您看太太也从来不出门,不过问外面的事。"

姚青禾皱了眉:"我想出门也不行吗?"

婆子:"不是不行,但您是家里的少奶奶,要出门得先跟太太说一声。"

姚青禾瞬间意识到,自己在周家,已经没有了自由行走的权利。看起来富丽堂皇的大宅院,听起来光鲜体面的少奶奶,分明已成了锁住她的牢笼,从此以后她的人生只能被困在这方寸之地。

若这样过一辈子,怎能甘心?

她原本性子刚烈,这一个月来积压了太多郁愤,此刻又被婆子的阻拦激起了火气,瞬间发作起来:"周家的规矩,是下人可以教少奶奶做事的吗?!"

那婆子早已习惯了不把这个摆设少奶奶看在眼里,如今见她忽然训斥自己,稍微愣了一下便顶撞道:"周家家大业大,太太的规矩也大,您要想跟以前一样到处抛头露面惹太太生气,可别怪我没提醒少奶奶。"

姚青禾更加火往上撞:"你们家太太的规矩,就是下人可以随便没规矩吗?"

话音刚落,便听到一个声音响起:"周家的儿媳妇,可以背后嚼舌根子不敬婆婆吗? 你倒说说,我是谁家太太?!"

姚青禾猛然回头,便看到周太太站在那里,满脸怒气阴沉地盯着自己。她立时心里有些慌乱,知道自己失言,因此只得忍下一口气,低头说道:"娘,怎么惊动您过来了?"

周太太:"我可当不起你这一声'娘'! 我要不过来,怎么知道大少奶奶这样不孝不敬,不懂规矩?"

姚青禾:"娘说的哪里话,我不过是跟婆子争执了两句……"

周太太:"你不是觉得她没规矩吗? 我看她提醒得对,规矩得很! 是该有个人随时提醒你,做周家的媳妇,就得守周家的规矩,这个门不是你想进就进、想出就出的!"说着转身对那婆子吩咐:"你以后就在这个院子里伺候少奶奶,再有不规矩的事,随时告诉我!"

姚青禾顿时气噎,难以名状的委屈狠狠梗在胸口,脸色红得发烧,眼里几乎落下泪来,转身头也不回地奔向自己的院子,一进门便扑在炕上痛哭失声。

那婆子有了周太太的吩咐,自以为得意,对姚青禾越发不逊。然而第二天、第三天,她发现姚青禾始终没出房门,送去的饭也一口不曾动过,不觉心里有些害怕,连忙去后院回了周太太。

周太太冷哼了一声:"说几句就受不得,谁家媳妇不是这样过来的? 磨磨性子就好了。"但她到底怕出事,还是让人叫了大夫去看。

然而大夫回报的诊脉结果却令她大吃一惊:少奶奶怀喜了。

周太太的脸色立即冷了下来,她思索了片刻,缓缓说道:"多谢大夫,但是这件事,不要跟任何人提起。"

寻常人家有这等喜事,必然要给大夫封几个喜钱,便是贫苦些,也要装两块点心,如今周太太这般神色,大夫几乎本能地以为自己说破了祸事,周少爷不在家,难道少奶奶这身孕有蹊跷? 他一句话不敢多说,立即请辞离开,唯恐走慢了半步便惹上麻烦。

然而周太太想的并非如此,得知姚青禾怀孕的一瞬间,她的心思竟前所未有的清明起来:姚青禾若生下儿子,便是周家长孙,自己纵然把持得再紧,将来这份家业还是会落到她手里。

一个外来子,一个村丫头,就这样登堂入室,要将自己排挤出去了吗? 尤其这个姚青禾,从订婚就不肯顺从,如今娶进门来还敢与自己当面顶撞,若是她将来当家主事,哪还会把自己放在眼里?

想到此处,周太太几乎愤恨得坐立难安,自己十六七岁嫁到周家,跟着丈夫苦熬多年,守家操持,聚少离多,终于等到他挣下一份家业,如今住着五进的大宅子,做着四省的生意,家里银钱财产吃用不尽,凭什么他们夫妻两个就坐享其成,占了自己一辈子熬出来的家产?

她猛地下了决心:绝不能让她把孩子顺顺当当生下来!

因此,她并没有透露姚青禾有孕之事,只说她遭了婆母训斥不知悔改,反而记恨在心郁结成病,这等不孝不敬的儿媳妇,家里还请大夫给她看病,已经是仁义之至。下人们听周太太如此说,更加对姚青禾不恭敬起来,人前人后指指点点,令她倍觉难堪。

但她还有更大的难言之隐,这次的月事推迟了多日,身上总觉有些异样,她甚至开始怀疑:自己莫不是有孕了? 然而若是真的有孕,大夫怎会不说? 她摸着自己的小腹,在院子里百般思虑,又要面对下人们异样的眼光,处境益发艰难。

又等了月余，月信依旧不至，而且常常伴随烦闷呕吐，她终于确信，自己当真怀喜了。

她当即吩咐人去请大夫，然而来到院子里的却是周太太，她让婆子退出门去，冷峻无情地看着姚青禾，一句话便将她打入深渊："钧儒这两个月不在家，你怎么怀上的孩子？"

姚青禾猛地抬头，不可思议地盯着周太太："太太怀疑我?!"

周太太："周家的长房长孙，将来是要继承家业的，我必须确保这孩子是周家的血脉！"

她震惊失色地盯着周太太，直到此刻，才知道自己落入了圈套。

上次大夫来诊脉时，周太太便知道自己怀了身孕，然而等她自己发现的时候，一切都已说不清楚了。她甚至痛恨自己为何这样疏忽，竟连有孕这等事都毫无察觉，自己身体素来强健，这两个月也并未害喜，没想到却让自己陷入了尴尬之境。

这等闲话若是传出去，自己何以在周家立足？

她倔强地逼视着周太太："我肚里的孩子是不是卓先的血脉，太太难道不知道？"

周太太："你做了什么，我怎么会知道？"

姚青禾："我这院子里一个外人都没来过，太太以为我能做什么？"

周太太："你怎么证明孩子是钧儒的？"

姚青禾咬牙道："那就等卓先回来，看他认不认我肚里的孩子！"

接下来的时日，姚青禾的境遇更加艰难，因肚里的血脉遭受怀疑，周太太吩咐封了她的院门，只许一个婆子进出，每日饮食用度也经由婆子传送，整个院子就像一座牢笼，困住了她的身体和精神。以往周钧儒每月都会写信回来，她若回信，便让铁顺儿叔送去邮局，然而如今自己连门都出不去，纵然想向丈夫求救，也无人传递消息，只能在这方寸之地苦苦煎熬，盼着丈夫早日归来。

渐渐地，饮食用度也粗劣起来，那婆子更是对她冷言冷语出言不逊，姚青禾一人困守在院子里，既气恼郁愤，又饮食不安，不过二十几天，竟至寝不安眠，气滞郁结，整日恹恹地提不起神。此时她才知道，原来高门大户里折磨人的手段竟如此残忍，自己若任由周太太挫磨下去，只怕等不到丈夫回来，便要疾病缠身，保不住孩子了。

思前想后了许多天，她终于慢慢想明白一件事：周太太怕自己生下儿子。

丈夫是外来子，如今经管着周家的生意，周掌柜的亲生血脉年纪尚幼，她唯恐周钧儒占了家业，所以这个孩子就成了她的眼中钉：不过是为了家产，你死我活罢了。

姚青禾眼里喷出了倔强的怒火：你若害我孩儿，我便鱼死网破！

她必须与周太太当面对质，为自己和孩子拼一条生路。既然那婆子装聋作哑，自己便逼她出面！

半夜时分，她提着力气起身，取过木架子上的铜脸盆，随手拿了个布尺，走到院子里猛然敲了起来。一时间铜盆敲击之声响彻夜空，声闻数里，整座周家大院被震得惊愕不已，街坊邻居也都听得心惊，随即儿啼声狗吠声接连响起，整个伊河镇都乱了起来，人人都以为周家失了火，出门到街上一看究竟。

汉川也跟着号哭起来，尖锐凄厉的哭声伴着敲击声，周太太睡梦中被骤然惊醒，恍惚间以为张氏显魂，吓得一把搂住汉川，向黑暗中喊道："张氏！你都死了两年了，还回来干什么！"

很快，有人来回话：少奶奶不知何故，半夜敲脸盆，请太太赶快去看看。

周太太这才惊魂未定地松了一口气，头发也顾不得整理，便急匆匆带人赶到了姚青禾院子里。此时院里已被灯笼火把照得通明，姚青禾丝毫不理会下人们的呼喊求告，依旧一声一声地敲击着铜盆，仿佛领魂的钟声一般，令人心悸。

看到周太太走进院子，她才停了手，眼睛喷火一样地盯着她，周太太甚至忍不住打了个寒噤，随即提声怒斥道："姚青禾，你是疯了不成？"

姚青禾冷笑："到底是我疯了,还是太太疯了?"

周太太:"你想干什么?"

姚青禾:"我肚里的孩子已经三个多月,我要回娘家养身体,保住大少爷的血脉!"下人们直到此时才明白,原来少奶奶怀了身孕,太太竟把她封在院子里不闻不问!

周太太顿时沉了脸色:"平白无故地说自己怀了孩子,大半夜疯癫闹事胡言乱语,我看你是中邪了!"

姚青禾:"到底是我中邪了,还是太太心里有见不得人的事?"

周太太本就心存惊悸,如今听姚青禾这样说,更相信周钧儒将张氏之死告诉了她,恐惧立即袭上心头,脸色也越发苍白,声嘶力竭地指着姚青禾:"来人! 把少奶奶捆了,关进屋去! 明天请人来驱邪!"

姚青禾立时瞪圆了眼睛:"你敢!"说着,她竟猛地抢过一支火把,在灯油里蘸了蘸便冲进屋子,站在门内喊道:"如果不放我出去,为了我的孩子,今天就拼了这条命,一把火烧了周家!"

变故突然,周太太立时惊得说不出话来,下人们更是个个面面相觑,这位少奶奶是大集上出了名的泼辣,若真激起她的性子,可是真敢放火烧家,谁担得起这等责任?

正僵持间,铁顺儿终于赶到了。

看到他的一瞬间,众人似乎都松了一口气,周太太也立即喊道:"铁顺儿,快拦住那丫头,她要放火烧宅子!"

铁顺儿无奈地摇了摇头,让周太太切莫焦急,才向姚青禾道:"少奶奶,大少爷来电报了。"

一句话,姚青禾忽然落下泪来,她终于盼到了丈夫的消息! 她放下火把,慢慢走出来:"卓先,他说什么?"

铁顺儿:"他问你怎么两个月没回信,是不是没收到他的电报?"

姚青禾摇了摇头:"我连院子都出不去,怎么会收到他的信……"

铁顺儿叹气,看了周太太一眼,只当是婆媳间闹些矛盾,却万万没想到少奶奶怀着身孕,她竟如此霸道凌虐,万一出了事,东家和大少爷那里怎么交代?他叹了口气,吩咐众人散了,才向周太太道:"太太,少奶奶的身孕要紧,东家一直盼孙子呢,大少爷又不在家,不如就让她暂且回娘家养一阵子,也有个照应。"

周太太哼道:"谁知道她肚里的孩子是不是……"

话未说完,铁顺儿便立即打断:"太太!少奶奶怀喜,是周家的大喜事,我明儿就给东家和大少爷发电报,东家知道了肯定高兴。"

周太太这才不再多说,知道此事已经不能阻拦,只得径自回了后院。

姚青禾满眼是泪,直到此刻才彻底放下心来,问:"铁顺儿叔,我……卓先什么时候回来?"

铁顺儿看着眼前这个女子,当初在大集上何等爽利刚硬的性子,如今竟被折磨得这般模样,令人心酸不已。他只得安慰道:"大少爷电报上说尽快回来,少奶奶累了一夜,先歇息着,明天让人收拾东西送你回去,我让你婶子时常去看看你,有什么事你跟她说。"

姚青禾这才点头,一步一晃地回了房。

第二日,铁顺儿果然亲自赶着车送了她回娘家,姚掌柜一见女儿脸色蜡黄,吓了一跳,连忙问道:"青禾,在周家受委屈了?不年不节的,怎么回家来了?是不是你在周家地位不稳了?"

姚青禾赌气道:"有什么地位稳不稳,又不是嫁给皇帝非得给娘家讨个封荫。"

姚掌柜急叹:"这孩子说话怎么没个遮拦,我看你气色很不好,什么事不能跟爹说?"

姚青禾强忍了又忍,终于扑到父亲怀里哭了起来,直哭得肝肺俱痛双眼红肿,足足半个钟头一句话说不出来。姚掌柜吓得六神无主,只是抚着女儿的背慌张地劝慰:"到底什么事你说给爹知道,总是这么哭,爹都要急死了。"

姚青禾狠狠哭了一场,才将事情原委说与父亲知道。

姚掌柜直心疼得老泪纵横,连声怒骂周家那烂了心肺的恶婆子,又急着请大夫给女儿养身安胎。然而这是姚青禾头一次怀喜，在周家无人照管饮食不济，又受了气恼折磨，这一胎很是凶险，请了有名的妇科圣手来把脉，也连连摇头，只说尽力一试。

姚青禾却是铁了心要保住孩子，既然周太太最怕她生下儿子占了家产，那便非要生个儿子给她看看！周太太的折磨让她想通了一件事：自己和丈夫若想在周家真正站稳脚跟，只有一个办法，那就是生下长房长孙。

周钧儒在周家的位置似乎很微妙，周掌柜虽一心培养他挑起周记药行的生意，但毕竟还有亲生儿子汉川，就算汉川有些神智不全，将来继承祖业财产却是名正言顺，周钧儒掌家必会受到非议和排挤。可他在周家生下的孙子，却可算作嫡亲血脉，儿子不亲孙子亲，自然也有了名正言顺继承家产的权利，到那时再有人质疑他，也不能如何了。

回到娘家之后，姚青禾的心思安定了许多，身体也慢慢恢复起来，然而腹中的胎儿却始终不稳，只得每日躺着静养。这一日，姚掌柜将药煎好，取了一只碗，将褐红色的药汁倒出来，正要举步进屋时，忽然听得一声喊："岳父给青禾煎药呢？"

姚掌柜猛地回头，似乎不敢相信自己的眼睛："钧儒？你什么时候回来了？"

姚青禾在屋内听得周钧儒的声音，慌得鞋也不及穿好，便飞奔了出来，直直扑到他身上，只哽咽着喊了一句"卓先"，立时在他怀里哭成了泪人，仿佛满腹的委屈都在这一刻宣泄出来，要把心里的六神无主、慌张无措、孤独无依尽数倾诉给他，却是一个字都说不出来，抽泣着不能自已。

周钧儒轻叹着，将她紧紧搂在怀里，抚着肩头任由她发泄，良久之后才说了一句："铁顺儿叔都告诉我了，有我呢，不用怕。"只一句话，姚青禾的心瞬间安定下来，她始终坚信，自己的丈夫是可以为她顶起天的人，有他在，眼前的一切困难都不再是难题。

姚掌柜端着药碗，看姚青禾在周钧儒怀里哭得伤心欲绝，等了半晌，才无奈苦笑道："钧儒，青禾受了委屈，我只能把她接回家里来了……"

姚青禾半晌才止了哭声,嘶哑着说道:"我当时在周家,真是叫天不应叫地不灵,你不在家,哪里知道我的艰难。"

周钧儒:"我怎么会不知道你的艰难?不是刚进家门就一刻不停地追到来了?铁顺儿叔跟我说的时候,我真是急坏了,就怕你有闪失。"

姚青禾:"你不怕孩子有闪失?"

周钧儒:"孩子哪有你重要?"他凑近姚青禾的耳朵小声道,"何况我又不是真的姓周,不传宗接代也无妨的。"

姚青禾忽然被他这俏皮逗得忍不住一笑:"要不是想帮你在周家站稳脚跟,谁稀罕给你生儿子!"

周钧儒:"我们在哪儿都能站稳脚跟,不是一定要你生儿子才能立足,从来都是儿子靠老子,什么时候听说过老子靠儿子?"

姚青禾:"嗯,这话才像卓先说的,是个男人。"

周钧儒放开她:"走,跟我回家,周家大少奶奶,怀了喜是周家的功臣,凭什么回娘家藏着?"

姚青禾眼睛亮了起来:"好,我们回家!"

姚掌柜听着周钧儒的话,一时有些错愕不已,但听得他如此站在女儿的立场说话,亦是感喟得眼圈发红:"现在的年轻人真是不一样了,不一样了……"

周钧儒:"岳父,青禾嫁给我,受了不少委屈,您不怪罪我就好。"

姚掌柜:"你和你父亲都是明事理的,但是内宅院里是女人的地方,唉。"

周钧儒自然知道,周太太与姚青禾婆媳不和,让她在家里有苦难言,就算自己与父亲再偏向她,毕竟她与周太太在家相处的时间多,日复一日的零碎矛盾,也足以让她疲于应付。他轻轻叹了口气,又笑道:"岳父放心,我以后一定不让青禾受委屈了。"

姚掌柜这才点了点头,忽然回过神来:"钧儒来了这半晌,都没让你进屋喝口水,快到屋里来坐着说。"

周钧儒玩笑道:"快要入夏了,太阳正暖和,在院子里看一看梨花带雨,也是一景儿。"

姚青禾立时一拳砸在他肩头:"卓先!你满嘴胡说八道什么?还有心情拿我取笑!"

周钧儒:"不敢不敢,我怎么敢拿大少奶奶取笑,你要是还生气,赶紧多打两拳,我这一个多月在外面跑得劳累,正要松松肩呢。"

姚青禾斜了他一眼:"爹,还让他进什么屋,难道不该伺候大少奶奶回府了吗?"

姚掌柜:"你这妮子,怎么这样说话?"

周钧儒:"得令!马车已经在外面恭候了,大少奶奶是要抱着还是背着移驾车上?"

姚掌柜顿时笑了起来:"钧儒,青禾这牙尖嘴利的,你还跟她斗嘴,白白地吃亏。"

周钧儒:"我吃了亏,我媳妇就占便宜,里外里都在自己家,没便宜外人。"

姚青禾:"卓先这话说得不错,你不如再多吃点儿亏,自己拉着马车回去,还省下草料了。"

姚掌柜:"青禾,哪里有这样浑说话的,随便什么玩笑都开得的?"

周钧儒:"无妨,省下的草料也是肥水不流外人田,还是我们夫妻一起吃。"

姚掌柜笑得前仰后翻:"也就钧儒这样的性子,能受得了青禾。"

姚青禾:"你听他说话,什么时候吃过一点儿半点儿的亏?总得饶上我。"

周钧儒故意认真道:"你我夫妻一体,本来就要事事都饶上对方的,缺了谁都不好。"

姚青禾气得瞪圆了眼睛,扭头回屋收拾行装去了。姚掌柜便叫了周钧儒在堂屋喝茶等着,闲话道:"青禾这个性子,得理不让人的,看到你们相处得融洽,我也就放心了。"

周钧儒:"说说笑笑的,日子才有意思,这些年看着父母亲日常相处都那么拘谨,总觉得老一辈人过得太累了。"

姚掌柜:"我们这一代人可不就是这样,讲究个老礼儿,倒不如你们年轻小夫妻过得有意思。"

周钧儒:"岳父只管放心,我这辈子也许不能让青禾大富大贵,但只要我在,总能叫她日子过得开心。"

姚掌柜点头:"我自然是放心的,把青禾托付给你,我也算对得起她娘了。"

说着话,姚青禾收拾了包裹出来,周钧儒一手拎着包裹,一手贴心地扶着她,护着她上了车,才向姚掌柜辞行回家。

一路之上,周钧儒始终温言细语地宽慰她,姚青禾静静地听着,热泪不知不觉便流了下来,觉得自己的委屈和为难都得到了理解:丈夫虽然年轻,却在这个并不稳固的家里,给了自己最大的倚靠和尊重。身为女子,嫁做人妇便是第二次生命,自己竟如此幸运,嫁了一个懂得女人无奈与难处的人,便是遇到波折磨难,也觉人生不再晦暗难行。

回家之后,安顿了姚青禾,周钧儒便去向周太太请安,然而她却神色冰冷:"你回家不先来见我,就去接姚家那丫头,眼里还有没有我这个娘?"

周钧儒无奈道:"娘,青禾怀着孩子,您跟她一般见识做什么?"

周太太:"我跟她一般见识?你没见她当众发疯,差点儿要烧了房子!"

周钧儒越发觉得不知如何与她解释,就说:"青禾都这样了,您还非要争这口气?咱们家经不起再出事了。"

周太太顿时站了起来,脸色寒得结了冰一样:"周钧儒,什么叫'再出事'?你也认为我逼死了张氏,还要再逼死姚氏?我养育你这么多年,在你眼里我就是这样的人?看来我是指望不上你了!"

周钧儒心里涌起深深的悲凉。周太太自打养了汉川,便明显对自己有了疏远的意味,如今因姚青禾的事,更是加深了隔阂,这些年如履薄冰般维持起来的母慈子孝,再次有了纵横交错的裂痕。他叹了口气:"娘,您好好保重,日后少让她惹您生气,我每天都会过来看您。"

周太太委屈得眼圈发红:"你也不用每天过来,这些年你什么时候把我当过娘,也就是眼前欢罢了!"说着,竟垂下泪来,"早知道指望不上,当初就不该接你来家里,汉川一个傻孩子都知道跟我亲,你却只会装装孝顺样子!"

周钧儒无法接话,只得默默地听她唠叨,恰在这时候汉川走了出来,一见周太太红着眼圈垂泪,上前就把周钧儒推了个趔趄,两眼气鼓鼓地瞪着他:"你惹娘生气! 娘哭了! 打你!"周钧儒一愣,随即叹气,"汉川,别闹,哥哥跟娘说事呢。"

周太太却一把搂住汉川:"还是汉川知道疼我,你和姚家那丫头我是一点儿都指不上!"

汉川跟在她旁边学舌:"一点儿都指不上!"

周钧儒无奈道:"娘,汉川还小,别让他听见这些话,孩子心眼儿实,听多了就当真了。"

周太太冷哼了一声:"就一个汉川知道护着我,你们还怕他跟我亲! 是不是将来要把他也哄骗了,家业都是你们说了算,一起摆布我这个老婆子!"

周钧儒越发说不出话来,只得摇头辞了周太太,满腹愁绪地回了自己院子。

他此番出行两个多月,将汉中、渭南两地的情形都打探清楚了,也看好了两处地皮,已经谈妥了价钱,又跟周掌柜打电话详说了两地的情况,只待交钱换了地契,就可以盖起铺面来,再运些药材过去,聘请两位大夫坐堂,便正式对外开业了。然而刚买下地皮,便接到铁顺儿急电,他听说周太太难为孕中的姚青禾,顾不得一切,当即赶回偃师,才算化解了这一场危机。若是让她一人受这天大的委屈,自己身为男人,如何在妻子面前立足?

第二日,他亲自提着点心匣子和两瓶酒去了铁顺儿屋里,进门就深深一躬到地:"铁顺儿叔,您这是救了青禾和孩子一命!"

铁顺儿慌得立即把他扶起来:"大少爷,这可当不得,我不能眼看着少奶奶为难。"

周钧儒叹了口气:"家里这些事,您知道得最清楚,我亲爹娘的后事都是您帮衬着处理的,如今太太对青禾误会很深,也多亏了您出面,以后我不在家的日子,青禾和孩子就托付给您和婶子了!"

铁顺儿忍不住红了眼圈:"大少爷,你打小吃的那些苦,我都看在眼里,可是东家是真心实意地指望你,太太虽然性子不好,但也没像那些狠心后娘似的对你又打又骂,你可不能跟太太生分啊。"

周钧儒苦笑:"她是我娘,我只有孝顺的份儿。"

铁顺儿点点头:"这才是好孩子,叔和婶子年岁大了,但是眼和耳朵都还利索,一定好好照顾少奶奶,等到孙少爷出生,就一切都好了。"周钧儒一愣,瞬间明白:铁顺儿竟是把利害关系看得最透彻的人!

自己正在接班生意的紧要关头,只有长房长孙顺利降生,周家才能真正平稳过渡。

难怪他及时出面为姚青禾解围,若是任由周太太将姚青禾折磨得胎儿不保,到时母子不合,自己心怀怨恨,父亲左右为难,家里势必掀起巨大波澜。

他不得不忍下这份委屈,承担起眼下的生意和责任。

汉中和渭南的生意筹备紧迫,容不得周钧儒在家中停留太久,紧赶着时间过地契盖铺面,再加上调度药材招些伙计,入冬前能开张便是最快了,因此等不得姚青禾完全走出这场阴影,他便不得不再赴陕西,筹备两地的药行分号。

得知他又要离家,姚青禾的脸上更蒙了一层沉郁,但她并未说什么,只是勉力起身帮他收拾行装,一件件地打叠衣裳。

周钧儒连忙自己上手,说:"青禾,你放着别动,大夫说孩子始终不稳,让你尽量躺着休息,这些小事我自己来做。"

姚青禾只得停了手,神色闷闷地开口问道:"这次要走多久?"

周钧儒沉吟了片刻,才说道:"总要三四个月,那边要先动工建铺面和库房,我要两地跑着监督,建好了才能回来。"

姚青禾失落地说了一句:"这么久啊……"

周钧儒:"我会给你发电报,你要有事,也让铁顺儿叔发电报给我,你自己在家,凡事宁可退让一步,受了委屈要告诉我,我立刻就赶回来,铁顺儿叔也会照应你。"

姚青禾秉性要强,心里虽委屈,嘴上却说道:"你总是要出门做生意的,不能一直待在我身边,总是为家里操心,也不是长久之事,你只管去陕西忙生意,她还能真把我如何?"

周钧儒:"她看似专横,其实是个胆小怕事的性子,不敢真做什么出格的事。"

姚青禾冷哼:"胆小怕事? 要换个性子软弱的,只怕死在她手上!"

周钧儒叹了口气:"尽量少跟她冲突,身体和孩子要紧,只要生下孩子,她就奈何不了你了。"

姚青禾知道多说无益,于是岔开话题:"听说汉中那边匪患厉害,你遇到了吗?"

周钧儒:"我们刚到那边落脚,还没正式开始生意,怎么会遇到土匪? 只是听说那边土匪动辄闯入村子抢掠,有时候也流窜到县里和城市里,他们抢完东西就走,来得快去得也快,警察和守军经常奈何不得。"

姚青禾神色忧虑起来:"那以后药行的生意会不会被抢?"

周钧儒:"反正不是当官的勒索就是土匪来抢劫,行走各地做生意,总会遇到这些事的。"

姚青禾看着自己的丈夫,心绪越发沉重。她只道往日在家里与周太太相处已是艰难之极,如今看丈夫在外面经历的遭遇,才知生意场竟是举步维艰,这偌大的家业,流水的银圆,都是他们父子拼了性命换来的。她忧心道:"既然汉中危险,为什么还要去那边开分号?"

周钧儒:"不去怎么办? 日本鬼子占了东北,早晚会南下,今年果然在河北和察哈尔生事,这个蕞尔小国,就要成中国的心腹大患了。"

姚青禾惊得失了神色:"他们真的会打过来? 会打到河南吗?"

周钧儒叹了口气："看样子是不可避免了,所以我才跟爹商议了,把生意向西南和关内转移。"

　　姚青禾："万一打过来,我们怎么办?"

　　周钧儒："无非是打仗,这些年经历得也多了,只看打到什么地步,走一步看一步吧。"

三五　血泪河山

近半年来,祁家的光景已然败落了,只余了几亩薄田,生活极为清苦,康宜俭又在孕中,少不得要延医问药吃些补品,更觉日子捉襟见肘。祁母接连丧夫失子,身体早已虚弱不堪,无力操持家务,不得已为年仅十六岁的泽约娶了新妇,虽只是贫苦人家的女子,也不曾读书认字,但胜在孩子老实勤勉,进了祁家门,便跟在大嫂后面学些事务,也算给康宜俭分了不少辛劳。

康宜俭有孕已经六七个月,肚子已然隆起,但依然坚持着坐在院子里烙馍,不一时盆里便摞了厚厚一层。她原本极擅厨下之事,虽在孕中,做起来也是流畅利落,然而此刻心思全然不在上面,时时对着火苗出神,脸上满是忧戚之色,偶尔一张馍发出焦煳味儿,她才恍然回过神来,继续手中的活计。

几个月前,康老先生已经求到了行政院谢主任面前,然而却始终毫无音讯,若是他也无力救人,自己的丈夫便再无生还之机了。

她摸了摸隆起的小腹,孩子正在一天天长大,再过几个月便要降生,然而一出世就见不到爹,命运于他如此不公,他是否真的想来到这个世上? 想着想着,眼泪便慢慢地滑了下来。

从祁书瀚被捕时的整日以泪洗面,到如今暗自神伤时偶尔落几颗珠泪,康宜俭似乎觉得自己的心已不再那么拉扯撕裂般剧痛,渐渐已习惯了这沁透骨髓的酸楚,抬头见天空的鸟,低头看飘零的叶,甚至开一下窗,掀一下门帘,脚下踩着的影子,院中晾晒的衣裳,仿佛处处都刻满他的印记,可她猛地循了印记去追时,他又消失得彻彻底底,空留一个再也追不上的念头。

见她落泪,祁母的眼泪也随之流了下来,却强撑着精神劝解她道:"孩子,你怀着身子,不敢这样天天掉泪,哭伤了眼睛,可是一辈子的事。"

康宜俭回头看祁母,擦了眼泪道:"娘也不能总想着这些了,您这才能下床没多少日子,家里还得靠您做主呢。"

祁母长叹:"还做什么主,我都土埋脖子的人了,有一天没一天,早晚是要跟你爹去的,只要你养好身子,顺顺利利地把孩子生下来,我就安心了。"

说着婆媳二人竟再次相向垂泪,越发凄凉了几分。

康宜俭:"我爹已经去南京见了谢主任,他说会想办法疏通,书瀚不一定就没救了,娘现在就开始灰心,怎么能等到他回来?"

祁母:"你又哄我,他要是真能回来,以你这刚强的心性,怎么会哭到现在?"

康宜俭无言以对,只得吁叹而已。

眼见祁家生计艰难,康家也不时送些东西过来,吃用尽有,只待康宜俭的临盆之期。康夫人担心女儿头次生产受委屈,便允了到临产时让康婶娘到祁家伺候,康婶娘育有五个孩子,经验丰富,早已尽心尽力提前准备周全。

汉中地处川陕要地,自古通商旅,因此经商之风浓厚,百姓子弟多有跟商队行走各地者。周钧儒选了此地开设分号,便是防备着一旦武汉重庆生意受挫,立即北上撤回关中,既有生意基础,又是保全之策。周记药行在汉中城很是低调,并未选在正街,而是在稍偏的地方盖了一处铺面宅院,铺面只有五间,看起来不显山不露水,但后院却极为开敞,盖了几十间房子,既能作为居所,又可作为库房,便是将来川鄂两地的生意都撤入陕西,也可支撑几年。

周钧儒既要在汉中、渭南两地奔波筹备分号生意,又要关心姚青禾的身孕和处境,忙得犹如陀螺一般,整个人很快黑瘦下去。然而经历了一番独立筹备生意,他的心性却沉稳坚毅了很多,身上也像周掌柜一样带了指挥若定的气息,伙计们更是认定了只要跟着少东家,就能在周记药行干一辈子差事。

所幸经过数月筹备,两地分号都顺利开张。周记药行在川地素有口碑,在西南西北也多有客商联络,生意开张之后,此前的渠道商便省却了许多运输和时间成本,过路的商旅也往往趁便在周记药行带一些药材贩卖,再加上连续半月施医舍药,很快便在汉中城声名鹊起,成为当地百姓尽人皆知的大药行。

周钧儒几个月近乎不眠不休,如今终于松下一口气,便立即返程回到偃师;铁顺儿几次来电报说姚青禾胎象不稳,他实在放心不下,便急着赶回家看看。

然而他刚刚赶到家门,长工便一把将他拉住:"大少爷,少奶奶要生了!"

周钧儒一愣:"不是要到年底吗?"长工摇了摇头,"大少爷快去看看吧。"周钧儒顿时惊慌失措,扔掉箱子便向自己的院子里飞奔而去。

一进院子,他便闻到浓烈的血腥气,随即眼光落在一个裹着红布的小盒子上。

不祥的预感陡然升起,他疾步走到箱子前便要解开红布,很快一只手按住了他:"大少爷!"他回头就看到铁顺儿无奈而心疼的眼神,摇头对他说道,"少爷,不要看了……"

他不肯,挣脱了铁顺儿的手,依旧要去解开那刺疼双眼的红布,铁顺儿越拦着他,他越要去看,直到铁顺儿急得扑通跪在他身旁,老泪纵横:"大少爷!我跟你婶子没照顾好少奶奶……"

周钧儒这才红着眼睛回过头来,问:"是不是太太?"

铁顺儿猛地抬头看向他:"不!不是太太!大少爷,少奶奶这几个月的情况,你是知道的……"

周钧儒甩开他的手,径直走进屋子里,伺候的婆子和铁顺儿媳妇连忙阻拦:"大少爷,不能进去,产房里有血腥气,男人进去不吉利!……"周钧儒丝毫不顾她们的劝阻,直直推门进了屋。

果然血腥气更浓烈,屋子里点着炭火盆,几大盆热水里浸着染满血的白布团,姚青禾闭着眼睛躺在炕上,脸色苍白,额头汗水不停,一声不吭地任由稳婆守着照顾。

见到周钧儒进来,稳婆一惊:"大少爷,您怎么进来了?"

周钧儒看姚青禾如此虚弱,早已心疼得五内酸楚,一把拉住她的手:"青禾,我回来了!"

姚青禾睁眼看到周钧儒,神色剧烈颤抖起来,两滴泪从眼中缓缓流下:"卓先,我们的孩子,我都没看他一眼,你去替我看看他,天快黑了,把他放在盒子里,他冷不冷……"

周钧儒眼泪顿时崩落:"青禾,我看了,我看了,他是有点冷,我让人给他再裹一层被子……"说着他向门外吼道,"拿一条被子,去把盒子裹起来,裹得厚厚的!"

稳婆见惯了孩子早产夭折之事,寻常男人能问上一声便是难得,如今看周家大少爷如此痛心,不免感慨不已。她守了大半日,看着姚青禾产后已无危险,便端来一碗参汤,向周钧儒点点头:"大少爷,少奶奶六个来月小产,身子损伤不小,要好好坐月子调养。"

周钧儒接过参汤,让稳婆出去,才上前为姚青禾擦汗,说:"青禾,你的身子要紧,孩子以后还会有……"

姚青禾呆呆地盯着房顶,似乎望向无尽的虚空:"是个男孩,都成形了,小脸儿看得清清楚楚,就是不会哭,不会动,他这么急着出来见我,却没能叫我一声娘。"

周钧儒顿时心中大恸,强抑着心疼,将妻子搂在怀里,狠狠闭了眼睛。姚青禾更是瞬间泪落如雨,腹中血脉相连的一个生命就这样离自己而去,似乎灵魂都被抽空了一片,呆呆地望着房顶,满面俱是痛伤之色。周钧儒用帕子擦着她脸上的汗水和泪珠,勉力宽慰着:"我知道你心疼,我也心疼,可是你现在身子虚弱,不能太伤神,先喝了参汤补补气,千万别把身子落下亏空。"

姚青禾依然眼神沉滞:"我们的母子缘分就这么浅吗? 他会不会怨

我……"

周钧儒:"他怎么会怨你？如果注定有母子缘分,他还会再来的。"

姚青禾看着空空的小腹:"这里空了,我的心也空了,我真觉得一万分舍不得他,对不起他,世上怎么会有我这样无能的娘,都保不住他的命。"

周钧儒:"青禾,千万不能这样想,你只当他是来给以后的孩子引路的,现在他知道你是个好母亲,回去告诉其他孩子们放心选你当娘亲。"说着,继续端过参汤,"喝一点,月子里不能哭,好好养身子要紧。"

姚青禾强忍着喝了半碗,便推开他,拉过被子蒙了头,无声地抽泣起来。

周钧儒坐在炕边守了半晌,叹息着起身踱步逡巡,走过玻璃穿衣镜时,才恍然发现自己胡茬发青,满脸憔悴,仿佛一瞬间便老了五年。

他无奈地离开屋子,抱了裹着红布的盒子出门时,恰遇到周太太站在院子门口。

她似乎在这里站了很久,却始终没有进门,看到周钧儒抱着的盒子,才终于叹了口气:"钧儒,孙子没了,我也心疼……"

周钧儒冷冷地看着她,问:"太太还有什么话要说?"

周太太震惊:"钧儒,你叫我什么?!"

周钧儒:"孩子没了,我得好好送送他,太太要是没事,就请回吧。"

周太太:"谁家没夭折过孩子？为了这事,你连我这个娘都不认了?"

周钧儒立时红了眼睛,盯着她吼道:"太太没生养过,怎么会知道没了孩子的滋味儿!"说着侧身从她身旁绕过,抱着盒子头也不回地离去了。周太太站在原地,回头怔怔地看着他的背影,忽然落下泪来:"你怎么知道我没生养过……"

她回到后院主屋时,汉川早已丢了书本,跑到院子里玩玻璃球,一见周太太眼里垂着泪回来,立刻跑到她面前:"娘,谁欺负你了？我去打他!"

周太太更加泪如雨下:"汉川,娘为了给你保住这份家业,真是受尽了屈辱……你那哥哥嫂子铁了心要抢你的家产,可怜的傻孩子,将来娘不在了,他们就随便拿捏你了,到那时候你可怎么办啊……"

汉川一把将玻璃球摔在地下,玻璃碴子溅开:"娘不哭!我去找哥哥嫂子,给你出气!"说着拔腿就要往周钧儒院子里跑,慌得周太太一把拉住他:"汉川,别去!"她把汉川搂在怀里,"娘就盼着你快点长大,给我添个伶俐孙子,我就不这么担惊受怕了⋯⋯"

第二天,周钧儒前往洛阳给周掌柜打电话,告知了孩子早产夭折之事,周掌柜心疼得站立不稳,几乎跌坐在地上,连声问道:"你媳妇一向强壮,怎么可能怀不住孩子?"

周钧儒叹了口气,说:"我不在家那两个多月,太太封了青禾的院子⋯⋯"

周掌柜顿时心里一惊,他怎能不知道周太太忌惮姚青禾生子?然而这事若明着点出来,便是家宅不宁的肇端,因此他立即截住儿子的话头:"钧儒,这里面肯定有误会,我和你娘都盼着早日抱上孙子,你可不许误会你娘。"说完,他似乎觉得有几分歉疚,"你媳妇刚没了孩子,你好好宽慰她,不许再惹她着恼,家里账上支几百大洋,给她好好补养身子,只要养好了,孩子以后还会有。"

周钧儒听父亲这样说,立即便明白了他的顾虑。这个常年在外经商、却始终在家里瞻前顾后的男人,当年牺牲了张氏姊娘,导致汉川失智,如今又牺牲了孙子,遮掩他们夫妻与周太太的裂痕,他尽力遮掩了这么多年,难道不知周家内里早已千疮百孔?

姚青禾将养了六七日,刚刚能撑着站起来,便坚持要去看看孩子入土的地方。周钧儒百般劝说不住,只得给她穿了厚厚的衣裳,全身包得一丝风也不透,把她抱到轿子车上,亲自拉着去看那个小小的土坟。

早产夭折的孩子不能入家族坟茔,更不能立碑,周钧儒便把他葬在河边最大的一棵树下。到了地方,他端出马扎,让姚青禾坐在那个小小的坟包前,宽慰道:"这个地方四季都有太阳,夏天还有树遮阴,冻不着,也热不着⋯⋯"

姚青禾呆呆地坐在那里,似乎全然没听到他说什么,良久之后才忽然开口:"我们的孩子没了,你就没想过报仇?!"

周钧儒一愣："青禾?"

姚青禾眼睛里是冷冷的怨恨："魏氏婆子故意折磨我,害死我们的孩子,难道就这样过去了? 我们的孩子就白白夭折了?"

周钧儒猛然打了个激灵,他固然知道周太太忌惮姚青禾肚里的孩子,故意苛责虐待,然而直到此刻,他才深切意识到:妻子与她之间,横亘了一道"杀子之仇"!

然而这要他如何报仇? 周太太是周家的当家主母,周掌柜也遮遮掩掩模棱两可,他作为将要继承周家家业的大少爷,全面接管周记药行生意的少东家,难道要向给了他一切的父亲母亲报仇吗?

更何况,他始终改变不了的身份,是周家外来子。

他只能低了头,半晌才回应道:"青禾,孩子没了,我和你的心情是一样的,可是我……你要我怎么报仇?"

姚青禾鄙弃地看着他,片刻之后忽然嘲讽地笑了起来,直笑得眼泪都掉下来才终于说道:"周卓先,我以为你是个男人,原来你也在谋算这份家业,不惜葬送了自己的孩子!"

周钧儒不敢抬头,任她数落自己,看着她哭一阵笑一阵地诉说自己的委屈、伤心、难过,看她对着那座小小的坟包伤痛欲绝,直到太阳西斜,才终于劝抚着她上车回家。自此之后,姚青禾只是每日怔怔地发呆,任周钧儒怎么宽慰,脸上始终不曾有过一丝暖意。

初夏时分,谢君锡终于寻找到时机面见委员长。祁书瀚在狱中已有半年之多,以"感化所"的刑讯之酷烈,残活至今已是奇迹,若再不营救,只怕他也撑持不了许久了。

然而请见委员长者甚众,更兼内忧外患国事繁忙,谢君锡竟足足等了半个多月才得到传唤,及至接见,却被告知仅有五分钟。谢君锡捧着康老先生送来的一千大洋支票,进门就将托盘放在桌上,尚未开口,就听得桌后传来声音:"小谢,这么早就给我送夏礼来了?"

谢君锡头也不敢抬:"回委员长,并非夏礼,乃是属下收受的贿赂,前来请罪。"

委员长:"一千大洋? 这点贿赂,你何至于看在眼里?"

谢君锡:"虽是贿赂,更是人情,我当初离家在外时,受过一个人接济照应,如今他因申请教育津贴闹事,被戴先生的人拿了,已经关了半年多,也受了许多苦,即将不久于世,然而他家中妻子正在待产,他岳父送了这一千大洋,求我疏通,放他回家见妻儿最后一面。他当年有恩于我,如今虽被共党分子利用了,本意却是为了孩子读书,也受足了教训……"

委员长呵斥道:"你倒是个重情重义的种子! 前些时与那 Davy 小姐闹得满城风雨,如今又为共党分子求情来了! 原先看你办事还算机灵,怎么越来越糊涂了?!"

谢君锡低了头,不敢回话。

委员长:"念在你还算诚实,实话实说也算个优点,你提的事我让人问一下。那个闹事的人叫什么?"

谢君锡立即道:"祁书瀚。"

委员长:"罢了,你去吧。"

谢君锡退出委员长办公室,短短不足五分钟,竟紧张得出了一身汗,都没敢抬头看委员长一眼。然而得了委员长这句话,他心中便有了底,若是祁书瀚只此一桩,再无其他罪名的话,委员长特赦只是一句话。

果然,两星期后,委员长办公室传话,派他到开封公干,并给了他一张签字手谕,提醒他不得声张,暗中前去"感化所"将人提走。委员长办公室主任再三叮嘱,此人出狱后务必严加看管,不得再出任何事,若是再与共党分子有牵涉,他便要负连带责任。谢君锡连连应承,第二日一早便乘了前往河南的火车。

康宜俭临盆之期原本要到农历五月下旬,然而由于连受打击,又情绪低沉调养不足,月初便有了胎动将产的迹象。康祁两家大为紧张,提前与产婆打好了招呼,随时准备伺候生产,日夜都有人守在康宜俭身边,任何一点动静都被草木皆兵放大了许多,人人提心吊胆,唯恐出一丝差池。

毕竟,这是祁书瀚留在世上的唯一血脉。

这孩子既是祁家的长房长孙,延续着祁家的血脉,也是康家的第一个孙辈,康老先生亦是期待已久。

到了五月十二这一日,眼看破了羊水,康宜俭疼得汗都流了下来,产婆早已备好一切,将她扶到屋里炕上躺着,一家人守在门外,焦灼地等着屋里的消息。康婶娘更是站立不安,听着里面一声长一声短的呻吟,嘴里不停地念着佛号,只求女儿顺利生产母子平安。

然而这一胎注定艰难,足足等了七八个钟头,康宜俭连呻吟声都虚弱得没了力气,隔一个时辰喂一次参汤吊着精神。产婆一次又一次地喊着要热水,额头汗珠密布,祁母和康婶娘更是急得跪在地上祷告不止,直到后半夜,听得一声微弱的婴儿哭声,全家才终于松了一口气:孩子出世了。

产婆连手上的血迹都来不及擦干净,就出来喊道:"恭喜,是个小少爷,母子平安!"祁母长出了一口气,激动地眼泪盈眶,喜气萦于神色,康婶娘却是瘫软在地:"母子平安,母子平安……万一大小姐有个什么,可不要了我这条老命……"

康宜俭虚脱地躺着,连抱起孩子的力气也没有,只把指头递给他,感受着他紧紧握住手指的力量,眼里满是喜悦和欣慰。然而没过多久,她便叹了一口气:"孩子,能不能答应娘,一辈子都不要问爹在哪里……"

谢君锡派人到祁家送信的时候,孩子刚刚出生第三天。

康宜俭得知他拿了委员长的特赦手谕,正在去开封接丈夫回家的消息,竟是良久无声,内心竟如黑暗中亮起一豆灯火,虽有了光明,却摇摇明灭般不敢信以为真,隐忍了一阵才终于开口:"真的?"

来人回道:"真的。"

康宜俭瞬间哽咽悲声:书瀚要回来了,书瀚要回来了……骤然得到这样的喜讯,她只觉整颗心都在哆嗦,神思恍恍惚惚,似真似幻,却是一个字都说不出来,心里辗转反侧只剩了几个字:书瀚要回来了。

康宜俭把这个消息在心里念了又念,终于忍不住泪雨滂沱,原本早已放弃的希望,再次剧烈升腾起来,她终于可以好好痛哭一场,洗刷所有的压抑和委屈:书瀚要回来了!

祁家上下亦是人人泪眼带笑,如烟云驱散重见阳光般高兴起来,祁母带着泽约媳妇忙着打扫收拾,康婶娘也将康宜俭的屋子仔细整理过,全家仿佛洗净尘土,焕然一新,又忙着到市场上采购了各类菜肉、补品,准备宴席,甚至每个人都预备了颜色衣裳,所有人都喜气洋洋,只等祁书瀚归来时好生庆贺一番。

谢君锡到达开封"感化所",立即就见到了祁书瀚。

接替 Davy 小姐的人名叫路靖安,见他持了委员长的手谕,立即将祁书瀚提了出来,带到办公室与他相见,自己则识趣地关门退了出去。

见到祁书瀚第一眼,谢君锡便心神为之一沉:他已经不能站立,被两个军警用椅子抬了进来,甚至后背都无力挺起,只能斜斜地歪在椅子里,脸上一丝血色也无,整个人完全脱了形。如此境况,显然是重刑所致。

然而祁书瀚却笑了,憔悴的脸上如同漾出了阳光:"谢兄,久违了。"

谢君锡立即上前握住他的手:"书瀚兄,你……受苦了。"说着,眼里泛起了一丝湿润。

祁书瀚:"没想到,此生还能再见到你,还能再看到太阳。"

谢君锡:"委员长已经签了手谕,你马上就能回家了,夫人和孩子都在家里等着你。"

祁书瀚的惊喜慢慢洋溢开来,眼里渐渐有了泪花,良久之后才不敢置信地问道:"我能回家了? 宜俭生了? 是男是女? 孩子怎么样?"

谢君锡郑重点头:"我派人去你家里送过信了,夫人生了,是个男孩,说是跟你长得很像,回家之后就能见到他。"

祁书瀚含泪带笑道:"真没想到,我还能有回家的一天,真以为要死在这里了。"

谢君锡："不提这些,我已经安排了车,此地不宜久留,回到家再好好庆贺。"

祁书瀚点点头,又吁叹了一声："我如今这个样子,就算以后养好了,也出不得大力气,回家之后还要拖累他们。"

谢君锡："纵然身子受了损伤,只要筋骨没断,慢慢将养着,总能好起来,有你在,家才是完整的。"他走到祁书瀚的椅子面前蹲下,"书瀚兄,这次回家之后,你就安安静静地生活度日,不会再有危险的事等着你了,你已经牺牲了太多,我们都希望你能真正回归平静,好好守着夫人孩子过一生。"

祁书瀚眼里闪过泪光："是啊,牺牲了太多,还能活着,我是该与过去辞别,珍惜以后的日子了。"熬了那么久,经历了那么多惊心动魄,牺牲了那么多同志,如今居然还能重获一线生机,在"感化所"里留得一条性命,无论如何都是奇迹。他几乎迫不及待想离开这个地方,回到海阔天空的世界里,去呼吸自由的空气,去感受久别的阳光。

路靖安忽然敲了敲门,走了进来："祁先生被特赦释放回家,实属不易,我让人准备下热水和衣裳,帮祁先生去去晦气,干干净净地走出这个地方。"

祁书瀚低头看了看自己破败的身体和衣裳,忍不住点了点头："多谢费心。"路靖安看谢君锡也颔首同意,便让人抬了他到另一间屋子里。

屋里果然准备了洗沐之物,祁书瀚坐在大桶里,热水刺激着刑伤,疼得他一阵哆嗦,直到慢慢适应了,才开始费力地清洗自己。阳光穿窗而入,静静地洒在地面,他忽然忆起当初在家中洗澡时将康宜俭揽在桶沿上,溢出的水打湿了她的衣裳,她一脸薄怒带羞却又不忍推开自己的模样,竟如此刻的阳光一样美好。他忍不住微微笑了起来,愣神了片刻,才向外面喊道："好了。"

立刻有狱警进来,帮他整理好了衣裳,又修剪须发,祁书瀚只觉一身清爽,沉重而虚弱的身体都有些轻飘飘的不真实,他看着镜子,几乎认不出这个面色苍白枯瘦的人就是自己,不知道宜俭看了自己,会不会也不敢相认。

等到收拾完毕,镜子里忽然出现一个身影:路靖安。

他不用回头,就看到路靖安手里端着一个盘子,里面是一个注射针,一剂药水,那一刻,他的心里忽然一颤,有了不祥的预感。

路靖安走到他身边,把盘子放在桌上:"祁先生,戴先生发来急电,说您身负嫌疑太多,不能贸然释放,但委员长已经签了手谕,戴先生也不好违抗,还得再委屈您一下。"

祁书瀚:"怎么委屈?"

路靖安把手搭在盘子上,没有回答。

祁书瀚的心一寸寸坠入冰凉的谷底,立刻就知道自己回家无望了。军统不会真的放自己离开,纵然走出这四面高墙,也逃不过早已注定的命运归宿。他忽然苦涩一笑,微微叹了口气:"能否给我纸笔,让我留一封家书?"

谢君锡不时抬手看表,焦急地等待着,直到祁书瀚被抬出来才终于松了一口气:"书瀚兄,走,回家。"

祁书瀚只是微笑地点点头:"好,回家。"

谢君锡亲自驾着小轿车,一路疾驰在开封回洛阳的路上。

祁书瀚坐在车里,看着窗外天空湛蓝的景象,心境恍如隔世,脱离那污浊血腥的"感化所",再次看到村落、庄稼、炊烟,只觉人间红尘,处处温暖。他忍不住感叹道:"多谢谢兄,让我能够再看一眼这世间的自由天地。"

谢君锡:"我一直担心出什么岔子,终于还是顺顺利利地把你接出来了。"

祁书瀚依旧满眼不舍地望着车窗外:"是啊,我做梦都不敢想,还能活着走出'感化所'。"

谢君锡:"我开快一点,今天夜里就能赶到家,令堂和夫人在家望眼欲穿呢。"

祁书瀚:"我也恨不得立刻就赶到他们身边。"他眼里沁出一点泪光,"是我让他们等太久了,尤其是宜俭,从成亲那天起,她就一直在等我,到现在依然是等我……"

谢君锡:"到家之后,就可以好好陪伴他们母子了。"

祁书瀚:"我的孩子,应该像他娘一样好看吧?我真想看他一眼。"

谢君锡笑了笑:"夜里到家,你就可以看到他。"

祁书瀚强忍着身体剧烈的疼痛:"对,到家,我就可以看到他了,他永远不知道,我有多想他,多盼着能陪他长大。"然而话未说完,便全然抑制不住地颤抖起来。

谢君锡猛然停住车:"书瀚兄,你怎么了?……"

待到这一阵剧痛过去,祁书瀚平静下来,凄凉一笑:"也许,他来不及认识他的父亲了。"

谢君锡直直盯住他,眼里满是怒火:"路靖安对你做了什么?!"

祁书瀚微微叹了口气,卷起衣袖,伤痕累累的手臂上,一个不起眼的血点瞬间刺痛了谢君锡的眼睛,他狠狠一掌拍在方向盘上:"出尔反尔的老匹夫!"

太阳已经西垂,再过两个钟头便到偃师,谢君锡咬了咬牙:"书瀚兄,你坚持一下,我们很快就到洛阳了……"

祁书瀚摇了摇头:"谢兄,你应该知道,我可能到不了家了。"

谢君锡顿觉泄了气力,懊恼地瘫坐在驾驶位上,他知道,祁书瀚说的是实情。

祁书瀚自怀里取出那封写了又撕撕了又写的书信:"谢兄,见了宜俭,你替我道歉,就说我这一生对她所有的亏欠,愿用今后生生世世来还,不敢求她原谅,只祝愿他们母子保重、平安。"

谢君锡接过信,小心翼翼地装进衣袋里:"书瀚兄,还有什么要交代的事,只管说给我,必定尽我所能,不负所托。"

祁书瀚:"若能看顾他们母子一二,我泉下有知,也会永怀感念。"

谢君锡:"我会收令郎为义子,尽我之能照护他长大。"

祁书瀚点头:"若说有遗憾,此生全是憾事,若说无遗憾,却也走得安心。只可惜,终究没能看到孩子一眼。"

谢君锡忍住泪:"书瀚兄……"

祁书瀚:"谢兄,你不必难过,我本来应该死在'感化所'的,如今还能走在回家的路上,心愿足矣。"说完,他转过头去,静静看着窗外渐沉下去的夕阳,似乎沉睡了一般。

谢君锡不忍打扰他,只是加快了速度,只想快些赶到洛阳,让他离家近一些,更近一些。

车窗外的景象开始变得虚幻,一时是几条路交叠在一起,一时是横倒的树木阻住了视线,祁书瀚努力保持清醒,可他的眼前已经出现了幻象:他似乎看到了那些离去的同仁,泥鳅、老乌、佟尚荣、苏子竟……又似乎回到了大学,自己郑重写下入党申请,一转身,小学的孩子们又围在了身边,不停地喊着"祁校长"……

当所有的画面散去,眼前只剩了一扇门,他伸手推开,康宜俭就静静地站在那里,端庄含笑地看着他,他痴痴地看着妻子,那一刻,天地俱静,世间一切不复存在,只有他和妻子相对而望,他伸出手去,所有的思念和渴盼都有了归宿:"宜俭,我回来了,我回来了……"

谢君锡感觉到身旁的气息越来越安静,然而没过多久,祁书瀚再次剧烈地颤抖起来,整个人疼得蜷缩成一团,足足等了一刻工夫,才终于又平静下来。

祁书瀚摇了摇头:"谢兄,我没事。"

谢君锡看着他渐渐昏睡过去,终于再次发动车子,继续向洛阳方向疾驰,每到一处,便喃喃着对他说道:

"书瀚兄,前面就是洛阳,马上到家了……"

"书瀚兄,我们快到偃师了,好好看一眼回家的路……"

"书瀚兄,再不远就到小祁庄了,他们都在家里等你……"

似乎是听到了谢君锡的声音,祁书瀚忽然睁开了眼睛,方才的一切好似做梦一般,夜晚晴空如洗,半轮明月下,已经远远地看到小祁庄的寨墙:家,就在眼前了。

曾经,他就在这样的月光下,带着妻子坐在寨墙上,看着远远近近的村庄,人间一切的诗和画,都不如那一夜的月色,若能与她再赏一次月,此生便当足矣。此刻,她一定也在望着月亮等待自己吧,因为他说过,同在一片月光下,就是自己陪在她身边了。

然而他的生命,已经走到了尽头,分明看到了家的影子,可偏偏就这几里路程,他坚持不到了。这一刻,他的心里有遗憾,亦有知足,强撑了最后一丝气力说道:"谢兄,停车。"

谢君锡:"书瀚兄?"

祁书瀚:"不要让她,看到我这个样子……"闭上眼的最后瞬间,他似乎微微叹了口气:宜俭,来生再见。

第二日,谢君锡带着祁书瀚的棺木回到了小祁庄,敲开门的那一瞬间,他对着祁母深深鞠下躬去。

满怀欣喜和期待的祁母被惊得错愕不已,却在看到车上挽着白花的棺木时,痛彻心扉地长哭了一声"书瀚",当即晕倒在地,被吓坏了的泽约夫妇立即哭喊起来,扑上去呼叫母亲。

原本盼着祁书瀚归来的喜事,瞬间变作丧事,祁家陷入一片惨痛哭号。

康宜俭听闻外面的声音,不顾产后虚弱不能受风,惶恐地奔了出来,只一眼,她便明白:书瀚回来了,却也永远离开了。

她跌跌撞撞地走过来,伸手抚上棺木,竟一滴泪也流不出来,眼神痴痴得有些魔怔,昨夜还在月光下等他,为何今日回来的竟是一具棺材?"书瀚,书瀚,是你回来了吗?……你为什么这样回来?"说着,她便要撕扯挽在棺木上的白花,"我不信,我不信是你……"

谢君锡忍不住喊道:"祁夫人!……"

康宜俭回头看向谢君锡,失魂落魄地惨然一笑:"谢主任,谢谢你送书瀚回来……"她尽力稳住恍惚的心神,"打开棺木,我要看看他……"

谢君锡一听,顿时紧张起来,祁书瀚重刑之余,已是全身脱形,本就令人心惊,被注射毒针后更是面色惨淡,若被她看到,岂不是再添一层重创?所以他急忙上前阻止道:"夫人,不要开棺,他……"

康宜俭执拗地盯着他:"他已经走了,难道我不能看自己的丈夫最后一眼?"

谢君锡为难道:"书瀚兄希望您不要看,何况棺木已经封了,再开棺不吉。"

康宜俭哽咽了一阵,才勉强问道:"他是不是,受了太多折磨,已经……"她一个字也说不下去,手紧紧扒在棺木上,青筋根根毕显,全身剧烈颤抖着,忽而双手一松,软软地倒了下去。

谢君锡枯木一样站在那里,心如死灰般冰冷。他用尽努力为祁书瀚求得一线生机,却依旧不能挽回他的性命,这一家人的满腹希望,因为他的无能为力,变成了巨大的创伤。

康宜俭醒来时,就看到康婶娘垂泪守在自己身边,她挣扎着从炕上爬起来,却见枕边放了一封信,分明写着六个字:宜俭吾妻亲启。这字迹太过熟悉,让她有些喘不过气来,书信也似灼手一般,让她不敢伸手去拿,等她终于展开信纸,只一瞬间,泪水便奔涌而下:

宜俭,你也许要恨我一生罢?

我为少亡,你在青春,如今一别,留你独守此生,风雨而不能为你遮,苦难而不能与你守,我心真寸寸裂也。望你长久于世,又恐你孤立无依,想你随我而来,又觉我狠心若此,每日心如炙烤,无计可施,有何两全之策,能免你熬煎之苦也?

父亡,母病,子幼,你孤弱一人,何堪生之维艰?为人子,为人夫,为人父,我竟无一事尽责,今抛手而去,更有何面目泉下托梦于你?然我实实不能舍你,提笔涕落如雨,字字摧彻心肝,忆及四载与你琴瑟为友,虽日月平淡如水,今亦不可得也。

幸而有子伴你身侧,可稍解我忧,我虽不能尽养育之责,你必能教之以礼。不知你为他取名否？若未取，可名之"方域"，祈国之方域，皆望太平，若将来有孙，长孙次孙可名之"偃武、修文"，愿彼时国事已定，永息兵戈，重归文华。

你既知失我之痛，便知天下离散者何止万千，灾荒战乱，压迫盘剥，遍地豺狼之属横行，几家能得一世苟安？我以爱你之心，爱天下水火深渊之苦难百姓，才不得不舍你而去，投身救世事业。当此之世，人人皆可就死，饥馁病亡而成白骨者，弃死道边而填沟壑者，累累如山，你若怨我，尚可临棺而恸，天下人若怨，当怨何人？

婚后四载，我蒙蔽之事颇多，实不愿你忧心达旦，终日不安也，然夫妻连心，你数次洞明我之心事，更觉愧悔难当，悔我曾置你于险境，悔我曾弃你而离家，更悔我爱慕之心日盛，不能早日放你归宁，另择良聘，如今竟至误你一生，我真真罪人也！

我去之后，家中必贫，虽托付同仁，亦会生计艰难，你若守子而待，我必于泉下日夜陪伴，魂魄相依；你若再择良人，我亦欢心宽怀稍解愧悔。心有万言，不能尽述，母亲与岳家，请你代我作别，方域他日长成，使其知我苦心，勿要怨恨于我。

写至此处，泪满衣襟，我虽舍你而死，然心中恨满山海也！恨你我逢于乱世，死生分离；恨挚爱不能相守，阴阳两隔；恨言不能尽意，死不得一见……你阅此信后，若有回言，乞于丧殡时书之笔墨，若有风卷走字纸，便是我魂魄归来，与你团聚了。

书瀚绝笔。民国二十二年六月六日。

康宜俭只觉天旋地转，眼前一幕幕俱是昔日夫妻相守的光景，饭桌上的言笑晏晏，书房里的安静背影，他下班归来时的温暖笑意，他偶尔抬头时的四目相对……那些曾经以为是寻常的记忆山呼海啸般涌进了心里，然而心却空成了一个永不见底的黑洞，疼得肝肠寸断无处躲避，天地之大，竟无一处净地，能让自己不再想他。

她将手里的信看了一遍又一遍，泪水模糊了双目，又扑簌簌落在纸上，每看一遍，心中的伤痕便更加疼痛几分，及至后来，竟忍不住痛哭失声，手里却依旧死死攥着那封信，仿佛那是暗室烛火的最后一线光亮，一旦放手，便永是黑暗沉沦。

不知哭了多久，才听到有人在喊她的名字，抬起头，却见祁母、康婶娘、泽约夫妇都围在自己身边，一面落泪一面神色焦急地看着她，看她做出了回应，大家才缓了心神。祁母满面心疼之意："孩子，是书瀚对不起你，可人已经走了，我们只当他没回来过，你可千万不敢再伤了自己的身子，孩子还小……"康婶娘也拉住她的手："俭儿，你再哭下去，婶娘的心都碎了，你还在月子里第五天，不能这样哭，落下月子病要后悔一辈子啊。"

襁褓里的孩子忽然哭了起来，康宜俭回头，看着他那酷肖祁书瀚的五官，愣了片刻，终于紧紧把他搂在怀里："孩子，我苦命的孩子……"

当日，邻居相帮着在院中搭了祭棚停灵，同族中人亦分头各地报丧，另有族老分派人事操持丧仪。不过半日间，祁家院内已是一片惨淡的白色，门窗皆挽白布，灵前白幡飘摇，大门悬了四对白灯笼，祁书瀚亡故的消息当日就传遍了偃师。

第二日，祭奠吊孝之人便涌来了近千人之众，亲友故旧之外，偃师县公立小学的学生教师悉数前来，其他各校参加游行的师生也闻讯而至，受过祁书瀚帮助的乡邻百姓更是来了许多，人人痛悼祁先生之亡。祁家院落容不下如此之多的人，不得已在村中街口设了祭棚，泽约和徐健君守在棚前谢祭，前来祭拜者从早至晚络绎不绝，送来的挽联绵延上百米，哀叹愤慨之声上达于天。

康宜俭怔怔地捧着丈夫的照片守在院中，四顾惨白的颜色晃痛了她的眼睛，刺激着她恍惚不安的心神，然而此时，她却哭不出声来，只是木木地守在那里，看着来来往往的人群，她知道，他们都是来悼念自己丈夫的。

丈夫生前极受人尊重，虽因"通共"罪名被捕，然而师生同仁和乡邻百姓依旧爱重他，发自肺腑地怀念他，送他最后一程。生而得民心，死而得民望，丈夫这一生,不虚此行。

她心中悲戚稍缓了些,一丝欣慰慢慢涌了上来,书瀚离世在她心中留下的巨大空洞,开始有了淡淡的沉淀。作为祁书瀚的妻子,她深切感受到所有人对丈夫的敬重,对自己的安慰和关心,这是丈夫生前的遗泽,让她和儿子在这份敬重里,重新看到了活下去的意义。

她的泪再次泉涌而下,却不再冰冷,而是有了温度。她抬起泪眼看着棺木,自袖中将一纸短笺贴了上去,上面是她昨夜挣扎良久,才写下的几句话:

你若爱我,为何舍我?你若不爱,为何误我?

你若有知,当解我恨,此生此世,阴阳两决!

然而短笺刚刚贴上去不过一刻,无风朗日的天空忽然有厚厚的积云压了下来,渐渐遮住了太阳,而后一阵旋风绕过棺木,卷起些许尘土,康宜俭忍不住抬袖遮脸,风过之后她再看时,那张字纸已赫然不见!

康宜俭的心剧烈颤抖起来:书瀚!……

她忽然抚棺痛哭起来:"你既然泉下有知,为何要舍我母子而去?你这一去,再也不问活着的人,再也不管我们怎么艰难过日子,只管撒手就走了!你欠我们这一生,如何能还,如何能还!"她将那封绝笔信取出,展开信纸,却发现每一个字都已深深刻在心里,融在血里,仿佛烙在身上的疤,永不能除去。她绝望地哭诉着,"你既然不回来,为什么还要给我们留个念想?你既然能回来,又为什么躺在这里?你为什么不能亲自跟我说句话?哪怕就说一句……"她哭着诉着,忽然抬手将那封信抛入化纸盆中,看着它在火苗里化为无形,只剩一片残灰,而后彻底消散。

三日停灵之后,祁书瀚正式下葬。浩浩荡荡上千人的送葬队伍绵延数里,四面八方自发前来的百姓更是站满道路两旁,人人面色哀戚,或撒一把米,或撒一把麦,送别这位年轻却备受尊敬的小学校长。

棺木被十六个壮硕青年抬着,扶灵的依旧是泽约与徐健君。康宜俭抱着出生不足十日的孩子坐着板车跟在棺后,眼前是漫天飞舞的白幡,纸车纸马漫延成一片白色的海洋,人声如沸的悼念已全然听不见,唯板车旁的一副挽联,不时飘到这对孤儿寡母身上:

　　血泪洗河山,君对河山挥血泪;

　　风雷撼九州,我愿九州起风雷!

　　书瀚恩师千古。

三六　生者何堪

谢君锡并没有出现在祁书瀚的葬礼上。他身份特殊,只能远远看着为祁书瀚送葬的队伍浩浩荡荡而行,心中长久叹息。

祁书瀚的一生太过短暂,但他却在流星般的短暂生命里,影响和改变了许多人的命运。作为潜伏在暗中的革命工作者,他做了大量的工作,付出了沉痛的牺牲,掩护了无数的同仁,年不及三十便牺牲在复兴社的牢狱之中;作为乡邻敬重的小学校长,他一生扶危济贫,热忱满怀,对师生们倾囊相助,对乡邻们竭力照顾,那些因为他而得以读书识字,得以渡过难关的人,会永远记住这个英年早逝的人。

他的品行近乎完美,对理想有忠,对朋友有义,对乡邻有仁,对师生有德,唯一对不起的,就是他的家人。他是一个牺牲了自己,也牺牲了家庭的人,父亡母病,晚景凄凉;妻子和孩子,也因为他的离去,成为苦命的孤儿寡母。

祁书瀚入土之后,谢君锡再次来到祁家。

显然,这个家已经凄凉败落了。院门没有关,门上依旧挂着白灯笼,收集起来的挽联层层叠叠挂满晾衣绳,白茫茫一片,散落在地上的纸钱也未曾打扫,宅院笼罩在一片阴郁的气息中。

他叹了口气,走进院子,第一眼就看到坐在主屋门口的康老先生和祁泽约。泽约不善言辞,只是默默地陪坐着,康老先生则吸着旱烟,脸色疲惫,仿佛用尽力气挨着眼前的一分一秒。

见谢君锡走进来,康老先生站起身:"谢主任,您……"

谢君锡深深弯下腰去:"康老先生,我有负重托,对不起书瀚兄,也对不起您和祁夫人。"

康老先生一把扶起他,沉沉叹息:"您能把书瀚的全尸带回,已经是有恩于康、祁两家了,能让他入土为安,也算了了我们一桩心愿。"

谢君锡将手里的提包放下:"这是您当日送去的一千大洋,留着给夫人和孩子度日,书瀚兄曾托付我照顾他们母子,所以请您万勿推辞。"

康老先生呆呆地看着那个提包,无奈道:"小女伤心过度,孩子这两天也受了点风,不能当面谢您了。"

说话间,祁母带着泽约媳妇走了出来,正要取下一批挽联回屋,却见谢君锡站在那里,祁母的眼泪再次落下来:"谢主任,家里这个样子,都不好意思招呼您……"

谢君锡摇头,说:"伯母不必客气,我只是来看看就走,日后祁家遇到什么难处,我一定全力帮忙。"

祁母:"我替走了的书瀚,还有儿媳妇和孙子谢谢您……"

谢君锡自觉站立无地,亦不知如何安慰这一家人,只能默默地转身离开。

康老先生送了他出门,忽然开口道:"我知道书瀚犯的是杀头的罪过,谢主任两次营救他,我们两家都感激之至,但是说句得罪您的话,以后……您尽量……不要来看他们母子了。"说完这句话,他深深低下头去,仿佛愧疚难当,却又意志坚定。

谢君锡心里一沉,猛然意识到,这位深谙世道浮沉的老人已经猜到了自己与共党有牵连,希望自己不要再把危险带给他的孩子们。

他一言不发,只摘帽一躬,转身头也不回地离去了。

祁书瀚的死,是周钧儒意料之中的事。

自他被复兴社逮捕那一天,周钧儒就知道,自己再也不会见到他了。那场远近皆知的丧礼,他也没敢公开去吊唁,只是站在路边的人群里看着他的灵柩被缓缓送往义地,看着白茫茫的送葬队伍和漫天飞舞的挽联,直到人群都散尽了,他依旧呆呆地站在那里,一动不动地站了两个时辰。

自幼年与祁书瀚相识以来,他对这位年轻的校长一直心存亲近和感激。他温雅沉稳,热情爽朗,永远充满自由和阳光的气息;他善良公正,慷慨无私,总能带给人希望和力量,他不会对自己的出身心持偏见,始终勉励自己去见识更开阔的世界,每次与他畅聊,总是三五句拨开迷雾,给自己打开一个全新的视野。

虽然他曾因祁书瀚受过"牵连"挨了家法,但却从未想过怨他,直到年初时他警诫自己"不能与有隐患的人牵涉过多,将来才能免于被连累",才真正听懂了他的意思,那是他对自己的殷切关怀之意,亦是他心知必死前给自己的临别之言。

明知将死而不逃避,周钧儒知道这是他的选择,因为这样的人他曾经见过,当年那个送了自己脚踏车投河赴死的人,也是这样坦然无畏的,难道,他们真有为之蹈死不顾的"大道"?他忽然想起来,那辆脚踏车也已经被祁书瀚换去了,或许,他们是一类人?

他摇头迷茫不解,为何这样的人,会是人人避之唯恐不及的"共党"?

更让他揪心的,是康宜俭抱着出生不久的孩子为丈夫送葬,这个生来就没了父亲的孩子,将来要面临怎样的人生?他忍不住再次想起了自己的儿子,他们父子的第一次见面,竟是在一个裹着红布的木盒子里。一个失去孩子的父亲,一个失去父亲的孩子,一个没了儿子郁郁寡欢的女人,一个抱着儿子痛不欲生的寡母,世间命运,怎会如此弄人?

回到家时,他丝毫不敢提及祁书瀚之事,然而姚青禾已经知道了消息:"祁校长没了,你没去送他?"

周钧儒摇摇头,又点点头:"去了,没敢露面,就在人群里看了一阵,毕竟他是共党。"

姚青禾叹了口气:"他为什么想不开要去做共党?年纪轻轻就死了,孩子出生才不到十天,孤儿寡母的,以后日子怎么过?"

周钧儒叹息:"我跟柜上交代过,要是祁夫人看病抓药,不收诊金药费,再给些安胎补品,可祁夫人是个刚强的性子,一点人情也不肯受,祁先生这一走,以后的日子更艰难了。"

姚青禾:"幸亏祁先生留了后,不然她可怎么煎熬。"说着不觉心里一酸,眼泪又忍不住掉下来,"怎么偏偏就我们的儿子活不下来……"

周钧儒只能伸手把她揽在怀里,不知如何宽解。

哭了一阵,姚青禾忽然起身,打开柜子取出一个包袱,解开看时,却是一件件的小衣服,肚兜、小袄小裤子、棉衣棉鞋,整整齐齐地摆着,女红活计都是一等一的精细,一边翻看着一边落泪不已:"这都是我怀他的时候做的,给他烧过去吧,他还没穿过亲娘做的衣裳。"

周钧儒没想到她竟做了这么些,想来那几个月,她对未出世的孩子是满怀期待的,如今再看这些,更觉睹物伤心。他伸手拉住姚青禾:"我们还会有孩子,这些都是你亲手做的,以后也要用的。"

姚青禾摇头坚持:"以后有孩子,以后再做,这些是给他的。"

周钧儒更觉心里添了一层悲酸,只得陪着姚青禾又去了一趟河边,将那些小衣服在坟前全部烧了个干净,姚青禾又痛哭了一场,才渐渐将这桩伤心事搁在了心底。

终于又到了年终。

然而这个年注定过得不太平。伪满洲国改成了"满洲帝国",溥仪复辟做了康德皇帝,日本分裂东北的野心已成定局,丧土辱国,耻莫大焉。然而老百姓的日子依然要过,越到年关越是煎熬,过年能不能吃上一顿饺子,比千里之外的康德皇帝重要得多。

过年,是老百姓最艰难也最隆重的节令。

哪怕生活再不易,哪怕奔波离散流离失所,中国大地上的百姓也要重视这一年之中最需要仪式感的一天,全家人总要团聚,将平日节约下来的像样的食物,在此刻郑重地端出来。债要清,冤要解,错误会被原谅,苦难会被告别,过了年,就是全新的开始,每个人心里都会种下一个憧憬未来的希望。

忙碌了一年的周掌柜也从川地返回偃师过年。

周太太极重时令,往常每年进入腊月便开始筹备,将过年一应之事筹备妥当,何日请神,何日祭祖,哪一日预备哪些吃食,都有一定的章程。

然而今年,这样的欢喜不会有了。

姚青禾早产,周家痛失长房长孙的阴影笼罩在每个人的头上,所有过年的吉庆和强颜欢笑,都掩盖不了这所大宅院里解不开的仇怨和冰冷的哀伤。

周掌柜父子二人忙着在前院应酬政商宾客往来,每日宴饮不断,然而他明显感觉儿子与自己有了几分说不清的疏离,似乎总在有意无意地躲着自己,甚至他关切地问起姚青禾时,周钧儒也只是含糊回应一句便岔过话题。

直到有一天,他偶尔听到周钧儒对着老妻叫了一声"太太"。

不是"娘",而是"太太"。直到此刻,他才猛然意识到,因孩子早产夭折之事,他们母子之间已经隔阂极深了。所有表面上的遮掩、弥补,都在这一声"太太"中明白无误地显露出来,这个外来子,终究是对周太太心生怨恨了。

周掌柜心里升起莫名的悲凉:这一世到底造了什么孽,竟致亲缘如此淡薄?同宗同源的族人对他虎视眈眈,自小养大的儿子心生疏离,嫡亲血脉的汉川头脑不清,连少年夫妻的周太太,也时刻惦念着把持家产,这样貌合神离的一家人,自己再怎么缝缝补补,也无济于事了。

除夕的年夜饭,也吃得分外冷清。

姚青禾面色冰冷,周太太心神不安,周钧儒应付差事般问一句答一句,周掌柜努力挑了几次话头,都渐渐冷了场,一家人草草吃过,便各自回房了。

周掌柜心中越发烦闷,又无处纾解,便叫上周钧儒到前院盘点生意。

说起生意,周钧儒才有了几分年轻人的意气风发姿态,与父亲对坐而谈,谈及川陕布局,经营谋划,皆是条理清晰,见解明锐,而且行事大胆,稳中出奇,已然有了几分周家掌门人的气度,尤其是经他手开办的汉中和渭南药行分号，都已在当地站稳脚跟，渐渐有了几分气象。周掌柜终于有了几分欣慰："钧儒，你已经能独当一面，再过两年，就把生意都交到你手上，我也该回家安心养老了。"

然而周钧儒却摇了摇头："爹，我们的生意看似平稳，实际隐患很深，您暂且还退不得。"祁书瀚的死，给了他深深的警示，他仔细斟酌着言辞与父亲商量，"我们这些年的生意，是否跟军政界牵扯太过深了？我总觉他们之间的内斗，早晚会波及我们头上。"

周掌柜猛地一惊，意识到周钧儒所说正是周记药行的危机根源："我也觉得这几年生意越做越大，牵涉也就越来越深，这些人既是靠山，也是危险，说不定哪一日山崩，我们就被砸到下面。"

周钧儒："我们这样的升斗小民，在他们眼里一文不值，我们开门做生意，也不知糊里糊涂就得罪了谁，防不胜防。"

周掌柜："说起这事，洛阳的西医诊所如今也入不敷出，你认为该如何处置？"

周钧儒："我正要跟爹商议这事，索性把洛阳诊所撤了搬去重庆吧，当初本就是因为国民政府要求才开的，如今他们都离开洛阳了，还留着做什么。"

周掌柜点头赞许："就按你说的办。"言毕，他又叹了口气，"我何尝不知道你说的是正理，周记药行是该慢慢撤出军需药材生意，换一条路走了，但是我老了，生意早晚要交给你，这条路得靠你自己蹚出来了，时局多变，日后如何决策，你要自己摸索着走了。"

周钧儒："这几年跟着爹经管生意，刚开始还觉得信心百倍，可经历的事多了，心里却越来越没底，别说未来如何谋划，连一个月之后的事都不敢想。"

周掌柜："商场如战场，瞬息万变，我做了一辈子生意，也还是心里没底，你得时刻防备着起风波。年深日久，经的事多了，怕的事就少了。"

周钧儒："我真怕将来生意在我手上出了岔子，家道中落了，那我岂不是周家的罪人？"

周掌柜："谁家能保得住百年富贵？我一辈子走到现在，也是侥幸居多，要真到了败落那一天，只能怪时运不济，无非是富了富过，穷了穷过。"

富了富过，穷了穷过。周钧儒细细咂摸着这句话，只觉话虽简单，理却深邃，人这一生或穷或富都是际遇，把日子"过"下去才是真谛。

他看了看时辰钟，已经是午夜，眼看父亲神色疲惫倦怠，便起身请他回后院歇息。周掌柜沉吟着不肯离座，似乎还要说什么，却又不知从何提起，欲言又止了几次，终于沉沉叹了口气："钧儒，家大业大，你要想挑起这个担子，就得学会忍着，很多事，既不能挂在脸上，也不能记在心里，等你到了我这个岁数就知道，不管多大的事，都得让它过去。"

周钧儒愣了一下，心里顿时明白，这几句话才是父亲今夜留自己谈生意的真正目的，他只得点了点头："知道了，明儿一早，我就带着青禾去给您和娘拜年。"

过完年不几日，周钧儒便匆匆赶往洛阳。

自国民政府迁回南京之后，洛阳西医诊所的生意更是锐减，几乎跌了七成以上，陷入连月亏损的局面，周记药行便对外挂了"经营不善，诊所关停"的牌子，将一应铺面柜台封了，并筹划将一应器械、西药等运往重庆。关停之后，周钧儒盘了一下账，两年下来洛阳西医诊所净亏数万元，国民政府迁都匆匆而来匆匆而去，周记药行也随之大起大落，一番苦心布局，竟至惨淡收场。

逐一安排妥当，周钧儒便前往戏园子看曲子戏。

近两年曲子戏在洛阳颇为兴盛，李家班的郑好儿俨然已是个中翘楚，各个戏园都争着包李家班的戏，郑好儿在洛阳唱了两季，虽登不得国民大舞台那样的场面，在小戏园里却是红火之极，每逢挂牌登台之日，必是观众满座，一票难求。

周钧儒知道他们在此，自然少不得前去捧场，因此便包了十张桌子，带着药行掌柜伙计等几十号人前来看戏，也算作对他们辛苦了一年的嘉奖。

郑好儿听得周钧儒包了桌，便有些心不在焉起来，黄昏时候，李坤和叫了洋车来接她，她也有些怏怏的，打不起精神。李坤和自然知道她的心事，也不敢催促,只能小心哄劝着接到了戏园,准备上妆。

恰好周钧儒提前到了后台,一见他们,便热情上前招呼道:"李老板,好儿姑娘,这么久不见,你们都红遍洛阳了,恭喜恭喜!"

李坤和忙着应酬周钧儒,谦虚了几句,郑好儿却停了上妆,站起身来规规矩矩行了请安礼:"周少东家安好?"

周钧儒诧异地看着她:"好儿,你这是怎么了,还生分起来了?"

郑好儿:"周少东家来捧场照顾,就是我们的衣食父母,我和坤和哥都是感激的。"

李坤和也有些神色尴尬,说:"好儿,周少爷不是外人,你这是做什么?"

郑好儿:"今晚上唱的是《余宽爬堂》,我唱周兰英,坤和哥给我配余宽,周少东家看罢了,还请多多指教。"

周钧儒也觉郑好儿一句接一句大为异常,一腔热情兜头浇了冷水,只得说道:"好儿这一年长了许多本事,如今是洛阳名角儿,哪还敢谈指教? 一会儿只管看戏睛好就是了。"

及至开戏,周钧儒果然大为惊艳:郑好儿原先最擅长的都是节奏明快、活泼俏皮的旦角儿,如今演周兰英这样的悲戚角色,竟也丝丝入扣,扯人心弦。

这出戏讲的是周兰英蒙冤被丈夫余宽休弃,李千岁年迈无子,经人说合将之娶回家"传宗接代",听兰英哭诉其身世后,便动了恻隐之心,将其认为义女。后余宽得悉兰英蒙冤,追悔莫及,连夜赶往咸阳,却失误打死军门,被送往李千岁大堂受审。余宽痛诉原委,感动了二堂旁听的周兰英,二人公堂相认,抱头痛哭,蒙李千岁成全,夫妇得以破镜重圆。

郑好儿自嫁了李坤和,心中本就意难平,如今再见周钧儒,更是不得不强掩着心思故作疏远,因此登台时唱得如泣如诉,行腔哀怨婉转,带出多少诉不尽之意,尤其是黯然伤神时水袖散散地一甩,眉眼凄楚往台下一扫,竟似勾了观众的魂儿一般,人人都愣愣的,直到周钧儒带头喝了一声彩,台下才掌声雷动,叫好声震耳欲聋。整场戏下来,看者无不心中酸楚暗暗出神,直到戏终人散,大家依旧不肯散去,郑好儿谢了四五次才得以下台,此后几十年里,看过这台戏的人依旧回味不已,只说当年郑好儿的《余宽爬堂》冠绝一时,此后多少名角儿都没那样的风采。

李坤和脱了戏服,不及卸妆便将周钧儒请到后台,请他评点。郑好儿正在摘头面,摆在匣子里齐整整的一套,很是光鲜,然而她脸上依旧是不冷不热的神色,客气而疏离。

周钧儒满心赞叹,见了她之后却一下子堵在嘴边,只得敷衍道:"好儿姑娘确实当得起名角儿了,连这样的本子都唱得很好。"

郑好儿:"周少东家过奖了,我这个岁数再唱不红,就没什么前程了。"

李坤和见她依旧给周钧儒摆脸色,连忙接道:"周少爷,好儿最近是怀了身子,班子里也没有其他红角儿,所以我们唱完这一季,便要离开洛阳继续跑高台去,她是头次怀喜,脾气有些冲。"

周钧儒这才惊讶点头道:"原来好儿姑娘怀喜了?恭喜二位喜得贵子,我得好好送一份贺礼。以后到了偃师地面儿,还是老规矩,我包你们的戏。"说着便起身告辞。

李坤和将他送了出来,回身便对郑好儿叹道:"好儿,我知道你的心思,但我们是什么出身,做了这下九流的行当,万不能存了攀高望上的心思,在人家眼里,咱这些戏子就是'玩意儿',得安于下贱,才能求一条活路。"

郑好儿冷笑道:"什么叫攀高望上,什么叫安于下贱?我已经嫁了人,就该跟周少东家疏远点,你以为我什么心思?"

李坤和立时说不出话来,只得叹了口气,自去收拾衣箱行头,郑好儿卸了妆,照着镜子洗脸,脸上挂满水珠,不知是清水还是泪水。

周钧儒也觉这次捧场颇为无趣,好端端的一份热情,竟被郑好儿如此冷待,他暗自思索着并不曾惹恼过她,怎会忽然从一个热情明朗的女孩子变成这样?他叹了口气,顾不得多想,第二日便急着赶回偃师家中,筹备开年生意事宜。

无论上苍降下多深的苦难,活着的人,依旧要活下去。

康宜俭月子里葬了丈夫,伤心过度重病了一场,连带褓褓中的孩子也奶水不足,祁家所余几口人老的老小的小,竟无人能照应周全,康家二老担心女儿,刚出月子便派了马车将他们母子二人接回康家寨,依旧住在未出阁前的屋子里,康婶娘日夜陪着,过了几个月,才渐渐地将养起来。

　　女儿年纪轻轻寡居在家,康老先生和康夫人自然心疼不已,这样苦守度日,何年何月是个尽头? 然而她尚在丧期,也无人敢提此事。直到有一日,康夫人见她拿了一册花样子看时,脸上竟有了一分淡淡的笑意,才走到近前说道:"俭儿,你这是选花样子,要给卿哥儿做件小衣裳?"

　　孩子出生后,只有个小名唤作"卿哥儿",祁母和康老先生都曾提过要给孩子取个名字,康宜俭却说不必,有个小名叫着便可,好养活。她既这样说,也就无人敢劝,因此这孩子长到半岁上,依旧不曾取名。

　　见母亲来问,康宜俭抬起头来,将夹了祁书瀚照片的册子合上,淡淡叹了口气:"是啊,小孩子长得快,我得给他做几件新衣裳。"

　　康夫人:"卿哥儿越长越像你了,小模样招人爱,跟你小时候很像。"

　　康宜俭:"男孩子,丑点俊点有什么要紧,只要平平安安地过日子,就好。"

　　康夫人:"你生得好,姑爷也不错,卿哥儿长大了肯定是个俊俏后生。"

　　康宜俭:"想那么远的事做什么? 我心里只盼着卿哥儿健健康康无事无非的,就什么也不求了。"

　　康夫人:"怎么能不往后想想? 你还年轻,带个孩子苦熬着,终究不是长久之计,我和你爹都心疼着呢。"

　　康宜俭略略变了些脸色:"娘这话,什么意思?"

　　康夫人:"我是想着,人总得往前看,如果你愿意往前走一步,总比这样守着好过些。"

　　康宜俭的心好似被狠狠砸了一下,疼得喘不过气来,低着头半晌不说话。康夫人只道她心中犹豫,便静静地等着,过了好一阵,康宜俭才稳住心神,依旧面色如常地说道:"娘的意思,我知道了,现在还在丧期,让我想想再说。"

康夫人似觉一块大石放下,只要女儿肯放下过去,往前走一步去选择新的生活,这一世便不会那么煎熬辛苦,就算她带着孩子,到底还年轻,品貌性格又是远近百里挑一的,何愁不能再寻一门合适的亲事?

当她把这话说与康老先生时,他正提笔犹豫着写什么字,听完之后无奈地叹了口气:"知女莫若父,这孩子的性格,怕是根本没听进去你说的话,她对书瀚的心气儿,哪是一时半会儿就放得下的?"

康夫人诧异:"那她怎么说考虑考虑?"

康老先生摇了摇头:"你看着吧,她一定不是真心去考虑的。"说完,提笔落下一幅字:

岁月煎人寿。

接下来的两日,康宜俭一步不曾踏出房门,连饮食也是让人送进屋里,等她终于走出门时,康家上下无不震惊失色:她竟在头上簪了一朵白花,鞋面也蒙了一块白麻布,全身素得无一丝颜色,这分明是终生戴孝的装束!

康夫人愣愣地看着她,半晌才回过神,哆嗦着流下泪来:"俭儿,你这到底是何苦!"

康宜俭却显出了前所未有的镇定,面上的神色不悲不喜,既平静又坚毅:"爹,娘,书瀚是我的丈夫,如今他去了,只留下卿哥儿跟着我,我不能负了他的情意,更不能委屈了孩子。他曾经跟我约定,暂时作别,来生再见,我要是往前走一步,来生还怎么见他?"说着,她竟淡淡苦笑了一下,"从今而后,我们也不必再提起书瀚,只当我把他忘了吧。"

康老先生唯有叹气,康夫人和康姆娘却哭得不能自已,女儿如此说,便是要矢志守节,一生寡居了,这漫长人生的煎熬,她决意独自忍受了。

康含章暑假回到家时,看到的便是大姐如此装束。

她心中顿时一惊:原来爱得越深,便伤得越深。此前总觉大姐嫁得如意郎君,与姐夫情意深厚,然而不过短短四五年间,一桩美满的婚姻便落得惨剧收场,大姐一人独活于世,生无所依。

眼见着夜色已深，大姐房里还亮着灯，康含章踟蹰着走进去，就见她早已将卿哥儿哄睡了，正坐在炕上绣一副鞋面，一针一针绣得分外入神，身旁还摆着几十双小小的鞋底鞋面，直到康含章叫了一声"大姐"才猛然抬起头来："小妹？"

康含章拿起几副绣好的鞋面："这是给卿哥儿做的？怎么一下子做这么多？"

康宜俭低头久了，晃了晃脖颈："孩子长得快，等到会跑了，一年就要穿破好几双，趁着他还小多预备些，免得到时候顾不上。"

康含章："可是这些都够他穿到四五岁了，你急着做这么多干什么？"

康宜俭："闲着也是闲着，你要是喜欢，也给你做两件衣裳，娘和婶娘都有了，就还没给你做。"

康含章诧异地看着她："大姐，爹和娘把你接回来，是心疼你和卿哥儿没人照应，不是让你回家做针线的，又没什么急着要穿的东西，何必每天做到这么晚？"

康宜俭微不可察地叹了口气："反正也没别的事做，就当打发时间吧。"

康含章闻言愣了一下，终于小心翼翼问道："以前姐夫总是带着你出门，他也鼓励女人读书识字，走出家门，可是你现在这样一直闷在房里……"

康宜俭似乎被刺痛了一般，不待她说完便接道："以前是以前，现在是现在，现在我是个守孝的寡妇，自然不能让人指指点点说三道四。"

康含章皱眉急道："这都什么年代了，谁还会说三道四？大姐，就算心里再苦，日子也要过下去，总不能自己折磨自己吧？"

康宜俭沉了脸色："你姐夫是被国民党抓走，活活折磨死的，我心里实在过不去这道坎，难道他刚走不到半年，我就能像没事人一样地过日子吗？"说着，眼圈瞬间红了一层，扭头把眼泪强忍了回去，"小妹，你还年轻，没经历过这些，说给你你也不懂的。"

康含章沉默了。

她不是不懂，而是一个满心憧憬未来的人，不会想到悲伤。

她已经遇到了心仪的人,也相信自己遇到的就是一生相守的良人,这份刚刚燃起的热烈感情,让她沉醉迷恋,不顾一切地投身其中。

她如今正在念大学二年级,时局多乱,日寇嚣张,学校里三五不时便有游行,康含章自然知道姐夫曾经写的那句话:"亡国之患,近在眼前;亡国之奴,你我皆然",因此也热血激荡地加入了游行队伍。然而国民政府正与日本交涉的紧要关头,最不希望学生们的抗日情绪影响了谈判,于是便派警察恐吓驱逐,甚至以开除学籍为要挟,迫使他们解散归校。但学生们不为所迫,依旧每日走上街头呼吁抗日,当局不得不动用驻军镇压,此次派出的驻军长官是个团长,名叫张云志。

康含章始终庆幸自己参加了那一日的游行,才得以遇到这个大义儒雅、有血性有担当的男人。

他并没有像寻常的警察和官兵那样对学生厉声恐吓、暴力威胁,而是站在卡车上用喇叭向学生们喊话,试图说服他们:"同学们,我知道你们痛恨日寇,我作为军人,比你们恨之更深!日寇侵我国土,屠杀国民,种种暴行,天人共愤,我也恨不能奔赴战场,与暴日殊死一战!但是同学们,抗战要求我们每一位国人都齐心协力,履行自己的职责,我们的国家才能凝聚最大的力量去对抗日本军,学生的职责就是好好读书,奋发求学。至于战场杀敌,马革裹尸,那是我们军人的责任,一旦大规模战争开始,我们既要守国土,保国民,也要保护你们这些宝贵的人才!如果把军人的力量消耗在阻止学生游行,把学生读书的时间用在上街喊口号上,是最得不偿失、也最失败的抗战!"

康含章听着他的喊话,忽然觉得这是一个真的随时准备奔赴战场的英雄,他面容棱角分明,喊话沉稳有力,目光明锐犀利,腰背挺得笔直,整个人就像一座坚硬峭直的岩石,散发着不可动摇的坚毅气息,而他说出来的话,又极具安定人心的力量,就在一瞬间,这个男人闯进了她心里,似乎只要多看他一眼,就会面红耳赤。

她已经不记得那一日的游行是怎样结束的,似乎驻军列队拦在学生们面前,一遍又一遍地敬礼喊着:"请同学们回去安心读书,抗日战场有我们军人!"学生们逐渐停止喊口号,开始解散队伍返回学校时,她依旧在人群中愣愣地不时回头,望着笔直站在卡车上的张云志。

她原以为,这是一场有缘无分的一厢情愿,回校之后魂不守舍了好几日,却没想到忽然有一天,他让人传口信,请她到学校门口相见。

见到他的那一刻,她几乎不敢相信自己的眼睛,然而张云志确确实实站在她眼前,向她伸出了手:"康小姐,在下张云志,终于见到你了。"看着他伸向自己的手,康含章忽然脸上发烧,愣了半晌,既不知说什么,也不知该不该与他握手,只是低着头,听着自己的心在碰撞着乱跳。

张云志的手伸了良久,终于慢慢放了下去:"对不起,是我唐突了。"

康含章恍然回神般急切地抬起了手:"没有!……"

此后两个月里,张云志每到周末便来与她约会,康含章也毫不扭捏,落落大方接受他的邀请,两人一起看洋电影,喝咖啡,吃饭,聊天,似乎有说不完的话,但张云志始终对她待之以礼,从未逾矩半步。这在康含章眼里,显然是光明君子之举,这样的男人,也正是她愿意托付终身的良人,张云志也认真向她表明心迹,只待她大学毕业,便请媒人上门提亲。

可是此刻她听到大姐那句"你姐夫是被国民党抓走,活活折磨死的"时,心中猛然一抖:张云志就是国民党。

大姐的丈夫死于国民党之手,祁家家破人亡,康家近乎败落,两家对国民党恨之入骨,而自己竟爱上了一个国民党军官,如何向爹娘开口,如何能面对大姐? 她慌乱得不知如何是好,急急逃出了大姐的房间,回到自己屋子里依旧坐卧不安:为什么会爱上国民党人? 难道自己错了吗?

康宜俭看着小妹离去,深深地叹了口气,将炕上的针线收起,吹灭了油灯躺下,然而辗转反侧不能入睡,许久之后终于忍不住起身坐到桌旁,伸出手指一笔一笔划了下去:宜俭,你也许要恨我一生吧……

姚青禾再次张罗起了她的绣庄铺面生意。

自年前孩子夭折后,她始终郁郁寡欢,又兼过年时被迫给周太太拜年请安,婆媳之间更是相看两厌,周钧儒为之苦恼不已,思来想去,便与周掌柜商议依旧让她出去经营铺面,一则疏散郁结之气,二则也免去许多内宅龃龉,周掌柜也担心父子二人外出经管生意,家中琐碎不断令人烦忧,索性也就同意了。

姚青禾毕竟年轻,底子壮实,将养了两三个月身体便恢复起来,周钧儒开年去陕西后,她便不时到铺面上去,平日里自有伙计照管买进卖出,她只接些成衣、绣活等回家来做。周钧儒又经常收集些洋画片广告、西洋电影画等带给她,她对此很是感兴趣,时常仿着样子做些新款衣裳,一些官商太太姨太太很是喜欢她的女红手艺,但也有些传统妇道人家看了便脸红恼羞,说这等有伤风化的衣裳,不是正经人家女子穿的。姚青禾并不理会,依旧由着喜好一心扑在这些摩登新奇的东西上。

不多时日之后,周太太自然也听到了风声,更是恼怒不满:周家少奶奶不仅当街抛头露面,还做这些伤风败俗的东西,与当初周钧儒票戏简直如出一辙,只觉周家门楣都被她羞辱玷污了,几次三番气得要去她院子里当面指斥,终究因自己气短,又顾着周掌柜的嘱咐,强忍着将怒火压了下去。

汉中和渭南的药行分号已逐步稳下来,周掌柜便将河南、陕西的生意全部交给周钧儒管辖,重庆、武汉两地的大宗生意往来,也都随时问询周钧儒的意见,周记药行对外已经明确无误地释放了信号:周掌柜将要卸任,少东家已经是实际上的掌门人,即将正式接管家族生意。

身上的担子越来越重,周钧儒忙得分身乏术,一年大部分时间往返于豫、陕、川、鄂四省,即便偶尔回洛阳,也只在家里停一两日便走。然而姚青禾却并不抱怨他陪伴自己的时间太少,因他在周家的位置越来越稳固,下人们已经开始默认周钧儒的"东家"地位,对姚青禾也渐渐恭敬起来:这个昔日的摆设少奶奶,很快就会成为周家真正的内宅之主。

这样的境遇变化,令姚青禾颇为振奋,她在周太太的琐碎挫磨下忍了将近两年,终于要等来扬眉吐气的时刻,只要周掌柜回乡养老,周家偌大产业便由自己的丈夫掌管,到那时还有何惧?

更让姚青禾欣喜的是,这一年旧历年底,她再次怀了身孕。

这一次夫妻二人分外谨慎,提前请大夫看过了,等到三四个月胎象稳了,才正式对外宣布少奶奶有喜的消息。

周家已连续数年灾祸不断,今年终于生意顺遂,将要过年之时又添了这样的喜讯,周掌柜自然是大喜过望,加之盼孙心切,便吩咐了今年过年大办宴席,再好好唱几天戏,给周家添彩,也给未来的孙儿争个好兆头。

腊月二十到二十五,一连六天,周家大摆水席招待本地仕宦乡绅及生意同道,不仅昭示周钧儒已渐渐成为周家生意的掌舵人,更放出了少奶奶怀喜的消息,这意味着:姚青禾若生下儿子,周家便有了长房长孙,按照"儿子不亲孙子亲"的习俗,无论这个孩子是不是周掌柜的亲生孙儿,他都是无可置疑的周姓血脉,可以传承香火,亦可以继承家业。

因此姚青禾腹中的胎儿受到了众人极大的关注,宴席上大家纷纷向周钧儒道贺,又暗中探询脉象是男是女。周钧儒一概回应胎儿月份还小,尚且看不出,要开春才能知晓。

然而周家这样大操大办的喜事,于周太太而言却是如鲠在喉。

她明显感觉到下人们开始逢迎大少爷和少奶奶,家宅之内,已不是自己一人言出令行,尤其是姚青禾有孕以来,他们夫妻更是人人瞩目,周家下人、周氏族人,乃至与周家往来的政商各界及仕宦乡绅都密切关注着他们的动向,仿佛周记药行已经变了天,如今俨然是周钧儒当家做主了。

而周家嫡亲血脉的汉川,也渐渐成为无人注意的存在,这个头脑不甚灵光的孩子,显然没有能力与他强大的兄嫂相争,他们母子二人,似乎已经被排除在周家产业之外了。

周太太只觉坐立难安,这次的威胁比以往任何时候都严重,而她几乎无力改变局面,姚青禾对她的防范密不透风,周掌柜也绝不允许内宅再次生乱,难道真就眼睁睁看着她生下儿子,名正言顺地霸占家产?

她甚至开始痛悔当初为何没能坚持让外甥女嫁入周门,但凡有个自家人在内宅,也不致如此被动。正当她恨得咬牙切齿时,汉川走了进来。他如今已经十岁,虽然依旧有些迟钝,到底是活泼的年纪,每日跑来跑去到处好奇,见母亲神色不善,吓得瑟缩了一下,指着外面的婆子道:"娘,她不让我去吃席,说爹在招待客人……"

周太太看他畏畏缩缩的样子,更觉气不打一处来:连一个婆子下人都敢说教二少爷了!她顿时压不住心中怒火,当场把吴嫂叫进来,狠狠训斥一顿赶了出去,而后心中依旧不快,便把后宅的家下仆从们都叫到一起训话道:"吴嫂为什么被赶出去,大伙儿都知道了吧?你们都长眼睛仔细看清楚!这是周家的二少爷,老爷的亲生儿子,她就敢说教,这是下人该有的规矩吗?以后谁再见风使舵,认不清正经主子的,一律撵出去!"

这话夹枪带棒,大家如何听不懂她的意思?人人只得低头侧目,不敢多说一句。到了晚间宴席散去,周掌柜与周钧儒都知道了此事,父子二人心中各自不是滋味儿,却又无从说起,只得装作不知罢了。

及至除夕夜,阖家坐在一起吃年夜饭,周掌柜看着一家人齐齐整整,却各怀心思,心中大为感慨,却不得不做出一副欢喜的样子:"想不到我周培祥辛苦一生,也能过上儿孙绕膝的好日子。钧儒长大了,在重庆和武汉历练得稳重,陕西新开拓的基业也打得牢靠,再干一年,我就赋闲回家享儿孙福了。汉川虽有些木讷,我们老两口多看顾几年,以后跟着他哥哥,我也是放心的,钧儒媳妇又怀了喜,不管是儿是女,都算是看到隔辈人了,这一辈子,值了!"

周钧儒看着父亲,忽然心里有些酸楚。这些年经历的事情太多,几番死里逃生风风雨雨,不到六旬的人,已是头发花白,皱纹深陷,竟有了颓然的老态,然而暮年本该是颐养天年乐享天伦的时候,又要为家事操心,在这个家里,他何曾真的得到过亲情抚慰?周钧儒不由得润湿了眼睛:"爹,药行生意离不得您,您还得再扶持些年,怎能这就想着赋闲回家呢?"

周掌柜呵呵笑道:"儿子啊,我自己很清楚,心力和精气神儿都达不到了,年纪虽然不是很老,心却老了,你看看我这头发,都是这些年操劳的。人活着就是一茬一茬的,新人催着旧人老,我是看你长成了,能挑大梁了,才敢松一口气。"他欣慰却又无奈地微微叹息,"人啊,只要心气儿一泄,就老得快了。"

周钧儒更觉喉间堵了棉花一般,泪珠已忍不住打转:"爹,您不能泄了心气儿,陕西的生意刚刚打开局面,您得去看看,重庆和武汉那边也得您掌舵才稳当……"

周掌柜:"多大的人了,大年下的还要掉泪,不说这些了,吃饭。"

说着他提起一杯酒,向着周太太说:"这些年我在外面奔波,都是你一个人在家里操持,少年夫妻老来伴,过一两年我就该回来守着你了,这些年聚少离多担惊受怕的,你辛苦了。"

周太太也颇有感喟:"嫁给你快四十年了,那时候才十几岁,如今我们都老了,这一辈子说快不快说慢也不慢,就这么过来了。"

夫妻二人相对举杯,把酒喝了,一家人才动筷子开始吃饭。

汉川喜食鱼虾,周钧儒习惯地把一块肥嫩的鱼腹肉剔了刺,放到他碗里,周掌柜看他照顾幼弟,自然含笑欣慰,不料汉川却端着碗往后一缩,脸上满是对周钧儒的嫌恶神色,弓了身子往周太太身后藏。周钧儒有些皱眉,这孩子竟是越来越不与自己亲近了,周掌柜更是放了筷子,严肃道:"汉川!好好坐下吃饭,这么畏畏缩缩的,成何体统!"话音未落,汉川立时像受惊的小猫一样逃离了桌子,躲在周太太背后哆嗦。

周掌柜叹了口气:"这孩子在家养了几年,怎么越来越不长进?"

周太太一面安抚着他一面道:"你们常年不在家,他又胆子小,就怕生了。"

周掌柜无奈:"还想着他长几年能出息点,就算不能经管生意,也懂点人情世故,如今看来也指望不上了。"

周太太心中顿时一冷,原来连周掌柜也不看重这个亲儿子了,将来自己与汉川的处境可想而知,然而她也只得应和道:"总归是自己家的孩子,你这样说也太苛责了,只要平平安安的,就是福气。"

周钧儒也打圆场:"娘说的是,有您和爹疼爱着,我们看顾着,汉川算是有福气了。"

周掌柜:"我如今就盼着钧儒媳妇能生个聪明伶俐的孙儿,也就后继有人了。"

周太太眼神倏地在姚青禾脸上闪过:"我更盼着汉川也生个聪明伶俐的孙儿呢。"

此话说出,饭桌上气息顿时一紧,一时间竟无人敢应声,周钧儒和姚青禾更是笑意僵在脸上,不知如何自处。周掌柜心中颇为无奈,然而依旧笑呵呵地圆场:"他们兄弟二人都多子多福,才是人丁兴旺的气象。"

周太太意识到自己话说得急了,便不再吭声,周掌柜又张罗着添酒夹菜,才将这片刻的尴尬翻了过去。

过了正月十五,周掌柜要前往川地,周钧儒亦要启程再赴陕西,然而姚青禾已经有孕四个多月,不能随行,周太太又对她心有忌惮,竟是左右为难不已。眼见丈夫在房内坐立不安,姚青禾便道:"这有什么,我回娘家养着,快生的时候你再回来。"

周钧儒:"话是这么说,真让你回去了,岂不是又让你爹担心你在这里受委屈,外面也传许多闲话,怎么经得起这些风言风语。"

姚青禾:"如果她又要坑害我怎么办?万一真生个儿子,她更要嫌弃不是正经血脉,占了她的家产呢。"

周钧儒叹气:"你且等着,我去跟爹商量,总不能让你一个人在家里,怀着喜还受委屈。"

到了正院,周掌柜正练着太极,头上微微冒汗,看到儿子过来,依旧不慌不忙地走着招式问道:"安排的哪天去陕西?"

周钧儒:"正月二十。"

周掌柜点点头:"我也是那一两天,这一出去,我们父子又是半年不能见面,等你媳妇生了,都回来吧。"

周钧儒应了声"是",依旧面色踌躇,犹豫不敢言,眼神不时瞟向屋内。

周掌柜收了架势,用毛巾擦着脸:"有话就说,到我书房去。"

周钧儒跟着父亲进了书房,便把姚青禾一人在家无人照料的托词说了一遍。

周掌柜如何不知他的顾虑？于是叹了口气道："我会跟你娘说，必须好好照看着，这些年我一直盼个孙子，这次不能再出意外了。"

周钧儒："青禾的意思，想回娘家养着，可她毕竟是周家的媳妇，真回了娘家，也实在不合适。"

周掌柜思索了一阵子，便说道："让铁顺儿家的来照顾吧，你娘虽莽撞，还算听得进铁顺儿劝说，万一遇到什么难处，他都能处置妥当，也不算麻烦外人。"

周钧儒瞬间惊喜不已："爹这样安排最好不过了！铁顺儿叔说话有分量，婶子也爽快利索，有他们看着，可就放心了。"

周掌柜："快回去陪你媳妇吧，这几天就要走，你们小夫妻有许多话要说，不用在我跟前孝顺了。"

周钧儒出门之后，周掌柜却如心里堵了块垒一般，越发悲哀心寒：自己这一生走南闯北挣下这份家业，实指望后继有人，妻贤子孝，自己老了能安安生生享一段天伦之乐，可这些年蓄积下来的家族矛盾到底是掩不住了，连人命都填了两条进去，等日后自己不在了，还不知争得怎样血淋淋呢。他甚至有些后悔把生意做得这么大，倒不如小门小户，一家人亲亲热热的，也比这大宅子里安稳踏实。

回到后院见了周太太，她正在替自己收拾行装，细看了她一眼，才惊觉老妻也已年过五旬，身材有些臃肿，皱纹细细地爬了满脸，头发更是花白了许多，早已不复当初的模样，自己这些年很少关注她的容貌，原来岁月在女人身上亦是无情的。

看他回来，周太太便絮絮叨叨着嘱咐："我让铁顺儿买好了票，安排了个伙计跟着，你年岁大了，出门得有人照应着。"说着又把几件衣裳往箱子里装，"我又给你新做了几套应季的衣裳，上了年纪就觉着穿得宽松些才舒服……让吕婶多注意你的饮食，你的胃一向不大好，得自己上心养着……"

周掌柜忽然觉得自己有些对不起这个女人，她跟着自己苦熬多年，聚少离多,却始终心疼自己,知冷知热,只要回到家里,连饮食都是她亲自经手,从不假手下人,成婚近四十年,她处处围着自己转,虽然性格强悍了些,到底是把自己当作一家之主来伺候的。他既有些心酸,又颇觉烦躁,自顾往炕上一歪:"你岁数也不小了,不用什么事都亲力亲为,交给下人做就好。还有,"他沉思了片刻,"我们混了这大半辈子,也该抱上孙子了,你把钧儒媳妇这一胎照应好了,就是大功一件。"

周太太一愣,知道丈夫话里有话,想来他也认定那天折了的孩子是自己存心谋算,更觉心里寒凉:这些年来,丈夫对自己防范何其深? 不许过继魏家孩子,不许魏家女嫁进周门,可他自己却在外纳妾生子,把逼死张氏的罪名栽在自己头上,如今又怀疑自己要谋害姚青禾的孩子,更是要把偌大家业交到外来子手里,自己跟他熬了一辈子,到头来竟不如外人!

枕边的丈夫尚且凉薄至此,自己这一辈子,哪有什么靠得住的? 她苦笑了一下:"那丫头要真是有福气,顺顺当当生个儿子,也是她的造化。"

前往陕西之前,周钧儒照例把洛阳、郑县、开封三地的生意查看了一番,往年都是父亲亲自跑一趟,近两年早已都由他负责了,在周记药行各地的掌柜伙计心目中,少东家已成为真正的当家人,事事都要听他决断了。

到开封后,因周记药行就在大相国寺一带,距永乐戏院不过半里多路,周钧儒便前去寻杜景箴。及至到了地方,却见那里并非原来的戏园子,而是换了一座崭新的大剧院——中原剧院。大门的山墙便有四丈多高,白漆粉墙,极为壮观气派,还有个专门的售票处,挂着座位一览图,全然不是昔日的样子。

周钧儒便有些踌躇:分明是永乐戏院的地方,怎么变成了中原剧院?

他绕着门前走了几圈,又凑着门缝向里看,不一会儿门房开门走了过来:"您是找人吗?"

周钧儒点头:"敢问,杜景箴杜主任,在这里吗?"

门房回道:"在,正排练新戏呢,您是哪位? 我去通报一声。"

周钧儒更觉诧异："我叫周钧儒,您告诉杜主任。"

门房进去通报,果然片刻工夫,杜景箴就迎了出来,离着七八丈远便喊道："卓先! 你可算来了,我等你好久了! 你看这剧院怎么样?"

周钧儒只觉他兴致轻快步履生风,依旧是阳光爽朗的性子,扑面而来的热情令人心神愉悦,听语气,这中原剧院竟是他的手笔,不由得惊喜过望："杜大哥真把永乐戏院买下来了? 这样气派的剧院,我简直不敢相信! 还以为走错地方了呢。"

杜景箴兴奋道："怎么会走错地方,你来的再是地方不过了! 快进来看看,里面比外面更有一番创新呢!"他兴冲冲拉着周钧儒进了剧场,只见一排排豆绿色的连排椅整整齐齐,地面全墁了青砖,而且前低后高,即便最后一排也能看得清楚,中间是座椅,左右两边是站签,整个剧院足可容纳一千多人。舞台更是挂了绘图的天幕,场面乐队也都隔在屏风后面,舞台上只见伶人不见乐队,一派规整洁净、庄重典雅,好一个出奇创新的大剧院!

周钧儒看得连连赞叹,真不知杜景箴哪儿来的这些巧思,简直是前所未见闻所未闻。他只觉处处新鲜,一边东看西看一边问道："杜大哥,您哪儿来的精巧心思,设计出这么一座奇妙的剧院?"

杜景箴："你还记得以前看的那些西洋电影吗? 我仔细看过他们的古剧场,围成一个前低后高的台阶式大圆圈,中间是表演的地方,我就仿着那样,再仔细推敲,就成现在这样了,你觉得好不好?"

周钧儒："好! 太好了! 我简直不敢想天下还有这么好的剧院! 我要是角儿,也恨不得在这里登台演出!"

杜景箴："更好的还在后头呢,你跟我来!"说着又拉了周钧儒到后台,只见衣箱与以往完全不同,竟是整整齐齐一堂京戏服装,头面、绸衣、彩裤、彩鞋一应俱全,辉煌亮眼,耳目一新。往日唱梆子戏的顶多有个洋布戏装,彩裤彩鞋都不穿,何曾见过绸缎的? 如今竟有了这样齐整的戏服,真是做梦也不敢想。伶人们也是各个衣衫整洁,往日举止不雅随地吐痰嗑瓜子的一个也不见,风气极为谨肃。

周钧儒再次赞叹不已,连声叹服:"杜大哥这一改造,梆子戏简直是一步登天了! 比那些供奉权贵的京戏班子,也不差什么了!"

杜景篯:"谁说豫剧登不上大雅之堂? 我偏要让它成为文雅新声,让那些瞧不起梆子戏的达官显贵文化名流都来看豫剧,让他们知道我们豫剧也能文明高雅!"

周钧儒激动地搓着手,说:"杜大哥所言甚是! 梆子戏这样面目一新,那些达官显贵真的来了吗?"

杜景篯:"当然! 池座里都是些有身份有地位的文明人,每天都有当官的来看戏。"他压低了声音悄声道,"他们怄我的气,说我能把省主席请来才算能耐,你猜怎么样? 前两天刘主席真就带着妻子儿女来了,这可是梆子戏前所未有的风光呢。"

周钧儒更是惊喜不已:"杜大哥,真有你的! 省主席都来看梆子戏了,还有哪个人敢说梆子戏粗鄙!"

杜景篯得意道:"那是自然!"说着他拿出一张《河南民报》的报道,"你看这是一个评论家写给我的公开信,可是好好把梆子戏捧了一番呢。"

周钧儒接过报纸细细品读,见那上面写的是:"河南梆戏的艺术及社会价值的提高,全赖你一人的力量。平常一般人认为鄙俗粗俚、不堪入耳的土调儿,现在竟成为全城如狂、万人争道的高尚娱乐,妇人、孺子、引车卖浆者流固无论矣,即在上层社会的雾围里生活惯了的人亦改变了一向鄙弃的观念,而毫不吝惜宝贵的时间,去整晚地坐在那里欣赏这地道的声乐。"他一字字念了出来,只觉字字切中意思,竟无一句虚言,不由得击节赞叹,"杜大哥真当得起梆子戏第一人! 您这一番创新,梆子戏真就成了高雅艺术了!"

杜景篯按捺不住亢奋,说:"今晚上还有惊喜呢! 我当初不是说要在这永乐戏院组我的班子,唱我写的戏吗? 如今都一一实现了! 如今这中原剧院,我可是组了三个戏班,今晚就上演我写的新戏《凌云志》。"

周钧儒更觉不可思议:"杜大哥,你这一年到底做了多少惊天动地的大事! 我要不来开封见你,真不敢相信,简直像做梦一样,要不是家里有生意脱不开身,真恨不得来跟着你一起做剧院!"

杜景箴:"我何尝不希望你来?你在戏上很有见解,上次单经理就很服气,可惜你不能放下家里的正经生意,来做这样的事情。"

周钧儒叹气:"虽然我不能做,但是看着杜大哥做得这样好,我心里也是高兴极了!晚上就看一出您的新戏,也让我开开眼!"

当天晚上,中原剧院依旧是座无虚席,两边的站签也是人挤人,几乎连个落脚的地方都没有。三遍锣响之后,《凌云志》开演,讲述的乃是一个姐妹易嫁的故事:姐姐与一个书生结了亲事,却嫌贫爱富,妹妹看不惯,于是慨然代嫁,姐姐另择一纨绔子弟婚配。及至后来,书生高中状元,妹妹携夫婿衣锦荣归,纨绔子弟却因杀人被抄家,姐姐沦为乞丐,姐妹再次相见,姐姐悔之晚矣。

扮演妹妹的乃是红极一时的名伶俞海棠,那婉转柔润的唱腔竟如一根丝线般被抛起又收回,辗转牵扯着观众的思绪,时而高凌九霄,时而探入渊底。观众的心神就跟着她的行腔忽上忽下左右飘摇,心弦绷得紧紧的,一刻也不敢松,加之她做功细腻多情、身段袅娜、神思痴醉,真令台下观众如坠梦中,全然被她的一颦一笑、相思愁绪牵了魂儿一般,人人都觉身在戏中幻梦成真,直到全本终了,众人依旧心神不能归位,几乎魔怔了一样盯着台上,良久之后才掌声如潮轰鸣雷动,久久不肯退场。

周钧儒更是看得全然痴了,往日的梆子戏里何曾见过这样精巧细腻的故事、唱做俱佳的演绎?等到观众散场,他神思恍惚地来到后台,一见了杜景箴便紧紧握住他的双手,惊喜激动得满眼含泪,话不成句了好几次,才终于说道:"杜大哥,你真让梆子戏登上大雅之堂了!"

杜景箴亦是兴奋地摩拳擦掌:"我还要好好写几出戏,梆子戏得有自己的新本子,才能跟京戏昆曲相提并论,有了好角儿好本子,何愁没有观众?我还要再写一出新戏,就照着俞海棠写,等到排出来,保准又让观众看得离不开席。"

周钧儒听得眼睛都有些直了,杜景箴这一次又一次的大胆创新和宏阔手笔,令他心驰神往,只想着若是哪一日曲子戏也有这样的人物振臂一呼,该是何等风光！

如此，他竟在开封流连了四五日，陪着杜景篯写新戏，聊排演，又给他讲了许多曲子戏的板路和唱腔，说到兴起时，二人彻夜不眠亦不觉疲惫。周钧儒只觉畅快得几乎登云升仙，恨不得就此留在中原剧院，一辈子钻研戏曲。

然而他终究不能留下来，他肩上有周记药行的生意，有父亲的期望，有周家的未来，他必须离开这个梦寐以求的理想之地，前往陕西，承担他身负的责任。

不到两年间，周钧儒将汉中经营成了周记药行一个重要的药材流通之地，南接川渝，西通甘肃，北至内蒙古，眼下货物周转量比之重庆和武汉虽远远不及，却已经打开了广阔的局面，未来必成生意上的又一处根基。渭南的生意亦是稳扎稳打，山西、内蒙古一带的药材周转，往往走渭南而北上，渐渐有了影响力。

三七　沦为壮丁

　　民国二十四年公历七月,周钧儒接到铁顺儿的电报,称少奶奶将要临盆,催他速归,他才终于从没日没夜的忙碌中抽出身,第二日便急匆匆返回偃师。连日路途劳顿,周钧儒赶到家时依旧脚下发飘,抬腿迈步时犹觉地面还在行进。

　　他不及向周太太请安,便直奔自己的院子看姚青禾,进门就见铁顺儿媳妇正扶着她散步,她脸面浮肿,挺着高高隆起的小腹,一手扶着腰,慢慢地往前走。铁顺儿媳妇犹自鼓励道:"少奶奶,要坚持着多走一会儿,活动开了,生的时候才能少受点罪。"

　　姚青禾却已经看到了周钧儒,眼里有了神采:"卓先! 你接到铁顺儿叔电报了?"

　　周钧儒点点头:"我接了电报,就急着赶回来了。"又向铁顺儿媳妇道,"婶子,这几个月您受累了,青禾全靠您照顾着才得平安。"

　　铁顺儿媳妇笑道:"客气什么,我还想着你得过几天才能回来,没想到这么快。大夫说,少奶奶这脉象还得等几天呢,这几天让我陪着她多走走。"

　　周钧儒上前扶住姚青禾:"您歇一会儿,我来陪她。"

　　铁顺儿媳妇:"我的大少爷,赶了这么久的路,你不嫌累吗? 脸色都不能看了,先去睡一觉,我在呢,有什么不放心的。"

姚青禾也劝他先去歇息,周钧儒才摇摇晃晃进了书房,倒头便睡了下去,醒来时竟是十几个钟头以后了,耳中只听得外面一片嘈杂,夹杂着铁顺儿媳妇的大声吆喝:"快去准备东西! 请大夫和稳婆过来!"

他猛地坐起来,拔脚就往外冲,却见铁顺儿媳妇正忙着张罗让人准备棉布热水等物,他慌得连忙问道:"婶子,青禾要生了?"

铁顺儿媳妇回头看了他一眼:"可不是要生了? 正要叫醒你呢,忙得还没顾上。"

周钧儒立刻飞奔向姚青禾的屋子,她犹自在后面喊:"女人生孩子,你不能进去,在外面等着……"他哪里听得进这话,早已跑进了屋子,却见姚青禾好整以暇地坐在炕上,竟似任事没有的样子,顿觉诧异不已。

见丈夫气喘吁吁冲进来,她尴尬地笑了笑:"方才胎动得厉害,我以为要生了,铁顺儿婶子就忙起来了……"

周钧儒吁了一口气,说:"吓死我了,还以为我睡一觉错过了陪你呢。你现在觉得怎么样?"

姚青禾红了脸:"什么感觉都没有,就是有点饿了,想吃东西。"

周钧儒立即出去让人做饭来吃。等到汤面端上来时,稳婆和大夫也赶到了院子里,少奶奶却毫无动静了,炎热的天气,众人大眼瞪小眼,一时有些面面相觑。铁顺儿媳妇却是全然不觉麻烦,一边热情地安排众人在阴凉处坐下,盛了解暑的绿豆汤来喝着,一边说道:"少奶奶这一胎可是东家的长房长孙,大伙儿辛苦些盯着,一定有赏钱的。"

然而众人足足等了大半天,饭都吃了两遍,直等到天黑时分,姚青禾依旧毫无征兆,便只得散了去。如此这般情形,竟是连着两三次,铁顺儿媳妇每次都急急慌慌准备,把众人叫到院子里守着,稳婆和大夫每次赶过来皆是哭笑不得,好在大少爷一向客客气气,每次麻烦大家必然有些谢礼,众人便只当寻开心,乐呵呵地来,乐呵呵地去。

唯有周太太一次比一次面色不悦,将周钧儒叫去训责道:"钧儒,你也该注意些,怎么就由着她折腾胡闹?几次三番地把人家叫过来,却又没个动静,知道的是她要生,不知道的还当她故意显摆呢,我们周家可不是这样爱招摇的门风!"

周钧儒只得敷衍:"娘多虑了,铁顺儿婶子忙着张罗,也是怕一时真要生了措手不及,反正也就是这一两天的事了,娘只管等着抱孙子就是。"

周太太冷眼看着他:"你就认准了是个孙子?万一生了丫头,看她还敢不敢张扬!"

周钧儒:"丫头有什么不好?丫头还贴心呢,这一胎生丫头,下一胎说不定就是个儿子,再说将来还有汉川,您还怕抱不上孙子?"

周太太这才脸色有些顺了:"我也盼着汉川能给周家添个正根儿,也算圆了你爹的心愿。"

周钧儒知道周太太心中不快,依旧赔笑道:"可不是,汉川将来如果能生个机灵的孙子,周家也算是正经有后了,青禾这次要生个丫头,将来给她置办一份嫁妆,寻个好人家平平安安过一辈子,也是福气。"

周太太这才哼了一声:"她要真添个丫头,也是周家的孙女,我虽然不喜欢姚家丫头的张狂样子,但周家的女子出嫁,也总得要点体面的。"

周钧儒心中暗暗叹了口气,辞了周太太出来,还没走进自己的院子,就听见姚青禾一声痛苦的呻吟,随即铁顺儿媳妇喊了起来:"快叫人!叫人!少奶奶真的生了!"

他脚下如飞地冲了进去,却见姚青禾弯腰捂着肚子,神色痛苦,周钧儒立即上前一把将她抱起送进屋里躺下,很快婆子忙着烧水,稳婆和大夫也赶过来,一进门就将他撵了出去,忙碌着伺候生产。

周钧儒在门外听着姚青禾一声一声的痛楚叫声,急得坐立不安,双手搓出汗来,不停地擦着额头,听得稳婆说"少奶奶用力",他也紧紧攥了拳头努劲儿。门外伺候的婆子跟着笑了起来:"大少爷,少奶奶生孩子,你在这里用力做什么?"周钧儒脸上讪笑着,依旧心神不安地走来走去,恨不得进屋看个究竟。

好在姚青禾身子很是强健,不过一个多时辰,便听一声响亮的婴儿啼哭,随即稳婆在屋里高声喊道:"恭喜大少爷,恭喜少奶奶,喜得千金,母女平安!千金当前走,牵着儿郎手,这是下一胎喜得贵子的佳兆,可喜可贺!"

周钧儒听得"母女平安"四个字,终于松了口气,一颗心瞬间落了地,然而心中到底有几分失落:竟然是个女儿。若是儿子该多好,这份家业就稳稳地握在自己手里了。

然而只一转念,他便心中大为愧疚:自己何时变得这样利欲熏心了? 于是连忙隔着窗子喊道:"青禾! 我在外面呢,你给我生了女儿,我心里喜欢!"随即又吩咐人,"快去报给娘,再给爹打电话,千金之喜!"

等到孩子擦净了包在褓褓中,稳婆一开门,周钧儒立时跑了进去,只看了一眼孩子,就紧紧拉住姚青禾的手:"青禾,你受苦了……"说着,一边笑一边眼里带了泪花。

姚青禾虚弱得没了力气,把孩子揽在身边,眼里却是满满的失落:"只是个丫头……"

周钧儒却似浑不介意:"女儿好啊,女儿贴心,还不招人忌恨。"

姚青禾扭过头去:"我就想着争一口气,生个儿子,难道那老婆子害我一个儿子,我就没有生儿子的命了吗?"

周钧儒宽解道:"谁说一定要生儿子? 女儿也是周家的千金小姐,一样金贵着呢。"说着,俯身去看褓褓里的婴儿,却见她鼻梁高挺,脸盘浑圆,两眼晶亮如墨,新生儿虽皱皱巴巴,也能看出与自己有几分相像,只看了一眼,就觉得心都化了,眼睛再也移不开,"这是咱家闺女啊,长得真好看,我当年第一眼看见你,就是这么好看,不不不,比你还好看,这简直就是天上的仙女投生在咱家了……"

姚青禾这才有了点笑意:"刚出生的孩子能看出来什么好看? 就算真是天上的仙女投生,见了你这样的爹,也要吓跑了。"

周钧儒一本正经:"我这样有什么不好? 还配不上给她当爹吗?"

姚青禾侧头望着他:"你真的喜欢闺女? 难道不盼着我生个儿子吗?"

周钧儒："这又不是买东西,还能挑拣吗?来什么就是什么,自己家的孩子,儿子女儿都喜欢。"

姚青禾："要是一直生女儿,没有儿子呢?我们村有户人家,连生七个女儿,都没换样。"

周钧儒："那就是七仙女啊,你什么时候听说玉皇大帝和王母娘娘有儿子?不也是七个丫头?那是洪福齐天的好运气。"

姚青禾："就你能编!说得活灵活现的。"

正说着话,周太太走了进来。

自姚青禾将要临盆,她就日夜难安,时刻关注着二进院里的消息,每次铁顺儿家的大张旗鼓喊着"少奶奶要生了",她都觉心惊肉跳,好似下一刻自己就将失去掌家太太的地位。丈夫对自己防范多疑,周钧儒与自己不亲厚,姚青禾更是视自己为仇敌,唯一能靠得住的便是家业财产,只有把这份家私牢牢把持在手里才能踏实坦然——但如果姚青禾生了儿子,她在周家的地位便岌岌可危了。

所以当"少奶奶千金之喜,母女平安"的消息传来时,她只觉压在心头的大山骤然消失,浑身泄了力般站立不稳,良久之后才稳下心神,擦了擦眼泪连连叨念:"菩萨保佑!菩萨保佑!"说着便哆嗦着拉开首饰匣子,胡乱抽出一只银镯两只簪子,挪着小脚急急向周钧儒院子里赶去。

走进屋子,她冷着脸色看都不看一眼姚青禾,直接抱起了孩子,笑容满面地看着她:"我的乖乖,奶奶抱……"说着把镯子和簪子放下吩咐周钧儒,"这个拿去给孙女打长命百岁锁,这是周家的第一个孙女,我和你爹盼了多少年,总算见到隔辈人了。"周钧儒一时有些诧异,不知周太太为何转了性,然而她下一句话却兜头给夫妇二人泼了一盆冷水,"可惜是个丫头,到底是肚子不争气,要能生个儿子,周家就有后了。"

话音刚落,姚青禾的眼泪唰地落了下来:她分明是怨毒冲天,最怕自己生下儿子,此刻却拿这样的话来奚落嘲讽,在自己心上狠狠插一刀!

她愤恨地紧紧攥住了被角,骨节都已变得苍白:"太太真想要个孙子吗?

我可以再生!"

周钧儒更是神色遽变,却又不便发作:"娘,闺女儿子一样亲,都是周家的子孙,我已经让人去给爹打电话,约莫这几日就回来了。"

周太太哼声一笑:"依我说,也不必你爹来回奔波,毕竟年岁大了,经不起连日坐火车折腾,只是个丫头,给他报个喜就是了,过年总能见到的。你也不能在家里耽搁太久,陕西那边正是要紧时候,你得去操持呢。"

姚青禾的脸色更加苍白,自己生了女儿本该遂了她的心愿,她依然要甩风凉话与自己听!她不由得心生悲凉,翻了个身向里面躺着,不再看她。

周钧儒也皱了皱眉头:"娘,您……"

周太太打断了他的话:"孩子还没名字,你跟你爹商议着不拘什么取一个,等将来长大了,寻个好人家平平安安过一辈子,就是福气。"

第二日,铁顺儿从洛阳赶回来,带了周掌柜的话:"最近有些旧疾,一时不能赶回来看孙女,让账上先支五百大洋给孩子添置东西,再唱两天戏好好庆祝一下。"周钧儒更觉心里不是滋味儿,父亲一直盼着抱孙子,如今显然是遗憾的,虽然给足了姚青禾面子,但内中实情,自己如何不知?

然而他也只得遵着父亲的话,将周家喜得千金的事办得热闹非常,大戏唱了两天,周围百姓俱来相贺,受过周家恩惠的朴实乡邻更是两个鸡子一碗小米地送来礼物,周家派了人专门登记这些贺礼记下人情。寻常人家添了丫头,甚至不会通知亲友,周家却如此大肆操办,因此整个伊河镇都知道,这位千金备受宠爱。

然而一片喜庆气息之下,掩不住姚青禾院里的冷清,周太太只来过一次便不再看望,周掌柜更是不曾回乡,屋里只有一个婆子照应着,所有的热闹,不过是给周家做面子罢了。若非周钧儒一心对女儿爱如珍宝,她甚至觉得自己被冷冷地孤立在了周家门外。

唱罢了两日大戏,周钧儒便忙着给孩子取名,他准备了几十个名字,写了划划了写,总是不大满意,姚青禾叹气道:"皇帝家生了太子,取名也没你这么麻烦。女孩子家,无非叫个芳艳梅霞之类,还能怎么样?"

周钧儒哼道："那可不行，我的女儿不能叫那些俗气的名字，我这里取了一个好的，你看看怎么样。"说着，把纸上的三个字给她看。

姚青禾抬眼看去，却见写的是：周聿岫。她诧异道："这看起来是个男孩的名字，女孩子不大合适吧？怎么讲？"

周钧儒："虽然是个女孩子，但我希望她将来读书上进，提笔能文，志在山峰，敢作敢为，女儿身不掩男儿志。"

姚青禾听着他的话，忽然被触动了心事般："你这话倒让我想起董遐迩小姐了。"

周钧儒："对，我就是希望我们的女儿能像董小姐一样，女子不让须眉，将来才能选择自己的立身之地。"

姚青禾叹了口气："是啊，我但凡多读几年书，走出家门去，何至于只能仰仗男人生活，还要一门心思生儿子，不然就抬不起头来。"

周钧儒立时赔笑道："你可不敢这样说，谁不知道姚小姐在娘家的时候就挑门立户当家做主？如今咱这一家三口，不也都是你说了算？"

姚青禾苦涩一笑："看把你吓的，至于吗？"说着低头逗弄孩子，"岫儿，看看你爹，你是不是也笑话他？"

第二日，周钧儒把女儿的名字报给了周太太，她只看了一眼便皱眉道："叫个什么不好？越是贱名越好养活，起这么拗口的名字，我简直连字都认不下来。"随即又叹了口气，"罢了，你是孩子的爹，你说叫什么就叫什么吧。"

孩子尚未满月，周钧儒便不得不再赴陕西。日本鬼子侵吞了东北之后，又步步紧逼入侵河北，且公然策动华北五省自治，若是华北落入日寇手中，平原之地无险可守，日本军便可长驱南下，中原危矣。周记药行必须加紧布局陕西的生意，一旦开战，河南的生意便可撤入关中，保全部分家产基业。

临别之时，姚青禾自然百般不舍，然而嫁入经商之家，便要忍耐这样聚少离多的生活。院中日子再次安静下来，只有姚青禾带着岫儿和一个婆子过活。周太太从不踏进二进院，只偶尔叫婆子把孙女抱去逗一会儿。其余便是漫长的只见四角天空的时光，好在看着孩子一天天长大，再做些小衣裳，并不十分无聊。

转眼间,康宜俭在娘家已经住了将近一年,卿哥儿已一周岁多,扶着墙已经能走两三丈远,而且生得灵秀可爱,十分出众,全家上下无不喜爱。只是他的眉眼越来越像祁书瀚,偶尔一晃神,竟觉祁书瀚转世复生一般,不时让人心里一惊。虽人人都是这样感觉,却无一人敢说这孩子像他父亲,唯恐引起大小姐伤心,然而康宜俭看着他,依然会常常失神,甚至不知不觉便有泪流下来,大家也只好当作未曾看见,心中暗暗叹息。

卿哥儿两岁,总要回祁家庆生,祁母已经托人捎来了口讯,说是家中提前做好了准备,只等着她和孩子回去,康宜俭便提前禀明了父母,赶在卿哥儿两岁前几日回了夫家。

祁家虽已没落,却对他们母子极尽照顾,不仅屋子打扫得干净,铺盖一应簇新,连孩子的小衣裳小鞋子也备了许多,都是祁母带着泽约媳妇一针一线亲手做的,家中虽不富裕,却也尽力给她做些精致饭食,唯恐委屈了母子二人。

康宜俭更觉酸楚不忍,抱着祁母哭了一场,婆媳二人各自怀泪,却又不敢提起祁书瀚,只能相对强作欢颜。及至卿哥儿两岁宴,祁家竭尽所能办了流水席,除了康、祁两家的亲友,往日与祁书瀚交好的故旧也来了数百人之多,人人都备了厚礼,名为庆祝卿哥儿生日,实为贴补孤儿寡母生活,远在南京的谢君锡也托人送来了一百大洋,说是为义子将来读书添置书本。

祁书瀚的学生徐健君更是热情,俨然祁家半子一样,跑前跑后忙着张罗。泽约内向不爱多言,祁母和康宜俭又不便抛头露面招呼客人,幸有徐健君照应,待人接物往来应酬,安排得井井有条。

然而正当众人酒宴热闹时,忽然邻村一个年轻人蹬着脚踏车飞也似的赶了过来,一进院子便急急喊道:"徐健君!徐健君!"

徐健君迎上去问:"什么事这么急?"

年轻人上气不接下气把他拉到一边悄声道:"快跑!有几个开着卡车的

人打听你,我看着像是要抓你!"

徐健君脑中嗡的一声巨响:"又是特务?!"

年轻人:"我怀疑是! 你骑上我的脚踏车赶紧跑,不要回来了!"

徐健君点点头,甚至不及和康宜俭打招呼,立即骑了脚踏车风一样地逃走了。看着他跑得远了,年轻人才混在人群里,悄悄走近康宜俭:"师母,我是祁校长的学生,徐健君好像被盯上了,已经跑了,您最好也不要留在这里,躲一下吧。"

康宜俭只觉天旋地转,心中惊恐地抽做了一团,片刻之后才说道:"谢谢你,我知道了……"说完,她竭力装作若无其事的样子,回了屋便拉着祁母道,"母亲,家里好像还是不安全,那些人,又来了,徐健君已经逃走了,我怕他们连卿哥儿也不放过……"说着,双泪直流,"书瀚已经死在他们手里了,难道还要赶尽杀绝吗?"

祁母吓得险些跌坐在地,忙说:"孩子,你也赶紧走,回娘家,带着卿哥儿,快走……"

康宜俭:"那您怎么办?"

祁母:"不要管我了,只要你们母子能平安,祁家就有后,快走,不要耽误了!"说着,连东西也不及收拾,便催促着她悄悄出了后门,让泽约赶着马车一刻不停地离开了。

及至赶回康家寨,康老先生和康夫人都大为震惊,待到女儿哭诉着说明情况,二人顿时老泪纵横:谁料想姑爷已经去世两年,他们母子依旧在险境之中,此后竟真的有家不能回了!

康老先生叹了口气:"俭儿,从今往后就安心住在家里吧,总不缺你们母子一口饭吃,等卿哥儿长大几岁,风头过去了,再商议后面的事,只要爹还在,就没人能伤得了你们。"

康宜俭哭成了泪人:"爹,娘,女儿有什么颜面一辈子靠着二老……"

康夫人:"孩子,不说那些,有我和你爹在一天,就照应你们一天,将来我们不在了,还有你弟弟们,总要看着卿哥儿长大成人才行。"

康宜俭拉着卿哥儿跪在地下："爹，娘，女儿这辈子就指靠着卿哥儿了，只要他能长大成人，就算对书瀚有交代了，我受再大的委屈也认……"

周钧儒从未想到，自己竟会没日没夜地想念女儿。分明只相处了不到二十日，然而自看到她第一眼后，便觉再也放不下，眼里心里时时都是她的影子，如今远离故乡千里之遥，更是日思夜想，无论做着什么，她那可爱的小模样总会倏然跳出来，仿佛长在他心上的一颗幼芽，不停地长大，直到占满了整颗心。

他每隔几日便忍不住要给家里写信，除了询问家中事务，便是叮嘱姚青禾多写一些岫儿的事。每次发出信后，就陷入漫长焦虑的等待，总要二十余日才能收到复信，姚青禾于信中所述女儿的只言片语，他都视若珍宝，每每反复览读。

及至入冬时节，汉中城亦渐渐寒冷，随之而来的便是疫病高发，由于城中卫生条件差，传染病和地方病亦多，兼之南来北往的客商人员纷杂，竟至各地流行病在汉中均可得见，百姓染病往往因无力医治而亡，因此每到冬季，便是周记药行最为忙碌之时。

周记药行时常施医舍药，坐诊大夫又医术高明，因此各地求治者络绎而至，汉中城及周边百姓更将周记药行视作救命圣地一般，纷纷涌到门前，甚至常有数十人排队问诊的情形。周钧儒在武汉主持过舍药义诊，遇见这般情形自然不会慌乱，立即指挥伙计熬了几桶针对常见病症的汤剂抬到门前，对症分发，其余急症或症状不明者，再由大夫面诊医治，一切安排得井井有条，颇受百姓敬重，人人都道周记药行有救命的活神仙。

眼下诸事安排得妥当，周钧儒便带了伙计押着三车药材赶往甘陕交界的几个县城。这几县地处两省交界，又是通往西北的门户之地，事关周记药行在西北地区的商路拓展，因此生意虽小，周钧儒也宁肯亲自走一趟。

三个伙计驾着骡车，周钧儒自骑了一匹马打前站，以便安排照应，不到三百里的路程，轻松赶路四五日亦可抵达，因此他们行程并不紧张，沿途边走边看,打尖住宿时就趁便了解各地的常见病患情形。

这一日,行到一处山间,原本晴朗的天忽地阴云密布起来,拉车的牲口便有些焦躁不安,几人更是急急赶路,只求在下雨之前赶到一处村落或镇子,暂避一二。

然而越是急切越出变故,周钧儒骑乘的马一路撒开飞奔,路边一只野鸡猛地飞了起来,翅膀偏巧不巧打在马眼上,马顿时受了惊吓,不受控制地嘶鸣着疯跑起来,周钧儒狠狠带缰绳,却哪里还带得住? 此刻人在马背上,竟如惊涛里的小舟一般上下颠簸摇摇欲坠,他心知若摔下去非死即残,只得伏在马背上,双手抓住马鬃,两腿紧紧夹着马腹,耳边的风嗖嗖直响,也不知这匹马要跑到何处。

周钧儒几乎吓得失了意识,心中只存了个"万万不能落马"的念头,然而那马疯了一样地狂奔。他早已脱了力,腰腿软得烂泥一样,连拉起缰绳都觉手臂打战。到了山路急转弯处,马猛地顿足急停,他只觉天旋地转,整个人从马背上飞了出去,重重摔在地上,随即顺着山坡滚落下去,一路碎石磕碰杂草刮划,等到停下来时,早已摔散了骨架,躺在地下一动不能动。许久之后,才慢慢恢复意识,只觉浑身无一处不疼,动了动身子手脚,所幸没有骨折。周钧儒长出了一口气,后怕地急促喘息着,庆幸自己捡回一条命。但此时的他好似山中野人一般,衣衫处处划烂,满身草屑泥土,脸上也脏污得分辨不出样貌,哪里还有一丝周记药行少东家的风采?

躺了许久,恢复了一点体力,他便打量周围的环境,却是一片无人的荒山,连路也没有,根本不知身在何处。他咬着牙坐起来,思索如何走出这深山,万一夜间遇到猛兽,自己便成了豺狼之餐,为今之计,只能设法寻回正路,看能否找到人家借宿。

他站起身,折了一根树棍充当手杖,站在山上向下张望,却见远处有一条细细的山中小路,隐约有几处山屋,便知那里是村庄所在了。他心中稍觉安慰,有村庄就能寻得救助,只要返回大路上找个镇子,便可以托人捎讯,让伙计们来接应自己。

然而望山跑死马，那村庄看似不十分遥远，走到那里却不知多久，现在已经日头西斜，冬日天又黑得早，万一走不到村庄，便要在山中过夜了。一想到此，他顾不得浑身脱力瘫软，脚下紧赶着步子，向村庄方向走去，遇到陡坡下山艰难，便用衣裳包了头咬牙闭眼滚落下去。紧赶慢赶，天黑透了的时候，他终于走到了山下那条小路上，远处不时传来山狼野狗的叫声，令人不寒而栗，然而村庄里有星星点点的亮光，让他不至迷失方向，只要拼尽体力走到有人烟的地方，便是天大的幸运：至少今夜不会葬身狼腹了。

　　等到终于抵达村庄的时候，已近午夜时分，一路之上，始终能看到火光指引，周钧儒连连感叹自己绝境之地竟能逢生，然而他并未想到一个问题：寻常百姓人家天一黑便早早睡了，如何能彻夜燃着灯火？

　　他向有火光的地方走去，及至走到眼前，却发现是几个国民党兵在值夜打牌，待看清他们身份时，已来不及闪避，那几个兵也已听到了脚步声，拿起枪咔地拉上枪栓："什么人？"

　　周钧儒立即举起双手，慢慢走过来："老总别开枪！山里迷路了，朝着光亮走，才来到这里的……"

　　那几个兵看他狼狈得不成人形，一身脏乱不堪，疲惫得几乎抬不动脚直不起腰，才放下戒心，收了枪问道："大半夜跑山里干什么？是土匪还是窃贼？"

　　周钧儒走到火堆附近，一屁股瘫坐在地："老总，我是个商队跟班儿的，路上惊了马，迷失在山里了，从下午两点走到现在，才终于看到人，连这是哪里都不知道……"

　　那几个兵看他不似说谎，互相对视了一眼，拿枪的那人便道："你在山里走了十来个钟头？竟然没被狼吃了？一到冬天野狼都饿疯了，成群结队的，落单的人遇上它们，可是一点活路都没有。"

　　周钧儒听得一哆嗦，喘着粗气道："我这一路都能听到狼嚎，吓得魂儿都要飞了。几位老总，我确实是迷路走到此地，现在又饿又渴，能放我去村里讨口吃的吗？"

拿枪的兵顿时笑了："就算我们让你去讨饭,人家敢开门吗？你知道这地方土匪闹得多厉害？别说半夜三更,就是白天生人敲门,都不敢开的。"

周钧儒大为失落,垂头丧气道："这可怎么办……"

那人嬉笑道："知道我们扛枪干什么的？保境安民！你既然落了难,我就救你一把,给你口吃的喝的。"

周钧儒连忙感激道："多谢老总,多谢老总,您真是一心为民的军中豪杰！"

那人拍拍手,去拿了两个馍一碗水过来,周钧儒刚要伸手接过,他却转手躲开："急什么？保境安民的英雄,也不是白扛枪的,这民呐,得知道心存感激,比如我这半夜的两个馍一碗水,虽不值什么钱,却能救你的命,你要怎么谢我？"

周钧儒一愣："我日后回到商社,必然重重谢过您的救命之恩。"

那人不以为然地摇头："等什么日后？你现在吃了我的馍,就该当场有恩必报。"

周钧儒惊诧不已："可是我身上什么都没带,现在怎么报答老总的大恩？"

那人叹了口气："朽木不可雕也,你方才说了'下午两点'走到现在,表呢？没有表怎么知道时间？"

周钧儒震惊之下恍然大悟,这人竟如此心思敏锐！他身上确实带了怀表,而且知道此刻不得不将表拿出来换馍,何况方才那一簇火光,也确实一直给自己指路,算是救了自己一命,所以他并不觉恼恨,仔细在怀里摸了一阵,将怀表摸出来,大大方方递过去。

那人顿时笑了起来,拿着怀表向另外几个人炫耀："古时百姓箪食壶浆以迎王师,你们看怎样？这样的好百姓,值得兄弟们战场拼杀！"说着把馍和水递给周钧儒,"兄弟们要保的,就是你这样的百姓！"

众人哈哈大笑起来："还是砚哥有见地！兄弟们跟着砚哥保境安民,各个都是大英雄！"然后几人便开始研究那怀表,唯有这被称作砚哥的一眼就看得分明,给他们讲着如何看时间,如何拧发条,等等。大家都崇拜不已,纷纷赞叹道:"不愧是见过大世面的,就是比我们强!"

周钧儒一面狼吞虎咽吃喝着,一面盘算着天一亮就离开,有意无意地听着砚哥与众人的对话,这才意识到,此人虽痞气油滑,言谈间却是读过书见过世面的样子,与寻常的兵痞老粗全然不同,如何会流落到国民党军中?

然而他已无力细想这个问题,吃饱喝足之后,立时便觉全身散架了一样疲惫酸疼,困意如山般压下来,双眼一闭就在火堆旁昏睡了过去。这一觉睡得极为深沉,直到被人狠狠两脚踹醒,才慌乱地睁开眼睛,却见砚哥斥骂道:"死猪也不会睡得这么沉!你在这里睡大觉,却要老子值夜看着,睡够了就滚!"

周钧儒猛地跳起来,却发现天只麻麻亮,咕哝道:"老总息怒,息怒,我这就滚……"

砚哥哼了一声:"要不是看你昨夜乖觉,老子才懒得叫醒你呢,快滚,越快越好!"

周钧儒被骂得不明所以,但心中颇有几分害怕,连忙拖着酸疼的双腿离开,然而刚走出不到十丈,便听得村中一片骚乱,随即哭喊号嚎之声四起,另有几个兵扛枪守住了村子的出入路口,紧接着,便陆陆续续有青壮年被驱赶着集中在一处,绑了手拴成一串。

他脑中瞬间闪过一个念头:抓壮丁!

抓丁之事在陕甘一带极为常见,匪患严重,军队驻防变动频繁,兵力本就不足,加之克扣军饷严重,兵士又遭虐待,因此征兵很是困难,逃兵却越来越多,各地军队便经常抓壮丁补充军力,或强行抓人,或蒙骗百姓,甚至过往商旅也经常被强征入伍。这些壮丁一入军中,便如牲畜一样被随意打骂凌辱,或者未经军事训练便发一把枪驱上战场,因此被抓了壮丁,往往意味着死路一条,能活下来的不足半数,百姓对"抓壮丁"畏之如虎,却又难逃其苦。

这两年在陕西做生意,周钧儒自然知道抓壮丁是何等情形,更知道一旦被抓了丁便是有去无回,难怪方才砚哥下了狠脚也要将自己踢醒,他分明是要给自己一条活路！一念及此，他再顾不得浑身酸疼，拔脚飞奔，可是未及跑远，便被村口把守的兵看了个正着，只听"咔"的一声枪栓响，随即粗暴的吼声传来："站住！"

周钧儒脑中瞬间一片空白，双脚一动不能动地将他定在原地，只觉此生休矣。

当他被拴在那一串壮丁之中时，砚哥无奈地摊手，给了他一个"自求多福"的眼色，依旧嬉皮笑脸地与兵士们胡吹乱侃去了。

天亮时分，几十个壮丁被驱赶着上路了。周钧儒心中万念俱灰，跟在队伍里跌跌撞撞地前行着，哪个脚下缓慢影响了行军便要被叱骂抽打，人人凄惨万分。走了半日，终于到了一个镇子，与大部队会合之后，周边各处村落抓来的几百壮丁被赶上卡车，拥挤得犹如运输猪羊一样，向未知的地方驶去。

经过一整日的奔波，终于抵达兵营，众人早已吃饱沙土，满面尘灰如同泥人一般，狼狈不堪地被吆喝着下了车。这一日之中，一口食水也不曾给过他们，而且很多人是睡梦中从家里被拖出来，各个衣衫单薄，在冬日寒冷刺骨的风里吹着，全靠众人拥挤着维持一丝暖意，不然便要冻死在路上。到达兵营时，这些人早已凄惨万状，抖抖索索仿若直不起腰的虾，然而未及缓口气，便再次被驱赶着去了壮丁营，那里才是他们此行真正的目的地。

周钧儒的情形亦是非常糟糕，昨天落马摔得厉害，又在山里奔波了十来个钟头，今日又被挤在卡车上蜷缩僵硬地坐了一天，连挪动一下手脚的空间都没有，下车时只觉全身凝固了般动弹不得，滚落到地面后许久都站立不起来，被狠狠踹了几脚才挣扎着连滚带爬跟上队伍，踉踉跄跄地到了壮丁营。

名为壮丁营，实则是奴隶苦工集中营，国民党兵根本不把壮丁当人看，做不完的苦工，随时随地的凌辱虐待，食不果腹，病不能医，睡觉亦是四处漏风的破帐篷，铺一些麦秸谷草便是床铺，被褥是没有的，能有几卷草帘子盖着已是运气。众人拥挤着相枕而卧，虱子臭虫遍地，大小便均在帐篷内的一个便桶内，臭气熏天令人作呕，生存境遇比囚犯尚且不如。周钧儒记得幼年家中最贫寒之时，也未到如此境地，难怪百姓都说被抓壮丁，便是有去无回了。

从执掌几省生意的周记药行少东家,一日之间沦落到壮丁营里的奴隶,周钧儒只觉人生的大起大落仿佛给自己开了个玩笑,在他踌躇满志闯出一片天地时,猛地被打入万丈深渊,仿佛老天都在警告他:你姜小五穷人贱命,早该饿死在十五年前,摇身一变做了富家少爷,居然还敢信以为真,如今便把你打回原形看看!

　　到了这一刻,他终于明白,命运的轮回始终压在自己头上。这些年父亲对他寄予重望,他也真的挑起了周记药行少东家的重担,然而他始终不敢相信自己真的可以继承家业,一颗心总是笼罩在不安的阴影里:我本贫寒,怎可能真的富贵加身?眼前所有不过黄粱一梦,终有一天要醒来的。

　　他无望地躺在谷草上,听着身边人的哭泣、咒怨和怒骂,一声不响地盯着帐篷顶子,有那么一瞬间,他竟觉得认了命,若是该当死在此地,那便两眼一闭,横竖由它了!

　　然而这个念头很快被满心的不甘填满:他还有青禾,还有刚出世不久的女儿,她们若是知道自己死在壮丁营,该是何等伤心绝望,又如何熬过这一辈子?难道就任由她们母女望门守寡,从此孤苦无依受尽生活磨难吗?

　　不,必须活下去,必须想办法逃走,回到她们身边!

　　心思定住了之后,他终于想起砚哥暗中叮嘱他的话:"到了壮丁营要听话,像狗一样顺从才能活下来!……先忍着,过几天我想办法!"这样短短几句话,砚哥从他被抓壮丁一直到进兵营下车,找了几次机会才断断续续说完,此刻回想起来,他终于意识到:砚哥是唯一可能救他脱身的人,自己必须抓住这个机会。

　　一块怀表,给自己换来一线生机,虽然渺茫,却也是黑暗里的一丝亮光,这个油滑的老狐狸,又一次给了自己生的希望。

　　壮丁营的日子极度煎熬折磨,天刚亮便被打骂着起身,每人发给一碗烂菜汤,一个粗糙到难以下咽又苦又涩的硬窝头疙瘩,吃过之后就被赶到工地上,做些搬运物资、修缮营房、挑水砍柴的粗重苦工,直到天完全黑透才能收工,一刻不能停歇。饮食更是粗粝,连马料豆粕都不如,如此一日下来,人人体力透支到极限,兼之时刻有人监工,稍有劳作迟缓,便是鞭打斥骂不休,因此壮丁入营第一天,便有不少人病倒,报给监工亦毫不理会,医药更是全无指望。

周钧儒扛过第一天的苦工,躺在谷草上已如烂泥般瘫软,只觉人间地狱亦不过如此,然而第二日依旧如此,若非心中撑着仅有的一线希望,坚持着定要活着再见妻女一面,真宁肯一死了之也不愿多受一刻的罪。

到了第五天,倒下的人越来越多,已有几十人病重垂死,众人纷纷向监工请求派大夫来诊治,哪怕给一点药也好,可是监工熟视无睹,反而叱骂道:"这地方哪一天不死人?死了就抬出去,哪有大夫给这些人治病!"眼见监工视人命如草芥,壮丁们恐慌起来,这些人今日之下场,便是自己明日的命运,如何不怕?然而想要逃走难如登天,留在此地便是等死,反抗更是立毙枪下,前途黑暗得无一丝希望,只能有今日没明日地煎熬着,这等绝望如何忍受?一时间壮丁营里哀声四起,人人为自己的命运痛哭流涕。

周钧儒也已被透支到极限,全然没了思考的力气,他甚至觉得自己已成为行尸走肉,每天只期待着那一份粗粝的食物和夜里躺在谷草上的时间,他甚至不敢相信自己竟会将这点卑微的欲望视作人生最急切的渴盼,如此处境,与猪狗何异?

更糟糕的是,他自己也染了病,腹泻发烧,虽然还未严重,但在无医无药的情形下,决然坚持不了三日,而答应自己会想办法的砚哥,连一次都没出现过。

他强迫自己用最后一丝力气谋划着如何自救。

监工看到他蹲在地上站不起身,上前便是一鞭子,呵斥道:"装什么病!贱骨头,偷懒不干活!滚起来!"

周钧儒忽然决定赌一把:"老总,我能救那些人的命。"

监工一愣神,冷笑道:"你以为你是神仙,还能救命?"

周钧儒冷静道:"我不是神仙,但我是药材行的伙计,他们得的很可能是霍乱,如果不救,传染开来,所有人都得死。"

听到"霍乱"二字,监工顿时有些害怕:"你小子胡说!怎么就知道是霍乱?!"

周钧儒:"别的病,怎么可能一下子感染这么多人?而且病上两三天就要死,不是霍乱是什么?今天是他们,明天可能就是你我,老总不想跟着我们这些贱命一起死吧?"

监工慌张起来,一把抓住他的领子:"你真的知道怎么治?"

周钧儒点头:"我给一个方子,只要照着抓药给大家喝了就能活,没感染的也能预防。"

监工狠狠盯着他:"你等着,我马上跟连座汇报,到时候要是吹牛扯谎,立马毙了你!"

周钧儒松了一口气,知道自己又有机会捡回一条命了。但他依然不敢松懈,要等到连长来了,真的许了他的请求,才可能活下去。

连长来到周钧儒面前时,神色虽不屑一顾,却也并未十分难为他,只是平静地问道:"你真有治霍乱的方子?会写字吗?"

周钧儒点点头,连长吩咐人拿来纸笔给他,他哆嗦着手提笔蘸墨写下了方子。

连长见他一笔行楷潇洒漂亮,立时眼里有了光:"你念过书?真懂医术?看这一笔字,怕是学问不浅吧?"

周钧儒:"念过几年私塾,也跟药行里大夫学过两年。"

连长忽然回头对监工道:"昨天崔砚鸣跟我汇报,这次征的兵里有个读过书的,我还想着找一找,看来就是他了。"

监工诧异:"谁能想到征兵还能征来读书人?"

连长:"军中识字的人太少,读过书的还是有些用处,你先去按方子抓药试试,要是真能治好了,总比再去征兵容易。至于这个……你叫什么?"

周钧儒答道:"李卓先。"他没敢报自己的真实名字,却也不算太假。

连长:"李卓先,你就留下当个军医,平时也能帮我做些文书。"

周钧儒闻听此言,心中立时松了一口气,想来那崔砚鸣就是砚哥,连长一句话,自己便能脱离苦海,不会死在这人间地狱般的壮丁营了。

当日夜里,壮丁营里染病的人都喝上了汤药,虽然熬制十分粗劣,但好在药方对症,这些人又都在壮年,只一剂药下去便大有好转,第二日再喝两剂,眼见着恢复了许多,重病垂死者也都有了起色,众人纷纷庆幸躲过一场霍乱之灾。

两日之后,周钧儒便被调离壮丁营,正式编入国民党军中,班长恰是崔砚鸣。他如今是连营中的军医,偶尔帮连长处理些文书工作,不仅吃上了饱饭,有了单独的床铺,还发了军装和枪支,甚至被授意洗了澡,收拾干净,到连长办公室听差,与之前相比,简直一步登天。

崔砚鸣看他焕然一新,笑道:"你小子一步踏进了福窝,怎么谢我?"

周钧儒一摊手:"砚哥,这次身上可真没东西当场报恩了。"

崔砚鸣笑骂道:"巧言令色的东西,给你点颜色就要上脸了!"

周钧儒端正了神色问道:"砚哥,你也是读过书进过学的人,怎么就当了大头兵了?"

崔砚鸣叹了口气:"你道我愿意做这个? 在家的时候我也是父母宠着长大的,念过私塾学过武艺,我父亲是给地主守庄子的庄头,周围千亩地上的佃户谁不对我恭恭敬敬? 平日里没事陪着地主少爷练练拳脚玩玩皮影,日子美着呢,可惜啊……"

周钧儒追问道:"可惜什么?"

崔砚鸣:"可惜日本鬼子闹得厉害,在我们那里横行霸道,说抢就抢说杀就杀,我也被他们抓去当伙夫。那些狗日的哪里把咱中国人当人? 我一时没忍住,失手打死两个,日本鬼子追得厉害,谁敢留我? 所以家也不敢回,只好逃到军营里来避难了。"

周钧儒震惊不已,不由得肃然起敬:"砚哥竟有这么好的武艺,失手都能打死两个日本鬼子?"

崔砚鸣叹气:"祸兮福之所倚,福兮祸之所伏,我也不知这一身武艺救了我,还是害了我。"

周钧儒:"我倒一直想学点武艺呢,可惜没什么机会。"

崔砚鸣:"这有什么,我教你就是。那一天你痛痛快快掏出怀表,我就知道你是个明白人,军营里都是大老粗,你这样的人可不多,我很是欣赏你。"

周钧儒:"砚哥这样的本事,怎么只做了个区区班长?"

崔砚鸣:"你懂什么?军营里最舒服的就是小班长了,有大头兵伺候着,也不用顶着上司的军令状,打仗输赢都与我无关,只管吊儿郎当混日子就行。"

周钧儒:"那你就这样一直在军营里待着?将来呢?总不能混一辈子的。"

崔砚鸣压低了声音凑到他耳边:"谁会真的在军营一直混着?我是等着老家那边风声过了,就要回去的。"

周钧儒一愣,瞬间有些惊住:"当逃兵?"

崔砚鸣嘿嘿一笑:"逃兵多了去了,我为什么不能?"周钧儒眼神一亮,刚要开口崔砚鸣便警告道,"你小子想都不要想,你逃了,我是要受连累的,敢当逃兵,我毙了你。"

周钧儒当即吓得一激灵:"不敢不敢,我哪儿敢连累砚哥,能从壮丁营捡一条命,已经是托您的福了。"

崔砚鸣:"也不是不能逃,只要我一离开,你们各凭本事,谁能走谁走,那就与我无关了。"

周钧儒连忙点头:"知道,知道,多谢砚哥指教。"

编入正式军后,周钧儒终于得以好好歇整了一下。短短不到十天时间,他的人生际遇竟如大风浪里的小船一般,一时被抛入高空,一时又跌入浪底,转瞬生死之事便经历了几番,真前所未有之惊险起落。这些日子他只顾拼力挣扎着求一线生机,连片刻思考的时间都没有。如今勉强缓过一口气,躺在营房床铺上,对家的思念如山般沉沉压下来,瞬间填满了整个心神,呼吸都被狠狠地噎在胸口,梗得疼痛难忍。

他们必然以为自己跌落山崖死无葬身之地了吧?

青禾若是以为自己死了,该如何伤痛难当?刚出生的岫儿,会不会以为她再也没有爹爹了?对自己寄予厚望的父亲,老年丧子又是何等沉重的打击?

周钧儒失踪的电报,三天后送达了重庆周记药行。

周掌柜看着电报,整整一刻之久面无表情,然而整个人却瞬间苍老衰颓下去,一头霜发几乎变得雪白,脸仿佛被抽干了一样垮下去,双眼呆呆地毫无神采,竟似木胎泥塑般一动不能动,仿佛完全没有了生气。

刘大掌柜经过他办公室,一见他心如死灰的情状,惊得神色剧变,三两步冲进去将他手里的电报抽出来,只一眼,如遭雷击:"东家! ……"

周掌柜转动浑浊的眼珠看着他:"钧儒失踪了,生死不明。"

刘大掌柜竭尽全力稳住最后一丝心神:"东家,千万不能这样想,只是失踪了,一定能找回来。"

周掌柜摇了摇头,竟然苦涩地笑了一下:"深山里惊马,就算没摔死,也会让野兽吃了。周记药行,后继无人了,我周培祥拼了一辈子,到底还是落得这个下场。"

刘大掌柜:"东家,这个时候你可不能胡思乱想,当务之急是赶去汉中把钧儒找回来!"

周掌柜:"当然要去,哪怕找回尸骨,也算有个交代。"

刘大掌柜:"你怎么就一心想着钧儒死了!这孩子就不能福大命大,逢凶化吉吗?他从小经历了多少事,不都挺过来了?"

周掌柜:"我把所有的希望都压在他身上了,他怎么能舍我而去?……"

刘大掌柜急道:"东家!还没到这个地步,钧儒兴许还活着,你怎能这样咒他?"

直到此刻,周掌柜才终于崩溃失声:"孙女出生的时候,我为什么没赶回去见他一面?万一真找不回来,我们父子的缘分,这一世就到此为止了!"他声泪俱下,绷了许久的悲伤如决堤之水般汹涌而下,年届六旬白发失子,几乎是致命的打击,这一番竟是哭得天昏地暗,仿佛眼前只有无尽的黑暗和绝望。

刘大掌柜默然无言地守着,围过来的伙计也全部被他挥退,自己陪在周掌柜身边老泪长流。与周掌柜并肩作战多年,他对周记药行的感情同样深入骨髓心血,周钧儒骤然失踪,生意后继无人,于他而言同样是无尽的悲伤。

第二日,尽显沧桑老态的周掌柜定了火车票赶往汉中,无论如何,他都要去找回自己的儿子,生要见人,死要见尸。

偃师周家宅院。

铁顺儿接到电报亦是心疼得老泪纵横。他看着周钧儒进入周家,一天天长大,二人感情几乎亲如父子,如今周钧儒骤然离去,他先找个无人的角落痛哭了一场,才想着如何告诉周太太和少奶奶这个噩耗。

回到家中见了周太太,他踌躇犹豫了半天,才小心开口道:"太太,汉中来电报,事关大少爷,我怕您经受不住,请少奶奶一起来吧。"

周太太皱眉道:"钧儒怎么了?"

铁顺儿摇了摇头,等姚青禾抱着孩子急匆匆赶了过来,他才扑通跪在地下,涕泪齐下:"太太,少奶奶,大少爷在山里惊了马,失踪了……"

周太太闻言瞬间失色,急得眼泪几乎落下来:"钧儒他失踪了?派人找了吗?现在什么情况?汉中那边的伙计都是做什么的,人失踪了不知道找吗?……"周掌柜年事已高,若周钧儒此时出事,药行生意无人掌管,周家便要就此没落了,她慌张得语无伦次,方寸全乱,只不停地絮叨着"找人",全然不知所措。

姚青禾更是五雷轰顶般眼前一黑,强自呼吸了一阵才定住心神:"卓先在哪里失踪的?是死是活?"

铁顺儿:"在山里惊了马,不好说,如果运气好能留一条命,要是摔了或者遇到野兽……"

姚青禾:"那就是说,人不一定就死了,是吗?"

铁顺儿只得点点头,说:"我们也希望是这样。"

姚青禾咬了咬牙,眉头紧紧锁成了一簇,她紧紧握着拳头,指甲将手心抠出了血,大声叱道:"人还没死,哭什么!"

周太太和铁顺儿瞬间被这一声呵斥惊住,一下子收了眼泪看向她,他们从未想到,一向独居二进院,连管家权都不能染指的大少奶奶,竟是这般刚烈沉勇的性格!

周太太无措地望着她:"你是说,钧儒还没死?"

姚青禾:"谁也没看到卓先的尸体,凭一句失踪,就能认定他死了吗?我不信,他一定能活着回来!"

铁顺儿也顿时觉得心里踏实了许多:"大少奶奶说得对,我这就去汉中找大少爷!"

姚青禾脸色深沉,依旧竭力镇静道:"爹肯定也得到消息了,应该已经去了汉中,你见了爹,好好照顾他,年纪大了,怕他经受不住打击。"

铁顺儿愣愣地看着她,说:"可是少奶奶你也……"

姚青禾打断他的话:"卓先还没死!我这个周家少奶奶,还没到哭丧戴孝的时候!"

周太太也终于找到了主心骨:"对,铁顺儿,你快去汉中,帮着老爷找找钧儒,也照顾着他别伤心过度……"

姚青禾抱着岫儿,一路冷着脸,神色镇静地回到自己院子里,进屋的瞬间,眼泪滚滚而下:深山里惊马,怎会有活路?自己的丈夫只怕凶多吉少了。

乡关何处 下

书 石 刘乃艺

著

河南文艺出版社

·郑州·

三八　祸不单行

　　周掌柜到汉中的当日,铁顺儿也赶了过去,只一眼便惊觉东家苍老不堪,精神完全垮了一般,主仆二人相对痛哭不已,互相劝慰了半天才勉强忍住,将伙计叫过来细问详情。

　　几个跟班的伙计这几日早已慌得没了人色,哭着跪在周掌柜面前:"少东家惊了马之后跑去哪里,我们也不知道,沿着马跑的方向把周围几十里都找遍了,马找到了,少东家却一点影子都没有……"

　　周掌柜:"周围有村子吗? 村里有人看到他没有?"

　　伙计摇摇头:"我们把那一带周围的几个村子都问遍了,没有人看到少东家。"

　　周掌柜:"马是在哪儿找到的? 带我去! 活要见人,死要见尸!"

　　伙计立即准备好了马车,铁顺儿亲自看着铺了厚厚的垫子,扶着周掌柜上车半躺下,又带了七八个伙计启程前往陕甘交界的方向。一路之上,随处可见乱树丛林,悬崖峭壁,到了惊马的地方,更是地势险恶,周掌柜的心几乎沉到了谷底:在这样的地方惊马乱窜,几乎没有活着的希望了。

　　众人皆知少东家生还无望,但依然将所有可能跑马的方向都仔仔细细找了一遍,沿途不停地呼喊着,然而听到的只有大山的回声,哪里有周钧儒的影子？一群人整整找了两天两夜，累了就在马车上歇宿，醒了就继续寻找，一条小路、一片斜坡都不放过，又将周边的村落都问了一遍，终究是一无所获。

大家聚在一起，眼里早已没了希望，只是木然地看着周掌柜和铁顺儿。周掌柜四周环顾了一下，心知此行已是徒劳，周钧儒怕是真的找不到了。他呆呆地望着远处，失神了半日，忽然仰天长哭道："老天啊，真要把我周培祥逼上绝路吗?!"这一声嘶哭，竟双眼赤红，心肺俱裂，随即重重地呕出一口血来，骤然摔倒在地。

伙计们顿时拥了上去："东家！"

铁顺儿似早有准备般立即从怀里掏出一个盒子，打开取出里面的丸药："快，拿水来！"他撬开周掌柜的牙关，用水将丸药送了进去。

半晌之后，周掌柜终于醒转过来，说："铁顺儿，钧儒看来是没希望了……我宁可自己死了，只求能把钧儒换回来……"

铁顺儿含着泪："东家，没有找到尸体，说明人还活着，怎么就没希望了？"

周掌柜摇摇头："家里怎么样？"

铁顺儿："太太已经慌了，但是大少奶奶很刚强，说只要没找到尸体，就是人没死，她相信大少爷还活着。"

周掌柜："唉，我早就看好这孩子，真能担当得起，可惜命苦啊……"

铁顺儿："已经找了两天两夜了，始终没见到尸体，也许大少爷真的活着呢，说不定哪天就回来了。"

周掌柜："你也这样觉得？"

铁顺儿点点头："我也相信大少爷还活着。"

周掌柜勉力站了起来，好似下了决心一般："好，我们回家，回偃师，从今儿起，任何人不能提大少爷没了的事，只说是一时找不到人，明白吗？"

众人立即低了头："明白！"

铁顺儿不明白，东家何以这么快就镇定下来，镇定得让他有些害怕，但他却不得不听从命令，陪着周掌柜返回偃师。

家中虽然还是旧日的气象,眼下却已完全笼罩在大少爷失踪的晦暗阴郁之中,所有人都失了神采,小心谨慎又无声无息地做着自己的活计,见东家回来,更是人人噤若寒蝉。

　　周掌柜阴沉沉地看着眼前的宅院,只觉心灰意冷,周太太迎出来时见丈夫满头白发,虚弱苍老得不忍目睹,更是眼中含了泪。二人回屋相对沉默了半晌,周掌柜才道:"钧儒不知还能不能回来,我们又到了这个岁数,没几年光景了,家里的生意,得早做准备了。"

　　周太太低头道:"不是还有汉川吗?"

　　周掌柜:"汉川哪能顶得起门户? 我已经老了,操持不了这么多生意了,只有把生意收一收,做完明年,就该撤回来了。"

　　周太太一愣:"怎么不现在就撤?"

　　周掌柜叹了口气:"撤回生意事关重大,各地的掌柜伙计要安顿,药农那里要把上一季的药材收上来才不失信誉,常年订购药材的经销商和商路要转出去,账目要收拢,库房要清货,各地的铺面房产也要处置,哪是一时半刻就能撤回来的。"

　　周太太听得云里雾里:"这么多事情要做?"

　　周掌柜:"而且不能对外声张钧儒的事,万一他们知道少东家没了,我们要撤回生意,难免就失了管束,从中做耗,到时可就损失惨重了。"

　　周太太愠怒道:"周家这些年待他们不薄,他们怎么敢做这种事?"

　　周掌柜:"真到了撤生意的时候,谁还会在乎你待人薄不薄? 捞些眼前的利益才是真。"

　　周太太:"钧儒这么重要? 咱们家真就要倒了?"

　　周掌柜长叹:"本以为有了顶门立户的继承人,没想到又活生生从我身边收走了,天要亡我,这是命啊……"

　　周太太也垂泪不已:"没了生意,我们以后怎么办?"

　　周掌柜:"还有些积蓄,置办些田产,只要汉川和将来的子孙安安分分勤俭度日,总能撑上几十年,要是再出个能成事的后人,就是造化了。"

二人正说着话,姚青禾抱着岫儿来到正房,给公婆请安。

周掌柜见她依旧刚强地撑着,脸上虽有悲色,却是面容坚毅,不由得心中更添几分心酸,起身迎上前去,接过孙女抱在怀里:"钧儒媳妇,你给周家添了后,等钧儒回来,我们给孙女好好庆个周岁。"

姚青禾抬眼望着他:"爹也相信卓先会回来?"

周掌柜点点头:"我和铁顺儿去找过了,没有尸首,周边的村民猎户也都说没见到,也许就是还活着,只是一时回不来。"

姚青禾:"爹放心,他一天不回来,我等他一天,他一辈子不回来,我等他一辈子。"

周掌柜眼窝一热:"好孩子!咱家虽然不是大富大贵,但只要你守在这里,就永远是周家的大少奶奶,岫儿也是周家的长房孙女,我一定好好给她置办一份嫁妆,你只管放心。"

姚青禾眼里这才有泪在打转:"多谢爹!"

送了姚青禾出去,周掌柜才叹了一口气:"钧儒媳妇是个好孩子,可惜钧儒他没福气啊。"

周太太:"我听她的意思,不管钧儒回不回得来,她都会守节?"

周掌柜:"什么年代了,还说守节不守节的话?万一钧儒真有个不测,她想往前走一步,谁能拦得住?但是周家的儿媳妇往外走,丢的是我们的脸面。"

几天之后,周掌柜自觉精神略好了一些,便开始前往各地处理生意事务,洛阳、开封、郑县三地先盘点了一番,与客商们一一联络向外转,又将账目和房产清算了一遍,心中有了底,才开始启程返回重庆。

虽然严令封锁消息,但周钧儒失踪之事依然在各地药行慢慢传了开来,掌柜伙计们意识到周记药行不能长久,人心思异,虽不敢明着来,但暗中做耗之事也渐渐多了,幸而有刘大掌柜弹压着,还不致太过明显。周掌柜明知如此,却也不得不睁一眼闭一眼,只是加紧收拢生意,尽量少留漏洞,一些不起眼的小损耗,也只得听之任之了。

周钧儒在军中的日子渐渐适应了许多,除了每日的操演训练、枪法格斗外,还要充任军医,帮连长处理文书,代兵士们写写书信,竟是忙忙碌碌,经常一刻也不得闲。

然而他却宁愿这样忙碌着,只要手里有事情做,他就无暇想家,即便如此,每天夜里依旧是他最恐慌的时刻。只要躺在床铺上,所有的担忧、害怕、思念、茫然无措、前途无望,都在夜晚时分汹涌而起,席卷裹挟着他的心神,噩梦连连。

崔砚鸣看出他的心思,不知从何处找出来一瓶酒,夜里将他叫到营房外:"李兄弟,睡不着? 想家?"

周钧儒点点头:"我爹快六十岁的人了,我女儿才几个月大,家里正是需要我的时候,没承想却摊上这样的事……"

崔砚鸣:"这叫什么事? 你要是前些天死在壮丁营,一了百了,现在还会担心这个吗?"

周钧儒一愣:"死了倒是真的不用想这些了。"

崔砚鸣:"这就是了,还能担心,还能想他们,说明你还活着,活着就有机会。"

周钧儒眼里瞬间有光亮起:"砚哥说得对,活着就有机会!"

崔砚鸣给他倒一碗酒:"我不是告诉过你,像狗一样顺从才能活下去? 在军营里,有一套活下去的规则,我现在就教给你。你得硬气,有骨气,但要懂得什么时候弯腰;你得勇敢,像条汉子,但要懂得适当后退保护自己;你得会小露锋芒,也得会韬光养晦;你得粗鲁耿直跟那些大老粗打成一片,还要八面玲珑讨身边人和长官喜欢……这里边的学问,变通的路数多着呢,用一句话说就叫:用舍由时,行藏在我,懂吗?"

周钧儒第一次听闻如此"高论",不由得诧异道:"自古行军打仗,不是都有一套军纪军法吗? 什么十七禁令五十四斩……"

崔砚鸣:"糊涂! 那是什么军队? 咱这是什么军队? 这些地方军收编了

多少土匪你知道吗？抓壮丁,吃喝嫖赌,贪污受贿,临阵倒戈,掳掠百姓,什么事不做?"

周钧儒更觉不解:"你明知道这些事,怎么当初我们一见面,你就要……"

崔砚鸣:"我就要你的怀表是不是?"他哼了一声,"变通!懂吗?水至清则无鱼,你在这个地方当好人,还有人与你为伍吗?我也是不得已才和光同尘。"说到此处他嘿嘿一笑,"当然,也确实捞了些好处。"随即又郑重道,"但我崔砚鸣从不乘人之危,能救人时一定施以援手。"

周钧儒一句话都说不出来,虽然这崔砚鸣满口歪理邪说,但又有几分混世魔王的生存道理,似乎本质上并非坏人,还颇有几分江湖义气,竟让他迷惑不解了好一阵子。但他不得不承认,在这国民党军营之中,崔砚鸣确实有一套手段,凭着精明过人的心思,他混得如鱼得水,乱世乱军之中,这套"自甘污浊"的手段确实行得通,不仅躲过了许多麻烦和责难,还得了不少人情和奖掖。

自那日之后,每天晚间崔砚鸣都会与他闲聊一阵子,也不时教授他一些拳脚腾挪功夫,偶尔唱上一段曲子,孤寂无聊的日子渐渐有了几分生气。

最为神奇者,这崔砚鸣看似痞气油滑,却极为心灵手巧,能用随手捡来的纸剪折成各种花鸟动物,能用木棍树枝编织雕刻成各种精巧玩意儿,看着眼前的事物就能在纸上临摹描画出来,军中有些器具机械坏了,他也手到擒来一修就好,真是令人叹为观止。周钧儒本就心思细巧,便一边与他学习,一边自行钻研出许多新奇手法,两人乐此不疲,甚至联手做出了一辆木制脚踏车,一时传为军中奇谈。

这些事虽能消磨时间,但并不能平息周钧儒的焦虑,他急切想给家中发个电报说明自己尚在人世,然而始终苦无机会,只能耐下性子慢慢忍着,等待时机逃跑。

然而当"逃兵"并不容易。他曾多次亲眼看着壮丁营里的逃兵没跑多远便被一枪撂倒,曝尸荒野无人掩埋,更有集体密谋出逃者被抓回来打军棍示众,重刑之下非死即残。若想逃离这个军营,无万全准备,几乎毫无成功可能,尤其是崔砚鸣亲自盯着,他有任何异动,都会被这个老油条一眼洞察——他也做不出陷崔砚鸣于险地的不义之事,毕竟他救过自己的命。

就这样在军中挨着日子,两个月之后,他们所在的连队竟被通知调往前线"剿匪"。所谓"剿匪",剿的自然是"共匪",然而年复一年的"剿匪",早已将大家的意志消耗殆尽,尤其每次"剿匪"都是在深山老林中跋涉苦熬,还被共军骚扰袭击撵着屁股打,这等苦差事谁想去做?

周钧儒也是慌了心神,虽然学了些枪械射击,却从未真上过战场,而且听说那些共军极其骁勇善战,在山中灵活如猿猱一般,经常打得国军落花流水,一旦被驱赶着上战场,十之八九便要战死,回家是彻底无望了!

想到此处,周钧儒不由得忧从中来,躺在床铺上听着周围此起彼伏的怨愤和骂娘之声,竟忍不住蒙起头泪如泉涌:青禾对自己望眼欲穿,女儿尚在襁褓之中,父亲又将步入花甲之年,自己若真的送了性命,如何放得下他们?

躺在旁边的崔砚鸣正与兄弟们骂得起劲,忽觉周钧儒许久都没有声息,便起身推了他一下:"李兄弟,这么大声儿你都睡得着?"

周钧儒闷着鼻子勉强回应:"没睡,听你们说呢。"

崔砚鸣立即意识到他的不对,随口道:"起来,陪我去放个水儿。"

周钧儒便默默起身,跟在他后面出了营房。崔砚鸣拉着他坐在地下,看着近在眼前的满天星斗,影影绰绰的值守哨兵,开口道:"怕了?"周钧儒沉默了半晌,才开口道:"上了战场,就回不去了。"

崔砚鸣:"你认为去剿匪一定会死?"

周钧儒:"那些共军骁勇善战,以一当十,我们怎么能打得过他们?"

崔砚鸣忽然笑了:"这样的鬼话你也信?"

周钧儒诧异:"鬼话?"

崔砚鸣:"要不把共军说得这么厉害,总是剿不完剿不灭,怎么向上面交差?而且他们都在兔了不拉屎的穷乡僻壤,谁愿意去那种地方对一群破衣烂衫的共军穷追猛打?你苦得过他们、追得上他们吗?为了打他们像野人似的在山沟里一趴就是几个月,值得吗?"

周钧儒似乎觉得脑中打开了一丝光亮："砚哥的意思,不是剿不灭,是根本不想剿? 那为什么每次剿匪都伤亡惨重?"

崔砚鸣冷笑："剿一次匪,少一半人,你猜这些人去哪里了? 难道真的都战死了?"

周钧儒只觉豁然开朗："砚哥的意思是……"

崔砚鸣低声点头道："孺子可教! 你只要瞅准了,这可是难得的机会,到时候只要你有本事,上头也不过多报一个伤亡。"

周钧儒顿时鼓舞起来,心中的阴霾一扫而空,只要逃脱出去,回家便是指日可待! 一时间他竟有些盼着立刻上前线,只待抓住时机,从此天高海阔。

崔砚鸣叹了口气："你也不要想得那么容易,枪弹无眼,可不是人人都能平安无事,尤其我们这种杂牌军,很多人连枪都没摸过,听到枪响就尿裤子,端起来一通乱放,很有可能打中自己人,再加上死的死逃的逃,伤亡惨重就是这么来的。"

周钧儒："砚哥上过许多次前线?"

崔砚鸣："不多,也就十几次吧。"

周钧儒望着他的眼睛："十几次上前线都能安然无恙地回来,你一定有办法,对不对? 我还不能死,家里的老父亲和妻子女儿都在等我回去……"

崔砚鸣叹了口气："这可真的不好说,一大半是运气,越怕死越容易死,但确实有些临阵躲避的经验,一时半会儿也跟你说不清楚,到时你就跟着我,总能少吃点亏。"

周钧儒郑重点点头,一揖到地："多谢砚哥! 只要能逃出去,一定重谢砚哥救命之恩!"

崔砚鸣笑了笑："这次看机会吧,我出来游荡了两三年,老家那边风头应该已经过去了,也该找机会离开了。"

周钧儒："好啊,我们一起走!"

数日之后,连队跟着大部队进了山区。据说共军就藏在这一带的山里,然而这连绵不绝的深山之中,到何处寻找他们的影子?

连队在山里钻了四五日，别说共军，便是人影也没见到几个，反被蚁虫蛇蚁困扰得一筹莫展，不时有人遭了虫毒蛇咬，皮肤溃烂乃至高热不退者越来越多，以致夜里睡觉也不能安稳，唯恐梦中送了性命。短短几日下来，人人蓬头垢面，军容惨不忍睹，怨声载道，咒骂不休，只盼着早日走出深山。

川地，重庆。

二刘争川结束以来，既无军阀纷争之乱，也无日寇侵扰之忧，重庆竟拥有了一段难得的太平岁月，整座城市都在欣欣向荣，修成了三条新的城市主干道，城区扩大了一倍以上，码头、邮政电信、电力供应、路灯、自来水、公共交通等文明设施，也都出现在这座古老的山城，俨然有了几分上海、南京的繁华影子。

周记药行在这一片繁华之中，竟冷清得有些反常，原本该当乘此机会开拓生意，周掌柜却步步收紧，连原本的生意通路也渐渐收了手，眼见着便萧条起来。伙计们纷纷表示不解，上门的大生意都婉拒送客，东家莫不是糊涂了？及至后来，刘大掌柜也有些坐不住了，趁着喝酒时向周掌柜问道："东家，就算准备撤生意，这送上门的钱也不要了？"

周掌柜："要是接了，以后怎么办？到时我们停了供应，不是让人家作难？"

刘大掌柜低了头："药行的生意，真就没法子了？"

周掌柜叹道："你我都老了，干不动了，钧儒又音讯全无，还能有什么法子？"

刘大掌柜："一辈子打下的基业，就此散伙，我这心里舍不得，难受得割肉一样。"

周掌柜："后继无人……再大的生意，经得起这四个字吗？"

刘大掌柜低头默然："其实就算钧儒还在，生意也不好做了，最近大半年各种捐税越来越多，看着生意开阔，这些乱七八糟的名目也够人受的。"

周掌柜："如今的重庆可不是当年潘市长在位时候的了，坊间都有传言，重庆这两年大兴土木,都是蒋委员长的授意。"

刘大掌柜:"我也听到这样的说法了,一旦真的跟日本开战,还要再来一次迁都?"

周掌柜:"这谁说得准? 日本人能打上海,就能打南京,上次不就因为这事迁去的洛阳?"

刘大掌柜慨叹:"真要全面开战,怕是哪儿的生意都不好做,也许你说得对,撤了生意回老家,才是明智的。"

周掌柜:"乱世做生意,本来就朝不保夕,也许抓住机会一朝暴富,也许一夜之间化为乌有,尤其我们做药材生意的,发战争财最有机会,但也最容易被人抓住把柄,万一被扣个帽子,人头落地都是可能的。要是后继有人,本本分分地做下去也不是不行,但如今我们都已近花甲之年,不定哪一天就入土,何必冒这个风险? 给儿孙留点安身立命的钱,也就够了。"

刘大掌柜:"没想到,打拼了一辈子,要落个黯然收场。"

周掌柜:"黯然收场,也比没好下场强。"

酒渐渐喝得多了,二人越说越觉悲从中来,暮年遭遇离乱之世,后续又无人继承,一生打下的基业,竟要亲手关停结束,就像把自己最辉煌的一段人生亲手埋葬,繁华之后的落寞收场,这般冷淡凄凉,如何不让人神伤?

然而酒意未醒,柜台伙计就飞奔着冲了进来:"东家! 政府又来人了! 说是有要事通知各家商行!"

周掌柜酒意正酣,听得此言顿时醒了些,只好亲自起身到前厅接待,却见一个公职人员坐在那里,见他出来,上下打量了一眼:"你是周记药行大掌柜?"周掌柜客客气气应道:"正是,您有什么吩咐?"

那人"啪"地拍出一纸通知:"通知各商行大掌柜明日上午八时到礼堂开会,省上有重要事务与各位会商,请周掌柜务必到场,不得迟误!"

周掌柜连连应承,接了通知问道:"不知能否告知,明天要会商什么重要事务? 我也好提前做些准备。"

那人一副公事公办的态度:"我只负责通知商行到场,不知道什么事,我还要赶着去下一家，告辞！"说着，竟头也不回地去了。

周掌柜一时有些茫然，拿着通知自言自语道："什么重要事务，竟轮到我们一个小小药行前去会商？"

刘大掌柜见了通知也是全无头绪，诧异道："潘市长也从来没这么重视过我们，省上能有什么事务找我们？"

周掌柜摇了摇头："明天去看了再说。"

第二日一早，周掌柜到礼堂时，却见里面已经坐了许多人，他寻到自己的位置坐下，依旧陆陆续续有人进来，很快，容纳数百人的礼堂座无虚席，众人都不知会商何事，彼此交谈猜测着。

八时刚过，一个戎装军人站上讲台，拍了拍话筒，发出全场可闻的噗噗声响，众人立即安静下来。

那军中长官开口道："本人受国民政府军事委员会委员长重庆行营参谋团及四川省刘主席之命，请诸位到此，是要与大家共商要事，支持我们的抗日剿匪大业！"

众人更加震惊茫然，原来此次会商，不只是奉刘主席之命，连蒋委员长都亲自下了命令。周掌柜心中隐隐有了不祥的预感。

那位长官继续道："当今中国局势，内乱未平，暴日又在急进，国家已到了紧急危难关头，唯有众志成城，才能内平匪乱，外御敌辱，保我国土百姓。今年初，中央已制定了详尽的《国防计划》，将四川作为全国大后方的总根据地，一旦暴日全面侵我国土，四川就是我们最后的防线！如今正是倾举国之力建立防御体系的重要时期，诸位在川的义商，自当知道肩头责任重大，与国共担存亡。此次会商，便是希望在座的义商能够竭尽所能，支援我们的防御体系建设，踊跃贡献物资财货，以纾国难！国难当头，匹夫有责，诸位应当担起家国大义，渡过难关，再图将来。"

礼堂中顿时一片窃窃私语，原来竟是要借委员长和省主席之名，勒令各商行认捐物资，再纳钱财！而且如此大的阵仗，必然要狠狠敲诈一笔，此番若不割肉放血伤筋动骨，怕是不能善了，与公然劫掠何异？

周掌柜只觉眼前一黑,险些晕眩过去。此前虽有名目繁多的税捐,总还能支撑应付一二,如今竟是搜刮罄尽的架势,周记药行纵然已经加紧撤回生意,但此前在重庆频出风头,早已成为秀林之木,必然要被强行当作"表率"的,这番劫掠之灾,更是难以应付。

　　果然,那位军中长官慷慨宣讲之后,两列军人各捧一盘《义商认捐书》,按名录一一发放到各人面前,众人在打开认捐书的瞬间,莫不震惊失色,惨呼哀号之声不绝于耳,甚至当场晕厥者亦不在少数:这岂止是敲骨吸髓,简直要连根拔起! 只此一次认捐,便是五年也恢复不了元气,劫掠逼迫到这般地步,哪里还有生路可言? 人人敢怒不敢言,只盯着眼前的认捐书,眼里几乎滴出血来。

　　周掌柜听到大家的惨呼之声,便知周记药行此番也躲不过劫难了,然而打开认捐书的一刹那,他依旧震惊得意识涣散,只觉头顶一根细针狠狠扎了下来,全身都麻痹得不能动弹,良久之后才喘过一口气:十万大洋,两万斤药材。

　　这样的认捐数目,几乎等于重庆周记药行账面和库房的全部资产,这一笔捐出去,周记药行便只剩一座空铺面了。

　　自挑担子做生意以来,周掌柜经历了无数的搜刮之事,却从未遭逢如此惨烈情形,这分明是逼迫着商行们变卖全部身家资产,筹上认捐款项,想要东山再起,几乎再无可能了。

　　眼见众人都领到了认捐书,那军中长官再次宣讲道:"诸位义商,量捐数额皆是根据商行大小及盈利规模定下的,这些物资和款项虽让大家有些为难,却也不至于筹措不出,希望大家能够竭尽全力,共纾国难。莫说诸位艰难,便是刘主席也誓死抗日,带头从衣食上俭省,蒋委员长更是亲做表率,三餐茹素。我们唯有上下一心,才能攘外安内,早归太平。"他点头示意,军人们立即将印泥摆了上来——

　　竟是逼着各家商行当场按手印!

　　有人悲愤地吼了一声:"这是会商吗? 分明是逼我们交出全部家产!"这

一声喊出,大家顿时群情呼应,礼堂内哗然一片,反对抗议之言此起彼伏,乱作一团。

那位军中长官似乎并不意外,等到众人愤然呼号了一阵,抬了抬手,顿时枪栓之声四起,咔咔作响,所有人立即惊慌失色地安静下来,他才徐徐开口道:"诸位都是国之义商,若不能与国共渡难关,与叛国之贼何异?"

他说得极为平静,然而众人只觉一股森寒从脚底升起,惊恐得再不敢多说一字。在四周军人持枪威逼之下,各商行掌柜不得不在认捐书上按了手印,木然地离开礼堂。

看着众人散去,中央参谋团杨秘书长从后面走了出来,看着高高堆叠的《义商认捐书》,点头道:"有了这些物资钱款,总能帮主席解一时之难了。"

那位军中长官道:"这些商行掌柜,不过是些小生意人,能交出这些钱来,已经是家底都掏空了,从此以后商业凋敝,不知多少年才能缓过来,可是宋、孔、陈这些大家族,分明能拿出钱来的……"

杨秘书长:"委员长怎会不知他们有钱?可是动了他们,就是动摇国本,老百姓又交不出多少赋税,只能苦一苦这些商人了。"

周掌柜回到药行之后,顿时一个踉跄跌倒在地,以手指了指后院,便双眼一翻晕厥了过去。刘大掌柜和伙计们立刻围上来,七手八脚将他抬到后院,大夫一见情形紧急,手下毫不迟疑扎了几针,足足半刻工夫,他才悠悠醒转过来,眼睛直直道:"十万大洋,两万斤药材。"

刘大掌柜一愣:"东家,你说什么?"

周掌柜:"义商认捐,周记药行的认捐数目是十万大洋,两万斤药材。"

刘大掌柜惊得险些跌坐在地:"这是要我们的命啊!"

周掌柜:"三百多家商行,这一次,全完了。"

刘大掌柜更加惊愕:"难道是要把商人连根拔起?这比豺狼虎豹还可怕!"

周掌柜:"我们躲不过这一关了,他们吃人不吐骨头,不如就此变卖铺面撤出重庆吧,再这样下去,没有生路了。"

刘大掌柜眉头狠狠拧成一团："也只能这样了，凑出这些钱款和药材，再清理账目，变卖铺面，重庆也就没什么了。"

周掌柜："你去替我安顿伙计们，每个人发半年薪水，就说我周培祥对不起大家，不能把生意撑下去了……"一语未完，老泪横流，"我累了，这辈子从没觉得这么累过，老哥，你去吧，让我歇一会儿……"

刘大掌柜心里一阵后怕："培祥，你别是想不开吧？……"

周掌柜摇摇头："放心，不会的，钧儒还没找到，我总要知道他的下落，不然死不瞑目。"

刘大掌柜眼泪瞬间涌了下来："培祥……"

周掌柜呆呆地盯着屋顶："去吧，去吧，我没事，没事。"

半月之后，重庆周记药行终于凑出了全部认捐款项和药材，只剩一座空荡荡的铺面，冷冷清清地矗立在那里，伙计们也清退了大半，余下七八个老伙计维持着，药行门上也贴了"铺面转让"的告示，冷落得仿佛无人问津的老宅一样。

周掌柜的情形比这铺面更惨淡，须发如霜，面色黧黑枯瘦，失子，认捐，两月之内连番遭逢大难，几乎耗尽了他最后的精神，每日病弱地躺在床上，明眼人都能看出老掌柜已到了油尽灯枯的地步。

药行伙计们都在为周掌柜的身体担忧，他们几乎都是从洛阳老家挑出来的忠厚能干的后生，十几岁到周记药行当学徒，如今大多已娶妻生子，能有这样一份差事，在乡邻间算是略有几分体面，因此对生意局面和东家都颇为担心。所以当一个伙计偷了支六十年的老山参准备变卖时，人人震惊失色：此等行径，分明就是趁危打劫，落井下石！

那个伙计被众人嚷嚷着送到周掌柜面前时，周掌柜似乎连神色都没变，只是带了些悲凉地淡淡说道："陈生，怎么是你啊？"

陈生看到周掌柜，立时便矮了几分气，他本是伊河镇人，就住在周家附近，自幼与周掌柜熟识，长到十三四岁上就跟着周记药行做学徒，一路从洛阳跟到重庆，在一众伙计之中算是有几分威望，不想在此危难关头竟做出这等事来。

刘大掌柜气得脸面发紫:"陈生,你怎么能干这种事? 比畜生都不如啊!"

陈生跪在地上不敢说话,只是一言不发地听着,脸上却并无多少悔色,反倒一副理所应当的姿态。刘大掌柜更加生气:"你倒是说话! 为什么偷东西?"

陈生低着头,含混不清地嘬嘬道:"偷的人多了,与其便宜别人,不如便宜我。"

刘大掌柜怒不可遏:"混账! 别人偷你就偷? 不看看东家现在是什么时候!"

陈生:"东家一走,生意一撤,家里老婆孩子吃什么?"

周掌柜自然知道,陈生说的是心里话,南方的生意一撤,这些人就没了饭碗,怎能不急? 那些伙计都围过来看,实则是等自己一个态度,若是陈生不会被处置,那就人人皆可为之了。

然而这些人纵然小偷小摸,又能亏耗多少? 真正令他心惊的,是这件事分明是将周记药行行将末路的消息大白于众人之前,藏在暗处的猜测也全部浮上水面,人人自危的时刻,他们鼓动了这个局面,就是想试探自己如何安置或者补偿跟了周记药行多年的老伙计。

树倒猢狲散。

他心中忽然冒出了这句话,自己都没几天活头了,还有什么心思处置一个伙计? 因此他只是叹了口气:"算了,别吵了,把东西还回来,由他去吧。"

陈生不可思议地看着周掌柜,不敢相信自己就这样轻描淡写被放过了,愣愣地跪着,半晌才想起来磕了个头:"东家,我对不起你,我也不想做这种事,家里老婆孩子和老娘都靠我一个人养,我实在是没办法……"

周掌柜摆了摆手,示意众人离开。

刘大掌柜一愣:"东家,就这样放过他了? 这样的人留不得啊。"

周掌柜已经闭了眼睛:"留又能留多久?"随即叹了口气,"我这辈子的路快走到头了，别人要走什么路，不是我能管的，临了临了，别结什么仇怨。"

事情到了这个地步，更须尽快撤回生意，以免夜长梦多，因此接下来的时间里，周掌柜夜以继日加倍操劳，熬尽了最后的心力，清点库房，收拢账目，安置人事，补偿伙计，短短一个月，便全面撤回四川、湖北两地的药行，从此，周记药行在南方的商路不复存在。

周掌柜的身体早已是风中之烛，再加上如此煎熬心力，更是摇摇欲坠，刘大掌柜每每听他说"我们收了生意回老家去"，便觉心酸不已，他知道，这是多年并肩打拼的老兄弟最后的心愿了。

及至处理完生意上的事务，舟车劳顿赶回偃师时，周掌柜已经呕血数次，难以起身了。他知道，自己的大限就在眼前，硬撑着一口气赶回老家，只是为了免于客死异乡，还有隐隐约约对周钧儒的一点希望——若能临死前再看一眼儿子，便死而无憾了。

仲秋时分。这几个月里，周钧儒所在的连队在深山里进进出出了五六次，仅远远地与共军交火过一次，对面一放枪，这支主要由壮丁组成的连队顿时溃不成军，慌乱之中有人开了几枪，几乎没有任何交战便四散奔逃。

崔砚鸣一见军队溃散，所有人都在飞奔逃命，立刻拉着周钧儒也向旁边的树林里钻了过去，二人连滚带爬一路跑向无人处，树枝石头挂烂了军装也毫不顾及。周钧儒正值年轻力壮，崔砚鸣又武艺过人，不过一两个钟头，他们便在荒山野岭之中逃出去二三十里路，便是部队抓逃兵也追不到此地了。

到了一处隐蔽的山洞里，二人甩掉军装，看着彼此蹭得脏污的花脸，忽然哈哈大笑起来，崔砚鸣畅快道："怎么样？不剿匪，我们还没机会逃呢！"

周钧儒依旧有几分不可置信："我们就这样逃出来了？"

崔砚鸣："他们连共军都找不着，还会在这深山老林里找几个逃兵？有这工夫，不如再抓壮丁来得快。"

周钧儒："那我们也会被上报伤亡了？"

崔砚鸣嘿嘿一笑："说不定，连你的抚恤金都算计好怎么瓜分了。"

周钧儒笑得喘不过气来："我连饷银都没见过,还管什么抚恤金?"

崔砚鸣:"你身上还有多少馍?"

周钧儒看了看粮袋:"三个杠子馍。"

崔砚鸣:"我也还有四个,省着点吃,能坚持两三天,也不知我们什么时候能走出这座山,都要靠这几个馍活下去了。"

周钧儒:"天黑了,我们先在山洞凑合一晚,明天再看出山的路。"

他们多多地捡了些干草铺在洞内,将就着钻进草堆躺下,深夜虽有些沁寒,却也不敢生火,强忍着过了一夜。第二日走到山梁上向远处看去,竟似一座山接着一座山,全然看不见任何村落和人烟的迹象。

二人相视叹了口气,要走出这片深山并不容易,回忆了一阵子此前进山的方向,似乎是在南面,于是看了看日头辨清方向,便朝南走了下去。如此晓行夜宿,沿途又开枪猎到一只野物,靠着这些食物,整整走了六天,中间还迷途了几次,才终于看到了小路和村庄。

然而这里的景象与他们进山之地全然不同,显然是走错了方向。终于走到一处村落,二人将枪悄悄藏在草地里,进村讨些食水,顺便一问,才知竟是到了甘肃庆阳地界,想要回洛阳,怕不是上千里之遥?

而且陕甘各地抓壮丁之事处处可见,二人若如此贸然上路,行不到半途依然会被征入军营。不得已之下,二人只得沿途逢村乞讨,帮人修理物件儿或搭野戏班子混饭,若到实在无可充饥时,崔砚鸣甚至行些偷摸盗窃之事,如此日夜兼程向东南行进,一路辛苦仓皇自不必说,等走到西安一带时,二人早已如野人一般。崔砚鸣常年行走在外,练就了一身混世的本事,到了西安便蹲守在火车铁轨旁,看准机会拉着周钧儒爬上了运煤车,历尽千难万苦,终于回到了洛阳。

三九　周门噩耗

当周钧儒满脸煤灰烟熏火燎地抵达伊河镇，再次站在周家大院门前时，眼泪汹涌而下：自己终于活着回来了！

然而他恍然觉得周宅分外冷清，大门紧闭，听不到一点人声，他回头看了一眼崔砚鸣，掩住内心的疑惑，上前用力拍了拍门，才终于有人回应："谁？"

大门打开，周钧儒一眼认出，是家里的长工李贵生。李贵生见两个人衣衫破烂，满脸煤灰分辨不出模样，其中一个却挂着两道眼泪，惊诧不已："你们找谁？"

周钧儒眼泪流得更快："贵生哥，我是钧儒啊！"

李贵生几乎不敢相信自己的眼睛，把他看了又看，半晌才终于惊喜地喊道："大少爷！你可回来了！"一语未完，眼泪也滚滚而下，冲上前一把将他抱住，"大少爷，你这几个月都去哪儿了，东家为这事命都快没了……"

周钧儒："我爹怎么样？家里怎么样？"

李贵生抹着眼泪："能怎么样？东家眼见你回不来，伤心得不得了，人都老得不能看了，也没心思做生意了……"

周钧儒心里痛如刀割，狠狠地忍了又忍，才继续问道："少奶奶呢？"

李贵生："少奶奶怎么样，谁敢问啊，没人敢在她面前提起你，谁敢说一句不入耳的话,就要骂一顿……"

周钧儒恨不得下一刻就飞回青禾身边,嘴里却说道:"贵生哥,快打水给我洗把脸,我去见爹!"

周钧儒回来的消息立刻传遍了周家大院,下人长工们炸了锅一般地喊着:"大少爷回来了! 大少爷回来了! 快去告诉东家!"他急匆匆往后院跑的时候,姚青禾已经抱了岫儿赶了出来,两人对望了一眼,姚青禾眼泪婆娑正要与他说话,却见铁顺儿急急走来拉住他:"大少爷,快去见东家,快去! ……"

周钧儒顿时神色遽变,顾不上姚青禾,跟着铁顺儿赶到了后院正房。推开门,便闻到浓烈的药味扑面而来,他一眼看到父亲躺在床上,眼睛似睁似闭地睡着,须发雪白,瘦弱不堪,满面病气,显然已到挨日子的地步了。周太太就守在窗边的椅子上,一见周钧儒进来,眼泪立即涌下来,随即摇了摇手,示意他不要出声。

然而周掌柜似有感应般,立刻就睁开了眼睛,竟看也不看就问道:"钧儒回来了?"

周钧儒立即扑了上去,跪在父亲床边:"爹,我回来了! 儿子不孝,罪该万死……"

周掌柜长吁了一口气,眼泪慢慢从眼角滑下来,自言自语地喃喃道:"回来就好,回来,周家就有救了。"

周钧儒:"爹只管安心养病,外面的事有我,我一定能处理好,再也不让您劳心劳力了,千万好好养身体,您还有汉川,还有孙女……"

周掌柜伤怀地笑道:"孩子,我病到什么地步,你又不是看不出来,做了一辈子药材,不要说这种安慰我的糊涂话,爹还明白着呢。"

周钧儒眼泪立即落了下来:"爹……"

周掌柜:"你前两年筹划得对,是该把生意撤到关中去。日本人早晚要打过来,河南肯定又要大乱,连重庆都被逼到这个样子,也只有关中还能坚持几年了。爹已经把南方的生意都撤了,周记药行能不能保得住,以后全看你了。"

周钧儒："我知道,我一定竭尽全力保住周记药行,这是您一辈子的心血,我不会辜负爹的期望。"

周掌柜点点头:"这就对了,人都有个生老病死,爹已经到时候了,你这孩子重情、孝顺,我很欣慰,把周家的未来交给你,我也放心……"说着,他看向周太太,"钧儒他娘,等我走了之后,药行的生意,必须全都交给钧儒打理,将来不管族里人怎么说,你都要记着,只有钧儒是跟周家一条心的,千万不能犯糊涂……"

周太太立即神色一变:这是真的要让周钧儒继承家业了!然而她却不得不应着:"培祥,我记下了,一定不会糊涂……"

周钧儒更是泪如雨下,哭得说不出话来。周掌柜微笑着叹了口气:"孩子,还不到哭的时候,我这一走,生意上肯定要乱一阵子,大事当前,理大于情,越是乱的时候,你越得冷静理智,才能稳得住局面。记住,从今以后你就是周记药行的大掌柜,凡事以你为主,哪怕你娘耳根子软,哪怕族里人质疑,你都万万不能动摇,不然周记药行就彻底无望了。"

周钧儒知道父亲在托付后事,一面流泪一面点头:"爹,我记下了。"

周掌柜一阵气喘,咳嗽了一阵,才又说道:"我走之前,周家这点家业得交代明白了,你们都好好听着。"

周太太立刻睁大了眼睛,紧紧盯着周掌柜,周钧儒也心里一阵扑腾,不知爹要如何处置。

周掌柜缓缓开口:"这些年做生意,虽说兵荒马乱的,咱家也算攒了点家业,我粗粗地归拢过,连宅子铺子,带药材方剂药方,还有现洋,约莫总有个几十万,就算没了生意,只要一家子俭省着过,也能三代不愁吃穿。我这么说,就是让你们心里有个底,不要怕,也不用争,这些钱足够你们过日子了。"

周太太含着泪点头:"我知道了,我会好好守着家业,带着孩子们过日子……"

周掌柜看着眼前头发苍白的老伴儿,心里一阵酸楚,她跟着自己熬了四十多年,如今也已是人到暮年了。他伸手握住周太太满是皱纹的手:"老伴儿,你这几十年跟着我过得不容易,守了一辈子,就是为了守住个家,所以这宅子,还有伊河镇街上的铺面,还有咱家的几十亩上等田,都留给你和汉川,这是谁也动不了的东西,你守着,一辈子是个依靠。"

周太太立时哭成了泪人儿:"培祥……"

周掌柜点点头,叹了口气,转头看向周钧儒:"你也不用搬出去,就住在家里,一家人在一起才有个照应。"

周钧儒郑重点头:"爹,我记住了,我一定好好孝顺娘,照顾汉川。"

周掌柜:"库房里的药材、药方,还有几处商行铺面,都归钧儒管,生意上的事,全是你说了算,既然你回来了,生意就不撤了,交给你,你要挑起担子来。"

周钧儒继续点头:"爹,我知道,我一定把生意挑起来。"

周掌柜:"账上和银行里还有些现钱,钧儒,你去把钱支回来,给你娘留五万养老钱,给汉川也留五万,以后他娶亲成家都在这些钱里出,剩下的留在账上,做生意周转。至于钧儒,你管着生意,有些挣钱的本事,就不给你留固定的现钱了,你支五千给你媳妇,让她带着孩子好好过日子。"

周太太一听自己和汉川竟有十万之巨的现洋,心中顿时踏实下来,眼泪却流得更急:"培祥,我也老了,要这么些钱有什么用? 就盼着你能多活几年,咱们一起看着汉川娶妻生子……"

周掌柜拍了拍她的手,叹了口气:"我知道你会把汉川养大成人的,他是个傻孩子,全靠你和钧儒照应,他将来要是能生个好儿子,周家这一支就断不了了。"他忽然努力笑了笑,"别哭,我还没走呢,总得努力多陪你们几天。你先回去歇着,钧儒也去见你媳妇。"

周太太抹了眼泪,挪着小脚走了出去,周钧儒也辞了父亲回到自己的院子。

周钧儒进门时,姚青禾正在屋里走来走去地巴望着,一见丈夫,她立即扑上去紧紧拥住了他:"卓先! 你……"一语未成,狂喜而心酸的眼泪奔涌而下,不到半岁的岫儿并不知道娘为何哭成这样,也跟着哭了起来。

三个多月的苦苦思盼，日日难眠，一百余天的希望绝望，辗转煎熬，她甚至做好了丈夫离世守寡一生的准备，却忽然再次见他回来，一时犹如身在梦中，走路都觉得踏不到地面，好似漂浮着一般。

　　良久之后，周钧儒才含泪笑道："我这一身的煤灰，你也不嫌脏。"

　　姚青禾才回过神来，连忙松开他，看到自己也被蹭了一身的脏污，才嗔怨道："我刚才没来得及看，哪里想到你脏成这样？呸，快去洗澡换衣裳！"

　　周钧儒偏不肯去，又拿衣角向她脸上蹭了一下："好了，现在更脏了！"夫妻二人顿时笑了起来，姚青禾喊人烧水送来，周钧儒脱衣裳时，忽然见了桌上放着自己的怀表，诧异道，"砚哥人呢？怀表怎么在这里？"

　　姚青禾愣了一下，才说道："刚才贵生哥送进来的，说跟你一起回来那个人，放下怀表就走了，留也留不住。"

　　周钧儒急道："他可是救了我命的人，怎么能让人家这样走了！"

　　姚青禾惊诧："啊？早知道说什么也不能让他走的！"

　　周钧儒叹气："罢了，砚哥那样的人，走了就不好找了，我慢慢打听吧。"说着，热水送进来，他一坐进桶里，满桶水立刻成了黑泥汤，姚青禾笑个不停，又照应他洗二遍。周钧儒一面洗着，一面避重就轻地讲了被抓壮丁的经历，然而姚青禾依旧听得胆战心惊，垂泪不已。

　　第二天一早，周钧儒依旧到父亲房里问安伺候，看到他来，周掌柜终于提起些精神，向一旁的周太太道："你照应了一夜，快去歇着吧，这里有钧儒就行了。"周太太又叮嘱了一番，才疲倦地离开。

　　看着她离开，周掌柜才点头道："你娘走了，我还有些事要跟你交代，扶我起来，我们去书房。"周钧儒一愣，才意识到父亲给自己留了后手，连忙小心扶他起身仰在躺椅上，叫两个人抬着去了前院书房。

　　下人退出门之后，周掌柜才缓缓道："武汉和重庆的周记药行我都撤了，换成了现钱，除了给你娘和汉川的十万，账上剩下的还有约莫二十万，你要用这些钱好好经管生意，药行才是周家的根本，你一定要守住了。"他指了指桌子，"下面有一块方砖能动，你打开，取出来。"

周钧儒走过去，果然撬开一块砖，取出个铁盒子。拿到床边，周掌柜示意他打开，里面竟是厚厚几叠法币，还有一些存单，分别存了好几家银行。

周掌柜："这里面的法币和存单约莫有十多万，账上还剩十来万，再算上后续交割的货物和铺面转卖，以及陕西那两个分号，总能有四十来万，药行的全部基业都在这里了。如今世道乱，换成现洋太招眼，你回头去兑了黄金收起来，这些纸钞信不得，还得是黄金才保险。"

周钧儒惊骇不已，他知道周记药行的生意商路开阔，父亲这些年攒了不少钱，但近几年变故频仍，生意受损颇多，却从未想到保存下来的居然还有五十余万之巨！这些生意资产加上田宅铺面，纵然算不得巨富，也是一方豪门了。这么大一笔财富，父亲竟然交到自己这个外来子手里，这是何等的信任和托付！

他双手捧着盒子，扑通跪倒在地："爹！我若辜负爹的托付，天地不容！"

周掌柜："你娘也不知道我存了这么些钱，要是被她知道，你就不好接管生意了，她见识不够长远，这些年我一直瞒着她，也是不得已的事。你娘是个糊涂人，汉川又是那样，我把他们交给你，你一定要好好照顾他们。"

周钧儒重重磕头，涕泪俱下："爹……"

周掌柜："孩子，别哭，你我父子还有缘分再见一面，我还能当面跟你交代后事，也就知足了……你这三个多月肯定受了许多苦，我都顾不上问你。"说着，他眼泪流了下来。

周钧儒摇头："儿子不苦，这不是已经回来了嘛，爹好好养病，等好一点我们再说。"

周掌柜抬手去摸他的脸："孩子，爹的日子不多了，熬了一辈子，已经是油尽灯枯了，以后周家就靠你了。"

周钧儒知道父亲所说俱是实情，更是泪流不止，他知道，自己接过的不仅是周家的产业，更是父亲一辈子的心血和期望，从那一刻起他就下定了决心：无论如何，周家不能在自己手上败落。

几天后,他按照父亲的意思,将留给周太太和汉川的十万现洋兑了回来,大部分都换做金条交给了她。

十万大洋,无论如何是一笔巨大的款子,周钧儒幼年被绑时,五万大洋在她眼里都是不敢想的事,如今周掌柜仅留给她养老过日子的钱就有十万,这是何等财富!原来丈夫经商这些年,竟攒下了足可养活全家三代的钱,生意上获利之丰,远超出她的想象。周太太只觉头脑都有些昏昏的,手里摸着一卷卷现洋,一根根金条,许久回不过神来。

周掌柜看她摸着箱子移不开眼睛的神态,不由得笑了起来:"我做了一辈子生意,还是第一次让你看见这么多现钱。"

周太太:"如果就我一个人,哪用得了这么多钱?我守了一辈子,就是想守住咱们这份家业,守住周家血脉正根儿,也算这一辈子熬得有个盼头。"

周掌柜眼圈微红:"这么些年,你守着这个家,辛苦了。"

周太太:"我们这一辈子过得聚少离多,像现在这样天天守着你的日子,我都不记得有几回,钧儒也回来了,以后你就在家里好好养着、歇着,操劳了几十年,也该好好养老了。"

周掌柜:"现在是不养老也不行咯,生意总得交给后辈年轻人去打理,我老了,不中用了,就看以后钧儒怎么施展手脚了。"

周太太:"听那些掌柜伙计说,钧儒倒是个做生意的好手,你把钱和账都交给他,我也不敢问,就盼着他能把生意做下去,别有闪失。"

周掌柜脸色一滞,随即摇头叹息道:"周记药行,内里早已大不如前了,前些年几十万也能拿得出来的,可经历了几场大变故,伤了根本了……以后,就看钧儒能不能东山再起了。"

周太太听了竟不知是喜是忧,喜则周钧儒并未分得多少家业,只是掌管一个空架子生意,忧则自家生意竟没落到这般境地了,若果真如此,周家基业岂不是岌岌可危?她再次把目光看向那两个装满现钱的箱子:那是她切切实实握在手里的钱,加上历年的积攒和租赋,这些钱她必须分毫不动地存下来,将来留给汉川,留给真正的周家子孙。

周钧儒顾不上在家陪伴父亲,湖北、四川的生意一撤,跟随周家多年的掌柜和伙计需要安置,河南的生意铺面也已经人心不稳,他必须尽快善后安抚,因此忙得一日也不得闲。他粗粗把郑县、开封和洛阳的生意摸了一遍底,心中更觉悲凉:近几年时局纷乱,商路艰难,纵然父亲不撤回南方的生意,周记药行也已经走下坡路了。

好在陕西的生意已经开始有起色,只要自己好生经营,守住河南老家和关内的根基,等到时局改观,还有望放手一搏。

守和等,是眼下周记药行唯一的生存之策。

他将自己的想法说与父亲听,周掌柜连连点头:"这个时候不要贪大,只要根基扎实牢靠,哪怕只剩一个铺面,将来等到太平世道,也能东山再起。"随即他又嘱咐道,"你要接手生意,难免很多人心里有小算盘,也有些人不服气,但这个时候又离不得他们,所以你得能防、能忍、能退让,也得培养自己信得过的人,哪怕一个小小的药行,也是一朝天子一朝臣,在我手里好用的那些人,到你手里未必合适。"

周钧儒点头:"这些人都是跟着爹干了大半辈子的,只要他们愿意继续守下去,我也不能亏待他们。"

周掌柜摇头:"不是你亏不亏待他们的问题,是新东家上任,这些人很可能不把你放在眼里,让你难做。趁着我还在,你要尽快处理他们,遇到办不了的,我还能帮你稳住阵脚……"说着,他忽然招手让周钧儒凑近,附耳低声道,"最要紧的,还是生个男孩,老吴大夫有些招数,能坐男胎,你就说是我求他,他一定会帮你的。"

周钧儒一愣:"我也听过很多大夫、神婆说是能坐男胎的,可往往都不灵验,老吴大夫真有什么独门绝技?"

周掌柜:"以前有人求过他,确实生了儿子,不过他是不愿意做这种事的,怕积怨气,那些不能投胎被化了的女婴,怨气很重,不好化解呢。"

周钧儒犹豫了片刻,才谨慎问道:"怨气这么重,对青禾的身子有妨碍吗?"

周掌柜皱眉："糊涂！你们最大的妨碍是没有儿子！没有儿子,根基就不稳固,为了以后名正言顺执掌家业,她身体受点妨碍算什么?"

周钧儒心里一惊,不知是无奈还是悲凉,原来在父亲眼里,无论周太太、张氏还是姚青禾,都不过是生儿子的工具罢了,然而他不得不承认,父亲说得对,只有生下儿子,自己在周家的地位才能真正稳固。

自周钧儒回来之后,周掌柜的心思放宽了许多,加之每日精心用药调养,原本行将耗尽的身体也略有了些起色,渐渐能自己挪到院子里走上几步了,周太太与周钧儒自是欣喜不已,只盼着他能闯过这一关,过几年赋闲养老的好日子。

这一日,周掌柜在院里躺椅上晒太阳养神,看着汉川在书房里望着窗子发呆,便招了招手："汉川,到爹这里来。"

汉川立即丢开书本,跑到院子里,叫了一声"爹",便再也没有别的话。

周掌柜看他依旧木讷无神,心里不免有些叹息,自己行将就木,只此一个亲生血脉,纵然有些遗憾,却依旧满心爱怜不舍："汉川,爹要不行了,我走之后,你要好好听你娘和哥哥的话,他们会好好照顾你……"

汉川似乎并不理解他的话,只是呆呆地点头。

周掌柜微微摇头叹气,自言自语道："傻孩子,爹已经对不起你亲娘了,她把你托付给我,我一定会替你安排好后路,你娘自然是疼你的,你哥哥继承了家业,也一定不会亏待你,我只盼着……"

话未说完,汉川却已经听到了"家业"两个字,他呆讷的眼神忽然直愣愣地带出凶狠："娘说,一定把家业给我夺回来！我要帮着娘,把他们赶出去！"

周掌柜顿时一惊,猛地伸手拉住汉川胳膊："汉川！你在说什么?这话谁教你的?"

汉川见父亲动怒训斥,吓得一哆嗦,甩开胳膊便跑,周掌柜被带得一趔趄,躺椅受力不稳,猛然侧翻了过去,整个人重重摔落在地,当场下半身便失了知觉。汉川早已吓得远远跑了,下人们乱作一团,急着叫大夫来看时,却是摔坏了腰胯,已经昏迷不醒了。

周钧儒进门时,铁顺儿正守在一旁眉头拧成了疙瘩,周太太更是急得垂泪不止:"培祥,培祥你醒醒啊……你不能丢下我啊……"周钧儒一看父亲躺在那里脸色发灰,顿时急红了眼:"爹怎么了?!"

铁顺儿:"东家不知怎么的,摔了一跤,摔到腰了……"

周钧儒五雷轰顶般愣在当场:暮年重病之人摔坏了腰,几乎是致命的伤害,很可能再也醒不过来,就此归西了。

看着哀痛欲绝的周太太,他并不敢把这话说出来,只是强抑着痛苦,遍请偃师一带的名医,希冀能有最后一丝挽救的机会。然而大夫们只看一眼,便都摇头请辞,坚持了两个日夜之后,周掌柜的呼吸终于越来越急促,周太太带着汉川和周钧儒夫妇守在炕边,听着他一声紧似一声的喘息,心头都如千钧巨石悬于一线,知道他已到弥留之际。

然而周掌柜却强撑着最后一丝意识,猛然睁开了眼,眼神左右转动着:"钧儒……"周钧儒立即抓住他的手:"爹,我在,我在!"

周掌柜喉咙咯咯咯作响,他两眼直直盯着周钧儒,呼吸越来越急促,攒了最后一丝力气,握住周钧儒的手,牙缝里终于挤出一句话:"钧儒,保住药行,保住周家!"

周钧儒胡乱地点头:"爹,我一定保住周家!"

周掌柜的眼神有了几分释然,嘴唇翕张着似乎在说什么,周钧儒立即把耳朵凑上去,只隐约听到几个字:"就当还她的冤债吧……"说完,他手臂一松,无力地垂了下去。

周钧儒一愣,立刻懂了他的意思:张氏。

他立即转头看向铁顺儿:"爹到底是怎么摔的?!"

铁顺儿嗫嚅着低下了头,片刻之后才叹了口气:"大少爷,别问了,就是个意外。"

周钧儒心里一沉,只能深深地叹一口气,不再追问。

商海征战,险象环生,经历过枪林弹雨,也经历过大起大落的周掌柜,穷尽一生将生意和人情参了个透彻，凭着深沉隐忍和忠厚宽宏的品性，更凭着生意场上的杀伐决断和洞察选择，积累下数十万之巨的家财，最后竟因这一场宿命中的"意外"，走到了生命的终点。

周钧儒哭得几乎断了气，他虽是买来的儿子，但周掌柜待他比亲生更胜几分，那样毫无保留的爱重和信任，那样殷切的交代和托付，他知道，周记药行从此以后就是他肩上不能卸下的担子，他要像父亲一样，将周家的生意坚持下去。这份责任深深刻在他的血脉里：保住周记药行，保住周家。

父亲的骤然离去，让周钧儒觉得生命信仰如山峦猝崩般轰然倒塌，这些年来，父亲始终对他宽厚而不放纵，严厉而不严苛，既允许他稍微离经叛道，又及时规训他走上正途，倾尽心血将自己培养成了周记药行的接班人。然而等到自己真的可以独当一面，真的能够替父亲扛起所有责任时，他却没能享受一日天伦之乐，含恨离世。

从挑着一副担子起家，父亲这一生风里来雨里去，经历过不知多少次兵荒马乱，生死关头，临终都未能享一日安宁，命运磨人若此，该向何处诉说？

周家宅院挂起了全白，白灯笼绵延了半条街，白色挽幛挂满前后五进院落，伊河镇的百姓直到此刻才意识到：周记药行的周掌柜，没了。

周钧儒全身重孝，披着麻衣，手持白幡，在灵前哭号了一声"爹！"周宅顿时丧乐大作，全家上下痛哭了起来，哭声震天。

周太太更是痛哭着扒着棺材："培祥！培祥！你怎么就忍心撇下我走了，你我四十多年夫妻，你怎么就先走了……"直哭得闻者落泪见者伤心，她这一生都维系在这个走南闯北的男人身上，平日里连大门都很少走出，如今周掌柜离去，她只觉生命从此失去了倚仗，前面再也没有了自己的路。

搭好灵棚之后，周家才正式对外报丧，十六个场面师傅轮番在灵前奏着丧乐，整日不停，各地闻讯赶来吊唁者络绎不绝，及至丧礼第二天，赶来祭拜凭吊者竟有数百人之多。周掌柜一生善行颇多，几乎年年都在施医舍药，对贫困乡邻亦是照顾有加，但有求上门者，无不资助一二，因此在偃师及周边乡里颇有善名。如今驾鹤西去，不唯亲朋故旧，本地乡邻，受过恩惠者甚至有从百里之外赶来祭拜者，人人都在讲述周掌柜曾如何舍药救过自己的性命，或如何帮自家渡过难关，一片哀伤颂扬之声。

周钧儒作为长子，带着汉川跪在灵前，整整跪了三日，但有吊唁祭拜者便磕头行礼，三天下来，浑身几乎散了架，却无一字怨言，反是汉川哭闹了许多次，不肯跪着，后来无法，只得由他去了。

从入殓直到头七，周家当街设了祭棚，又写了三台大戏，轮番打擂足足唱了六天，偃师地界从未有过如此规模的丧礼，人人都道周掌柜走得风光，周钧儒是难得一见的大孝子。远近的乡亲们都来看大戏，许多人到祭棚为周掌柜烧几张纸，上一炷香，哪怕只到祭棚前道一声恼，周家也必有人还礼，整场丧事办得极尽哀荣。

周太太已经散了神，目光呆滞，站都站不住，只是喃喃道："怎么钧儒一回来，培祥就出事了，怎么钧儒一回来，培祥就出事了……"

卿哥儿已将近四岁，一直跟着母亲在康家寨住着，每日由舅舅和家下人等带着在寨子里玩耍，在绕寨的宽阔河沟里钓鱼捞虾，或与孩子们一起奔跑戏耍，日子过得非常快活。

然而他却不懂娘为何终日没有笑容，头上永远簪着一朵白花，鞋子也永远蒙着半块白布，装束与别人完全不同。但他并不介意，也不曾想过自己为什么没有父亲，只是无忧无虑地玩耍着、成长着，仿佛寨子外面的世界都与自己无关。

这一日，一位叔叔从遥远的地方来到康家寨，他被拉了出来，娘隔着帘子让他叫"义父"，卿哥儿非常不解，张口便问道："义父？义父就是我爹吗？"

康宜俭立即绷不住有些失声，勉强忍住："卿哥儿，这不是你爹，你得叫义父。"

卿哥儿依旧不懂，却乖巧地叫了一声。

谢君锡脸上的笑容也不自然起来，把他搂在怀里，拿了时新的玩具送给他，又要留下些现洋给他们母子贴补生活。

康宜俭婉拒道:"谢主任,这就不必了,我们日子虽然苦些,倒也不缺什么。"

谢君锡点点头:"夫人,我已经去书瀚兄的墓前祭扫过了,也看过家里,一切都好,夫人只管放心。"

康宜俭客气答道:"谢主任有心了。"

谢君锡:"前阵子西安事变,蒋委员长同意了联共抗日,如今国共两党合作了,若是书瀚兄能活到今日,就不会牺牲了。"

康宜俭忽然提高了声音,截然否认:"我丈夫不是共党!"

谢君锡未曾想到她有如此大的反应,愣了一下才说道:"我只是想告诉夫人,现在回家去,已经安全了,没人再威胁你们母子了。"

康宜俭这才意识到自己心绪过激,平静了一下才说道:"多谢,知道了。"

谢君锡忽然觉得自己太过理想化,纵然"国共合作",蒋委员长对共产党亦是颇多忌惮,任由这些"乱党"进入朝堂,不过是不得已的承诺,终有一日还是要将他们驱逐下野的。这一年多来,总有人在委员长面前暗示他"通共",若非自己早有纨绔之名在外,与 Davy 小姐的深情韵事传得尽人皆知,被认定了是个纨绔不明、仗义鲁莽之人,只怕自己的身份也难以继续隐藏下去。

谢君锡辞了康家出来,忽觉四野空旷冷落。昔日与自己为友为敌的人,似乎都已经离去了,如今国共之间的博弈又进入了微妙的平衡时期,自己的处境竟一时颇觉寂寞。

康老先生送走了谢君锡,将女儿叫到眼前,小心翼翼道:"宜俭,谢主任说你们母子能回去了,你心里怎么想的? 要是你想回去,家里会帮着你把日子过下去,如果你依然愿意住在这里,我和你娘也愿意养你一辈子。"

康宜俭低垂了头,半晌才说道:"爹,书瀚的事已经把我吓坏了,如今我只守着一个卿哥儿,万一孩子再出点事,可让我怎么活……"

康老先生沉沉地叹了口气:"听谢主任的意思,书瀚就是时运不济,但凡晚两年,这条命也就保住了。"

康宜俭忍不住落下泪来:"爹,谢主任不来还好,他这一来,我心里都乱了……"

康老先生满面俱是不忍之色:"孩子,这都是命,谁能争得过命啊。"

康含章寒假回家的时候,便觉察到了大姐的心绪不宁。

这几年来,她带着孩子安宁度日,似乎已渐渐平静下来,每天看着孩子,做些针线,帮衬娘料理家务,除了一身孝不曾除下,俨然还是当初那个巧手能干的康家大小姐。

然而这次回来,却经常见她怔怔地出神,似乎整个人都有些呆讷,有时连喊两三声也听不见。康含章在家里小心问过,才知道谢主任来过,说是姐夫若能多活两年,就不会被国民党逮捕惨死了。

更令全家人不忍的是,到现在为止,大姐坚持她的丈夫不是共产党,纵然尽人皆知姐夫因"共党"罪名被杀,纷纷惋惜不已,但大姐只要听到这样的话,必定断然否定,久之,也就无人敢与她说起祁书瀚的事了。

康含章深深地哀叹了,为大姐,也为自己。

她来年夏天即将大学毕业,已经联络好了贸易公司的差事,与张云志相处了两年,也早认定了彼此,非君不嫁非卿不娶,可如今到了谈婚论嫁的时候,她却始终不敢与家里人提起这个人:大姐对国民党恨之入骨,绝不会接受张云志这个国军军官,而张云志若是知道康家就有共产党家眷,又会怎么想?

一面是从小疼爱自己的大姐,一面是相爱至深的张云志,这般两难处境,让她如何抉择?可她分明知道,张云志是和姐夫一样的好人,他谦和、儒雅、崇尚公义、热血救国,为什么这样的人,却要处于生死对立的阵营呢?

整个过年期间,康含章都心事重重,却又要在爹娘面前做出欢欣的情状,大姐已经郁郁寡欢,哥哥和弟弟又都是循规蹈矩的性子,爹娘眼前只有她一个能逗趣解闷、缓和家里沉闷的气息了。

周掌柜三七之后,便要过年。

周家刚刚办过丧事,有三年守孝之期,因此并未像往年一样筹备过年事宜,门前依然挂着一对白灯笼,不宴客、不唱戏、不放鞭炮,连家下人等走路都屏着呼吸小心翼翼,整个周家宅院几乎不闻人声。

然而这样的静寂,并掩不住暗潮涌动的流言,伊河镇上到处有人窃窃私语:周掌柜这一去,偌大的家业就落到外姓人手里了。对此艳羡者有之,嫉妒者有之,看戏者也大有人在,周氏族人更是人人侧目,散布流言:周钧儒继承家业后,必然独霸家产,将周太太和二少爷排挤在外。

这些流言就像一根毒刺,埋在周太太心里,扎得她心神不宁。

自周掌柜去后,周太太整个人便萎靡了下去,头发花白一片,整日恹恹地不思饮食,好似丈夫这一走,把她的魂也带走一半。周钧儒受了父亲嘱托,满心要好好照顾她,请了大夫吃药调理,然而周太太每次见他之后都要哭上半日:"钧儒回来了,培祥就走了……"初听时不觉什么,听得多了却渐渐心惊起来:难道她心里真存了不祥的念头? 自此轻易不敢来看她,只叮嘱铁顺儿两口子好生看顾着。

偏巧一个妯娌来家里探望,便将外面的传言说与她听:"钧儒刚回来,三哥就出了事,外面都有传言说,这是换命呢。"

周太太一惊:"换命?"

那妯娌神秘道:"当年三哥执意把他带回家来认了儿子,连你都不知道实情,族里多少人不同意,三哥就是铁了心要留他,难道不是中了魔障? 这些年周家都把他捧上天了,可是却事事不顺,遭了多少事? 现在你看,他刚一回来,三哥就走了,不是换命是什么?"

周太太立时震惊得浑身发抖,脸色惨白,哆嗦了半晌才哭道:"我就说钧儒回来了,培祥就走了! 原来是这样!"

那妯娌只是信口搬弄是非,一见周太太惊得这般模样,也有些害怕起来,连忙起身辞了出去,留周太太一人在屋里哭得声泪俱下,肝肠寸断。

看她哭得厉害,汉川也跟着闹起来,满院子学舌喊着"钧儒克死了爹,留着他早晚是个祸害!"他这一闹,顿时惊动了院外的人,铁顺儿媳妇赶来安抚了半个多时辰,周太太才停了哭声,然而对周钧儒的恨意却再也掩饰不住,每日神神道道地自言自语斥骂不休,众人皆说太太受刺激太深,精神有些混乱了。

周钧儒与姚青禾也听了太多这样的流言,"克父"是比不孝双亲、霸占家产更可怕的罪名,就算他在孝道上做得无可挑剔,"克父"的罪名也足以让他受千夫所指。这样的罪名本就是谣传,虽然无法证实,可周太太偏就深信不疑,周氏族人和街坊乡邻们更是推波助澜,将这流言传得活灵活现,一时间周钧儒成了尽人皆知的"不祥之身"。他万万没想到,只这样一个简单到不起眼的谣言,便让他百口莫辩,仿佛吞噬一切的泥潭,他越想挣扎,就陷得越深。

然而他此刻还顾不上应对谣言,周记药行的生意正在乱中,新旧交替之际,更是人心惶惶,周掌柜时期的大掌柜、老伙计,此刻都在坐山观望,而此前周掌柜急速裁撤生意,让很多普通伙计也担忧差事不保,周钧儒接手的,竟是一个从上到下都散了人心的局面。如今正是周记药行生死攸关的时刻,自己若不能收拾乱局,稳住生意,就意味着他临危受命而不能担起大任,周记药行的生意也将分崩离析。

周钧儒咬了咬牙:药行生意已经在走下坡路,必须挽住颓势,重整局面,才能让所有人真正认定自己这个新东家,不辜负父亲对自己的托付。

他心中早已盘算好了各地形势,陕西汉中和渭南是自己一手开办起来的分号,自然稳妥无疑;重庆和武汉撤回来的掌柜、伙计打散了分别派往各地,生意通路和货物周转交通也要重新规划联络;唯有河南老家的局势最为紧急,这些人都是跟了父亲许多年的老掌柜、老伙计,又守着故土,反而有些尾大不掉,因此当务之急便是将郑县、开封两地的生意稳住,只要河南不出变故,其他各地自安。

他仔细思考着策略:非常时期,既要恩威并施,又要低头隐忍,先渡过眼前这道难关,稳住局面,日后再培植自己的心腹。

因此过罢旧历年,周掌柜尚未"断七",他便急着前往开封。

地处大相国寺繁华之地的周记药行依旧门庭若市,但周钧儒一进门便感受到伙计们的疲惫与怨怼,每个人看起来都忙碌不堪,却全无昔日的秩序井然。又到账房翻看了一下账目,却见近几个月的药材交易量减了一半以上,看似热热闹闹的生意,实则盈余只有以往的四五成,刨除各项经营成本,偌大的开封药行,竟是获利无多。

他叹了口气,知道是无人主事所致。

开封的李大掌柜几年前已经回家养老,昔日的申二掌柜如今成了大掌柜,自周掌柜开始裁撤南方生意,他便以抱病为由暂且回乡了,如今这般混乱的局面,正是他给自己的下马威:不是要裁撤生意吗? 没了他申大掌柜,开封的生意立时便要乱了营。

周钧儒无奈摇头,只得亲自到他的住处敦请。申大掌柜见到少东家前来,自然知道他的意图,却叹息推托道:"老东家在的时候,说要撤回各地生意,好些伙计没了生路,只能各谋差事去了,我闲在家里几个月,又伤心着老东家这一去,兄弟们走的走散的散,我这心气儿也就跟着散了,如今少东家还想用我这把老骨头,可我已经不中用了。"说着,竟沉沉地叹了口气,点上了水烟袋。

周钧儒点点头,心知申大掌柜既是在抬高姿态,又要等自己一句准话:老东家裁撤生意,新东家要重整旗鼓,周记药行到底走哪条路? 他郑重向申大掌柜一拱手:"申叔叔,父亲去年有意裁撤生意,也是迫不得已,中间发生的事,您都是知道的。如今我既然回来了,父亲又把生意托付给我,就一定要好好做下去,河南是我们的根基,老家的生意要是做不好,咱们这么些年的名声和脸面也丢不起,所以只能请老掌柜和老伙计出山,您放心,只要周家还有人在,就一定保住周记药行。"说着他叹了口气,"至于生意怎么经管,人事怎么任免,还是一切您说了算,重庆、武汉那边有些没了差事的老伙计也都要回来,人尽着您挑用。再有,生意虽然艰难,大家的日子也要过下去,这个时候愿意跟我们共渡难关的,薪水是不是也要涨一涨?"

申大掌柜一听周钧儒如此说,心中便有了底,慢慢放下烟袋,长吁一口气道:"既然东家这么说,我们这些老骨头就不能不再撑一把,人事和薪水上的事,东家既然交代了,我就尽力安排,我跟着药行这么多年,要是老家的根基都守不住,传出去也让人笑话。"但是他随即话锋一转,"老东家在的时候,给我们这些大掌柜的抽成是二,那时候有他掌舵,生意年景也好,这些钱足够我养活一家老小,可如今世道乱,生意也难做,盈利不足往年的一半……"

不待他说完,周钧儒便知道了他的意图,立即开口道:"申叔叔,如今虽然艰难,但也不能看着您和家人作难,这样,近两年先不按抽成,我保您和以前薪银一样,再加一成。"

申大掌柜这才满意,却依旧故作唏嘘:"老东家走得突然,东家新接手,这个时候说不得什么,无论如何得撑过去。"

周钧儒松了一口气,虽然申大掌柜同意出山重整生意,可却是他用人事和财权做交换的局面,这等策略只能过渡一时,绝不可任其做大。他心中早已有了安插在开封生意的人选,等局面稳定下来,再逐步削弱这些老掌柜的势力。

此后数日,他又一一笼络常年跟随周家的老伙计,清点库房,整顿账目,将柜上的事全部理清楚了,药行才渐渐恢复了昔日的局面。郑县、洛阳两地的药行分号也分别照此办理,奔波了三四个月,河南的生意终于暂且维持下来,最艰难的一关,勉强过去了。

周钧儒深知,周记药行生意上的获利大半在川、鄂,周掌柜断臂求存,如今只剩了河南、陕西两地,声势已是大不如前,再加上掌柜和伙计们心思不稳,人人懈怠,想要恢复昔日的局面,必要呕尽心血才行。

自周掌柜去世后,周太太的情形时好时坏,半年过去,才渐渐恢复了精神,能够正常处理家务,然而一见近来都是姚青禾掌家,铁顺儿竟也事事配合着,心中顿时大为不悦,当即将铁顺儿叫来指桑骂槐地训斥了一顿。

铁顺儿知她对大少奶奶有怨言,如今又值老东家新丧,也不曾辩解,由着她发作了一番,依旧事事听命于她,把家里的诸项事务料理起来。姚青禾见周太太已经好转,虽对她仇怨极深,但如今自己丈夫掌管着药行生意,又何必与她争执管家之事?因此一句不多说,痛痛快快地退回自己的院子,再次过起了与世无争的日子。

恰好周太太的娘家妹子来看她，顺口提及当日两家未能结亲之事，周太太满心悔恨苦恼，说起周钧儒时更是忧虑不安："他虽是我们家养大的孩子，可如今培祥去了，外面的生意一概由他经管，我也不知这生意做得怎样，是盈是亏，到底有多少产业，心里实在是没个着落……"

她妹子便诧异道："以前姐夫没跟你说过生意上的事？"

周太太："你姐夫从来不说，我也不问，谁想现在换了他做掌柜，也是什么都不跟我说。"

她妹子便愤愤然道："你们把他当亲儿子一样养了这么些年，就算他料理生意，也不该胳膊肘朝外拐，如果敢不孝顺你，那就是天打雷劈的罪过。"

周太太叹了口气："他有什么不敢的？我带着汉川在家过日子，外面的事两眼一抹黑，说到底我还活着，这份家业也没完全交到他手上，你姐夫才刚走，他就真把自己当成当家人。"

她妹子皱眉："姐夫走的时候你不是在眼前吗？他怎么交代的？"

周太太："你姐夫跟我说生意上只剩个空架子，可是我总觉着有些不对……"

她妹子："既然是个空架子，给他就给他了，做好了是周家的产业，做不好是他无能，你正好可以发落他。你要实在不放心，把分号的大掌柜请过来问一问，不就知道了？"

周太太听妹子如此说，心里踏实了不少，盘算着找个时机见见几位大掌柜，好生盘点一下药行究竟有多少产业。

但眼下最碍眼的，却是姚青禾。自己如今只得一个神智不全的汉川守在膝下，这个儿媳却年轻少壮，又是生养的好年纪，生下儿子只在早晚，真到那时，自己岂不是叫天不应叫地不灵？因此越发看她如心头之刺，总要寻些由头与她为难。姚青禾知道丈夫正在最艰难的时刻，她必须守住内宅不乱，让他安心处理生意才行，因此对周太太处处退让，一句也不曾向周钧儒抱怨。

整顿过河南和陕西两地的生意，周钧儒便赶着回了老家：他已经太久没见过妻女了。然而如今他背着"克父"的名声继承了生意，人前人后更要做出孝敬的样子,因此进门第一件事,便是到后院向周太太请安。

然而当他和周太太母子相对的瞬间,忽然意识到一件事:父亲不在了。

这次父亲是真的不在了,以后自己再遇到任何问题,都不能向他寻求答案和依靠了。就如眼前这般局面,他若与周太太再起分歧,没了父亲帮自己转圜,连个缓和之机都不再有,只能独自面对了。

一股巨大的悲凉袭上心头,他勉强应付了一会儿,便忍着难过开口道:"娘,我刚下火车回来,有点累了,您操持家事也辛苦,我明天再来请安。"

周太太脸色有些低沉:"钧儒,你爹刚走,就不想在我跟前尽孝了?"

周钧儒连忙摇头:"娘怎么会这样想? 我只是……有点想爹了,想去他书房坐一会儿。"

周太太:"从你一进来就脸色不好,到底是我这当后娘的不如你爹。"

周钧儒一惊,急忙站起身来,后退几步跪在周太太面前:"娘这话,儿子受不起!"

周太太本想怄他几句,却招致了如此尴尬的场面,连忙起身把他扶起来虚应道:"跟你说两句话,怎么就认真了? 快起来,当娘的哪有不疼孩子的道理。"

周钧儒心中颇有几分酸楚,如今自己受父亲重托,成了周记药行的东家大掌柜,整个周家的生意都在自己手中,周太太如何不忌惮? 刚进家门,就给自己脸色难堪了。他站起身来:"娘要是责怪儿子不孝,我就多陪陪您,明天再去看爹。"

周太太叹气道:"心思不在这里,就不用强陪着了,去吧。"

周钧儒这才小心翼翼地辞了周太太,到前院父亲的书房里坐了下来。

他也有一间书房,那是少年读书的地方,后来跟着父亲做生意,处理事务也依然在自己书房中。如今他已是周记药行的当家人,按理应该搬到前院大书房里来会客办公,然而他却始终不肯占用这几间屋子,这里有太多关于父亲的记忆,让他不忍回首。

父亲刚去世时,巨大的悲怆之下,他甚至来不及去想死亡意味着什么,只是在日后漫长的时日里,看到某一件东西,遇到某一件事,或者想要向他求助诉说时,他才会一次又一次地意识到:父亲走了。

那个人不在了,再也不会回来了。

这样的感触一次比一次强烈,一次比一次悲凉无奈,他用了很久的时间都没能完全适应,但他来不及悲伤,只能带着全家的期望,背负着周家的重担前行,而他的背后,是毫无依靠的一片虚空。

他双手掩面,无声地痛哭起来,为远行已久的父亲,也为孤行渐远的自己。

姚青禾来到书房的时候,他依旧在呆呆地坐着,直到看到岫儿那小小的可爱身影,才恍然回神:自己也已经是别人的父亲了。

他站起身走到门口,一把将岫儿抱起:"岫儿,叫爹。"

岫儿有些害羞地看着他,长到一岁多,看到爹的时候却很少,所以在他怀里有些紧张,转回头去寻找娘亲。姚青禾接过孩子:"你怎么在这里待了这么久? 都五六个钟头了。"

周钧儒诧异:"竟然五六个钟头了? 我是一点没觉得,兴许想的事情太多了。"

姚青禾:"你从太太那里出来就进了书房,铁顺儿叔说看你脸色不大好,也没人敢来打扰,都后半夜了,我才不得不带着岫儿来找你。"

周钧儒带了深深的歉意:"没想到就这么晚了,还带累你们不能休息。"

姚青禾只是笑了笑:"回去吧,我知道你想爹了,他不在了,但以后的路,有我陪着你。"

周钧儒点点头,起身抱了岫儿,与姚青禾并肩而行,走向自己的院子。

这短短三进院子的路,周钧儒却觉得走得格外漫长。当年跟着父亲重建这所宅子的时候,从前门走到后院几乎都是一路飞跑,他那时还为亲手参与周宅建造,而且有了自己的院子而兴奋不已,似乎从那时起,周家就真的成了他的家,如今自己正式成为周家的当家人,接过了这份家业,却恍惚觉得自己依旧像个外人。

昔日跟着周掌柜的人并没有真正忠诚于新东家，这所宅院里的下人长工们也在他和周太太之间见风使舵，周太太更是反感极了自己这个外来子，至于周氏族人和街坊邻里的流言蜚语，早已不足为道了。此时的他，犹如惊涛骇浪里的一叶孤舟，所有人都在盯着他风雨飘摇，等着他落水倾覆，然而他却不得不拼尽全力驾着周家这艘船，向前走一步，再走一步。

保住周家，是父亲对他的托付，更是他六七年来与父亲一起出生入死保全下来的基业，可所有人都觉得他一个外来子坐享其成，凭空得到了偌大一份家产，人人都可以对他指指点点，反倒是长到十三岁上依旧有些呆呆的汉川，才是他们心目中的周家嫡系继承人。

他忍不住有些委屈：凭什么？

自己付出这么多心血，几次搭上身家性命，又有名正言顺的遗言托付，为什么这些人还要质疑自己？难道只因为自己是买来的，就要忍受这些不公平的待遇吗？

进了屋，周钧儒愣愣地躺在炕上，忽然悲凉地叹了一口气："青禾，我们在这个家里，到底算什么人呢？"

姚青禾诧异地看着他："卓先，你这是怎么了？ 生意不是暂且平稳了吗？"

周钧儒："就因为暂且平稳了，我这心里才越想越后怕，他们并没有真的认同我，各个都怀着心思呢。爹留下的是个烂摊子，各地的药行都在亏，这时候只要出一点差错，立刻会有人说我没能力接管家业。"

姚青禾："你已经做得很好了，他们凭什么质疑你？"

周钧儒："雪中送炭的少，落井下石的多，等着我倒台看下场的人，多着呢！"说着他忍不住恨恨道，"我偏不让他们看！ 等生意都理顺了，我就把周记药行开到西安去！"

四〇　千夫所指

然而他回到家不过两三日，便听到一个骇然震惊的消息：日寇进攻北平！

周钧儒心中一惊，立即去买了份报纸，却见其上赫然以大版字号刊登着《卢沟桥中日军冲突》：日军猛烈进攻，我军沉着应付，迄昨夜止双方交涉尚无结果，日方正增兵，我军决死守。

他并不知晓卢沟桥在北平何处，但日军悍然进攻北平，却是惊天动地的大事。之前日寇无论怎样挑衅，始终在东北满洲一带，平津乃是中原门户，如今也遭到进攻，若是国军抵挡不住，日军长驱南下，中原必成铁蹄肆虐之地，中国危矣！

周钧儒直恨得咬牙切齿：日本蕞尔小邦，竟敢真的打起中国来了！如今的中国，早已沦为列强眼中的肥肉，豺狼环伺，人人都要咬上一口，连日本都横行肆虐了，未来将面临何等灾难，思之极恐。

他手里握着报纸，叹气不已。六年前的"九一八事变"时，自己只有十七八岁，空有一腔热血，不知洒往何处，如今真到了举国一心抗击日寇的时候，他已经历过乱世浮沉，深切意识到这将付出何等的牺牲。这些年来，他经历了不知几多战事，亲眼见过兵临城下的危机，也见过被战争摧残的兵士身躯，更被抓壮丁掳入军营两月有余，战争给他留下了太深的印象，中国与日本全面开战,未来惨状令人不寒而栗。

然而痛恨之余,他心里竟还怀了一丝庆幸:周记药行一大半生意都已撤入关中,就算日本人真的打到中原,周家也还能有几分保障,然而接下来这场大乱,不知又要多少年才能重归太平,也许有生之年,都要在乱世中度过了。

周钧儒推算,日寇还在平津一带,距离河南千里之遥,纵然一路推进,到中原地区至少也要年余时间,然而始料未及的是:七月底北平、天津相继陷落,八月一日,日军飞机竟直接飞到了郑县上空侵扰,短短二十余日,日寇就到了眼前!

郑县距偃师不过一百余里,百姓顿时惊慌起来:何曾见过这样的战事,隔着上千里,日本鬼子竟真的长了翅膀直接飞过来了!日寇在东北和平津的杀戮兽行早已传遍民间,如今到了眼前,岂能不怕?

因此人人以为亡国在即,纷纷准备舍家逃难,周钧儒更是急得坐立不安:郑县和开封都有药行生意,若是日军大举进犯,两地生意便要遭遇巨大劫难,人财两失。

日机飞走后,他很快接到郑县柜上的电话,说是伙计和铺面都未受到波及,暂且人货平安,但众人已是惶恐不安乱了阵脚。开封也同样打来紧急电话,两城相距不过百余里,甚至有人声言看到了日本飞机,伙计们亦是惊慌失措。两地大掌柜都紧急询问周钧儒:是否暂且封存库房关了铺面,回偃师避一避战乱。

周记药行刚刚恢复如常不过半年,便遭遇如此沉重打击,周钧儒难以抉择:若要撤回生意,此前的努力便全然白费,周记药行便要面临崩溃的局面,自己这个新东家的威信也要面临挑战。然而若不能及时做出决策,万一真的投弹轰炸伤及人员财货,更是得不偿失。两难之下,他急得在院子里团团转,不过片刻工夫,嘴上竟起了一层火泡。

姚青禾见他如此焦躁,忍不住叹息道:"日本鬼子这么快就打到河南,真要亡国了吗?"

周钧儒眉头拧成一团:"国民政府都准备迁都重庆了,看来是真打算把中国拱手让给日本人了，一旦亡国，什么家业生意就都完了。"

姚青禾："那你是怎么打算的？"

周钧儒："我心里也没底，这次打仗跟以前不一样，日本鬼子一来，别说开门做生意，命都不一定保得住。"

姚青禾愁眉："不如通知两地大掌柜，先把人撤回来吧，都是同乡，万一哪个受了伤，都不好交代。"

周钧儒焦灼地走来走去，良久之后失魂落魄坐在台阶上："真要撤回来，只能连人带铺面一起撤，可是撤了铺面，周记药行在百姓心里就靠不住了。"

姚青禾："不是还有药材生意吗？"

周钧儒："虽然不指着铺面上赚多少利，但要连个招牌都没有，周记药行就只是个药材贩子了。"

姚青禾忧心忡忡："这个时候，人要紧，万一日本鬼子再扔炸弹，连人带铺面一起炸了……"

周钧儒沉默了半晌，忽然下定决心般："青禾，你说得对，铺面是无论如何都保不住了，我去一趟郑县和开封，亲自安顿生意，把人撤回来！"

姚青禾顿时惊骇得睁大了眼睛："卓先，现在不是玩命的时候！"

周钧儒狠狠锁着眉头，神色却极其坚毅："这些年跟着爹做生意，经历的战事不知多少回了，要是每次遇到危险就往后缩，周记药行做不到今天！"

姚青禾急道："万一你有事，我和孩子怎么办？"

周钧儒："乱世做生意，就是要兵行险道，我被绑架过，被围城过，被抓过壮丁，生意上更是多少次起死回生，哪一次不比现在危险？不用担心。"

姚青禾几乎说不出话来，不可置信地望着自己的丈夫："你逞英雄的时候，怎么就不想想我们？你万一被困在郑县，被日本鬼子轰炸，家里怎么办？你去年好不容易死里逃生回来，还忍心再抛下我们一走了之吗？"

周钧儒低头不语，沉默了一阵子依然坚持道："我是东家，遇到事的时候东家退了，让人怎么说？我才接手半年多，正是人心不稳的时候，我必须得去。"

姚青禾忍不住气笑:"别人怎么说,比你的命重要吗?比抛下我们当孤儿寡母重要吗?你想想祁校长,想想他的妻子孩子,你想让我和岫儿也那样吗?"

周钧儒辩解道:"我一定万分小心,不会让自己遇到危险的。"

姚青禾叹了口气,默然地坐回炕上,她知道周钧儒决心已定,自己多说无益了。

日机侵扰第三日,年轻的东家就冒险亲自赶来郑县,徐大掌柜百感交集,惊魂未定的伙计们更是一下子找到了主心骨,老东家在世时,无论多大的战乱灾祸,始终不曾退后一步,如今新东家依然如此有担当,人人敬服不已。

周钧儒把众人叫到后院,朝一张张熟悉的面孔看过去,半晌才终于开口:"日本鬼子的飞机已经到郑县了,以后还来不来,谁心里也没个底,不如大伙儿照直说说,你们是怎么想的?"

伙计们互相探望着彼此的眼神,没有人贸然开口说话。等了一阵子,徐大掌柜才终于说道:"大家也是心里没底,又要养活一家老小,又怕日本人真打过来,都在左右为难。"

周钧儒叹了口气:"我也和大家一样左右为难,撤了生意,对不起父亲的临终托付,更对不起大家的期望,一家老小总要吃饭,没了生意就没了饭碗,可要是继续做下去,我也怕有危险,所以想问问大家,有多少想留下的,有多少想撤回老家的,要是大伙儿都想撤,那没说的,我们一起走。"

伙计们更是心思不安起来,其中有人便挠头嘀咕道:"撤回老家,东家是有吃不完的粮食,花不完的钱,我们这些人,三个月没薪水,家里就揭不开锅。"他这一嘀咕,周围人立时算计起家里的日子,一个个摇起了头,互相递着眼神,叹息不已,然而面上却带了几许不满不忿的神色。

这些人的心思,周钧儒如何看不出来?但他却丝毫无怨,伙计们不想撤,不过是为一家老小吃上饱饭,然而若出了危险,依旧是自己这个东家的责任,因此撤与不撤的事不能从自己口里直接说出来,必须引导他们自己达成决定,不然日后埋怨起来,是解释不清的。

又问了两遍,陆陆续续便有人站了出来,表示要回老家避难,其余人更加惶惶不安,四顾张望着不知所措。眼看着站出来的人越来越多,周钧儒叹了口气:"看来还是想撤回老家的多,只是铺面一撤,什么时候能再开张,就不好说了,但你们都是跟了药行多年的老伙计,我不能看着大家没饭吃,一年之内每月开三成薪水,大伙儿也可以谋别的差事,等到药行重新开张了,还想回来的,依旧回来做事,怎么样?"

伙计们眼里瞬间有了希望,人人感激不已,赞叹东家行事仁厚。周钧儒又继续说道:"铺面虽然撤了,药材生意却是不能停的,然而就算每天躲在地窖里守着库房,也依然可能有危险,所以,愿意留下来守库房的,给三倍薪水。"他目光看向徐大掌柜,"徐叔,药材生意离不开您坐镇,但是……"

徐大掌柜顿时心里一沉:这个年轻的新东家,心思深沉老辣不输昔日壮年的周掌柜!自己若是同意,便要冒险为周家守基业,若是不同意,便换上他周钧儒的人,自己这个大掌柜就要被踢出局!他跟了周记药行将近二十年,从洛阳到重庆,再到郑州,为周记药行立下不少功劳,可老东家一走,新东家依然要试探自己的忠心。他心里有几分酸涩,面上却笑了笑:"东家,我这把岁数了,多活一天少活一天没什么区别,守在这里,还踏实些。"

周钧儒神色一怔,随即深深一躬到地:"徐叔,我和九泉之下的父亲,谢谢您!"

郑县铺面撤离安顿完毕,周钧儒松了一口气,立即赶赴开封和洛阳,依旧照着郑县的先例办理。然而开封申大掌柜却不肯冒险,周钧儒早知他必不会与周记药行同心,半年前便暗中安插了人手,此刻他告老请辞,周掌柜立即让自己的人顶上去,暂且维持着生意。至此,河南周记药行的铺面几乎全部歇业,只剩了药材周转一项生意,百姓纷纷传言:周记药行,垮了。

日寇飞机第一次侵扰郑县时,康含章便被张云志派人送回了偃师。

她大学将毕业时就到了贸易公司就职,虽说要抛头露面,但每月薪水和业务收成总有六七十元,也是难得的体面差事,然而刚工作不过半年,就遇到亡国之难:上海开战了。

日本人叫嚣着"三个月灭亡中国",竟在北方平、津,南方上海三地同时侵略,分明想要一举攻克南京,迫使国民政府投降!

张云志虽驻守郑州,却也要随时准备奔赴上海前线。

两军战事激烈,上阵作战的将士九死一生,她甚至不敢去想一旦战争全面爆发,张云志上了战场,自己会等来怎样的结局。她刚刚开始筹划自己的人生和未来,她正对生活充满美好的向往,战争却骤然改变了她的命运方向,这一刻她忽然理解了大姐的痛苦,原来仅仅是"担心失去",就能把人逼到疯狂,何况,大姐是真的永远失去了。

但她不是一个哀怨的女人,她不会让张云志在国难当头之际,还要为自己担忧过甚,所以分别之时,她丝毫没有悲戚流泪,而是坚定地告诉心爱之人:"等你打了胜仗,就来康家寨下聘,我要嫁给你。"那一刻,她分明看到张云志眼里燃起了光,热烈而郑重地回应着自己:"放心,我一定回来娶你。"

回到偃师之后,康含章第一次正式向父亲提及了张云志:"爹,女儿有意中人了。"康老先生一惊,却见她坦坦荡荡地站在自己面前,说出这话时毫无羞涩回避之态,面上是坚定不移的神色,便知道这个主意极正的孩子已经下定了决心。他微微叹了口气,问道:"他是谁?几年了?"

康含章:"十五军中的一个团长,叫张云志,伊川人,驻守在郑县,快三年了。"

康老先生审视着她:"你知不知道,你们私下相会私订终身,女儿家的名节都毁了?康家可没有遇过这种事。"

康含章并不退缩:"他是个正经人,很敬重我,我也敬他是个英雄,我又不是封建裹脚女人,怎么就不能跟他见面了?"

康老先生:"既然是正经人,为什么不大大方方找个媒人来下聘,说定亲事?我不拦着你们年轻人追求什么婚姻自由,但凡事总该有个章程,你一个读书知礼的女子,连这都不明白?"

康含章这才低了头:"原本我一毕业他就想来的,可是姐夫死在国民党

759

手上，我怕大姐知道了，会难过……"

康老先生心中顿时泛起酸楚：难怪她与那军官私会三年也不敢跟家里提一句，原来竟是为顾着大姐的心思，真难为她了。他不由得叹了口气："含章，爹不是不操心你的婚事，但我还没见过这个人，不能贸然同意，再者你大姐那里，也确实让人不忍心。"

康含章："大姐在家这几年，过得太苦了，平时几乎见不到笑模样，要是让她知道了，我怕她接受不了。"

康老先生叹息道："你是真的非他不可？"

康含章郑重点头："非他不可。他说如今日寇侵略，好男儿当以身许国，如果打败了日本鬼子他还活着，一定来迎娶我。"

康老先生："他要是回不来呢？"

康含章倔强道："他如果战死沙场，我就终身不嫁，这样为国捐躯的英雄，就算等到下辈子，我也要嫁他！"

康老先生更觉心焦不已，怎么康家女儿个个都是烈性痴情的女子？上海战事正酣，军人死难者十之七八，含章若真的痴情等他，纵然等到打了胜仗，张云志有多少希望能活着回来？

他低头沉思了一阵，终于开口道："你大姐那里，我去说，等那个后生回来，让他到家里来一趟吧。"

康含章顿时惊喜不已："爹，您同意了？"

康老先生："你从小心气儿高，能入你眼的男人一定有过人之处，同意不同意，总得先让我看看。"

康含章高兴地点了点头，随即却又情绪带了几分失落，说："大姐那里，你一定要缓着说，要是惹她难过，我宁可不让云志来。"

康老先生："放心，你大姐平时最疼你们，怎么会让你为难。"

看着小女儿离开的身影，康老先生陷入了艰难的沉思，但最终，他依然叫了大女儿过来，审慎地开口道："俭儿，你小妹有了心仪的人了。"

康宜俭颇为惊喜："真的？什么样的男人，能配得上我们含章？"

康老先生："她的意中人，必然是个顶天立地的男子汉，不然哪能入她的眼？"

康宜俭："那就让含章带他来家里看一看啊。"

康老先生："你也是这个想法？"

康宜俭："日后总要下聘提亲的，先看一看，我们心里才能有底。"

康老先生犹豫地斟酌着词句："只是有一件为难事，还得你认可了才行，不然含章是不敢带他来的。"

康宜俭诧异："父母之命，媒妁之言，小妹的终身大事，我有什么说话的资格？"

康老先生："他叫张云志，是洛阳伊川人，现在军中驻守郑县，誓死抗击日寇。"

康宜俭点头："是个保家卫国的英雄，这样的好男儿才能让小妹垂青。"

康老先生叹了口气："他是在国民党军中。"

一句话，父女二人顿时沉默下来。康宜俭更是脸色沉郁，"国民党"三个字，犹如她心中的一根刺、一把刀，这些年她时时刻刻记着自己的丈夫就死在国民党手中，全家人几乎很少在她面前提到这三个字，然而如今，自己的小妹竟然中意于一个国民党军人。

她不仅要面对国民党，还不得不面对他将成为自己的亲属、家人。

若要接纳，书瀚亡魂何安；若不接纳，小妹终生空负。两难之间，竟使她不知如何自处。世事弄人，这样的艰难抉择竟发生在自己身上，她用帕子掩着面，连哭出声的力气都没有。

康老先生愁眉紧锁，默默地抽了一袋烟，开口道："俭儿，要是你不同意……"

康宜俭忽然抬起头，忍泪说道："书瀚是死在国民党手上，可是张云志跟我们家又没有仇，能被小妹看上的男人，人品一定是好的，我们不能误了小妹的终身大事……但是，我要亲自问问小妹，嫁人是一辈子的事，不能稀里糊涂地就被男人骗了。"

康老先生长长地出了一口气:"你肯这样想,含章一定会感激你的,她原来怕你难过,始终不敢提这件事,既然你同意了,我这当爹的也就不用左右为难了。"

康宜俭起身离开父亲的书房,康老先生看着她的背影,内心煎熬不已:自己就这两个女儿,可她们的丈夫却属于两个党派,祁书瀚英年早亡,张云志又身在军中前途未卜,将来含章的婚事是何局面,谁能预料?

第二天,康宜俭裁了一匹大红缎子,铺在炕上,把小妹叫进了自己的屋子。康含章只向炕上看了一眼,便诧异不已,她这几年从未在大姐屋子里见过这样的大红色,连卿哥儿的衣裳都很少有太过鲜亮的颜色,这分明是做嫁衣的料子!

卿哥儿已经四岁,努力扒着炕沿要往上爬:"小姨,抱我上去,我要看花布……"

康含章下意识地抱起他放在炕上,眼神却望向康宜俭:"大姐,你这是?"

康宜俭:"小妹,之前我说给你做两件衣裳,你说不用,但是现在你年纪不小了,也该嫁人了,我用这缎子给你做件嫁衣,怎么样?"

康含章紧紧地盯着大姐的眼睛,试图在她眼里找到隐忍难过的神色,然而她看起来依旧是往日疼爱自己的样子,丝毫没有勉强和不悦,只是一心一意要为自己的小妹做一件嫁衣。然而越是如此,康含章越觉心绪不宁:"大姐,你不用为了我这样苦着自己……"

康宜俭手里不停用尺子比着缎子画线,侧头满眼爱怜地看着她:"谁说我苦了自己? 你能嫁得如意郎君,我高兴还来不及。"

康含章猛然拉住她握尺子的手,眼里几乎激出泪来:"可是大姐,张云志他是国民党啊! 你不恨国民党吗?"

康宜俭怔怔地看着小妹,片刻之后也红了眼圈:"我恨国民党,但我不恨自己的妹妹和妹夫,含章,我们是一家人啊。"

康含章眼泪簌簌而落:"大姐……"

康宜俭依旧笑看着她:"跟我说说这个后生,我看看他配不配得上我们家小妹。"

康含章再也忍不住,猛地扑到大姐怀里与她紧紧抱在一起:"大姐……"

良久之后,二人分开,她才又坐在桌旁,轻轻用帕子擦着眼泪,又端起茶碗,却不经意看到桌上一片纵横交错的凌乱痕迹,表面的漆已经被磨掉,露出了木头的本色,显得桌子有些凹凸不平的陈旧感,应是年深日久磨蚀所致。然而她还未意识到什么,康宜俭忽然起身拿了一块布,将桌子盖了起来,脸上有一闪而过的掩饰:"桌子旧了,盖上桌布就看不出来了。"

康含章随口道:"重新漆一遍就行了,又不费事。"

康宜俭摇了摇头:"没事,漆一遍要费好多天工夫,以后再说吧。"说着依旧拉着康含章细问张云志的事,从家世出身到军中履历、人品样貌等都仔细问了一遍,才终于松了一口气,露出满意的神色,"听起来是个靠得住的人,只可惜是个军人……"

一句话说完,姐妹二人都沉默了。

军人,就要上战场,就要捐躯赴难,想要与他携手终老,亦是奢望。

康含章失神了片刻,忽然又笑起来:"国难当头的世道,谁敢保证自己能活到老? 既然生死都没有定数,就更不能错过跟他在一起的机会,哪怕只能在一起几年,几个月,几天,也算是我们在一起了。"

康宜俭忽然充满欣赏和羡慕地看着自己的小妹,这个自幼跟在自己身后的小妹竟变得这样热烈而成熟,面对生活和爱情,她没有丝毫的犹豫和瞻前顾后,就这样义无反顾地迎了上去,哪怕以后有不可预料之事,也绝不犹疑和担忧,依旧会用尽全力珍惜眼前事、眼前人。

这样的小妹,在以后的人生里,应该会比自己幸福许多吧?

她心里默默念着:但愿,她能一直幸福下去。

然而上海的战局却越来越不乐观,两三个月的漫长等待,康含章未接到张云志的任何消息,连信件和电报也没有一封,他仿佛消失了一样,时日久了,大家甚至开始觉得他要娶二小姐的承诺已经杳然远去,全家人也都在刻意回避她将要成婚嫁人这件事,唯有大姐为她做好的嫁衣静静地摆放在那里,提醒着这桩婚事的存在。

大家的眼神对视与交流中,似乎已经默认了张云志要么已经战死,要么便是流连上海的花花世界抛弃了二小姐,大家都不敢在她面前提及这个人。然而康含章却始终没有放弃希望,她依旧在积极地筹备着成婚之后的生活,爹娘几年前就为她准备好了嫁妆,如今所需添补的并不多,她就缠着大姐教她做针线女红,为张云志做些鞋袜帽子等简单日用之物。

她并非看不到家人们眼里的惋惜和失望,但她不是一个需要被哀怜的人,人生要掌握在自己手里,只要还有希望,她就一定会坚持下去。

将要入冬时分,南方传来上海沦陷的消息,这场极尽惨烈伤亡无数的战争,中国依旧是败了。国民政府在报上发表了《告全体上海同胞书》的声明:"各地战士,闻义赴难,朝命夕至,其在前线以血肉之躯,筑成壕堑,有死无退,阵地化为灰烬,军心仍坚如铁石,陷阵之勇,死事之烈,实足以昭示民族独立之精神,奠定中华复兴之基础。"康含章定定地站着,将那则报道看了又看,似乎要从字缝里搜寻出张云志的消息,然而三十万将士阵亡,其中有无一个叫"张云志"的,谁人能知? 全家人都小心翼翼地望着她,良久之后,她忽然把报纸扔在一旁:"这又不是张云志的阵亡通知,你们这样看着我做什么? 说不定再等一阵子,他就回来了。"

康婶娘终于忍不住劝道:"孩子,别等了,兴许他去了南边,就不肯回来了。"

康含章望着康婶娘:"什么叫不肯回来了?"

康老先生叹气:"他上没上战场,我们都不得而知,但是上海是个花花世界,难保……"

康含章断然否定:"不会! 他不是那样的人! 他只要没战死,就一定会回来找我!"

大家只得摇头叹气,二小姐性情倔强,她认准了的事,谁能劝得动分毫? 因此大家只得三缄其口,再也不提张云志的事。

然而事情总是在不可料的时候发生转机。

就在康家已经放弃希望的时候，张云志忽然出现了。

那一日，长工正带着四岁的卿哥儿在寨子围墙上戏耍，教他用弹弓打外面树上的干果子，卿哥儿力气虽小，学得却很快，手法越来越精准，弹出的石子端端正正打落一个烂果子，好巧不巧落在一个瘦削挺拔的人身上。

那人愣了一下，抬头往围墙上看，随即笑起来："是谁家的孩子？将来能练一手好枪法。"

卿哥儿向外看去，却见那人有几分眼熟，想了一阵子才恍然，于是向长工说道："我在小姨屋里见过他。"

长工一愣，随即明白他是看过这个人的照片，随即惊喜过望："您是，张云志团长？"

张云志没想到他竟认出了自己，依旧笑道："对，请问您知道康含章小姐在哪里吗？"

长工不断地点着头："知道！知道！二小姐一直等着您呢！"说着立即跑下去叫人开了门，抱起卿哥儿一路小跑着带了张云志回家，刚进院子便喊道，"二小姐！二小姐！姑爷来了！"

康家众人大为惊诧，直到张云志进门，所有人顿时瞪大了眼睛：与二小姐定亲的丈夫回来了！他既没有战死疆场，也没有抛弃二小姐，而是信守承诺地回来了！

康含章走出院子，一眼就看到了张云志。他看起来脸面黧黑，粗糙憔悴，只穿了一身素朴的中山装，却依旧腰背挺拔，神色整肃，风纪扣严严实实一丝不苟，因为经历了战火的淬炼，他的眼睛更加锋锐犀利，有着直射人心的力量。

张云志走到她面前，低头沉思了一下，才叹息着握住她的手："康小姐，我没能打胜仗，但是我回来了。"他眼里是掩不住的失落和懊悔，仿佛自己是带着耻辱归来的将军，在心爱的女人面前抬不起头。

康含章的眼泪倏然落了下来，但她依旧笑着："打不打胜仗，不是你能决定的,回来就好。"

张云志:"这几个月,让你担心了。"

康含章摇头:"我始终相信,你会回来。"

直到康老先生咳嗽的声音响起,两人才逃避似的松开了手,张云志斯斯文文地向他问候。当日,康家隆重摆了酒席招待张云志,康老先生见他一身英气,举止干练,也曾读过专科学校,言谈不俗。席间说起抗日之事,张云志侃侃而谈,言辞间颇为知兵善战,又有男儿的热血豪气,竟似长剑映日般神采飞扬,难怪小女儿对他如此倾心。

康大小姐在帘内掀起一角悄悄看了几眼,立刻便放下了心中的芥蒂,此人一看就是正人君子,小妹若与他结为连理,足可令人放心。

张云志初次见康老先生,却毫不拘谨,聊到与二小姐的未来,他却忽然郑重起身,连敬三杯酒才说道:"康叔父,我与含章情投意合,恨不得即刻结为一家,但国难当头,我既然身在军中,就要履行军职,誓死与日寇周旋到底。"他叹了口气,沉默了片刻,才终于鼓起勇气似的说道,"我这次来,是想向您和二小姐请罪的,这桩婚事,我实在不敢践诺,万一我战死沙场,误了二小姐终生,岂不是罪人?所以……"

康含章在帘后坐着,原本沉浸在巨大的喜悦之中,此刻听得张云志如此说,猛地起身冲了出来:"所以怎样?你不想娶我了吗?"

张云志见到她的一瞬间,眼里立即涌出了神采,却又瞬间黯淡了下去:"二小姐,我是想等着抗战胜利之后……"

康含章:"抗战要多少年才能胜利?我要一直等下去吗?"

张云志低头不敢看她:"我身为军人,有死而已。现在我是一个人,战死也就了无牵挂了,可如果成了婚,万一我有不测……我是不想辜负你……"

康含章:"难道那么多军人,都是不娶妻不成家了无牵挂的吗?我嫁给你,也许将来会后悔,但如果不能嫁给你,我会从现在就开始后悔,一直后悔一辈子。"

张云志猛然抬头,看到她热诚不悔的眼神,忽然觉得面对这样一个勇敢的女子,自己的担忧和顾虑都显得太过退缩,她既这样决然地要与自己携手,此生又怎能辜负?

三日之后,康含章与张云志正式完婚。张云志急于赶回军中,时间仓促,康家二小姐的婚事便不曾大操大办,婚礼极为简朴,只本家近亲与几个族中有威望的长者摆了几桌,张云志的父母早已不在,一应成婚事宜皆是康家代办,拜过天地,便算是结为夫妇了。成婚之后两三日,康含章便跟着丈夫到郑县驻地随军,全家人依依不舍送别,她却觉得自此与所爱之人长相厮守,便是世间最大的幸福。

上海对日会战虽然战败,却粉碎了日寇"三个月灭亡中国"的狂言,原本直面日本铁蹄的河南,暂且获得了一丝喘息之机,开封、郑县一带也并未遭受战火波及,周记药行的铺面虽然关停,药材生意却周转量极大,甚至因前线大量征调军需药材,还颇有一些获利,陕西的商路也大有起色,因此周记药行在亏损大半年之后,账面上终于开始有了盈余。

周钧儒心头的紧张终于暂且松了下来。虽然关停了铺面,但生意的根基尚在,只要战事停止,重新开张并无难处。然而周太太却并不知内里实情,只听人说周钧儒关停了铺面,遣散了伙计,便认定周记药行的生意败落了,一思及此,便忍不住忿火中烧:丈夫过世刚刚一年,他就把生意败光了!

入了冬月便是周掌柜忌日,周年祭需格外隆重,周家在祖坟搭了灵棚设了灵位,周钧儒也从陕西赶回来,起了简单的窝棚,带着汉川在坟前住了三日,披麻衣,枕砖块,饮食只有冷馍白水,极尽哀苦,以彰孝心。汉川自出生以来何曾受过这等苦?因此每日都要皱着眉头耍性子,只是迫于周钧儒的严厉,不敢不忍下来。反倒是周钧儒,每日三奠毫不懈怠,其余大部分时间在坟前静坐,时常与父亲说上几句,垂泪唏嘘不已。及至三日期满将要离开时,周钧儒跪在父亲坟前,郑重磕了三个头:"爹,您把周家和生意托付给我,我虽然守得艰难,但根基总算保住了。"

回家之后,依旧是穿着孝服赶去见周太太,一进门,周钧儒便带着汉川跪在地上哀哭:"娘,儿子给爹守孝回来了!"周太太也依着周年祭的礼数在家吃斋上香,姚青禾戴孝跟在一旁伺候。见他们兄弟二人回来,周太太上了三炷香,才用帕子抹着泪说了几句"尽心守孝,告慰你爹在天之灵"等语,让他们起来,周年祭便算是礼毕。

吩咐姚青禾和汉川离开后,周太太留下周钧儒,才终于按捺不住怒火:"钧儒,从去年你爹走了之后,我也没问过家里的生意,今天是你爹的周年祭日,当着他魂灵不远,你告诉我,药行的生意,是不是败光了?"

周钧儒一愣,摇头道:"娘,我只是防着日本鬼子轰炸,暂时关停了铺面,药材生意还在照常做的。"

周太太冷笑:"伙计们都回老家了,都说你撤了生意,他们的话还会有假?"

周钧儒:"咱们家的生意从来都不靠看诊抓药,真正的利都在药材生意上,娘怎么能轻信他们的话?"

周太太有些狐疑:"你可不要骗我,你爹把这么大的生意交给你,周家的基业都在你手里,你要是瞒着我都败光了,或者私吞了,可是丧尽良心。"

周钧儒知道周太太对自己防范极深,却不想在父亲祭日这天与她争辩,于是无奈道:"爹把生意交给了我,是让我替周家守住基业,挣了钱,也是周家的,我绝不会动私吞的念头。"

周太太盯着他:"好,我信你说的话,但是生意交给你一年了,这一年挣的钱呢?"

周钧儒心里忽然一阵悲凉,这一年生意局面极为惨淡,处处亏损艰难,也不过是药材周转上略有微利,然而若对她说出实情,只怕更要对自己发难,因此咬牙叹了口气:"娘说的是,这一年生意虽然差,多少也挣了点,我拢一下账目,就把钱拿回来。"

回到自己的院子,他把生意和账目上的钱略作收拢,药材和方剂也卖了几万现钱,还剩约莫二十五万。这些钱是周记药行的命脉所在,一旦战事平定,便要在各地重开铺面,大量收购药材,到时处处用钱,二十五万实在算不得多,然而周太太逼问生意上的事,他便不得不拿出一些来,打消她的质疑。

他咬了咬牙,在账上支取两万大洋,兑成金条交给了周太太。

周太太看着这些钱,心中却越发疑惑:丈夫在世时,生意做到四省通达,每年拿回家的钱最多不过一万有余,如今各地铺面关的关撤的撤,周钧儒竟能一次性交给自己两万,生意上到底有多少钱? 培祥到底交给了他多少家业?

难道丈夫真背着自己,把周家大半家产都给了这个外来子?

疑心一起,便再也难以拔除,她越想心头越不稳,整夜思虑不安,想起此前她妹子说的话,略一思索,便吩咐人悄悄请了重庆的老账房和开封的申大掌柜:她要亲自问一问生意上的实情! 若不把周家的基业彻底查个明白,岂不是要被这个外来子蒙骗了?

老账房和申大掌柜是从后门进的周宅,二人颇觉诧异:东家怎会请他们到后院女眷住的地方议事? 然而等他们落座之后,才知道叫他们来的并不是东家,而是老东家的太太。

自南方生意撤回,开封铺面关停换了新掌柜,这二人便都回了偃师赋闲养老,虽说依旧有一份养老薪水,可与此前在柜上相比,到底是差距悬殊,因此心中颇有些不平。尤其是申大掌柜,周钧儒请他出面不过半年多时间,便借着日寇轰炸的借口将他撤换,岂能咽下这口气?

如今老东家太太请他们过来,自然是要诉一诉冤屈,因此一见周太太,寒暄了没几句,二人面色便欲言又止起来。

周太太:“二位都是药行的老人儿,有话只管说,老爷不在了,跟我说也是一样的。”

申大掌柜立即老泪纵横:“太太,我们都是跟了老东家一辈子的人,对药行尽心尽力,多少也有点苦劳,可如今东家一接手就把我们卸了车,嫌我们老了不中用了……”

老账房也哭诉道:“老东家被逼着撤了生意,东家又不肯用我,我这一辈子都在药行里,老了老了成了累赘……”

周太太一愣,全然没想到生意上是这般情形,按他们所说,周钧儒竟是换掉了忠于周掌柜的人,要用自己的心腹!根基不稳就急于改弦更张,分明是要霸占生意独掌门户,这是全然不把自己放在眼里了!

她越想越气,然而脸上却不动声色:"老爷在世的时候,最倚重的就是你们,钧儒刚接手,世道又这么乱,一时有做不到的地方,你们也要多体谅担待。"

二人面面相觑,不知周太太这话何意,只得应和道:"我们也不是埋怨东家,他毕竟年轻,就算一时没想明白,我们也不敢说委屈,还是跟药行一条心的。"

周太太点点头,说:"我就是不放心,怕他办事有疏漏,所以才请你们来问问生意上的事。"说着,便委婉地问起周记药行历年的生意如何,账目如何。

二人都是生意场上见惯了世面的行家老手,周太太这一问,立刻便知道了她的目的:查账。她要知道周钧儒手上到底掌握了多少钱。

老账房与申大掌柜交往并不多,二人与周太太也素无往来,然而她有此一问,便说明母子间有嫌隙,他们本已经对周钧儒怨恨在心,此刻推波助澜一二,有何不可?因此便将周掌柜在世时生意上的流水和获利,拣着年景好的时候略述了一些,周太太立即目瞪口呆:原来周记药行全盛之时,光生意上便有七八十万资产!

她几乎愤怒得喘不过气来,将二人送走之后,回到房里更是越想越气:自己在周家熬了一辈子,也只分得五万养老钱,周钧儒一个外来子,竟然把持着这么大的生意,他们父子二人竟伙同起来哄骗自己!

七八十万的巨大家产,自己拿到手里的,连钱带铺面不到二十万!

难怪他随手就能拿出两万给自己,和生意上比起来,区区两万不过九牛一毛!

她挪着小脚在屋子里走来走去,坐立不安,气得五官都走了形,汉川进来时,正见她这副模样,吓了一跳:"娘,你生气了?"

周太太怒道:"你的好哥哥好嫂子!他们把周家的家业霸占了,那本来都是你的！傻孩子，他们抢了你的家业！"

汉川愣怔怔地，也被怂恿得气了起来："我去抢回来！"

周太太："我的儿，你拿什么抢？你哪里抢得过他们？"她不停地念叨着，"这份家业，我必须拿回来，放在他手里，早晚什么都落不下！汉川，到时候我一走，他们可就把你赶出去了……"

汉川："我们把他们赶出去！"

周太太一把拉住汉川的手："好孩子，就该这么想！我们把他们赶出去！"

她仔细盘算着：若是此刻逼迫周钧儒交出家业，显然有违周掌柜临终托付，必须等他在生意上有更大的错处，才能有足够的理由一举将他赶出周家。

民国二十七年五月底，日军已步步侵略到河南地带，直逼省城，及至六月五日，日军疯狂轰炸开封，并于次日占领了开封城，千年古城毁于一旦，城中百姓死伤不计其数。城破之日，日寇烧杀抢掠残暴屠杀，百姓为躲避屠杀，争相从黄河渡口撤退，因此溺亡者比比皆是，浮尸漂于河道，腐烂臭味传至十里之外，其间惨状，几如地狱。

然而中原大地上的灾难远远未曾结束，开封陷落三日之后，黄河花园口决堤了。

浩浩荡荡的黄河水一路向东南下游奔涌而去，所过之处皆成泽国，无数村落瞬间遭遇灭顶之灾，人畜遗尸漂浮如蚁。受难的百姓失去了家园，在没过胸口的深水中痛哭哀号，亟待救命，或有母亲将幼子放在盆中托过头顶，或有男子拖着家当涉水而行，但最终往往被大水吞没，命丧洪流。

周钧儒是经历过武汉水灾的人，但听闻黄泛区如此惨状，依旧痛心疾首。更有传言说，此次黄河决口竟是蒋委员长授命炸堤以水阻敌，他顿时震惊失色，怒火中烧：慷慨陈词抗击日寇的南京政府，竟视百姓之命为无物，贱若蝼蚁一般，成千上万的人葬身洪水哀号遍地，家园被毁，良田为泽……

他狠狠一拳砸在桌上："蒋介石独夫民贼！"

姚青禾吓了一跳："卓先，你这是怎么了？"

周钧儒："黄河炸堤决口，不知道要淹死多少人！"

姚青禾震惊："黄河决口了?! 什么时候的事？"

周钧儒："就是前几天，郑县那边逃难的人已经往这边跑了，说是一夜之间，房子、人和牲畜都漂在水上，到处都是淹死的尸首。"

姚青禾几乎不敢相信自己的耳朵："从小就听大人们说，最怕黄河改道，只要一决口，淹死的人不计其数，多少年都缓不过来。"

周钧儒叹气："这些年逃荒讨饭，卖儿卖女，饿死人的事还少吗？ 这些为官做宰的，谁肯把老百姓的命放在心上？ 当年武汉大水，死人看得太多，后来都觉得分不清死人还是活鬼了，有时甚至会恍惚一下，不敢相信自己还活着。"

姚青禾："不知道又要死多少人，真是不敢想，越想越觉得心里发慌。"

周钧儒："想不得，救不得，只能看着难受，我们小老百姓实在是无能为力。"

二人叹息着刚要上炕睡觉，便听院子后门被拍了几下。

寂静的夜里，拍门声显得格外清晰，周钧儒愣了一下，将近晚上十点了，这个时候谁来叫门？

他示意姚青禾不要动，自己去了院门口，隔墙问道："谁？"

墙外急切的声音回道："大少爷，是我，李坤和。"

周钧儒一惊，忙开了门，却见李坤和一身狼狈地站在门外，身后跟着郑好儿，怀里还抱着个孩子，一看便是遭了大难的情形，衣衫脏污面有饥色。周钧儒见是他们一家三口，急忙说道："李老板，你们这是怎么了？"

李坤和唏嘘叹道："我们是从中牟那边逃过来的，黄河决口，我们能逃出一条生路已经不容易了，班子里好几个人……"他说着眼泪就掉了下来，"眼睁睁就看着他们被水冲走了……"

周钧儒眼见这个中年汉子在自己面前落泪，一时竟不知如何宽慰，只得说道："李老板，你们遭了大难，好儿又带着孩子，先进来吃点东西。"

郑好儿也低头垂泪："少东家，我们实在是无路投奔，只能找您来了……"说着抱了孩子就要跪在地上。周钧儒急忙一把拉住她："好儿，快起来，你我之间不说这话。"

说着把他们带进院子，周钧儒扬声向屋里喊道："青禾，是李老板和好儿来了，刚从黄泛区逃过来，快给他们准备点吃的。"

姚青禾见他们夫妇二人如此狼狈，也为之心酸落泪，赶着吩咐人到厨房煮了汤面，又热了几个馍。一家人狼吞虎咽，不到两岁的孩子竟也吃了一大碗，周钧儒吓得连忙收了碗，不敢让他再吃，生怕孩子饿得狠了一下子撑坏。

吃饱之后的郑好儿再次落泪，说："少东家，我这儿子虽说饭量大，却也没这么吃过。"说着便叫他，"成儿，给你周叔叔磕头。"

成儿自幼跟着江湖班子游荡，倒也不怯生，当即就跪地磕下去："周叔叔好！李希成给您磕头！"

周钧儒连忙拉起他，看他长得胖乎乎，圆脸，两只大眼颇有灵气，既有李坤和的硬朗，又有郑好儿的柔和，很是耐看的一个孩子。他拉着成儿道："李老板，这孩子很有灵气，你得了个好儿子。"

李坤和叹道："成天在戏班子里跑来跑去，也没个正经前途，跟着我们这样的爹娘，将来也只能继续唱戏，还能做什么？"

周钧儒："唱戏有什么不好？不偷不抢的，也是个凭本事吃饭的营生。"

李坤和："虽说是个营生，但是谁把咱当人看？去给当官儿的唱堂会，我们只能站着伺候，人家叫来的妓女都坐着，我们得叫姨姨。我们天生下贱，一辈子受气也就罢了，要是将来成儿也这样过，我心里真不知道是什么滋味儿。"

郑好儿截断他的话："唱戏怎么了？唱戏好赖是自己的本事，你总是瞧不起自己，我们母子也跟着抬不起头来。"

周钧儒："快别说这样的话，唱戏又不是什么见不得人的事，我还唱戏呢，全偃师谁不知道？"他忽然一转话题，"你们多少人逃过来的？怎么不见其他人？"

李坤和满面羞惭，脸红得不敢抬头："正是没脸跟大少爷说呢，我们十几个人逃到这里，行头也丢了，戏也唱不成了，正不知上哪儿去混一口饭吃呢。"

周钧儒越发觉得凄惨，问："他们现在哪里？是不是也都饿着呢？"

李坤和低声道："他们在一个破庙里等着我们讨饭回去呢……"

周钧儒连忙道："快不要这样说，抬一筐馍回去先给他们吃着，明天一早我就过去见大伙儿，看看接下来怎么办。"

李坤和与郑好儿听周钧儒如此说，便知他会仗义相救，心里踏实了许多。周钧儒当即收拾了一筐子白馍，李坤和背着，带了郑好儿离开，回破庙与他们会合去了。

姚青禾在屋里听得清清楚楚，直到他们走了才出来，问："卓先，一个戏班子十几口人，我们怎么照顾？"

周钧儒："我心里一下子也是乱的，只是投奔上门了，也不能不管，明天去看了再说罢。"

姚青禾故意叹了口气："那郑好儿的事我可是记在心上的，你帮人可以，可不要惹什么是非。"

周钧儒急道："人家都是抱着儿子的人了，我能惹什么是非？这些年过来，你见我跟谁惹过是非？"

姚青禾："郑好儿，董小姐……"

周钧儒顿时涨红了脸："青禾！你……我怎么对你，你心里不清楚吗？成心怄我？"

姚青禾一见他当了真，才转了语气："急什么？我又没说你真惹什么。"

周钧儒："你说话让人急！好像我真做了什么似的！"

姚青禾："好了，下半夜了，快睡吧，明天你去他们那里看看，能帮就帮些，只是不要帮得太深，不然以后说不清会惹出什么麻烦。"

第二日，周钧儒赶到破庙里时，却见一群十几人竟如讨饭花子一样，衣衫不整落魄不堪，见了周钧儒人人面带惭色："大少爷……"

李坤和更是臊得满脸通红，说："大少爷，就剩下我们这些人了，有几个兄弟被水冲走了,生死不知,可能再也回不来了。"说着,众人悲戚不已,人人红了眼睛擦泪,一片凄凉伤感。

周钧儒叹了口气:"李老板,眼下大家怎么打算? 继续唱戏,还是各自谋一条生路?"

李坤和:"要是能继续唱戏,当然是最好的,可是戏箱行头全丢了,弦子鼓泡了水也都用不得了,再想唱戏,连场面都撑不起来……"

周钧儒:"要是愿意搭班唱戏,我也能给你们介绍几个班子,都是相熟的。"

李坤和:"这么多人搭班,哪有人收我们? 可是要分头各自搭班,这戏班也就散了。"

周钧儒:"那你们是怎么想的?"

李坤和脸红得低下头去,半晌才回身对众人点了点头,大家立刻跪倒一片:"大少爷!"

周钧儒慌得连声道:"快起来,快起来,这可受不得!"

李坤和:"大少爷,我的品性您也是了解的,这次落了难,您要肯周济我们一把,简单地置办点行头戏箱,我们就在洛阳一带唱,慢慢攒了钱,一分不少还给您……这个戏班子是我的心血,我不能让它散了……"说着重重磕头不止。

周钧儒急忙拉住他:"李老板,你这就见外了,快起来好好说! 只是置办点行头乐器,也不是什么大事。"

李坤和这才站起来,说:"大少爷,您帮我们一把,保住戏班不散,只要您不嫌弃,我们改叫周家班都愿意。"

周钧儒无奈地摇了摇头:"我又不开戏班,帮你们一把也是情分,你算一算,置办戏箱行头还有弦子鼓一类,约莫要多少钱?"

李坤和垂了头:"每一样都用最简单的东西,也要二百大洋上下。"

周钧儒点点头:"好,这个钱我给你出,好儿在洛阳也是有名声的,总能慢慢好起来。"

李坤和夫妇二人立即带着所有人再次跪了一地："谢谢周掌柜！"

周钧儒叹着气回了家，拿了二百大洋出去给李坤和与郑好儿，让他们置办行头去了。

又过了些时日，黄河决堤的大水终于改道入海，然而泛滥之处的村庄和土地均已陷入淤泥之中，成为一片沉沉的死地。这场滔天洪水暂时挡住了日寇军队的南下，也断绝了无数百姓的生机。

直到此时，周钧儒才意识到，于周记药行而言，这场洪水同样是一场无法化解的劫难。

商路通达，货物周转，皆赖于水陆交通，如今铁路、陆路全部中断，黄泛区的淤泥又隔绝了洛阳与开封、郑县的交通，各地的订购药材根本无法运输交割。

果然，客商们的催促纷至沓来，一时间各地催货电话不断，电报亦是雪片般飞来，周钧儒急如火焚，只得一一电话解释请求再予时间，等待交通恢复即刻交付。然而拖延日久，客商们便纷纷退订另寻他处，威逼着要求将货款订金退还，甚至还要支付许多违约款子，周钧儒焦躁得坐立不安，不过短短月余，整个人形销骨立起来。

一场洪水，周记药行几乎损失了所有合作多年的客商，信誉倒地。

去年撤回铺面，只是伤了周记药行的面子，而今年客商的退订毁约，便是伤了周记药行的根基，周家在河南的生意商路，已经损毁殆尽。

父亲去世之后，周钧儒耗尽心血维持住了药行生意的根本，原想着暂且韬光养晦以待将来，然而短短一年半时间，日寇侵略和黄河决堤，断送了他的希望，也让他这个上任不久的新东家，陷入巨大的质疑和责难之中。

周记药行遭遇客商退单时，周太太便从申大掌柜那里得到了消息，她知道，周家在河南的生意，已经做不下去了，周钧儒这个当家大掌柜，也没有意义了。

眼下最要紧的，是逼他把钱交出来，紧紧握在自己手上，心里才能踏实。

因此她很快叫了周钧儒来见，开口便问："生意怎么样了？我怎么听说各地客商都在退订,赔了许多钱。"

周钧儒只得承认:"决堤之后,交通断了,我们的药材运不出去,无法交割货物,客商们等不及,就只能退订了。"

周太太沉了脸色:"照这么说,生意是做不下去了?"

周钧儒当即摇头:"不,等到淤泥疏通,运输恢复,生意就会正常了,何况我们还有陕西的铺面,西北和内蒙古的商路并没有断。"

周太太一拍桌子:"信誉都倒了,生意还怎么做?你爹在世的时候,最看重的就是信誉,交到你手上不到两年,就撤了铺面断了商路,你还有什么话可说?!"

周钧儒:"娘,武汉水灾的时候,我们也经历过客商退订和信誉折损,周记药行不照样挺过来了?这次不是我们不讲信誉,是天灾如此,难道因此就放弃生意吗?"

周太太冷笑道:"不是日本飞机轰炸就是黄河决口天灾,你是要拖到败光赔净才行吗?"周钧儒刚要开口,她抬手止住他,"自从你爹去了,我从来没问过账,但是现在生意到了这个地步,你必须给我句实话,药行的账上,到底有多少钱?"

周钧儒心里一紧,知道这才是她今天叫自己来的真实目的。

爹一生不肯让她知道生意上到底有多少钱财,自然有他的道理,而且特地交代留给他的钱全部用于生意,可如今周太太问起来,自己该不该如实回答?若不如实回答,身为外来子难免要落下"贪图家产"的名声,若如实答了,周太太目光看不长远,过分干涉生意上的事,自己又将如何面对?

如此一来,竟成了进退两难之势,他犹豫着,迟迟不能言语。

周太太见他踌躇不已,更加继续追问:"你还不跟我说实话?我就想问你,你爹走的时候,"她一字一顿道,"到底留下多少家业?"

周钧儒两眼一闭,自知逃不过这个问题,只得起身跪在周太太面前:"爹这些年在外经商,总计攒下了约莫四十万的生意和产业,铺面库房和药材、方剂等占着约莫二十万,账上还有二十来万现钱。"

周太太眉头皱紧,紧紧盯着他逼问道:"只有四十万? 当年四省生意加起来,可是七八十万的,这些钱都去哪儿了?"

周钧儒摇头:"这些年时局不稳,爹在的时候,生意就已经走下坡路了,重庆被征捐,一次就是十万,还能留下这些钱,已经是咬牙支持了。"

周太太眼里全然是不信的神色,依然追逼着他:"开封的申大掌柜和重庆的老账房都跟我说了,不可能只有这些钱!"

周钧儒心里一凉,终于想起了父亲在世时的提醒:"哪怕一个小小的药行,也是一朝天子一朝臣,在我手里好用的那些人,到你手里未必合适。"果然,这些曾经为周记药行立下功劳的老人儿,开始背叛自己了。他们一个是跟了父亲多少年的老账房,一个是自行退下来的大掌柜,自己也并未亏待他们,却因一己私利受损,便与周太太联手对付自己了。然而他并未解释,只是摇了摇头:"娘,生意难做,账上确实没那么多钱,父亲交到我手里的,就是这些。"

周太太狠狠盯着他,片刻之后才冷笑着点了点头:"连河南老家的基业都守不住,依我看,你也不是能料理生意的人,好赖还剩下四十万,干脆把生意都撤了,钱收回来放在家里才踏实。"

周钧儒坚定地摇了摇头:"爹交代过,这些钱用于生意,让我务必好好经营,保住周家……"

周太太却依旧直直地逼视着周钧儒:"是你爹交代了你,还是你一定要霸占这份家业?"

周钧儒只觉被一片沉重的悲哀淹没,自己这些年跟着父亲几番绝境患难死里逃生,积攒下了这份资产,然而周太太却全然不顾,认定了他要霸占家业,爹刚刚过世不到两年,药行又遭遇如此重创,她竟在此时急不可耐地逼迫自己交出生意,视自己若仇敌一般。

然而他不能因此就违背父亲的托付,父子二人深知周太太的脾性,若是她插手家业,周家必将败落无疑,因此他只能无奈地磕下头去:"娘,我不是要霸占家业,但这些钱是爹吩咐用在生意上的,不能动。"

周太太恨恨地点了点头,冷笑道:"果然你们父子俩瞒着我!当我这个主母是摆设吗?过了一辈子,连家里有多少家业都不知道,现在你也跟着他一起蒙蔽我!"

周钧儒:"儿子不敢,但是我不能违背爹的意思,娘放心,每年该交给您的钱都会如数拿回来,我也会尽心孝顺您,照顾汉川。"

周太太:"你的意思,就是把持着家业不肯放手了,是吗?!"

周钧儒依旧跪在地上,他甚至不知道自己跪的是父亲的托付,还是自己无奈的境遇,只是听着母亲的诘责不知如何应对,这一刻,他的任何辩解,都会因为"外来子"的身份而被认为是有所企图。

周太太依旧斥问道:"钧儒,你是周家养大的孩子,就算你爹指认了你掌管家业,难道你就可以将这些钱财私自扣下,任意处置了吗?"

周钧儒听到自己的声音在回答:"我没有把这些钱扣下,我没有,爹留下的钱,我一分都没动。"他甚至不知道自己是出于本意,还是出于外来子身份的懦弱,只知在周太太的逼问面前,竟然没有立场据理力争,仿佛自己为周家做的一切,都不那么正大光明理直气壮。

周太太:"好啊,你没有扣下,倒是交出来啊!"

周钧儒只能摇头:"生意上的钱,不能动。"

周太太抬手将一个茶盏摔碎在他面前,残茶溅在他脸上,淋淋漓漓地滴下来:"周钧儒!别忘了你是我家买来的孩子,你不姓周!"

周钧儒骤然打了个激灵,这句话好似一道惊雷炸裂在他身体里,原以为那些陈年旧事早已尘封在过去,连他自己都很少想起,但此刻周太太毫不留情地说出来,让他不得不再次面对这个残忍的真相:自己,不姓周。

他狼狈地跪在地上,既不能起身,也不知如何应对自己的处境,但他却执着地跪着,坚持不肯交出生意。

周太太依旧在喋喋不休地逼问、斥责,传到他耳朵里轰轰作响。许久之后,他终于撑着地面摇摇晃晃站了起来:"娘,不是我不想交出生意,是爹临终前托付我,无论如何要保住生意,保住周家,爹是死在我面前的,他用命交代我的事,我绝不会放弃。"

他扶着墙,一步步向外走去,每一步都像踩在棉花上,踉踉跄跄,飘飘摇摇,直到走进自己的院子,依然能隐约听到周太太的斥骂声。

姚青禾见他失魂落魄地回来,吓了一跳,连忙扶他进屋坐下,又拧了热手巾给他擦脸擦手,等他终于缓过神才追问:"这是怎么了? 太太跟你说什么了?"

周钧儒苦笑:"还能有什么,该来的总是要来的。"

姚青禾一愣:"又是让你交出家业?"

周钧儒点头:"我知道会有这么一天,没想到爹才过世不到两年,她就急了。"他悲哀地叹了口气,"难怪爹告诫我无论如何要把生意握在自己手里,多大的家业经得起这样的内斗?"

姚青禾冷笑愤然:"你要真交出了家业,周家能保得住富贵? 也不想想这些年都是谁在撑着!"

周钧儒越发觉得悲凉:"说到底,还是觉得我是外来子,没把我当周家人。"

姚青禾顿时愣住:"这么多年了,你还要为这个名声受多少委屈?"

周钧儒忽然自嘲地笑了起来:"我确实是周家买来的孩子,凭什么霸占周家的家产?"他笑得眼里夹着泪,"没想到隔了这么多年,她还是放不下这件事。"

姚青禾:"你是什么打算?"

周钧儒长长吁了一口气:"他们不把我当周家人,但爹始终当我是亲儿子,爹托付了我,就不能让周家在我手里败落了。"

伊河镇尺寸之地,一家有事,四邻皆知,周太太逼迫周钧儒交出家产的消息很快便传扬开来,此言一出,不唯周氏族人冷眼拭目、恨不得周家内斗败落,连街坊们也都窃窃私语起来,周钧儒的身世传闻再度被翻出来,甚至被添油加醋编了各种故事,越传越扑朔迷离。周钧儒只觉每一扇门里都隐藏着复杂玩味的眼神,出门时只能低着头快步走路,不敢与任何人的目光对视,昔日风光无限的周家大少爷,周记药行的新掌柜,如今已沦为人们的谈资和笑柄,他甚至觉得自己好似被除尽了衣裳当街羞辱,人人都在看他的笑话。

铁顺儿听到这些传言的时候,气得浑身都在颤抖,他一路见证了周家这些年的起起落落风雨飘摇,如今大少爷刚刚把门户挑起来,家里就再次起了纷争,若被别有用心者推波助澜,后果不堪设想。

他特地换了一身体面衣裳,收拾得郑重利索,才急急赶到前院大书房,躬着身子站在门外喊道:"东家,铁顺儿求见。"

周钧儒生意上本就事务繁忙,周太太又对他极为排斥,每日请安都被斥退,再加上流言四起,这一阵子竟是过得焦头烂额,如今忽见铁顺儿这样郑重前来,而且不是称呼"大少爷",而是改口叫了"东家",更觉心中惊诧难安,慌得一把扶住他,拉他进屋坐下:"铁顺儿叔,你这是怎么了?"

铁顺儿依旧恭恭敬敬:"东家,我在这个家里几十年了,有点藏在心里的话想跟您说说,您要是不嫌我多嘴,就姑且听听。"

周钧儒更觉无措:"铁顺儿叔,我一向把你当家里的长辈,有话你就说,别这样,我受不起……"

铁顺儿才沉沉地叹了口气:"孩子,我知道你心里苦,老东家走了之后,你撑起这份家业千难万难,太太心量窄,也让你受了许多委屈,外面那些乱七八糟的话,我也就不多说了。"

周钧儒低头:"爹对我恩重如山,再大的委屈,我也能忍。"

铁顺儿:"我跟老东家是一茬人,如今太太年纪也大了,二少爷又是个不能管事的,这份家业早晚都落在你手里,我知道你委屈,但还是想劝你一句,能忍就忍,别跟太太起争执,也别让外人看笑话,不管发生什么事,你都得稳住了,老东家一辈子攒下的家业,不能就这么败了。"

周钧儒眼泪几乎落下来:"铁顺儿叔,你是亲眼看着我被买到周家来的,这些年我为这个名声吃了多少苦,多少年了,太太还拿这话戳我的心……我就算为这份家业豁出命去,太太也不把我当自己人……"

铁顺儿也忍不住老泪纵横:"太太在这件事上就是看不开,可她也老了,头发都白了，还能熬多少年？你还跟她计较这些做什么？"

周钧儒痛苦地摇了摇头，憋闷地一拳砸在桌子上："除了忍就是忍，还能有什么办法?! 铁顺儿叔也帮我劝劝太太，现在也就你说话她还能听进去几句。"

铁顺儿摇头叹息着离开了，周钧儒在书房伫立良久，终究是落下泪来。他在父亲去世后的混乱局面中力挽狂澜撑起了全面亏损的生意，用短短半年的时间证明了自己的魄力和担当，然而生意稳定了不过数月，局面便急转直下，日寇飞机扔下的炸弹，黄河决堤泛滥的洪水，摧毁了他的理想抱负，也断送了他的命运前途。

祁书瀚在世时，曾提醒他日寇早晚南下，中原必成首乱之地，唯有关中能凭潼关之险可守一时，自己那时尚且能听良言，开辟了汉中和渭南的生意，如今为何就忘了初衷？若当初征得父亲同意，果断放弃河南，在陕西步步为营地做起来，如今正是以退为进的稳妥局面，何至于落到千夫所指的境地？

流言听得多了，他也就渐渐定下了心思，姚青禾与他说来，他反倒宽解妻子："人家有嘴，由他们说去吧，爹做了一辈子生意，经历了那么多大风大浪，也不敢说一定就能料得准局势，何况我是真的栽了大跟头，哪儿能不让人说呢？"

姚青禾点了点头："你能看得开当然好，但是你这一败，多少人等着看你下场呢。"

周钧儒坚定而释然地笑了笑："怎么会？ 爹挑着担子起家，都能把生意做到这么大，陕西的药行还在，只要我用心经营，总能一步步重新做起来。"

姚青禾叹气道："这个混乱的世道，再加上太太阻挠作梗，想重新做起来谈何容易？"

周钧儒："越是这个时候，越不能退让放弃，不然我就要永远担着挑不起家业的名声，一辈子对不起爹的临终托付了。"

姚青禾无奈地摇了摇头，说："你为了周家的生意拼死拼活，可谁领这份情呢？ 里里外外的人都说你一个外来子要占了家业，谁知道你内里的苦？"说着话,她起身要去洗漱就寝,然而一站起来,忽然觉得乏力眩晕得厉害,踉跄了几步,扶住门框才稳住身子。花园口决堤以来,周钧儒经历了生意上的重创挫折,她也跟着日夜悬心了许久,这几个月变故频仍,周太太又步步紧逼,她竟不曾有过一日安睡,因此这阵子时时身子倦怠发懒,总觉提不起精神。

周钧儒看她如此,连忙叫了大夫来家里看诊,然而诊脉结果却大出意料:姚青禾再次怀喜了。听得这个结果,夫妻二人几乎惊喜垂泪,在这生意败落家业争夺的关键时刻,这个孩子来得恰逢其时,这不啻老天再次给了他们一个机会:纵然周太太步步紧逼,只要姚青禾生下儿子,他便可名正言顺继承家业。

生意上只剩了汉中和渭南两处铺面,周记药行与当年全盛之时相比,已是十停去了八停,纵然本金保住了大半,但在外头看来,周记药行分明已经没落了。这样的局面,让周钧儒的处境极为被动,纵然他心里非常确信,以陕西为根基缓缓图之,必有东山再起之日,然而周太太不会给他时间,若一年半载内没有起色,定然会逼迫他撤回生意,父亲性命相托交到他手上的周记药行,将彻底烟消云散。

但这个孩子的到来,让他看到了一线希望。

若姚青禾生下男孩,他们在周家便真正站稳了脚跟,哪怕分家,陕西的生意铺面总能留在自己手上,那便是他们安身立命的根基,也算对父亲的托付有所交代。

因此夫妻二人对这个孩子极为关切,周钧儒甚至每日清晨早早起身亲自下厨,照料姚青禾的饮食。许是这些年养起来的刁钻胃口,他颇为擅长厨下之事,随手整治几个菜色就很有滋味儿,姚青禾吃得舒心,几乎很少害喜呕吐,整个人都养得脸色红润,日渐丰满起来。

看着周钧儒为自己忙碌,她自然是心中畅意的,抚着尚未隆起的小腹,故意笑着逗趣:"这一次,你想要儿子还是女儿?"

周钧儒一愣,立即接口道:"还是生什么就是什么,生儿子我高兴,生女儿我也喜欢。"

然而两个人却喜忧参半地抱着一丝希望：这次可能会生个男孩。

岫儿长到一岁多时，他们便请了老吴大夫用秘方汤药调理，还有一些秘不示人的招数，诸如在房中用香囊挂几块雄黄，院里养一只毛色纯白的公鸡，且不能被人说破，不然便不灵验。

这样的招数，说起来似乎尽是无稽之谈，然而老吴大夫郑重严肃地打了包票，由不得他们不信，左右试一试没什么坏处，于是姚青禾认真按方抓药，一次不敢马虎，周钧儒暗中到处寻找，两个多月才寻到一只纯白公鸡，小心翼翼养在笼子里，唯恐被猫儿狗儿或者黄鼠狼咬了去。

如此这般折腾了许久，姚青禾终于怀了身孕，若这些秘方招数当真有效，该当是一举得男的。

因此这次怀喜，他们格外谨慎，对外瞒得风雨不透，直到三个多月后胎象稳了，才终于对外说起。消息传出的时候，周太太骇然失色，她没想到姚青禾的肚子竟这样争气，在争夺家业的紧要关头，怀上了孩子。周钧儒固然不算周家血脉，但他若生下儿子，便能名正言顺拿走周家一半家产，那可是二三十万的巨大财富，她如何能拱手让到外来子手里？

这是她始料未及的局面，她暗暗咬了咬牙，必须在姚青禾生下孩子之前让周钧儒交出家业，将他们夫妻逐出周家门户！

姚青禾有孕的消息很快传遍了伊河镇，不仅周氏族人侧目冷观，要看这番家业之争能落个什么下场，连街坊邻里及周围村子的百姓，也都等着看这个外来子到底能不能夺走周家家产，一时间，周家大少奶奶生男生女竟成了人人拭目以待的事。坊间的闲言碎语层出不穷，传到周太太耳朵里，更是令她焦灼不安：只有周家有了嫡亲的孙子，才能真正化解这场危机，可汉川才刚刚十四岁，几时能等到真正的周家血脉？

想到汉川还小，周太太忽然心思活泛起来，原先只把他当作藏在背后的孩子，竟不曾注意到他已经到了可以定亲的年纪，若是此时给他定一门亲事，及早分家……

一念及此，她立即开始张罗着让人寻找合适的亲事。

汉川要说亲的消息一放出去，周家立即被踏破了门槛，偃师巨富之家的二少爷，有女儿的谁不想与之结亲？周太太往往一日要应付两三家的媒婆，但选来选去总觉不可心，不是小门小户贪图财产，便是女子相貌品性不过关。

　　这次她坚定了心思，汉川媳妇必须按自己的要求来定，必然要个事事恭谨、贤惠敬上的，汉川已经这般情形，若是再娶回个不好拿捏的女子，日后哪里还得好日子过？思前想后良久，她忽然想到了周钧儒的义父——贺扶光，如今虽还是财政科的科长，但接替下一任县长的呼声甚高，若能与他结亲，必然是高枕无忧了。

　　思谋已定，她立即请了媒婆去贺家说亲。贺扶光夫妇只有一个独生女儿，如今已经十六岁，见是周家二少爷来求娶，贺夫人顿时摇头不已：伊河镇人人都知这孩子有些神智不全，女儿嫁过去，岂不是一辈子都搭进去了？

　　然而贺扶光却动了心思：自己一生无子，仕途蹉跎，如今年过五十才熬到有机会一搏县长之位，可上下打点贿赂都要使钱，只有周家这样的富商大户才能助他一臂之力。至于女儿，总归是嫁出去的女泼出去的水，不如用她换了自己的前途，何况，跟了周家也是一生富贵无虞，算不得命苦。因此他不顾妻子的反对，径自同意了这门婚事。可怜妞妞自幼乖巧，被养在家里大门不出二门不迈，又天生的性子怯懦，全然不知自己被父亲做了利益交换，将要面临何等惨淡的一生。

　　周钧儒自然知道周太太为汉川定亲的用意，但听说选定的竟是义父的独生女，顿觉心疼不已，急急赶到周太太屋里："娘，您真要让汉川娶妞妞？"

　　周太太诧异："怎么了？你义父的女儿嫁到咱家来，是亲上做亲的事，有什么不好？"

　　周钧儒急道："可是汉川他……这不是误了妞妞一辈子！"

　　周太太脸色立即沉了下来："汉川是你兄弟！你就这样说他？别忘了你姓周，怎么帮外人说话？难道汉川娶个好媳妇你心里不痛快，一定要给他找个小门小户品行不够的女子登堂入室才行？"

　　周钧儒："要真是小门小户的女子贪图财产愿意跟着汉川，咱也不算委屈人家,可妞妞什么样您是知道的,真让她嫁给汉川,忍心吗?"

周太太斥骂道:"你是不是糊涂?!就因为汉川这样,才要娶个好女子,才能给周家生下顶门立户的孙子!"

周钧儒:"可也不一定非得是妞妞啊,别的女子就不行?"

周太太:"她现在长成大姑娘了,叫贺秋鸿,别再一口一声妞妞了!等她进了门,你这当大伯子的也得注意!"

周钧儒叹息无奈,回到自己房里独自愁饮,姚青禾亦是无奈,只得由着他喝了个醉如烂泥,才把他扶上炕睡了。

周家二少爷的定亲之喜办得极为风光,虽然周掌柜已经不在,但周钧儒出面操持应酬,亦是一应俱全,大办了一日流水席,又唱了两天大戏。远近几十里都知道伊河镇周家又有喜事,人人前来看热闹,想知道周家二少爷是怎样的风采。

然而定亲之日,二少爷并未出场,只说这两日恰好有些生病,不便出来见人,因此人们只看到了周钧儒,猜测着大少爷如此风采,二少爷也一定仪表堂堂相貌过人。贺扶光见周家将定亲礼办得如此隆重,顿觉处处风光,全然不在意女儿将要嫁的是一个神智不全的夫婿。

定下亲事之后,周太太心里安稳了许多,眼下最急的,是探究姚青禾腹中这一胎究竟是男是女。她掐着指头算了算,从姚青禾传出怀喜到现在,约莫有三个月了,因此很快派人请了大夫上门诊脉安胎,若当真怀的是个男孩……她恨恨地咬牙暗自思量:一定要设法除了这个祸害。

周钧儒如何不知她的心思?请来的恰是老吴大夫,因此他一见周钧儒便说道:"大少爷,太太想知道少奶奶怀的是男胎女胎呢。"

姚青禾脸色不悦,回头向周钧儒道:"她就这么急?"

周钧儒叹了口气:"吴大夫,这一胎都是按您的嘱咐做的,也无需诊脉,您只告诉母亲是女胎就好。"

老吴大夫笑得胡子翘了起来:"用了我的方子,一定是确保无疑的,只看大少奶奶这面相和身形,肚子尖尖地挺着,也能断个八九不离十。"

周钧儒和姚青禾心里顿时踏实下来，连声感谢老吴大夫。

老吴大夫笑呵呵道："大少奶奶气色很好，看着身子骨也健朗，这一胎肯定稳妥，连安胎药都不用吃。"说着他斜觑了姚青禾一眼，又笑道，"看少奶奶这身段，怕是已经五个多月了吧?"

周钧儒叹气："此前怕不稳，就没敢说。"

老吴大夫点了点头："我看着月份是不小了，而且少奶奶底子壮实，也不可吃太多，要是胎儿养得太好，怕是不好生呢。"

姚青禾顿时羞得满面通红，周钧儒也忍不住笑了起来："我知道了，多谢吴大夫提醒，还以为养得越胖越好，谁想到还要担心这个。"

老吴大夫笑呵呵地辞了出去，出门之前，忽然回头看了周钧儒一眼："大少爷，我可是等着满月酒了。"周钧儒一愣，再想问时，老吴大夫却走了。

他回到屋时，姚青禾兀自红着脸啐道："都是你每天催着我吃那么多东西，如今可好，倒让人笑话!"

周钧儒得意道："这有什么? 把媳妇养得白白胖胖，说明我是个有本事的，你男人有本事，你还不高兴?"说着，他凑近姚青禾的耳朵，"老吴大夫的方子可是准了的。"

姚青禾也掩不住满面的欣喜："我就觉着是个小子，每天在肚里拳打脚踢，一点都不安分!"

周钧儒拉着她的手，觉得有些凉，便关切道："都深秋了，你也不多穿点。"

姚青禾："我倒不觉得冷……"忽然她心中一闪念，连忙道，"我是得多穿点遮一遮，越来越显怀了，让人看出来肚子是尖的，告诉了太太可是不好。"

得知姚青禾怀的是女胎，周太太终于松了一口气，算了算约莫年后春末会生下来，因此便把汉川的婚事定在了年底，如此汉川一成亲，过罢旧历年便可名正言顺提出分家，逼周钧儒交出所有财产，将他们夫妇打发出去。

四一　彷徨无措

人间的苦难仿佛不会停止。

花园口决堤之后，百姓家园尽毁，土地覆满淤泥，所有生机全部断绝，日寇在敌占区烧杀抢掠践踏粮田，国民党征收军粮又大为峻急，以致河南大地上饥民如潮，流离失所者形如枯槁，饿毙于道者随处可见。但承受了巨大灾难的百姓依旧在寻求活下去的机会，哪怕饿得匍匐于地，也要向前多爬一步，哪怕啃食观音土，也要苟延残喘多活片刻，对于"生"的渴望，成为灾民们的最后一丝信念。

很快，成群结队的灾民来到了洛阳，偃师也已经处处可见乞讨求生者。

周家原本是当地的善举大户，每有灾祸瘟疫之年，周掌柜都要舍粥舍药救济乡里，然而面对这样多的灾民，周钧儒却不敢贸然施舍了。

饥民"吃大户"历来是富庶人家极为恐慌之事，只要开了施舍的口子，周边灾民便闻讯云集而来，成千上万的乞讨者，如何应付得来？一旦无力继续供应，饥民闹将起来，后果更是不堪设想。因此他只得吩咐下人们大门紧闭，小心防范，不可擅自招惹流民。

然而周家在庄子上的粮囤，还是被抢了。看庄子的长工不敢与流民发生冲突，眼睁睁看着五六千斤粮食被哄抢一空，及至周钧儒赶到时，已是颗粒无存了。他看着眼前空荡荡的粮囤，只能无奈叹息，这样的情形隔三差五就会出现，周家自然也不能幸免。

看庄子的长工惶恐不安地向东家解释流民抢粮的经过，周钧儒却摆了摆手："抢就抢了吧，这些日子被抢的大户不少，谁能拦得住?"长工这才松了一口气，五六千斤粮食，灾荒年能值几百大洋，便是把他全部身家赔上，也不值十分之一，东家竟然不予追究，不啻开了天恩，连连磕头感念东家体谅宽恕。

周钧儒骑着脚踏车回家时，一路哀叹不已，随处可见的流民令人触目惊心，这些年他经历了太多的灾荒战乱，却从未见过如此惨状，人已经完全丧失了为人的尊严，也舍弃了一切道德与希望，为了一口能活下去的食物，争、抢、偷，甚至拼个你死我活。那五六千斤粮食，总能让一些人奔条活路，便算作是周家赈济灾民了吧。

回到家的时候，周太太依旧在怨恨地咒骂那些流民，纵然周家这样的大户，五六千斤粮食也是上下几十口人大半年的口粮了，生生被抢了去，她如何不心疼? 因此一面骂着，一面吩咐人把其他几处存粮都运到家里来。打发了下人们出去，偏巧见到周钧儒进门，更加脸色不善："汉川年底就要成亲，家里多少事要准备，大少奶奶这个当嫂子的，一点都不闻不问! 不是有缝纫机吗? 以前招摇了多少人来看，这个时候躲懒去了!"

周钧儒连忙道："娘，青禾是有身子的人，汉川成亲的针线活，多叫几个人来做也够了。"

周太太冷哼："知道的是怀了二丫头，不知道的还以为要生个太子呢。依我说，这大少奶奶我也供不起，族里的长辈都觉着，等汉川成了亲，你们兄弟俩就该分家单过了。"

周钧儒一愣："娘，您怎么能听族里那些人的话? 咱躲都躲不起，忘了他们当年是怎么要吃我们家绝户的?"

周太太："我倒觉得长辈们说得对，血脉是打不散的，同根同源的一家人才靠得住!"

周钧儒心中剧震，瞬间明白了她的意思:因自己不肯交出生意，她竟联合周氏族人来对付自己这个外来子!

那一刻他只觉自己这一生竟如此荒诞,周家被吃绝户的时候,父亲买了自己来对付族人,如今到了争夺家产的时候,周太太竟又联合族人来对付自己,一切竟是冥冥中自成轮回!

然而他必须拦住周太太这个引狼入室的举动,族人们虎视眈眈多年,若此时给他们参与周家事务的机会,必然大肆作梗引起内乱,到时周家的下场不堪设想。他坚定地摇了摇头:"爹在的时候,最防的就是这些人,您千万不能让他们来搅局,不然周家就毁在他们手里了!"

周太太冷笑:"如今汉川大了,要成亲了,这个时候只有血脉相连的族人才靠得住,周家该防的不是他们,是外人。"

周钧儒一愣:"外人?什么外人?"

周太太:"你说呢?"

周钧儒无言以对,满心俱是寒凉,一句话不说回了自己的院子。

刚进腊月,便是周家二少爷娶亲的日子。

对于他的婚事,百姓们也有许多期待:当年大少爷成婚,是赫赫有名"二十四闪",如今轮到二少爷,要做成何等场面?

然而周太太却觉着汉川成婚不该太过张扬,一则周家家底虽厚,却已无往日的风光,如此招摇露财并非明智之举;二则汉川并不能把一套成婚礼仪完整地走下来,若是出了丑,便会成为尽人皆知的笑话。因此她计议着,便照着寻常富户人家娶亲的规矩来,顶多略增添些,让贺扶光脸上有些颜面就是了。

但是迎亲这事,却必要汉川亲自去的,周太太忧心不已,百般不放心:他如何能应对得来那些宾客寒暄?不得已,只得吩咐周钧儒跟着去迎亲,让他一步不离跟在傧相和汉川身边,事事提点。汉川一离了家门便怯懦起来,不敢声闹,每走一步,每说一句话,都按周钧儒提醒的来,竟如提线木偶一样听人摆布,虽看起来有些呆闷,也算是顺顺当当完成了迎亲。

迎了贺秋鸿回到周家宅院,处处张灯结彩,红灯笼连缀成一片喜庆,前来贺喜的宾客吃了一日流水席。汉川早已被送回自己房间,周钧儒在外陪客应酬,到了晚间客人散去,周太太才悄悄将汉川送入新房,与贺秋鸿相见。

周钧儒在院中看着汉川进了房,心里只觉刀扎一般,酒意被风一吹,更是难受得走路不稳,还没走到自己的院子,就在墙边连连呕吐起来,直到胃里吐得净了,依然有说不出的痛苦难当。

周太太却始终站在院子里。汉川被送进洞房之前,她已教导过他些许人事,又恐他不明白误了圆房,因此亲自在外面盯着消息。

汉川进房之后,见了满屋子的陈设俱是新式样,便忍不住走走摸摸,半晌之后,才想起炕上坐了个人,头上遮着红盖头,他忽然想起娘的嘱咐,上前一言不发便揭了盖头,直直地盯着她看,却把贺秋鸿唬了一跳,脸上红得发烧,连忙低下头去。汉川只看了她一眼,便有些呆住了,口里喃喃道:"妈妈……"

贺秋鸿还没听清他说的什么,他便猛地扑进她怀里紧紧抱住,呜呜咽咽地哭了起来,贺秋鸿新嫁本就羞怯,他这一哭更是被吓得不敢出声。直到外面一声咳嗽响起,汉川愣了一下,立即止住了哭声,依旧呆呆地看着眼前的女人。

她肤色白润,面容温柔,身上亦有软而温暖的气息,似乎跟他脑海里那个模糊的影子融合起来,他眼里有了几分迷茫,然而又有些说不清的东西让他焦灼不已,愣神了片刻,他忽然想起周太太的嘱咐,上前就去揪扯贺秋鸿的嫁衣,扯了几次不得要领,便直直地说道:"衣裳,脱了。"

贺秋鸿顿时大惊失色,然而汉川已经开始扯他自己的衣裳,随即爬到炕上扯过被子,依旧是直直地盯着她:"衣裳。"贺秋鸿面红耳赤,然而自己已经嫁为人妇,再难堪羞耻,也不得不解了嫁衣摘下首饰,狠狠心坐上了炕。

汉川伸手将她拉到身边,一头扎进她怀里颤抖不已,抚摸吸吮着,寻找遥远记忆里的安慰。贺秋鸿又羞耻又惊吓,几乎转身欲逃,却又被他死死按住,近乎发泄般地啃咬、撕扯,他力气大得惊人,贺秋鸿无从挣脱,在他的肆虐下低声哀泣乞求着,不想更激起了他的执拗和狂躁,越发肆意妄为。

周太太听着屋里的响动,暗自着急不已,唯有汉川通了人事,儿媳才能生下周家真正的血脉,可眼下已经过了小半个时辰,他似乎依然没有实质进展,周太太忍不住在院子里踱步打转,不时咳嗽两声。又过了半晌,房内忽然传出一声隐忍的痛呼,她才终于长出一口气,吩咐婆子在外面守着伺候,自己心满意足地回房歇息去了。

三日之后,贺秋鸿回门,汉川并未跟了去,周太太带着他在正院守了一天,等到铁顺儿高声回报"二少奶奶回来了",她脸上才露出志得意满的笑容:这个儿媳永远是周家的人了。

贺秋鸿进门时眼睛尚在红肿,脸上泪痕未干,见了周太太只略点了点头,汉川却立即跑到贺秋鸿身边,牵着她的衣角,一路向自己的新房走去。贺秋鸿想要甩脱他,回头看了看周太太威严的神色,立时低了头,由着他去了。

回门之时,她也曾哭泣着哀求父亲,哭诉汉川是个神智不全的半呆子,而且执拗狂躁,嫁了这样的丈夫,自己这一生如何过得下去?然而贺扶光却满脸严肃地训话道:"嫁出去的女泼出去的水,既然嫁过去,你就是周家的人了,纵然汉川不好,那也是你的丈夫,自古女子以夫为天,伺候丈夫孝顺公婆才是贤德之妻,我们贺家的家世门楣,不能有不孝之人,不能有二嫁之女!"那一刻,贺秋鸿彻底绝望,娘家抛弃了自己,夫家又这般凌虐,自己这一生再也不得解脱了。

成亲以后,汉川对贺秋鸿很是依恋,竟似当年依恋他的亲生母亲张氏一般,寸步不离地跟着,一刻也不许贺秋鸿离开他的视线,而且脾气也不似往日暴躁易怒,性情收敛了许多,除了看着依旧有些木讷,远观好似与常人无异了。然而伺候二少爷夫妇的婆子却知道,二少奶奶过的是怎样不堪的日子:回到房里,汉川便完全黏住贺秋鸿,一眨眼便要拱进她怀里,腻在她身上,尤其是他已懂了人伦之事,更是执拗于此,经常连衣裳也不容她穿戴整齐,而且遍体撕咬抓痕,甚至遮掩不住。这位性情懦弱的二少奶奶,既要当妻子,又要当母亲,还要承受日夜纠缠的折辱,唯有以泪洗面而已。

周太太却颇为高兴,认定是成婚冲喜起了作用,汉川果然一日比一日好起来了,也许一年之后,她就可以抱上周家嫡亲血脉的孙子了。

另一件让她高兴的事,是年逾五旬的贺扶光终于当上了县长。亲家做了县长,现管着一方,周家日后自然高枕无忧了。两家定亲之前,贺扶光便向周太太表达了想再进一步的意思,周太太岂能不明白其中的道理?因此暗中许了他八千大洋上下疏通,婚事便顺理成章地定了下来。

成亲之后,大洋果然如数送到,贺扶光以之收买议员行贿上峰,如愿以偿坐上了县长之位,至于女儿贺秋鸿,虽不能嫁得如意郎君,却也安享一世富贵,在贺扶光看来,比起寻常女子已是幸运百倍了。

唯一真正不幸的人,是贺秋鸿。

她回门归来,与大哥和嫂子相见时,只看了周钧儒一眼便红了眼圈,勉勉强强地行礼,绝望而无奈地轻声问道:"大哥哥,你为什么不告诉我?"只一句话,好似一个耳光狠狠扇在周钧儒脸上,他顿时满面通红不敢再看贺秋鸿,低着头不知如何回答,只能听到贺秋鸿微微的叹息声。

他的心好似被人狠狠攥在手里反复蹂躏,疼得辗转反侧坐立难安,愧悔自己竟亲自去迎亲,将一个无辜的女子嫁与了不幸。

他甚至不敢想,温和乖顺的贺秋鸿跟了汉川,比终生寡居更要悲惨,既得不到丈夫的理解尊重,也没有任何家庭温暖可言,只能在无尽的孤寂中带着一个神智不全的累赘,过完此生。

当年的张氏,如今的贺秋鸿,虽然每一件事都不是因他而起,他却始终痛悔难当,仿佛这些人的不幸都是他的罪责。

姚青禾亦是唏嘘不已。这样的盲婚哑嫁,害了多少女子的一生,贺秋鸿是个性情柔弱的人,二八年华便被家人舍弃,沉沦在黑暗深渊,人生尚未开始,便已结束,此等悲惨命运,何时煎熬到尽头?

然而他们并没有多少时间为贺秋鸿的命运感伤,因为在周太太的授意下,周氏族人已经逼上门了。过罢旧历年正月十四,周钧儒被周太太叫去前院厅堂,看到族里那几个年长者时,瞬间意识到自己的处境已经岌岌可危。

果然,刚刚落座,最年长的那人便说道:"钧儒,你到周家,有十七八年了吧?"

周钧儒自然知道,他是周氏一族辈分最高的人——周五爷,虽不是族长,却有着很高的话事权,没想到连他也被周太太请来了。他点头叹了口气:"五爷爷记性真好,我是民国十年来的,今年是民国二十八年了。"

周五爷:"这些年,你爹娘对你不错,养恩大于生恩,你能有今天,也是他们用了许多心血的。"

周钧儒只得再次点头:"要不是爹,我当年兴许就饿死了。"

周五爷捋着花白的胡须:"所以,你要知福,更要知足,周家对你天高地厚,你可不能辜负了这份恩情。"

果然,冠冕堂皇的背后,是早有预谋的算计,周钧儒心中暗自冷笑,却不得不说道:"我不敢辜负爹娘的养育之恩,更不敢辜负爹对我的期望。"

周太太忽然在帘内假哭起来,呜呜咽咽道:"什么养育之恩!他就从来没把我这个当娘的看在眼里!我跟汉川孤儿寡母的,如今都要看他脸色过日子!"

周钧儒刚刚皱眉,周五爷便把茶盅重重地放在桌上:"还有这事?"

其余人也都纷纷应和道:"你怎么能对母亲忤逆不孝?""一个外来子竟敢欺负孤儿寡母?""汉川可是培祥的亲骨肉,就由着他欺负?""忤逆不孝,这是大罪!"

周钧儒只觉寒彻肌骨,时隔近二十年,自己竟然再次面临这些族人字字诛心的指责和刁难。当年父亲还在,自己躲在父亲身后都瑟瑟发抖,如今这样咄咄逼人的场面,却是自己独自面对了。

他忽然觉得一切就像一场轮回,"无子"就像周家的魔咒,在父亲和自己身上重复上演。他叹了口气,姚青禾已将临盆,只要把这几日拖延过去,等她生下儿子,自己手里就有了真正的筹码。所以他并不想直接冲撞这些人,更不想拆穿周太太的假戏真做,而是恭恭敬敬向帘内道:"娘,我怎么敢对您不孝?柜上剩了多少钱,您也是知道的。"

周太太冷哼:"你也就是面上装个样子,这些年什么时候把我当过亲娘?

钱都在你手里,一点都不肯交出来,姚家那丫头更是,过门这几年,见了我跟没看见似的,哪里有半点儿媳妇的样子!"

周五爷自然知道她说这话的意思,儿子霸占家产,媳妇不孝,这便是分家的由头,于是故意接道:"侄媳妇,清官难断家务事,汉川也成亲了,两个儿子两房媳妇,日后还有孙子孙女,一大家子哪有不磕磕碰碰的?"

周太太点头接道:"培祥走了,家里人丁多些过日子才热闹,可如今这个局面,倒不如两房分开各过各的,老二家的对我还算孝顺,我宁可跟着二房养老……"

周五爷立即道:"你一个妇道人家,跟着培祥熬了这么些年,也该舒心养老了,但是分家也不是容易事,如今生意都在钧儒手里,你是怎么打算的?"

这话,到底是说出来了。

周钧儒心中唯有叹息而已,然而他并未说话,也盯着周太太,看她如何作答。

周太太踌躇了片刻,才说道:"日本鬼子闹得厉害,河南的生意已经做不下去了,至于陕西那边,不知道哪天日本人也会打过去,所以我想着,干脆就把生意都撤了,兄弟俩各自分点家业,安安心心守着过日子,更稳当些。"

周家几个长辈点点头,把目光看向周钧儒,周五爷道:"钧儒,你娘说的是公道话,不偏不倚,就算你没把她当亲娘,她可是一样的把你当儿子疼。"

周钧儒摇了摇头:"五爷爷,娘,家业可以分,但生意不能撤,药行生意是家里的根本,爹临走之前叮嘱我无论如何要保住生意,不然没了基业坐吃山空,多大的家业也要花完的。"

周太太:"陕西的生意要是再被日本人炸了,可就连本都收不回来了!"

周钧儒依旧摇头:"爹说过,穷了穷过,富了富过,周家是做生意起家,不管遇上多大的风浪,都不能丢了根本,只要生意还在,哪怕只有一个铺子,也有东山再起的机会,但是万一撤了,就从根儿上断了后路了。"

周五爷:"钧儒,你爹临走的时候,是怎么交代的?"

周钧儒叹了口气:"爹临终最后一句话,是让我保住药行,保住周家,说这话的时候,娘也在场。"

周五爷愣住。周太太并未向他提起过遗言的事,周钧儒此刻说出这些,自己今日带着人来"主持"分家,就是一桩笑话。他疑惑地看向周太太,见她眼神闪烁,便知此事为真,心中顿时有些恼火,这个女人分明摆了自己一局!他咳嗽了一声,说:"钧儒,要是你爹真这样说,当然要尊重他的意思,但是此一时彼一时,日本鬼子闹得生意没法做,还是要你们母子商量着妥善处理……"

话音还未落下,忽然下人急匆匆跑进院子,高声喊道:"太太,大少爷,少奶奶要生了!"

周钧儒立刻神色一振,连忙起身:"五爷爷,各位长辈,我得赶去照应……"说着急急辞了出去,飞脚向自己的院子跑去。

周太太却吃了一惊:不是要到春末才生吗?怎么提前了两个多月?

觉察到日子不对,她心中骤然紧张起来,若是怀胎的月份都瞒着自己,那诊脉是男是女是不是也有问题? 一念至此,她竟冒出汗来,夫妻俩如此瞒着自己,这一胎很可能是儿子! 自己急着赶在姚青禾生产之前逼他们分家,没想到竟还是着了道!

周五爷和族中几个长辈也纳罕不已,怎么不早不迟,偏这个时候要生?若是这一胎真生了儿子,家业落在谁手里,可就说不定了。

周太太恨得牙几乎咬碎,强撑着让人送了几个长辈出去,便急慌慌赶往后院。如此紧要关头,她一刻也坐不住,千算万算,只迟了一步,这个姚青禾真就成了祸害了!

民国二十八年,正月十五。

折腾了一夜,怀胎十月的姚青禾终于生下一个白白胖胖的孩子,足有七斤多重,一生下来便哭声响亮,腿脚用力地蹬蹬着,一脚将产后虚弱的姚青禾蹬得险些掉下泪来,好似有着用不完的力气。

然而如此强壮的孩子,居然是个女儿。

她全然不知自己生在炮火连天的岁月里，更不知道自己的父母面临着家业争夺的艰难处境，只是骄傲地大声哭着，肆意而勇敢地宣扬自己来到了人间，足足哭了一刻钟才罢休。

姚青禾只看了一眼，心情顿时沉到了谷底：她坚信自己怀的是儿子，老吴大夫来看时也说是男胎，可生下来时，却变成了女儿。

她的心气儿在那一刻全然泄了下去，瞬间恨极了自己，越想越委屈绝望，忍不住伸脚将襁褓蹬到一边："怎么又是个丫头！"然而眼泪却已决堤般崩落下来：若生下的是个儿子，他们还可以与周太太抗衡，还可以争得一半家产，最起码可以保住陕西的生意，可如今，所有的筹码和希望，都化为了泡影。

他们在周家，已经一败涂地了。

孩子被蹬得轱辘了两圈，顿时更加大声地哭了起来，姚青禾愣神了一下，瞬间满心的愧悔和自责，顾不上身子虚弱急急爬过去将孩子抱起来，看了一眼孩子无事，心疼得紧紧搂在怀里哄着：这是她的血脉，是她身上掉下来的肉，便是碰一下也舍不得，自己方才如何就昏了头蹬她一脚？

周钧儒听到"母女平安"的那一刻，瞬间如坠冰窟，老吴大夫的秘方，竟会出这样大的差错！那一刻，他恨不得立即去找老吴大夫质问个明白，然而冲动不过片刻，便认命般自嘲地笑了起来：自己一个卖身葬父的外来子，能过上这样的日子，有妻有女，还有什么不知足的？自己命里没有这份富贵，何必寄望于子孙？

所以他走进屋里，看到姚青禾两道无望的清泪，伸手替她擦了脸，又抱起孩子左看右看："青禾，你看这孩子，多壮实！我在外头就听她哭得响得很。"

姚青禾转身赌气道："壮实有什么用？又不是儿子！"

周钧儒勉力笑道："不是儿子怎么了？依我看，这丫头的精气神可是一点不输儿子，怪不得老吴大夫都看错了呢。"

姚青禾："你还笑得出来？"

周钧儒："怎么不笑？闺女多好啊，不用背着那些身不由己的责任，也不用被那些人盯着看着。"他把孩子放在姚青禾身边，低头看着她胖乎乎的小脸,"青禾,就给她取名叫周聿岚,好不好?山风为岚,希望她以后能像山间的风一样自由、快活,不受这些家中琐事的羁绊。"

姚青禾诧异:"怎么又是个男孩的名字?"

周钧儒:"我很久之前就想好这个名字了,不管生男生女,都用这个,你看她这么壮,哭得响,也睡得快,将来一定是个拿得起放得下的孩子。"

姚青禾叹了口气:"这你都看得出来?怎不去当个算命先生?"

周钧儒:"我是希望岚儿将来是这样的人,不要像我一样,身上压了太多的东西,拿起太重,放下又想,到底是个不自由身。"

姚青禾也有些黯然:"好,就用这个名字,她要能自由自在一辈子,也是福气。"

大少奶奶再次生下女儿的消息传到后院,周太太顿时松了一口气,悬了整夜的心彻底放下,踉踉跄跄地走到佛堂给菩萨上了炷香,只念了一句"菩萨保佑"便喜极而泣:姚青禾生的不是儿子,周钧儒手里没了筹码,他再也没资格跟自己争这份家产了!

在佛堂跪了一阵子,她终于站起身来,走出门的时候,神色从容而镇定,甚至带了几分庄重威严:大少爷和大少奶奶,在周家已经不足为虑,她又是那个掌管一切家务的当家主母了。所以她从匣子里取出一百大洋,叫人送去二进院,说是大少奶奶给周家添喜,吩咐周钧儒给孙女添置长命锁和衣裳。然而姚青禾却一眼便被这卷在红纸里的大洋刺痛了,这分明就是对自己的鄙弃和羞辱,她抓过那一卷大洋,随手一撕,狠狠摔在地下,满地叮当乱响,好似碎裂了一地的绝望。

正月十五元宵夜。

月亮初升的时候,周家大宅里挂起成排的红灯笼,长工和下人们开始放炮仗和焰火,整个伊河镇也都响起了鞭炮声,空气里弥漫着火药炸响后的气息,外面不时有孩子奔跑笑闹的声音,一片红尘欢喜。

姚青禾愣愣地看着窗外,忽然说道:"岚儿的生日,改成正月十六罢。"

周钧儒一愣:"怎么了?"

姚青禾："我不想以后给她过生日的时候，都想起今天的事。"

周钧儒沉默了片刻，叹了口气："改就改吧，正月十五这个日子也不太好，命硬。"

姚青禾生下女儿的消息很快传遍伊河镇，街坊四邻皆为之叹息，感慨周家大少爷命中无福，连生两胎都是女娃，守着偌大家业不能稳稳当当地继承，可见压不住这份财气。然而另一个消息也随之传开：周钧儒用了老吴大夫的求子秘方，生下来却是个丫头，不是方子不灵验，便是他从中做了手脚。老吴大夫受不得指指点点，第二日便辞馆回乡种地去了，发誓终生不再行医。

岚儿满月的时候，周家并未操办，唱戏酒席一概全免，只请了姚掌柜过来，两家人吃了一顿饭，便算是为二小姐贺满月了。如此冷冷清清，周钧儒心中颇觉愧疚，好在李坤和带着郑好儿特地赶回来，为二小姐祝贺，才添了几分热闹气息。

一见面夫妇二人便叩谢周钧儒的恩德，让李家班得以重整戏箱行头，再次唱红了周边十余县。进屋之后，李坤和从褡裢里取出两卷现洋，并二十块零散的，郑重摆在桌上，深深一揖到地："大少爷，李家班这大半年唱了上百台戏，大伙儿感念您的恩情，处处省吃俭用，一分包银都没花过，总算把这笔钱攒下了，如数还给大少爷，还有二十块大洋，是给二小姐贺满月的。"

周钧儒连忙站起来："当日说过是帮你们，你怎么还认真起来了？"

李坤和："我虽是个戏子，唱的也是忠孝节义礼义廉耻，大少爷帮了我们，要是连这份恩情都不还，就更让人看不起了。"

周钧儒神色郑重道："李老板果然是条汉子！你这份情义，我收下了，但是这二十块大洋，你拿回去，兄弟们日子艰难，我怎么敢收这个钱？"

郑好儿："东家，这是我们李家班对您和二小姐的一份心意，钱虽然不多，您要看得起我们，就收下。"

周钧儒顿时不知所措起来："我怎么能收你们的钱……可是这话让我又不敢不接着……"

郑好儿："东家，您收下，我们心里就踏实了，不然总觉得我们这身份，登不得您的门。"

周钧儒:"好儿,你说什么呢? 我这里什么时候拦过你们? 我跟李老板也是多年相熟,大家都是朋友,不要总说这样戳人心的话。"

李坤和连忙转圜道:"好儿说话太直,大少爷别往心里去。"

周钧儒郑重道:"好儿,别总想着自己出身贫寒,唱戏下九流之类,靠着自己勤勉上进,一样受人敬重,你如今也是远近当红的角儿了,为人处世也要落落大方,不能说话就怄气。"

郑好儿低了头不再说话。周钧儒留他们一家三口吃过饭,又给李希成包了压岁钱,才送他们出门,言定了二小姐满周岁的时候,若是日本人不再轰炸了,必要请他们来唱一天大戏。

姚青禾出月子的时候,天气已渐渐转暖。

一个月的时间,周氏族人和伊河镇乡邻都已经知道,大少爷在这场家产之争中落败了,很多人认为二小姐命里不主贵,不能帮爹娘争一口气,甚至还有好事之徒编造流言蜚语,风传大少奶奶生下的原本是儿子,周太太让稳婆偷偷换成了丫头,是个狸猫换太子的把戏。这样的无稽之谈自然无人肯信,但大户门里的事,总会引人浮想联翩,越是离奇百怪,越有人要听,连周钧儒听了都无言以对,哭笑不得。

这大半年来,西北的药材生意颇有进展,然而黄河泛滥之后田地被毁无数,药农流离失所,因此药材收购竟前所未有地艰难起来,仓库也渐渐空了大半,陕西的生意往往是客商求货而供应不足,周钧儒纵然想做生意,却也倍感无力。

更令他感到无望的是,日寇已经进逼洛阳了。

自民国二十六年底,日寇飞机便屡屡轰炸洛阳,几乎每月都要来一次,动辄死伤几百上千人,城中处处焦土,百姓死亡无算。然而洛阳东有成皋,西有崤渑,北依邙山,南傍洛河,地形复杂易守难攻,驻地官兵据险而守,在开封沦陷之后,已坚持了大半年之久。

这般危急局势,不唯生意不得施展,周钧儒甚至不敢离家前往陕西,一旦洛阳沦陷,他必须筹备着举家逃难。因此他始终滞留在老家,却也有了更多闲暇陪着妻子和女儿。岫儿出生时他忙得陀螺一般,似乎一转眼,孩子就会说话会走路了,岚儿出生的时候,他竟成了半闲之人,因此可以一日日地看着她长大。岚儿并不是一个被重视的孩子,她的出生甚至让父母都带了遗憾,但这都丝毫不妨碍她的伶俐可人,这孩子天生爱笑,一双眼睛黑葡萄般溜圆晶亮,任谁抱起都不哭闹,稍一逗弄就满眼都是笑意,煞是惹人喜爱,深得周钧儒与姚青禾欢心,连下人们也常说二小姐乖巧伶俐,暗中叹息投错了胎,若是个小少爷,还真就改了周家的门楣。

然而周太太却没什么闲心,自年初日寇轰炸洛阳以来,她便整日惶恐不安,这些年经历了太多战乱,一听说打仗就吓得没了魂儿,何况这次来的是日本人。直到此时,她才再次意识到周钧儒的重要:丈夫已经离世,一旦战火烧到偃师,家里唯一能指望的便是周钧儒了。恰也因此,母子二人的关系似乎和缓了许多,逼迫周钧儒交出生意的事,也暂且搁置了下来。

日寇迫近,生意蹉跎,沉闷压抑的日子里,唯一让周钧儒感到欣喜的消息,是杜景箴带着他的"中州剧社"来洛阳了。

开封沦陷之后,杜景箴便将戏班改名为"中州剧社",辗转各地上演新编爱国戏,为抗日募捐,哪怕剧社拮据不已,也坚持将演出所得款项捐出去,如今他既然来到洛阳,周钧儒必是要赶去相见的。

然而他的心境,却早已物是人非了。三四年前一别,周家连续遭逢变故,先是自己被抓壮丁,而后是父亲去世,生意关停,这几年的经历,比此前二十余年都刻骨铭心,有时揽镜自照,不过二十五六岁的人,眉眼间竟有了沧桑之态,回首当年意气风发的岁月,只觉往事不堪忆,再世两生人一般。

他拿着杜景箴发来的电报,向姚青禾道:"青禾,我要去一趟洛阳,见见杜大哥!"

姚青禾:"杜大哥?就是你在开封开戏院的那个杜大哥?"

周钧儒:"对,就是他。"说着,他叹了口气,"我现在知道他为什么宁愿离家也要去做戏了，若非经历这许多变故，我真不懂他何以如此选择。"

姚青禾惊道："卓先，难道你想跟着他去做戏？我们到底还有陕西的生意，不至于沦落到那般地步。"

周钧儒："他当年对我说过：自由就像天上的鸟，想飞到哪里就飞到哪里，想做什么就做什么，天空不会阻挡你，大地也不会牵绊你，等你懂得了自由，就会知道，现在的生活是何等无味。那时候我还是个孩子，不懂这句话的意思，如今想来，真字字契合我心，原来这二十年，我过的都是身不由己的日子，生活何等无味啊。"

姚青禾越发无措起来："卓先，你到底要做什么？不会真的想不开要去唱戏吧？"

周钧儒笑了笑："这有什么想开想不开的，唱不唱戏，都是人生如戏，只把日子当戏过吧，你看那高台上，再苦再难的戏，不都有个结局吗？只要耐心等着，总能等到的。"

日寇当前国土沦陷之际，杜景箴带着他的"中州剧社"来到了这座备受苦难的古都，慷慨义演。古都的戏园子里，第一次上演了振聋发聩的爱国戏：《涤耻血》《巾帼侠》《为国纾难》《克敌荣归》，戏中大义凛然杀寇御敌、保家卫国死战不却的精神，恰似炮火声中的怒吼，给洛阳城带来一股热血激荡的新鲜风气，燃起了人们的战斗热情，洛阳百姓本就人人不甘丧国为奴之辱，看了杜戏更加慨然奋起，无不誓言与日寇决一死战。

周钧儒来到洛阳的时候，杜景箴正与俞海棠商议未来几天的演出剧目，一见周钧儒，杜景箴颇为高兴，兴奋地拉着他和俞海棠一起聊戏，讲他带着俞海棠去北平看戏、拜师学戏的所见所学，讲他们更名"中州剧社"后的经历，讲他们慷慨义演宣扬抗日，所到之处备受欢迎……

俞海棠虽性格内向不善言辞，但聊起戏来却是领悟力过人，每每一言切中要害，所有唱念做打之事，信手拈来即兴演示，直令周钧儒惊艳不已、击节赞叹。

一直聊至半夜，杜景箴始终精神炯炯，乐观昂扬，全然不提离开中原剧院后的艰难,似乎所有的磨难都丝毫无损他的热情,他就像一团永远在燃烧着的炭火,散发着炽热的力量,带给人强大的感染力。

周钧儒终于忍不住道:"杜大哥,中州剧社此前不是流浪过一阵子么,那时候我到处托人找你,始终没有消息。"

杜景箴笑道:"你什么时候见过雄狮住在安乐窝里?我虽然离开了中原剧院,但只要中州剧社的人还在,我们就是走遍河南大地的雄狮!这头雄狮不仅要发出怒吼,唱出中国人的抗敌热血,还要义演义捐,真正为抗击日本鬼子做实事!"

周钧儒激动地一拳砸在桌上:"杜大哥说的是!有你这样的热血,还有俞老板这样慷慨大义的名角儿,何愁吼声不震中原大地!"

俞海棠也慢言慢语道:"我是不做亡国奴的,中州剧社走到哪里,我就跟到哪里,我要跟着杜先生唱爱国戏,为抗日募捐。"

杜景箴赞赏道:"卓先,你且看中州剧社的精神,这等不让须眉的女子,可曾见过?"

周钧儒:"果然是女子不让儿郎!"

杜景箴:"我的戏都是给俞海棠写的,她能演,我就能写,我要把我这辈子最大的热情都用来写戏,排戏,她也要把她这辈子最大的热情用来演戏,我们一起搭档,就能把梆子戏唱火唱红,将来也要像京戏一样人人追捧。"

周钧儒:"杜大哥如今已经把梆子戏唱红了,我刚才进来的时候,门口多少人挤着抢票,连站签都一票难求呢,我费了半天劲才挤进门来。"

杜景箴叹了口气:"可惜这里的戏园子太小,条件也不如中原剧院,要是还能在中原剧院唱下去,抗日义捐的钱更多呢。"

周钧儒:"这几年没见,杜大哥的新戏越来越多了,总有十几本了。"

杜景箴:"不够,不够,我还要继续写下去,你是不知道俞海棠有多聪慧,凭她的本事,唱红一百本戏不成问题!"

周钧儒原想与杜景箴聊聊这几年的经历,然而见他如此热情洋溢,仿佛所有的苦难都不过戏中的一折插曲,自己纵然备受磨难,又何必耿耿于心?

昔日不足二十岁就身入敌营为全城解围的杜景篯,人到中年依旧慷慨不减,好似一道耀眼的光,驱散了周钧儒身边的黑暗,让他感受到生活依旧充满希望。

因此他也不再想自己的遭遇,而是全情投入戏曲中,每日晚间看杜戏,白天就与他们商议如何改进,如何编排新戏,一连六七日每天只睡两个时辰,却不觉疲惫,全身都充满了热血阳刚的力量。

这些日子流连剧社,周钧儒终于理解了杜景篯的理想:他是以戏为声,为自己的热爱做戏,为心中的抱负做戏,为万民百姓做戏,为河南大地的忧患苦难做戏,也为中华抗战的民族大义做戏,戏曲就是他毕生的愿望,是他肩头的责任,痴迷了二十多年戏曲,人到中年的杜景篯,终于找到了他的自由世界。

当年自己囿于家业和生意,接受了父亲规划的人生,然而经历了风雨起落,生死两难,他忽然意识到自己不过是周家戏文里的一个段落,周钧儒,只是别人赋予他的位置和名号,他占据了这个身份二十年,却从未认真想过,真正属于自己的人生,应该是什么样子。

这个时候,他忽然想起了张夫子说过的话:不可做个迂腐的书虫,更不要失了读书人的立身之本。

可自己的立身之本,到底是什么? 难道就是守着这艰难存续的生意,顶着克父不孝的罪名,与周太太和汉川争家产吗?

民国二十九年二月二十七日,日军的飞机再次轰炸洛阳,一百多架飞机连续轰炸了一天,国民政府礼堂周围三公里被夷为平地,死伤百姓数以万计,家家戴孝,户户有丧,哭声上达于天;四月底五月初再次地毯式轰炸,甚至投放了大量毒气弹燃烧弹,死伤者遍地,甚至有数十户阖家被活活烧死,整座城市已无任何避难之地,人们仇恨日寇之心,达到爆发极点。守城之军和百姓同仇敌忾,街头人人唱着中州剧社的爱国戏词,青壮年竞相投军:与其被炸死,不如去战死!

不唯洛阳遭遇轰炸,偃师上空也时常有日机盘旋,仰头便可见到飞机自头顶飞过,百姓们真真切切地感受到日本鬼子的威胁,惶恐之心更盛,家家户户谋划着挖掘地穴,躲避轰炸。

康家寨因僻处山中,地势隐蔽,并未受到日寇飞机侵扰,然而此时卿哥儿已到了入学年纪,纵然乱世危险,总不能把孩子养在家里一世。康祁两家都是书香门第,读书总是第一要务,康宜俭思虑良久,终究还是决定回祁家,送卿哥儿到他父亲曾任校长的偃师公立小学念书。

时隔七年再次回到祁家,恍如隔世。原本熟悉的家里早已没了丈夫的气息,祁母也于数年前亡故,泽约夫妇都已二十有余,且有了儿子。自己的房间虽还保留着原来的陈设,但年久不用都已有些朽坏,书瀚当年留下的书籍累累堆积着,落满了灰尘,而自己也已年过三旬,容颜不复年轻,眼中沉淀了沉郁的底色,更添了几分沧桑之意。

在康家寨的那些年里,人们渐渐地不再叫她"大小姐",而是换了一个称呼:大姐。

从"康大小姐"变成"康大姐",虽只一字之差,看着也亲切热络了许多,但这份亲切里,蕴着一层人人心知肚明的含义:自己不再年轻,而且是尽人皆知的寡居之妇了。

泽约夫妇对于大嫂携子归来,自然是极为热情,紧赶着帮她把屋子收拾出来,换了全套的新被褥,又把衣柜家具等仔细擦干净了,唯有书柜和那些书籍,她表示等明日要亲自收拾,暂且安住下来。

卿哥儿对这里很是好奇,问道:"娘,我们为什么不在姥爷家住了? 这是哪里?"

康宜俭忍着叹息勉强笑道:"这里是我们的家啊,好些年以前,我和你爹就住在这里。"

卿哥儿诧异:"我爹? 我怎么没见过他?"

康宜俭:"你爹……叫祁书瀚,是你要去念书的偃师公立小学的校长,他是个最好不过的人,非常受大家尊敬,只是后来他去了一个地方,明天娘就带你去看他,好吗?"

卿哥儿认真道:"为什么要等我们去看他? 他可以回家来看我们啊。"

康宜俭顿时心里一阵闷痛,但她依然耐着性子道:"他不方便回来看我们了,等明天你去了就懂了。"

卿哥儿"哦"了一声,便不再多问。

康宜俭安抚他上炕睡觉后,便开始一本一本收拾丈夫留下的书。祁书瀚读书涉猎颇广,经史子集类的书便有许多,当代新白话书籍报刊也有不少,还有很多学校的课本教材,另有几十册俄文书,层层堆叠着,清理完约莫要两三天时间。这些书,未来卿哥儿总能用得上,也算是书瀚留给儿子的一份遗产。

他的书桌和椅子都还在,当年每晚回来,他便会坐在这里办公或看书看报,不时会读一段给自己听,自己在一旁做着女红,他偶尔会抬头看自己一眼,两人相视一笑便各自继续,平淡却温暖。

如果丈夫还在世,也是三十几的人了,康宜俭有时会忍不住想,三十几岁,四十几岁,五十几岁的祁书瀚,会是什么模样? 自己会一年年地老去,若他也陪着自己走到头发花白、满脸皱纹的年岁,是何等情形?

然而这一切都不能想象了,他在自己的记忆里永远停在了二十五六岁,永远是鲜活年轻的面孔,永远是那个身着长衫风采翩然的校长。

她沉沉地叹了口气,这么多年过去,对他的思念也好,怨恨也罢,都已经成了习惯,融为自己生命里的一部分,或哭或笑,或睡或醒,他一直都在,只是自己不会轻易伤痛落泪,也不会在提起他时太过情绪起伏。

翻到一册书时,她忽然愣住了:书里赫然有一张自己的照片,身上穿的是当年他带自己去姚记绣庄做的冬装。

依然记得那一日,他在街上挽着自己的胳膊,招摇过市,全然不顾自己的羞怯,向所有人毫无保留地展示着他对妻子的爱意。这两套冬装,做好后只穿过一次,早已叠在包袱里收起来了。然而康宜俭却忍不住将那两套衣裳拿出来看,她甚至一时起了心思,选出一件草绿色的穿在身上。

春日的气候已经和暖,穿了冬装更觉一身汗意,不知是羞涩还是太热,对镜自照,她的脸竟成了红彤彤的颜色。她望着镜中的自己,身前身后照着,然而很快便觉悲伤漫上心头：那个细心帮自己挑选布料颜色的男人，再看不到自己穿这套衣裳的样子了。

她脱下衣裳，盯着书里那张照片，无声痛哭起来。

第二日，她带着卿哥儿去给祁书瀚上了坟，便前往偃师公立小学报名入学。已经归来的徐健君此时做了教务处主任，眼见师母带着孩子前来，立即起身恭恭敬敬道："师母。"

康宜俭点了点头："健君，我送孩子来报名，你登记上吧。"

徐健君连忙拿了登记簿："老师就这一个孩子，我一定把他当自家孩子一样照顾。师母，卿哥儿大名叫什么？我给写上。"

康宜俭忽然愣怔住，脑中闪过书瀚绝笔信里的那句话：不知你为他取名否？若未取，可名之"方域"，祈国之方域，皆望太平。

这封信已经成为她刻骨铭心的记忆，指尖摩擦的习惯，甚至不用想，便可以用手指在桌上把它写下来，带着卿哥儿住在康家寨的那些年，漫漫长夜无以消解的时候，她就会坐在桌前，一笔一画地写下这封信，时日久了，桌子甚至被磨出了一道道划痕。可是这么多年，她从未跟人提起过，似乎这封信是只属于她的秘密，每次在桌上写写画画，在心里默默诵念的时候，就觉得书瀚还在，在自己的心头、指尖，弥漫在她所思所想的任何地方。

她伤感出神了半晌，直到徐健君连声呼唤"师母"，才终于回过神来，慢慢道："祁方域。"这三个字在记忆中封存了六年多，今日第一次说出来，卿哥儿终于正式有了自己的名字。

祁校长之子入读偃师公立小学的消息，很快传了开来。当年祁书瀚去世，祁夫人孤儿寡母为夫送葬的场景，令乡邻百姓唏嘘不已，然而后来康宜俭携子寡居，从不抛头露面，大家很少再听到他们母子二人的消息。如今时隔六七年，祁校长的儿子再次出现在人们眼前，竟已是聪慧伶俐的儿童，所见之人无不以手加额，感慨祁书瀚后继有人。

周钧儒闻讯赶到小学门前时，正值学校周末放假，他在鱼贯而出的学生中间，一眼便认出了祁方域——他长得身材颀长，眉目疏朗，神态上酷似祁书瀚,然而五官却更柔和清秀,显然随了祁夫人的样貌。

祁方域一路与同学们跑跳说笑着,看起来颇为活跃,出了校门,便走向稍远处的一辆脚踏车,后座搭着一袋面粉,站在车旁的,正是他寡居戴孝的母亲——祁夫人。

周钧儒一眼就认出了她,更认出了那辆脚踏车,他忽然意识到,一恍然,已是十年光阴了,送自己脚踏车的人不在了,祁书瀚不在了,父亲也不在了,物是人非,一切都变了。他不知道为什么,一辆脚踏车,竟让自己想起这么多陈年旧事,看着眼前的祁方域,他甚至觉得自己都有些苍老了,记忆给岁月增加了太多的重量,压得他沉沉地叹了口气。

他终于走向康宜俭母子,尽力从容地招呼道:"祁夫人好,还记得我吗?"

康宜俭愣了一下,才慢慢点了点头:"记得,周少爷。"

周钧儒:"时间过得真快,孩子都上学读书了,我就想着过来看一看。"

康宜俭神色客气而疏远:"多谢周少爷。"

周钧儒知道她不想多说,于是将手上一个小礼匣递过去:"我跟祁先生交情深厚,这些年没见过孩子,这些……给孩子添些书本文具。"

康宜俭只看了一眼,便摇头婉拒道:"周少爷客气,我代亡夫,心领了。"说完,她招呼祁方域,慢慢推着脚踏车远去了。而周钧儒伸出去的手,却迟迟收不回来。

看着祁夫人的背影,他忽然怅惘地叹了口气。时间和命运终究改变了一切,他心心念念想要关照的祁家,已经与自己全然无关了。

四二　生死血仇

黄河决口,日寇轰炸,开封沦陷……连续三年大灾大难,让河南百姓经历了炼狱一般的折磨,大片田地撂荒,村庄空无一人,无数的生命逝去,这片土地仿佛已经断绝了生机。然而民国二十九年开春的时候,黄泛区的淤泥上又有了返乡的百姓,田地里有了耕牛,新一季的希望被播种下去,只希望等到盛夏收了麦,能缓解眼前的饥荒之灾。

洛阳并未遭遇水灾,但每年的春荒与春耕,依然是百姓最难熬的时节,哪怕饿得站不起身,也要强撑着爬到地里耕田、播种,不然地里没了指望,就真要饿死了。姚掌柜家也在忙碌春耕,姚家只有三四亩田地,撒过草木灰和粪肥,两日便可耕一遍,然后用耧车播种春小麦,若是雨水及时,夏收时便能有六七百斤的产量,将将够一家人吃饱,不必再去买面了。

周钧儒和姚青禾闲来无事,便到岳父家帮忙。姚掌柜扶犁,儿子牵着牛,女儿女婿帮着撒肥,岫儿从未下过田地,跟在大人身后一路玩耍,不时折一根草,追一个被翻耕出来的虫子,玩得不亦乐乎,岚儿也已经能走几步路,坐在田埂上咿咿呀呀地笑得开心。姚掌柜年迈之人,早年丧妻,一手将儿女拉扯大,如今竟得享天伦之乐,自然是欣慰不已,满面都挂着笑意。

天黑时,地里的活计已所余不多,全家吃过饭,周钧儒便带着妻子女儿告辞，姚掌柜笑呵呵送他们出来，叫他们明日不必辛苦，自己与儿子便可将剩下些许事做完。周钧儒久未亲自耕作，两天下来很是腰酸腿疼，姚青禾颇笑话了他一番，全家四口其乐融融地回了家。

吃罢晚饭，周钧儒趴在炕上，岫儿岚儿玩闹着给他捶腰，一时颇觉这般平静意趣难得。夫妻二人不紧不慢地闲话着，夜便渐渐深了，两个孩子早已累得睡沉了，油灯火苗跳动着，外面一片寂静无声，他们忽然觉得，在风雨飘摇的乱世里，这样安宁的日子也是一种福分。

然而这样平静的日子很快再次被摧毁了。

春耕过后，姚掌柜的儿子青穗去河边饮牛，偏巧遇到两个日伪军欺他年轻，上前便要将牛抢走。青穗年不过十六七，正是气盛的岁数，当即便与日伪军发生了争执，那两人手里有枪，又仗着日本鬼子撑腰，竟当场开枪将青穗打死了！

周钧儒夫妇赶到姚家的时候，青穗的尸首已经停在院子里。

姚掌柜暮年失子，抚尸涕泪不已，姚青禾亦是悲痛欲绝，她只这一个亲兄弟，如今死在日本鬼子手里，从此以后再无手足，如何不伤心？周钧儒看着岳父与妻子相对痛哭，气得几乎血脉欲炸：日本鬼子横行肆虐，不仅毁了周家生意，让自己一败涂地，如今竟杀到家里人头上来了！

缑氏镇上的乡邻听说姚家遭此不幸，也都赶来帮忙操办后事，人人都在宽慰姚掌柜看开些，近两年不时有人死在日本鬼子手里，这都是命不由人，出了事也无可奈何，活着的人再艰难，日子也还要过下去。

姚掌柜听着邻居们的劝解，似乎渐渐平静下来，然而送走青穗之后，他忽然在坟前呕出一口黑血，随即一病不起，短短十几天就沉重起来，百般延医用药依旧无用，竟一命呜呼追着儿子去了。

不过半月，父子相继而亡。

刚刚失去弟弟的姚青禾守在父亲面前，半晌哭不出声来。死一样的寂静之后，她忽然爆发出撕心裂肺的一声哭喊："爹——"随即扑倒在姚掌柜身上，哭得伤心惨痛，天地皆悲。

本就人丁单薄的姚家,从此只剩了自己,姚青禾只觉渺茫一身,无处可寄,整颗心都被挖空了一般,又痛得椎心泣血。

周钧儒全然不知如何安慰自己的妻子,只是紧紧将她抱在怀里,任由她哭得昏天暗地,一刻也不敢松手,两个孩子亦是牵着母亲的衣角,哀哀不已。直哭到黄昏时分,周钧儒提醒该为岳父停灵了,姚青禾才勉强止住悲声,继续筹备姚掌柜的身后事。

三日之后,姚掌柜的棺材抬出,送到义地下葬,乡邻们都叹息不已,纷说姚氏一门,就此绝户了。

自此之后,姚青禾的神色便委顿下来,父亲和弟弟皆因鬼子而死,她却只能认命,承受至亲丧亡之痛。周钧儒看着妻子日日垂泪寡欢,心头更加愤懑不已:姚青禾嫁给自己,在周家已是受尽委屈,如今还要忍下日本鬼子的血海深仇,此仇不报,枉为男人!

他打定了主意,第二日便向人打听那两个假鬼子的底细,不过是一股十几人的伪军小分队,打着日本人的名义狐假虎威罢了。

他强压着心头的怒火,骑了脚踏车便往邙岭军营方向而去。

他要找的是崔砚鸣。

四年前他们在陕西逃出军营时,崔砚鸣的老家已沦陷为日占区,家里人也音讯全无,他滞留洛阳许久,才打听到父母兄弟早已惨死日寇屠杀之下,恨得咬牙切齿,索性投军抗日,数年来辗转各地,舍了性命拼杀作战,凭着战阵杀敌之功做到了团长。

周钧儒见到他的时候,只觉崔砚鸣全然变了一个人,往日吊儿郎当八面玲珑的性子,如今竟是气势沉稳杀意逼人,数年来的血火淬炼,让他真正变成了一位沙场战将。

问明周钧儒来意,崔砚鸣沉了脸色,然而也并未多说宽慰之词,只是摇了摇头:"兄弟,想要报仇,难。"

周钧儒一愣:"有多难?"

崔砚鸣:"我们一个军的部队驻扎在邙岭,却只能是以守为主,一旦和日寇开战,能不能守住洛阳都说不准,军队尚且如此,你一个人单枪匹马,怎么报仇?"

周钧儒:"砚哥,我岳父和小舅子都死在他们手里,要是不报仇,一辈子都过不去这个坎,我打听过了,他们只是一小股伪军,不过十几个人。"

崔砚鸣:"你一个人,对方十几个人,你就算再勇武,能以一敌十吗?"

周钧儒:"就算不能以一敌十,杀几个算几个!"

崔砚鸣依旧摇头:"就算你杀几个鬼子报了仇,以后呢?他们搜捕抗日分子,你能逃得了吗?后患无穷啊。"

周钧儒:"可是不报仇,我心如火煎,一天也忍不下去了。"

崔砚鸣静静地看着他,忽然点头道:"不怕死?"

周钧儒:"怕,但是眼下的日子,比死都折磨人。"

崔砚鸣终于下定决心:"既然如此,我帮你想想办法,把这仇报了!"

周钧儒大喜过望,二人仔细商议了一番,崔砚鸣在纸上画着地形线路,一一标注地点:何处诱敌,何处埋伏,何处开枪,如何善后,等等,各项计划设计已定,崔砚鸣给了他一个包袱,送他离开邙岭。

他拎了包袱悄悄回到家,竟是拆卸开的一包零件,周钧儒在灯光下稍微研究了一下,不过片刻便组装出一杆步枪,稍微调校了一番,竟是非常趁手。

第二日,他陆续约了几个放羊的孩子,每人给一捧麻钱,让他们从伪军驻地门前路过,有伪军追上来,便把他们引向一处杂草丛生的壕沟,被抢了羊也不必担心,自己如数照赔。

孩子得了钱,又不用担风险,自然无不应承,第二天便赶着七八只羊到伪军小分队驻地附近,不紧不慢哼着曲调,故意在此招摇。见了羊群,伪军岂能不心动?因此很快就分派了两人追过来,孩子一见伪军来追,立即弃了羊群而去,那两人拦截了一阵,捉到两只羊,得意洋洋地回到驻地去。

此后两三天,依旧有孩子赶着羊路过,伪军鬼子得了甜头,每日都能抢一两只羊,渐渐就放下了戒备。然而这一日,放羊的孩子见他们来追,慌不择路赶着羊群向一处壕沟里跑去,两个伪军正为羊群乱跑不好抓获犯愁,如今看他往壕沟里跑,正中下怀,更是一路紧追不舍,进了壕沟之后,却见里面杂草纵横行走困难,孩子早不见了踪影,羊群更是四处乱窜,鬼子追得气喘吁吁。此时周钧儒就藏身在壕沟旁的高树上,眼见伪军鬼子靠近,进入射击范围,当即果断开枪,不过四五枪便打中了他们,二人毙命当场。

周钧儒手脚并用爬下树来,拖拽着将他们尸首扔进枯井,用铁锹填了些土进去,又将血迹用土掩盖了,径自离去。

回到家的时候,姚青禾只觉今日周钧儒有些异常,她下意识多看了两眼,越发觉得不对,忍不住问道:"卓先,你干什么去了?"

周钧儒随口道:"没什么,我杀了两个鬼子,给兄弟报了仇。"

姚青禾惊得险些坐在地上:"你说什么? 你杀了鬼子?!"

周钧儒点点头:"对,兄弟和岳父走得冤,我必须给他们报仇。"

姚青禾顿时哆嗦个不停,几乎流下眼泪来:"你怎么不跟我说一声就去了? 万一你有个什么,我和孩子倚靠谁?"

周钧儒:"我这不是好端端地回来了。"

姚青禾:"你杀鬼子,有人看见吗?"

周钧儒摇头:"没有,这件事没人知道,你只管放心。"

姚青禾终于松了一口气,泪如泉涌:"兄弟,你听到了吗? 你姐夫替你把鬼子杀了! 他替你报仇了,你看到了吗? 爹,卓先替你和兄弟报仇了,你可以安心了……"两个孩子不知发生了什么,眼见娘哭得眼泪长流,也跟着落泪不已。

但两个鬼子消失的事,依旧震动了伪军,他们在周围一带村子里疯狂搜查,并勒令偃师县长贺扶光配合抓捕抗日分子。周钧儒知道,鬼子并无证据搜查自己,只无事人一样照常出门处理事务,姚青禾刚刚经历了丧亲之痛,这些日子都没出过门,因此并没有人怀疑到他们头上。

就在周钧儒以为风头将要过去的时候,贺扶光夫妇却以看望女儿的名义来到了周家。进门之后,贺夫人到后宅与女儿相见,周钧儒则在前院厅里坐陪义父,见面寒暄了几句,贺扶光便压低了声音:"钧儒,那两个鬼子的事,你知道是谁做的吗?"

周钧儒心中顿时一动,小心翼翼答道:"您不是正在查这件事吗? 我要知道,一定会告诉您。"

贺扶光:"你真的一点也不知情?"

周钧儒故作激切:"我恨不得是自己做的,给岳父和小舅子报仇呢!"

贺扶光:"当真?"

周钧儒点头:"当真。"

贺扶光紧紧盯着他:"钧儒,这可不是玩笑事,姚家父子刚出事,鬼子就被杀了两个,你觉得这是巧合吗?"

周钧儒故作诧异:"义父,您是怀疑我? 我有家有室有生意,胆子再大,也不敢做这样的事。"

贺扶光:"你胆子有多大,难道我不知道? 我告诉你,这件事你给我死死烂在肚子里,要是被鬼子盯上,周家就完了! 妞妞既然嫁了汉川,我就不得不保你们,万一你被查出来,我可不会救你!"

周钧儒震惊地看着贺扶光:"义父,我……"

贺扶光:"别跟我解释! 要是你爹还在,现在你未必能站着说话!"周钧儒愣愣地看着他甩袖离去,心里不由得一阵后怕:这些年政府走马灯似的轮换,义父能隐忍多年屹立不倒,最终爬上县长之位,这份心思和精明,绝非常人可比,自己终究是瞒不过他的。

幸好,他和周家是一条绳上的蚂蚱,不然自己立刻便要被交出去了。

然而略知了一点风声的周太太吓得几乎当场晕厥:若是日本鬼子来报仇,自己和汉川岂不是要受牵连? 她在家中日日惊惧不安,竟至夜夜噩梦寝不安眠,时常梦中惊醒,而且越是如此,她越恨极了周钧儒,时常在汉川面前叨念:"周钧儒迟早把我们一家害死! 他害死你爹还不够,还要害死我,害死你!"往往骂上一阵,她便接着哭诉不止,"培祥,你走得太早了,你为什么换了他的命……为什么死的不是他……"

听得多了,汉川眼里便起了直愣愣的杀意,这些年娘总叨念周钧儒霸占

814

了家业,克死了爹,如今又日日咒怨周钧儒该死,在他简单的心智里,认定了周钧儒是家里的仇人,因此对哥哥日益仇恨起来。

及至姚掌柜父子断七,姚青禾才终于渐渐缓过神来,能正常吃些饭食了,亦不再每日昏昏沉沉垂泪不已,周钧儒总算松了一口气。

这一日,姚青禾稍微有些精神,带了两个孩子到街上赶集玩耍,周钧儒难得清闲片刻,便在屋内帐子里午睡。将要入夏,中午已经有些闷热,周钧儒只穿了单衣睡着,听得门轻轻被推开,以为是姚青禾带着孩子回来,便也没应声,咕哝了一下便翻身接着睡。

然而下一刻,帐子忽然被揭开,周钧儒只觉一阵冷风嗖地侵入脊背,随即便觉一刀砍在大腿上,腿上一热,温热的血便流了出来。他猛地回头,尚未看清是谁,刀便毫无章法地连续向身上砍来,他张起手臂抵挡,胳膊和手上也相继中刀。

直到此刻,他才终于看清那挥刀猛砍的人:赫然正是汉川!

他身上连遭了十几刀,反抗已无多少力气,汉川却依然中了邪一样拿着菜刀接连地砍下来,他只得拼命向后躲去,提着枕头抵挡,连声喊着:"汉川!你疯了! 住手! 我是你哥哥!"

汉川却不搭话,两眼死死地盯着自己,眼都不眨一下地继续砍下来,周钧儒额头也中了一刀,血流下来迷了眼睛,更是抵挡不得。他内心充满悲凉,没想到自己活了一世,竟死在汉川这样一个痴子手里!

正当他左支右绌性命危急之时,姚青禾带了孩子回到屋里,一见帐子里溅满鲜血,汉川正连连挥刀砍向丈夫,顿时吓得神魂俱散,失声尖叫道:"卓先! 卓先!"她这一声尖叫,终于吓到了汉川,他呆呆地转过身来,手里的菜刀当啷落地,带着一身血摇摇晃晃地离去了。

姚青禾疯狂地扑向丈夫,只见他浑身是血,炕上帐子上也一片片鲜红,直到听得周钧儒虚弱地回应了一声"青禾",才痛哭出声来,然后一刻不停地哭喊着冲了出去叫大夫。

大夫赶到家里,立即动手检查周钧儒的身体。所幸汉川不知何处是要害,只胡砍了一阵,并未伤到致命处。但菜刀锋利,一身不知多少处伤口,有些几乎深可见骨,失血极为严重,周钧儒已是脸面惨白,一丝血色也无,整个人晕倒在血泊里,呼吸都很微弱。

等到所有伤口都清理敷药包扎完毕,却见他嘴唇都没了血色,一碗参汤强灌下去,也只能脸色稍微红润片刻,便依旧惨白下去。大夫连连摇头叹息:"二十七刀啊,整整二十七刀,多大的仇恨,把人往死里砍……"看着他情形稳定了,又嘱咐姚青禾,"失血太多了,不知道几天能醒过来,就算醒了,也要养很长时间才可能恢复了。"

姚青禾哭得几乎气绝,怒道:"卓先对汉川不薄啊,从小到大所有事都替他操着一份心,怎么到头来恩将仇报,把卓先伤成这样……"

闻讯赶来的铁顺儿在一旁老泪纵横,摇头叹气道:"大少奶奶,也不知二少爷中了什么邪,忽然就拿着刀来了……他一个痴子,怎么会想起来砍人呢,还单单砍了大少爷……"

姚青禾泪眼带着仇恨:"一定是有人指使的!不然他怎么知道杀人!"

铁顺儿一惊:"谁会指使他干这种事啊?"

姚青禾带泪冷笑:"谁?还能有谁?谁最怕卓先占了家产,谁最恨卓先?"

铁顺儿一惊:"大少奶奶,可不敢这样说……"

姚青禾:"我偏要这样说!你只管去告诉那老婆子,卓先被周汉川砍成重伤,我一定要报官!要是卓先有三长两短,我一定叫他偿命!既然不想活了,大家一个也不要活!"

铁顺儿无可奈何道:"少奶奶息怒,先救醒大少爷要紧。"

姚青禾:"你去叫讼师来,我现在就要写状子!"铁顺儿央告了许久,才勉强安抚住姚青禾,回到周家宅院。

汉川砍了周钧儒,带着一身血走在院子里,下人们人人惊恐,不知这半呆的二少爷为何染了一身血。回到后院时,周太太见了他,顿时惊得跌倒在地:"汉川!你这是去了哪里?怎么一身的血?"汉川直愣愣地扬起头:"娘,我把他杀了!"

他这一句话,更将周太太吓得魂飞魄散:"汉川! 你在胡说什么! 我没有指使你杀人! 我没让你去杀人!"

汉川满脸是血,却带着期待表扬的神色望着周太太,嘴里依旧说着:"娘,你不是说,为什么死的不是他? 为什么死的不是他?"这句话竟似噩梦一样缠绕着周太太,本就被日本鬼子吓得神魂不安,此刻更是肝胆俱裂,一步紧似一步地追在汉川后面:"我没叫你杀人! 我没叫你杀人!"

贺秋鸿看到汉川这般形象回到自己的院子,后面还跟着跑得披头散发的周太太,瞬间两眼一直,昏倒在地。铁顺儿赶到的时候,家里早已乱成一团,婆子们将贺秋鸿和周太太送回各自的房间,却没有一个人敢上前碰汉川,只得任由他在院子里走走停停,瞪着眼睛傻笑着,不时咕哝一句:"为什么死的不是他?"铁顺儿只觉一股悲凉从天而降,炎热的夏天竟似一桶冰水兜头泼下:周家遭了什么冤孽,竟沦落到这个地步! 若是周钧儒真有个三长两短,姚青禾再报官拿了汉川蹲大牢,周家,真就家破人亡了。

周钧儒只觉自己好似行走在黑暗的梦中。

梦里天地空旷,只余一人,他看到自己孤单单地行走着,周围似乎有很多人说话,但无论怎么努力张望,都只能听到声音,却看不到那些人的影子。

短暂的一生仿佛被拉到无限漫长,自幼至今的经历无比清晰地流转着:从姜小五看着多一天天病弱下去,娘被穷困和愁苦折磨得失去了光彩,后来被卖到周家,又是另一番人生经历,跟着父亲做生意,磕磕绊绊地艰难成长,直到自己被抓了壮丁,父亲身亡……一路慢慢走来,所有苦痛哀乐,茫然无措,所有生死之际的挣扎,真实得仿佛又亲身经历了一遍。

这场梦太过漫长,他孤单一人走了太久,已经累得没有丝毫力气,却在此时忽然看到了汉川。这唯一出现在梦中的人,一声不吭走到自己面前,竟提起菜刀就砍。周钧儒连反抗逃跑之力都没有,只能眼睁睁看着自己被一刀一刀砍倒在血泊里,汉川那呆滞而执拗的眼神始终盯着自己,让他感到彻骨冰凉。

那一刻他心里只余了一个念头:我若就此死了,再与周家无涉,父亲,你托付我保住的周家,已经不在了。

猛然醒来的时候,已经是四天之后。守了四天四夜的姚青禾终于喘过一口气,眼泪顿时落了下来:"卓先!……"

周钧儒动一下手指都不能,全身无一处能用力,只是瘫痪般躺在炕上,虚弱地说道:"青禾,不哭,我还活着呢……我说过,我命大,遇到什么事都能活下来……"

姚青禾更是哭得上气不接下气:"你这条命差点没了! 那老婆子指使汉川来杀你!"

周钧儒却似全然不恨汉川,语气平静得仿佛此事与自己无关,只是无望地看着窗外:"青禾,你想岔了,她怎么可能指使人来杀我?"

姚青禾:"难道汉川一个半呆子,就知道杀人了?"

周钧儒:"她要真想杀我,怎么会让汉川来?"

姚青禾:"不行! 我要让周汉川和那老婆子杀人偿命!"

周钧儒急得咳嗽起来:"青禾! ……算了。"

姚青禾哭道:"他们已经这样对你了,怎么能算了? 你杀日本鬼子的血性哪儿去了?!"

周钧儒也落下泪来:"爹临终前交代我,保住周家……我就算保不住,也不能亲手毁了他们……我跟你讲一个故事,你听好了。"

姚青禾含着泪点头。

周钧儒:"我十二岁那年,被土匪绑了票,要五万大洋赎金,爹虽然最后只用了五千就把我赎回来,但是他说过,就算倾家荡产,也要赎回自己的儿子。"

姚青禾:"我记得这事,全偃师传得沸沸扬扬。"

周钧儒:"其实那时候,张婶娘已经怀孕了,我只是几块大洋买来的孩子,而他马上就要有亲生儿子了,他完全可以放弃我,可是他没有……为了我能在周家立足,他生生把汉川在重庆养了五年,不让他回偃师,更不让太太知道,他这样做,都是为了我……"

姚青禾惊诧:"原来,是这样?"

周钧儒:"他在我身上倾注的心血,比汉川要多十倍,我现在明白了,就算他真的有私心想要个嫡亲血脉,也是一心把周家的希望寄托在我身上,而不是汉川。"

姚青禾急道:"你怎么能这样想?"

周钧儒:"生死关上走了一遭,我现在懂了爹的苦心,可是事情已经到了这一步,我……替他守不住周家了……"

姚青禾:"周汉川差点要了你的命,难道就这样放过他?"

周钧儒:"爹就这一个儿子,张婶娘也为他搭上了性命,周家已经落到这个地步,我还有什么仇要报? 何况还有姐姐,她已经够命苦了,我要是把汉川送去蹲大牢,她这一辈子可怎么过? 我怎么对义父交代?"

姚青禾急得顿脚:"你事事替别人想得周到,怎么不想想自己! 你要真死了,扔下我们母女三人,未来的日子怎么过!"

周钧儒闭了眼睛:"我这不是还活着吗? 无论怎样,我们一家人在一起,一处生一处死,我不会扔下你们。"

周钧儒这次伤得极为严重,足足养了一个多月,才渐渐好起来。能起身之后,他便整日不说话,只是看着窗外愣愣地出神。窗外已是盛夏,阳光白花花地刺眼,可他身上却一阵阵地发冷,重伤之后的身体,感受不到一丝暖意。

他知道,伊河镇的人都在议论周家兄弟相残的故事,这场被关注了十几年的家业之争,该到落幕的时候了。

这一日,他呆坐良久,忽然开口向姚青禾道:"青禾,我要去后院里看看。"

姚青禾震惊道:"你还不能下地,去看他们干什么? 你要去了,再被他们砍了怎么办?"

周钧儒苦涩地笑了笑:"不会,他们应该已经吓坏了,我就是去看看。"

姚青禾连连摇头:"我不让你去! 你永远也不要见他们了,我们对周家已经仁至义尽了！"

周钧儒："就因为仁至义尽了，才要去看看。"

姚青禾一愣，瞬间明白了他话里的意思："好，我陪你去。"

姚青禾让两个下人用藤椅抬了周钧儒，自己跟在他身边来到了后院。自周钧儒被砍伤后，周太太便令人锁了后院的门，四角院墙都派了人昼夜守着，自己带着汉川躲在后院，一连数日闭门不出。然而一个多月的时间，周钧儒从未来过后院，周太太知道他不会追究汉川的责任，也渐渐有了几分侥幸的安心，只是偶尔想起此事还觉心惊胆战，却已不再惶惶不可终日。

如今忽然见姚青禾陪着周钧儒来到后院，看到他苍白的脸色和瘦骨嶙峋的模样，顿时吓得再次哆嗦起来："钧儒……钧儒……你怎么来了？ 你……我……不是我让汉川去的……我没想杀你……"

周钧儒看着她，神色如常道："娘，不用害怕，我就是来看看你。"

周太太更觉恐惧，起身便往屋里逃："周钧儒！是你自己该死……是你自己在外面惹祸差点连累周家！……"

正说话间，铁顺儿急匆匆赶了过来，六十多岁的铁顺儿早已头发花白，这两个多月他隔三差五便去看周钧儒，见他从重伤垂死到渐渐能坐起来，心里也暗自松了一口气。然而如今铁顺儿见他将周太太吓成这样，连忙拦在他面前："大少爷，你怎么不打招呼就来了……"

周钧儒一眼就看懂了他眼里的担忧和焦灼："铁顺儿叔，我来看看娘和汉川……"

铁顺儿越发急切："二少爷他就是个傻孩子……"

周钧儒笑了笑："我知道，太太不说了嘛，是我自己该死。"

话音刚落，铁顺儿忽然扑通跪倒在他面前："大少爷，求你放过太太和二少爷，二少爷他就是一时糊涂，太太也从没想过要伤你！"

周钧儒心中更觉寒凉，铁顺儿叔看着自己长大，待自己犹如亲生，可他真正忠诚的，永远是周家的嫡亲血脉。周钧儒叹了口气，努力伸手拉住他："铁顺儿叔，你想哪儿去了？"

铁顺儿抬起头:"大少爷,你不是来……"

周钧儒摇摇头,随即叹了口气:"既然这样,我就不去见太太了,你跟她说,我愿意放弃生意,把家业都交给她。"

铁顺儿愣住,忽然老泪纵横:"大少爷,东家没看错人,你这孩子太仁义了……"

姚青禾愤然冷笑:"仁义?仁义有什么用?落到今天这个下场,以后谁还敢做好人!"

周钧儒拍了拍她的手:"青禾,我们问心无愧,就够了。"

听闻周钧儒并非来向自己和汉川寻仇,反倒要交出家产,周太太顿时松了一口气,连念了几声"佛祖保佑",回头看向汉川:"傻孩子,你可真是积了福气,早拿出这份血性,家业不早就到手了?"

走出周太太院子的时候,周钧儒只觉全身都放松了下来,内心竟是空前的冷淡和平静:自己再也不必把周家责任担在肩上了,从此这个宅院的兴衰起落,再与自己无关。

回到自己的院子里,周钧儒强撑着身体开始盘点库存,收拢账目,不过十几天时间,便将现洋、存单、股票债券、生意账本、地契等一一梳理清楚,分门别类装箱,派人请了各地药行掌柜、周氏族人等集聚在周宅前院,公开宣布自己退出生意,交出东家之位。

早有好事之徒将消息放了出去,伊河镇人人皆知周家大少爷要交权,这场家业之争终究以周太太胜利告终,大家无不摇头慨叹:外来子就是外来子,做得再好,人家也是要把家业留在亲生儿子手里的。

当日,如约而至的十几口人坐在周家前院议事厅堂,河南本地尚在挂职的三位掌柜、陕西汉中和渭南的两位大掌柜悉数到场,周氏族中也请了族长和几位掌管族中事务的长辈来做见证。大家坐在厅堂里互相观望着,并不知这场家业之争将以何等局面收场,然而人人都是各怀心思,或有支持周钧儒者,或有支持周太太者,更有冷眼旁观者,幸灾乐祸者,大家虚词寒暄着,静等着大戏开场。

周太太早已在厅堂等候,面前隔了一道纱幕屏风,众人隐约可见她的身影,然而她并未开口,只是低声吩咐婆子给众人上茶,心里却是志得意满:这么多年,终于熬到自己掌管家业这一天了!

周钧儒出现的时候,所有人的眼光立即落在他身上。

他看起来瘦削虚弱了许多,三伏天气依旧一身长衫捂得严严实实,显然是被砍之后元气大伤。进屋之后,他客客气气地与众人打招呼,既看不出与周太太和汉川有仇怨,也看不出交出生意的落魄不甘,好似置身事外般淡然平静。

周钧儒在主位落座之后,喘息了片刻,才自嘲地笑了笑,开口道:"诸位长辈、掌柜们,今天我和母亲请大家过来,其实是有件不得已的事。按说家丑不可外扬,周家的家务事,本来不该打扰诸位,但是承蒙大家这些年对周家的关注,所以我卸任交出生意,也想请你们来做个见证。"他环视了众人一遭,见无人开口,才又继续道,"父亲临终前,把药行生意托付到我手上,但近几年时局不稳,鬼子横行,黄河决口又遭了灾,所以生意一年比一年难做,我也是有心无力,无可奈何。既然母亲担心周家在我手上败落,我也只能顺从她的意思,交出药行生意,让母亲分派处置。好在汉川长大了,周家后继有人,我也不算辜负父亲的托付。"

他一番话说下来,似乎处处在自责无能,然而在座诸人谁不知道这场家业之争何等惨烈?伊河镇人最重孝悌之义,如今周家竟到了母子分庭对峙、兄弟血光相见的地步,已然是泼天丑闻了,明眼人皆知周太太和汉川根本无力经营生意,周钧儒却如此决然地拱手放弃,显然是被逼无奈,退身以求自保。

周太太在帘后狠狠冷笑了一下,开口道:"老爷在世的时候,确实把生意托付给了钧儒,但是这几年下来,药行生意越来越不景气,出得多进得少,要是由着他继续做下去,我心里也真没个底,既然如今钧儒也有心无力,就只能违背老爷的意思,尽力保全家产,给周家嫡亲血脉留个基业。"

周氏族人这些年看多了母子二人的明争暗斗,自然知道周太太话里有话:给周家嫡亲血脉留个基业,便是要将周钧儒逐出门去了,这个跟了周家近二十年的外来子,终究要落个扫地出门的下场。

当年周掌柜将周钧儒买回来时,那不吐骨头的"吃绝户"场面,他们都是经历过的,那时多少人想把孩子过继给周家为子,恨不得生吞这份家产。可如今周家有了汉川,哪怕他神智不全,却是周掌柜的亲生儿子,是名正言顺的继承人,只要他在,就没人能觊觎这份家业,支持周太太赶走周钧儒的人,也不过是出出当年那口恶气罢了。

周氏族长叹了口气,心里有些不忍:"当年钧儒上族谱,是我爹和族人们亲自见证的,这孩子机灵、胆大,跟着三弟历练了这些年,看着也是百里挑一的出息。生意做不下去,也不都是他的错,这个乱世道,任谁来了也没办法。"

话音刚落,周五爷便咳嗽了一声:"依我看,是这孩子从进了周家就人小鬼大,哄得培祥把这么大的家业托付给他,侄媳妇一个妇道人家,带着汉川孤儿寡母的,差点就被他把家产占去了,培祥亲生的儿子可就有冤没处诉了。"

有几个族中长辈都是周太太请来的,暗中许了好处,自然处处维护她,因此纷纷点头应和,指斥周钧儒外来子妄图霸占家业。汉中分号的孙大掌柜直听得心中义愤:"东家为了药行生意,几次三番差点把命搭进去,周记药行能有今天,东家出了多少力、有多大功劳,我们都是知道的,怎么就霸占家业了?要不是他撑着,周记药行几年前就没了!"

周钧儒原本冷眼看他们吵吵,如今听孙大掌柜为自己伸张,怕他日后遭受排挤,连忙拦阻道:"孙大掌柜,你的心意我都知道,这是周家的家务事,你就不要再说了。"

孙大掌柜懊恼地一甩袖子:"东家!"说着气哼哼坐下,一句不再多说。

厅堂里众人争执不休乱哄哄一片,申大掌柜和重庆的老账房似乎在指控他私吞钱财,另外几位掌柜在竭力反驳,周氏族人有的说上了族谱便是周掌柜的儿子,照样能继承家业,有的认定了只有汉川是嫡亲血脉,周家家业不能分给外来子。周钧儒只觉耳中轰轰作响,却没心思做任何解释,只做看戏一样冷眼瞧着他们:这些人争吵的,到底是自己的名分,还是他们心中的偏念和欲望?

眼见着争吵愈来愈烈,周钧儒终于咳嗽了几声示意大家安静:"我和母亲,谢过诸位长辈和掌柜们对周家的关切,今天我正式卸任,也将生意和账目都交出来,日后怎么处置,都由母亲做主。"说着,向门外喊了一声,立即有长工们抬进了几个沉重的木箱放在地上,又有人捧着几个匣子摆在桌上,所有人的目光立即盯紧了木箱和匣子:

这里面就是周家的全部基业和家产了。

周太太也忍不住站了起来,刚要伸手挑帘,却又深吸一口气,重新坐了回去。

木箱和匣子被一一打开,众人第一次看到了周家真实的基业:第一个木箱里摞着一层层的金条,第二第三个箱子里是一卷卷码得齐齐整整的银洋,第四箱是一册册小心存放的秘方,第五箱是一摞摞的账本,另外几个匣子里分别是银行存单、地契、债券股票等,箱子和木匣一字排开,在座所有人几乎全部倒吸了一口气,露出嫉妒贪婪的目光:知道周家家大业大,没想到竟有如此丰厚的家底!

周太太更是老泪纵横:自己一生煎熬到六十多岁上,终于把这份家产牢牢握在手里了!

她看着这些令人双眼灼热的金条银圆,心里不由得一阵阵颤抖:自己平生从未见过这么多钱,周掌柜在的时候,每年交到她手上的也不过一万余大洋,然而在乡邻们眼中,周家过的已经是不敢想的富贵日子,那时她也以为这样的生活便是高门大户了——直到周钧儒告诉她,周家生意上的资财竟有四十万之多。

四十万,就已经这样震撼,若是当年生意鼎盛时,账上现银有七八十万,该是何等豪富?

她甚至有些怨恨自己的丈夫,跟他熬了一辈子,竟从未见过真正的钱财,还在为每年的一万大洋沾沾自喜,真是目光短浅,可悲可怜。

周钧儒起身,走到帘子旁边,开始一笔一笔向周太太交代各项资产,除眼前这些,库房里还存了些药材、方剂等,折价四五万。在场众人越听越心惊,个个伸直了脖子,这样庞大的家产,放在寻常人家,莫说兄弟相争,便是谋财害命也不为过了。

恰此时汉川愣愣怔怔跑到了前院,见厅堂里有许多人,便径自走进门来,一眼看到那些木箱,哪怕他半痴半傻,也本能感受到黄金的诱惑力,两眼直勾勾地盯着,伸手摸了上去,众人的眼神便跟着他的手蹭来蹭去。

汉川抓起几根金条,笑嘻嘻地走向周太太:"娘,你看……"周太太看着他,心中忽然一阵感慨,暗暗自语道:"周家这份家业,娘总算给你争到手了!"然而汉川如此举动,终究有失体面,她不得不吩咐道,"来人,送二少爷回去。"

等周钧儒交代已毕,周太太才终于开口:"既然钧儒说周家的生意是这些,我自然也就信他,先把这些抬到后院去吧,钧儒这几年打理生意辛苦了。"周钧儒点点头,说:"母亲,生意上所有的账目都交割清楚了,接下来如何安排,全听您做主。"

周钧儒交出了全部的生意和资产,周氏族人自然再无话可说,互相对视了片刻,族长便开口道:"周家对钧儒有养育之恩,钧儒这些年也在生意上出了力,没有功劳也有苦劳,如今把生意都交出来了,三弟妹也不能薄待他,不要伤了母子情分。"

周太太:"钧儒是我一手养大的孩子,就算不是亲生,到底跟了我这么多年,该给他的,我也不会亏待。"

族长点了点头,眼见众人不再说话,便起身准备离去,申大掌柜却急切道:"太太,接下来的生意怎么经管,您得给句话啊。"

周太太:"世道这么乱,生意还怎么做得下去?清点一下各地的分号和库房,暂且撤回来吧。"

申大掌柜顿时震惊失色,他原本最支持周太太夺回生意,满心以为周钧儒卸任之后,他便是周记药行最有实权的大掌柜,因此便不遗余力出谋划策。

没想到周太太竟要撤了生意,一番心思全部成空,不仅未能得利,还落了个颜面尽失,他直气得连连跺脚:"好!好!周记药行算是完了!我真是悔不当初!"说完他拂袖而去。

周钧儒叹了口气,送了所有人离开,独自一人来到周掌柜坟前,烧纸祭奠后,便长跪不起:"父亲,周记药行,我没能保住,儿子对不起您的托付⋯⋯"

秋后暑热未退,闷如蒸笼,周钧儒就这样在父亲坟前枯坐着,一声闷雷炸响,暴雨如注浇在他身上,他依旧木胎泥塑一样呆坐在那里,直到姚青禾和铁顺儿寻了过来,才终于将他扶上马车带回家去。

一场大雨,让重伤初愈的周钧儒受了寒凉,连续三日高热不退。姚青禾急得几乎落泪,然而他这病来得快去得也快,退烧之后便立即起身了,虽然整个人更加瘦了一层下去,眼里却有了神采,走路也轻快起来,神色间满是放下千钧重负的轻松。

周家家产之争,在偃师一时传为奇谈,乡间传言他家有百万家产,大少爷竟然拱手交出,偌大家业都是那不甚灵光的二少爷继承,人人摇头叹息不已,眼见周钧儒落得如此下场,谁不感慨一句高门大户没有人情?

入冬时节,周家兄弟二人分家的事,终于提上了日程。

分家当日,周太太已将东西全部准备停当,各自装在两个木匣里,又有两只箱子打开着,里面是一卷一卷的现洋,一模一样的两份,看起来很是公平。

然而周钧儒并未前来,把生意交出去的那一刻,他就知道,自己在周家已经没有意义了。周太太派人将匣子和木箱送到二进院,他甚至都不曾多看一眼。姚青禾打开木匣,里面是一张房契,一叠看似存单的东西,木头箱子里是十根金条、五千现洋,折下来不过一万左右。显然,这就是周太太分给周钧儒的全部家产。

她仔细看了看那些存单,并不很认识,便拿给周钧儒辨认:"卓先,这是什么?"

周钧儒看了一眼便说道:"公债债券,政府肯偿还,就是钱;不肯偿还,就是废纸。"

姚青禾如遭霹雳："她只分给我们一堆没用的债券？"

周钧儒叹了口气："债券就债券吧。"

姚青禾又去看那张房契，是周家的一所旧院子。交出去四十万家业，自己和丈夫分到的不过一处房子、一万现洋，从此便要被赶出周家宅院，从赫赫风光的周记药行新东家，彻底沦为接受施舍的外来子。她在这里盘点时，周钧儒依旧愣愣地失神，听到妻子叫他，才恍然回过神来。姚青禾愤恨道："发什么呆呢？眼前这点东西，就是你分到的全部家产了。"

周钧儒"嗯"了一声："有多少就是多少吧，总比没有强。"

姚青禾气道："周家几十万家产，就算不奢望多求，十分之一总该给你的吧？现在只有这一点现钱一处院子，你难道就不能争一争？"

周钧儒叹了口气："不争了，这些钱，俭省着用，也够我们一家人过活了。"

姚青禾："就算你不为自己想，也该想想两个孩子，将来她们靠什么立足？"

周钧儒："我自己就是穷苦出身，无非多勤劳些罢了。"

姚青禾气得说不出话来："你……"

周钧儒木然地看着窗外："为了这份家产，你知道填了多少人的命了吗？汉川的亲娘，我们的儿子，还有我，再争下去，有什么意思？"

分家之后，周太太立即催促着他们搬出周宅，然而分给他们的院子极为破败，房屋颇多坍塌之处，满院荒草横生，根本无法居住。周钧儒只得请人来草草修葺了一下，又将当年姚青禾的嫁妆等物搬过来，重新添置了几件家具，才勉强能住人。

分家之后，周太太声称分给了周钧儒"十万家产"，做出一副公允的姿态，然而乡邻们很快便知道了真相：周钧儒拿到的只是一堆无用的债券，实际分给他的家产不过九牛一毛。

镇上百姓多受过周钧儒施舍救济，因此纷纷为他鸣不平，甚至路过周宅门前都要呸一口唾沫。周太太本就有吝啬守财苛责乡邻的骂名,前些年为收地租几乎逼出人命,又在争家产时闹出血案,如今分家依旧刻薄周钧儒,恶名很快传遍偃师,人人不齿之甚。

四三　离乡求存

　　民国三十一年春,河南再次大旱,滴雨未落。

　　长年征战,河南是全国出粮最多的省份之一,抗战以来,汤恩伯部继续在河南征兵征粮,不顾百姓死活横征暴敛,家家户户无隔夜之粮,及至春季大旱,夏麦欠收,饥荒便蔓延开来。夏季之后依旧不见一点雨水,夏播作物刚出苗芽便被旱死在土里,旱灾再度引发蝗灾,田地绝收者蔓延千里,百姓陷入空前的饥荒灾难。

　　野菜草根早已被饥荒的百姓挖掘干净,路边的树也往往无皮,悉数被剥下来舂面而食,甚至观音土都被拿来充饥,饿死于道者屡见不鲜,插标卖身者比比皆是,甚至有传言出现了易子而食、吃死尸等人间惨剧。

　　然而如此惨重的灾情却得不到国民政府的任何回应,赈灾之粮颗粒未有,征收军粮一粒不减。据后来统计,如此灾难深重之下,当年河南征粮依旧高达三亿四千万斤之多。数千万人挣扎于饥饿惨嚎之地,死亡者不计其数,大人们如同行走的干枯木偶,眼中没有一丝生机,孩子们更是饿得只剩一颗大头和鼓鼓的肚子,四肢萎缩如柴,视之触目惊心。

　　绝境之中的灾民们只能离乡逃荒,然而整个河南大地都在惨绝人寰的饥荒之中,逃荒也寻不到出路,只得纷纷扒着陇海线的火车前往陕西关中之地,求一口活命之食。

然而这趟火车并不能把每个人都带到关中，对那些命运不幸的人来说，这就是一趟"死亡列车"。且不说无数的人死在了逃难扒火车的途中，便是真的车在眼前，也未必能上得去。火车上到处是人，趴在车顶上，卡在车门处，抓在柱子上，密密麻麻如蚂蚁般攀附着，每到一站，都有更多的人扒上去。

火车站台上妻离子散者比比皆是，丈夫爬上去妻子被落下的，吃奶婴儿被塞进车窗母亲未能上车的都属寻常，火车一开动便是诀别，从此生死不知再无消息，各自流落何处死在何方，都只能听天由命了。

然而生死线上挣扎的百姓依旧将爬上火车当作唯一的希望，互相踩踏着往上挤，已经上车的人为了保住自己的狭小空间，经常将正在扒车的人踢下去，而下面的人也会抱住车上人的腿不肯松手，短短几分钟的停车时间，站台上哭嚎之声震天，无时无刻不上演着生离死别的惨剧。

便是勉强挤了上去，挤死踩死者不知几多，每次开车停车，都有一些人被甩下去，哪怕在车上打个迷糊，都可能跌落车下，或死或伤，更兼上有日本鬼子轰炸，下有土匪抢劫，接纳灾民太多的陕西拒绝火车进入……及至到了潼关，火车两侧挂着一排排的尸首，被逃难者称作"人干儿"，那是撑着最后一丝意志死也不肯松手的人们，就这样僵硬地挂在车上一路到了陕西，死在了这片逃难的希望之地。

偃师也面临着同样的灾难。逃荒者不计其数，伊河镇便有许多人扒火车逃走，周钧儒眼睁睁看着身边的邻居少了许多，只余破旧的房舍孤零零站在那里。

分家之后，周钧儒便知道他已不能留在偃师了。一则周太太行事狠毒，自己随时有生命之险，二则日寇早晚攻占洛阳，若是沦为敌占区，他杀鬼子的事泄露了，全家必无生路。

经过一冬的闭门将养，他的身体基本恢复如常，因此郑重地与姚青禾商议：离开周家，离开偃师，到陕西去。

姚青禾深表赞同："是该走了，我也一天都不想留在这里了，出去之后，哪怕是吃苦、流浪,也比在这里强,再待下去,命都保不住了。"

周钧儒:"这么些年,我一直把周家跟自己的命运绑在一起,现在看来,该放手了,就算我离开了,爹也一定不会怪我。"

姚青禾:"他对你的恩情,也该还清了,你不算辜负他。"

周钧儒:"我们要是去了陕西,一切都得从头开始,你带着岫儿岚儿,就要跟我吃苦了。"

姚青禾:"我本就是吃苦人家的孩子,周家少奶奶的福也没享上,只要我们一家人在一起,吃苦就吃苦吧。"

周钧儒:"要是像外面的灾民一样,四处流浪,连饭都吃不上呢?"

姚青禾:"凭着你会做生意,我能做女红,我们就算过得贫苦些,也不至于饿死。"

周钧儒:"真的想好了?"

姚青禾坚定地点头:"我娘家已经没人了,你的亲生父母也都不在了,如今只剩下我们一家四口,走到哪里,哪里就是家。"

周钧儒叹了口气:"从汉川砍我那天起,我就下定决心离开周家,没想到这伤一养就是一年。我还担心你不愿意离家逃难,既然也跟我一样的心思,我们就安排一下,走吧。"

姚青禾苦涩却温和地笑了笑:"走,我们全家一起走。"

周钧儒:"周家的东西,我都不想要了,收拾些日用行李,就够了。"

姚青禾:"也没多少东西,不过一所旧院子,带也带不走。"

周钧儒:"那就把院子留给铁顺儿叔养老,反正从此一去,我们再也不会回来了。"

姚青禾:"好,铁顺儿叔这些年待我们不薄,给他也是应该的。"

周钧儒苦笑着叹气:"既然这里不能容我们安身,只能天大地大,四海为家了。"

第二日,周钧儒雇了一辆骡车,带着姚青禾与两个女儿回了亲生父母埋葬的地方。姜家几兄弟早已逃亡多年,昔日的棚屋只剩一片荒草,坟地也因多年无人修缮已经难以辨认位置,他只得按照依稀中记忆的影子,给亲生父母上了坟,禀报了自己已有妻子女儿。

他在坟前烧了厚厚的纸钱,边烧边喃喃道:"爹、娘,姜家已经没人了,过几天我也要离开偃师,可能再也不会回来,今天最后一次来给你们送纸钱,日后在那边俭省着花,我走之后,就没人来上坟了。"说这些话的时候,他竟丝毫不觉难过,只是例常地叨念着,仿佛那早已远去的父母,已经从他血脉中剔除,他只是来完成离乡前的一个过场,从此之后,就断了与姜家的所有念想。

烧过纸之后,他又独自去给周掌柜上了坟。

这次坐在坟前,周钧儒的心里格外坦然。他在坟前开了一坛酒,自己喝一杯,坟前洒一杯,还是昔日与父亲对饮的样子,絮絮叨叨说着父亲走后这几年周家的情形,外面的局势。

从日中坐到傍晚,酒也喝尽了,他便站起身禀报:"爹,我得走了,以后不知道还有没有机会来看您。虽然我没守住周家,辜负了您的期望,但您一定理解我的苦衷,周家运数如此,别怨我不孝。以后家里的事,您得亲自看着了,我不能再来跟您禀报了,盼着汉川真能生下个伶俐的孙子,挑起周家的门户吧。"

然而最后要办的一件事,却让他颇为犯难:他总该带着汉川,给张氏一个交代的。

过去几个月的时间里,他从未去见过周太太和汉川,此时想把汉川带出来给张氏上坟,周太太必然不同意,贺秋鸿也会恐慌不安,思前想后,还是托了铁顺儿将他领出来。

汉川见了哥哥,依旧是直愣愣的神色,脸上全是恨意。周钧儒叹了口气,并未责怪他,只是好言哄着带到了张氏坟前,让他跪在地上,给张氏化了纸钱。

张氏当年烈性而死,用生命换来了儿子在周家的名分和继承权,如今汉川确实得到了家产,娶妻成家,成了周家唯一的继承人,可他却变得半痴半傻,彻底失去了自己,这是张婶娘所期望的结局吗?她自己本已命运悲惨,却换来了儿子更悲惨的命运,母子二人,最终都成了周家的祭品,何其无辜。周钧儒不觉悲从中来,却一句话都说不出,只是长久沉默地站了一阵子,便带着汉川离开了。

做完所有这些事,周钧儒与姚青禾整理出一箱行李衣裳,又打了个铺盖包袱,贴身藏了所余的几根金条,其余周家之物一概未取,只这点家当,趁了天未明前的夜色,领着岫儿和岚儿离开伊河镇,前往偃师火车站,踏上了逃难离乡之旅。

骡车渐行渐远,等到伊河镇只剩下一抹影子的时候,已经天光大亮。

岫儿已经懂事,看着家越来越远,小小的脸上居然带了几分惆怅:"娘,我们不要家了吗?是不是再也不回来了?"

姚青禾一时不知如何回答,想了片刻才说道:"以后,我们会在别的地方有家。"

岫儿认真地看着她:"什么时候才能在别的地方有家?"

姚青禾看了周钧儒一眼,夫妻二人亦是相对无言,他们并不知道未来会面临怎样的境遇,更不知道人生将流落何处。若他们知道未来十余年都是漂泊流浪居无定所,甚至穷困潦倒衣食不继,还会不会做出这样的选择?

也许无人能够作答。

面对女儿的提问,周钧儒只是把她揽在怀里:"很快,我们就会有一个新家。"

岫儿点点头,开始谋划着到了新家之后,她想要什么样的屋子,什么样的床和柜子,在哪里读书写字,在哪里摆放玩具……六七岁的孩子,已经学会了憧憬,而这憧憬中的美好,成了她童年里的最后一段幻梦,未来的生活全然不是她想象中的样子,直到多年后,她几乎淡忘了自己也曾是大宅院出身的"小姐"。

岚儿显然还不懂这些,她对一切都是新奇而热情的,自她有记忆起,生活本就是这个样子。这段江湖流浪生涯不仅没能磨灭她对生活的热爱,反而让她看到了更真切的人间,看到了形形色色的人,也懂得了如何面对无常多变的人生,如何征服不可预知的磨难。

她的记忆,是从一列密密麻麻挤满了人的火车开始的,年仅三岁的她潜意识里悟透了一件事:人生,是流动的。

周钧儒原本想买几张票,想着便是人多些,总能挤上车去。然而到了车站才发现,他的预期是完全失误的。站台上到处是人,或躺或坐,几乎连个落脚之地都找不到,很多人已在站台露宿了几日几夜,只为在下一趟车到来时能挤上去。

等火车开进站的时候,他更加意识到形势的严峻:一人上车易,凭着身手敏捷,扒上去并非难事,但要全家上车,却是难如登天。只他一个男人,短短三分钟的停车时间,如何能把这母女三人都塞进人摞人的车厢里去?他观察了一番,却见那些年轻力壮的男子,几乎是踩着人头往上扒,才勉强能在车顶上占据一席之地,老弱妇孺之流尚未靠近火车,便已经被挤散了。

火车将要启动时,乘警拿着喇叭大声喊着:"不要再上了!不要再上了!火车马上开动,掉到铁轨上就轧死了!"人潮忽地往后一退,后面的人站立不稳,被挤得踉跄着倒仰,火车拉响了汽笛,喘着粗气冒着白烟缓缓启动了。车上车下顿时一片呼喊哭嚎之声,母子离散夫妻诀别者不计其数,火车一出站,便宣告了他们此生也许再无重逢机会,生死各不相知。

周钧儒前些年常坐火车,与站上的乘警相熟,那人好容易送走了这趟车,才擦着汗来到他面前,无奈道:"少爷,你也看到了,这趟车实在是挤不上去,不是不想帮你,真的是帮不了,现在我们只求站台上别出人命就好,别的什么都顾不上了。"

周钧儒苦笑道:"我也没想到是这种情形,但是已经来了,总得想法子上车才行,只要把内人和孩子送上车,我扒在车顶上就行。"

乘警连连摇头:"你先看车顶上有多少人!那上面危险得很,火车忽快忽慢的,再加上人挤人,一个不留神就会掉下来,你知道这趟车上出过多少人命!"

周钧儒："我自己留神就是,只要一家人上了车,总好过留在这里。"

乘警忽然凑近他面前问道:"都风传二少爷砍了你,是真是假? 怎么就下得了这样的手?"

周钧儒一愣,随即笑了笑抬手指着额头给他看:"是真的,你看我这手上、头上,不都是伤? 好在不太严重,我捡了条命回来。"

乘警露出不可思议的神色:"到底是为什么? 据说是二少爷发了癫? 也有人说是为了家产,大户人家争家产,可是你死我活呢。"

周钧儒:"哪有传得那么邪乎,就是汉川一时脑子迷了,兴许他也不知道自己在做什么。"

乘警:"你就这样放过他了? 白白砍了人,你都不让他吃官司?"

周钧儒叹了口气:"他脑子不明白,我计较这个做什么? 所幸我也没死,远离了这个地方,也就眼不见为净了。"

乘警竖起大拇指:"大少爷仁义! 这事儿传出去多老远了,人人都以为周家要出大变故,没承想你就忍下来了,不然要结几辈儿的仇呢。"

周钧儒:"所以这事儿到我这里就了了,以前的事不问,以后的事不追,就结了。"

乘警点了点头:"只是难为你们一家要背井离乡了,伊河镇是留不得了,整天提心吊胆防着出人命,谁受得住?"

周钧儒笑了笑:"这不是求到您这儿了? 您搭把手,我们就能走了。"

乘警连连叹息:"那么大的家业,说不要就不要了,那么大的冤仇,说放下就放下了,大少爷,你真是个人物,我活了一辈子,头回见这样的人,开了眼了。这样,我想想办法,明天车再来的时候,看能不能让你们上去。"

周钧儒再三谢了,那乘警在站台上久了,见惯了各式各样的扒车招数,自然是"经验丰富",计划着如何送他们上车。周钧儒忽然灵机一动,想了个招数说与他听,乘警一愣,然而略一思索,便连连赞叹这个法子可行,二人反复推敲了几遍,事先把各种状况都安排定了,便去准备。

第二天,离火车进站还有半个钟头,他们便用了两根结实宽厚的布带子先系在岫儿和岚儿身上,提了提孩子受力匀称,长途火车不至于勒得血脉不通,一人负责孩子,一人负责行李和姚青禾,准备已定,摩拳擦掌,只等火车进站便冲上前去。

火车刚一进站,他与周钧儒便行动起来,先使出浑身力气扒开人群将姚青禾与行李从窗户塞了进去,又把岫儿和岚儿一边一个挂在车门柱子上,紧紧拴住布带,再三确认了牢固无比不会松动,周钧儒仗着年轻身手轻巧,踩着人头三两步扒上车顶,也用绳子把自己拴在车顶抓手处。及至火车启动,一家人竟堪堪挤上了车,只是岫儿和岚儿形象颇为奇异,好似挂在车门的两个小门神一样。周钧儒高声喊着向车下的乘警道谢,然而声音全被人群淹没,只能互相用力挥手,算作告别了。

岫儿和岚儿早已被眼前的情形惊呆了,等到火车开起来,速度越来越快,她们才意识到:自己竟然以这样的方式,"坐"上火车了! 这是她们平生第一次坐火车,以至于周聿岚此后的人生里,每次上火车都要看一眼车门两侧的柱子,总觉得那是自己的"专座儿",直到后来兴起高铁没了门把手,才放弃了这个念想。

一路之上,铁轨沿线有无数推着独轮车或挑担子的人,以徒步的方式向陕西逃亡,担子挑着的两个箩筐里,前面是年幼的孩子,后面是简陋的行李,长长的行进队伍竟似铁轨一样看不到尽头,每天都有许多人倒在途中,但剩下的人依旧顽强不屈地走着,向西多走一步,便离希望更近一步。

这些逃难到陕西的河南人后来得了一个称呼:河南担。能够挑着担子忍饥挨饿跋涉数月,一路走到陕西,其生存之顽韧,几乎是不可思议的奇迹。直至今日,陕西境内遍地的河南乡音,都印证着他们当年征服苦难的生存历史。

周钧儒扒在火车顶上,不时向下看一眼两个孩子,隔一时便喊一声:"岫儿,岚儿,别怕,不敢哭,爹在这儿呢!"岫儿已经六七岁,意识到了自己在逃难,也开始懂得了对命运的担忧,不时哭哭啼啼几声,反倒是岚儿年幼胆大,看着沿途的景象好奇不已,有时还会忽然笑起来:"爹,有只鞋掉下去了! 那个人要一只脚有鞋一只脚没鞋了!"周钧儒听得哭笑不得,姚青禾也从车窗探出头来抹着泪笑道："这丫头，还不知愁，傻乐呢！"

一路上火车走走停停，每一站都会有更多的人挤上来，甚至车速较慢时，沿线逃难的灾民也会冒死扒着车往上冲，给这趟希望与死亡列车更添了许多生命离散悲剧。然而当死亡已是普遍之事时，人们渐渐也就习以为常了，甚至连惊讶之色都不再有。

天上不时有飞机盘旋，那是日本鬼子的轰炸机，每次飞过，人们都吓得闭了眼认命等死，然而老天眷顾，炸弹竟一直没有落下来，列车一路到达了潼关地带。

潼关，是陇海线火车经过的最危险紧要之地，自民国二十六年日寇全面入侵开始，日军轰炸机和大炮便开始了对潼关旷日持久的轰炸，火车更是主要的轰炸目标之一，号称九死一生的"闯关车"。火车司机甚至摸索出一套与鬼子斗智斗勇的方式：每次将要过潼关隧道时，开到隧道洞口或东关后沟，便停车轰隆长鸣，日寇自然是闻声开炮，等大炮响过一阵，趁其填弹间隙，火车便急速闯过潼关，为防止乘客被猛然提速的火车甩下去，车厢两侧和车顶都特意加装了铁板或枕木，方便人们抓稳坐牢。如此一方炮击，一方"闯关"，这一局面竟持续了数年之久。

果然，将要靠近隧道时，火车开始停车鸣笛，大炮声随之轰隆隆响起，车上的人早已吓得不敢发出任何声响，连孩子的啼哭声都止住了，整列火车悄无声息，炮弹震天的巨响就在耳边，仿佛闷雷一个个劈下，周钧儒看着怀表计时，竟连续轰炸了十几分钟才渐渐停了。火车立即提速，周钧儒只觉身子猛地往后一甩，连忙死死抓了枕木，随即列车闯入潼关隧道。

潼关隧道狭窄幽深暗长，扒在车顶上的人全部伏低了身子，抓在车身两侧的人们也紧紧地向内聚拢，唯恐一个不慎蹭在隧道壁上，就此丧了性命。便是如此，死在这条隧道内的灾民也不知几多，甩下去，蹭下去，挤下去，抓握不牢掉下去者屡见不鲜。

周钧儒紧紧伏在车上，姚青禾也把心提到了嗓子眼儿，二人在黑暗中喊着岫儿和岚儿的名字，听得她微弱的应答，便知孩子还在。这条隧道并不十分漫长,可车上的人们却觉时间仿佛凝固了一般,直到眼前再次现出光明,火车闯过潼关进入陕西大地,人们顿时爆发出喜极而泣的哭声:他们终于到陕西了!

进了潼关站,车上的人们便纷纷跳下火车,潮水般向站外涌去,车上的人几乎瞬间少了一半,周钧儒也赶着跳下车,将两个孩子解下来塞进车厢里,将近十个钟头的跋涉,全家人终于聚在了一起。

姚青禾一把将孩子揽在怀里,又上上下下检查了一遍,确认她们没有受伤,才终于松了一口气:"我这十个钟头一眼也看不见她们,一刻也安不下心来,急都要急死了,老天保佑,孩子都没事……"说着,她眼泪就掉了下来。岫儿和岚儿已经又累又饿,精神萎靡不振,姚青禾忙着给她们喂了些食水,揽在怀里安抚着睡觉。

周钧儒也已经困乏不堪,稍微吃了口油馍,便准备昏睡歇息一阵子,但他很快被车外的景象震惊得困意全无:乘警将挂在车厢外摇摇欲坠的"人干儿"一个个拖下来,搭在架子车上运走,竟往复运了十余次之多!他在车顶上时,始终悬着一口气,并未注意到这些人已经死去,直到此刻才意识到:他们竟与这些尸身杂处同行了一路,而岫儿和岚儿就是混在死人堆过来的!

他顿时后怕地看着两个孩子,一把将她们紧紧搂在怀里:"青禾,我们的孩子命大,闯过死人堆活下来了!"一语未完,眼泪滚了下来,"也不知道她们吓到没有……"

姚青禾更是后怕惊恐得全身发抖:"我一路看着窗外有人摇摇晃晃,谁想到他们已经没了?岫儿和岚儿……幸亏没事,不然真要了我的命……"一家四口紧紧相拥在一起,周钧儒第一次感受到死亡对家人的威胁迫近眼前,从此他的肩上要担负起全家人的生死,这母女三人,将是他生命里最重要的责任。

火车再次开动的时候,姚青禾问道:"我们到哪一站下车?"

周钧儒:"我原来计划着到西安,那里有许多偃师老乡,去了也容易站住脚,可听说日本鬼子轰炸得厉害,比洛阳也不差什么,只能再往西走一走了。"

姚青禾担忧道:"再往西是哪里? 我们总得有个落脚地。"

　　周钧儒:"西安再下一站是三桥,听说那边河南老乡也不少,我们先到三桥看看,顶不济我还可以教几个学生,或者盘个铺面做点小生意,总能活下去的。"

　　姚青禾:"你这一身经商的本事,做个小生意倒是绰绰有余,只是如今这兵荒马乱的世道,生意也是不好做。"

　　周钧儒:"到了地方再说,这些年九死一生的事多了,不也都闯过来了?"

　　姚青禾打了个哈欠:"你在车顶上趴了十个钟头,也该累坏了,睡一会儿吧。"

　　周钧儒:"好,你靠着我,也睡一会儿,我刚才看你腿都肿了。"

　　姚青禾:"车厢里挤得落脚的地方都没有,我一直惦记着你和孩子,竟然也没觉得,这会儿真是熬不住了。"

　　一家人沉沉睡去,及至一觉醒来,已是五六个钟头之后了。火车正慢慢地停下来,周钧儒向外一看,恰是西安站,连忙叫醒了姚青禾与孩子:"快看,这就是西安的老城墙!"

　　姚青禾揉了揉眼睛,看着那巍峨高耸的城墙,不由惊叹道:"天呐,这比洛阳城墙还高!"

　　岫儿和岚儿也望着窗外,惊讶地张大了嘴巴,岚儿指着那城墙道:"等我长大了,要站到这城墙上去,就比你们高了!"岫儿也不甘示弱:"到时候我也站上去,还是比你高。"两个孩子互相争辩着,叽叽喳喳说个不停。

　　周钧儒叹道:"到底是西京长安,有帝王气,我那时候就想着把周记药行迁到西安来,终究没能如愿。等以后太平了,我一定要到这长安城里来,闯出点名堂。"

　　姚青禾:"西安城里,有我们相熟的人吗?"

　　周钧儒低头想了想:"听说杜大哥前两年带着剧社来了西安,不知道现在情形怎么样。"

　　姚青禾:"日本鬼子成天轰炸,哪还有人看戏? 想来他的日子也不好过。"

周钧儒忽发奇想道:"原先杜大哥想着让我跟他一起做戏,我因为要接手生意,不能答应他,如今可是自由身了,也组个班子唱戏才快活。"

姚青禾啐道:"你又想这些!唱戏能养活一家人吗?那就是讨饭班子,你忍心让我们母女三人跟着你走村串乡地讨饭吃?"

周钧儒眼里的神采黯了下来:"是啊,我们要正经安个家,养活一家人,唱戏入了流民行,没家没业的四处流浪,你们怎么能吃这样的苦。"

姚青禾:"倒不是怕吃苦,唱戏到底是下九流,岫儿岚儿都是女孩,我们得为她们想想。"

周钧儒叹了口气:"女孩子沾了这名声,到底不好,我也只是想想罢了。"

窗外一轮圆月,影影绰绰映出铁路下的村庄,黑黢黢的树影向后倒退着,到三桥站时正是半夜时分。周钧儒扛了箱子,把岚儿架在脖子上,姚青禾挽着行李包袱拉着岫儿,一家人出了车站,却见站外连个黄包车也没有,只得步行向镇子上走去。

行不多远,街边忽然蹿出来一条大狗,两眼在黑夜中如野狼一样闪着绿光,向着他们疯狂地吠叫。岫儿吓得回头看了一眼,恰与那狗对视,它便似受到了挑衅般向岫儿冲了过来,岫儿心中害怕,立时撒腿便跑,岚儿在爹头上喊着:"狗!狗!"

姚青禾一把没抓住岫儿,连忙急着叫道:"别跑,越跑它越追你!"周钧儒也急着追上去要赶开那条狗,然而却已来不及,大狗扑倒了岫儿,一口咬在了膝盖上,顿时皮破血流,伤口深处几可见骨,哭声喊声乱作一片。

街边院子里有个妇人跑出来,大声呵斥着那条狗,又赶过来看岫儿的伤势,心疼不已道:"该死的畜生,咬了娃膝盖,伤了这么大口子……真是对不住……"说着她掏出帕子给岫儿擦拭,看她疼得掉着眼泪,更觉内疚不已,"你们从哪里来?赶快到屋里来,给孩子上点药。"

周钧儒:"我们是从河南逃难来的,没想到就惊了您家的狗,给大嫂子添麻烦了。"

妇人惊异地看着他们:"乡党从河南逃难来的? 穿得这样齐整,大户人家落难了吧?"

周钧儒苦笑叹气:"都已经逃难了,还什么大不大户。"

说话间,她看了岫儿腿上的伤势,啧啧叹息道:"娃这么小,咬得可怜。"她拿来土制的药粉,给岫儿清洗伤口上了药,用布条扎住,眼看着岫儿不再哭,周钧儒与姚青禾才放下心来。

那妇人又挽留道:"娃伤了腿,走不了路,乡党又是落难来的,先住几天,等伤好了再走吧。"

周钧儒连声道谢:"这怎么敢麻烦大嫂。"

妇人笑道:"前些年陕西大旱,据说饿死了几百万人,我们这里也逃出去许多人,有些还去了河南呢,都是乡党,不说客气话。"说着,妇人领他们进了院子,竟是颇为宽敞的前后两进院落,把周钧儒一家安顿在后院暂且住下,又张罗着做糁子面给他们吃。

周钧儒从未想过,逃难的第一夜,竟是宿在陌生人家里,这样素昧平生的热情,这样毫无芥蒂的接纳,让他对陕西这片土地有了莫名的好感,也对未来的生活有了憧憬和希望,然而此时他还未意识到,这里,就是他们一家颠沛流离命运的开始。

几天后,岫儿腿上的伤渐渐愈合结痂,一家四口继续吃住下去也觉心中不安,周钧儒便辞了那户人家,与姚青禾带了两个孩子前往三桥镇。

三桥镇的历史几乎和西安城一样久,据说汉朝时候汉武帝居住的建章宫之南有三座桥并列,因此得名"三桥"。这里是西安的西大门,张骞出西域的使团由此西去,"安史之乱"时唐玄宗带着杨贵妃出逃也从此经过,一直到明清两朝,三桥都是长安八大重镇之一。那时节有许多山西商贾来这里做生意,东来西往的货物都在此周转,渐渐形成了一处大码头,方圆数十里村镇的粮食、棉花都在这里买卖,十里八乡的人们也都从这里购买日用百货,各种杂货铺、粮油店、药铺、旅馆、车马店、棉花坊、布行、面馆、小吃摊子挤满整条街,街上车水马龙,终日不歇。及至民国时期,更有许多小工厂搬迁至此,河南逃难的百姓也大批到这里落脚扎根,三桥的人口更多了几倍,早已成为气象蔚然的繁华之地。

周钧儒一家人来到三桥镇的时候,正赶上双日子大集,街上热闹非常,人群摩肩接踵拥挤不堪,走路都要见缝插针,姚青禾紧紧牵着两个孩子,唯恐走散了。周钧儒向街市两边张望着,想暂且寻个旅馆住下,再慢慢寻摸着盘个铺面做点生意,然而走了三两家,竟都挂出"客满"的牌子,又不能带着一家人住车马店,只得继续挤在人群里缓缓前行。

姚青禾拽了拽贴身的衣裳,感觉到那几根金条沉甸甸的分量,心里一阵踏实,才叹了口气:"当年我们也是住过金台大旅馆的,现在竟然要满街走着找地方住。"

周钧儒苦笑:"那时候你还算着睡一个时辰要两块大洋,现在怕是掏一个时辰的钱都心疼。我们苦些都没什么,岫儿和岚儿这么小,哪受过苦? 总不能委屈了她们。"

姚青禾:"能不心疼吗? 没宅子没地没产业,还得过日子呢。不然,先寻个干净点的地方凑合住下,明天再找地方? 不说孩子太小走不动,你这样扛着箱子满街走,体力也吃不消。"

周钧儒确也累得气喘吁吁了,他重伤初愈不久,本就出不得太多力气,看了姚青禾心疼的眼神,只得说道:"你挽着这么沉的包袱,也累得很,不管多少钱,先住下,明天再说。"

恰好不远处有个旅馆,齐齐整整两层楼,看起来颇有几分气象,挂着"有房"的牌子,一家四口如见了救命稻草一样急急走了过去。旅馆门口坐了个老者,抬手招呼道:"贵客是要住旅馆?"

周钧儒便过去问:"老先生,房钱怎么算?"

这老者须发半白,眉目慈祥,却并不回答他的话,而是继续问道:"河南来的? 住下之后,是要留在本地找个差事?"

周钧儒诧异:"正是这样打算。"

老者:"看你这衣裳打扮,言谈气度,读过不少书? 能算账吗?"

周钧儒随意点了点头:"我出身经商人家,算账不在话下。"

老者点了点头:"你们一家先进来住下,今晚不收房钱,我跟你好好聊聊。"

周钧儒心思一动,暗暗猜到了老者的意图,连忙客气道谢,老者依旧笑着:"你这年轻人跟我大有缘分,今晚一起喝两盅。"

伙计很快给他们在后院开了一间大房,里外套间,看起来却不是客房,倒像是老板自己的下处,岫儿和岚儿跟着跑了许久,姚青禾更是疲惫不堪,母女三人草草吃过饭便歇下了。

周钧儒却已坐在老者的房间里,二人对坐而饮。

那老者问了些周钧儒的家乡旧事,闲聊了些商行生意,渐渐聊得入港,才切入正题:"我这客栈,有三十几间房,四个伙计负责打扫和灶上,依你看,有什么经营之道,能做得更好一些?"

周钧儒思索了一下,说道:"不瞒老先生,我此前在开封的时候见识过招待国府大员的旅馆,除了房子建得气派,装潢极好之外,剩下的无非就是凡事皆有个标准。各个房间的家居陈设乃至床上被褥,都是一样的,而且按日子换洗。伙计们的装束和招呼客人的礼数也是一个模子,什么东西放在什么位置,什么餐食配什么盘子碗筷,都有一定之规。再加上替客人想得周到,有事只管喊一声伙计,自然就办得妥妥帖帖,买火车票、叫黄包车、出门采买物品、取送物件,都能办,很方便,也让人放心。"

老者听得连连点头:"你说的这种场面,我还真是没听说过,人家招待国府要员的大旅馆,就是跟我们不一样。"

周钧儒笑笑:"我也就住过一次,开了个眼界,如今可是不敢回想了。"

老者:"我这小旅馆,在三桥虽算不得太好,但也有点名声,只是现在我上了年岁,实在是操不起心,你见识过大旅馆的经营,又想谋个差事,不知我把这小旅馆托付给你,你愿意吗?"

周钧儒大喜过望:"这可是求之不得,但是我一个外乡人初来乍到的,老先生能放心?"

老者:"你要是单身汉,我肯定不放心,但你们一家四口,一定是求个安稳的,总不会说走就走了,我有什么不放心?"

周钧儒起身一揖:"多谢老先生,我愿意试试,但是我带着一家子……"

老者:"一家人一起住下就行,伙房里添几双筷子的事。每月再给你八袋面粉,勉强支应一家人过日子,要是经营得好,再给你分成。"

此时法币已经毛得厉害,当日发薪往往隔不几日就贬损过半,寻常薪水开支往往折合面粉,以物易物早已成为常见的交易方式。八袋面粉的薪水于周钧儒而言并不算多,但有如此清净之地,一家人又能暂得安稳,因此也就爽快答应:"多谢老先生关照,我们一家人从远方落难过来,能落下脚,就已经心满意足了。"

老者点点头:"我明天带你熟悉一下旅馆里的事,你就是这里的总经理了,我年岁大了,天天人来客往,实在应付不过来。"

聊至半夜,周钧儒辞了老者回到房中,姚青禾歪着头斜靠在炕上,困得两眼迷离,却依旧强支着眼皮等他,见他一身酒气进屋,忙问道:"那老掌柜跟你说了什么?"

周钧儒扬了扬头,得意道:"请我做这旅馆的总经理。"

姚青禾立时惊得困意全无,睁圆了双眼:"这旅馆,你做总经理? 那不成旅馆老板了?"

周钧儒:"就是这个意思。"

姚青禾欢喜道:"可见你就是做生意的,从天而降的好运气,走在街上都能被人一眼看中,请你来打理生意。"

周钧儒:"一到陕西就得了这么个差事,兴许是老天看我们可怜,苦尽甘来?"

姚青禾兴奋不已:"现在我们还有点积蓄,有了这个营生,再慢慢存钱,将来置个房子铺面,日子就过起来了。"

周钧儒:"等将来时局稳定了,再把药材生意挑起来,也不算难。"

姚青禾:"一落脚就有营生,我高兴得做梦一样,真怕明天一早醒了,我们还在逃难。"

周钧儒："不会,睡吧,睡醒了,明天依然和今天一样高兴。"

岫儿和岚儿早已睡得深沉,周钧儒也拉着姚青禾上了炕,疲惫的身体早已到了极限,甫一闭眼便昏睡了过去。

第二日,那老者带他将旅馆内的事务熟悉了一遍,又讲了如何应对各色人等,说:"你是不知道,咱们开旅馆的,任人都能来查问一嘴,政府要征税,官吏要巡查,当兵的来找事,警察来打秋风,还有些街面上的流氓混混,不时来闹点事,得罪一个就是麻烦无穷。开门做生意,不过是九字经:说好话,多孝敬,打太极。这地方,警察管不得当兵的,当兵的惹不起当官的,三五不时就要乱上一回。我年岁大了,应付不了这些,所以那一天见了你,才想着要把这旅馆托付出去。"他一边说一边絮叨,"再有就是征税也多如牛毛,各种名目的税,记都记不过来。"老者一边说着,一边把客房、后院、伙房、柜台、账目,以及几个伙计的情形,都一一向周钧儒交代明白了,才又说道,"这就是旅馆里的全部情况了,我把钥匙交给你,明天你就接任,你们年轻人不比我们,还能跟他们耗得起。"

周钧儒郑重接了那一大串钥匙,信心满满走马上任,然而不几天,他便真切体会到老者说的那些情形属实难缠。且不说每日的人来客往,警察十日八日就要上门"例行检查"一番,各种名目繁多的税之外,又有抗日捐、爱国捐等摊派上门,一天到晚,麻烦就不曾断过。周钧儒昔日经管生意时常与官府警察打交道,自然深谙门路,只要好话说尽,略塞几个钱,他们便会睁一只眼闭一只眼,因此虽然劳心费力,在他的周旋之下,倒也平平顺顺地过了几个月,加之他经营有方,招揽客人也有些招数,这间小小的旅馆颇有些生意红火的气象。眼见手里开始能攒几个钱,夫妻二人心思安稳下来,闲暇时便教岫儿岚儿识几个字,周钧儒偶尔出门带回些吃食零嘴儿,一家人过得安稳自在。

然而平静了不过几个月,旅馆便大肆喧嚣起来:两班汽车兵包了两间房,长住下来。

三桥原是西安通往咸阳的必经之地,自古兵家必争,历朝历代都在此驻扎军营,因此来往的行伍之人极多,平日欺压百姓,骚扰生意,早已成为三桥镇上一大害,这些汽车兵经常来往各地,吃饭住店更是难缠。他们挤住着两间房,每间屋子生生挤进去六个人,往往白天出门,深夜归来,甚至彻夜不睡,嘈杂不休。周钧儒和伙计们时常半夜被搅扰得不得安宁,不定几点便传来大呼小叫的拍门声,半条街都能听到他们的吵闹。若是赶上酒醉归来,更是令人头大如斗,要把六个醉汉架进屋子安顿下,又要防着他们借酒闹事,更是困苦不堪。

与周钧儒谈条件时,他们言定了十天付一次房费,然而只在入住时交过一次,就再也不曾付钱,一日日地拖延下去,而且每到半夜必要在后厨开伙,馒头烩菜扯面之类大吃一顿才睡,旅馆上下人等皆因这十几人不得安生,却又忌惮着他们身上有枪,敢怒不敢言。

二十九日后,周钧儒实在不堪其扰,便登门向他们催讨房钱。

不想他们竟瞪圆了眼睛:"周经理,我们是国军正规部队,还会少了你的房钱?"

周钧儒:"自然不敢怀疑诸位老总,只是旅馆小本生意,上下人等都要开支,还请老总们体恤一二。"

汽车兵:"目光短浅的小民!我们为什么这么辛苦昼夜奔波?还不是为了把战备物资尽快运往前线。你知不知道物资对前线有多重要?我们背井离乡来到这里,几个人挤一间屋子,这么艰苦,为的是什么?不就是为了国家抗战大业。你一个不知民族大义的市井商人,只顾着眼前的蝇头小利,催讨房钱!国家战事不利,全因为你们这些市侩不肯出力!"

周钧儒顿时内心哀叹,这个带头的汽车兵显然是念过几天书,平日里听些上司说的大道理,此刻偏要用在欺压百姓身上,寻常人被他这样唬上一顿,必然要气短不敢吭声,显然是他们的惯用伎俩。但他此刻遇到的是周钧儒,既和政府官员打过交道,也曾深入行伍当过两个月兵,尤其是当日崔砚鸣传授的那些军中生存之道,更让他深谙这些人的嘴脸,因此也并不反驳,只是顺水推舟道:"在下自然知道老总们的辛苦,也敬佩诸位为抗战大业不辞辛苦的决心,将来打跑了日本鬼子,你们就是国家的英雄,谁敢不尊敬?"

汽车兵听着周钧儒的话,颇觉几分诧异,眼前这人竟也懂这一套唬人的道理,于是稍稍提起戒心看着他:"你既然知道民族大义,难道不该对抗战将士尽心优抚?"

周钧儒:"确实应该尽心优抚,但家国一体,军民一心,将士对百姓秋毫无犯,百姓对将士箪食壶浆,才能抵御外侮,战无不胜,老总说说是这个道理吗?"

汽车兵顿时语塞,一个小小的旅馆经理,竟能说出这般辞令,显见不是一般人。他忍不住嘲讽地点了点头,说:"果然是个人物! 能说出这样的话,是不是背后有人给你撑腰?"

周钧儒:"我只是个受雇于人的经理,哪有什么人撑腰? 不过是多看了几张报纸,跟人学舌罢了。"

汽车兵狠狠地盯着他:"说得好,我们自然要对百姓秋毫无犯,这就给你结清房钱和伙食费,到时候就看你这个懂民族大义的百姓如何箪食壶浆!"说着,他自钱夹子里掏出五千法币扔过去,"看好了,这是一个月房钱,下个月该付钱了,你只管找我说话。"

周钧儒面不改色弯腰在地上捡了钱,连连打躬退了出去,很快听得房内传来骂声:"一个狗屁旅馆经理,也敢到我们面前撒野,不打听打听爷爷是什么人!""给他脸了! 好好住着嫌痛快,还敢找我们麻烦,开一枪能吓死他!""这次让他把钱拿去了,下次再跟我们要嘴皮子,看他还有什么说辞!"

他摇头叹了口气,在军中那两个月他见多了兵痞做派,哪个不是滚刀肉一样,如今这些人吃了一次瘪,下次必然加倍与自己为难,也不知他们还要在此耗上多久,瘟神一样送不出门,长此下去,如何是好?

姚青禾也意识到处境的艰难,忍不住恼火道:"说是保家卫国的军人,其实都是些欺压百姓的兵痞恶霸! 谁能经得起他们这么折腾?"

周钧儒无奈道:"不知道什么时候能送走这些瘟神。"

姚青禾:"好不容易找个安稳差事,还遇上这些人,真是受不完的窝囊气。"

周钧儒叹了口气,但依然宽慰她道:"如今这世道,什么生意是好做的?我们不过是受点气,总比那些做布匹粮食的强,物价一日三涨,政府偏要他们平价销售,简直要赔得血本无归,可要敢走黑市,一旦被抓了就按囤积居奇投机倒把论处,枪毙都是常事。"

姚青禾:"说的也是,我们只要踏踏实实守着旅馆,总不至于摊上要命的官司。"

周钧儒:"快要腊月了,再忍一忍,只要把这些人送走就清净了。"

姚青禾点点头:"也罢,这小半年也攒了几十块大洋,明年开春再买两间房,我们就算是安家了。"

夫妻二人计议已定,便要歇下,然而偏生安宁不得。旅馆里一伙四川客人闲来无事支了两桌麻将摊子,偏巧有几个汽车兵也要凑热闹打麻将,一来二去发生了些口角,就与四川客人吵嚷起来,进而各自不忿喊人叫人,不过片刻工夫两伙人便开了战。

周钧儒只得出面劝解,然而两方正血气上头,谁肯听他说?这一架打得极为激烈,拳脚相向之外,砖头板凳满院齐飞,两边各有流血挂彩者,门窗都砸烂了不少。警察也不敢处理,只得任由他们越打越狠,最后竟至几十人群战,家具和瓷器砸了个遍地开花,直到警察局长亲自赶来鸣枪示警,才渐渐收了场。

周钧儒心中一片冰凉,整个旅馆满目狼藉,接下来又要修理门窗家具桌椅板凳,重新采购杯碟碗盏家什器物,不仅损失惨重,还要耽误许多生意。店里的客人都吓得纷纷收拾行李逃走,房钱也不曾结算,不过片刻就已人去楼空,再无一个客人留下。

他摇摇晃晃回到后院房里,把两只鞋一甩躺在炕上,怔怔地看着屋顶发呆。姚青禾自然知道他的心结所在,叹气道:"想要好端端做点生意,怎么就这么难?不定什么时候就摊上祸事。"

周钧儒:"人不惹事,事来惹人,在这个乱世道活着,谁能避免这些麻烦?"

姚青禾恨恨道:"真恨不得辞了旅馆,远离这些是非麻烦,凭你的本事,做点什么营生不行,最不济,你去当个账房,我去做点针线,也能挣上吃喝。"

周钧儒摇了摇头:"不过一场乱子,怎么能一走了之呢?这和当年药行被轰炸的场面比起来,算不上大事,真要走了,也对不起老掌柜。"

姚青禾无奈道:"老掌柜当初把旅馆交给你,就是因为这没完没了的麻烦,这才半年不到,就摊上这种事。"

周钧儒自嘲道:"既然摊上了,那就收拾烂摊子吧,一直想着怎么送瘟神,打了一架,就送走了。"

姚青禾扑哧一笑:"早知道这样,不如一开始就打,还少受两个月闲气。"周钧儒也忍不住笑了起来。

第二天他们就开始修缮被打坏的家具门窗,重新整理收拾客房,只要勤勉些,不过耽误几日生意,便能重新经营起来。旅馆老板赶过来的时候,看到眼前一片混乱,也只能无奈地叹息了一番,便告诉周钧儒不必自责,这样的乱子屡见不鲜,尽快修好了重新开张就是。周钧儒感喟于老板如此宽厚开明,越发努力地修缮损毁之物,每天带着伙计们忙得不可开交。姚青禾也跟着刷漆打下手,连两个孩子都会帮着递钉子拿工具,竟有几分热火朝天的景象——日子总要修修补补地过,生活里遭遇的一切,只要还能修补,便有希望。

过了七八日,旅馆整修得焕然一新,重新开门迎客。周钧儒为彰显新气象,连门口的灯笼都重新换过,门楼山墙也都刷得干干净净,又亲自写了旗招,很是引人瞩目,这俨然成为三桥镇最招眼的旅馆之一,生意也渐渐恢复起来。

四四　戏如人生

这一日,忽然有军车开到旅馆门前,一个军官模样的人先下车,另有婆子扶了个单薄如柳叶的女子下来,脸上蒙了面纱,虽看不清姿容,却见她走路飘飘摇摇,弱不禁风,自有一番风姿绰约的气度,便是周钧儒也忍不住动了几分怜惜之心。

那军官进门之后,前院后院四处看了一眼,觉得满意,才把周钧儒叫过来:"你是旅馆老板?"

周钧儒打起一百个小心:"我是这里的经理,老总有事只管跟我吩咐。"

军官点点头:"这是我们军座新纳的如夫人,要等好日子才能进府,暂且在你们旅馆住几天,小心伺候着。"

周钧儒弯腰打躬不止:"一定好好伺候,不知道如夫人有哪些安排和习惯?我们伺候起来也妥当。"

军官:"只要房子干净就行,别的事不用你管,记住,此事不准跟任何人说起,平日照旧做你的旅馆,只是军座来的时候,务必让一切闲杂人等回避,要是走漏了风声,小心你的狗腿!"

周钧儒连连应了,吩咐伙计把老掌柜住的两间套房收拾出来,打扫得一尘不染,给这位如夫人住。这套房与客人们住的楼全无接触,以免有人冲撞惹出麻烦。婆子仔细检查了一番,又搬进来簇新的被褥全换了,床上挂了围帐,桌椅摆放得齐齐整整,又增了几件文雅陈设,军官看着一切都妥帖了,又吩咐了婆子几句,留了两个兵士持枪哨卫,扔下几个赏钱,趾高气扬地离去了。

周钧儒看着他远去的背影,倒也不急不恼,只是无奈而嘲讽地笑了笑,便有伙计啐了一口:"没听说过把小妾养在旅馆的,有本事自己置宅子去,拿我们小旅馆抖什么威风?"

另一个伙计也骂道:"什么东西!不定哪里强抢来的女子,打仗没多少本事,欺压老百姓倒是拿手!"

周钧儒立时沉了脸色:"不许妄自猜测,见到这些人,少开口,低头做事才是最要紧的,哪怕看出什么,也不能多说一句,出了事谁也保不了你。"伙计们一惊,再不敢多嘴,低头干活去了。

姚青禾在屋子里早已看得有些惊住,见周钧儒回来,才问道:"怎么这当兵的送了个女人过来?"

周钧儒:"这女子一看就是上等资质的扬州瘦马,肯定是那个军长买来做妾的。"

姚青禾:"瘦马?明明是个人,怎么说是瘦马?"

周钧儒摇了摇头:"这事也不能多跟你解释,总之就是人牙子买来的穷人家女孩子,从小被苛刻调教,学些琴棋书画、饮茶作诗、女红酒食的本事,再卖给权贵富商做妾,要学成这些献媚取悦男人的本事,不知道得吃多少苦呢。"

姚青禾惊得一时说不出话,愣了片刻才道:"竟然有这种事!这不是把人当牲口一样?"

周钧儒:"我在南方的时候也见过一些官员的小妾,据说有些就是买来的瘦马。"

姚青禾犹自心下不平:"要说卖儿卖女,我们都见过许多,不过为了给孩子找一口饭吃,这公然把孩子调教成讨好男人的妾室,真是丧尽良心!"

周钧儒："有利可图,他们什么事不敢干? 听说有的'瘦马'能卖几千大洋呢。"

姚青禾："这些孩子真是命苦,生来就是被卖的命。"

周钧儒："这些'瘦马'就是被养来买卖的,谁会在乎她们的命苦不苦? 在陕西这种地方买个'扬州瘦马',下了大本钱了。"

姚青禾叹了口气："我方才隔着门缝也看了一眼,那孩子顶多也就十六七岁,真是瘦得可怜,腰比岫儿也粗不了多少。"

周钧儒："这些女孩子就是被当作玩物的,一辈子命不由己。"

然而那姑娘在旅馆一住就是十来天,全无声息,也从不迈出房门一步,平日里也没有任何人来看她,仿佛被遗忘在了此地一般。

又过了几天,一个衣着朴素但面相沉狠的人,在军官陪同下走进了旅馆,周钧儒一眼就看出他身上的杀伐之气,显然是久经战阵的军人。

军官小声吩咐道："这位先生是来看秦姑娘的,你也不用伺候,不许任何人打扰就行。"直到此时,周钧儒才知道那姑娘姓秦,这位便是她的恩主,军官口中所说的"军座"了。

周钧儒将那人带到后院,一路进了秦姑娘的套间。然而那人进去不到一刻时间,房内忽然传出一声微弱的惨叫,声音不大,其间的绝望恐惧却令周钧儒一惊,不由得心脏突突跳了起来,刚要起身,又立即稳住,回头看了一眼那军官,却见他面不改色一切如常,只得按捺住担忧和冲动,继续坐在那里,并示意伙计给他上了一碟干果子。

后院依旧不时有隐隐的痛楚呻吟传来,间杂着秦姑娘的悲声啜泣,周钧儒只觉心头备受折磨,却不敢有丝毫异色,足足一个时辰,那男人才走出来,并未多言,只对军官点了点头,微不可察地示出一丝赞许,径自离开了旅馆。

军官起身吩咐道："以后这位先生只要来,就都像今天这样伺候,不许多说多问,敢多嘴一句,小心你的舌头。"说完,他另拿了十块大洋丢在桌上,"这是给你的赏钱,今天做得不错。"他随即头也不回地走了。

周钧儒盯着桌上散落的大洋,只觉自己也一并肮脏起来,这些钱,就是肮脏的代价。他心事沉重地走到后院,在院中站了一阵子,确定再也没听到秦姑娘的哭声,才走向自己的房间。他并非不同情这位姑娘,但一家四口都在这里,同情的代价,他们承担不起。

此后一连六七日,那军长天天必到旅馆里来,每次都能听到秦姑娘凄惨的哭泣,一声声压抑着犹如濒死的猫叫,闻者无不揪心。周钧儒更是恨得几乎咬碎了牙,却又莫可奈何,只能眼睁睁看着他长驱直入秦姑娘的套房,极尽蹂躏之能。

他见过战争的残酷,伤兵医院的惨烈,也经历过壮丁营的命悬一线,但都不如此刻的心绪怒火中烧,弱者的悲鸣竟激发他的凌虐快感,这是一个如何颠倒的世界!然而他只能眼睁睁看着他来,他去,旁若无人,趾高气扬,将屈辱施加于那个瘦弱无力的女子,也只能听着秦姑娘整日悲伤欲绝的哭声,夜夜不忍入眠。

陕西的腊月冷风刺骨,两个孩子第一次在这里过冬,岫儿早已冷得缩在炕上不愿出门,岚儿却生性活泼好奇,不畏天冷风冽,依旧每日到院子里戏耍,舞棍弄棒不亦乐乎。姚青禾无奈道:"这妮子打从看了街头练把式的,就心心念念想着学武艺,这是要在家里开演武场吗?女孩子家家的,一点稳重劲儿都没有。"

周钧儒:"还不是跟你学的?你当年在街上赶大集的时候,也是出了名的泼辣。"

姚青禾:"可她不仅泼辣,还整天跟男孩子似的舞刀弄枪,怕不是投错胎了罢。"说着她不由得叹了口气,"当年大夫都说过是男孩的,如今看来也不算错,明明是个假小子。"

周钧儒:"还想那些做什么?当年要真生了男孩,不定怎样你死我活呢。"

正说话间,却见那女子竟冒着寒风走出了屋子。

这是周钧儒第一次见到这位秦姑娘的真实面容,瘦弱得柳枝一般,清丽哀婉,惹人心怜,原来那满身杀气的军长,竟把肆虐之欲撒在这样一个弱女子身上!

西北冬日风冽,万物凋零,自带一番苍凉肃杀之气,出身江南的秦姑娘站在这样的天地里,竟似两个世界一般,墙外偶尔传来几声秦腔嘶吼,更显得西北风沙糙粝,吹在秦姑娘身上极为不宜。

岚儿看着秦姑娘好奇不已,她从未见过这样的女子,好像碰一下就会破碎,风一吹就会飞走,片刻之后,岚儿远远招呼道:"我叫周聿岚,你就是那位秦姑娘?"

秦姑娘也看着她,只见她眼神明快清澈,眉目自带英气,虽只三四岁,却小大人似的站在那里,昂着头盯着自己看。秦姑娘脸上有了一丝淡淡的暖意,问:"是哪几个字?你会写吗?"

岚儿立即回到屋里拿了本子出来,把自己的名字指给她看:"当然会写,是这几个字。"

秦姑娘点头:"果然会写,谁教你认字的?"

岚儿:"我爹,他读的书可多了,什么字都会写,还能写戏本子!"

秦姑娘神色平淡:"戏本子?什么戏本子?"

岚儿自豪道:"我们洛阳曲子,好听得很,你要是想听,我给你唱一段。"

秦姑娘依旧面色毫无起伏:"好,你唱一段。"

岚儿立即唱起来,虽只三四岁的孩子,声音却格外清亮,而且胜在活灵活现,极为可爱。秦姑娘一边听着,却慢慢落下泪来。岚儿立即止了唱段,询问道:"你怎么哭了?"

秦姑娘随手拭了眼泪:"我想起小时候也学过一阵子戏,但我学的是昆曲,跟你唱的这些不一样。"岚儿:"昆曲?没听过,你能不能也唱一段听听?"秦姑娘想了一阵子,叹气道:"罢了,就唱几句吧。"她说着轻轻哼唱起来:

寒风料峭透冰绡,香炉懒去烧。血痕一缕在眉梢,胭脂红让娇。

孤影怯,弱魂飘,春丝命一条。满楼霜月夜迢迢,天明恨不消。

几句唱下来,竟是声声如泣如诉,清丽婉转得如同天外之音,岚儿虽听不真切唱词,亦觉心旌摇荡,满耳皆是这柔婉绵长的调子。良久之后,她才回过神来:"我听不清你唱的什么,能写下来让我回去学吗?"

秦姑娘神色凄然地笑了笑,便回屋取了花笺,将这几句唱词以簪花小楷写了,拿出来递给岚儿。岚儿如获至宝,心中记着方才的调子,奔到旅馆柜上去找周钧儒,让他把这些字教给自己认识。

周钧儒只看了一眼,便拉她到一旁轻声斥问道:"小小年纪,学这些做什么?这不是小孩子该学的词,等你长大了再说。"岚儿兴冲冲而来,却被爹训责了几句,便有些情绪低落,自拿着花笺回房去了。

第二日,那位军长便派了车来接她过府。

婆子给她换了大红的吉服,又将一整套的金银珠翠首饰戴在头上,越发显得瘦弱的身躯撑不起沉重的红色,她随即披上大红锦缎斗篷,便头也不回地出门上了轿车。

周钧儒这才恍然,秦姑娘昨天为何会冒着寒风走出屋子,那是她最后一次看到外面的天空,从今以后,她便是军长府上不见天日的金丝雀了。一想到那军长的残暴肆虐,周钧儒便觉不寒而栗,这永无尽头的悲惨折磨,秦姑娘要如何忍受?

看着轿车离开旅馆沿街远去,迎亲送嫁的仪仗一概全无,只这般冷冷清清地被接走,他们不由得满心感喟,却又不知从何说起。

然而三天后,周钧儒正在集市上采购米面粮油,忽然听到人群中在议论一个惊人的消息:魏军长,被新买来的小妾杀死在床上了!

他不禁心里一惊,又仔细听,却是那小妾进府第二天便在枕头下藏了利器,杀人之后面不改色,从从容容被警察逮捕了去,当日便被枪毙了。据说那魏军长死的时候,鲜血流了满床,她就在血泊里等着,一步都不曾逃跑;临刑之时,她也全无惧意,反是含笑赴死。有人猜测她是日本派来的间谍,也有人说她与魏军长有世仇,故意卖身报仇,亦有人说是有人指使她做刺客,各种言论不一而足。

周钧儒立刻意识到:这小妾就是秦姑娘!

他没想到那个单薄的柳枝一样的姑娘竟如此烈性,也许在她心里,这一切都是值得的,一个命不由己的妾室玩物,根本没有别的路可走,或卑微地仰人鼻息活一辈子,或拼命一搏轰轰烈烈畅快而死。这个年纪还不满十八岁的女子,就这样死在了命运的奴役之下,但至少,她抗争过,将自己这一世的悲鸣化作了慷慨壮歌。

周钧儒顿时出了一身冷汗,也顾不得采购,立时跑着奔回旅馆:"青禾,我们闯下大祸了! 什么都不要说,今天就得走!"

姚青禾一惊:"怎么了?"

周钧儒急道:"秦姑娘把那个军长杀了! 他们肯定要来搜查旅馆,到时候我们就走不了了!"

姚青禾彻底害怕起来,连连点头:"我们东西不多,拣要紧的收拾一下马上就走!"

周钧儒:"你现在收拾,我立刻去火车站买票,今天必须离开三桥!"

姚青禾只觉全身都在哆嗦,急急慌慌地收着东西,岫儿岚儿懵懂地看着父母紧张忙乱,并不知发生了什么,只一步不离地跟在娘身后。

不过大半个时辰,周钧儒买好了车票,一家四口立即叫了两辆黄包车,依旧是一个箱子两个包袱,拖着便要往外走,然而尚未走出门,一队国民党兵便扛着枪冲进来,将整个旅馆围了个水泄不通。那个军官下了卡车,神色凶狠地盯着周钧儒,点头吩咐道:"搜!"

随即,他上前两步,逼到了周钧儒面前:"秦氏杀人,受什么人指使? 是不是跟你们串通的?"

周钧儒惊得面如土色,连连摇头:"我不知道,我真的不知道……"

两个孩子见他逼住爹不放,早已吓得哆嗦成一团,姚青禾搂着孩子,战战兢兢道:"老总,我们安安分分做生意,哪儿敢做这种事?"

周钧儒立即点头:"老总,我这拖家带口的,无论如何也不敢做这种冒死的事。"

军官更逼近一步:"不知道? 不知道你跑什么?"

这分明是强词夺理,让人如何分辩? 周钧儒只得好话说尽求饶不已。说话间,国民党兵们已经冲进旅馆将里里外外搜检了一遍,被褥陈设被扔了满地,所有箱柜都被打开甚至拆毁,厨房里的米面蔬果等更是四处抛洒,前些天打架刚刚修缮的旅馆,经此一番打砸搜检,几与废墟相差无几,士兵们更是趁机劫掠,将所有值钱之物洗劫一空。

军官眼见未搜出相关证物,才回头看向瑟瑟发抖的周钧儒一家,冷笑了一声,士兵立即将他们的箱子包袱全部扯开,衣服行李散落一地,藏在里面的百十块银圆悉数被搜刮罄尽。得了好处的士兵连周钧儒穿着的棉衣也不肯放过,一寸寸捏着细细搜身,不过几下,他感觉摸到了几块硬物,当即喊了一声:"搜到了!"

周钧儒和姚青禾还没来得及惊骇,士兵便"刺啦"几声将周钧儒的棉衣挑开,一阵叮当响声,缝在内里的几根金条跌落在地,敲击着地面,其中两根跳了几跳,落到了军官面前。

军官一伸脚踩住:"一个旅馆经理,藏了这么多金条逃跑,可见是被收买的同党!"他又把周钧儒一脚踹翻在地,"说! 你到底知道什么?"

随着金条落地,周钧儒和姚青禾的心好似被掏了一个大洞,生活的希望也随之塌落进洞里:那是他们一家人最后的积蓄,没了这些钱,就沦为赤贫,再也没有生存的根基了。

那一刻,周钧儒恨不得与那军官拼了这条命,然而心中刚刚激起血气,只一瞬间便冷了下来:他怕死。或者说,他不得不怕死。

他不再是杀日本鬼子的周家大少爷,自己身后有妻有女,已经没有拼了性命一死了之的底气了。所以他只得连声呼冤:"老总,人是您亲自送来亲自接走的,她要杀人我怎么会知道! 我真不知道她会杀人!"那军官自然知道问不出什么,手里掂着那几根金条,带了队伍扬长而去。

周钧儒回头看向姚青禾和两个孩子,一家人顿时痛哭着抱在一起:旅馆砸了,差事没了,金条被抢了,他们身无分文,生计断绝了。

姚青禾呆呆地流着泪,将散落满地的行李衣裳一件件捡起来,装进箱子,裹进包袱,把他们的"家当"再次收拾起来。两个孩子更是吓得不知所措,挤在娘身边泪眼婆娑,又不敢哭出声,寒冬腊月里小脸冻得通红,分外可怜,姚青禾忍不住一把将她们搂在怀里,无声地抽泣起来。

周钧儒看着母女三人,仿佛光阴逆流,恍惚又回到了幼年的可怕记忆里:娘带着自己兄妹五人煎熬度日,凛冬天气,家里粒米无存,炊灶已经凉了两天,母子六人在饥寒交迫中陷入绝境。娘后来怎样渡过那次难关,他已经忘记了,然而那噩梦般的记忆却早已深植心底。如今,眼前处境与昔日记忆竟惊人地重合起来,让他忍不住打了个寒战。

此刻,他们一家人站在旅馆门口,茫然四顾,彷徨无依,周钧儒只觉人生好像一场轮回,他再次被命运推到了悬崖的边缘。

旅馆再次被砸,老者赶来的时候几乎一头栽倒在地,老泪纵横。

这是他在三桥镇上经营了大半生的基业,却半年之内连续被砸两次,在院里走着查看损毁时,似乎一瞬间便沧桑了十年,步态不稳,发色苍苍。

看过之后,他坐在满院废墟中皱着眉狠狠抽了一袋烟,才挪到失魂落魄的周钧儒一家面前:"后生,你也看到了,生意实在是做不下去,这旅馆,我不开了,你们一家人,我也留不住了,你们另外找个营生吧……"

周钧儒麻木而恍惚地听着他的话,唯有点头而已。

姚青禾擦了一把眼泪:"这寒冬腊月的,我们一家人能去哪儿……"

老者抬头看着他们一家人凄惨万状,叹了口气:"罢了,我街东头还有一间柴草棚子,你们暂且住着,找了落脚的地方再说……"

周钧儒与姚青禾含泪点头,感激不已,老者颤颤巍巍地将他们送到柴草棚子,虽然破旧不堪,但总比露宿街头强了太多。

一夕之间从天上掉到深渊,竟被卡在这绝境之地,一家人只得暂且栖身在草棚里,周钧儒与姚青禾忙碌着清理了一番,才算将就能住下。草棚四处漏风,所食皆是粗粝,不几日夫妻二人手上便裂了口子,岫儿和岚儿亦是双手生了冻疮,红肿得萝卜一样。两个孩子出生以来,何曾受过这等苦楚?每到夜里,姚青禾就把她们的小手焐在怀里,心疼得泪流不止,周钧儒更是蹲在草棚门口,长吁短叹,所幸两个孩子很是懂事,从不哭泣吵闹,天气晴朗的时候,岫儿还带着岚儿到门口跑跳一阵,教她说"跑起来就暖和了",看得姚青禾心酸欲泪。

到了除夕夜,旅馆老板惦记着他们一家人凄苦,特地送来了一盆羊汤几张白馍,周钧儒喜出望外,连忙端进草棚在炉子上热着,把馍掰得指肚大小丢进去煮了。一家人热热地吃了一餐,浓烈鲜香的羊肉汤里洒了许多胡椒粉,进入肚腹便觉一股辛热窜满全身,瞬间整个人都暖了起来,岫儿和岚儿甚至鼻尖都挂了细细的汗珠,这难得的一餐竟成了落魄以来最奢侈的享受。

从此之后羊肉泡馍成了周钧儒一生的挚爱,无论生活如何起伏,甚至后来步入暮年,生活安定子孙绕膝,面对满桌的丰盛菜肴,他依然惦记着要一碗羊肉泡馍。而在周聿岚的记忆里,馍定要掰成指肚大小煮了才好吃,但她已不记得,那是爹饥寒落魄时的心急之举:那个关口,谁还有心思细细掰一碗匀如黄豆的精致泡馍?

一家人苦苦煎熬着,终于熬到过完正月,天气开始略有些暖意,周钧儒已是身无分文,一家人三餐不继寸步难移,只得想些挣钱路数。然而周钧儒既无体力寻个差事,又无本钱做些买卖,思来想去,唯有上街卖文或是一线出路。

三桥每逢大集,街市上都是一番热闹景象,日用货物琳琅满目,他行走于市坊间,看着满满的人间烟火气,忽然想起了伊河镇的日子。那时出了院门一拐便是大集,自幼至长,他就在这样的市井人间度过,而今沦落异地他乡,却全然没了逛一逛的兴致,满心都是如何能寻得谋生之策。

逛了一阵,他将身上的长衫当了几百钱,买了一刀纸并些笔墨,一路抱回草棚,寻了块破木板做了个简单桌子,等待大集时出摊卖字。姚青禾心疼道:"这么冷的天,手都伸不出来,在外面怎么写字?不是要把手都冻坏了?"

周钧儒:"卖文为生,哪有嫌冷热的?就算读书,也是三伏三九一天不能懈怠,这点苦都吃不起,日后凄惶的日子多着呢。"

姚青禾叹了口气:"你这样说,就试一试吧。"

此后两天,周钧儒仔细写了几张匾额,又抄了几段劝世经文,他自幼跟着前清秀才张夫子读书,夫子很是看重书法,因此练得一笔好字,如今齐整整写出来,颇觉亮眼,自己看了也有几分得意,忙将写好的字卷起来束好。第二日一早,他便在集市上支了桌子,拉了根绳子将匾额挂起来,又支了桌子,备好笔墨,卖字摊位便算作开张了。

周钧儒书法写得好,匾额又雅致不俗,有识得几个字的人路过,品评赞叹不已,引得其他人也驻足围观。然而看客虽多,买者却少,整一天下来,喝了满肚子西北风,不过代写了几封书信,卖出了几页经文,所得不足二十文钱,连全家一日之食都勉强,但他依旧每日出摊:能挣几文钱,便比耗在草棚里强些。

然而卖文并不能糊口,生活依旧艰难无措,岫儿和岚儿近些日子瘦得可怜巴巴,加之脸上也生了冻疮,鼻涕长流,除了衣裳完整些,脸色比街头乞讨的孩子也好不了几分。这等忍饥挨寒之苦,大人尚且难以忍受,孩子如何受得?看着姚青禾心疼得将要碎了的眼神,周钧儒没计奈何,只得再把自己身上穿的厚实大衣拿去当铺,以求换些粗食日用。

抱着大衣出门时,他更觉悲从中来,谁能料想自己竟会沦落到典卖衣裳过日子?当日北风正猛,夹杂着零散的雪花,打在单薄的衣裳上,街上只有零零散散的路人,店铺也都半掩着门,唯有自己生计无着家口凄惶,寒风不时灌进嘴里,呛得嗓子冰凉,他索性忍不住开口唱道:

是何人八岁上父丧命?是何人十岁上母丧生?

八岁上我的父丧了命,十岁上母亲娘命丧生。

是何人在家中无吃用,是何人流落到大街中?

文举我在家中无吃用,每日里乞讨大街中。

凄苦之音响起，周钧儒一瞬间便两眼泛泪，他仰头忍了忍，径自向当铺走着，却是一路边走边唱，丝毫不顾路人诧异的眼光：自己沦落到这般境地了，还顾那些体面做什么？

　　他这一路唱下来，全然未曾注意到身后陆陆续续跟了几个人，及至后来竟有七八人尾随而听，猛回头时才见那些人听得如痴如醉，甚至有些眼圈发红，见了周钧儒回头，才上前问道："洛阳老乡？你这唱的是《花亭会》啊，太久没听到过家乡的曲子了……""老乡，再唱一段，老家再也回不去了……"众人一面说着，一面感喟不已。

　　周钧儒看着眼前这些人，他们衣衫粗糙，脸面黧黑，有人拉着洋车，有人拎着瓦刀锯子，显然都是以苦力为生，然而此刻他们的神色却满是期待，只想再听一段乡音，慰藉回不去的思乡之情。周钧儒不忍拂了他们的希望，点了点头，众人立即把他拉到一处大杂院里，喊了一声"唱洛阳曲子的来了"，不过片刻，从各个低矮简陋的窝棚里走出几十口人，团团把周钧儒围在了中间。

　　那一日，周钧儒唱了一段又一段，大家的眼泪流了一回又一回，人人诉说着离乡之苦、生死之难，不少人走到陕西的时候已是家破人亡，蜷缩在这阴暗狭窄如鼠穴的地方，不知明日是何日地苟活着。听了周钧儒的遭际，老乡们亦是唏嘘不已，大家虽生计艰难，却家家户户都咬牙挤出些粮食，一碗米一碗面地周济他。

　　周钧儒背着两小兜米面回来，向姚青禾说明缘由，姚青禾也忍不住落下泪来。粮食虽少，却是老乡们的一片热诚，患难时这份心意，既令人心酸，又唏嘘不已。

　　这一日，姚青禾去街上买苞谷面，然而手里只有五六个麻钱，连一斤也买不起，正攥着钱在店门口犹豫时，忽然远远地听到有人喊："大少奶奶！大少奶奶！"她正自诧异，却见一人向自己跑了过来，"大少奶奶，您怎么到这里来了？"她只觉这人有些面熟，年不过二十三四，身材高大，方面阔脸，一身破旧衫子，口音却是地道的洛阳话。

那人见她若有所思,继续道:"大少奶奶不记得我了? 我是子洛,魏子洛,当初跟大少爷学过唱曲子的。"

姚青禾这才回过神来:"原来是子洛! 我说看着眼熟,你怎么也来了这里? 卓先看到你不定多高兴呢。"

魏子洛:"我前几年就过来的,听说你们遭了变故,也离开老家了,没想到在这里遇上。"

姚青禾叹气:"一言难尽,先回去见了卓先再说吧,正好他也没个着落。"

魏子洛:"大少爷这样的人物,就算出来,也比我们容易些,怎么会没着落?"

姚青禾:"什么大少爷大少奶奶的,以后这些话不许再提,现在我们流落陕西,都是逃出来的难民,还讲究什么身份。"

魏子洛跟着姚青禾回了草棚,周钧儒一见是他,立时惊喜不已,两人相对垂泪,互诉近年来的经历。魏子洛早前因河南大面积成为日占区,搭班唱戏流亡陕西,然而戏班在陕西人生地不熟,又不善于联络,能唱的全本戏极少,远不及本地的秦腔受欢迎,坚持了年余,便散了班各谋生计了。

他这几年一直做零工为生,几次听说三桥有人能唱曲子戏,这一日巧遇了姚青禾,才知道竟是周钧儒来了此地。周钧儒将自己这大半年的经历寥寥几语述说了一遍,然而惊心动魄处依旧令魏子洛吃惊不已,叹息愤慨道:"大少爷的为人,最仁厚仗义了,竟然被这么欺负,还有什么天理!"

周钧儒:"还提那些做什么? 我们已经到了陕西,就不要想那些事了。"

魏子洛忽然道:"大少爷,我有个提议,就是有些不敢跟您说,您这样的身份,一定不肯做那种事的。"

周钧儒:"什么身份不身份的,只要不是违法乱禁的事,别人能做得,我就做不得?"

魏子洛小心翼翼道:"当年一起组班的几个朋友,还有跟您学曲子的几个徒弟,都在这一带呢,我想着,您会的全本戏多,又能抱本又能演戏,还能各地联络,要是您肯组个班子,把这些人召集起来,凭着陕西这么多河南老乡,咱一定能唱红。"

周钧儒瞬间一愣。他固然酷爱曲子,然而寻常票戏当作喜好并无妨碍,便是皇亲国戚权贵子弟,票戏的也多了,但若是自己组戏班,那便真的沦为下九流了。

说来也是不公,分明学戏唱曲受尽了苦楚煎熬,艺成之后只要登台唱红,自有无数人追捧,"捧角儿"也算得一桩风流雅事,文人墨客也大多愿意为名角儿写戏品评,但他们却鲜少与戏子论交情,向来把唱戏的当作"玩意儿",开口便是"戏子娼优之流",极尽歧视作践,多少捧角儿背后都是伶人们血泪屈辱的伤心惨事。

很多戏曲伶人因身份下贱受尽歧视,台上王侯将相,荣宠备至,台下跪地领赏,奴颜婢膝,心有不甘,渐渐地就行事扭曲怪诞起来,竟至略有钱财便颐指气使,作践同侪,甚至染了吸食大烟、狂嫖乱赌的恶习,越发让这个群体乌烟瘴气,受人冷眼。因此寻常百姓家里但凡有一口饭吃,绝不送孩子学戏,一则是不忍孩子受那"打死勿论"之苦,二则亦是因为戏子身份低贱,处处低人一等。

昔日他宽慰李坤和与郑好儿时,振振有词劝他们不必以戏子身份为卑,如今真要自己也去做这下九流的事,却是心意颇为艰难了。

姚青禾亦是惊得瞠目结舌,自己的丈夫固然落魄,却也不是没有谋生之术,只是时运不济而已,何至于去操贱业甘为下九流?而且一旦入了这个行当,便一辈子都直不起腰,两个孩子都是女娃,跟在戏班子里混,前程也就毁了。

魏子洛看姚青禾神色震惊,再看周钧儒沉思不已,连忙作势伸手打在自己脸上:"大少爷,大少奶奶,我真是满嘴胡诌没个遮拦,大少爷什么样的身份,哪能真的去唱戏? 是我胡说,是我胡说。"说着他起身便要离开。

周钧儒伸手拉住他:"子洛,这有什么,安心坐着好好聊,这事是有点出乎意料,但也未见得就不行,你跟我说说都有谁在这一带,他乡遇故交,大家能见一面也是不容易的。"

魏子洛看他并未气恼，才细细说起其他人的情形，诸如唱青衣的李德元，唱须生的马天梁，唱丑角的冯素芳，魏子洛本人则是个小生，每人又都能兼着几个行当，再加上周钧儒，还有其他几个场面先生，将就凑一凑便是一个小班子。只是这些人各自弃了本行奔波生计，连乐器衣箱都失落了，想要重整戏班，却是艰难。

周钧儒便问道："这些人都在三桥呢？"

魏子洛："都在铁路沿线这几站地，捎个信儿过去，两三个钟头就都能赶到这里。"

周钧儒想了想便道："你要是知道他们的联络地址，就招呼他们到三桥来见一见，万一我去了外地，再见面又不知道什么年月了。"

魏子洛连忙点头："好，我回去就托人给大家捎信，这几天能来的就叫他们都过来，无论大少爷组不组班，我们见一见也是好的。"

说着，二人继续聊些陈年旧事，直到下半晌，魏子洛兴冲冲辞别而去。送了他出门，姚青禾便抱怨道："你这是戏瘾又犯了？一见了子洛就说个不停，还要约那些人来见面，真想组戏班子？"

周钧儒："我不过是想着大家失散多年，背井离乡的，能见就见一面。"

姚青禾："以前你票戏我从没说过什么，但要真去做这下九流的行当，我不同意，死了都不能入老坟，祖宗都要羞死了。"

周钧儒自嘲地叹了口气："我们哪儿还有老坟？姜家把我卖了，周家也没我的立足之地，以后无非哪儿死就哪儿埋，入不入老坟，有什么要紧？何况只是见一见，又没说就去唱戏。"

过了三四天，果然有六七个人来到三桥，聚齐了一起造访周钧儒，有的甚至带了些吃食，或是一条鱼、一斤猪下水，或几个窝头、一瓶红薯干酒等，大家七手八脚帮衬着收拾了出来，晚上便坐在一起喝酒。岫儿和岚儿见到家里来了这么多人，很是好奇，桌上又摆了些荤腥肉食，饥肠辘辘的肚子更是难以忍耐，但姚青禾不许她们靠近，只得挤在墙角眼巴巴看着。魏子洛见她们可怜，便各盘子里夹些端了过去，两个孩子扭捏着不敢伸手，回头看向娘，姚青禾险些撑不住掉下泪来,强忍着点了点头,她们才接了,对着墙风卷残云般吃了。

这顿酒直喝到后半夜,大家依旧不愿散去,聊的都是戏班里那些事,既有受人欺凌的心酸过往,也有赢得满堂彩的得意风光,此刻他乡重逢,纷纷感慨若是有个得力的班主,如此好听的曲子戏怎会在陕西唱不火。说到兴起处,李德元便提议道:"既然大少爷能领班,我们就求他把大伙儿组织起来,带着我们混一口饭吃,总比这样流散各地做零工,吃了上顿没下顿的好。"

他这一提,大家纷纷赞同起来,你一言我一语,都求着周钧儒组戏班带大家谋个生路。魏子洛连忙道:"我叫大家来就是跟大少爷见一见,怎么能让他做这种事? 他是什么身份? 你们大家糊涂了不成?"

众人恍然惭愧,连连向周钧儒道歉,然而其中几人却落下泪来:"大少爷,您要是不带着我们,当初跟您学的本事可就全扔下了,身上有真本事却吃不上饭,去干那些没着落的事,什么年月是个头儿? 虽然叫您大少爷,但在我们心里,就是我们的师父……师父,您就豁出去组班,不信我们闯不出个名堂。"

大家思及这两年的日子,人人活得艰难,诉说起艰辛处境来,越说越心酸,最后竟至一片垂泪者,其中几人便跪在地上哭诉:"师父,您就当看我们可怜,组班给我们一条正经活路吧,日子实在凄惶,挣一口饭吃都难……"

周钧儒本就是心地慈软、好兄弟情义的人,见大家一再请求,便有些忍不下心,等到有人跪在地上哀求时,立即将那几个人扶起来,头脑一热便说道:"我当然希望兄弟们都能有个正经生路,什么下九流不下九流的,凭本事唱戏又不是丢人的事! 我们就组个班去唱戏,还能缺大家一口饭吃?"

姚青禾刚刚背转身抹了眼泪,听到这句话立时变了脸色,强压着火气道:"卓先,你在浑说什么? 凭你自己怎么管得了这么多人的生计?"

周钧儒顿时一激灵,方才的豪气便短了一半,众人看着姚青禾的神色,心里也有些打退堂鼓,方才央告周钧儒的劲头一下子泄了气,大家面面相觑地互相对视了几眼,李德元便小心翼翼开口道:"大少奶奶,我们就是一时说得兴起,师父就算要组班,也得看您同不同意,哪是见一面就能定的事。"

姚青禾:"我哪是不同意他组班? 只是这么多人,靠着走村串乡唱戏,是容易养活的吗？再说了，要组个班子，衣箱、乐器、头面不都得置办？钱从哪里来？大家吃饭都难，哪能凑得起钱置办这些？"

一番话下来，直把大家说得抬不起头，酒气都散了大半，魏子洺也尴尬起来，他事先约着这次见面，便与众人商议好了力推周钧儒组班，如今好容易说动了周钧儒，却不想姚青禾如此反对，局面就僵持住了。他赔笑干咳了几声："大少奶奶，是我事先没想周全，也没跟大少爷和您商量，大伙儿就贸然提出来了，实在是大家都没个正经生计，才来求大少爷的。"

姚青禾叹气："大家都是逃难出来的，谁又有正经生计了？我们一家四口，不也是流浪一样的日子？接下来还不知什么打算呢，要说艰难，大家都是一样的。"

马天梁："大少爷总比我们有些本事，要是有他带着，我们也能跟着活出个人样儿来。"

周钧儒沉默了半晌，这时候才开口道："你们先回去，等我跟你们嫂子商量一下，无论能不能成，都给你们去个信。"

众人没计奈何，只得起身告辞，周钧儒一一送出门去，才回到屋里慢慢收拾桌上残局。

他爱唱戏，弦子一响，便忍不住和着音律走身段哼曲词，他迷醉于台上荡气回肠的故事，台下观众的喝彩声，只要一唱戏，便觉脱离了生活纷扰，唯余天地间挥挥洒洒的自在。可他始终未能去唱戏，父亲的严令，大少爷的身份，都约束着他不能越雷池一步。

如今忽然有了唱戏的机会，自己却已是拖家带口，贫无立锥之地，若只他一人，便从此放浪形骸天大地大了，然而连累妻子女儿一同沦为下九流，他却是不能忍心的，自己这一生，终究是负累太多，不得自由了。

姚青禾看着周钧儒一人默默收拾桌凳碗盘的背影，深沉的夜里寂静无声，在月光下人影幢幢，颇有几分孤寂冷清，便忍不住与他一起清扫。

周钧儒抬头，见她也正抬眼看向自己，心里一阵愧疚，轻声道："青禾，让你陪着我受惊了，这两年不知出了多少变故，每一次都是惊心动魄，我是真的怕了,我害怕失去你,别看我在外面像个人物,要是家里没有你撑着,我真不知道日子怎么过下去。"

姚青禾有些负气道:"你别说这些搪塞我的话,我就知道他们一来你肯定动心思,是不是真的想去唱戏?"

周钧儒:"我近来也在想着,也许我天生就是穷命,自打进了周家做少爷,这些年来一直多灾多难,难道真是命浅福薄当不起富贵?"

姚青禾诧异:"你想说什么?"

周钧儒:"我本来是穷人家孩子,莫名地天降运气成了富家少爷,这些年也算是享了富贵,可是哪一年不是过得提心吊胆?多少人没经历的磨难,我一个人受全了,到如今,竟连个落脚的地方都没有,你和孩子跟着我有一顿没一顿的……"

姚青禾:"你到底想说什么?"

周钧儒红了眼圈:"青禾,我……到了这个地步,我不能看着岫儿和岚儿挨冻挨饿,唱戏再下九流、再苦,总能挣来一口饭养活她们,眼下这穷途末路的,只能低头了……"

人穷志短,哪还能端着尊严?凭你过往如何大富大贵,也不得不为一碗饭折腰。

姚青禾说不出话来。丈夫纵然再有本事再能做生意,可四口人四张嘴,下顿饭在哪里都不知道,眼前这一关过不去,便说不起"时运不济"的话。她愣了半晌,才怔怔地流下泪来:"要是我一个人,跟着你到处跑也没什么,可是两个孩子怎么办?还记得当初李老板说他儿子吗?男孩跟在戏班子里,都会一辈子让人看不起,何况我们家是两个女孩子。江湖戏班,那是女孩子能待的地方?将来什么名声?她们可是正经富家小姐出身,怎么能落到下九流……"说着她背转身躺在铺上,泣不成声。

周钧儒默默收拾完碗筷,也悄声躺在柴草铺上,却是一夜辗转难安:原来自己这一世,终究是轻贱之身,纵然误入富商大户门庭,也改不了注定的宿命。他一生大起大落,经历了太多的沧桑磨难,生死场里兜兜转转多少回,简直比戏文还要波折几分,近二十年的富贵过往,不过是黄粱一梦,如今大梦醒来重回贫贱,才完全悟了"人生如戏"的道理,那便把此生当一场醉生梦死的戏来演吧。

第二日天明时,姚青禾终于忍不住道:"你昨晚一夜没睡,依然在想着唱戏的事?"

周钧儒叹了口气:"也许,我们只有这一条路能走了。"

姚青禾落下泪来:"哪怕做个小生意,或者谋个账房差事,也比唱戏强啊。"

周钧儒沉吟了一阵,终于抬起头,郑重地看着妻子:"青禾,要论做生意,我怎么样?"

姚青禾微微诧异,点头道:"你是一把好手,药行那么大生意,也经管得井井有条。"

周钧儒:"可为什么周记药行,在我手里败落了呢?"

姚青禾:"那是时运不济,日本鬼子闹得厉害,太太又逼着你放手。"

周钧儒:"我们做旅馆生意,为什么又落到了这个地步?"

姚青禾:"还不是那杀才军官欺压我们……"

周钧儒叹了口气:"做生意,不是有本事有时运就能做的,自我进入周家以来,做生意就跟人命连在一起,这些年死在我眼前的人,太多了。战争、瘟疫、水灾旱灾、财产争夺,哪一回不死人? 连我自己的命也险些搭进去。哪怕离了偃师来到陕西,经营一家小小的旅馆,也搭上了一条人命。青禾,我是真的怕了,死人死怕了。"

一瞬间,姚青禾懂了丈夫的心境。这么些年生意场上,步步都是惊险,多少回生死一线,哪怕他已经见惯了人命如草芥,那种深入骨髓的害怕和厌倦,也已经让他不愿再触碰生意了。

周钧儒自嘲地摇了摇头:"我的身世你最了解,周家给了我命,给了我大少爷的名分,让我读书,带我做生意,也算是经历过场面了,但是放弃生意和家产离开偃师的时候,我心里很踏实,因为我觉着,我周钧儒没有亏欠周家的事了,这一身本事是周家给的,但我全部心血也都用在周家了,从此以后,我是我,周家是周家,不用周家给我的本事,我也能立足。"

姚青禾静静地听他说完,忽然长叹了一声落下泪来:"卓先,我知道你的心思,嫁鸡随鸡嫁狗随狗,既然我命里注定要跟个戏子,也只能认了,只是可怜我这两个孩子……"说完她痛哭不已,却再无一字劝阻周钧儒。

几天之后,周钧儒找来魏子洛,请他通知所有人准备组班。

很快,李德元、马天梁、冯素芳以及打鼓拉弦子的两个场面师傅来到三桥,一个小小江湖戏班便有了雏形。戏班里最要紧的便是领班,此人既要识文断字,又要善于人事交往,还要能抱本,能登台做戏,所有人中唯有周钧儒能担起此任,因此大家便顺理成章地推他为班主。

周钧儒对此亦是当仁不让。当年在偃师时,几乎所有曲子戏班都与他熟识,无有不请他票戏的。他生的个儿头高挑,扮相俊俏,嗓子清亮,身段斯文儒雅,生旦各类角色都来得,登台每每受到热捧,再加上见多识广,梆子戏、京戏、昆曲、川剧等都熟悉,善于发掘创新,又存了许多全本戏,偶尔还能写几个折子戏,因此在曲子戏中颇有些名望,甚至有许多拜师学艺者,李德元便是他的徒弟之一。如今自己独领一班,一切都不在话下,很快便理出了当紧之事,务以尽快开戏为要。

只是这个小小戏班,衣箱行头一概没有,两位场面师傅的梆子、鼓和长杆弦也已破旧不堪用,若要开戏,再简陋也少不得几件彩衣和乐器,可即便这最为粗朴之物,周钧儒也无力置办。思来想去,周钧儒凑了卖文积攒下的三二十个麻钱,到碎布摊子上选了几块布头,低声下气央告姚青禾做两件彩衣、几根勒头,便算作衣箱;梆子、鼓和长杆弦也设法修了,将就着能用;为了能有些声势招揽人来看,众人又省出钱来买了一面铜锣,也就勉强能开戏了。

周钧儒一面置办着衣箱行头,一面在街头的空地上带着大伙儿排演,因行头简陋,又要尽快开戏,便决定暂且不演全本戏,只选了五六个精彩的折子戏演练起来。可喜的是,这些人颇有些天分灵性,自己当年也曾指点过,不过是没有抱本先生,也没人指导排演,这些年下来无甚长进罢了。于是他便一段一段地给大家讲本子,研究唱腔身段,完善表演方式,再故意增加些矛盾冲突、表演方法、新奇机关等,不过几日工夫,这五六个折子戏便全然不同了。众人演得有了劲头,岫儿和岚儿更是在一旁看得满脸出神,从未想过她们的父亲竟如此精通唱大戏。

唯有姚青禾暗自感伤,当年周钧儒带她住在金台大旅馆,到永乐戏园票戏时,她只觉一切新鲜有趣,丈夫爱票戏,她也只当是富家少爷的闲暇嗜好,没料想如今竟真的走上了这条路。他如今虽不是富家少爷,可到底还算个读书人,纵然教书卖文贫寒度日,也是令人敬重的身份,可一旦做了戏子,便要人人轻贱不齿。而自己此刻还在穿针引线绣着彩衣的花样子,她拈着针在头发上蹭了几下,将袖子上的最后几针绣完,眼泪便忍不住滴在大红的彩衣上,瞬间洇湿了一片。

不过十日左右,周钧儒带着众人将那五六个折子戏排演娴熟,择定了三日后庙会上开演。三桥镇上有一处高台,专为秦腔、高跷、旱船、杂耍之用,若有这些演出,庙会上的人便要多出一倍不止。

周钧儒提前去拜访本地保长,自称是河南洛阳来的曲子班,要在庙会上开演曲子戏。然而本地历来只唱秦腔,那保长从未听过曲子戏,担忧这外来的戏种本地人听不惯,若到时台前冷落,反倒有损三桥大庙会的名头。周钧儒再三解释了曲子戏与河南梆子戏同源,本地人接受起来并无难度,且三桥镇有许多河南人,开戏必然观者如云等。保长将信将疑,好在这洛阳曲子班不用花钱写戏,便许了周钧儒先演一两天,若到时真能场面热闹,再多演几日无妨。

得了保长允准,周钧儒便在城隍庙高台两侧张贴了戏牌,又亲自向沿街的大店面送了戏单,还去了一趟大杂院,请洛阳老乡们这两日四处宣扬,因此到了开演之日,竟有许多人知道了今日有洛阳来的大戏可看,早早搬了马扎在高台前占位置。

周钧儒看到人群渐渐聚集,心里有了些底气,一一嘱咐大家拿足精神,便敲响了铜锣。三通锣响，高台下的人越发多起来，众人见时机成熟，便正式开戏。今日所排戏单是《跑汴京》《严嵩要饭》《卷席筒》《刘公案》《三十两纹银》等五出戏里的经典折子，他们登台时，台下观众一看彩衣粗糙，行头简陋，立时便有几个人打口哨喝倒彩。然而他们很快发现，这看起来粗陋的曲子戏竟分外婉转明快，声声入耳，尤其是这些曲子伶人嗓音圆润清脆，吐字轻巧柔软，听惯了苍凉粗犷秦腔的本地人，何曾见过这等细腻婉转声如落珠的曲调？一时间人们几乎忘却了他们粗陋的彩衣行头，听得如痴如醉。

当日最惹眼的便是李德元《跑汴京》的窦巧姐，他原本生得俊俏，虽只一件粗陋彩衣、一根简单勒头，但唱腔道白却极为清脆利索，直如蹦豆子般粒粒分明，尤其是"前三针后三针左三针右三针偏三针扭三针明三针暗三针隔三针蹦三针，针针纳得有分寸，共合八百单三针"这段唱词一出，台下顿时叫好声连成片，当场便有人往台子上撒麻钱干果之类。周钧儒与演员们惊喜不已，连连作揖感谢乡党们捧场，保长也终于打消了担忧，当即宣布曲子班连演三日，让乡党们一次过足戏瘾。

三日之后，镇上无人不知新来了个曲子班，街上也时常有人哼唱戏词，每日散了戏，满台都是投掷的麻钱、戒指、耳环、干果等，甚至有人端来整盘的白馍。收拢台上所得，三日竟得了七八百个麻钱。这个开端令周钧儒和班社所有人为之振奋，首次演出便能如此，说明洛阳曲子戏一定能在陕西唱红，足以养得住整个戏班！

更令他们惊喜的是，三日之戏刚刚结束，便有周边的一些小工厂和村子来邀戏。抗战以来，不少工厂沿着陇海铁路线内迁到陕西各地，从西安到宝鸡，铁路沿线的城市和县镇纷纷开办了纱厂、机器厂、玻璃厂、汽车厂、造纸厂、酒精厂等，还有许多家庭作坊，一派工业繁荣的景象。三桥镇地处西行要道，自然也有许多工厂落地于此。其中长安机厂三桥车辆厂（原铁道部西安车辆工厂前身）便是最大的工厂之一，足有二百多工人，其他中小型厂子、家庭作坊等多达数百家。这座有着两千多年历史的古老小镇，短短四五年间跨入了"机器文明"时代，然而居住于此的人们依然保留着祖祖辈辈传下来的生活方式，听秦腔、吃面食，开口便是秦始皇汉高祖，在机器的轰鸣声中，人们心里依旧充溢着古老的自豪和苍凉。他们既固守着尘封的历史，又接纳了异乡的来客，大量的河南人来到西安和三桥，乡党们只道一声"可怜"，便帮助他们落脚生存下来，河南乡音也渐渐蔓延开来，随之而来的河南戏也融入了他们的生活。而今有工厂来写戏，便意味着曲子戏班在三桥有了生存根基，只要在这一带唱红了，声名传出去，就能领着戏班立足了。

姚青禾也不得不承认，唱戏让他们极度窘迫的生活松了一口气，周钧儒每天都能带回点白馍、鸡蛋、干果等物，看着岫儿和岚儿吃得狼吞虎咽，她更觉心酸：她们原本是富商之家的小姐，如今竟要吃这讨赏来的饭，若她们知道从此都要以讨饭为生，还能咽得下这些东西吗？

然而周钧儒和戏班众人正踌躇满志，全然顾不上她的满腹愁绪。这几日攒下几个散钱，大伙儿便筹划着慢慢添置衣箱行头，哪怕多一件新彩衣，到大厂子里演戏也能增些精神，另外还盘算着要排演两出全本戏，折子戏固然能一时来彩，但正经演出还是全本戏才有分量。

《跑汴京》这几日最受追捧，李德元一登台便有叫好声，自然要先排出来。《卷席筒》也是街上人人都能哼一句"小仓娃我离了登封小县"的，排出来也是喜闻乐见的，而且仓娃是个丑角，正合适冯素芳，因此周钧儒便紧赶着把两出戏的本子默下来，拉着众人在柴草棚里一句一句地讲戏对词。

正当大家铆足了劲儿要好好拿下两本大戏，在柴棚里哼唱得热火朝天之时，旅馆老板走了过来，满面不忍道："年轻人，天气和暖了，你看看是不是再找个合适的地方落脚，开春要春耕了，这柴草棚里要养牛用……"周钧儒立时臊得脸面通红，尴尬得说不出话来，只得连连应承："老人家，我们今天就收拾东西搬出去……"旅馆老板："不急在这一两天，你们好好找个安稳地方。"

魏子洛当即表示让他们到自己的窝棚里安身，于是大家七手八脚帮周钧儒收拾了东西，趁着天色未晚搬到了镇子西头魏子洛的住处。

然而到了他的窝棚，周钧儒与姚青禾瞬间愣了。

那分明是依着一堵破墙用几根木棍和秸秆搭起来的尖顶棚子，只能弯腰进出,连站起身来都不能,顶上糊了一层泥防止漏雨,莫说家徒四壁,竟是只有一壁,若来一阵大风,整个窝棚都可能被刮走。

魏子洛腼腆地笑了笑:"大少爷,我一个光棍汉,只要不太冷的时候就自己在外面搭窝棚住,能省点租子钱,就是委屈您一家人了。"

周钧儒连连摆手,做出浑不介意的样子:"这窝棚真是省钱又省事,要是人口多了,还能再搭一间。"说着,他回头看向姚青禾,以目示意,姚青禾也只得暗叹了一口气。然而事已至此,也唯有暂且栖身住下,窝棚里虽然阴暗狭窄,毕竟能遮些风雨寒冷,不至于流落街头。

魏子洛又与众人去打了几捆干草,厚厚地铺在地上,姚青禾将铺盖放上去,便算作临时落脚了。当天夜里,姚青禾在窝棚里拉起一道布帘隔开,让周钧儒与魏子洛睡在外侧,自己带着两个孩子躺在最里面的干草铺上,身上盖了一层薄被,又加了厚厚一层干草,虽不觉寒冷,但听着外面呼呼的风声,终究是心惊胆战。

岫儿已经七八岁,开始懂得家里生计艰难,短短不到两个月时间,从衣食富足的富家小姐沦落到三餐不继无处栖身,落差巨大,早已委屈得钻进娘怀里抽抽噎噎,反倒是岚儿静静听着风吹秸秆沙沙作响的声音,忽然道:"娘,我们在看着月亮听下雨!"

姚青禾一愣:月亮是晴天,下雨是雨天,晴雨怎么能同时呢?片刻之后她才反应过来,窝棚门口恰好能看到弯月如钩,而这沙沙的秸秆声正如下雨一般,岚儿性情率真开朗,总能在生活里寻到一些别致的乐趣。然而下一刻她却更觉酸楚:农历已进三月,岚儿的生日是正月十六,一家人只顾着为生计发愁,竟把她忽略了。

四五　其命惟新

　　洛阳曲子戏在三桥镇已经有了些名声,开始陆陆续续在周边的村子里演出。本地习俗,庙会、祝寿或是办喜事丧事等,总要写一台戏,除了写戏给几个钱,必是要管待戏班伙食。每到开饭时,众人不仅尽力吃饱,还要背着东家偷偷往干粮袋子里装,以备没有戏的时候也能混几天日子。

　　陕西本地百姓日常以面食为主,一样面百样做,除了馒头锅盔之外,油泼面、臊子面、扯面、裤带面、浆水面……形形色色足有数十种。妇女们面案上的功夫堪称一绝,面板硕大,擀面杖足有四尺多长,挽起袖子将面擀得筋道柔韧,再用半米长的大刀切成宽窄各有规矩的面条,大锅里早已烧了滚开的水,面条下进去翻滚一阵,便盛进大碗里,或浇上热油泼的辣子,或浇上臊子面汤,一碗下去,滋味厚重腹中饱足,吃过之后,必要发出一声心满意足的长叹,这一餐才算完整。富足些的人家,则能端出十几碗羊肉面,给戏班开一次荤,更是了不得的享受。最不济,村民也会提一篮子白馍,两大壶开水,管众人一饱。

　　这些日子虽住在窝棚里,周钧儒一家人的饭食却基本有了着落,岫儿和岚儿每日都能吃上像样的东西,看着两个孩子吃得饱足,小脸也红扑扑的有了些肉,姚青禾不由自主开始期盼明天去哪里唱戏,能有什么饭食给孩子们吃……她忽然意识到,不知何时开始,自己似乎不再介意丈夫是个戏子,只要能让孩子吃上饱饭,能让一家人活下去,是否下九流,也就不那么重要了。

前些日子,众人又帮衬着搭起一间窝棚供他们一家住下,总算不必再与魏子洛挤在一处。姚青禾将新窝棚仔细布置了一番,内壁尽量修得平整不扎人,干草铺也垫得厚厚的,甚至还捡了点石头破板搭成一张桌子:纵然生活沦落至此,她也希望过得整洁体面一些,毕竟接下来的日子,他们只能以此为家了。

周钧儒带着戏班每日跑村串街演戏之外,依旧加紧排演新戏,众人每日晨起便在窝棚外的空地上对戏词、练唱腔、设计表演和动作,尤其是盯紧了李德元,一字一句一招一式地给他讲解,督促他练习,不多时日,《跑汴京》这出戏便有了几分模样。

《跑汴京》讲的是宋朝年间河南延津县境内发生了一桩盗财害命之案,知县杨世英将无辜书生张成玉屈打成招,判为死罪,张成玉舅父窦九成携女儿窦巧姐进京告状,巧遇包拯回京,于是拦轿喊冤。包拯乔装改扮,明察暗访,终使冤案真相大白,正义得以伸张。这是一出场面热闹的戏,然而临时拉起来的班子行当不齐全,周钧儒排戏之外,还亲自配了两个角色,他本就是个"戏补丁",生旦净末丑全行当都来得,青衣小旦,须生花脸,场上缺什么便补什么,虽不至行行精当,却也从无差错。

等到这出戏能完完整整演下来时,周钧儒便把这一个多月跑高台攒下的五六块大洋拿出来,买洋布做了几件正经彩衣、一件女帔、一件小生道袍、一件蟒袍,虽则样式简单,却是姚青禾亲自裁剪刺绣,看起来颇有几分精致,又采买了官粉油彩勾脸上妆。李德元、魏子洛、马天梁三人穿上彩衣扮起来,众人无不唏嘘:他们这个野台班子,总算有几件行头,能到像样的场面去唱戏了。

周钧儒心里有了几分底气,便盘算着到本地最大的工厂——三桥车辆厂去拜访,若是他们肯写戏,自然有其他工厂紧随其后,此后便不必愁了。

第一次跟大工厂谈写戏,总要有个班社名字,周钧儒并不想随意叫作周家班之类,思索良久,便借用"周虽旧邦,其命维新"的典故,取名"惟新社",意为革新洛阳曲子戏,使之成为既能登大雅之堂,又能下市井里坊的全新剧种。当他把这名字和志向说与众人听时,大家各自笑个不停:"大少爷,我们能吃上饱饭就不错了,还想什么登大雅之堂?"姚青禾也哭笑不得:"都沦落到这地步了,还做曲子大王的梦呢?"

周钧儒自己也觉得这话说得有些大了,讪笑着打哈哈,在一旁带妹妹玩耍的岫儿却跑了过来:"不许你们笑我爹!他唱大戏最好了!"看着她一脸鸣不平的倔强神色,众人又笑了起来。这一阵子岫儿与岚儿整日跟着看戏,颇觉兴奋,也不顾风餐露宿之苦,经常看得眼睛都睁不开了还不肯睡,众人排演时,她们也扎着架势随大家哼唱,且唱得有板有眼,俨然爱极了戏文,大家无不称奇。然而姚青禾却大为惆怅:有其父必有其女,丈夫做戏子也就认命了,若两个女儿也要走这条路,可如何是好?

去三桥车辆厂前,周钧儒特意修剪了胡须头发,换了一身长衫,恢复了昔日周家少爷的装束,门房一见是这样的体面人物来访,也不阻拦,径直带他去了总经理办公室。恰好那总经理也是个爱看戏的,见他举止大方谈吐文雅,也不计较班社太小行头简陋,当即写了惟新社第一场戏,给了三块大洋。

戏班成立以来,唱了一个多月也没攒下几个钱,如今一场戏便给三块,简直是意外之喜,大家各个摩拳擦掌,定要把这台戏演出彩来。到了演出之日,工厂里搭了简单的台子,二百多名工人都挤在台下等着看总经理亲自定的戏,及至看到竟是个不足十人的小戏班,难免有些轻视之意。惟新社众人早已料想了这等情形,因此并不怯场,依旧是李德元扮窦巧姐,魏子洛的张成玉,马天梁的包拯,周钧儒与冯素芳补了其他角色,虽只五个演员两位场面师傅,却把一出《跑汴京》唱得起起伏伏引人入胜,台下工人们也渐渐从不以为然到引颈翘首,演到包拯平反冤案正义伸张时,台下喝彩更是连成了片,哗然叫好声许久不息。

这是"惟新社"第一次演全本戏,在行当不全、衣箱行头捉襟见肘的情况下,竟能有这样的场面,众人几乎欣喜若狂,周钧儒更是热泪盈眶:天不绝我,戏班总算能站住脚了。

三桥车辆厂的一台戏，让"惟新社"声名鹊起，镇上的工厂、大商户及周边的村庄纷纷来邀，一个月间，足足演了十八场《跑汴京》。周钧儒趁热打铁，紧着把《卷席筒》也排了出来，两出戏轮番上演，不仅三桥镇上无人不知"惟新社"，方圆二三十里的村庄也处处有人哼唱戏词，组班不过几个月便有如此气象，令所有人大涨精神。

若在老家河南，七八个人搅在一起唱戏只能算作讨饭班子，每年春荒时节饿肚子都是常事，然而关中地区富足，连月来只要开戏，便无一日短缺饭食，而且还攒下了二三十块大洋。众人喜出望外，紧着这几个钱又添置了些新的彩衣彩裤，将长杆弦和梆子鼓修理一新，勉强凑齐了基本的衣箱行头，寻常的折子戏、本戏都能排演了。

周钧儒又亲自动手打了一辆架子车，到村子里唱戏时便拉着车，将衣箱行头、汽灯杂物等装在上面，岫儿岚儿跑累了也能坐车，出门在外方便了许多。姚青禾承担了戏班所有彩衣行头的裁剪和针线，众人日常衣裳的缝缝补补也都是她，还要照顾两个孩子，每日亦是忙碌非常，经常半夜才能歇下，但看着唱戏确能糊口，也就渐渐安下心来。

连唱几个月后，戏班的名声越传越远，到了盛夏季节，关中大地上割了麦，丰收之后总要庆祝一番，便有各处村庄辗转传信儿邀惟新社去唱戏，甚至有五六十里之外的村子托人带话来约。周钧儒思忖着三桥毕竟不能每天都有戏演，只有到村庄乡镇上去唱，才能闯荡着养家糊口，与众人一商议，无有不同意者，便决定离开三桥，一路向西跑高台。

姚青禾的心思却沉了下去。

在三桥及周边一带唱戏，纵然走得远了临时在村子里借宿，终归有个固定的"家"，哪怕只是苞谷秸秆搭起来的窝棚，她也把里面收拾得干干净净，捡了破木板搭起床铺，时常晾晒更换干草，一口锅几双筷子几个碗也摆得整整齐齐，一家人的衣裳隔几日便要去河边仔细洗干净叠放起来。这个"家"虽然简陋，但如今要离开它去过居无定所四处流浪的日子，她依旧有些舍不得离开——从今以后，这世上还能不能有他们一家人的安稳立足之处？

她叹息着收拾好了全部家当，不过一个箱子，两个包袱，并麻绳捆扎起来的锅碗而已。周钧儒把这些东西装在车上，两个孩子也爬上去坐好准备出发，姚青禾最后看了一眼他们住了几个月的窝棚，眼圈泛红："走吧。"

周聿岚幼年最熟悉的记忆，便是"跑高台"。

所谓"高台"，便是高出地面的一块相对平整可供唱戏的地方，诸如土地庙城隍庙的戏台、村祠门口的平台，甚至村庄地头略高一些的土梗，都能开戏，他们的生活就是从一个高台跑到另一个高台。

跑高台的戏班子，俗称"小窝班"，乡下百姓们也无甚娱乐消遣，看戏便是最热闹的时候，因此戏班子每到一地，只要敲锣开唱，便有人管待饭食，演完之后，村长或族中有威望的人会指派某家带几个人回去，当日的食宿便有了着落。若有时找不到住宿之地，便临时在破庙马棚里安身，村民们拿些馍和水来，也是一餐饭。因此这些小窝班名为演戏，实为卖艺讨饭，若赶上阴雨连绵开不了戏，饿肚子也是常有之事，若是讨不到吃的，便只能扯些路边半熟的庄稼煮了充饥。

因此周聿岚的记忆里几乎没有"家"的概念，她不知道明天会睡在哪里，能不能吃上饱饭，每天都要走向下一个村庄，生活和家都在不停地变动，人生也一直在流动着前行，她也渐渐地和父母及戏班里所有人一样，只关注所到之处有没有"高台"，有高台就能开戏，就有饭吃，有睡觉之处。

这一日，他们在一个村子里唱得热闹，结束之后村里管事的带着人抬来一筐子白馍，一盆散落着大肉片的烩菜，一大桶配了葱花和醋的热汤，一筐子粗陶碗，甚至还有十来个白煮鸡蛋。戏班众人有些日子不曾吃过这样齐整的饭食，各自端了一碗菜，剥了鸡蛋抓着白馍，风卷残云般猛吃一气，最后再喝上一大碗热汤，肚腹饱足得打着嗝儿，心中无不畅快。大家吃饱之后，筐子里还剩了几个馍，姚青禾便掏出个白布口袋装起来，以备没有饭时别饿了两个孩子。

收了行头往下一个村子行走时，忽然看到一个男孩子躺在道边荒草里，瘦得只剩骨头撑着一层薄皮,脸色苍白得没有一丝血色,可是他眼里既没有哀伤,也没有绝望,只是平静而麻木地等死,仿佛那是一件最自然不过的事。

然而他看起来不过十几岁,这样小小年纪,便已平静地接受了死亡。周钧儒忽然想起他十几岁时遇到的那对祖孙,小孙女抱着馍在奶奶尸身旁疯狂吞咽的模样,那是他记忆里挥之不去的遗憾。他终于忍不住,俯身将那孩子从荒草里抱出来,略一检查,就发现他似乎刚刚生过一场重病,连病带饿,便倒在了路边。

姚青禾看着他,眼睛被深深刺痛了,从布口袋里掏出一个馍递给他。

男孩子忽然抢到了救命稻草一般,只三五口就将一整个白馍全塞进了嘴里,干噎地连连打嗝儿,吃完之后,眼里终于有了一丝生机,看姚青禾时,脸上竟带出些许羞涩:"我又能多活一天了……"听口音,竟是洛阳一带的人。

周钧儒叹了口气:"你叫什么名字?多大了?"

男孩子眼里终于有了迷茫而哀伤的神色,沉默了片刻才说道:"我没有名字,算命先生给我起名叫杨金献,我也不知道我多大了,可能十六岁了。"

周钧儒:"你什么时候来的陕西?"

杨金献:"两年前,跟人扒火车来的,一下车就走散了……"

周钧儒有些心酸:"你爹娘呢?"

杨金献:"可能死了吧,我也不知道,好些年没见过他们了。"

周钧儒又问了一番,才知道他来到陕西之后,也曾当过童工,但终究身材瘦小体力不足,往往便被赶出来,几次三番之后便只能以乞讨为生,讨不到饭时便偷庄稼、抓虫子、掏鸟蛋,历尽了辛酸才活下来。周钧儒不敢再问下去,寻常几句话,就是一个人一生的惨剧,就算他今天救这个孩子一时,也许明天、后天,他依然会死在无人问津的野地里。

姚青禾忍了忍眼泪,将口袋里另外几个馍递给他:"不能一下子都吃了,饿极了才能撕一块,知道吗?"

杨金献紧紧抱着馍,望着周钧儒与姚青禾,忽然落下泪来,在他这十几年的人生里,很少有人这样关心他,原以为自己要死在荒草沟里的,却偏巧遇到人救了他,上天垂怜,再次给了他活下去的希望。

姚青禾看着他,心里越发不忍,强扭过头去推了推周钧儒:"走吧。"

然而两天之后,他们再次遇到了这个男孩子,戏班开饭时,他就眼巴巴守在旁边,眼神几乎不曾离开过周钧儒与姚青禾。他看起来精神好了许多,已经没有病态,但依旧极瘦,两颊完全没有肉,越发显得脸上只剩了一双眼睛。

周钧儒不忍心,又递给他一个白馍,这次他没有立刻接住,而是羞涩地摇了摇头,周钧儒再三示意,他才拿了在一旁小心翼翼吃着,那副想靠近众人又不敢上前的眼神,令人颇觉心疼。姚青禾看他瘦弱可怜,又端了一碗热汤给他,杨金献接过,眼泪瞬间就滴在碗里,连忙背转身掩饰着,喝了汤竟拿着碗远远地跑了,过了一会儿,洗得干干净净送了回来。

此后每隔一两日,他们总能看到杨金献不远不近地跟着戏班,一连十几天,戏班走到哪里,他的身影就出现在哪里。这一日吃饭时,周钧儒再次把他叫了过来,给了馍之后,便仔细打量他,这孩子虽然瘦弱,但生得五官端正剑眉星目,倒是一副好模样,而且变声期也不曾倒仓,分明一把好嗓子。他心中一动,便问道:"金献,要是让你跟着我唱戏,混一口饭吃,你愿意吗?"

杨金献眼里瞬间有了神采,生怕周钧儒反悔似的抢跪在地上:"我愿意!我跟着师父学戏,唱戏!"

周钧儒一把拉起他:"你已经错过了学戏的好年岁,十六七岁身子骨都有些硬了,要舍得吃大苦才能学出来,你也愿意?"

杨金献:"我不怕吃苦,也不怕打,只要能有一口饭吃,我什么苦都受得。"

周钧儒终于点了点头:"你就跟着我吧,从明天起跟在戏班里练功,吊嗓子。"

杨金献眼泪立刻流下来,给周钧儒磕头叫了"师父",又转向姚青禾磕头不止:"师娘,我这条命是您和师父给的……"

姚青禾有一瞬间的恍神,她忽然想起伊河镇河边那棵大树,那段记忆已经非常遥远,即便有时想起,心里也早已平静。然而此刻看着眼前的杨金献,她竟然再次感受到了那种牵扯骨肉的疼:孩子,娘离开你这么远,你会恨我吧? 她眼圈红了一下,立刻收起情绪,拉住杨金献:"孩子,快起来,跟我们在一起,就是一家人了。"

自此,杨金献就跟着戏班,周钧儒看他年龄虽大了几岁,身板和嗓子却是条件极好,因此便刻意督促他用心练功,手眼身法步,唱念做打,一点点从基础打牢。他练功极为认真,除了有东家写戏需要演出的时候,基本都是整日地苦练,戏班里众人看他勤勉上进,也都愿意教他,他便越发要强,身上摔伤打伤不曾断过,硬是咬着牙不掉一滴泪,唯恐达不到师父的要求。如此两三个月下来,他竟有了几分花架子模样,能跟着上台跑一些小角色了,进境之快,令周钧儒叹赏不已。

终于能上台的时候,杨金献跑到无人的角落痛哭失声。这两三个月,他几乎是跟着戏班吃白饭,能登台演戏,才能给戏班挣些赏钱,才能堂堂正正地吃馍。这些日子,他对师父师娘敬若父母,依恋之状犹如孩童,对岫儿岚儿更是视若亲妹妹,一口零嘴儿也都攒起来留给她们吃,这个从未有过家的孩子,生平第一次感受到了家的温情,恨不得把全部热诚都倾注在他们身上。周钧儒对他也很偏爱,这孩子懂事、上进,努力又怯生生的模样可人心疼,姚青禾对他更是上心,从衣裳浆洗到缝缝补补,备极关爱,也因为他的到来,似乎弥补了心里的一个空洞。

如此各地走走停停,陆陆续续又有些无父无母街头流浪的孩子跟着班子厮混,还有些唱曲子的前来搭班,几番遴选下来,惟新社竟有了十几个人,以跑高台的小窝班而论,算是颇有声势了。

这一年间,周钧儒带着戏班一边跑高台一边排演本戏,到了入冬腊月,已然能演三四出全本戏,彩衣行头枪刀把子也陆续添置了些,众人都暗自攒劲:年底是戏班的旺季,几乎每天都能开戏,有时一天能赶两三场,若是运气好遇上几个富户,写戏打赏的银钱米面便够大伙儿吃到开春了。

陕西乡民极重过年,年下大的村庄镇子都有庙会,远近各方的摊贩也都渐渐集聚在庙会上,卖年画的,吹糖人的,兜售琉璃咯嘣及各色玩具的,干果、糖果、小吃等更是琳琅满目,满满洋溢着红尘烟火气,附近十几里的乡党都来赶庙会,极为繁华热闹。很多庙会往往都要唱几天大戏,这便是戏班的好生意了。

周钧儒带着戏班边走边唱边打听,提前托人联络,腊月到正月期间竟是戏约不断,每日都要赶着庙会开戏,往往半夜散了戏,睡不上一两个时辰便要继续赶路到下一个地方演出,其间辛苦难以备述。西北冬季苦寒,风沙又大,母女三人跟着风餐露宿,大人尚且煎熬难耐,何况两个孩子?因此每到一处唱戏,周钧儒都尽力找稍好些的民宅安顿她们,或是距离县镇近些的,便就近找旅馆落脚,即使如此,犹觉妻子女儿跟着自己受极了委屈,心中愧疚不已。

所幸过完正月,收拢账目时,这两个月竟攒下了上百大洋,对眼下的惟新社来说,算是不小的一笔钱了。周钧儒便与姚青禾商议:"现在戏班也算有些气候了,我们在乡野间再历练一阵子,好好排几出全本戏,我再尽力写两个新本子,等时机成熟了就进大城市闯一闯,要是站稳了脚,就不用这样风餐露宿地跑高台了,生活也能安稳下来了。"

姚青禾:"我倒不是怕跟着你吃苦,就是孩子们这一年多跟着到处跑,怕她们年纪小受了风寒,难为她们跟着跑了这么些地方,竟然一次没病过。"

周钧儒叹了口气:"要不是家里出了变故,她们也算得上大户人家的小姐,如今落到跟着我们跑江湖,却是一点不娇气。"

姚青禾:"我最担心的是,她们这样跟在戏班里混着,将来可有什么出路?"

周钧儒:"所以我才想着去大城市闯一闯,要是能在一个地方住几年,她们就能上学读书,将来凭着文化谋个差事,也算脱离了下九流。"

姚青禾落下泪来:"我以为你把孩子的前程忘了呢……"

周钧儒:"怎么会忘?女孩子总要有个差事,有能力挣钱养活自己,就算将来嫁了人,在夫家也是硬气的。"

姚青禾:"就是这个意思,那些裹着小脚的女人,一辈子围着锅台转,伺候一家老小,简直就是卖给人家做牛马,我可知道这其中的苦楚,绝不能让岫儿岚儿再过这样的日子。"

周钧儒无奈道："我们这一辈子,也算是经历过富贵的,如今就算落到下九流,也不枉此生,可她们从出生就没过几天好日子,尤其是岚儿,还不记事就跟着我们逃难,才四岁就吃了这么多苦,我怎么能不为她们考虑？我宁可把所有的苦难都留在我这一辈子,也要为她们奔个前程。"

两个人边说边聊着,便是下半夜了,他们借宿的这户人家日子殷实,火炕烧得热乎乎的,纵然窗外寒风呼呼地吹着,屋里却很是暖和。他们看了一眼正在沉睡的女儿,忽觉一家四口虽落魄一隅,在这异地他乡的寒冷之夜,还能苟安相守,心里竟升起满满的庆幸:经历了那么多磨难,安然无恙地活着,便是一种奢侈。

第二日,依旧是在镇子上开戏,然而今日的东家却同时写了两个班子的戏,当街对打擂台。这样的事,周钧儒再熟悉不过,当年周家也曾在伊河镇同时请两班戏,于百姓而言这是看戏班亮绝活儿的好机会,但对戏班来说,却是许赢不许输的"硬仗",任何一方落了下风,传扬出去便在这一带地面上失了名气。

周钧儒自然是不怕的,寻常本地能请到的无非是秦腔小戏班,百姓早已听惯了的,洛阳曲子戏则新奇得多,而且都是他们不曾听过的戏文故事,再加上惟新社博采众长,添了许多技巧玩意儿,观众天然好新鲜,自然是要舍了秦腔来看曲子戏的,所以他早早地在戏台挂了牌:

惟新社·河南洛阳曲子戏,今日《风雪配》,明日《打銮驾》。

然而等他到另一戏台前看时,却猛地惊住:对方戏牌上赫然也是写着"河南洛阳曲子戏",其中也有一出《风雪配》！两家戏班都是曲子班,而且挂牌同一出戏,主家却并不提醒,显然是要让他们好好较量一番,今日竟是个生死局！

周钧儒暗暗捏了一把汗,这出戏是当年他在李坤和戏班抄来的本子,曲子班在陕西本就不多,也没听说哪个班社唱出名气,如今竟有两家在这小镇子上遭逢,难道真是李坤和来到了此地？若是真要与李坤和当街打擂,他宁可辞了东家空着台口,也不能跟他竞争。

然而他悄悄打听了一番,镇上的百姓们并不知这是哪里来的戏班,只听说有个坤伶唱腔做功都不错,却没人知道她的名字。周钧儒这才略松了一口气,只要不是李坤和,他便可以放下心来打擂,任他哪儿来的曲子班,惟新社都是输不了阵的。

戏班里众人也得了消息,两台《风雪配》当街对打,单看哪个台下观众多,便能赢了这个场面,因此各个摩拳擦掌,只待夜晚来临,与对台戏班好好比试一番。李德元的高秋芳,魏子洛的钱青,马天梁的颜俊,周钧儒自演知县,冯素芳的知县夫人,再加上其他几个角色,齐齐整整行当俱全,众人早早在后台装扮已毕,等到台下挤满了观众,锣响三通,大戏开演。

周钧儒亲自在台口盯着,只看观众反应如何,却见自己这边戏台下观者如堵,对面则是稀疏了不少,自知惟新社定是更胜一筹。然而等到对台高秋芳一登场,他却顿时惊得心头一沉如坠深渊:那分明是郑好儿的声音!

虽有几分沙哑,但那唱腔的韵味儿却极为独特,萦萦绕绕丝丝缕缕地缠着人的心思,十分惹人牵挂,因此他一入耳便听了出来。这是他亲自给郑好儿讲解过的本子,当年她红遍洛阳的时候也是满城皆唱"今日是我出阁的前一晚上,还缺少上轿的绣鞋一双",如今听来,嗓子竟似大不如以前,曾经清亮如黄鹂的声音失了圆润,低沉沙哑,但行腔处理和曲中情感,依旧比寻常旦角儿要强上许多。

周钧儒烦躁得坐立不安,如何想到在这异乡之地,自己的戏班竟公然要与郑好儿一争高下! 她昔日对自己百般敬重,如今这局面,惟新社赢了,伤了好儿的心,他并不觉光彩;输了,自己这个"半师"更是颜面无存。

寒冬天气,他竟拿起帕子拭了把汗,姚青禾看他如此紧张,便问道:"卓先,你这是怎么了? 大冷天怎么还出汗?"

周钧儒悄悄看了一眼四周,凑到姚青禾耳边道:"对面打擂唱《风雪配》的,是好儿!"

姚青禾顿时一惊:"怎么会是她?!"

周钧儒:"我也不知道,提前仔细打听过了,不是李老板的班子,但那边高秋芳一开口,我就知道是她了。"

姚青禾:"确定没有听错?"

周钧儒:"我亲自教过的,怎么会听错?嗓子虽不如以前了,但确确实实就是好儿。"

姚青禾:"这可怎么办?戏已经开演了,就算对台是她,也不能停了。"

周钧儒忧心忡忡:"我就说对面为什么也挂《风雪配》,难道好儿知道惟新社是我的班子,故意要跟我怄气?"

姚青禾:"你也太多心了,就算郑好儿真来了陕西,她能知道昔日的大少爷沦落到组班子唱戏?你要是叫个周家班,她也许能猜出点什么,这什么惟新社,谁知道是哪儿的班子?"

周钧儒:"可是这么巧合实在难以解释……而且既然好儿在这里,李老板去了哪里?"

姚青禾:"等唱完戏,把她叫过来一问不就知道了?兴许两个人失散了呢?"

周钧儒叹气:"也是,这兵荒马乱的,家人失散也是常有的事,等唱完了问问她。"正说话间,该知县上场了,周钧儒连忙整了衣冠上台去,强忍着心思把这一段戏走下来,却是有几分心不在焉,好在没出纰漏,又是皆大欢喜的结局。观众连声叫彩,最终自然是惟新社赢了这场打擂。

然而周钧儒心里颇不是滋味儿,到后台急慌慌脱了服装洗了脸,便冲到对面戏班直奔后台,托人传话道:"请给郑好儿姑娘传句话,周钧儒来看她了。"

那人正闪着半边服装准备去后台换下来,听了这话待理不理道:"什么正好不正好的,我们这里没这个人。"

周钧儒诧异:"刚才演高秋芳的,不是郑好儿姑娘?"

那人不耐烦道:"不是告诉你了吗,没有这个人,你要是来搅乱的,请到别处去。"他说着再不理会他,自顾进后台去了。

周钧儒越发不明所以，自言自语道："怎会不是好儿呢？为什么说没这个人？"想了片刻，他忽然扬声道，"好儿姑娘，我是周钧儒，到后台看你来了！"然而后台并无人应答，他等了片刻，又喊了一回，连喊三回，依旧不见郑好儿出来。

他心下有些失落，难道方才自己听错了，是另一个与郑好儿唱腔相像的坤伶？然而他却不知，此刻的后台，郑好儿正泪水长流，听着外面的喊声，心神欲碎，却不知是否该出去见他。自花园口决堤见过之后，到如今已是四年多时间，其间发生了太多的变故，自己亦是家破人亡，孤苦飘零流落至此，容颜已衰，唱腔不在，还如何敢与故友相见？

就在周钧儒转身将要离开时，她却终于忍不住冲了出来："少东家！"

周钧儒回头，就见郑好儿单薄瘦弱地站在那里，面容好似老了十几岁，脸上都有了皱纹，最令人痛心的是她那一脸的孤苦忧伤，仿佛被世界遗弃了一般，分明二十来岁的女子，竟有了许多沧桑之色。

郑好儿看着周钧儒，良久之后才走到他面前，轻轻道："少东家，你怎么来这里了？当初我去伊河镇找过你，都说你离开偃师了。"

周钧儒："先不要问我，你是怎么回事？李老板呢？成儿呢？怎么只有你一个人在这里？"

只一句话，郑好儿的眼泪如断线珠串般滚落而下："坤和哥与成儿，没了！……有个国民党旅长要强占我，坤和哥不肯，执意反抗，他们就在后台放了炸弹，坤和哥跟成儿……就被炸死了，连个完整的尸首都没留下……"

周钧儒如遭五雷轰顶，李坤和父子竟被公然炸死在后台！

戏子社会地位低下，时常遭受权势阶层、兵痞流氓的欺辱，"玩戏子"之风盛行，一些没有后台无人撑腰的戏子，尤其是坤伶，往往被当做娼妓之流对待。郑好儿生得灵秀，又是当红曲子班的名伶，那国民党旅长看完戏便动了邪念，在他看来，无权无势的郑好儿纵然不曲意逢迎，也可手到擒来，却不想她执意不肯屈从，李坤和又颇有几分血性，竟一下子激怒了他，便发生了后台炸弹事件。

周钧儒一时语无伦次，竟不知说什么才好，对于遭受如此命运重击之人，任何一句话都是多余。父亲骤然离世的时候，他内心也有过这样轰然坍塌山峦猝崩的感受，那种无力无望，绝非言语可以形容，所有的劝慰，都不过是伤口上再撒一把盐罢了。

郑好儿依旧流着泪："少东家，我是个命运不祥的人，老天给我的所有希望，最终都会从我身边一样样拿走，我当年就不该活下来，不该去学戏，更不该嫁给坤和哥，有了成儿，最终到底因为我的罪孽，生生连累他们送了命……我这样的人，留在世上还有什么意思……"

周钧儒静静地听她哭诉着，等她终于停下来才说道："好儿，不是你命运不祥，是这个不公平的世道，难道他们公然在后台放炸弹，也是你的罪孽？你是个好人，心地善良，有情有义，你不该受这样的苦，更不该觉得这是你的错。"

郑好儿迷惘地看着他，哭诉道："可是，我已经是这样的命运了，老天要惩罚我，难道我还有别的路可走吗？我甚至不知道自己为什么还要搭班子唱戏，被各个戏班争抢、抛弃，如今落到这个地步，年老色衰，嗓子也毁了，再过一两年，连戏台上也没有我的立足之地了，到那时我还能做什么？我还活着做什么？"

周钧儒听着她的话，悲伤竟似洪水般淹没了他的心，却又一个字都说不出来，只能默默地听着。"我们这些没了倚仗的角儿，被各个戏班子抢来抢去，命运完全不由己。听说有个角儿被两个班子争夺，没有抢到的那家竟拿石灰迷她的眼，生生被害成了瞎子……还有被划了脸的，毁了嗓子的，真不知我什么时候也会遭遇这样的事……"及至后来，郑好儿也不再说，只是不停地落泪，好像要把这一生的泪水都流在这异地他乡的陌生镇子上。

过了小半个时辰，郑好儿戏班里的人来寻她，见周钧儒在她身边，以为是捧戏的票友，歪声丧气地嘟囔了几句，便催着郑好儿回去。周钧儒也只得回到惟新社，众人早已收拾完了散去休息，只有姚青禾还在等着他。

一见他回来，姚青禾立即问道："真是郑好儿？"

周钧儒落寞地点点头："真是她，李老板和成儿没了，只剩她一个人，流落到陕西来了。"

姚青禾震骇然："没了？怎么没的？"

周钧儒将方才与郑好儿见面之事与她说了一遍，叹气道："如今好儿孤苦一人，在小窝班里连本名都不用，人憔悴得看不得，嗓子也不好了，这样下去，唱不了几年就毁了。"

姚青禾忧心道："这可怎么办？小窝班哪儿能养得住人，她这样蹉跎下去，早晚会走投无路。"

周钧儒心乱如麻："不说她未来怎样，眼下就是个难题，我哪儿想到今天是跟她打对台？要知道她是这个情形，宁可辞了东家也不做这样的事，明天还有一场戏，怎么唱得下去？"

姚青禾也叹气："咱们已经赢了场面，明天你唱与不唱，他们戏班都没法立足了，郑姑娘没恼你，说明她没把这事放在心上。"

周钧儒："你的意思，明天继续唱？"

姚青禾："只能继续唱了，不然咱们的名声也要受影响，现在最要紧的，是郑姑娘的处境让人担心。"

周钧儒："我也是为这事心里七上八下，不帮她吧，这么多年与他们夫妇情谊很深；帮她，却又想不出个章法。"二人一边说着，一边往宿处走，深夜的街上已经无人，道路漆黑一片，到客栈时岫儿和岚儿已经睡得深沉，他们草草洗了把脸，便也躺了下去。

第二日再开戏时，惟新社台下早已挤满了人，对台却只稀稀疏疏几十个人，两边输赢已成定局，惟新社众人自是志得意满。当晚的《打銮驾》是马天梁的包拯，魏子洛的公孙策，李德元的曹妃，周钧儒的曹国舅，其他各色行当俱都齐整，稳稳当当唱了个满堂红，台下彩声连片。

尤其是包拯唱到"听一言火万丈，曹贵妃做事理不当，你的兄在陈州良心尽丧，你竟敢借銮驾污骂忠良，王马张赵听爷讲，先打她杏黄旗霞光万丈，再打她珍珠闪耀眼争光，王朝马汉尽管打，相爷不怕犯王法，九龙口里见圣驾,哪怕万岁把头杀,王朝马汉张龙赵虎你们一个一个与我打,不怕你贱妃奏皇家。"近些年来政局纷乱,外敌入侵,更兼物价飞涨,盘剥无度,遍地豺狼之属凌虐百姓,今日听得包青天如此与民做主,连皇家贵妃也敢当街砸了她的銮驾,岂不大快人心?

及至戏终时,台下竟是掌声雷鸣,叫好声喧嚣如沸,不停地有人往台上扔麻钱干果,甚至夹杂了几块银洋,点名要让马天梁、魏子洛出来相见。二人足足登台谢了五六回,才平息了台下的呼声,得以回到后台卸妆换衣裳。

回到后台,看着众人将所有衣箱行头刀枪把子等物整理归拢完毕,东家送来了馒头、烩菜给戏班开饭,周钧儒却全然没心情,失神落魄。众人看他这样,便围上来问,才知道对面打擂的竟是郑好儿,大家无不惊诧失色:洛阳唱曲子戏的,哪个不认识郑好儿? 然而昔日光彩照人的角儿竟沦落到如斯境地,个个感喟不已,颇觉可惜。

当天夜里,周钧儒躺在炕上依旧愣愣地发呆,过了半晌,忽然道:"青禾,我想跟你商量件事。"

姚青禾:"你说。"

周钧儒:"我们能不能把好儿邀到惟新社来,总好过在野班子里越来越没落。他们那个班社真跟讨饭一样,听说连哭丧拜灵都肯去,好儿以前毕竟是个红角儿,怎么能做这种事?"

姚青禾叹了口气:"我听着也是心疼,当年多好的姑娘,谁想到这么命苦。"

周钧儒小心翼翼:"我要真把她邀过来,你不多心?"

姚青禾故意斜睨着他:"我多什么心? 该不是周大少爷有什么想法吧? 慢说以前她就对你有过心思,就算没有这事……"

周钧儒顿时急得脸红:"你明知道我不是那个意思。"

姚青禾当即笑了起来:"我又没说什么,你就急头上脸的,大少爷就这点气性?"

周钧儒:"不是我急,是你太怄人。"他随即叹了口气,"我就是不忍心看李坤和死了,他的妻子沦落到众人欺辱,那戏班指着她唱戏又看不起她,存心作践她呢。"

姚青禾忽然认真道:"要想收留她也不是不行,可是收留坤伶到底有些麻烦,李坤和怎么死的? 不就因为那些兵匪早就习惯了玩戏子? 在他们眼里,戏子就是玩意儿,整日抛头露面的女戏子,他们哪能不动心思?"

周钧儒无奈道:"可是好儿不是那样的人。"

姚青禾:"我当然知道她不是那样的人,可是别人知道吗? 我们总得想好了再收留她。"

周钧儒急道:"我自然知道收留她会惹很多麻烦,可要是不管她,就眼睁睁看着她走投无路,断送了一辈子?"

姚青禾想了想:"你要一定把她留下,只有一个办法:永远不登台唱戏。"

周钧儒一愣:"不登台唱戏,她做什么?"

姚青禾:"做箱倌也好,杂务也好,哪怕跟在班子里浆洗衣服张罗做饭,只要不登台,就不会有人打她的主意。"

周钧儒:"这,好儿只会唱戏啊……"他忽然转念一想,"罢了,不唱戏也好,就跟在班子里暂且吃口饭,以后的事,以后再说。"

当日夜里,周钧儒左右睡不着,想着好儿输了擂台,一定备受折辱,越想越不放心,到底起身去叫醒了魏子洛:"你去对面戏班看看,我担心好儿要被欺负呢,我不方便出面。"

魏子洛一听,顿时爬起身来:"是得去看看,那些人输了戏,不知道怎么为难她呢! 真要拿个女人撒脾气,算什么东西!"说着他披好了衣裳便往外走。

此时的郑好儿,已然被羞辱得几乎无路可走了。

输了戏,自然拿不到东家的赏钱,一班人臊眉耷眼,当夜便把愤怒撒在郑好儿身上,摔摔打打骂骂咧咧已不足道,班主直接指责到了她脸上:"你不是洛阳曲子名角儿吗? 不是唱红过洛阳城吗? 怎么现在倒输给了一个野班子? 你要能吃这碗饭,就好好拿出本事来;要是吃不了这碗饭,不如跟了你男人去,还能落个烈女名声! 干着抛头露面的行当,还一脸寡妇相,唱得哭坟似的,真当我这里是养姑奶奶的?"

众人见班主都这样说,也就跟着满嘴不干不净起来,直把郑好儿逼得上天无路入地无门。等到他们终于骂累了各自去睡觉,她越想越觉了无生趣,径自离了戏班,一气奔到了河边,头也不回便走了进去。

恰好魏子洛赶到此处,一见有人投河,慌不迭地就跑过去把人拉了上来,及至把人救上来,才知道是受尽辱骂折磨的郑好儿。郑好儿轻生之意已决,依旧挣扎着要往河里走,魏子洛急道:"你跳什么河,是周少爷让我来看看你!"

一句话说完,郑好儿忽然两眼泪垂,呆呆地跟着他回了惟新社。

周钧儒听说郑好儿险些跳河,后怕地出了一身冷汗,幸而自己让魏子洛去看她,不然她就生生送了这条命了!姚青禾也起身走了出来,见她一身湿淋淋的惨状,心中大为不忍,连忙取了自己的衣裳给她换了,才坐下来说话。

听说惟新社愿意收留自己,只是以后不能登台唱戏,郑好儿大为惊诧,一则欢喜于少东家如此体恤自己,眼见落难便伸手相救,二则自己不能登台唱戏,留一个无用之人在戏班里岂不是惹众人嫌弃?

想到此处,她愈发悲从中来。多年前送自己走上唱戏这条路的是他,如今提出不让自己唱戏的也是他,命里这许多机缘,怎么都系在他一人身上?

周钧儒见她犹豫,也不急催,只是默默地看着她,信口道:"你嫂子不希望戏班里有坤伶,不然总会惹些麻烦,你要愿意跟着我们混口饭吃,就留下来。"

郑好儿:"少东家,不唱戏,你收留我有什么用? 就算我现在嗓子不比以前,登台总还能挣些钱,哪能让你们多养一个闲人?"

周钧儒叹气:"你要是登台,再招来兵痞流氓,不光你自身难保,戏班也要跟着受麻烦,目前我们还算安稳,总不至于养不起你。"

郑好儿沉默了片刻,自嘲地苦笑道:"周老板说的是,那些看坤伶的人,有多少是奔着戏来的? 在他们眼里,抛头露面便是娼,女子想要清清白白地唱戏,怎么就这样艰难?"她随即摇了摇头,"我如今虽然沦落到讨饭班子,但也算自食其力,有得吃就吃,没得吃就饿着,从没接受过什么人可怜⋯⋯可是少东家你,要不是你当年给我一条活路,世上早没有我这个人了,我不能一而再再而三地给你添麻烦。"

周钧儒惊诧:"怎么,你不想来惟新社?"

郑好儿神色落寞:"我命数不济,不能再连累少东家和少奶奶了。"

姚青禾忽然开口道:"郑姑娘不用多心,卓先想请你过来,是跟我商量过的。我想了,你要是不愿意吃闲饭,就做个教习,在班社里教孩子们学戏,你愿意吗?"

郑好儿:"做教习?"

周钧儒听了姚青禾的提议,也连连点头,说:"好儿姑娘要是愿意做教习,是那些孩子的福气。"

如今跟在惟新社里跑龙套的都是些无父无母的穷孩子,戏班在各地演出,围上来看热闹又有些天分的孩子便攥着不放,他们又脏又瘦衣衫褴褛,便如讨饭花子一般。大家觉得可怜,便裹在戏班里把他们带走,有些吃几天饱饭便跑了,还有些坚持下来便跟着学了戏,渐渐地也能跑跑龙套,混个小角色了,若是郑好儿肯教他们,也算是给戏班培养人才。

郑好儿听周钧儒与姚青禾如此恳切,才终于答应下来,却坚持不收教习薪水,只要能得三餐饱饭便足。周钧儒还要争执,却见姚青禾使眼色,也就同意了她的要求。

自此,郑好儿每日早起晚睡,凌晨五点便催着孩子们起床练身段吊嗓子,有些天资好的,便因材施教传授一些唱段,再根据他们的特点分派行当,若是晚上有戏,必要跟着看完了演出,第二日再一一指出孩子们的疏漏。毕竟是红遍洛阳的名角儿,台上经验丰富,唱念做打功夫俱是深厚,因此寻常也给李德元、杨金献等人讲戏,每日如此,竟是比唱戏还要辛苦许多。

更令人惊诧的是,她看起来虽是个弱女子,教导学生却是分外严厉。周钧儒心肠软,对孩子们往往雷声大雨点小,郑好儿却脸色一沉,毫不慈软,手里的藤棍竟如长了眼睛一样,哪个稍有懈怠或者差错,抬手便打。一天戏学下来,每个孩子都要挨上几十下,身上一道道的红檩子触目惊心,甚至有些吃不得苦楚便要离开。周钧儒心中不忍,劝说过几次,郑好儿便道:"哪个唱戏的不是打出来的? 我当初学戏少说也褪过几层皮,总是一味惯着他们,什么时候能成才? 要求严格些,台上就少出错,打也是为他们好,想学艺还怕吃苦,就不要吃这碗饭!"周钧儒知道她说得对,也无可反驳,只是心疼着叹气不已。

最让周钧儒不解的是,郑好儿进了惟新社之后,处处都避着他,不得不与他说几句话时,也站开远远的,而且总是冷着脸,比之前更疏远了许多。初时他以为郑好儿经历了丧夫丧子之痛,对人情世事灰了心,可后来看她与魏子洛、李德元等人说话依旧非常熟络,跟姚青禾更是亲如姊妹一般,这份"冷若冰霜",竟是只对自己一人,越发觉得委屈无奈,却又不能向郑好儿问个明白,只能摇头自嘲:发善心请回一尊惹不起的佛,何苦来哉?

别扭了些日子,他终于忍不住向姚青禾牢骚道:"好儿这是怎么了? 我哪儿惹她了,整天摆脸子给我看?"

姚青禾故意斜着眼睛看他:"你哪儿惹了她,我怎么知道? 她又没摆脸子给我看。"

周钧儒更觉憋闷不解:"她那样也就罢了,怎么你也跟着话里带话? 我做错了什么,要夹在你们中间受气?"

姚青禾:"你这话可要说清楚,到底是谁夹在谁们中间?"

周钧儒立时急了起来:"你! ……当初留下好儿你也是同意的,怎么现在你们都会做好人,坏人就我一个?"

姚青禾看他真急了,才摊手道:"人家躲着你是为了避嫌,当年知道你们事的人不少,她要是不避着你,不定要传出多少闲话来,好说不好听。"

周钧儒更加烦躁,站起身嚷嚷道:"我们有什么事?! 明明是你们女人多心,没事也要生出事来!"说着他一甩袖子,转身出门去了。

偏巧刚一出门,就见郑好儿站在那里,他也不肯理会,气哼哼地走了。

郑好儿来找姚青禾要做几朵绒花,她一个女子出入不便,每次都是与周钧儒夫妇借宿在一处,因此方才周钧儒那句"我们有什么事"听了个正着,脸上顿时红了一片，心更是扑通扑通地乱跳。从开始她就知道，少东家不过是自己一份不着边际的痴念罢了，纵然如今他也沦为下九流，但丈夫儿子出事之后，她便已心如死灰，何苦再寻烦恼？然而不知为何，每次见了周钧儒，她依旧存着不敢流露的小小期盼：自己在他眼里，应该是不一样的吧？

越是这样想，越觉心里不安，尤其面对姚青禾时，更觉自己藏了不可告人的心思般愧疚不已，因此她只能时时处处避开周钧儒，用疏远和淡漠掩饰自己。正胡思乱想着，就见姚青禾站在门口向她招手："好儿，找我有事？快进屋里来。"她想要退回去已经来不及，只得进屋与姚青禾比量着颜色做绒花，然而心思纷乱如麻，早已不知飞到何处去了。

姚青禾到底年长几岁，如何看不出郑好儿暗藏着一份心思？如今看她神不守舍，便知道她听了周钧儒说的话，因此也不点破，依旧与往常一样边做着活计边说说笑笑。她与周钧儒经历几番生死走到今日，自然知道他最看重的只有这个家，对郑好儿不过是照应故人。然而郑好儿生得灵秀烂漫，成婚生子之后又添了女人成熟的韵致，纵然命运弄人落到如此地步，她身上依然有令人心生怜惜的清丽妩媚，所到之处总能吸引男人的眼光，姚青禾不敢确信，她不会在周钧儒心里荡起几分涟漪。然而她又忍不住同情这个命运悲苦的女人，哪怕自家已沦落到衣食无着居无定所，她依然愿意收留郑好儿，给她一个遮风挡雨之地，相互扶持着勉强活下去。

岫儿和岚儿也很喜欢这位郑师父，她教戏时演示的身段唱腔，她言谈举止间的清逸秀美，是她们从不曾见过的，她们此前只知爹和叔叔们唱大戏的热闹，郑师父却让她们感受到了洛阳曲子的"美"。她们年纪尚小，并不懂得这种美的意义，但却大为倾倒，吵闹着要跟郑师父学戏，口口声声说着不怕打，要去"拜师"。

周钧儒与姚青禾头疼不已，两个孩子尚在童稚，并不知女子学戏意味着什么，只看着身段漂亮，唱腔婉转，便觉唱戏是人间第一等美事，哪里知道当个下九流的戏子要吃多少苦，受多少屈辱歧视？

因此任凭她们怎么吵闹，周钧儒一概不允，姚青禾更是严厉禁止她们再去看郑好儿教戏。岚儿哭闹了几天，眼见父母无动于衷，竟拉了姐姐偷跑出去。郑好儿教戏往往在村镇周边的荒山坡或者空旷庄稼地，两个孩子四处乱寻，没找到他们练功的地方，却在荒山之中走迷了路。周钧儒与姚青禾心急如焚，带着戏班众人慌得到处找，又四处向村民打听，足足找了大半日，才将滚落到山沟里的姐妹二人找了回来。姚青禾又气又急，忍不住便把她们打了几下，可到底怕两个孩子到处乱跑走失了，夫妻二人无奈，商量了一番，便允了她们跟着郑好儿学些身段唱腔，只要将来不正经登台，便算不得下九流的戏子。

岚儿与岫儿兴高采烈，开始跟着其他学生一起学戏，然而郑好儿只教了几天，便发现这姐妹二人竟是难得的好苗子。尤其是岚儿，身手灵活，记性绝佳，一教便会，一点就通，再加上天生的身子强健，双臂与腰上分外有力气，倒立拿顶竟能轻松坚持小半个时辰，真是天生学戏的奇才！

周钧儒看两个孩子如此天资，心中更是叹息无奈，若她们只是资质寻常，学一阵子自然丢开了，可如今竟是祖师爷赏饭的好根骨，这一学下去任谁也拦不住了。他将这番顾虑说与妻子，姚青禾也忧心不已，在这战乱四起兵匪连绵的岁月里，女子入了这一行，便是招惹麻烦的根源，尤其两个孩子都生得品貌不俗，将来若被居心不良者盯上，落了火坑，便难逃一生悲惨的命运。

自郑好儿加入戏班，把练功、排戏等事几乎全部担负起来，周钧儒的任务大大减轻，有了更多的时间去各村镇县城联络，近处的步行来回，远些的则扒火车往返，惟新社的足迹沿着陇海铁路一路向西，从马嵬坡、普集镇、武功、绛帐镇、常兴镇、眉县，一直走到了蔡家坡、阳平镇、虢镇等地。洛阳曲子的旋律也随之西行，河南老乡和陕西乡党都爱这明快婉转的旋律，更爱这入情入理的戏文故事，因此戏班虽饱受奔波流浪之苦，却也真真切切地维系了众人的生计，而且攒了些钱陆续添置服装行头，观瞻上比粗陋的乡野小窝班强上许多了。

如今的惟新社行当齐整，能唱几个全本戏，在蔡家坡、虢镇这样的工业重镇也能打得开场面了。日子渐渐宽裕起来，与以前吃了上顿没下顿的时候比,简直天上地下,李德元甚至玩笑着憧憬戏班走红后的日子:"等咱成了名角儿,大把分包银的时候,也置办一身好行头,出门就坐黄包车……"冯素芳立即接话道:"你这光棍汉,就没想过娶个漂亮媳妇儿?"众人哗地大笑起来。

李德元两手一拍:"怎么不想? 我娘走得早,最大的念想就是盼着我娶上媳妇儿留个后。"

马天梁忽然压低了声音,指了指外面正带着学生练功的郑好儿:"好人家姑娘谁会嫁给臭戏子? 连这样的都瞧不上你呢。"

李德元立即摇头,拉长了语调:"那一脸冷冷的,咱可招惹不起。"

魏子洛也跟着嘿嘿道:"那是个命硬的主儿,克夫克子,你这贱命可降不住……"

话音未落,却见周钧儒忽然变了脸色,呵斥道:"你们胡呲什么呢!"众人猛地一惊,再回头,却见郑好儿站在门口,面上冷得挂了冰一样,只看了他们一眼转身便走。几人都讪讪的,唯有周钧儒起身追了出去:"好儿! 好儿你别跟他们一般见识……"

郑好儿忍着气走出去七八丈远,见周钧儒一直追着,便停了脚步叹气道:"少东家,你不用劝我,这些闲话我听得多了。"

周钧儒:"可是我心里过意不去……"

郑好儿苦涩一笑:"有什么过意不去? 在野班子的时候,比这难听十倍的话我也听了,难堪十倍的事我也做了,我本来就是这样的人这样的命,由他们说去吧。"

周钧儒急道:"别人怎么说我不管,但是在我的戏班里,以后绝不让任何人嚼舌根说你的闲言碎语!"

郑好儿:"你管得住他们的嘴,管得住他们怎么想吗? 他们当面不说,背后就不说了吗? 你不用为我费心,我早都习惯了。"

周钧儒立时语塞,一句话都说不出来。自郑好儿来到戏班,异样的眼光和窃窃私语便不曾停止过,即便同在戏班、同为下九流戏子,坤伶也依旧低人一等。男人可以对她们出言放诞品头论足,她们却只能任人戏谑欺辱,忍气吞声。

姚青禾听说了此事，气得两眼瞪起，当即走去把那几人狠狠排揎了一顿，骂得他们膘眉耷眼不敢抬头。然而郑好儿留在戏班里终究不是长久之策，背地里闲言碎语总是避免不了，姚青禾便与周钧儒商量："好儿总跟着我们也不是事儿，索性她也不唱戏了，不如慢慢相看个好人家，放她过安稳日子去。"

周钧儒两手一摊："难道我不想？可是上哪儿找她满意的人家？"

姚青禾："只要家底说得过去，一心一意过日子的人家，有什么不满意的？"

周钧儒："她经了那么大变故，怕是轻易不肯再嫁。"

姚青禾故意激他："怕是你舍不得吧？"

周钧儒登时红了脸，急得额头绷起青筋："你这是拿话跟我怄气呢？可不是一回两回了！"

姚青禾立刻笑了起来，白了他一眼嗔道："每次都急赤白脸的，你追着她跑出去的时候就不怕别人多想？知道的是你关心她，不知道的呢？"

周钧儒鼓起一肚子气没处发泄："是该给她做打算了，不然不知道以后还要生多少闲气！"

惟新社在陇海铁路线上越来越有名气，众人都踌躇满志，满心以为唱红唱响指日可待，却忽然传来一个可怕的消息：日本人打到洛阳了！

周钧儒心里一惊，虽说自己已离开偃师，却始终关切着洛阳方面的消息。这些年来日寇横行河南，烧杀抢掠无恶不作，极尽残忍酷虐之能，沦陷区的百姓被随意屠杀，更兼横征暴敛物价飞涨，饥寒交迫死伤逃难者不计其数。洛阳一带也频繁遭遇日机轰炸，伤亡惨重，却始终未曾被日军占领，顽强的洛阳军民守着风雨飘摇的中原核心之地，竟与日军抗衡了六七年之久，其间付出的惨重代价可想而知，日寇也早已恨透了洛阳。若是被侵略、沦陷，故土的乡亲将要遭受何等深重的灾难？

周钧儒只觉心如刀绞，当夜便换了戏，演出抗击金兵的大宋英雄岳飞。

唱到心酸处,周钧儒在台上当场慷慨陈词,痛诉日寇侵略之暴,家乡百姓抵御外敌之艰,请求陕西的乡党们伸以援手,接下来将义演募捐,为抗击日寇捐钱捐物。

台下观众无不痛恨难当,戏终结束时,人人痛骂日本鬼子,将身上的钱物纷纷扔到台上,并有人不断高喊着:"不能让洛阳落到日本鬼子手里!""拼死也要挡住日本人!""把日本鬼子赶出中国去!"

周钧儒含泪谢捐,在台上连连打躬不已。戏班众人也摩拳擦掌,声言"家乡遭难,我们不能回去打鬼子,能捐几个钱也是抗日"。此后戏班每到一处,必宣讲日寇侵略家乡危亡之痛,众人齐心协力慷慨义演,筹集钱款捐助家乡抗击日寇。

民国三十三年春,洛阳已是危在旦夕。

日寇军队渐渐逼近洛阳,轰炸之频繁更是前所未有,国民党军大部分撤离豫中战场,洛阳已成敌军重重包围下的孤悬之地,唯有十五军将士枕戈待旦死守阵地,百姓们也纷纷寻求避难之所,整个洛阳笼罩在巨大的悲怆与紧张之中。

十五军中男儿多是洛阳人,家就在此地,国就在肩头,退无可退,早已做好了必死的准备。武军长亦是本地人,此刻率部亲守洛阳,只一句话:"我与诸位共守家乡,决心战死在此地,只要还有一个洛阳兵,就不能让日寇占了洛阳城!"

偃师县地处洛阳之郊,敌机每日呼啸而过,炸弹不时落下,县城中只有少数驻兵,乡下之地更是任由日寇肆虐,百姓们早已人心惶惶,各村都征调了青壮年日夜站岗,进出村庄的围墙也全部修缮起来,以防日寇侵袭。

祁方域已经十一岁,正在小学就读,眼见敌情紧急,偃师殆危,康宜俭便让他暂且休了学,带他返回康家寨。寨子三面环水一面靠山,又僻处山中,日寇很难侵扰到此地,算得相对安全的所在。时隔数年,再回娘家,康宜俭的脸上已有了沧桑之色,唯有鬓间的白花与鞋面的白布,从未取下,以示为夫守孝、寡居一生之意。

到了四月间,日寇持续增兵,志在一举拿下洛阳,城市乡野莫不遭遇炸弹空袭,康家寨上空也常有敌机飞过,每次听到飞机轰鸣之声,人们便飞快地躲入地窖,等到上面有人喊着"飞机走了",才陆陆续续爬出地面。

康氏族人青壮男子多有参军者,日寇逼近洛阳,年轻的军人们早已决心赴死,预先写下遗书送回家中,信中满是"生当报国,马革裹尸,不灭暴日,誓不还乡"之语,虽气壮山河,于家人而言却是死生诀别。一时间寨中哀声四起,明知儿孙尚在人世,却不能阻止他们慷慨赴死,日夜煎熬于白发人送黑发人的心绪,焦灼的担忧思念之下,竟有老人痛急而终者,令人含泪唏嘘不已。

康宜俭的丈夫祁书瀚校长虽已亡故多年,但其慷慨陈词力主反日之事依旧在乡间流传,尤其他当年在《呼吁反日告民众书》中所言:"倭人侵华祸心久矣,若一举割占东北,又要举兵南下,日寇侵袭愈烈,中国沦丧愈多,亡国之患,近在眼前;亡国之奴,你我皆然……"如今看来,真字字泣血,无不应验,因此提及祁书瀚,康家寨中人无不肃然起敬,为他的真知灼见与反日勇气感喟万千。

康宜俭见寨中悲伤之气弥漫,更觉思念丈夫,若他今日还在,必是踌躇满志,为家国蹈死不顾的。一念及此,她便将当年所存的一份《呼吁反日告民众书》取了出来,纸张虽已破旧发黄,但祁书瀚的字迹依旧苍劲有力,锋芒毕露。

康老先生将字纸张贴于康家寨祠堂高墙之上,又逐门逐户动员参军将士家属将遗书一并贴出,数十封遗书整整齐齐列于祠堂,他亲自带领族中长辈为之祝祷。家属莫不感慨涕泪,寨中风气骤然为之热血激荡,村民路遇将士家属,皆停步伫立,礼让先行,敬重其慷慨报国之志。

康宜俭此番作为,更是令康氏族人敬服,人人都道康家大小姐是个温柔内秀之人,却不想危难之际竟有如此刚烈性情。从她矢志守节,到如今捐出亡夫倡议书鼓舞抗日士气,虽不曾抛头露面,却不动声色间激起了康家寨人的抗日决心,令人击节赞叹。

然而二小姐康含章的心境却与大姐全然不同。张云志就在洛阳军中,此时洛阳只有十五军与九十四师一万八千兵力固守孤城,日寇围困,援军无望,早已是不解的死局。此前与张云志道别时，她便知所爱之人此去有死无生，她甚至不敢想，一旦日寇兵临城下，张云志及其战友将面临何等血火之危，然而她却不能劝他留下，因为他是军人，以死殉国是他天职所在。

临别之时，张云志留给她一句话："国家危难，我当以死报国，若此去不再归来，是为国尽忠；若侥幸劫后残躯，才能与你相守，家国不能两全，你暂且回康家寨避难，你心里有我便可，不必执着于我。"二小姐几乎哭得肝肠寸断，眼睁睁看他离去，整个人如失了魂魄一般，整日坐在房里以泪洗面，短短数日便瘦得脱了形，任家人如何劝解宽慰都无济于事。

及至民国三十三年公历五月五日，日寇五万大军扑向洛阳外围阵地，防守关林一带下池、七里河、兴隆寨、翟家屯、小屯等地的六十四师正面与日寇遭逢，死战不退，损失殆尽，所余将士与六十五师连成一线，拼死血战十日以上，部队减员过半，日寇每前进一步，即付出重大代价。武军长不断向战区司令长官蒋鼎文和汤恩伯呼救，请求支援，得到的答复却是："增援部队被日军死死阻击在路上，望你率领忠勇将士，无论如何再坚守数天。"

然而以血肉之躯固守阵地多日的十五军并未等来救援，被迫撤入洛阳城中防守。日军数以万计的炮弹落入城中，房屋崩塌、大火连绵，将士们进入艰难的巷战阶段，城中连坚固的掩体都找不到，只得在各街道、房屋修建工事，将各户通街的门窗全部堵死，墙上挖了枪眼躲在室内向外射击，各院墙壁也都挖通，以便往来接应，房顶上设置机枪掩体，向街道上射击、投弹。弹尽粮绝之后，将士们在断墙边用刺刀、砖块与日寇厮杀，满地皆是血染的砖头、断掉的刺刀和双方士兵的尸体。

洛阳战况危急，十五军急求救援的电报一封接一封发出，时刻未曾停歇，然而援军一兵一卒未至，却在五月二十二日等来了蒋介石的手令："着仍固守洛阳，勿轻信谣言，至迟一星期，我必负责督饬陆空军增援洛阳。"

守城将士伤亡惨重，日军也付出了陈尸累累的代价，为减少伤亡，日寇开始在城下喊话劝降："皇军自入中国以来，所向无敌，攻城没有超过一周而不下者。今将军守洛阳，十有余日，尽到了守土之责，也显示了你的军事才能。

现在洛阳外围,百里内外,已无中国军队,援军无望,坐以待毙,实属不智。为将军计,以停战归顺为上策。如果从命,自将军以下各级官佐一律不动,薪饷照发;如不从命,皇军已准备就绪,攻城且夕可破,到时将亡兵死,悔之晚矣。"武军长不为所动,命令士兵炮击喊话劝降的汉奸,以示"血战到底"之决心。

五月二十三日,洛阳失守沦陷,日寇大批涌入城中,其后两日,十五军及九十四师各路部分官兵突围离去,长达二十一天的洛阳保卫战,守军以一万八千人的兵力孤军血战日寇五万大军,毙敌两万余人,而十五军所余将士不到两千人,其余尽数阵亡为国捐躯,堪称惨烈之至。然而这却是河南坚守时间最长、歼敌人数最多的一次战役,洛阳这座千年古都,以城毁人亡的代价,成为日寇最难攻克的城市之一。

洛阳沦陷后,日寇开始了令人发指的屠杀暴行:在偃师每日强征民夫五千人修筑铁路,大量民工被以"怠工"处决;在宜阳一个月内制造了石陵大屠杀、水沟庙大屠杀、穆册大屠杀、漫流村大屠杀等十二次大屠杀,杀戮无辜村民近一千六百人;在河南大学将一百多名未及逃走的师生集体枪杀;在洛宁县东张村屠杀近一千名村民……

滔天罪恶触目惊心,洛阳百姓陷入了前所未有的灾难之中,每日生活在日寇屠杀阴影之下,有今日无明日,沦丧之耻烙印在每个人的心头,不时有血性反抗者,虽遭残酷镇压亦不惜一死。洛阳百姓间流传着一句话:"哪怕只剩一颗牙,也要咬掉日本鬼子一块肉!"威震山河的洛阳守军,宁折不屈的洛阳百姓,给日寇造成了极大的打击,也因洛阳一战打出了中国人的精神和气节,使得日薄西山的日寇再也无力西进函谷关,未能侵犯陕西。

洛阳战况惨烈,风云变色,人人为之垂泪含悲,似乎洛阳方向吹来的风都带了战后的血腥气。已经炎热的初夏,洛阳大地上一片死寂,日寇不时开车持枪扫荡,百姓们噤若寒蝉,仿佛沉默待宰的奴隶,无望而悲痛地思考着生活何以为继。

将士九成阵亡的消息传出,康家寨彻底陷入悲伤之中,这意味着几十位投军的年轻人,几乎无生还者了。

康老先生站在祠堂的高墙下，白须白发飘散，满目悲伤之色，他的面前，是近百人抚墙痛哭。他们都曾经是儿子、丈夫、父亲，如今捐躯赴难，他们的父母、妻子、儿女，失去了家中顶梁柱，成为孤苦无依之人。

良久之后，康老先生沉沉地叹了口气，转而肃穆威严道："日寇侵入洛阳以来，家家戴孝，户户有丧，惨死于鬼子之手的同乡和族人不知多少，然而我们康氏的大好男儿没怕过，没退过，在战场上和鬼子拼过，流了血，也拼了命！他们是康氏门中的英雄！我提议，投军报国者的家眷，由寨中所有人家共同出资出粮供养，为国捐躯者当祠堂立碑，镌刻英名，永受后世香火！"族中众人无有不赞同者，很快采来巨石，将所有参军者刻碑勒名。短短数日，一座高达两米的巨碑矗立在祠堂前，阳面一行大字："康家寨抗击日寇殉国将士浩气长存"。碑成之日，全寨民众悉数到场祭祀，悲怆浩然之气直冲云霄，每一户人家都告诫自己的子孙："要世代记得这些为国捐躯的义烈之士，他们都姓康，是康家寨的英雄男儿！"

二小姐康含章站在人群中，更是挥泪如雨，她所爱之人并不姓康，但亦是为国捐躯的义士，战后这些时日，张云志音讯全无，想来已是以身殉国了。

这些年她在外念书，进贸易公司做事，从来无暇顾及婚事，直到结识张云志，才终于动了心思，自谓得遇良人。然而生逢乱世，又遭日寇侵略，张云志身为军人便以征战沙场为任，这次洛阳保卫战，张云志率部陷入了血火鏖战，直至今日，生死未卜。

回到家后，她便把自己关在屋子里，魔怔了般不吃不睡，任父母如何劝慰都不肯出门。全家皆知她的伤痛所在，却无人敢置一词，只能眼睁睁看她折磨自己，整个人都失去了神采。

康宜俭自然知道失去所爱的痛苦，她也曾被湮没在这样的绝望里深深沉沦，仿佛人生黑暗得没有尽头。看着小妹一连数日不吃不喝，如同木雕泥塑一样失了魂魄，她再也忍不下去，径自推门走进她的房间，开口第一句话却是："是不是觉得，恨不得跟他一起死了，也不要自己留在世上受折磨？"

康含章猛地抬头："大姐？"

康宜俭叹气道:"当年你姐夫走的时候,我也是这样的心情,要不是卿哥儿,我大约也就随他去了,现在看你,跟我当年几乎一模一样。"

康含章眼泪慢慢淌下来:"要真能跟他去了,也就解脱了,可现在我是寻不得死路,也寻不得活路,心里总存着万一的侥幸,要真能看见他的尸身躺在眼前,也就不必这样不生不死地煎熬了……"

康宜俭落寞而冷静地说道:"当年书瀚的棺材就在我的眼前,我不也活下来了?"

康含章诧异地望着她:"大姐……"

康宜俭:"很多时候,我们总觉着一死了之就可以一了百了,其实死也没那么容易。只要你心里还有牵挂,就会觉着活得艰难,死又不甘,这两种念头在心里反复拉扯,刚开始的时候把自己折磨得遍体鳞伤,渐渐地也就能忍受了,再后来你就习惯了没有他的日子,猛一回头才发现生活已经过去了很久,接下来的日子,就不会再去想死了,因为我们已经习惯了活着。"

每一桩爱情都曾经如火炽热,每一次生离死别都曾轰轰烈烈,然而生活最终还是要归于平静,没人关心一个人的悲伤会延续多久,只有自己知道,如何从伤心得鲜血淋漓到磨砺出沧桑的盔甲。这样的道理,是康宜俭多年的切身之痛和感悟,而此刻沉湎于爱人离散的二小姐康含章,还不曾领会到这些,她的痛苦是新鲜而锋锐的,她有年轻的生命,有肆意悲伤的资格,她还没看透生活真实的面目,还在为自己的不幸遭遇拼尽全力去难过。

康含章不懂大姐话里的意思,却听出了她话语中持续了十年之久的痛,忍不住扑进她怀里痛哭道:"大姐,为什么这样的事会发生在我们身上,为什么我们要忍受这样的痛苦……"

康宜俭抚着怀中痛哭的小妹:"好好哭上几场,等到眼泪哭干了,没力气了,这件事就会慢慢过去了。"

果然,当天晚上,康含章便走出了房门,一个人到寨子前的路上凭吊了许久,再次回到家中的时候,似乎已经安静下来,对康姌娘送来的饭食也不再拒绝,全家人开始慢慢松下一口气。也许,等上一年半载,张云志就会成为她生命中的过往,还会有新的人生、新的机缘在前方等着。

就在康家众人渐渐觉得放心时,康含章却忽然发现,自己有了身孕。

结婚数年来,张云志大部分时间在军中,二人真正相守的时日并不太多,因此他们一直膝下无子。如今这意料之外的身孕,忽然给了她活下去的勇气:她一定要等到张云志回来,她腹中已经有了他的孩子,他若知道,一定会和自己一样满怀期待。

四六　闯荡宝鸡

陕西。

惟新社将义演所得捐于家乡抗战前线,然而等来的依旧是洛阳沦陷的消息。那一刻,整个戏班都陷入了巨大的悲伤之中,虽然背井离乡,虽然漂泊无依,但洛阳始终是他们心里的根,洛阳在,家就在,总还能怀着有一日重回故土的念想,可如今家不在了,沦落到日寇的铁蹄之下了。

他们咒骂日寇,痛哭流涕;他们默然长叹,烂醉如泥,但最终,依旧不得不接受了这个无奈的事实,心里空了,丝线断了,他们彻底成了异乡的浪子,故乡的弃儿,被斩断了与故乡的联系。

魏子洛狠狠一拳砸在地上:"真恨不得回去打鬼子! 拼了这条命也强过受亡国窝囊气!"

马天梁长叹:"周老板是杀过日本兵的,能怎样? 上百万的军队都挡不住日本人,中国多于一半的地方都被占了。"

周钧儒:"洛阳兵都是响当当的男儿郎,听说没有一个往后退的,九成以上都战死了,可是孤军无援,全靠人命填炮眼……"他无奈地抚着额头,"我有不少朋友都在军中,不知道还有没有人活下来。"

李德元也红了眼睛:"不知道我们能不能等到日本鬼子被赶走那一天,

这辈子还能不能回去老家,还能不能见到家里的人……"此话一出,众人越发惆怅起来,谁也不敢想日寇会侵占故乡多久,不知道他们什么时候打进陕西,不知道中国会不会亡国,更不知道有生之年,还能不能踏上故土一步。

魏子洛抹了一把眼泪:"你一个打鱼出身无父无母的人,就算回不去老家又能怎样? 我可是老家还有兄弟姐妹的,可能这辈子都见不到了……"

李德元低了头:"我虽然无父无母,在老家却有个嫂子,还有个等着我养的侄儿。"

马天梁猛地抬头:"怎么从没听你说起过家里有亲人? 你不是单身汉吗?"

周钧儒叹了口气:"德元当年虽说是穷家出身,但兄弟二人勤俭度日,总能吃上一口饭的,不料后来他哥被人打死,夺了田地,嫂子侄儿都成了他的责任。一个人养活三口人,吃了上顿没下顿,我看他实在艰难,就教了几段戏,跟着班子唱一唱,才算有几个钱。现在他回不去了,不知道孤儿寡母怎么活下去……"

大家再次沉默。每个逃亡异地流落戏班的人,都有一段不忍提起的悲惨往事。身为戏子,平日里唱的都是吉祥戏词,演的都是团圆故事,然而生活中哪儿有这样皆大欢喜的结局? 不过是把痛伤藏在心底,戴上一副喜乐的面具罢了。

天近中午,郑好儿带着六七个孩子练功回来,岫儿与岚儿也练得满脸是汗,一进院子却见众人如此情形,心里猛地一紧,及至听到洛阳沦陷的消息,亦是悲从中来。她原是开封人,险些被娘舅卖为娼妓,嫁与洛阳人为妻,亦是委屈出嫁,等到终于唱成了红角儿,日子有了期盼,丈夫与儿子却死于兵痞之手,所以开封、洛阳都是她的伤心地,早已下定决心此生再不会回去。然而如今两地都沦入日寇之手,她却更觉悲苦,这一生所有的回忆,所有的命运坎坷,都变得空空荡荡无根无系,连凭吊自己的过往都没了地方。

然而岚儿并不懂得大人们的悲伤,她怀里抱着一只刚刚睁开眼睛的小黑狗,凑到周钧儒面前:"爹,我们留下它好不好?"

周钧儒看着满眼期盼的女儿，叹气道："它还这么小，我们又不会在这里长住，过几天走的时候，怎么带着它？"

岚儿心疼道："可是它没有家，没有娘，我们不留下它，它会死的。等走的时候，我可以抱着它，走到哪儿，就把它带到哪儿。"

周钧儒："你自己还走不了远路，还要靠大人背着，怎么抱着它？"

岚儿神色倔强："我走得远，我能跟着练一个多时辰的功呢，抱着小黑也能走。"她眼巴巴地望着周钧儒，"爹，你常说我们唱戏的，连个自己的窝都没有，人都想有个窝，狗也应该想吧。"她不懂故乡已经沦陷，也不觉眼前漂泊的日子如何艰难，她只是单纯地想要保护眼前这弱小可怜的动物。

然而这句话却把众人激得再次落下泪来，虽是无心之语，却狠狠戳疼了大家的心窝。他们流浪异乡，组班唱戏，走江湖，跑高台，为的不过是讨一口饭吃，何曾奢望过有自己的窝？

周钧儒心酸不忍，自己这个小女儿天生善良替人着想，她自己尚且跟着父母流浪没有安身之地，却想着要给小狗一个窝，哪怕自己只有一分，也愿意给别人十分，不知她这样的性情，将来要吃多少亏。然而他却又希望女儿永远如此善良，不知人间悲伤愁苦，不解世情人心之恶，所以他笑了笑："既然你们想留下它，就留下吧，只是以后你们要自己喂它、照顾它，走的时候也要自己带着它。"

岫儿和岚儿顿时欢呼起来，寻了一个破瓦盆，垫了些干草给小黑做窝，又把馍一点点碾碎了，用水泡着喂它。小狗已经饿了两三日，此刻忽然得了食物，便急切地拱着去吃，蹭得满嘴满脸都是，岚儿也不嫌弃，等它吃饱了便给它擦脸。岫儿已经略会些针线，跟娘讨了一块布头，亲手给小黑做了件衣裳，穿在身上很是花哨。大伙儿都看着新奇，玩笑说平生第一次见狗穿衣裳，真真人模狗样。

故土虽已沦陷，日子还要继续。惟新社义演这些日子，众人只保障基础衣食，无人取过一文钱，悉数捐了前线，平日有些积蓄的尚好，身无余钱的便渐渐打了饥荒，不得已只能停了义演，先以谋生为要。

组建戏班以来,惟新社始终不曾闲散冷落过,总有东家出钱写戏,因此尚且有几分赚头,尤其是义演期间,除却众人衣食所需,短短一个月竟募捐了一百多大洋。眼见戏班有几分气象,周钧儒便与众人商议着,到宝鸡大码头闯一闯,万一闯出名头,便能稳定下来不必四处流浪了。

陇海铁路西端终点便是宝鸡,那里不仅成为连接西北、西南、中原的物资集散地,更是军需民用物资生产供应地,乃是赫赫有名的抗战大后方城市。更重要的是,宝鸡号称"小河南",数十万河南老乡沿着铁路逃难到宝鸡落户生根,做苦力,拉洋车,进厂打工,从事着艰苦繁重的劳动,谋求生存下去的机会,宝鸡街头随处可闻乡音,甚至很多当地人都学会了河南话。

周钧儒想要闯荡宝鸡,无疑是一个大胆的决定,在这样人口密集、老乡众多的城市若能闯出一番名头,自然就站稳了脚跟,从此过一段安稳日子。然而越是这样的大码头,越是势力交错鱼龙混杂,稍有不慎便会栽跟头,须做好十足的准备,才敢走进宝鸡城。

因此众人虽然摩拳擦掌,却不敢掉以轻心,每日勤勉排戏,铆足了劲头要拿出六个全本戏。周钧儒和郑好儿一个负责台本和表演,一个负责排练和唱腔,忙得日夜不得闲,还要节衣缩食置办乐器、服装、行头,人人都绷紧了弦,好似要打一场硬仗。

如此沿着铁路线向西边走边唱,渐渐到了深秋时分。这一日,沿途一个镇子的大户人家写了两天戏,要为家里的老太夫人祝寿,因此他们唱的都是吉庆戏文。高台便搭在正街上,远近的百姓都来看戏,唱到精彩处,台下东家叫一声"赏",便有人抬着花馍、果品、点心,甚至整鸡整鱼等席面菜送上来,场面热闹非常,宾客尽欢。

戏正唱得热闹,却见有人忽然扛了个巨大的白幡自街上经过,那白幡看起来极为精致,用一整权垂柳树枝做成,白纸剪了精巧的花扎在细柳条上,大串大串地垂下来,洋洋洒洒竟有六尺方圆,若非看上去太过丧气,简直是一件精美的陈设。

这条街乃是穿过镇子的必经之路,纵然那人小心谨慎溜边路过,依然被众人看了个正着。祝寿乃是喜事,自然一切都图个吉利,此时有人扛着白幡路过,岂非大大的不祥? 坐在台口的周钧儒也是吃了一惊,不知这诡异的事究竟是巧合还是有意为之。

主家的下人立即追了上去:"没看到这里唱戏祝寿吗? 你怎么扛这样丧气的东西从这儿过?"

那人无奈抱歉道:"我就是做纸活儿的,有人跟我定了白幡,只有这条路能过去。"

下人越发语气不善:"早不送晚不送,非要这个时候送?"

那人知道自己犯了忌讳,又不想与主家起冲突,因此连声道歉,低着头想要赶快离开,偏生他还有些跛脚,走路便慢了许多,下人满面急躁,伸手就去推搡他。如此一来,那人也有些着恼,两人嚷嚷了几句,便引起了小小的骚动。主家意识到有变故,连忙赶过去看时,才发现自家下人与过路者起了争执,扛着白幡路过虽然晦气,却也是无意之举,这样喜庆的日子还是以平静无事为上,因此也并不多加计较,大度挥手放他离开。

如此一番波折,周钧儒却已看清了那人的面貌:崔砚鸣。

他心中立时悲喜交集,崔砚鸣就在十五军中,原以为洛阳打得那样惨烈,他极可能殉难了,不想却在陕西又见到他,真不敢料想这意外惊喜。因此他悄悄尾随了过去,看他走过街角转弯处,上前一把拉住了他。待崔砚鸣看清来人,瞬间红了眼眶,紧紧抱住周钧儒:"兄弟! 你怎么在这里? 只听说你逃到了陕西,没承想在这里遇上!"

周钧儒:"我这阵子一直担心着你,洛阳打得那么惨,我真怕……"

崔砚鸣哈哈笑道:"怕我也战死了是吗? 我这条命硬,哪儿那么容易就死了?"

周钧儒:"既然活下来了,就该在军中论功叙职,砚哥怎么到这里来了?"

崔砚鸣收敛了玩世不恭的神色:"败军之将,论什么功? 真宁可战死了,还能落个英烈之名,如今这劫后残躯,留着也是愧对死去的弟兄们。"

周钧儒诧异:"砚哥怎这样说? 战场上能活下来不好吗?"

崔砚鸣忽然叹气，神色落寞："卓先，你知道吗？我在一个村子里招了三十个新兵，全都战死了，其中有兄弟五人，接连死在我面前，送他们遗书回去的时候，他们的娘当场哭昏过去，她只有这五个孩子，全死了，一个不剩……"他强忍了忍眼里的泪，"杀日本鬼子的时候我没害怕，一枪打穿了腿我也没害怕，大不了就战死，但是面对这兄弟五人的娘，我害怕了，是我亲自招募他们参军，亲眼看着他们战死，又亲手把遗书交给他们的娘……我愧对这个女人，不知道怎么忏悔我的罪过。我把自己攒下的钱都分给了战死的弟兄家属，而且从此之后，再不敢去那个村子。腿上的伤刚好，就离开医院，来到了陕西，因为听说那可怜的女人还有一个兄弟在这边，我一定要帮她找到这唯一的亲人……"

周钧儒从未见崔砚鸣如此沮丧过，他的痛伤和愧疚都是发自灵魂深处的。一场惨烈的战争，经历了无数次与死神的擦肩而过，战火淬炼出来的铁血汉子，却在战后面对一个失去所有孩子的母亲时，心志彻底崩溃。

真正击穿人心最后防线的，不是生死，而是生死之后，生者的悲惨绝望才刚刚开始。

他一句话都说不出来，沉沉地叹了一口气，才说道："我落脚在主家的庄子上，砚哥要是明天得闲，过来找我，我们再细说。"

崔砚鸣收起郁色，点头道："好，我明天一定过来，你也不必为我难过，如今虽跛了腿，却是个自由身，做做纸活儿，到处走走，日子过得也算逍遥。"

第二日午间，崔砚鸣果然来访，周钧儒在镇上买了几样菜色下酒，兄弟二人对坐而饮，这一顿酒竟从中午喝到半夜，两人互诉过往，一时笑一时哭，状若痴狂。姚青禾早已带了两个孩子去睡，郑好儿见有外客来访，更是闭门不出，由着他们狂饮。

二人说及洛阳沦陷，更是恨得目眦尽裂，周钧儒重重一拍桌子："我干脆写个杀鬼子的戏，消解这心中的愤恨！"

说着，他取来笔墨，二人说着聊着，周钧儒笔不停手，连夜写了一个《五虎杀敌》的折子，将敌占区对日本的刻骨痛恨，洛阳抗击日寇的惨烈，百姓送子投军的决心,母亲痛失五子的悲愤,一一呈现笔下,直写得热血激荡,咬碎牙齿,恨不能以笔作枪,杀尽日狗。写完之后,崔砚鸣诵读了一遍,字字泣血,声泪俱下:

日寇凌我百姓侵我国土,山河破碎忍做了亡国奴。今又进犯中原洛阳古都,怎能容他欺我华夏始祖!我兄弟五人本是同胞一母,上前线抗倭作战号称五虎。枪上弹,炮上膛,一颗子弹要灭他一条日狗!要问我为何生死不顾,这脚下就是生我养我的故土!我不保家谁保家,我不卫国谁卫国,为抗日宁可洒热血抛了头颅!

及至看到五虎兄弟全部战死,他们的母亲惊闻噩耗惨呼昏倒,更是忍痛含悲泪流满面,这是他最痛苦的记忆,也是他人生绕不过去的负疚,只要还活在世间,他就要日日夜夜承受这份煎熬。

周钧儒也已悲愤地瘫倒在地,他痛苦地摇着头,说:"我们枪不如人,炮不如人,飞机更不如人,唯一能跟日本鬼子拼的,就是每个人都有的一条命!可是老家的人把命拼光了,还是没能保住洛阳。我如今虽是个下九流的臭戏子,但只要我还能写,还能唱,就不能忘了日本鬼子还在占着我们的家⋯⋯我恨哪!老天什么时候开眼,看到我们洛阳人的血泪之恨!"

第二天,周钧儒便召集戏班众人,将新戏排演起来,戏班里识字者虽不多,但听得周钧儒一字一句念完讲完,又听了崔砚鸣讲洛阳战事的惨烈,人人恨得咬牙切齿几乎红了眼,如此戏文,岂有不用心之理?演戏之余,竟是片刻也不想歇息,只想把这一折戏好好排出来,让观众看一看日寇的滔天罪行,看一看洛阳人的血性抗战!

一个折子戏,不过几天便排得熟练,周钧儒买了些粗布,让姚青禾做成简陋军装,以木棍做枪支,又找了件宽大的妇女衫子,除扮演五虎母亲的李德元之外,众人既不勾脸画彩,也不穿彩衣行头,只做寻常军人、百姓打扮,便上了戏台。

这是惟新社第一次演现代装扮的戏，百姓们一时还有些不适应，然而渐渐看下去便全然入了戏。洛阳被围之前日寇的狂轰滥炸，百姓们送子参军的慷慨激昂，将士们死守洛阳与日寇血肉巷战，及至最后，洛阳守军一万八千人，幸存者只有不到两千，五虎母亲接到儿子全部殉国的消息，当场惨烈哭嚎昏厥在地……周钧儒所扮演的军官劝抚她时，这位母亲却毫无反应，才发现李德元竟是真的昏了过去，当场急了一身汗，连忙边唱边用力掐了人中才将他唤醒，坚持着继续演下去。

这一番血泪激荡的故事演下来，仿佛将所有人带到了洛阳战场上，人人为之狠狠提着心捏着汗，百姓们更是几乎攥碎了拳头，痛骂涕泪之声不绝于耳，整场戏演完，竟无人喝彩叫好，却是哭号之声连成一片。

每次开戏，崔砚鸣必守在台下，那些惨烈的记忆在台上演绎着，翻滚在他心头，令他懊恼痛恨不已，戏终之后，他总是拉着周钧儒借酒浇愁，一醉便是长日不醒。几天之后，他终于不能容忍自己这般沉沦，便向周钧儒辞行："这些天看戏看得痛快，喝酒也醉得痛快，一扫数月块垒，但我不能一直这样醉了醒醒了醉，该走了。"

周钧儒："砚哥接下来有什么打算？还是继续帮那位大娘找亲人吗？"

崔砚鸣苦笑："其实我也不知道自己到底要做什么，已经不能上战场打鬼子了，只是想着远离洛阳，远离那个惨烈的地方，帮大娘找亲人，只是给自己一个往前走的理由罢了。"

周钧儒："砚哥能文能武，又熟谙人情世故，就算做个小生意也是容易的，何苦做纸活儿到处流浪？"

崔砚鸣："不是我想流浪，是心思定不下来。"

周钧儒："既然没什么打算，不如跟着戏班一起走，戏班里人多热闹，总强过一个人冷冷清清的，何况你我兄弟难得见面，要是放你走了，再见面就不知道什么时候了。"

崔砚鸣想了想，说："也罢，就跟着你们混一阵子。"

自此，崔砚鸣便跟在惟新社里，他原本性情活络，腹中虽有学问，却并不掉书袋,惯会做戏谑之言,因此很快与戏班众人打成一片,人人都爱听砚哥讲笑话、说掌故。况且他手里又有几个余钱,路过大镇子便割几斤肉买两只鸡回来,戏班里日子清苦,寻常吃得寡淡,伙食里能添点荤腥,大家更是高兴,闲暇时都爱围在他前后打转。

他自洛阳战后,便时常难以安眠,夜里总要翻腾到后半夜,天麻麻亮却又醒了,因此索性每日早早起身到村口闲步。他自是知道,天一亮戏班里便要练功,给孩子们做教习的是一个女戏子,曾听周钧儒说过她的来历,这些日子经常与她照面,然而那女子总是冷着一张脸,闲时也不与人多话,他也就尽量避着些。

这一日他绕着村子闲走时,恰好就遇到郑好儿带着孩子们吊嗓子练身段,其中十六七岁的杨金献颇为惹眼:他生得身量高大,剑眉英目,很是俊朗,然而举止间却有些怯懦软弱,哪里像个堂堂正正的男儿郎?

因此趁着歇息间隙,他便走上去把杨金献叫到眼前:"你学的旦角儿?"

杨金献摇头:"师父和郑师傅都叫我唱生角儿。"

崔砚鸣:"既然是生角儿,这么畏畏缩缩的像个什么样子?我教你些男子汉的真本事,你学不学?"

杨金献眼睛亮了起来,他早就知道砚哥武艺惊人,哪有男孩子不爱武之理?因此立刻点头:"我学!"说完这句话,他却下意识地看了一眼郑好儿,"郑师傅……"

郑好儿当然知道一个善于武艺的人肯教杨金献意味着什么,曲子戏中本无武生行当,自己虽然在京戏里也学了些武戏做派,到底不是真功夫,若是崔砚鸣能教他一些,自己再琢磨些程式套路,寻常戏台上便能加些武打,自然要精彩许多,因此她点点头:"学点也好。"

杨金献得了准许,立即欢天喜地,自此每日跟着崔砚鸣学些武术套路,枪刀把子也都练了起来。学戏本已辛苦非常,再加上学武,他几乎累得走路都能睡着,身上更是添了许多跌打伤,可他从不懈怠半分,依旧勤勤恳恳,师父定下的任务永远一丝不苟练完,连崔砚鸣也不得不对他称叹起来,因此更加着意教他。

一个肯教,一个苦学,杨金献很快便有了花拳绣腿的架子,然而仅仅这些,在戏台上并不足以技惊四座,崔砚鸣想了想,便提出教他一个本事:僵身摔。这原是京戏里的绝活儿,甚至有角儿摔死在台上过,其危险程度不言而喻,然而崔砚鸣武学出身,自然知道许多防护技巧,便想着教给杨金献,日后登台必能一鸣惊人。

杨金献正苦于自己没有实打实的功夫,他学戏时日尚浅,与魏子洛、李德元等人相比差距甚大,根本没有当上主角儿的机会,若是学成了这个功夫,岂不是立刻便能吸引观众,一举成名?到那时也就能给戏班挣赏钱,孝敬师父师娘了!因此他全然顾不得危险与否,立刻就同意了跟崔砚鸣学,而且渐渐掌握了要领之后,他便自己琢磨起各式各样的摔法,哪怕摔得鼻青脸肿筋骨酸疼也不肯放弃。

郑好儿看他身上功夫越来越漂亮,也忍不住赞许有加,崔砚鸣再来教他练武时,便不再冷眼旁观,而是尽力将他教的动作编排成戏台套路,偶尔还与他交流几句如何处理更讨巧。

如此这般过了一个多月,崔砚鸣到底不能安下心来过平静的日子,因此终于忍不住再次向周钧儒提出离开。周钧儒知他心病,也不再强留,当日打了二斤酒,准备痛饮一场便就此分别。

姚青禾看他们二人有了几分酒意,趁机开口道:"郑姑娘跟着我们不是长久之事,不如请崔大哥带她走,远离这是非之地,可好?"

周钧儒也一下子被点醒:"说得是!要是跟了砚哥,好儿姑娘就有了倚仗,不然跟在戏班子里总要受些委屈。"

崔砚鸣诧异:"卓先,这是什么意思?"

周钧儒:"砚哥你是战场上下来的英雄,能文能武的血性男子汉,郑好儿姑娘虽然登台唱戏,却也是个有情有义的女子,刚烈不屈,我想,英雄配美人,也是一桩佳话。"

崔砚鸣立即沉吟起来,姚青禾开口道:"你跟好儿也见过了,这么些天经常去看他们练功,我们也都知道,依我看着,好儿跟了你就很合适。"说着紧赶几步出去,出门拉了郑好儿回来,"好儿,砚哥什么人物品性,你是知道的,要是让你跟着他去,你愿意吗?"

周钧儒没想到姚青禾说话竟这般直接,想要阻止已来不及,只得跺脚道:"青禾,你怎么话说得这样快!"话虽如此,他却是满眼期待地看着他们二人。

郑好儿脸色瞬间飞红,她本就生得俊俏,又是坤伶,行止极为典雅有神韵,宛然大家闺秀气度,崔砚鸣如何不倾心?于是连忙道:"我已经是个跛子,哪里配得上郑姑娘这样的人品相貌,怕是委屈了人家女子。"

然而郑好儿一时却有些难以自处,她本就心如死灰,再无适人之意,而且知道崔砚鸣曾是国军团长,李坤和与儿子就死在兵痞手里,她如何能接受这样一个人?然而自己在戏班里总有些闲言碎语,加之她与姚青禾之间总横着些说不清的意味,此时他们希望自己跟眼前这个男人离开,自己又如何能赖在戏班继续麻烦他们?显然,这是自己唯一可走的路了。虽然与崔砚鸣并不熟识,但周钧儒与姚青禾一力促成,人品应该是不差的,她心中暗暗叹了口气,开口道:"我一个下九流的女戏子,崔先生不嫌弃,就是我的造化了。"

听得二人如此说,周钧儒与姚青禾松了一口气,顿时喜气洋洋,姚青禾忙着帮郑好儿收拾打扮,周钧儒取了一套自己的礼服长衫给崔砚鸣换上,拉着二人去照相馆照了一张相片,又在镇上定了一桌席面,就算是将亲事办了。次日一早,郑好儿便收拾了行装,跟着崔砚鸣离开了镇子。临别之时,姚青禾拉着她叮嘱了又叮嘱,还再三托付了崔砚鸣一定要善待她,夫妻二人看着他们远远地走了,才终于如释重负地回了戏班。

郑好儿坐在骡车上,一声不吭。崔砚鸣虽平日嬉笑惯了,此刻却也说不出话来,只是默默地赶着车,甚至不敢回头看一眼自己的"妻子"。良久之后,郑好儿才说道:"我嫁过人,生过儿子,丈夫和孩子都在后台被兵痞炸死了,你不嫌弃?"

崔砚鸣低头:"我要嫌弃,就不会带你走了。"

郑好儿:"我是个下九流的戏子,做的是抛头露面的事,处处遭人瞧不起,你也不嫌弃?"

崔砚鸣:"我这些年一直四处流浪,拼过命,卖过死,从来没想过要成个家,但是看到你的时候,我忽然觉得身边有个女人也不错。"

郑好儿:"我只会唱戏,灶台上的事都不懂,也不会女红,并不是个好女人。"

崔砚鸣:"恰好,这些我都会,盖房子打家具修理器械缝衣做饭,你不会的,我都能做。"

郑好儿:"那你娶我做什么?"

崔砚鸣:"我知道你过得不如意,也知道我不一定能带给你如意的生活,但就是没来由的,想要保护你。"

郑好儿眼窝一热,却又忍住道:"我一个坤伶戏子,只有唱戏这一条生计,但是女人登台总会惹麻烦,要是再有兵痞土匪闹上门来,怎么办?"

崔砚鸣:"你想唱戏就唱,有来闹事的我去摆平,你要不想唱了,我凭着一双手也能养活你,哪怕做纸活儿这样的雕虫小技,也能挣几个钱,总不至于让你饿肚子。"

郑好儿叹了口气:"你这样的男人,找个清白女子并不难,何苦呢?"

崔砚鸣:"清白与否,不在过往,而在于心。我也算读过书走过江湖的人,人间的辛酸磨难,战场上的生死无常,我见了太多,也许唯有你我这样经历过苦难和生死的人,才能懂得彼此,太过清白的人,有时候也是一种无趣。"

郑好儿忽然觉得,眼前这人竟是真的懂得自己,相识不过一月,却似久别重逢。也许他们经历的所有沧桑,都是为了积累足够的人生,来匹配饱经风霜的彼此。

偃师,康家寨。

洛阳沦陷之后,偃师也成为日寇肆虐之地,国民党军撤走之后,百姓们手无寸铁,沦为日军疯狂报复的牺牲品,屠杀的阴影笼罩在每个村子上空,不时听闻令人毛骨悚然的残忍行径,甚至训练狼狗以利爪划破人腹掏食内脏为乐,简直古今未闻之惨事。百姓们人人自危,听到日本鬼子过境的风声,便牵着牲口阖家逃往庄稼地或壕沟里,往往一夕数惊,惶惶不可终日。

康家寨地处首阳山中,勉强少受些鬼子骚扰,然而沦陷之地焉有安宁?每每听得日寇行军消息,人们亦是躲进山中不敢回家,生死悬在头顶,今日不知明日,丧夫丧子家破人亡已成寻常,人们甚至来不及悲伤,便要忙着再次躲避逃命去了。连康含章也时常惦念着眼前活命,顾不上思念下落不明的丈夫了。

这一日,康家众人刚刚从山里回家,进了院子尚未放下包裹,便见一个人从堂屋走了出来,面带笑意:"回来了?"

康含章定睛一看,赫然竟是张云志!

她几乎不敢相信自己的眼睛,再三看了几眼,才终于甩掉包袱跑了过来,猛地扑进他怀里:"云志!……"一语未完,她便泪落如雨泣不成声。张云志紧紧将她拥在怀里,只觉她哆嗦得仿若风雨中的树叶,便知她这些日子受了何等的煎熬与痛苦,叹息了良久才开口道:"含章,我没有辜负你,又一次活着回来了。"

在洛阳战场上,能说出这样一句"活着回来了",可想而知经历了怎样的浴血苦战和生死相搏。他不知道自己杀了多少鬼子,只知道最后枪里没了子弹,军刀已经卷口,眼前的砖头都染满了血,甚至挥拳将一个日本兵压在身下打出了脑浆。那段时间,他甚至忘了自己是生是死,只知血红了眼睛与日寇厮杀,直到日军大规模进入城内,武军长带着他们突围,才意识到自己已经浑身是伤,随着一群血满衣衫的伤兵艰难撤出了洛阳城。

养伤那段时日,他既悲愤于家乡的沦陷,又苦苦挂念着康含章,刚能下地,便向军中请假,连晋职师长的授勋仪式都不曾参加,便急着赶往康家寨。此刻终于见到妻子,满目山河破碎之时,还有一个女子苦苦等着自己,极悲极喜悲怆心酸交织在一起,家不成家,国不成国,七尺男儿当世而立,竟不能驱敌御辱救国救民,连此刻的儿女情长也平添了许多无奈与痛伤。

康含章抬起头看他,就见他脸上、脖子上、袖口的手臂上处处可见伤疤,想必衣裳遮掩下的身体也是遍体鳞伤了。然而上天终究把他还回来了，哪怕伤痕累累，可依旧活生生站在自己面前，便觉此生足矣。她抹着泪："你怎么一个人回来了？万一遇到鬼子怎么办？"

张云志："我不放心你们，也知道你不放心我，所以回来看看，也让你看看。"

康含章："只要知道你还活着，我就什么都不在乎了。"

张云志："无论什么时候，为了你，我一定会努力活着。"

生死重逢，算得一桩喜事，康老先生特地吩咐整治一桌席面庆贺。张云志负伤极重，军中也批了假准他休养身体，因此得以留在康家寨一段时日，陪伴有孕在身的妻子。这些天里，康含章几乎与他寸步不离，一刻也不许他离开自己的视线，不时望着他笑得痴痴出神，下一瞬间却又忽然泪落如珠，那一番神色，直令人哀怜心碎，不知如何安抚她的心意。

待到张云志要回部队时，康含章不顾危险，坚持要与他同去，康老先生、康夫人和康婶娘都极力反对。张云志身为军人，深入沦陷区回来探望已是危险，若再带上孕中的她穿过日军封锁线去追部队，更是险难重重。然而康含章打定了主意，只说"要活一起活，要死一起死"，再不肯松口。

唯有康宜俭对小妹的坚持很是理解，她沉沉地叹了口气："放她去吧，整天在家里也是日夜不得安心，倒不如跟着云志一起走，心里还能踏实些，路上时刻小心谨慎就是。"

康含章猛然回头看向大姐，瞬间眼里溢出热泪：只有大姐最懂自己的心思，与其在家中空劳牵挂，不如跟着他同生同死，同衾同穴。

将冬时分，惟新社终于来到了宝鸡。

纵然见惯了世面的周钧儒，也被宝鸡的繁华震惊了。

为躲避日机轰炸，抗战第二年起，中原、上海、武汉地区的许多工厂先后迁往宝鸡，机器修理厂、纺纱厂、面粉厂、机器厂、烟厂、火柴厂等陆续开办起来，让这座西北内陆的小城迅速步入工业文明，成为聚集百万人口的繁华之地。走在宝鸡街头,放眼望去,只见工厂厂房相连,街道车水马龙,电灯日夜闪烁,商铺鳞次栉比,据说有字号的大商店便有三千多家,街上人来人往熙熙攘攘,小轿车大卡车穿梭不已,一派热火朝天的景象。

戏班众人大多是第一次进大城市,面对城里的一切,几乎人人眼花缭乱,全是未所见未所闻之事,走在街市上都挪不动脚步。岫儿和岚儿坐在木板车上左右张望着,亦是恨不得跑去看那些稀罕物事。沿街林立的饭馆子不时飘出香气,也令她们垂涎不已,姚青禾哄劝着以后带她们来逛,两姐妹才勉强耐着性子继续坐在车上。

宝鸡有很多逃难的河南人,街市坊里随处可闻乡音,尤其河滩一带,几乎都是逃难至此的老乡,"河南棚子河南担"便是当地对河南人的印象。随着河南人逃难和沿海工厂向内地搬迁,各路戏班也随之而来,西府秦腔、京戏、河南梆子戏纷纷落脚宝鸡,许多名角儿都在河滩一带的河声戏园演出过,所以本地人在看戏方面颇有见识。洛阳曲子戏进入宝鸡,毕竟开山头一次,虽然河南老乡众多,占了几分观众缘儿,但也要凭真本事才能站稳脚跟。

周钧儒带着戏班进城第一件事,便是租了个开敞的大院子作为练功场,安顿戏班所有人住下,而且是整整齐齐四人一间,又将所有的服装、行头、道具等织补修缮一新,给每个人添置了一套新长衫,熨烫得平整笔挺,做好了一应排场,看起来有几分大戏班气象,才正式拜访河声戏园的何经理。

何经理从未听过洛阳曲子,此等地方小戏能否吸引观众?眼见他将信将疑,周钧儒便请他来到惟新社的大院子里,吩咐众人当场排练了一出折子戏。何经理顿时大为震撼,一个从未听说过的地方小戏,竟是唱腔婉转细腻,板眼轻快动人,比别的戏新鲜许多,莫说秦腔和河南梆子,便是此前来演出的京戏班子也很少有这样好听的曲调。

周钧儒见他神色惊喜,便知自己这番经营让他动了心,趁机又解释道:"何经理,洛阳曲子虽是地方小戏,但与梆子戏算是同源,本地多的是河南老乡,戏词也容易听懂,大家听秦腔和梆子戏多了,换换新戏,说不定就在宝鸡走红了呢?"

何经理也不由得点头："我也算是看过许多戏了,今天第一次听洛阳曲子,都觉得有些入迷,既然如此,就试上一试。只一样,三天打炮戏一定要做足了准备,这三天唱火了,就算是成了。"

周钧儒："何经理只管放心,我们能演的全本好戏有十几出,新编的抗日爱国戏也有,莫说三天打炮戏,便是连唱半月不重样,也能拿下的。"

何经理放下心来,与周钧儒言定了先唱三天,若是唱红了,便与惟新社签一季合同,河声戏园与惟新社四六分成,其余一概好谈。周钧儒暗中长吁了一口气,这番排场做下来,几乎耗尽了戏班全部积蓄,如今他是破釜沉舟,只许成不许败了。

周钧儒与何经理谈罢,众人立即鼓起了信心,尤其是经过这几日休整,跑高台的奔波疲惫一扫而空,各个铆足了劲儿要在宝鸡唱个满堂红,让老乡们听一听家乡的洛阳曲子,让他们看看地方小戏也能登上大舞台!

惟新社定下的三场打炮戏是青衣戏《陈三两》、小生戏《状元祭塔》、爱国戏《五虎杀敌》,开戏前三天,周钧儒便印了几千份传单在宝鸡城中散发,很快大家都知道了河声戏园有新戏上演,而且是家乡来的洛阳曲子戏,因此便有些人提前来买票,期待久违的乡音。

第一日开戏前,照规矩在后台安放了庄王爷奉上供品,又将买来的一只大公鸡割了脖子,把鸡血淋遍全台,才正式开演。

头天打炮戏是《陈三两》,依旧是李德元的重头戏。《陈三两》讲的是明朝进士李九经被奸臣陷害致死,其女李淑萍为埋葬双亲、教养胞弟,自卖本身,误入青楼,改为陈姓。她才气横溢,能双手写梅花篆,矢志不入娼流,以卖文为鸨母挣银,所作诗文每篇售银三两,故称陈三两。三两收养孤儿陈奎为弟,教其读书并助他赴考。后三两被鸨母卖与珠宝商张子春为妾,三两不从,张贿通沧州知府李凤鸣,对其严刑拷打,逼其"从良",而这昏官竟是三两失散多年的胞弟。最后陈三两义弟陈奎为巡抚,为她昭雪平反,将李凤鸣削职罢官。

这本戏故事极为曲折离奇,处处牵动人心,且陈三两戏份极重,唱词又多,十分考验功夫,便是拖沓了一句,观众也要觉得无趣。因此排戏时候周钧儒很是严谨,亲自盯着李德元一句一句地唱,足足排演了一个多月,才觉得满意,今日当作惟新社的头场打炮戏。

李德元一登台,观众见他身段风流袅娜,唱腔如泣如诉,便有几分迷醉,待到陈三两公堂上展示才学时,李德元一番"双手写梅花篆"的做功之后,竟真的呈上两幅书法,字迹古朴庄重,俨然不逊名家!台下顿时震惊不已,尽是赞叹之声。李德元遇事伶俐,眼见观众如此热烈,便将那两幅字飘飘然甩向台下,立刻引起一片哄抢。一夜之间热潮迭起,戏终时观众犹自沉浸其中,直到何经理率先鼓掌,台下众人才醒悟过来,爆出雷鸣般的掌声和叫好,足足持续了半盏茶的工夫才停下。

回到后台,何经理激动不已:"周老板,此前多少名角儿来唱,都很少有这样的场面,您这第一炮唱红了!彻底唱红了!"

周钧儒一面应承着,一面让戏班里的人即刻卸了妆赶到街上去听观众的反应。大家回来后无不兴高采烈,听到的俱是"这戏好听""故事实在是好""那两幅字谁写的?真漂亮!""明天还来"等语,周钧儒振奋之余更是感慨不已:他终于把洛阳曲子带到了大城市,一炮而红!

当天夜里,何经理亲自买了酒菜送到后台,为惟新社众人摆酒庆功,众人高谈阔论,直到天色将明才意犹未尽地散去,对第二天的打炮戏越发充满信心。

后两日的戏更是观者如堵,坐票、站签全部卖完,所有能站人的地方都挤得满满当当,且不说台上如何精彩,连戏园的干果都售卖一空,茶房挑水烧水的伙计累得满头是汗,却依旧供不应求,河声戏园难得有这等火爆场面,大家无不惊喜过望。

两出喜剧,一出悲剧,连着三天的打炮戏,惟新社将宝鸡观众的情绪完全调动起来,前两日的喜剧展示的是惟新社的实力和角儿,第三日的《五虎杀敌》更是激起了河南老乡的悲愤痛伤。洛阳战事的惨烈,故土沦陷的屈辱涌上心头,整场戏演罢,台上台下哭成了一片,故土乡情将河南人的心连在一起,更让惟新社成了他们心目中的故土亲人。此后但有演出,台下永远坐满老乡,洛阳曲子的旋律,成为他们与他们千里之外家乡的共鸣。

惟新社第一次感受到在大城市唱红的滋味儿,李德元、魏子洛等都成了当红的角儿。每次挂出戏牌,观众都要提前一两个时辰排队抢票,连演十几天日日爆满,后台更是堆满了老乡送来的各类吃食,虽都是寻常之物,却满是令人欣喜的温暖乡情。

戏班所有人都振奋起来,走路也轻飘了几分,尤其是几个当红的角儿,在连天的掌声、叫好声中目眩神摇,每日台上都扔满了帕子、戒指、散钱,甚至金镏子银手镯之类,这些人大多贫寒出身,何曾见过如此富贵气象?

走红,是一件令人诚惶诚恐又心醉神迷的事,他们只觉眼前的一切如梦境般不真实,不过是登台唱了几段曲子,竟有这许多人为自己痴狂,竟将这样价值昂贵之物随手扔到自己脚下,自己当真配得上他们这番热情?可是那人声如沸的叫好,拥堵在戏园门口争相一睹名角儿风采的人墙,又是如此真实地近在眼前,令他们心旌摇荡。

李德元和魏子洛各自收到捧戏女子们送到后台的一摞相思信,连十七岁的杨金献也有人点名送他几件衣裳。众人庆功喝酒时便起哄怂恿着拆了信一起来看,周钧儒乘着酒性打开其中一封念道:"我心心念念的子洛,已经看过你五场戏了,你在台上的姿态实在极好,每次都怕戏结束得太快,几个钟头竟如飞地过去了……"他捏着嗓子拿腔作调念出来,把女子的相思之状仿得惟妙惟肖,众人顿时哄堂大笑,纷纷逗趣魏子洛合该娶个这样的媳妇。魏子洛羞得脸都红到了耳后,连声嚷着不许取笑他。

再拆了一封看时,周钧儒却不肯念了,马天梁见他犹豫,立刻把信抢过去,看了几眼才懊恼道:"我不识字,素芳你给念念!"冯素芳接了,一边抬胳膊挡着周钧儒来抢的手,一边郑重肃穆念道:"周君台安。在下深慕您的才具,自那日竟得一幅书法,珍爱万分,虽天下珠玉尽在眼前,不及此物熠熠之辉也。我亦颇爱文墨之事,只未得其门,若能当面求教,平生之幸也,身为女子,私相求见多有几分怯意,不知周君可否拨冗?盼复为念。"

众人再次大笑起来,说:"竟是个闺阁才女,人家知道是你写的梅花篆呢。周君还不速速回信,见见人家?"周钧儒笑道:"我倒是想见,奈何你们嫂子家规甚严,可不敢……"话音未落,就听得姚青禾爽朗戏谑的声音:"可不敢什么? 怕我拦着不让你见那闺阁才女?"

周钧儒一见她推门进来,立时故作慌张站起身来,说:"人家高门大户的闺阁才女,也不知是哪个官宦家的女公子,万一看上我这下九流的戏子,不知是福是祸呢,我可不敢招惹。"

姚青禾:"刚才还说我家规甚严,现在就怕惹事了?"

周钧儒凑到她耳边小声道:"惹了事我倒不怕,惹了你可真是走路都打战。"

姚青禾啐道:"说这话你也不怕寒碜! 今儿我把话放在这里,周卓先若是真敢见那闺阁才女,我亲自摆酒招待,叫大家一起来看好不好?"

这话一出,众人岂能不解趣? 全体起哄笑道:"嫂子既然准了,就请那才女来见一见吧,人家收藏了你的字,对你一片痴心呢! 以文会友,又雅致又风情!"

周钧儒平日里最是能言善辩,然而姚青禾总能一句话噎得他张口结舌,此刻被大家笑得进退不是,只得无奈道:"说这些浑话,成何体统?"说着他用眼神哀告姚青禾,众人又嬉笑了一阵子,才不再打趣他。

惟新社在河声戏园演出两月之后,俨然成为当地颇叫得响的戏班,其他戏园也纷纷邀他们去演几场,乃至于新新戏园、南园舞台、大华戏园、大地戏园等都曾演过这个外来的新兴地方小戏,每场演出都能引起轰动,宝鸡城内数十万人无有不知惟新社者。

进入宝鸡不久,惟新社的生计便从容了许多。眼见天气冷了,姚青禾给两个孩子一人做了一套新棉袍,岫儿一身蓝衣,岚儿一身紫衣,裁剪上略仿了些西洋装的款式,又点缀了鲜亮的绣工,她们穿了新衣,每日带着小黑跟去戏园后台玩耍,二人一狗很是惹眼。

然而戏园子里三教九流鱼龙混杂,时常说些不干不净的浑话,周钧儒与姚青禾担心她们受到浸染，便不许姐妹二人到园子里来。为约束她们待在家里，周钧儒亲自写了常用字剪成方块，白天教她们认读，晚间便由姚青禾看着练习书写，并许她们每多认一百字，才能看一次戏。两个孩子正值好学的年纪，又记挂着要去看戏，因此竟是互相比赛一般勤学不辍，恨不得一日便要学个三五十字。岚儿年纪虽小，却是不甘认输，她本就机灵过人，记性极好，学起来也快，短短不到一年时间，竟认了近两千字，寻常戏本子都能磕磕绊绊读下来了。

后来，周聿岚总是感念在宝鸡的那段日子，给她补上了一生的文化基础。旧社会的戏子多半不识字，而她能读懂剧本，感悟戏文里的世间众生悲欢离合，在表演上有更多处理技巧和发挥空间，皆是幼年读书的底蕴。

戏班走红之后，时常有人送东西到后台点名送给某人，尤其是当红的"角儿"，每人都有些捧角儿者追随，富商显贵者为示豪阔，便给他们置办服装头面等昂贵之物，寻常被拉去吃饭唱堂会，更是司空见惯。魏子洛甚至收到一套崭新的哆罗呢西装，乃是一位富商太太所赐，定要邀他上门陪酒，言明若不肯去，便是嫌弃简薄。

初时周钧儒并不以为意，捧角儿之风历来有之，这些人能得贵人垂青，出入有些排场皆是正常，亦能借此提升身价，多些收益。然而这些人到底没经历过富贵，得了钱便要铺张散漫，吃穿用度渐渐体面起来，进出都要乘黄包车，吃饭必要有下酒菜，多少钱经得起这般开销？因此手头反倒比之前更拮据了，每月不到开支日子，便已分文不剩，竟至互相拆借度日。

既不能节制，便要想法子多弄些钱，因见戏园每日上座皆满，这些人就渐渐起了心思，想重新商议开支份例：挑梁的生旦登台最能来好，鼓师琴师最为紧要，便想着谈包银；配角每天都要上戏，异常辛苦，有心提议上一台戏就要领一次的钱；把子龙套等底包演员觉得戏班既能挣钱，就该多照应大伙儿一二，也想多拿些……只是惟新社在河声戏园未满一季，众人不好意思向周钧儒开口，便明里暗里找他讨借几个钱，或是预借下个月的开支。初时周钧儒尚不觉察，可是短短时日内，一半以上的人都找过他，他立时觉察到同患难易,共富贵难。

然而在他看来这皆是寻常事,他们本就为谋生谋利而来,欲求多得也是人之常情,自己虽为班主,服装行头一概是自己置办,戏班能唱得有些名气,也赖于自己能排演本戏和四处联络。然而他却不忍心像其他江湖戏班一样与演员底包争利:毕竟很多人是自己教出来的徒弟,又都是洛阳逃难的同乡,何必为眼前微利与他们生分?

因此他主动召集众人坐在一起,提议道:"戏班组建也有一年多了,如今总算唱得有些名气,卖的票也多,除了我们大伙儿谋生吃饭,还能有些收成,所以我想着,这些收成怎么分配也要有个章程。我们还是个小班子,不能像那些红角儿领出来的大戏班一样按季签包银,但既然奔着一起唱戏谋生,一个锅里搅勺,就要有福同享有难同当,当然也要看谁人出力多少,不能平均而论,大家以为如何?"

众人原本磨不开脸面与周钧儒提,不想他竟主动说了出来,而且也都了解昔日周大少爷的为人,既然说了这话,便不会亏待大伙儿,因此纷纷叫好道:"周老板说的是! 只要你做主定个章程,我们都依你的意思。"

与众人谈罢,周钧儒回到家,将此事与姚青禾一说,姚青禾便有些不悦:"当日是他们吃不上饭,求着你组建戏班,现在吃饱饭了挣钱了,却又人心不足起来,真是枉做好人!"

周钧儒劝解道:"人心哪个不是如此? 既然吃饱了饭,自然是要往上看的,戏班唱红了,大家看着能挣钱,总是要活动心思的。"

姚青禾:"他们自己唱的时候,戏班都散了,如今跟着惟新社能过几天好日子,难道不知道为什么? 要不是你周卓先挑班,他们能有这样的日子?"

周钧儒:"话也不能完全这么说,刚组戏班的时候他们也跟着受过穷,谁也没说过半句怨言,都是洛阳出来的同乡,能做到这一步已经是难得了。"

姚青禾:"你总替别人想,什么时候也为自己想想!"随即她叹了口气,"岚儿这几天可是一直叨念,小黑都有窝了,可我们一家人,什么年月能攒下钱买两间房?"说罢,她也不理会周钧儒,径自上炕去,坐在席上拿起了针线。

周钧儒被她一顿抢白，话也回不上来，只得坐在桌前，摊开纸笔制定章程。

他将戏班里的人按照贡献大小分作四等，第一等是挑大梁的红角儿，第二等是教习、主演和长杆弦师傅，第三等是配角演员和主要场面师傅，其他把子龙套底包箱倌算作第四等，然而很多演员都是既配角色也跑龙套，便按照当日演出份例各自有份，所有人只要当晚跟场，便有一份餐食。至于自己，虽为班主，却只提四成，其余六成皆按等级分配给众人，这般算下来，除了红角儿每月可得几十块大洋之外，班社里最末等的底包，也能攒下些零钱。

除此之外，周钧儒又定了几条规矩：一不能吸老海；二不能赌钱；三不能喝花酒傍娼妓；四不能夜不归宿或另赁房舍。

他是经历过钱财如流水的人，自然知道最能毁人的便是吃、喝、嫖、赌几样，这些人都是贫穷里过来的，久贫乍富，最易被迷惑走了歧途，多少扬名立万的角儿都毁在这上头。如今戏班正是红得火热，捧角儿的不知给他们灌了多少迷魂汤，以至于越有钱越入不敷出，若不提前立了规矩约束他们，一旦沾染恶习，便再无回头之日了。

几日后，周钧儒宣布了份例章程，又与众人讲明规矩，大家看他如此分配，虽有些人暗中攀比不服，但整体却是公正的，尤其是班主能将六成的钱分与众人，算是从未见过的慷慨之举，一时间无不信服，人心稳定下来。然而如此一来，周钧儒每月所得并不算多，还要负责班社里所有服装器具的修缮、往来联络等，而且他们是一家四口，这些钱并不富裕，不过混个家常度日而已。

然而有一人从始至终并未参与此事：杨金献。

他平日里不声不响，很少惹人注意，能顿顿饱餐便觉知足，只一心一意练功上进，进宝鸡后周钧儒派角色行当，才惊觉他好似换了个人一般：原本瘦小干枯如猴儿，短短一年便蹿了个头儿，加之身如青松面若周郎，竟是难得一见的美男子！难怪近来点名送东西给杨金献的渐渐多了起来，这孩子俨然已是个仪表堂堂的男子汉了。

这一年多时间，戏班里来来往往的孩子不少，为一口饭混进来学艺跑龙套、过些日子挨不得苦又离开的屡见不鲜,留下来的几个也都资质寻常,唯有杨金献,天生祖师爷赏饭的好苗子,如今又出落得这般人物,不啻意外惊喜。最可贵的是,他品格忠厚踏实,不攀高望上,也不论份例多寡,只闷头跟在师父师娘身后,俨然视他们如父母一般。

思量了几日,周钧儒心里有了计较:捧杨金献当角儿,也压一压其他人的骄纵之风。

自此之后,他每日晨起必要抽一个时辰给杨金献说戏,带着他细细打磨身段,又让弦子师傅跟他配合着吊嗓子对唱腔。杨金献听师父说的都是主演的戏,显然是要给自己机会,因此更加勤学苦练,恨不得一刻不肯歇着,走路吃饭都在琢磨戏,唯恐负了师父期望。如此苦练了一个多月,兼之日日登台早已对每出戏烂熟于心,他很快便拿下两个全本戏,能登台一试了。

周钧儒颇觉满意,知道时机已经成熟,就挂了杨金献的牌子出去。当日晚间,他早早到了后台,亲自看着杨金献上妆,检查服装行头,勉励再三让他不必紧张,只管放开了唱,待到垫场戏唱完,台下都已坐满,正式戏开场唱的是《斩经堂》。

这出戏讲的乃是西汉末年,王莽毒死汉平帝篡权夺位后,通缉刘秀,潼关守将吴汉生擒刘秀,欲献王莽,吴母晓以王莽弑君杀父,男儿郎当行忠义之事,令其放刘秀,杀妻子。吴妻王兰英虽是王莽之女,然而生性温婉善良,王莽篡位,兰英何辜?吴汉带剑而至时,兰英正在经堂诵经,知情后竟烈性夺剑自刎,吴母亦随之自缢,吴汉痛失至亲至爱,纵火烧家后追随刘秀而去。

待到吴汉出场时,周钧儒亲自把着台口,将杨金献送上台去。杨金献本就生得相貌堂堂,身形挺拔干练,双眼神采飞扬,少年将军威风凛凛,一亮相便惊艳了台下观众,叫好之声四起。他悄悄侧眼看了一下台口的师父,见他微微点头,立时更加自信,开口一唱,那行腔极为清朗洒脱,与乐音相生相合,如丝附弦。台下观众只觉他的唱腔萦绕全场,好似包着双耳一般熨帖,尤其是吴汉在经堂前的愁肠百结百转千回,直把众人唱得心酸落泪不已。加之吴汉几次三番提剑,又三番五次下不去手,一人在台上且唱且跟跄,不时肘棒子扑通栽倒,几次三番跌打横摔,仿佛扯着人心揉捏般隐忍不安。

到后台赶场时,周钧儒一面紧趁着帮他换服装,一面又指点叮嘱了几句,再次返回台上的杨金献越发挥洒自如,越唱越舒展,一场戏下来竟是酣畅淋漓,平日闷葫芦一样的人,在戏台上竟如此光彩照人,众人无不震惊称奇,感慨"祖师爷赏饭",只要这场戏稳稳当当唱下来,杨金献日后便是能挂牌的角儿了。然而到兰英自刎吴母自缢后,吴汉痛悔不已,生生哭断了腔,竟直挺挺仰面摔倒在戏台上!

台上所有人顿时惊呆,一时不知所措,周钧儒慌得将要上台救人。观众更是紧张得屏住了呼吸,全场沉沉地静了一个呼吸,吴汉却又踉跄挣扎着站了起来,大家才意识到他是卖了个绝活儿,顿时叫好声轰鸣如雷,场面师傅不失时机地锣鼓声急催,场面越发热烈起来。周钧儒更是长出了一口气:金献这孩子,成了。

这个僵身摔,正是崔砚鸣教给杨金献的功夫,他苦练了许久,连师父也一并瞒着,今日登台一朝得用,竟得了做梦都不敢想的满堂彩。下戏之后回到后台,他扑通一声跪在周钧儒面前,哭得泪流满面:"师父,我在台上没丢人,以后我也能挣钱孝顺您了!"

他这一手僵身摔,摔了个一鸣惊人,惟新社自然要趁热打铁,第二天便又挂牌杨金献的《呼延庆打擂》。

这是一出少年英雄戏。他身形挺拔,少年意气十足,又跟崔砚鸣学了些招式,这出戏正能发挥他的武艺功夫。故事讲的是北宋年间,身负国恨家仇的呼延庆学得十八般武艺,下山后三次大闹东京汴梁城,又在擂台上打死奸臣庞文的内弟欧子英,夺得帅印,报了大仇,与杨家将合力保国抗辽。

杨金献本就生得一副好相貌,又做了白袍少年英雄打扮,更显得身如玉树,面若周郎,尤其一身功夫施展开来行云流水,极是潇洒漂亮。台下观众何曾在曲子戏台上见过这等俊朗功夫,演员又是意气风发的少年郎,顿时为之倾倒,整场戏下来,叫好声几乎不曾断过。昨日就被他倾倒的观众,这下更是目眩神摇如痴如醉,再也放不下了。

四七　生死沉沦

　　河声戏园新角儿走红的消息如生羽翼般飞了出去,连报纸都特意刊出了戏单,杨金献三个字写在显眼处,成了惟新社第一个登报的角儿。周钧儒喜不自胜,当天特意买了上百份报纸回来,凡常来看戏的有声望人士、河南老乡聚集地、关系熟络的本地商会等一一送到,盛邀他们来看杨金献的戏。

　　如此一来,杨金献更是炙手可热,偏生这孩子天性腼腆,无论多少人堵在戏园门口要见他,都不敢露面,戏台上飒沓利落的男儿郎,下了台竟是个羞怯怕生的性子。然而他越是躲着不见,戏迷们越热情,他进出戏园简直头也不敢抬,在后台听得外面呼叫其名,更是面红耳赤局促不安,周钧儒怎么推他出去应和都不肯,众人直笑他比上花轿的姑娘都害羞。

　　这一日,杨金献下戏之后,刚洗了脸便见何经理客客气气请了一个家仆来到后台,那人手里捧着一个匣子,放在他面前:"杨老板,夫人吩咐我们来问候您,还有一点小小心意,请您务必笑纳。"说着那人伸手打开匣子,乃是整整齐齐一摞银圆。

　　杨金献一时有些没反应过来:"这是?"

　　家仆:"这是夫人送给您添置几件衣裳的。"

　　杨金献连忙摇头:"不不不,这么多钱我不能收。"

家仆见他如此腼腆,也忍不住笑道:"杨老板,您要不收,我们回去可无法跟夫人交代。"

周钧儒自然知道,这是有人捧角儿送来的赏钱,立即接口道:"多谢夫人的厚爱,我们一些粗陋之技能入夫人法眼,真是荣幸之至,请回去回禀夫人,惟新社上下感谢夫人厚赏,还请夫人多来捧场。"

何经理笑道:"周老板,您猜是哪位夫人赏下来的? 就是台下包了一张桌,小杨老板开戏必然来看的那两位夫人!"

周钧儒恍然大悟:"原来是这两位夫人! 明日夫人再来,我们一定当面谢赏!"他对那两个女人印象颇深,她们经常坐在台下正中位置八仙桌上,身着旗袍,外罩风衣,烫着时髦的卷发,戴着垂纱西洋帽,风韵绝佳,举止间略带几分倨傲之色,来看戏时都是坐着洋轿车,显见是权贵官宦人家的女眷。这两个女人隔一两日便来看戏,而且包了最前排正中间的桌子,无论来与不来,那张桌子永远要留的。

家仆依旧继续道:"夫人还说,希望能请杨老板吃顿便饭,这是请帖,车子已经在外面等候,请杨老板务必赏光。"说着他将压在银圆下面的请帖抽出来,双手递给了杨金献。

杨金献立刻有些手脚无措,回头看向师父,周钧儒替他接过:"请夫人稍等片刻,我收拾一下,就带他过去。"

从后门出去,果然有两辆黄包车等在那里,周钧儒带杨金献坐了,一路来到一处大饭店。进门之后,杨金献只觉目之所及皆是见所未见之物,电灯辉煌,照得睁不开眼。进了包房落座之后,那两个女人已点好了茶和各色点心,并几个拼盘热炒,落座之后,他更觉迷迷糊糊,手不能动,脚不能抬,坐在那里浑身冒汗,且不说这包房如何奢靡华丽,便是桌上的碗盘也是他不曾见过的。面对两个女人的热情招呼,他早已慌得嗓子发紧,越想说话越出不了声,局促得犹如木偶一般。

周钧儒与两个女人客客气气打过招呼,拉过他道:"金献,快来谢两位夫人厚赏。"

杨金献羞红了脸，竟是一句话也答不上，回头求助地看着师父，周钧儒只得赔笑道："两位夫人，我代金献谢谢赏赐，这孩子性子腼腆，又不爱说话……"

其中一个女子笑起来："四姐姐，你看他，紧张得冒汗呢。"

另一个点点头，宽慰杨金献道："小杨老板，你不用紧张，我们只是看你戏唱得好，请你来见见面。"

杨金献看她们一脸温和很是亲切，不时给他夹菜，百般照顾，又问起他的身世，才渐渐放下腼腆，絮絮叨叨说起自己的出身经历，如何流浪讨饭，如何逃难到陕西，如何进了戏班……这一说开，便觉心中万般酸楚，两个姨太太听得不时拭泪："想不到小杨老板吃了这么多苦，以后在宝鸡，遇到什么难处只管跟我们说，从今以后我们就是你的姐姐。"杨金献一生何曾被这样细致关切过？只觉她们竟是菩萨一样心软善良的好人，既给他赏钱，又心疼他一生遭遇，还关心他照顾他，对她们生出千般万般的好感。

周钧儒见惯了捧角儿场面，这般做派也是常见，因此并不放在心上，吃过饭，客客气气与她们辞别，便带了杨金献回戏班，第二日照旧登台唱戏。

此后那两个姨太太几乎天天都来看戏，每次来时必要带些礼物，或者当场赏钱若干，戏终之后也必然带杨金献去吃饭，吃过之后便派车送回。惟新社众人早已习惯她们力捧杨金献，其他来看戏的纵然有心，也无力与她们竞争，红极一时的小杨老板竟似她们的禁脔一般，不容外人靠近。初时周钧儒不放心，跟着去了几次，后来见她们每日都将人送回，渐渐地也就由着杨金献自己去了。

这一日吃过饭，两个姨太太似乎兴致未尽，便与他提起时辰还早，再去别的地方逛逛，杨金献自是相从，上了洋轿车来到一处精致的宅院。

在这座宅院里，杨金献第一次见识到什么是"神仙一样的日子"。

从他记事以来，从未进过这样富丽堂皇的宅院，高墙围起的院子里，房舍壮阔，画栋雕梁，连地面都铺了齐齐整整的青砖，冲刷得干干净净，在他看来，这便是皇宫一样的府邸了。院里电灯亮如白昼，廊下摆着桌椅、贵妃榻，桌上是时鲜的水果、点心、茶。

院中似乎没有别人，只一两个下人服侍，那两个女人从容闲适地走到廊下，一个坐在椅上，一个斜靠在贵妃榻上，又含笑看着手脚都无处摆放的杨金献，四姨太忽然笑了起来："傻站着干什么？过来坐啊。"

那声音里既有春日的温暖，又有明媚的魔力，让他忍不住听从她们的召唤，向她们一步步靠近。五姨太："小杨老板，饭店里说话不方便，所以请你到这里来坐坐。"四姨太笑道："你五姐姐也喜欢唱戏，但是总没个合适的人来教，这些日子看了你的戏，就一门心思想跟你学，你可得好好用心教。"

杨金献不由自主地便点头："夫人吩咐，我一定好好伺候。"

五姨太故作嗔怪："这傻孩子说什么话呢，还夫人夫人地叫，你得改口叫姐姐才对，我也不是让你来伺候，是请你教我唱戏。"

杨金献脑中嗡嗡作响："是，姐姐，我好好教。"

五姨太站起来走到他旁边，刻意荒腔走板地唱了两句，又摆着手势："小杨老板，你看是不是这样？我虽然喜欢戏，却没什么天分，唱得一点都不好。"

她的声音就在耳边，杨金献忽觉脸上有些发烧，心里慌得不知如何是好，嘴里却竭力应和着："姐姐嗓子很好，只是没学过，只要学起来，一定能唱好。"

五姨太："是吗？你真这样觉得？那你看我身段哪里摆得不好，你帮我指点一下。"说着，她双手拈成兰花指，脚下迈步上前，好似一朵盛开的白玉兰，一只手拈着兰花指恰好伸到了他脸前。

杨金献紧张得呼吸几乎停滞，他竭力控制着自己："五姐姐，你这样弓步子下盘不稳，很容易绊脚摔倒，应该前脚做支撑，后脚尖点地半蹲下去，两只手也不能这样……"五姨太跟着他说的调整步伐，然而话未说完，她就趔趄了一下，杨金献下意识急急伸手去扶，五姨太恰好便摔进他怀里。

一瞬间，杨金献只觉全身血气冲上头顶，脸红得将要滴血一般，十六七岁的男儿郎忽然意识到自己近乎荒唐的欲望，那一刻他羞愧欲死，几乎想要转身逃走，然而脚下却一步都动不了，五姨太似乎有着让他想要越拥越紧的诱惑力。

四姨太依旧含笑看着他们，五姨太也娇呼了一声，故作慌张羞涩地从他怀里挣脱，然而杨金献已彻底被扰乱了心思。后来的事情他便完全不能自主，人在眼前，心神荡漾，酒喝下去，飘飘欲仙，他第一次走进温柔乡里，感受到两个姨太太赐予他的极致温柔，只觉曾经苦难深重的生活在这里全部得到了补偿，他只想追索更多的欲望，沉沦更深的享乐，从初经人事到沉溺不能自拔，及至终于头脑恢复清明时，已是天光大亮。

他慌张地整理好自己，意识到自己竟做下这等荒唐事，只觉无颜面对这两位关切爱护自己的女人，整个人方寸大乱，如同畏罪逃跑般急匆匆离开了宅院。

回到戏班时，周钧儒责问他为何一夜未归，他只得撒谎自己喝多了酒，被两位夫人安置在饭店里住了一夜。周钧儒也不曾多想，只斥责了几句以后不许多喝，让他回房再睡一会儿，便依旧去戏园了。

杨金献只觉自己闯了大祸，躺在床上心神不稳坐立不安，当天晚上演戏时，那两个姨太太果然没有来，更让他惊慌不已。一连三日，他都在这样的惶恐里度过，连戏也唱得没了精神，然而就在他近乎绝望时，却在后台收到了一份令他目眩神摇的厚礼。

两个人抬了一口大箱子放在他面前，箱子一左一右被打开，竟是齐齐整整一身行头，顶绣球插锦翎白头盔、白色绣花靠衣、宝蓝色箭衣、大红色绣花开氅、粉色道袍、方巾、鞋靴等一应俱全，华美无比耀眼生辉，直看得众人瞠目结舌：唱了这些年的戏，都是野班子穷凑合，何曾有过这样精美的服装？

杨金献更是做梦一般，他见都没见过这样的服装行头，何曾想过有朝一日能穿到自己身上？他呆呆地望着箱子，忍不住伸手去抚摸，直到周钧儒咳嗽了一声，才红了脸道："这么贵重的东西，是谁……"

来人笑道："自然是两位夫人送给小杨老板的，这几天她们满城里托人，总算打听到一位角儿再也用不上这些东西了，这可是那角儿一辈子的珍藏，我们夫人花了大力气找来送给您的。"

杨金献猛地醒悟过来:两位夫人并未怪罪他,而且对他关切更深,竟然不惜代价给自己寻了这样一套行头! 心中的惶恐骤然散去,只觉一身轻松释然,他定睛看着那华美的服装,喃喃自语道:"师父,这得值多少钱啊? 把我卖了也买不来这么一套东西吧?"

众人忍不住哄堂大笑:"这孩子是不是傻了? 如今你是当红的角儿,一套行头算什么? 将来比这值钱的东西多着呢。"

周钧儒也忍不住叹了口气:"孩子,你这是苦尽甘来,熬成角儿了,这套行头真是好东西,兴许是那位角儿落了难不得不出手,多少唱戏的一辈子未必置得起这么一套呢。"

杨金献怔怔地看着周钧儒:"师父,我真成角儿了?"

周钧儒:"真成了。"

杨金献:"我真能穿这样的行头?"

周钧儒:"这就是你的行头。"

杨金献:"我现在能试试吗?"

周钧儒:"当然能。"

杨金献立即将头盔箭衣鞋靴一整套穿戴起来,又从箱子里拿出一面明晃晃的西洋雕花玻璃镜,自己一面照着,左看右看,忽然抱头蹲在地上呜呜哭了起来:"我成角儿了! 我真成角儿了! 连这么好的衣裳都能穿了!"

周钧儒也心酸地流下泪来,这孩子自幼无父无母,乞讨流浪不知吃了多少苦,没人知道他一个人孤苦伶仃是怎么活下来的,跟着戏班一年多,每天都能有饭吃,已是他这一生最好的日子,如今竟然成了角儿,有了华丽的服装行头,也算是苦尽甘来了。

第二天开戏时,杨金献便穿了新行头,一登台便觉身子如在云端,听着台下雷鸣般的彩声更是意气风发,圆场轻快如飞,唱腔响遏行云,神采比平日更胜几倍,直把观众看得目瞪口呆:小杨老板莫不是祖师爷附体了? 这戏真唱得神了!

而台下正中八仙桌坐着的,依旧是那两个姨太太,她们笑吟吟地看着台上的杨金献，果然是人靠衣装，这身行头扮上，他比平日更俊朗潇洒了许多，几乎令人移不开眼睛。戏终之后，二人依旧叫他去吃饭，周钧儒再三谢过她们，又仔细叮嘱了杨金献，才送他出门。

此刻，杨金献只觉此二人对他千好万好，恨不得把满心满肺的热诚都捧出来，因此事事依从，吃过饭后依然跟她们去了那所宅院。两个姨太太久守空帏，杨金献初识人事，自然又是一发不可收拾地彻夜沉溺。

天亮时，杨金献急匆匆要走，五姨太便笑道："慌什么?"

杨金献："上次一夜没回去，师父说了我，这次又惹他生气，肯定要责罚我了。"

五姨太："台上威风凛凛的英雄将军，怎么能为这种事慌张呢? 一点都沉不住气，我和你四姐姐一直觉得你是真正的男子汉，原来是个没长大的孩子，回去晚了还要怕师父责罚。"

杨金献顿时红了脸："我的命是师父给的，他的话我怎能不听? 就算责罚我，也是应该的。"

四姨太回头看着五姨太："你看，我就说金献是个知恩图报的，自古以来的英雄好汉都是这样，金献说是怕惹他师父生气，其实是满心里惦记着这份恩情呢。"

这话一下说到杨金献心坎里，只觉她们对自己处处知心，丝毫舍不得自己为难，于是越发感激这份情意，依依难舍地点了点头："我先回了，晚上是我的《风雪配》，你们来看戏。"

此后的日子，无论那两个女人来不来看戏，戏园门口都有黄包车等着接杨金献，或是去吃饭，或是直接带回她们的宅院吃酒作乐，已成常态。两个女人或同时出现，或单独与他相会……他夜里回来的时间越来越晚，每日晨起又勤于练功，夜里睡觉不过一个多时辰，纵然午后能再歇一阵，到底是休息不足，加之晚间演了戏还继续耽于声色，精气神耗损得愈来愈厉害，连周钧儒都看出他有些不妥。

这一日下戏之后，他依旧急匆匆换了衣裳便走，周钧儒一声咳嗽拦住他:

"金献！去哪儿？"

杨金献本就敬畏师父，被这么一问，顿时嗫嚅："两位夫人叫我过去吃饭……"

周钧儒瞪着他："只是吃饭吗？"杨金献低了头不敢说话，周钧儒心里已明白了七八分，带着他到僻静角落里仔细追问，才知道他竟已被人勾了魂，成了人家的床帏玩物了！他急得跺脚长叹，"金献，你这是着了人家的道儿了！"

杨金献摇头："师父想岔了，她们对我很好。"

周钧儒："你才多大的孩子，就勾引着你沉迷酒色？她们会毁了你的！"

杨金献依旧摇头："她们喜欢我还来不及，怎么舍得毁我？"

周钧儒知道与他说不清，他自小命运坎坷，年纪又轻，如何经得起那些纸醉金迷的诱惑？此刻唯有严厉禁止，日后等他有了阅历，自然就懂得明辨是非了，因此他厉声斥责道："前些时候刚定了四条规矩，你还记得？"

杨金献点头："记得。"

周钧儒："有没有说过不许夜不归宿？"

杨金献更加低了头："有。"

周钧儒："若是犯了呢？"

杨金献顿时脸色通红："打二十板子……"

周钧儒狠了狠心："既然知道，就照规矩来。"说完，召集所有人齐聚后台，抬了条板凳喝令他趴上去，提起刀坯子重打了二十板。这是惟新社组班以来，第一次当众打人，周钧儒恨他不知自重自爱，气头上又用了几分力气，杨金献又羞又疼，咬着牙一声不敢吭，满头豆大的汗珠往下滴，起身时已是两腿打战，路都走不稳了。

打过之后，周钧儒心疼得不知如何是好，叫了黄包车小心看着把他送回大院，带回自己的屋子里看伤、上药，又细细与他讲此前多少名角儿耽于酒色，生生毁了自己，这两个女人若非贪图他年轻力壮，如何肯花大价钱捧角儿？等将来被她们作践坏了，再后悔就来不及了，如此云云说了许多。

杨金献知道师父所说不假,然而心中却总觉那两位夫人绝非这样的人,她们疼爱自己理解自己,又给自己花钱,送礼物,置办行头,事无巨细都替自己想得周全,这样温柔美丽心地善良的人,怎会作践自己呢?

周钧儒回房时,姚青禾听说金献挨了打,当即顾不得睡觉起身来看,见他疼得趴在那里满头是汗,却又隐忍着一声不吭,早已心疼得两眼含泪,好好安抚了一番,第二天一早便亲自煮了鸡蛋茶给他喝,一日三餐汤水茶饭地照应着。杨金献见师父师娘待自己依旧亲厚疼爱,不觉有几分后悔,暗忖着是不是真该听师父的话,从此以后不再去见那两位夫人。然而想了想,又觉万分难舍,心里几乎无时无刻不惦记着她们,若自己真不去了,岂不是太伤她们的情意?

河声戏园一连三四日没挂杨金献的牌,便渐渐地影响了上座儿,何经理便忍不住向周钧儒念叨:"周老板,小杨老板犯多大的错,就舍得那样打他?看他这几天养好了伤,还是继续唱吧,观众等着看他呢。"

周钧儒看他伤势将养得差不多,这几日那两个姨太太也并未再来,便又挂出了他的牌子。杨金献酷爱唱戏,台下雷鸣般的掌声和叫好声令他心神迷醉,一上台便提起浑身精神,一字一句一招一式务求尽善尽美,然而他的眼睛却不由自主地向台下瞟去:那张八仙桌空了,最欣赏自己的两个人不在。

他心里好似空了一个洞,只觉身不由己,无端端伤了她们的心,如今连自己的戏也不来看,一定是怨怼自己了。戏终之后,他只觉处处无趣,整个人无精打采,只一心想着她们的面容身影,越想越觉自己辜负情意,愧悔难安,几乎一夜不得入眠。

然而第二天,他在后台正要上妆,便听得外面一阵热闹喧哗之声,很快何经理掀着帘子喊道:"小杨老板快出来,有报馆的记者要采访你,给你照相呢。"

杨金献一愣,周钧儒却已经应承道:"这可是金献出头的好机会,那么多唱戏的,见过几个有记者采访照相的?"于是紧赶着替他收拾了一下,带他走上戏台,却见台上摆了十几个花篮,支起一架照相机,记者一见他出来,立刻上前来寒暄提问,无非是他的生平旧事、唱功绝活、扮相行头等。杨金献不善言辞,紧张得几乎说不出话来,周钧儒在旁边提点着帮他作答,相机又咔咔响了几声拍了照片,采访便算作结束了。

送走了记者,杨金献正要回后台,忽见两个人走到戏台前,正是他朝思暮念的那两个姨太太,五姨太开口笑道:"小杨老板,我们今天特意请了记者来,想给你拍点照片,怎么还是这么紧张?这篇报道一出去,你可就是宝鸡尽人皆知的红角儿了。"

杨金献顿时心头一暖,仿佛久别重逢一般,整个人都沉醉在她们的笑意里。为了帮自己扬名,她们竟特意请了记者来拍照采访,这样事事替自己着想,怎会是师父说的那样,要毁了自己呢?

因此散戏之后,他依旧向师父提起要跟她们去吃饭,且再三保证吃过饭就回,绝不晚归。周钧儒叹了口气,知道今日自己若阻止,便要得罪这两个女人。他已托何经理打听过她们的来历,然而宝鸡大码头藏龙卧虎,各方势力繁杂,一时竟问不出她们的详细身份,只知是军中某位长官的姨太太——这样的人,惟新社得罪不起,只有紧紧约束着杨金献,让他不要沉溺其中,等到她们失了兴致,也就过了这一劫了。

然而杨金献一坐上黄包车,便立刻被送到了那所宅院,数日未见,两个姨太太早已顾不得一切,拉着他便入了床帏。这几日她们听说金献挨了打,便知班主看出了端倪,苦心策划了记者采访之事,才终于将他诱来,如何肯轻易放过?杨金献亦觉再也不能舍下她们,这是他有生以来最沉迷的生活幻境,他离不开这醉生梦死的奢靡,更离不开这令人沉沦的温柔乡。

四姨太似乎有些悲伤:"金献,你师父为什么不许你来?他是不是觉得我们……"

五姨太更是神色哀戚欲碎:"你师父不了解我们,你还不了解吗?我们怎么舍得你?我们只盼着你出名,盼着你成为最红的角儿,时时刻刻都希望你好……"

杨金献连忙摇头:"姐姐多想了,师父没有说什么,他是怕我歇息不好唱戏没精神,不让我回去太晚。"他虽这样说,却不敢停留太久,整理好衣裳便要离开。

四姨太:"五妹妹,我们的心意白费了,再怎么疼他爱他,他还是要走。"

五姨太叹息:"小杨老板如今是名角儿了,那么多人等着捧他,哪儿还把我们放在心上?"

杨金献顿时停住脚步:"两位姐姐,我不是这个意思……我只是,我不能让师父看见我没精神的样子。"

四姨太:"这怕什么? 年轻力壮的,怎么会没精神呢,提一提神就是了。"说着,她伸手指向一个小方几,上面的东西他曾见过的:大烟枪和烟灯。

杨金献慌得立刻摇头:"不不不,师父不许我们碰大烟……"

五姨太笑了起来:"抽几口福寿膏怎么了? 要真是要命的东西,怎么当官的有钱的都抽? 我们不也在抽? 有我们在,怕什么?"杨金献依旧摇头不肯,五姨太叹了口气,"傻孩子,我们真会害你不成? 只是吸几口提提神,不会上瘾的。"四姨太也附和道:"少吸一点,解乏提神,这东西对人是有好处的。"

五姨太亲自帮他装了烟泡点着了,杨金献将信将疑,尝试了几口,不过片刻,便觉阵阵头晕,一起身更是天旋地转,不过片刻便眩晕在地。然而醒来之后两个姨太太依旧劝着他吸,又尝试了几次,竟觉身子轻飘飘的,果然精神十足,连走路都轻快起来。

四姨太看他精神焕发,趁机夸赞道:"人人都说,小杨老板在台上是少年英雄,风采照人,依我说,就算不扮上,也是万里挑一的人物。"

五姨太:"这样的人物,早晚是要成一代梨园名家的,不如将来我们帮他做个戏班,就叫杨家班,以后可能就唱红整个中国了呢。"

杨金献虽然心中受用,但依旧摇头道:"我这条命还是师父捡回来的,戏也是跟他学的,没有师父,哪有我的今天,我不会离开师父另组戏班的。"

四姨太:"傻孩子,你师父就盼着你出息呢,你要是组了戏班,唱红了好好孝顺他,他可是比自己做戏班还高兴。"

杨金献若有所思:"真是这样?"

五姨太："当然是这样,当师父的,哪有不盼着徒弟成气候的。"

杨金献只觉她们每一个字都说到自己心坎儿上,越发将这两个女人引为知己。二人又百般奉承了一番他戏唱得好,在这宝鸡城里也是拔头筹的,听得杨金献心里耳里都舒服,便渐渐觉得她们说的有道理,似乎自己在惟新社真有几分屈才,但心中却坚定绝不离开师父,连两位夫人都盛赞自己是个知恩图报的人,怎能做那背叛师门的事?

自得了福寿膏的"好处",杨金献更觉自己精气十足,纵然一夜不睡,只要吸上两口,在戏台上也依旧神勇潇洒,照样赢得满堂彩,因此越发离不得这两个女人。初时,他还能流连一两个时辰便回到戏班,每日如常练功排戏,及至后来,那两个女人对他痴缠愈深,黄包车停在戏园子门口,下了戏就接他走,第二日天黑开戏前才送回来,竟是昼夜不得安歇,彻底耽于声色。

周钧儒几乎每日都要追着他责令不许沉于酒色,他也连连保证一定早回,可一到了那所宅院,便不由自主地沉溺下去,早已管不住自己了。周钧儒又气又急,接下来一个月倒有二十天排了杨金献的戏,说了不肯听,打又打不得,若是打伤了登不得台,如何向戏园和观众交代?没计奈何,周钧儒只能每日让一个人等在戏园门口,等着他回来立刻拉进后台上妆,只要不误了场便好。

这一日,杨金献与四姨太厮混到天将黑时,依旧忍不住跳起来便往外走:"我得回去,今晚有我的戏呢!"

四姨太故作失落,言语间却是挑唆:"惟新社就你一个人吗?怎么天天都离不了你?"

杨金献慌得一面往外跑一面摆手:"戏要开了,快误了时候了,无论如何得赶回去!"说着他急匆匆出门往外跑,叫了个黄包车一路催促着向河声戏园飞奔,及至赶到时,正听着敲头遍锣。

守在戏园门口的人正急得冒汗,一见杨金献下车,上前一把拉住他:"你可算回来了,大伙儿都急死了!"杨金献顾不上说话,急匆匆赶到后台,周钧儒看他回来,心里暂且松了一口气,也顾不上说什么,众人七手八脚帮他上妆换好服装行头,将将赶着开戏收拾利索,踩着鼓点上了台。

偏生当晚的戏连唱带打,好不容易撑着唱下来,杨金献只觉脚下打飘,刚出下场门便一屁股瘫坐在地。周钧儒上前帮着他卸了行头脱了服装,便见他一身虚汗湿透了水衣,洗过脸更是面色苍白,顿时心疼得眼圈发红:这孩子身子竟亏空成这样,再折腾下去,精壮的大小伙子便要掏空了!

然而黄包车夫依旧停在戏园门口等着接他,见他好一阵子不出去,竟直接到后台门口来催促:"小杨老板,两位夫人等着呢。"

周钧儒更加生气,让人将那车夫拦在外面,拉着他说道:"孩子,咱不去了,身子都要垮了,再去可就回不了头了。"

杨金献笑了笑:"师父不用担心,我就是今天有点累,没什么事。"

周钧儒见他走路虚浮,脸上也没了血色,知道他被人家拿捏玩弄了,焦躁不安之下,忽然心中一激灵:"金献,你是不是吸大烟了?!"

杨金献立即红了脸色,沉默了半晌,终于点了点头。

周钧儒急怒道:"你哪里知道那东西的厉害!当年多少扬名立万的角儿,只要吸上大烟,过不了两年就被掏空身子唱不了戏了,哪有一个好下场?"

杨金献摇头:"师父放心,我就是偶尔抽两口提神,不敢多吸。"

周钧儒更加心凉,他不光着了人的道儿,还染了烟瘾,这样整日虚耗,铁打的汉子也经受不起,何况一个十八九岁血气方刚不知节制的孩子。可是他如今泥足深陷,只怕自己说什么也听不进去了,然而他依旧不忍看这孩子毁了自己:"金献,师父先不排你的戏,别人也能唱,只要你肯好好地戒了烟,养好了身子,照样登台,依旧是红角儿。"

杨金献:"师父,我就是昨天闹得头疼有点累,身子没事儿,您不用担心。"说着,他依旧站起来往外走,"两位夫人帮我寻了一件金丝织锦缎的五爪金龙蟒袍,听说是前朝名角儿的行头,我得赶紧去看看。"周钧儒眼睁睁看着他往外走,眼泪渐渐流了下来,这孩子已经被人控制走火入魔了,这火坑跳进去容易,想出来可就难了。

等到了那所宅院,蟒袍早已撑在衣架上,电灯照射下,金丝流转灼人双目,竟升腾起一片金色光晕,其上彩绣更是精致非常,多少唱戏的角儿做梦都不敢想有这样一身服装。杨金献一眼便被勾住了全副心思,直直走到蟒袍前,伸手摸上去,只觉厚重挺括,精美得不可思议,穷尽他一生想象,也想不出世上竟有这等华贵靡丽之物。

两个姨太太见他沉迷得眼睛都直了,忍不住笑起来,五姨太说道:"金献,这行头好不好? 是不是配得上你?"

杨金献目不转睛:"好! 好得我都不敢相信!"

四姨太:"那就上身试试,看我们的小英雄穿上这样的蟒袍,有多潇洒尊贵!"

杨金献点点头,二人亲自动手,将蟒袍给他换上,果然身如青松,面如冠玉,看起来简直比世代簪缨的王侯公子还贵气。他在穿衣镜前转身照着看,两个姨太太也赞不绝口,递给他长枪,定要他操练一套枪法。杨金献正在兴头上,抄起长枪拧身耍了几个背花,随即便是空中起跃,然而落地时猛然感觉身子发软气息不足,强撑着练完一套走边,已是面色苍白虚汗淋漓。

两个姨太太依旧是连声叫好,盛赞他英雄之姿,又请他入席吃酒,酒后依旧要拉着他帷帐痴缠,然而杨金献却骤然害怕起来,恐慌一阵阵袭上心头:自己年纪轻轻,怎会忽然没了气力?

他急切地走到镜子前,看着自己的脸,虽然一身华丽的蟒袍,但脸色却苍白得没有一丝血色,身上更是沉重无比提不起一点力气,难道真如师父所说,自己的身子要垮了吗? 他心里越想越怕,看着两个姨太太笑得两靥生花,更是慌张得不能自已,连忙起身道:"两位姐姐,我今天实在累得厉害,能不能先告辞回去歇一晚,明天再来?"

四姨太立即蹙眉:"今天好不容易找到这件蟒袍,就是想让你来高兴一下,你要是走了,我们的心意不是白费了?"

五姨太也冷了神色:"我们这样对你,你却推托着要走,是不是如今是满城皆知的红角儿,我们的心意入不了你的眼了?"

杨金献一见她们花容变色,立即连连摇头:"我怎么敢辜负你们? 除了师父,就是两位姐姐对我最好,我一天都不敢忘了你们对我的情意。"

四姨太:"那你为什么还要走?"

杨金献:"我……"

五姨太:"你白天练功排戏,晚上唱戏,依我看,就是用功太狠了,周老板就不能放你几天假,让你好好在这里养几天? 又不是离了你就不能开戏。"

杨金献:"不不不,我是一定要唱戏的,师父对我寄予厚望,戏迷们也都等着我,不登台是万万不行的。"

四姨太:"又不是不让你唱戏,只是少唱几天,能有什么?"

杨金献依旧摇头:"只要有我的戏,我一天都不能落下,师父说过,戏比天大,哪怕天塌下来,也不能误了戏。"

四姨太故意带了几分嗔怒:"事事都是你师父说,他只把你当角儿挣钱,却不肯放你歇息,他这样苛待你,真恨得我想封他几天班子。"

杨金献立即吓得摆手:"四姐姐,可不要! 我们唱戏只是讨口饭吃,您高抬贵手给我们条活路……"

五姨太扑哧一笑:"看把你吓的,好像真不让你们唱戏似的,我知道你惦记着孝顺你师父,可也不该冷了我们的心意,只要你好好地陪着我们,怕什么?"

杨金献:"我当然想好好陪着两位姐姐,就是今天有点累……"

五姨太:"累了就在这里睡,还非要躲着我们,回去歇息做什么?"

杨金献被她们三言两语将住,想走的心思再也不敢提起,只得留下来任由她们拉入床帏。

此后的日子,杨金献依旧开戏前赶回来,唱完戏就走,眼见着身子一天不如一天,整个人瘦得没了肉,两颊干瘪,眼窝凹陷,脸色蜡黄没有一丝血色,而那两个女人依旧对他索取无度,福寿膏更是越吸越多,人人都能看出来他已身陷泥潭不能自拔。

他自己也渐渐意识到似乎陷入了一个无底深渊,处处都不由自主,明知自己的身体已透支亏空,明知沉溺于那两个女人太过危险,可偏偏就离不开她们。那个温柔富贵乡似乎有着致命的诱惑力,让他神魂颠倒,让他忘记现实,只有在她们身边,他才不是那个流浪乞讨卑微如蝼蚁的孩子,只有在她们眼里,他才能成为向往中的自己,是光鲜亮丽的角儿,是知恩图报的男子汉。曾经他仰望而遥不可及、身份之别犹如云泥的女人,如今竟雌伏在他身下,她们的丰厚给予,她们的赞美肯定,她们略带"崇拜"的欣赏,她们楚楚含情的双目,都是他从未有过的体验,亦是他这一生做梦都不敢想的旖旎之境。

除了戏,便是她们。他只想在这个梦里永不醒来,在泥潭温柔的包裹中得过且过。

然而他又爱极了唱戏,周钧儒想让他停牌歇一阵子,他亦坚执不肯,每天必要赶回来登台,直到有一天唱到高亢处,只觉一口气提不上来,哑了嗓子骤然摔倒在地。

惟新社的角儿,折了。

观众顿时一片哗然连叫倒好,台上更是纷乱如麻,周钧儒与何经理不断地打躬作揖赔礼道歉,好话说尽才终于安抚住观众,又另开了一出戏,暂且支应过去。

杨金献醒来,见师父守在眼前,眼泪便忍不住流下来,一个角儿倒在台上,便意味着倒了名声,对戏班而言更是一场灾难,没了角儿的戏班便叫不上座,惟新社在宝鸡的处境也会随之艰难起来。

他越想越觉害怕,几乎乱了方寸:"师父,我不知道怎么倒在台上的,外面怎么样了?我是不是给戏班闯了大祸?……"

周钧儒又心疼又气恨:"你还管外面的事做什么?先养好身子要紧!早先劝你不听,现在害怕有什么用?好在还不算晚,以后别去找她们了,好好养一阵子就没事了。"

杨金献低了头:"可是她们对我好……"

周钧儒:"她们哪儿是对你好,分明是要你的命!"

杨金献更加失落:"如今我不是角儿了,也没脸去找她们了……"

周钧儒:"这是最好!趁这个机会跟她们断了,只要她们不缠着你,戏班艰难一阵子也值得。"

杨金献忽然哭了起来:"师父,我是角儿啊,我成个角儿多不容易啊,我不能不唱戏啊,一下子倒了名声,我这辈子就完了……"

周钧儒顿时愣住。

他没想到杨金献竟把"成角儿"看得这样重要,甚至比命都重要,这样的打击,于金献而言几乎是致命的。但他无可奈何,出了此等变故,需要处理的事情太多,要向戏园交代,要应对观众的失望,要整顿戏班重整旗鼓,他只能让人先把金献送回大院,交给姚青禾照顾,自己留在戏园里善后。

第二天,《梨园名角杨金献栽倒戏台,粉墨登场空叹息昙花一现》的文章便登上了报刊,杨金献倒在台上的消息迅速传开,扼腕叹息者有之,幸灾乐祸者有之,纷纷传谣者亦有之,甚至传出流言杨金献眠花宿柳酒色纵欲,早已是个废人,因此往日追捧杨金献的戏迷们也随之唾骂不止。昔日何等红极一时,今日便何等声名不堪,惟新社更是遭遇重挫,当日上座不过三排,卖票处门可罗雀,台下观众零零落落,凄惶景象令人感慨。

杨金献绝望地躺在床板上,整个人似乎被抽空了一般,连眼珠都几乎不能转动,只是神色呆滞地盯着屋顶,隔半晌便喃喃一句:"我是角儿啊……"

姚青禾看他这般,心疼得坐立不安,整日守在旁边照顾着,喂水喂饭,可是杨金献吃不下喝不下睡不着,看着师娘满面愁容地照料自己,也只是木然道:"师娘,我已经废了,我不是角儿了,你别管我了。"姚青禾眼泪一下子流了下来:"孩子,别说傻话,是不是角儿,我和你师父都把你当自己的孩子,你还年轻,只要养好了身子,什么都来得及……"

杨金献摇头:"成个角儿多不容易啊,倒了就是倒了,就算以后还能回到台上,戏迷们也不认我了,捧角儿的也不理我了,我这辈子,完了。"

姚青禾:"你才多大年纪,就说这辈子完了,路还长着呢,有你师父和我在,别怕。"

杨金献只是苦涩地抽动嘴角,似乎笑了一下,但神色比哭更酸楚。

周钧儒每日回到家,第一件事便是看杨金献,眼见他神色越来越委顿,便好生劝慰他,让他不必难过,只要养好了身体重新来过,再练几手绝活儿,戏迷们依旧会追捧而来,过不上一半年,大家便会将旧事忘掉。眼下能断了与那两个姨太太的纠缠,就是万幸之事了。

然而杨金献似乎根本听不进师父的劝,依旧愣怔怔的:"师父,我完了,杨金献,完了。"

一连几日,坊间传闻沸沸扬扬,两个姨太太自然知道杨金献出了事,然而她们并不在意他的声名,甚至觉得这是一个良机:毁了声名不能登台唱戏,以后就只能终日陪着她们了。四姨太自然知道如何拿捏他的心思,趁着姚青禾出门间隙,派人以探疾为名告诉杨金献:她们有办法帮他挽回名声,用不了多久依旧是当红名角儿。

这话任人都不会信,但听在杨金献耳朵里却不啻天语纶音:只要能重新当上角儿,他愿意付出任何代价!他甚至顾不上跟师娘打招呼,便急切出门坐上黄包车赶去那所宅院,哪怕那里是泥潭、是深渊、是地狱,他也在所不惜。

一进宅院,仿佛一切都没有变,两个姨太太依旧温言笑语地看着他、安慰他,告诉他假以时日,她们会安排他到军队唱慰问戏,会受到各级长官接见,只要长官们说好,谁还敢说他不是名角儿?

杨金献似抓住救命稻草一般,直把两个姨太太当作了救他于困厄的菩萨,叩头在地感激涕零,在她们面前更是尽心竭力无有不从,以至身心尽许日夜逢迎,竟是前所未有地沉沦酒色床帏之间。

姚青禾发现杨金献不见的时候,彻底慌了心神,连忙赶到戏园去找周钧儒,彼时尚未散戏,周钧儒一听,心中顿时凉了半截:不好!他一定去两个姨太太那里了!

他顾不得许多,与后台打了招呼便离开戏园去找,但他并不知道她们住在哪里,只知道杨金献每次坐上黄包车便被拉去了北边。本地权贵人家大多住在城北一带,然而城北住户何止百千,深宅大院连绵成片,如何知道杨金献去了哪一家?待到园子里散了戏,戏班众人寻过来时,周钧儒已找得失魂落魄,却丝毫没有头绪。时辰已到午夜,大家无可奈何,只能暂且回家,等天明之后再四处打听。

回到家时已近凌晨丑时,周钧儒只觉心灰意冷,坐在院里的树下点了支纸烟,愁眉不展,长吁短叹。天空无星无月,漆黑一片,只有烟头的红光一时明一时暗,在暗夜里闪烁着。姚青禾也为杨金献忧心不已,连连后悔自己没能看住孩子,眼见周钧儒愁闷难安,披衣起身来到树下,默默陪坐在他身边。二人一句话不说,一个枯坐,一个泪垂,坐了大半个时辰,直到东方有了一丝光亮,周钧儒才终于闷闷地说道:"进屋吧。"

第二日,岫儿和岚儿也知道了金献哥失踪之事,姐妹二人亦是泪流不止。这两年来他们感情极好,杨金献就像个大哥一样处处照顾她们,但凡存几个钱,自己舍不得吃舍不得花,也要给她们买零嘴儿和小玩意儿,辗转各个村子跑高台时,还会轮流背着她们,走红之后去唱堂会,每次回来总要给她们带些东西,姐妹二人听说他不见了,自然非常着急。

岫儿已经懂了许多事,她甚至知道金献哥遭遇了极为屈辱之事,于是担忧道:"娘,金献哥还能不能回来? 那两个女人……是不是玩戏子的?"

姚青禾猛地一惊,不知岫儿哪里听来的这些浑话,随即沉了脸色训斥道:"胡说什么! 哪儿听来的这些话?"

岫儿低了头,说:"我听那些看戏的说,戏子就是玩意儿,那些达官贵人,玩戏子的多了。"

岚儿也跟着学舌:"他们都说,金献哥是遇到玩戏子的了……"

姚青禾气得脸色都变了,全然没想到六岁的岚儿也开始懂了这些,只觉一口闷气噎得胸口生疼,半晌才缓过来:"你们……什么浑话都敢说,小心找打!"

话虽如此,但她知道,孩子自幼跟在戏班里,早晚会听到这些话,一番又一番的命运风波,终究让她们越来越熟谙戏班所面对的人间暗流,也渐渐懂了些江湖习气。

杨金献依旧沉溺在幻想里。

也许不久之后，他真的可以重新成为名角儿，只要一想到这件事，他便觉得对一切充满了希望，两个姨太太就是他的神祇，这所宅院就是他翻身的机会，他用尽一切力气去讨好，去逢迎。两个姨太太也依旧对他赞不绝口，向他述说着真正的名角儿有多少包银，置办几进的宅院，出入都是洋轿车。杨金献似乎已经看到自己未来的样子，众人仰望，如日中天，他沉醉在她们描绘的幻境里，深信不疑。他甚至给两个姨太太唱起了《状元祭塔》，开口便是："打一把黄罗伞飘飘荡荡，坐一乘八台轿出了朝廊。四十匹对子马一来一往……"

酒、色、鸦片，短短几日时间，他早已虚垮了的精神和身体便被彻底掏空，然而他依旧沉溺不知，一番吞云吐雾之后，他兴致高昂地换上了那身蟒袍，仔细勾脸上妆，全然不顾自己脸色晦暗眼窝乌青，扮上之后似乎依旧是那个挺拔如松稳如玉山的少年英雄，然后拉着两个姨太太来到院子里："谁说我栽倒在台上了？我还能再来个僵身摔！这可是我成名的功夫，练了多少时间摔了多少跟头才成的，大家最爱看的，就是我这一招绝活儿！不信，你们看着……"

说完，他拉了几个招式，脚下跟跟跄跄，似乎依旧在河声戏园的戏台上，似乎下面依旧有无数观众屏住呼吸等他这一招绝技，似乎下一刻就有雷鸣般的叫好声响起。他仰天笑了笑，随即一个僵身摔，直挺挺地倒了下去。

两个姨太太连声鼓掌叫好，等着他站起来，然而连喊了几声，他依旧躺在那里一动不动，她们才意识到似乎有些不对，连忙走过去看时，却见杨金献已经全无呼吸，气绝身亡了。

她们顿时慌张害怕起来，两个人连忙逃出这所宅院，坐上洋轿车急匆匆离开，四姨太上车之前终于想起来吩咐道："去给戏园子送个信，把人接走！别让他死在这里没人管！"

四八　末路穷途

天刚亮,周钧儒再次带着众人开始寻找杨金献,大家心急如焚,却又毫无头绪,只是无头苍蝇一样乱喊乱转。可是接连找了几日,丝毫没有杨金献的踪影,就在他们几近绝望之时,戏园里送过来一封信,白色的信封,其上写着"周老板启"。周钧儒拆了信,却只写了一个地址:城北山坡四十六号。

周钧儒看了这几个字,心头顿时如炸开了一般,眼前一黑几乎栽倒,勉强稳了几次才站住,有气无力道:"快,跟我去城北山上! 金献有下落了!"众人见他这般情形,也意识到事有不祥,立即浩浩荡荡直奔城北山坡。

一路上,周钧儒跑得上气不接下气,恨不得一步就奔到地方,然而眼前的路又黑又长,似乎看不见尽头,他只希望自己赶去得还不算晚,一切还能来得及……

然而当他们终于赶到四十六号门外时,却见院门大开,冲进去第一眼——就看到了直挺挺倒在地上的杨金献。

他依旧穿着那身金丝织锦蟒袍,脸上勾着少年英雄的妆,华丽无比,静静地躺在那里。他似乎刚刚死去不久,尸身尚未僵硬,但脸上的粉墨早已晕散模糊,完全看不清本来面目,仿佛他这一生混沌的命运。

周钧儒一把将他搂在怀里,望天撕心裂肺地干吼了几声,却没有发出任何声音,眼泪如决堤之水般汹涌而下,只紧紧地抱着杨金献,感受着他渐渐硬下去的身体,无论如何都不肯松手。

无人知道他的姓名来历,亦无人知道他的父母何人,一个孤苦无依的孩子,靠着乞讨流浪活到十几岁,受尽了生活的艰辛与世人的白眼,终于在惟新社找到自己的归属时,却只过了短短两年的安稳日子,便将性命葬送在这吃人的深宅大院里。

戏班众人早已忍不住悲愤痛恨,骂声喧嚣声响彻了城北山坡,可是院子里空无一人,只有杨金献的尸身和遍地狼藉,他们的骂声回响在空荡荡的院子里,没有任何回应。

然而这一切周钧儒都没有听到,他只是呆呆地抱着杨金献,用衣角一点点将他的脸擦拭干净,露出本来的容貌。那样单纯善良的一个孩子,所求不过是在乱世里有个依靠,能吃上饱饭,然而便是这样简单的愿望也成了奢侈,他依旧被这个吃人的时代吞噬下去,成为又一抹飘零的野鬼孤魂。

他忽然打了个寒战,当年的张氏,后来的郑好儿,如今的杨金献,他们都是对生活逆来顺受的善良人,然而世道容不下这样的人活着,自己一次又一次见证了他们的悲惨命运,每一次都无力挽救,每一次都追悔莫及,每一次都痛恨自己的无能。

可他们却毫无反抗之力,唱戏本就是贱业,又没有可以倚仗的背景,如何敢与她们抗衡?众人依旧在院子里叫骂不休,周钧儒忽然叹了口气:"不用骂了,人早就走了,这是她们租来的宅子。"为捧角儿玩弄戏子,专门租一所宅院,一旦走漏风声或出了事故,立刻一走了之,这显然是她们的惯用伎俩。绝对的权势面前,他们只是任人宰割的贱民蝼蚁,玩死一个戏子,在权贵眼里不过区区小事,谁会把这等人的死活放在心上?

周钧儒几乎喘不过气来,三十余年的人生里,他见惯了军阀的横征暴敛、官场的腐朽黑暗,官匪兵勾结着,将百姓盘剥压迫得直不起腰,人命如草芥般被肆意残杀处置,太阳与公平永远照不到他们身上……若一世都要活在这样的阴影下,人生还有什么希望?

他们如斗败了的公鸡一样垂头丧气地抬着杨金献走下山坡,每个人都心情沉痛得抬不起头。这是杨金献的命运,亦是他们的命运,他们想要讨回的血债,不过是在自己心口狠狠划上几刀,再添几道伤痕罢了。

回到他们落脚的大院,众人为杨金献换好衣裳,将尸体停在那里,姚青禾哭得几乎昏厥,周钧儒更是痛得肝胆俱裂,狠狠一拳砸在地上:"金献,师父无能,不能替你报仇,我连两个女人都奈何不得,让你白白送了性命……"所有人都痛哭失声,只觉申冤无地求告无门,举目四顾,天下竟无一处公义之地,唯有打落牙齿咽下血泪,在金献灵前哀悼自己黑暗无望的人生。

第二日,在河南老乡的帮助下,周钧儒亲自到渭水边的河滩地带选了一处义地。这片河滩是逃难至此的"河南担"聚居地,他们在此搭棚住下,形成一大片贫民窟,无数的人在这里艰难生存,也有很多人不堪贫病在这里死去,所以在贫民窟不远处,便是河南人的义地。戏班众人将杨金献草草埋葬在这里,他虽客死异乡,却有老乡为伴,也不算孤魂野鬼。

安葬了杨金献回到大院时,忽见何经理带人拉着板车过来,车上整整齐齐摆着七八个箱子:正是他们的衣箱行头。

众人一愣,周钧儒急忙上前问道:"何经理,这是怎么回事?"

何经理叹气摇头:"周老板,小杨老板没了,叫不上座儿,我也为难……"

周钧儒一惊:"当初金献没红的时候,惟新社不也每天满座儿?"

何经理满面无奈:"小杨老板出了这种事儿,实在是可惜了一个好孩子,可是……此一时彼一时,我也是没办法……"

周钧儒忽然平静下来,这样的结局,本就在意料之中,所以他点点头:"何经理说的是,您也别为难,我们不在河声戏园唱了,多谢您惦念着把衣箱送来。"

送走何经理,周钧儒怔怔地看着那些戏箱,忽然苦笑了一下:"罢了,不演就不演,我再去别的戏园谈谈。"他咬了咬牙,"实在不行,就去河滩露天演,这么大的宝鸡城,还混不上一口饭吗?"

虽然没了红角儿,但戏班还要寻找出路,周钧儒一一拜访之前邀他们演出过的几家戏园,希望谈一季合作。然而一连几日处处碰壁,昔日对惟新社极尽追捧的戏园子,如今纷纷对他们避之唯恐不及,好似见了瘟神般,最多聊上几句便端茶送客。惟新社众人才真切意识到,他们在宝鸡已经走投无路了。

一连数日,戏班众人无不志气低沉,周钧儒也束手无策,及至杨金献"头七",大伙儿再次来到那所宅院,祭奠枉死的魂灵。这宅子依然保留着前几天遍地狼藉的样子,似乎已经完全废弃,给杨金献化纸之后,周钧儒越想越觉愤恨不甘,着意向周围的邻居询问原宅主人,打听前几个月是谁租了这里,然而这些人都缄口不言,根本问不出一个字的消息,甚至矢口否认曾在这里见过小杨老板。

大家全然没想到,那两个女人行事竟如此严密,这件事从头到尾就是一个圈套,将杨金献死死套在了里面。

然而他们更没想到,一场风暴已经等在那里,将他们的命运推向绝望的深渊。

他们刚回到宅院,几个警察便破门而入,喝令道:"有人举报你们涉嫌拐卖孩子,搜!"

周钧儒顿时震惊失色:"我们什么时候拐卖过孩子?"

警察:"你们戏班里那几个男孩子,就是买来的!"

周钧儒分辩道:"这些孩子无父无母,跟了戏班想要讨口饭吃,怎么会是买来的?"

警察冷笑:"是不是买来的,问了就知道!"说着他高声喊道,"屋里的人,全部出来!搜查被拐卖的孩童!"

姚青禾带着岫儿岚儿和几个十来岁孩子正自战战兢兢,此刻只得走出门来,警察立刻指了他们说道:"还敢说不是买来的孩子?!"

警察说着走上前,将那几个孩子推搡过来:"说!你们是不是被拐的?打你们没有?"

几个孩子哪里见过这场面,立刻吓得哭了起来,岫儿和岚儿也躲在姚青禾身后不敢出声,周钧儒怒道:"你们搜查拐卖,吓唬孩子做什么?!"

警察:"你们这些戏班子,哪个不拐卖孩子?"说着,他甚至上前伸手拉扯岫儿和岚儿,"你们连女孩子都不放过!"

姚青禾气急:"这是我们的女儿!"

周钧儒也冲了过去:"放开她们! 这是我自己的孩子!"

警察忽然冷笑:"大胆! 竟敢袭警妨碍公务! 我看你们这里就是影响社会治安的藏污纳垢之地! 奉上峰命令:清理拐卖孩童、伤风败俗的外地戏班子!"说着,他狠厉的脸凑近周钧儒,"你们戏班那个死了的小戏子,偷盗奸淫,诱骗财色,当我们不知道吗?!"

周钧儒顿时气得脸色涨红,众人也都怒不可遏,杨金献被逼惨死,他们却给惟新社扣上这样的罪名,哪里还有公理可言?!

魏子洛怒道:"你们这是仗势欺人,欺压良民百姓! 什么警察,就是坑害百姓的走狗!"

警察顿时怒骂道:"一群下九流的臭戏子,拐卖孩童,作奸犯科,还敢出言不逊! 这种藏污纳垢的戏班子,就该赶出宝鸡城!"说着他打了声呼哨,外面迅速围进来十几个持枪壮汉,其中两人冲进门使用枪顶住姚青禾和孩子,几个警察也都甩了警服露出自身装束,分明是本地帮派势力!

所有人都震骇失色,周钧儒眼看妻女被挟持在枪口下,更是急怒攻心,气滞胸口,脸色骤然紫胀,登时呕出一口血重重喷在地上:"青禾! 你们! ……"

两个孩子急得大哭起来,连声喊着"爹",姚青禾更是两目落泪:"卓先! 卓先你怎么样……"然而她们很快被堵了嘴,再也发不出声音。

那假警察道:"敬酒不吃吃罚酒,今天就好好给你们个教训!"说着他喝令一声,"打!"

周钧儒眼里几乎滴下血来,众人更是愤慨难平,但枪口威逼之下,岂敢反抗? 他们只得双手抱头蜷缩在地,任由那些打手肆意凌虐殴打,直打得墙上地上溅了斑斑血迹才终于停手,二十余人几乎个个挂彩,痛苦地瘫在地上不能起身。

假警察这才笑了起来:"今天留你们一条贱命,不过几个臭戏子,真把自己当人了!限你们今天滚出宝鸡,从此不许踏进宝鸡半步!"他随即让人进屋一通搜检,直到翻出金献那一套华丽的服装行头,众人才意识到:分明是那两个女人要将他们赶出宝鸡!她们唯恐东窗事发,铁了心要驱逐戏班以绝后患!

岫儿与岚儿永远忘不了那一日的惨烈场面,她们身后顶着枪口,眼睁睁看着父亲和戏班里的长辈们蜷缩在地上挨打,时间像停滞了一样漫长。她们不知这样的殴打何时结束,也不知道自己的爹会不会被打死,死亡的阴影笼罩在头上,仿佛永远不会散去……这段恐怖的记忆烙印在她们的血脉骨髓里,成为折磨一生的噩梦。

这段记忆的结局,是他们把院子砸了个稀烂,戏箱行头悉数被毁,惟新社所有人带伤挂彩地被逐出宝鸡,曾经红极一时的辉煌,都化作了此刻的狼狈收场。

大家都还活着,成了唯一自我安慰的理由。

然而这样忍辱求生地活着,是否真的是他们想要的结果?

此后的人生岁月里,周钧儒无数次想起这段经历,都会脊背一阵阵发麻,然而他始终庆幸,当年自己选择了活下来。虽然这一世经历了太多苦难,但因为活下来,他们等到了世道终于改变,看到人间有了光明,看到膝下儿孙满堂,看到后辈们活出了自己的理想……

姚青禾雇了几辆大车,将惟新社二十余人带出了宝鸡。

她没有像寻常妇女一样被这样的惊险场面吓得晕倒,反而在所有人都负伤的时刻异常坚定地站了出来,带着仅有的一点行李,雇了骡车,将他们一个个扶到车上,亲自赶着头车在前方领路。

当所有人都失去方向的时候,她成为惟新社的主心骨,毫不犹豫地做着一个又一个决定,也正因为她的坚定果断,没有一个人伤重而死,甚至所有人都没有落下明显的残疾。

走出宝鸡城,她在遇到的第一个大村落停下来,求告村民收留他们在村庙落脚,找大夫给大家治伤,一个人跑前跑后照顾所有人吃喝换药,整日累得几乎走路都能睡过去,却没有耽误任何一个人的伤势病情。

经历了那样一番浩劫,她最后带出来的钱并不多,但该花钱的时候没有丝毫犹豫,甚至变卖了自己仅存的几件光鲜衣裳延医问药,还在村民家里买来了鸡子,用破箩筐在河里网来了鲜鱼,想尽法子给大家补养身体。

整整半个月,她就这样不眠不休事无巨细地忙碌着,周钧儒也震惊于妻子的杀伐决断。这个似乎已成为家庭主妇的女子,依然是当年那个敢说敢做的姚家小姐,危难临头的时候,她爆发出了惊人的韧性和魄力,她的肩头似乎可以挑起千钧重担,从不会畏惧退缩半步。

她当年义无反顾地嫁给自己,在大宅院里苦苦煎熬,如今又要跟着自己出生入死颠沛流离,自己何德何能,得妻如此?

惟新社众人更是将她视作神明一样的存在,她以一己之力将他们带到此地安顿养伤,保住了所有人的性命,她整日操持劳碌却没有半句抱怨,在勉强遮风避雨的破庙里给了大家归属和安定。他们平日里事事以周钧儒的决断为准,如今才知道,这个看起来快言快语相夫教子的女人,才是惟新社最温厚坚韧的力量。

等到大家的伤都渐渐好起来,已经进入了酷暑时节。太阳毫不留情地照在大地上,将一切都晒得滚烫,人们汗流浃背地坐在树荫里、屋檐下,呼出来的气都带着灼人的温度。这样的酷热,令人心里生出几分烦躁,然而更焦灼的是,姚青禾带出来的钱已花销罄尽,吃饭成为摆在众人面前最大的问题。

周钧儒三十余年来几乎从不曾短过一餐一饭,但他并没有忘记饿肚子的滋味儿。在他还是姜小五的时候,挨饿是最寻常不过的体验,然而带着妻女和戏班二十几人集体挨饿,却是从未经历过的。

这些人唯一所能的便是唱戏,如今失了服装和行头,场面乐器也只剩了长杆弦、手板和一面铜锣,如何开得了戏?

周钧儒左思右想,只得暂取权宜之计:唱些服装和场面都简单的折子戏,诸如《李豁子离婚》之类,再即兴写几个家常小折子,配些武艺跟头杂耍,勉强也能凑个台上热闹。

众人本以为演不成戏便要挨饿,各自愁闷不已,如今见周钧儒依旧想出了办法,戏虽简陋,表演也是七凑八凑,但只要开戏,就能吃上饱饭,因此人人心悦诚服,照着他的安排排演起来。

排演几日,略有了些样子,周钧儒便列好了戏单。拿给姚青禾看时,他竟忍不住叹息苦笑:"往日尽说江湖野班子,如今我们真比野班子还不如,凭着这样的戏单,不知能不能混到一口饭吃。"

姚青禾亦是苦中故作揶揄:"什么江湖戏班,明说就是讨饭班子,二十余人浩浩荡荡地讨饭,却只有这样的戏单,说是吃大户也不为过。"

周钧儒:"世事无常,如今真要从讨饭做起了,你嫁给我这十来年,竟是日子越来越差,我要是你,早后悔死了。"

姚青禾:"现在后悔,说什么都来不及了,总归我们还有过二十多年不挨饿的日子,如今才开始讨饭,已经算是命好了。"

周钧儒拉住她的双手:"青禾,也许我们这一世的福气,都用在相逢的那一刻了。有时候总想,我要不是卖到周家做了少爷,怎会有机会娶到你这样的妻子?全偃师都说你嫁到周家做大少奶奶,是一步登天进了富贵门,只有我心里明白,你肯嫁给我,是我这辈子最大的运气。"

姚青禾摇头笑了笑:"在我心里,你还是那个傻愣愣的周家少爷,每逢大集都要骑着脚踏车到我面前搭讪,笨拙得可爱。嫁就嫁了,嫁给你的时候也没想太多,跟了你这些年时好时坏,也都能将就着过,人这一辈子,只有感情是说不明白的,如今孩子都这么大了,你我谁离了谁也活不了,还说那些做什么?"

她回头向草地里抓蚂蚱的孩子喊道:"岫儿,岚儿,回来!也不怕太阳晒坏了你们。"二人立即跑了回来,她们手里各自拎着一根狗尾巴草,上面穿着长长的一串蚂蚱,向姚青禾展示战利品:"娘,你看,好多蚂蚱。"

周钧儒把两个女儿揽在怀里，笑了笑说道："我们原先饿肚子的时候，这些蚂蚱也是可以吃的，架在火上烧熟，把头一掐，就吃上肉了。"

岚儿诧异："这个，人也能吃？"

周钧儒："怎么不能吃？味道还很好呢，不然我烧了你们尝尝？"

两个孩子将信将疑，但爹既如此说，她们便也十分期待地等着。周钧儒将蚂蚱穿在木棍上，凑到火堆旁燎了片刻，一股焦香味儿四散溢开，他便如前所说掐了头递给岫儿和岚儿，两个孩子小心翼翼地塞进嘴里，片刻后笑了起来："好吃！"周钧儒便逗着她们讲些灾荒年代人们吃的东西，不唯这些虫类，甚至蛇、鼠、刺猬等都可以用来充饥，最无可奈何之时，有树皮草根可吃都是幸运。

周钧儒拿了戏单出去，当天便在相邻的村子里联络到了一户写戏的人家，言定了唱三天戏，管饭之余再给两块大洋，对这个服装行头一无所有的讨饭班子来说，已经是天大的运气。于是姚青禾紧着翻找布头针线，赶着做了几件简单的彩衣，虽然四不像，总比破衣烂衫有几分模样，二十几人便浩浩荡荡赶了过去。

然而东家却并不带着他们进村，而是渐渐走进一处山坳里。夏季酷热的时节，山坳里却毫无暑气，甚至还有些砭骨沁凉。眼见着向山里越走越深，周钧儒忍不住问道："东家，这山坳里连户人家都没有，唱戏有人看吗？"

东家含糊道："怎么没人看？有人看呢，就是给人演的，没人看呢，"他指了指山顶最高处的一座关帝庙，"就是给神演的。"

周钧儒不觉心里一紧，立时明白此地乡民有些迷信，必是觉得这山坳里有些说不清道不明的气息，所以要请个班子唱戏压压邪气。老百姓的传言里，唱戏能辟邪，那些戏子都是命硬之人，神仙鬼怪皇帝老子都演，从未听说他们中过邪，这户人家请他们来这里唱戏，必然也是此意了。

曾红遍一方的惟新社，竟沦落到唱辟邪戏，众人心里全然不是滋味儿，但他们却不能拒绝这样的演出，能有一碗饭吃，便是衣食父母给的机会，不仅要唱,还要打起精神唱好,才对得起这来之不易的第一台戏。

东家很是大度,将他们安顿在关帝庙的厢房里住下,抬了两筐白面馍过来,另有一大盆咸菜,让他们当晚休整一夜,明日开戏。

第二天,不知附近的乡民们从何处得了消息,竟从四面八方赶到这个空荡荡的山坳里,乌泱泱一片人来看戏,众人大为惊异,却也不敢多问。当天众人便照着戏单演了《李豁子离婚》,村民们笑得前仰后翻,后面又有些杂耍、翻跟头、小魔术,周钧儒还表演了一口一个连吞五个碗口大白馍的绝技,令人啧啧称奇,其实不过是将馍掏了空心的小把戏。

虽然服装行头简陋,到底是曾经红遍宝鸡的大戏班,唱腔身段做派远非寻常江湖野班子可比,因此这第一天的演出很是成功。村民们纷纷赞叹,言说明日还要再来,东家也颇觉惊喜,没想到这个班子竟能演许多真东西,当天送来的饭食便多了一大桶烩菜。

戏班众人看到了希望,压在头顶的荫翳散开,人人踊跃欣喜起来,当晚趁着山中凉爽,便各自四处走动闲逛,在河沟里冲洗一番,坐在庙门口纳凉歇息,又见庙旁一棵树上野果子红得可爱,便随意摘些来吃。谁料那果子并未熟透,夜里众人便呕吐腹泻起来,哩哩啦啦整夜不得安宁。到了天亮时候,几乎所有人都折腾得面色惨白双腿发软,个个躺在地上起不来身,只有一位长杆弦师傅、周钧儒和两个孩子未曾倒下,然而午后还有一台戏要唱,这却如何是好?

东家见了众人这般情形,也是懊恼不已,周钧儒好说歹说,再三保证必然不会晾了场子,东家才无奈同意了。然而众人都病着,连行当都凑不齐,周钧儒焦躁不已,猛一回头看到岫儿和岚儿坐在那里托腮愁闷,心里忽然有了计较:他此前经常带着两个孩子玩些种豆摘瓜的游戏,她们又都练过功,略说一说戏,岂不是一个小折子? 自己再唱两段,要几个把戏,也够看一阵了,百姓们原不过是看个热闹,只要能把他们逗笑,这个急难场面也就支应过去了。

然而这个念头刚刚升起,他便狠狠心痛起来:岚儿才刚六岁半,岫儿也不过十岁,这一登台,从此就真的是下九流了。

但绝境之中别无他法，众人也都叹息不已，各自半躺半坐着编排种豆摘瓜的场面。周钧儒整理了几段唱词，又给岫儿和岚儿安排了几句应和之语，师傅拉着弦子，不过半个来时辰，便粗粗排演了起来。姚青禾坐在一旁，眼圈红了又红，只强忍着没落下泪来。

　　可是姐妹二人听说能登台唱戏，立时兴奋起来，满脸都是跃跃欲试的欣喜，以前趴在戏台边上，总见爹和叔叔们演得满堂彩，台下叫好鼓掌之声不断，如今终于轮到她们上台，也能听满场的叫好声了！种豆摘瓜游戏她们玩过许多遍，并无许多难处，二人又学得格外认真郑重，因此很快便将身段动作和戏词学了下来，及至午后登台时，姐妹二人更是雀跃不已，全然不知害怕，只跟在爹身后走程式便可。

　　周钧儒本就台上功夫娴熟，又生得身材颀长相貌周正，只一人便吸引了观众的目光，待到岫儿岚儿上场后又刻意照顾，带着她们满台转，虽无太多复杂的唱腔动作，但两个孩子轻巧机灵，提着篮子在台上跑起来轻快如风，又兼口齿伶俐语声清脆，周钧儒又刻意陪衬着，竟显得她们十分灵秀可爱。台下叫好声轰动如雷，许多人便抓了干果核桃之类掷到台上，岚儿正跑到台边，冷不防一颗核桃滚到脚下，当即跟跄了两下，眼看便要摔倒在地，却见她轻巧地双手按地向前滚身，一个轱辘猫重新坐起来，手上趁机捡了个枣子，塞进嘴里，歪头嬉笑着念白道："小小一颗核桃，险些误了我种豆也——"众人虚惊一场，释然大笑起来，又不免暗中赞叹，这孩子小小年纪，就有如此临场应变之能，而且不慌不怕，还能接上戏文，真天生奇才！待到折子终了，台下依旧连声喊着"娃唱得好！再来一段！再来一段！"

　　这是周聿岚人生里第一次登台，六岁时的记忆追随了她一辈子，她永远忘不了幼年的自己站在台上，观众喝彩声连片的场面，"再来一段"成为她此后戏台生涯里最不能拒绝的呼声，只要台下这样喊，她定会返场再来一番，哪怕再苦再累，也从不让观众失望。

　　然而这也是她第一次看到爹在戏台上流泪。当日散戏之后，村民们都已离去，周钧儒默默蹲在高台上，皱着眉头慢慢流下两行泪来："我这辈子做了下九流的臭戏子，怎么还把两个孩子也带到了火坑里……"

那时她还不明白"下九流"意味着什么，然而父亲的两行泪，却将"臭戏子"三个字深深烙印在她心里，直到耄耋高龄，她依旧叨念着一句话："过去我就是个跑高台的臭戏子，观众抬举我当艺术家，我这辈子足了，只要给我三尺平地，观众让在哪儿唱，我就在哪儿唱。"

应付过了这一天的戏，众人的呕吐腹泻也渐渐止住了，原想着第三天再好好唱一台，然而老天好似故意与他们作对，次日天刚过午，响晴的天忽然阴了起来，不过半个时辰竟浓云密布，渐渐下起了雨，直下到天黑也不见停，当日的戏便不能开了。

若只一日雨倒也无妨，偏就赶上了连阴天，一连三日，雨水就不曾停过，中间还下了几场暴雨，他们住的关帝庙偏殿也开始滴滴答答漏雨，庙外亦是哗哗淌水，只好挪到正殿里暂且栖身，一抬头便能看到关公爷威猛的眼神，令人心生畏惧。唯有岚儿胆子最大，枕着周仓老爷的大脚躺着，众人看她如此，都哭笑不得。

更令人难为情的是，雨天不能演戏，二十几人连着吃了三天，如何向东家交代？便是再不顾颜面，这白吃白喝的事岂能长久？眼见着雨越下越猛，周钧儒便向众人提议待雨势略小些，就速去辞了东家，不愿徒耗人家的饭食。

等到第四天，东家送来的馍已经吃尽，凄惶的情绪蔓延开来，大家看着屋檐哗哗淌着的雨幕，唯有哀叹而已。然而谁也没想到，周钧儒竟忽然笑了："看来，天真的要绝我们，眼下这个情形，只能走一步算一步，撑一天算一天了。"

他这一笑，众人更觉心下凄凉，竟有不少人落下泪来，周钧儒继续摇头仰天笑道："老天！死里逃生地来到这个地方，你还要折磨我们，落魄到这个田地，还不够吗?!"

姚青禾默默地搂着岫儿和岚儿，她们和众人一样，已经啃了三天冷馍，山上捡不到干柴，想喝一口热水都没有，幸好两个孩子身体强健，尚且坚持得住，然而这些天的雨已经将她们闷得没了活泼气息，连小黑都跟着沉默起来。

当天夜里,最后一个馍留给了岫儿和岚儿,众人无可充饥,看外面苞谷地里有些穗子已经灌浆,几个人出去掰了些,大家也顾不得滋味如何,勉强打发了一餐。天色渐渐暗下来,庙里有百姓供奉的长明灯,昏暗跳动的火苗下,照得大家脸色明暗不定,外面依旧淅淅沥沥下着雨,打在野草和庄稼上一片噼啪作响,间或几声闷雷,一道闪电。

山顶之上、天地之间的这座狭窄庙宇,仿佛惊涛骇浪里的扁舟般风雨飘摇,众人拥挤在里面,竟无端地担心它会随时坍塌,每个人都提着一口气,心神惴惴不安。

岚儿依偎在妈妈怀里,忽然惊异地喊道:"快看,火苗会飞!"

众人闻言,瞬间有些愣住,定睛向着那长明灯看去,果然看到火苗不时拉得很长,随即跳起一股脱离灯芯,消散在空中,竟似真的飞走了一样。

大家平生从未见过这般景象,只觉一股寒意从心底升起,浑身寒浸浸的,难道这山坳里真有邪气?此刻再想那句"有人看就是给人演的,没人看就是给神演的",大家越发后怕不已,难道真的惊动了神明?

周钧儒也吃了一惊,他自幼读书,自然知道"敬鬼神而远之"的道理,但若任由他们疑心恐惧,只怕要收不住人心。在这风雨交加的深夜荒山,万一有人吓破胆跑出去,很可能遭遇危险,因此他稳了稳心神,便向着那火苗说道:"金献,是你回来了吗?"

众人听他如此说,立时恍然:此刻能来到这里的,只能是冤死的杨金献!恐慌情绪顿时散去了许多,人人盯着那不断跳跃飞走的火苗,似乎在等着杨金献向他们传递什么信息。

周钧儒痛诉道:"我们知道你死得冤,但师父无能,只能眼睁睁看你屈死,如今我们也落到这般田地,你是来找我们了吗?我们也舍不下你啊……"

压抑的哭声再次响起来,李德元抹着泪:"这孩子连父母在哪里更是说不清楚,这样活活冤死,连个知道他死讯的亲人都没有……"这话更激起了许多人的辛酸事,几个十六七岁的孩子哭得更加伤感:"我们也都没有父母了,将来要是跟金献一样死了,也不知道跟谁报死讯……"

姚青禾早已忍不住泪流满面,岫儿和岚儿看大家哭得伤心,也跟着落泪不止,庙里一片凄惨之声。

周钧儒猛地一拳砸在地上:"兄弟们,把家伙抄起来,我们这些年都给别人唱戏,今天也给自己的孩子唱唱,送他一程!哭也好泪也好,悲也罢怒也罢,可以是现成的折子,也可以是随口编的词儿,不管有板有眼还是荒腔走调,我们就唱给金献听!每个人都得唱!"

悲愤落魄中的人们太需要这样一场发泄,场面师傅拿起了乐器,深夜漆黑的荒山顶上,昏暗狭窄的关帝庙里,一声铜锣响彻天地,随即长杆弦凄凉哀怨的调子跟上,鼓点也激烈地和着板眼,苍凉的唱腔在庙里回荡着,每个人都哭着唱着,一声声诉说着悲惨的命运,仿佛被沉重车辙碾压过的嘶鸣。

周聿岚一生都清晰地记得那一晚的情景,甚至能想起很多人唱过的戏词。外面是无尽的黑暗与雷雨交加,庙里却敲着响彻天地的铜锣,就在关帝爷威严的注视下,大家唱着激烈悲愤的曲子,那是被命运逼到绝处孤注一掷的痛诉,是向天地抗争不公的悲声,是他们灵魂里爆发出的最后的力量。

他们足足唱了一夜,唱得声音嘶哑,唱到东方升起一道惨淡的亮光。

天亮时分,雨依旧未停,虽然无人开口,但大家都知道:戏班已经到穷途末路了。

没人敢开口说这句话,然而人人心知肚明,周钧儒看着大家的神色,只觉悲从中来,终于摇头叹息道:"兄弟们,我们走到了绝处,该聚首时就聚首,该散伙时也得散伙,大家各谋生路去吧,是我对不起你们……"

面对这预料之中的结局,人人面色沉痛,却一句话都说不出来,只是每人到关帝爷面前磕了头,便挥泪作别离去。最后离开的是魏子洛和李德元,临别之时,他们留给周钧儒的最后一句话是:"将来若是还办惟新社,只要一句话,我们无论在哪里,都来找你聚齐。"

等到庙里彻底安静下来的时候,周钧儒与姚青禾垂泪相对,只觉人生到了末日一般,两个孩子小心翼翼不敢出声,外面雨声淅淅沥沥,更显得庙里寂静得心如悬丝,连恐慌都无处安放。

雨终于停下来的时候,已经是两天之后,夫妻二人连忙收拾行李,背上两个孩子跌跌撞撞往山下走。雨后山路泥泞不堪,太阳一出来又暴晒酷热,他们艰难跋涉着,很快蒸出一身汗,然而更无望的是,他们并不知道下山之后如何打算。

周钧儒背着岫儿,回头看了一眼姚青禾和岚儿,终于叹了口气:"青禾,我们一家人,真要吃不上饭了。"

姚青禾默然,良久之后忽然大声道:"大不了去讨饭!老天还真能饿死我们?"两个孩子小脸上也带出倔强的神色:"我们也可以跟爹和娘一起讨饭!"

周钧儒忽然苦涩地笑了起来,眼泪却顺着笑意流淌:"对,就算是讨饭,也要活下去,无论发生什么事,我们都得活下去……"

活下去。血淋淋的三个字。

这三个字太过艰难,多少人因为这三个字受尽磨难遍体鳞伤,但最终,他们都坚持了下来,所以生命依然在延续,就像荒原上的草,一茬死去,一茬又生。

四九　重返西安

他们终于走到山下时,东家才想起他们竟一直没吃没喝困在山上,连忙带他们回家煮了一大盆臊子面。断炊几日,一家人终于吃上了饱饭,岫儿和岚儿竟也每人吃了一海碗,东家看得唏嘘慨叹,心疼不已。吃过饭将要辞别时,东家看着两个孩子忽然欲言又止,周钧儒于是说道:"东家,您有话直说无妨。"

他立即如释重负般开口:"周老板,两个孩子在山上饿了这几天,实在让人心疼,我是这样想,她们跟着你们风里雨里的,也没个安稳的家,正好我家没闺女,您要是舍得……我一定把她们当亲生的一样疼。"

这分明是看他们无力照顾孩子,要把岫儿与岚儿买了去!

姚青禾立时变了神色:"东家?"

周钧儒也愣了神,全然没想到这种事竟会发生在自己身上,只得苦涩一笑:"东家喜欢两个孩子,是她们的福气,可我们当父母的,哪儿能狠下这个心。"

东家点了点头:"我也是心疼孩子,她们这么小,跟着你们到处奔波,万一……"

周钧儒叹了口气:"我们何尝不想给孩子一条安稳的活路,确实强过跟着我们挨饿受苦,但是……"

话未说完,东家已连忙点头:"我是真的喜欢这两个孩子,只要你们舍得,孩子跟着我们绝不会受苦,将来她们长大了,你们想再认回去,我也愿意让她们两边走动。"说着,他便向岫儿与岚儿招手,"闺女,过来,跟着伯伯,有馍吃,有新衣裳。"

姚青禾立时震惊地看向周钧儒,说:"卓先,我们只有这两个孩子!"

两个孩子听到东家招呼,也意识到眼前这个人想买了她们,她们跟着戏班这两年,已经知道被卖掉是怎样的命运,顿时惊恐失色地瑟缩在姚青禾身后,死死拽着她的衣角,眼泪不停地流下来,说:"娘,我们不怕饿肚子,不要卖了我们……我们不吃馍,我们也不要新衣裳……"

周钧儒一见两个孩子如此哭诉,更加心疼得刀割火燎一般,看向东家:"您看……孩子舍不得她娘……"

东家点点头:"孩子这么小,舍不得爹娘也是正常,可是当父母的,哪个不想让孩子过上好日子?"眼见周钧儒依旧犹豫不决,东家于是继续说道,"天也不早了,你们在家里住一晚,明天再做打算,我这样贸然地提出来,实在有点突然,你们也得想想再做决定。"

一家四口宿在东家的厢房里,然而这一夜终究是思虑难安,周钧儒长吁短叹,一句话都说不出来,姚青禾坐在炕上紧紧搂着两个孩子,一刻不舍得松手,岫儿与岚儿也不敢睡,强撑着眼皮紧紧扯住她的衣裳,唯恐一松手睡过去就再也见不到爹娘。姚青禾再三保证不会离开,两个孩子才带着泪眼睡了,然而刚睡过去,岚儿便开始说梦话:"娘,别卖我,我听话!"

一句话更是把姚青禾惹得泪流不止,摸摸岚儿的脸,又摸摸岫儿的头,忍不住说道:"卓先,我跟着你从老家逃出来,不说吃了多少苦,沦落到下九流,连生死人命都经历了,我跟着你别无所求,也从来没奢望什么,但无论如何不能卖孩子,这是要我的命啊……"

周钧儒忽然觉得命运就是一个可怕的轮回,当年亲生父亲去世,无力葬埋,母亲就是将自己卖与了周家,如今二三十年过去,兜兜转转,自己竟再一次陷入这个魔咒里。他苦涩地摇了摇头："青禾，当年我就是被卖到周家的，我怎么舍得卖自己的孩子？可是……"他无奈地叹了一口气，"孩子跟着我们，确实是忍饥挨饿担惊受怕，如果再出一次宝鸡那样的事，我真怕护不住她们，与其跟着我们受这种罪，真不如……"他重重地一拳砸在墙上，"我自己死了也就一了百了，可她们还是孩子……"

姚青禾："枪顶着脑袋，谁不害怕？看着你被打的时候，我也真想跟着你一起死了算了，可是你知道岚儿说什么吗？"

周钧儒抬眼望着她："说什么？"

姚青禾："她说，她要去救爹，她要跟那些人拼命。"

周钧儒的眼圈一阵涩痛，瞬间红了起来，他抬手揉了揉眼，说："岚儿这么小，都知道护着爹了……"

姚青禾直视着他的眼睛："卓先，孩子都愿意为我们拼命，我们怎么能不带着她们讨一口饭吃？你知不知道，对孩子来说，爹娘不要她们，比饿死还可怕。"

周钧儒终于忍不住掉下泪来："我没想到，我们的孩子这么勇敢……明天一早我就回了东家，我就不信，凭着这双手，养不活两个孩子！"

姚青禾坚定道："对，我们绝不卖孩子，就算饿死，也不卖孩子！"

第二日一早，周钧儒向东家辞行时，微微摇了摇头，东家知道事不可行，于是不再多说，准备了一袋干粮，客客气气送了一家人出门。岫儿与岚儿紧紧跟在父母身后，直到走出村子才终于松下一口气：她们不会被卖掉了。

离开村子，他们走在雨后旷野的泥泞里，只觉天地之大，竟无一寸立足之处，唯一庆幸的，便是经历了那么多磨难，一家人依然守在一处。周钧儒回头望了一眼远处山顶的关帝庙，忽然开口道："青禾，我发誓，今生今世我们四口人生一处生，死一处死，就算饿死，绝不会卖孩子！"

他们打听了路线，往最近的镇子走去，然而进镇子听到的第一个消息却是：日本投降了。

这个消息如同惊雷般炸裂在周钧儒的脑海里,他几乎不敢相信自己的耳朵:将国民政府军队打得节节败退,占领了大半个中国的日本鬼子,投降了?

他梦游一般跟跟跄跄地往前走着,遇到每一个人都拉着问:"日本鬼子投降了?日本鬼子真的投降了?"每个人都告诉他日本投降了,然而他依旧一遍遍地拉着人反复确认,且哭且笑,状如疯癫,直到几乎走不动,才瘫坐在地上泪流满面,嘴里依旧一遍遍地叨念着:"日本鬼子投降了……"

民国三十四年八月十五日,日本宣布投降。

侵略中国长达十四年,造成三千五百万军民伤亡,上亿百姓流离失所,犯下累累罪行的日本,终于投降了。

但他心里并没有惊喜,只有滔天的恨意,因为日本鬼子的入侵,周记药行的生意败落,他也因此在周家陷入被动,被周太太逼迫交出家产逃难陕西,最终落得难民一样衣食无着。姚青禾更是哭得泪不自抑,她的父亲和兄弟就死在日本人手里,虽然周钧儒为他们报了仇,但留给她的血泪伤害却是一生难平的,那是流在血液里的恨……

镇子上正在举行盛大的抗战胜利游行,被日寇侵略压抑了多年的百姓终于缓过一口气,仿佛盘踞头顶的阴霾豁然散去,阳光雨露再次来到人间,每个人都欢欣鼓舞,看到了未来和希望。

然而日本投降这样的国事新闻,并不能解决眼下的饥饿问题,他们脱离了被困山顶的生死凶险,细碎的度日小事再次成为考验,一餐一食,都是摆在眼前的当务之急。他们身无长物,掏不出一文钱,若要张口乞讨,周钧儒又拉不下脸面,两个孩子眼巴巴地看着自己,他只得四处张望着,想要寻到个以力换食的机会。

恰就在此时,游行队伍停下了,一队红袄绿裤的女子走到人群中间,在锣鼓声中扭起了秧歌,载歌载舞地庆贺胜利。周钧儒猛地心思一动,待她们扭到一个段落,径直走到人群中央,高声道:"我是洛阳逃难来的的河南老乡,现在日本投降,我要为老家殉国在战场上的抗战军民唱一段!"

人们一时有些诧异,何处来的这样讨饭花子似的一个人?然而看他的言辞气度,却又器宇轩昂,竟有些拿捏不准他的身份,于是也不曾阻拦,由着他拿起鼓槌自敲自唱起来:"日寇凌我百姓侵我国土,山河破碎忍做了亡国奴……我兄弟五人本是同胞一母,上前线抗倭作战号称五虎。枪上弹,炮上膛,一颗子弹要灭他一条日狗!要问我为何生死不顾,这脚下就是生我养我的故土!我不保家谁保家,我不卫国谁卫国,为抗日宁可洒热血抛了头颅!"

周钧儒唱罢这一段,又将五兄弟齐上阵前线殉国,老母亲痛失五子的故事讲述了一遍,顿时人人恨得咬牙切齿,痛骂日寇之声此起彼伏。随即,他又诉说了家乡沦陷自己逃难至此唱戏为生,陕西乡党本就心地仁厚,听他如此说,许多人便忍不住心酸落泪,旁边饭摊子老板红着眼圈端来几碗面,全家人终于又吃上了一顿饱饭。

然而唱曲子讨饭只能权宜一日,接下来的生计何以安顿?

周钧儒带着妻女在街边思索了片刻,毅然道:"青禾,我们去西安,大城市里机会多,如今日本鬼子投降了,国家百废待兴,总能谋个生计!"姚青禾立即点头:"去西安就去西安!我们的命都是捡回来的,到了这步田地,还在乎什么?"

陇海铁路线上的站点周钧儒都极为熟悉,镇子上就有火车站,他们自然是没钱买票的,扒火车是唯一的选择。

抗战以来,西安也成为大后方城市,众多的纺织厂、机器修造厂、铁厂、面粉厂、酒精厂、玻璃厂、火柴厂、液体燃料厂、印刷厂、颜料厂搬迁到这座古老的城市,十余年间工业发展颇为兴盛,煤炭的消耗量也日益增加,每天都有火车将大批的煤炭运到西安城里,而这些运煤车也为贫民百姓扒火车提供了便利条件。

周钧儒与姚青禾的计划是趁运煤车进站时先把包袱扔上去,再各自背一个孩子扒上车,但岫儿与岚儿想的却是如何将一路紧跟着的小黑也一并带走,岚儿甚至开玩笑说"小黑是黑色的,趴在煤上也没人看得见"。

小黑平日里爬高上低极为活跃,原以为它跳上火车非常容易,然而当列车进站时,尖锐的鸣笛和轰隆隆的行进声却将小黑吓得跑开了去,岫儿与岚儿被父母背着飞快地爬上车时,扭回头再找小黑,却见它只敢远远地跑跳着巴望她们,就是不敢靠近火车。

岫儿与岚儿急得满头大汗,藏在车上又不敢出声喊,只得百般打手势召唤它过来,但它就是不敢靠前,哼哼叫着越跑越远。直到火车启动时,它才意识到主人一家即将舍自己而去,疯狂地跟在火车旁飞跑,两眼急切地盯着他们,令人揪心地惨叫着。岫儿与岚儿的眼泪唰唰地落了下来,周钧儒与姚青禾紧紧搂着孩子,却不知如何安慰她们,只得眼睁睁看着火车越开越快,小黑渐渐跟不上,越落越远,最后终于绝望地趴在地上,慢慢地看不见踪影。

她们的心疼得被撕扯开了一般,这是她们人生里第一次失去一个重要的伙伴,那个永远陪在她们身边、和她们一起长大的小黑,那个会保护她们、帮她们吓退蛇鼠的小黑,再也见不到了。

一家人扒在运煤车上抵达西安时,天已经完全黑了下来。四个人俱是浑身脏污,头脸蹭满煤灰,口鼻都是黑漆漆的,几乎完全看不出模样,走在西安火车站前的广场上,不时将周围的人吓一跳。

周钧儒十七岁那年第一次路过西安,彼时他是周记药行的大少爷,衣着华贵坐在二等车厢里,所到之处皆是座上宾,而今却是扒着运煤车穷困潦倒沦落此地,形如讨饭难民,今昔之比,竟是天差地别。一家四口狼狈地拍打着衣服上的煤污,忍着疲惫饥渴之苦,扛着箱子挽着包袱出了站,然而尚未走几步,便听得一个洛阳口音喊道:"大少爷?"周钧儒诧异回头,就见一人亲热地迎了上来,"大少爷,真是你?"

周钧儒定睛一看,却是李贵生,在站前空地上守着一个摊子卖馄饨。李贵生昔日曾是周家的长工,如今在此地相遇,依然是旧时的习惯叫他"大少爷",周钧儒一时颇感羞惭,只得尴尬地搓着手道:"贵生哥,你怎么在这里?"

李贵生感慨不已:"你走了之后,太太把各地的生意都撤了,家里用不着那么多人,就把我们辞了,我们没宅子没地的,只能逃难出来,没想到在这里还能见到大少爷,老东家当年多仁义的人,大少爷竟被逼出家门,还要赶尽杀绝……"说着他便有些眼圈发红。

周钧儒连忙止住他："贵生哥，都是几年前的事，不要再提了。"

李贵生："大少爷说的是，不提这些，你们怎么来西安了？找好落脚地了吗？"

周钧儒低了头："哪里有落脚地？我们是坐着运煤车来西安的。"

李贵生立即拍了拍脑袋："是我糊涂了，少奶奶和小姐先洗把脸，我带你们去见陈保长。"

姚青禾也有些窘迫难安："贵生哥，都到这一步了，还什么少奶奶小姐的。"李贵生已经涮了毛巾让他们擦脸，又急匆匆收了馄饨摊，挑着担子带他们回家。

一路走着，李贵生便说道："陈保长也是咱偃师人，几次提起你，总说你太仁义。"

周钧儒叹了口气："说起来，我到底不是周家的正经少爷，何必跟人家争呢。"

李贵生："大少爷还是太好欺负，乡邻们哪个不为你不平？真不敢想你就那样忍了。"

说话间到了西安城墙下，穿过中正门（今解放门）便是内城了。西安城墙宽阔巍峨，稳固如山，高有将近四丈，外有城壕，上有箭楼垛口，堪称固若金汤。然而近几年逃难至此的河南人极多，又无力进城立足，便沿着城墙外的郊野之地搭起了连片的难民棚，里面胡同幽深纵横交错，每一处可利用之地都是烟熏火燎的狭窄棚户，往往一间棚子里住着五六口人，拥挤不堪。

李贵生的家却在城墙之内，显然是久居此地，已然站稳了脚跟。进了城门没几步路，向东一拐便是东八路，很快到了一个通长的大院子，沿着院子往里走，两边皆是泥坯糊起来的低矮房子，各家门口通道上摆着煤火炉子，晾着衣裳，堆着各式杂物，很是拥挤，然而比城墙外的难民棚已是好了几倍。这两日刚下过雨，地面到处泥泞积水，更加凌乱难行，李贵生带着他们穿行在通道里，沿途不时有人与他打招呼，俱是熟悉的乡音。走到自家门前，李贵生将挑子放下，三四个孩子跑出来围着李贵生叫着爹，一个腰里扎着围裙的女人正在和面剁馅,听得他回来头也不抬:"怎么今天回来得早? 卖完了?"

李贵生:"还剩些,老家来人了,我就早点收了。"

女人嘟囔道:"老家总是来人,来一个接济一个,你就是伊河镇大少爷,能管得过来吗?"

李贵生一乐:"你别说,今天来的真是伊河镇大少爷。"

女人挑帘子走了出来,双手在围裙上擦了擦,一见四口人蓬头垢面浑身脏污,满脸不可置信之色:"哄谁呢,周家那样有钱有势,大少爷能到这种地方来?"

周钧儒低了头招呼道:"嫂子,真是我,钧儒。"

女人仔细看了他一眼,顿时愣住:"大少爷?! 真是你? 你怎么到这种地方来了?"

李贵生立即截住她的话:"大少爷就是暂时落难,人家是人中龙凤,过不几天就要离开这里飞黄腾达的,能跟我们一样吗?"

周钧儒只觉面皮发烧,他这一生何曾落魄到这般地步? 自偃师逃难以来,再苦再落魄,也不曾一文不名求人接济过,眼下自己这等情形,真恨不得寻个地缝钻进去,却又不得不如实说道:"贵生哥,嫂子,我们一家四口刚到西安,还没处落脚呢。"

李贵生:"别说那么多,先去见陈保长,只要他说句话,大少爷就能在这里安顿下来了。"

周钧儒:"一到西安就遇见你,可是救了我们的急了。"

李贵生:"这有什么,当年我跟着老东家在药行,也是人人羡慕的好差事,周家可是养过我们一家子好些年呢,如今老婆孩子有个小病小患的,我自己也能点配着抓两个药,全是那时候学的本事。"说着,李贵生便拉他们一家人去见陈保长。

陈保长名玉彰,家就住在院子最后排,房子也比邻居们宽敞不少,是土坯垒起来的三间屋子,门框贴了一层青砖,在这个杂乱的院子里,显得气派整洁了许多。听得有客来,陈保长立即迎出门,他年纪在四十来岁,穿了一身麻布衣褂,看起来圆胖敦厚,然而眼里却透着干练。他早些年迁居西安,在此扎根已久,又兼为人处世正直仁厚,善于变通,在东八路一带很有名望,因此便被委任了保长。

一听来者是周钧儒,他立时热络起来:"伊河镇周家大少爷!我可是早就听说过你,偃师地面儿上了不得的人物!"

周钧儒连连摆手:"可不敢这么说,如今不也一无所有,逃难到这里来了。"

陈玉彰:"要我说,你但凡争上一争,谁能有你的家业大?二少爷差点砍杀了你,你都没让他吃官司,就凭这份仁义,全偃师没听说第二个!"

周钧儒越发摇头:"哪能这么说?本来也不是我的家业。"

陈玉彰一挑大指:"这就是你周兄弟的仁义厚道了,我每次跟人说起,大家都是佩服得了不得,想不到今天在这里遇见了!"说着他连忙让他们进屋,"快进来进来,弟妹还带着两个孩子,这一路上吃多少辛苦呢。"

进了屋,陈嫂子正张罗着做饭,在围裙上擦了一把手便接应道:"伊河镇大少爷?可是想不到的贵客。"一看岫儿和岚儿跟在姚青禾身后,因前阵子困在山上,两个孩子都瘦了许多,再加上路途困倦,更显得可怜,陈嫂子心疼地一把拉住她们,"看把孩子可怜的,可是遭了罪了。"

夫妻二人帮他们把行李提进屋,陈嫂子忙碌了一阵,张罗着把烩菜热馍端上来,陈玉彰又倒上一壶酒,招呼一家四口吃饭。

只吃了一口,周钧儒与姚青禾便忍不住两眼泛红:逃出宝鸡落难这些日子,何曾踏踏实实吃过一顿热乎饭?两个孩子饿了许久,今日终于得了饱餐,各自吃得顾不上抬头,鼓得小脸溜圆。

陈玉彰微微摇头叹息,边吃边问道:"周兄弟,你们来到西安,接下来有什么打算?"

周钧儒叹了口气,面色窘迫:"还说什么打算,我们已经落魄得身无分文了,眼下连个落脚之地都没有……"

陈玉彰哈哈一笑:"既然还没做好打算,就先在这里落脚,今晚就住在我家,明天给你们起一间草房,这么多老乡在这里,哪能叫你为难?"

周钧儒感激得几乎落下泪来:"陈大哥,真不知道怎么谢你才好……"

陈玉彰:"这有什么?河南老家逃到西安来的,都是靠着老乡们周济慢慢扎下根来,不过是互相帮衬一把的事,何况又是偃师老乡,就更不要见外了。"

当天夜里,一家四口便住在陈玉彰家,姚青禾与两个孩子跟着陈嫂子母女睡在大炕上,陈玉彰则拉着周钧儒喝了半夜的酒。他多年前在偃师时就听过周记药行的名声,那时周钧儒还是富家少爷,自己却是家道中落的小商贩,在家乡无以立足,只得流落西省谋生,谁料想世事弄人,昔日的周家大少爷竟也落难西安,投奔到自己眼前来了,真是命数不定,人生无常。二人聊起家乡旧事,聊起洛阳沦陷,聊起曾经熟悉的人和事,聊起各自的人生际遇,两个流落异乡的男人竟忍不住唏嘘流泪,感慨不已。

第二日一早,天还不亮整个院子就热闹起来,许多落脚在此的老乡都是靠着车站谋生,做一些稀粥馄饨包子之类供应旅客,勉强维持生计,因此上午许多人家都在忙着熬粥、包馄饨包子、煮胡辣汤等,邻里们相互聊着天,孩子们来回跑着嬉闹,人声喧嚣鼎沸,虽然清苦贫穷,却自有一番热闹的红尘气息。

周钧儒起身的时候,陈玉彰已经精神抖擞地在门口呼噜噜漱口,洗过脸之后,便指着门前一块空地:"这院子里挤得很,也就我家门前还有点空地,一会儿让人把东西清一清,就在这里起一间棚子暂且落脚,日后再慢慢置办。"说着,他便挨家喊了一声,让他们清理堆砌的杂物。

老乡们听说又有人逃难来落脚,纷纷赶过来看,听说是偃师伊河镇周家大少爷,人人都很惊诧,又看他拖家带口落魄如斯,更是感慨不已。大家都听陈玉彰和李贵生说过他在伊河镇的遭遇,如今亲见其人,却是极为平和谦逊,因此都挑指赞叹:"这么大家业都能放弃,当得起个人物!"

陈玉彰又喊道:"周兄弟刚到这里,什么家当都没有,大伙儿帮衬一把,先让他们一家安顿下来。"

众人纷纷应和,立刻就有人张罗着寻找搭棚子的材料,大伙儿各自在家门前杂物堆里扒拉着，东家凑两块木板，西家凑几根棍子，有人送来干麦秸草，有人忙着去挖土和泥，七手八脚忙乎起来，不过一日工夫，两间简陋的泥坯棚搭了起来，与周围的住户们融为一片，从此以后，这西安城下，就有他们的家了。

周钧儒与姚青禾感激得满眼热泪，这一日不知说了多少"谢"字，他们沦落到一无所有的境地，竟还有这些老乡一腔热诚地帮衬他们，大家素昧平生，只因同是从家乡逃难至此，便尽其所能地帮他们生存下去。

棚子搭好之后，老乡们并未散去，而是又分头寻了砖头木板，简单支起了床铺、桌子，连床上的干草褥子都有人抱着送来，周围远近的乡邻们也都来看他们，来时或带一口破锅，或是一个盘子一只碗，甚至两碗小米几双筷子……就这样，几十户老乡各出余物，渐渐凑齐了一家人的生活所需，这些饱含乡情的东西每件都弥足珍贵，让他们得以在此立足，有了活下去的基础。

周钧儒在门前连连打躬作揖相谢，姚青禾更是泪流满面，困境中粒米之恩都无以为报，何况他们给了自己一个完整的家。这些人都是前些年逃难至此，每家日子都困窘艰难，可依旧在紧张的生活里挤出一分一毫，周济落难到此的同乡，也唯有落难中的人们，才知道绝境时的一条生路意味着什么。然而老乡们并不以为意，往往笑说"不值什么东西，你们别嫌弃，将就着能用就行了"。

当天晚上，一家人住进新搭的棚子，捡些菜叶子煮了一锅粥，门口冒出第一缕炊烟的时候，姚青禾再次忍不住落下泪来："我们又有家了。"

吃过饭，两个孩子躺在床铺上，开心地翻滚了几圈，岫儿问道："娘，这是我们的家了？以后还走吗？"

姚青禾含泪笑着摇了摇头："不走了，这里就是我们的家了。"

岚儿："我们不去跑高台了？"

姚青禾："不跑了，就在这里住下了。"

她们欢喜地躺平，望着还散发着湿泥气息的棚顶，岫儿喃喃道："我们又有自己的家了。"说着，她开始跟岚儿讲伊河镇的事，"你还记得我们原来的家吗？是个很大很大的院子，要走好几道门才能到大门口……"岚儿渐渐困得有些迷离，口里却依旧应承着："嗯，记得。"

周钧儒听着姐妹二人的对答，不由得有些出神，随即叹了口气："孩子都还记得以前的事，我却是连想都不愿想了。"

姚青禾手上不停，依旧在打扫收拾："这几年到处跑，住的都不是自己的家，这两间棚子虽然不如以前的大院子，到底是个安身落脚的地方，再也不担心有人赶我们走了。"

躺在床铺上的时候，周钧儒思绪万千，眼前这个家，虽只是简陋低矮的草棚，却是老乡们从紧巴巴的日子里抠出来的，这份刻在骨子里的仁义和古道热肠，给了一家人前所未有的安全感，便是周家的深宅大院，也从未让他这般踏实过：这里，是真正属于他们的家。

第二日一早，天刚麻麻亮，各家便纷纷起身忙碌这一日的生计。河南人逃难到西安，落脚在北关一带的，多半是靠着铁路谋生。西安火车站每日进出货物繁忙，用到的人工苦力也多，他们一早便要赶到车站等活计，看到火车进站便一拥而上抢着扛包搬运，凭力气挣几个工钱，略有点本钱的，便守在火车站前卖粥卖饭卖热水，一有旅客下车便忙着招揽生意，另有一些人则是进城谋营生，诸如拉黄包车、做木匠泥瓦匠等，便是最不济最无能者，也不会闲着手脚，选择守在道路上坡处做"推坡"苦力。河南百姓最能吃苦耐劳，寻常人看不上的营生，他们也兢兢业业做到极致，一分一毫都要纳入囊中，绝不浪费任何一个谋生的机会。

正是靠着这样坚韧的求生精神，河南人在西安火车站一带渐渐成了气候，城墙内外住了十几万人，他们说着河南话，保留着河南的生活习惯，遵循着河南的为人处世原则。这些"河南担"聚居的地带，很少有西安本地人涉足，然而他们却渐渐渗透进西安人的生活，城内随处可闻河南乡音，胡辣汤、豆粥、煎包等吃食也进入了本地人的食单。这座古老的城市并未排斥河南人的到来，几千年的漫长岁月，他们早已见惯了历史烟云的变幻，人间万姓的变迁，所以对于逃难而来的河南人，他们依旧习惯于包容，平静而淡然地接纳了。

周钧儒一家起身的时候，老乡们已经陆陆续续开始出门做工，大家热络地互相打着招呼，此起彼伏的应和声，喧嚣热闹的气息，让院子里洋溢着热火朝天的生命力，然而周钧儒却一时有些犯难：一家四口初到此地，要做个什么营生呢？出力气，他显然不行；做生意，又没本钱，站在门前看着邻居们络绎而出，一时竟不知自己能做什么差事。

正惆怅时，却见陈玉彰端个大茶缸走出门来，拿了个马扎坐下开始喝鸡蛋茶，一抬头看到周钧儒站在那里发呆，便招呼起来："周兄弟，正要找你说话呢。"

周钧儒答应着，抬脚三两步便走到了他面前。

陈玉彰："我夜里还琢磨，给你找个什么营生先做着，拖家带口的，得有个进项才行。"

周钧儒被他说破心思，便有些忍耻难堪，然而自己却又急需谋生，只得如实说道："我初来乍到，确实不知道能做什么，既出不得大力气，又没什么手艺，正发愁呢。"

陈玉彰思索了一下："你就算不会别的手艺，煮粥总能做吧？车站上卖粥去，最简单，也能赚点钱。"

周钧儒低了头："这确实是个好营生，可是我……"

陈玉彰自然知道他的窘境，笑了笑道："不用为难，只要你肯做，不过置办几个家什，再买点米、豆就行了。"

周钧儒感激不已，陈玉彰却全然不放在心上，当天下午便送来两个大铁桶和各色米豆，又招呼周围的邻居匀了十来个碗，一个稀粥摊子便算是齐备了，又叫了同在火车站卖炸油饼的张来福照应着，一个卖粥一个卖油饼，正是好搭档，张来福自然满口应了，约了他们第二日一起出摊。次日天还没亮，姚青禾便忙着煮了黏稠的豆粥，扎扎实实装了两大桶，先盛出两碗给孩子吃着，便与周钧儒挑了担子，跟着张来福到车站摆摊。

如此卖了五六日，生意很是红火，往往半晌午便能收摊回家，周钧儒亦觉信心十足,虽说小本生意,只要踏踏实实做下来,每日都有进项,一家四口便能生存下来。然而他粗粗一拢,却只将将回本,所余不过几十个麻钱,连一家人的饭食尚且不足,何以谋生?

李贵生很是诧异他们何以如此,次日出摊便跟着张来福一起去看,却见他们的粥用料扎扎实实,哪里是稀粥,桶里竟有一半是黏稠的豆米饭,而且盛得满满当当,一碗下去足以饱腹,价钱却与清汤粥水一样。而且火车站一带有不少人端碗乞讨,周钧儒也不驱逐,老弱妇孺来者不拒,多多少少总会给些,以至于他的摊子前始终排着一串小小的队伍。

二人满面无奈哭笑不得,张来福拉着他到别的摊子上指着说道:"你那也叫稀粥?看看人家煮的都是什么样?米不能放那么多,汤要薄一些,盛粥的时候也不能那么实在,而是铁勺高高扬起,粥汤砸在碗里,浮沫一起,碗就显得满了,实际给个大半碗就可以了。"李贵生也叹气道:"那些讨饭的,给了一个就来十个,你打发得起吗?这是卖粥,不是舍粥!"

周钧儒听得连连愣神:"我也没做过卖粥生意,哪知道有这么多门道?你说的米少些汤薄些还能试试,至于像人家似的只给大半碗,那不是缺斤短两?还有那些讨饭的,壮年小伙子不给,老弱妇孺求到面前,哪里忍得下心?"

李贵生叹气:"你要这样,那就做不了卖粥生意,天天不够本儿,拖家带口可怎么过日子?"

不过十几天,周钧儒的稀粥摊子便关了张,将铁桶碗勺等物都还了回去,一家人又断了生计。张来福也颇为沮丧,亲自带着大少爷出摊卖粥,竟是这等结局,此后见了周钧儒便摇头叹息。

陈玉彰亦是震惊不已,从未见过卖稀粥还赔了的,待到问清楚了缘由,对他的"生意经"哈哈笑了一阵,又慨叹道:"周兄弟就是太仁义,火车站上的生意不能这么心软厚道,这是做不起来的。"思谋了一番,他便又安排周钧儒去洛阳老乡赵友旺的布匹店里拿些布头到国民市场摆摊,几乎没有本金,只要卖了便能赚几个钱。

从东八路沿着尚仁路往南走上一里多地,就是极为热闹的国民市场。

民国十年，冯玉祥率军来陕，眼见这一带满目荒凉，人烟稀少，便主持修建了"民乐园"，盖起一所可容纳几百人的礼堂，围绕礼堂建了许多店铺，原想着以民乐园为中心，逐渐发展，形成一个新的市场，然而民国乱世军阀连年混战，又加上日寇侵华等一系列变故，民乐园并未发展为灯红酒绿的大都市乐园，曾经荒凉过一阵。到了民国二十五年，黄砚耕、张丹屏等人与陕南同乡会达成租地协议，在尚仁路中段东侧兴建了国民市场，连同游艺市场、民乐园也都陆续热闹起来，及至抗战后大量河南人逃难到西安，国民市场越发人烟密集，低矮狭窄的民居像套环迷宫一样互相纠缠着，几乎分不清邻里之间的界限，巷子更是狭窄曲折幽深，多几个人行走便侧不过身来。

这里几乎是河南人的天下，沿街搭棚做小生意的，支着摊子卖饭卖布的，就着街道摆地摊卖各色生活日杂的，挑着担子提着篮子走街串巷的，无所不有。许多手艺人也都栖身于此，钉鞋的、剃头的、挖鸡眼的、缲补丁的、捏面人的、磨菜刀的、逗蛐蛐的、耍猴的、打拳卖艺的……隐藏在巷子里的还有戏园、茶社、说书棚、窑子院、小店铺、小作坊等，竟是个无奇不有的大千世界，渐渐地就聚齐了七十二行，国民市场也成了西安最热闹繁华也最鱼龙混杂的地方，来来往往穿梭于此的人摩肩接踵，各种叫卖声不绝于耳，目之所及皆是活生生的人间烟火气。

若是在这一带支个小摊子卖布头，周边又都是河南老乡，只要手上勤快些说话嘴甜些，再不济也能挣上一家人糊口的钱。周钧儒自觉再无出差错的道理，因此兴冲冲一大早便去布匹行拿了一包袱布头。赵友旺听说来人是伊河镇的大少爷，自然处处照应，与他言定了一文钱本金不用押，卖完再结账。国民市场东西南北四门分别开在尚俭路、尚仁路、崇信路、崇礼路，由西门进去，一马路两侧都是卖布匹、鞋帽、日杂的铺面和摊子，周钧儒并无摊位，只得寻了个台阶解开包袱，席地摆卖。

国民市场人流密集，他的摊子上又有不少颜色鲜亮的洋布，价钱又低，很快吸引了一群妇女围上来，叽叽喳喳比画着挑选。周钧儒生得好相貌，又能言善道，女人们一边翻看着布头，一边与他讲价逗趣，他拿着尺子量布售卖，生意很是热闹，每日总有一二百麻钱进项。

眼见生意有奔头，周钧儒心中踏实了不少，陈玉彰和李贵生也终于放下心来，晚间各自蹲在门前吃饭时，周围的邻居们便纷纷提议让他攒些钱租个摊子，长久做下去，一家人便算在西安站住脚了。

然而做了不过七八日，姚青禾就发现他每日拿回家的钱越来越少，甚至有时空手而归，她原以为生意时好时坏都属正常，然而随口问他时，周钧儒却面色尴尬不肯多说。夫妻多年，姚青禾自然知道必有缘故，细细追问，才知道摊位上每日都要丢几块布，有些妇人趁着人多杂乱，偷偷掖了布头便走，周钧儒拉不下脸追着她们盘问，因此每日总有短缺，他无法与布匹店对账，便用自己的钱补上，忙来忙去依旧赔本。

姚青禾气得不知如何是好："摆摊子卖货，最要紧的就是手眼勤快不能丢东西，她们拿了东西不给钱，你就不能追着要？"

周钧儒分辩道："她们把布头塞进衣裳里，偏说没拿，我一个大男人，还能追着去搜？"

姚青禾惊诧不已："她们往衣裳里塞的时候，你在做什么？看见了也不管？"

周钧儒恼得连连摆手："我能在大街上和那些妇女拉拉扯扯？这成何体统？罢了罢了，我拉不下面子做这样的事。"

姚青禾："面子能顶饿吗？你不是做生意样样都行吗，怎么摆个摊子就施展不开了？"

周钧儒满脸郁郁之色，由着她叨念，良久才嘟囔一句："我就不是做小生意的人。"

姚青禾几乎气笑："对，少爷是做大生意的人，五省商行才能劳动得起您，卖稀粥、布头实在是大材小用了，您倒是看看眼下的境况，还有大生意做吗？"

周钧儒被她排揎了几句，自己也觉无趣，过不了几日，到底把布头都交还回去，摊子再次关了张。赵友旺见他连不压本的布头生意都赔了钱，愁得无法，连连摇头叹气，见了陈玉彰一再声明自己并非不照顾大少爷，实在是无能为力。

连续两次生意都做不下去,他在火车站一带的河南老乡中成了奇闻,人人皆知有个逃难到此的大少爷,顾脸面做不得生意,现成的买卖不几天便要赔进去,拖家带口过不了日子。

如此一来,连陈玉彰都没了辙,想要帮衬他都无从着手,姚青禾亦是恼恨不已,一家人沦落到西安衣食无着,他却如此不切实务,心肠烂软又脸皮极薄,眼下丢了生意没个营生,如何养家糊口?

周钧儒在家窝囊了两日,实在待不下去,依旧起身去国民市场,宁可躲半日清净。姚青禾犹在赌气,也不问他出门做什么,自顾带了两个孩子跟着邻居妇女们去铁路边上扫煤,留作日常煮饭及冬季取暖之用。

卖布头时,周钧儒只在国民市场西门一带摆摊,并未向市场内里走过,此次再来,他着意留心,便发现这里不仅七十二行鱼龙混杂,还是唱戏曲艺的聚集地,光戏园子便有两家,另有两个半露天的说书棚,梆子、评剧、落子、相声、评书、魔术、杂要各有优长,都在这里立足谋生。棚里评书正说得热闹,不时响起哗然喝彩之声,戏园子里也传出锣鼓铿锵,许多没票的人贴墙根儿竖着耳朵听……那一刻,他的脑中忽然一念闪过:既然小生意做不得,何不重操旧业再组戏班?

然而念头刚起,他立刻低落了精神:杨金献惨死不到两个月,戏班穷途末路落魄解散,如今再想叫他们回来,谁还有这份心气? 便是自己也依旧心有余悸,没心肠听那些团圆欢喜的故事了。

越想越觉憋闷,仿佛心口压了一块巨石,沉沉地喘不过气来,他转身离了国民市场,又彷徨不知所以,只得漫无目的地闲走。正失落间,忽听一人喊道:"卓先?!"那声音沧桑了许多,但依旧是亲切热情之至,只一听便觉阳光驱散了乌云般令人心情开阔,回头一看,果然是杜景篯。

三十多岁的周钧儒顿时雀跃起来,仿佛回到了当年在开封第一次看到中原剧院时的惊喜:"杜大哥!"然而他很快就诧异了,杜景篯看起来苍老了许多,脸上皱纹已颇为明显,头上也添了不少白发,刚满四十岁的人,怎会这般沧桑?

他一时有满腹的话要问,却不知从何说起,只笑着道:"杜大哥,早几年就听说你来了西安,没想到在这里遇上了!"杜景箴也故作认真道:"我就觉着今日出门必有奇遇,果然把你老弟盼来了!"两人都忍不住笑了起来,仿佛彼此都从未遭遇命运磨难,还是当年那爱戏如痴的年轻人,充满着信心和希望。

彼时河南日寇肆虐,杜景箴带着中州剧社离开故土,历尽磨难辗转到了西安。当时很多戏班都逃难到陕西,一路流落几如讨饭花子,唯有杜景箴,竟从河南带出了一个完整的戏班,角色行当齐全,堪称奇迹。到了西安后,因本地河南人众多,俞海棠又是名噪一时的红角儿,因此不过短短时间,中州剧社便打响了名号,俞海棠也成了这座古老都城里最叫座的坤伶,戏迷几乎将她捧上了天,每日演出一票难求,包银更是月以千计,杜景箴和俞海棠珠联璧合,让中州剧社在西安的声望如日中天。然而偏有邪僻者从中挑唆,要俞海棠独立挑班,见她不为所惑,又造出许多他们二人的桃色绯闻,一时间满城风雨。俞海棠受不得这些风言风语,竟至负气出走,声名赫赫的中州剧社也随之一落千丈,处境艰难起来。

然而杜景箴对这些过往只随口说了几句便一笑而过,他今日出门原是要与民乐园再谈一季合作,既然故友重逢,便暂且推迟一日,热诚邀周钧儒回剧社长谈。

中州剧社落脚在南广济街的一个大院子里,有两层小楼并几间厢房,中间一个天井,一位神色严厉的教习师傅带着几十个孩子正在练功,一见杜景箴回来,那教习师傅点点头算是打招呼,倒立在墙边和练把架功的孩子们却各个噤若寒蝉,一声不敢出。杜景箴一边带着周钧儒走向自己住的西厢平房,一边向他介绍道:"这位是从富连成请来的何盛嵩老师,一身的本事,这些孩子能成材,他可是费了心血呢。"

周钧儒越发觉得诧异:"怎么都是些孩子? 原先那些人呢?"

杜景箴让他进屋坐下,取过暖壶倒了茶水,才笑道:"现在可不是昔日的中州剧社了,是全新的中州儿童剧团。"他微微叹了口气,"俞海棠走了之后,我手里没人可用,回河南邀角儿又不大顺利,开不了戏,穷得饭都吃不上,我才痛定思痛,下决心培养自己的人。你看这些孩子,现在人人都能上几出戏了,当初可都是栾师傅打着旗子收来的难童,好些孩子无父无母,只能在垃圾堆里捡吃的,听说能给一口饱饭,就跟着来学戏了。此前我们去外地演出,可是场场爆满,中州儿童剧团比那些有名角儿的戏班子还上座呢,别看我这小地方住宿条件练功条件倒数第一,但我请的师傅都是正数第一,有了他们,再加上孩子们肯学肯练,我们一定能成正数第一!"

他依旧笑得爽朗,话语里还透着几分自豪,周钧儒却深知名角儿出走对戏班是何等灾难,若是换作寻常班子,便只能解散了,然而杜景箴竟能咬牙坚持两年,培养出自己的队伍,其间辛酸和艰难可想而知,这份执着和心志也令人肃然起敬。

周钧儒感叹道:"杜大哥今天真带我开阔了眼界,我一定要来看中州儿童剧团的戏!"随即他苦涩叹气道,"来西安之前,我也做了两年曲子戏班,可惜我无能,将班子带散了,连自己的徒弟都护不住,让人生生逼死了。"

杜景箴一惊:"我在宝鸡的时候听说有个唱曲子戏的惟新社,是不是你们?原先还想着联络你们,怎么就出了这样的事?"

周钧儒不想他竟知道惟新社,于是将这两年间的事略述了一遍,又讲了杨金献被逼死,戏班离开宝鸡落魄解散之事,杜景箴竟难过得落下泪来:"哪个戏班没遭遇过这些事?戏园子里三教九流什么人都有,就是个容易滋生龌龊的地方,打砸闹事的,扰乱演出的,动手打人的,都是常事。最可恨的是那些地痞流氓,总想叫女孩子们去唱堂会陪酒,都是十来岁的孩子,我不把他们保护好,怎么跟人家父母交代?所以我就说,我们是正规学戏的剧团,不是窑子院!社会上瞧不起我们唱戏的,我们不能轻贱自己,戏学得好赖不打紧,但首先要做个正派的人。"

谈及戏班里的事,二人总有说不完的话,不觉便是两个多钟头过去,直到午饭时候,杜景箴才猛然想起:"尽顾着说这些事了,都忘了安排你吃饭,我也不虚让你,尝尝我们的大锅饭。"说着,不容周钧儒推辞,他便让伙房送来一盘馒头,一碟咸菜一碟辣子,因有客,又特地冲了两碗鸡蛋茶。杜景篯笑道:"我平日里不太讲究,跟学生们吃的都一样,吃饭倒是次要,主要想问你接下来什么打算,边吃边说最好。"

周钧儒一愣,聊得太过投入,几乎忘了自己的来意,此刻杜景篯问起来,才喟然道:"我也刚到西安一个多月,暂且在东八路落脚,正不知道谋个什么差事呢。"

杜景篯恍然:"你现在东八路? 我们最难的时候,连北关的难民棚都住过呢。依我说,你还谋什么差事,既能登台又能写本子,不如你我联手,就把中州剧社做成西安正数第一!"

周钧儒诧异不已:"杜大哥的意思,我们一起做戏班?"

杜景篯:"你要不做戏,可是梨园行一大损失,当年你家里有生意请不动你,如今再不能拒绝我了吧?"

周钧儒:"可中州剧社是梆子戏班,我做的是曲子班,怎么能搅在一处?"

杜景篯:"都是河南地方戏,怎么不能融合? 我有些戏里就用了曲子戏板路,还是你当年说给我的词牌呢,用在恰当的地方,每次演出都来好儿呢。"

周钧儒低头失落:"可是惟新社才散班不久,我这心里……有些伤得狠了。"

杜景篯:"世上哪有一帆风顺的事? 如今日本鬼子投降了,形势总要好一些,而且西安这么多老乡,都要看戏的,我们就在民乐园演戏,这里每天来来往往成千上万的人,可是唱戏的风水宝地。"

看着杜景篯热切邀请的眼神,周钧儒犹豫了,他耗费无数心血带起来的中州剧社,轻易便说出"你我联手",几乎是令人难以拒绝的慷慨。寻常戏班班主靠着一套戏箱行头,便要提走一半的演出收益,如今杜景篯不光服装行头一应俱全,连演员都是自己一手带起来的,请的是一等一的教习,演的又是自己写的戏,中州剧社就是他的身家性命,自己如何能平白占了这个便宜?

心念至此,他摇了摇头:"杜大哥,中州剧社有你做主心骨足矣,我若贸然加入,反倒让大家处处不习惯。"

杜景箴一愣,随即明白了周钧儒的意思,说:"你这样说也不无道理,可我总觉得你这般奇才,不做戏曲太可惜了,要不然你重组惟新社呢?"

周钧儒苦涩一笑:"如今我一文不名,拖家带口,连个正经营生都没有,重组惟新社,难哪!"

杜景箴踌躇了片刻,忽然下定决心般说道:"你在东八路哪里落脚?过几天我去找你,跟你一起想办法筹钱。卓先,你是喜欢戏曲的,你也一定能让曲子戏红遍陕西,这世上什么营生都不缺人做,但曲子戏不能少了你周卓先。"

周钧儒心里猛地一震,杜景箴身上似乎有种奇异的力量,只三两句话,便在他心里点燃了重振惟新社的斗志。惟新社初建之时就唱红三桥,此后一路走乡串县,所到之处无不观者如堵,直到闯进宝鸡成为红极一时的大戏班,足以证明洛阳曲子戏在陕西有基础,若非杨金献出事,他定能带着惟新社进入省城,唱红西安!

如今既然已经身在西安,何不放手一搏?

洛阳。

日本投降已经两个多月。压抑了一年多的洛阳人终于扬眉吐气,再也不必生活在日寇的残暴控制之下,横行肆虐的鬼子如被秋风横扫的落叶般失了威风,龟缩在营地不敢出门,百姓见到日本兵便群起而殴之,手持锄头棍棒打得他们抱头鼠窜。警察早已见惯了这番景象,只要不闹出人命便不会上前阻止,洛阳家家户户都与日寇有血仇,岂能不许他们发泄心头恨意?

民国三十四年公历十月十八日,洛阳受降的日军在民主街的东北运动场向中国军队代表缴械,中外记者早已在现场等候记录这一重要时刻。当日深夜,驻洛日军缴械的消息传至老城,军民欢声如雷,大家纷纷燃放爆竹,结队游行,高呼口号,人群久久不散。

张云志作为洛阳保卫战的幸存将官,成为此次日军缴械的中方代表之一,他原以为战败了的日军会士气低落狼狈不堪,却没想到他们竟连执行"投降"这样的命令也严谨至极。缴械仪式上,日军列队齐整,驴马都已喂饱,洗刷得皮毛发亮,所有枪支擦得干干净净摆放整齐,日军将佐将洛阳城里日军的人员、武器、弹药、被服的数量等写得清清楚楚,交给中方代表。

他大为不解,那样凶残杀戮灭绝人性的日寇,比之地狱魔鬼也有过之而无不及,为何投降后瞬间变了一种风气?然而他永远不会忘记日寇在中国犯下的罪行,更不会忘记洛阳血战时殉国的同袍战友。哪怕他们表现得再驯顺,也依旧是暂时收敛了爪牙的豺狼,这个蕞尔小邦的骨子里就是侵略和暴虐的本性,必要断其爪牙,绝不能容它再有伸展之机。

缴械仪式结束后,他立即带着康含章赶回康家寨。成婚几年来,他们已有了一子一女,如今随丈夫归宁,又有日军缴械的大快人心之事,堪称双喜临门,康家摆了两大桌酒席,全家二十多口人聚在一起吃团圆饭。

这是洛阳沦陷至今康家最为喜庆的一件事,笼罩在头顶的乌云完全驱散,人人心头松快,康老先生更是笑看眼前儿孙满堂,除小儿子康行之尚未娶亲之外,他膝下已有八个孙儿孙女,家族人丁兴旺,乐享天伦之福。尤其是大外孙祁方域,已长成了十二岁的颀长少年,既有祁书瀚的从容儒雅,又有他母亲的温和庄重,在学校里的成绩亦是令人刮目,人人赞他读书上进,将来考入大学人才可期。

康老先生不觉笑着把祁方域拉到身边坐下,说:"卿哥儿,转年就该念中学了,想好报考哪个学校了吗?"

祁方域却回头看了一眼母亲,才规规矩矩地说道:"母亲希望我在偃师中学读书,离家近一些,她也放心。"

康老先生暗暗叹了口气。自祁书瀚离世之后,康宜俭便把儿子视作唯一的希望,全部心血都倾注在儿子身上,尤其是经历了抓捕共党和日寇侵略之后,她对儿子盯得越来越紧,唯恐有丝毫闪失。尚在少年的祁方域不得不时刻生活在母亲的注视之下,年深日久,他在母亲面前好似换了一个人,原本活泼健谈爱交朋友的性子,一见了母亲便沉默少言举止沉静,竟有了几分成年人的老成气息。

当日午后,康家寨的村民们在祠堂聚齐,等候欢迎洛阳保卫战的英雄,接受日军缴械的将士——张云志。康氏族人有不少青壮年捐躯沙场,这是一个崇尚血性尊严的村寨,张云志虽为康家寨的女婿,村民们亦将他视作本族人丁,这般英雄男儿归来,自然要为他在族谱上大书一笔。

张云志来到康氏祠堂,看到门前矗立的"康家寨抗击日寇殉国将士浩气长存"石碑,墙上张贴的几十封遗书,顿时大为震撼,这小小村寨之中竟有如此多抗战殉国的志士!他庄重地对着石碑和遗书脱帽三鞠躬,之后回身向族人们宣讲道:"各位族人,我是党国军中一名军人,也是康家寨的女婿,如今站在康氏祠堂前,与几十位英烈相对,既肃然起敬,又感慨万千。他们都是我在军中的同仁,我们共同在洛阳作战过,就是生死与共的手足兄弟,他们光荣殉国,而我残存偷生,实在汗颜。这十几年来,我们的国家为抗战付出了太多代价,百姓民不聊生,死伤不计其数,更有无数的将士浴血拼杀为国赴难,如今我们终于打败了日寇,每一家每一户都有人流过血,我们脚下的土地是用英烈亡魂的鲜血浇灌出来的,所以我们要保住我们的国家,保住我们的土地,保住我们的生活,不然就对不起这些为国流血的人!"

人群中顿时爆发出血脉偾张的高呼声,殉国将士的家人则热泪满面,这来之不易的惨胜,在每个人生命里都留下了血泪斑驳的伤疤,这是整个民族的历史之痛,亦是代代传承的记忆之痛,这片渗透了血的土地,是他们的根脉所在,与他们血肉相融,哪怕放弃一寸,离开一步,都是剜心割肉的痛楚。

张云志的名字被写在了康氏族谱上,他的功绩也被录入族志,虽是外姓人,但他亦是这个家族的骄傲,与那些为国殉难的血性男儿一样,受到后世人的永远崇敬。

康含章看着身旁的丈夫,心中溢出满满的自豪,亦对未来有了更多的希望:如今日寇投降,天下平定,自己和丈夫经历了这么多战事,竟得以夫妻平安,儿女双全,真是想都不敢想的幸运,接下来的日子,该当好好做一番谋划了。

她大学毕业后,原本在贸易公司做事,因此依旧想着去商行谋个差事,张云志却提议在偃师置几间铺面,自己做个百货公司,将来他解甲归田了,也可以和妻子一起经营，下半生尽可守着故土过安宁日子。康含章深以为然，夫妻二人当即前往偃师街上寻找合适的地方，恰见昔日周记药行的七八间铺面气派非常，又在主街中心位置，铺面连着后院十几间房，既可住人，又能做货仓，看了非常满意，便转托中人与周家去说要买下来。周家正愁这几年各地的铺面房产被轰炸了许多，想脱手又无人肯接，如今竟有了买主，于是急忙忙与他们谈妥了，作价五百大洋，交割完毕后连房契一并送了过来。

康含章盘下铺面后，内外整修了一番，又联络昔日在贸易公司的进货通道，将各色日用货物陆续采买齐全陈列起来。张云志亦凭着结交的政商各界朋友，低价进了些高档洋货，及至开张之日，揭了牌匾，叫做"乐美百货公司"，进门之后分柜售货，各柜台均有专人招呼，所有货品明码实价童叟无欺，每日定时营业，还可送货上门。偃师何曾有过这样的百货公司，因此开张不过数日，便成为本地奇谈，一时间官宦富商地主之家的太太小姐们蜂拥而至，生意颇为红火，便是日子拮据的寻常百姓，也要到乐美百货公司门口看上一眼，算作见了世面。

康家上下见二小姐如此能干，一个人便把百货公司打理得井井有条，人人赞叹不已。康氏几代耕读，忽然出了个经商之才，康老先生颇觉诧异，不知她这一身本事随了谁。

更令人想不到的是，乐美百货公司开业之后，祁方域颇感兴趣，他读书的偃师县公立小学就在这条街上，相距不过数十丈，每日放学之后便一头扎进百货公司，看仓库如何周转，柜员如何售卖，小姨如何管理偌大一家商行，甚至连进货出货财务账目都要了解一番，俨然酷爱此业。每次康宜俭来接他放学回家，都见他在百货公司里跟在小姨身后问个不停，不过两三个月工夫，他就把业务经营学出了几分门道，而且能记住上千种商品的价格，令人称奇。

康宜俭怕他影响功课，总是不许他在百货公司多待，然而二小姐对这个外甥很是偏爱，举凡业务经营上的事，只要他问，无不悉心教授，竟似把他当作后继者一般栽培。康宜俭越发无奈，本意是希望他如父亲那般读书上进考取大学，如今竟沉迷了经商，却如何是好？幸而祁方域成绩始终上等，每门功课都评语优异,还不致令她忧心。

若是日子一直这样过下去,倒也清静无忧,然而好景不长,张云志黑着脸色带回一个消息:国共合作破裂,两党又要开战了。

早在日寇投降时,国共之间就开始了艰难的谈判,并在重庆签署了《政府与中共代表会谈纪要》,然而看似谈判成功,他们却早已接到了整肃军备的命令,据传共产党也亮出了刀锋,接下来是战是和,显而易见。

一听张云志又要上战场,康含章很是焦急,此前抗日九死一生,好容易驱逐了日寇,能过几天太平日子,怎么自己人又要打起来了?张云志亦是困惑不安,若说与日本人作战,他作为军人,自当保家卫国蹈死不顾,可如今这军令却让他难以接受:将枪口对准一同作战打日本鬼子的自己人,如何下得去手?

然而更恐慌的事接踵而至:偎师又开始搜捕共产党了。

国共合作抗战那些年,很多共产党公开了身份,甚至加入了国民党,如今忽然大肆搜捕,许多人根本来不及逃走便被逮捕了,乡间的形势也紧张起来,出过共产党或者有子女投了共军的家户无不惊恐难安,当年国军剿共的酷烈记忆犹新,若是被指认或出卖,唯死而已。巨大的恐慌之下,甚至有举家外逃者。

康宜俭也很快知道了消息。

祁书瀚的事尽人皆知,若是翻起旧账,纵然他已去世十余年,也依然可能被牵连进去,若再波及祁方域,如何是好?儿子是她唯一的期望,更是她生命的全部意义,她已经失去了丈夫,再也经不起失去儿子的打击了。一连多日,她食不知味寝不安席,曾经的噩梦再次席卷而来,她吓得几乎整夜不敢睡觉,眼看着神色憔悴下来。

康老先生自然知晓她的恐惧,自己这个大女儿自嫁入祁家之后,没过几年安宁日子,却受尽了命运折磨之苦,终生守寡已是最大的悲哀,然而毕竟有家可依,一生衣食无缺守着儿子也算稳妥,可如今情势陡变,竟逼得他们母子不能在老家立足,岂不是要把人逼上绝路?因此他也只得安慰女儿:"眼下形势不稳,还是要避避风头,不如你带着卿哥儿躲去西安吧,再怎么样,也不至于牵连到西省去。"

康宜俭顿时流下泪来,她知道父亲这个建议是稳妥的,可自己和儿子有家不能回,竟要落个流落异乡的下场吗?

康老先生摇头叹气:"卿哥儿还小,让他去西安念书,总比偃师安全些,你跟着一起去,也方便照应,至于生计和学费,家里总能负担得起,每个月给你寄钱就行了。"

康宜俭更加泪如雨下,说:"我本该在家里尽孝的,要是带着卿哥儿去了西安,你们二老在家中,我心里实在放不下。"

康夫人也叹道:"只要你们母子平安,卿哥儿有个好前程,我和你爹、你婶娘也就放心了,你安安稳稳地守着日子,就是对我们尽孝了。"

康宜俭心中越发酸楚难过,她这些年让父母操心颇多,父亲更是为救书瀚搭上了所有书画收藏,全家都小心谨慎地保护着他们母子。然而父母年迈需要她膝下尽孝时,她却要带着孩子远涉他乡,从此一去,见面稀少,无端地竟有了几分生离死别之意。

然而情势紧张,她只能挥泪辞别父母,赶在旧历年前回到祁家,收拾前往西安的行装。

她与丈夫住过的屋子依旧保持着原样,书瀚留下的书籍已经全部打包装箱封存,要带的不过是些衣裳日用之物,到西安之后开销颇多,能多带些便可俭省些。因此她不仅将自己的衣裳装了一箱,又将祁书瀚旧时穿过的衣裳也带了不少,卿哥儿到了长个子的年纪,不过几年便用得上。

然而当收拾出那几百副挽联时,她的心狠狠疼了。若是带上,满满两大包袱,难免路途不便,可若不带,这些挽联早已成为她的精神支柱,那是丈夫受人敬重的证据,亦是供她缅怀的遗物。

她回头看向书桌上祁书瀚的照片,照片上的青年依旧是二十多岁的年纪,眉目舒朗,英气逼人,而自己已是满面沧桑,脸上也有了细细的皱纹。

死别是最不公平的,它让一个人在岁月里慢慢煎熬,却让另一个人永远停留在年轻的模样,无论过去多长时间,只要看到照片,就能瞬间将生者拉回那段记忆里,一遍一遍重复着新鲜的伤痛。她一面感慨着年华逝去,却又忍不住期盼自己老得更快些,这样便能离死亡更近,便能早日与他重逢。

陆陆续续收拾了几天,行装便大体齐备,从此她将离开这里,带着儿子远赴西安,书瀚在她生活里的痕迹越来越淡,在她心里也越沉越深。

西安,她很多年前就向往的地方,书瀚曾答应要带她去开封看他念书的大学,到西安去看高大的城墙……他答应自己的很多事都没有做到,但她可以一件一件自己去兑现,每做一件,就可以告诉他:你答应我的事,我都做过了,唯一的遗憾,是你没有陪在我身边。

五〇　名震古都

　　姚青禾听闻周钧儒有意重组戏班,当即吓了一跳。

　　杨金献惨死,戏班遭遇报复的事犹在眼前,那种渗入骨髓的恐惧记忆犹新,甚至两个孩子夜里依旧会做噩梦,惊恐地缩成一团,所以她几乎立刻表示了反对:"你要重组戏班,万一再惹上麻烦,这一家人怎么办?"

　　周钧儒却自信道:"你相信我,不会再惹那样的麻烦了,给我两个月时间,一则是看看西安有多少人爱听曲子,二则要把地面儿上的关系理顺了才能立足,只要行得通,我就想办法再把惟新社组起来,到时候我们一定能唱红西安!"

　　姚青禾依旧摇头:"做点什么不好,一定要唱戏? 搭上一条人命还不够教训?"

　　周钧儒叹了口气:"我在宝鸡的时候犯了一个最大的错误,就是只顾着唱戏,没疏通关系,所以金献死了之后,我们只能被人赶出宝鸡。可是你看看何经理,玲珑八面滴水不沾,我们走了,河声戏园再换个戏班就是,毫无损伤。"

　　姚青禾:"你再怎么疏通关系,毕竟是外乡人,怎么可能不被人欺负? 哪里有人把戏子当人看?"

周钧儒:"以前是我不明白混世的门道,当年砚哥跟我讲过一些,我那时候不以为然,如今真到了这一步,才知道和光同尘大隐于市的道理。"

姚青禾忍不住嘲讽他道:"什么和光同尘大隐于市,不就是跟国民市场那些下九流混在一处吗?"

周钧儒:"是我不得不跟他们混在一处,若是世道昌明,哪会有这些江湖杂乱之地?要想唱戏,就只能与他们为伍。"

姚青禾:"为什么一定要唱戏?就不可以找个别的差事?"

周钧儒思索了一阵,才慢慢答道:"我今天见了杜大哥,他的剧团在西安已经站稳脚跟了,他说西安是个唱戏的好地方,希望我把曲子戏好好发展下去,而且我也只会唱戏。我想着,无论世道怎么变,哪一家坐天下,他们总是要听戏的,皇帝要听戏,军阀大帅要听戏,蒋委员长要听戏,共产党也要听戏,西安这么多老乡,只要他们来听戏,我们就能讨一口饭吃……"

姚青禾叹了口气:"你大道理说得一套一套的,但家里实实在在没钱买面了,你唱戏两年都无妨,但不吃饭两天都活不下去。"

周钧儒瞬间梗住,想了想才说道:"把我的二毛大衣卖了,好赖换点钱吃饭。"

姚青禾白了他一眼:"天就要冷了,卖了二毛大衣你怎么过冬?再说了,等着卖衣裳吃饭,家里早饿死了。"说着她走进屋子拿出一条帕子,打开,却是一大把麻钱。

周钧儒一愣:"你哪里来的钱?"

姚青禾:"前些天陈嫂子叫我去帮忙做些针线,她看我手艺好,就介绍老乡们找我裁衣裳做绣活儿,我就应了几家准备嫁娶的针线活计。"

周钧儒顿时涨红了脸色:"我竟落到让你养家,真是……"说着他连连叹气,"青禾,你这辈子跟了我越过越走下坡路,我实在是……没脸面对你……"

姚青禾笑着摇了摇头:"怎么,女人不能养家?我自小在家里也是当家做主管生意的,过日子总归比你有算计。我们如今虽然穷,却是一心一意为自己打算,就算再难,也不至于真的饿死……"但她很快有了几分落寞,"只是苦了两个孩子,这几年颠沛流离的,没过几天好日子。"

周钧儒低了头,他甚至不敢回想自己如何从周记药行的少东家一步步沦落到今天,然而命运仿佛一直在捉弄他,他每次竭尽全力换来的安稳都会被打破,逼迫着他出走、流浪。若他放弃了心气儿,甘愿与苦难为伍,也许就不会遭遇那些起伏波折,但他从来不是这样的人,他不能容忍自己蝼蚁般度过一生,没有阳光和掌声的日子,于他而言是无趣的。可他越想跳脱,命运的反击就越沉重,苦难仿佛如影随形,浸透了他的人生。

第二日一早,他便起身出门去往国民市场,这次依旧是重操旧业,沿街卖文。

出门之前,姚青禾白了他一眼,喊了声"等着",用手帕子包了两块饼,又从兜里取出二十文钱:"读书人卖文也得有个样子,身上没钱总是气短三分。"说着她又打量了他一番,"衣裳也得换换,你那件上青色长衫我洗干净缝补好了,虽然旧了些,见人总是妥帖的。"

周钧儒一惊,那件长衫是她还未过门时给自己做的衣裳,如今已经十几年了,此前他惦念着这份心意,总也舍不得穿,没想到她竟一直带着,颠沛流离了这许多地方也不曾遗失。他默默低了头:"青禾,我就算再没本事,也断不会让你跟着我饿肚子。"

姚青禾啐了一口:"要不是西安人生地不熟的,我不敢一人抛头露面,那些卖稀粥布头的生意我自己都做得,也不至于饿肚子。"

周钧儒瞬间被她噎住,摇头苦笑:"是了是了,姚小姐可是伊河镇大集上最有名气的女东家,女红绣活儿做得好,绣庄生意也红火,还真不是我能比的。"

姚青禾斜睨道:"所以你也不必太过着急,就算想唱戏,也要筹备稳妥了才行,不要像以前似的惹上麻烦,再不济,我也能出门做事的。"

周钧儒眼窝一热:"知道了,你放心。"

豫陕两省自古重文脉,即便国民市场这样鱼龙混杂的地方,百姓们也对读书人有着天然的敬重,他们大多出身底层,几乎不曾上过学,能读能写者极少,连"高台教化"的唱戏说书人也往往不认字,因此对街边摆摊卖文代写书信牌匾的,人人都会礼敬三分,尤其是周钧儒一笔潇洒俊逸的好字,挂在墙上极为瞩目,便是不识字者也忍不住多看两眼,挑指赞叹。

国民市场人来人往,他的卖字摊前不时有人驻足观看,然而毕竟求字者少,大多径自走向戏园、说书棚、杂货摊位和沿街饭铺去了,直到中午,也不过三五个人来写书信,所得几十文钱而已。周钧儒看了看两旁,有几家卖饭的棚子,其中一家便是羊肉泡馍,羊汤的鲜香气息飘过来,格外诱人。

羊肉泡馍源起于宋代的羊羹,将全羊骨架和大块羊肉放入清水汤中,以各色作料调配,小火炖煮几个时辰,馍讲究掰得细小如黄豆粒,碗里切上大片的羊肉,有水围城(多汤)、干泡(无汤)等吃法,配着糖蒜和几碟小菜,极是讲究。西安各大街口都有羊肉泡馍馆子,最出名的有天赐楼、一间楼、同盛祥、老孙家等,然而国民市场里泡馍馆子却并无这许多排场,食客们各自掰了馍,羊骨汤一煮,捏两瓣蒜呼噜噜一吃,便是好饭了。

周钧儒看到几个食客早早坐在棚子里,一边闲话一边慢慢掰馍,老板也不时与他们搭话,显然是此地熟客。此时天已近午,他腹中也早饿了,然而摸了摸自己那几十个麻钱,究竟舍不得去吃,便把早晨姚青禾给他包的两块饼拿出来,又掏出一个麻钱请老板倒碗热水。老板人称"泡馍李",看他文质彬彬,又写得一手好字,想来是个落难的读书人,心中敬重斯文,便盛了碗热羊汤给他。周钧儒一时不敢接:"老板,我只要碗热水就行。"

泡馍李笑了笑:"天儿也不暖和,你在外面坐了半天了,喝碗汤暖暖身子。"

周钧儒大为感动,客气了一番,便接过羊汤,将凉馍掰进去,泡成热热的一大碗,他一边吃着一边与老板攀谈。棚子里的几个食客也都是河南老乡,大家三言两语便叙起了乡情,说起逃难经历,各自忍不住唏嘘感慨。周钧儒又趁机打听市场里的戏园子,说起自己老家洛阳的曲子戏,其中一人便忍不住惋惜起来:"可惜本地只有唱梆子的没有唱曲子的,那么好听的戏,有些年没听过了。"

到了下午，周钧儒便收了卖文摊子，到各戏园茶棚看戏听相声听评书。几日之后，他渐渐发现西安果真是个唱戏曲艺极为兴盛之地，无论是秦腔、评剧、河南梆子戏、碗碗腔、大鼓、相声、评书，都有许多看客。一些茶楼茶棚为招揽人，往往签一季曲艺评书人员现场说唱表演，每到紧张处便停上片刻，端了笸箩逐个收钱，收过了便又继续，一日下来竟也能养家糊口。有些讲长篇评书的，往往能在一间茶楼连说两年之久，依旧是熟客如云，其间有名气者如王笑岩说《三剑侠》、张玉贵说《东汉》、张烧鸡说相声、赵玉兰唱评剧、小艳芳唱河南坠子等，只是他们的表演往往江湖气十足，毫无规矩可言，服装行头也一概粗陋不能入目。

市场里最拢人的是两个戏园子，一大一小，俗称大戏园小戏园。小戏园勉强能挤下百十人，观众都是散乱着坐，主要唱些评剧落子。大戏园名为国民剧院，搭着席棚遮雨，有连座的长条椅子和桌子，能坐两三百人，溜墙根儿再挤些买站签票的，便能容纳近四百人了。周钧儒看了大戏园，颇觉有几分气象，心里盘算若能带着惟新社在国民剧院唱曲子，该是何等气派风光？

刚想到此处，他便忍不住笑了起来：当年杜景篯在开封，也曾放过豪言要把永乐戏院接了手，组戏班唱他写的戏，那时人人都当笑话来听，不想他竟真的做到了，可见有志者事竟成。如今自己也想接手这国民剧院，带着戏班闯出一番局面，杜景篯能成，自己如何不能？

然而他一个外乡人，要想在这盘根错节的国民市场接手戏园子，绝非易事，不仅要有些真本事，更要与地面儿上的势力打好关系。

国民市场以河南人居多，西安本地人很少涉足此地，有位早年到西安的河南籍人做保长，名为杨士信。此人在这一带可谓人情练达无事不通，政府和警局在市场里发布政令上行下达，皆赖杨保长之力，三教九流生意摊贩市井小民遇到难处，也都求到他门下才能解决，凡帮派势力、江湖杂耍、戏园茶馆等，没有杨保长的庇护，在国民市场几乎是寸步难行。

周钧儒便思索着如何能结交这杨保长，若贸然登门拜访，便显得有求于人，必得想个法子做些巧合，大大方方与他论交情，日后相处起来才能多些便利。

这一日他卖文时，闲暇了照旧与泡馍李闲谈，泡馍李无意间提及杨保长的老母亲前几年染了怪症，每到入冬季节，身上便起些鱼鳞一样的皮屑，奇痒无比，经常挠得流血也不能缓解，而且夜里不得安睡，一晚上不知起身抓痒多少回，虽说不是大病，却折腾得苦不堪言，请了多少大夫用了无数偏方也不见效，一到冬季就复发。杨保长是个孝子，为此事焦心不已，却始终没有办法，只能眼睁睁看着老母亲受罪。

周钧儒一听便知是蛇皮癣，此症并无根治之法，唯有预防缓解为上，周记药行收集的秘方里便有预防蛇皮癣的药膏炮制之法，乃是以猪油配几味药材调制，每日以热毛巾敷了患处，擦上药膏便可。药膏所用之物皆是寻常，他亲自去药铺买了药材，在家熬煮炮制了两剂，并不亲自出面，不动声色地让泡馍李捎带过去。

掐指算着过了五六日时间，果然有一人急匆匆来到他卖文的桌前："请问，您是周卓先先生吗？"那人年约五十，身形高大，国字方脸，眉目硬朗，颔下几缕胡须，显出几分威严的气度。周钧儒自知来者何人，却故作不识："我就是，敢问您是？"

来人竟深深地作了一揖："我姓杨，叫杨士信，前几天周先生送来的药膏，老母亲用了，身上好了许多，特地赶来道谢，真是天大的恩德！"

周钧儒连忙起身："原来是杨保长！我是听人说起这事，想起以前家里有治这个病的秘方，就让李老板送过去试试，没承想真有几分效果，小事一桩，千万不敢这么客气。"

泡馍李也凑过来，喜形于色地与二人相见，杨保长连声道谢，硬拉了周钧儒到家里叙话吃饭，三巡酒后，便与周钧儒兄弟相称，又问他想做什么营生，自会与他安排。

周钧儒便借机聊起了昔日在宝鸡唱戏的事，杨保长一听更是高兴，他闲暇最爱的便是看戏，尤其爱那些侠义故事，听说周钧儒曾在宝鸡唱红过，当即便提议道:"市场里这些唱戏说书的,我没有不熟的,好些戏班子都是我请过来的,杜景箴俞海棠怎么样? 我也是请他们来唱过的! 既然周兄弟能唱戏,就把班子再拉起来,就到国民市场来唱,有我在,没人敢给你捣乱!"

二人聊得入港,周钧儒话赶话便问起了国民剧院,杨保长却摇头叹道:"周兄弟,这国民剧院可是让我伤脑筋,各地戏班子来演,都是唱一季就叫不上座儿了,能演半年的都少。"

周钧儒诧异:"为什么? 唱得不好?"

杨保长:"这么大的戏园子,谁能保证天天叫座儿? 亮完了绝活儿,没新鲜东西了,可不就没人看了?"

周钧儒:"我倒觉着这个戏园子不错,比宝鸡的河声戏园还大些。"

杨保长何等人物,一听便知周钧儒有意于此,他也乐见其成,便趁势说道:"周兄弟要是有这个想法,等你的人到齐了,就来大戏园试试,你要是唱火了,我们市场也出些风头。"

周钧儒自然是无不应承,当下便约定了下一季就在大戏园开曲子戏,二人足足喝了大半日的酒,周钧儒又讲些做生意时天南地北的故事,直把杨保长听得惊诧不已,越发将他引为知己。

辞了杨保长,周钧儒带着酒气走出国民市场,被风一吹,立时清醒了七八分:自己应承了在大戏园开戏,可是一无服装行头二无现钱交租,纵然把戏班众人都叫到西安重组惟新社,如何撑起这么大的园子?

他一路想着一路往家走,满脑子都在筹划接下来怎么办,冷不防旁边有人喊道:"卓先?"他正想得入神,倒被吓了一跳,回头看时,却是杜景箴坐在黄包车上,正要去东八路找他。既然遇上了,杜景箴便干脆下车与他同行,周钧儒便将今日与杨保长相见之事说了一遍,杜景箴惊喜道:"杨保长真同意你接手国民剧院? 那可是个风水宝地,只要唱得好,不怕卖不出票。"

周钧儒:"我也看了那个园子,如今是个河北梆子班在那里,没什么意思,上座儿也不多,杨保长说许多班子唱上一季就冷落了。"

杜景箴:"杨保长说的是实情,他最爱看戏,经常邀班子到国民市场,像易俗社、三意社这些秦腔大剧团,每季都要请去国民剧院唱几天,连我都去那里演过好些回呢,他在大戏园里有包桌,要是请来的班子唱得好,他就觉得脸上有光,要是唱不好,就连包桌都撤了。"

周钧儒叹了口气:"我倒不是怕唱不好,只是眼下一无所有,连开戏都难。"

杜景篯哈哈一笑:"卓先老弟,你猜我今天来找你是为什么?"

周钧儒摇了摇头,表示不知。

杜景篯:"就是要跟你商量组戏班的事,原来还想着组班之后到哪里开戏,恰好你就谈妥了国民剧院,服装、行头、道具之类都是小事,我匀一套给你就是了。"

周钧儒顿时惊喜过望:"杜大哥真救我于急难!"

杜景篯:"这都没什么,最要紧的是怎么唱好打炮戏,在国民剧院站稳脚跟,是要好好设计一番的,再有就是新戏班抢了客,小戏园和说书棚那些人是要编派你的,还有地痞流氓伤兵之流也得好生应对,不然寻你个麻烦就开不了戏。"

说话间,二人到了家,姚青禾接了出来,一见是杜景篯来访,惊喜非常,忙着叉开煤火要整治饭食,奈何家中困窘,只有一点白面和包谷面,莫说酒菜,连鸡蛋也摸不出一个,没奈何,只得将玉米面烫了捞成爽滑的鱼鱼,又擀了白面条一起煮熟,泼上辣子和醋,一人一大碗端上桌来。杜景篯浑不介意,吃得额头冒汗,连声赞叹"弟妹好手艺",倒把周钧儒羞臊得有些不安,一面愧于囊中羞涩待客简薄,一面又感激姚青禾让他免于尴尬。

一时吃毕,杜景篯便拉着周钧儒细细筹划起来。

西安是个大码头,抗战之后许多戏班走西北,因此各省各地戏种都在西安落脚,戏曲班社林立,竟有数十家之多。钟楼一带是本地秦腔居多,沿着火车站向南的尚仁路上,便是各地戏班汇聚之地,国民剧院、民乐园戏院、新民大戏院等都在这一带,国民市场和游艺市场更是说书唱曲说相声摆摊杂耍打把式卖艺最热闹的地方,常到这里看戏的人很是见多识广,想要在国民剧院立足,必得有压场子的绝活儿。

杜景箴带着剧社在国民市场唱过一阵子,对市场里的情形很是了解,戏迷们的见识偏好他也都了若指掌,有他亲自参与谋划,自然是更多了几分把握。二人从晚饭一直说到后半夜,从打炮戏定哪几出到如何应对竞争和麻烦,无不细细考虑周全。所幸国民市场里以河南人为主,逃难异乡谋生的老乡们很是抱团,有事都愿帮衬一二,因此总能得几分乡情照顾。

及至谋划已定,东方泛起了麻麻亮光,杜景箴又放下三十块大洋与周钧儒安置戏班众人的生活,另告诉他国民剧院交租可按日计,当日卖票当日抽成便可,他与杨保长和国民市场管理公司的人都有几分交情,可以为惟新社做担保。

周钧儒几乎如做梦一般,想都不敢想自己竟有这等机缘,短短时日就把重组戏班的事排布筹定,只等写信叫人来西安便可齐备了。杜景箴辞别时依旧双目炯炯,话语充满热诚:"卓先,我等着你成为曲子大王的那一天。"周钧儒眼窝一热,紧紧揽住这位自幼相识的知己挚友,一个"谢"字也未曾说,兄弟之间的情义,无需多言。

天亮之后,周钧儒顾不得歇息,伏在破木板搭起来的桌子上开始写信,给魏子洛、李德元、马天梁、冯素芳和两位场面师傅都去了信,邀他们来西安重建惟新社,整整写了大半日,去邮局一一寄出,便开始了焦急的等待。

旧历年底,流落各地的惟新社成员便陆续在西安聚齐。

大家见了周钧儒无不抱头痛哭,当初生死关头散了戏班,人人皆以为再无机会唱戏,没想到短短数月,居然又能重建惟新社,不仅凑了一套戏箱行头,还签下了西安最繁盛地段的大戏园,真恍若奇迹。大家纷纷落泪:"还以为这辈子再没机会见面了,重新组班更是想都不敢想,周老板竟真的做到了,这不是做梦吧?"

周钧儒在城墙外北关租了几间难民棚,大家暂且栖身,随即便重新排起戏来。

陈玉彰和李贵生听说他又组了戏班要在国民市场开戏,顿时高兴起来,李贵生更是将昔日大少爷票戏的风采吹得神乎其神:"当年大少爷在洛阳一带的曲子班里是尽人皆知的,所有戏班到偃师,哪个不去拜他?票起戏来那就更精神了,要不是老东家和太太拦着,大少爷早就成角儿了!当年求到门上跟他学戏的人不知道有多少,郑好儿那么有名的角儿,都得跟他学戏呢!"周钧儒直被他说得脸上发烫,连拉着他:"贵生哥,哪有你说得那么神乎!"

大院里的老乡们听他说得精彩,更是人人向往不已,单等着开戏那天好好看一场。陈玉彰知道周钧儒不是久居人下甘做小生意的人,如今看他短短时日内便谈下国民剧院,只写了几封信就组起一个戏班,更觉自己看人不差,于是也跟他商量着如何能唱响打炮戏,筹划了许多法子,又说定了开戏前三天他亲自招呼火车站一带的老乡们都去看,不信场面不火爆。

排演了一个来月,很快便把此前常演的十几出戏重新熟练起来,周钧儒思索再三,打炮戏依旧选了《陈三两》《跑汴京》《卷席筒》三出,选定了正月初六开箱日正式开演。为求尽人皆知,他们在国民市场和游艺市场四门都贴了戏报,戏班众人都装扮起来敲着锣在市场里巡游,将惟新社在国民剧院开演的消息借口耳相传散播开去。因此到了正月初六那天,戏园门口竟是挤了个水泄不通,大家纷纷来看洛阳的曲子班到底有何新鲜之处。

西安本地从未来过曲子戏班,但因铁路便利,洛阳及周边逃难至此的河南人很多,他们对曲子是极为熟悉的,久居异地不闻乡音,看戏也只有河南梆子,如今突然来了个家乡的戏班,自然是欣喜雀跃;常年生活在国民市场及游艺市场一带的人们,被惟新社全副行头装扮的游街吸引,又加之杨保长对新来的曲子戏班极尽赞誉,也都纷纷想来一看究竟;陈玉彰又招呼火车站一带的老乡来捧场,于是也有一大批人赶了过来……因此正月初六当天,国民剧院提前一个时辰便卖光了所有票,连站签都不剩,依然有人堵在门口想要伺机挤进去,场面极为热闹。

及至开戏,台下更是被这个新来的曲子班惊艳了一番:《陈三两》本是惟新社早已演得精熟的戏,李德元在台上嗓音柔婉仪态端方,把一个落魄为妓却性情刚烈的才女演绎得入情入理，一时命运凄楚令人叹息，一时洁身自好让人肃然起敬。最让观众耳目一新的是，往日看戏时台上颇多言谈鄙陋举止粗俗者，台上台下混乱一团也屡见不鲜，再看惟新社的演出，竟是齐齐整整，台上人人行止规矩皆有定法，中途也不停戏讨赏，观众不被打断，完全沉浸在故事之中，整场戏下来，人人唏嘘落泪，感慨陈三两才女落难命运坎坷。

第一天的戏大获成功，没买到票的人听说里面唱得精彩，更是被勾了魂一般，非要看上一场不可，及至三日打炮戏唱完，尚仁路上已是无人不知惟新社，国民剧院顿时炙手可热起来，每日一早便围了许多人排队等着买票。

眼看惟新社在尚仁路上有了声势，杜景篯又慷慨应允带着剧团来助演。中州剧社在西安早有盛名，过年期间演的《孙悟空大闹天宫》等戏几乎一票难求，听说他们也来国民剧院，看戏者更是蜂拥而至：赫赫有名的中州剧社都来给惟新社助演，岂能错过这般盛况？因此一连半月，惟新社在国民市场出尽了风头，人人皆以能哼几句曲子为时髦。

更妙的是，周钧儒每每颇多奇招，诸如"活吊"，走投无路的女子竟真的在台上"上了吊"，连凳子都踢了，两条腿在观众头顶乱晃，人人以为将要出人命，吓得连声喊着"快停了戏救人"，然而其他角色偏就气定神闲继续唱，过上半刻，那上吊的人被救下来，还能继续唱，观众紧紧提着的心一松，不由得惊喜过望掌声如雷；又如《铡美案》里，三口铡刀抬出，将陈世美塞在铡刀下，就在观众拍手称快之时，台上竟真的丢下一个"人头"来，而且鲜血喷洒一片，场面竟似铡了真人一般，惊得人人后退叫喊，然而整场戏结束后，那演员依旧笑着走了出来，大家才知道不过是个戏法。这样的招数说穿了并无难处，然而屡屡在坊间传为奇闻，因此来国民市场看戏的人越来越多，颇有观者如潮的气势。

杨保长见周钧儒果然能在大戏园立足，亦觉面上有光，每有新戏必是第一个到场，闲暇时也常叫他到家里喝酒谈天，二人情义越发深厚，直如结拜兄弟一般。

然而惟新社唱红之后，看客都直奔国民剧院，小戏园和说书棚便显得冷清了不少,许多说书唱戏的与撂摊卖艺说相声类,演一日就挣一日的钱,若是哪天客人稀少,三餐便要断了顿,如今惟新社拉去一大半观众,无异于抢了他们的饭辙。

为了抢客,他们想方设法各出绝活儿,压箱底的本事都使了出来,诸如鼻子吹竹管、扮狗熊、学鸟兽鸣等,然而这些苦练出来的绝技,只能博看客一笑,再二再三便觉无趣了,观众依旧去国民剧院看曲子戏。这样一来,更把他们激得愤愤不平:大家都在国民市场谋生,惟新社竟不给同行留活路,欺人太甚!

这一日午后,周钧儒正在后台与众人安排晚间的戏,商议已毕已是申时,大家便各自吃饭,饭后歇一会儿觉就要准备上妆开戏了。自演出稳定以来,戏班众人便搬到了国民剧院来住,戏台下有一大片开敞的空地,各自支了床铺便能睡觉,台上演戏台下住人很是方便,只是不能直起身罢了,周钧儒也有一张铺做休息之用。躺下之后,魏子洛便悄悄向周钧儒道:"周哥,你听茶舍和说书棚里的新编故事了吗?"

周钧儒摇头:"最近太忙,没顾上去说书棚。怎么?说什么了?"

魏子洛叹了口气:"你去听听就知道了。"

周钧儒一愣,心里知道必然有些不干不净的闲话,然而当第二天他到了说书棚里,只听了一段便震惊失色:寻常相声里那些荤素不忌奸淫邪盗的故事里,恶人竟改叫了"周某儒",看客们听完一段,彼此会意哈哈大笑,直把周钧儒笑得脸上发烧后背发麻,在茶碗下压了几个铜板便匆匆离开了。

回到国民剧院,他依旧心有余悸,市场里不知多少唱戏说书的这样编派,自己的名声便毁在他们的口舌之下了,偏偏又不能上门说个清楚,不过是名姓有些相仿罢了,认真计较起来反倒落人起哄。周钧儒狠狠忍了一口气,每日如常开戏,全然不动声色:任他们说去,只要自己不理会,过不了多久他们就没了兴头。

果然,几日之后没人再编派他,然而国民剧院门口却热闹起来:每到开戏买票时候,门前空地上总有些打把式卖艺的人练武摔跤,甚至还有些吞剑喷火的硬功夫,越是临近入场越打得激烈,动辄便是七八人"殴打"撕扯成一团,吓得买票者不敢上前;或是不知何时,门口地面就被泼了猪血,一片血迹淋漓令人心惊;更有甚者,一些人专门买了票来"看戏",却是嗑着瓜子儿卡在最精彩处连叫倒好,搅得戏园子里不得安生,台上演出也时常被打乱出些疏漏……如此种种,不一而足,总是骚乱得惟新社不能正常开戏,看客们也烦透了这些人,只能尽量躲着他们,渐渐地国民剧院也令人望而却步了。

直到这时,周钧儒才真切意识到,自己影响了这些人的饭碗,这是他们挟私报复来了。然而细究起来,每一件都算不上正经捣乱,只是些细碎的小事,连警察局都懒得管,可如果任由他们骚扰下去,惟新社刚刚在国民剧院打开的局面便要惨淡收场了。

偏赶上杨保长老母亲病重,这等细琐之事又不好去烦他,周钧儒只得每日带人在门前清扫场地、疏通人群,一方拦着不让观众靠近戏园,另一方想方设法接应进门,两相对峙,竟似抢人一般。然而一日两日犹可,三五日之后,国民剧院门口闹事斗殴的名声便传了出去,原本想来看戏的人也就去往他处了。

周钧儒自是愁闷不已,每日半夜散了戏,回到家中便独饮闷酒。东八路大院里的老乡们也渐渐知道了戏园的事,自是人人唾骂。陈玉彰与周钧儒本是至交,眼见这几日情形越发恶劣,便忍不住叫了十几个壮汉来见他:"周兄弟,我听说有人到戏园子捣乱?你看看这十几个弟兄,有他们维持秩序,怎么样?"

周钧儒一见这些人,个个人高马大,站在那里威风凛凛,而且都是洛阳老乡,立时大喜过望:"这可是求之不得的事,可是我实在过意不去,又给你们添麻烦了……"

陈玉彰:"说什么麻烦不麻烦?我们在西安立足都不容易,你唱火了就有人来捣乱,不是故意欺负人吗?要为这种事影响了戏班生意,岂不是显得我们没人?"

周钧儒愁眉紧皱:"我也没想到会惹来这些麻烦,一脑门子官司,正不知道怎么应对呢。"

陈玉彰："我还不知道那些人？无非是自己落魄了，就看不得别人好。"

周钧儒："我也是才知道他们生计艰难，有的人一天不挣钱，就一天吃不上饭。"

陈玉彰无可奈何地叹了口气："周大少爷，你自己的班子都快被他们搅黄了，还想着他们生计艰难？"

姚青禾正在一旁张罗着烧水给大家喝，听了这话忍不住扑哧笑出来："陈大哥，你可是说到点子上了，他向来是自己饿着肚子还操心别人吃不饱饭，天下大事不够他一个人管的！"

周钧儒也不禁哑然，回头向姚青禾道："净编派我，我什么时候是这样的人。"

正说着话，李贵生也挑帘走了进来："陈大哥，大少爷，我已经跟老乡们都说过了，这几天有空的都过来看戏捧场，非把那些人赶出去不可！"

当日晚间，十几个大汉将门口清了场，故意围殴闹事的便进不来，戏院内台下坐的都是火车站一带的老乡，有人喝倒彩时立马被叫好声淹没，台上各角色行当也来了精神，连场面师傅拉弦子打鼓都分外铿锵分明，唱不到一半，那几个嗑瓜子儿的便悄悄退了出去。周钧儒越发感喟，到了关键时候，依旧是老乡热诚帮助自己，原本让他一筹莫展的事，竟被他们三下五除二解决了。

如此一来，来国民剧院捣乱的那些人便渐渐散了，惟新社照常演出，反倒有几个说相声、打把式的，离了国民市场去别处讨生活了。

杨保长这些日子一直在医院伺候病重的老母亲，回到国民市场才知道自己不过十几天不在，大戏园竟出了这样的乱子，幸好周钧儒机警，又有人相助，若是换作寻常戏班，便要栽在此处了。然而惟新社唱得再火，也要维持小戏园和说书棚的人气，要保证这些人有生计能立足，因此便叫了周钧儒来安抚了一阵，说起以后再有这等事，自己必然主持公道，随即又问他道："周兄弟，你来了这么久，可曾想过加入西安的戏曲行业同会？"

周钧儒摇了摇头："我们初来乍到，又是小地方戏，哪有资格进行业同会呢?"

杨保长:"如果我和中州剧社的杜主任共同作保,介绍你进会呢?"

周钧儒立时惊喜:"有您和杜大哥作保,这事可就稳妥了,我都听你们吩咐!"

杨保长:"这些唱戏的,大多都在行业同会里的,以后再遇到麻烦或者难处,有行业同会出面,就要方便许多,也是希望大家同心协力互帮互助,彼此都谦让一步的意思。"

周钧儒连连点头:"这是自然,我也盼着跟同行们多多交流。"

杨保长:"周兄弟,还有一件事要跟你商量,这些说书唱落子的,虽然不能跟大戏园的班子比,各自也都是有些绝活儿的,所以我想着,戏园都是晚间开戏,看戏的进门早,正戏之前的垫场戏往往都要唱小半个时辰,倒不如把这垫场时间让他们轮番来演,挣几个赏钱,台上精彩,你们也省了力气,这不是一举两得的好事?"

周钧儒何等聪明,一听便知道杨保长是在劝自己妥协,这些人生计艰难,便让他们来大戏园演,自己掏了国民剧院的戏票提成,却要他们来"挣赏钱",实则最终还得从票钱里拿出些来打发他们,岂不是更助长了无赖习气?

然而他并不能拒绝,要想在国民剧院立足,既不能开罪杨保长,也免不了和这些人周旋,杨保长恰是看中了这一层,才建议他花几个钱买太平,因此他只得点头道:"这办法很好,他们有了生计,我们也好相处了。"

几日后,梨园行业同会在易俗社开会,杨保长果然邀了周钧儒共同前往,杜景箴也早与会长打了招呼。因此他一到会场,大家便纷纷起身与之寒暄,盛赞惟新社给西安戏曲行业添了新气象,邀请他们到各个戏院唱戏交流。

西安城里有许多戏曲班社,各地剧种汇集,但本地最有根基的自然是秦腔,以易俗社、三意社、尚友社为首的秦腔班社林立,各自都有戏迷拥趸,其他诸如河南梆子、京戏、评剧、越剧、蒲剧、晋剧等也有一批追捧者,杜景箴的中州剧社便是其中翘楚,至于周钧儒的惟新社,却是洛阳曲子第一次正式进入西安,大家对这种"曲牌"式唱法的剧种颇感兴趣。因此这一日的开会时间格外长,大家纷纷拉着他探讨对比各剧种与曲子戏的差别,聊了三四个时辰还不尽兴,周钧儒又郑重奉上请帖,请大家得暇时到国民剧院看戏,这才在会长的再三催促下散了会。自此之后,各班社常有演员来看惟新社的戏,周钧儒也带着演员去看其他戏班的演出,彼此交流以求进益。

两个月来,惟新社在西安已算是站稳了脚跟,几乎每日都是满座儿,晚间围在戏院门口的卖饭摊子都有十几个,当时介绍他与杨保长相识的泡馍李,更是以认识国民剧院周老板为荣,每到晌午必送一碗羊肉泡馍给周钧儒,因此每当有新戏时,泡馍李总能拿到一张站签,大摇大摆进园子看戏。

因为每天一碗羊肉泡的交情,周家与李家竟成了世交,及至后来周聿岚进了中州剧社,成为名角儿之后,依然时常到泡馍李的店里吃羊肉泡,甚至数十年后,泡馍李已然过世,他的儿子接了店,周聿岚的儿孙辈也依然习惯吃他家的羊肉泡,仿佛这是他们几辈人与李家心照不宣的默契。

周钧儒自然知道,凭现有这几个演员,惟新社并不能持久走红下去,眼下一票难求的情形,多半是看客们出于好奇,要来看看洛阳曲子戏究竟有何出奇之处,时日久了自然也就看倦了,当务之急是必须有"名角儿"。角儿是一个戏班的灵魂,那些新鲜手段只能引人一时,而角儿的戏曲造诣,才是真正留住观众的根本。

然而惟新社没有第二个杨金献,他唯一的办法,便是从洛阳邀角儿。

洛阳曲子这些年在河南流传甚广,也颇有几个叫得上号的名角儿,其中唱小生和须生的虞兰青,扮相干净,身段潇洒,作派稳重大方,嗓音淳厚清朗,周钧儒在洛阳时便听过他的戏,颇有名家端严风范,只要他往台上一站,闹哄哄的戏园子很快便能静下来;专攻丑角儿的徐振川,虽是丑角儿,扮出来却并不滑稽取宠,反倒朴实大方,嗓音澄澈吐字清晰,下了台也是干净利索腰背笔直,很受戏迷敬重追捧;唱旦角儿的邵喜姑,寻常看他并不惊艳,个子矮小,皮肤黑黄,还叫了个女人名字,然而扮了妆却极为伶俐讨喜,俏圆脸儿,一双乌溜溜大眼,吐字干净利索,脚下轻快如飞,只要他一出场,四句词能来三次好,堪称祖师爷赏饭;还有其他几个唱家,各有出类拔萃之处,寻常都是领班的角儿,亦有几分声名。

周钧儒托人打听了他们的下落,一一给这几人写了信。日本鬼子侵略多年,洛阳又遭受战火损失惨重,因此近几年这些人并不得志,及至接了周钧儒的信,虞兰青、徐振川、邵喜姑都在一个月内先后赶到,且各自带了几位场面师傅底包龙套等,一时间惟新社名角儿汇聚人员众多,声势立刻壮大起来,在整座西安城亦是叫得上名号的大班社了。

有了名角儿之后,惟新社几乎每月都能上演新戏,或是一个新编的折子,或是恢复以前红遍洛阳的经典本戏,或是名角儿之间互相搭戏推出新唱段,国民剧院一举成为河南老乡最热衷的看戏之地,陕西乡党也时常舍了秦腔来看洛阳曲子,风头之盛几乎不逊于杜景篯的中州剧社,河南梆子戏和曲子戏俨然成了西安最负盛名的外来戏种。国民剧院每日排队买票者拥挤不堪,总有等不到票的人在戏园门口悻悻不悦,摆两层凳子扒着墙头听一点便觉陶醉,内场掌声雷动时,便也跟着叫上两声好,以此解几分戏瘾。

虞兰青、徐振川、邵喜姑这几位角儿,自然是惟新社最叫得上名号的,他们初到西安便与周钧儒谈了包银:无论哪位角儿,凡有出场,提戏园前两排座儿的票钱,彼此之间若是搭戏,提三排座儿各自平分。众人仰赖他们叫座儿,自然也要敬重几分,后台中间位置的妆台、桌椅只留予他们使用,每人有专门的衣箱行头,箱倌一分不敢出错,他们又各带一名跟包,寻常吃喝从不过他人之手,都是跟包一人照应。这些规矩原是跟京戏班子学的,惟新社的演员何曾有过这样的讲究? 但既然人家是角儿,有些排场也不为过,大家也就渐渐地习以为常了。

唱过一季之后,几位角儿手里俱有了些钱,初到西安时的落魄形容一扫而去,各自寻了宅子单住,时常唱个堂会,出入酒楼饭庄,衣裳行头也考究起来,每日进出戏园衣冠楚楚,更惹得戏迷们追捧如潮。几人彼此之间也暗中较劲儿,唱戏时定要争个上下高低。若前一日虞兰青得了十次好儿,次日邵喜姑便要争个十二次,每日挂出的戏牌上谁在前谁在后也要有些说辞,日子一长,难免生出些攀比龃龉。周钧儒居中百般协调,才让他们安安稳稳各守其位。

偏有一日,邵喜姑到后台时,不知何人没留神,将他专用的红木镶玻璃镜子蹭倒在桌上,拿起看时已有了道裂痕,邵喜姑顿时发作起来,沉着脸色一一训问,又责斥箱倌失职,顺带将跟包骂了一顿,便不肯上妆,坐在后台焗着一壶茶生气。周钧儒赶来时,垫场戏已经开唱,当日挂的是邵喜姑的《陈三两》,如今他在后台晾着场子,自然是认定了此戏非他不可,任由众人如何催促,硬是不肯勒头,只说镜子打破了,勾不了脸。

周钧儒看到这般情形,自然知道他故意托大临场要挟,这邵喜姑平时最是性子刻薄掐尖儿要强,因他是戏班里唯一的青衣花旦名角儿,在台上很能来好,平日里大家都恭让几分,今日竟因一面镜子闹到晾场,便有些令人侧目了。周钧儒也知道今晚观众皆是奔他而来,因此亲自拿了镜子安放在梳妆桌上:"邵老板,镜子破了明日再给您买玻璃补上,该到上场时候了,千万别误了戏,外头那么多人等着您呢。"

邵喜姑依旧冷着脸:"怎么别人的镜子都没事,非要打破我的? 这可不吉利,怕是上了台要出麻烦。"

周钧儒:"一面镜子而已,就算有麻烦,它已经替邵老板挡了灾,还怕什么?"

邵喜姑故作为难地叹了口气:"我就是觉着心里不踏实,今儿这戏,宁可不唱也罢。"

如此说着,场面师傅便敲了头遍锣,邵喜姑依旧慢悠悠端着壶喝茶润嗓子,周围人都已急得有些冒汗,周钧儒也知道他今晚定要与自己打这个擂台,上场前较劲要挟,分明是想提出更多要求,迫使自己答应了才罢,然而周钧儒岂是任人要挟之辈? 他并不着恼,只随意笑了笑便说道:"既然邵老板心里不踏实,德元,你就先顶一折,等邵老板觉得吉利了再上。"

李德元早已在旁边气得咬牙不满,见周钧儒发了话,立刻坐下来勒头上妆,众人七手八脚帮他把服装换停当,挑帘出了上场门。李德元本就是青衣出身,这两年跟着戏班历练又深,《陈三两》也曾是他的成名戏,因此上了台虽不及邵喜姑伶俐讨喜,却也能压得住场子。初时观众还因临场换人哄闹不休,然而李德元并不慌乱,依旧稳稳地唱下去,嗓音圆润清甜,身段袅娜轻盈,两大段唱词之后,台下便渐渐地安静了。邵喜姑原等着他被赶下台来看个落井下石,如今见他竟稳住了场子,也有些神色不安起来。

周钧儒一直把着台口,直到此刻才点了点头,又回身向众人道:"大家紧把手,也给我勒头上妆!"

众人原本心里捏着一把汗不敢松气,如今周钧儒一说也要勒头上妆,便知道他有绝招,因此大家高声应着,看也不看邵喜姑一眼,纷纷忙碌起来帮他装扮。及至到了陈三两自述冤情一折,李德元从下场门来到后台,却见周钧儒也已扮好,明白下一折他要亲自上场,心中虽然不解,却点点头让出了上台口。

周钧儒毕竟已是三十来岁的人,唱腔身段连李德元也不如,但胜在举止文雅舒展,一登台自有一派沉稳气度,大段戏词在他唱来也是张弛有度。更令人称绝的是,唱到陈三两"试才"时,后台竟送了笔墨和空白宣纸出来,台下观众皆不知何意,都伸长了脖子去看。却见周钧儒一面唱着,一面双手提笔开始写字,及至"自幼儿随爹爹苦读文章,唐诗宋词满腹藏。学会了李杜名诗三百首,又学会琴棋书画宫羽角徵商。遭不幸被骗卖入富春院,入青楼依然是苦读文章。小女子虽然流落在烟花巷,身入污泥莲自芳。武定州多少才子把我访,拜我为师学文章。三两银子买一篇,从此落名陈三两"这一段戏词唱完,他将那张纸双手提起面向台下,竟然写成了潇洒古朴一幅梅花篆字!

人群中陡然爆发出雷鸣般的叫好鼓掌之声,他们从未见过如此奇绝的场面!周钧儒将那幅梅花篆字抛向台下,众人争相哄抢,大家又将那幅字与周围的人反复传看,惊叹之声不绝于耳,竟传为一时奇谈。许多年后,还有人记得周钧儒双手写梅花篆的情形。

当晚的戏演罢,台下观众久久不肯散去,周钧儒不得已连续返场数次,劝大家早回,观众才勉强起身往外走。

邵喜姑在台口自是把全程看得清楚,他从未想过周钧儒竟有如此手段,纵然唱腔身段不如自己,但这台上的新奇花样,却是他永远学不来的! 怪不得自己方才蓄意临场要挟,周钧儒也未曾慌乱,原来是藏了这一手绝活儿! 他只觉汗水涔涔而下,心里慌得犹如打鼓,自己做了临场要挟的事,又被拆了台,一旦传扬出去,名声便彻底毁了,纵然想去其他地方搭班,也是人人轻看一眼,无异于走投无路了。想到此处,他更觉懊悔自己的作为:为一面镜子,何苦置这个气?

越想越觉无趣,他不待周钧儒回到后台,带了跟包径自离开戏园回家了。此后两三日都没有他的戏,虞兰青、徐振川依旧唱得满堂彩,李德元因这次救场压阵,也有了几分名头,渐渐地捧角儿者也多了起来。邵喜姑在家闷了两天无人理会,更觉自己将成弃子,不若主动请辞保全几分脸面,因此讪讪地邀了周钧儒到家喝茶,说要回洛阳重组班社。

周钧儒自然了解他的偏激性子,也并没想要为难他,因此一切如常,故意惊讶道:"邵老板这是怎么了? 遇到什么事了? 这个月还排了您十几场戏,要是回了洛阳,我怎么跟观众交代?"

邵喜姑一愣,不想他竟全然不提前几日的事,还排了自己的戏,难道真不跟自己计较? 他似乎有些不敢相信,诧异道:"后面,还排了我这么多场?"

周钧儒笑道:"那是当然,观众可都等着看您呢,这才几天,邵老板的戏迷都堵到戏园子门口了,明天再不出场,可就拦不住他们了。"

邵喜姑不由得心下惊喜,悬了两三天的一口气终于松下来,不由自主便说道:"这都是戏迷们抬举我,我就算再有事,也不能辜负他们的热情,明天是哪出戏? 我要好好准备准备。"

周钧儒:"是您最拿手的《柜中缘》,就算不准备,邵老板一登台也是一片好儿。"说着,他端起茶故意觑着他,"邵老板的镜子,我可是亲自送去玻璃店修好了,又上了一层金漆,全西安的角儿都未必有这么气派的镜子。"

邵喜姑脸色一红,也搭不上话,只得说道:"让周老板费心了,明天我打二斤酒买几斤肉,给箱倌师傅和几个兄弟压惊。"周钧儒哈哈笑着应了,当天又请了几个角儿和李德元、魏子洛等人到沧浪池沐浴享受一番,大家坦诚相见,将误会说开了,就此翻过不提,邵喜姑也安分下来,依旧在惟新社唱戏。此后大家虽有较劲拔份之事,再无临场要挟者。

自周钧儒台上双手写梅花篆之事传扬出去,各戏曲班社竞相请周钧儒前去展示绝活儿,看他双手提笔一挥而就,大家连连称奇,直道平生从未见过如此绝技,许多演员也开始学书学画,抑或练习吹奏,只为在台上博得一彩,竟形成争相献技之风,戏曲可观赏性也随之提升。周钧儒开一时风气之先,得到同行们的深切认同,在这一届戏曲行业同会选举时,便升了理事,俨然是西安梨园行排得上名号的人物了。自此之后,周钧儒更是一心扑在曲子上,定要像杜景篪革新梆子戏一样,将洛阳曲子做成西安主流戏种,成为大雅之堂的高尚艺术。

在国民剧院开演半年有余,周钧儒手里颇攒了几个钱,便想着另外赁个院子,一家人搬过去住,但姚青禾总觉舍不得这些老乡邻,及至后来总有人来访,待客实在不便,才勉强同意了。

临别之时,陈玉彰与李贵生自不必说,几家人感情深厚,早已如亲眷一般,便是同住大院的老乡们也都个个不忍分离,然而知道他们要搬去像样的宅院,又都替他们一家高兴,当日他们落难西安连一口饭都吃不上,如今日子越过越好,都满含欣慰。大家七手八脚帮他们收拾了简单家当,帮着搬到崇悌路(东四路)的一处院子里,离国民市场不过半里之遥,极是方便。

这是一处齐齐整整的老宅子,对开的大门,门槛两侧各有一块狮子滚绣球的抱鼓石,门楣上青砖雕花。进到院子里,是四间正房两间厢房,屋顶覆瓦,墙贴青砖,院子地面铺着石板,还有一个小小花圃,很是幽静。屋子里家具器物也一应俱全,虽比不得昔日周家宅院里的气派,却也素朴厚重,对饱受流浪离乱之苦的一家人来说,已是不敢奢望的享受了。

老乡们亦是人人称叹,比起东八路的大通院和低矮的泥坯房,这套青砖石板小院看起来气派非常,在他们眼里,就是大户人家的宅子了。李贵生却哈哈笑道:"这算什么? 在老家伊河镇,周家宅院才是远近闻名的气派,五进的大院子,从大门到后院都要走半晌! 那还只是家里住的宅子,伊河镇半条街都是周家的铺子，偃师县洛阳城里最大的药行，也都是周家的!"大家更是啧啧惊诧，想不到周钧儒放弃的竟是那样庞大的家业，对他更是刮目相看。

陈玉彰也笑道："要不说周兄弟是个人物呢，那么大的家业，争得你死我活，人家说放手就放手了，这样的人，就算一时落了难，那也是早晚要东山再起的，如今你们看看，是不是我说的话?"

周钧儒连连摆手："陈大哥和贵生哥净取笑我，当年的事还提它做什么。"

大家帮衬着把家当搬进来，其实也无多少东西，只是几个包裹两口箱子罢了。周钧儒赶着出去买了些菜、肉，姚青禾和陈嫂子张罗着做了一大锅烩菜，又买了十几斤馍，大家热热闹闹吃了一顿，算作贺他们乔迁之喜。周钧儒又备了些点心花生瓜子糖块等物，让陈玉彰带回去分与没来的邻居们，才送了他们离去。

姚青禾一边收拾屋子，一边忍不住落下泪来："想不到我们一家人还能有住上正经宅院的一天，过去这三四年的日子，简直不敢细想怎么熬过来的。"

周钧儒也感慨道："从离开偃师到现在，我一直想让你们过上好日子，没想到竟等了这么久，青禾，这些年，是我对不起你。"

姚青禾："还有什么对得起对不起的，那么难的日子都过来了，以后可算是安稳了。"然而说着她又心疼起来，"这么齐整的宅子，一个月房钱就得六块大洋，一年就要七八十块。"

周钧儒笑了起来："忽然想起来，当年在金台大旅馆，一天房钱要八块大洋，睡一个时辰就得两块，你心疼得都睡不好觉。"

姚青禾顿时怔住，随即啐了他一口："当年大少爷在我面前可是没少摆阔气，听铁顺儿叔说，你到大集上找我，拢共三五步路，也要骑上脚踏车，这会儿又来说我，寒碜谁呢?"

周钧儒瞬间泄了气："在你面前，我是茶壶里煮饺子，有口倒不出，你这牙真是好钢口，洋铁钉都能咬断。"

姚青禾也忍不住笑起来，两个孩子更是乐得拍手："爹又输了！"她们已经能帮着姚青禾做许多家务事，用盆打了水，擦桌子扫地，又叽叽喳喳地盘算她们的屋子怎么布置，姚青禾便记着她们的愿望，到国民市场采买置办，尽量满足。两个孩子自幼跟着流浪，她们本是深宅大院里的小姐，却跟着讨了几年饭，挨饿受冻经历生死，如今终于过上像样的日子，姚青禾便忍不住补偿她们的苦楚。

又过了两日，杜景箴与戏曲行业同会的同行们也来登门道贺，免不了又是一番寒暄忙碌，会长亲自写了一幅牌匾送与周钧儒：梨园新声。

四个斗大的字浑厚有力，笔力惊人，周钧儒只看了一眼，便连声推辞："会长，这样的褒赞我可不敢收，惟新社唱的就是地方小戏，上不得大台面，哪儿当得起这四个字？"

会长笑道："当得起当得起，就凭周老板能把洛阳曲子唱到尽人皆知，就是给我们戏曲同行上了一课，守住老传统不算什么，能推陈出新才是最重要的。比如景箴兄新写的那些梆子戏，就很有时代先声，我们易俗社也是一直倡导移风易俗，如今卓先老弟的曲子戏也是唱老百姓的生活嘛，《李豁子离婚》不就是提倡文明婚姻生活？这样的戏越多越好！"

杜景箴听了，忍不住拍手叫好："会长说得对！好戏就该推陈出新，启迪民智！"众人也连连点头。

周钧儒感慨道："都说唱戏说书是'高台教化'，演的都是孝悌忠信惩恶扬善的故事，可是组班唱戏这几年，真是处处艰难，就算想要推陈出新，也常常迫于生计顾不得了，到了西安，有了同行帮衬交流，才真是觉得有了奔头，惟新社能有今天，全仰仗诸位的扶持和提携。"

大家又各自寒暄客气了一番，便纷纷请辞离去，唯有杜景箴留下来做彻夜之谈，兄弟二人看着那遒劲有力的四个大字，一时唏嘘感慨，潸然涕下。这么多年，杜景箴为坚持戏曲理想，付出了太大的代价，忤逆离家，数次离婚，受尽离乱艰难之苦，落下一身病痛，如今能守在眼前的，不过一群学生罢了。他几乎把全部心血都用在这些孩子身上，既是严师，又是慈父，看着他们一天天成长起来,能登台唱戏,能赢得掌声,便觉半生不曾虚度。周钧儒亦是从富贵之家一夕跌入尘埃,在生死场经历了几遭,才终于走上戏曲之路,领着一个草台班子摸爬滚打艰难求生,如今竟也唱红了西安城,真正把洛阳曲子戏带出了河南,带到了陕西,也是一番呕心沥血,磨砺出锋。

二人这一夜长谈,且说且饮,且哭且笑,道尽了这一生的困顿与坚持,晦暗与理想。他们都曾是天之骄子,杜景箴若继续从政必然仕途有望,周钧儒若坚持经商也未必落魄离乡,可他们最终都选择了戏曲这条路,并在异地他乡唱出了一番声名,其间辛酸旁人怎可解也?

天光大亮之时,杜景箴带了几分酒气要回民乐园剧院,纵然一夜未眠,他依旧是掩不住的亢奋与热情:"卓先,你便把这牌匾挂到国民剧院去,我再请你到民乐园演上几天,好好壮一壮声名!"周钧儒点头:"当然要这样做,也不辜负了易俗社对我们的帮衬提携之意。"

果然,牌匾一经挂出,看戏者更是云集而至,原本从不踏足国民市场的名流显贵人士,也贵脚踏贱地来到这简陋的席棚剧院里看戏,沉迷在曲子戏婉转柔润的唱腔和生动细腻的故事里,连报社也刊出了惟新社的报道:"近有洛阳曲子戏班来到西安,其唱腔之婉转多变,表演之贴近生活,殊为珍贵难得,放眼西安各戏曲种类,亦不多见,此等外来地方小戏,竟引得半城痴醉,名流之士也愿踏足国民市场观戏,并誉为'梨园新声',足见其魅力之处……"

此后几个月,惟新社与秦腔易俗社、梆子戏香玉剧社等都相处更为融洽,演员互相往来借鉴学习,互相传授技艺从不藏私,彼此遇到难处也都鼎力相助,周钧儒深切感受到了古城西安带给自己的强烈归属感。

他们不再是孤独流浪的江湖戏班,而是进入一个戏曲艺术的大潮中,大家互相交融着,推进着,追赶着,竞争着,将戏曲推向更高的层次。其中尤以与中州剧社交流最深,两个戏班几乎亲如一家,时常往来观摩,杜景箴与周钧儒更是经常讨论创作,互相商讨剧本,改进舞台演出形式。

每当周钧儒来到中州剧社,孩子们必然十分开心,他风趣幽默,又奇谈百出,总能逗得他们笑个不停,给紧张的练功生活带来许多乐趣。中州剧社也常到国民剧院演出,他们的故事契合当下时局,颇受观众欢迎,台上做派规矩,动作漂亮,全然不输京戏,令惟新社的演员大开眼界,给予他们新的启发和借鉴学习之处。

国民市场有了这样名噪西安城的戏班,杨保长自然是风光满面,每日端着大茶缸子,早早到剧院里等着开戏,每有政商名流之士到此,都上前热情招呼,颇显派头,也因他常在戏园里坐着,寻常捣乱者极少,惟新社也得以安生唱戏,数月来几乎不曾被骚扰过。周钧儒深感杨保长捧场盛情,也时常到他家里拜访看望,每次必然带些果子点心,或者买瓶酒切几刀熟肉,兄弟二人做长日之谈。

这一日,周钧儒正在杨保长家闲坐,恰好看到他那独苗小孙子跑了进来,不过七八岁,生得很是伶俐,见了周钧儒也不怯生,径直走到爷爷面前偎在怀里。杨保长一见孙子,两眼笑得眯成了缝,一边搂着他一边向周钧儒道:"我那儿子不济事,幸亏有个伶俐孙子守着,我们老两口也就指着这一根独苗了。"

周钧儒自然知道他家的事,杨保长的儿子生来就不是个全乎人,胳膊腿都有毛病,讨不上媳妇,偏巧前些年逃过来的难民里有个未嫁姑娘,饿得将死,杨保长只用一个烧饼,就从她娘手里换了她,带回家来想给儿子留个后,不想竟生下个十分健全的孙子,有了孩子牵绊,那女子也就不想跑了,一家人才好好把她当儿媳妇对待。这原是一桩悲苦旧事,如今孩子已然七八岁,那女子也早已认命把这里当了家,只剩"一个烧饼换媳妇"的故事在坊间流传。周钧儒见杨保长对孙子溺爱如此,也就连声夸赞起来:"这孩子虎头虎脑的,又生得一副好样貌,将来怕不是要当个将军?"

杨保长连连摆手:"七岁八岁狗都嫌,这小子成日里淘气,一点都不省心,我只盼着他将来踏踏实实过日子,可不敢想那么多。"

周钧儒:"我倒是喜欢他,男孩子越淘越聪明。"说着,他叹了口气,"可惜我只有两个丫头,当年头一胎倒是个男孩,他娘怀胎的时候受了些闲气,孩子一出生就夭折了。"

杨保长连声惋惜："这可真是让人心疼，可是我看你那两个丫头也很好。"

周钧儒摇头："丫头再好，到底不是顶门立户的男丁……"

杨保长沉吟了一下，忽然兴奋道："周兄弟，我这小孙子也是个独苗，孤单单的没个兄弟姐妹，不如这样，咱两家结个干亲，不就儿女都全了？"

周钧儒听他如此说，岂有不会意之理？当即一拍手："这话说的是！既然这样，我就认了这孩子做干儿子，我那两丫头认给您做干孙女……"

杨保长连连谦让，说："哎呀，周兄弟，这倒叫我不好意思，好像要占你个辈分便宜。"

周钧儒："这有什么？当初是您抬举我叫我一声兄弟，要真按年纪论起来，您当个长辈也是理所应该的。"

如此，周钧儒自降一辈，上赶着与杨家结了干亲，选定五天后的黄道吉日，摆了几桌席面，国民市场的头面人物，北关的陈玉彰和李贵生等俱来相贺，足足热闹了一日。女眷们拉着姚青禾，给她抹了满脸彩以祝添子之喜，岫儿和岚儿并不懂这些规矩，一见那些人给她们的娘涂得花脸猫一样，忍不住愤愤然要去推开人家，惹得众人哈哈大笑。自此之后，周钧儒对杨保长以叔父相称，岫儿、岚儿与杨保长的孙子便当作亲兄弟姊妹，杨周两姓结为一家。

正当一切顺遂志得意满之时，家里却出了一件让周钧儒与姚青禾犯难的事：岚儿看了中州剧社的武戏，瞬间被震慑了心神痴迷不已，定要去中州剧社学戏，每日缠在父母身边都要说上十几遍。

中州剧社的武打身段皆是富连成的京剧教习师傅传授，岂是寻常戏班能比的？洛阳曲子多以文戏故事戏为主，偶有几个武打动作也不过是摆花架子，惟新社的演员们都对中州剧社羡慕不已，何况尚在幼年的岚儿？

周钧儒原想着送她们二人上学读书，就此离开下九流是非之地，不想岚儿却提出要去中州剧社学戏，岫儿也不甘落后，姐妹二人竟似魔怔一般，怎样劝都不肯听。夫妻二人只得慢慢敷衍着,希望她们小孩子心性,过一段时间便将此事丢下不提。

岚儿岂是轻易放弃之人?趁着父母不注意,她便惹出了一件令两家戏班啼笑皆非的故事。

立秋后酷热难当的时节,毒辣的太阳挂在头顶,晒得地面一片白花花刺眼,民乐园剧院里,孩子们都停了排戏去午休,杜景箴也搬了躺椅在树荫下看书休憩,却听值班的门房问道:“你是哪家的孩子,怎么跑到这里来了?”一个清脆响亮的孩童声音回道:“我找杜老板,你只说我是惟新社的少班主,他一定会见我。”

这孩子嗓门极大,底气十足,字字清晰地传到院子里来,杜景箴听得他自称“惟新社少班主”,不由得一愣:卓先几时有了儿子?略一沉吟,便起身到门口去看,却见一个六七岁的圆脸女娃昂首挺胸地站在那里,满眼都是无所畏惧的倔强神色,赫然正是周钧儒的二丫头岚儿。看见自己出来,她一点儿也不怯场:“杜伯伯,是我!”

杜景箴一惊,伸手将她拽住:“岚儿,你怎么自己一个人出来了?你娘呢?”

岚儿不情愿道:“爹和娘不让我出来,也不让我看你们的戏,可是我喜欢,我要跟您学武戏!”

杜景箴一听,更加笑了起来:“丫头,你牙还没长全呢,现在学武戏可是太早了点。”

岚儿:“不早了,我四岁就跟着练功了,现在我不光会唱,还能踢能打能倒立,再不学新本事,就要耽误我成角儿了!”

杜景箴看她句句“语不惊人死不休”的架势,忍不住便要逗她一逗:“耽误你成角儿?你不是惟新社的少班主吗?跟了我学戏,将来谁继承惟新社?”

岚儿没想到自己只是随口打了个旗号,就被杜伯伯捉住来问,思索了一下才答道:“我不想继承惟新社,爹和娘不许我学戏。”

杜景箴越发觉得她有趣,一面派人去惟新社通知周钧儒来领人,一面便带着她到树荫下逗趣,看她卖力气地唱曲子,踢腿、翻跟头、打倒立,越看越觉震惊,心里如擂鼓般热血沸腾:这分明是一个唱戏的天才!

他从未见过这样生来天赋异禀的根骨,有那么一瞬间,他恨不得把这个孩子留在剧团,据为己有,传授她所有的本事,让她在台上成为最耀眼的角儿,带着她走遍大江南北,让她红遍天下!

周钧儒赶来的时候,岚儿已经练得满头大汗,杜景篯更是看得眼光从未离开她片刻,直到周钧儒喊了一声:"岚儿,你在干什么? 怎么跑来打扰杜伯伯?"

杜景篯这才恍然回神,回头看着周钧儒笑道:"卓先,你可不要吓她,刚才来的时候,岚儿可是自称惟新社的少班主,吓哭了少班主,你担得起?"

周钧儒一愣,瞬间哭笑不得,问:"岚儿,胡说什么,怎么敢这样骗你杜伯伯?"

岚儿委屈道:"我想来杜伯伯这里学戏,你又不准,我就自己跑出来拜师。"

周钧儒:"你整日调皮,没个稳重样子,谁敢收你? 快跟我回去,一个人跑出来,不知道家里担心吗?"

杜景篯笑道:"卓先,不瞒你说,我可是真恨不得收了岚儿。这天生的奇才,要是从小好好练功,再有高人指点,将来必是了不起的一代名角儿。"

周钧儒看岚儿满脸汗水冲得灰尘一道儿一道儿的,活像个小花猫一般,心疼地一边替她擦一边叹气道:"我也知道岚儿喜欢戏,可是女孩子家去唱戏,总不是什么好出路,但凡有一口饭吃,我也舍不得她受这个苦。"

杜景篯只得笑了笑:"正是呢,我们收的这些孩子,要不是实在吃不上饭,谁愿意跟在剧团里苦练? 何师傅又严格,管教得一丝不许出错,每天看着学生们动辄挨板子,我都心疼得坐立不安,自家孩子就更舍不得了。"

周钧儒闲聊了几句,带着几乎落泪的岚儿离开了。然而自此之后,"惟新社少班主"便成了一段笑话,不仅惟新社的人天天逗趣叫她"少班主",周聿岚进入中州剧社后,大家见了她也都爱玩笑一句"少班主",此后的人生岁月里,周聿岚唱到哪里,这个绰号就跟到哪里,后来竟成了豫剧界的一桩典故,戏迷们无论在电视上还是收音机里听到周聿岚的唱腔,都心照不宣地点点头:"嗯,少班主的名段。"

五一　请君入局

　　民国三十五年春,康宜俭带着十三岁的祁方域来到了西安。

　　康思之在铁路上做事,每月几次往返于洛阳西安两地,他亲自送母子二人上车,又借职务之便将他们的行李悉数装运,一路平平安安抵达了西安火车站。

　　火车到站时天已完全黑下来,但出站时依然能看到影影绰绰的高大城墙,康宜俭不觉怔怔地出神,心里一阵钝痛:"书瀚,这是你跟我说过的西安城墙,我看到了……"三弟康思之不知她的心事,边叫洋车搬运行李边安顿母子二人:"大姐,天黑了,我们先进城,我在这边有一间宿舍,你跟卿哥儿先住着,这两天我就去联络入读的中学,再赁两间房落脚。"

　　这是祁方域第一次乘车出远门,车站广场上那些挂着汽灯卖饭的小摊子,竟如点点繁星一般热闹,跳动的火苗似乎并非人间烟火,而是自由地鸣唱着,在他心里荡起唯有一人能听懂的旋律:这里是西安,它在用灯火鸣唱的方式迎接自己的到来。

　　十三岁的祁方域并未意识到,此刻的西安城,正以一种特殊的旋律敲开了他的心门,未来半个多世纪的人生里,古城西安的旋律深深镌刻在他的骨髓里,他甚至觉得自己原本就属于这里,初下火车的那一刻,便觉莫名熟悉,仿佛生命里的久别重逢。

离开偃师时，他还有几分舍不得"乐美百货公司"，每日放学后沉浸在生意和账目里是他生活里难得的快乐时光。出生以来，时时刻刻活在母亲的注视下，他的生命仿佛被一重茧房紧紧包裹着，过于沉重的爱让他几乎透不过气来，直到如今站在西安城墙下，他才意识到内心真正的追求和渴望：自由。

两天之后，康思之托人联络好了陕西省立一中，祁方域可以先在家中温习功课，只要通过两个月后的考试，便能入学读书了。而后康思之又在学校附近赁下一个小院，相隔两条路便是河南老乡聚集的国民市场，院内非常狭窄，不过几步纵深，只有两间土坯矮房，与在老家时的条件不可同日而语，但胜在出门不远便是学校，母子二人也就安顿着住了下来。

康宜俭清点了自己的历年积攒，约莫二百块大洋，父亲和二弟三弟每月也另外贴补三块大洋，如此算下来，九块大洋足可支撑一个月的学费和生活开销，若非遇到大事，自己的钱是暂且不必动的。她本就持家甚严，孤儿寡母身在异地，更要事事谨慎，因此寻常极少出门，只在家中整顿家务做些针线，祁方域亦是用功备考不问世事，虽然外面就是繁华市井，小院中却自成一方天地，仿佛与世隔绝一般。

两月之后，祁方域果然顺利考入省立一中初中部，康思之回家时禀报了喜讯，康老先生颇感欣慰，又给外孙带了些钱添置书籍文房衣裳，叮嘱他们母子若是情势缓和了，寒暑假尽可回乡小住。

然而当年陕西刚收过麦，国民政府便宣布陕甘宁一带的红色苏区为非法叛乱区，向国际社会宣称要"从共党独裁统治下解救陕北民众，建立和平民主政权……预估三到六个月之内完全消灭共匪"，派胡宗南率二十余万军队大举进攻苏区，尚未从抗战的惨烈灾难中恢复过来的中国大地，再一次陷入战火烟云之中。

康宜俭拿着报纸既惊恐不已，又懊悔不安：国民政府将要再次大规模"清剿"共产党，所幸自己带着孩子逃出了偃师，不会再受到牵累，可悲者，自己只怕要长住西安，再难回到故乡了。

书瀚还在偃师，她和书瀚所有的生活和记忆也都在偃师，来西安之前，她曾带卿哥儿去和丈夫道别过，那时还觉得两地相距不远，只要情势缓和些，寒暑假尽可回乡到他坟前叙话，如今看来，这一别竟是相见无日了。

祁方域回到家时，进门便觉气氛不对，于是谨慎问道："娘，出了什么事？"

有记忆以来，母亲便矢志守孝，她面上很少见到笑容，言辞也不多，整个人带出令人心生疏远的肃穆之气。他自小便习惯了她这般性情，母子二人相处时亦是话语不多，室内静若深林，甚至整日不闻人声，但他对母亲的情绪变化却是体察敏感，进门无需见她，便知她此刻心绪如何。今日方从外面买了几册书回来，便觉氛围不对，果然母亲正捧着报纸双手发抖。

他伸手拿过报纸，只扫了一眼便道："政府剿共，又没剿到我们家里来，娘怕什么？"

康宜俭忽然神色剧震："你怎么知道没剿到我们家里来？"

祁方域瞬间意识到自己说错了话。当年父亲便是在家中被国民党逮捕了去，母亲抱着襁褓中的自己办了父亲的丧礼，这样的打击于她而言是恐怖终生的噩梦。然而他对故去的父亲并无多少印象，也谈不上多深的感情，只知道那个十里八乡人人称颂的男人，给母亲和家里留下了巨大的阴影，他一心闹革命拯救百姓的后果，就是家破人亡，连累妻子，让母亲和自己永远生活在惶恐和紧张之下。

但在母亲心里，那是一个近乎完美的男人，纵然他给家里带来深重灾难，令母亲终生守寡郁郁不安，纵然他让自己一出生就失去父亲，一日不曾尽过抚养之责，纵然他已经去世十几年，依然可能牵连他们母子，迫使他们抛离故土逃难西安，但母亲就是对他深信不疑，认定了他做的是救国救民的大事业，抛弃他们母子二人只是迫不得已。

人人提起祁书瀚都是溢美之词，可在祁方域心里，世人对他再多的敬重，也改变不了这个男人是他们母子所有不幸的根源。但他不敢说出这样的质疑，只是安慰母亲道："娘，事情都过去那么多年了，我们也已经来到西安，不用再怕了。"

康宜俭摇头："你还小,哪里知道事情的可怕。"

祁方域："在这里没人认识我们,也没人知道我爹是谁,而且现在遍地共产党,谁还顾得上十几年前的事?"

康宜俭："我也知道他们不会追到西安来,可是我们也回不去老家了。"

祁方域："既然老家不安全,我们就不回去过暑假了,我写封信,让三舅给姥爷带回去,别让他挂念就是了。"

康宜俭似乎想说什么,一时又不知从何说起,这个孩子总是很善于"宽慰"自己,纵然有许多话哽在嘴边,也往往被他宽慰得咽回肚里,最后只得轻叹了口气:"你去写信吧,让你姥爷不要担心,就说我们在这里一切都好。"

祁方域应了,似乎觉得母亲有些欲言又止,自己总该找些话题继续,于是说道:"如今还有两个月的暑假,也没什么事,我陪您出去走走,换一换心情,不要总是在家里闷着。"

康宜俭有些愣住,儿子第一次提出要陪自己出去,若是拒绝似乎有些不近人情,然而此刻她心绪杂乱如麻,哪里提得起兴致出门? 于是她小心地找着理由:"我寡居在家,轻易不该抛头露面的,外头人多眼杂,出去不方便。"

祁方域:"娘,您总这样不觉得辛苦吗? 将来我总要出门上学的,难道您就永远守着两间屋子,一辈子不出门? 我爹有一件事是做得对的,他鼓励女人读书识字,像男人一样走出家门去,您事事都觉得他对,怎么这事却不肯听他的呢?"

康宜俭忽然觉得,眼前这个十三岁的少年已经长大了,显出与年龄不相称的稳重与成熟,甚至学会了一套一套地讲道理。他在自己面前虽然寡言少语,在外面却是活泼好热闹的,性情与当年的祁书瀚颇为相似,样貌眉眼也越来越酷肖他的父亲,一恍神间,竟在他身上看到了几分书瀚的影子。

她忍不住微微扬了嘴角,说:"既然你想陪我去,那就出去走一走。"

祁方域很少在母亲脸上看到笑意,方才那极轻微的一笑,竟似阳光照在她的脸上,整个人都温婉明亮起来,他也忍不住笑了起来:"我想陪您去国民市场,那是河南老乡最爱去的地方,有很多摊贩店铺,还有说书唱戏的,比偃师过年的庙会都热闹,那里还有个戏园子,可以看看戏。"

康宜俭勉力提着精神答应了,可心里却忽然有些慌张,那是久未出门带来的心绪悸动。

这些年来,她几乎不曾去过热闹的市井,寻常不过到集市或店铺采买生活所需之物,都是买完即走,话都不多说一句。记忆最深的一次,还是祁书瀚带她到伊河镇做衣裳,挽着她的胳膊行走在人群之间,那时她只顾着羞得抬不起头,如今想来,那些自由畅快的时光,竟已远去十几年了。

人就是这样奇怪,若是一生相伴白首不离,很多记忆便会渐渐模糊,甚至昨日的事都经常想不起来。然而她与祁书瀚相守只有短短四年,陈年往事却占满了她全部的记忆,甚至每日曾发生的事都历历在目一般。

她叹了口气,回到里间换了衣裳,虽然依旧是素色,却不再是沉闷的藏青和黑色,而是选了件浅灰的衫子,依稀显出几分当年康家大小姐的气度。然而镜中的人毕竟已不再年轻,发髻里已偶尔可见几根白发,想了想,她到底取出一条纱巾遮住脸,才跟着祁方域走出家门。

一进国民市场,她便被眼前的景象震惊了:这赫然是一片人间万象之地,三教九流七十二行无奇不有,招揽叫卖声不绝于耳,狭窄的巷子里行人往来如织,不时要侧身才能通过。她一生也未曾见过这样热闹的市井人间,以前书瀚与她说过开封大相国寺一带的景象,如今看这西安国民市场竟似不遑多让。祁方域亦是第一次来国民市场,只觉一片眼花缭乱,左顾右看目不暇接,然而他依旧稳住性子陪着母亲慢慢向前走,不时与她说上几句。

然而越是热闹,她越觉心里七上八下繁杂不安,好似自己来到这热闹繁华之地,便是辜负了"终生戴孝守寡"的誓言,便是对不起逝去的书瀚,街上每一个人的眼光,都让她想尽快逃离这里。

天近黄昏时,他们路过国民剧院,却见戏牌挂的是洛阳曲子《卷席筒》。康宜俭在闺阁中时,是极爱看戏的,成婚之后祁书瀚也常陪她去,只是这些年来寡居在家,便看得少了。祁方域一见是家乡戏,便说道:"娘,这里唱的是洛阳曲子,我们买票进去看看?"

然而康宜俭已有些耐不住这样的热闹嘈杂,摇摇头道:"天黑了,还是早点回去吧。"

祁方域:"姥姥说您以前最爱看戏,这里离家又近,看一场也不怕晚。"

康宜俭正要说什么,忽然看见一个人迎面走来,大步进戏园里去了,围在戏园门口的人都赶着叫他"周老板"。她立时认出那人是周钧儒,早几年听说周家出了变故,他放弃家产和生意离开了伊河镇,没想到竟是到了西安,当年酷爱票戏的大少爷,终于沦落到下九流了。

然而她顾不得感慨周钧儒的际遇,母子二人逃到异地他乡,最怕的便是遭遇熟人,周钧儒既认识自己,又知道丈夫的身份,一旦被人识破泄露出去……她心里越想越怕,强自镇定了片刻,才慢慢向祁方域道:"不看戏了,今晚月色不错,你陪我到城墙上走走吧。"

走出国民市场,她才惊觉自己出了一身冷汗,当年被挟持到县政府时,她尚且敢以死相逼,可今时今日,却全然没了那样的胆气,为了自己和书瀚的孩子,她已然经不起一丝风吹草动。

西安城墙上空无一人,头上是一轮明月斜挂角楼,脚下砖缝里生出斑斑驳驳的杂草,遥望城外,是一片黑魆魆的农田,冷冷清清的。那时书瀚与她说过,在这样开阔的天地里赏月才不辜负美景,可她看着天空的月亮,纵然城墙壮丽巍峨,明月溢彩生辉,却总觉不及小祁庄寨子围墙上的月色温柔皎洁。

母子二人慢慢地走了一阵,她忽然说道:"当年,我和你爹……"然而话刚开口便又止住,祁方域立刻问道:"当年,什么事?"她沉默了片刻,微不可察地叹了口气:"没什么。"祁方域亦觉兴味索然,终于不再追问,陪着母亲下了城墙,径自回家去了。

姚青禾从未想过,有朝一日别人对自己的称呼也成了"夫人"。

她一时不太习惯这个称谓,然而自搬入新宅以来,日子确是一日好过一日。戏班里有几个名角儿,周钧儒又能写本子排新戏,戏园里每日几乎都是满座,票价涨了两倍,甚至站签也贵了五成,周钧儒作为班主,自然也就收入丰厚起来,又过了几个月时间,便攒够钱将这所院子买了下来。

漂泊流浪了四年之久,初进西安时只有老乡们帮衬搭起来的两间泥坯草棚,可短短一年间,他们便买了一处宅子,在这座古老的城市里,有了完全属于自己的"家"。

两个孩子也终于过上了稳定的生活,这几年来,她们个子长高了许多,却几乎很少置办新衣裳,都是用姚青禾的旧衣改一改凑合着穿,如今每到换季姚青禾都给她们裁剪几套新衣,齐整整打扮起来,都粉妆玉琢惹人喜爱,又有了几分昔日"周家小姐"的气息。周钧儒甚至还想雇个婆子来帮衬家务,姚青禾连忙制止:"如今我们有了自己的宅子,吃的穿的用的也都体面,已经是了不得的日子了,还真敢把自己当老爷夫人雇人伺候着?我都怕折了福气。"

周钧儒也笑了起来:"出来这几年,倒不会享福了。"

姚青禾:"不是不会享福,是不干点活做点事,我就觉得这日子好得不真实,就跟做梦似的,真怕一觉醒来,我们一家人还住在草棚子里。"

周钧儒忽然拉住她走到镜边,自己也凑上去照着:"这个梦真是煞风景,连你我脸上的皱纹都梦得清清楚楚。"

姚青禾顿时气噎,回手便给了他一下:"什么岁数了? 再不长皱纹,就是千年老妖精了!"

周钧儒看她半羞半恼,偏要更加逗她:"谁想做千年老妖精? 守着你几十年就够了,我可不敢跟你过一千年。"

姚青禾在镜里直眼看着他:"就算你想陪我一千年,我还不乐意呢,下辈子我要找个才貌双全文武过人的年轻后生……"

周钧儒立时接过话:"这说的不就是我?"

姚青禾一愣,随即笑着啐了他一口:"呸! 没见过这样自卖自夸的!"

正说着话,两个孩子在院子里玩累了跑进屋,二人在镜里看到孩子,慌得一下子分开,岫儿却已经喊了起来:"岚儿,快出去,我们再玩会儿!"

姚青禾与周钧儒不由得对视了一眼,她们自幼在戏班里长大,知晓的人情世故委实太多了些,姚青禾无奈道:"快问问哪个学校招女学生,送她们上学去吧,每天跟在戏班子里混着,不该听不该看的全都学会了。"

周钧儒:"是该送她们去上学,不然岚儿总吵闹着要去杜大哥那里学戏,岫儿也跟着一起磨,实在管不了她们。"

几天后,周钧儒便托人联络了女子学校,给她们姐妹二人办了入学。

姚青禾给她们每人做了一套学生装,岫儿一身蓝,岚儿一身紫,裁剪上略仿了些西洋装的款式,素净大方。她们第一次正经上学,很是兴致盎然,穿了新衣裳背着新书包,每日上下学从不懈怠,而且她们原本识了许多字在肚里,功课于她们而言并无难处,连日受到老师夸奖,因此学习越发勤勉。

周钧儒每日晚间必然回来等她们放学,拉着她们问学堂里的功课,又问在学里的见闻,与同学们处得好不好之类,逗一阵子,便要准备晚间的戏,于是嘱咐她们留在家里,动身去戏园。岚儿便撒娇道:"爹,明天是礼拜天呢,学里放假,我也想去看戏。"

这话一出,姚青禾便有些变了脸色,本意是送她们好好读书,将来谋个正经体面差事,可如今这孩子依旧缠着要看戏学戏,平日里以上学为由拦着她们,可她总能想出说辞来往戏园跑。

周钧儒叹了口气,岚儿学戏天赋异禀,简直就是为戏而生,他一生见过太多名角儿,但及得上岚儿这般天分的也是难得一遇。然而越是如此,他心里越觉愁闷,祖师爷赏饭,若是好生培养,岚儿必成一代名角儿,然而她终究是个女孩,女子唱戏,只看郑好儿的结局便知,他如何忍心让女儿走上这条路?想到此处,他狠狠心申斥道:"岚儿,你一个女孩子家,不该总去戏园子里抛头露面,好好读书才是正业。"

岚儿很少见到爹如此严厉地说话,一时不解自己错在何处,倔强道:"娘可以去看戏,戏园里也有很多女的看戏,怎么就我不能去戏园子?"

周钧儒不想她顶嘴如此利索,索性瞪眼道:"你见戏园有几个小孩子?等你长大了再说!"岚儿委屈气噎,把书包狠狠掼在地上,却也不哭不闹,一个倒立贴在墙上,练起了顶功。姚青禾自然知道周钧儒的意思,但看她如此,惊诧道："岚儿,你这是做什么?"岚儿气呼呼道："不让我看戏,将来我自己唱戏!"

当天晚上,岚儿饭也不肯吃,又是拿顶又是踢腿下腰,天完全黑下来之后还吊嗓子,把之前郑师傅教的功夫一样样拿出来练习,直练得满身大汗嗓子都喊哑了依旧不休息。无论姚青禾怎么劝,她就是不肯停下来,就这样生生练了两个多时辰,姚青禾急得几乎落下泪来,简直不知拿这个倔强的孩子如何是好。

周钧儒演完了戏回到家,见到的便是这般景象,姚青禾气恼地抹着泪："你惹了她,你自己去劝吧!"周钧儒三两步冲到岚儿身边,一把将她抱在怀里,只觉她累得浑身都在哆嗦,衣衫湿透了汗,一时又心疼又生气："岚儿! 你这是做什么,想累死自己吗?"

岚儿一见爹回来,全身的气力顿时松懈下来,瘫软得手指都不能动一下,却是眼泪流得淌水一般："凭什么就我不能去看戏! 凭什么不让我看戏!"她一边委屈地诉说着,一边越发哭得厉害,抽噎着险些背过气去。

周钧儒震惊了,一个六七岁孩子竟有这么大气性和决心,只为自己两句申斥,竟练了半夜的功,一副生生把自己累死也要怄气的劲头,这百折不回的性子也不知随了谁。

他摇头急叹道："我只说不让你去看戏,谁让你练功了!"他一边说着,一边狠狠皱着眉把她放在炕上,全身一处处地替她揉着,若是不揉开了,任她这样睡过去,明日便要彻底不能起身。剧烈练功后的筋肉本就酸疼无力,再被这样揉捏按摩着,更是疼得难以忍受,岚儿一边嘶嘶抽气,一边泪流个不停,却依旧连个疼字也不曾说过。揉了小半个时辰,才觉她身上的筋骨肌肉不再紧绷着了,姚青禾又准备了热水,给她好好泡了一阵,看她松快地沉睡过去,夫妻二人才长吁一口气,彼此对望一眼,俱是无奈之色。

自此之后,再没人敢拦着岚儿去看戏,不上学的时候她每晚必到国民剧院,台上演什么,她便学着哼唱什么,平日里又经常缠着周钧儒和几位角儿教她练功,竟是练得有模有样,身段架势老练得全然不似孩童,戏班众人无不称奇。

民国三十六年春,古都西安再次热闹起来,许多南京政府的高官权贵来到这里,连蒋委员长也准备亲自驾临坐镇,俨然一派"冠盖满长安"的盛况。从报纸上知道,西安如今已是"剿匪"作战指挥的第一线,胡宗南大军已经占领了延安,据说"共匪军"将要被彻底剿灭了,报纸上沸沸扬扬宣告着这场"胜利",国际上的记者也纷纷前来报道,前线作战"得胜归来"的军官云集于此,西安城一派盛世太平的景象。

这样的事,原与底层百姓无关,然而周钧儒忽然发现,自己一个小小戏班班主,竟也被列为"社会名流",成了长官们的座上宾。有几位长官酷爱戏曲,不仅经常到国民剧院看戏,还隔三岔五邀他带着角儿到府上唱堂会,唱罢了便留他们喝酒打牌,全然一副与民同乐的景象。

然而不过打了两次牌,侍官便提醒他:与长官们打牌只许输不许赢,不然面子上不好看。

周钧儒顿时意识到,自己是被拉来"捧牌"的。

戏曲行业同会里其他班主也经常受邀打牌,牌桌上各有输赢皆属正常,可侍官却要求他们只许输不许赢,分明是逼着他们送钱给长官,而且隔几日便叫他去一次,又不敢推托,两个月下来,竟是将戏班的收入全给了他们。这样不动声色地勒索,敲骨吸髓般没个尽头,戏班看着风光,其实已经颇为拮据了,又不能太苦着演员和底包,周钧儒只能自己贴补他们,时日久了,便觉难以支撑。

姚青禾亦是愁得无法:"戏园卖了票,转手就送到他们手里,简直是唱戏给他们挣钱了,自己一个留不住,还要往里贴补,这可怎么办?"

周钧儒叹气:"以为不过是唱个堂会打打牌,谁想到竟是个局,想要抽身可就难了。"

姚青禾:"行业同会里其他班主怎么说?"

周钧儒:"能有什么办法?连易俗社的会长和杜大哥都不得不去捧牌,只是他们还算有点身份,不敢过分勒索罢了。"

姚青禾:"要是托病不去呢?"

周钧儒:"躲得过初一,躲不过十五,这种事就没个尽头。"

夫妻二人商议了半日,也只得算计着找些托词少去几次,除此之外再无其他法子。然而捧牌困境尚未解脱,各级长官又要征调戏班去唱义务戏、劳军戏,慰问前线作战的官兵,三天两头地下通知,稍有推托,便是藐视有功将士,如此一来,戏班根本无法正常开戏,甚至有时候台上唱着戏,国民党兵便冲进戏园驱散观众强征演员,种种恶劣情形不一而足,各戏班俱是苦不堪言。

频繁遭遇如此变故,周钧儒实在无法,只得谋之于杜景箴。

杜景箴亦是不堪其扰久矣,他踱着步子思索了一阵,缓缓说道:"眼下的局势,只有忍耐,我这些年在省上有些关系,去建言疏通几句,看能不能给同行们争取一线生机,明天你私下叫上同行们,写个联名书,大意就是表明报国忠心,各家戏班都愿意每月义务演戏三场,慰问有功将士,其余的我来处理。"

周钧儒何等聪明,瞬间领悟了杜景箴之意,连声赞叹:"这办法好!要是省上准了联名书,再登个报,便有凭据了!"

第二日,周钧儒便联络了戏曲行业同会的班主们,将联名书之事一说,大家初时有些不明所以,待听得周钧儒拆解,顿时振奋不已:"有了这个凭据,再无缘无故叫我们唱义务戏和堂会,就是军中败类伤害梨园行拥军之情,损毁有功将士的声名了!"

大家围在一处商议联名书如何写法,周钧儒却已成竹在胸,提笔写道:

日前陕北连战告捷,大快人心,西安梨园同业与有荣焉!我等虽为戏子,亦有爱国之心,为酬前线有功将士,各家戏班愿义务劳军演出,每家月演三场,凡军中将士、负伤官兵,一律免票入场,以示拥军慰问之意。力虽绵薄,心尚大义,愿效箪食壶浆古风,成就今之军民佳话,伏请政府体察我等拳拳之心,不负庶民百姓仰慕将士之情。

周钧儒挥笔写完,一位班主拿起字纸高声诵读一遍,众人连连击节:"写得好!这样的联名书发出去,看哪个长官还敢随便叫我们劳军唱堂会!"说着,大家便纷纷在后面签署了名字,由周钧儒送交杜景箴手中。

果然,三日之后,报上便在最显眼处刊载了这封联名书:《西安梨园行箪食壶浆为将士庆功,每家月演三场义务戏以示拥军慰问》。报道一出,随意征调戏班和捧牌勒索之事果然少了许多,西安各剧社戏班又得以正常开戏。梨园行同仁莫不感念杜景箴和周钧儒为大家解困,因此越发推崇河南梆子戏和洛阳曲子戏,周钧儒亦觉意气风发,更加努力编写本子,排演新戏。

这一日,周钧儒在家写完一个新本子,正在兴头上,中饭也顾不得吃,便急急出门要到戏园里与演员们讨论编排。姚青禾叹气道:"你即便是个戏疯子,总要吃饭吧? 白天又没有戏,大家也要出去吃喝放松一下的,你这么急着赶过去,不是没眼色?"

周钧儒摆手道:"那些军官和兵痞闹得少了,好容易能安生唱戏,大家都攒着劲儿要好好排两出新戏呢,怎么会嫌我没眼色?"

姚青禾无奈道:"好好好,想去就去,但是今天必须吃过饭才能出门,孩子们都等着呢,你有多少日子没陪我们吃饭了。"

周钧儒立时面上有些愧疚,停住脚步,回到屋里坐下来吃饭。岫儿与岚儿也欢欢喜喜上了桌,刚吃几口,岚儿便依旧道:"爹,我想去杜伯伯那里学戏……"

姚青禾皱眉:"整天扯着我的衣裳就这一句话,说了一年多,怎么就还没说够?"

岚儿:"你们一天不让我去,我就说一天。"

姚青禾:"去中州剧社学戏是要挨打的,那里的教习师傅可不比我们这里,错一点半点,不管当着多少人,按在凳子上就打板子!"

岚儿:"我只要不出错,怎么会挨打? 杜伯伯也喜欢我,我去学戏,他一定高兴。"

姚青禾:"他们可是一年只放三天假,每天从早到晚都是练功,你去了可就见不到我了。"

岚儿:"不见就不见,等我成了角儿再回来见你,你高兴都来不及。"

姚青禾一下子被她噎住,回头向周钧儒道:"你看看这孩子,跟你一样的戏疯子！成天就叨念这一件事,简直走火入魔了。"

周钧儒咳嗽一声,重重放下筷子:"岚儿,好好上学,不许胡闹!再说去学戏,就给你裹了脚,看你怕不怕!"

岚儿瞬间被唬住,那裹着小脚的女人她见过,走路都蹒跚,半晌走不出多远,而且听闻裹脚时要把碎瓷片垫在裹脚布里缠上走个不停,直到双脚溃烂流血流脓,把十个趾头都缠折了压到脚掌下,疼得死去活来,那样遭罪如何受得了?眼见她不敢再说,岫儿却开口了:"如今是文明社会了,学校里说裹脚是陋习,国民政府已经禁止缠足了。"她毕竟大上几岁,知道的比岚儿多,这样的话根本吓不到她。

姚青禾直气得要拿筷子敲她:"就你知道得多!该说话的时候不说,不该说话的时候尽会显能!"周钧儒也哭笑不得连声叹气:"都说孩子大了不好管,今儿我算是领教了,这哪是亲闺女,简直是两个活祖宗!"

吃罢了饭,周钧儒夹着新写的本子去了国民剧院,几个角儿都到齐了,商议着新戏如何排演。这是一出名为《戏貂蝉》的大戏,以三国故事为蓝本,其中涉及的人物众多,主要演员便有虞兰青的吕布、邵喜姑的貂蝉、徐振川的董卓、马天梁的王允等人,其余配角人物更多,魏子洛、李德元、周钧儒、冯素芳等人都要上,堪称惟新社名角儿最多、行当最全的一出戏,众人无不摩拳擦掌,只等这出戏排好了,一举震惊西安城,让惟新社的声望更上一层楼。

为了尽快拿下这个本子,众人铆足了劲儿琢磨戏词、唱腔,排演身段动作,连场面师傅也跟着一起打磨每个角色的乐调和行腔,几乎是倾尽了全戏班之力,要做好这出《戏貂蝉》,让整个西安的观众都看到洛阳曲子也能演出气势磅礴行当齐全的历史大戏。一连多日,大家几乎每天上午便在戏园聚齐,直到下午四五点钟,众人各自歇息一会儿,再上妆换行头准备晚间的戏,时间赶得连轴转,却无一人有抱怨之语。

足足忙了一个多月,这出戏终于排演完毕,众人配合也已娴熟默契,于是提前五天挂牌出去,预告国民剧院将演出《戏貂蝉》,写了参演的名角儿。一时间抢票者蜂拥而至,几乎挤破了剧院大门,人人都想一睹惟新社所有名角儿同时出场的大戏，看一看他们同台唱戏，到底谁能压谁一头，连报纸上都登出了抢票的盛况，闻说有倒卖戏票者已经卖到了两三块大洋一张票。

周钧儒自是提着一口气，只要这场戏一炮走红，惟新社和洛阳曲子在西安的地位便能扶摇直上，将来能与梆子戏一较高下也未可知，因此他几乎日夜守在国民剧院，仔细雕琢推演所有细节，务求尽善尽美。

戏票早已抢售一空，戏迷们更是翘首以盼，整个国民市场人人都在谈论《戏貂蝉》，杨保长更是经常到戏园看他们排演，每次必然感慨惟新社必能大火，然而就在开演前一天——

虞兰青被几个国民党兵铐走了。

他们公然闯入虞兰青的院子，既无逮捕文书，也未说明缘由，一副手铐将人铐了，押上汽车便没了下落。

虞兰青平日里不喜与人交道，即便在戏班里，也是有演出或是排演时才到，其余时间只在自己的小院里侍弄花草，叫了弦子师傅打磨腔调，若有军官兵痞强拉他去唱堂会，十次有八次都借故推托，实在推不过，也是唱两段便回，谁也没想到这样一个不声不响的角儿，竟会惹上官司，被当众铐了去。

消息传出，顿时掀起轩然大波，《戏貂蝉》没了吕布，这出戏便演不成了，戏迷们堵在剧院门口等说法，周钧儒和戏班众人急得焦头烂额，既不知虞兰青生死下落，又不知如何应对气势汹汹的戏迷。周钧儒只觉血气翻涌，脸面涨成了猪肝色，汗水如雨般涔涔而下，几乎活活怄死在后台。然而场面大乱的紧要关头，他作为班主，必须出面处理这一切，先让人摘了戏牌，又亲自到门前向戏迷们解释不得不停演的因由，并许诺大家全部退票，务请谅解。

然而很多戏迷并不买账，他们花高价买了倒卖票，如今只能退正常票款，一出一入便要亏损许多，如何肯善罢甘休？因此依旧堵在剧院门口吵闹不休。惟新社众人连正门也不敢走，只得从后门溜走或逾墙而出，好似做贼一般，此后连续数日不能开戏，唯恐戏迷们声讨起来，砸了园子。

然而最焦心的，还是虞兰青的案子，不明不白地被国民党兵带走，连个消息都没有，如何救人？周钧儒焦灼不堪，四处托人打听，杨保长问了相熟的警员和军中长官，竟无一人知道他的下落，杜景篯也帮着探问消息，也是连续两日毫无头绪，周钧儒便知道此事棘手，怕是遇上大麻烦了。

可虞兰青只是个下九流的戏子，平日只知唱戏，又不曾作奸犯科，为何会被秘密带走？周钧儒百思不得其解，急得两眼赤红口舌生疮，姚青禾一边心疼得替他抹药，一边愁眉苦叹："到底是什么冤孽，连唱戏的都要抓去！真不成个世道！"

周钧儒摇头无奈："小虞的为人，我们还不知道？他能做什么出格的事？怎么就招了国民党兵来抓他？"

姚青禾："难道他得罪了什么人？"

周钧儒："他最多也就是唱唱堂会，得几个赏钱，能得罪什么人？"

姚青禾："那就是你得罪了人？不然怎么好端端地不抓别人，单抓了你的吕布？"

周钧儒瞪圆了眼睛摊手道："我得罪人？捧牌都快把家底送出去了，我敢得罪谁？"然而他瞬即皱了眉头，"你这一说也有点道理，难道我真得罪了人？"

姚青禾摇头："我只是瞎猜，你在外面从来不跟人起冲突，怎么可能得罪人？"

正当二人焦躁得不知如何是好时，杜景篯忽然急匆匆赶了过来，一进门顾不得擦汗便说道："卓先，有小虞的下落了，说是被剿匪稽查处带走的。"

周钧儒只觉一记重锤敲在心口："剿匪稽查处？！难道小虞是？"

杜景篯摇头："不可能，小虞是你从洛阳叫过来的，来西安才一年多，人生地不熟的，怎么可能通共？"

周钧儒慌得直摇头："这不是小虞是否通共的问题，是他们要把案子做成什么结果，万一定了这个罪名，小虞的命就保不住了！我们所有人都得受牵连！"

杜景篯："你先别慌，我觉得事情没这么复杂，小虞被抓只是个由头，一定不是大案。"

周钧儒急道:"进了剿匪稽查处,有几个能活着回来的? 小虞这会儿不定怎么样了。"

杜景箴叹了口气,郑重地看着周钧儒:"我想,如果小虞没问题,他们很快会送信过来,这件事应该是冲你来的。"

周钧儒一愣:"冲我来的? 刚才青禾也问我是不是得罪了人,难道真是?"

杜景箴:"等等再说,小虞已经被带走三天了,我就在这里陪你等着,不出意外的话,今天一定有回信。"

周钧儒将信将疑,姚青禾更是紧张得心如悬丝,万一事态严重,丈夫也一并被逮捕了如何是好。杜景箴坚持留在这里,想来是担心万一遭遇意外,便于斡旋解救,这份不顾自身安危的侠义之心,他们自然是懂得的。

整个下午,周钧儒急得坐立不安,在屋子里走个不停,眼睛不时瞟着院子,听到一丝声响便急慌慌跑出去,姚青禾也与他一样心中焦躁,只是碍于杜景箴在场,强自在内室闷坐而已。果然,天将黑时,有两个国民党兵来到家里,进门便亮明"剿匪稽查处"的身份:"周老板,请你跟我们走一趟,配合查问虞兰青的案子!"

周钧儒脑中嗡的一声响:"虞兰青到底犯了什么事?"

国民党兵:"我们只是奉命请人,其他事情一概不知!"

姚青禾也追了出来,急得两眼赤红几欲落泪:"卓先,他们是不是也要把你抓走?"

杜景箴连忙拦住姚青禾,走上前问道:"两位老总,敢问虞兰青关押在哪里? 有什么事要请周老板配合查问?"

国民党兵皱眉:"你是什么人?"

杜景箴:"中州剧社,杜景箴。"

国民党兵立时客气了几分,杜景箴在西安颇有几分名望,又是政途出身,跟寻常戏子自是不同,又与西安本地文化名流来往密切,连省府上的人也要给他几分薄面,因此不敢造次,客客气气回道:"杜主任,虞兰青关在哪里,不是我们能过问的,至于请周老板过去查问什么,上面也没明说。"

杜景篯点点头:"你们要请周老板去什么地方?"

两个国民党兵互相对视了一眼,其中一人便说道:"请他去警察局。"

杜景篯立时意识到不对:"不是剿匪稽查处吗?"

国民党兵摇了摇头,不再多说,而是催促周钧儒:"周老板,快请跟我们走吧,车在外面等着呢。"

周钧儒也愣了一下:"去警察局?"说着他回头看了一眼杜景篯,"这是怎么回事?"

杜景篯忽然点头道:"卓先,你只管跟他们去,不会有事,我随后就到。"

姚青禾也停了眼泪:"杜大哥,卓先跟他们去真的没事?"

杜景篯:"没事,只要不是剿匪稽查处,就不用怕。"

周钧儒未及答话,两个国民党兵便发现自己说错了话,半推半搡着把周钧儒拉出了院子,塞进一辆吉普车疾驰而去。姚青禾紧赶着往外追,可哪里追得上?眼见丈夫被带走,她更是急得眼泪直流:"杜大哥,要是卓先也被抓了,怎么办?"

杜景篯叹气安慰道:"弟妹不要急,卓先不会被抓的,小虞的案子也不重,你安心在家里等消息就是。"说着他也急匆匆离开了。

姚青禾心里越发没底,带着孩子等在家里,彻夜心绪不宁,岫儿与岚儿已能看懂许多事,爹被带走的情形显然吓坏了她们,也眼巴巴坐在炕上不肯去睡,母女三人在家提心吊胆,越等越心乱如麻,几乎一夜未睡。

第二日一早,陈玉彰便知道了周钧儒被带走的消息,唯恐母女三人再被惊扰,紧赶着将她们接回自己家,让陈嫂子陪着宽心,又托人打听周钧儒在警局境况如何。李贵生和院子里的其他人也纷纷赶来探问安慰,拿了许多吃食给她们,纷纷言说"有老乡们在,必不让她们母女三人为难"。姚青禾虽心急如焚,但眼见老乡们如此热切,亦是感动落泪。每到难处,他们都如此帮衬自己一家,这份情义无以为报,唯有含泪称谢而已。

杜景篯自从知道周钧儒是被请去警察局,便隐约猜到了事情根由,于是径自走去国民市场与杨保长商议。杨保长原本对《戏貂蝉》这出戏大为期待，若能一唱而红，也是国民剧院的风光事。然而虞兰青被带走，竟致一场大戏泡了汤，还惹了戏迷闹乱子，正自懊恼不已，再听说周钧儒被请去了警察局配合查问，顿时急了起来："杜主任，这事怎么又扯上了警察局？不是剿匪稽查处吗？我还怕市里真出了什么嫌疑，要招来一场全面搜查呢。"

杜景箴："是警察局倒不用怕了，我推测，带走虞兰青的也不是什么稽查处。虞兰青能犯什么事，怎么会惊动稽查处？"

杨保长："这到底怎么回事？"

杜景箴："可能是卓先得罪了什么人，要给他点厉害看。"

杨保长诧异："周兄弟那样的性格为人，怎么可能得罪人？"说着，他忽然神色一变，"剿匪稽查处，那可是搜查通共分子的地方，怕不是先抓了小虞老板，再顺藤摸瓜？难道周兄弟也？"

杜景箴立刻摇头："绝无可能！您想多了，卓先怎么会通共？"

杨保长摇头不止："不管周兄弟和他的戏班是不是通共，这事咱们都别插手，一旦粘连上，就再也脱不了身了。"

杜景箴微微皱了眉头："卓先什么样的人，我们都很清楚，您怎么能这样怀疑他？这个时候救人要紧，我是他的至交兄弟，您和他是干亲，这事我们不能不管。"

杨保长："杜主任，这事真碰不得，惹上麻烦，就是身家性命搭进去也不够。"

杜景箴听他如此说，知道再说无益，这分明是事不关己明哲保身的态度，宁肯少说一句少走一步，也绝不惹事上身。

他叹了口气，辞了杨保长，前往东八路找陈玉彰，商议先把周钧儒保出来。陈玉彰正愁得不知如何是好，一听杜景箴提议要去保人，立即答应，写了保呈就跟他同去警察局。保呈上言明周钧儒的身份来历，并担保他绝无通共通匪之事。

一路之上，陈玉彰细细问了前因后果，思索道："杜主任，依你看，周兄弟得罪的到底是什么人?"

杜景箴叹了口气:"约莫是爱听戏的那几位老总,以前总叫卓先去唱堂会、打牌的。"

陈玉彰顿时理解了他的意思:"难道是联名书?"

杜景箴点了点头:"也许是,且看他们开什么条件吧。"

五二　摧眉折腰

周钧儒到了警局,立刻被带进了一间审讯室,头顶上强灯照得他睁不开眼,好半天才适应过来,发现这屋子里仅有一桌两椅,对面坐了个警察,神色冷峻地盯着他,只这个场面,便让人气势矮了几分,周钧儒一时心里没底,亦不敢开口说话。

那警察开口道:"你叫周钧儒? 国民剧院惟新社的班主?"

周钧儒点头。

警察:"虞兰青,是你们戏班的?"

周钧儒再次点头。

警察的眼神忽然凌厉起来:"虞兰青有通共嫌疑,你可知道这是什么罪过?!"

周钧儒一惊,立即摇头道:"他就是个唱戏的,来西安也就一年多时间,怎么会通共?"

警察:"你们戏班的人,你会不知道? 要是不从实交代,定你个窝藏之罪,你吃得起吗?"

周钧儒更加摇头:"戏班里绝不会有有通共嫌疑的人,我们只是唱戏,通共做什么?"

警察："还说没有？虞兰青始终对剿匪心存不满，更对前线有功将士诋毁污蔑，你敢说不知情？"

周钧儒只觉一道亮光劈开迷雾，所有谜团霎时拨开：这分明是有人做局摆布自己！要说对剿匪心存不满，诋毁污蔑有功将士，哪个戏班不曾抱怨过给那些军官兵痞唱堂会唱义务戏？偏要在《戏貂蝉》上演的前一天抓了虞兰青，居心不言自明！可自己并不曾得罪过哪个军官，为何要这般针对自己？

他脑中一时有千百个念头闪过，然而那警察猛地一拍桌子："问你话呢，说！"

周钧儒立时一激灵，矢口否认："我们联名倡议给前线的将士唱义务戏慰问，效仿古代箪食壶浆以迎王师，这等梨园佳话，怎么会被当成心存不满污蔑将士？"

警察冷笑："只怕你们嘴上这样说，心里不是这样想！"说着，他起身站了起来，"给你一晚上时间仔细想想，明天再来查问的时候，希望你能好好配合，要是再这样要滑头，让你知道什么叫厉害！"

门在眼前锁上，头顶的电灯依旧强烈地照下来，周钧儒只觉脑中轰轰作响，然而心中却明白了这件事的症结所在：联名书。

胡宗南要做"剿匪"功成、军民安乐的局面给国际记者看，自然要整治流氓成性敲诈勒索的兵匪习气，因一封联名书，暴露了某些人的兵匪行径，让戏曲同行顺理成章摆脱了军官兵痞的困扰，也因此得罪了他们，终至惹来这番麻烦。

周钧儒明知这是一场冤屈构陷，偏又无从辩白，更不知对方到底会如何刁难自己，因此一夜难安，心中闪过了无数念头，竟毫无解决之策。

天亮之后，那警察却并未再来审讯，反倒等来了杜景篯和陈玉彰来保释他，周钧儒并无不当言论和通匪嫌疑，只是"失察"之过，准予保释，然而虞兰青依旧毫无消息。走出警察局，见到二人等在那里，周钧儒深深一揖到地："多谢杜大哥和陈大哥仗义相救！"

杜景篯连忙扶住他："卓先，你没受委屈吧？"周钧儒摇头："没有，只是被恐吓了一番。"

陈玉彰也叹了口气："周兄弟，这场灾祸真是从天而降，要不是杜主任来找我，我丝毫也想不出头绪。"

杜景箴："先不要在这里说，回我那里商议。"

三人坐上黄包车，赶到中州剧社在南广济街的院子，进了杜景箴的办公室，周钧儒才问道："杜大哥，我到底得罪了什么人？"

杜景箴："我猜测着，是联名书的事，可这事并没针对谁，怎么会得罪人呢？"

陈玉彰也皱紧了眉头："真是人在家中坐，祸从天上来，他们抓了小虞老板，总该有个由头吧？无缘无故的，抓个唱戏的能审出什么？"

周钧儒："他们要抓的根本不是小虞，只怕是要拿我开刀呢。"

正说话间，忽然有人送了一封信来，杜景箴接了，拆开只看了一眼，眉头便紧紧皱起来，一声长叹道："你知道这是什么人做的？就是让你们捧牌的那几个军官！"

周钧儒一愣："他们？他们为什么要陷害我？唱堂会，捧牌送钱，我可是次次必到，从来没得罪过他们！"

杜景箴："这封信给我们指了条路，要想救虞兰青，必须得求那几个人出面，他们说了情，小虞才能放出来。"说着他把信摊开，放到二人面前，"这是杨保长送来的信，他一向明哲保身，能送这么一封信来，想必是打听过门路，也算对卓先尽心了。"

二人看向那封信，却见信上并无抬头落款，只有短短一句话：救小虞老板，必得田旅长出面。

周钧儒顿时惊住："这封信的意思，是他们抓了人，再让我去求他们说情放人？"

杜景箴点头："对，就是这个意思。"

周钧儒几乎愤然拍案："这岂不是滑天下之大稽？他们为什么要这样害我？"

杜景箴:"这几个人时常为唱堂会抢戏班闹得沸沸扬扬,兴许是联名书登报,害他们被训斥了。"

周钧儒立时泄了气,只觉对这个颠倒黑白的世道心灰意冷,一句话都说不出来,杜景箴也愧疚感慨道:"这事,我也有责任,写联名书就是我提出来的,没想到会出这样的乱子。"

陈玉彰也摇头无奈:"谁惹得起这些老总啊,打从他们来了西安,闹得乌烟瘴气,眼下这事,只能低个头,不然小虞老板在里面不定怎么样呢。"

周钧儒懊悔地一拳砸在桌子上,咬了咬牙道:"无论如何得把小虞救出来,不就是弯腰低头嘛! 我去求他们!"

第二天,周钧儒在豫顺楼饭庄订了两桌上等席面,送到常叫他去捧牌的田旅长宅院里,又邀了杜景箴一起,会同田旅长请了另外几个看戏打牌的军官,带了惟新社的两个角儿登门拜访。周钧儒极尽折腰之态,唱戏时亲自司鼓,喝酒时亲自提壶,打牌时觑着眼色喂牌,言辞间更是字字句句都捧着他们,一个多时辰下来始终卑身赔笑,直笑得两颊酸痛,苦水却决堤一般流进心里。

直到这些人吃饱喝足尽了兴,杜景箴才终于开口:"田旅长,周老板有实在过不去的事,不得不求到您面前来了。"

田旅长叼着烟,双手不停依旧码着牌:"有事就说,大家都是有交情的,不用见外。"话虽如此,他的神色却极为倨傲。

杜景箴帮他点了烟:"周老板戏班里有个叫虞兰青的,大小也算个角儿,不知怎么就被剿匪稽查处带走了。您想,他一个唱戏的能懂什么? 要说他通匪,那是没人肯信的,周老板为这事急得不得了,又说不上话,想着您懂戏、爱戏,能算我们梨园行的知己,实在没法子可想,就求到您面前来了。"

田旅长故意一愣,却侧脸看向另几个军官:"剿匪稽查处? 你们有门路吗? 那是专门抓共匪细作的,跟我们不是一条线啊。"

那几个军官纷纷摇头:"我们是前线扛枪打仗的,后方稽查处,我们也没打过交道。"

田旅长一摊手:"这事我能不想帮忙吗? 小虞老板的唱腔身段,我也是喜欢的,多少回请他过来唱两段,十次倒有八次推托,但凡来一次,都把我高兴得不知道怎么赏他,他出了事,我也着急啊。"

周钧儒连连点头央告:"所以还请您想想办法,搭救小虞一下,剿匪稽查处是什么地方? 再救得晚了,人就废了……"

田旅长:"可是我在那边也没有能说上话的门路,这种事要是轻易开口求情,说不好还把自己也牵扯进去,如今上头严查党内通匪,谁敢碰这种事?"

周钧儒如何不知他在拿捏自己? 他强忍着内心的愤懑,神色更加卑下:"您要是不肯帮我们,小虞就只能死路一条了,您就算不看我们,也可怜可怜他学艺成角儿不容易,您是个惜才爱才的,怎么也不忍心看着他糊里糊涂送了命……"

田旅长这才做出几分动容之色:"小虞老板,实在是个难得的人才,要说他通匪,我也是不信的,他是不是有的没的胡说了什么话,让人抓了把柄?"

周钧儒:"他哪敢胡说什么? 他只知道唱戏,外头的事一概不懂,兴许是听别人说了什么,学舌被人听去了……"

田旅长一拍桌子,叹息道:"就是这话! 一个唱戏的,好好唱戏就是了,听什么不该听的话,学什么舌? 既上不得台面,还惹一身麻烦,连累周围的人,这一场是非,也该教会他怎么做人了。"

周钧儒听他夹枪带棒,分明是指斥自己和杜景篪,却也只得点头:"您这话说得对,我们能唱戏有口饭吃就该知足了,夹着尾巴做人才是道理,哪敢学舌外头那些风言风语?"

田旅长忽又叹了口气:"我也想救人,但是要想跟那边说上话,把人保出来,不知道要托几层关系,这里头干系重大,我也是冒着担嫌疑的风险,"说着他故作为难之色,"我和几个兄弟,虽然做了个不大不小的军官,那也是提着脑袋真刀真枪挣来的,要是为这事惹上麻烦……"

其余几个人也纷纷劝阻他:"旅座,知道您是热心想救人,可是为个唱戏的搭上前途,万一再惹上麻烦,得不偿失啊,大家明哲保身还来不及,您怎么硬要做这仗义出头的事?"

周钧儒眼见这几人一唱一和地阻止,田旅长也开始假装犹豫,分明是逼自己更退一步,他狠狠咬了咬牙,眼里沁出泪来,俯身跪倒在地:"田旅长,您平日里为人是最仗义,最看不得我们为难的,小虞这条命能不能保住,全在您一句话,他要是死在稽查处,我都没机会替他给您磕头了!"说着,他郑重磕下头去,又接连向另外几个军官哀求,"老总,求您几位也帮帮忙,想办法把小虞救出来,救人一命胜造七级浮屠,这份恩德我们记在心里……"

他们知道他的目的,他也知道他们在等他卑微乞求,然而此刻他不得不扮演谄媚的跳梁小丑,他的灵魂仿佛高高地飘了起来,鄙薄地看着跪在地上摇尾乞怜的自己,他甚至听到了灵魂的冷笑:周钧儒,你是个丧尽尊严的懦夫。

田旅长和几个军官看他跪在地上磕头不止,才终于露出几分满意的神色,杜景篪也在一旁竭力请求,田旅长咳嗽了一声:"周老板,快起来起来,怎么好好的说跪就跪,这可担待不起……"

周钧儒:"您要是不答应救小虞,我就不敢起来。"

田旅长终于起身把他扶起来:"谁说我不答应? 要是不救他,我这心里怎么过意得去? 只是……"他叹了口气,"就算花钱求人,都不知道该求到谁面前,我得好好想想……"

周钧儒:"只要能把人救出来,我就算倾家荡产也愿意!"

田旅长:"我就说过你这人仁义,为了救别人能自己倾家荡产,还有什么说的? 我一定尽心尽力帮你把这事办了。"周钧儒感激涕零,与杜景篪把他们谢了又谢,田旅长才总算放了话:要三千大洋上下疏通打点,还要五条大黄鱼以备不时之需。

周钧儒顿觉脑中一声巨响:他竟如此狮子大开口! 这些钱,便是掏空了全部家底也难以凑齐,他不仅要逼自己倾家荡产,还要背上债务! 然而明知这些钱都是落入他个人腰包,周钧儒与杜景篪也不敢反驳,只得应了,又陪着应酬到半夜,才终于带着浑身酒气告辞离开。

夜半的尚仁路空无一人,二人走在昏暗的路灯下,踩着脚下坑坑洼洼的道路,良久无言。走了一段,周钧儒忽然扶着一根路灯杆子呕了起来,直吐得昏天暗地,涕泗横流,甚至吐出了几缕血丝,才终于停下来,然而却始终弯着腰站不起来,杜景簸帮他捶着背,亦是愤懑痛心不已。

良久之后,周钧儒忽然惨笑起来,似是哭又似是笑:"杜大哥,我这辈子,从没这么窝囊过,一个头一个头地磕过去,求他们救人……可明明人就是他们抓的,做这样一个局,演这样一出戏,看猴戏一样地耍我……"

杜景簸眼里也带了泪:"可是我们有什么办法?为了救人,我们只能打碎牙齿往肚里吞。"

周钧儒:"我不服,我不服啊!就算我是下九流的戏子,难道就要任人宰割吗?我们的命就不是命吗?他们想踩死我们,我们都不能吭一声吗?"他拉着杜景簸,"金献死了,我们被赶出宝鸡;小虞被抓了,我们要磕头下跪,这样黑暗的世道何时是个尽头?难道天下就容不得唱戏的吃口饭吗?!"

杜景簸也终于落下泪来:"卓先,不要这样,我相信这个世界一定会变好,一定会……"

周钧儒摇头苦笑:"我也曾经相信过,可经历了这么多,我已经不敢再有希望了。"他痛苦地直起腰,"我连夹着尾巴做人的机会都没了,连拼命一搏的勇气也没了,你看我现在这个样子,卑躬屈膝的,还像个人吗?"

杜景簸扶着他的肩膀,郑重摇头:"不,卓先,你依然是个男子汉,只有真正的男子汉,才会为别人的安危奔波,才会为别人的性命低头,你不是卑躬屈膝的人,你是救人于急难的大义英雄。"

周钧儒:"英雄?……狗熊罢了!"

杜景簸:"钱的事,我和你一起想办法,毕竟联名书是我们一起写的,他们找你的麻烦,其实也是在敲打我。"

周钧儒摇头:"我说了,倾家荡产也要救小虞,那就倾家荡产也在所不辞。"

杜景箴："卓先！这些钱,你就算卖了宅子也凑不出来,难道还要让弟妹和两个孩子跟你流落街头吗?"

周钧儒一愣,终于说不出话来。

第二天,他将家里所有的积蓄凑在一起,又典当变卖了家中值钱之物,终于凑齐了三千多大洋,杜景箴也咬牙凑了五根大黄鱼,一并送到田旅长那里,终于得了回话:静候佳音。

他们这才松下一口气来:虞兰青无事了。

处理完此事,周钧儒又紧赶着去了东八路的大通院,到陈玉彰家里去接姚青禾母女三人。

一进院子,众人便纷纷围上来问虞兰青的案子,周钧儒一面应和着"人很快就放出来",一面急匆匆往后院赶。姚青禾已然听到了外面的声音,三两步走到院子里,见了丈夫,两眼一红:"卓先……"两个孩子也喊着"爹"跑出来,倚在他身上抱着不肯松手。

周钧儒一把拉住妻子:"青禾,又让你跟着我担惊受怕了。"他又蹲身去抱两个孩子,柔声安慰着。陈玉彰夫妇也走出来,见他安然无事,长出一口气,陈嫂子便说道:"好了好了,一家人又都没事了,悬着的心可算放下来了。"

陈玉彰也问道:"周兄弟,小虞老板的案子怎么样了? 能放人了吗?"

周钧儒连忙回道:"一两天应该就放出来了,都没事了,这几天多亏陈大哥和嫂子照应她们,让你们费心了……"

陈玉彰:"这有什么,不过是接过来让你嫂子陪着,我这两个丫头跟岫儿岚儿也合得来,多添双筷子的事。"

姚青禾也感激道:"要不是陈大哥和嫂子把我接来,我带着两个孩子在家也是害怕,这几天心里七上八下的,都是嫂子陪着我说话。"

陈玉彰看周钧儒脸色青灰,满面颓色,赶紧拉着进屋,让陈嫂子做了热乎汤面端上来,又细问虞兰青的案子,周钧儒删繁就简说了几句,他顿时气得怒骂道:"这些龟孙混账东西,打仗没本事,勒索百姓一个比一个在行! 想出这种下作招数坑害你,遭雷劈的坏种!"

说话间,李贵生也赶了过来,一见周钧儒憔悴得如此模样,立即心疼起来:"大少爷,你怎么跟当年被抓壮丁刚回到家似的?几天就成这样了……"他又问了这几日的经历,更是辛酸落泪,"造了什么孽,好端端地就让人欺负,天杀的国民党,怎么不让共产党灭了他们!"

话音未落,周钧儒和陈玉彰同时拦住他:"可不敢说这话!"李贵生意识到自己失言,连忙闭了嘴,周钧儒叹道:"贵生哥,小虞就因为抱怨了几句,被人抓了把柄,你还敢说。"

李贵生挠头,不好意思地笑了笑:"其实也不是我一个人这么说,打从他们来了西安,简直乱得没个样子,大家也就是图个嘴上痛快。"说着,他又向周钧儒道,"你跟少奶奶收拾一下,我送你们回家去。"

周钧儒无奈道:"这都什么地步了,你还大少爷少奶奶地叫,我都想找个地缝钻进去。"

李贵生依旧笑着,出去拉了一辆架子车到院门口,让姚青禾母女三人坐了,陈玉彰和陈嫂子叮嘱了一番,又放了些鸡蛋小米红薯等物在车上,才送了他们一家离开。

回到东四路的家里,周钧儒要留李贵生进门坐坐,他推说要赶着去火车站出摊,拉起车急匆匆去了。进了门,只剩自己一家人,姚青禾顿时泪如雨下:"卓先,这几天我心里七上八下,就怕你再出什么事……"

周钧儒颓然坐在椅子上:"我倒是没出什么事,就盼着小虞别落个伤残……"说着他痛苦地低了头,深深叹了一口气,"青禾,这件事,花了三千大洋,家里已经不剩什么了,你又要跟着我过苦日子了……"

姚青禾一惊,这一年多他们苦心积攒才有了这些钱,如今竟被人敲诈了个干净,不免心疼得上不来气,强咬着牙道:"只要花了钱能把人救出来,花了也就花了……"然而她终于忍不住走进里屋,在柜中取出钱箱子,一上手分量轻飘飘,打开一看更是空空如也,一枚铜板也不剩,狠狠看了几眼,啪嗒扣上塞回柜子里,隔着帘子向周钧儒道,"钱花了还能攒,只要小虞没事就好。"

说着她眼泪便滴了下来。

当天夜里，夫妻二人躺在炕上，明知对方都睡不着，然而黑暗中谁也没说一句话，良久之后，周钧儒忍不住挪过身去，伸手揽住了妻子，姚青禾顿时一头扑进他怀里，泣不成声。

又过了一日，虞兰青终于被放了出来。

周钧儒在警察局门口接了他，见他虽然憔悴苍白得没了血色，整个人更是吓得失魂落魄，好似惊弓之鸟一般，所幸身上并无刑伤痕迹，到底是完完整整地救出来了。

两个警察把他带出门，解开手铐，呵斥了一声"走吧"，便头也不回地进去了。周钧儒看他这般情形，连忙叫了黄包车将他送回家，又让跟包好生伺候着，戏班众人也纷纷来探望。然而虞兰青受惊过甚，平日技惊四座的好嗓子，如今却连句完整话都说不出来了。

原以为休息几天压压惊便能恢复如初，重新演出《戏貂蝉》，可虞兰青却始终不见好转，虽然说话已经如常，但只要唱上几句便嗓音发颤，人人都惋惜不已，一代名角儿吓破了胆，失了底气，还怎么唱戏？只怕从此以后，再也吃不了这开口饭了。

因此没过多少时日，虞兰青便彻底心灰意冷，辞了惟新社，自回洛阳去了。

惟新社痛失顶梁柱，周钧儒投入巨大心血编写排演的《戏貂蝉》，也就此成为云烟，终其一生，他再也没机会将这出戏搬到戏台上，参与过排演的演员也无不惋惜万分。直到几十年后，大家都已人到暮年，提起当年的《戏貂蝉》，依旧是满心遗憾，感慨河南曲剧再也聚不齐那么多名角儿，排演声势浩大的历史戏了。

自从来到西安，康宜俭母子始终守着一方小天地，不声不响过着与世无争的生活。然而祁方域是向往新鲜的，新的城市、新的学校、新的生活方式，都让他觉得好奇，少年旺盛的生命仿佛找到了恣意生长的土壤，他终于感受到,自己在这座城市里找到了自由的天地。入学第二年,学校里组织了文艺演出队,专门请了懂西洋乐的老师来教大家音乐和演唱,祁方域因乐感极佳,又生得身材颀长气度儒雅,便被选去拉大提琴。

第一次见到大提琴的时候,他一时不敢相信怎会有这样大的胡琴,如何架在腿上?后来老师说起,他才知道大提琴是支在地面的,亦有琴弓拉弦,与胡琴有些异曲同工的道理。他自幼在乡间听戏,所见的乐器不过是弦子、竹笛、手板、锣鼓等,如今听了大提琴的声音,竟与戏曲乐器的音色全然不同,低沉舒缓,大气浑厚,一下子便沉迷了。他自此跟着老师学西洋乐谱,拉西洋提琴,学校又特意为他们定做了燕尾服,穿在身上顿觉自己成了新派人士,走在校园里很是时尚。

文艺演出队经常晚间上课练习,但同学们总觉没有"高手过招"难以进步,因此时常向戏班里的场面师傅讨教。场面师傅们也没见过这样的西洋乐器,都好奇上手尝试,因此两相交流很是融洽。有几位多年演奏的老师傅,听同学们略说一些手法技巧,竟真的将大提琴小圆号等试出了曲调,而且很快熟悉起来,比他们演奏得还好。

祁方域佩服得五体投地,他渐渐悟出,西洋乐与中国乐虽然演奏方式不同,但音乐是相通的,因此与相熟的几位场面师傅来往越发频繁,时常讨教切磋,他的琴艺也进步神速,在校文艺队几乎一枝独秀,连西洋乐老师也称叹他有音乐天赋。

康宜俭也渐渐知道了儿子在学校里颇有几分名声,欣慰之余不免好奇,因此祁方域便提议下次排练的时候,请她一起去看。她忽然想起,当年祁书瀚办夜校的时候,也曾带她去学校里看过上课,不想十几年轮转,儿子也提出了同样的邀请,原来岁月就是在这些偶然的巧合与重现中,悄无声息地溜走了。

几天后,她跟了儿子来到学校,坐在一旁观看校文艺队排练。祁方域坐在礼堂讲台左侧边位上,一身黑色燕尾服,衬得他身形挺拔,精神干练,虽然文艺队演奏尚且不熟练,但一群身着燕尾服的男孩子和曳地长裙的女孩子站在一起,手里拿着各式西洋乐器,仿佛来自遥远国度的宫廷贵族一般。

祁书瀚在世时曾与她说过上海滩和南京上流社会的舞会,大约那些舞会上的乐队便是这样吧?这与她见惯了的唱大戏全然不同,难怪那些有权有势的人要听西洋乐,跳西洋舞,看西洋电影,如今亲眼所见,确是别开生面。

回家之后,她就做了一个重要的决定:给儿子买一把大提琴。

祁方域听到这个决定的时候,吃了一惊。一把大提琴价格不菲,他们全靠家里和两个舅舅接济维持生活,日子本就要紧巴巴俭省着过,母亲如何拿得出钱买这样名贵的东西?

康宜俭却告诉他不必忧心,她自有办法。

当天晚上,她从箱子最深处取出一个小匣子,那是祁书瀚留给她的最珍贵的纪念。

里面有他的一张照片,十几年来相纸已经有些发黄,有他写给自己的只言片字,还有结婚时他托人打制的金耳环、金项圈、金手镯。这些金饰结婚之后她几乎从未戴过,如今依旧金灿灿地躺在那里,然而一切都已物是人非,自己也飘零蹉跎半世了。

她痴痴地看了这些东西一阵,果断地将金饰取出来。

一个月后,祁方域就得到了小姨康含章托人从上海买来的大提琴,看着他满含惊喜的眼光和爱如珍宝的神色,康宜俭觉得这样的牺牲是值得的。她与书瀚曾经有过的遗憾,如今正在儿子身上得到补偿,他就像一束幸福的光,让她的生活看到了向往与希望:祈国之方域,皆望太平。孩子,我们愿将受过的所有苦难,换你一世平安。

然而无论康宜俭再怎么勤谨守己,外面的世界终究影响到了他们母子的生活。

民国三十七年底,西安的局势益加不稳。

原本靠着美式装备占尽优势的国民党军,在内战中竟节节败退,战争初期是国民党军"剿匪",如今局势逆转,国民党成了"反动派",共军成了"解放军"。陕西许多城市和县城都成为解放区,西安也渐渐成为战争前线,守城的国民党军人心不稳,逃兵比比皆是,抢掠之事时有发生,前线下来的伤兵更是在城里为所欲为,奸淫掳掠比土匪更甚,百姓们早已恨得咬牙切齿,宁可共军早日占领西安,把国民党军赶出城去。

渐渐地,开始有共产党将要攻打西安的传言,城里伤兵越来越多,通共嫌疑分子也越抓越多,人心惶惶,物价飞涨,百姓们纷纷抢购面粉粮食,法币早已形同废纸,黑市上已经开始挤兑黄金和美钞,关乎生计的所有物资也都紧缺起来。

康宜俭母子的生活也拮据窘迫起来,康家这两年已家道中落,父母近来又接连生病,几乎无力供应他们母子的生计,每月仅有两个舅舅省下来资助他们的四元钱,祁方域的学业又不能中断,因此康宜俭不得不面临严峻的生存问题。

她自幼生在书香之家,嫁到祁家后也不曾为衣食忧劳过,然而如今孤儿寡母身处异地,若不自勉,便要三餐难继,因此她显出前所未有的坚韧:凭着一双手,在街坊邻里间做些针线女红贴补家用。

虽然她是大家闺秀出身,拉不下脸面开口招揽活计,然而那一手针线功夫却是人人敬服的,凭着邻居们口口相传,也有许多人找上门来,虽然收益不多,却也能贴补一些家用。除此之外,她更是前所未有地厉行节俭,分毫不弃,一根线、一块布头、一根钉子、一小块木板……都被物尽其用到了极致,邻居们送来做活计剩下的碎布,可以缝做盘扣、纳成鞋底、拼做鞋面,摔破的半只茶碗被侧倚在窗边,放上棉线便是油灯,旧报纸积攒起来可以糊窗……

虽然都是些旧物碎料,但她做出来的东西总是格外整洁精致,摆在家中丝毫不显寒酸。同样是半只破碗做油灯,她会将碗的边缘打磨出舒服的弧度,洗得干干净净,摆在窗台上亦是赏心悦目;她用碎布拼出来的鞋面,配色总是特别大方,看起来像一幅说不清意境的画;她会在院子里种几丛花,不时剪几支摆在房里,顿时让整个屋子有了鲜活的生气……

然而即便节俭若此,生计亦是愈来愈艰难,到了逼不得已时,康宜俭竟只得将那两大包袱白布挽联拿出来,今日一幅后日一幅的,日渐裁剪了许多。

这是她心中最不忍的痛,丈夫一生的英勇和声名,换来了这几百幅挽联的怀念,而她却不得不流着泪,将这些心中最为珍视的东西,一寸一寸消磨进艰辛度日中。原来所有的珍重情意,到万不得已时,都要向生活低头。

惟新社重新开了戏。

但国民市场里兵痞越来越多,这些前线撤下来的伤兵进了西安,如入无人之地般耀武扬威,前线"剿匪"不力,胡宗南已疲于应付,部队也成了一盘散沙,这些国民党兵也就失了约束,肆意妄为起来。他们进了戏园茶楼,更是极尽所能地作践"下九流",肆意哗笑着,满口不干不净地调戏着台上的演员,全然不把演员当人,大家只能忍气吞声地继续唱戏说书,还要赔笑伺候各位兵爷,竟比低三下四的奴才还要卑微几分。

国民剧院的演出亦是如此,戏班里有七八个尚在少年的孩子,大多生得伶俐俊俏,那些兵痞偏要故意开黄腔,吹着口哨高声调笑,孩子们羞得脸面禁不住,在台上紧张不已。然而越紧张越出错,那些人便又继续叫倒好,甚至往台上扔果皮丢烂鞋,直直砸在演员的头上脸上,羞辱之甚令人发指。

有两个孩子耐不得折辱,当即哭着转身跑回了后台,这一来,其余几个孩子也愣在台上,演员更是唱不下去,一台戏生生被搅断了。然而兵痞们越发叫嚣起来,喊着"唱戏的砸了台,还有什么脸站在台上!滚下去!退票",甚至连声呼应起来要冲到台上去砸场子。周钧儒站在台口几乎气炸了肺,然而他却不能直接出面制止,只能请一位上了年纪的鼓师央告大家安静些,替孩子们描补赔礼。老人家在台上好话说尽,观众又指斥他们存心捣乱,兵痞们眼见无人声援,总算不再吵闹,如此勉强着才将当夜的戏演下来。演员们回到后台见了周钧儒,人人悲愤怒骂不已,骂着骂着便纷纷落下泪来,几个血气方刚的年轻人几乎恨不得出去与他们拼个死活,周钧儒百般劝说,才总算拦了下来。

然而忍气吞声并不能委曲求全,兵痞们愈发变本加厉,若任由他们闹下去,戏班如何能生存?周钧儒几次求助于杨保长,他毕竟有几分人脉,兵痞们总会顾忌一二,然而只要杨保长一日不来,他们便借故生事,腰里挎着枪耀武扬威,甚至连汽灯都砸了,险些落在台上伤了人。时日久了,不唯戏班里人人惶恐不安,连观众也渐渐不敢进门,唯恐打砸闹事伤及自己。

眼见这些人好似无法无天的土匪一般,欺压凌辱肆意妄为,周钧儒实在无法,只得每日找托词寻摸到杨保长家里,或喝酒吃茶,或送些薄礼,邀着他到剧院看戏,以此换一两天安稳日子。

杨保长自然知道他的心思,国民市场这般乱象,他亦苦恼不堪,然而世道越乱他越忙碌,国民市场里天天有大大小小的事等他照应,哪里能有空闲天天看戏? 而且这些兵爷本就无赖成性恃强凌弱,仗着"前线功勋"肆意妄为,又怎会真的把区区一个保长放在眼里? 因此他只有磨不过面子时,才会到戏园去说几句好话,维持一下秩序,寻常依旧是充耳不闻三缄其口:何必为个戏班子得罪这些兵爷?

及至后来,那些兵痞也看出了周钧儒技止此耳,尤其知道他自降一辈与杨保长结干亲的事,越发看他不起,满口皆是"降了辈分去结亲,算什么男人? 怎么不认保长做干爹",甚至看戏时打着口哨满场乱喊"周老板改叫杨老板,给人当干儿子咯"。

如此一来,不唯周钧儒臊得无颜见人,杨保长也尴尬不已,整个戏园子里都是嘲笑之声,直把戏班众人气得倒仰。魏子洛性子急,台上唱词间隙便用戏腔回了一句:"他自姓甚,与尔等有什么相干?"台下兵痞立即喧哗起哄:"爷来看戏是赏你饭吃,你敢跟爷摔饭碗!""不好好唱戏,插嘴乱说话,没规矩的戏班子!""说起来多大的名声多少的角儿,原来就是这货色!""这戏爷不听了,换人! 换人!"

魏子洛当场下不来台,干脆扯了嗓子喊道:"你们是来看戏的,还是来捣乱的?!"

话音刚落,台下兵痞便抄起一条板凳扔上来:"不长眼的混账东西! 下九流的臭戏子,跟爷叫板!""爷是战场上挂过彩负过伤的,你敢跟爷来硬的!"

眼见场面越发不可控,周钧儒连忙上台打支应,然而魏子洛早已气红了眼，一脚将板凳踢下台，朝着那几个兵痞就飞了过去，兵痞没想到他竟敢还手，扬手就开了枪！

"啪"的一声巨响，整个戏园顿时死一般安静下来，所有人都吓丢了魂一样不敢出声，周钧儒更是如遭重锤般骇然失色，两眼直勾勾地盯着魏子洛，只当他要命丧当场——然而一个呼吸后，魏子洛并未倒下，他身边的邵喜姑却嚎叫了一声，一道血蜿蜒着从他脸上爬下来，那颗流弹贴着他的脸颊划过，破皮处滴滴答答淌下血来，很快在戏台上滴了一片。

台下观众这才反应过来，拥挤惨叫着四散奔逃，那几个兵痞也没想到险些闹出人命，扔下几句狠话急匆匆离去，只余空荡荡的园子，满面油彩不停淌血的邵喜姑和仓皇失色的惟新社众人。大家急着打了水来给他洗脸，又忙着找跌打损伤药止血，很忙了一阵才渐渐不流了，然而他在生死关上走了一趟，早已吓得浑身哆嗦，两腿软得面条一样站不起来。

国民剧院出了枪击案，一连多日无人敢来看戏，邵喜姑和徐振川也大受惊吓，如虞兰青一样辞了惟新社回洛阳去了，许多龙套演员和底包也吓得离了戏班另投他处，曾经声势浩大的惟新社，几乎一夕之间就失了风采。

周钧儒满心悲怆，曾经踌躇满志要带着洛阳曲子唱遍陕西、唱遍全国的雄心骤然碎落一地，他甚至不知如何面对这残破的局面，更不敢面对众人期盼的眼神，仿佛千钧重担压在肩上，可他却连站起来的力气都没有。戏班开不了戏，众人无所事事，只得在园子里打牌混日子，周钧儒独自一人坐在后台，看着衣箱、行头、服装，越发觉得前路晦暗，找不到一丝方向。

然而开不了戏，卖不了票，人却依旧要吃饭；戏园也依旧要交租。

尤其是龙套和底包，他们并无多少积蓄，只要停演七八天便会揭不开锅。没计奈何，周钧儒只得继续挂出戏牌：他们只有唱戏这一条生计，哪怕有三五十个人来看戏，也能糊弄一口饭吃。

可是如今的戏班里并无名角儿，只余了李德元、魏子洛、马天梁和周钧儒四个人来凑行当，另有三位场面师傅、几个孩子和七八个底包，根本演不了什么大戏，再加上军匪兵痞时常闹事，很多观众也不敢来看戏。因此每月能开戏的时间连一半都不到,上座率也极为惨淡,往往演一夜戏,勉强只够戏班上下人等吃一天饱饭,包银分成更是无从谈起,只是掰着指头熬日子罢了。

及至公历年后,西安已经全城大乱,西安绥署机关提前向汉中撤离,陕西省府和官员们拥有股份的企业也开始了逃亡。官商一逃,经济秩序立即全面崩溃,大街上到处是倒卖黄金银圆的交易人群,富商巨贾们紧跟着纷纷外逃,机场和火车站被他们堆积如山的行李挤得混乱不堪,西安四周的公路上也挤满了逃亡的汽车。

此等情势下,西安城里所有戏园几乎都已停演,惟新社也与国民剧院停了合作,成为流落说书棚的野台班子,大家吃了上顿没下顿,不得不接些红白事的戏,将就混一口饭吃。昔日戏曲行业同会里有头有脸的人物,在西安梨园行也算颇有声名的周老板,竟沦落到带着班子唱丧事,惹了多少人来围观,羞得他头也抬不起来,众人也无不沮丧,落魄如丧家之犬。

可即便如此,戏班依旧难以维持生计,周钧儒不得不在家里匀出一些钱粮来贴补,然而凭一人之力接济十几口人,怎能持久?姚青禾与两个孩子也渐渐地三餐缩减,面有菜色。再过些时日,周钧儒也彻底拿不出粮食来接济大家,每到饭时,总有三三两两的人来到家里,等着混一口吃食。姚青禾最是知道柴米贵,米缸面缸颗粒无存,打发不出饭来,只能端几碗水给大家。然而周钧儒硬是不肯逐客,宁可忍着腹鸣如鼓,也要与他们撑场面,直把姚青禾气得赌气落泪,夫妻二人也不知吵了多少回。

东八路大通院里的老乡们听说周钧儒依旧如此性情,人人叹息不已。李贵生劝他解散戏班,先顾自己一家四口吃饱再说,他却坚执不肯,硬要与戏班"有难同当",大家都说大少爷呆病又犯了,与当初卖稀饭、卖布头时没什么两样。李贵生气得摇头无奈,然而眼看着姚青禾母女三人跟着他受苦,又实在忍不下心,便时常给她们送两升米一斗面。陈玉彰懒得与他多话,索性不时将岫儿岚儿接回家里,与自己的两个丫头一起吃饭。

越是如此,姚青禾越觉得丈夫不顾家室,昔日恩爱夫妻,如今天天争吵针锋相对,吓得两个孩子避猫鼠似的不敢出声,周钧儒无颜在家中立足,只得整日闲散街边,无所适从。

杜景箴的中州剧社也已停演,只能每日带着孩子们练功,他提前采买了几百袋面粉,堆了满满一间屋子,唯恐一旦断粮,剧团百余口人陷入饥饿。然而只有面没有菜的日子亦是艰难,每日的伙食不过是馒头或者浇了葱花盐水的白面条,杜景箴"待遇"稍好一些,也只多了一碟辣子。便是如此,剧团的资金也是亏空颇大,幸得一位画坛巨匠捐了几十幅画,变卖了才得以维持。

听说周钧儒境遇惨淡若此,杜景箴不顾自己艰难,强省出五块大洋一袋面送来,这对他们一家无异于雪中送炭,姚青禾含着泪煮了无油无盐的面菜糊糊,饿了两天的孩子竟吃得狼吞虎咽,全然不计较滋味如何。杜景箴看得眼圈发红,周钧儒更是低头无颜,只觉家中丑事被看了个一览无余,尊严早已扫地。杜景箴叹了口气,不忍再看这一家人的窘境,遂邀周钧儒到他剧团商议出路。

中州剧社,杜景箴的小房间里油灯昏暗,二人坐下之后相对叹息,不知从何议起。中州剧社百余口人,开销巨大,不知能撑到何日,惟新社更是几乎散了班,大家连一口饱饭都吃不上。

周钧儒第一次见到杜景箴如此沉默,终于忍不住说道:"杜大哥,行业同会的人都说,这戏唱不下去了,我心里已经是一坑冷灰,再也没有理想和热情了。"

杜景箴依旧沉默,等了好一阵子才说:"卓先,你对共产党印象如何?"

周钧儒一愣,没想到他会提出这个问题,他猛然意识到,杜景箴与共产党也是有接触的。然而他只能故作糊涂:"什么共产党? 我对他们不了解……"

杜景箴却不容他岔开话题,目光灼灼地盯着他:"你此前是接触过共产党的,对不对?"

周钧儒心里越发提了一口气,却依旧绕圈子:"我曾听人说起过共军,说他们军纪严明,秋毫不犯,老百姓也都说没见过那样的部队。"

杜景箴:"卓先,你何必跟我虚与委蛇? 你这些年走南闯北,会不了解共产党?"

周钧儒低了头："这些年政府一直剿匪,不知道什么时候就剿灭了。"

杜景箴郑重摇头："不,我看好他们,他们不会被剿灭,如果这世上真有人能结束国民党的黑暗统治,一定是他们。"

周钧儒诧异地望着他："杜大哥这样相信他们? 他们靠什么打赢国民党? 没枪没炮没钱,吃不上饭穿不上衣,怎么打? 拿什么打?"

杜景箴："得民心者得天下,这个烂透了的政府,必须有人结束他们,才能改天换地。"

周钧儒："他们真能改朝换代? 我倒是盼着他们把南京政府推翻了,不管什么党,都比国民党强,就是不知有生之年能不能看到那一天。"

杜景箴："怎么看不到? 只要我们所有人都向往光明,就一定能等到太阳升起的时候。"

周钧儒听他如此说,眼神却忽然暗了下去："杜大哥,曾经有一个人,也像你这样相信一定能等到光明,他还告诉过我一句话:此后如竟没有炬火,我便是唯一的光。他是个非常热情善良的人,也在开封念过大学,有文化、有见识、乐于助人,所有人都说他好,我从没见过像他那样心怀理想的人,但是后来……"

杜景箴急切道："后来怎样?"

周钧儒叹了口气："后来,我远远地看了他的丧礼,十里八乡的乡亲都去送葬,他走的时候还不到三十岁,留下孤儿寡母撒手而去。听说,他是死在国民党特务手里的,尸体运回来的时候,都不敢让他妻子开棺见最后一面。"

杜景箴一惊,知道他在提醒自己,点点头道："卓先,你的意思我明白,我会小心的。"

周钧儒："我不是不相信他们,是这些年风云变幻太快,谁也不知道形势会发展成什么样,若他们真能成大事,当然最好,若是……罢了,我们只是普通百姓,命运不由自己说了算,能谨慎一分是一分吧。"

杜景箴："你这样说也不无道理,但是他们不一样,在他们那里,是老百姓说了算的。"

周钧儒："几千年的江山易主改朝换代,谁见过老百姓说了算的? 民国赶走了皇帝,可如今蒋委员长跟皇帝又有什么区别? 我们就求个踏踏实实过日子,有一口饱饭吃就行。"

杜景箴叹了口气："罢了,我其实想跟你说,惟新社不能散,再坚持一段时间,一定能等到看到希望的时候,就算再难,我们也得坚持着唱下去,要是大家都不做戏了,戏曲行当就没希望了。"

周钧儒沉默了,半晌之后才说道："我也曾下定决心革新洛阳曲子,让它成为西安叫得响的剧种,也确实做出了点名声,但如今的处境,连活下去都难,真到了迫不得已的时候,就只能离开西安,继续回乡下跑高台去了。"

杜景箴踌躇再三,终于说道："卓先,我有一件事想跟你说,又怕你觉得我乘人之危。"周钧儒示意他说下去,他才继续道,"岚儿是个唱戏的奇才,岫儿资质也不错,要是你肯放心,就把两个孩子送到我这里,虽然也是在戏班里,但我总能保她们有一口饭吃,有个安稳的落脚地,你也能少些后顾之忧。"

周钧儒闻言,心里骤然一酸,眼圈红了起来,说："杜大哥……"

杜景箴："我知道你和弟妹舍不得孩子,可如今这世道,孩子跟在你们身边反倒耽误了,万一再把她们带去乡下,岚儿的天分可就真的荒废了……"

周钧儒越想越觉悲从中来,自己竟落到连妻女都无力养活,可这并非他一人之悲,西安已经全城戒严,大通院里的老乡们也不能出城去火车站谋生计,家家户户忍饥啼寒,他又如何能觅得生路? 到了这一步,也只能给孩子们寻个安稳之地,强如跟着自己受苦了。

一念及此,他郑重起身,大礼跪在杜景箴面前："杜大哥,我无能保护家人,你若真肯收下她们,我就把两个孩子托付给你了!"

杜景箴慌得立即跪下身去："卓先,这话可不敢当,我一定会对她们视如己出,有我杜景箴一天,就护她们姐妹一天。"

周钧儒擦了一把泪："有杜大哥这句话,我就放心了,我回去跟青禾商议一下,这两天就把孩子送过来,从今往后,就拜托您了!"

昏暗的灯光下,兄弟二人悲怆相对,周聿岚的命运也就此发生了翻天覆地的变化。父亲和杜伯伯在这个风雨飘摇之夜做出的无奈决定,让她进入了心心念念的中州剧社,也让她在未来的人生岁月里,得以探索豫剧艺术的至高之境,虽然尝尽了唱戏的苦辣辛酸,却从未有一日后悔过。

五三　乡关何处

　　回到家中,周钧儒将杜景篯愿意收留两个孩子的事说与妻子,姚青禾顿时两眼怔怔地落下泪来,她知道,他们再也无力养住两个孩子了,尤其是女孩大了,再跟着四处流浪终究不是办法,倒不如送去管理严格的班社,给她们一口安稳的饭吃。

　　即便最困难的生死绝境,他们宁可全家人死在一处,也不曾动过卖孩子的念头,如今竟迫于为难,不得已走出了这一步。虽说将孩子托付杜景篯最可放心,总比跟着他们饥寒落魄强上许多,然而毕竟一家人骨肉分离,有了"卖孩子"之实。

　　岚儿听说能与姐姐一起去中州剧社,瞬间高兴得跳起来,满院子翻着跟头喊:"我要去中州剧社了!"周钧儒与姚青禾神色却极为凄凉,因为将她们送去中州剧社,签的是"三不论"合同:学艺八年,效力两年,生死祸福,听天由命,私自逃跑,打死勿论,投河跳井上吊,概不负责。

　　姚青禾伤心难耐,为孩子们收拾着去中州剧社的行李衣裳时,眼里的泪总是将落未落地含着。周钧儒每看她一眼,都觉心又碎了几片,终于忍不住劝道:"青禾,孩子们大了,跟着杜大哥也是个出路,至少在他那里能有个庇护,也能学个安身立命的本事。"

姚青禾强忍着的泪终于砸在手背上，晕开一片水迹："原先说过，我就算饿死，也不会卖孩子，可如今……"她眼泪成双地往下落着，"我们到底把两个孩子都卖了！"一句话说完，她整个人扑在床上痛哭起来。

岫儿与岚儿原本在院子里摆架势耍身段，仿佛已经进入剧团开始练功，忽然听得她的哭声，立刻跑进屋子里，岫儿急道："娘，你怎么哭了？"

姚青禾连忙擦泪坐起来："娘舍不得你们走，想着你们还小，去了剧团就没人在身边照顾了……"

岫儿伸手给她擦泪："娘放心，我已经长大了，会好好照顾妹妹。"

岚儿也扬起了头："我都九岁了，不是小孩子了，娘不用担心。"

姚青禾一手一个将她们搂在怀里："娘知道你们懂事，到了剧团也肯用功，别人挨打，我的女儿也不会挨打，去了一定要听杜伯伯和教习师傅的话，不能淘气惹事，尤其是岚儿，性子不能这么野，要遵守人家剧团的纪律，岫儿要多提醒她，多看顾着她……"说着，她的眼泪不停地落在她们头发上。姐妹二人感觉到头顶的发被打湿，也不由得难过起来，岚儿趴在她怀里含着泪："娘放心，我去了一定好好练功，不淘气，等我唱成个红角儿，给您争脸。"

离家的前一天晚上，姚青禾安顿两个孩子睡下，自己便坐在旁边守着，痴痴地看着她们，好似这辈子从未这样认真地看过孩子，永远也看不够一般，嘴里叨念着："岚儿出生的时候，我还踹了她一脚，现在想起来都后悔得掉眼泪……""我将要生岫儿的时候，幸好你赶回家了，她一出生就看到了爹……""她们小时候都爱吃红薯，穷人家吃红薯吃得吐酸水，偏她们闹着要吃……""从偃师逃出来的时候，我一直想看看她们还在不在车门把手上，就是看不到……"

她一边说着，一边两眼迷离，那些远的近的记忆都涌上来，就这样一直轻声叨念着，仿佛有说不完的话。周钧儒默默地在一旁陪着，不时插一句。夫妻二人就这样守在孩子身边，整整坐了一夜。

第二天一早将她们叫起来，吃过早饭，姚青禾给她们换了最鲜亮的衣裳，头发梳得一丝不乱，又不停帮她们抻衣角，检查扣子和鞋带，直到再也挑不出任何毛病，才对周钧儒说道："卓先，带她们去吧，替我好好拜托杜大哥，一定要看顾两个孩子。不用功，犯了错，打也打得，骂也骂得，就是不要让别人欺负了去，能少打些，就少打些……"

姚青禾送他们上了洋车，把行李包袱搬上去，又猛地搂住两个孩子，好一阵子才松手："岫儿，岚儿，去吧。"说着她一狠心转身冲回院子里，头也不回地关上门，背靠院门无声地哭了起来。

周钧儒将两个孩子送入中州剧社的消息很快在西安梨园行传开，众人纷纷感慨盛极一时的惟新社没落了，周老板竟无奈走到了这一步。李德元和魏子洛更是愤愤不平，坚持要他将孩子接回来：自家戏班的孩子，怎能送去别的剧团？大人们宁可一人少吃一口，也饿不死她们，何至于就狠心将她们卖掉？

西安城的国民党军已经毫不掩饰逃跑的准备，逼着富商大贾们按名单交金条，全城富户被他们梳理得清清楚楚，每户缴纳若干都有定额，一时间天怨民愤，骂声载道，很多富户干脆弃宅而去，声称自家的宅院捐献给国军。这些宅院固然华丽开阔，然而到了这个时候，国军要之何用？因此整座城越发人心惶惶，加上帮派势力作恶和别有用心者怂恿，打砸抢事件每日都有几十上百起，警察早已不能维持秩序，任由乱象蔓延。

康宜俭也几乎闭门不出，囤了几袋面粉和油盐等物，每日躲在家里听外面街上的动静。整座城市都实行了宵禁，夜间一概不许外出，不时有军用卡车的声音响起，夹杂着零散的枪声，令人心生恐惧。学校里的情形也非常紧张，听说近来西安有许多地下党在活动，政府隔三岔五便要派人到学里搜查训话，老师们更是被逐一审查，上课的氛围非常紧张，经常听说某校某人被带走，不知关押去了何处。

祁方域回家只字不提这些事，十五岁的他已经颇显老练稳重，这些年来，因父亲的地下党嫌疑身份，他们母子已受尽苦楚，母亲更是常年为此心惊胆战惶恐不安，所以他始终瞒着母亲，故作学校里一片安宁的姿态。

然而康宜俭如何不知外面的情形？眼看局势如此混乱，她早已慌了心神,这一日祁方域放学回家,就见她站在门口焦急张望着,一见儿子回来,立即拉住他道:"卿哥儿,明天不要去学里了,这阵子太乱,我怕你出危险!"

祁方域皱眉:"娘,我知道外面乱,但再乱也乱不到学里去,他们又不会攻打学校,哪个党来了也要让学生读书的。"

康宜俭:"学里最容易惹是非,你爹就是在学校里被盯上的,那些老师和年轻的学生们头脑热,你可不要跟他们学。"

祁方域:"娘放心,我只专心读书,不会学那些人的。"

然而他怀里揣着一封电报,左右为难,不知如何向母亲诉说。

电报上只有五个字:父危,嘱勿回。

这封电报是七八天前自洛阳发出的,西安局势混乱,接收电报已经不易,很可能他们母子看到这五个字的时候,姥爷已经去了。

思索了半日,他终究是小心翼翼地说道:"娘,老家来电报了,姥爷有些不好。"

康宜俭正要和面准备烙馍,听了这话,顿时两眼直直地愣住,半晌才问道:"电报上怎么说?"

祁方域:"姥爷嘱咐,不用我们回去。"

康宜俭只觉心头猛地一凉,几乎站立不稳,祁方域连忙扶住她,哆嗦了好一阵她才说道:"卿哥儿,你姥爷,可能……"一语未了,她的眼泪已纷纷而下。

祁方域也忍不住红了眼圈:"娘,姥爷这么嘱咐,就是不想您担心冒险,我们就算想回去,也回不去啊。"

康宜俭痛苦地摇着头,天塌一样的悲伤席卷了她,那个尊重自己意愿的父亲,那个永远做自己后盾的父亲,那个为了书瀚的事纾尽家财的父亲,从此天人永隔,再也不能相见了。

三年前她带着儿子离开洛阳,正是内战将要开始的时候,这几年间社会动荡起伏,她始终不曾回乡见过父亲,没想到那次一别竟成永诀,从此她生命里最重要的两个男人,都离她而去。离家时,她是父亲最疼爱的大女儿,可如今,她却是父亲临终不在床前、不能送葬守丧的不孝女。那一瞬间,她只觉世界安静得可怕,安静到无论怎样哭泣,都听不到自己的声音。

死亡不会给任何人后悔的机会,一切都已无可挽回。

而此时的洛阳偃师康家寨,康家正在同时经历两场生死别离。

一场是刚刚过世、正在入土为安的康老先生;另一场,是康含章的丈夫张云志将要被送上军事法庭。

内战开始之后,张云志便认定了自己人打自己人不是军人的职责,打仗的时候不肯与共军交火,接连后退吃了两三次败仗,惹恼了上峰,被告到军事委员会,已经被羁押了二十多天。蒋委员长最恨作战意志不坚,张云志偏就触在霉头上。

怯战败退,自古军法都是要斩首的,张云志连战连退,可知将面临怎样的处置。曾经的抗战功臣,如今成了国民政府的叛臣,康含章膝下已有两个孩子,腹中正怀着第三个孩子,猛然遭遇此等打击,如何能承受?

康家的两个女儿,夫婿都是人中龙凤一般的人物,也都是风光大嫁人人称羡的美好姻缘,却都在不到三十岁上就丈夫出事,难道康家的女人注定是这样的命运吗?

康老先生原本病势沉重,因这番变故,急怒之下猝然归西,康夫人也在接连打击下哭得两眼模糊,几乎目不能视。康含章纵然再伤心悲痛,也只得隐忍下来,不敢再让年迈的母亲和姊娘担心。

又过了几日,张云志的同僚发来电报:他被撤了军职,派往金门督管运输战略物资了。

这是她接到的有关丈夫的最后一条消息,自此之后,张云志音讯全无,无论怎么联系,都找不到这个人。康含章心中忽然有了不祥的念头:云志,或许已经被杀了。

然而这个念头一起,她顿时止住了自己,这么些年,经历了多少次战争,他都能安然无恙地回来,这一次,他也一定会回来。

从那一刻起,她就下定决心:等。只要没等到丈夫的死讯,她就永远等下去。

她在墙上挂了黄历，每过一天，就在那一页上写着当日做了什么，她要用这样的方式，数着日子去等他，也让自己坚持着把每一日过得充实：这黄历，就是自己在等他的证明，一日都不会落下。

岫儿与岚儿自进入中州剧社后，便几乎忘却了外面的世界。

她们发现，中州剧社竟是个一百多人的大戏班，不光演员行当齐全，而且各行当都有替换人员，简直能同时开两台戏。剧团里的服装、舞美、道具等几乎全部自己制作，甚至有自己的伙房、热水房，专职给孩子们缝洗衣服的婆子等，不出大院即可满足演出和生活所需。

这里的练功强度也远非惟新社可比，凌晨五点钟便要起床练功吊嗓子，一直到晚上八点才能休息，中间还要上文化课，片刻闲暇也没有。教习师傅更是极为严格，一招一式皆要板眼分明，错上一丝半点便拎着板子提点，打得固然厉害，教得却也扎实，随口几句话就点到要害上，只要按师傅说的做身段，练唱腔，她们的身形立刻便有改观，嗓子也能发声顺畅，虽然一天下来又累又苦，筋骨酸疼得难以忍受，却几乎不会拧着力受伤。

后来她们才知道，这位说着京腔的教习师傅，竟是赫赫有名的富连成戏班小盛字辈儿的何师傅，虽然嗓子唱不出来，却是一身的好功夫。富连成戏班课徒之严，打人之狠，放眼整个梨园行也是令人不寒而栗，坐科学戏，如同七年大狱，能在富连成学艺有成的，无不是熬过身心炼狱，成就一身真本事，何师傅能在富连成有一席之位，足见他在戏曲方面的天分和刻苦。

杜景篯为请他来中州剧社任教习师傅，几乎是予取予求，何师傅教学严谨认真，亦是不负重托，二人肝胆相照，齐心协力要将中州剧社办成"梆子戏的富连成"，整套教学方式和练功要求，完全以京戏为标准，演员登台的身段动作和表演程式，几乎与京戏一色一样，全然超越了梆子戏的随意俚俗，真正成为大雅之堂的艺术。也正因此，中州剧社没有名角儿，却靠着一群孩子的扎实表演和唱功，成为西安最受欢迎的剧社之一。

岚儿自幼听惯了叔叔伯伯们的夸奖,人人称她"祖师爷赏饭",杜伯伯也曾赞她是唱戏的奇才,然而真到了中州剧社看到别的学员练功,再看何师傅的要求,她才意识到天外有天,自己在惟新社里学的那点微末功夫,不过是小打小闹,根本入不得眼,要想在中州剧社学成样子,还差得太远。

她一想到此,好胜心便被彻底激起,除早起晚睡的练功之外,别人倒立半小时,她倒立一小时,别人练五十遍,她练一百遍,连何师傅都另眼相看:不需要提着板子督促,便能自己下苦功到这般境地,莫不是她不知道累和疼? 其他孩子因练功太苦、偷懒挨板子的时候,岚儿却要被师傅"警告"少练些以免努伤了筋骨。然而她却又不像咬牙硬熬,每日练功都是欢天喜地,一出宿舍门便翻着跟头冲去院子里要枪弄棍,分明是爱极了武戏,不仅不觉得苦,反是乐在其中沉迷至深。

进入中州剧社不过十来天,周聿岚便成了团里最令人刮目相看的学员之一,杜景箴几次惊叹感慨:"这是老天送给我们的奇才,岚儿将来必成名角儿!"欣慰之余,他正式给岫儿和岚儿改了名字,将中间"聿"字换成"豫",名为周豫岫,周豫岚,勉励她们好好学本事,将来跟着中州剧社,把河南戏曲带到全国去,期望之深可见一斑。

寻常时日,杜景箴对两个孩子亦是颇多关照,岫儿常年跟着江湖戏班饥一餐饱一餐,略有些胃病,岚儿又是个牙还没长全的孩子,因此总在饮食起居上多加照拂。

然而进剧团半月之后,岚儿倒立着练功时,忽然鼻子一酸哭了起来,何师傅怕她呛了,连忙抱着放下来,问她什么缘由,岚儿也只是倔强着小脸落泪,不肯回答,直到杜景箴赶过来,她才一头扑进他怀里:"杜伯伯,年都过完了,爹和娘怎么还不来看我们……"

杜景箴立时心头一酸,紧紧把岚儿搂在怀里,又招手让岫儿也过来,一手揽一个,拉到自己的办公室,拿毛巾给岚儿擦了脸,才安慰道:"岫儿,岚儿,你们都是大孩子了,不哭啊……你们就安心在这里学习,就把我和你师母当爹娘……"

岫儿一愣:"爹和娘不要我们了吗?"说着,她的眼泪也跟着落下来,岚儿听了这话,更是哭出了声。杜景篪连忙说道:"怎么会不要你们? 他们现在有事,要离开西安一趟,过一阵子就回来看你们。"

岚儿:"真的?"

杜景篪:"真的。"

岚儿:"不骗我?"

杜景篪:"一定不骗你。"

岚儿一双乌溜溜的眼睛仰头望着杜景篪,不过片刻泪水却又溢满了眼眶:"可是杜伯伯,我想他们……"杜景篪心疼得不知如何是好,只能把她们揽在怀里,不停地安慰,然而他不能告诉两个孩子,她们的父母已经山穷水尽,在旧历年底带着戏班离开西安,到乡下跑高台流浪去了,一家人再要相见,不知何日了。

民国三十七年年关,惟新社终于彻底散了班。

衣食不继的龙套底包们无以为生,纷纷请辞,周钧儒念着他们跟了这两年多,如今竟落得凄凉散伙的结局,不由得心酸落泪不止。戏班已经数月没给他们开支,如今大家离去,无论如何要给一些遣散费,可是他自己也窘迫到三餐不继,如何拿得出钱来?

实在逼到了绝路,周钧儒只得三五不值地卖了自家宅子。全城大乱的时节,房舍皆是浮财,最难卖上价钱,当年五百大洋买来的宅子,如今勉强卖了十几块,他索性大多分与了众人,自己只留一两块钱,暂且度日。

姚青禾眼睁睁看着宅子被卖,心疼得几乎晕死过去,他们流浪数年,才有了个安身落脚之地,如今竟十几块大洋就卖了,如何不伤心欲绝? 然而她也知道,若不及早卖了,日后一旦攻城开战,房子更是一文不值,因此只得含着泪收拾行装,离开住了将近两年的"家",回到了一贫如洗的境地。

旧历年腊月三十,周钧儒和姚青禾带着戏班剩下的人离开了西安城。

此时的西安早已戒严,到处都是封锁线,出城要经过好几道盘问审查,大家只能各带一部分服装行头，三三两两地分散离开，约好了在城南门外会合。冬日的西安天寒地冻，大雪纷飞，众人冒雪受着叱喝盘查，更觉凄惶至极，足足等了大半日，所有人才终于聚齐。

周钧儒回头望着西安高大的城墙，再看妻子风雪中踉跄着跟在自己身后，整个戏班的人狼狈不堪形如乞儿，仰天长叹了一声，随即竟哈哈笑了起来："我周钧儒也有今天！"他一边笑着，一边一拳捶在地面，眼泪慨然而落。众人又惊诧又恐慌，一时不知如何劝解，姚青禾更是因着想念女儿眼泪不曾断过，十几人在寒风大雪中跋涉着，寻找一处可供唱戏吃饭之处，其惨万状。

民国三十七年的年关，是周钧儒与姚青禾记忆里最惨痛的经历之一，在这本该万户团圆的日子，他们仓皇逃出西安，餐风饮雪，骨肉分离，这是十几年来全家人第一次分开，从此每个人都沿着自己的人生轨迹越走越远，再不曾真正相守过。

幸好，这天寒地冻的时节，是跑高台的旺季，纵然世道再乱，生活再难，许多村庄和镇子过年期间总要请一戏班热闹几天，仗着周钧儒对周边一带极为熟悉，他们找到一个写戏的村子，讨了三日饱饭吃。昔日跑高台的经验再一次派上了用场，他们风餐露宿地流浪着，在艰难中寻找活下去的希望。

然而最令他们想不到的是，在铁路沿线一个村子里唱戏时，一条骨瘦如柴的黑狗猛地蹿出来，一头扑到周钧儒身上呜呜咽咽地嚎叫起来。

周钧儒定睛一看，赫然认出竟是当年失散了的小黑。

眼泪骤然奔落下来，在仓皇离别的人生里，还有这样一场惊喜的团聚，戏班众人无不掩面而泣，姚青禾更是哭得不能自已。没人知道小黑是怎么跋涉数百公里来到西安周边的，也许它一直在追逐火车，沿着铁轨寻找，既没有气味，也看不到希望，可它就这样坚持了两三年，一路追到了这里。

当年岫儿与岚儿给了它一个家，也许那次失散之后，重新找回家人，就成了小黑此生唯一的目标。周钧儒与姚青禾不停地抚摸着它，仿佛看到了它，就看到了岫儿与岚儿的影子。自此之后，小黑始终跟在他们身边，一步也不曾离开过。

过罢正月,戏班又进入淡季,周钧儒越发努力四处联络着寻求写戏的村镇。这一日下午,他们在一处村子刚刚落脚,准备晚上开戏,忽然有人上气不接下气地跑进村子:"共军过来了! 共军要过来了!"

惊呼声中,村民们顿时惶恐沸腾起来,所有人都惊慌失措,越来越多的人喊起来:"快跑啊,共军来了!"有人大声问着:"共军到哪里了? 什么时候开过来? 多少人?"

那人喘着粗气回话:"只有二十几公里了,过了河就能攻过来!"

村民们更加大惊失色,纷纷回家收拾东西准备逃命,族长又连声吩咐人:"到渡口去,把所有的船都收回来! 不许提供船给他们!"

眼见着所有人都在逃命,李德元早已吓得全身哆嗦:"共军来了,我们怎么办? 听说他们可怕得很,上天入地无所不能,最会蛊惑人心,被他们抓走的人再也回不来了……"

马天梁也焦灼道:"我们也跑吧,共军要真打过来,我们就没命了!"

周钧儒见他们这般恐慌,摇头无奈道:"有什么可怕的? 把心放在肚里,共军又不会杀人。"

魏子洛:"你怎么知道他们不杀人? 你见过共军吗?"

周钧儒一时有些噎住,眼前倏然浮起祁书瀚的面容:共军里,应该有很多他那样的人吧? 由那样的人组成的军队,怎可能会劫掠百姓? 然而他不能说自己与共产党有过来往,但此刻要安稳人心,又不得不摆出些证据,于是说道:"怎么没见过? 那些苏区出来的人,都说共军从不欺负老百姓,农忙的时候,共军还亲自下地帮老乡做活儿呢。"

马天梁:"周老板,你是哄骗人吧? 世上哪有这样的军队?"

魏子洛也满面不可置信的神色:"帮老乡干活儿,那是天上下凡的神仙吧? 军队手里的枪,能不冲着老百姓?"

周钧儒:"不管信不信,总之我们是不用怕的,共军一定不会杀人,也不会骚扰百姓。"

李德元依旧愁眉不展:"师父,我不知道该不该信你,可是再不走,就来不及了……"

正说话间，就听得外面乌泱泱的人声，众人慌得连忙起身到外面看，却见村子里的老百姓已经成群结队地向山里逃去。这番情形，更让大家慌了心神，再也顾不得周钧儒劝说，背起行李加入逃命大军。

周钧儒无奈地喊道："跑什么？你们听过哪个军队追杀唱戏的！"然而他的喊声在乌泱泱的人群里格外轻微，短短半个时辰不到，整个村子的百姓逃了个干干净净，只剩了周钧儒与姚青禾留在借宿的院子里，将大门落锁，闭门不出。

当天夜里，寻不到船的共军冒着冰寒凫水过河，解下渡船将几百人的队伍运了过来，而后整整齐齐列着队伍穿村而过，秋毫无犯，连一根草都不曾惊扰，便静悄悄地走了。

第二天，躲在山里的百姓纷纷返回，戏班众人也陆续回到村子。刚出正月，天气正是冷得厉害，他们没吃没喝在山里冻了一夜，得知共军只是行军路过，没有任何骚扰，顿时人人悔青了肠子，懊恼自己为何惊慌逃跑，遭受如此罪过。

一场"共军"风波就这样闹剧般结束了，村里百姓第一次知道世上真有秋毫无犯的军队，从此提起共军都不再害怕。

戏班依旧在流浪着谋生，等到冬寒渐渐过去，风中有了一丝暖意的时候，他们忽然得了一个消息：

洛阳，解放了。

直到这一刻，周钧儒才真切意识到，共产党真的要打败国民党，天下将要易主了。

当年祁书瀚在偃师闹革命的时候，国民政府大肆抓捕通共分子，人人对共产党谈虎色变，避之唯恐不及，他也因与祁书瀚有牵连，险些被父亲打断了腿，及至后来祁书瀚被捕身亡，他才真的怕了，再也不敢多言一句。

然而如今，他们再也不是暗中躲躲藏藏的"共匪"，而是能与国民党政府当面一战的解放军了，那些国军防守不住接连撤退的地方，都从"沦陷区"变成了解放区。听说各地百姓都热切期待他们早日赶走国民党军,赶快来"解放"自己。报纸和电台传出的新闻,也尽是解放军如何与百姓军民鱼水亲如一家。他们不仅秋毫无犯,从不带着枪耀武扬威,还会帮老乡们收庄稼修房子,自古以来,从未听说谁家坐天下能这般善待百姓。

周钧儒忽然再次想起祁书瀚说的那句话:"此后如竟没有炬火,我便是唯一的光。"原来,他付出生命为代价追求的理想,便是今日这样一个局面,想来如今的洛阳,应该是他九泉之下欣闻乐见的。

周钧儒思索了两日,终于召集众人,郑重说道:"我们回洛阳吧。"

戏班众人无不惊诧:"那可是共军占领的地方,去了就出不来了!"

周钧儒:"我们都知道共军秋毫无犯了,他们不会难为百姓,只要到了洛阳,就不怕兵痞捣乱了,也许还能像在西安一样,邀角儿好好唱戏。"

大家依旧担忧:"就算共军不欺负咱们,万一他们守不住城,国军再打回去呢?"

周钧儒摇头:"天下一半已经在共军手里了,不会守不住的,何况——"他叹了口气,"再怎么样,他们也比国民党强,回洛阳总能踏踏实实唱一阵戏,比这样流浪着跑高台稳当。"

众人皆知周钧儒通晓时局,决策自有道理,因此便犹豫着答应了他的提议,从此一边唱戏,一边向东行走,陆陆续续走了两个多月,终于在春夏之交,绕过国军关卡,重新回到了洛阳的地面上。

一踏入洛阳地界,他们立刻感受到世道当真是变了,老百姓们谈起解放军,无不欢欣喜悦,听说会给他们分土地、盖房子,以后再不用当佃户,不用给地主交租子,人人都能过上好日子,虽然大灾大乱之后依旧赤贫如洗,但未来已经看到了希望。

更令大家不敢相信的是,听说郑好儿重新组了戏班,如今是给解放军和老百姓唱戏的人民艺术家,连首长们都很敬重她。"人民艺术家"这个词,是他们从未听说过的,然而一个下九流的戏子,竟会受到首长敬重,简直闻所未闻,难道解放军真把戏子当人看? 大家只觉不可思议,更急切地要赶到洛阳,去见识一番新的天地。

等他们终于站在洛阳城墙下时,周钧儒竟有些历尽生死恍如隔世的感觉。

这座还残留着战争断壁残垣的城市,屹立在夕阳的风中,颇有几分悲壮的气息。他自幼行走于偃师洛阳之间,周记药行在洛阳赫赫有名,他亦是尽人皆知的少东家,国民政府迁都洛阳时,上百位权贵政要给周记药行捧场,在当年可谓风光一时。然而不过短短十几年,周记药行跨越川、鄂、豫、陕四省的生意便烟消云散,曾经的辉煌皆成过往,周掌柜含恨而去,自己亦落难逃亡他乡。

从卖身葬父的穷家子,到周记药行的少东家,再到逃难陕西的江湖戏班班主,名噪西安的国民剧院周老板,如今又褴褛落魄重回洛阳,这一生的起伏际遇,生生死死,已让他的鬓边生出了星星白发。屈指算来,他还未满四十岁,便已沧桑若此,满目云烟。

然而他终究在这乱世里活下来了,而且一家四口俱在,虽然骨肉分离,却没有断绝活下去的希望。

洛阳城的城门大开着,军官百姓随意进进出出,忽然一个熟悉的身影映入眼帘:那是一个身着白大褂的女子,烫得卷曲的头发整整齐齐盘在头上,身后跟着几个解放军,行色匆匆地从城门走出来,坐上一辆军用吉普车疾驰而去。

上车时,她似乎有意无意回了一下头,周钧儒便看清了她的脸:Shire,董遐迩。

她当年冲破樊笼,翱翔到了自由与文明的世界,如今留学回国,做了解放军的医生,而自己这个药行出身的少东家,却早已放弃医道一途,成为下九流的戏子了。他自嘲地笑了笑,原来自己这一生,在她面前始终是个平凡的庸人,隔阂重重。

他把心思收回眼前,向众人说道:"走,进城吧。"

然而还未走到城门,便有人认出了他,惊喜喊道:"大少爷! 你回来了?"

周钧儒一愣，认出是当年洛阳药行里的一名伙计，亦是老家偃师人。故人相见，分外感慨，周钧儒一把拉住他："栓宝哥？你怎么在这里？"

栓宝："我还是跟着商行当伙计，大少爷这一走就是六七年，还以为见不到了呢。"

二人互说了几句过往，栓宝亦再次感喟起当年他舍弃家产的旧事，因而说道："从大少爷走了以后，周家可是没有以前风光了，听说那老太太前几年跌了一跤，瘫痪了，整日躺在炕上等死呢，谁不说一句活该！"

周钧儒一愣："太太怎么样了？"

栓宝："能怎么样？听说快不行了，谁知道还能活几天。"

周钧儒听了这话，无端地心中五味杂陈起来，原以为周家的事再不能牵涉他的情绪，可如今知道周太太如此下场，竟丝毫不觉心胸畅快，反倒有些揪扯得隐隐不安，回头看向姚青禾时，却见她也正看着自己："卓先，周家的事，已经跟我们没关系了。"

栓宝连连点头："少奶奶说得对，当年是他们把大少爷赶出来的，瘫了这些年，也是她的报应！"

周钧儒愣怔了半日，忽然道："子洛，你带着大家先进城，我回趟偃师……"说着他目光躲闪着看向姚青禾，"这么多年没回来，该去给爹上坟说一声。"

姚青禾叹了口气："就知道你放不下，我陪你一起去……"她顿了一下，忽然小声道，"这些年，我总是梦见他，跟我说河边冷，他想娘了。"说着她低了头，眼圈一红，两滴泪落在地下。

周钧儒瞬间心中一疼，点头道："好，我们一起回去。"

洛阳到偃师这条路，周钧儒走了无数次，然而中间已经隔了十年光阴，一切都已不堪回首。他们给父亲、岳丈和青穗上了坟，又到河边给夭折的儿子焚了纸。

坐在那棵大树下，姚青禾以为自己会悲伤欲绝，然而时隔多年，再想起那个孩子的时候，她的心已渐渐平静了，不再撕心裂肺地拉扯着疼，而是化作淡淡的闷痛,不想起时全然无事,偶尔想起,也不过有一瞬失神,很快便能掩饰了。

看着妻子静静地坐在那里,周钧儒搂住她的肩膀:"我们虽然没能留住他,但好有两个女儿,她们在杜大哥那里,是可以放心的。"

姚青禾:"我知道可以放心,但总是舍不下她们……"

周钧儒:"杜大哥跟共产党那边是有接触的,听听好儿的事就知道,共产党不作践唱戏的,所以两个孩子跟着他,就不是下九流了,将来可以堂堂正正地唱戏,被人尊重。"

姚青禾眼里有了神采:"要真能那样,我也就放心了,只是不知道西安什么时候解放。"

周钧儒:"应该——很快吧。"

等到做完这一切,周钧儒才终于下定决心,回周家看看。

他悄悄走进周家大院的时候,前院安安静静空无一人,他只得继续向后院走去。这里的院落格局,一砖一瓦,他熟悉得闭眼都能找到,然而此刻走在院子里,却有了唯恐惊动什么的苍凉陌生感,似乎父亲会从某个角落走出来,铁顺儿叔正在打扫着院子,汉川还是那个神色呆呆的孩子,张氏也依旧会撞向那面影壁……

他深吸了一口气,加快脚步走到后院正房,才终于听到屋里传出说话的声音。他刻意咳嗽了两下,就听到急急的脚步声响起,门推开的刹那,他看到了面色惊慌站在眼前的人:贺秋鸿。

她好似被抽干了全部的青春年华,整个人看起来黄瘦萎靡,双目无光,好似生命已经枯萎,只剩了一具麻木的皮囊。然而看清来人的时候,她眼里忽然溢出一点神采:"大哥哥,你回来了?"

周钧儒嗓子仿佛堵了棉花,自从他将贺秋鸿迎入周家那一天起,就注定了她是这样的结局,然而此刻亲眼所见,依旧愧疚得不敢抬头:"弟妹,家里怎么样?"

贺秋鸿眼泪立即滚落下来:"娘快要不行了……"

周钧儒一惊,立即冲进屋子,一眼便看到躺在炕上病气恹恹的周太太。

她已经苍老得满头白发,脸上毫无生气,眼睛浑浊得像两窝淤泥,那一刻,周钧儒心中似乎对她并无恨意,只觉满心悲哀与可怜。

看到周钧儒的时候,周太太竟似提起了一丝精神:"钧儒? 是你吗? 我不是在做梦?"她挣扎着要坐起来,周钧儒连忙上前按住她:"太太,是我,是我回来了。"

周太太似乎并未注意到他的称谓:"你回来就好,我这几天总梦见你爹,他责怪我没看好你们兄弟俩,看来,我也该走了……"

周钧儒:"太太不要这么说,你只是病了,请大夫来看病就好,千万别想那么多。"

周太太笑了:"人的寿数到什么时候,是早就注定的,该走的时候,你留也留不住。走之前能见你一面,知道你还活着,我到那边也就能跟你爹交代了。"

周钧儒点头:"太太放心,我还活着,两个孩子也都还活着。"

周太太目光黯淡:"你生了两个丫头,汉川生了三个丫头,周家到底是绝后了,我们家就是绝户的命,改得了一辈,改不了下一辈。"

周钧儒内心忽然涌起一阵悲凉,原来她这一辈子的执念,依旧是后继无人。

他只得敷衍道:"太太别想这么多,养好身体要紧。"贺秋鸿在旁边已经抽泣着抹泪,周钧儒知道,她在这个家里的日子并不好过,没能给周家生下孙子,婆婆必然百般挑剔刁难。

周太太继续问道:"钧儒,你是从哪里来? 现在做什么?"

周钧儒:"从西安回来,唱戏。"他有意把"唱戏"两个字说得很清晰,周太太立时闭了眼睛:"怎么还是唱戏? 你身上有本事,做什么不好,就改不了这下九流的习性。"

贺秋鸿连忙解释道:"大哥哥,娘有点糊涂了,你别跟她计较。"

周钧儒摇摇头:"我早就看开了,不会跟她计较了。"他起身走出屋子,示意贺秋鸿跟到院子里,问了些家里的情况,才知道自己走后,周太太越发敛财苛刻,拿钱放高利贷,强买了许多田地,租子又收得极狠,甚至险些逼出人命,昔日施医舍药救济乡邻的周家,如今已是人人唾骂。因此她瘫了之后,伊河镇的乡邻无不拍手称快。

出门的时候,他遇到了汉川。

汉川终究是富家少爷,衣着很是整齐干净,但神色比之五六年前更加呆滞,甚至见了周钧儒都不认识,只抬头看了他一眼,便呆呆地继续在院子里走来走去,每次都要走一条直线,来来回回,执拗地不肯停下。

父亲要强了一辈子,他唯一的亲生儿子却彻底困在自己的世界里,于汉川而言,不知是福是祸。

夫妻二人离开伊河镇的时候,相对默默无言,这一生经历了无数起起伏伏,再次回到伊河镇,却发现一切都已物是人非,命运轮转并不会考虑人间的恩怨拉扯,却给了每个人无力拒绝的生命归宿,和一个或迷或悟的答案。

他们走在路上,周钧儒仰头看了一眼天空,太阳干巴巴地晒在地上,春夏之交,正是干旱的季节。然而响晴的午后,骤然一道惊雷劈下,随即阴云涌起,大雨倾盆而至,天地顿时暗了下来。周钧儒连忙拉着姚青禾躲进一处荒废的门洞避雨,地方狭小,他们只得紧紧簇拥在一起,望着连天的雨幕等待天晴。

当年离开偃师后,他们很少这样亲密地独处过,雷鸣滚过,雨声哗哗作响,可周钧儒却分明听到了妻子心跳的声音,这个陪自己经历了半生风雨的女人,此刻依旧在他身边,已是莫大的幸运。他正要伸手拥抱上去,姚青禾却忽然说道:"卓先,你看。"

周钧儒顺着她手指的方向看去,就见干硬的土坯缝里,一株小草分外坚韧,在风雨中扬起茎叶,根须蓄积着泥土的欲望,向天空努力生长……

（第一部完）

2024 年 5 月 5 日初稿

2024 年 6 月 8 日修订

后记

2006 年，是"现代豫剧之父"樊粹庭先生诞辰 101 周年，我母亲潘雪芬 8 岁进入狮吼剧团，拜樊先生为师，主攻文武小生，学戏期间，与樊先生师徒感情深厚，亲如父女，她感于樊先生对豫剧事业的重大贡献，决意将樊先生的事迹和自己的舞台艺术生涯记录下来。然而母亲并非专业文字工作者，写作记录颇为艰难，往往无从下笔，后来我便鼓励她，不拘时间人物，想起什么便写什么，又给她准备了录音笔、写字板、电脑等，七旬老人学着打字，坚持了五六年，竟也写了 30 余万字。

记录过程中，很多旧时记忆也一一浮现，例如 1942 年姥爷带着一家人从洛阳逃难到陕西，爷爷早年组建洛阳地下党组织 26 岁牺牲，奶奶一生守寡 70 多年，三爷爷从台湾回大陆探亲几家人相对而泣……我渐渐意识到，母亲所要记录的，不仅是我们两个家族的坎坷命运，更是折射 20 世纪三四十年代河南到陕西大移民、中原社会大变迁、豫陕两地戏曲文化交融的一段丰富浩瀚的历史，而这段历史的主角，正是无数像我们这两个家族一样的普通百姓。那是一段充满灾难和坎坷的历史，也是中原百姓殊死挣扎的命运悲歌。但在那样极端的生存困境里，他们依然保持着中原人的文明风骨和求存精神，他们骨子里的宽厚隐忍和人性温暖，他们顽强坚韧的生命力，他们心怀大爱甘愿牺牲的精神……都让我们对那段历史有了更真切的理解,并为之肃然起敬。

我和母亲达成一致,在这些素材的基础上,将那段历史创作成小说,记录那些在时代和命运的碾压下,生命卑如蝼蚁,却依然时时可见人性光辉的百姓。此后,我们便开始物色小说作者,2015—2020年,先后与四位作者沟通创作,但皆因种种原因而终止。

2021年末,机缘巧合,我与书石再次见面了。她是我的一位观众,亦是十几年的好友,颇有才情,也热爱写作,曾写过一两部长篇,却又不急于发表,很是沉得住气。平日大家各自奔忙,我与她也已数年未见,这次再见,我忽然意识到,她不再是当年初识时的"小姑娘",已然是个成熟的创作者了。也就是从那一刻起,我内心有种强烈的感觉:机缘临近,就是她了。

由于有前几次与其他作者沟通的经历,我对眼前这"来之不易"的作者格外小心,几个月的时间里,多次交流沟通,深感彼此在创作观念上志同道合,我才正式提出了创作邀请,她经过慎重考虑,又查阅了大量的书籍资料,终于郑重答应下来。为了这部书的创作,她辞了工作,停了一切社交,全身心投入写作之中,长达两年半的时间里,每天通宵达旦笔耕不辍,从未有一日停歇。创作过程中,她每写数万字,便将稿子发给我审阅,我们或见面详谈,或电话讨论,细细推敲情节,琢磨人物,往往一打电话就是几小时,如此一边创作一边修改,数易其稿,终于写就了这部《两都赋·乡关何处》。

创作是一件极辛苦的事,我陪伴、见证了书石创作这部书的全过程,时时感动于她的坚韧执着,更让我没想到的是,书稿交付之后,她竟郑重邀请我联合署名。十余年来,我一直策划推动此书,创作期间,我们也反复讨论修改,面对她的署名提议,我自然深受感动,但整部书稿皆出自她一人笔下,我如何能忝在作者之列?然而她再三诚挚相邀,并表示"提供丰富的素材资料、全程讨论书稿都是参与创作",深感书石慷慨,几经考虑,我才心怀惶恐,同意列名其后。

2024年12月9日,责任编辑党华老师告诉我:书号顺利批复了。

那一晚我失眠了,从筹划此事,到书稿付梓出版,历时十五年时间,母亲已是 80 多岁老人,我也添了许多白发。百年前是一段乱世,很多家族的命运都是一段血泪历史,远比小说呈现的曲折坎坷许多,我们希望能把这一段历史记录下来,让我们知道祖辈们都经历了什么,知道自己从何处来——不忘来时路,才能走得更远。

刘乃艺

2024 年 12 月 21 日